प्रच्छन्न

महासमर-6

प्रच्छन्न

महासमर-6

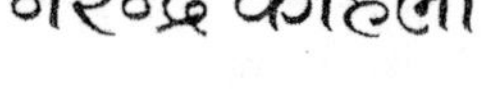

वाणी प्रकाशन

सर्वधर्मान् परित्यज्य मामेकं शरणं व्रज।
अहं त्वा सर्वपापेभ्यो मोक्षयिष्यामि मा शुचः।
सृष्टि में प्रच्छन्न श्रीकृष्ण को।

वाणी प्रकाशन

4695, 21-ए, दरियागंज, नयी दिल्ली 110 002

फ़ोन : +91 11 23273167 फ़ैक्स : +91 11 23275710

शाखाएँ

अशोक राजपथ, पटना 800 004, बिहार

कॉफ़ी हाउस कैम्पस, महात्मा गांधी मार्ग, इलाहाबाद 211 001, उत्तर प्रदेश

महात्मा गांधी अन्तरराष्ट्रीय हिन्दी विश्वविद्यालय, वर्धा 442 001, महाराष्ट्र

सुल्तानिया रोड, मोतिया पार्क, भोपाल 462 001, मध्य प्रदेश

www.vaniprakashan.com
marketing@vaniprakashan.in
sales@vaniprakashan.in

PRACHCHHANN : MAHASAMAR-6
by Narendra Kohli

ISBN : 978-93-5072-896-3
Novel/A Story of Mahabharat

प्रथम संस्करण (श्री नरेन्द्र कोहली जी का 75वाँ जन्मदिन) 2015
द्वितीय संस्करण 2021

मूल्य : ₹ 599

थॉमसन प्रेस (इंडिया) लि. में मुद्रित

वाणी प्रकाशन का लोगो मक़बूल फ़िदा हुसेन की कूची से

आने वाली पीढ़ी के नाम...

हमारे समय के कालजयी लेखक

नरेन्द्र कोहली हिन्दी के ही नहीं अपितु तमाम भारतीय भाषाओं के उन विरले लेखकों में से एक हैं जिन्हें 'सम्पूर्ण साहित्यकार' की संज्ञा दी जा सकती है। साहित्य की लगभग सभी गद्य विधाओं—उपन्यास, कहानी, व्यंग्य, नाटक, निबन्ध, आत्मकथा तथा आलोचना इत्यादि में विपुल सृजन करने वाले नरेन्द्र कोहली अकेले ऐसे रचनाकार हैं जिनके प्रशंसकों तथा पाठकों की संख्या का सही-सही अन्दाज तथा अनुमान लगाना कठिन है।

'अभ्युदय', 'महासमर', 'सैरन्ध्री', 'हिडिम्बा', 'कुन्ती' तथा 'न भूतो न भविष्यति' जैसे आधुनिक क्लासिक या कहें कि कालजयी कृति की रचना करने वाले इस विलक्षण रचनाकार की संवेदना-परिधि में सम्पूर्ण भारतीय समाज, तमाम विविधताओं तथा जटिलताओं के साथ गम्भीर साँस लेता प्रतीत होता है। भारतीय संस्कृति के प्रत्येक पक्ष को सही परिप्रेक्ष्य में उजागर करने वाले इस साहित्यकार ने रामायण तथा महाभारत कथा को युग सापेक्ष तथा शाश्वत मानवीय अस्मिता के साथ विश्लेषित किया है। उनकी दृष्टि सम्पन्नता तथा बौद्धिक प्रखरता के आलोक में जीवन और जगत् के सभी रहस्य पाठकों के सामने एक नये संसार की तरह से प्रस्तुत हुए हैं।

कालजयी रचनाकार की सबसे बड़ी विशेषता यही होती है कि वह अपने साहित्य में एक समानान्तर संसार की रचना करते हुए जातीय स्मृतियों का एक अनमोल खजाना आनेवाली पीढ़ियों तथा अपने समकालीन समाज के लिए गढ़ता है।

यह भी कह दें कि दुनिया की महान् से महान् कृति भी समाज को सन्तुष्ट नहीं कर सकती परन्तु श्री कोहली का लेखन सभी वाद-विवादों से

परे अपने पाठक वर्ग में उतना ही पूजनीय है जितने महाकवि तुलसीदास का रामचरितमानस तथा महर्षि वेद व्यास का महाभारत।

प्राचीन के लौह तत्त्वों को भी अपनी जादुई कलम के स्पर्श से कंचन में परिवर्तित करनेवाले इस महान् रचनाकार का साहित्य आपको भूत, वर्तमान तथा भविष्य के सभी रहस्य समझने तथा परखने की दृष्टि प्रदान करता है। नरेन्द्र कोहली के साहित्य को नयी साज-सज्जा के साथ पाठकों को सौंपते हुए वाणी प्रकाशन प्रतिष्ठान स्वयं को गौरवान्वित अनुभव करता है।

–अरुण माहेश्वरी

प्रकाशक

प्रच्छन्न

महासमर-6

1

गान्धारी ने स्वयं आग्रहपूर्वक अपने प्रासाद में निमन्त्रित कर, शकुनि का ऐसा सत्कार किया था, जैसा राजप्रसादों में भी बहुत आत्मीय और सम्माननीय अभ्यागतों का, अत्यन्त असाधारण अवसरों पर ही किया जा सकता है। शकुनि को आदरपूर्वक मंच पर बैठाने के पश्चात् उसने दो ही काम किए थे : विभिन्न प्रकार के उत्कृष्ट व्यंजन परोसने के लिये दासियों को आदेश दिये थे; तथा शकुनि से और भोजन करने का अनुरोधपूर्वक आग्रह किया था। शकुनि की समझ में नहीं आ रहा था कि आज गान्धारी के मन में क्या था। किस प्रेरणा से आज उसके प्रासाद में, शकुनि का यह सम्मान-सत्कार हो रहा था। गान्धारी का व्यवहार सहज तो था; किन्तु सामान्य नहीं था। शकुनि उसका सगा भाई था। उन्होंने सारा शैशव एक साथ व्यतीत किया था। उनका वंश एक था, उनका लक्ष्य एक था...फिर इस प्रकार आमन्त्रित कर, साग्रह सत्कार करना...कोई तो प्रयोजन होना ही चाहिए।...और गान्धारी थी कि कुछ बोल ही नहीं रही थी।

शकुनि ने भोजन समाप्त कर हाथ धोए। वह सोच ही रहा था कि क्या अब उसे, गान्धारी से सहज भाव से विदा माँग चुपचाप चले जाना चाहिए?

तभी गान्धारी ने अपना मुख खोला, "भैया! यहाँ आ कर बैठो, मेरे पास। तुमसे एक बात कहनी है।"

शकुनि मन-ही-मन मुस्कुराया : यह तो होना ही था। ऐसा भोजन कराकर, गान्धारी उसे यूँ ही चुपचाप कैसे विदा कर देती। वह तब से उसकी इसी बात की ही तो प्रतीक्षा कर रहा था। वह अपनी बहन को ठीक ही जानता था।

"भैया!" गान्धारी बोली, "दुर्योधन मेरा पुत्र है।"

शकुनि ने चकित दृष्टि से गान्धारी की ओर देखा : क्या कहना चाहती है वह? क्या शकुनि नहीं जानता कि दुर्योधन गान्धारी का पुत्र है? वह उसे इस प्रकार सूचना दे रही है, जैसे वह आज तक इस तथ्य से अनभिज्ञ रहा हो।

गान्धारी की पट्टी बँधी आँखें नहीं देख सकती थीं कि शकुनि उसके चेहरे को ही एकटक देख रहा था; और उसकी आँखों में तनिक भी मधुर भाव नहीं था।

"समझ रहे हो मेरी बात? वह महाराज धृतराष्ट्र का ही पुत्र नहीं है। वह मेरा भी पुत्र है; और उससे मैं उतना ही प्रेम करती हूँ, जितना कोई भी माँ अपने पुत्र से कर सकती है।" गान्धारी ने अपनी बात आगे बढ़ाई, "अतः उसे अपना जीवनाश्व, विनाश के मार्ग पर सरपट दौड़ाए लिये जाने की अनुमति नहीं दे सकती।"

शकुनि कुछ नहीं बोला।

"मैंने उसे समझाने का बहुत प्रयत्न किया," गान्धारी पुनः बोली, "किन्तु पता चला कि जब तक तुम उसे समझा रहे हो, तब तक वह किसी और के समझाने से कुछ नहीं समझेगा।"

"क्या समझाना चाहती हो उसे?" शकुनि का मन जैसे स्तब्ध ही नहीं निस्पंद भी हो गया था। उसने गान्धारी के मुख से, इस प्रकार की बात सुनने की कभी कल्पना भी नहीं की थी।

"वह आत्म-विश्वास और आत्म-विनाश का अन्तर पहचाने। वह विनाश के मार्ग पर आगे न बढ़े।" गान्धारी बोली।

"तो इसमें समझाने का क्या रखा है?" शकुनि बोला, "वह अपने शत्रुओं को उनकी धन-सम्पत्ति, सेना सत्ता सबसे वंचित कर चुका है। बहुत सम्भव है, कि निकट भविष्य में वह उनका वध करने में भी सफल हो जाए। विनाश तो शत्रुओं का होगा गान्धारी! और शत्रुओं का संहार ही अपना उत्थान होता है। इसमें तुम्हें दुर्योधन का विनाश कहाँ से दिखाई पड़ रहा है?"

"मैं तुमसे तर्क करना नहीं चाहती।" गान्धारी ने कुछ कठोर स्वर में कहा, "केवल इतना कहना चाहती हूँ कि तुम दुर्योधन को उपलब्धियों की मृगतृष्णा में उलझा कर मृत्यु की ओर मत धकेलो। विकास के छद्म मार्ग से उसे विनाश के मार्ग पर मत ले जाओ।"

"क्यों? उपलब्धियों में क्या दोष है?" शकुनि का स्वर भी कुछ कठोर हो गया, "दुर्योधन के पास आज जो कुछ भी है, वह सब मेरे ही कारण है। यदि मैंने उसे अपने अधिकार के लिये लड़ना सिखाया, तो क्या अनुचित किया? शत्रुओं का सर्वस्व हरण करने में यदि मैंने उसकी सहायता की, तो उसका क्या अहित किया? यदि मैंने उसे एक शक्तिशाली सम्राट के रूप में हस्तिनापुर के सिंहासन पर प्रतिष्ठित किया, तो क्या मैंने उसका अकल्याण किया?"

"नहीं! इनमें विरोध नहीं है मेरा।" गान्धारी बोली, "किन्तु तुमने उसके मन में ईर्ष्या की अग्नि जलाई। तुमने उसे धर्म के मार्ग से विरत किया। तुमने उसे

नारी का अपमान करना सिखाया।...ये सारे मार्ग विनाश के द्वार तक ही जाते हैं। तुमने उसकी हीनतर वृत्तियों को प्रोत्साहित किया। उसे पशु बनाया। उसे उदात्ततर जीवन जीना नहीं सिखाया, वरन उससे उसे पूर्णतः विरत कर दिया।"

शकुनि स्तब्ध रह गया। उसके मुख से जैसे अनायास ही निकल गया, "तो तुम मुझसे और क्या अपेक्षा करती हो?" और सहसा वह सँभल गया, "मैं कोई ऋषि नहीं हूँ। व्यास नहीं हूँ मैं! मैं शकुनि हूँ। शकुनि कूटनीतिज्ञ है। कूटनीति सांसारिकता ही सिखाती है। अपने भागिनेय को त्याग नहीं सिखा सकता मैं। कायरों के समान, अपना अधिकार शत्रुओं को सौंप, पलायन की शिक्षा नहीं दे सकता, मैं उसे।" वह कुछ रुक कर पुनः बोला, "द्यूत में पांचाली को दाँव पर लगाने का प्रस्ताव अवश्य रखा था मैंने; किन्तु उसका अपमान करने जैसी कोई बात नहीं कही थी। उसे वेश्या कहने वाला वह धर्मात्मा कर्ण था, और पांचाली को निर्वस्त्र करने का आदेश देने का महाकार्य भी उसी ने किया था। उसे बुला कर समझा चुकीं क्या?"

गान्धारी ने उसकी बात का उत्तर नहीं दिया। उसने जैसे अपनी ही बात आगे बढ़ाई, "मुझे लगता है भैया! तुम्हारा सान्निध्य मेरे पुत्रों के लिये हितकर नहीं है। तुम उन्हें इतना महत्त्वाकांक्षी बना रहे हो कि वे धर्म-अधर्म को ही नहीं भूले, अपनी सुरक्षा-असुरक्षा को भी भूल गये हैं। तुमने उन्हें एक अन्तहीन, अन्धी, भयंकर और वेगवती दौड़ में जोत दिया है, जो उनके वश की नहीं है। तुम देख रहे हो कि वे हाँफ रहे हैं, उनकी क्षमताएँ क्षीण हो चुकी हैं। तुम जानते हो कि वे अधिक नहीं दौड़ पायेंगे; फिर भी तुम उन्हें दौड़ाते जा रहे हो। तुम चाहते हो कि वे दौड़ते-दौड़ते गिर पड़ें? हाँफते-हाँफते अपने प्राण दे दें?"

शकुनि ने कुछ इस दृष्टि से गान्धारी को देखा, जैसे उसे सन्देह हो रहा हो कि सामने बैठी यह स्त्री उसकी अपनी बहन ही थी, अथवा गान्धारी के वेश में वहाँ कोई और आ बैठा था।

और सहसा उसका आक्रोश जागा, "जहाँ तक मैं समझता हूँ महारानी! मैं अपने लक्ष्य से कण भर भी विचलित नहीं हुआ हूँ।"

गान्धारी मौन रही। उसकी आँखों पर पट्टी बँधी थी। शकुनि उसकी आँखों के भाव नहीं देख सकता था; किन्तु इतना तो वह समझ ही सकता था कि गान्धारी का यह मौन, उसके लिये शुभ नहीं था।

अन्ततः गान्धारी की आँखों में बन्द भाव उसके चेहरे पर प्रकट हुआ। उसका चेहरा क्रोध से तमतमा गया था। उसके शब्द अत्यन्त कठोर थे, "तुम्हें मैं भली प्रकार जानती हूँ भैया! तुम्हारी ही बहन हूँ।...किन्तु अब हस्तिनापुर की महारानी के रूप में तुम्हें आदेश दे रही हूँ। दुर्योधन को कामनाओं को सूली पर

मत टाँगो; अन्यथा हस्तिनापुर में तुम्हारे लिये कोई स्थान नहीं होगा। जाओ। विवाद अथवा प्रतिवाद की अनुमति नहीं है तुम्हें। जाओ।"

स्वयं को संयत रखने के लिये शकुनि को बहुत प्रयत्न करना पड़ा।...गन्धार में वह युवराज था। वह बड़ा भाई था, गान्धारी उसकी छोटी बहन थी। उसकी आँखों में सीधे देख कर बात करने का साहस भी नहीं कर सकती थी वह। और आज वह उसे आदेश दे रही थी। हस्तिनापुर से निष्कासन की धमकी दे रही थी।...किन्तु क्या कर सकता था शकुनि! सत्य यही था कि हस्तिनापुर में शकुनि कुरुओं का आश्रित था; और गान्धारी हस्तिनापुर की महारानी थी। इच्छा होने पर वह उसे वस्तुतः दण्डित कर सकती थी। उसके आदेश से शकुनि हस्तिनापुर से निष्कासित भी हो सकता था, बन्दी भी हो सकता था; और बधिकों को समर्पित भी किया जा सकता था।...

शकुनि बिना एक भी शब्द कहे, उठ खड़ा हुआ। उसने एक दृष्टि गान्धारी पर भी डाली; किन्तु उसका लाभ क्या था। गान्धारी देख तो सकती नहीं थी कि शकुनि ने उसे किस दृष्टि से देखा था।...पहले सोचा कि इतना तो कह ही दे कि वह जा रहा है। फिर वह कहना भी आवश्यक नहीं लगा। उसकी पगध्वनि से वह समझ ही जायेगी कि वह जा रहा है, अथवा उसके जाने के पश्चात् महारानी की दासी उसे बता ही देगी कि शकुनि चला गया है।...

अपने भवन के निजी कक्ष में पहुँच कर शकुनि ने कपाट भीतर से बन्द कर लिये।

उसे लग रहा था कि वह अपने कक्ष में ही नहीं, अपने मन में भी नितांत अकेला है...आज तक वह यही समझता रहा कि इस पराए राज्य में कोई और उसके साथ हो या न हो, उसकी बहन उसके साथ थी। वे दोनों—बहन और भाई—एक ही लक्ष्य के लिये, संकल्पबद्ध हो कर कार्य कर रहे थे। उनका जीवन समान ध्येय को समर्पित था। उनमें कहीं कोई मत-भेद नहीं था।...किन्तु आज पता लगा था कि वह सब तो शकुनि का भ्रम ही था...

एक लम्बे समय तक उसे अपने इस एकाकीपन का कोई बोध नहीं था। कहाँ था यह एकाकीपन? उसके अपने भीतर ही रहा होगा; किन्तु कुण्डली मारे दम साधे पड़ा होगा। यहाँ तक कि जिस शकुनि के भीतर यह छिपा बैठा था, उस शकुनि को ही उसके अस्तित्व का बोध नहीं था। आज ऐसा क्या हो गया था कि वह अपनी कुण्डली त्याग, फन काढ़ कर खड़ा हो गया था, आ कर उसे ही डराने लगा था...

वर्षों पहले, जब उसकी युवावस्था अपनी आँखें खोल ही रही थी, इसी हस्तिनापुर के एक दूत के सन्देश ने, गन्धार के राजप्रासाद तथा राजवंश को

हिला कर रख दिया था। कुरुकुल का भीष्म अपने नेत्रहीन भ्रातुष्पुत्र धृतराष्ट्र के लिये गान्धार राजकुमारी का दान माँग रहा था। गान्धार इतने शक्तिशाली नहीं थे कि हस्तिनापुर के दूत के शरीर के टुकड़े कर उसे बोरी में डाल, अश्व की पीठ से बाँध हस्तिनापुर लौटा देते; किन्तु वे कुरुओं के इस आदेश को चुपचाप स्वीकार भी तो नहीं कर सकते थे।...तब गान्धारों ने ऐसे अवसरों के लिये, अपना परम्परागत मार्ग अपनाया था—धीरता का और धूर्तता का। शकुनि ने अपने जीवन के सारे स्वप्नों को छिन्न-भिन्न कर दिया था और कुरुओं द्वारा किए गये गान्धारों के इस अपमान के प्रतिशोध को अपने जीवन का एक मात्र लक्ष्य मान, वह अपनी बहन के साथ हस्तिनापुर चला आया था।...उसे यहीं रहना था। इन्हीं लोगों के मध्य। उनका अपना बन कर। उसे उनकी महत्त्वाकांक्षाओं को जगाना था, उकसाना था। महत्त्वपूर्ण आकांक्षाओं को नहीं, अपने व्यक्तिगत महत्त्व की आकांक्षाओं को जगाना था।...कितना सुविधापूर्ण था नेत्रहीन धृतराष्ट्र को समझाना कि राज्य तो वस्तुतः उसी का था किन्तु उसे उससे वंचित कर दिया गया था; इसलिये उसे किसी भी प्रकार उसे प्राप्त करके ही दम लेना चाहिए। ...शकुनि को सीधे धृतराष्ट्र को भी कुछ कहने की आवश्यकता नहीं थी। वह तो गान्धारी को ही स्मरण कराता रहता था। गान्धारी का एक स्पर्श, धृतराष्ट्र को मंत्रमुग्ध करने के लिये पर्याप्त था।...और फिर यह भी लगा कि धृतराष्ट्र को कुछ सिखाने-पढ़ाने की आवश्यकता ही नहीं थी। उसके अपने ही भीतर इतना लोभ, मोह और स्वार्थ भरा हुआ था कि पूरे कुरुकुल को नष्ट करने के लिये, वह अकेला ही पर्याप्त था।...वह तो कहो कि भीष्म और विदुर उसके मन में जलने वाली ज्वाला पर शीतल जल के छींटे डालते रहते थे, अन्यथा वह अग्नि कब की, भरत वंश को जला कर क्षार कर चुकी होती।...शकुनि और गान्धारी को इतना ही करना था कि वे धृतराष्ट्र को भीष्म और विदुर के धर्म से प्रभावित न होने देते।...

आज शकुनि स्मरण करने का प्रयत्न करता है, तो वह याद नहीं कर पाता कि उसका और गान्धारी का मार्ग कब से पृथक् हो गया; और उसे उसका आभास भी नहीं हुआ। यह आभास तो आज ही हुआ, जब गान्धारी ने उसे अपने कक्ष में बुला कर कहा, "दुर्योधन मेरा पुत्र है भैया! और मैं उससे प्रेम करती हूँ।"...तो दुर्योधन अब उस भरतकुल का वंशज नहीं रहा, जिसे नष्ट करने के लिये, शकुनि अपना प्रत्येक सुख छोड़ कर यहाँ आया था। वह गान्धारी का पुत्र हो गया था। अब धृतराष्ट्र वह अत्याचारी राजा नहीं था, जिसने नेत्रहीन होते हुए भी, मात्र अपनी सैनिक शक्ति के बल पर, सुनयना गान्धार राजकुमारी का अपहरण कर लिया था; और गान्धारी ने उसका मुख देखना भी स्वीकार नहीं किया था। उसने

अपनी आँखों पर पट्टी बाँध ली थी। आज धृतराष्ट्र गान्धारी का मनभावन पति था। ...तो शकुनि ही मूर्ख था, जिसने अपना राज्य, राजधानी, कुल-परिवार त्याग कर अपना सारा जीवन अपने कुल और अपनी बहन के अपमान का प्रतिशोध लेने के लिये खपा डाला था।...आज गान्धारी उसी वंश की रक्षा के लिये, अपने भाई को चेतावनी दे रही थी, जिसे नष्ट करने के लिये वे दोनों यहाँ आये थे।...

शकुनि यह क्यों नही समझ सका कि भाई-बहन का एक परिवार तभी तक होता है, जब तक सन्तान नहीं हो जाती। वह तो आज तक यही मानता रहा कि उसका और गान्धारी का एक ही परिवार है। उसने क्यों नही जाना कि यह सम्बन्धों की प्रकृति बड़ी विचित्र है। मनुष्य की ममता अपने दाँए-बाँए खड़े बहन–भाइयों से तब तक ही होती है, जब तक उसको अपने सम्मुख खड़ी अपनी सन्तान दिखाई नहीं पड़ती। एक बार सन्तान हो जाये, तो बहन-भाई साधन और माध्यम हो सकते हैं, ममता के पात्र नहीं रहते।

यदि गान्धारी ने धृतराष्ट्र को अपना पति, कुरुकुल को अपना श्वसुर कुल तथा धृतराष्ट्र के पुत्रों को अपने पुत्र स्वीकार कर लिया था, तो उसने उसी दिन शकुनि से क्यों नहीं कह दिया, "भैया! तुम अब अपने परिवार और राज्य में लौट जाओ। जब मैंने इन परिस्थितियों को स्वीकार कर ही लिया है, तो तुम भी उन्हें स्वीकार कर लो।"

आज जैसे शकुनि की आँखें खुल रही थीं।...क्यों कहती गान्धारी यह सब उससे। अब वह कुरुकुल के विनाश की नहीं, धार्तराष्ट्रों के विकास की इच्छुक थी। वह अपने पति को भी राजा बनाना चाहती थी और अपने पुत्र को भी। ...शकुनि ही मूर्ख था कि वह समझ नहीं सका कि वह कैसे अपने शत्रुओं के लिये उपयोगी हो गया था...आज गान्धारी उसकी भर्त्सना कर रही है कि वह दुर्योधन को अधर्म के मार्ग पर ले जा रहा है।...अधर्म का मार्ग विनाश का मार्ग है; तो उस दिन क्यों नहीं बोली, जब पाण्डवों को वारणावत भेजा गया था; उस दिन क्यों नहीं बोली, जब पाण्डवों को खाण्डव वन दिया गया था; उस दिन क्यों नहीं बोली, जब युधिष्ठिर को द्यूत के लिये हस्तिनापुर आने का आदेश दिया गया था?

क्यों बोलती तब? तब तो उसके पति और पुत्रों का अभ्युत्थान हो रहा था...अब, जब पाण्डवों का सर्वस्व हरण कर लिया गया था; दुर्योधन सारे वैभव का स्वामी हो चुका था; और उसकी स्थिति एक शक्तिशाली सम्राट की सी हो गयी थी...अब यदि शकुनि को बीच से, दूध की मक्खी के समान निकाल कर फेंक दिया जाये, तो दुर्योधन का क्या बिगड़ेगा?...अब गान्धारी को अपने

पुत्रों की सुरक्षा का ध्यान आ रहा था। अब उनके लिये शकुनि का सान्निध्य हानिकारक हो गया था।...

क्या गान्धारी सचमुच इतनी चतुर राजनीतिज्ञ थी कि उसने शकुनि और अपने पुत्रों को तब तक तनिक भी नहीं टोका था, जब तक शकुनि उन्हें उन्नति के मार्ग पर ले चल रहा था; और अब वह समझ गयी थी कि आरोह का समय समाप्त हो चुका था और अवरोह का क्षण आ गया था, इसलिये शकुनि को बीच में से हटा दिया जाना चाहिए? क्या वह जान गयी थी कि उसके पुत्रों को अब शकुनि के माध्यम से कोई उपलब्धि नहीं होने वाली! अब शकुनि उन्हें उस मार्ग पर ले चलेगा, जिस पर चलने की तैयारी में, उसने अपना सारा जीवन हस्तिनापुर में व्यतीत किया था?

तो शकुनि अब धार्तराष्ट्रों के लिये अनावश्यक हो गया था?...सच भी तो है, दुर्योधन, पाण्डवों से कुछ और छीनना चाहे, तो पाण्डवों के पास अब और है ही क्या?...तो गान्धारी ने ठीक ही पहचाना था कि पाण्डव अब और वंचित नहीं हो सकते थे। ऐसे में अब हस्तिनापुर में शकुनि की क्या आवश्यकता थी।...

शकुनि ने अपने मस्तक को एक झटका दिया : वह स्वयं को इस प्रकार प्रवंचित नहीं होने देगा। हस्तिनापुर में वह असहाय अवश्य है, किन्तु इतना असहाय भी नहीं है कि अपना सारा यौवन नष्ट कर, मस्तक लटकाए चुपचाप गन्धार लौट जाये।...गान्धारी समझती है कि अब शकुनि की आवश्यकता नहीं है; किन्तु दुर्योधन तो अभी ऐसा नहीं सोचता।...इससे पहले कि दुर्योधन भी कुछ ऐसा ही सोचने लगे, शकुनि को कुछ करना होगा। क्या कर सकता है, शकुनि? दुर्योधन के सम्मुख अब वह कौन-सा ऐसा प्रलोभन रख सकता है, जिससे शकुनि दुर्योधन के लिये परम आवश्यक बना रहे?...और यदि शकुनि दुर्योधन के लिये आवश्यक बना रहेगा, तो उस पर गान्धारी का आदेश नहीं चल सकता। शायद गान्धारी यह नहीं जानती है कि हस्तिनापुर में आज्ञा की नहीं, इच्छा भी दुर्योधन की ही चलती है : राजा चाहे कोई भी हो, और महारानी चाहे गान्धारी ही क्यों न हो।

और शकुनि के मन में एक योजना आकार ग्रहण करने लगी...विषधर का-सा एक विचार उसके मन में निःशब्द रेंगा, और फिर क्रमशः उसके अंग-प्रत्यंग स्पष्ट होने लगे। उस जीव की आँखें खुल कर चारों ओर देखने लगीं। फन तन कर सीधा हो गया और उसकी जिह्वा लपलपाने लगी।...लोभ का अस्तित्व बाहर किसी भौतिक पदार्थ में होता है, अथवा मनुष्य के अपने मन में?...मनुष्य का अहंकार अपनी उपलब्धियों से अधिक तृप्त होता है, अथवा अपने शत्रुओं की वंचना से?...दुर्योधन के लिये अपना वैभव अधिक सुखद है अथवा युधिष्ठिर

की अकिंचनता? शत्रु को अभावों के कष्ट में तड़पते देखने में जो सुख है, वह अपनी बड़ी-से-बड़ी उपलब्धि में भी नहीं है।...ठीक है कि शकुनि अब दुर्योधन को और कुछ भी उपलब्ध नहीं करवा सकता; किन्तु वह उसे पाण्डवों की पीड़ा का सुख तो प्राप्त करवा ही सकता है।...

शकुनि की दृष्टि में एक दृश्य जन्म ले रहा था...एक बालक एक सर्प को ढेला मारता है। सर्प अपने घाव की पीड़ा से तड़पता है। बालक उसकी पीड़ा देख-देख कर प्रसन्न होता है। थोड़ी देर में सर्प अपनी पीड़ा से निढाल हो कर अपना सिर टोक देता है। बालक की क्रीड़ा समाप्त हो जाती है। उसका सुख जैसे तिरोहित हो जाता है। उसे अच्छा नहीं लगा। वह एक छड़ी ले कर सर्प को उकसाता है, उसे कोंचता है, उसके घावों को अपनी छड़ी से कुरेदता है, छीलता है...और सर्प अपनी असह्य पीड़ा में भी अपना सिर उठा लेता है। बालक को फिर से क्रीड़ा का-सा सुख मिलने लगता है। वह सर्प को छड़ी से नहीं अपनी अंगुली से छेड़ना चाहता है। वह अपना हाथ उसके निकट ले जाता है। सर्प क्रोध में उसे दंश मारता है। अब तड़पने की बारी बालक की है...बालक सर्प विष से तड़प-तड़प कर मर जाता है; और सर्प, सिर में लगे अपने घाव से।...

शकुनि मन ही मन मुस्कराया...गान्धारी कुरुओं की रक्षा करना चाहती है। उन कुरुओं की, जिन्होंने गान्धारों का अपमान किया था! उस अपमान के प्रतिशोध का अवसर पाने के लिये शकुनि ने जीवन भर उनकी सेवा की। अब, जब वह अवसर इतना निकट है, उसके सामने खड़ा है, तो गान्धारी चाहती है कि वह चुपचाप गन्धार लौट जाए।...वह भूल गयी है कि वह गान्धारी है, गान्धार राजकन्या। शायद अपने आपको कौरवी समझने लगी है।...

शकुनि की आँखों में एक कठोर भाव जन्मा।...यदि उसकी अपनी बहन गान्धारी से कौरवी हो गयी है, तो उसे भी शकुनि की क्रोधाग्नि में जलना होगा... शकुनि के लिये तो बस एक ही काम शेष रह गया है...दुर्योधन के हाथ में एक छड़ी पकड़ा देने भर का। वह स्वयं ही पाण्डवों को कोंचने के लिये द्वैत वन जा पहुँचेगा...और पाण्डवों को कोंचने का परिणाम...

शकुनि की इच्छा हुई कि वह ज़ोर का एक अट्टहास करे। इतने ज़ोर का कि वह गान्धारी के कानों में ही नहीं, उसके मन में भी देर तक गूँजता रहे...

2

शकुनि आज दुर्योधन के भवन में आया, तो अपने साथ अपना एक सेवक भी लाया था। यह सेवक स्थानीय नहीं था। उसे देख कर उसकी आकृति से ही

पहचाना जा सकता था कि वह गन्धार प्रदेश का ही निवासी है। हस्तिनापुर में भी शकुनि के पास स्थाई रूप से अनेक गान्धार सेवक थे; और प्रायः वहाँ से अनेक राजकर्मचारी उसके पास आया-जाया करते थे। आज जो सेवक उसके साथ था, उसने अपनी पीठ पर एक गठरी लाद रखी थी।

दुर्योधन घर पर नहीं था, इसलिये सूचना मिलने पर दुर्योधन की बड़ी रानी काशिका ने बाहर निकल कर उसका स्वागत किया, "पधारें मातुल! आर्यपुत्र तो इस समय घर पर नहीं हैं।"

"मैं जानता हूँ पुत्रि!" शकुनि बहुत मधुर भाव से बोला, "वस्तुतः आज मैं तुमसे ही भेंट करने आया हूँ।"

काशिका का मन उद्विग्न हो उठा : यह धूर्त मातुल, आज उससे भेंट करने क्यों आया है, वह भी उसके पति की अनुपस्थिति में?...जाने क्यों शकुनि के निकट आते ही उसके मन में आशंका के घण्टे इतनी ज़ोर से बजने लगते थे कि उसकी कनपटियों में पीड़ा होने लगती थी।...किन्तु वह उसका तिरस्कार नहीं कर सकती थी। वह दुर्योधन का निकटतम सम्बन्धी तथा प्रियतम सभासदों में से एक था। हस्तिनापुर में कौन नहीं जानता कि दुर्योधन पर धृतराष्ट्र से भी अधिक अधिकार और प्रभाव शकुनि का था।...

काशिका का मन हो रहा था कि शकुनि को बैठने का निवेदन करने से भी पहले पूछे कि वह उससे भेंट करने क्यों आया है। काशिका की तो कभी ऐसी कोई इच्छा रही नहीं।...तभी उसकी दृष्टि शकुनि के सेवक पर पड़ी। उस सेवक में जैसे उसे अपने लिये ढाल दिखाई दी। वह शकुनि के सम्मुख उपस्थित होते हुए भी, उसे कुछ देर के लिये चर्चा में अनुपस्थित कर सकती थी।

"आज इसे कहाँ ले आये मातुल?" उसने सयत्न हँस कर पूछा, "लगता है, सीधा ही गन्धार से चला आ रहा है। अभी उसी वेशभूषा में है। हस्तिनापुर की उष्ण जलवायु में यह इतने वस्त्रों को कैसे लादे हुए है?"

शकुनि प्रसन्न हो गया : काशिका ने वार्तालाप, ठीक उसी की वांछित दिशा में मोड़ दिया था। अब उसे अपना मनोवांछित कहने में कोई कठिनाई नहीं होगी।

उसने आसन ग्रहण करने के लिये काशिका के अनुरोध की कोई प्रतीक्षा नहीं की। न वह इस भवन में पहली बार आया था, न इस परिवार में। तो इतनी औपचारिकता की क्या आवश्यकता थी। इस कक्ष में उसका आना-जाना लगा ही रहता था। जब आता था, द्वार के दाहिनी ओर के आसन पर बैठता था।

वह अपने उसी आसन पर बैठ गया; और उसने अपने सेवक को आदेश दिया, "गठरी उतार और सुखपूर्वक बैठ जा।"

उसने अपनी अंगुली से भूमि की ओर संकेत किया।

"नहीं! नहीं!! वहाँ क्यों बिठाते हैं।" काशिका शीघ्रतापूर्वक बोली, "उस आस्तरण पर बैठ जाओ।"

सेवक ने उसकी आज्ञा का पालन किया।

"यह कल ही पहुँचा है।" शकुनि ने बताया, "अपने साथ कुछ गान्धार वस्त्र लाया है। महाराज ने भिजवाए हैं। मैंने सोचा कदाचित वे तुम्हारी रुचि के हों। इसलिये बँधी गठरी ही यहाँ ले आया।" उसने काशिका की प्रतिक्रिया की प्रतीक्षा नहीं की, सीधे अपने सेवक से बोला, "खोल गठरी। बिज्जू के समान मेरा मुख क्या ताक रहा है।"

"पर ये वस्त्र तो महारानी ने अपनी पुत्रवधू के लिये भेजे हैं युवराज!" सेवक कुछ संकुचित भाव से बोला, "साधारण उत्तरीय नहीं हैं। ऊनी स्कंधावरण हैं; रूरूमृगों के कोमल रोमों से बुने हुए।"

"जानता हूँ" शकुनि ने कुछ उत्तेजना दिखाई, "साधारण उत्तरीय होते, तो मैं उन्हें हस्तिनापुर की युवराज्ञी को भेंट करता? मूर्ख! युवराज्ञी के वस्त्र सदा ही असाधारण होते हैं। प्रत्येक असाधारण वस्त्र पर युवराज्ञी का ही प्रथम अधिकार है।"

"पर महारानी ने तो ये स्कंधावरण अपनी पुत्रवधू के लिये भेजे हैं।" सेवक पुनः बोला।

शकुनि ने अट्टहास किया, "उन्होंने अपनी पुत्रवधू के लिये भेजे हैं, तो मैं भी तो अपनी पुत्रवधू को ही दे रहा हूँ।"

शकुनि ने जैसे झपट कर, उसके हाथ से वह गठरी ले ली; और उसे खोल कर सारे वस्त्र फैला दिये। वह जैसे एक-एक वस्त्र को उलटता-पलटता रहा। फिर उसने काशिका की ओर देखा, "तुम्हें इसमें जो भी प्रिय लगे, उठा लो पुत्रि!" वह क्षण भर रुका और पुनः बोला, "प्रिय लगने का क्या है। लो, तुम ये सारे वस्त्र ही रख लो।"

उसने गठरी को पुनः लपेटना आरम्भ कर दिया था।

"नहीं! नहीं!! मातुल, यह आप क्या कर रहे हैं।" काशिका न केवल आगे बढ़ आयी, वरन, उसने अपने हाथ फैला कर शकुनि को गठरी बाँधने से रोक दिया, "मातामही ने अपने जिस स्नेह के साथ ये वस्त्र मातुला के लिये भेजे हैं, उसे देखते हुए तो मुझे इनमें से एक भी वस्त्र स्वीकार नहीं करना चाहिए।..."

"नहीं पुत्रि! ऐसी बात..."

"पर मैं आपके आग्रह को अस्वीकार नहीं कर सकती।" काशिका ने शकुनि को वाक्य के मध्य में ही रोक दिया, "आप स्वेच्छा से इसमें से एक

स्कंधावरण मुझे दे दें। मैं उसे आपके प्रेम का प्रसाद समझ कर अपने सिर माथे पर ग्रहण करूँगी।"

शकुनि की आँखों में जैसे कृतज्ञता के अश्रु आ गये, "तुम धन्य हो पुत्रि!"

उसने बारी-बारी सारे वस्त्रों को पुनः उलटा-पलटा, और एक स्कंधावरण उठा लिया, "यह लो। इसे ग्रहण करो। यह गन्धार की शीत ऋतु में भी व्यक्ति को पूर्णतः सुरक्षित रखता है, हस्तिनापुर की तो बात ही क्या। रुरु मृगों के कोमल रोमों से बुना हुआ, यह स्कंधावरण, कोमल-से-कोमल तथा मृदुल-से-मृदुल त्वचा को भी सुखद लगेगा। इसका वर्ण भी मनोहर है।"

"अरे मातुल! आप तो बहुत अच्छे व्यवसायी भी हो सकते हैं।" काशिका हँस पड़ी, "किसी ग्राहक के सम्मुख वस्त्रों का बखान करें, तो वह सारे ही क्रय कर लेगा। मुझे यह सब क्या देखना है। मैं तो आपके उपहार को आपके स्नेह का प्रसाद समझ कर ग्रहण कर रही हूँ।"

शकुनि अपने चेहरे पर एक मूर्ख-सी हँसी ले आया, "पुत्रि! अपने उपहार की प्रशंसा नहीं करनी चाहिए; किन्तु जहाँ इतना कहा है, वहाँ यह भी कह दूँ...।" और वह रुक गया।

"कहिए।"

"इन्द्रप्रस्थ में, राजसूय यज्ञ के समय, पांचाली जिस स्कंधावरण को धारण किये हुए थी, उसकी लोग आज भी प्रशंसा करते हैं।"

काशिका की आँखों के सामने भी वह दृश्य जैसे जीवन्त हो उठा...पांचाली धर्मराज युधिष्ठिर के साथ, राजसिंहासन पर आसीन थी। उसका वह रूप, केश सज्जा, आभूषण और वह स्कंधावरण...अब स्मरण नहीं है काशिका को कि वह किस पार्वत्य राजा का उपहार था...किन्तु उस पर दृष्टि पड़ते ही, जैसे स्तब्ध रह जाती थी। ऐसा स्कंधावरण!...बाद में काशिका ने उसका स्पर्श किया था, उसे अपने हाथों में ले कर भी देखा था। पांचाली ने तो उसे एक बार अपने कन्धों से उतार कर, उसे ओढ़ा भी दिया था, "जाओ, दर्पण में देखो। कैसी मनोहरा लग रही हो।"

"यह उससे भी श्रेष्ठ स्कंधावरण है पुत्रि।" शकुनि कह रहा था, "गन्धार से श्रेष्ठतर सूचीशिल्प और कहीं नहीं मिलेगा; और सूचीशिल्पी तो फिर बाहर से ला कर, अपने राज्य में बसाए भी जा सकते हैं, किन्तु इस जाति के रुरु मृग तो अन्य किसी प्रदेश में जीवित ही नहीं रह सकते। ये गन्धार की ही विशेषता हैं।"

काशिका का ध्यान शकुनि तथा गन्धार की ओर नहीं था। वह तो मन-ही-मन पांचाली को खोज रही थी, ताकि उसे अपना स्कंधावरण दिखा सके, "देखो!..."

"पांचाली कहाँ है आजकल?" सहसा उसके मुख से निकला, किन्तु तत्काल ही उसने स्वयं को सँभाला, "मेरा तात्पर्य है, पाण्डव आजकल कहाँ निवास कर रहे हैं?"

शकुनि की आत्मा में जैसे अमृत के झरने झरने लगे...यही तो चाहता था वह। ...यही...एकदम यही...

"वे लोग द्वैतवन में द्वैत सरोवर के निकट, कहीं अपने दिन व्यतीत कर रहे हैं।" उसने अत्यन्त तटस्थ भाव से कहा, "क्यों? क्या तुम उनसे मिलना चाहती हो, काशिका?"

"नहीं! नहीं!! ऐसी तो कोई बात नहीं है।" काशिका शीघ्रता से बोली, "आपने उनकी चर्चा की तो ध्यान आ गया...।"

"हाँ। वैसे भी आजकल उनसे मिलने कौन जाता है।" शकुनि बोला, "बेचारों के पास अपने खाने के लिये तो अन्न तक नहीं है, अतिथियों का सत्कार कैसे करेंगे।"

काशिका के मन में सागर के प्रबलतम ज्वार के समान, एक तीव्र आकांक्षा उठी कि वह अपनी उस जेठानी की दुर्दशा के विषय में कुछ और सुने, जो इन्द्रप्रस्थ के राजसूय यज्ञ में महारानी थी, और द्यूत क्रीड़ा के समय सर्वाधिक महत्त्वपूर्ण अतिथि।...

उसने अपने चेहरे पर अवसाद का आवरण डाल लिया और सहानुभूति प्रकट करती हुई बोली, "अच्छा, ऐसी दुर्दशा है उनकी? क्या सचमुच उनके पास भोजन और वस्त्र भी नहीं हैं? एक भी दासी नहीं है, महारानी के पास?"

"नहीं! दासी तो कदाचित कोई नहीं है; किन्तु उनके कुछ स्वामिभक्त, पूर्व सेवक, सपरिवार उनके निकट रहते हैं; और उनकी सेवा करते हैं।" शकुनि बोला, "वैसे पाण्डव वन में कुटिया बना कर रहते हैं; वल्कल पहनते हैं; और वन के कंद मूल, अथवा आखेट से प्राप्त भोजन करते हैं। बस, जैसे साधारण अरण्यवासी वनों में रहते हैं।"

काशिका के लिये अपनी प्रसन्नता को अव्यक्त रखना जैसे संसार की कठोरतम तपस्या थी। अपने उल्लास को किसी प्रकार अपने भीतर भींच कर बोली, "क्या पांचाली अब कौशेय साड़ियाँ नहीं पहनती? अपनी केश सज्जा नहीं करती? उसके पतियों को असमर्थ देख कर उसके पिता उसका भरण-पोषण नहीं करते?"

"तुम बहुत भोली हो काशिका!" शकुनि बोला, "अपनी प्रतिज्ञा के अधीन, उन्हें वल्कल धारण कर वनवास करना है। यदि द्रुपद अथवा कृष्ण, उन्हें धन सम्पत्ति देंगे, और वे लोग उसका भोग करेंगे, तो उनकी प्रतिज्ञा भंग होगी; और उन्हें बारह वर्षों का वनवास करना पड़ेगा।...और जहाँ तक पांचाली की केश सज्जा का प्रश्न है, उसने तो कभी वेणी भी नहीं बाँधी। तुम शायद भूल गईं कि पांचाली ने तब तक अपने केश खुले रखने की प्रतिज्ञा की है, जब तक वह दुःशासन के रक्त से उनको स्नान नहीं करवा लेती।"

"ओह! हाँ!"

"कोई बात नहीं पुत्रि! तुम अपना यह स्कंधावरण सँभालो।" शकुनि ने अपने सेवक को शेष वस्त्र गठरी में बाँधने का संकेत किया, "कभी तो उनका वनवास समाप्त होगा; और पांचाली अपने सर्वोत्तम वस्त्रों में तुमसे भेंट करने आयेगी। तब तुम भी उसे दिखा सकती हो कि तुम्हारा स्कंधावरण, उसके स्कंधावरण से भी श्रेष्ठतर है।..." शकुनि उठ खड़ा हुआ, "चलता हूँ।"

"अरे मातुल!" काशिका चौंकी, "आप ऐसे ही कैसे चले जायेंगे। मैंने आपका कोई सत्कार तो किया ही नहीं है।"

अब काशिका के मन में शकुनि के लिये कोई वितृष्णा शेष नहीं थी। वह उसे अपना कोई अत्यन्त आत्मीय परिजन लग रहा था...

"नहीं पुत्रि! उसके लिये फिर आऊँगा।" शकुनि बोला, "जब दुर्योधन भी उपस्थित होगा; और तब सत्कार क्या, पान गोष्ठी का आनन्द उठाऊँगा।"

शकुनि ने काशिका को और कुछ कहने का अवसर ही नहीं दिया। काशिका खड़ी देखती रह गयी; और वह अपने सेवक को खदेड़ता-सा बाहर निकल गया।

तब काशिका ने जैसे पहली बार उन्मुक्त मन से उस स्कंधावरण को देखा, उसकी कोमल ऊष्मा का स्पर्श किया; और उसे अपने वक्ष के साथ भींच लिया, ताकि शरीर ही नहीं, उसका हृदय भी उसके सुख का अनुभव कर सके।...काश! वह इसे आज ही द्रौपदी को दिखा सकती!...

दिन भर काशिका की भेंट दुर्योधन से नहीं हुई। रात को वह बड़ी अधीरता से उसकी प्रतीक्षा अपने कक्ष में करती रही। अन्ततः जब दुर्योधन आया तो काशिका का धैर्य पूर्णतः समाप्त हो चुका था। दुर्योधन को देखते ही उसने कहा, "सुना है, पाण्डव हिमालय से नीचे उतर, हमारे निकट ही कहीं निवास कर रहे हैं।"

दुर्योधन के चेहरे पर वितृष्णा के भाव प्रकट हुए, "सारे दिन के पश्चात इस समय मिली हो; और तुम्हारे पास चर्चा का कोई सुखद विषय नहीं है?"

"विषय तो बहुत सारे हैं।" काशिका अपने आनन्द में जैसे इठलाई, "प्रेम प्रसंग, सुरा प्रसंग, युवराज की वीरता और उनके वैभव का प्रसंग—एक-से-एक आकर्षक विषय हैं; किन्तु मैंने सोचा कि यह तो जान लूँ कि आपके जो भाई संकटों को झेल कर आपके निकट आ गये हैं, उनकी सूचना आपको है या नहीं।"

दुर्योधन के मन में आक्रोश का ज्वार उठा, यह मूर्खा इतना भी नहीं जानती कि पति दिनभर के श्रम से थक कर आये तो उससे रति प्रसंग की चर्चा करनी चाहिए, न कि शत्रु प्रसंग की। उसने एक उदासीन-सी दृष्टि काशिका पर डाली, "हाँ। द्वैत वन में द्वैत सरोवर के निकट उन्होंने अपने कुटीर बनाए हैं।" उसने उस पर एक वक्र दृष्टि डाली, "तुम्हें उनसे भेंट करने जाना है क्या?"

"हैं तो आपके भाई ही।" काशिका भी उतने ही वक्र स्वर में बोली, "इस समय संकट में हैं, तो कोई और तो नहीं हो जायेंगे। क्या हमें यह देखने नहीं जाना चाहिए कि सम्राट और साम्राज्ञी, जब वनवास करते हैं, तो कैसे प्रासादों में रहते हैं, कैसे वस्त्राभूषणों से अपना श्रृंगार करते हैं, और कितना स्वादिष्ट भोजन करते हैं।"

"मूर्ख हो तुम!" दुर्योधन ने उसे झिड़क दिया, "लोग देखना चाहते हैं कि सम्राट कैसे रहते हैं; और यह देखेंगी कि अरण्यवासी कैसे रहते हैं। चली जाना आखेटकों के किसी दल के साथ, और देख आना कि अरण्यवासियों की जीवन पद्धति क्या है।" उसने एक उपेक्षापूर्ण दृष्टि काशिका पर डाली, "इतनी कठिनाई से तो उनसे पिण्ड छुड़ाया है, और अब इसे स्मरण हो आया है कि वे हमारे भाई हैं।"

काशिका जानती थी कि दुर्योधन की सम्भाषण शैली यही रहेगी। उससे रुष्ट हो कर काशिका की मनोकामना पूर्ण नहीं हो सकती थी।...स्वयं को साध कर बोली, "आपकी रानियाँ कुछ ऐसी चर्चा कर रही थीं कि बहुत दिनों से आर्यपुत्र ने राज-काज से अवकाश लेकर विश्राम नहीं किया है। भ्रमण के लिये भी कहीं नहीं गये हैं। न वन-विहार किया है, न जल-विहार। रानियों को भी अवसर नहीं मिला कि वे किसी के सम्मुख अपने-अपने वस्त्राभूषणों की प्रदर्शनी लगा सकें।"

"रानियाँ हैं कि कोई हाट-आपण कि आभूषणों की प्रदर्शनी लगाना चाहती हैं।" दुर्योधन ने वितृष्णा से मुँह फेर लिया, "उहँ! ये स्त्रियाँ..."

"आभूषण तो आप भी पहनते हैं।" काशिका तत्काल बोली, "आप समझते हैं कि आभूषण कोई अपने लिये पहनता है?"

"नहीं स्वर्णकारों के लिये पहनता है।" दुर्योधन बोला।

काशिका तनिक भी हतोत्साहित नहीं हुई, "अपने कानों और नासिका में छिद्रा करा, उनमें भार लटकाने का कष्ट कोई इसलिये तो सहन नहीं करता कि वह अपने आप में कोई बहुत सुखदाई अनुभूति है।"

"तो?"

"आप नहीं जानते?"

"नहीं! तुम बताओ।"

"अन्य लोगों के सम्मुख अपने वैभव का प्रदर्शन कर, उन्हें हीन और तुच्छ सिद्ध करने के लिये। स्वयं को उनसे धनी और सम्पन्न सिद्ध करने के लिये। अपने अहंकार की तुष्टि के लिये...।" काशिका बोली, "सारा श्रृंगार, वेशभूषा, अलंकरण—क्या है, यह सब। आत्म-प्रदर्शन ही तो है। देखने वाला कोई न हो, तो व्यक्ति क्यों आत्मालंकरण में इतना समय, धन और श्रम लगाए?"

"तो तुम लोग वहाँ उन कंगले पाण्डवों को रिझाने के लिये जाना चाहती हो?" दुर्योधन का स्वर कुछ और तीखा हो आया।

"कंगले पाण्डवों को क्यों, उन अरण्यवासी भिक्षुक तपस्वियों को कहिए।" काशिका ने कटाक्ष किया, "पाण्डवों को यह तो ज्ञात है, कि कौन-सा आभूषण क्या है; और किस आभूषण का क्या नाम है। हम उन तपस्वियों के पास जायेंगी और पहले उन्हें पीतल और स्वर्ण का अन्तर समझाएँगी; और फिर उनके सामने कंगन और भुजबंद का भेद स्पष्ट करेंगी।"

दुर्योधन ने स्वयं को नियन्त्रित करने का प्रयत्न त्याग दिया। उसने एक क्रुद्ध दृष्टि काशिका पर डाली और बोला, "सर्वथा अनर्गल हो रही है, तुम्हारी जिह्वा। सामान्य शिष्टाचार का भी ध्यान नहीं है, तुम्हें। तुम अपने पति से बात कर रही हो, जो हस्तिनापुर का युवराज है।"

काशिका सँभली। बात बनने के स्थान पर बिगड़ती जा रही थी। दुर्योधन का क्या पता कब पल्ला झाड़ कर उठ खड़ा हो। कब उसका अहंकार फूत्कार करने लगे, और कब उसका मस्तिष्क तर्क सुनना अस्वीकार कर, जड़ हो बैठ जाये।

वह एक सायास मुस्कान अपने अधरों पर लाई, नयनों में मद उँड़ेला; और बोली, "अब आपको यह भी समझाना पड़ेगा कि नारी अपने पति को क्यों अपना श्रृंगार दिखाना चाहती है।"

"अपने पति को अपना श्रृंगार दिखाना!" दुर्योधन ने जैसे काशिका के हाव-भाव को झटक दिया, "पति यहाँ बैठा है और पत्नियाँ अपना श्रृंगार प्रदर्शित करने के लिये द्वैतवन में जाना चाहती हैं।"

"प्रकृति के सुन्दर परिवेश में ही नारी का सुन्दर श्रृंगार, पुरुष के मन में काम उद्दीप्त करता है; अन्यथा लोग वन-विहार और जल-विहार को क्यों जाते।"

काशिका बोली, "यहाँ आप राज-काज में लगे रहते हैं। प्रजा की समस्याओं का समाधान करते रहते हैं। युद्धों के अभ्यास और योजनाओं में लगे रहते हैं। इस राजकीय नागरिक परिवेश में, कब आपको अवकाश मिला है, अपनी पत्नियों के यौवन और नारीत्व को देखने का।"

रानियों के यौवन और नारीत्व को निरखने की चर्चा से दुर्योधन के मन की क्लांति कुछ छँटी। उत्साह जागा। कुछ मुस्करा कर बोला, "ओह! तो यह सारा आयोजन, इस उपालम्भ के लिये था।" वह हल्के से हँसा, "तुम सरल स्पष्ट शब्दों में यह ही कह देतीं कि मेरी व्यवस्तता तुम्हें अपनी उपेक्षा लगने लगी है और तुम स्वयं को तिरस्कृत अनुभव करने लगी हो। व्यर्थ ही इतना दर्शनशास्त्र और कामशास्त्र पढ़ाया।" दुर्योधन ने अपनी बाँहें उसकी ओर बढ़ा दीं, "आओ! आज तुम्हारा पूर्ण निरीक्षण कर लूँ।"

काशिका ने एक उन्माद की-सी स्थिति में अपना शरीर दुर्योधन के उन्मत्त शरीर को सौंप दिया। वह जानती थी कि कामलिप्त पुरुष से कोई भी वरदान पाना नारी के लिये तनिक भी कठिन नहीं होता।

"मैं आपका आशय पूर्णतः समझ गया मातुल!" कर्ण ने आहलाद से छलछलाती आँखों से शकुनि की ओर देखा, "मैं आपको कैसे बताऊँ कि आपकी योजना मेरे लिये कितनी बहुमूल्य है। वैसे तो मेरा विचार है कि काशिका ही दुर्योधन को मना लेगी; किन्तु किसी कारण से यदि वह उसे सहमत नहीं कर सकी, तो यह दायित्व मैं पूर्ण करूँगा।"

"तुम्हारे जैसा सहयोगी, हस्तिनापुर में और कहाँ मिलेगा।" शकुनि का स्वर मद्य के प्रभाव में कुछ लड़खड़ा रहा था, "तुम्हें कम बताओ, तो भी तुम अधिक समझ लेते हो। दुर्योधन पर तुम्हारा प्रभाव भी बहुत है। युधिष्ठिर को अपने भाइयों, भीम और अर्जुन पर जितना विश्वास है, उससे भी कहीं अधिक, दुर्योधन तुम पर विश्वास करता है।"

"मैं जानता हूँ कि दुर्योधन मेरी बात नहीं टालेगा।" कर्ण बोला, "किन्तु आप स्वयं यह बात, उससे क्यों नहीं कहते?"

शकुनि के कण्ठ से एक विचित्र प्रकार की हँसी फूटी; और उसने अपने हाथ में पकड़ा चषक अपने कण्ठ में उँड़ेल लिया, "तुम नहीं समझ पाओगे अंगराज! तुम नहीं समझ पाओगे।"

"क्या नहीं समझ पाऊँगा मातुल!" कर्ण ने उसकी आँखों में देखा, "कोई बहुत जटिल सिद्धान्त है अथवा मैं ही मंदबुद्धि हूँ?"

शकुनि ने उसे देखा, "नहीं। ये दोनों बातें नहीं हैं। बस यह मान लो कि

शकुनि ही अभागा है। ऐसा भाग्य ले कर आया हूँ कि मैं किसी के लिये अपने प्राण भी दे दूँ, तो वह यही कहेगा कि तुमने अपने प्राण दे कर मुझे कलंकित कर दिया है।"

"मैं समझा नहीं मातुल!" कर्ण सचमुच बड़े असमंजस में था। शकुनि ने मदिरा अवश्य पी रखी थी; किन्तु इतनी नहीं कि उसकी चेतना सुषुप्त हो जाती और वह अनर्गल बकने लगता। हाँ! मदिरा से इतना अवश्य हुआ था कि शकुनि का सतर्क और सजग बौद्धिक भाव कदाचित मदिरा में घुल गया था; और उसके मन में कहीं नीचे दबा कर रखे गये भाव, उठ कर उसकी जिह्वा पर आने लगे थे।...इस समय उसकी आँखों में जो आहत भाव था, वह किसी पीड़ा की ओर स्पष्ट संकेत कर रहा था।

"यही तो कह रहा हूँ अंगराज! तुम समझोगे नहीं।" शकुनि पुनः बोला, "किसी के दुर्भाग्य को समझना कठिन होता है। बहुत कठिन होता है। कुछ लोग जन्म से ही ऐसे अभागे होते हैं। उन्हें बहुत चतुर माना जाता है और उनकी यह ख्याति ही उनकी शत्रु हो जाती है। अपने जिस आत्मीय के लिये, वे अपने प्राण दे देते हैं, वह आत्मीय भी समझता है कि वे उसके साथ चतुराई कर रहे हैं।..." शकुनि ने कर्ण की भुजा थाम ली, "प्राण देना कठिन नहीं है। क्या कठिनाई है, प्राण देने में? बस क्षण भर की ही तो बात है। दे दिये प्राण। जब तक किसी को पता लगता है कि प्राण देने हैं, तब तक प्राण दिये भी जा चुकते हैं। सब कुछ समाप्त। उसमें पीड़ा सहन करने की अवधि ही कितनी है। कठिन होता है, किसी के लिये अपना सारा जीवन समर्पित करना। आप एक-एक क्षण कर, तिल-तिल जल कर, अपना जीवन किसी को समर्पित करते चलते हैं; और जब आप समझते हैं कि आपको अपने त्याग का पुरस्कार मिलना चाहिए, वह आपको बताता है कि आप उसके लिये अपना जीवन नहीं दे रहे थे, चतुराई कर रहे थे। वह न आप का पिछला जीवन लौटा सकता है; न आप अपना शेष जीवन उसके लिये समर्पित करना चाहते हैं।...किन्तु क्या करेंगे आप, अपने उस थोड़े से बचे हुए जीवन का? न चाहते हुए भी, उसी को तो समर्पित कर देंगे न! नहीं करेंगे, तो वह आपको और भी चतुर प्रमाणित कर देगा।" शकुनि ने कर्ण का हाथ छोड़ कर, सीधे उसकी आँखों मे देखा, "चतुराई का अर्थ समझते हो अंगराज! चतुराई का अर्थ बुद्धिमत्ता नहीं है। चतुराई का अर्थ है, धूर्तता। उसमें विश्वसनीयता का कोई भाव नहीं होता। उसमें सन्देह है, संशय है, स्वार्थ का आरोप है।..."

कर्ण ने शकुनि के दोनों कन्धे पकड़ लिये, "आप यह सब क्या कह रहे हैं मातुल! क्या राजा दुर्योधन ने आपसे कुछ कहा है?"

"दुर्योधन मुझसे क्या कहेगा।" शकुनि ने उत्तर दिया, "मुझसे तो मेरे भाग्य ने कहा है। चुपके से कहा है, मेरे इस कान में।" शकुनि ने अपना दाहिना कान पकड़ कर हिलाया, "किन्तु तुम्हें उससे क्या लेना-देना। तुम तो कल्पना करो उस दृश्य की, जहाँ पांचाली वल्कल वस्त्रों में खड़ी होगी और दुर्योधन की रानियाँ अपने वस्त्राभूषणों की प्रदर्शनी लगाती-सी उसके सामने से निकलेंगी। तुम उसे द्यूत सभा में भी जितना क्लेश नहीं दे पाये, उससे अधिक कष्ट होगा उसे, अपनी देवरानियों के वैभव को देख कर। उसका हृदय लपटों में जलेगा, उसका शरीर अंगारों पर लोटेगा; उसकी जिह्वा अपने पतियों पर रौरव नरक की अग्नि की वर्षा करेगी। तुम नारी के मन की ईर्ष्या को नहीं जानते, तो जान जाओगे। वह एक बार दुर्योधन की रानियों का हार-शृंगार देख ले, तो अपने पतियों को एक रात्रि में इतना पीड़ित कर देगी, जितना तुम लोग, उन्हें जीवन भर में नहीं कर पाये।..."

शकुनि मौन हो गया। वह इससे आगे बोलना नहीं चाहता था। कहीं ऐसा न हो कि वह यह भी कह जाये कि इस प्रकार पांचाली की वह प्रताड़ना, पाण्डवों को युद्ध के लिये कितना प्रेरित करेगी...और कुरुकुल का विनाश कैसे और कितना निकट आ जायेगा...

3

कर्ण ने सभा भवन में दुर्योधन के एकान्त कक्ष में प्रवेश किया तो शकुनि और दुःशासन वहाँ पहले से ही उपस्थित थे। उसके लिये इसमें कुछ भी अनपेक्षित नहीं था। रात्रि को शकुनि से जो चर्चा हुई थी, उससे ही स्पष्ट था कि शकुनि यहाँ अवश्य उपस्थित होगा। प्रातः ही दुर्योधन का सन्देश भी मिल गया था कि वह अपने एकान्त कक्ष में उसकी प्रतीक्षा करेगा।

"आओ मित्र!" दुर्योधन ने उसका स्वागत किया, "क्या बात है, इतना विलम्ब कर दिया? क्या रात भर पाण्डवों के विषय में कोई स्पप्न देखते रहे?"

कर्ण हँसा, "लगता है, युवराज ने पाण्डवों के विषय में अपना कोई स्वप्न सुनाने के लिये ही सबको एकत्रित किया है।"

"देखो मातुल!" दुर्योधन ने शकुनि की आरे देखा, "मैं न कहता था, हम सब लोग रात-भर पाण्डवों के ही विषय में स्वप्न देखते रहे हैं।" उसने क्षणभर रुक कर जैसे देखे गये अपने स्वप्न का मन-ही-मन रस लिया, "मैंने देखा कि वन में भोजन न मिलने के कारण, पाण्डव अत्यन्त दुर्बल और क्षीण हो गये

हैं; और वह पांचाली, उनकी ताड़ना करती हुई कह रही है कि इससे अधिक सुखी तो वह दुर्योधन की दासी बन कर ही रहती।"

"अरे यह पांचाली तो स्वप्न में भी सत्य ही बोलती है।" शकुनि अपनी पूर्ण आनन्दावस्था में हँसा, "वह तो रहती ही।"

"देखो राजेन्द्र!" कर्ण गम्भीर स्वर में बोला, "चारों ओर पाण्डवों की यह चर्चा अकारण ही नहीं है। जब तक वे लोग हिमालय के उच्च क्षेत्रों में विचरण कर रहे थे, हमसे दूर थे। तब न उनकी चर्चा होती थी और न कोई उनके विषय में स्वप्न ही देखता था। अब जैसी कि सूचनाएँ मिल रही हैं, वे लोग हस्तिनापुर के पर्याप्त निकट आ गये हैं। परिणाम यह है कि वे लोग हमें अपना समाचार भेजें न भेजें, कोई-न-कोई व्यक्ति उनके विषय में कोई-न-कोई सूचना ले ही आता है। इन सूचनाओं ने उनका अस्तित्व जैसे ला कर हस्तिनापुर के वक्ष पर खड़ा कर दिया है। परिणाम यह है कि हस्तिनापुर पर उनकी एक प्रकार की बृहदाकार भयावह छाया पड़ रही है।...और यह उचित नहीं है।"

कर्ण ने रुक कर दुर्योधन की ओर देखा। दुर्योधन उसकी बात बहुत ध्यान से सुन रहा था...

"होना यह चाहिए कि उनकी दृष्टि हस्तिनापुर की दिशा में उठे तो उनके नयनों में अश्रु आ जायें; उनके पग इस दिशा में उठें तो वे भय से लड़खड़ा कर गिर पड़ें; उन पर हस्तिनापुर की ऐसी छाया पड़े कि उनके चेहरे पीले पड़ जायें।"

दुर्योधन की आँखों में सहमति थी, "पर यह कैसे होगा मित्र?..."

"आपने चाहे स्वप्न ही देखा हो, किन्तु सम्भावना यही है...और सम्भावना क्या, सत्य यही है कि वनवास करते-करते, पाण्डव मन और शरीर से अत्यन्त दुर्बल हो चुके होंगे। अपने आपको तो वे प्रतिदिन देखते ही हैं, एक बार वे आप का वैभव भी देखें। इस समय आप इतने विस्तृत और समृद्ध राज्य के स्वामी हैं, और वे राज्यभ्रष्ट वनवासी। मैं उनको आरण्यक भी नहीं मानता। आरण्यक तो वे होते हैं, जो अपनी इच्छा से किसी कारणवश अरण्य में अपनी गृहस्थी स्थापित करते हैं।...किन्तु ये तो वे लोग हैं, जिनसे उनका सर्वस्य छीन कर उन्हें वन में रहने को बाध्य किया गया है, इसलिये वे लोग वनवासी भी नहीं हैं, वे तो वनचर हैं।" कर्ण जैसे साँस लेने के लिये रुका, "आप संसार की सर्वोत्कृष्ट श्री से सम्पन्न हैं और वे सर्वथा श्रीहीन। आप विपुल समृद्धिशाली हैं और वे सर्वथा निर्धन। इस समय आप राज्यलक्ष्मी से सुशोभित हो कर, वहाँ चलें; और जिस प्रकार भुवन भास्कर भगवान दिवाकर, तपन बन कर संसार को तपाते हैं, उसी प्रकार आप पाण्डवों को सन्ताप दें। वे एक बार आपका

वैभव देख लेंगे तो कदाचित ही कभी इस दिशा में दृष्टि उठा कर देखने का साहस कर सकेंगे।"

शकुनि मुग्ध भाव से कर्ण को देख रहा था। उसे विश्वास नहीं था कि रात को जो चर्चा वह कर्ण से करके आया था, उसे कर्ण इस गम्भीरता से ग्रहण करेगा; और उसे पूर्णकाम करना अपना लक्ष्य ही बना लेगा।...वह उसे एक मद्यप वृद्ध का प्रलाप मान कर विस्मृत भी तो कर सकता था। पर नहीं। वह तो उसे अपनी पूरी क्षमता से दुर्योधन के सम्मुख इस प्रकार प्रस्तुत कर रहा था, जिससे वह दुर्योधन का अपना स्वप्न ही बन जाये।...अब इस चर्चा को आगे बढ़ाने में, शकुनि को असावधान नहीं रहना चाहिए था...।

"पर्वत शिखर पर खड़ा व्यक्ति, जब भूतल की ओर देखता है, तो उसे सब कुछ आकार में भी बहुत छोटा दिखाई देता है, और महत्त्व और स्वभाव में बहुत हीन और तुच्छ। स्वयं को उन सबसे बहुत ऊँचा पा कर, उसे जो सुख मिलता है, उसकी संसार में कोई तुलना नहीं है। वैसे ही राजन! जो मनुष्य सुख-सुविधा, सत्ता-अधिकार के पर्वतशृंग पर खड़ा हो कर, अपने शत्रुओं को संकट और विपन्नता की स्थिति में देखता है—उसके लिये इससे बढ़ कर अन्य किसी सुख की कल्पना नहीं की जा सकती।" शकुनि बोला, "पाण्डव जब तुम्हें समृद्धि और सुख के इस शिखर पर देखेंगे, तो कदाचित ही कभी हस्तिनापुर की ओर दृष्टि कर पायेंगे।"

"अपने शत्रुओं की दुर्दशा देख कर मनुष्य को जो प्रसन्नता होती है, वह धन, पुत्र तथा राज्य मिलने से भी नहीं होती।" कर्ण पुनः बोला, "हम लोगों में से जो भी सिद्ध मनोरथ हो कर वन में अर्जुन को मृगछाल पहने देखेगा, उसे कौन-सा सुख प्राप्त नहीं हो जायेगा। अपने स्वर्ण आभूषणों को स्वयं दर्पण में देख-देख कर अब कोई रोमांच नहीं होता। उन्हें कोई और देखे, कष्ट पाये, कराहे, तो हमें किसी प्रकार के रोमांच का अनुभव हो।"

दुर्योधन चुपचाप उन दोनों को देखता रहा : कैसा विचित्र संयोग है कि ये सब लोग एक ही स्वर में बोल रहे हैं।

"कल रात काशिका भी यही कह रही थी कि मेरी रानियों की हार्दिक इच्छा है कि वे लोग अपने वस्त्राभूषणों से सज्जित हो कर, अपने वैभव का प्रदर्शन उस पांचाली के सम्मुख करें।" दुर्योधन बोला, "किन्तु मुझे लगा कि राजनीति में स्त्रियों की यह ईर्ष्या, उनका यह कलह-क्लेश...हमारे लिये कोई संकट ही उत्पन्न न कर दे।..."

"यह स्त्रियों की ईर्ष्या का प्रश्न नहीं है मित्र!" कर्ण ने उसे मध्य में ही टोक दिया, "तुम सोचो, वे तुम्हारी रानियाँ हैं। उनका वैभव प्रदर्शन, तुम्हारे

वैभव का ही प्रदर्शन है। उस सुख की कल्पना तो करो, कि तुम्हारी रानियाँ स्वर्ण और रजत की तारों से बुनी साड़ियाँ पहन कर चलें, उनके शरीर पर स्वर्ण में जड़े अमूल्य रत्नों के आभूषण जगमगा रहे हों...और वल्कल तथा मृगचर्म लपेट कर दुःख में डूबी, वह अहंकारिणी द्रुपदपुत्री, कृष्णा अपनी कुटिया के द्वार पर खड़ी हो कर उन्हें देखे और देख-देख कर सन्ताप करे। वह अनुभव करे कि इतनी अपमानित तो वह सर्वथा नग्न हो कर भी नहीं होती। पाण्डव, अपनी और अपनी पत्नी की वह दुर्दशा देखें और अपने नखों से अपना वक्ष छील लें।"

दुर्योधन को लगा, रात को वह काशिका का मंतव्य समझ नहीं पाया था : वह तो उसी के वैभव के प्रदर्शन और उससे प्राप्त सुख की बात कह रही थी।...कंगले पाण्डवों के सम्मुख महाराज दुर्योधन का वैभव प्रदर्शन। उस वैभव की सार्थकता ही क्या थी, यदि उसे देख कर पाण्डवों के वक्ष पर साँप न लोटें।...

दुर्योधन को लगा कि उसकी शिराओं में रक्त नहीं कोई मदिरा प्रवाहित हो रही थी। अपने इस मद को वह कैसे सँभाल पायेगा?...

किन्तु अगले ही क्षण, उसका मद, पानी के झाग के समान बैठ गया। शिराओं में दौड़ने वाली ऊष्मा जैसे शीतल हो गयी। मन अवसाद से घिर गया, "पिताजी हमें उस वन में जाने की अनुमति नहीं देंगे, जहाँ पाण्डव निवास करते हैं।"

"क्यों?" कर्ण कुछ अधिक ही उग्रता से बोला, "क्या द्वैतवन पाण्डवों के बाप का है?"

दुर्योधन ने एक उदासीन-सी दृष्टि, कर्ण पर डाली, "नहीं, किन्तु पिताजी का मत है कि पाण्डवों को असहाय दशा में अपने सम्मुख पा कर, हम अपनी मर्यादा भूल जाते हैं, और उन्हें इतना अपमानित करते हैं, जितना हमारी अपनी सुरक्षा के लिये संकटपूर्ण है।"

"क्यों, महाराज धृतराष्ट्र नहीं चाहते कि पाण्डवों का राज्य और उसकी धन सम्पदा, तुम्हें मिल जाये?" शकुनि की भृकुटि वक्र हो गयी, "क्या वह पाण्डवों को तुमसे अधिक समृद्ध, सुखी और शक्तिशाली देखना चाहते हैं?"

"नहीं। ऐसा तो नहीं है।" दुर्योधन बोला, "वह चाहते हैं कि पाण्डवों से सब कुछ छीन तो लिया जाये, किन्तु उन्हें पीड़ा का अनुभव न होने दिया जाये। उनसे ऐसा व्यवहार किया जाये कि वे अपने हाथों अपना राज्य हमें सौंप कर स्वयं वन में जा कर निवास करें; और इस विश्वास के साथ जीवित रहें कि वे अपने धर्म का निर्वाह कर रहे हैं, और उस धर्म का परिणाम अत्यन्त शुभ होने

वाला है।...महाराज चाहते हैं कि यदि पाण्डवों को पीड़ा का अनुभव हो ही, तो उन्हें समझाया जाये, कि उस पीड़ा के लिये कोई अन्य व्यक्ति दोषी नहीं है। उसके लिये वे लोग स्वयं ही उत्तरदायी हैं।"

"पर इतना श्रम करने की आवश्यकता ही क्या है?" दुःशासन ने सारे वार्तालाप में पहली बार अपना मुँह खोला।

"ताकि सब कुछ छिन जाने पर भी पाण्डव हमसे रुष्ट न हों। वे हमें अपना शत्रु न मानें; वे हमें अपना भाई ही न मानते रहें, संकट आने पर हमारी सहायता भी करें।"

"मेरी तो समझ में यह नहीं आता कि महाराज इन पाण्डवों के रोष से इतने चिन्तित क्यों रहते हैं।" कर्ण ने अपनी वितृष्णा प्रकट की।

"वह चिन्तित नहीं, भयभीत हैं।" दुर्योधन बोला, "मैं उन्हें आज तक यह नहीं समझा पाया कि हम पाण्डवों से दुर्बल नहीं हैं। वह आज भी यही मानते हैं कि भीम मुझसे कहीं अधिक शक्तिशाली है। वह समझते हैं कि अर्जुन संसार का सर्वाधिक दक्ष धनुर्धर है। उसके पास गाण्डीव धनुष है, जो स्वयं देव अग्नि ने उसे दिया है।...और अब तो वह देवलोक से दिव्यास्त्र भी ले आया है।..."

"तो क्या हो गया?" कर्ण बोला, "हमारे पास भी बहुत कुछ है। फिर पितामह भीष्म तथा गुरु द्रोण हमारे साथ हैं; और उनके पास भी दिव्यास्त्रों का अभाव नहीं है।"

"पिताजी को आज तक यह विश्वास ही नहीं हो पाया कि वास्तविक युद्ध की स्थिति में, पितामह और आचार्य हमारे ही पक्ष से युद्ध करेंगे।" दुर्योधन बोला, "वस्तुतः वह नहीं चाहते कि जिन्हें वह मन-ही-मन अपना परम शत्रु मानते हैं, उन लोगों को भी यह भनक पड़े कि वह उनके शत्रु हैं। उनके लिये कूटनीति तथा गोपनीयता का बहुत महत्त्व है। उन्होंने अपना सारा जीवन इसी नीति के अनुसार व्यतीत किया है। उनके भाई पाण्डु तक को ज्ञात नहीं था कि उनके मन में क्या है। वह घोषित रूप से किसी का भी विरोध नहीं करते। उनका विचार है कि हमारे सम्बन्ध प्रकटतः सबसे ही अत्यन्त मधुर होने चाहिए। किसी के प्राण भी लिये जायें, तो इस माधुर्य से कि वह समझे कि हम उसके परम मित्र हैं।"

"पिताजी का विश्वास किसी से छीनने में नहीं, मात्र ठगने में है।" दुःशासन ज़ोर से हँसा, "वह युद्ध में नहीं, मात्र अपहरण में विश्वास करते हैं। वह भी अत्यन्त गोपनीय ढंग से, चतुराई से। उनका क्षत्रियत्व सारे संसार से निराला है।"

"मेरी तो समझ में ही नहीं आता कि यह सब क्या है।" कर्ण बोला, "हम पाण्डवों से इतने शक्तिशाली हैं कि जब चाहें, उन्हें मसल डालें। फिर महाराज उनसे इतने भयभीत क्यों रहते हैं।"

"महाराज हस्तिनापुर के गुप्तचरों से सीधा सम्पर्क रखते हैं; और कभी-कभी उन्हें बुलवा कर उनसे चर्चा भी करते हैं।" दुर्योधन ने बताया, "पिछले दिनों द्वैतवन से एक गुप्तचर आया था, जो पर्याप्त समय से एक साधारण ब्राह्मण के वेश में पाण्डवों के निकट रह रहा था।"

"वह कोई नयी सूचना लाया था क्या?" शकुनि ने कुछ उत्कण्ठा से पूछा।

"सूचना तो कोई ऐसी नहीं लाया।" दुर्योधन ने उत्तर दिया, "बस यह बता गया कि पाण्डव लोग बहुत कष्ट में हैं। उन्हें सम्यक आहार नहीं मिलता। हिम आतप सह कर वे लोग बहुत क्षीण हो गये हैं।"

"तो?" कर्ण ने हुंकार किया।

"यह तो बहुत शुभ समाचार है।" शकुनि बोला, "वे क्षीण हो गये हैं, तो अज्ञातवास के अन्त तक रोग-शोक से गल कर, स्वयं ही मर जायेंगे।"

"ऐसा तो आप सोचते हैं न मातुल!" दुर्योधन बोला, "महाराज तो यह मानते हैं कि सिहं भूखा रह कर, कष्ट पा कर और भी हिंस्र हो जाता है।..."

"तो क्या पाण्डव सिंह हैं।" दुःशासन ने अट्टहास किया, "वह मोटा भैंसा भीम क्या सिंह हो सकता है।"

"पिताजी तो यही मानते हैं न!" दुर्योधन बोला, "मैंने उन्हें समझाने का बहुत प्रयत्न किया है; किन्तु वह सहमत ही नहीं होते। इस समय वह पाण्डवों से भयभीत ही नहीं पूर्णतः त्रस्त हैं। वह मानते हैं कि द्यूत सभा में, उनके साथ हुए व्यवहार से पाण्डव बहुत क्रुद्ध हैं। उस समय तो युधिष्ठिर ने उन्हें किसी प्रकार धर्म की दुहाई दे कर रोक लिया था; किन्तु अब, जब भी हम पाण्डवों के निकट जायेंगे, युधिष्ठिर अपने भाइयों को रोक नहीं पायेगा। उसने यदि अर्जुन को किसी प्रकार रोक भी लिया तो वह भीम को नियन्त्रित नहीं कर पायेगा। और क्रुद्ध तथा अनियन्त्रित भीम, हमारा काल ही सिद्ध होगा। वह अपनी प्रतिज्ञा के अनुसार अवश्य ही दुःशासन के वक्ष का रक्त पी जायेगा, और मेरी जंघा भी तोड़ देगा। उसकी सफलता में उन्हें तनिक भी सन्देह नहीं है।"

शकुनि का मन भीतर-ही-भीतर बुझता जा रहा था...यदि दुर्योधन इसी प्रकार सोचता रहा, तो उसके सारे किए-धरे पर पानी फिर जायेगा। दुर्योधन को अपने अन्धे पिता से इस प्रकार सहमत नहीं होना चाहिए। उसकी इच्छा-अनिच्छा की इस प्रकार चिन्ता नहीं करनी चाहिए; किन्तु शकुनि उसे यह तो नहीं कह सकता था कि वह अपने पिता की आज्ञाओं का पालन न करे।...गान्धारी

पहले ही कह चुकी है कि उसका सान्निध्य दुर्योधन के लिये अच्छा नहीं है। ...अब यदि कहीं उसने दुर्योधन से कह दिया कि वह अपने पिता की आज्ञा का पालन न करे...तो...

सहसा दुःशासन ने कर्ण की ओर देखा, "अंगराज! तुम इतने बड़े-बड़े युद्धों की योजनाएँ बना सकते हो, एक-से-एक जटिल व्यूहों की रचना कर सकते हो, क्या तुम ऐसी कोई युक्ति नहीं सोच सकते, जिससे युवराज अपनी रानियों के साथ, द्वैतवन की यात्रा कर सकें?"

कर्ण की दृष्टि भी दुःशासन की ओर उठी : दुःशासन ने नयनों में एक चुनौती थी, और कर्ण, चुनौती की उपेक्षा नहीं कर सकता था।

"तत्काल कुछ कहना कठिन है, राजकुमार।" कर्ण बोला, "किन्तु युक्ति की क्या बात है, कल तक कोई ऐसी व्यवस्था कर दूँगा कि युवराज अपने दल-बल सहित द्वैतवन की यात्रा करें।"

"वचन देते हो?" दुर्योधन ने पूछा।

"हाँ। वचन देता हूँ। आप अपनी रानियों सहित, अपने सम्पूर्ण वैभव से युक्त हो कर द्वैतवन की यात्रा करेंगे; और हम सब आपके साथ होंगे।"

दुर्योधन प्रसन्नता से उछल कर खड़ा हो गया। उसने अपनी दोनों भुजायें, कर्ण की ओर फैला दीं। कर्ण ने उसकी भुजायें थामीं और उसके कण्ठ से आ लगा।

शकुनि के अधरों पर एक हल्की-सी मुस्कान थी। कल रात्रि कर्ण के आवास पर हुई पानगोष्ठी सार्थक हुई थी।...उसे कर्ण को कुछ और अधिक महत्त्व देना चाहिए। वह, उसके लिये दुर्योधन से कम उपयोगी नहीं था।...

4

राजसभा में प्रथम आगन्तुक के रूप में समंग ग्वाले का नाम सुन कर, धृतराष्ट्र का मन आशंकित हो उठा : यह सुबह-ही-सुबह कहाँ से आ गया?... हस्तिनापुर के राजवंश का जो गोधन वनों में विचरता था, उनकी देखभाल करने वाले ग्वालों का मुखिया था समंग। इससे पहले भी वह दो बार धृतराष्ट्र के लिये चिन्ता का विषय बन चुका था—अपनी उपस्थिति से भी और अपनी अनुपस्थिति से भी। एक बार तो वह, वन में गोधन के साथ विचरने वाले अनेक ग्वालों के साथ, यह माँग ले कर उपस्थिति हो गया था कि उन्हें वन में निवास करते हुए, बहुत समय हो गया था, अब उन्हें नगर में निवास करने का अवसर दिया जाये।

"किन्तु गोधन नगर में कैसे रहेगा? यहाँ इतना स्थान ही कहाँ है?" धृतराष्ट्र ने चकित हो कर पूछा था।

"महाराज!" उसने उत्तर दिया था, "गोधन तो वहीं वन में ही रहेगा। मैंने तो केवल अपने और अपने अधीन काम करने वाले इन गोपालों के लिये हस्तिनापुर में निवास करने की सुविधा की याचना की है।"

"तो गोधन को वन में हिंस्र पशुओं और चोरों के भरोसे छोड़ दिया जाये?" धृतराष्ट्र ने पूछा था।

"नहीं महाराज! ऐसी अनुचित बात तो मैं कभी सोच भी नहीं सकता," उसने उत्तर दिया था, "राजप्रसाद की गोशाला में नियुक्त लोगों को कुछ वर्षों के लिये वन में भेज दिया जाये।"

उसकी बात धृतराष्ट्र की समझ में आ गयी थी। वह एक प्रकार से अपने साथियों और राजप्रासाद की गोशालाओं में कार्यरत गोपालों के लिये स्थानांतरण की माँग कर रहा था। किन्तु हस्तिनापुर की गोशालाओं के कर्मचारियों को वन में कैसे भेजा जा सकता था ? पहले तो ऐसा कभी नहीं हुआ..

"जब तुम्हें यह कार्य सौंपा गया था, और तुमने राजकोष से वृत्ति स्वीकार की थी, तो क्या इस प्रकार का कोई आश्वासन तुम्हें दिया गया था कि तुम्हें हस्तिनापुर की गोशालाओं में स्थानांतरित भी किया जायेगा?" धृतराष्ट्र ने पूछा था।

"नहीं महाराज!"

"तो फिर इस माँग का क्या अर्थ है?" धृतराष्ट्र ने कुछ क्रुद्ध हो कर पूछा था, "तुमने वृत्ति स्वीकार करते समय यह माँग क्यों नहीं रखी थी?"

समंग राजा के क्रोध से तनिक भी भयभीत नहीं हुआ था। वह तो इस प्रकार निर्भीक तथा आश्वस्त खड़ा था, जैसे अपनी मित्र मण्डली में खड़ा कोई साधारण-सी चर्चा कर रहा हो।

"महाराज! परिस्थितियाँ बदलती रहती हैं।" उसने उत्तर दिया था, "तब मेरे पास आजीविका नहीं थी। मैं कवेल आजीविका से ही सन्तुष्ट हो गया था। अब मेरे पास आजीविका है; और मैं वर्तमान से श्रेष्ठतर परिस्थितियों में जीना चाहता हूँ।"

धृतराष्ट्र सोच ही रहा था कि वह उससे कहे कि उसकी आजीविका फिर से छीनी भी जा सकती है, ताकि वह पुनः जीविका मात्र से ही सन्तुष्ट हो सके कि विदुर ने उनके संवाद में हस्तक्षेप कर दिया था।

"तुम अपने लिये तो श्रेष्ठतर जीवन के लिये महाराज से याचना कर भी सकते हो, किन्तु तुम राजप्रसाद की गोशालाओं के गोपालों के लिये वनवास

की माँग कैसे कर सकते हो? उन्हें भी तो अपने लिये श्रेष्ठतर परिस्थितियों की कामना करने का अधिकार है।"

"तो उन्हें वन में मत भेजिए," उसने पूर्णतः आश्वस्त स्वर में उत्तर दिया था, "हमें ही हस्तिनापुर में बुला लीजिए।"

"और वन में गोधन की रक्षा और देखभाल कौन करेगा?"

"वन में नये कर्मचारियों को नियुक्त कर लीजिए।" समंग ने कहा था।

"ठीक है।" महामन्त्री विदुर ने सहमति जताई थी, "आज से हम वन में नये कर्मचारी नियुक्त करते हैं और तुम्हें सेवा मुक्त करते हैं।"

"तो मैं हस्तिनापुर की किस गोशाला में जाऊँ?" समंग ने सहज भाव से पूछा था, जैसे विदुर ने सेवामुक्ति की बात कही ही ना हो।

"तुम्हारी ही सहमति के अनुसार, हस्तिनापुर की गोशाला के कर्मचारी स्थानांतरित नहीं किए गये हैं, इसलिये वहाँ तो किसी नये कर्मचारी के लिये स्थान है नहीं।" विदुर ने उत्तर दिया था।

"लो!" अब चकित होने की बारी समंग की थी, "वन से मैं कार्यमुक्त कर दिया गया, और हस्तिनापुर में मेरे लिये स्थान नहीं है।"

"ठीक समझे।" विदुर ने कहा था, "तुम वन में नहीं रहना चाहते, इसलिये तुम्हारी इच्छा के अनुसार वहाँ से तुम्हें कार्यमुक्त किया गया। जिस दिन हस्तिनापुर के किसी कर्मचारी की इच्छा होगी कि उसे हस्तिनापुर की गोशाला से कार्यमुक्त कर वन में भेज दिया जाये, उस दिन तुम्हें हस्तिनापुर बुला लिया जायेगा।"

"मुझे मेरी वृत्ति कहाँ से मिलेगी?"

"वृत्ति उसको मिलती है, जो कार्य करता है।" विदुर ने कहा था, "तुम्हें कार्यमुक्त कर दिया गया है।"

"इससे तो कहीं अच्छा है कि आप मुझे वन में गोधन के निकट ही भेज दें। मेरी आजीविका तो बनी रहेगी।" समंग का स्वर पहली बार कुछ दीन हुआ था।

"तुम्हारी इच्छा के विरुद्ध तुम्हें वन में रखा जायेगा, तो तुम नित्य कोई गाय बेच दोगे अथवा किसी को उपहार में दे दोगे; और हमें यह सूचना भिजवा दोगे कि उसे कोई हिंस्र पशु उठा कर ले गया है। मैं गोधन की उस क्षति का कारण नहीं बनना चाहता। अनिच्छुक कर्मचारी अपने स्वामी के लिये कभी हितकर नहीं होता।"

समंग ने आगे बढ़ कर धृतराष्ट्र के चरण पकड़ लिये थे, "स्वामी! मैं अपनी मूर्खता को समझ गया हूँ। मुझे क्षमा करें।"

वही समंग, फिर से सभा में उपस्थित हुआ था।...अब क्या चाहता था वह?

समंग ने राजा के सम्मुख उपस्थित हो कर प्रणाम किया, “महाराज की जय हो। महाराज! हमारे गोवृंद, आजकल द्वैतवन में आये हुए हैं। यह स्थान राजधानी के पर्याप्त निकट है। और महाराज! ऋतु भी अनुकूल है। यही समय है, जब गो-गणना होती है, नवजात गोवत्सों को देखा-परखा जाता है, उनका नामकरण किया जाता है, उनके गोत्र बनाए जाते हैं और उनको चिन्हित किया जाता है; और गोधन सम्बन्धी आंकड़ों को राजकीय अभिलेखों में अंकित किया जाता है। निवेदन है कि युवराज स्वयं अपनी उपस्थिति में यह सारा कार्य करवाएँ, ताकि कोई अन्य कर्मचारी संख्याओं में फेरबदल न कर सके, किसी भी ओर से किसी प्रकार की अनियमितता न हो।” समंग कुछ रुक कर बोला, “मैं पहले ही बहुत लांछित और कलंकित हो चुका हूँ महाराज! पिछली बार महामन्त्री महात्मा विदुर ने इसी राजसभा में कहा था कि मुझे मेरी इच्छा के विरुद्ध वन में रखेंगे तो मैं गोवत्स बेच दूँगा और कह दूँगा कि वन में कोई हिंस्र पशु उन्हें खा गया है।...मैं नहीं चाहता महाराज! कि उनकी आशंका को किसी प्रकार का कोई बल मिले। आप या स्वयं युवराज मेरे साथ घोषयात्रा पर चलें और यह आवश्यक कार्य निपटा दें।...”

दुर्योधन ने प्रायः मुग्धावस्था में कर्ण की ओर देखा : द्वैतवन जाने के लिये महाराज की स्वैच्छिक आज्ञा प्राप्त करने के लिये, ऐसी निर्दोष युक्ति की तो उसने कल्पना भी नहीं की थी। यह कर्ण तो विधाता की अद्‌भुत देन है। मातुल शकुनि भी पीछे छूट गये चतुराई में।...

“तुम ठीक कहते हो समंग!” दुर्योधन तत्काल बोला, “तुम गोवृंदों के पास लौट जाओ और हमारी प्रतीक्षा करो। हम यथाशीघ्र यहाँ से चल देंगे।”

“दुर्योधन!” धृतराष्ट्र के मुख से अनायास ही निकल गया। उसने और कुछ नहीं कहा, किन्तु कोई भी समझ सकता था कि उस क्षुब्ध स्वर में निषेध का ही भाव था।

“क्या बात है महाराज!”

धृतराष्ट्र ने तत्काल कोई उत्तर नहीं दिया। उसने अपना दाहिना हाथ कुछ इस मुद्रा में उठा दिया, जिससे प्रतीक्षा अथवा निषेध, कुछ भी ध्वनित हो सकता था।

धृतराष्ट्र का मस्तिष्क बहुत वेग से दौड़ रहा था। यह सब क्या था?... यह समंग जब भी आता है, कोई-न-कोई बखेड़ा अपने साथ लाता है। पहली बार वह राजा को यह बताने आया था कि प्रशासन को अपने कर्मचारियों का स्थानांतरण करना चाहिए; और आज यह बताने आया है कि गोधन की गणना, वर्ग विभाजन, चयन तथा अभिलेखांकन इत्यादि का काम कब करना

चाहिए। यह राज्य का एक साधारण कर्मचारी है अथवा राज्य का नीति निर्धारक धर्माधिकारी?...और इस उच्छृंखलता के लिये उसकी प्रताड़ना करने के स्थान पर, उससे तत्काल सहमत हो कर, दुर्योधन ने उसे वन में आने का वचन दे दिया है।...ऐसे तो कोई भी सेना नायक किसी भी समय आ कर राजा से अनुरोध करेगा कि तत्काल सेना का निरीक्षण कर लिया जाये, क्योंकि उसके पश्चात सैनिक विश्राम करना चाहते हैं।...

पिछली बार विदुर ने इस समंग की उच्छृंखलता को उसी के तर्क में बाँध दिया था। इस बार दुर्योधन ने उसका अवसर ही नहीं आने दिया। अब सभा का कोई सभासद समंग का विरोध कैसे कर सकता है, जब स्वयं युवराज ने उसका प्रस्ताव स्वीकार कर लिया है।...पर दुर्योधन ने ऐसा क्यों किया?

"युवराज चाहेंगे तो हिंस्र पशुओं का आखेट भी कर सकेंगे।..." समंग ने परम आहलाद की स्थिति में पुनः कहा।

"चुप रहो समंग!" धृतराष्ट्र ने कठोर स्वर में कहा, "तुम अपना निवेदन कर चुके, अब हमें विचार करने दो।"

"मैंने कुछ अनुचित कहा महाराज!" समंग का स्वर पर्याप्त धृष्ट था। निश्चित रूप से उसे युवराज की सहमति का बल प्राप्त था, अन्यथा वह इतना दुस्साहस नहीं कर सकता था।

शकुनि बहुत प्रसन्न था। उसे लग रहा था, यह ग्वाला समंग, उसके किसी अज्ञात वरदान का साक्षात रूप था। इतनी चतुराई से तो राजा के मन्त्री भी, राजा को अपनी इच्छा के विरुद्ध निर्णय करने को बाध्य नहीं कर सकते।...

विदुर, समंग के इस आकस्मिक आगमन के पीछे, दुर्योधन की इच्छा को स्पष्ट देख रहे थे। निश्चित रूप से दुर्योधन द्वैतवन में जाने का कोई उपाय ढूँढ रहा था। उसी ने यह योजना बनाई होगी।...वह जानते थे कि दुर्योधन की राज्य के गोधन में कोई रुचि नहीं है। वह तो पाण्डवों की स्थिति को अपनी आँखों से देखना चाहता होगा। सम्भवतः उन्हें चिढ़ाना चाहता हो। उन्हें पीड़ित कर सुखी होना चाहता हो।...

"क्या बात है महाराज!" दुर्योधन ने पूछा।

धृतराष्ट्र अब तक स्वयं को पूर्णतः नियन्त्रित कर चुका था। बहुत आश्वस्त स्वर में बोला, "युवराज! तुम इस समय द्वैतवन में नहीं जाओगे।"

"क्यों महाराज?" दुर्योधन अनायास ही कह गया; किन्तु तत्काल स्वयं को संयत कर वह बोला, "मेरा तात्पर्य है कि मेरा द्वैतवन में जाना, कुछ अनुचित है क्या?"

"इस समय पाण्डव द्वैतवन में निवास कर रहे हैं।" धृतराष्ट्र ने स्पष्ट शब्दों में कह दिया, "इस समय तुम्हारा वहाँ जाना सर्वथा अनुचित है। उनकी भावनाओं का विचार करो पुत्र!" धृतराष्ट्र का स्वर अत्यन्त कोमल और स्नेहयुक्त हो गया था, जिसका अर्थ था कि वह अपना मार्ग खोज चुका था; नीति निर्धारित कर चुका था, "यद्यपि शकुनि ने पाण्डवों को द्यूत में धर्मपूर्वक हराया है; और उनके साथ किसी प्रकार का अनुचित व्यवहार नहीं किया गया है; किन्तु वे दुखी हैं और कष्ट में हैं। वे अपने उस सारे कष्ट का कारण तुम्हें मानते हैं। ऐसे में तुम्हारा उनके निकट जाना, उन्हें उत्तेजित कर सकता है, उनके मन में उनके कष्ट को रेखांकित कर सकता है। तुम क्यों उनकी पीड़ा बढ़ाना चाहते हो?"

"मैं किसी की पीड़ा बढ़ाना नहीं चाहता महाराज!" दुर्योधन बोला, "किन्तु किसी से भयभीत होना भी मेरी प्रकृति में नहीं है। यदि वे द्वैतवन में निवास कर रहे हैं, तो द्वैतवन उनकी सम्पत्ति तो नहीं हो जायेगा। यदि हम मान लें कि पाण्डव जहाँ-जहाँ निवास करेंगे, वह स्थान उनका होगा; और अन्य कोई राजा उनके निकट भी नहीं जायेगा, तो पाण्डवों के लिये एक साम्राज्य का निर्माण करना क्या कठिन रह जायेगा। अन्य किसी राजा को तो राज्य जीतने के लिये सेना की आवश्यकता होती है, युद्ध करना पड़ता है। पाण्डवों के तो वहाँ उपस्थित होने भर से, वह भूमि उनकी हो जायेगी।" दुर्योधन के स्वर की सारी शालीनता समाप्त हो चुकी थी; और वह क्रमशः धृष्टता की ओर बढ़ रहा था।

"मैं उनका आधिपत्य स्वीकार करने के लिये नहीं कह रहा हूँ।" धृतराष्ट्र का स्वर अपना तेज खो चुका था, "मैं तो केवल इतना कह रहा हूँ कि मैं नहीं चाहता कि तुम उनके निकट जाओ। तुमसे कुछ-न-कुछ ऐसा हो ही जायेगा, जिससे उनको पीड़ा होगी। तुम कुछ नहीं भी करोगे, तो तुम्हरा कोई सैनिक, कोई सेना नायक, अपने व्यवहार से उन्हें असन्तुष्ट कर देगा।" धृतराष्ट्र के स्वर में अतिरिक्त माधुर्य आ मिला था, "वे भी तो मेरे पुत्र हैं युवराज! मैं नहीं चाहता कि उन्हें किसी भी प्रकार का कोई मानसिक अथवा शारीरिक कष्ट हो।"

"तो गो-गणना न की जाये? राज्य के सामान्य कार्यों का निषेध कर दिया जाये, क्योंकि उससे पाण्डवों को मानसिक सन्ताप होता है?" दुर्योधन का स्वर अशालीनता की सीमा तक पहुँच चुका था।

"नहीं! बस तुम स्वयं मत जाओ।" धृतराष्ट्र ने कुछ मंद स्वर में कहा, "अपने किसी राजपुरुष को भेज दो। आवश्यक कार्य भी हो जायेगा और किसी प्रकार की कोई कटुता भी उत्पन्न नहीं होगी।"

"इसका अर्थ तो यह हुआ कि पाण्डव द्यूत में हारे थे, इसलिये वे सारी पृथ्वी पर कहीं भी जाने को स्वतन्त्र हैं। वे हिमालय के शृंगों पर भी जा सकते हैं,

और सागर के तल में भी; किन्तु द्यूत जीत कर भी, दुर्योधन हस्तिनापुर का बंदी हो गया। वह गो-गणना के लिये नहीं जा सकता, वह मृगया के लिये नहीं जा सकता, वह अपनी रानियों के साथ वन-विहार के लिये नहीं जा सकता...।"

"ऐसा तो मैंने नहीं कहा।" अब तक धृतराष्ट्र की सारी आक्रामकता समाप्त हो चुकी थी।

"तो और क्या कह रहे हैं महाराज! कि मेरी उपस्थिति मात्र से आपके वे भ्रातुष्पुत्र सुरक्षित नहीं हैं; इसलिये मुझे उनके निकट नहीं जाना चाहिए।"

"नहीं! मैं तो इसके विपरीत यह कह रहा था उनके निकट जा कर तुम सुरक्षित नहीं हो।" धृतराष्ट्र बोला, "भीम और अर्जुन विरोध का भाव लिये, युद्ध की तैयारी कर रहे हैं। कहीं तुम उनके सामने पड़ गये और युधिष्ठिर उन्हें रोक नहीं पाया, तो वे तुम्हारा वध कर देंगे।"

दुर्योधन ने आहत सर्प का-सा फत्कार किया, "बच्चों का खेल नहीं है, दुर्योधन का वध।" और सहसा उसने अपने स्वर को कोमल बना लिया, "महाराज! आप मेरी ओर से निश्चिंत रहें। मैं ऐसा कुछ नहीं करूँगा, जिससे पाण्डवों का उत्पीड़न हो। आप कहें तो मैं अपनी रानियों को भी साथ ले जाऊँ। एक ओर उनका वन-विहार हो जायेगा; और दूसरी ओर युद्ध का वातावरण ही नहीं बन पायेगा।..."

"किन्तु तुम्हारी सुरक्षा?" धृतराष्ट्र बोला।

"तो फिर रक्षा के लिये थोड़ी सेना भी ले जाता हूँ।" दुर्योधन बोला, "आवश्यकता हुई तो रानियों की सुरक्षा के लिये सैनिक नियुक्त किए जा सकेंगे।..."

धृतराष्ट्र ने कुछ नहीं कहा। सबकी दृष्टि उसी पर टिकी हुई थी।

शकुनि मुस्कुरा रहा था। वह जानता था कि सारे निषेधों और प्रतिबन्धों के पश्चात भी धृतराष्ट्र उन सारी बातों की अनुमति दे देगा, जो दुर्योधन चाहता है। कर्ण और दुर्योधन—दोनों ने ही अपने-अपने दाँव बहुत कौशल से जीत लिये थे।

5

कुन्ती को अपने घर आया देख कर काशिका चकित रह गयी। उसने कभी कल्पना भी नहीं की थी कि इन शत्रुतापूर्ण परिस्थितियों में किसी निमन्त्रण के अभाव में, बिना किसी प्रकार की कोई विशेष औपचारिकता किए, बिना कोई सूचना भिजवाए, कुन्ती इस प्रकार सहज भाव से उसके घर भी आ सकती है;

जैसे उन दोनों परिवारों के बीच किसी प्रकार का कोई वैमनस्य ही न हो।... कहीं वह किसी प्रकार का झगड़ा करने तो नहीं आयी?...नहीं! यदि कुन्ती को किसी प्रकार का कोई झगड़ा करना होता, विरोध जताना होता, अथवा किसी प्रकार की कोई याचना ही करनी होती, तो वह गान्धारी के पास जाती...यहाँ काशिका के घर?...

काशिका कुछ निश्चय नहीं कर पा रही थी कि वह कुन्ती का किसी प्रकार स्वागत करे...एक ओर जहाँ वह द्यूत सभा और पाण्डवों के वनवास की घटनाओं को नहीं भूल पा रही थी, वहाँ वह इस बात की भी उपेक्षा नहीं कर पा रही थी कि कुन्ती उसके पति की चाची तथा उसकी पुत्री लक्ष्मणा के ससुर की बूआ थी।

उसने आगे बढ़ कर कुन्ती के चरणों को स्पर्श किया और धीरे से बोली, "आपको काकी माँ कहूँ कि राजमाता?"

कुन्ती सहज मधुर ढंग से हँसी, "उसका निर्णय बाद में कर लेंगे, पहले बैठने को तो कहो।"

काशिका ही दृष्टि से चूका नहीं कि कुन्ती के मन में किसी प्रकार की कोई उद्विग्नता नहीं थी। इसका अर्थ है कि वह किसी प्रकार का मनोमालिन्य ले कर नहीं आयी है। मन वैमनस्य से आन्दोलित होता, तो उसका व्यवहार ऐसा नहीं हो सकता था। वह पूर्णतया सामान्य भाव से, आत्मीयतापूर्वक बातें कर रही थी। काशिका ही थी कि अटपटायी हुई थी; और अपनी भूमिका के विषय में निश्चित नहीं थी।...न पिछली घटनाओं को भूल पा रही थी न सामान्य व्यवहार कर पा रही थी। वह हस्तिनापुर की युवराज्ञी थी, उसके तो तेज से ही कुन्ती जैसे साधारण लोगों को भस्म हो जाना चाहिए था।

कुन्ती बैठ गयी, और मुस्कुरा कर बोली, "मैं राजकुमारी भी रही हूँ, महारानी भी और राजमाता भी; किन्तु अब उनमें से कुछ भी नहीं हूँ। दूसरी ओर तुम्हारी काकी मैं थी; और अब भी हूँ। पद तो कभी होता है और कभी नहीं होता, किन्तु पुत्रि! सम्बन्ध तो ईश्वर के बनाए हुए हैं, वे नष्ट नहीं हो सकते। कल यदि दुर्योधन मेरे पुत्रों का वध भी कर दे, अथवा वह मेरे पुत्रों के हाथों वीरगति को प्राप्त हो, तो भी संसार में यही कहा जायेगा कि एक भाई ने दूसरे भाई का वध किया। इन नैसर्गिक सम्बन्धों को तो अस्वीकार नहीं किया जा सकता।"

काशिका को लगा कि कुन्ती के विषय में उसके मन की जिज्ञासा को उत्तर मिल गया है। शायद कुन्ती सदा इसीलिये इतनी सहज रह पाती थी।...न उसका महत्त्व किसी पद के कारण था, न उसके सम्बन्ध पद के कारण थे।

यह तो उसका अपना नैसर्गिक व्यक्तिगत ही था, जो सामने खड़े व्यक्ति को प्रभावित करता था।

"कहिए, आज इधर आने का कष्ट कैसे किया?" काशिका को अपने मन की कटुता अपनी वाणी में भी सुनाई पड़ रही थी।

"सोचा, हस्तिनापुर में रहते हुए भी यदि मेरी पुत्रवधुएँ मुझसे मिलेन नहीं आ सकतीं, तो मैं ही उनसे मिल आऊँ।" कुन्ती ने रुक कर उसकी ओर देखा, "यदि बहुत असुविधा न हो तो दुःशासन और विकर्ण की पत्नियों को भी यहीं बुला लो। उनके भवन तो निकट ही हैं न?...और भानुमति कहाँ है?"

काशिका की दृष्टि सहज भाव से निकट खड़ी दासी की ओर उठ गयी। दासी ने अभ्यस्त रूप में मुस्कुरा कर 'सब ठीक है' का संकेत कर दिया।

"किसी को बुलाने की आवश्यकता नहीं है काकी!" काशिका बोली, "आपको आते देख कर दासियाँ अपने आप भाग-भाग कर सबको सूचनाएँ दे आयी होंगी और थोड़ी देर में वे सब यहीं आपके सम्मुख होंगी।" इस बार काशिका का स्वर कुछ सहज रूप लिये हुए था।

"मैं समझी नहीं," कुन्ती ने कहा, "क्या तुम्हारी ऐसी कोई व्यवस्था है?"

"व्यवस्था क्या काकी! यह तो दासियों की सहज चंचलता है। उन्हें कोई भी नयी-सी बात लगती है, तो वे अपनी व्यग्रता छिपा नहीं पातीं और इसी प्रकार बालकों के समान भाग-भाग कर सब ओर सूचना प्रसारित कर आती हैं।"

"तो मेरा तुम्हारे पास आना कोई अदभुत बात है क्या?" कुन्ती ने पूछा।

"नहीं। ऐसा तो कुछ नहीं है।" काशिका ने उत्तर दिया, "किन्तु आपका इधर आना होता नहीं न।"

तभी भानुमति ने आ कर कुन्ती का अभिवादन किया; और दुःशासन की पत्नी, ज्योत्स्ना भी आ कर सामने खड़ी हो गयी। उसने कुन्ती को प्रणाम किया, न उससे सम्बोधित हुई। उसने कुन्ती पर एक वितृष्णा भरी दृष्टि डाली और काशिका की ओर उन्मुख हो कर बोली, "यह वृद्धा कौन है?"

कुन्ती समझ गयी, ज्योत्स्ना उसे अपमानित और उत्तेजित करने का प्रयत्न कर रही थी। बोली, "यहाँ बैठ जाओ वधू! तो तुम्हें बताऊँ कि यह वृद्धा कौन है।"

ज्योत्स्ना ने उपेक्षापूर्वक अपने सिर को एक झटका दिया और एक ओर बैठ गयी।

"जिस व्यक्ति में दूसरों की तुलना में किसी प्रकार की वृद्धि होती है, वही वृद्ध होता है, जानती हो न!" कुन्ती ने उसकी ओर देखा, "मैं वृद्धा हूँ, अवस्था में, अनुभव में, लोकाचार में...और भी बहुत सारे क्षेत्रों में। मैं स्मरण शक्ति में

भी वृद्धा हूँ, क्योंकि तुम्हें स्मरण नहीं है कि मैं कौन हूँ, और मुझे स्मरण है कि तुम उस दुःशासन की पत्नी ज्योत्स्ना हो, जिसके रक्त की प्रतीक्षा में द्रुपदपुत्री कृष्णा के केश वेणीबद्ध नहीं होते। अब तुम्हें स्मरण आया कि मैं कौन हूँ, अथवा यह भी बताऊँ कि मैं उस महावीर भीम की माता हूँ, जिसने तुम्हारे पति का वक्ष फाड़ कर उसका रक्त पीने की प्रतिज्ञा की है?"

"उन प्रसंगों को न ही छेड़ें काकी!" भानुमती उपेक्षाकृत कोमल स्वर में बोली।

"ठीक कहती हो पुत्री!" कुन्ती धीरे से बोली, "वे प्रसंग किसी के लिये भी मधरु नहीं हैं; पर अपने सम्मान की रक्षा तो करनी ही पड़ती है।"

ज्योत्स्ना के मुख का स्वाद जैसे कड़वा हो गया था; किन्तु वह कुन्ती की बात को पी जाने के लिये प्रस्तुत नहीं थी। बोली, "हाँ। स्मरण आ गया। तो आप हैं, इन्द्रपस्थ की विगत राजमाता, महामहिमामयी कुन्ती।"

"ठीक पहचाना।" कुन्ती ने उत्तर दिया, "सम्बन्ध में तुम्हारे पति की काकी हूँ। यदि तुम तनिक भी सुसंस्कृत परिवार में जन्मी हो और तुम्हें शिष्टाचार का किंचित भी ज्ञान है, तो तुम मुझे काकी माँ कह कर सम्बोधित कर सकती हो।"

"मैंने तो समझी थी विगत राजमाता! कि आप अपने शूरवीर पुत्रों के साथ वनवास कर रही होगी। आप अभी तक यहीं हैं, हस्तिनापुर में ही।"

"क्या कर रही हो ज्योत्स्ना!" काशिका ने उसे टोका।

"रहने दो वधू!" कुन्ती ने कहा, "उसको भी अपने पति के समान अन्य नारियों की मर्यादा का उल्लंघन करने का अवसर दो। यह सब नहीं करेगी, तो पति के गुण उसमें प्रतिबिम्बित कैसे होंगे।"

ज्योत्स्ना ने तमक कर कुन्ती की ओर देखा। वह कुछ कहने ही जा रही थी, पर भानुमति ने उसे बोलने का अवसर नहीं दिया। वह बोली, "वैसे काकी माँ! यह जिज्ञासा तो मेरे मन में भी है कि आप अपने पुत्रों के साथ न जा कर यहाँ हस्तिनापुर में कैसे रह गईं? ऐसी स्थिति में तो कोई भी माता अपने पुत्रों के साथ रहना ही अधिक श्रेयस्कर मानती।"

कुन्ती ने पहचाना कि भानुमति का प्रश्न, एक सहज प्रश्न मात्र था, उसके पीछे किसी प्रकार की कोई दुर्भावना नहीं थी।

"सुख किसको अच्छा नहीं लगता!" कुन्ती के कुछ कहने से पहले ही ज्योत्स्ना बोली, "वन में यह सब कहाँ मिलता, जो कुछ यहाँ उपलब्ध है।"

"तुम्हारा तात्पर्य यदि सुविधाओं से है, तो काकी द्वारका जा सकती थीं। अपनी किसी भी पुत्रवधू के साथ उसके मायके जा सकती थीं। हस्तिनापुर में ही रहना था तो स्वयं महाराज से किसी भी प्रकार की सुख-सुविधा से सम्पन्न

कोई प्रसाद ले कर रह सकती थीं।" भानुमति ने कहा, "महामन्त्री विदुर के घर में क्या है।"

विकर्ण की पत्नी मृदुला ने आ कर कुन्ती के चरण स्पर्श कर प्रणाम किया, "सूचना मिली कि आप यहाँ आयी हुई हैं तो मैंने सोचा, मैं भी आपके दर्शन कर आऊँ।"

"तुम चाहो तो तुम्हें दर्शन देने यह तुम्हारे घर भी आ जायेंगी। बस ज़रा अच्छा-सा भोजन करवा देना।" ज्योत्स्ना बोली।

"तुमने कभी काकी के घर का भोजन किया होता, तो तुम्हें ज्ञात होता कि स्वादिष्ट भोजन क्या होता है।" मृदुला ने कहा, "काकी तो काकी, मैं तो अपने महावीर जेठ भीमसेन के हाथ के पकाए भोजन का स्वाद भी नहीं भूलती।"

"भीम ने भी तो भोजन पकाना काकी से ही सीखा है।" भानुमति ने हस्तक्षेप किया।

"उसे रहने दो मृदुला।" कुन्ती ने मुस्कुरा कर कहा, "उसके मुख में इस समय जले हुए करेलों का स्वाद है। वह अन्य किसी भी स्वाद का अनुभव नहीं कर पायेगी—न वात्सल्य का, न सौहार्द का, और न शान्ति का।..." कुन्ती ने कुछ रुक कर ज्योत्स्ना की ओर देखा; किन्तु जब ज्योत्स्ना कुछ नहीं बोली, तो कुन्ती ने पुनः कहा, "हममें चर्चा चल रही थी कि मैं यदि वनवास की असुविधाओं से बचने के लिये अपने पुत्रों के साथ नहीं गयी तो मुझे हस्तिनापुर में उस घर में रहना चाहिए था जहाँ सबसे अधिक सुख उपलब्ध थे।"

"हाँ काकी! विदुर काका के ही घर क्यों रहीं?"

"पुत्रि! यदि यह निर्णय मैंने किया तो अपने सुख के लिये ही किया। अब पहले हम यह निश्चय कर लें कि सुख क्या है, तब मैं तुम्हारे प्रश्न का उत्तर दे पाऊँगी।" कुन्ती ने कहा, "अब मुझे तुम बताओ कि सुख है क्या?"

"सुख वही है, जो आपके पुत्रों से छिन गया है और हमारे पास है।" ज्योत्सना ने सबसे पहले उत्तर दिया।

"मेरे पुत्रों से जो छिना, वह उनका सुख नहीं था।" कुन्ती ने कहा, "वे उनकी सुविधाएँ थीं। उनका सुख उनके धर्म में था, इसलिये उन्होंने अपने धर्म का पालन किया। फिर भी हम मान लेते हैं कि कुछ लोगों के अनुसार सुविधा ही सुख है। जिसके पास जितनी सुविधाएँ हैं, वह उतना ही सुखी है।"

"हाँ! यही मान लेते हैं।" मृदुला ने कहा।

"तो मुझे बताओ कि महाराज धृतराष्ट्र के पास अधिक सुविधाएँ हैं अथवा महात्मा विदुर के पास?" कुन्ती ने पूछा।

"महाराज के पास।" काशिका ने कहा।

"पर ऐसा कितनी बार हुआ कि उद्विग्न हो कर महाराज ने विदुर को उसके घर से बुलाया कि वह आ कर उनके मन को किसी प्रकार शान्त करे?"

"अनेक बार हुआ है। प्रायः हुआ है।" भानुमति ने कहा।

"और ऐसा कितनी बार हुआ कि दुखी हो कर, विदुर शान्ति अथवा सुख की याचना करने महाराज के पास पहुँचा हो?" कुन्ती ने पुनः पूछा।

"ऐसा तो कदाचित कभी नहीं हुआ।" मृदुला ने कहा।

"आपका तात्पर्य है कि अपने पास कोई धन-सम्पत्ति ही न रखे, क्योंकि उसमें कोई सुख नहीं है।" ज्योत्स्ना बोली, "तो फिर आपके पुत्र अपना राज्य त्याग वन जाने के नाम पर इतना दुखी क्यों थे?"

"वे अपने अपमान के कारण दुखी थे। अपनी पत्नी के अपमान के कारण दुखी थे। अपनी सुविधाओं और अधिकारों के छिन जाने के कारण दुखी थे।" कुन्ती ने कहा, "अभी थोड़ी देर के लिये मेरे पुत्रों को भूल जाओ। उन्हीं को ध्यान में रखो, जिनके पास सारी सुविधाएँ हैं। हम इस पर विचार करें कि जिसे सामान्यतः सुख मान लिया जाता है, वह पदार्थ में है अथवा अपने मन में?"

"मैं समझी नहीं काकी!" काशिका बोली।

"तुम्हारे पास असाधारण मणियों का एक हार हो, तो तुम उसे अपनी पेटिका में रख कर अधिक सुखी होगी, अथवा उसे धारण कर सभा में सम्मिलित हो कर?" कुन्ती ने पुनः पूछा, "तुम्हारे सुख के लिये, वह मणियों का हार ही अपने आप में पर्याप्त होगा, अथवा उसे तुम्हारी सम्पत्ति के रूप में देख कर स्वयं को हीन समझ, अपमानित होने वाला व्यक्ति भी आवश्यक है?"

"उसे पेटिका में बंद कर रखने का क्या सुख है काकी?" काशिका बोली, "हम सब, आभूषण क्यों पहनती हैं। एक तो इसलिये कि हमारा रूप निखरे, दूसरे इसलिये कि लोग देखें कि हमारे पास क्या-क्या है।...प्रदर्शन ही न कर पायें, तो उस पदार्थ का क्या सुख?"

"प्रदर्शन का तात्पर्य है कि देखो, यह हमारे पास है, और तुम्हारे पास नहीं है।" कुन्ती बोली, "तो सुख न पदार्थ में है, न पदार्थ के स्वामित्व में। सुख न उसको धारण करने में है, न अपने रूप सौन्दर्य में। सुख तो अहंकार की वृद्धि में है। वह तो हमारा अहंकार ही है, जो अपने वैभव के प्रदर्शन से तृप्त होता है, और हम सुखी होते हैं।"

"कैसे काकी?" मृदुला ने पूछा।

"आभूषण के प्रदर्शन से क्या होता है? दूसरे को हीन सिद्ध कर अपने अहंकार की तुष्टि।" कुन्ती बोली, "किन्तु वस्तुतः वह सुख नहीं है। वह तो सुख का भ्रम मात्र है। वह स्वतःपूर्ण नहीं है, स्वतन्त्र नहीं है, वह किसी अन्य

पर निर्भर है। उसके लिये किसी अन्य का अस्तित्व भी अनिवार्य है।" उसने रुक कर उनकी ओर देखा, "मेरी एक बात सुनो पुत्रियो! सागर की लहरें बहुत सुन्दर और बलशाली होती हैं। वे सुखी हैं, अतः वे अपने स्थान पर रह कर, आत्ममग्न हो कर ही सुखी हैं। उन्हें सुखी होने के लिये, किसी अन्य को हीन भाव में ग्रस्त करने की आवश्यकता नहीं है।...यदि वे अपना सौन्दर्य दिखाने के लिये, धरती की यात्रा आरम्भ कर दें, तो सारी सृष्टि नष्ट हो जायेगी। हिमालय के हिम ढके श्रृंग बहुत सुन्दर हैं; किन्तु वे अपने स्थान पर शान्त खड़े हैं। वे अपने सौन्दर्य का वैभव दिखाने, और जलहीन मरुभूमि को अपमानित करने के लिये यदि मरुभूमि के पास चले जायें, तो सारा हिम गल कर बह जायेगा; और उन श्रृंगों का सारा सौन्दर्य नष्ट हो जायेगा। सरोवर में खड़ा सौगन्धिक पद्म बहुत सुन्दर है; किन्तु उसके पास सन्तोष है। उसके सौन्दर्य को देखने के लिये कोई उस दुर्गम सरोवर के तट पर स्वयं आये, वह चल कर कहीं नहीं जाता। यदि वह कमल अपना सौन्दर्य प्रदर्शित करने के लिये सरोवर से बाहर आ जाये, तो उसका सौन्दर्य ही नहीं उसका अस्तित्व भी नष्ट हो जायेगा।"

"आपके उदाहरण तो पूर्णतः सटीक हैं, किन्तु आप कहना क्या चाहती हैं काकी?" मृदुला ने सहज भाव से पूछा।

"मैं तो मात्र इतना कहना चाहती हूँ पुत्रि! कि यदि तुम्हारे पास कोई विभूति है, तो उसके लिये ईश्वर की कृतज्ञ हो कर सात्विक भाव से उस विभूति का सुख उठाओ। मन में सात्विकता न हो, तो सम्पत्ति, सुविधाएँ तथा अधिकार, किसी को कोई सुख नहीं दे सकते।" कुन्ती ने उनकी ओर देखा, "अब मैं तुम्हें बताना चाहती हूँ कि हस्तिनापुर में रहने के लिये मैंने विदुर का घर और परिवार ही क्यों चुना।"

"क्यों चुना काकी?" भानुमति ने पूछा।

"विदुर की जीवन-शैली देखी है कभी तुमने!" कुन्ती ने कहा, "वे हस्तिनापुर जैसे विराट राज्य के महामन्त्री होते हुए भी, वैभव का नहीं साधना का जीवन व्यतीत कर रहे हैं। उनका घर प्रासाद न हो कर एक तपस्वी के आश्रम जैसा है। गंगा के तट पर एक आरण्यक रहता है वहाँ, जो साम्राज्य की नीतियाँ भी निर्धारित करता है; किन्तु उससे अधिक वह विदुर-नीति का निर्माण कर रहा है, ताकि उसके माध्यम से एक सात्विक और सुखी जीवन जीना सम्भव हो, राज्य सम्पन्न हो; और साधारण नागरिक समृद्ध हो। समृद्धि ईर्ष्या का कारण न बने, ईश्वर को प्राप्त करने का साधन बने।" कुन्ती फिर ठहरी, "विदुर के परिवार के विषय में क्या जानती हो तुम लोग? उसकी सन्तानों के विषय में क्या ज्ञात है तुम्हें?"

"मेरी तो कुछ समझ में नहीं आता काकी!" भानुमति बोली, "कोई तो कह देता है कि उनका कोई पुत्र ही नहीं है, और दूसरी ओर उनके परिवार की भी चर्चा होती रहती है। ठीक-ठीक पता ही नहीं चलता कि उनकी कोई सन्तान है भी कि नहीं। मैं कभी उनके घर गयी नहीं। उनके परिवार से कभी कोई हमारे घर आया नहीं।"

"विदुर की कोई और सन्तान नहीं है; किन्तु नगर के कितने ही अक्षम पुरुष, असहाय स्त्रियाँ तथा अनाथ बच्चे, विदुर के परिवार जन के रूप में पल रहे हैं। उस दम्पती के मन में कहीं अपने और पराये का कोई भाव नहीं है। उनको देख कर कोई नहीं कह सकता कि वह विदुर का परिवार नहीं है। इसलिये विदुर को स्नेह सबसे है, मोह किसी से नहीं है। उस परिवार में सात्विकता का जो परिवेश है, उसमें रह कर कोई भी व्यक्ति सुखी हो जाता है, क्योंकि मन शान्त रहता है। रजोगुणी अशान्ति वहाँ नहीं है। वहाँ महाराज धृतराष्ट्र के प्रासाद की-सी सुविधाएँ चाहे नहीं हैं; किन्तु सुख की अनुभूति तो है। और फिर भौतिक दृष्टि से भी मैं कहीं भी रहती, अपनी हो कर भी पराई ही रहती। विदुर के घर में जब पराए भी पराए नहीं हैं, तो मैं पराई कहाँ से होती। मैं वहाँ सुख ही प्राप्त नहीं करती, आत्मीयता की भी कोई कमी नहीं है मुझे। वहाँ कोई नहीं पूछता कि यह वृद्धा कौन है। विदुर के घर में पराए लोगों को भी आत्मीय बना लिया जाता है, क्योंकि उससे एक सात्विक सुख की प्राप्ति होती है; और तुम्हारे राजप्रासादों में आत्मीय जनों को भी पराया माना जाता है और उन्हें पराया बनाने का उपक्रम किया जाता है।" कुन्ती ने ज्योत्स्ना की ओर देखा; और उठ खड़ी हुई, "अब मैं चलूँगी पुत्रि।"

"अरे, ऐसे ही कैसे चली जायेंगी काकी माँ!" काशिका बोली, "अभी तो मैंने आपका कोई सत्कार ही नहीं किया, बातों में ही बैठी रह गयी।"

"मैं कुछ बातें करने ही आयी थी युवराज्ञी!" कुन्ती ने उत्तर दिया, "बातें हो गयीं। अब देखना है कि उन बातों का तुम्हें कितना लाभ होता है।"

कुन्ती चली गयी।

"पता नहीं काकी क्या कह रही थीं।" भानुमति ने कहा, "वह कैसे सुख की चर्चा कर रही थीं, जिसमें व्यक्ति सर्वथा आत्मनिर्भर होता है, उसे और किसी की आवश्यकता ही नहीं होती।"

"कह क्या रही थीं।" ज्योत्स्ना ने तुनक कर कहा, "कह रही थीं कि उनकी बहू को अपने वस्त्रालंकार दिखाने हम लोग द्वैतवन न जायें।"

"ओह! तो मूल बात यह थी। मैं भी कहूँ कि आज काकी इधर कैसे भूल पड़ीं।" काशिका बोली, "पांचाली को तो कभी नहीं कहा था कि अपने

वस्त्राभूषण पेटिका में छिपा कर रखे। हमें ही समझाने आ गईं।"

"हमें समझाने नहीं धमकाने आयी थीं।" ज्योत्स्ना बोली, "आपने ध्यान नहीं दिया युवराज्ञी! कह रही थीं न कि सौगन्धिक पद्‌म यदि अपना सौन्दर्य दिखाने सरोवर से बाहर आ जायेगा तो उसका सौन्दर्य ही संकट में नहीं पड़ेगा, उसका जीवन भी नष्ट हो जायेगा।"

"अब हमारे सम्बन्ध जो भी हों; किन्तु उनकी बात में सत्य का अंश तो था।" मृदुला ने कहा।

"तो तुम भी आज से महात्मा विदुर के आश्रम में भरती हो जाओ।" ज्योत्स्ना ने एक ग्राम्य अट्टहास किया।

6

वृषाली ने हाथ जोड़ कर प्रणाम किया तो काशिका ने अपने स्थान से उठ कर, स्वयं वृषाली के निकट जा कर, उसका स्वागत किया। उसकी भुजा पकड़ कर आग्रहपूर्वक अपने साथ ला, सबसे अधिक सुखद मंच पर बैठाया; और स्वयं भी उसके निकट ही बैठ गयी।

"कहो सखि! कैसी हो?"

वृषाली अपनी उत्फुल्ल मुद्रा में थी, "क्या कहूँ महारानी! आर्यपुत्र ने तो केवल यह सूचना दी कि हमें द्वैतवन चलना है। और कुछ बताया ही नहीं। वह तो चले गये हैं, सैन्य संगठन करने। अब मेरे लिये तो समस्या हो गयी कि...।"

"अरे तो समस्या क्या है?" काशिका हँसकर बोली, "वेशभूषा की? वस्त्राभूषण की? शृंगार और प्रसाधन की?"

"हाँ महारानी!" वृषाली हँसी, "कहने को तो वन में जा रही हैं; किन्तु किरात कन्याओं के समान तो नहीं जा सकती न! वहाँ बैठी है, पांचाली कृष्णा। वस्त्राभूषणों की विशेषज्ञा। आपको तो स्मरण ही होगा महारानी! जब राजसूय यज्ञ के अवसर पर हम इन्द्रप्रस्थ गयी थीं, तो उसने अपने वैभव का कैसा प्रदर्शन किया था।...और जब हस्तिनापुर आयी थी, तो अपने साथ वस्त्राभूषणों का कैसा भण्डार लायी थी, जैसे सारा पण्य ही उठा लायी हो। स्मरण है न आपको उसका वह सारा वैभव, उस वैभव का प्रदर्शन।"

"स्मरण है।" काशिका तिक्ततापूर्वक हँसी, "उसका वह वैभव भी स्मरण है, जो उसने द्यूत सभा में प्रदर्शित किया था।"

काशिका के संकेत को समझ कर वृषाली जैसे क्षणभर को अवाक रह गयी। फिर वह भी हँसी, "बेचारी क्या जानती थी कि द्यूत के पांसे, किस प्रकार

भाग्य के साथ खिलवाड़ करते हैं।...जो कुछ दिखाने लायी थी, वह सारा का सारा यहीं हस्तिनापुर में रह गया, और सभा में वह किसी और ही वेश में जा पहुँची।...अब वहाँ द्वैतवन में वह अकेली देखने वाली, और हम सब इतनी सारी प्रदर्शन करने वाली।...मेरी तो कुछ समझ में ही नहीं आ रहा। मेरी सपत्नियाँ, मेरी देवरानियाँ, मेरी सखियाँ—शकट-के-शकट भर कर वैभव सामग्री ले जा रही हैं। कोई साड़ी पीछे छूटने नहीं देंगी शायद। कुछ के विषय में तो मैंने सुना है कि जाने से पहले वे हस्तिनापुर के पण्यों को ही बटोरने में लग गयी हैं। पांचाली के पास तो वहाँ प्रदर्शित करने के लिये कुछ होगा नहीं। हम आपस में ही स्पर्धा करने जा रही हैं क्या?"

काशिका हँसी, "बहुत दया आ रही है, तुम्हें उस बेचारी पर। यह न हो कि अपने भण्डार में से चुन-चुन कर श्रेष्ठ साड़ियाँ उसी को भेंट कर आओ। वर्तमान कुछ भी हो, किन्तु अतीत में वह इन्द्रप्रस्थ की साम्राज्ञी रही है और भविष्य में पुनः साम्राज्ञी बनने के स्वप्न देख रही है।"

द्रौपदी के पुनः साम्राज्ञी बनने की चर्चा मात्र से वृषाली सहम गयी, "मैं कभी-कभी सोचती हूँ कि उसका यह स्वप्न सत्य हो गया, यदि उन्होंने अपना राज्य लौटा लिया, तो हस्तिनापुर का क्या होगा? जो व्यवहार उसके साथ किया गया है, उसे वह न तो कभी विस्मृत कर सकती है, न क्षमा।"

"महावीर कर्ण की पत्नी इस प्रकार सोचती है।" काशिका हँसी; किन्तु वह अगले ही क्षण गम्भीर हो गयी, "वैसे मुझे पूर्ण विश्वास है कि महाराज धृतराष्ट्र पाण्डवों का राज्य उन्हें कभी नहीं लौटायेंगे। और धर्मराज राज्य के लिये या तो युद्ध करेंगे नहीं, करेंगे तो पराजित होंगे। इसलिये इन दुश्‍चिंताओं में मत पड़ो; और द्वैतवन जाने की तैयारी करो।"

"आप क्या ले कर जा रही हैं महारानी!" वृषाली ने पूछ तो लिया; किन्तु पूछ कर सहम गयी, "क्षमा कीजिएगा।..."

"भय त्यागो।" काशिका ने मुस्कुरा कर उसकी ओर देखा, "हर समय इस प्रकार भयभीत मत रहा करो। हमेर पति परस्पर मित्र हैं, घनिष्ठ मित्र। उसी प्रकार हम भी सखियाँ हैं। तुम पूछ सकती हो; कुछ भी पूछ सकती हो।"

वृषाली कुछ आश्वस्त हुई, "मैं पूछ रही थी कि हमें कितने दिन वहाँ ठहरना होगा? कितनी संख्या में कैसे वस्त्र ले जायें?"

"यह तो मैं भी नहीं जानती सखि!" काशिका बोली, "आर्यपुत्र से इस प्रकार के प्रश्नों का उत्तर पाना बहुत कठिन है। पूछूँगी तो कह देंगे, जितने दिनों का कार्य है, उतने दिन रुकेंगे।...और इस बार जा तो कार्य के बहाने से रहे हैं; किन्तु मैं जानती हूँ कि होगा आखेट और वन-विहार ही।...इसलिये यह

सब क्या पूछना। जो मन में आये, ले चलो। मन ऊब गया अथवा कुछ नया पहनने की इच्छा हुई तो, पण्य साथ होगा ही; वहीं से क्रय कर लेंगे... ।"

"सेना के साथ पण्य भी जायेगा?" वृषाली ने पूछा।

"पण्य तो सेना के साथ सदा ही होता है; किन्तु वह सैनिकों की आवश्यकता के लिये होता है।" काशिका बोली, "इस बार तो युवराज के साथ कामदेव की सेना भी जा रही है न!"

"फिर तो मुझे चिन्ता करने की कोई आवश्यकता नहीं है।" वृषाली बोली, "वहीं क्रय करेंगे, वहीं पहनेंगे।...और पण्याटन में समय भी अच्छा बीतेगा।"

"बस अंगराज को कहना, अपना स्वर्ण भण्डार साथ ले चलें।"

"तो क्या हुण्डी नहीं चलेगी?" वृषाली ने कुछ चकित भाव से पूछा, "हस्तिनापुर लौट कर मूल्य चुका देंगे।"

"पता नहीं मूल्य कौन चुकाता है और कैसे चुकाता है।" काशिका अबोध भाव से बोली, "वणिक और श्रेष्ठी यहाँ आते हैं। वस्तुएँ दिखाते हैं। मैं इंगित कर देती हूँ और वे उन वस्तुओं को छोड़ जाते हैं। मूल्य चुकाने की पद्धति क्या है, यह तो मैंने पूछा ही नहीं।"

वृषाली कुछ नहीं बोली। उसका मन किसी धृष्ट कौवे के समान बार-बार एक ही बात कह रहा था...मूल्य कभी चुकाया हो, तब न! श्रेष्ठी बेचारे भय के मारे, मूल्य माँगते ही नहीं होंगे। पर सब लोग राजा दुर्योधन और उसकी रानी जैसे तो नहीं हो सकते न!...जिसके पति स्वयं इतना दान करते हों, वे वणिकों और श्रेष्ठियों को इस प्रकार लूट नहीं सकते। राजा ही वणिक को लूटने लगेगा तो वणिक प्रजा को क्यों नहीं लूटेगा। उसे तो अपना मूल्य किसी-न-किसी से वसूलना ही है।

"सुना है पाण्डवों की माता यहाँ आयी थीं।"

"हाँ! आयी तो थी।"

"क्या करने आयी थी?"

"यह शास्त्रार्थ करने कि सुख क्या होता है।"

"निष्कर्ष क्या निकला?"

"यह कि यदि हम द्वैतवन गईं तो हमारा ऐश्वर्य देख कर पाण्डवों को कष्ट होगा। इसलिये हमें द्वैतवन नहीं जाना चाहिए।"

"यह निष्कर्ष तो दुख का स्वरूप स्पष्ट करता है, सुख का नहीं।"

"सुख और दुख तो सापेक्ष हैं न। एक का सुख दूसरे का दुख ही होता है।" काशिका बोली, "मुझे तो ऐसा कोई सुख दिखता नहीं, जो सबके लिये हो।"

"सुना है, कुन्ती माता गान्धारी के पास भी गयी थी।"

"पता नहीं।" काशिका कुछ उदासीन से स्वर में बोली, "मुझे सूचना नहीं है। गयी होगी तो यही कहने गयी होगी। तब माता गान्धारी ने कहा होगा कि यदि मेरे पुत्रों का वैभव देख कर तेरे पुत्रों को दुख होता है, तो मेरे पुत्रों के कारण नहीं, तुम्हारे पुत्रों के मन में बैठी ईर्ष्या के कारण है। तो अपने पुत्रों को समझा कि वे अपने मन से ईर्ष्या निकाल दें। अपने मन के दुर्भावों के लिये किसी दूसरे को दोषी न ठहराएँ।"

वृषाली कुछ क्षण मौन बैठी रही, फिर बोली, "अच्छा! अनुमति दें महारानी!"

वृषाली उठ खड़ी हुई।

काशिका ने भी उसे और रुकने का अनुरोध नहीं किया।

"जाओ प्रवीरा!" काशिका ने दासी को आदेश दिया, "देवी को रथ तक पहुँचा आओ।"

प्रवीरा मार्ग दिखाती हुई चल पड़ी थी; और दो दासियाँ मार्ग में पुष्प पंखुड़ियाँ विखेर रही थीं। यह वह असाधारण सम्मान था, जो राजप्रासाद के अत्यन्त विशिष्ट अतिथियों को दिया जाता था...किन्तु वृषाली का मन प्रसन्न नहीं था। काशिका ने उसे अंगदेश की महारानी के स्थान पर केवल देवी कहा था।...

प्रवीरा को राजप्रासाद से अवकाश मिला, तो वह अपने भवन में न लौट कर, सीधे जगत श्रेष्ठी की अट्टालिका की ओर चल पड़ी। वह पर्याप्त सावधान थी कि किसी परिचित की दृष्टि उस पर न पड़े।...किन्तु अपरिचित लोगों के विषय में वह कैसे कह सकती थी, कि उनमें से कोई किसी का गुप्तचर नहीं होगा।...किन्तु राजप्रासाद की एक असाधारण दासी के पीछ कोई गुप्तचर क्यों लगेगा?...फिर भी उसे पूर्णतः गुप्त रूप से ही जगत श्रेष्ठी तक पहुँचना था...

वह सीधी मुख्य अट्टालिका तक न जा कर, घेर के भीतर बने भृत्यों के आवास-समूह में गयी। सारी सावधानी के बाद भी यदि उसे कोई यहाँ आते देख ले, तो वह कह सकती थी वह अपने किसी परिचित से मिलने आयी है। एक दासी का जगत श्रेष्ठी की अट्टालिका में जाना सन्देहास्पद हो सकता है, किन्तु किसी भृत्य के साथ मिलने जाना कोई असाधारण बात नहीं थी।...यदि बात बढ़ ही गयी, और उसे कहना ही पड़ा, तो कह देगी कि वह अपने प्रेमी से मिलने आयी है।...

अनन्तसुख ने गवाक्ष में से उसे अपने द्वार की ओर आते देख लिया था। उसने चुपके से कपाट खोल दिये और प्रवीरा भीतर आ गयी।

"कोई समाचार लाई हो?" अनन्तसुख ने पूछा।

"हाँ! समाचार तो लाई हूँ; किन्तु कह नहीं सकती कि वह कितने महत्त्व का है।"

"कोई बात नहीं।" अनन्तसुख बोला, "यह देखना श्रेष्ठी का काम है, हमारा नहीं।...आओ।"

वह अपने आवास के पिछले द्वार से निकला, जो अट्टालिका के भृत्यों के आने-जाने का निजी मार्ग था। यहाँ किसी गुप्तचर अथवा भेदिए का कोई भय नहीं था।

अनन्तसुख ने भीतर सूचना भिजवाई और वे तत्काल भीतर बुलवा लिये गये।

"बोलो प्रवीरा! क्या समाचार लाई हो।" जगतश्रेष्ठी ने उसके अभिवादन का उत्तर देते हुए कहा।

"श्रेष्ठि! राजा दुर्योधन अपनी सेना सहित द्वैतवन में जा रहे हैं। जा तो वे घोषयात्रा के लिये रहे हैं; किन्तु उनकी रानियाँ उनके साथ जा रही हैं। आज अंगराज कर्ण की रानी हमारी महारानी से मिलने आयी थीं। उनके संवाद में ऐसी चर्चा थी कि वे लोग द्वैतवन में लगे पण्य में से वस्त्राभूषण क्रय करेंगी। ...मैंने सोचा, यह सूचना आप तक पहुँचनी चाहिए। ऐसा न हो कि आपकी योजना में घोषयात्रा के संग जाने का विचार ही न हो।..."

"यह तो तुम बहुत ही अर्थवान समाचार लाई हो प्रवीरा!" श्रेष्ठी के मुख पर प्रसन्नता के चिह्नन प्रकट हुए, "घोषयात्रा। द्वैतवन। राजा, उनके मित्र, सामंत, धनी मानी और सैनिक अधिकारी—सब एक साथ और वह भी अपनी पत्नियों, प्रियाओं; और अपनी रक्षिताओं के संग। जब प्रिया मचल कर एक रत्नजटित मुद्रिका की माँग करेगी, तो संसार का कौन-सा प्रेमी उसका तिरस्कार कर पायेगा।...फिर प्रेमिकाओं और प्रियाओं में होड़ भी तो लगेगी कि किस प्रेमी ने अपनी किस प्रिया को कितना बड़ा उपहार दिया।...तुम चिरायु होओ प्रवीरा; और सदा सुखी भी रहो। अनन्तसुख!" श्रेष्ठी ने अनन्तसुख की ओर देखा, "आज के समाचार के लिये प्रवीरा को एक के स्थान पर पाँच स्वर्णमुद्राएँ दिलवाओ। इसे भी तो महारानी के साथ, द्वैतवन जाना होगा। यह भी तो वहाँ कुछ-न-कुछ क्रय करेगी ही।..."

जगतश्रेष्ठी भानुमल अपने वणिक समाज के साथ दुर्योधन के सम्मुख उपस्थित हुआ।

"हमने सुना है महाराज! कि स्वामी वन-विहार और आखेट के लिये द्वैतवन जा रहे हैं।"

दुर्योधन ने उसे तीखी दृष्टि से देखा, "श्रेष्ठी को ज्ञात होना चाहिए कि अभी तक हस्तिनापुर के महाराज कुरु सम्राट धृतराष्ट्र ही हैं। मैं तो मात्र युवराज हूँ और महाराज धृतराष्ट्र की ओर से उनके आदेशानुसार ही कार्य करता हूँ।"

भानुमल बहुत शालीनता से अतिरिक्त माधुर्यलिप्त चाटुकारितापूर्वक हँसा, "हमारे युवराज हों, महाराज हों, सम्राट हों—सब कुछ आप ही हैं। हम तो आपकी सभा को ही जानते हैं।...और युवराज।" भानुमल ने रुक कर प्रतिक्रिया देखी : दुर्योधन ने उसके कथन का बुरा नहीं माना था, "राजनीति की बात करनी हो तो महाराज धृतराष्ट्र को कष्ट देने का कोई कारण भी बनता है; किन्तु मुझे तो बहुत ही पारिवारिक-सी चर्चा करनी है!"

"पारिवारिक...?" दुर्योधन चौंका...यह श्रेष्ठी जाने उसे कहाँ घेरना चाहता है...

"हाँ महाराज! अब वन-विहार के लिये जायेंगे तो अकेले तो नहीं जायेंगे न! साथ में महारानी जी भी होंगी। उनकी सखियाँ भी होंगी।..."

"होंगी तो।" दुर्योधन बोला।

"ऐसे में उस वन में यदि उन्हें कोई मुक्ताहार क्रय करने का मन हो आया, किसी रत्न का स्मरण हो आया, किसी विशेष देश के विशेष प्रकार के वस्त्र पहनने की इच्छा जाग गयी...।" भानुमल ने रुक कर दुर्योधन की ओर देखा, "तो वहाँ उनकी सुविधा और सहायता के लिये कोई पण्य तो होना चाहिए। वन-विहार को भी जायें और महारानी जी का मन भी प्रसन्न न रहे, तो आपको क्या आनन्द आयेगा।"

दुर्योधन की समझ में उसकी बात आ गयी, "तो तुम लोग चाहते हो कि तुम्हारा सार्थ भी साथ चले?"

"सार्थ की क्या बात है महाराज! समझिए कि हस्तिनापुर की सारी पण्य वीथिकाएँ, आपके साथ होंगी।" भानुमल बोला, "बस आपकी अनुमति...।"

"तुम्हें राजकीय-सुरक्षा का आश्वासन चाहिए?" दुर्योधन ने पूछा।

"आप वहाँ होंगे अन्नदाता! तो हमारी ओर आँख उठा कर कौन देखेगा।"

"तो क्या चाहते हो?"

"बस! यह आश्वासन मिल जाये कि सैनिक लोग, बिना मूल्य चुकाए, किसी हट्ट से कोई द्रव्य नहीं लेंगे।..."

"वह अवश्य मूल्य चुकाएँगे।" दुर्योधन बोला, "किन्तु एक बात मेरे मन में आ रही है भानुमल! रानियाँ तो बहुमूल्य वस्त्राभूषण क्रय करेंगी...सम्भव है, वहाँ रत्नों तथा मुक्ताओं का भी व्यापार हो; किन्तु साधारण सैनिक तो इतनी बहूमूल्य वस्तुएँ क्रय नहीं कर पायेंगे। सेना में सबसे अधिक संख्या तो

साधारण सैनिकों की ही होगी; और उनके क्रय के लिये ही कुछ न हो। तुम्हारी पण्य वीथिकाओं में, प्रत्येक व्यक्ति की क्रय क्षमता के भीतर कुछ-न-कुछ होना ही चाहिए। अन्यथा उन्हें वहाँ कोई आनन्द नहीं आयेगा; और वे कुछ-न-कुछ उच्छृंखलता कर ही बैठेंगे।..."

"आप आदेश करें महाराज! सब कुछ उपलब्ध हो सकता है।" भानुमल प्रसन्न हो गया था...।

"कुछ साधारण वस्त्रों के भी हट्ट हों...कुछ खान-पान की व्यवस्था...।"

"वस्त्रों के लिये तो कोई कठिनाई ही नहीं है महाराज!" भानुमल तत्काल सहमत हो गया, "मद्य, मदिरा, सुरा, कादम्ब, मैरेय...इनकी भी कोई कठिनाई नहीं है।...किन्तु खाद्य सामग्री का वहन कर वहाँ ले जाना तथा वहाँ पकवान्न तथा मिष्ठान्न तैयार करना बड़ा महँगा काम है महाराज! वन में वे पदार्थ उसी मूल्य पर उपलब्ध नहीं हो सकेंगे, जिस मूल्य पर वे हस्तिनापुर में उपलब्ध हैं। तनिक सी असावधानी से वे अखाद्य हो जाते हैं। हम अखाद्य पदार्थों का विक्रय कर महाराज के सैनिकों को रुग्ण तो नहीं कर सकते।"

"ठीक है। मैं समझ गया।" दुर्योधन बोला, "जो मूल्य तुम निश्चित कर दोगे, उसमें कोई आपत्ति नहीं करेगा।"

भानुमल की बाछें खिल गयीं : यह तो बहुत बड़ा आश्वासन था। इस एक यात्रा में ही, उनकी आय, अनेक यात्राओं के बराबर हो जायेगी।...वह दुर्योधन को और अधिक सोचने अथवा अपने निर्णय पर पुनः विचार करने का अवसर नहीं देना चाहता था। वह तत्काल उठ खड़ा हुआ, "तो महाराज! हमें प्रस्थान की अनुमति का दान मिले।"

भानुमल के साथ आये सारे वणिक उठ कर हाथ जोड़, पंक्ति बाँध कर खड़े हो गये।

दुर्योधन ने हाथ के एक संकेत से उन्हें अनुमति दी; और उसकी आँखें अपने निकट बैठे कर्ण पर टिक गयीं...उसकी कल्पना अनेक सुनहरे स्वप्न बुन रही थी।

कर्ण भी समझ गया था कि दुर्योधन के मन में कोई नयी बात आयी है। ...वह चुपचाप नगर श्रेष्ठियों के द्वार से बाहर निकलने की प्रतीक्षा करता रहा। उधर वे कक्ष से बाहर निकले और कर्ण की प्रश्नमयी आँखें, घूम कर दुर्योधन के चेहरे पर टिक गयीं।

"अंगराज!" दुर्योधन बोला, "यह स्थिति तो वैसे ही बहुत अनुकूल बनती जा रही है।"

कर्ण कुछ बोला नहीं। प्रतीक्षा करता रहा कि दुर्योधन अपनी बात पूरी कर ले।

"मैंने सोचा था कि वन में जा कर पाण्डवों को थोड़ा अपना ऐश्वर्य दिखा आऊँ। उनकी दरिद्रावस्था को अपनी आँखों से निहार, अपने मन को कुछ शीतलता प्रदान कर लूँ। पर यह नहीं सोचा था कि मैं वन में वल्कलधारिणी द्रौपदी के सम्मुख जगत श्रेष्ठी का रत्नों तथा मणियों से भरा हाट लगा कर, उसमें से मणियाँ क्रय कर अपनी संरक्षिताओं को भेंट करने का सुख प्राप्त कर सकूँगा।" दुर्योधन का आहलाद अपनी चरम सीमा पर था, "तुम भी अपनी पत्नियों से कह देना। यहाँ से कम ले जायें। अधिक क्रय वही करें—उस पांचाली के सम्मुख। उसके सम्मुख इतना क्रय विक्रय व्यापार हो कि वह स्वयं को विस्मृत कर किसी मूल्यवान पदार्थ के लिये अपने पतियों से अनुरोध कर बैठे। यदि मैं द्रौपदी का ऐसा असफल अनुरोध और उस धर्मराज का असामर्थ्य में लटका हुआ चेहरा देख पाया, तो समझ लो मित्र! कि मुझे एक राजसूय यज्ञ की पूर्णता का सा सुख मिल गया। मैंने जगत जीत लिया...। और कहीं पांचाली ने उस मोटे भीम से अनुरोध कर दिया, तो वह असामर्थ्य में चेहरा नहीं लटकाएगा। वह उन श्रेष्ठियों से वह उपहार छीनने का प्रयत्न करेगा। और तब हम श्रेष्ठियों की रक्षा के नाम पर उस मोटे को मार गिराएँगे।" दुर्योधन क्षण भर रुका, "अभी-अभी मेरे मन में आया है कि क्यों न हम अपने साथ नर्तकियाँ और गणिकाएँ भी ले जायें। संगीतज्ञ और गायक भी ले जायें। युधिष्ठिर यज्ञ कर रहा हो; और हम उसके सम्मुख अप्सराओं की प्रदर्शनी लगा दें...वहाँ वैभव, भोग, मनोरंजन, विलास, सत्ता तथा अधिकार का ऐसा प्रदर्शन करें कि युधिष्ठिर ईर्ष्या से स्वयं ही हवनकुण्ड बन जाये, अपनी ईर्ष्याग्नि में ही जल कर क्षार हो जाये।"

कर्ण के मन में भी जैसे अनेक इन्द्रधनुष अवतरित हो गये थे। उसने भी तो यह सब नहीं सोचा था...यह तो अयाचित ही आकाश से किसी असाधारण सुख की वर्षा होने लगी थी...

7

प्रातः ही दो गन्धर्व अश्वारोही युधिष्ठिर के सम्मुख उपस्थित हुए। लगता था कि वे रात्रि भर, अश्व की पीठ पर ही यात्रा करते रहे हैं; और बिना किसी विश्राम के यहाँ तक पहुँचे हैं।

"हम गन्धर्वराज चित्रसेन के सन्देशवाहक हैं महाराज!" उन्होंने प्रणाम कर कहा, "हम आपकी सेवा में यह निवेदन करने के लिये, प्रस्तुत हुए हैं कि महाराज चित्रसेन आपके दर्शन करने के लिये, इस ओर आ रहे हैं। वे द्वैतवन के पर्याप्त निकट आ चुके हैं; और आज दिन के किसी भी समय, आपके

आश्रम में उपस्थित हो सकते हैं। उन्होंने पूछा है कि क्या उन्हें आपके दर्शनों की अनुमति है?"

युधिष्ठिर हँसे, "तुम्हारे महाराज चित्रसेन हमारे मित्र हैं; और मित्रों को न अनुमति लेने की आवश्यकत होती है, न देने की। वे परायों के समान इस प्रकार अनुमति क्यों माँग रहे हैं। वे ऐसा क्यों नहीं सोचते कि यदि इस वन में हमें अपना कोई सुहृद मिल जाता है, तो वह हमारे लिये आहलाद का ही विषय होता है।"

"सम्राट! वे आपको अपना मित्र ही नहीं परिजन भी मानते हैं। आपके लिये उनके मन में पूजा का सा भाव है। वे नहीं चाहते कि उनके कारण, आपको तनिक भी असुविधा हो अथवा आपके किसी आयोजन में उनके कारण किसी प्रकार की कोई बाधा पड़े।" एक दूत ने कहा, "उन्हें सूचना मिली है कि आप यहाँ कठोर तपस्या कर रहे हैं; अत्यन्त नैष्ठिक जीवन व्यतीत कर रहे हैं। आप का दैनिक क्रम पूर्वनिश्चित होता है। ऐसे में बिना किसी पूर्व सूचना के अकस्मात आपके सम्मुख उपस्थित हो कर, वे आपके लिये किसी प्रकार का कोई धर्म संकट उत्पन्न न कर दें।"

"नहीं दूत! ऐसी कोई बात नहीं है।" युधिष्ठिर बोले, "ठीक है कि हमारा एक नित्यक्रम है। मेरे भाई आश्रम की व्यवस्था देखते हैं। भोजन के लिये वे वन द्वारा प्रस्तुत खाद्य पदार्थों का संग्रह करते हैं; और अपने आश्रमवासियों के भोजन और रक्षा के लिये आखेट भी करते हैं। कुछ समय साधना में भी व्यतीत होता है। मेरा क्रम उनसे कुछ थोड़ा-सा ही भिन्न है। मैं आजकल एकदिवसीय साद्यस्क राजर्षि यज्ञ करने में संलग्न हूँ। यज्ञवेदी पर बैठ जाऊँ, तो यज्ञ को पूर्ण किये बिना, आसन से उठ नहीं सकता। और किसी प्रकार का कोई बन्धन नहीं है। तुम गन्धर्वराज से कहो कि उनका आगमन, हमारे इस नीरस जीवन में सुखद परिवर्तन ही होगा।"

दूतों ने प्रणाम किया, "तो महाराज! हमें अनुमति मिले। हम अपने स्वामी के पास शीघ्र लौट जायें। वे इस ओर आ ही रहे हैं। हम मार्ग में ही, आपके इन उदार भावों को उन तक सम्प्रेषित कर देंगे।"

दूत अपने अश्व दौड़ाते हुए लौट गये।

युधिष्ठिर ने अर्जुन की ओर देखा, "तुम्हारे मित्र और गुरु आ रहे हैं। उनके स्वागत की उचित व्यवस्था करो। यदि उस समय तक मैं यज्ञवेदी पर बैठ चुका हुआ, तो उनके सत्कार के लिये मेरा उठना कठिन होगा। देखना उनके सत्कार में किसी प्रकार की कमी न हो।"

पाण्डवों को बहुत प्रतीक्षा नहीं करनी पड़ी। चित्रसेन का रथ सन्ध्या से पूर्व ही, उनके आश्रम के द्वार पर आ रुका।

अर्जुन को, वैजयन्त की सभा में व्यतीत किये हुए, अपने दिन स्मरण हो आये। नृत्य और संगीत तो उसने सीखा ही चित्रसेन से था। इसलिये चित्रसेन उसका मित्र होने के साथ-साथ उसका गुरु भी था।

अर्जुन ने आगे बढ़ कर उसका स्वागत किया; और उसे सीधा, युधिष्ठिर के निकट ले आया।

"कैसे हो मित्र!" युधिष्ठिर ने उसके अभिवादन का उत्तर देते हुए पूछा, "इन दिनों यहाँ आना कैसे हुआ? किसी विशेष अभियान पर निकले हो क्या?"

एक बार तो चित्रसेन के मन में आया कि कह दे कि उन्होंने सुबाहु की बात न मान कर अच्छा नहीं किया था। उन्हें या तो अपनी रक्षा का प्रबन्ध स्वयं करना चाहिए था, या फिर सुबाहु का प्रस्ताव मान कर उसे पार्वत्य राजाओं पर छोड़ देना चाहिए था। उन्होंने दोनों में से कुछ भी नहीं किया था; और अपने परिवार सहित, साधारण आरण्यकों के समान यहाँ रह रहे थे। अब भी समय था, उन्हें चेत जाना चाहिए। दुर्योधन अपनी सेना सहित आ रहा था...

किन्तु चित्रसेन ने स्वयं को रोक लिया।...कहीं ऐसा न हो कि धर्मराज उसका कोई प्रस्ताव स्वीकार न करें और उनकी सुरक्षा के लिये किये जाने वाले उसके प्रयत्नों का भी निषेध कर दें। जो कुछ गुप्त रूप से हो सकता था, उसे प्रकट कर उसकी सफलता को संदिग्ध क्यों बनाया जाये।

"हम तो गन्धर्व हैं महाराज!" चित्रसेन सहज भाव से बोला, "भ्रमण और विहार हमारी प्रकृति में है। मैं अपनी रानियों के साथ भ्रमण के लिये निकला हूँ। हमारी इच्छा है कि हम द्वैत सरोवर के तट पर कुछ समय व्यतीत करें। सोचा था कि आप लोगों की संगति का लाभ भी प्राप्त होगा।...किन्तु देख रहा हूँ कि आप लोग तो तपस्या कर रहे हैं। ऐसे में हमारे साथ विहार में कैसे सम्मिलित होंगे। हमारा राग-रंग, नृत्य-संगीत इत्यादि आपकी जीवन पद्धति के बहुत अनुकूल नहीं बैठेगा।"

"तुमने उचित ही कहा है।" युधिष्ठिर बोले, "हम तुम्हारे विहार में सम्मिलित नहीं हो पायेंगे। कदाचित तुम भी हमारे यज्ञ कार्य में हमारे साथ सम्मिलित नहीं हो सकोगे। जिस राजा की रानियाँ विहार के लिये सरोवर तट पर उसकी प्रतीक्षा कर रही हों, वह यज्ञवेदी पर कैसे बैठ सकता है।"

"मैं तो बैठ भी जाऊँ; किन्तु भोग और तपस्या, परस्पर बहुत अनुकूल नहीं हैं।" चित्रसेन शालीन ढंग से हँसा, "ऐसा न हो कि मेरी रानियाँ मुझे खोजती

यहाँ आ जायें; और उनके नूपुरों की ध्वनि आपके मन्त्रोच्चारण में बाधा बने। हमारा आपके बहुत निकट रहना उचित नहीं है।"

"अरे नहीं!" धर्मराज ने चित्रसेन की भुजा पकड़ कर आग्रहपूर्वक कहा, "हमारे कारण तुम्हारी रानियाँ द्वैत सरोवर का आनन्द न उठा सकें, यह धर्म-संगत नहीं है। अपनी शान्ति के लिये किसी अन्य को उसके सुख से वंचित करना धर्म नहीं है। हम इतनी नृशंसता नहीं कर सकते। तुम लोग अपने मनोनुकूल स्थान पर रहो और अपना मनभावन विहार करो। मुझे कोई आपत्ति नहीं है। द्वैत सरोवर बहुत विशाल है गन्धर्वराज! अनेक लोग बिना एक-दूसरे के लिये बाधक हुए, उसके तट पर निवास कर सकते हैं; और प्रकृति के सौन्दर्य का आनन्द उठा सकते हैं। हम इस सरोवर के स्वामी नहीं हैं कि हमारे कारण तुम यहाँ प्रवास न कर सको...।"

"हम स्वामी होते और तुम हमारे अतिथि होते तो हम तुम्हारे ठहरने की व्यवस्था उसके तट के सबसे मनोरम भाग में ही करते।" अर्जुन ने कहा।

"हाँ। अर्जुन ने ठीक ही कहा।" धर्मराज बोले, "हम सरोवर के स्वामी नहीं हैं, इसलिये तुम स्वतन्त्र रूप से अधिकारपूर्वक उसके तट पर प्रवास करो ...और यदि हम स्वामी होते, तो तुम हमारे अनुरोध पर हमारे अतिथि हो कर, यहाँ निवास करते।"

"वह तो जब करते, तब करते। अब इस समय तो हमारे आश्रम के अतिथि हो कर कुछ वन्य भोजन कर लो।" भीम ने कहा, "पांचाली इस बात को प्रमाणित करने पर तुली हुई है कि अरण्य में भी स्वादिष्ट भोजन की व्यवस्था हो सकती है। अब गन्धर्वराज यह आपको निर्णय करना है कि ऐसा सम्भव है अथवा नहीं।"

भीम उन्हें साथ बने हुए कुटीर में ले गया, जहाँ द्रौपदी ने अपनी सहायिकाओं की सहायता से भोजन की व्यवस्था कर रखी थी।

वे लोग बैठ गये तो चित्रसेन ने अपनी ओर से बात आरम्भ की, "धर्मराज! आप जानते ही हैं कि हम गन्धर्व रत्नों के पारखी भी होते हैं और उनके लोभी भी। भगवान ने जितने रत्न हमारी भूमि में संजो रखे हैं, उतने कदाचित और कहीं भी उपलब्ध न हों। हमारी भूमि के कारण ही इस पृथ्वी का रत्नागर्भा नाम सार्थक होता है।"

"अच्छा!" भीम ने हँस कर कहा, "और मैं समझता रहा कि चित्रसेन जैसे रत्नों के कारण तुम्हारी भूमि रत्नागर्भा है।"

"वह भी असत्य नहीं है मध्यम!" अर्जुन ने गम्भीर स्वर में कहा, "गन्धर्वराज जैसा रत्न और कहाँ मिलेगा। यह धनुष को ले कर युद्ध क्षेत्र में खड़े हो जायें, तो कोई कल्पना नहीं कर सकेगा कि यह मृदंग भी इतना ही अच्छा बजाते हैं।

इनको नृत्य करते देख लो तो कोई विश्वास नहीं करेगा कि यह व्यक्ति योद्धा भी हो सकता है।"

"आप लोग मेरी चर्चा को किधर ले गये।" चित्रसेन हँसा, "मैं तो केवल इतना कह रहा था कि आजकल हस्तिनापुर के व्यापारी, रत्नों को खोजने और खरीदने में गन्धर्व रत्न-व्यवसायियों को भी पीछे छोड़ रहे हैं। उनमें जैसे एक से बढ़ कर एक मूल्यवान रत्न खरीदने की होड़ लगी हुई है। इसी सन्दर्भ में हस्तिनापुर के श्रेष्ठियों के प्रतिनिधि हमारे प्रदेश में भी घूम रहे हैं। सुना है कि उनके यहाँ बहुत बड़ा मेला लगने वाला है, जिसमें उनके युवराज, राजकुमार, उपराज, उनके मन्त्री और सेनानायक अपने परिवारों और बन्धु-बान्धवों के साथ सम्मिलित होंगे और उनकी पत्नियाँ, प्रेमिकाएँ और रक्षिताएँ, मन भर कर अपनी रुचि की वस्तुएँ खरीदेंगी।"

"क्या स्वयं महाराज और महारानी उसमें सम्मिलित नहीं होंगे?" भीम ने पूछा।

"नहीं। वह मेला वन में होगा। उसे वन-विहार का रूप दिया जा रहा है।" चित्रसेन ने कहा, "महाराज और महारानी वन तक की यह यात्रा नहीं कर पायेंगे।"

"तो कुरुवंश किस वन को सुशोभित करने जा रहा है?" द्रौपदी ने पूछा।

"बस! आपके ही निकट आ रहे हैं, वे लोग। द्वैतवन में ही विहार होगा।" चित्रसेन बोला।

"वे लोग हमें हमारी निर्धनता के लिये अपमानित करने आ रहे हैं।" सहसा सहदेव बोला।

"किसी की धर्मसंगत निर्धनता उसके अपमान का कारण तो नहीं हो सकती।" धर्मराज बोले, "अधर्म के बल पर एकत्रित किया गया वैभव लज्जा का विषय हो सकता है। उनके वन-विहार और क्रीड़ा से हम कैसे अपमानित हो सकते हैं।"

चित्रसेन ने द्रौपदी की ओर देखा : उसका चेहरा क्रोध और विवशता से जैसे तमतमा आया था। द्रौपदी स्वयं को सँभाल नहीं पायी और उठ कर कुटीर से बाहर चली गयी।

"धर्मराज! मेरा निश्चित मत है कि दुर्योधन और उसके मित्र आपको पीड़ित करने के विचार से ही आ रहे हैं।" चित्रसेन ने अत्यनत विनीत भाव से कहा।

युधिष्ठिर भी मधुर ढंग से हँसे, "यदि दुर्योधन अपने वैभव के प्रदर्शन से सुख प्राप्त करता है, तो वह मेरे कारण सुख प्राप्त नहीं कर रहा, वह अपनी

मानसिक विकृति को अपना सुख मान कर प्रसन्न हो रहा है...और यदि मैं उसके वैभव को देख कर पीड़ित हो रहा हूँ, तो मेरी पीड़ा का कारण उसका वैभव नहीं मेरे मन में स्थित ईर्ष्या का भाव है। मैं अपनी ईर्ष्या से पीड़ित होता हूँ, तो उसके लिये दोषी दुर्योधन कैसे हो सकता है। उस पीड़ा से बचने के लिये, मुझे दुर्योधन को द्वैतवन में आने से रोकने की आवश्यकता नहीं, अपने मन में स्थित ईर्ष्या को जीतने की आवश्यकता है।"

चित्रसेन समझ गया कि वह युधिष्ठिर को कुछ भी नया नहीं समझा सकता था। वह न उनके चिन्तन को बदल सकता था, न उनके निर्णयों को।

प्रहर भर का समय पाण्डवों के साथ व्यतीत कर, चित्रसने विदा हो गया। थोड़ी ही देर में उसका रथ अपनी प्रतीक्षारत वाहिनियों के निकट पहुँच गया। उसके सेनानायक उसके आदेश की प्रतीक्षा में वहाँ ठहरे हुए थे।

"मेरा विचार सत्य ही है। पाण्डवों को दुर्योधन के अभियान की कोई सूचना नहीं थी।" चित्रसेन बोला, "मैंने धर्मराज को सारी स्थिति से अवगत करा दिया है; किन्तु न तो वह दुर्योधन के वैभव-प्रदर्शन से आतंकित हैं, न वह उसे किसी प्रकार का सैनिक आक्रमण मानने को प्रस्तुत हैं। अतः वह शायद ही प्रतिशोध की कोई व्यवस्था करें। इसलिये हमें गुप्त रूप से ही उनकी रक्षा करनी होगी। हमारे किसी प्रकट प्रयत्न का वह विरोध भी कर सकते हैं। इसलिये हमें उनसे किसी प्रकार के सहयोग की अपेक्षा भी नहीं करनी चाहिए।"

कुछ समय तक चित्रसेन मन-ही-मन, अपनी योजना बनाता रहा, और फिर बोला, "सबसे पहले तो तीव्रगामी सन्देशवाहकों को सुबाहु के पास भेजो। उन्हें यहाँ की परिस्थितियों की सूचना दो। उन्हें मेरी ओर से आश्वस्त करो कि उन्हें चिन्ता करने की आवश्यकता नहीं है। हम दुर्योधन से पहले यहाँ पहुँच चुके हैं। पाण्डवों तक पहुँचने वाले सारे मार्गों को हम अपने अधिकार में कर रहे हैं। दुर्योधन द्वैतवन में प्रवेश ही नहीं कर पायेगा। न वह पाण्डवों तक पहुँच पायेगा, और न द्वैत सरोवर तक। पाण्डव पूर्णतः सुरक्षित रहेंगे; और वह दुष्ट दुर्योधन यदि अपना हठ नहीं छोड़ेगा, तो हमारे हाथों भीषण दुर्गति को प्राप्त होगा।" चित्रसेन ने रुक कर अपने सेनानायकों की ओर देखा, "तुम लोग अपनी-अपनी वाहिनियों को द्वैतवन में प्रवेश करने वाले मार्गों के निकट वन के भीतर की ओर रखोगे। पाण्डवों से अपनी इतनी-दूरी बनाए रखोगे कि उन्हें हमारी गति-विधि का कोई आभास न हो। दुर्योधन के सैनिकों के साथ संघर्ष हो, तो उसका कोलाहल भी पाण्डवों तक न ही पहुँचे तो अच्छा है।"

"यदि उन्हें उसकी सूचना हो ही जाये कि उनकी रक्षा के लिये हम युद्ध कर रहे हैं, तो इसमें हानि ही क्या है?" एक नायक ने पूछा।

"मुझे शंका है कि ऐसी स्थिति में धर्मराज हमें युद्ध करने नहीं देंगे। वे स्वयं को अपनी रक्षा में समर्थ मानते हैं।..."

"यदि वे समर्थ हैं, तो हम उन्हें अपनी रक्षा कर ही क्यों नहीं लेने देते?" एक अन्य नायक ने पूछा।

"वे अपने स्वाभिमान की रक्षा कर रहे हैं और हम अपने धर्म की।" चित्रसेन ने कहा, "हमें अपने मित्रों की रक्षा करनी ही है, वे चाहे इसकी आवश्यकता मानें या न मानें।"

"यदि वे इसकी आवश्यकता नहीं समझते, तो हम युद्ध की तैयारी क्यों कर रहे हैं?" पहले सेनानायक ने पुनः पूछा।

"किसी मित्र की आवश्यकता देख कर हम अपनी ओर से ही कार्य करते हैं।" चित्रसेन ने उत्तर दिया, "मैत्री में इस बात की प्रतीक्षा नहीं की जाती कि आपका मित्र आपसे प्रार्थना करे, याचना करे...।" चित्रसेन का स्वर आदेशात्मक हो गया, "अब न कोई प्रश्न, न कोई आपत्ति। हम दुर्योधन से पहले पहुँच गये हैं, अतः हमें समय का लाभ उठाना है। अपनी सुविधा के सारे स्थानों पर व्यूह रचना कर लो। सैनिक दृष्टि से लाभकारी कोई स्थान दुर्योधन को उपलब्ध ही न हो सके। द्वैतवन के बाहर मत जाना, किन्तु इसका पक्का प्रबन्ध कर लो कि दुर्योधन का एक भी रथ अथवा अश्व, द्वैतवन में प्रवेश न कर पाये। उनके द्वैत सरोवर के निकट पहुँचने का तो प्रश्न ही नहीं उठना चाहिए। पाण्डवों के अति निकट का क्षेत्र छोड़ कर इस समय सारा द्वैतवन तुम्हारा है। अपनी सुविधा से अपने शिविर खड़े कर लो। तुम्हें अपने आमोद-प्रमोद की पूरी स्वतन्त्रता है; बस दुर्योधन के सैनिकों के निकट आते ही, सावधान हो जाना। युद्ध में किसी प्रकार का कोई प्रमाद नहीं होना चाहिए।...

नायक अपनी-अपनी विधि से आदेश देने के लिये अपनी-अपनी वाहिनियों को हटा ले गये। चित्रसेन उन्हें जाते हुए देखता रहा और सोचता रहा, वह उन्हें कैसे समझा सकता था कि संसार में युधिष्ठिर जैसे लोग भी थे, जिन्हें मानव के मूलभूत गुणों पर इतना अधिक विश्वास था कि वे कल्पना भी नहीं कर सकते थे कि दुर्योधन अथवा कोई भी मनुष्य इतनी नीचता भी कर सकता था। दुर्योधन इतनी बार पाण्डवों के प्राण लेने के लिये षड्यन्त्र कर चुका है, फिर भी धर्मराज अभी तक उससे अपनी रक्षा के लिये कोई प्रबन्ध करने को उद्यत नहीं हैं।...और चित्रसेन अपने सेनानायकों को कैसे समझाता कि मानवता के लिये, नैतिकता के लिये और धर्म के लिये पाण्डवों का जीवन कितना आवश्यक था। निकट भविष्य में जब ये सारे अधर्मी राजा सारी पृथ्वी पर रक्त का ताण्डव करेंगे, तो गन्धर्वों को भी अपनी रक्षा के लिये, युधिष्ठिर और उसके भाइयों

की आवश्यकता पड़ेगी।...कोई अपने रक्षकों की रक्षा नहीं करेगा, तो समय पर उसकी अपनी रक्षा कैसे होगी।

और सहसा ही चित्रसेन का अपना मन ही बदल गया। उसे लगा कि न केवल उसके सेनानायक युधिष्ठिर के मन को नहीं समझ पा रहे हैं, वह स्वयं भी शायद युधिष्ठिर को समझ नहीं पा रहा है। धर्मराज कदाचित यह तो समझते हैं कि कोई सेना उन पर आक्रमण तो कर सकती है, किन्तु शायद यह नहीं समझते कि कोई व्यक्ति अपने वैभव का प्रदर्शन कर उनको पीड़ित करने की योजना भी बना सकता है।...जिस व्यक्ति के अपने मन में ईर्ष्या का कण भी न हो, वह दुर्योधन के मन की ईर्ष्या को कैसे समझ सकता है। संसार भर का वैभव देख कर जिसके मन में लोभ का कण नहीं जागता, तृष्णा का अंकुर नहीं फूटता, वह यह कल्पना कैसे कर सकता है कि दुर्योधन उसे अपना वैभव दिखा कर पीड़ित और अपमानित करने आ रहा है। धर्मराज तो सहज भाव से कह सकते हैं कि उन्हें इससे तनिक भी पीड़ा नहीं होगी।...यदि कहीं वह इस भाव से परिचित होते, तो वह अपने राजसूय यज्ञ के अवसर पर उपहारों को स्वीकार करने और सँभालने का दायित्व दुर्योधन को क्यों देते। ...तो फिर उन्हें कैसे समझाए कि ईर्ष्या, तृष्णा, तुलना, स्पर्धा और लोभ में भी पीड़ा होती है। धर्मराज युधिष्ठिर का तो इन भावों से परिचय ही नहीं है।...

समंग अपने कुटीर में क्लांत-सा बैठा था। उसके निकट ही उसकी पत्नी चपला, अपना सिर पकड़े बैठी थी। पिछले तीन-चार दिनों के तीव्र घटनाक्रम से, जैसे दोनों ही तन मन से बुरी तरह थक गये थे...और फिर ऊपर से यह हताशा...

"तुम्हें किस मूर्ख ने कहा था कि तुम बैठे बैठाए, अपना घर परिवार उजाड़ लो?" चपला ने धिक्कार बरसाती एक दृष्टि उस पर डाली, "वैसे तो तुम अपने को बहुत बुद्धिमान गिनते हो। गये थे कि राजा को मूर्ख बना कर बहुत सारा धन कमा कर लाऊँगा। कमा लाए धन की गठरी। हो गया कलेजा ठण्डा।...मैं कहती हूँ, इस प्रकार अपना घर उजाड़ना तो कोई बुद्धिमत्ता नहीं है।"

"क्या बताऊँ, लोभ ने मेरी मति भ्रष्ट कर दी थी; और क्या।" समंग निर्जीव से स्वर में बोला, "पत्थर पड़ गये थे, मेरी बुद्धि पर। राजकुमार के उस मित्र अंगराज कर्ण की बातों में आ गया। बहुत जीवन देखा था, किन्तु यह नहीं देखा था कि किसी हरे-भरे शान्त वन में राजा का पड़ाव पड़ता है, तो उसका परिणाम क्या होता है।..."

"लोभ होता है कुछ पाने का, गँवाने का नहीं।" चपला ने अपने कपाल पर हाथ मारा, "किन्तु तुम्हारी तो बुद्धि ही निराली है। शान्ति तो जैसे तुम्हें भाती ही नहीं। बैठे बैठाए, आ बैल मुझे मार। पहली बार गये तो चाकरी जाते-जाते बची। इस बार उठे तो हस्तिनापुर जा कर बुला लाए, उस विनाश-लीला को। घर में से बेटा-बहू गये। फूल-सी कोमल बच्ची गयी। अपनी गौओं की गणना भी राजा की गौओं में करवा दी।...तनिक बाहर निकल कर देखो, लगता है, आधा वन ही कट गया है...। राजा का पड़ाव तो उठ गया, पर अब हमारे घर और इस वन का रूप-रंग कभी लौट भी पायेगा?"

"तो भलीमानस! इस वन को उजाड़ने का अपराधी भी मैं ही हूँ?" समंग कुछ क्षुब्ध स्वर में बोला, "राजा क्या मेरे आदेश से चलता है? मैं राजा और उसकी सेना को वन में आने से रोक सकता था क्या?"

"गये तो तुम यही सोच कर थे कि राजा की बुद्धि को घास चरा आओगे। तब नहीं सोचा कि बुद्धि तो तुम्हारी गयी हुई है घास चरने।" चपला तमक कर बोली।

"तो अब बता न, मैं क्या करूँ?" समंग ने घुटने पूर्णतः टेक दिये।

पर चपला अपने आवेश में जैसे उसकी बात ही नहीं सुन रही थी।

"मैं यह नहीं कहती कि सेना को वन में आने से रोक देते; किन्तु सेना को न्यौतने तो न जाते।" वह बोली, "अब मेरी फूल-सी बच्ची उस मुच्छड़ अधेड़ के साथ चली गयी। बताओ तो क्या होगा अब उसका जीवन। जाने वह मुच्छड़ है कौन। सम्भव है विवाहित हो, बाल बच्चोंवाला हो।...और यह उठ कर उसके साथ चल दी, 'वह मेरे बिना जी नहीं सकेंगे।' जैसे आज तक तो वह जी ही न रहा हो। वह उसका शव ही था, जो उठ कर यहाँ तक चला आया। जाने कौन है वह मुआ। हमारी भोली-भाली बच्ची को बहका कर ले गया..."

"देखो! अपनी बच्ची से मुझे भी बहुत प्रेम है।" समंग बोला, "किन्तु सारा दोष उस मुच्छड़ का ही तो नहीं है। उससे प्रेम-व्रेम का तो मुझे पता नहीं किन्तु उसके स्वर्णाभूषण बहुत आकर्षक थे। तुम्हारी बच्ची उन आभूषणों की चमक में ही भुला गयी।"

"तो तुम्हीं ने तो अपने बच्चों के मन में सदा लोभ का विष-वृक्ष रोपा। कभी कहा तुमने उनसे कि हम यहाँ सुखी हैं। सदा एक ही रट कि हस्तिनापुर बहुत सुन्दर नगर है। वहाँ के लोग बहुत धनी हैं, बहुत सुखी हैं। वह स्वर्ग है। हमें भी प्रयत्न करना चाहिए कि किसी प्रकार हस्तिनापुर में जा बसें। लो अब जा बसो हस्तिनापुर में। वहीं मिल जायेगी तुम्हें, तुम्हारी बेटी भी।"

"अब मेरा पीछा छोड़ो मेरी अम्मा। मैं स्वयं ही बहुत दुखी हूँ।" समंग ने अपने हाथ जोड़ कर उन पर अपना माथा टिका दिया।

"वह तो ठीक है।" चपला का स्वर कुछ शान्त हुआ, "किन्तु उस मुच्छड़ ने हस्तिनापुर पहुँच कर उसे अपने साथ न रखा तो उसके पास, सिवाय किसी धनी-मानी की दासी हो जाने, अथवा किसी की भोग्या बन कर जीवन काटने के और कोई मार्ग नहीं रहेगा।"

समंग को अपनी पुत्री का यह भविष्य तनिक भी नहीं सुहाया। रुष्ट हो कर बोला, "उसके लिये ऐसी अशुभ बातों की कल्पना क्यों कर रही हो तुम! कोई भली बात नहीं सोची जाती तुमसे?"

"अरे तो मैं कोई इसकी कामना कर रही हूँ।" चपला भी तुनक कर बोली, "स्वयं तो जा कर उन्हें हस्तिनापुर से बुला लाए। अब सारा दोष मेरे सिर मढ़ रहे हैं।"

"मैं जा कर बुला लाया।" समंग का स्वर भी ऊँचा हो गया, "वह दिन भूल गयी, जब हस्तिनापुर से बुलाए जाने की बात सुन कर, तुम ही झाड़ू ले कर मेरे पीछे पड़ गयी थीं कि मुझे राजा की बात मान लेनी चाहिए। राजा को रुष्ट नहीं करना चाहिए। तब तो राजा की प्रसन्नता में तुम्हें स्वर्ग का आकर्षण दिखाई पड़ रहा था।"

"राजा की आज्ञा सुन आने के लिये कहा था, उसे सेना सहित बुला लाने को तो नहीं कहा था।"

"मैं भी तो राजा को बुला कर ही लाया था, तुम्हारी पुत्री को उस मुच्छड़ के संग भाग जाने के लिये तो नहीं कहा था।"

"ऐ। मेरी बेटी ने एक सैनिक के साथ गान्धर्व विवाह किया है।...उसके संग भाग जाने से क्या अभिप्राय है तुम्हारा?" वह रुकी, "और जब मैं कहती थी कि नगर जाते हो तो कभी-कभार उसके लिये भी कोई स्वर्णाभूषण ले आया करो, तो हर बार टाल गये तुम। तुम चाहते थे कि वनस्पतियों के पुष्पों और पत्रों से वह अपना श्रृंगार करे। अब ऐसे में वह उस सैनिक के स्वर्णाभूषणों पर रीझ गयी, तो उसमें उसका क्या दोष? किसी का भी मन द्रवित हो सकता था।.."

समंग ने एक तीखी दृष्टि उस पर फेंकी, "तो क्या मैं मान लूँ कि तुम्हारा मन भी द्रवित हो गया था; किन्तु तुम्हें भगा ले जाने को कोई सैनिक तैयार ही नहीं हुआ?"

"धत्त।" चपला ने अपनी लज्जा प्रकट करने-करने में समंग को एक धौल जमा दी।

कुछ क्षणों के लिये वे दोनों ही मौन रहे। लगा कि दोनों का क्षोभ कुछ मंद पड़ा है और विरोध विलोप हो गया है। एक-दूसरे को दोष देने का कोई लाभ नहीं था। दोनों ही समान रूप से छले गये थे।...

"चलो! पुत्री को तो एक दिन ससुराल जाना ही था।" कुछ देर के पश्चात समंग बोला, "उसका विवाह तो करना ही था। सैनिक से न करते, किसी ग्वाले से करते, किसी राजकर्मचारी से करते। हमारे साथ तो वह नहीं ही रहती... किन्तु पुत्र और पुत्रवधू को तो हमारे साथ ही रहना था। वे क्यों चले गये, उस वणिक के साथ?"

"तुम चाहते थे कि पुत्र और पुत्रवधू हमारे साथ रहें; किन्तु पुत्रवधू तो कब से चाह रही थी कि या तो हम यमपुर चले जायें अथवा वह हमारे पुत्र को भगा कर हमसे कहीं दूर ले जाये।" चपला बोली, "उसे तो अपनी कामनापूर्ति के लिये सुनहला अवसर दिखाई दिया होगा। मेरा पुत्र तो है ही अबोध। पत्नी ने उकसा दिया तो उठ कर चल दिया उसके साथ। मैंने तुमसे पहले भी कहा था, उस घर में नाता मत करो। उसकी माँ भी ऐसी ही थी...।"

"लो!" समंग ने उसे टोक दिया, "फिर पड़ गयी अपनी समधन के पीछे। यह क्यों नही मान लेतीं कि खोट तो अपने ही पुत्र में है। वह स्वयं न जाता तो बहू उसे गोद में उठा कर तो नहीं ले जाती। तुम्हारे पुत्र की आँखें ही उस वैभव को देख कर फट पड़ी थीं। उसे ही लगा था कि उस श्रेष्ठी के साथ चला जायेगा, तो वह भी वैसा ही श्रेष्ठी बन जायेगा। यह नहीं सोचा उस मूर्ख ने कि वणिक का शकट खींचने वाला गधा कभी वणिक नहीं बनता। वह गधे का गधा ही रहता है।"

"चलो! ठीक है!" चपला बोली, "उस वैभव को देख कर वह आकृष्ट हो गया उस ओर। लोभ में चला गया वणिक के साथ। श्रेष्ठी नहीं बन पायेगा, तो भी अपना पेट पालने भर को तो कमा ही लेगा। यहाँ रह कर भी गौओं का गोबर ही उठाता जीवन भर। मैं तो कहती हूँ, जहाँ भी रहे, सुखी रहे। तुम तो अब अपनी चिन्ता करो। गोशला की देखभाल के लिये किसी की सहायता तो लेनी ही पड़ेगी। घर के तीन प्राणी कम हो गये हैं।"

"हाँ! ठीक कह रही हो। किसी-न-किसी की सहायता तो लेनी ही पड़ेगी। ..." समंग कुछ देर तक मौन रह कर बोला, "मुझे तो दूसरी चिन्ता भी है।...उन सैनिकों ने तो वन को जैसे नंगा ही कर दिया है। इतने वृक्ष काटे हैं कि उनकी गणना ही न हो सके। अब गौओं को खिलाने के लिये यहाँ तो जैसे कुछ बचा ही नहीं है।...लगता है कि अपना अन्न-जल भी यहाँ से उठ ही गया है।"

"मैं तो सोच रही हूँ कि जहाँ-जहाँ यह राजा जाता होगा, ऐसे ही लोगों के घर उजड़ते होंगे।" चपला बोली, "राजा को तो अपना ही सुख प्यारा है, लोगों के घर उजड़ते हों तो उजड़ें।"

"वह दूसरों के घर न उजाड़े तो उसके पास इतना वैभव कहाँ से आये।" समंग जैसे अपने आपसे बोला, "यह तो अच्छा है कि हम वन में पड़े हैं। कहीं हस्तिनापुर में होते, तो लोभ और ईर्ष्या से जल-जल कर ही मर गये होते।..."

"क्या सारे राजा ही ऐसे होते हैं?"

"मैं क्या जानूँ। मैं कोई किसी राजपरिवार में रहा नहीं हूँ।" समंग झल्ला कर बोला; पर तत्काल ही उसका स्वर कुछ कोमल हो गया, "पर नहीं। वे इनके ही तो भाई हैं—पाण्डव। सुना है, इसी वन में आरण्यकों के समान रहते हैं। लोग उनके कारण उजड़ते नहीं, उनकी छत्रछाया में सुरक्षित बसते हैं।"

8

काशिका की मुँह लगी दासी, प्रवीरा अपनी स्वामिनी को बहुत देर से खोज रही थी। वह सारा पण्य मण्डप घूम गयी थी; और जो-जो सामने पड़ा, उन सबसे पूछ चुकी थी। अन्ततः जब वह काशिका तक पहुँची तो काशिका जगतश्रेष्ठी भानुमल के आपण के विशेष प्रकोष्ठ में बैठी बहुमूल्य रत्नजटित, कुछ आभूषण देख रही थी।

प्रवीरा को अपने सम्मुख देख कर उसका ध्यान इस ओर नहीं गया कि वह हाँफ रही थी। वह भागती हुई आयी थी, और स्वेद से नहा चुकी थी। उसने केवल यह देखा कि प्रवीरा उसके सम्मुख खड़ी थी और काशिका उससे इस आभूषण के विषय में परामर्श कर सकती थी, जो इस समय उसने हाथ में पकड़ा हुआ था।

"देख तो प्रवीरा! यह कर्णफूल कैसा लगेगा इस केश-विन्यास के साथ?"

प्रवीरा की स्थिति ऐसी हो गयी, जैसे बहुत वेग से आती धारा के सम्मुख अकस्मात ही कोई ऐसी बाधा आ जाये, जिससे वह टकराना न चाहती हो; और उसको बचाने के लिये, अपने प्रवाह के वेग में ही उसे सौ-सौ बल खा कर स्वयं को नियन्त्रित करना पड़ा हो।

"कर्णफूल तो बहुत सुन्दर है महारानी!" प्रवीरा जल्दी से बोली, "किन्तु महारानी! शिविर में आपकी ढूँढ़ मची हुई है। प्रस्थान के लिये युवराज तैयार खड़े हैं। मुझे तो भय है कि कहीं वह आपको छोड़ कर ही न चल दें।"

काशिका ने जैसे उसकी बात सुनी ही नहीं। उसने उसकी बाँह पकड़ कर खींचा, "बैठ यहाँ, और बता कि ये कर्णफूल अच्छे लगते हैं अथवा वे कुण्डल।"

और वह श्रेष्ठी की ओर घूम गयी, "श्रेष्ठि! वह कुण्डल कहीं सँभाल दिये क्या? मैं तो आरम्भ से ही समझ रही हूँ कि आप वे कुण्डल किसी और के लिये बचा कर रखना चाहते हैं।..."

"महारानी! प्रस्थान में विलम्ब हो रहा है।" प्रवीरा ने धीरे से उसके कान के पास मुँह ले जा कर कहा, "युवराज रुष्ट होंगे।..."

"चुप।" काशिका ने उसे डपट दिया, "यह कोई सैनिक अभियान है क्या कि प्रस्थान में विलम्ब होगा तो हमारी पराजय हो जायेगी। मूर्खे! यह तो प्रदर्शनी अभियान है। मैं भी तो किसी अभियान के लिये ही तत्पर हो रही हूँ। आर्यपुत्र रुष्ट नहीं होंगे। यदि होंगे तो मुझसे होंगे, तुझे किस बात की इतनी चिन्ता है।"

"मैं किसी और के लिये कोई आभूषण क्यों बचा कर रखना चाहूँगा।" श्रेष्ठि ने विछिन्न वार्तालाप का सूत्र पुनः जोड़ते हुए बहुत मधुर ढंग से कहा, "मेरे लिये आपसे महत्त्वपूर्ण और कौन हो सकता है।"

"मुझसे यह सारा वाग्छल मत करो।" काशिका बोली, "राजा दुर्योधन की पत्नी मैं अकेली ही तो नहीं हूँ। और भी हैं।..." वह बहुत रहस्यमय ढंग से मुस्कुरा रही थी, जैसे उसने श्रेष्ठी का कोई बहुत गोपनीय रहस्य जान लिया हो।

श्रेष्ठी भी बहुत आत्मीय और शिष्ट ढंग से मुस्कुराया, जैसे काशिका ने उसके किसी अद्‍भुत गुण की प्रशंसा की हो; और उसने सम्मुख रखे हुए आभूषणों के ढेर में से वह कुण्डल निकाल कर उसके सम्मुख रख दिये।

काशिका ने इठला कर वे कुण्डल उठा लिये; और प्रवीरा से बोली, "दोनों पहना कर, ध्यान से देख; और बता कि कौन से अच्छे लगते हैं। जहाँ तक मैं जानती हूँ, ये दोनों ही न भानुमति के पास हैं और न वृषाली के पास।"

प्रवीरा ने उसकी आज्ञा का पालन किया। दोनों को बारी-बारी पहनाया और ध्यान से देख कर निर्णय दिया, "देवि! दोनों में से अधिक सुन्दर तो कर्णफूल ही है; किन्तु आपके मुख चन्द्र पर तो यह कुण्डल ही अधिक सुशोभित होते हैं। फिर यह इस पर भी निर्भर करता है कि उस दिन आपके केश-विन्यास का स्वरूप क्या है।"

"चल गयी न तू फिर वही अपनी दोहरी चाल।" काशिका ने उसे स्नेह छलकाती वाणी से डाँटा, "अब मैं किसी एक को तो नहीं खरीद सकती न!"

"तो आप दोनों ही स्वीकार करें महारानी।" श्रेष्ठी ने मुस्कुरा कर कहा।

"मैं तुम्हारा सारा आपण ही न उठा कर ले जाऊँ, ताकि पुनः आना ही न पड़े।"

"महारानी की कृपा बनी रहे।" श्रेष्ठी मुस्कुराया, "आपण तो है ही आप का। हम तो केवल आपकी सुविधा के लिये उसे उठाए-उठाए आपके साथ चलते हैं।"

"बातों के धनी हो श्रेष्ठी।" काशिका बोला, "वैसे अब इस दुष्टा ने मुझे ऐसी दुविधा में डाल दिया है कि मुझे दोनों ही क्रय करने पड़ेंगे। मैंने न लिये, तो श्रेष्ठी, उसे यह कह कर किसी रानी के सम्मुख बेच देंगे कि युवराज्ञी आयी तो थीं लेने। लेना भी चाहती थीं; किन्तु उनके पास इसका मूल्य चुकाने के लिये धन नहीं था। यह सुनते ही दूसरी रानी इसे तत्काल क्रय कर लेगी, ताकि सिद्ध कर सके कि वह काशिका से अधिक साधन सम्पन्न है। और उसके पश्चात मैं अपना प्रिय आभूषण दूसरी रानी को धारण करते देखूँगी और आजीवन ईर्ष्या से दग्ध होती रहूँगी।"

"स्वामिनी! विलम्ब हो रहा है।" प्रवीरा ने उसे पुनः चेताया।

"चल! चल!! अब हो गया।" काशिका बोली, "तुम्हें तो विलम्ब नहीं हो रहा श्रेष्ठी?"

"नहीं महारानी! महाराज के आदेश के अनुसार हमारे कुछ लोग तो पहले ही आगे जा चुके हैं, ताकि जब आप अगले पड़ाव पर पहुँचें तो आपको वहाँ भी पण्य मण्डप तैयार मिले।"

श्रेष्ठी ने दोनों आभूषण एक मंजूषा में सहेज कर प्रवीरा को थमा दिये। प्रवीरा बहुत शीघ्रता में थी। वह तत्काल उठी और लपक कर प्रकोष्ठ से बाहर निकल गयी। ...तभी उसे स्मरण हो आया कि राजा का सार्थ उसके लिये नहीं, रानी के लिये रुका हुआ है। वह जल्दी पहुँच भी गयी तो उसका किसी को कोई लाभ नहीं होगा। वह रुक गयी। उसने देखा कि काशिका ने भी शीघ्रतापूर्वक कुछ डग भरे; किन्तु उसके पश्चात पुनः रुक गयी।

"क्या बात है महारानी! कुछ और स्मरण हो आया?" वह पूछे बिना नहीं रह सकी।

"हाँ प्रवीरा! यह तो मैंने सोचा ही नहीं कि ये आभूषण आर्यपुत्र को भी प्रीतिकर लगेंगे या नहीं।"

प्रवीरा जैसे अपना नियन्त्रण खो बैठी थी। बोली, "महारानी ये आभूषण आप धारण करेंगी। महाराज को इनका क्या करना है।"

"मूर्ख है तू!" काशिका के स्वर में क्रोध तनिक भी नहीं था, "धारण तो मैं ही करूँगी; किन्तु किस के लिये धारण करूँगी? आर्यपुत्र के लिये ही न। उन्हें लुभाने के लिये ही तो। उन्हें नहीं भाए, और इनके कारण मैं ही उन्हें अप्रिय लगने लगी तो फिर इनका क्या लाभ?"

"तो आप इन्हें सँभाल कर अपनी किसी पेटिका में रख दीजिएगा। मत पहनियेगा।"

"ये मेरे पास होंगे, तो मैं इन्हें धारण किए बिना रह पाऊँगी क्या?"

"तो मुझे दान कर दीजिएगा। मेरा प्रेमी मेरे वश में रहेगा और मैं आपके गुण गाऊँगी।"

"अच्छा।" काशिका कुछ झपट कर बोली, "अपनी किसी सपत्नी को तो इन्हें धारण किये मैं देख नहीं सकती, और तू इन्हें धारण किये मेरे निकट रहेगी? क्यों अपने ही प्राणों की ग्राहक बनी है।"

काशिका आपण में वापस लौट गयी।

"श्रेष्ठी ! इन आभूषणों को तुम वापस स्वीकार करो।"

"क्या हो गया महारानी! इतनी ही देर में मन से उतर गये।?"

"नहीं श्रेष्ठी! मन से तो नहीं उतरे; किन्तु मैं चाहती हूँ कि तुम इन्हें अपने पास ही रखो। इन्हें किसी को बेचना मत। मैं आर्यपुत्र को साथ ले कर आऊँगी। उन्हें दिखा लूँगी। उन्हें भा गये तो ले जाऊँगी; अन्यथा इनका मोह छोड़ दूँगी।"

पीछे से आ कर साथ खड़ी हो गयी प्रवीरा को यह सब बहुत विचित्र लगा। बोली, "आप आभूषण ले चलें स्वामिनी! स्वामी को रुचिकर नहीं होंगे तो मैं आ कर लौटा जाऊँगी।"

"दासी का कथन उचित ही है देवि!" श्रेष्ठी बोला, "आभूषणों का क्या है, आप जब चाहें, लौटा दें।"

"चुप मूर्खे!" काशिका ने दासी को डपट दिया, "मैं चाहती हूँ, युवराज स्वयं मेरे साथ आयें और अपनी रुचि से ये ही आभूषण स्वयं क्रय कर मुझे भेंट करें। तू समझती भी है कि तू क्या कर रही है?"

प्रवीरा को रानी के स्वर में वास्तविक रोष की ध्वनि मिली। उसने अत्यन्त विनीत हो कर पूछा, "मुझसे कोई भूल हो गयी स्वामिनी?"

"भूल तो तुझसे होती ही रहती है। मूर्ख जो ठहरी।" काशिका ने कहा, "समझती भी है कि कह क्या रही है। एक बार मैं आभूषण ले कर लौटाऊँ तो सारे हस्तिनापुर को यह ज्ञात होगा कि युवराज्ञी ने आभूषण ख़रीदे और युवराज ने उनकी स्वीकृति नहीं दी। बाध्य हो कर युवराज्ञी को वे आभूषण लौटाने पड़े। क्या सम्मान रह जायेगा मेरा, राजप्रासाद में?"

"पर महारानी यह बात किसी तक जायेगी ही कैसे? इसे जानता ही कौन है। मेरे अधर तो सिले हुए ही समझिये और यह तो आपकी प्रिय दासी है।" श्रेष्ठी ने अपना बचाव किया।

"इसे तो तुम रहने ही दो।" काशिका ने कहा, "वहाँ बहुत लोग हैं, प्रचार-प्रसार के लिये। तुम तो बस इतना करो कि जब तक मैं आर्यपुत्र के साथ आ कर इन आभूषणों को पुनः न देख लूँ, तुम इन्हें बेचना नहीं।"

श्रेष्ठी के चेहरे पर सहज स्वीकृति नहीं उभरी। स्वयं को संयत कर बोला, "युवराज को प्रिय लगे, तो आप ये दोनों ही स्वीकार कर लेंगी?"

"हाँ।" काशिका बोला।

"उन्हें रुचिकर न लगने की भी कोई सम्भावना है?" उसने भीत स्वर में पूछा।

"क्यों नहीं।"

"यदि आप आग्रह करेंगी, तो भी?"

"पर मैं आग्रह करूँगी ही क्यों?" काशिका बोली, "मैं चाहती हूँ कि युवराज स्वेच्छा से ये आभूषण मुझे भेंट करें। तुम्हें अपनी वाग्चातुरी पर विश्वास नहीं है क्या?"

श्रेष्ठी समझ रहा था कि वह घिर गया है। यदि वह यह कह दे कि उसे अपने वाग्चातुर्य पर विश्वास है तो उस पर यह आरोप लगाया जा सकता है कि वह युवराज का निष्ठापूर्ण सेवक न हो कर, अपनी वाग्चातुरी से उन्हें प्रवंचित करने की बात कर रहा है। और यदि वह कह दे कि उसे अपनी वाग्चातुरी पर विश्वास नहीं है, तो उस पर दोनों प्रकार के आरोप लग सकते हैं : वह चातुरी करता तो है, किन्तु उसको उस पर विश्वास नहीं है, तथा इस वक्तव्य के माध्यम से वह युवराज्ञी की इच्छा का एक प्रकार से अपमान कर रहा है।...

"जैसी युवराज्ञी की इच्छा।" अन्ततः वह बोला, "किन्तु इस बीच यदि किसी अन्य रानी ने इन आभूषणों को पसन्द कर लिया तो?"

"तुम ये आभूषण तब तक किसी को दिखाओगे ही क्यों?"

पहले तो श्रेष्ठी स्तब्ध-सा खड़ा रह गया। वह युवराज्ञी से कैसे कहे कि वह तो व्यापारी है। घर से ये आभूषण बेचने के लिये ही निकला है। किसी को दिखाएगा नहीं, तो इन्हें बेचेगा कैसे। स्वयं वह ले नहीं रही हैं, तथा दूसरों को देने से मना कर रही हैं। यह तो अपने अधिकारों का दुरुपयोग है।...

उसने स्वयं को सँभाला और बोला, "युवराज्ञी! मुझे आपकी आज्ञा मानने में क्या आपत्ति हो सकती है; किन्तु..."

"किन्तु क्या?" काशिका ने उसे कुछ कठोर दृष्टि से देखा।

"अन्य अधिकार सम्पन्न लोग हमें बाध्य करें और कहें कि मैंने अपने पास श्रेष्ठ आभूषण होते हुए भी उन्हें वह नहीं दिखाये, तो मैं कठिनाई में पड़ जाऊँगा। हम पर तो सब ओर से ही दबाव रहता है न देवि! हम तो आपके ही संरक्षण में जीवन व्यतीत कर रहे हैं। अब आप जैसा आदेश करें।"

"कोई कुछ नहीं कहेगा तुम्हें। न तुम्हें बाध्य करेगा।" काशिका ने कहा और वहाँ से चल पड़ी।

दुर्योधन अपने इच्छित सैन्य वेग से आगे नहीं बढ़ पा रहा था। उसके साथ उसकी अपनी रानियों के अतिरिक्त, अपने भाइयों तथा मित्रों के रनिवास भी चल रहे थे। यह सम्भव ही नहीं था कि सैनिक आदेश के समान, प्रस्थान का समय घोषित कर दिया जाये और सचमुच उसी समय के अनुसार प्रस्थान भी हो जाये। जब प्रस्थान का समय हो जाता था तो पता चलता था कि अनेक रानियाँ अभी हाट मण्डप से ही नहीं लौटी हैं। उन्हीं के कारण श्रेष्ठी गण भी, अपना सामान बटोर कर, समय से शकट नहीं लाद सकते थे।...और सब कुछ हो भी जाये तो व्यापारियों के शकट, राजा के रथों की गति से तो नहीं चल सकते थे।...

दुर्योधन को अपने लिये कोई त्वरा नहीं थी। वह तो वन-विहार के लिये ही निकला था। न वह अपनी रानियों को रुष्ट करना चाहता था, न अपनी अनुज-वधुओं तथा मित्र-पत्नियों को।...किन्तु पाण्डवों के सम्मुख पहुँचकर, अपना वैभव प्रदर्शित कर, उन्हें पीड़ित और अपमानित करने की शीघ्रता में वह अवश्य था। यह कल्पना करते ही कि उसके वहाँ शीघ्र न पहुँच पाने के तक पाण्डव द्वैतवन में सुख-चैन से अपना समय व्यतीत कर पा रहे हैं, उसका मन जैसे रौरव की अग्नि में जलने लगता था।...ऐसे में अनेक बार वह विलम्ब करने वालों के प्रति अपना रोष भी प्रकट कर चुका था...

सन्ध्या हो गयी थी और द्वैत सरोवर अभी दूर था।...रात्रि से पहले न वहाँ पहुँचा जा सकता था, और न ही मण्डपों की व्यवस्था हो सकती थी।...

उपयुक्त स्थान देखकर सार्थ रुक गया। रथों से अश्व खोल दिये गये। अस्थायी मण्डपों की व्यवस्था कर दी गयी। अपने मण्डप में अपने आसन पर बैठते ही, दुर्योधन का मन विचलित हो उठा।...आज की रात्रि भी व्यर्थ ही जायेगी।...

उसने कादम्ब के तीन-चार चषक अपने भीतर उँड़ेल लिये, तो मन कुछ स्थिर हुआ।

"दासी!" सहसा उसने कहा, "किसी को दुःशासन के पास भेजो और कहो कि वह तत्काल यह आदेश प्रचारित करे कि हमारी कोई वाहिनी यहाँ विश्राम नहीं करेगी। सैनिक पूर्णतः सन्नद्ध रहें; और वाहिनियों के नायक, इसी समय हमारे मण्डप में एकत्रित हों।"

दासी आज्ञा का पालन करने चली गयी और दुर्योधन ने दो पात्र और पी लिये।...अब वह और प्रतीक्षा नहीं कर सकता था।...उन्हें शीघ्रातिशीघ्र पाण्डवों

के निकट पहुँचना था...पाण्डवों की शान्ति दुर्योधन के लिये विष के समान थे, और दुर्योधन अधिक देर तक विषपान नहीं कर सकता।...वह स्वयं यदि तत्काल पाण्डवों के सम्मुख प्रस्तुत नहीं हो सकता, तो उसका वैभव ही वहाँ पहुँचे।...

उसका आदेश बहुत त्वरित ढंग से प्रचारित हुआ था। सेनानायकों को वहाँ एकत्रित होने में अधिक समय नहीं लगा।

"हमारी वाहिनियाँ यहाँ विश्राम नहीं करेंगी।" दुर्योधन आदेशात्मक स्वर में बोला, "तुम लोग अपनी यात्रा जारी रखोगे। आज रात को ही यथा शीघ्र द्वैत सरोवर के तट पर पहुँचो और रात्रि का जो समय शेष बचे, उसमें विश्राम करो। कल प्रातः से द्वैत सरोवर के तट पर क्रीड़ा मण्डपों का निर्माण कार्य आरम्भ हो जाना चाहिए।...हम रात्रि को यहाँ विश्राम करेंगे। प्रातः प्रस्थान करेंगे। हम दिन के जिस प्रहर में भी वहाँ पहुँचें, हमें अपने मण्डप तैयार मिलने चाहिए।" दुर्योधन रुका, "एक भी काष्ठाकार पीछे छोड़ने की आवश्यकता नहीं है। सबको ले जाओ।...किन्तु पाण्डवों के आश्रम के ठीक सामने हमारे क्रीड़ा-मण्डप यथाशीघ्र तैयार होने चाहिए।"

दुर्योधन ने अपना पात्र उठा लिया। यह संकेत था कि उसकी बात समाप्त हुई। सेनानायक अपनी-अपनी वाहिनियों में लौट गये।

सहसा दुर्योधन को स्मरण हो आया...सार्थ के साथ अनेक नर्तकियाँ और गणिकाएँ भी चल रही थीं। क्या किया है उन्होंने इस सारी यात्रा में। वे खाती रही हैं और सोती रही हैं।

"दासी!" उसने पुकारा।

"जी महाराज!"

"अंगराज से कहो कि हमने उन्हें स्मरण किया है। दुःशासन, गांधारराज शकुनि तथा अन्य मित्रों को भीर पानगोष्ठी के लिये आमन्त्रित करो।" उसने रुक कर दासी की ओर देखा, "नर्तकियों और गणिकाओं से कहो कि रात्रि सोने के लिये नहीं होती। वे अपने उत्तेजक रूप और मादक नृत्य के साथ तत्काल उपस्थित हों।"

"जो आज्ञा महाराज!"

"और सुनो।" दुर्योधन पुनः बोला, "हमारे राज्य के प्रमुख श्रेष्ठियों को भी आमन्त्रित करो। बेचारे यात्रा का इतना कष्ट उठा रहे हैं, राजा के प्रसाद के रूप में थोड़ा सुख भी तो पायें।"

वृषाली ने काशिका के मण्डप में प्रवेश किया, तो पाया कि काशिका किसी उत्तेजना से विक्षिप्त हो रही थी।

"बैठो सखि!"

यद्यपि काशिका का स्वर पर्याप्त संयत था; किन्तु उसके नेपथ्य का हाहाकार वृषाली से छुपा नहीं रह सका। निश्चित रूप से इस समय काशिका के मन में कोई महासमर चल रहा था। वह अपने आक्रोश से लड़ रही थी। उसका सारा धैर्य और संयम भी उसकी उत्तेजित मनःस्थिति को संयत करने में सक्षम नहीं था।

"क्या बात है महारानी! मुझसे कोई अपराध हुआ?" वृषाली ने विनीत किन्तु आशंकित स्वर में पूछा।

"प्रश्न मत पूछो। केवल मेरे प्रश्नों का उत्तर दो।" काशिका संयत किन्तु क्षुब्ध स्वर में बोली, "मुझे बताओ! क्या करने आयी थीं, तुम इस वन में? अंगराज तुम्हें क्या कहकर अपने साथ लाए थे?"

"विहार के लिये।" वृषाली बहुत सँभल कर उत्तर दे रही थी—जाने महारानी के मन में क्या है; जाने वे कैसा उत्तर चाहती हैं।

"विहार से क्या तात्पर्य था उनका?" काशिका ने पुनः पूछा, "विहार का स्वरूप क्या है? तुम्हें किस सुख का प्रलोभन दिया था उन्होंने?"

"उन्होंने कहा था, हम नगर की इस कृत्रिमता से दूर, प्रकृति के क्रोड़ में विहार करेंगे। संगीत, नृत्य, खान-पान, भ्रमण और काम सुख...सब प्रभूत मात्रा में भोगेंगे...सार्थ के साथ जगतश्रेष्ठियों के आपण होंगे। मैं अपनी इच्छानुसार अपने मन-भावन वस्त्राभूषण क्रय कर सकूँगी...।"

"और हो क्या रहा है?" काशिका उत्तेजना से विक्षिप्त स्वर में बोली, "दिन भर हम ऊबड़-खाबड़, असम और विषम मार्ग पर यात्रा करती रही हैं। सन्ध्या से अपना शृंगार कर अपने मण्डप में प्रतीक्षारत बैठी हैं। विहार के लिये हमें लाये थे अथवा उन गणिकाओं को? वहाँ तो कहा, तुम अपने वस्त्राभूषणों की प्रदर्शनी से पांचाली को ईर्ष्या से दग्ध कर क्षार कर देना; और यहाँ गणिकाओं का शृंगार और वैभव देखकर मैं क्षार होती जा रही हूँ।"

काशिका मौन हो गयी किन्तु शान्त नहीं हुई थी। न ही यह लग रहा था कि वह अपना काथ्य पूरा कर चुकी।...या तो उसके मन में अभी उपयुक्त शब्द नहीं उभर रहे थे, या फिर उसकी मर्यादा उसको आगे बोलने से रोक रही थी।

"हमारे वश में है ही क्या महारानी!" वृषाली का स्वर अब भी दुर्बल और विनीत था।

"हमारे वश में सचमुच कुछ नहीं है; क्योंकि हमारे पति हमारे वश में नहीं हैं।" काशिका बोली, "वे गणिकाएँ तुमसे अधिक सुन्दर हैं या मुझसे? वे अधिक बुद्धिमता हैं अथवा हम? वे हमसे अधिक सुशिक्षित हैं क्या?"

"नहीं। न वे स्त्री के रूप में हमसे अधिक आकर्षक हैं, न मनुष्य के रूप में हमसे श्रेष्ठ।"

"वे अधिक निष्ठावान हैं या हम?" काशिका ने पूछा।

"उनमें निष्ठा तो नाम मात्र की भी नहीं है।"

"फिर भी वे वहाँ विहार कर रही हैं और हम मण्डप में प्रतीक्षरत बैठी हैं।" काशिका बोली, "और अब वे जब हमारे पास आयेंगे, आकण्ठ मदिरापूरित होंगे, नयनों की पलकें तक उठाने का सामर्थ्य नहीं होगा उनमें...और रात्रि भी विदाई के कगार पर पहुँच चुकी होगी।"

वृषाली कुछ नहीं बोली।

"जानती हो, हमारी ऐसी दुर्दशा क्यों है?"

"क्यों देवि?"

"क्योंकि हमने अपने नारीत्व का उच्छृंखल और आक्रामक प्रयोग कभी नहीं किया।" काशिका बोली, "उनके इस सारे रात्रिविहार के पश्चात यदि मैं विवाह करूँगी, तो वे यही मानेंगे कि मैं एक फूहड़ पत्नी हूँ, जो हस्तिनापुर के युवराज को अपने पल्लू से बाँध कर रखना चाहती है।..."

"तो?"

"तो क्या! उन्हें आकृष्ट करने के लिये, मुग्ध करने के लिये, आसक्त करने के लिये, अपना और अधिक श्रृंगार करूँगी। अपने रूप वैभव को उनके सम्मुख और उद्घाटित करूँगी। निष्क्रियता प्रकृति की शक्ति को जड़ कर देती है; और वही जब सक्रिय हो उठती है, तो उसकी मादकता की कोई सीमा नहीं रहती। प्रकृति के वे सारे गुण मुझमें भी हैं, तुम में भी हैं।"

"तो क्या हम भी गणिकाओं से स्पर्धा करें?" वृषाली कुछ संकुचित हो कर बोली।

"गणिकाओं से स्पर्धा क्यों?" काशिका बोली, "गणिकाएँ वह सारा व्यापार केवल धन के लिये करती हैं। हम अपने प्रेम को प्राप्त करने के लिये करेंगी। गणिकाओं में निष्ठा नहीं होती; हम पूर्णतः निष्ठावान रहेंगी।...किन्तु हम मात्र पत्नियाँ बन जायें, नारियाँ न रहें–तो वे हमारी ओर आकृष्ट क्यों होंगे।"

"ठीक कहती हैं महारानी!"

"किन्तु वह सब बाद में होगा। आज के कृत्य के लिये तो उन्हें किसी न किसी सीमा तक दण्डित करना ही पड़ेगा।"

वृषाली कुछ नहीं बोली : जाने काशिका के मन में क्या योजना थी। वह किस प्रकार की उच्छृंखलता करने पर उतारू थी।...वह अपने पति से रुष्ट थी, तो ठीक ही था; किन्तु वृषाली अपने पति से क्यों रुष्ट होती। उसके पति तो

बेचारे राजा की आज्ञा से उस नृत्योत्सव में बैठने को बाध्य थे। राजा की आज्ञा का उल्लंघन तो वह नहीं कर सकते थे।...

"यदि तुम साथ दो तो हम लोग, इस समय उनके रंग में भंग डाल दें। उनके उस नृत्योत्सव में से सारे श्रेष्ठियों को बुलवा लें। ऐंठ कर रह जायेंगे युवराज भी।"

"कैसे युवराज्ञी?"

"हम लोग इस समय पाण्यशाला में चलें?"

"रात्रि के इस समय पाण्यशाला में कौन होगा महारानी?" वृषाली बोली, "और अभी तो स्कन्धावार भी ठीक से स्थापित नहीं हुआ। सार्थ व्यवस्थित नहीं हुआ। या तो पाण्यशाला ही नहीं होगी, होगी तो कोई आपण खुला नहीं होगा।"

"तुम चलो तो।" काशिका बोली, "पाण्यशाला तो मैं अभी व्यवस्थित करवा देती हूँ। आपण भी खुलवा देती हूँ।"

वृशाली ने चकित हो कर पूछा, "वह कैसे महारानी?"

"दासी!" काशिका ने पुकारा।

दासी प्रकट हुई, "महारानी!"

"जगतश्रेष्ठी भानुमल को सूचित करो कि मैंने उन्हें तत्काल बुलाया है। इसी समय। एक क्षण का भी विलम्ब नहीं होना चाहिए।"

"क्षमा करें महारानी! यदि वे इस समय युवराज के मण्डप में हों तो?"

"उन्हें वहीं सूचित किया जाये।" काशिका ने कुछ इस प्रकार कहा कि दासी का और कुछ पूछने का साहस नहीं हुआ।

काशिका ने पाँसा तो फेंका था किन्तु वह नहीं जानती थी कि परिणाम क्या होगा। इसलिये जब भानुमल तत्काल उसके सम्मुख उपस्थित हो गया तो उसे आश्चर्य भी हुआ।

"क्या आदेश है महारानी का?" उसने पूछा।

"आदेश नहीं है जगतश्रेष्ठी! मात्र एक सूचना है।" काशिका बोली, "आप जानते ही हैं कि कल प्रातः के प्रस्थान के पश्चात हम द्वैतवन में पहुँच जायेंगे।"

"जानता हूँ महारानी! और यह भी समझता हूँ कि मात्र इतनी सूचना देने के लिये ही महारानी ने मुझे युवराज के मण्डप से उठवाने का कष्ट नहीं किया होगा।"

"श्रेष्ठी ठीक कह रहे हैं।" काशिका ने उत्तर दिया, "आप यह भी जानते हैं कि वहाँ इन्द्रप्रस्थ की भूतपूर्व साम्राज्ञी द्रुपदपुत्री पांचाली कृष्णा विद्यमान

हैं। उनके सम्मुख जाने से पहले हमें यह देख लेना है कि हम हस्तिनापुर के राजकुल के सम्मान और वैभव के अनुकूल वस्त्राभूषणों से सज्जित हैं अथवा नहीं। यहाँ बात केवल युवराज्ञी के सम्मान की नहीं है। हस्तिनापुर का समस्त गौरव दाँव पर लगा है। इसलिये श्रेष्ठि! मैंने इसी समय, द्वैतवन में पहुँचने से पहले ही, सबसे मूल्यवान रत्नों से जटित आभूषणों का क्रय करने का मन बनाया है। सोचा, यदि इसकी सूचना आपको नहीं होगी, तो सम्भवतः आपको बुरा लगे। आपने हमारे साथ आने का इतना कष्ट उठाया है; इसलिये मैं नहीं चाहती कि इस समय आपको व्यापार के लाभ से केवल इसलिये वंचित कर दिया जाये क्योंकि आप युवराज के आदेश से बाध्य हो कर उनके मण्डप में साधारण गणिकाओं का उच्छृंखल नृत्य देख रहे हैं।" काशिका ने रुक कर श्रेष्ठी की ओर देखा, "मेरी बात समझ रहे हैं न! यह सन्दर्भ केवल मेरी रुचि का नहीं है। हस्तिनापुर की नाक नीची नहीं होनी चाहिए। प्रश्न किसी एक रानी का नहीं, हस्तिनापुर के राजपरिवार और उसके वैभव का है। अब अपना हानि-लाभ आप देख लें।"

"आप चिन्ता न करें महारानी!" श्रेष्ठी पूर्ण सम्मान के साथ बोला, "मैं आपकी बात समझ गया हूँ। हस्तिनापुर के गौरव की रक्षा न कर पाये तो हम जगत् श्रेष्ठी कहलाने के अधिकारी नहीं हैं। न हम हस्तिनापुर की नाक नीची होंने देंगे, न हम अपने व्यापार की क्षति होने देंगे। आपको इसी समय पण्य मण्डप में सब कुछ उपलब्ध होगा। सारे आपण तत्काल खुल जायेंगे और जब आप वहाँ पहुँचेंगी तो पण्यवीथि अपने पूरे यौवन पर होगी।"

"आपसे यही अपेक्षा थी जगत श्रेष्ठी!" काशिका ने मुस्कराकुर वृषाली की ओर देखा।

वृषाली भी मुस्कुरायी। मन-ही-मन सोचा, यह है युवराज की सम्यक युवराज्ञी।

प्रातः दुर्योधन की नींद कुछ विलम्ब से टूटी; पर नींद खुल जाने पर भी, उसकी इच्छा अभी उठने की नहीं हो रही थी। सिर भारी था। रात्रि को मदिरा और मैरेय की मात्रा कुछ अधिक हो ही गयी थी।...फिर नृत्य के बीच ही अनेक श्रेष्ठी उसके मण्डप से उठकर चले गये थे। दुर्योधन को उनका इस प्रकार उठना, तनिक भी अच्छा नहीं लगा था। किन्तु उस समय तक मदिरा इतनी नहीं चढ़ पायी थी कि वह उनसे कह सकता कि महारानी जाये भाड़ में, नृत्य के मध्य से उठ कर कोई नहीं जायेगा। श्रेष्ठी उठ गये थे और सभा का उत्साह भंग हो गया था...वह कोई कला-पारखी तो था नहीं कि नर्तकियों के नृत्य

का सूक्ष्म अध्ययन करता रहता। वह तो आवेश के रूप में उस सुख के लिये वहाँ बैठा था, जो आरोह में ही सुख देता है। आवेश भंग हो जाये, अथवा अवरोह पर आ जाये तो बहुत कष्ट देता है। और मदिरा उस कष्ट को और भी बढ़ा देती है।

दासी ने दुर्योधन की पलकें खुलती देखीं तो उसने प्रणाम किया, "महाराज की जय हो। अंगराज महाराज के दर्शनों की प्रतीक्षा कर रहे हैं। उनके लिये क्या आज्ञा है?"

"कर्ण! क्यों क्या हुआ? कर्ण को नींद नहीं आयी?" वह बोला, "मैं देखता हूँ कि क्या बात है?"

उत्तरीय सँभालता हुआ, दुर्योधन अपने शयन-मण्डप से बाहर निकला।...द्वार के सम्मुख ही कर्ण के साथ-साथ अनेक वाहिनियों के नायक भी खड़े थे।...पर उन्हें तो वह रात को ही द्वैतवन भेज चुका था...

"क्या बात है?" दुर्योधन ने कुछ चकित स्वर में पूछा, "तुम लोगों ने अभी द्वैतवन के लिये प्रस्थान नहीं किया अथवा वहाँ से लौट भी आये हो?"

"महाराज! हम वहाँ से लौट आये हैं।" दुर्योधन का प्रमुख सेनानायक हकलाया, "हमें लौटना पड़ा महाराज!"

"क्यों?"

"द्वैतवन के प्रत्येक सम्भावित प्रवेश मार्ग पर गन्धर्व सैनिक विद्यमान हैं। वे सशस्त्र भी हैं और व्यूहबद्ध भी।" प्रमुख सेनानायक बोला, "उनका कहना है कि उनके महाराज चित्रसेन द्वैत सरोवर में अपनी रानियों के साथ विहार कर रहे हैं। इसलिये किसी को भी द्वैतवन में प्रवेश की अनुमति नही है।..."

"द्वैतवन चित्रसेन के बाप का है क्या?" दुर्योधन पर्याप्त अभद्र ढंग से बोला, "उन्होंने कहा और तुम लौट आये। तुम्हारे पास शस्त्र नहीं थे अथवा तुम योद्धा नहीं हो?" दुर्योधन का स्वर क्रोध से विकृत हो गया था।

"वह ऐसा है महाराज!" नायक का सारा आत्मविश्वास ध्वस्त हो गया था, "हम लोग युद्ध की तैयारी से तो गये नहीं थे। वैसे भी महाराज की आज्ञा के अभाव में युद्ध का निर्णय हम नहीं ले सकते थे। आपके मन में उनके प्रति मित्र अथवा अमित्र भाव के विषय में हमें कोई ज्ञान नहीं था महाराज!"

"मित्र भाव!" दुर्योधन ने क्रोध से अपना पाँव पटका, "जो व्यक्ति मेरी आज्ञाओं का मार्ग रोक कर खड़ा हो, उसके प्रति मित्र भाव!" दुर्योधन ने कुछ क्षण रुककर उसकी ओर देखा, "उल्टे पाँव लौट जाओ। उनसे कहो कि यह मेरा आदेश है— दुर्योधन का, हस्तिनापुर के युवराज का।"

"हमने कहा था महाराज!" नायक बोला, "किन्तु...।"

"किन्तु क्या?"

"उन्होंने आपके लिये अपशब्द कहे; और कहा कि हम भी अपने राजा के समान मूर्ख हैं। हमारी बुद्धि मारी गयी है कि हम मरने के लिये द्वैतवन में घुसने का प्रयत्न कर रहे हैं।" सेनानायक मंद स्वर में बोला।

"इतना सब सुनकर भी कह रहे हो कि कहीं मेरे मन में चित्रसेन के लिये मित्र भाव न हो।" दुर्योधन बोला, "जाओ। तुम लोग इसी क्षण लौट जाओ। उन सारे गन्धर्वों को मारकर भगा दो। चित्रसेन लड़ने आये, तो उसका वध मत करना। उसे बाँध कर मेरे पास लाना। गन्धर्व सैनिक ने कहा है कि उनका राजा चित्रसेन वहाँ अपनी रानियों के साथ जल-विहार कर रहा है?"

"हाँ महाराज!"

"तो उसकी उन सारी रानियों को भी पकड़ लो। सबको बाँध कर रखो। द्वैत सरोवर के तट पर ही, उनसे अपनी नर्तकियों के स्थान पर नृत्य करवाऊँगा। गन्धर्व लोग नृत्य और संगीत में बहुत निपुण होते हैं, तो चित्रसेन की रानियाँ भी कूल्हे तो मटका ही लेती होंगी।"

"युवराज!" कर्ण ने धीरे से दुर्योधन के कान में कहा, "युवराज! तनिक सावधानी से। ये गन्धर्व जाने क्या करते हैं। इसी क्षेत्र के आसपास गन्धर्व राजा चित्रांगद ने आपके पितामह चित्रांगद का वध किया था।"

क्षणभर के लिये दुर्योधन निःशब्द रह गया; किन्तु फिर जैसे उसका क्रोध गन्धर्वों पर ही केन्द्रित हो गया, "जाओ सेना नायक! मार कर भगा दो, उन गन्धर्वों को। जो न भागे, उसका वध कर दो। चित्रसेन और उसकी रानियों को बन्दी कर लो। सिवाय रानियों के अन्य गन्धर्व स्त्रियाँ दासियों के रूप में अपने सैनिकों में बाँट दो। तुम्हारे सैनिक भी प्रसन्न हो जायेंगे।" दुर्योधन ने उसकी ओर देखा, "हम भी प्रहर भर में यहाँ से प्रस्थान करेंगे। समझो कि हम भी आये ही खड़े हैं।..."

9

पाण्डवों के आश्रम के दैनिक क्रम में कोई व्यतिक्रम नहीं हुआ था। वे लोग ब्रह्ममुहूर्त में उठे थे। शौच तथा स्नान इत्यादि से निवृत्त हो कर, वे ध्यान के लिये बैठ गये थे। उन्होंने आश्रमवासियों और कुछ आरण्यकों के साथ प्रातः हवन किया था। उस दिन की आवश्यकता के अनुसार पीने के लिये जल भर कर रखा था। वन से फल एकत्रित किये थे।

प्रायः अपराह्न का समय था। युधिष्ठिर यज्ञवेदी पर बैठे हुए थे। उनके साथ अनेक आरण्यक ब्राह्मण भी थे। धौम्य पौरोहित्य कर रहे थे।...भीम अपने

शस्त्र लेकर आखेट के लिये जाने की तैयारी में ही था कि उसने दूर से आते किसी मन्द कोलाहल का शब्द सुना। लगता था कि मनुष्यों का कोई विशाल समूह अनियन्त्रित कोलाहल कर रहा था। उनके साथ बहुत से शकट अथवा पशु भी थे। अश्वों के हिनहिनाने का स्वर भी हो रहा था।

भीम सावधान हो गया।...वन की सामान्य गतिविधि से इस प्रकार का कोलाहल सम्भव नहीं था। यह कोलाहल पूर्णतः भिन्न था। उनके आश्रम के निकट ही कहीं कुछ असाधारण घटित हो रहा था।...उसने अर्जुन की ओर देखा : अर्जुन ही नहीं नकुल और सहदेव भी शस्त्र बाँध रहे थे। द्रौपदी आ कर कुटीर के द्वार पर खड़ी हो गयी थी। इन्द्रसेन तथा विशोक के परिवार भी, अपने कुटीरों से बाहर निकल आये थे। यज्ञवेदी के निकट बैठे अनेक साधकों के चेहरों पर उत्कण्ठा और भय के लक्षण प्रकट हो गये थे।...एक युधिष्ठिर ही थे, जो शान्त मन से अपना कर्म करते जा रहे थे।

कोलाहल कुछ निकट आ गया और यज्ञ करने वालों का भय पूर्णतः स्पष्ट हो गया, तो युधिष्ठिर बोले, "आप लोग तनिक भी विचलित न हों। आवश्यक नहीं कि यह कोलाहल आपके लिये किसी संकट का कारण हो। मुझे तो कोलाहल करने वाले लोग ही कुछ भयभीत लग रहे हैं। सम्भव है कि व्यापारियों के किसी सार्थ पर किसी सिंह अथवा गज-समूह ने आक्रमण कर दिया हो।...किन्तु यदि किसी कारण से यह कोलाहल आपके लिये, किसी प्रकार के भय का कारण बना, तो भी मेरे भाई किसी भी संकट से आपकी रक्षा करने का सामर्थ्य रखते हैं।..."

"यदि यह कोई सैनिक अभियान हुआ तो?"...एक आरण्यक ने पूछा।

युधिष्ठिर हँसे, "वे किसी भी बड़े से बड़े सैनिक अभियान से आपकी रक्षा कर सकते हैं। आप निश्िंचत हो कर अपना ध्यान यज्ञ की ओर लगाएँ।"

यज्ञ कर्म चलता रहा; किन्तु एक आशंका-सी जैसे सारे परिवेश में व्याप्त हो गयी थी। कोलाहल न केवल निरन्तर बढ़ता जा रहा था, स्पष्टतः वह निकट भी आता जा रहा था।

कोलाहल एकदम निकट आ गया था जब वे अपेक्षा कर रहे थे कि उसका कारण प्रकट हो कर सामने आ जायेगा। सहसा वह एकदम शान्त हो गया। लगा कि आश्रम के द्वार पर आकर कोलाहल जैसे थम गया था। तब तक चारों पाण्डव आश्रम के द्वार की ओर बढ़ गये थे।

भीम ने उस अनियन्त्रित जनसमूह में हस्तिनापुर के जगत श्रेष्ठी भानुमल को पहचाना : इस व्यक्ति का इस समय यहाँ क्या काम? और उसके साथ यह अपार जनसमूह एकत्रित हो कर यहाँ क्यों आ गया था? उसमें सुखद तत्त्व

एक ही था कि वे लोग तनिक भी आक्रामक नहीं लग रहे थे।...अब तक तो उनका कोलाहल भी जैसे थम गया था।...धीर-धीरे चेहरे कुछ स्पष्ट होते गये। उनमें से अनेक व्यवसायियों तथा व्यापारियों को भीम पहचान रहा था। एक क्षण को तो उसे लगा कि कहीं वह हस्तिनापुर की किसी पण्यवीथि में तो नहीं पहुँच गया है।...उसी भीड़ में दुर्योधन के दो मन्त्री कुवलय और महापद्म भी दिखायी दे रहे थे।...

भीम ने जोर का अट्टहास किया, "हस्तिनापुर का कोई सार्थ द्वैतवन में आया है क्या? आरण्यक लोगों से भी अब व्यापार किया जायेगा? अथवा तुम लोग ये वृक्ष और सारे वन भी खरीद लेना चाहते हो, ताकि हमें प्रकृति से भोजन भी न मिले?"

अर्जुन ने भीड़ की ओर देखा। उनमें से किसी चेहरे पर रंच मात्र भी उल्लास नहीं था। मध्यम तो अपनी मस्ती में देखते ही नहीं कि किसी के मन में क्या बीत रहा है। वे सार्थ की बात सोच रहे हैं; और उन सबकी तो ऐसी रुदन मुद्रा बनी हुई थी कि अब रोये कि अब रोये।...

"मध्यम! ये लोग किसी संकट में फँस जाने के कारण यहाँ आये लगते हैं।"

"जानता हूँ।" भीम ने पुनः अट्टहास किया, "जब हम अपनी विपत्ति में हस्तिनापुर छोड़ रहे थे, तो इन लोगों ने भी तो इसी प्रकार अपनी प्रसन्नता प्रकट की थी। क्या उस समय तुम्हारी आँखों में अश्रु नहीं थे अथवा कृष्णा दुखी नहीं थी?"

"युवराज! हमारी रक्षा करें युवराज!" भानुमल ने अत्यन्त दीन स्वर में कहा, "गन्धर्वों ने बहुत उत्पाद मचा रखा है। राजा दुर्योधन बन्दी हो गये हैं। सेना नष्ट हो चुकी है। अंगराज कर्ण युद्ध छोड़कर भाग गये हैं। गन्धर्व लोग कुरु राजकुमारों और उनकी रानियों को बन्दी बना चुके हैं। यदि उन्हें रोका न गया युवराज! तो वे हमारी सारी धन सम्पत्ति भी छीन लेंगे। हम हस्तिनापुर के सबसे मूल्यवान रत्नाभूषण ले कर आये हैं। वे सब गन्धर्वों के हाथ पड़ जायेंगे।"

भीम ने प्रसन्नतापूर्वक आकाश की ओर देखा, "मेरा मन ईश्वर के प्रति कभी इतना कृतज्ञ नहीं हुआ, जितना आज है। ईश्वर ने आज ही तो पूर्ण न्याय किया है। हम यहाँ वन में कन्दमूल खा कर तपस्या कर रहे हैं; और दुर्योधन वहाँ हमारे धन का भोग कर रहा है। हम अपना प्रतिशोध नहीं ले सके तो क्या हुआ, हमारे किसी मित्र ने हमारा प्रतिशोध ले लिया है। ईश्वर बड़ा ही न्यायी है।"

भानुमल का मुख खुला-का-खुला रह गया। उसने कल्पना भी नहीं की थी कि भीम के सम्मुख उसे इस प्रकार मुँह की खानी पड़ेगी। वह उसे कुरुकुल की दुर्दशा की सूचना दे रहा था। और भीम था कि परम सुख की स्थिति में अट्टहास कर रहा था। पता नहीं उसने कैसे सुन लिया था कि युद्ध का नाम सुनकर ही भीम अपनी गदा उठाकर चल पड़ता है।...

भानुमल को स्तब्ध देख कर महापद्म आगे बढ़ आया, "युवराज! हमें धर्मराज से मिलने की अनुमति दीजिए। कुरुकुल इस समय अत्यन्त संकट की स्थिति में है। अंगराज कर्ण तो भाग गये हैं; किन्तु राजा दुर्योधन, उनके भाई राजकुमार दुःशासन, दुर्विषय, दुर्मुख, दुर्जय, विविंशति, विंद्य तथा अतिंद्य—सब बन्दी हो चुके हैं। राजकुमार विकर्ण भी गन्धर्वों के बन्दी हो गये होते; किन्तु अंगराज कर्ण उनके रथ पर कूद आये थे और रथ समेत उनको भगाकर ले गये थे। यदि धर्मराज ने सहायता न की तो कुरुकुल को तो सदा के लिये नष्ट हुआ ही समझिए।"

भीम की इच्छा हुई कि इस दुष्ट महापद्म को उठाकर कहीं दूर फेंक आये। यह आज सहायता की बात कर रहा है। जब पाण्डवों पर संकट आया था, तब तो इसे कुछ दिखायी ही नहीं दिया था। पाण्डवों का संकट कुरुकुल का संकट नहीं था? दुर्योधन पर आया संकट ही कुरुकुल का संकट है? जिसे यह कुरुकुल का संकट बता रहा है, वह तो पाण्डवों के लिये अत्यन्त प्रसन्नता का विषय है। उनके लिये तो यह एक वरदान है।...

उसकी तनिक भी इच्छा नहीं थी कि इनमें से कोई एक भी व्यक्ति आश्रम के भीतर जा कर धर्मराज के सम्मुख सहायता की गुहार करे...किन्तु यह आश्रम धर्मराज का था। वे आश्रम के कुलपति थे। आश्रम के द्वार पर आये किसी व्यक्ति को धर्मराज से मिलने से रोका नहीं जा सकता था। भीम की इच्छा-अनिच्छा प्रजा और धर्मराज के मध्य खड़ी हो कर किसी को रोक नहीं सकती थी।

"हम आपकी शरण में आये हैं, युवराज!" भानुमल बोला, "यदि क्षत्रिय भी शरणागत ही रक्षा नहीं करेंगे, तो संसार किसके भरोसे टिकेगा युवराज!"

भीम ज़ोर से हँसा, "तुम्हारे मूल्यवान रत्नाभूषणों के भरोसे भानुमल!" और फिर उसकी मुद्रा कठोर हो गयी, "तुम व्यापार करने आये थे। धन अर्जित करने। तब तो तुमने धर्मसंगत ढंग से महाराज युधिष्ठिर को कोई कर देने की बात नहीं सोची थी। अब लुट जाने की आशंका सामने खड़ी दिखाई दे रही है, तो तुम्हें क्षत्रिय धर्म और क्षत्रियों की शरणागत-वत्सलता स्मरण हो आयी है?" भीम ने एक ओर हट कर उन्हें मार्ग दे दिया, "जाओ। धर्मराज से मिल लो, किन्तु मुझसे किसी प्रकार की कोई आशा मत रखना। मैं तुम्हारी रक्षा के लिये कुछ नहीं करूँगा।"

अर्जुन और भीम के पीछे-पीछे वे लोग आश्रम के भीतर चले आये।

भानुमल को पूर्ण विश्वास था कि भीम का यह सारा आक्रोश और विरोध, युधिष्ठिर के एक आदेश से धोया जा सकता है। उनका संकट देखकर युधिष्ठिर स्वयं युद्ध के लिये उठ खड़े होंगे, तो भीम युद्ध से विमुख नहीं रह सकेगा।... किन्तु जो दृश्य उसके सामने था, उसे देखकर वह स्तब्ध रह गया था : धर्मराज युधिष्ठिर धौम्य तथा अन्य ब्राह्मणों के साथ बैठे, यज्ञ कर रहे थे।...ऐसे में उन्हें युद्ध करने के लिये कैसे कहा जा सकता था?

महापद्म अपनी तथा अपने राजा की दुर्दशा से व्याकुल तो था; किन्तु युधिष्ठिर को इस प्रकार बैठे यज्ञ करते देख उसकी इच्छा हुई कि जोर से हँस पड़े...सिर पर युद्ध मँडरा रहा था। उनके निवास से कुछ ही दूरी पर गन्धर्व सेना अपना ताण्डव कर रही थी। दुर्योधन को वे पराजित कर ही चुके थे। यहाँ तक आने में उन्हें समय ही कितना लग सकता था...और इन्द्रप्रस्थ का यह सम्राट जाने कैसा राजनीतिज्ञ था, और कैसा यह युद्धविद्या विशारद था कि ब्राह्मणों के साथ बैठा यज्ञ कर रहा था। अभी कोई योद्धा यहाँ पहुँच इसका मस्तक काट कर हवनकुण्ड में डाल देगा, तो सारा यज्ञ एक साथ ही हो जायेगा...यह इतना मूर्ख न होता तो दुर्योधन इतनी सुविधा से इसका सारा साम्राज्य कैसे हथिया लेता?...

युधिष्ठिर ने एक बार सिर उठा कर देखा तो लोगों का एक विशाल समूह, अर्जुन और भीम के साथ आया है; किन्तु वे धैर्यपूर्वक अपने अनुष्ठान में लगे रहे।

अर्जुन धीरे से आगे बढ़ा और उसने युधिष्ठिर के निकट जा कर, उन्हें सारी स्थिति समझाई; और तब युधिष्ठिर ने ध्यान से उस भीड़ को देखा। सचमुच वे लोग बहुत घबराए हुए लग रहे थे। व्यापारियों की उस भीड़ में अनेक भगोड़े सैनिक भी दिखायी पड़ रहे थे। उन सारे चेहरों पर इस समय केवल याचना का भाव दिखायी पड़ रहा था।

"महापद्म! हमें विस्तार से बताओ कि यह सब क्या है? हुआ क्या है?"

महापद्म के मन में कोई भी भाव युधिष्ठिर के अनुकूल नहीं था; किन्तु इस समय और कोई संबल भी तो नहीं था। युधिष्ठिर अपने आप में कैसा भी हो, किन्तु उसके ये दोनों भाई, भीम और अर्जुन पूर्णतः समर्थ थे। अभी यह अर्जुन अपना गाण्डीव उठा ले, अथवा भीम अपनी गदा उठा कर उनके आगे-आगे चल पड़े तो कौरव सैनिकों में भी फिर से प्राण आ जायेंगे।

महापद्म अपने स्थान से आगे बढ़ आया और बोला, "महाराज! राजा दुर्योधन अपने भाइयों, मित्रों, पत्नियों तथा सखियों के साथ वन-विहार करने

आये थे। उनके साथ नर्तकियाँ और गणिकाएँ भी थीं। ये श्रेष्ठी लोग व्यापार की सम्भावना देख कर, साथ आये थे।...किन्तु जाने कहाँ से गन्धर्व सैनिक पहले ही आकर मार्ग रोक कर, खड़े हो गये।..."

युधिष्ठिर को स्मरण हो आया कि विदा होते हुए सुबाहु ने कहा था कि वे आज्ञा नहीं भी देंगे तो भी पार्वत्य राजा उनकी रक्षा के प्रति सजग रहेंगे।... और आज प्रातः ही चित्रसेन भी उनसे भेंट करने आया था; किन्तु उसके साथ सेना तो नहीं थी।...कहीं यह सब उसी योजना का अंग तो नहीं, जिसकी ओर सुबाहु ने संकेत किया था?...किन्तु दुर्योधन यहाँ युद्ध करने तो आया ही नहीं था। वह तो वन-विहार के लिये आ रहा था, नहीं तो वह अपने साथ अपनी और अपने भाइयों की रानियों को क्यों लाता? गणिकाओं और नर्तकियों को साथ लेकर कोई युद्ध अभियान पर नहीं निकलता।...

"महाराज! गन्धर्व सैनिकों से झड़प हो गयी। राजा दुर्योधन ने अपने सैनिकों को, गन्धर्वों को मार भगाने का आदेश दे दिया; किन्तु जब वास्तविक युद्ध हुआ तो गन्धर्वों ने ही कुरुओं को मार भगाया। कौरव सेना पराजित ही नहीं, सर्वथा छिन्न-भिन्न हो गयी। अधिकांश राजकुमार युद्ध से पलायन कर गये। अंगराज कर्ण ने वैसे तो बड़ी वीरता से युद्ध किया; किन्तु गन्धर्वों ने उन्हें क्षत-विक्षत ही नहीं कर दिया, उनके रथ को भी खण्ड-खण्ड कर दिया। कर्ण बहुत डर गये थे। अपने प्राण बचाने के लिये वे भागकर राजकुमार विकर्ण के रथ में जा चढ़े। किन्तु वे पुनः युद्ध करने का साहस नहीं कर सके। स्वयं तो उन्होंने युद्ध किया ही नहीं, उस रथ को राजकुमार विकर्ण सहित भगा कर युद्ध क्षेत्र से कहीं दूर ले गये। इसी कारण से राजकुमार विकर्ण भी युद्ध नहीं कर सके।"

"उस समय तुम्हारा राजा दुर्योधन क्या कर रहा था?" भीम ने वक्र वाणी में पूछा।

"राजा दुर्योधन ने उसके साथ बड़ी वीरतापूर्वक युद्ध किया युवराज! किन्तु गन्धर्वों ने उसका रथ भी भंग कर दिया और उनको इतना आहत किया कि वे अचेत हो कर भूमि पर गिर पड़े...।"

"और तुम सब उसके इतने निष्ठावान सैनिक हो कि उसे वहाँ धरती पर पड़ा छोड़ कर अपने प्राण बचाने के लिये यहाँ चले आये।"

"हम लोग और कर भी क्या सकते थे महाराज!" दुर्योधन का दूसरा मन्त्री, कुवलय युधिष्ठिर से सम्बोधित हुआ, "सारी वाहिनियाँ ध्वस्त हो चुकी हैं। राजकुमार बन्दी हो चुके हैं। राजा दुर्योधन की मित्रता का ध्वजवाहक, और उनके लिये अपने प्राण दे देने की घोषणा करने वाला कर्ण युद्धक्षेत्र से

भाग गया है। गन्धर्वों ने कुरुकुल की सारी स्त्रियों को बन्दी कर लिया है। हम अपने प्राणों के लिये उतने भयभीत नहीं हैं। हमारी गन्धर्वों से कोई शत्रुता नहीं है। हम योद्धा भी नहीं हैं; और युद्धक्षेत्र में उनके सम्मुख खड़े भी नहीं हैं। किन्तु यदि आपने रक्षा नहीं की तो राजा दुर्योधन के प्राण नहीं बचेंगे;...और महाराज! कुरुकुल की रानियाँ, गन्धर्वों के प्रासादों में दासियाँ बन कर जीवन व्यतीत करेंगी।"

"दुर्योधन ने भी तो कृष्णा को दासी बनाना चाहा था। आज यदि उसकी रानी, गन्धर्वों की दासी बनती है, तो हमें उसका कोई दुख नहीं है। दुर्योधन की ये ही रानियाँ थीं, जो हमारी दुर्दशा और कृष्णा के अपमान पर, बहुत उल्लसित हुई थीं। और मैं तो यह समझता हूँ महाराज!" भीम ने मुड़ कर युधिष्ठिर की ओर देखा, "कि वन-विहार का तो बहाना मात्र था। वस्तुतः दुर्योधन हमारी इस निर्धनता को अपने वैभव के प्रदर्शन से और अधिक पीड़ादायक बनाने आया था। वह हमारा उपहास करने आया था। अच्छा हुआ, उसे उसका दण्ड मिल गया।"

युधिष्ठिर मौन असहमति में भीम की ओर देखते रहे। उसके पश्चात उन्होंने एक-एक कर अर्जुन, नकुल और सहदेव की ओर भी देखा। अन्ततः उनकी दृष्टि आकर महापद्म पर ठहर गयी, "गन्धर्वों का नायक कौन है?"

महापद्म अभी कोई उत्तर भी नहीं दे पाया था कि आश्रम के निकट ही कहीं वन में एक नया कोलाहल सुनायी देने लगा, जैसे कोई सेना प्रयाण कर रही हो; और अनेक रथ, एक-दूसरे से आगे बढ़ जाने की होड़ में लगे हों।...

"धर्मराज! मुझे लगता है कि गन्धर्व लोग बन्दियों को लेकर अपने राज्य की ओर जा रहे हैं।" महापद्म ने घबरा कर कहा, "यदि वे लोग राजा दुर्योधन को अपने राज्य में ले गये तो अनर्थ हो जायेगा।"

कोलाहल बढ़ता जा रहा था। वे लोग आश्रम की ओर नहीं आ रहे थे, निकट ही कहीं वृक्षों के पीछे वह मार्ग था, जिस पर उनके रथ दौड़ रहे थे।

सहसा उस सारे कोलाहल के ऊपर एक और स्वर सुनायी दिया, "धर्मराज! सम्राट युधिष्ठिर! भीम, मेरे भाई! मेरी रक्षा करो।..."

"यह स्वर राजा दुर्योधन का है धर्मराज!" भानुमल बोला, "देखिए, वे आपको पुकार रहे हैं।"

"हम भी पहचानते हैं इस दुष्ट स्वर को।" भीम कुछ झपटकर बोला, "इस स्वर में बहुत सारी कठोर बातें सुनी हैं हमने, अब उसकी याचना भी सुन लेने दो।"

"सम्राट्!" कुवलय घबरा कर बोला, "वे राजा दुर्योधन को कहीं दूर ले

जायेंगे, तो फिर उनको छुड़ाना बहुत कठिन हो जायेगा। विलम्ब हमारे लिये घातक भी हो सकता है सम्राट्।"

"शरणागत की रक्षा अवश्य ही जायेगी, तुम चिन्ता मत करो।" युधिष्ठिर बोले, "और फिर, ये तो हमारे भाई भी हैं। परस्पर विरोध में हम पाँच और सौ हो सकते हैं; किन्तु गन्धर्वों के लिये तो हम एक सौ पाँच कौरव ही हैं।" वे रुके, "गन्धर्वों का नेतृत्व कौन कर रहा है? चित्रसेन तो नहीं?"

"हाँ महाराज! स्वयं राजा चित्रसेन अपने गन्धर्वों का नेतृत्व कर रहे हैं।" महापद्म ने उत्तर दिया।

"ओह!" युधिष्ठिर के मुख से निकला; और उन्होंने अर्जुन की ओर देखा, "अर्जुन तुम्हारा मित्र चित्रसेन। मेरा विचार है कि कुरुकुल की स्त्रियों को मुक्त कराने में, हमें कोई विशेष कठिनाई नहीं होनी चाहिए। जाने किस भ्रम में चित्रसेन ने यह क्रूर कर्म किया है।"

अर्जुन ने भीम की ओर देखा : भीम के मुख का स्वाद जैसे कसैला हो गया था। अर्जुन समझ रहा था कि भीम के लिये, यह समाचार अत्यन्त सुखद था; क्योंकि यह उसके परम शत्रु दुर्योधन के कष्ट का समाचार था।...किन्तु धर्मराज का कभी भी यह दृष्टिकोण नहीं रहा। वे किसी के भी दुख से सुखी नहीं हो सकते, चाहे वह उनका कोई परम शत्रु ही क्यों न हो।...और फिर दुर्योधन को वे आज भी अपना भाई ही मानते हैं। उसे अपना शत्रु तो वे कभी मान ही नहीं पाये।...

धर्मराज क्या मानते थे और क्या चाहते थे, वह पृथक बात थी। अर्जुन का अपना मन भी इस बात से प्रसन्न नहीं था कि चित्रसेन कुरुकुल की रानियों को इस प्रकार बन्दी कर ले जाये। वे स्त्रियाँ युद्ध करने नहीं आयी थीं, इसलिये युद्धबन्दियों के रूप में उन्हें दण्डित करना न्याय नहीं था।...

"वे बन्दिनी स्त्रियाँ, साधारण स्त्रियाँ हैं; योद्धा नहीं। उनकी रक्षा तो मानवीय दृष्टि से ही होनी चाहिए। यह दण्ड उनके व्यक्तिगत व्यवहार के लिये नहीं, उनके स्त्री होने मात्र के लिये है। यह नारीत्व का अपमान है।" अर्जुन ने कहा, "इसलिये..."

"दुर्योधन ने जो कुछ मेरे साथ द्यूतसभा में किया था, वह भी मेरे व्यक्तिगत व्यवहार के कारण नहीं था।" द्रौपदी अपने कुटीर से बाहर निकल आयी थी, "वह भी तो नारीत्व का ही अपमान था। दुर्योधन को दण्डित करने के लिये आवश्यक है कि उसकी पत्नियों के साथ भी वही व्यवहार किया जाये, जो उसने मेरे साथ किया। तभी तो वह समझ पायेगा कि नारी का अपमान करने का अर्थ क्या होता है?"

धर्मराज हँस पड़े, "तुम्हारी पीड़ा मैं समझता हूँ पांचाली! किन्तु गन्धर्वों द्वारा किये गये नारीत्व के अपमान से दुर्योधन द्वारा किये हुए नारीत्व के अपमान का प्रतिकार कैसे हो जायेगा? दण्डित दुर्योधन को होन ा चाहिए कि उसकी रानियों को?"

युधिष्ठिर ने द्रौपदी की ओर देखा, "पांचाली! हमारा व्यवहार, धर्म से परिचालित होना चाहिए, दुर्योधन जैसे लोगों के अधर्म कृत्यों से उपजी प्रतिक्रियाओं से नहीं। अन्यथा दुर्योधन जो कुछ आज करेगा, वही हम कल करेंगे। उसमें और हम में कोई भी अन्तर नही रह जायेगा।"

"तो क्या अपने विरुद्ध किये गये अपराधों का प्रतिशोध लेना क्षत्रिय का धर्म नहीं है?" भीम ने तड़प कर पूछा।

"नहीं! प्रतिशोध तो अपरिपक्व मन की क्रूर हिंसा है।" धर्मराज बोले, "धर्म तो संकट में पड़े मनुष्य की रक्षा करना है; और इस समय संकट में दुर्योधन की रानियाँ हैं। उनकी रक्षा क्षत्रिय का प्रथम कर्तव्य है।"

"जिस समय द्यूत सभा में मेरा अपमान हो रहा था, तब क्यों आपको अपना यह क्षत्रिय धर्म स्मरण नहीं हो आया। तब आप क्षत्रिय नहीं थे अथवा मैं असहाय अबला नहीं थी।"

"उस समय हम असहाय दास थे। अपने धर्म से बँधे थे।" धर्मराज बोले, "और उसकी पीड़ा हमें आज भी है। तुम समझती हो कि दुर्योधन की रानियों के अपमान से हमारी वह पीड़ा धुल जायेगी? नहीं पांचाली! यह दूसरी पीड़ा होगी कि समर्थ होते हुए भी हमने अधर्मियों द्वारा पीड़ित होती हुई स्त्रियों की रक्षा नहीं की।"

द्रौपदी ने कुछ नहीं कहा। वह जानती थी कि धर्मराज का मत क्या है। वन में आने के पश्चात से अनेक बार इन सब विषयों पर उनके विवाद हुए हैं। धर्मराज ने कभी क्षमा का त्याग नहीं किया किया था; और द्रौपदी अपने मन में जलती उस ज्वाला को तनिक सा भी शान्त नहीं कर पायी थी। वह जानती थी कि वे लोग इस विषय में कभी भी सहमत नहीं हो सकते। न विवाद का कोई लाभ था, न संवाद का। न वह अपने मन को बदल सकती थी, न धर्मराज की प्रकृति को।...और कहीं मन-ही-मन वह यह भी जानती थी कि मानव मन की उत्कृष्टता की दृष्टि से धर्मराज का चिन्तन ही श्रेष्ठ था।

अब तक युधिष्ठिर जैसे पूर्ण निर्णय कर चुके थे। उन्होंने अर्जुन की ओर देखा और बोले, "मैं समझ रहा हूँ कि युवराज भीम की इच्छा क्या है। वह उनके स्वधर्म के अनुकूल ही है। पर अर्जुन! क्या तुम भी यही समझते हो कि कुलवधुओं का यह अपमान हमें किसी प्रकार का कोई सुख देगा? क्षत्रिय

का धर्म यह तो नहीं है कि अबला स्त्रियों का अपमान होता रहे; और वह अपने शस्त्र थामे निष्क्रिय बैठा रहे? क्या तुम्हारी भी यही धारणा है कि हमें कुरुकुल की इस दुर्गति से प्रसन्न होना चाहिए? दुर्योधन और उसके मित्र का ही व्यवहार कुरुकुल को कलंकित करने के लिये पर्याप्त नहीं है क्या कि हम भी उसी प्रकार का अशोभनीय व्यवहार करने लगें? भीम स्वयं को दुर्योधन से पृथक मान कर, इस सारी घटना को, देख रहा है; किन्तु सारा संसार तो इस प्रसंग को इस रूप में नहीं देखेगा। लोग तो यही कहेंगे कि कुरुकुल पराजित हुआ और कुरुकुल की रानियों को गन्धर्व बन्दी बना कर ले गये। कोई इस बात की चर्चा नहीं करेगा कि गन्धर्व पाण्डवों के मित्र थे। क्या हमारे लिये यह स्थिति अपमानजनक नहीं होगी?"

युधिष्ठिर ने अर्जुन के चेहरे को देखा : वह कदाचित उनके कथन पर विचार कर रहा था।

"तुम लोगों से इतनी चर्चा करने के स्थान पर मैं स्वयं ही चित्रसेन से युद्ध कर कुरुकुल की रानियों की छुड़ा लाता; किन्तु मैं इस समय यज्ञ की दीक्षा लेकर यहाँ बैठा हूँ। अपना आसन त्याग नहीं सकता। अब यह तुम लोगों पर निर्भर है कि तुम लोग अपने बड़े भाई की मर्यादा की रक्षा करोगे या नहीं।"

"आप अपनी मर्यादा की नहीं, अपने शत्रुओं की रक्षा करना चाहते हैं।" द्रौपदी ने कहा।

"नहीं! ये जो लोग हमारी शरण में आये हैं, मैं इनकी रक्षा करना चाहता हूँ। मैं कुरुवंश की उन स्त्रियों की रक्षा करना चाहता हूँ, जिन्हें क्रूर गन्धर्वों ने बाँध लिया है।" धर्मराज की दृष्टि अर्जुन की ओर घूम गयी, "जाओ अर्जुन! अपनी शरण में आये इन लोगों की रक्षा करो और उन स्त्रियों को गन्धर्वों के बन्धनों से मुक्त कराकर कुरुकुल को कलंकित होने से बचाओ।"

भीम ने अपना मुख दूसरी ओर मोड़ लिया। धर्मराज ने उसे कोई प्रत्यक्ष आदेश नहीं दिया था। उसके द्वारा धर्मराज की अवज्ञा का कोई प्रश्न ही नहीं था। अपना विरोध और अप्रसन्नता तो वह जता ही सकता था; और वही वह कर भी रहा था।

अर्जुन स्वयं को एक विचित्र स्थिति में पा रहा था।...एक सात्विक पुरुष का वही चिन्तन होगा, जो इस समय धर्मराज का था। अपने वंश के प्रति तो स्वयं अर्जुन भी, अभी इतना निर्मोही नहीं हुआ था कि कुरुओं को अपमानित होते देख उसे कष्ट न होता। भीम और पांचाली की भावनाएँ भी अपने स्थान पर बहुत स्वाभाविक थीं। मनुष्य अपने अपमान से पीड़ित होता है। उसे स्मरण रखता है। उसका प्रतिशोध लेना चाहता है।...किन्तु यह भी सत्य है कि यह

मनुष्य का कोई उदात्त रूप नहीं है। यह मान-अपमान, यह प्रतिशोध और क्रूरता...मनुष्य की दुर्बलताएँ ही तो हैं। धर्मराज यदि स्वयं को उनसे मुक्त कर पाये हैं, उन पर जय पा ली है उन्होंने, तो यह उनका सामर्थ्य ही है, उनकी दुर्बलता नहीं। वह तो वैसे भी अपने बड़े भाई और अपने राजा के आदेश का पालन करने जा रहा था। स्वतन्त्र रूप से तो उसे कोई कर्म करना ही नहीं था। हाँ! यदि धर्मराज के आदेश के पश्चात भी वह नहीं जाता तो अपने बड़े भाई तथा अपने राजा के आदेश का दोषी वह हो सकता था।...उसे और सोचने की आवश्यकता नहीं थी।...सम्भव है, युद्ध का अवसर ही न आये। चित्रसेन अपने मित्र की इच्छा का सम्मान करते हुए, बिना किसी युद्ध के ही अपने बन्दियों को मुक्त कर दे।...

अर्जुन ने गाण्डीय उठा लिया।

"मैं जा रहा हूँ महाराज!" उसने कहा।

उसने अपनी दृष्टि धर्मराज पर ही टिकाए रखी। वह समझ रहा था कि उसके इस निर्णय से न भीम प्रसन्न होगा, न द्रौपदी। वे सब लोग किसी-न-किसी प्रकार के ऊहापोह में फँसे हुए थे। उनके आदर्श, संस्कार, उनका चिन्तन, उनका धर्म-बोध—सब कुछ धर्मराज के आदेश के साथ था; किन्तु मन में बैठे कुछ सहज नैसर्गिक भाव, मनुष्य की प्रवृत्तियाँ, उनका अहंकार, उनका मान-अपमान बोध, उनका प्रतिशोध भाव, उनका प्रेय, उनका अपना शरीर बोध...ऐसा बहुत कुछ था, जो उनको धर्मराज के आदर्शों पर नहीं चलने देता था। वे अभी धर्मराज के समान, अपने इन प्राकृतिक बन्धनों से मुक्त नहीं हो पाये थे।...

"यदि चित्रसेन ने तुम्हारा परामर्श स्वीकार न किया तो?" धर्मराज ने पूछा।

"मैं आपको वचन देता हूँ कि कुरुओं को अपयश का भागी नहीं बनना पड़ेगा।" अर्जुन ने कहा, "यदि चित्रसेन ने मेरी बात नहीं सुनी, तो आज धरती गन्धर्वों का रक्त पिएगी।"

युधिष्ठिर मुस्कुराये, "मुझे तुमसे यही आशा थी सव्यसाची!"

भीम की तनिक भी इच्छा नहीं थी कि उनके कारण दुर्योधन अथवा उसके परिवार को किसी भी प्रकार का कोई लाभ हो; किन्तु हर बार वही होता था। धर्मराज की प्रकृति ही ऐसी थी कि वे किसी व्यक्ति के दोष स्मरण नहीं रखते थे। इसलिये अपने शैशव से लेकर आज तक पाण्डवों का अपमान करते रहने के बाद भी दुर्योधन को पाण्डवों से जो लाभ उठाना होता था, वह उठा लेता था। भीम ने कभी नहीं चाहा था कि राजसूय यज्ञ में दुर्योधन को उपहार स्वीकार करने का महत्वपूर्ण तथा सम्मानजनक दायित्व दिया जाये;

किन्तु धर्मराज ने कहा कि कौरवों का विभाजन नहीं होना चाहिए। और सारे कौरवों में युधिष्ठिर के बाद दुर्योधन ही सबसे बड़ा था। अतः यह उसी का अधिकार बनता था कि वह अतिथियों से उपहार ग्रहण करे।...आज फिर वही स्थिति थी। भीम यहाँ खड़ा रह जायेगा और अर्जुन जाकर दुर्योधन को छुड़ा लाएगा।...छुड़ा लाएगा?...वहाँ विजयिनी गन्धर्व सेना खड़ी है। अर्जुन अकेला उनका सामना करेगा। उसका मन अर्जुन के लिये आशन्कित हो उठा...। धर्मराज और अर्जुन समझ रहे थे कि अर्जुन के जाने मात्र से गन्धर्व दुर्योधन, उसकी सम्पत्ति तथा उसकी रानियों को मुक्त कर देंगे।...पता नहीं वे लोग मानव प्रकृति को क्यों नहीं समझते।...भीम को पूर्ण विश्वास था कि ऐसा नहीं होगा। चित्रसेन चाहे अर्जुन का मित्र हो; किन्तु वह धर्मराज नहीं है कि हाथ आया विजय का ऐसा अवसर व्यर्थ ही गँवा दे। वहाँ उनसे संघर्ष भी हो सकता है। उस सारे रक्तपात में एक पूरी सेना और उसके नायकों से युद्ध करने के लिये अकेले अर्जुन को कैसे जाने दिया जा सकता है। उसकी अपनी इच्छा चाहे कुछ भी हो किन्तु वह धर्मराज की मर्यादा को ठेस लगने देने के पक्ष में भी नहीं था।...उसने नकुल और सहदेव की ओर देखा : सारे निर्णय आँखों-ही-आँखों में हो गये। अगले ही क्षण वे चारों कवच धारण कर, दुर्योधन के मन्त्रियों के साथ आये हुए शस्त्रपूरित रथों पर आरूढ़ हो गये।

अर्जुन ने महापद्म तथा कुवलय की ओर देखा, “युद्धस्थल तक यदि हमारा मार्ग-दर्शन कर सको तो कुरुओं की यातना का अन्त शीघ्र ही हो जायेगा।”

“आइए राजकुमार!” महापद्म और कुवलय ने अपने रथ बढ़ा कर अर्जुन के रथ के आगे लगा लिये।

अर्जुन को चित्रसेन के समीप पहुँचने में अधिक समय नहीं लगा। गन्धर्व सैनिकों ने किसी एक स्थान पर भी उसका मार्ग नहीं रोका। अर्जुन के रथ के आगे-आगे यह सूचना यात्रा करती जा रही थी—गन्धर्वराज चित्रसेन के मित्र कौंतेय अर्जुन उनसे मिलने आ रहे हैं।

अर्जुन को देखते ही चित्रसेन ने आलिंगनबद्ध होने के लिये अपनी भुजायें आगे बढ़ा दीं। वह परम प्रसन्न दिख रहा था।...और तभी उसकी दृष्टि महापद्म और कुवलय पर जा पड़ी, “तुम लोग फिर लौट आये?”

“इन्हें कुछ न कहो मित्र!” अर्जुन ने मुस्कुरा कर कहा, “इस समय ये लोग मेरे मार्गदर्शक का कार्य कर रहे हैं।”

प्रगाढ़ आलिंगन के पश्चात अर्जुन और चित्रसेन पृथक हुए, तो अर्जुन ने कहा, “हम तो यही मान रहे थे कि तुम यहाँ वन-विहार के लिये आये हो; किन्तु यह युद्ध कैसे आरम्भ हो गया?”

चित्रसेन हँसा, "धर्मराज को युद्ध की कोई सम्भावना ही नहीं दिख रही थी; किन्तु हम तो युद्ध की प्रेरणा से ही यहाँ आये थे।"

अर्जुन प्रश्नवाचक दृष्टि से उसे देखता ही रहा, कुछ बोला नहीं।

"हमें यह सूचना थी कि दुर्योधन अपने परिवार, अपने भाइयों, अपने मित्रों तथा उन सबकी रानियों और कौरव सेना की अनेक विकट जुझारू वाहिनियों के साथ इस ओर आ रहा है। हमें यह भी ज्ञात हुआ था कि वह पाण्डवों की इस विपदा में उनके सम्मुख अपना वैभव, अपनी सत्ता और अपना बल प्रदर्शित कर, उन्हें अपमानित और मानसिक रूप से त्रस्त करना चाहता है। हमारी सूचनाओं के अनुसार उसकी योजना आक्रमण अथवा युद्ध की नहीं थी। फिर भी वह इतनी वाहिनियाँ लेकर आ रहा था कि यदि पाण्डवों की ओर से तनिक भी उत्तेजना हो, तो वह युद्ध में उन्हें पराजित कर सके; और यदि पाण्डवों का वध ही हो जाये, तो उसकी मनोकामना पूर्ण हो जाये। युद्ध न भी होता, तो भी वह तथा उसके सैनिक, इतनी उदद्ण्डता तो करते ही, जिससे पाण्डव, स्वयं को और अधिक पीड़ित और अपमानित अनुभव करते।"

"तो तुमने हमें यह सब बताया क्यों नहीं?" अर्जुन ने कुछ चकित हो कर पूछा।

"यदि मैं यह सब बता देता, तो क्या धर्मराज मुझे यह अनुमति देते कि मैं द्वैतवन में अपनी सेना के साथ निवास करूँ और पाण्डवों की उनके शत्रुओं से रक्षा करूँ?" चित्रसेन हँसा, "पाण्डव स्वीकार कर लेते कि उनकी रक्षा के लिये कोई और युद्ध करे?"

"मैं तो कर लेता।" भीम धीरे से बोला, "यदि कोई मेरे लिये युद्ध करे और मैं उसको देखने का आनन्द ले सकूँ तो मुझे क्या आपत्ति हो सकती है।"

"हाँ युवराज! किन्तु धर्मराज और आप में बहुत अन्तर है। अन्ततः तो आप भी उनके ही आदेश का पालन करते न!"

"तुम ठीक कहते हो मित्र।" अर्जुन बोला, "तुम्हारे व्यवहार से हमें तुम्हारे प्रगाढ़ प्रेम का प्रमाण मिल गया है। तुम्हारे इस युद्ध का एक लाभ तो हुआ कि दुर्योधन का अहंकार खण्डित हुआ। उसके मद का भांडा फूटा। उसे ज्ञात हो गया होगा कि वह स्वयं कितना शक्तिशाली है; उसके भाइयों की वीरता किस कोटि की है; और उसकी सेना और नायकों की रण-क्षमता कितनी है। और सबसे बड़ी बात, अपने जिस मित्र—कर्ण—पर उसे इतना भरोसा है, वह कैसा योद्धा है। कर्ण ने अपने मित्र को संकट में छोड़ कर, रणक्षेत्र से पलायन किया, अपने मित्र के लिये प्राण नहीं दिये। अपने राजा को शत्रुओं के घेरे में छोड़कर, वह अपने प्राण बचाने के लिये भाग गया। महावीर अंगेश कर्ण ने

अपने राजा के प्रति निष्ठा का निर्वाह तो खूब किया।"

"अच्छा धनंजय! मैं अपने सैनिकों की व्यवस्था देख लूँ; और युद्धबन्दियों के विषय में अपने मन्त्रियों से परामर्श कर लूँ।" चित्रसेन बोला, "फिर आश्रम पर आकर धर्मराज के दर्शन करूँगा।"

"अपने सैनिकों की व्यवस्था तो ठीक है।" अर्जुन बोला, "किन्तु अपने युद्धबन्दियों के विषय में क्या परामर्श करना है तुम्हें?"

"क्यों! उन्होंने हम पर आक्रमण किया है। हमारे सैनिकों को हताहत किया है। इन सब कृत्यों का दण्ड नहीं पायेंगे वे?" चित्रसेन बोला, "हमें देखना होगा कि हमारी क्षतिपूर्ति के लिये क्या करने, और हमें कितना धन देने के लिये प्रस्तुत है दुर्योधन! अपनी स्त्रियों को वह लौटा ले जाना चाहते हैं, अथवा वे हमारी ही सम्पत्ति हुईं? ले जाना चाहते हैं, तो वे उनका कितना मूल्य देने को प्रस्तुत हैं?..."

अर्जुन आश्चर्यचकित खड़ा, चित्रसेन के मुख की ओर देखता रहा : उसका यह मित्र क्या कर रहा था।

"धर्मराज का विचार है कि दुर्योधन को उसकी करनी का पर्याप्त दण्ड मिल गया है। उनकी इच्छा है कि तुम अपने इन सारे युद्धबन्दियों को मुक्त कर दो।" अर्जुन बोला, "और तुम उनके माध्यम से कोई बड़ा लाभ उठाने की सोच रहे हो।"

चित्रसेन हँसा, "तुम सारे ही भाई बड़े विचित्र हो। तुम्हारी कोई भी नीति मेरी समझ में नहीं आती। तुम्हारे सामने लाभ का कोई अवसर आता है तो तुम लोग सोचने लगते हो कि उससे कैसे पीछा छुड़ाया जा सकता है। उर्वशी स्वयं चल कर आयी तुम्हारे पास, और तुमने अवसर का आनन्द उठाने के स्थान पर उसका तिरस्कार किया। उसे संयम का पाठ पढ़ाना आरम्भ कर दिया और अपनी सखी बनाने के स्थान पर उसे अपना शत्रु बना लिया।...यहाँ भी देख रहा हूँ, तुम लोगों में न तो आत्मरक्षा का उद्यम है, न प्रतिशोध का उपक्रम। किन्तु हम तो इसे स्वीकार नहीं कर सकते कि कोई भी सेना, हम पर आक्रमण करे, हमारे जितने सैनिकों का वध कर सके कर जाये; और हम समर्थ होते हुए भी उनकी कोई क्षति न करें और अपने शेष बचे सैनिकों को लेकर शान्तिपूर्वक लौट जायें।"

"इसका अर्थ इतना ही है कि तुम हम जैसे मूर्ख नहीं हो।" भीम ने मुस्कुरा कर कहा।

चित्रसेन समझ नहीं पाया कि भीम समर्थन कर रहा था अथवा विरोध।

"मैं समझा नहीं युवराज!" उसने कहा।

"अरे आज तक हम ही नहीं समझे, तो तुम इतनी जल्दी कैसे समझ जाओगे भाई।" भीम ने कहा।

अर्जुन समझ रहा था कि भीम कुछ तो दुर्योधन के अपमान से प्रसन्न था, कुछ धर्मराज के व्यवहार से खिन्न, इसलिये वह स्वयं भी नहीं जानता था कि उसे क्या कहना है, क्या नहीं कहना है।

"तो क्या स्वीकार्य है तुम्हें?" अर्जुन ने पूछा।

"हमारी नीति है कि कोई हम पर आक्रमण करता है और हम पराजित होते हैं, तो प्रयत्न करते हैं कि हमारी कम-से-कम हानि हो। अपना जितना बचाव कर सकते हैं करें।...किन्तु यदि हम आक्रान्ता को पराजित करने में सफल हो जाते हैं, तो उससे भरपूर क्षतिपूर्त्ति करवाते हैं। उस पर दण्ड लगाते हैं। प्रयत्न करते हैं कि यथा सम्भव उसे इतना अपमानित करें कि उसका मनोबल सर्वथा टूट जाये। उसे साधनों की दृष्टि से इतना दुर्बल कर देते हैं कि वह पुनः सिर न उठा सके। न युद्ध-क्षेत्र में ठहर सके, न पुनः आक्रमण कर सके।"

"किन्तु हमारी नीति यह नहीं है।" अर्जुन बोला, "हम युद्ध केवल उनसे करते हैं, जो हमारे सम्मुख सशस्त्र खड़े हों और युद्ध के लिये तत्पर हों। बन्दियों के साथ न तो हम दुर्व्यवहार करने की सोचते हैं, न उनसे क्षतिपूर्ति की सम्भावना पर विचार करते हैं; और न उनके वध की कल्पना करते हैं। इसलिये मित्र! धर्मराज की इच्छा के अनुसार तुम अपने बन्दियों को मुक्त कर दो।"

भीम अपने भाई के मोह में अर्जुन के साथ चला तो आया था; किन्तु उसे अर्जुन की यह नीति न तो समझ में आ रही थी और न वह उससे सहमत हो रहा था। वह तो यह मान कर चल रहा था कि अर्जुन कुरुकुल की स्त्रियों की स्वतन्त्रता की माँग करेगा; किन्तु वह तो सभी कौरवों की मुक्ति की माँग कर रहा है।

वह कुछ कहने की सोच ही रहा था कि उसे लगा कि अर्जुन की बात से चित्रसेन सहसा ही खीझ उठा है। वह अपनी मर्यादित खीझ के साथ बोला, "मेरी बात समझने का प्रयत्न करो धनंजय! दुर्योधन ने तुम लोगों का सर्वस्व हरण किया है। उसने तुम लोगों को सार्वजनिक रूप से अपमानित किया है। उसने तुम्हारी पत्नी को जितना अपमानित और पीड़ित किया है उतना तो कदाचित आज तक किसी भी राज-रानी को नहीं किया गया होगा। आज दुर्योधन और उसके भाई हमारे बन्दी हैं। उनकी रानियाँ हमारे अधिकार में हैं। तुम चाहो तो दुर्योधन की रानियों को दुर्योधन और उसके भाइयों के सम्मुख उसी प्रकार नग्न कर सकते हो, जैसे उसने तुम्हारी पत्नी को निर्वस्त्र करने का प्रयत्न किया था।"

भीम को लगा जैसे किसी अत्यन्त भद्र समाज के सात्विक परिवेश में किसी असभ्य व्यक्ति ने उच्च स्वर में किसी अश्लील गाली का उच्चारण कर दिया हो; और उपस्थित लोगों की गर्दनें लज्जा से झुक गयी हों।...यह चित्रसेन ऐसी अश्लील कल्पना भी कैसे कर सकता है कि पाण्डव किसी स्त्री से इस प्रकार का अभद्र और क्रूर व्यवहार करेंगे। पाण्डवों के विषय में ऐसी धारणा है इसकी? कैसा मित्र है यह अर्जुन का?

"चित्रसेन!" अर्जुन ने क्षुब्ध स्वर में कहा, "मैं समझ रहा हूँ कि तुम हमारे मित्र हो; और मित्र के रूप में ही हमारे अपमान से पीड़ित हो कर, मुझसे सहानुभूति के कारण मेरे अपमान का प्रतिशोध लेना चाहते हो, अथवा मुझे उस प्रतिशोध का अवसर उपलब्ध करा रहे हो।...किन्तु मित्र! हम यह मानते हैं कि न तो प्रतिहिंसा मनुष्य का श्रेय है, न प्रतिशोध। यदि धर्मराज किसी प्रकार दुर्योधन से उसके दुष्कृत्यों का प्रतिशोध लेने को सहमत हो भी जायें; उसने हमारा अपमान किया था इसलिये वह उसे अपमानित करने का आदेश दे भी दें, तो वह चाहेंगे कि हम दुर्योधन को अपमानित करें। तुम जो मार्ग सुझा रहे हो, उसमें दुर्योधन का अपमान हो या न हो, काशिका और भानुमति का अपमान होगा। अपमान दुर्योधन का नहीं होगा, वह तो मात्र उन स्त्रियों से अपने सम्बन्ध के कारण, अपनी पत्नियों के अपमान से पीड़ित होगा। सोचो, काशिका और भानुमति ने तो हमारा कोई अपमान नहीं किया है। पांचाली के अपमान में उनका तो कोई सहयोग नहीं था। फिर उनके साथ इस दुर्व्यवहार का क्या औचित्य है।"

"अरे भाई!" चित्रसेन शान्त स्वर में बोला, "कहीं ऐसा भी हुआ है कि पत्नी का अपमान हो तो पति का अपमान न हो। वस्तुतः पत्नी का अपमान है ही उसके पति का अपमान।"

"हम परिवार तथा दाम्पत्य जीवन में पार्थक्य तथा विभाजन को श्रेयस्कर नहीं मानते," सहदेव ने कहा, "किन्तु इस बात से सहमत नहीं हो सकते कि पति से पृथक पत्नी का कोई व्यक्तित्व ही नहीं है, उसका अपना कोई सुख-दुख नहीं है।"

अर्जुन ने तत्काल कोई उत्तर नहीं दिया। वह चुपचाप चित्रसेन की ओर देखता रहा; और जब वह बोला तो उसका स्वर चिन्तन की गरिमा लिये हुये था, "यदि पत्नी का अपमान हुए बिना, पति का अपमान होता हो, तो किसी सीमा तक मैं तुम्हारी बात स्वीकार कर सकता था।...किन्तु यदि पत्नी के अपमान के माध्यम से पति का अपमान होता है, तो जैसे कि सहदेव ने कहा है कि एक निरपराध स्त्री का ही अपमान होता है; और पति अपनी संवेदना

के कारण, उसकी पीड़ा का अनुभव करता है। अपने सम्बन्धों के कारण सारा परिवार उस पीड़ा को झेलता है। पर ऐसा नहीं होता कि पति को पीड़ा होती है और पत्नी को पीड़ा नहीं होती; वंश कलंकित होता है और वह स्त्री कलंकित नहीं होती। हमारी आपत्ति यही है कि उन्होंने हमें अपमानित करने के लिये कृष्णा का अपमान किया। अब तुम भी हमें वही अपराध करने का परामर्श दे रहे हो।...और अपमान भी कैसा? व्यक्ति का अपमान पृथक बात है; किन्तु नारीत्व का अपमान भयंकरतम अपराध है, पाप है। दुर्योधन ने वही किया है; और तुम हमसे भी वही करवाना चाहते हो। तुम चाहते हो कि दुर्योधन के द्वारा किए गये सारे घृणित कार्यों को धर्मराज भी करें। वे भी एक और दुर्योधन बन जायें। विरोध हमारा हो और अपमानित नारीत्व हो, उस पक्ष से भी और इस पक्ष से भी। नहीं चित्रसेन! यह नहीं हो सकता। तुम्हें शायद ज्ञात नहीं है कि नारीत्व का अपमान करने पर माता गान्धारी ने महाराज धृतराष्ट्र को परामर्श दिया था कि वे अपने परमप्रिय पुत्र दुर्योधन का त्याग कर दें। तुम हमसे वही जघन्य अपराध करवाना चाहते हो?"

चित्रसेन ने अर्जुन की बात पूरे ध्यान से शान्तिपूर्वक सुनी थी; किन्तु वह उससे तनिक भी सहमत अथवा प्रभावित प्रतीत नहीं हो रहा था। उसे लग रहा था जैसे अर्जुन किसी अन्य लोगों की वायवीय बातें कर रहा था। हाड़ माँस का बना कोई प्राणी इस प्रकार नहीं सोचता।...

"हमारे इस प्रकार के व्यवहार से दुर्योधन अपमानित हो न हो, हम स्वयं अवश्य अपमानित हो जायेंगे।" सहदेव ने कहा।

"अच्छा! इस सारी स्थिति को एक अन्य कोण से देखें।" सहदेव की बात की पूर्ण उपेक्षा कर चित्रसेन बोला, "यदि दुर्योधन और उसकी रानियों को मुक्त करने का हम कोई शुल्क माँगें तो?"

"कैसा शुल्क?"

"वे पाण्डवों को उनका राज्य लौटा दें।" चित्रसेन बोला, "धर्मराज इन बन्दियों के प्रत्यार्पण के रूप में, वह सब कुछ प्राप्त कर सकते हैं, जो उन्होंने द्यूतसभा में खोया है। अपने प्राणों और अपनी रानियों के सम्मान के बदले में दुर्योधन कुछ भी देने को तत्पर हो जायेगा।"

अर्जुन ने आश्चर्य से चित्रसेन की ओर देखा : इस व्यक्ति ने धर्मराज को इतना ही समझा था?

"तुम क्या समझते हो गन्धर्वराज! कि यदि धर्मराज युधिष्ठिर किसी भी प्रकार अपना राज्य प्राप्त करना चाहते, तो अब तक प्राप्त कर न चुके होते?" नकुल कुछ आवेश में बोला।

"धर्मराज चाहते तो द्यूतसभा में अपना राज्य त्यागते ही नहीं। वे चाहते तो सम्मुख युद्ध में अपना राज्य धार्तराष्ट्रों से लौटा लेते। कृष्ण ने कहा था कि यादव सेनाएँ कौरवों से युद्ध कर, पाण्डवों का राज्य दुर्योधन से छीन कर धर्मराज की गोद में डाल देंगी।...किन्तु धर्मराज ने सबको एक ही उत्तर दिया था कि वे अपना वचन भंग नहीं करेंगे, अपना धर्म नहीं छोड़ेंगे। तुम इन दोनों स्थितियों का अन्तर समझते हो? उन दो व्यक्तियों में भेद कर सकते हो, जिन में से एक भोग और सत्ता के लिये जीवन धारण करता है, और दूसरा अपने वचन के निर्वाह के लिये; एक अत्यन्त स्थूल धरातल पर जीता है, दूसरा अत्यन्त सूक्ष्म पर। एक सांसारिक भोग के लिये शरीर धारण करता है, दूसरा धर्म का आचरण करने के लिये।"

चित्रसेन ने कुछ नहीं कहा।

"हम पाँचों भाइयों का जीवन, धर्म के लिये है। हम अधर्मपूर्वक ग्रहण के स्थान पर धर्मपूर्वक त्याग करेंगे।" अर्जुन बोला, "इसलिये वनवास के बारह वर्ष तथा अज्ञातवास का एक वर्ष पूरा किए बिना, न हम अपना राज्य माँगेंगे, न किसी के द्वारा प्रदान किये जाने पर ग्रहण करेंगे।"

चित्रसेन के मुख का स्वाद कसैला हो गया : कैसे लोग हैं ये, जो न तो स्वयं अपने अधिकारों की रक्षा करते हैं, न अपने मित्रों को करने देते हैं। शत्रुओं से तो लड़ते नहीं, मित्रों का विरोध करने को तत्पर रहते हैं। ये तो जैसे अपने शत्रुओं को प्रेरित करते रहते हैं कि वे लोग इन्हें वंचित और त्रस्त करते रहें। ऐसे लोगों की रक्षा तो भगवान भी नहीं कर सकता...

"इन तेरह वर्षों के पश्चात् अपना राज्य माँगोगे?" चित्रसेन ने किसी प्रकार स्वयं को नियन्त्रित करके कहा।

"हाँ। क्यों नहीं माँगेंगे?" अर्जुन ने उत्तर दिया, "वह तो धर्मानुकूल ही है।"

"और तुम्हें अनुमान तो होगा मित्र! कि दुर्योधन तुम्हारा राज्य तब भी नहीं लौटायेगा।" चित्रसेन बोला, "और तब?"

"मुझे अनुमान है कि वह कुछ ऐसा ही करना चाहेगा; किन्तु कर नहीं पायेगा।"

"क्यों नहीं कर पायेगा? कौन रोकेगा उसे?"

"भीष्म पितामह तथा कुरुकुल के अन्य वृद्ध उसे ऐसा नहीं करने देंगे।" अर्जुन ने उत्तर दिया।

"नहीं।" चित्रसेन ने दृढ़ स्वर में कहा, "उसकी उदण्डताओं को कोई रोक नहीं पायेगा। वह परम स्वतन्त्र तथा अन्यन्त उच्छृंखल हो चुका है।"

"तो हम अपने शस्त्रों के बल पर उससे अपना राज्य छीन लेंगे।" भीम ने सतेज स्वर में कहा।

"मैं यही तो बता रहा हूँ तुम्हें।" चित्रसेन बोला, "तुम धर्म पर टिके रहोगे, अपने वचन का निर्वाह करोगे; किन्तु दुर्योधन अपने वचन का निर्वाह नहीं करेगा। वह अधर्म का सहारा लेगा। फिर युद्ध की स्थिति आयेगी। तुम्हें वह युद्ध जीतना होगा, क्योंकि तुम्हें अपना राज्य लौटाना है। उसे भी यह युद्ध जीतना है, क्योंकि उसे वह राज्य किसी भी प्रकार अपने आधिपत्य में रखना है। तुम समझते हो कि तुम अपने शस्त्र बल के आधार पर उसे जीतने में समर्थ हो। कदाचित वह भी यही समझता है। इसलिये वह अपने पक्षधर एकत्रित करेगा, सैन्य संगठन करेगा। तब तुमसे अधिक शक्तिशाली हो जायेगा। तुम उससे भी समर्थ होने के लिये अपने मित्रों से सहायता माँगोगे। इस प्रकार दोनों ओर सेनाओं का जमावड़ा होगा। एक अति भयंकर युद्ध होगा। जाने उस युद्ध में ईश्वर के बनाये कितने जीव मारे जायेंगे। तब भी तुम्हें राज्य मिल पायेगा या नहीं, कहा नहीं जा सकता।"

अर्जुन ने यद्यपि कोई उत्तर नहीं दिया, किन्तु वह चित्रसेन से असहमत नहीं था।

"मैं तुम्हें एक इतना भयंकर युद्ध टालने का अवसर दे रहा हूँ।" चित्रसेन ने कहा, "आज, इसी क्षण, दुर्योधन से वह सब कुछ प्राप्त किया जा सकता है, जो तुम्हें उस भयंकर युद्ध के पश्चात प्राप्त होगा।"

"नहीं! वह अधर्म होगा।" अर्जुन बोला, "हम अपना वचन पूरा किये बिना वे राज्य ग्रहण नहीं करेंगे।"

"विचित्र जीव हो तुम!" चित्रसेन ने स्नेहपूर्वक उसके कंधे पर हाथ रखा, "बात को समझने का प्रयत्न करो। युद्ध होगा तो कितना रक्तपात होगा, कितनी हिंसा होगी। तुम धर्मराज से पूछ कर तो देखो। क्या वे उस युद्ध में सम्भावित हिंसा को बचाना नहीं चाहेंगे?"

"हम उस नृशंसता को अवश्य रोकना चाहेंगे। जब युद्ध का क्षण आ ही जायेगा, तो उस नृशंसता को रोकने का प्रयत्न भी किया जायेगा। अन्यथा क्षात्रधर्म के अनुसार युद्ध किया जायेगा।" अर्जुन बोला, "उस सम्भावित नृशंसता से बचने के लिये, आज तुम्हारा यह क्षात्रधर्म विरोधी प्रस्ताव स्वीकार नहीं किया जा सकता। इस समय तो महाराज युधिष्ठिर की यही इच्छा है कि तुम कुरुकुल के बन्दियों को स्वतन्त्र कर दो।"

चित्रसेन ने पहली बार अपना रोष प्रकट किया, "आज तुम्हारे मन में कुरुकुल का स्नेह क्यों इतना जाग्रत हो रहा है कि अपनी मैत्री को सर्वथा

तिलांजलि दे कर, मुझसे वह सब करने को कह रहे हो, जो करने की मेरी तनिक भी इच्छा नहीं है।"

"क्या तुम कौरवों को मुक्त करना नहीं चाहते?" अर्जुन ने भी कुछ चकित भाव से पूछा।

"पूछना तो मुझे चाहिए था," चित्रसेन बोला, "कि तुम अपने उन शत्रुओं को दण्डित करना क्यों नहीं चाहते? तुम क्यों नहीं चाहते कि उन्हें उनके किये का ऐसा कठोर दण्ड दिया जाये कि भविष्य में उसकी कभी पुनरावृत्ति न हो सके?"

अर्जुन ने चित्रसेन की आँखों में देखा : उसके व्यवहार से स्पष्टतः चित्रसेन प्रसन्न नहीं था। युद्ध को जय करने के पश्चात उसकी उपलब्धि से कौन वंचित होना चाहेगा।...

"हम दुर्योधन को उसके पापों का दण्ड देंगे; किन्तु इस प्रकार नहीं...इस समय तो तुम उनको मुक्त कर दो।"

"यदि मैं यह कहूँ कि मैंने तुम्हारे प्रति किये गये अपराधों के लिये नहीं, स्वयं अपने ऊपर किए गये सैनिक आक्रमण के प्रतिशोध के लिये उन सब लोगों को बन्दी किया है, तो?" चित्रसेन बोला, "दुर्योधन ने अपनी सेना सहित मुझ पर आक्रमण किया था। मुझे पूर्ण विश्वास है कि यदि कहीं वह युद्ध में विजयी हो गया होता, तो वह मुझे और मेरी रानियों को बाँधकर अपने साथ ले गया होता। वैसी स्थिति में हमें मुक्त कराने के लिये न तुम इस प्रकार आग्रह करते, न धर्मराज। न तुम लोग बल प्रयोग की धमकी देते, न बल प्रयोग करते।"

"क्यों नहीं करते।" भीम का स्वर कुछ अधिक ही मुखर था, "तुम एक बार किसी के बन्दी हो कर धर्मराज की शरण में आकर तो देखो कि हम तुम्हारे लिये क्या करते हैं।"

अर्जुन हँसा, "तुमने एक स्थिति की कल्पना कर ली कि यदि वैसा होता, तो हम लोग कैसा व्यवहार करते। और उस कल्पना को अपना तर्क बनाकर तुम कह रहे हो कि हम तुमसे कुरुकुल की स्त्रियों को मुक्त करने का आग्रह न करें।"

चित्रसेन का ध्यान इस ओर गया : अर्जुन ने कुरुकुल की स्त्रियों को कुरुकुल के पुरुषों से पृथक किया था...

"यदि मैं दुर्योधन और उसके भाइयों को मुक्त कर दूँ?..." उसने पूछा।

"उन्हें मुक्त किया तो क्या?" अर्जुन बोला, "जिनकी स्त्रियाँ तुम्हारे पास बन्दिनी होंगी, वे पुरुष स्व्यं को मुक्त कैसें मान सकते हैं।"

"ठीक कहते हो तुम।" चित्रसेन हँसा, "इसलिये तो मैं उनको मुक्त करना नहीं चाहता। दुर्योधन की सुन्दर पत्नियों को अपने अधिकार में पा कर कौन पुरुष उन्हें मुक्त करना चाहेगा। चाहो तो गणिकाओं और नर्तकियों को अपने साथ ले जाओ।"

अर्जुन चौंका : चित्रसेन दुर्योधन को तो मुक्त कर देने का संकेत कर रहा था; किन्तु उसकी रानियों को नहीं। यह व्यक्ति तो पूर्ण रूप से लम्पटता पर उतरा हुआ था।

"तो स्पष्ट रूप से सुनो मित्र!" अर्जुन बोला, "धर्मराज का आदेश है कि उन स्त्रियों को मुक्त करो; और इस आदेश का तुम्हें पालन करना होगा।"

चित्रसेन क्षुब्ध हो उठा, "हम तुम्हारी रक्षा के लिये, तुम्हारे शत्रुओं से लड़ते हैं, अपने प्राणों को संकट में डालते हैं; और तुम अपने उन्हीं शत्रुओं का पक्ष ले कर हमसे, अपने मित्रों से, लड़ने आ जाते हो।"

"आज की स्थिति को तो कुछ इसी प्रकार के शब्दों में कहा जा सकता है।" अर्जुन स्थिर भाव से बोला, "किन्तु यदि हम यह न करें तो हमारे ही मित्र अपनी मैत्री के आवरण अथवा भ्रम में, हमारे नाम पर, कुछ भी मनमाना करते रहेंगे। हम तो अपने शत्रुओं से भी अपेक्षा करते हैं कि वे धर्म पर चलें; तो फिर अपने मित्रों से ऐसा आग्रह क्यों न करें। वन-विहार के लिये आयी स्त्रियों को कोई सेना अपने शस्त्र बल के आधार पर बाँध कर ले जाये—यह धर्म नहीं है। और किसी स्त्री को इस आधार पर बन्दी बनाना कि वह हमारे शत्रु की पत्नी है, सर्वथा धर्मविरुद्ध अशोभनीय कृत्य है। इसलिये हम नहीं चाहते कि हमारे मित्र इस प्रकार का कार्य करें और फिर उसके लिये हमारा समर्थन भी चाहें।"

"तो फिर मैं भी तुम्हें स्पष्ट रूप से बता दूँ मित्र!" चित्रसेन शुष्क स्वर में बोला, "इतने श्रमपूर्वक लड़े गये युद्ध के परिणामस्वरूप हाथ में आयी राजवंश की सुन्दर नारियों को मैं धर्म के नाम पर यों ही नहीं त्याग सकता। हम गन्धर्वों में ऐसी कोई परम्परा नहीं है। सुन्दर स्त्री तो वह सर्वाधिक मूल्यवान धन है, जो हम अपने शत्रुओं से छीन सकते हैं।"

अर्जुन के मन में बहुत कुछ स्पष्ट हो रहा था : निश्चित रूप से चित्रसेन का यह रूप उसके लिये नया था। इस चित्रसेन में उसके मित्र की छवि एक, एक नारी लोलुप, युद्ध-विजेता का ही स्वरूप अधिक प्रकट हो रहा था।...

"हम ऐसा नहीं मानते।" सहदेव ने कहा, "हमारी दृष्टि में नारी सदा ही रक्षणीया है।"

"अब मैं तुमसे स्पष्ट रूप से कह रहा हूँ धनंजय!" चित्रसेन बोला, "यदि मैं तुम्हारा आग्रह मानकर, धर्मराज की प्रसन्नता के लिये, अपने सैनिकों को

आदेश दूँ कि वे उन स्त्रियों को स्वतन्त्र कर दें, तो वे मेरा आदेश नहीं मानेंगे। वे विद्रोह कर सकते हैं।...और इतना तो तुम समझ ही सकते हो कि मैं दुर्योधन जैसे राजा के लाभ के लिये, अपने सैनिकों को न रुष्ट करना चाहूँगा, न उनके दमन के लिये सहमत होऊँगा।"

अर्जुन के लिये जैसे सब कुछ बदल गया था...थोड़ी देर पूर्व तक जो उसका मित्र था, जो उनके हित के लिये उनके शत्रुओं से युद्ध कर रहा था, वही इस समय एक स्त्री अपहरणकर्ता आततायी बन कर उसके सम्मुख खड़ा था। गन्धर्वों की यह सेना, उसे अपने मित्रों की सेना नहीं लग रही थी। यह तो धर्मविरोधिनी, दुर्बल, पीड़क, उच्छृंखल सेना थी, जिस पर उसके अपने स्वामी का भी नियन्त्रण नहीं था।...

"तुम उन्हें आदेश तो दो।" अर्जुन ने कुछ कठोर स्वर में कहा, "यदि वे तुम्हारी आज्ञा का उल्लंघन करेंगे, तो मेरा गांडीव इसी क्षण उन्हें तुम्हारे अनुकूल कर देगा।"

चित्रसेन हँसा, "नहीं! उसकी आवश्यकता नहीं है। मुझे स्वयं ही अपने सैनिकों का दमन प्रिय नहीं है।..."

"तो इस पाप के संरक्षक तो स्वयं तुम हो।" अर्जुन ने कहा, "तुमने कदाचित कल्पना भी नहीं की होगी, कि तुम लंपटों की एक सेना का नेतृत्व कर रहे हो। वैसे तो क्रूरता सदा ही पाप है। किन्तु असहाय स्त्रियों के प्रति क्रूरता जघन्यतम पाप है। हम इसके प्रबल विरोधी हैं। द्यूतसभा में हम पांचाली की रक्षा नहीं कर पाये, क्योंकि हम धर्म बन्धन में बँधे थे। इस समय हम स्वतन्त्र हैं, और हमारा धर्म ही प्रेरित कर रहा है कि तुमसे और तुम्हारे सैनिकों से, उन स्त्रियों की रक्षा करें...।"

"तुम जानते हो न धनंजय! कि यदि दुर्योधन और उसके मित्रों की स्त्रियों की रक्षा करोगे, तो भी दुर्योधन तुम्हारा कोई उपकार नहीं मानेगा।" चित्रसेन बोला, "किन्तु गन्धर्वों के मन में तुम्होर विरुद्ध एक रोष व्याप्त हो जायेगा। सम्भव है कि भविष्य में तुम्हें हमारी सहायता न मिल सके। तुम उससे वंचित भी हो सकते हो।"

अर्जुन हँसा, "धर्म का आचरण करने वाले, केवल धर्म को देखते हैं; अपना हानि-लाभ नहीं। उनका सबसे बड़ा लाभ उनका धर्म ही है। यदि हम अधर्म के मार्ग से मित्र एकत्रित करेंगे, तो हममें और दुर्योधन में, अन्तर ही क्या रह जायेगा।" अर्जुन ने उसकी ओर देखा, "अन्तिम बार पूछ रहा हूँ, तुम अपने बन्दियों को मुक्त करोगे या नहीं?"

"नहीं!" चित्रसेन सहज रूप से हँस रहा था।

"इसे परिहास मत समझना।" अर्जुन ने गम्भीर स्वर में कहा, "मैं उन्हें मुक्त कराने के लिये बल का प्रयोग करूँगा।"

चित्रसेन थोड़ी देर तक मौन खड़ा उसे देखता रहा और फिर बिना कुछ कहे, उसके एकदम निकट आ गया जैसे कोई अत्यन्त गोपनीय बात कहना चाहता हो। वो धीमे स्वर में बोला, "धनंजय, मेरी रंच मात्र भी इच्छा नहीं है कि मैं अपने इन बन्दियों को मुक्त करूँ; किन्तु यह भी जानता हूँ कि धर्मराज के आदेश के बाद में इन्हें लेकर जा भी नहीं सकता।" वह रुका, "मेरा कोई सैनिक यह जानकर प्रसन्न नहीं होगा कि हाथ आये बन्दियों को हम बिना किसी शुल्क के मुक्त कर रहे हैं। इसलिये युद्ध का कुछ नाटक तो करना ही होगा, जिससे मेरे सैनिक यह मानें कि हमने तुमसे पराजित हो कर, बन्दियों को मुक्त किया है। क्या तुम्हें यह स्वीकार्य होगा कि मेरे सैनिक अपने बन्दियों को साथ लेकर निकल भागने का एक प्रयास करें, यदि तुम उन्हें रोक सको तो बन्दियों को छुड़ा लो, न रोक सको तो फिर अन्यथा न मानना। रानियाँ न सही, पर मेरे सेना नायक अपने हाथ आयी गणिकाएँ और नर्तकियाँ तो अपने साथ निकाल ले जाने का प्रयत्न करेंगे ही। तुम अपने बन्दी छुड़ा लो; किन्तु मेरे सैनिकों का संहार मत करना।..."

अर्जुन को स्पष्ट दिख रहा था कि चित्रसेन उसके साथ चतुरायी कर रहा है; किन्तु उसकी उसे चिन्ता नहीं थी। वह यहाँ कुरुकुल की स्त्रियों को छुड़ाने आया था, गन्धर्वों का संहार करने नहीं।...

"स्वीकार है।" अर्जुन ने अपनी सहमति दे दी, "तुम अपने सैनिकों को आगे बढ़ने का आदेश दो।"

अर्जुन अपने भाइयों के निकट आ गया; और चित्रसेन अपनी सेना में लौट गया।

चित्रसेन ने अपने सारे सेना नायकों को संकेत से निकट बुलाया, "पाण्डव चाहते हैं कि हम अपने बन्दी उनको सौंप दें। वे कुरुकुल के लोगों को हमारे बन्दियों के रूप में नहीं देख सकते। अब हमें यह निर्णय करना है कि हम क्या करें—पाण्डवों से युद्ध करें, उनका व्यूह तोड़कर निकल भागने का प्रयत्न करें;...अथवा समर्पण कर दें?"

चित्रसेन के चारों ओर एक मौन सा छा गया : अधिकांश सेनानायक तो चकित भाव से उसकी ओर देख रहे थे। पाण्डव तो उनके राजा के मित्र थे, फिर इस विरोध का क्या अर्थ?

अन्ततः प्रमुख सेनानायक बोला, "हम एक युद्ध जीत चुके हैं। पराजित पक्ष की सम्पत्ति, स्त्रियाँ तथा स्वामी, हमारे आधिपत्य में हैं। हम जीत के

अधिकतम लाभ प्राप्त कर चुके हैं। अब हमें और कुछ प्राप्त होने की कोई सम्भावना नहीं है। युद्ध में हमसे कुछ छिनेगा ही। युद्ध से हमें कोई लाभ नहीं होगा, हानि ही हो सकती है। ऐसे में न तो हमारे सैनिकों में युद्ध का उत्साह होगा, न कोई उद्देश्य। अतः युद्ध का कोई लाभ नहीं है; और समर्पण की हमें क्या आवश्यकता है। समर्पण तो निश्चित हार है। युद्ध हम करना नहीं चाहते, समर्पण हम करेंगे नहीं। ऐसे में हमारे सामने एक ही मार्ग है—सुरक्षित पलायन। जो कुछ बचा कर निकल सकते हैं, निकल जायें। दुर्योधन को छोड़ना पड़े तो छोड़ दीजिए, किन्तु रानियों को क्यों छोड़ा जाये; और हाथ आया कंचन भी गँवाया जाये। सबसे व्यर्थ पदार्थ तो दुर्योधन ही है।" उसने रुक कर अपना निश्चित मत दिया, "हमने एक बार अपने अश्व दौड़ा दिये, तो पाण्डव हमारा क्या कर लेंगे।"

"ठीक है।" चित्रसेन बोला, "गुप्त आदेश प्रसारित कर दो कि युद्ध की मुद्रा बनाए हुए, प्रयाण की तैयारी करो। लगना यह चाहिए कि हम व्यूह रचना में व्यस्त हैं; किन्तु जैसे ही संकेत मिले, एक साथ वेगपूर्वक प्रस्थान कर दो। हमारी गति इतनी अधिक होनी चाहिए कि जब तक पाण्डव यह समझ पायें कि हमारा लक्ष्य क्या है, तब तक हम उनसे बहुत दूर निकल चुके हों। इस समय वेग ही हमारा एकमात्र शस्त्र हो सकता है।..."

अर्जुन देख रहा था कि चित्रसेन नायकों के साथ कोई योजना बना रहा है। योजना युद्ध की भी हो सकती है और पलायन की भी। अर्जुन को दोनों के लिये ही तैयार रहना चाहिए। चित्रसेन तथा उसके सैनिकों की कल्पना में भी नहीं होगा कि जिन पाण्डवों की रक्षा के लिये वे बिना बुलाए भी युद्ध करने आये हैं, वे पाण्डव सशस्त्र सज्जित हो कर उनके सम्मुख युद्ध की चुनौती बनकर खड़े हो जायेंगे।...इसलिये चित्रसेन सहज ही तो उसकी बात नहीं मान जायेगा। सम्भव है कि वह उससे कोई छल करने का प्रयत्न करे।...उसने यह तो कहा ही है अर्जुन से कि वह उसके सैनिकों का संहार न करे...उसने नाटक की बात कही है। अब पता नहीं कि नाटक किसके साथ होगा। कहीं अर्जुन ही नाटक का दर्शक न बना रह जाये।...सचमुच चित्रसेन को बुरा लगा होगा कि उसका मित्र ही, अपनी रक्षा के लिये उसके प्रति कृतज्ञता व्यक्त करने के स्थान पर, अपने आयुद्ध लेकर शत्रुओं के समान उसके सामने युद्ध के लिये प्रस्तुत हो गया है।...किन्तु अर्जुन भी यह कैसे सहन कर सकता था कि उनके मित्र हो

कर उनकी सहायता के नाम पर, कुरुकुल की स्त्रियों को कोई दासियाँ बनाकर अपने साथ ले जाये। यह तो कुछ वैसा ही है कि यदि कोई गाय अर्जुन को सींग मार दे तो अर्जुन का कोई मित्र, प्रतिशोध के नाम पर गाय की हत्या ही कर दे।...ऐसी विकृत सहायता का क्या करना है पाण्डवों को?

सहसा अर्जुन ने देखा कि चित्रसेन ने अपनी भुजा उठाकर अपने सेना नायकों को कोई संकेत किया। सेना नायकों द्वारा वही संकेत अपने अधीनस्थ अधिकारियों को दिया गया। गन्धर्वों के सारथि सन्नद्ध हुए; और उनके रथ वेग से चल पड़े। रथों के साथ ही अश्वों ने भी पग उठाए और सपाटे से दौड़ चले।...

भीम, नकुल और सहदेव ने अपने रथ आगे बढ़ा कर जैसे अर्जुन के बचाव के लिये एक व्यूह-सा रच दिया। अर्जुन उनके पीछे रह गया था। उसने अपना गांडीव उठाया और बाणों की वर्षा होने लगी। पहली बौछार से अर्जुन ने अपने भाइयों के लिये एक कवच का सा निर्माण कर दिया था। दूसरी बौछार हुई तो गन्धर्वों के भागते हुए अश्वारोहियों तथा सारथियों ने वल्गायें खींच लीं। उनके सामने अर्जुन ने अपने बाणों का एक जाल-सा बुन दिया था।...

चित्रसेन स्पष्ट देख रहा था कि अर्जुन ने अपने वचन की रक्षा की थी। वह न गन्धर्वों पर आक्रमण कर रहा था, न उनका संहार कर रहा था; किन्तु उसने उनके निकल भागने के लिये भी कोई अवकाश नहीं छोड़ा था। वह गन्धर्वों का संहार नहीं कर रहा था; किन्तु यदि गन्धर्व उससे चतुराई करने का प्रयत्न करेंगे, यदि अपने बन्दी, पाण्डवों को समर्पित किए बिना निकल भागने का प्रयत्न करेंगे, तो उन सबके वक्ष में अर्जुन के बाण बिंधे हुए दिखाई पडेंगे।...यह मात्र चेतावनी थी कि यदि वे आगे बढ़े तो अर्जुन के बाण, उनके कवचों को फाड़कर, उनके शरीर में प्रवेश भी कर सकते हैं।

चित्रसेन ने अपनी भुजा उठाकर सेना को रुकने का संकेत किया। उसके सेना नायक उसके निकट आये, तो वह बोला, "हम पाण्डवों से पार नहीं पा सकेंगे। व्यर्थ ही अपनी सेना कटवाने का कोई लाभ नहीं है।...यदि हममें से कुछ लोग इन बाणों से बच निकलने में सफल हो भी गये, तो वे भीम की गदा और नकुल, सहदेव के खडगों से सुरक्षित निकल नहीं पायेंगे।...मेरा विचार है कि हम पाण्डवों की इच्छानुसार अपने बन्दी उन्हें समर्पित कर दें और मैत्री के वातावरण में चुपचाप यहाँ से सुरक्षित निकल जायें।"

"स्वामी का विचार ही उचित है।" उसके सेनानायक तत्काल सहमत हो गये।

10

कुन्ती के रथ ने दुर्योधन के भवन में प्रवेश किया तो कुन्ती ने देखा, कर्ण अपने रथ में चढ़, तल्प पर बैठ रहा था; और दुर्योधन उसे विदा करने के लिये उसके निकट ही खड़ा था।

कुन्ती का मन अजाने ही विह्वल हो आया...हस्तिनापुर में निवास करते हुए एक अनाम-सी अनुभूति, उनके मन में बनी ही रहती थी।...उसके पाँच पुत्र वन में थे; किन्तु उसका एक पुत्र, यहीं उसके आस-पास हस्तिनापुर में भी था। वह दृष्टि उठाए तो उसे देख सकती थी। अपनी भुजा बढ़ाए तो उसे छू सकती थी।...आवश्यक तो नहीं कि वह उसकी माता बनकर ही उसे मिले। वह एक सामान्य परिचित के रूप में भी तो उसे मिल सकती थी। राज परिवार की एक सामान्य सदस्या के रूप में...। किन्तु जब कभी उनका आमना-सामना होता था, कर्ण को शायद यह स्मरण हो आता था कि वह पाण्डवों की माता है, उसके शत्रुओं की माता।...और कुन्ती भी कभी यह विस्मृत नहीं कर पाती कि यह वही कर्ण है, जिसने द्यूतसभा में पांचाली को वेश्या कहा था। इसी ने उसे निर्वस्त्र करने का प्रस्ताव रखा था...उसके मन में अपने इस पुत्र के लिये, वितृष्णा जाग उठती है। कर्ण के मन में भी, अपने शत्रुओं की माता के प्रति कोई ऐसा ही भाव जन्मता होगा।

कुन्ती अपने रथ पर बैठी रही और उसके देखते-देखते ही कर्ण का रथ चला गया। दुर्योधन कुन्ती को देख लेने पर भी उसकी अगवानी के लिये नहीं रुका। न ही उसने कोई अभिवादन किया। वह इस प्रकार भवन के भीतर चला गया, जैसे या तो कुन्ती वहाँ थी नहीं, या फिर वह उसे देख नहीं रहा था। सारथि ने रथ को, भवन के मुख्य द्वार के सम्मुख की सीढ़यों से लगाकर रोक दिया। कुन्ती तल्प से उठ खड़ी हुई।

"तुम कितनी देर में मुझे लेने आओगे?" कुन्ती ने सारथि से पूछा।

"मैं आपकी प्रतीक्षा करूँगा राजमाता!"

कुन्ती मन-ही-मन हँसी : यह भला आदमी आज तक उसे राजमाता ही कहता है।...वैसे कोई और नया और उपयुक्त सम्बोधन खोजने से तो सरल यही है कि वह उसे 'राजमाता' ही कहता चला जाये। इसमें न तो किसी का कुछ व्यय होता है, और न किसी की कोई हानि होती है।

"विदुर को रथ की आवश्यकता होगी।" कुन्ती ने कहा।

"अब तक तो महामन्त्री दूसरा रथ लेकर चले भी गये होंगे।" सारथि बोला, "उन्होंने मुझे आदेश दिया था कि मैं आपके लिये यहाँ प्रतीक्षा करूँ; और आपको ले कर ही लौटूँ।"

"अच्छा! ठीक है। कहीं वृक्षों की शीतल छाया देखकर रथ को खड़ा कर लो। न स्वयं धूप में जलना, न अश्वों को ही तपाना।"

"बहुत अच्छा राजमाता!"

दासियों ने बाहर निकलकर कुन्ती की अगवानी की। अन्तःपुर में पहुँचकर उसने देखा, काशिका उसकी प्रतीक्षा ही कर रही थी। कुन्ती ने मुस्कराकर उसकी ओर देखा; किन्तु काशिका ने सहज शिष्ट मुस्कान के साथ प्रणाम करने के स्थान पर अश्रुपूर्ण आँखों से उसकी ओर देखा, दौड़ती हुई आयी और कुन्ती के चरण पकड़ कर जैसे बैठ ही गयी।

कुन्ती चकित दृष्टि से उसकी ओर देखती रह गयी। फिर कुछ सँभलकर बोली, "तुम्हारा कल्याण हो बहू! उठो! यह क्या कर रही हो।"

काशिका ने अपना चेहरा ऊपर उठाया। उसकी आँखों से दो अश्रु ढलके; किन्तु मुख से वह कुछ बोली नहीं।

कुन्ती ने उसकी भुजा पकड़ कर उसे बलपूर्वक उठाया, "उठो बहू।"

काशिका खड़ी हुई तो कुन्ती के कण्ठ से लग गयी और फिर उसके कंधे पर अपना सिर टेक कर सशब्द रो पड़ी।...

अपनी भुजाओं में भर कर कुन्ती उसे कक्ष के भीतर ले आयी। दासियों ने सहायता की। कुन्ती ने उसे एक मंच पर बैठाया; और स्वयं उसके साथ बैठ गयी। उसकी पीठ को सस्नेह थपका और बोली, "धैर्य धारण करो बहू! बताओ, क्या हुआ।"

"काकी!" काशिका ने बिना कोई औपचारिक सम्बोधन जोड़े, आत्मीयतापूर्वक कहा, "अब मैं अनुभव कर पायी हूँ कि कृष्णा को इन लोगों ने द्यूतसभा में निर्वस्त्र करने का प्रयत्न किया था, तो उसके मन को क्या सहना पड़ा होगा।"

कुन्ती चुपचाप उसे देखती रही।

"काकी!..." काशिका पुनः रो पड़ी।

कुन्ती ने भुजा बढ़ाकर उसे अपने कंधे से लगा लिया।

तभी भानुमति ने कक्ष में प्रवेश कर कुन्ती के चरण छुए।

"कल्याण हो बहू!"

"अटल सौभाग्य की आशीष नहीं देंगी काकी महाराज!"

"क्या अटल सौभाग्य तुम्हारे कल्याण से बाहर है बहू?"

"नहीं।" दासियों द्वारा रखे गये आसन पर बैठ कर, भानुमति ने कहा,

"किन्तु जिन घटनाओं में से हो कर हम घर लौटी हैं, उसके पश्चात् बुद्धि शायद निर्णय नहीं कर पा रही कि क्या कल्याणकारी है और क्या नहीं।"

"काकी!" काशिका स्वयं को संयत कर बोली, "हमारे पति राजा दुर्योधन, हस्तिनापुर के महाबली युवराज दुर्योधन, रस्सियों में बँधे हुए बिलख-बिलख कर रो रहे थे, चिल्ला रहे थे कि धर्मराज मुझे बचाओ, मेरी रक्षा करो, मैं तुम्हारा भाई हूँ। कुरुकुल की लाज रखो...और गन्धर्व चित्रसेन, धनंजय तथा मध्यम पाण्डव भीमसेन को स्मरण करा रहा था कि दुर्योधन ने कैसे द्रौपदी को बीच सभा में निर्वस्त्र करने का प्रयत्न किया था।...सोचिए काकी! हमारी क्या स्थिति थी। यदि आपके पुत्रों के मन में, एक क्षण के लिये भी द्वेष की भावना जाग उठती वे कुछ न भी करते, बस मौन खड़े रहते, तो गन्धर्व हमारी स्थिति, द्रौपदी कृष्णा की उस स्थिति से भी अधम कर देते।" काशिका ने पुनः कुन्ती के चरण पकड़ लिये, "आप हमें क्षमा कर सकेंगी काकी! हम लोग वहाँ द्रौपदी के सम्मुख अपने वस्त्राभूषणों की प्रदर्शनी लगा कर, अपना वैभव प्रदर्शित कर, उसे लज्जित और पीड़ित करने के लक्ष्य से गयी थीं।"

"शान्त हो जाओ बहू!" कुन्ती ने स्थिर वाणी से कहा, "मेरे पुत्रों ने मात्र अपने धर्म का निर्वाह किया है। कोई भला मानस तो किसी वेश्या को भी, इस प्रकार अपमानित नहीं करेगा। नारी की लज्जा की रक्षा करना तो धर्म है—चाहे वह नारी स्वयं में कितनी ही पतित क्यों न हो।"...और सहसा कुन्ती का मन कर्ण की ओर भटक गया।...यदि कहीं वह उसे भी, नारीत्व का सम्मान करना सिखा पाती।

"महावीर कर्ण के होते हुए, महाराज दुर्योधन की यह दुर्दशा कैसे हुई?"

"मैं समझ नहीं पा रही काकी! कि इसे इन लोगों की मूर्खता कहूँ अथवा कायरता।" भानुमति बोली, "पहले तो बिना सोचे-समझे, बिना शत्रु की शक्ति आँके, बिना शस्त्रों और व्यूह की क्षमता की परीक्षा किए, अहंकारवश अपने सेना नायकों को आदेश दे दिया कि गन्धर्वों को मार कर भगा दो। और जब गन्धर्वों ने आक्रमण किया, तो कौरव राजकुमार, साधारण सैनिकों से भी पहले, शत्रु को पीठ दिखा कर भाग गये। अपनी पत्नियों और रक्षिताओं के सम्मुख उन्होंने ऐसी वीरता का प्रदर्शन किया कि हम सब उनकी बलिहारी ही जा सकती हैं।...उसके पश्चात जब गन्धर्वों ने कर्ण का रथ तोड़ दिया, तो कर्ण कूद कर विकर्ण के रथ पर जा चढ़ा; और स्वयं तो रण छोड़ कर भागा ही, विकर्ण को भी अपने साथ भगा ले गया, जो तब तक पूर्ण निष्ठा से युद्ध कर रहा था।"

"तो कर्ण लौट कर रण में नहीं आया?" कुन्ती ने पूछा।

"कहाँ!" काशिका बोली, "वह तो जब चारों पाण्डवों ने हमारी रक्षा कर ली, गन्धर्व हमें मुक्त करके चले गये...राजा दुर्योधन रोते-झींकते, सिर पीटते लौट रहे

थे, तो महावीर कर्ण 'मैं तो बस लौट ही रहा था। इस बार तो मैं गन्धर्वों के टुकड़े ही कर देता।...' इत्यादि, आत्मप्रशस्ति करता हुआ मार्ग में आ मिला।"

"दुर्योधन ने उससे यह नहीं पूछा कि कोई भला आदमी अपने मित्र और स्वामी को शत्रुओं के सम्मुख इस प्रकार असहाय छोड़कर भाग जाता है क्या?" कुन्ती ने पूछा।

"उस समय तो काकी! हमारे आर्यपुत्र किसी से कुछ पूछने की स्थिति में नहीं थे। वे तो पूर्णतः विक्षिप्त हो रहे थे।" भानुमति बोली, "विचार कीजिये, जिस एक धनंजय के भय से गन्धर्व हमें मुक्त कर चुपचाप चले गये, उसके साथ उसके चारों भाई तथा अन्य सहायक होंगे, तो क्या करेंगे राजा दुर्योधन; और क्या कर लेंगे उनके भाई और मित्र। आर्यपुत्र अपनी भर्त्सना कर रहे थे। स्वयं को अभागा बता रहे थे। हस्तिनापुर लौटते हुए मार्ग में वे तो प्रायोप वेशन के लिये बैठ गये थे। वे अपने प्राण त्याग देना चाहते थे। जिन पाण्डवों की कृपा से उन्हें अपना जीवन, राज्य और सम्मान वापस मिला, उन्हीं पाण्डवों की शक्ति से क्षुब्ध हो कर, उन्हें नष्ट न कर पाने की हताशा में अपने प्राण त्याग देना चाहते थे। एक बार भी उनके मन में धर्मराज और उनके भाइयों के प्रति कृतज्ञता का भाव नहीं जागा। स्नेह का उदय नहीं हुआ, सम्मान उत्पन्न नहीं हुआ। नीचता की भी कोई सीमा होती है काकी! इन लोगों में मनुष्यता नाम का तो कोई तत्त्व ही नहीं है। जिनकी कृपा से जीवित बचे थे, जिनकी शक्ति से इनकी पत्नियों के सम्मान की रक्षा हुई थी, उन्हीं को नष्ट करने के उपाय सोचते रहे, उन्हीं की भर्त्सना करते रहे, उन्हीं को कोसते रहे।...और यह महावीर कर्ण! इसने एक बार भी संकल्पन नहीं किया कि वह उन गन्धर्वों से इस अपमान का प्रतिशोध लेगा। वह बार-बार पाण्डवों को नष्ट करने की ही प्रतिज्ञा करता रहा। बलिहारी इनकी बुद्धि की!..."

कुन्ती मौन रह कर भानुमति की बात सुनती रही...ठीक ही तो कह रही है भानुमति। ये मुर्ख अपने भाइयों, अपने शुभचिन्तकों, अपने रक्षकों के ही शत्रु बने बैठे हैं। इनकी रक्षा कौन कर सकता है।

कुन्ती घर लौटी तो विदुर सम्मुख पड़ गये, "भाभी! सुन आयीं व्यथा-कथा अपनी बहुओं की?"

कुन्ती मुस्करायीं, किन्तु उसके चेहरे का अवसाद धुल नहीं सका, "हाँ! दुखी हैं बेचारियाँ। अपने अपमान का कष्ट तो है ही; कुछ अन्तरात्मा का दंश भी है कि किसे पीड़ित करने गयी थीं। उधर पति की कृतघ्नता की असीमता देख कर भी ग्लानि से मरी जा रही हैं।"

"पता नहीं, उन्होंने तुम्हें बतया या नहीं," विदुर बोले, "कि जब गन्धर्व उन्हें मुक्त कर चले गये, तो युधिष्ठिर ने तो स्नेह जताया और कहा कि जाओ, अब निर्भय हो कर घर जाओ। द्वेष, ईर्ष्या तथा मात्सर्य को मन से निकालो और ईश्वर ने जो दिया है, उसका सुख से भोग करो; किन्तु दुर्योधन ने पाण्डवों के प्रति कृतज्ञता का एक शब्द भी नहीं कहा। उसकी इन्द्रियाँ जैसे शिथिल हो गयी थीं। मस्तिष्क काम नहीं कर रहा था। वह द्वेष में ग्रस्त, वहाँ से चुपचाप चला आया। मार्ग में एक स्थान पर, जहाँ प्रकृति सुन्दर थी तथा घास, जल और वृक्षों की छाया उपलब्ध थी, वह ठहर गया।"

"वहीं कर्ण उससे आ कर मिला। कर्ण ने दुर्योधन को उसकी वीरता और विजय पर बधाई दी कि उसने इतनी प्रचण्ड गन्धर्व वाहिनी पर विजय पायी थी। अपने विषय में उसने कहा कि उसे गन्धर्वों की कई वाहिनियों ने घेर लिया था। वह गम्भीर रूप से घायल हो गया था। सारे शरीर से रक्त बह रहा था। रथ खण्ड-खण्ड हो चुका था। सारथि मारा जा चुका था। अश्वों ने घुटने टेक दिये थे। ऐसे में यदि वह पलायन न करता, तो व्यर्थ ही मारा जाता। अपने पलायन का उसे दुखः तो था; किन्तु इस बात की उसे प्रसन्नता थी कि दुर्योधन और उसके भाइयों ने अपनी वीरता के बल पर, शक्तिशाली गन्धर्व राजा चित्रसेन पर विजय पायी थी।"

"कर्ण को दुर्योधन तथा अन्य लोगों की स्थिति देखकर समझ नहीं आ रहा था कि वह विजयिनी सेना का रूप नहीं था?" कुन्ती ने पूछा।

"मुझे लगता है कि कायरतापूर्ण पलायन को ढाँपने के लिये, वह दुर्योधन की वीरता की अधिक से अधिक प्रशंसा कर देना चाहता था।" विदुर बोले।

पारंसवी भी अपना काम निबटाकर उनकी चर्चा में सम्मिलित हो गयी, "दुर्योधन ने उसे बताया नहीं?"

"जो सूचनायें मुझे भानुमल और महापद्म से मिली हैं, उनके अनुसार दुर्योधन ने सब कुछ बहुत स्पष्ट रूप से कह सुनाया।" विदर बोले, "अपनी पराजय की चर्चा तो उसने की; किन्तु यह कहा कि उसके शत्रुओं के हाथों उसकी रक्षा हुयी है—यह उसके लिये बहुत लज्जा की बात है। इससे तो अच्छा था कि वह युद्ध में ही गन्धर्वों के हाथों वीरगति प्राप्त करता।"

"लो।" कुन्ती हँसी, "काशिका और भानुमति बता रही थीं कि बन्दी हो जाने पर, पाण्डवों को सहायता के लिये पुकार-पुकार कर, दुर्योधन ने आकाश सिर पर उठा लिया था। वीरगति का इतना ही इच्छुक था तो पाण्डवों को पुकारने की क्या आवश्यकता थी। उसके स्थान पर गन्धर्वों को ललकारता, तो वीर गति मिली-ही-मिली थी।"

"इतना ही नहीं, उसने इस पराजय के पश्चात हस्तिनापुर जाने से इन्कार कर दिया।" विदुर बोले, "उसने कहा कि इस लज्जाजनक पराजय के पश्चात वह हस्तिनापुर में किसी को मुख भी नहीं दिखा सकता। इसलिये वह वहीं बैठ कर अन्न-जल त्याग प्राण दे देगा। उसने दुःशासन के सिर पर हाथ रख कर कहा कि वह हस्तिनापुर का राज्य उसे दे रहा है।"

पारंसवी उच्च स्वर में हँसी, "हस्तिनापुर का राज्य। अरे, अभी तो सिंहासन पर महाराज धृतराष्ट्र बैठे हैं। उन्होंने राज्य तो अभी दुर्योधन को भी नहीं दिया और वह उस अनपाये राज्य को दुःशासन को दे रहा है।"

"उसने ऐसे ही तो कर्ण को अंगदेश का राज्य दे दिया था।" विदुर बोले, "जो भी हो। दुःशासन ने उसका दिया हुआ राज्य स्वीकार नहीं किया। उसने उससे प्रायोपवेशन का विचार त्याग देने का बहुत आग्रह किया। दुर्योधन ने संकल्प से टलने का कोई लक्षण नहीं दिखाया तो कर्ण ने एक अदभुत तर्क दे कर, उसकी ग्लानि दूर करने का प्रयत्न किया।..."

"कैसा तर्क?" कुन्ती ने पूछा।

"उसने कहा कि यदि गन्धर्वों के वश हो जाने पर पाण्डवों ने उसे मुक्त कराया है, तो उस पर कोई कृपा नहीं की है।" विदुर ने बताया, "उसका कहना था कि पाण्डव उसके राज्य में सुरक्षित रह रहे हैं। अतः अपने राजा की रक्षा उनका धर्म था। कई बार राजा अथवा सेनापति बन्दी अथवा हताहत हो जाते हैं; किन्तु साधारण सैनिक युद्ध करते रहते हैं, और अन्ततः उन साधारण सैनिकों के कारण राजा युद्ध जीत जाता है...।"

"अर्थात पाण्डव साधारण सैनिक हैं और दुर्योधन उनका राजा है। पाण्डव साधारण सैनिकों के रूप में लड़े, और उन्होंने अपने राजा को मुक्त कराया?" कुन्ती ने पूछा।

"निर्लज्ज ही नहीं, नीच भी है यह कर्ण।" पारंसवी जैसे अपने आपसे बोली।

कुन्ती को कुछ बुरा लगा; किन्तु वह पी गयी। पारंसवी क्या जानती थी कि कर्ण भी उसी का पुत्र था।...और फिर काम तो कर्ण ने नीचता का ही किया था।...कुन्ती को भी अपने मन में यह स्पष्ट कर लेना चाहिए था कि या तो कोई पाण्डवों का पक्ष ले सकता था, या फिर कर्ण का।...कोई दोनों का पक्ष कैसे ले सकता था? अवसर आने पर कुन्ती भी दोनों का पक्ष कैसे लेगी?...

"फिर उसने यह तर्क भी दिया कि जितना अपमान पाण्डवों का हुआ था, उतना दुर्योधन का नहीं हुआ। पाण्डवों ने तो आत्महत्या नहीं की। तो फिर दुर्योधन ही क्यों आत्महत्या करने पर तुला हुआ है।"

"कर्ण ने यह नहीं कहा कि यदि दुर्योधन प्रायोपवेशन का विचार त्याग दे तो कर्ण चित्रसेन को बाँध कर, उसके चरणों में डाल देगा?" पारंसवी हँस रही थी।

"नहीं। उस दिन उसने अपनी वीरता की डींग नहीं मारी।" विदुर ने बताया, "हाँ। उसने अपनी दीनता प्रदर्शित की और कहा कि यदि दुर्योधन अपनी हठ नहीं छोड़ेगा, तो वह भी उसकी सेवा में वहीं रह जायेगा और उसके साथ ही अपने प्राण त्याग देगा।" विदुर रुके, "किन्तु सबसे विचित्र बात तो शकुनि ने कही।"

"उसने क्या कहा?" कुन्ती ने पूछा।

"विचित्र नहीं कहना चाहिए; किन्तु जो कुछ उसने कहा, वह उससे किन्चित भी अपेक्षित नहीं था।" विदुर बोले, "उसने कहा कि पाण्डवों ने तुम्हारा सत्कार किया, तो तुम इतने दुखी हो। यदि कहीं वे तुम्हारा तिरस्कार करते, तो तुम क्या करते? पाण्डवों ने सदव्यवहार किया है, तो तुम उनसे सन्तुष्ट हो कर, उनका राज्य उन्हें लौटा दो। इससे तुम कृतज्ञ माने जाओगे। उनसे तुम्हारे सम्बन्ध मधुर हो जायेंगे; और तुम सुखी रहोगे।"

"यह सब उस धूर्त्त शकुनि ने कहा?" पारंसवी ने आश्चर्य से पूछा।

"नहीं। मैं नहीं मानती।" कुन्ती बोली, "शकुनि ऐसी बात कह ही नहीं सकता।"

"मैं तुम दोनों से सहमत हूँ कि यह शकुनि की नीति नहीं है। वह ऐसा कह ही नहीं सकता।" विदुर बोले, "किन्तु सत्य यही है कि उसने यह सब कहा। अब प्रश्न यह है कि उसने ऐसा क्यों कहा? क्या सत्य ही वह यह चाहता है कि दुर्योधन पाण्डवों का राज्य उन्हें लौटा दे? पाण्डवों और दुर्योधन में सौहार्द उपजे, और कौरवों में शान्ति स्थापित हो जाये? या..."

"ऐसा तो सम्भव ही नहीं है।" कुन्ती बोली।

"मेरा विचार है कि उसने दुर्योधन की मनःस्थिति देखते हुए, उसे उत्तेजित करने के लिये ही ऐसा प्रस्ताव रखा होगा।" विदुर बोले, "दुर्योधन, पाण्डवों की श्रेष्ठता, उत्कृष्टता, उनका वैभव, उनका सुख–कुछ भी सहन नहीं कर सकता। उनके सम्मुख याचक बनने की बाध्यता से पीड़ित हो कर प्राण त्यागना चाहता था; किन्तु गहन हताशा की स्थिति में भी, वह सारा दुःशासन को देना चाहता था। वरन अपने प्राण त्यागने से पहले वह सारा राज्य दुःशासन के हाथों में सुरक्षित कर जाना चाहता था। ऐसी स्थिति में शकुनि ने उसके सामने प्रस्ताव रखा कि राज्य पाण्डवों को दे दिया जाये। शकुनि जानता था कि इस पराजय के पश्चात भी दुर्योधन का मन परिवर्तित नहीं हुआ था। वह द्वेष की पराकाष्ठा

में जल रहा था। शकुनि जानता था कि ऐसे में पाण्डवों के तनिक से उत्कर्ष की चर्चा भी दुर्योधन की पीड़ा को दोगुना कर देगी। वह इस कल्पना को भी सहन नहीं कर पायेगा कि उसकी मृत्यु के पश्चात् इन्द्रप्रस्थ का राज्य पाण्डवों को मिल जाये। इसलिये दुर्योधन, अपने सुख के लिये जीवन धारण करे न करे, किन्तु पाण्डवों को पीड़ित करने के लिये वह जीवित रहेगा।...''

''हाँ! यह सम्भव है।'' कुन्ती बोली।

''तो क्या दुर्योधन शकुनि की बात मान गया?'' पारंसवी ने पूछा।

''नहीं।'' विदुर बोले, ''वह अपने संकल्प पर टिका रहा। उसने स्वच्छ जल से आचमन कर, स्वयं को पवित्र किया और प्रायोपवेशन का संकल्प कर, आसन पर बैठ गया। वह रात भर आसन पर बैठा रहा और प्रातः उठकर हस्तिनापुर की ओर प्रस्थान के लिये तैयार हो गया।''

''अरे!'' पारंसवी चकित थी, ''रात को प्राण देने के लिये आसन पर बैठा और प्रातः उठकर हस्तिनापुर की ओर चल दिया।...किसी ने उसका कारण नहीं पूछा?''

''कारण। हाँ, कारण तो बताया गया।'' विदुर मुस्करा रहे थे, ''हुआ यह कि जब दुर्योधन अपने प्राण देने को तत्पर हो गया, तो पाताल के दानवों में खलबली मच गयी। वे देवताओं के विरोधी हैं। वे लोग यह मान रहे थे कि दुर्योधन की वृत्तियाँ उन्हीं के समान हैं। इसलिये वे दुर्योधन के माध्यम से देव शक्तियों को जय कर लेंगे। अब, जब यह निश्चित हो गया कि दुर्योधन ही जीवित नहीं रहेगा, तो उनका चिन्तित होना स्वाभाविक ही था।...उन्होंने भयंकर मन्त्रों से एक भयंकर यज्ञ किया और उसमें से कृत्या उत्पन्न की। उस कृत्या को दुर्योधन के पास भेजा गया। कृत्या दुर्योधन को उठाकर पाताल लोक ले गयी। उन दानवों ने दुर्योधन को समझाया कि सृष्टि में सद् और असद् शक्तियों के इस संघर्ष में दुर्योधन असद् शक्तियों का सेनापति है। वह स्वयं को असहाय क्यों मान रहा है। वे सब लोग उसकी सहायता करेंगे। वस्तुतः दुर्योधन का युद्ध वे लड़ेंगे। सबसे बड़ी बात तो यह है कि श्रीकृष्ण के द्वारा वध किये जाने के पश्चात् से भौमासुर की प्रेतात्मा अपने प्रतिशोध के लिये व्याकुल हो कर भटक रही थी। उसने अब अपने वाहन के रूप में कर्ण का चयन किया था। कर्ण अब भौमासुर का प्रतिरूप होगा और पाण्डवों के विरुद्ध दुर्योधन की ओर से युद्ध करेगा। शेष दैत्य विभिन्न प्रकार से संसार के अन्य योद्धाओं को अपने प्रभाव में लेंगे, उनकी आत्माओं, उनकी बुद्धि तथा मन पर अधिकार प्राप्त करेंगे और उन सबको पाण्डवों के विरुद्ध लड़ने के लिये, दुर्योधन की सहायता करने के लिये प्रेरित करेंगे। इसलिये पाण्डवों के विरुद्ध

होने वाले आगामी युद्ध में, दुर्योधन की पराजय की कोई सम्भावना नहीं है। दैत्यों ने उसे यह भी बताया कि वे लोग भीष्म, द्रोण तथा कृपाचार्य की आत्मा पर पहले ही आंशिक रूप में अधिकार कर चुके हैं और वे लोग अब पाण्डवों से पहले जैसा प्रेम नहीं करते।...इस प्रकार सृष्टि की समस्त शक्तियों का यह आश्वासन प्राप्त कर, कि सम्मुख युद्ध में दुर्योधन की ही विजय होगी—दुर्योधन ने प्रायोपवेशन का संकल्प छोड़ दिया और हस्तिनापुर आ गया।..."

कुन्ती की दृष्टि जैसे सत्य के शोधन के लिये, विदुर के चेहरे को टटोलती रही; और पारंसवी उन्हें मात्र आश्चर्य से देखती रही, जैसे उसने कोई अद्‌भुत कथा सुनी हो...

"इस सबका क्या अर्थ है विदुर?" अन्ततः कुन्ती ने पूछा।

"भाभी! यह वह कथा है, जो दुर्योधन के प्रायोपवेशन त्यागने और हस्तिनापुर लौटने के कारण स्वरूप सुनायी गयी।" विदुर बोले, "अब हमारी जिज्ञासा है कि यह कथा किसने कही; और कहने वाले का अभिप्राय क्या है?" विदुर ने रुककर उन दोनों को बोलने का अवसर दिया; किन्तु उन दोनों ने ही, कोई उत्तर नहीं दिया। तब विदुर ही बोले, "इसमें पहली सम्भावना तो यह है कि दुर्योधन ने जब कुछ समय के लिये कुछ भी नहीं खाया-पिया, तो शरीर में जल तत्त्व के कम होने से जो कष्ट हुआ होगा, उसे उसने शरीर त्यागने के कष्ट का प्रथम चरण समझा होगा। उसी के आधार पर उसने मृत्यु के विकराल रूप की कल्पना की होगी। वह भयभीत हो गया होगा। उसमें जीवन के सुखों तथा भोगों के प्रति लालसा जागी होगी; और उसने मन-ही-मन, इस कथा का निर्माण कर, स्वयं को अपनी विजय का विश्वास दिला, प्रायोपवेशन का संकल्पन त्याग दिया।..."

"इस प्रकार तो यह भी हो सकता है विदुर! कि अपनी उस अर्द्धचेतना की अवस्था में दुर्योधन के मन ने सचमुच ही कोई माया रची हो, और उसे इस प्रकार का कोई भ्रम हुआ हो।" कुन्ती बोली, "जब इन्द्रियाँ शिथिल हो जाती हैं, तो मनुष्य को इस संसार के यथार्थ का भान नहीं रहता, उसकी मरणासन्न चेतना जाने किन-किन काल्पनिक लोकों की यात्रा करती रहती है।..."

"मुझे तो लगता है कि उसने निद्रा में कोई स्वप्न देखा होगा।" पारंसवी बोली, "मनुष्य प्रायः अपनी सुषुप्त इच्छाओं को अपने स्वप्नों में सजीव रूप में देखता है।"

"तो क्या निद्रा भंग होने पर दुर्योधन स्वप्न और यथार्थ में भेद नहीं कर सका?" विदुर मुस्कुरा रहे थे।

"ईश्वर जाने, यह भेद वह कर नहीं सका अथवा करना नहीं चाहता था।" पारंसवी ने उत्तर दिया, "जब प्रायोपवेशन छोड़ने के लिये उसे कोई बहाना चाहिए ही था, तो वह यह भेद क्यों करता।"

विदुर ने कोई उत्तर नहीं दिया, वे आत्मलीन से बैठे सोचते रहे।

"क्या सोच रहे हो विदुर?" कुन्ती ने पूछा।

"मैं सोच रहा हूँ कि यदि यह कथा दुर्योधन की नहीं, किसी और की गढ़ी हुई है, तो उसका क्या अर्थ है?"

"इसका अर्थ वही है, जो दुर्योधन प्रचारित करना चाहता है।" पारंसवी ने तत्काल कहा, "कोई अन्य अर्थ होता, तो दुर्योधन उसे प्रचारित ही क्यों करता।"

"ठीक है।" विदुर बोले, "किन्तु यह भी तो सम्भव है कि दुर्योधन जो अर्थ समझ कर उस कथा को प्रचारित कर रहा है, कथाकार का वास्तविक अर्थ वह न हो।" विदुर जैसे नये उत्साह से बोले, "अब देखो! इस कथा में कहा जा रहा है कि दुर्योधन का पक्ष सृष्टि की सात्विक शक्तियों का नहीं, तामसिक शक्तियों का है। उसकी सहायता करने वालों को आसुरी और दैत्य शक्तियों से प्रभावित बताया जा रहा है। सबसे बड़ी बात यह है कि कहा जा रहा है कि अपने व्यक्तित्व के तामसिक अंशों के कारण पितृव्य भीष्म, आचार्य द्रोण तथा कृपाचार्य, पाण्डवों से प्रेम नहीं करते...और कर्ण के विषय में क्या कहा जा रहा है? कर्ण में भौमासुर की आत्मा है और वह इस समय में वर्तमान, सबसे उत्कृष्ट सात्विक शक्ति–श्रीकृष्ण–के घोरतम शत्रुओं में से एक की प्रेतात्मा के प्रभाव में है। वह धर्म का शत्रु है, अधर्म का सहायक है।...क्या तुम्हें नहीं लगता भाभी! कि कथाकार ने अपने मन में उपस्थित कर्ण के प्रति घोरतम घृणा को शब्दों में प्रकट कर दिया है? यह कथा कर्ण के प्रति धिक्कार और तिरस्कार है। यह कर्ण के चरित्र तथा कृत्यों का जन सामान्य द्वारा किया गया मूल्यांकन है...दुर्योधन से मिल कर जो कुछ वह कर रहा है, उसके प्रति अपनी वितृष्णा प्रकट करने के लिये लोक मानस ने इस रूप में कर्ण के चरित्र को यह दर्पण दिखाया है।..."

कुन्ती के मन पर एक अनाम-सा अवसाद घिर आया, "शायद तुम ठीक कह रहे हो विदुर!"

इस चर्चा में कुन्ती का और मन नहीं लगा।...ऐसा क्यों है कि कर्ण अपनी भूल समझ नहीं पा रहा? क्यों वह पतन के गर्त में गिरता जा रहा है? क्यों वह पाण्डवों से घृणा करता है? क्यों वह कृष्ण का विरोधी है? वह उस दुर्योधन से कैसे प्रेम कर सकता है, जिसमें प्रेम करने योग्य कुछ भी नहीं है?

कुन्ती को जैसे रात भर नींद नहीं आयी। जो थोड़ी देर वह सोयी भी, उसे लगता रहा कि वह सो नहीं रही, कठिन श्रम का कोई बहुत जटिल काम कर रही है। एक अनन्त यात्रा, अनवरत यात्रा...। वह यात्रा भी बड़ी विचित्र थी। उसके पास न कोई अश्व था, न कोई रथ; किन्तु वह निरन्तर गतिशील थी। वह समझ नहीं पायी कि जब न उसके पास कोई वाहन था और न ही वह चल रही थी, तो गतिशील कैसे थी। उसे जैसे इच्छागति का कोई वरदान मिल गया था। उसका मन जहाँ, जिस ओर जाना चाहता था, वह उसी ओर प्रवाहित हो जाती थी, जैसे मनुष्य का शरीर न हो, पवन का कोई झंकोरा हो।...वह उन स्थानों पर घूम रही थी, जिन्हें वह पहचानती भी नहीं थी। वहाँ वह पहले कभी नहीं गयी थी। फिर भी वह वहाँ इस प्रकार आ-जा रही थी, जैसे उस सारे क्षेत्र का उसे पूरा ज्ञान हो। उसके साथ मार्ग दर्शक कोई नहीं था; किन्तु फिर भी वह बिना किसी असुविधा के अपना मार्ग खोज लेती थी।

और फिर कुन्ती ने देखा कि वह हिमालय के किसी बहुत ऊँचे श्रृंग पर पहुँच गयी है। स्थान बहुत ही पवित्र है, बहुत सात्विक। वहाँ पहुँचकर जैसे मनुष्य के मन का सारा मल कहीं तिरोहित हो जाता है। उसके मन में कोई कलुष रह ही नहीं पाता। कोई कामना नहीं, कोई वासना नहीं। मन भी जैसे पारदर्शी धवल हिम का ही एक अंग हो जाता है।...उसी स्थान का एक हिमखण्ड सहसा पिघलने लगा। वह जल पहले तो कुछ दूर तक एक ही धारा के रूप में बहता रहा; किन्तु फिर एक शिलाखण्ड से टकराकर वह अनेक धाराओं में बँट गया।...कुन्ती ने उन्हें गिना। वह धारा अब छह खण्डों में बँट गयी थी, फिर वह हिमालय क्षेत्र समाप्त हो गया। अब समतल भूमि आ गयी थी। सामने मिट्टी भी थी, मल भी था। अब मन में उस पवित्रता का भान नहीं होता था। जल की धारा के वहाँ पहुँचते ही जैसे वह मिट्टी उसमें घुलने को तत्पर हो उठी।...जल में से चीत्कार उठा...माँ! हमें बचाओ। हमारी रक्षा करो माँ। हमें मलिन होने से बचाओ।...

कुन्ती को बहुत आश्चर्य हुआ...वे धारायें उसे माँ कहकर पुकार रही थीं। वह उनकी माँ कैसे थी?...पर नहीं। वह शायद उनकी माँ ही थी।...उसके मन में उन धाराओं के लिये वात्सल्य का ही भाव उपजा था...वह उन धाराओं के मध्य चली गयी। उसने उन्हें दुलराया और कहा, 'डरो मत मेरे पुत्रो! जो मिट्टी पर चला ही नहीं, उसकी सात्विकता कोई अर्थ नहीं रखती। तुम लोग निःशंक हो कर इस धूल-धूसरित धरती पर अपनी यात्रा करो, फिर भी स्वयं को मलिन होने से बचाए रहो, तो ही तुम्हारी सात्विकता और पवित्रता का कोई महत्त्व होगा।...'

धाराएँ शान्त हो गईं। वे अपने मार्ग पर चलती रहीं; और कुन्ती ने देखा कि उनका जल वैसा ही स्वच्छ है। गंगा जल जैसा। मिट्टी उनमें घुल नहीं रही है। धाराओं के नीचे ही बैठी हुई है। जल अलिप्त भाव से बहता जा रहा है और मिट्टी उसमें घुलने का साहस ही नहीं कर पा रही है।

...और सहसा एक धारा ने अपना मार्ग बदल लिया। वह किसी और ही दिशा में बहने लगी। कुन्ती के मुख से चीख निकल गयी। किन्तु उस धारा ने पलटकर भी उसकी ओर नहीं देखा। वह उसके पीछे भागी; किन्तु धारा का वेग, उसकी गति से कहीं अधिक था। वह दौड़कर उसके मार्ग में खड़ी न हो सकी। धारा उससे बहुत दूर निकल गयी थी।...कुन्ती रुक गयी...मनुष्य जल के समान नहीं बह सकता।...उसने पुकारकर कहा, 'तुम कहीं भी, किसी भी दिशा में प्रवाहित हो पुत्र; किन्तु स्वयं को मलिन मत करना।'

धारा ने एक प्रबल अट्टहास किया, और कुन्ती ने देखा कि उस धारा का जल गंदला होने लगा था। उसमें गन्दे पानी के कई नाले आकर मिल गये थे। उस जल में से दुर्गंध उठने लगी थी।...

कुन्ती ने दुख भरे स्वर में उसे पुकारा, "यह तुमने क्या किया पुत्र?"

"गैं ऐरो ही प्रसन्न हूँ माँ! तुम मेरी चिन्ता मत करो।"

"कोई इस मलिनता में प्रसन्न कैसे रह सकता है?" कुन्ती ने दुखी हो कर पूछा।

"मैं ऐसे ही प्रसन्न रह सकता हूँ माँ!" धारा ने अट्टहास किया...और कुन्ती ने देखा कि उस धारा ने कर्ण का रूप ग्रहण कर लिया है।...

कुन्ती अपने पर्यक पर अँधेरे में चुपचाप बैठी रही। वह जैसे अवसाद के सागर में डूबी जा रही थी। वह समझ रही थी कि यह उचित नहीं हो रहा है। किन्तु उपाय ही क्या था? वह कर्ण को समझा ही तो सकती थी। पर जिन गुरुओं के पास उसने शिक्षा पायी है, क्या उन्होंने उसे उचित-अनुचित का बोध नहीं दिया?...अवश्य दिया होगा। वह तो परशुराम सरीखे गुरु के पास भी रह आया है। तो वह गंगा जल और गन्दे नाले के जल का अन्तर क्यों नहीं समझता। लोग अपने उस कुटीर को भी स्वच्छ रखना चाहते हैं, जिसमें वे रहते हैं; और यह अपने सारे जीवन को ही मलिन करता जा रहा है।...कुन्ती को लग रहा था कि जैसे उसके अपने मन का कोई अंश मलिन और तन का कोई अंग गलित हो गया है।...

कुन्ती उठ खड़ी हुई।...अभी ब्रह्म मुहुर्त में विलम्ब था। उसने अँधेरे में ही मुँह हाथ धोकर स्वयं को स्वच्छ किया और आकर मन्दिर में बैठ गयी। उसने आँखें मूँद लीं। किसी मन्त्र का उच्चारण नहीं किया, कोई प्रार्थना नहीं

की। ध्यान करने का भी कोई प्रयत्न नहीं किया। फिर भी उसे लगा कि उसका एक-एक रोम प्रार्थना कर रहा है, "हे प्रभु! उसे धर्म के मार्ग पर लाओ। हे प्रभु! मेरे पुत्र की रक्षा करो...।"

सहसा वह स्तब्ध-सी रह गयी।...उसके मन में कोई कह रहा था, "कुन्ती! क्या वह तेरा ही पुत्र है, मेरा नहीं है। तू तो इस प्रकार प्रार्थना कर रही है, जैसे तेरा सृजन तो प्रभु ने किया है, और उसका सृजन तूने किया है। मेरे और उसके मध्य, तू कैसे आ गयी कुन्ती? उसका भी मुझसे वही सम्बन्ध है, जो तेरा मुझसे है।"

कुन्ती की समझ में नहीं आया कि क्या हो गया। क्या उसे अपने पुत्रों की रक्षा की प्रार्थना भी प्रभु से नहीं करनी चाहिए?

उसके मन में फिर उसके प्रश्न का उत्तर जन्मा..."सारी सृष्टि का सृजन ने ही किया है। उन सबका सम्बन्ध मुझसे एक-सा ही है। तुझे क्या अधिकार है कि तू कुछ लोगों को अपना समझे और कुछ को पराया? तू तो सर्वहित की प्रार्थना कर। धर्म की जय की कामना कर। सबके लिये सुख और शान्ति माँग।...शरीर सम्बन्धों से कोई अपना और कोई पराया नहीं हो जाता। सब में समान दृष्टि का विकास कर। तेरा कुछ नहीं है। जो कुछ है, मेरा है। जो कोई है, मेरा है। उन सबके सुख-दुख के लिये मैं उत्तरदायी हूँ। आत्मा ने वासनावश शरीर धारण किया है। वासनाओं को भोगकर, उनसे मुक्त हो, वह पुनः अपना स्वरूप ग्रहण करेगी। उस आत्मा को तू पहचान लेगी कुन्ती! कि उनमें कौन तेरा पुत्र है और कौन तेरा नहीं है?"

"पर प्रभु!" कुन्ती के मन ने तर्क किया, "कैसा स्वच्छ रूप था उसका और कैसा मलिन हो गया है।"

"सागर में भी वही जल है, कुन्ती! जो हिमालय के पवित्र श्रृंगों पर आकाश से बरसता है। वह सरिताओं के रूप में बहुत आतुर हो कर सागर से मिलने के लिये दौड़ता है। जब सागर में पहुँचता है, तो पाता है कि वह अमृत-सा मीठा न हो कर क्षार से ओतप्रोत हो चुका है। इतना खारा हो चुका है कि मनुष्य उसे पी भी नहीं सकता।..."

"उसका तो अस्तित्व ही व्यर्थ हो गया प्रभु! जीवन नष्ट हो गया।"

"क्यों, सागर का जल क्या व्यर्थ हो गया? जहाँ कुछ भी नष्ट नहीं होता।" कुन्ती के कानों में जैसे कोई मधुर संगीत गूँजा, "सूर्य उस जल को तपायेगा। उस ताप से खौल-खौल कर जल, उस मल का त्याग कर, वाष्प बन जायेगा। वह पुनः उतना ही मीठा और उतना ही पवित्र हो जायेगा, जितना वह आरम्भ में था।..."

"उसे तपना तो पड़ेगा प्रभु! उतना ताप अंगीकार करना होगा, जितना अग्नि करती है। जल को खौल-खौल कर वाष्प बनना पड़ेगा।"

"तपस्या से मन के विकार छूटते हैं, ताप से जल के।"

"पर वह किसके पापों का दण्ड भोग रहा है? वह ऐसा क्यों है? उसे धर्म का मार्ग क्यों दिखायी नहीं पड़ता?"

"कोई किसी के पापों का फल नहीं भुगतता। प्रत्येक जन अपने लिये उत्तरदायी है। वासना मल संचित करती है, और तपस्या उसे धोकर कलुषमुक्त करती है।..."

सहसा पारंसवी की पग ध्वनि सुनायी दी, "अरे आज तो अँधेरे में ही ध्यान करने बैठ गयीं भाभी!"

"हाँ! आज नींद जल्दी ही टूट गयी।" कुन्ती ने कहा।

वह उठकर अपने कक्ष में आ गयी; किन्तु खौल-खौल कर वाष्प बनते सागर के जल में उसे कर्ण का चीत्कार सुनायी देता ही रहा।...

11

शकुनि के आने का समाचार सुनकर दुर्योधन को तनिक भी प्रसन्नता नहीं हुई। एक बार तो उसके मन में आया कि वह उससे मिलने से ही मना कर दे। पर फिर उसने अपना विचार बदल दिया। अपमान की तुलना में, मातुल के लिये उपेक्षा ही अधिक कष्टदायी होगी। मना करने के स्थान पर मातुल को प्रतीक्षा कराना ही उपयुक्त होगा।...पर पता नहीं कि प्रतीक्षा से मातुल को कोई कष्ट होगा भी या नहीं। सम्भव है कि मातुल मदिरा का चषक ले कर अपने आनन्द लोक में डूब जायें; और यदि किसी दासी को बुला कर अपने पास बैठा लिया तो उनका तो दिन ही सार्थक हो जायेगा। उन्हें न उपेक्षा का पता लगेगा, न प्रतीक्षा का। दुर्योधन उनको जो यातना देना चाहता है, उसका तो उनको आभाव भी नहीं हो पायेगा।

"उनको मेरे एकान्त कक्ष में बैठाओ।" उसने सूचना लानेवाली दासी को आदेश दिया, "किन्तु इस समय न तो उनको मदिरा देना; और न ही कोई दासी उनके एकान्त को बाधित करने वहाँ जाये। उन्हें वहाँ एकान्त में बैठ कर विचार करने की सुविधा दो।"

"जो आज्ञा महाराज!"

दासी चली गयी; किन्तु दुर्योधन भी पहले के समान सहज नहीं रह सका। शकुनि के आने मात्र से उसकी सारी विचार तरंगें, अव्यवस्थित हो गयी थीं।

...जब से वह द्वैतवन से लौट कर आया था, उसकी सारी प्रसन्नता उसका साथ छोड़ गयी थी। उसे अपनी पत्नियों की ओर देखते हुए भी डर लगता था। उनके मन में उसके प्रति क्या सम्मान रह गया होगा। सारा हस्तिनापुर जानता था कि चित्रसेन ने उसे पराजित कर, रस्सियों से बाँध लिया था; और तब पाण्डवों ने उसकी रक्षा की थी। उसके शत्रुओं ने उसकी रक्षा की थी। वह जिन्हें अपमानित करने गया था, उन्होंने उसके सम्मान की रक्षा की थी। वह जिन्हें पीड़ित करने गया था, उन्हें ही मन भर कर आनन्दित कर आया था।...अब तो, उसकी उपस्थिति में कोई दासी मुस्कुराती भी थी तो उसे लगता था कि वह उसका उपहास कर रही है। कह रही है—ये वही हैं, जो द्वैतवन से पिट कर आये हैं...इसी मातुल ने उसे इस प्रकार उपहास का पात्र बना दिया था।...इस प्रकार का कोई परामर्श देने से पहले मातुल को इतनी जानकारी तो प्राप्त कर ही लेनी चाहिए थी कि पाण्डवों ने अपने लिये किस प्रकार की सुरक्षा व्यवस्था कर रखी है।...

पर तत्काल ही उसका चिन्तन दूसरी दिशा में चल पड़ा...मातुल न तो हस्तिनापुर के राजा थे, न युवराज। वे तो मात्र एक जुआरी थे, जो द्यूत की गोटियाँ बैठाया करते थे। वे तो कोई बड़े योद्धा, सेनापति अथवा युद्धविद्या विशारद भी नहीं थे कि उनका ध्यान इन बातों की ओर जाता कि पाण्डवों की अपनी सेना के अभाव में गन्धर्वों की सेना उनकी रक्षा कर रही होगी।...यह सब सोचना तो राजा दुर्योधन का ही काम था।...यह तो अच्छा हुआ कि इसी व्याज से उसे मालूम हो गया कि पाण्डवों की क्षमता क्या है और उनके मित्र कहाँ-कहाँ हैं।...

वह उठकर शकुनि के पास चला गया।

उसे यह देखकर आश्चर्य हुआ कि कर्ण और दुःशासन भी वहाँ आये बैठे थे। उनके आने की सूचना किसी ने उसे नहीं दी थी। उसने अपनी ओर से शकुनि को एकान्त कारावास का दण्ड दिया था और यहाँ जैसे आत्मीय मित्रों की आनन्द गोष्ठी जमी हुई थी। उसके अपने ही प्रासाद में उसकी इच्छा का इस प्रकार उपहास होगा, इसकी उसने कभी कल्पना भी नहीं की थी। क्या उसका आदेश होता है और कैसा उसका पालन होता है... पर वह किसी से कहता भी तो क्या, उसने स्वयं ही तो दुःशासन, कर्ण और शकुनि को इतने अधिकार दे रखे थे कि वे भी इस भवन में स्वामी का-सा ही व्यवहार करते थे।...

दुर्योधन आ कर बैठा तो उसे देखते ही सबकी समझ में आ गया कि वह अभी तक अपनी खिन्नता से नहीं उबरा था।

"अंगराज! मुझे लगता है कि युवराज की प्रसन्नता अभी लौटी नहीं है।" शकुनि ने कहा, "क्यों न इन्हें प्रमाणकोटि के क्रीड़ा भवन में ले जाया जाये।"

"हाँ! ले चलो प्रमाणकोटि में और वहाँ मुझे गंगा पर रहने वाले, पाण्डवों के सम्बन्धी उन नागों को समर्पित कर लौट आना।" दुर्योधन का रोष उसके एक-एक शब्द में अपनी पूर्ण कटुता के साथ विद्यमान था।

दुर्योधन का यह एक ही वाक्य उन्हें स्तब्ध कर देने के लिये पर्याप्त था। किसी ने आशा नहीं की थी कि अपनी खिन्नता में भी, वह उनसे इस प्रकार का व्यवहार करेगा; उनके साथ, जो उसके परम मित्र और हितैषी थे।

"समंग ग्वाले का प्रबन्ध करने से पहले उससे यह भी तो पूछ लेना चाहिए था, अंगराज! कि द्वैतवन में गोधन तो हमारा है; किन्तु सैन्यबल किस का है।" उसने कटु स्वर में कहा।

कर्ण को स्वयं पर किया गया यह प्रहार अत्यधिक आकस्मिक और अप्रत्याशित लग रहा था। घोषयात्रा से लौटकर वह दुर्योधन से मिल चुका था। उनमें ढेर सारी बातें हो चुकी थीं। वह अपनी ओर से सारा स्पष्टीकरण दे चुका था। वह मान चुका था कि अब उस विषय में दुर्योधन के मन में उसके प्रति कोई मैल नहीं है। पर...

"मैं समझता हूँ युवराज! कि यह प्रमाद हम लोगों से हुआ।" कर्ण ने ग्रीवा झुका कर कहा, "युवराज को वहाँ ले जाने से पूर्व, हमें विस्तृत सूचनाएँ प्राप्त कर लेनी चाहिए थीं। इस असावधानी के कारण युवराज की घोषयात्रा आनन्ददायक नहीं रही।"

"आनन्ददायक!" दुर्योधन निर्णय नहीं कर पाया कि इस शब्द के प्रयोग के लिये, वह कर्ण के साथ कैसा व्यवहार करे।

"आनन्द न मिलता तो कोई बात नहीं थी।" दुर्योधन स्वयं को कुछ संयत कर बोला, "इस प्रकार अपमानित तो न होना पड़ता। यहाँ हस्तिनापुर में बैठे क्या बुरे थे कि अपनी रानियों और रक्षिताओं के सम्मुख, उन गणिकाओं और नर्तकियों की उपस्थिति में, अपने सैनिकों और परिचारकों के मनोरंजन के लिये अपमानित होने के लिये, हम वहाँ चले गये।"

उन तीनों ने दुर्योधन की ओर देखा अवश्य; किन्तु किसी ने कुछ कहा नहीं। दुर्योधन की मानसिकता देखते हुए, कुछ भी कहने का कोई लाभ नहीं था।

"हम वहाँ पाण्डवों को पीड़ित करने गये थे या उन्हे आनन्दित करने। उस मोटे भीम को जीवन का अन्यतम सुख देने?" दुर्योधन बोला, "पाण्डवों का सर्वस्व हरण कर भी मुझे उतना सुख नहीं मिला होगा, जितना आनन्द हम

उन्हें वन में जाकर दे आये। उन्होंने तो नहीं कहा था कि वे हमारे बिना बहुत उदास हैं। यह तुम ही लोगों का परामर्श था कि इस प्रकार हम उनको पीड़ित कर पायेंगे और उनको अपमानित और पीड़ित कर सुखी होंगे। हो गये हम सुखी? भीम की गर्व भरी दृष्टि अभी भी मेरे वक्ष में शूल के समान चुभ रही है। उस धर्मराज को अवसर मिल गया, मुझे उपदेश देने का। अपना उपकार जताने का।"

"वह सब तो ठीक है युवराज!" अन्ततः शकुनि ने साहस कर कहा, "पर तुम्हारा ध्यान इस ओर भी जाना चाहिए कि हमने बहुत सारी पीड़ा और अपमान सहन कर कुछ बहुत लाभकारी सूचनायें और निष्कर्ष भी प्राप्त किये हैं।"

दुर्योधन ने उसकी ओर देखा अवश्य, किन्तु मुख से कुछ नहीं कहा।

"हमने जाना कि पाण्डव अपनी सुरक्षा की ओर से असावधान नहीं हैं।" शकुनि बोला, "ऐसा सम्भव नहीं है कि हम सैनिक अभियान करें और उनका वध कर सकें। उनकी चतुराई तो देखो। हम तो समझते रहे कि वे वन में आरण्यक लोगों के समान अपने दिन व्यतीत कर रहे हैं; और उन्होंने अपनी रक्षा के लिये सेनायें नियुक्त कर रखी हैं। हम यदि यह कल्पना भी करते कि कोई सेना उनकी सहायता को आयेगी, तो हम यादवों की सेना की बात सोचते! बहुत होता तो पांचालों की सेना की बात सोचते।...गन्धर्व उनकी रक्षा कर रहे होंगे, इसकी तो हम कल्पना भी नहीं कर सकते थे।..."

"तो इसका लाभ क्या हुआ? हमें मालूम हो गया कि हमारा चिन्तन बहुत सीमित और संकीर्ण है? हम कूप मण्डूक के समान सोचते हैं और अपने कुएँ को ही सागर मान लेते हैं।" दुर्योधन झल्ला कर बोला।

"नहीं!" शकुनि ने अपना धैर्य नहीं छोड़ा, "हमें ज्ञात हुआ कि हमें पाण्डवों के उन अज्ञात मित्रों के विषय में भी सूचनायें एकत्रित करनी हैं, जिन का आज तक हमारे लिये कोई अस्तित्व ही नहीं था। उनके मित्र केवल वे ही नहीं हैं, जो उनके सम्बन्धी हैं, उनके विभिन्न आयोजनों में आमन्त्रित पाहुने रहे हैं।..."

"तो इसमें ऐसी कौन-सी असाधारण बात है, जिसके लिये हमारा इस प्रकार अपमानित होना भी महत्त्वपूर्ण नहीं है?"

"दुर्योधन! अपने वर्तमान बल से सन्तुष्ट मत रहो। अपने और भी मित्र बनाओ। पाण्डवों के मित्रों को तोड़ो।" शकुनि बोला, "जो उनके बहुत प्रिय हैं, उनसे भी अच्छे सम्बन्ध बनाओ, ताकि समय आने पर हम उन्हें अपनी ओर से युद्ध करने के लिये आमन्त्रित कर सकें अथवा उनसे सैनिक सहायता माँग सकें।"

"आपकी इच्छा है कि हम यह मान लें कि युद्ध का अवसर आने पर पांचाल हमारे पक्ष से पाण्डवों के विरुद्ध शस्त्र उठायेंगे?" दुर्योधन की वाणी अभी भी उतनी ही कटु थी।

"मैं विश्वासपूर्वक यह नहीं कह सकता, किन्तु इतना तो कह ही सकता हूँ कि अपनी ओर से किसी को भी अमित्र मत मानो, जब तक कि वह स्वयं ही वैसा सिद्ध न कर दे। यदि पाण्डव गन्धर्वों को अपना मित्र बना सकते हैं, ऐसे मित्र, जो उनके लिये अपने प्राणों का पण लगा सकते हैं, तो हम क्यों अपने अज्ञात मित्रों को खोज नहीं निकाल सकते। तुमने यादवों को अपना विरोधी मान लिया है; किन्तु यह मत भूलो कि कृष्ण की एक पुत्रवधू है लक्ष्मणा। वह तुम्हारी पुत्री है। तुम क्यों कृष्ण के मित्र नहीं हो सकते? तुम क्यों उससे सहायता नहीं ले सकते? बलराम तुम्हें अपना शिष्य मानते हैं। तुम उन पर निर्भर क्यों नहीं रह सकते? यादवों में भी अनेक लोग परस्पर विरोधी हैं। मैं स्वयं जानता हूँ कि सात्यकि और कृतवर्मा में तनिक भी सौहार्द नहीं है। यादवों में हमें कृष्ण के विरोधी भी मिल जायेंगे।...सहायता तो कहीं से भी आ सकती है, बस बात तो प्रयत्न करने की है।..."

लगा, दुर्योधन का मन कुछ शान्त हुआ है। वह कुछ सोचने लगा है।

"इस घोषयात्रा से यह भी ज्ञात हुआ कि युधिष्ठिर किन्ही भी परिस्थितियों में न तुम्हारा वध करेगा, न होने देगा। तुम उसे कौरव मानो या न मानो किन्तु उसके मन में कुरुकुल का मोह पूर्ण रूप से विद्यमान है। वह किसी भी प्रकार कुरुकुल की कोई क्षति नहीं होने देगा। इसलिये उसके हाथों में तुम पूर्णतः सुरक्षित हो।" शकुनि ने कहा, "हमें यह भी ज्ञात हुआ कि यदि तुम सेना लेकर उसकी ओर बढ़ोगे, तो उसके मित्र तुम्हें मार्ग में ही रोक लेंगे। इसलिये स्वयं तुम्हें पाण्डवों की ओर उसी समय बढ़ना चाहिए, जब सैनिक दृष्टि से तुम पूर्णतः समर्थ हो। तुम यह भी स्मरण रखो कि जिस सेना ने हम सबको निस्तेज कर दिया था, उसे उन चार पाण्डवों ने पराजित किया...। और चार भी क्यों, उसे तो अकेले अर्जुन ने पराभूत कर दिया था।"

"मिथ्या है यह।" कर्ण आक्रोशपूर्ण स्वर में बोला, "अर्जुन तो गन्धर्वों से लड़ा ही नहीं। चित्रसेन ने उसकी बात मान ली और युवराज को मुक्त कर दिया। मैं अर्जुन को इतना समर्थ नहीं मानता कि उस गन्धर्व सेना को वह अकेला ही पराजित कर लेगा, जिसने हमारे युवराज को भी असहाय कर दिया था...।"

दुर्योधन बैठा कुछ सोचता रहा।

"इसका अर्थ तो यह है कि पाण्डव हमसे इतने अधिक शक्तिशाली हैं कि हमें पाण्डवों से कभी लड़ना ही नहीं चाहिए।" दुःशासन ने कहा।

"नहीं।" कर्ण जैसे तड़प कर बोला, "उस अर्जुन के लिये तो अकेला मैं ही पर्याप्त हूँ।"

शकुनि मन ही मन हँसा : कैसा तड़प रहा था यह कर्ण। शायद वह जान गया कि उसका महत्त्व क्या था। वह अर्जुन-विरोध की भूमि पर ही दुर्योधन को प्रिय हो सकता था। इसलिये अपना महत्त्व बनाए रखने के लिये, वह न तो दुर्योधन के मन में अर्जुन का भय कम होने देगा, न अपनी शक्ति को उससे कम आँकने देगा।...कुछ लोगों का अस्तित्व अपनी-अपनी उपयोगिता पर नहीं, दूसरों के विरोध पर ही आधृत होता है...

"इसका अर्थ यह है कि तुम्हें भीष्म और आचार्य द्रोण को प्रयत्नपूर्वक सदा अपने पक्ष में रखना चाहिए।" शकुनि ने कहा, "पाण्डव उनसे या तो युद्ध करेंगे नहीं, करेंगे तो उन्हें पराजित नहीं कर पायेंगे।"

"अर्जुन को तो मैं अकेला ही सँभाल लूँगा।" कर्ण ने तड़प कर पुनः कहा।

"ठीक है।" शकुनि उपेक्षापूर्वक हँसा, "हमें यह भी तो देखना है कि कहीं अर्जुन ही तुम्हें न सँभाल ले।"

शकुनि को कोई बहुत कठोर उत्तर देने से पहले कर्ण ने दुर्योधन की प्रतिक्रिया जान लेना आवश्यक समझा। दुर्योधन इस बार भी कुछ नहीं बोला था। वह जैसे वहाँ उपस्थित ही नहीं था।

"क्या सोच रहे हैं भैया?" दुःशासन ने उसे टोका।

"सोच रहा हूँ! मातुल के निष्कर्षों का परीक्षण भी कर लिया जाये।"

"कैसे?" कर्ण ने पूछा।

"फिर किसी को उन्हें अपमानित करने के लिये भेजा जाये।" दुर्योधन बोला।

"मैं जाऊँ युवराज!" कर्ण ने न केवल आतुरता से कहा, वरन वह उठकर खड़ा भी हो गया।

"नहीं।" शकुनि बलपूर्वक बोला, "तुम नहीं।"

"मैं क्यों नहीं।" कर्ण के स्वर में उग्र विरोध था, "मैं इस बार यह सिद्ध कर दूँगा कि अर्जुन उतना महान धनुर्धारी नहीं है, जितनी कि उसे मान्यता प्राप्त हो गयी है। मैं उसे पराजित करके दिखाऊँगा।"

शकुनि मन ही मन मुस्कुरा रहा था...कैसे तड़प रहा है यह कर्ण। इसके जीवन का एकमात्र लक्ष्य, अर्जुन को पराजित करना है, और अवसर आते ही यह उसके सामने से भाग भी खड़ा होता है।...

"मातुल को मेरे सामर्थ्य का विश्वास नहीं है।" कर्ण का आक्रोश उसके चेहरे पर प्रकट होने लगा था।

"मैंन कहा था युधिष्ठिर के अधिकार क्षेत्र में दुर्योधन सुरक्षित है। यह नहीं कहा था कि तुम भी सुरक्षित हो।" शकुनि ने कहा, "तुम कौरव नहीं हो, कि वे तुम्हारी रक्षा करेंगे।"

"मैं युधिष्ठिर के हाथों अपनी सुरक्षा नहीं चाहता।" कर्ण बोला, "मैं युवराज के अपमान का प्रतिशोध चाहता हूँ। युवराज की सुरक्षा चाहता हूँ। मैं उस अर्जुन से सम्मुख-युद्ध का एक अवसर चाहता हूँ। मैं आपको वचन देता हूँ युवराज! कि मैं उसका वध करूँगा। यह मेरी प्रतिज्ञा है। आप मेरा विश्वास कीजिए, मैं उसका वध करके लौटूँगा और आपको उन लोगों की ओर से पूर्णतः निर्भय कर दूँगा।"

उन्होंने देखा कि दुर्योधन का अवसाद जैसे छँटता जा रहा था। वह अब न तो पहले के समान अन्यमनस्क लग रहा था और न ही उसके चेहरे पर हताशा का भाव था।

"तुम्हें भी अवसर मिलेगा अंगराज! किन्तु उससे पूर्व मैं एक और प्रयोग करना चाहता हूँ।" शकुनि बोला, "मैं चाहता हूँ कि इस बार हस्तिनापुर से कोई न जाये। जो योद्धा जाये, वह किसी और दिशा से चले और पाण्डवों तक जा पहुँचे, ताकि एक तो उसे पाण्डवों के मित्रों के क्षेत्र और दिशा से हो कर यात्रा न करनी पड़े; और दूसरे, उनको किसी प्रकार का कोई संदेह भी न हो। जो जाये, वह सेना सजा कर न जाये। वह किसी और प्रयोजन से जाता हुआ मालूम पड़े।...और फिर वह व्यक्ति ऐसा हो, जो दुर्योधन की तुलना में भी, युधिष्ठिर के हाथों और अधिक सुरक्षित हो।..."

"कौन है वह?" दुर्योधन और दुःशासन ने लगभग एक ही समय में पूछा।

"मेरे मन में कुछ लोग हैं तो अवश्य, किन्तु अभी कुछ विचार करना शेष है।" शकुनि बोला, "मैं चाहता हूँ कि तुम लोग भी इस विषय में विचार करो और ऐसे सम्भावित लोगों के विषय में सोचो।"

सहसा द्वार पर एक दासी प्रकट हुई।

"क्या है?" दुर्योधन ने कठोर स्वर में पूछा, "मैंने तुमसे कहा नहीं था कि हम एकान्त वार्ता में हैं।"

"क्षमा करें अन्नदाता!" दासी लगभग धरती तक ही झुक गयी, "कुरु कुल गौरव पितामह भीष्म आपसे भेंट करने के लिये आये हैं।"

दुर्योधन को लगा कि बाहर ही नहीं, उसके अपने भीतर भी जैसे एक सन्नाटा छा गया था। वह चिन्तित मुद्रा में उठ खड़ा हुआ, "आओ मित्रो! अब यह भी सुन लें कि पितामह क्या संदेश लाये हैं।" उसने रुक कर उन लोगों

की ओर देखा, "ध्यान रहे, पितामह ने मुझे अपने भवन में नहीं बुलाया है, और न ही राजसभा में मिलने तक की प्रतीक्षा की है। वे स्वयं चल कर मेरे भवन में आये हैं।"

पितामह को भवन के सबसे बड़े और सुसज्जित कक्ष में बैठाया गया था। चारों ओर दासियाँ विभिन्न प्रकार के व्यंजनों के थाल लिये खड़ी थीं। काशिका और भानुमति, उनके आतिथ्य के लिये आतुरता दिखा रही थीं; किन्तु पितामह उन सबसे उदासीन, आत्मलीन से बैठे थे।

उन चारों ने जाकर पितामह को प्रणाम किया तो पितामह जैसे अपनी समाधि से बाहर आये। दुर्योधन के साथ उन तीनों को भी देख कर उनके मुख पर एक मुस्कान उभरी, किन्तु उस मुस्कान में प्रसन्नता का लेश भी नहीं था।

"तो पूरी चण्डाल चौकड़ी यहीं विद्यमान है।..." किन्तु पितामह के चेहरे पर विनोद का भाव नहीं था।

"आपने मुझे ही बुला लिया होता पितामह!" दुर्योधन उनके कथन की पूरी तरह उपेक्षा कर गया।

"इच्छा तो मेरी भी वही थी," पितामह के स्वर में कटुता छिपी नहीं रही, "किन्तु मैं जानता था कि युवराज को इतना अवकाश ही नहीं होगा कि वह मेरे पास आ सकें। इसलिये स्वयं ही चला आया। स्वयं चले आने का एक कारण और भी था।"

दुर्योधन ने पितामह की ओर देखा।

"कुछ लोगों ने यह मान लिया है कि भीष्म इतना वृद्ध हो गया है कि उसके जीवित रहने और न रहने में कोई अन्तर नहीं है।" पितामह बोले, "मैं चाहता हूँ कि लोग मुझे चलते-फिरते देख लें, ताकि उन्हें ज्ञात हो जाये कि भीष्म अभी जीवित है और समर्थ है। युवराज! मैं अभी रथारूढ़ हो सकता हूँ। धनुष धारण कर सकता हूँ। इतना अभ्यास आज भी करता हूँ कि पूरी की पूरी सेनाओं का मुँह मोड़ सकूँ। मेरा आयुद्ध ज्ञान भी अभी समयातीत नहीं हुआ है। जिन आयुद्धों को पा कर आज के महान योद्धा स्वयं को अजेय समझने लगते हैं, वे अभी भी मेरे लिये खिलौने हैं।..."

"मैं आपका प्रयोजन नहीं समझा पितामह!"

"वही समझाने आया हूँ।" पितामह बोले, "हमारे कुल की कुछ परम्पराएँ हैं। तुम उनमें से एक का साक्षात्कार करके अभी लौटे हो।..."

"कौन-सी परम्परा पितामह!"

"तुम जब द्वैतवन जा रहे थे, मुझे तब भी कुछ अनुमान था कि तुम किसी शोभनीय अभियान पर नहीं जा रहे हो। जो कुछ तुमने वहाँ किया, वह तो लज्जाजनक था ही। फिर भी युधिष्ठिर ने तुम्हारी रक्षा की। क्यों की? क्योंकि कुरुकुल के गौरव के लिये आवश्यक था। यही हमारी परम्परा है कि अपने निजी सुख-दुख की चिन्ता न कर हम अपने कुल की दृष्टि से सोचें। हम उनके वंश के लोगों को अपना मित्र मानें, अपने बंधु। वे तुम्हारे भाई हैं और तुम उनके शत्रु बने हुए हो। अब किसी को भी भ्रम नहीं है कि तुम क्या करना चाहते हो। तुम्हारे वश में होता तो तुम कब का उनका वध कर चुके होते। किन्तु तुम इतने शक्तिशाली नहीं हो। क्षत्रिय का गौरव इसमें नहीं है कि वह स्वयं से निर्बल लोगों का वध करे और स्वयं से शक्तिशाली की चाकरी करे। उसका धर्म है कि धर्म की रक्षा करे। निर्बल को अत्याचारी से बचाये। तुम ऐसा करोगे, ऐसी आशा मुझे नहीं है। किन्तु मैं इतना अवश्य चाहता हूँ कि तुम अपनी रक्षा करो। तुम पाण्डवों का वध नहीं कर सकते। इसलिये, अपनी रक्षा के लिये ही सही, उनसे संधि करो और इस आत्मघाती, परिवारघाती, वंशघाती अभियान को त्याग दो।..."

पितामह ने रुक कर दुर्योधन की ओर देखा। दुर्योधन के मुख पर कहीं लज्जा नहीं थी, केवल विरोध था।

"मैं जानता हूँ कि कौन तुम्हें यह मंत्र देता रहता है। किसके बल पर तुम इतने निर्भीक बने हुए हो। तुम्हारा यह मित्र..." पितामह ने सीधे कर्ण की ओर देखा, "यह सूतपुत्र कर्ण कितना बड़ा वीर है, तुम देख ही चुके हो। डींग हाँकने की प्रतियोगिता में यह सदा प्रथम है, किन्तु युद्ध का अवसर आने पर यह सबसे पहले अपने प्राण ले कर भागता है। इसके भरोसे लड़ना चाहते हो तुम, अर्जुन से? भीम से? धनुर्वेद हो, शौर्य हो अथवा धर्माचरण—किसी भी क्षेत्र में यह उन पाण्डवों का एक चौथाई भी नहीं है। तुम देखोगे, और बार-बार देखोगे कि इससे बड़ा कायर संसार में कोई नहीं है।..."

"आप यहाँ क्या कर्ण की निंदा करने आये हैं पितामह?" दुर्योधन का चेहरा तमतमाया हुआ था।

"नहीं! मैं तो केवल यह कहने आया हूँ कि यदि अपना और अपने कुल का अभ्युदय चाहते हो तो उन महात्मा पाण्डवों से संधि कर लो।...यही हम सबके लिये सर्वश्रेष्ठ मार्ग है..."

सहसा दुर्योधन उठा और कक्ष के बाहर चला गया। उसे जाता देख, शकुनि, दुःशासन और कर्ण भी उसके पीछे-पीछे चले गये।

भीष्म हतप्रभ से बैठे रह गये।...ठीक है कि दुर्योधन ने उनके प्रति कोई अपमानजनक शब्द नहीं कहा था। किन्तु, उनकी अवज्ञा कर इस प्रकार चले

जाना...इससे बढ़कर भी कोई अपमान हो सकता है?...क्या करें वे अपने इस उददण्ड पौत्र का?...कितनी बार लज्जित होंगे वे उसके व्यवहार से?...

काशिका और भानुमति उनसे रुकने का आग्रह करती रहीं; किन्तु उसका क्या लाभ था? जिसे समझाने के लिये वे आये थे, वह तो सुनने को भी प्रस्तुत नहीं था, तो वे और रुक कर अपना कौन-सा सत्कार करवाना चाहते?...

भीष्म अपने भवन की ओर चले, तो उनके मन में अनेक प्रश्न थे।... उनकी अनुभवी आँखें देख रही थीं कि जिस कुरुकुल के हित के लिये उन्होंने अपने सारे सांसारिक अधिकार त्याग दिये थे, उसका अहित उनकी आँखों के सामने उस कुल के लोग ही कर देंगे। दुर्योधन न अपना हित समझता है, न अपने कुल और राज्य का। उपदेश, तर्क, परामर्श, आदेश—कुछ भी तो उस पर कोई प्रभाव नहीं छोड़ता। वह केवल अपना स्वार्थ जानता है। पर क्या स्वार्थ भी जानता है? अपना स्वार्थ तो अपने हित में ही होना चाहिए; किन्तु दुर्योधन के सन्दर्भ में स्पष्ट दिखायी दे रहा है कि वह केवल अपने स्वार्थ को जानता है, अपने हित को नहीं। शायद यही बात धृतराष्ट्र के लिये भी सत्य थी। उसने भी सदा अपना स्वार्थ ही साधा, अपना हित नहीं देखा। स्वार्थ तो मूर्ख होता ही है।...वही मूर्खता यह दुर्योधन कर रहा है। वह कोई और भाषा नहीं समझता; केवल बल की भाषा समझता है। यदि उसे विश्वास हो जाये कि वह पाण्डवों से जीत नहीं सकेगा, तो ही वह उनसे संधि करेगा। किन्तु नहीं! जब उसे विश्वास हो गया था कि वह युद्धक्षेत्र में उनसे जीत नहीं पायेगा, तो उसने द्यूत का जाल रचा था।...और अब तो पाण्डवों का सारा धन उसी के पास था, तो क्या करने गया था वह द्वैतवन में? रोगी मन है एकदम। न तो दूसरों को सुख दे कर सुखी होना जानता है, न दूसरों के साथ सुखी होना। सुखी होना चाहता है, दूसरों को दुख दे कर।...शकुनि तो आरम्भ से ही ऐसा है। जाने सृष्टि वृश्चिक का सृजन क्यों करती है, कि वह अपने मार्ग पर चलते व्यक्ति को दंश मारे और प्रसन्न हो। वैसा ही वृश्चिक है, यह शकुनि! और ऊपर से यह कर्ण आकर मिल गया है इससे, जिसका परम पुरुषार्थ दुर्योधन को पाण्डवों के विरुद्ध भड़काने में है।...

पर भीष्म क्या कर सकते हैं? कोई भी कुलवृद्ध ऐसे समय में क्या कर सकता है? क्या वे बल प्रयोग कर सकते हैं? बल प्रयोग का अर्थ क्या? वे दुर्योधन से राज्य छीनकर युधिष्ठिर को दे दें? पर उससे तो समस्या का समाधान नहीं हो पायेगा। दोनों के पास अपना-अपना राज्य था, तो भी दुर्योधन शान्त नहीं बैठा था। सारा राज्य दुर्योधन के पास है, तो भी वह शान्त नही है। ऐसे में उससे राज्य छीन लिया जायेगा, तो वह शान्त हो कर, निष्क्रिय बैठ जायेगा?

पाण्डवों को पीड़ित करना बन्द कर देगा? क्यों पाण्डवों के पीछे पड़ा है वह? क्या उसे राज्य की भूख है? पर राज्य तो उसके पास है। तो क्या उसको राज्य का मद है? मद ही होता, तो वह स्वयं से शक्तिशाली पाण्डवों से वैर न बढ़ाता। वह तो मात्र ईष्या का रोगी है। जिससे ईष्या करता है, उसको किसी प्रकार शान्त नहीं रहने देगा। वह उनका वध किए बिना किसी प्रकार शान्त नहीं हो सकता। उनका वध कर पाया, तब भी शान्त होगा अथवा नहीं, कहना कठिन है। कौन जाने, तब वह किसी और को अपना आखेट चुन ले।

सम्भवतः पाण्डवों से उसकी शत्रुता का कारण, उसके मन में जमा पाण्डवों का भय है। क्या उसे लगता है कि यदि पाण्डव जीवित रहेंगे, तो उसका राज्य जीत लेंगे। किन्तु यह तो सत्य नहीं है।...यद्यति भीष्म आज भी मानते हैं कि हस्तिनापुर का सारा राज्य युधिष्ठिर का है; फिर भी पाण्डव मात्र खाण्डवप्रस्थ लेकर ही शान्त हो गये थे। तब भी तो दुर्योधन के मन से पाण्डवों का भय समाप्त नहीं हुआ था।...तो भय तो उसके अपने मन का है। ईर्ष्या है तो वह भी उसके अपने मन की है। पर-पीड़न का सुख है, तो वह भी उसके अपने मन का है।...और इन रोगों के रहते, वह तब तक शान्त नहीं हो सकता, जब तक वह पाण्डवों को समाप्त न कर ले।...पर उसे यह स्वतन्त्रता कैसे दी जा सकती है कि वह अपनी रुग्ण मानसिकता के कारण, जिसका जो अहित करना चाहे, कर ले? निर्दोष पाण्डवों को भी तो अपनी रक्षा करने का अधिकार है। अपने सुख को माँगने और पाने का अधिकार है। तो क्या भीष्म उन दोनों को मुक्त छोड़ दें कि वे आपस में ही कौरवों का यह आत्मघाती युद्ध होने दें? तटस्थ भाव से देखते रहें कि यह मूर्ख दुर्योधन, पाण्डवों को नष्ट कर दे, अथवा स्वयं नष्ट हो जाये? वर्षों से वे देखते ही तो आ रहे हैं? उससे तो अच्छा है कि वे ही दुर्योधन के हाथ बाँध दें। किन्तु दुर्योधन कोई बालक तो है नहीं कि वे उसे डपट देंगे और वह मान जायेगा। उसे बाँधने का अर्थ है, उसे उसके सारे अधिकारों से वंचित करना, उसे कारागार में डालना; अथवा उसका वध करना। कर पायेंगे वे यह सब? राजा धृतराष्ट्र के होते हुए, क्या यह सब सम्भव हो पायेगा? यदि वे दुर्योधन के साथ तनिक भी कठोर होना चाहते हैं, तो उन्हें पहले धृतराष्ट्र को उसके सारे अधिकारों से वंचित करना होगा। राज-काज में हस्तक्षेप। सारे अधिकारों को अपने हाथ में लेना होगा। तो उनकी प्रतिज्ञा का क्या होगा? वे अपनी प्रतिज्ञा से स्खलित होना चाहते हैं? यही करना होता, तो वे इसे वर्षों पहले भी कर सकते थे।...नहीं, राज-काज में वे हस्तक्षेप नहीं करेंगे। तो?...

एक पितामह को अपने पौत्र को शिक्षा देने के लिये राज-काज में हस्तक्षेप क्यों करना पड़ेगा? एक कुलवृद्ध को अपने वंश की रक्षा करने के लिये राजकीय अधिकारों की क्या आवश्यकता है? पर पितामह के रूप में, वे दुर्योधन को क्या दण्ड दे सकते हैं? वे उससे चर्चा करना चाहेंगे, तो वह आज के समान उठकर चला जायेगा।...वे वर्षों से देख रहे हैं कि उस पर किसी उपदेश का कोई प्रभाव नहीं होता। अब वे कौन-सा नया तर्क प्रस्तुत कर उसे समझाना चाहते हैं।...उनकी समझ में कुछ नहीं आ रहा। वे तो स्वयं को इतना समर्थ मानते हैं, और अपने परिवार को ही सँभाल नहीं पा रहे।...ऐसा क्या हो जाता है कि पिछली पीढ़ी अपनी ही अगली पीढ़ी के सम्मुख इतनी असमर्थ हो जाती है? यह उनका ही मोह है कि सबके ही साथ ऐसा होता है?

तो क्या वे दुर्योधन का त्याग कर दें? दुर्योधन का त्याग? क्या वे उसे हस्तिनापुर से निष्कासित कर सकते हैं? नहीं! वे उसे निष्कासित नहीं कर सकते, किन्तु स्वयं तो हस्तिनापुर से निष्कासित हो सकते हैं। वे तो हस्तिनापुर को त्याग, कहीं और जा सकते हैं। कहीं भी। किसी वन में। किसी आश्रम में।...किन्तु वह दुर्योधन का त्याग नहीं हुआ। वह तो समस्त कुरुकुल का त्याग हुआ। समस्त कुरुकुल का त्याग, अर्थात् सब कुछ दुर्योधन की इच्छा पर छोड़ देना।...वे यदि आज हस्तिनापुर छोड़ दें, तो वे सुनेंगे कि अगले ही दिन विदुर को हस्तिनापुर से निष्कासित कर दिया गया है। फिर कुन्ती को भी या तो अपने पुत्रों के पास जाना होगा अथवा किसी वन में अपना कुटीर बनाना होगा।...सारी राजसत्ता—सारी सेना, सारा कोष सब कुछ दुर्योधन के अधिकार में होगा। और वह उनका प्रयोग पाण्डवों को नष्ट करने में करेगा। तो वे दुर्योधन का त्याग कर रहे हैं, अथवा उसे संसार से सदवृत्तियों का नाश करने का मनमाना अधिकार दे रहे हैं?

नहीं। भीष्म इतना भाग्यशाली नहीं है कि वह अपनी इच्छा से वन की किसी एकान्त कुटिया में जा बैठे। वह व्यास नहीं हो सकता कि अपनी इच्छानुसार वनों और पर्वतों पर भ्रमण कर सके। वह जीवन का मर्म पाने के लिये साधना नहीं कर सकता। वह सृष्टि के सत्य का अनुसंधान करने के लिये कुरुकुल की राजनीति से मुक्त नहीं हो सकता।...उसे तो हस्तिनापुर में ही रहना होगा, राजयन्त्र पर अधिकार किए बिना, उसे जितना सम्भव हो सके, नियन्त्रित करना होगा। यदि कभी ऐसा अवसर आया कि कुरुकुल के उत्तराधिकारी शस्त्र लेकर आमने-सामने डट जायें, तो बहुत सम्भव है कि भीष्म को उनके शस्त्रों को रोकने के लिये, जा, उनके मध्य खड़ा होना होगा।

दुर्योधन अपने एकान्त कक्ष में आकर बैठ गया। शकुनि और दुःशासन भी चुपचाप उसके साथ आये थे; किन्तु कर्ण के लिये अब शान्त रहना सम्भव नहीं रह गया था। उसने किसी प्रकार उस कक्ष तक आने भर तक तो स्वयं को नियन्त्रण में रखा; किन्तु उसके पश्चात वह स्वयं को रोक नहीं पाया।

"युवराज! इस कुरुकुलाधम दुर्बुद्धि भीष्म द्वारा अपना अपमान मैं और नहीं सह सकता।" कर्ण साक्षात् आक्रोश का रूप धारण कर चुका था, "वह सदा मेरी निन्दा करता है। मुझे अपमानित करता है। वह अप्रशंसनीय की प्रशंसा करने तथा अनिन्दनीय की निन्दा करने का अपराधी है। जाने मुझसे उसे क्या शत्रुता है कि सदा ही मेरा निषेधात्मक आकलन करता है। समझता है कि अर्जुन बहुत वीर है और मैं कायर हूँ, तो अब मैं सिद्ध कर ही देता हूँ कि मैं किस योग्य हूँ।"

दुर्योधन ने उसकी ओर देखा : क्या करना चाहता है कर्ण!

"मुझे सेना दो, वाहन दो, धन दो। जिस पृथ्वी को चार वीर पाण्डवों ने मिलकर जीता था, उस सारी पृथ्वी को मैं अकेला ही तुम्हारे लिये जय करके आऊँगा।" कर्ण बोला, "मैं इस वसुधा का सारा धन-धान्य ला कर तुम्हारे चरणों में डाल दूँगा युवराज! वह दुर्बुद्धि भीष्म अपनी आँखों से मेरा पराक्रम देखे और अपने आपको धिक्कारे।" कर्ण निमिष भर को रुका, "मैं प्रतिज्ञापूर्वक सत्य कहता हूँ; और अपने शस्त्रों का स्पर्श कर शपथ लेता हूँ कि बिना दिग्विजय किये मैं तुम्हारे सम्मुख नहीं आऊँगा।"

कर्ण ने अपना धनुष दायीं भुजा में पकड़ कर उसे अपनी भुजा की पूरी ऊँचाई तक ऊपर उठा दिया।

दुर्योधन के मन में अकस्मात ही बहुत कुछ घटित हो गया। उसने कभी कल्पना भी नहीं की थी कि पितामह के आगमन मात्र से सहसा एक ऐसा महान अवसर स्वयं आकर उसके सम्मुख प्रस्तुत हो जायेगा। दिग्विजय की योजना तो उसके मन में अनेक बार जन्मी थी, किन्तु उसे अपने पास कभी योजना सोधन दिखाई नहीं दिये थे। युधिष्ठिर के भाइयों को उसके लिये दिग्विजय करने के लिये जाते देख, उसके मन में भी यह कल्पना बार-बार जागी थी। उसने परीक्षक दृष्टि से अपने भाइयों को देखा भी था; किन्तु वहाँ ऐसा कोई नहीं था, जिसको वह इतने संकट के कार्य पर भेज देता। भेजने को वह आचार्य द्रोण को भी भेज सकता था...किन्तु उसमें कई बाधायें थीं। आचार्य उसके सेनापति नहीं, गुरु थे। अपनी गुरु दक्षिणा माँगने के समय, वे युद्ध के लिये स्वयं सामने नहीं आये थे। उन्होंने चाहा था कि युद्ध करने का काम उनके शिष्य करें। ऐसे में उनको दिग्विजय का काम कैसे सौंपा जा सकता था।

जब पाण्डवों ने द्रुपद को पराजित कर उनके चरणों में डाल दिया था, तो उस विजय के पुरस्कार स्वरूप आचार्य ने द्रुपद का आधा राज्य स्वयं हस्तगत कर लिया था। ऐसे में यदि उसके कहने से आचार्य दिग्विजय के लिये जाते तो जो भूमि जीतते, उसमें से कितनी दुर्योधन की होती और कितनी वे स्वयं रखना चाहते, इसके विषय में कुछ कहना कठिन था।...कर्ण के विषय में उसने कभी बहुत गम्भीरता से सोचा नहीं था। द्रुपद के साथ हुए उस युद्ध में भी कर्ण का सामना पूरी गम्भीरता से नहीं किया था। गन्धर्वों के साथ युद्ध में भी वह आहत हो कर युद्धक्षेत्र छोड़ भागा था। ऐसे में उसे दिग्विजय के लिये भेजने की बात वह कैसे सोच सकता था।...किन्तु आज वह स्वयं ही यह प्रतिज्ञा कर बैठा है। उसकी क्षमता का परीक्षण करने में कोई हानि नहीं है। वह विजयी रहा तो गन्धर्वों से पराजित होने का कलंक कुछ धुलेगा। थोड़ी सफलता भी कम लाभदायक नहीं होती। और कुछ नहीं तो कर्ण और कौरव सेना का युद्ध का अनुभव ही बढ़ेगा। युद्धाभ्यास ही होगा...

"वीर! मैं धन्य हुआ।" दुर्योधन बोला, "तुम मेरे लिये दिग्विजय की बात सोचते हो, इससे मेरे प्रति तुम्हारा स्नेह ही झलकता है। मेरी ओर से दिग्विजय पर जाने की तुम्हें पूरी स्वतन्त्रता है। सेना, सेवक और वाहन, सब तुम्हारे ही हैं। उन्हें अपनी आवश्यकता की दृष्टि से संगठित करो। उन्हें अभ्यास करवाओ; और अपनी इच्छानुसार प्रयाण करो।"

दुर्योधन के मन से सारी हताशा पूर्णतः धुल चुकी थी।

12

आचार्य द्रोण ने आज बहुत दिनों के पश्चात् अपने अतीत को पलटा था; अन्तर्मुखी हो कर अपने भीतर झाँक कर देखा था।...वे तो जैसे उस सारे काल को ही भूल गये थे। पर उनके भूलने से ही तो किसी काल-खण्ड का अस्तित्व समाप्त नहीं हो जाता। उसमें उत्पन्न हुई परिस्थितियाँ नष्ट नहीं हो जातीं। वे परिस्थितियाँ ही उन्हें स्मरण कराती रहेंगी कि वे कौन हैं; और किन परिस्थितियों में वे किन लोगों के मध्य रह रहे हैं...

हस्तिनापुर में वे आजीविका के लिये आये थे; किन्तु हस्तिनापुर ही क्यों? क्योंकि जीविका उपार्जित करने के साथ-साथ द्रुपद से प्रतिशोध भी लेना था उनको।... तब भीष्म ने उन्हें कुरु राजकुमारों का गुरु नियुक्त किया था। उन राजकुमारों की प्रतिभा, उनकी भक्ति और शक्ति देखकर वे प्रसन्न हो गये थे। उन्होंने स्वयं युद्ध नहीं किया था, द्रुपद से; किन्तु जब अर्जुन और उसके भाई,

द्रुपद को बाँधकर ले आये थे, तो द्रोण को पहली बार अपनी शक्ति का अनुभव हुआ था। उस बोध से ही जैसे उनको मद चढ़ आया था। उन्होंने द्रुपद जैसे शक्तिशाली राजा का आधा राज्य छीन लेने का साहस किया था।

तब से अब तक हस्तिनापुर की राजनीति ने कई करवटें ली थीं। और आचार्य ने हर बार सावधान हो कर उस सत्ता समीकरण को साधा था। युधिष्ठिर का युवराज्याभिषेक हुआ था, तो भी उन्हें बहुत संकट का अनुभव नहीं हुआ था। यद्यपि युधिष्ठिर का चिन्तन उनके बहुत अनुकूल नहीं था; किन्तु युधिष्ठिर उनका शिष्य था। और फिर अर्जुन था वहाँ। अर्जुन के बिना युधिष्ठिर द्रोण का विरोध नहीं कर सकता था। अर्जुन के रहते उन्हें युधिष्ठिर से किसी प्रकार की कोई आशंका नहीं हो सकती थी।...किन्तु जब उनकी समझ में आ गया कि धृतराष्ट्र, युधिष्ठिर को हस्तिनापुर में टिकने नहीं देगा; तो उनके लिये दुर्योधन के निकट हो कर उसे अपने अनुकूल रखना ही, अधिक लाभकारी था। वे भली प्रकार समझते थे कि डूबती नाव में बैठे रहनेवाले लोग नदी के पार नहीं उतरा करते।

दुर्योधन भी अपने सहायकों को ढूँढ़ रहा था। अश्वत्थामा से उसकी मित्रता थी ही। उसे आचार्य द्रोण अपना सम्बल लगने लगे थे...

वारणावत प्रसंग के पश्चात जब पाण्डव हस्तिनापुर लौटे थे, तो वे द्रोण के परम शत्रु द्रुपद के जामाता बन चुके थे। द्रोण ने अपने भाग्य को सराहा था कि उन्होंने समय रहते, दुर्योधन का समर्थन आरम्भ कर दिया था, अन्यथा वे कहीं के भी न रहते। पाण्डव, द्रुपद और द्रोण दोनों का एक साथ न तो समर्थन कर सकते थे, न दोनों से एक साथ सहायता पा सकते थे। और अपने ससुर का पक्ष छोड़ कर पाण्डव अपने आचार्य का समर्थन कैसे कर सकते थे। दूसरी ओर दुर्योधन, पाण्डवों के किसी समर्थक को हस्तिनापुर में टिकने नहीं देता। यदि उन्होंने पाण्डवों का मोह न छोड़ा होता, तो द्रौपदी के राज्य में द्रोण रह नहीं सकते थे, और दुर्योधन उन्हें अपने राज्य में रहने नहीं देता। अच्छा ही हुआ कि उन्होंने वारणावत की घटना से पहले ही अपनी पाली बदल ली थी।...

किन्तु न तो वे अपने मन में दुर्योधन को अर्जुन का स्थान दे पाये, न दुर्योधन ही उन्हें अर्जुन की सी भक्ति दे पाया। अर्जुन उनसे प्यार करता था; और दुर्योधन उनको अपने लिये उपयोगी मानता था। अश्वत्थामा भी, दुर्योधन का वैसा मित्र नहीं हो पाया, जैसा कि उसे हो जाना चाहिए था। दुर्योधन अपने लाभ की दृष्टि से सारी घटनाओं को देख रहा था।...अश्वत्थामा और अर्जुन में न कोई प्रतिस्पर्धा थी, न ईर्ष्या। तो दुर्योधन अर्जुन के वध के लिये, अश्वत्थामा पर कैसे निर्भर रह सकता था। उसे उस कार्य के लिये कर्ण ही अधिक उपयोगी

लगता था। कर्ण की क्षमता किसी भी रूप में अश्वत्थामा से अधिक उपयोगी नहीं थी; किन्तु कर्ण के मन में अर्जुन के प्रति जैसी घृणा थी, वैसी अश्वत्थामा के मन में कैसे हो सकती थी। और दुर्योधन के लिये पाण्डवों के प्रति कर्ण की घृणा, अधिक मूल्यवान थी, कर्ण का धनुष नहीं।

हस्तिनापुर के सत्ता समीकरण में अन्य लोगों के उतार-चढ़ाव से द्रोण को उतना अन्तर नहीं पड़ता था, जितना कर्ण के अभ्युदय से। कर्ण वह व्यक्ति था, जिसे द्रोण ने धनुर्वेद का ज्ञान देना अस्वीकार किया था। उन्होंने कर्ण का तिरस्कार किया था। अब यदि कर्ण दुर्योधन पर अपना प्रभाव जमा लेता है, तो उसका अर्थ है कि सत्ता पर द्रोण के एक विरोधी का प्रभाव। और यह स्थिति हस्तिनापुर में द्रोण के महत्त्व के लिये कभी भी संकटपूर्ण हो सकती थी।...

अश्वत्थामा ने कक्ष में प्रवेश कर पिता को प्रणाम किया।

"क्या समाचार है?"

"यह सत्य है पिताजी! हस्तिनापुर की अधिकांश वाहिनियाँ युद्धाभ्यास कर रही हैं।"

"तुमने सेनापति से पूछा कि यह सब किसकी आज्ञा से हो रहा है?" द्रोण ने प्रश्न किया।

"युवराज की आज्ञा से।"

"कारण?"

"अंगराज महावीर कर्ण दिग्विजय के लिये प्रस्थान करनेवाले हैं।" अश्वत्थामा ने बताया।

द्रोण ने लक्ष्य किया कि अश्वत्थामा ने कर्ण के नाम से पूर्व ये सारे विशेषण सम्मान के कारण नहीं जोड़े थे। वह उसका उपहास कर रहा था।

"हाँ। पाण्डवों ने दिग्विजय की थी तो दुर्योधन उसके बिना कैसे रह सकता था। अब यह राजसूय यज्ञ भी करना चाहेगा।" द्रोण जैसे सशब्द चिन्तन कर रहे थे।

अश्वत्थामा अपने पिता की गम्भीर मुद्रा देखता रहा। कुछ बोला नहीं। वह समझ रहा था कि इन शब्दों में दुर्योधन का समर्थन नहीं था।

"अश्वत्थामा! तुम भी तो दुर्योधन के मित्र हो; किन्तु उसके साथ अधिक समय व्यतीत नहीं करते। उसके मनोरंजन इत्यादि में तुम उसके साथ सम्मिलित नहीं होते। तुम उसके साथ घोषयात्रा पर भी नहीं गये।" द्रोण ने ध्यानपूर्वक अपने पुत्र की ओर देखा, "ऐसे तुम युवराज के प्रिय कैसे हो सकते हो?"

अश्वत्थामा ने अपने पिता की ओर देखा : क्या था वह—मात्र एक जिज्ञासा अथवा कोई लक्ष्य प्रेरित निर्देश? पर द्रोण कदाचित अधिक खुलना नहीं चाह रहे थे। वह उनकी प्रवृत्ति नहीं थी।

"आरम्भ में तो मैं दुर्योधन की ओर बहुत आकृष्ट हुआ था; किन्तु एक ऐसा समय आया जब न कवेल उस आकर्षण का विकास रुक गया, वरन् कुछ ह्रास भी हुआ।..." अश्वत्थामा बोला।

"वही तो जानता चाहता हूँ कि ऐसा क्यों हुआ?" द्रोण बोले, "कर्ण के ही समान तुम्हारी मैत्री भी दिन प्रतिदिन प्रगाढ़ क्यों नही होती गयी?"

"तब शायद नहीं जानता था; किन्तु आज जानता हूँ। वह मेरी बाल्यावस्था थी। मैं युवराज के वैभव और उसकी सत्ता से प्रभावित हो कर उसकी ओर आकृष्ट हुआ था, उसके व्यक्तिगत के गुणों के कारण नहीं।" अश्वत्थामा बोला, "मस्तिष्क के परिपक्व होने पर वैभव मेरे लिये आकर्षण का कारण नहीं रहा; और युवराज तथा उनके मित्रों की गोष्ठियों में कोई ऐसा उदात्त तत्त्व नहीं था, जो मुझे आकृष्ट करता। उनके निकट रहकर कोई अपनी आत्मा का विकास नहीं कर सकता, उसका हनन अवश्य कर सकता है।...और विशेष रूप से उनका यह परमप्रिय मित्र, कर्ण। उसकी उपस्थिति में मुझे ऐसी मलिनता की अनुभूति होने लगती है, कि मेरा मन विद्रोह कर उठता है और किसी न किसी बात पर हमारा विवाद हो उठता है। मेरे लिये कर्ण और दुःशासन—दोनों ही विस्फोटक का कार्य करते हैं।"

अश्वत्थामा ने हँस कर बात को कुछ हल्का करने का प्रयत्न किया।

"तुम ठीक ही कहते हो पुत्र!"

द्रोण ने और अधिक कुछ नहीं कहा। वे फिर से अपने भीतर डूब गये। ...ठीक ही कह रहा था अश्वत्थामा, वे भी तो हस्तिनापुर का वैभव देखकर ही यहाँ आये थे। अपनी दरिद्रता से इतने घबराए हुए थे कि और कुछ देख ही नहीं पाये। अश्वत्थामा बालक था उस समय; किन्तु द्रोण तो बालक नहीं थे। अश्वत्थामा को आज उस मलिनता का आभास हो रहा है, किन्तु द्रोण तो अब तक उस मलिनता के अभ्यस्त हो चुके हैं। उन्हें तो अब वह आभास भी नहीं होता।...किन्तु कर्ण का इस प्रकार दिग्विजय पर जाना...। द्रोण अब मात्र राजगुरु नहीं थे। वे सैनिक प्रशिक्षण तथा सैनिक अभियानों के नियन्त्रण परामर्शदाता थे। उनसे पूछे बिना कर्ण को इतना बड़ा अभियान सौंप देने के पीछे दुर्योधन का अभिप्राय क्या है? क्या सारी सैनिक मंत्रणा दुर्योधन और कर्ण के मध्य ही होगी; और जो कुछ वे दोनों निर्णय कर देंगे, वही राजाज्ञा होगी?...द्रोण के चरणों के नीचे की स्थिर धरती अब उतनी स्थिर नहीं रह गयी थी...

"पुत्र! किसी को भेजो। जाकर रथ तैयार करवाये। मुझे भीष्म से मिलने जाना है।"

भीष्म ने आचार्य का स्वागत बहुत तत्परता से किया था और समारोहपूर्वक उनको ला कर बैठाया था। किन्तु जब दोनों बैठ गये, तो द्रोण को लगा कि इन दो दिनों में ही, भीष्म बहुत वृद्ध हो गये हैं।

"क्या बात है गांगेय! आप कुछ शिथिल दिखायी पड़ रहे हैं।"

"अपनी अवस्था के लिये क्या मैं पर्याप्त स्वस्थ नहीं हूँ।" भीष्म ने हँस कर चर्चा को विनोदपूर्ण बनाने का प्रयत्न किया, "इस अवस्था में, जबकि अधिकांश लोग परलोक गमन करते हैं, मैं रथ संचालन करता हूँ। युद्धाभ्यास करता हूँ। अधुनातन शस्त्रास्त्रों का परिचालन करता हूँ। लोग तो आश्चर्य करते हैं कि इस अवस्था में भी मेरी शारीरिक क्षमताएँ अक्षुण्ण कैसे हैं; और आप मुझे शिथिल बता रहे हैं आचार्य।"

द्रोण भी हँसे, "मैंने यह तो नहीं कहा कि आप किसी और से शिथिल हैं, मैंने तो केवल इतना कहा कि आप अपने आपसे कुछ शिथिल हो गये लगते हैं।"

इस बार भीष्म हँसे नहीं। जैसे उनकी कोई व्यथा उभर आयी थी, "सत्य कहते हैं आचार्य! व्यक्ति शिथिल भी अपने आपसे ही होता है, वृद्ध भी अपने आपसे ही होता है, और पराजित भी होता है तो अपने आपसे ही।"

आचार्य ने देखा : भीष्म निश्चित रूप से व्यथित थे। पर यह वह व्यक्ति था, जो अपनी व्यथा किसी से नहीं कहेगा। आश्चर्य की बात तो यह थी कि उन्होंने स्वयं अपने आपसे शिथिल होने की बात ही कैसे मान ली थी। अन्यथा भीष्म का मन तो जैसे लौह कवच में बंदी था। वहाँ का कोई श्वास निकलकर बाहर नहीं आता था।

"कोई विशेष बात है गंगापुत्र!"

"विशेष तो कुछ भी नहीं है आचार्य! प्रकृति का नियम है कि व्यक्ति अपनी सन्तान से ही हारता है।" भीष्म बोले, "सारा प्रयत्न कर चुका, किन्तु न धृतराष्ट्र को रंच मात्र समझा सका, न दुर्योधन को। अब इन्होंने कुरुकुल के सम्राट युधिष्ठिर के जीवित होते, सूतपुत्र कर्ण को दिग्विजय के लिये जाने का आदेश दिया है। एक कुल के दो सम्राट् होते हैं क्या?"

तो भीष्म भी कर्ण की दिग्विजय के पक्ष में नहीं हैं...द्रोण ने सोचा।

"मैं तो हस्तिनापुर में सैनिक गतिविधियाँ देखकर कुछ चकित था कि यह क्या हो रहा है।" द्रोण धीरे से बोले, "यदि हस्तिनापुर से दिग्विजय जैसा कोई महत्त्वपूर्ण अभियान हो रहा है, तो उसके मार्ग में कहीं मेरा भी घर होना चाहिए। मेरी तो आज तक यही मान्यता रही है कि मैं हस्तिनापुर के सैनिक प्रशिक्षण तथा सैनिक अभियानों का नियन्त्रक हूँ।"

भीष्म वेदना से हँसे, "हमारी मान्यताएँ कुछ पुरानी हो गयी हैं आचार्य! मैं भी आज तक यही समझता रहा हूँ कि मैं दुर्योधन का पितामह हूँ।"

"तो इसमें मिथ्या क्या है?" द्रोण ने कुछ आश्चर्य से पूछा।

"मेरी दृष्टि से तो इसमें कुछ भी मिथ्या नहीं है।" भीष्म ने उत्तर दिया, "किन्तु यदि दुर्योधन से पूछेंगे तो वह बताएगा कि मैं उसका पितामह नहीं हूँ, वह मेरा पितामह है।" भीष्म रुके, "जब दुर्योधन के साथ घोषयात्रा के लिये वाहिनियाँ गयी थीं, तो किसी ने आपसे परामर्श किया था क्या?"

"किन्तु वह तो सैनिक अभियान नहीं था। राजपरिवार की सुरक्षा के लिये कुछ वाहिनियाँ अवश्य साथ गयी थीं।" आचार्य ने कहा, "राजा को अधिकार है कि वह किसी की रक्षा के लिये कुछ सैनिक नियुक्त कर दे।"

"वह सैनिक अभियान नहीं था, तो गन्धर्वों से युद्ध कैसे हो गया? दुर्योधन बंदी कैसे हो गया?" भीष्म बोले, "वैसे यदि आप दुर्योधन अथवा धृतराष्ट्र से इस विषय में प्रश्न करेंगे, तो उनका उत्तर होगा कि राजा और युवराज को किसी से पूछने की क्या आवश्यकता है। मन्त्री को मन्त्रणा का अधिकार तभी है, जब राजा उसकी आवश्यकता समझे।"

"तो फिर मैं किसलिये हूँ?"

"आज्ञाओं का पालन करने के लिये।"

आचार्य स्तब्ध रह गये।

भीष्म हँसे, "आश्चर्य हुआ? पर सत्य यही है आचार्य। मुझ जैसे वृद्ध के मन में आपका सम्मान है कि आप मेरे पौत्रों के आचार्य हैं, किन्तु मेरा पौत्र तो आपको अपना वेतन-भोगी कर्मचारी ही मानता है।" भीष्म ने रुक कर आचार्य को देखा, "वह आपको ही नहीं, मुझे भी अपनी उपयोगिता की कसौटी पर तौलता है। यदि मैं उसके लिये उपयोगी हूँ तो उसका पितामह हूँ, अन्यथा एक अनावश्यक प्राचीन पदार्थ, जो अपनी काल-सीमा का अतिक्रमण करने का अपराध कर रहा है।..."

द्रोण के मन में बड़ी प्रबल प्रतिक्रिया हो रही थी; किन्तु उन्होंने स्वयं को साध रखा था।

"यदि यह सत्य है तो दुर्योधन मुझे कार्यभार से मुक्त ही क्यों नहीं कर देता?"

भीष्म ने उनकी ओर देखा, और बोले, "बड़े भोले हो आचार्य। इतना भी नहीं समझते। कार्यमुक्त तो वह आपको तब करे, जब उसने आपको सचमुच उस कार्य के लिये नियुक्त किया हो। उसने आपको परामर्श लेने के लिये नियुक्त ही नहीं किया। वह तो बस आपकी क्षमताओं का मूल्य चुका

रहा है, ताकि जब आवश्यकता हो, अपने पक्ष में आपका उपयोग कर सके। वस्तुतः उसे परामर्श देने वाले और लोग हैं।—शकुनि और कर्ण। आप और मैं तो उसके उपकरण हैं। वह हमसे परामर्श नहीं माँगता। वह हमें मात्र आदेश देना चाहता है।"

द्रोण को स्वयं अपने आप पर आश्चर्य हो रहा था। उनको भी भीष्म के ही समान विश्लेषण करना चाहिए था; किन्तु जाने क्यों वे इतने दिनों तक यही भ्रम पालते रहे कि वे हस्तिनापुर में राजगुरु के आसन पर विराजमान हैं।...

"आप भी अपने आपको हस्तिनापुर में असहाय पाते हैं कुरु श्रेष्ठ?" एक लम्बे मौन के पश्चात् उन्होंने भीष्म से पूछा।

भीष्म ने तत्काल कोई उत्तर नहीं दिया, जैसे वे अपना उत्तर निश्चित न कर पा रहे हों; और फिर बोले, "मैं भी असहाय हूँ; किन्तु दुर्योधन की सत्ता के सम्मुख नहीं मैं अपने-आपसे विवश हूँ।"

द्रोण का समाधान नहीं हुआ था। वे प्रश्नवाचक दृष्टि से भीष्म की ओर देखते रहे।"

"दुर्योधन ने अपनी ओर से पूर्णतः स्पष्ट कर दिया है कि वह स्वयं पर मेरा कोई नियन्त्रण अथवा अधिकार नहीं मानता है। उसे न मेरी भावनाओं की चिन्ता है, न मेरे आहत मन की। न मेरे मान की, न मेरे अपमान की। वह तो बस अपने ही मार्ग पर ही चलेगा। मैं उसके साथ चलना चाहूँ तो चलूँ। न चलना चाहूँ तो उसका साथ छोड़ दूँ।"

"तो आपने क्या सोचा है?" आचार्य ने पूछा।

"मैंने कहा न! कि मैं अपने मोह के हाथों विवश हूँ।" भीष्म बोले, "छोड़ सकता, तो कब से छोड़ गया होता; किन्तु शायद मैं अब किसी वन में कुटिया बना कर रह सकने के योग्य नहीं रहा।" भीष्म ने रुक कर उनकी ओर देखा, "यह नहीं कि मेरा शरीर कष्ट नहीं सह सकता, अथवा मैं तपस्या नहीं कर सकता। तपस्या तो मैं अब भी कर ही रहा हूँ। दुर्योधन से भी बहुत प्रेम नहीं है मुझे।...किन्तु आचार्य! कुरुकुल के प्रति मेरा मोह नहीं छूटता। मैं इस वंश को इसके भाग्य पर छोड़ कर, तटस्थ और निष्क्रिय नहीं हो सकता। राज्य दुर्योधन का है, किन्तु वंश तो यह मेरा ही है।"

"वंश ही नहीं, राज्य भी आपका ही है कुरु श्रेष्ठ!" आचार्य ने कुछ भावुक हो कर कहा, "आप राजतन्त्र को अपने हाथ में लें। दुर्योधन को दण्डित करें।"

भीष्म मुस्कुराए, "इसलिये तो कह रहा हूँ कि अपने मोह के हाथों विवश हूँ। मैं न उन्हें त्याग सकता हूँ, न दण्डित कर सकता हूँ। मैं तो केवल उनकी रक्षा कर सकता हूँ।"

द्रोण चकित भाव से भीष्म की ओर देखते रहे : यह कैसा समर्थ पुरुष है, जो कर सकता है, करना चाहता है; और फिर भी कुछ करता नहीं।...

"आप सौभाग्यशाली हैं आचार्य! कि आपको अपने भीतर इस संघर्ष का सामना नहीं करना पड़ रहा।" भीष्म बोले, "न तो अपनी सन्तान की उपेक्षा सहना सरल है; न किनारे खड़े हो कर देखना कि वे अपने ही वंश का गौरव कैसे ध्वस्त करते हैं। आत्महंता सन्तानों के साथ जीवित रहना बड़ा कठिन होता है आचार्य!"

द्रोण के मन में झंझावात के समान एक प्रश्न उमड़ रहा था, 'तो मैं क्या करूँ?' किन्तु उन्होंने उस प्रश्न को अपने अधरों पर आने नहीं दिया। जाने भीष्म उनके प्रश्न का कितना भयानक उत्तर दें। फिर उनके लिये कोई विकल्प रहे-न-रहे।

"अच्छा! चलता हूँ गांगेय।" द्रोण उठ खड़े हुए।

"आप किसी विशेष कार्य से आये थे आचार्य?"

द्रोण मुस्कुराए, "अपना घाव दिखाने आया था; किन्तु जान गया कि हस्तिनापुर में एक अकेला मैं ही आहत नहीं हूँ। कुछ लोग मुझसे भी कहीं अधिक भयंकर रूप में क्षत-विक्षत हैं। और आप तो शायद शूल-शैया पर ही सो रहे हैं।..."

भीष्म के अधरों पर शब्द नहीं आये, उनकी आँखों में जल आ गया।

वे दोनों साथ-साथ बाहर आये। द्रोण अपने रथ में बैठे और चले गये। भीष्म खड़े, उन्हें जाते हुए देखते रहे। वे समझ रहे थे कि द्रोण क्यों आये थे। किस बात से आहत थे वे। अपने अधिकारों का हनन किसे अच्छा लगता है। कर्ण को दिये गये इस महत्त्व से आहत थे द्रोण। कर्ण उनका शिष्य नहीं था, बनना चाहता था; किन्तु द्रोण ने उसे अपना शिष्य नहीं बनाया था। उन्होंने एकलव्य को भी शिक्षा देने से इन्कार किया था। लोग कहते हैं कि उन्होंने एक निषाद को अपनी विद्या देनी नहीं चाही थी। पर उन्होंने उसका अंगूठा क्यों ले लिया था? लोग कहते हैं कि उन्हें भय था कि वह उनके प्रिय शिष्य अर्जुन से भी अधिक समर्थ धनुर्धर बन जायेगा। उसकी प्रतिभा को पहचान लिया था आचार्य ने। पर कर्ण को क्यों शिक्षा नहीं दी थी आचार्य ने? वह राजकुमार नहीं था; किन्तु राजकुल के संरक्षण में तो था। सूतपुत्र भी तो क्षत्रिय राजकुमारों के साथ ही शस्त्र शिक्षा पाते हैं। क्या आचार्य ने उसकी भी प्रतिभा पहचान ली थी अथवा उसके शील से परिचित हो चुके थे वे? वे समझ गये थे कि वह गुरु के प्रति समर्पित शिष्य कभी नहीं हो सकता। वह गुरु से झूठ बोल सकता है। गुरु को प्रवंचति कर सकता है।...और आज वही कर्ण दुर्योधन को

अपने गुरु से अधिक महत्त्वपूर्ण लग रहा है। शायद दुर्योधन भी समझता है कि आचार्य उसके प्रति प्रेम के कारण नहीं, द्रुपद के विरोध के कारण हस्तिनापुर में टिके हुए हैं।...आचार्य को इससे बहुत पीड़ा हुई है, किन्तु आचार्य यह नहीं जानते कि दुर्योधन ने भीष्म के साथ कैसा व्यवहार किया है। उन्होंने कर्ण का विरोध किया, इसलिये दुर्योधन ने कर्ण को दिग्विजय का सम्मान दिया।...पता नहीं दुर्योधन ने कर्ण को सम्मान दिया अथवा मात्र भीष्म का अपमान किया।...

13

घर लौटते हुए, मार्ग में आचार्य के मन में केवल एक ही विचार घुमड़ रहा था, क्या भीष्म ने प्रकरान्तर से उन्हें यह संकेत दिया है कि अब हस्तिनापुर में किसी को उनकी आवश्यकता नहीं है? अब यहाँ उनका पहले जैसा सम्मान नहीं होगा? उन्होंने कहा कि वे स्वयं कुरुकुल का मोह नहीं छोड़ सकते, इसलिये बाध्य हैं; अन्यथा शायद वे हस्तिनापुर छोड़ जाते। पर क्या इसका यह अर्थ भी है कि द्रोण के साथ वैसा कोई बन्धन नहीं है, इसलिये द्रोण हस्तिनापुर का त्याग कर, यहाँ से जा सकते हैं? यदि हस्तिनापुर में उनका सम्मान नहीं है, तो वे अब यहाँ क्यों रहें?...

सहसा आचार्य का मन भीष्म से कृपाचार्य तक की दूरी पार कर गया। इन परिस्थितियों में कृप का क्या निर्णय होगा। कृप, भीष्म के मन को बहुत निकटता से जानता है। और उन्होंने सारथि को संकेत किया, "कृप के पास चलो।"

सारथि ने रथ मोड़ा और गुरुकुल के उस क्षेत्र की ओर चल पड़ा, जहाँ कृपाचार्य का आवास था।...द्रोण देख रहे थे कि कृप अब भी एक आरण्यक के ही समान जीवन व्यतीत कर रहे थे। उन्होंने अपनी जीवन-पद्धति को तनिक भी परिवर्तित नहीं किया था। जाने क्यों अपने जीवन में, वैभव का स्पर्श ही नहीं होने दिया था।

कृपाचार्य ने द्रोण को इस प्रकार अचानक अपने द्वार पर देखा तो चकित रह गये, "आचार्य आप!"

द्रोण मुस्कुराये, जैसे वे जानते ही थे कि कृपाचार्य की ऐसी ही प्रतिक्रिया होगी। उन्होंने आसन ग्रहण कर जल पिया और तब बोले, "कृप! तुम्हें हस्तिनापुर में रहते कितने वर्ष हो गये?"

कृपाचार्य हँस पड़े, "मैंने तो अपनी आँखें ही हस्तिनापुर में खोली हैं आचार्य! मुझे तो स्मरण भी नहीं कि महाराज शान्तनु कब और कहाँ से मुझे और कृपी को लाये थे। हमारे जनक शरद्वान ऋषि बाद में आकर मिले थे। उन्होंने मुझे धनुर्वेद की शिक्षा भी दी थी। किन्तु पालन-पोषण का सारा काम तो महाराज शान्तनु ने ही किया; और उनके पश्चात् गंगा-पुत्र भीष्म ने।"

"ओह! हाँ! इस ओर मेरा ध्यान ही नहीं गया। तुम्हारी स्थिति मुझसे कुछ भिन्न है।" आचार्य बोले, "तुम तो हस्तिनापुर के राजपरिवार के ही अंग हो।"

"आप नहीं हैं?" कृपाचार्य ने सहज भाव से पूछा।

"नहीं। मैं राजतन्त्र का अंग हूँ। राज परिवार का नहीं।"

"दोनों में व्यावहारिक अन्तर क्या है आचार्य!"

"परिवार में सबसे सम्बन्ध स्थिर रहते हैं, जबकि राजतन्त्र में समीकरण बदलते रहते हैं।" द्रोण बोले, "मुझे देखना होगा कि किस समय हस्तिनापुर के राजतन्त्र का मेरे प्रति क्या दृष्टिकोण है।"

"आप ठीक ही कह रहे हैं; किन्तु माता-पिता और गुरु अपनी सन्तान तथा अपने शिष्यों के प्रति अपने कर्तव्य का पालन कर चुकने के पश्चात शासन की चाकरी के समान अवकाश तो ग्रहण नहीं कर लेते। उनका सम्मान चन्द्रमा की कलाओं के समान घट-बढ़ कैसे सकता है। हमने जब आवश्यक था, राजकुमारों को शिक्षा दी और अब भी कुलवृद्धों के समान अपना जीवन व्यतीत कर रहे हैं। इसमें शासन तन्त्र को क्या करना है। आज यदि दुर्योधन अपने पुत्र-पौत्रों के लिये किसी नये गुरु की नियुक्ति करना चाहता है, तो मुझे क्या आपत्ति हो सकती है। मैंने दुर्योधन को शिक्षा दी है। आवश्यक तो नहीं कि मैं उसकी सन्तान को भी शिक्षा दूँ। मैं उसकी सन्तान को शिक्षा देने का कार्य नहीं करूँगा, तो भी मैं राजगुरु ही रहूँगा, क्योंकि मैंने दुर्योधन को शिक्षा दी है।"

द्रोण ने उनकी ओर इस प्रकार देखा, जैसे कृप ने कोई घोर मूर्खता की बात कही हो, "तुम समझते हो कि तुम अब भी राजगुरु हो?"

"और मैं हो ही क्या सकता हूँ।" कृपाचार्य हँस रहे थे।

"तो तुम्हें आग्रह करना चाहिए कि गुरुकुल में तुम्हारा पहले के समान महत्त्व भी रहे। दुर्योधन और उसके भाइयों के पुत्र तुमसे उसी प्रकार शिक्षा ग्रहण करें, जैसे स्वयं दुर्योधन और उसके भाइयों ने ग्रहण की थी।"

कृपाचार्य उन्मुक्त कण्ठ से हँसे, "क्यों? क्यों मुझे उससे अवकाश नहीं चाहिए? क्या जीवन में मुझे और कुछ नहीं करना है? मेरा जन्म क्या कुरुकुल के राजकुमारों को शस्त्र-शिक्षा देने के लिये ही हुआ है?"

"और क्या करना चाहते हो तुम?" द्रोण कुछ चकित थे।

"कुछ अपना विकास भी करना है आचार्य।" कृप बोले, "आजीवन कुरु राजकुमारों को शस्त्रविद्या ही देता रहूँगा; तो अपना जीवन कब जिऊँगा? अपने आपसे कब मिलूँगा? अपने आपको कब पहचानूँगा?"

द्रोण उन्हें ऐसी दृष्टि से देख रहे थे, जैसे सोच रहे हों कि इस मूर्ख को कुछ समझायें या न ही समझायें। अन्ततः उन्होंने उसे समझाने का ही निर्णय किया, "तुम समझते भी हो कि क्या रहे हो?"

कृपाचार्य ने उनकी बात को बहुत गम्भीरता से नहीं लिया। बोले, "अपने आपको समझने का ही तो प्रयत्न कर रहा हूँ।"

"अपने आपको समझने के लिये बहुत समय पड़ा है। अभी तो तुम दुर्योधन को समझने का प्रयत्न करो।" द्रोण बोले, "कभी तुमने ध्यान भी दिया है कि हस्तिनापुर में क्या हो रहा है?"

"हस्तिनापुर में कुछ विशेष घटित हो रहा है क्या?" कृप बोले, "वैसे सत्य तो यह है आचार्य! कि मेरी इस बात में भी कोई विशेष रुचि नहीं है कि हस्तिनापुर का क्या हो रहा है।"

"क्यों? तुम्हारी इसमें भी रुचि नहीं है कि दुर्योधन किन लोगों को महत्त्व दे रहा है और किन लोगों का अवमूल्यन कर रहा है?"

"यदि मेरा ध्यान दुर्योधन की ओर लगा रहेगा आचार्य! तो फिर मैं अपनी ओर कब देख पाऊँगा।" कृपाचार्य बोले, "सत्य तो यह है कि मेरी समझ में आ गया है कि जो महत्त्व दुर्योधन किसी को देता है, अथवा दे सकता है; उस महत्त्व का कोई वास्तविक महत्त्व ही नहीं है। वास्तविक महत्त्व तो कुछ और है; जिसकी उपलब्धि के लिये हमें यह जीवन मिला है।"

"तुम साधना की चर्चा कर रहे हो कृप! किन्तु साधना करने से कोई तुम्हें रोक तो नहीं रहा। गुरुकुल में काम ही कितना होता है। उसमें समय ही कितना लगता है। चाहो तो वह काम भी अपने किसी अधीनस्थ कर्मचारी को सौंप दो; और उन्मुक्त हो कर अपनी साधना करते रहो।..."

कृपाचार्य को लगा कि उनके मन में आचार्य द्रोण के विरुद्ध एक गम्भीर असन्तोष उठ रहा है। आचार्य से उन्हें ऐसी आशा नहीं थी। वे तो इस प्रकार कह रहे थे, जैसे कृप वर्तमान से कुछ अधिक सांसारिक वैभव और महत्त्व प्राप्त करने का प्रयत्न कर रहे हों। व्यक्ति अपना सारा समय और ध्यान संसार की ओर लगाये रहेगा, तो आत्म को कब देख पायेगा। कृप क्या कहना चाह रहे हैं और आचार्य उन्हें क्या समझाना चाह रहे हैं। जिस महत्त्व को कृप निःसार मान कर छोड़ रहे हैं, द्रोण उन्हें उसी के पीछे भागने का परामर्श दे रहे हैं।

"आचार्य! साधना का तो प्रथम चरण ही है, इस सारे मायाचक्र की नश्वरता को समझ कर उससे मुक्त होने का प्रयत्न करना, तो फिर उन महत्त्वों से चिपके रह कर कैसे होगी?"

द्रोण के लिये अब स्वयं को शान्त रखना असम्भव हो गया। कुछ आवेश में बोले, "तुम तो मुझे कुछ इस प्रकार समझा रहे हो, जैसे मैंने कभी साधना ही न की हो। बहुत तपस्या की है मैंने भी। तुमने तो अपनी आँखें ही राजाश्रय में खोली हैं; पर मैंने निर्धनता में जन्म लिया है। अभावों में पला हूँ मैं। मैं जानता हूँ कि अपरिग्रह का जीवन क्या होता है। भिक्षा पर जीने का अर्थ क्या होता है। मेरी उस साधना का ही परिणाम था कि अश्वत्थामा को कृपी ने दूध के स्थान पर आटा घोल कर पिलाया था।...तुम मुझे समझाना चाह रहे हो कि साधना क्या होती है और तपस्या किसे कहते हैं।"

द्रोण के दर्प से परिचित थे कृपाचार्य। बात बढ़ाने का कोई लाभ भी नहीं था। द्रोण को अपने जीवन का जो मार्ग चुनना था, वे चुन चुके थे। जीवन के सम्बन्ध में वे अपनी धारणायें बना चुके थे। और द्रोणाचार्य से शास्त्रार्थ कर कृप को करना भी क्या था। वे अपना मार्ग टटोल रहे थे; दूसरों को अपने मार्ग पर ले चलने का प्रयत्न नहीं कर रहे थे...वैसे कहने को उनके मन में बहुत कुछ था। वह कहना चाहते थे कि अर्जित करने का समय था, तब तो आचार्य समाधि लगा कर बैठ गये थे, इसलिये उनकी पत्नी को पुत्र के लिये आटा घोल कर दूध बनाना पड़ा था; और अब, जब उनके पास वह सारा कुछ था, जो आवश्यक था तो वे वैभव और महत्त्व की मृगमरीचिका के पीछे भाग रहे थे।...पर यह सब उन्होंने कहा नहीं।

"नहीं! मैं ऐसा कोई प्रयत्न नहीं कर रहा।" कृपाचार्य बोले, "शायद मेरी भौतिक महत्त्वाकांक्षायें ही नहीं, भौतिक आवश्यकतायें भी बहुत कम हैं।..."

"कम ही सही, पर हैं तो।" द्रोण ने कृप की बात मध्य में ही काट दी, "कल जब दुर्योधन तुम्हें इस गुरुकुल से बाहर निकाल देगा, तुम्हारे पास न यह स्थान रहेगा, न यह गोधन होगा, न सेवा के लिये ब्रह्मचारी और गुरुकुल के सेवक, तब क्या करोगे तुम?"

"वैसे तो ऐसे समय के लिये ईश्वर के बनाये हुए इतने वन हैं कि मैं कहीं भी कुटिया बना सकता हूँ, वृक्षों के फल खा सकता हूँ, सरिता का जल पी सकता हूँ; किन्तु दुर्योधन मुझे यहाँ से निकालेगा ही क्यों?" कृपाचार्य ने सहज भाव से पूछा।

"दुर्योधन स्वयं चाहे न भी निकाले; किन्तु उसके ऐसे परामर्शदाता हैं, जो उससे ऐसे काम करवा सकते हैं।" द्रोण बोले, "इसलिये हमें ध्यान रखना होगा कि हस्तिनापुर में ऐसे लोग महत्त्वपूर्ण न हों, जो हमारे विरोधी हैं।"

कृपाचार्य की इच्छा हुई कि वे सशब्द हँस पड़ें; किन्तु वे जानते थे कि द्रोण उससे रुष्ट हो सकते हैं।

"क्यों! तुम मुझसे सहमत नहीं हो कृपाचार्य?"

"मैं नहीं जानता कि आपके मन में क्या है।" कृप बोले, "किन्तु मुझे लगता है कि मैंने, आपने तथा कुरुश्रेष्ठ भीष्म ने उस समय सक्रियता नहीं दिखायी, जब हमारे वास्तविक शुभचिन्तक हस्तिनापुर से निष्कासित किए जा रहे थे। यदि हमने युधिष्ठिर के साथ हुए व्यवहार का विरोध किया होता, और उन्हें हस्तिनापुर में उनका वास्तविक अधिकार दिलाया होता, तो आज हमें किसी भी प्रकार की चिन्ता करने की आवश्यकता नहीं होती।"

"जो कुछ हमने किया, उसके भी कुछ कारण थे कृपाचार्य!" द्रोण का स्वर उत्तेजित था।

"कारण तो थे ही।" कृप बोले, "अब मुझे कोई कारण नहीं दिखता, जिसके लिये मैं इन चिन्ताओं को पालूँ। मुझे लगता है आचार्य! मैं कुरुकुल की पर्याप्त चाकरी कर चुका। अब मुझे उसकी आवश्यकता नहीं है। यदि वे मुझे शान्ति से यहाँ रहने देंगे, तो ठीक है, अन्यथा मैं कहीं और चला जाऊँगा। अब मेरी अवस्था ग्रहण की नहीं, त्याग की है। व्यक्ति यह तो जानता है कि उसे कब क्या चाहिए, उसे यह भी ज्ञात होना चाहिए कि कब उसके लिये क्या अनावश्यक हो गया है। उसे आवश्यक का ग्रहण आता है, तो उसे अनावश्यक का त्याग भी आना चाहिए।...तेन त्यक्तेन भुंजीथा :..."

"मुझे शास्त्र मत पढ़ाओ।" द्रोण का स्वर कुछ अशिष्ट को चला था, "त्यागोगे क्या, यदि कुछ ग्रहण ही नहीं करोगे।" सहसा उन्होंने अपने स्वर की कठोरता को पहचाना और जैसे स्वयं को बलात शान्त किया, "त्याग तो किसी भी क्षण किया जा सकता है, स्वेच्छा से किया जा सकता है; किन्तु उपलब्धि सदा अपनी इच्छा के क्षण में नहीं होती। इसलिये कह रहा हूँ कि हस्तिनापुर में प्रतिकूल होती हुई परिस्थितियों को पहचानो। इससे पहले कि सब कुछ हमारे विरुद्ध हो जाये, हमें इतना तो संचित कर ही लेना चाहिए कि बाद में पश्चात्ताप न करना पड़े। जिस वृक्ष के नीचे तुम बैठे हो, वह फलों से लदा हुआ है। उसकी छाया को छोड़ने से पहले, उससे प्राप्त हो सकने वाले फलों की एक गठरी तो बाँध लो।"

कृपाचार्य का मन हुआ कि वे भी अपना पक्ष आचार्य के सम्मुख रख ही दें, "संसार में सब ही किसी न किसी प्रकार के फल के वृक्ष के नीचे बैठे हैं। और सब ही जानते हैं कि उन्हें उसके नीचे से उठना ही है। स्वयं नहीं भी उठना चाहेंगे, तो उठा दिये जायेंगे। मुझे लगता है आचार्य! कि संसार

में दो प्रकार के जीव होते हैं। पहली प्रकार के वे, जो उस वृक्ष के नीचे से उठने के पूर्व उसके सारे फल झाड़ कर अपनी गठरी में बाँध लेना चाहते हैं। दूसरे वर्ग के वे लोग हैं, जो अपनी आवश्यकता भर ही लेते हैं और उठ जाते हैं, चाहे उस समय वृक्ष फलों से लदा हुआ ही क्यों न हो और पवन उसको पूरे वेग से झकझोर ही क्यों न रहा हो।...मुझे अब यह अनुभूति होने लगी है कि मेरी आवश्यकता भर का मेरे पास हो गया है, तो मैं व्यर्थ ही उस वृक्ष के नीचे बैठे रहना और झंझावात की धूल से मलिन होना अथवा वर्षा की बौछार से भीग कर अस्वस्थ होना पसन्द नहीं करता। मुझे न तो औरों की तुलना में अधिक चाहिए, न अधिकतम चाहिए। मुझे तो अपनी आवश्यकता भर चाहिए।"

द्रोणाचार्य ने कृप पर एक हताश दृष्टि डाली, "तुम्हें कुछ समझाने का प्रयत्न करना व्यर्थ है। अपनी बहन के ही समान हठी हो। जो व्यक्ति अपना लाभ ही नहीं समझता..."

कृपाचार्य ने पहली बार द्रोण की बात बीच में ही काट दी, "अपनी बहन के समान नहीं हूँगा तो किसके समान हूँगा। उसका भाई जो ठहरा। और आचार्य! अन्तर तो लाभ की अवधारणा का है। हम अपना लाभ किसे मानें? जब आप हस्तिनापुर आये थे, तो मैं अपना लाभ किसे मानता? यदि मैं यह मानता कि कुरुकुल के राजाओं से मुझे अधिकतम धन, मान और अधिकार प्राप्त करना है, तो मेरा प्रयत्न होता कि आप हस्तिनापुर में टिक भी न पायें; क्योंकि आपको जो कुछ भी मिलेगा, वह मेरे अंश में से ही तो मिलेगा; किन्तु मैं समझता था कि मेरी आवश्यकतानुसार मुझे मिलता ही रहेगा। आप यहाँ भी रहेंगे, तो भी मैं उतना ही ग्रहण कर पाऊँगा, जितनी मेरी क्षमता है। अधिक से तो मुझे अजीर्ण ही होगा।...और यदि आप यहीं रहते हैं, तो मेरे शिष्यों को आपके ज्ञान का लाभ होगा। कुरुओं को एक योग्य आचार्य और गुरु मिलेंगे। मेरी बहन मेरे पास रहेगी। अश्वत्थामा सदा मेरी आँखों के सामने रहेगा। और वह अवस्था, तो मेरे ग्रहण की अवस्था थी। आज तो मैं उस अवस्था में पहुँच गया हूँ, जब त्याग की तैयारी करनी है। अब तो समय आ गया है कि अपना सब कुछ किसी को दे डालूँ। अपना धन दे दूँ, अपना ज्ञान दे दूँ, आवश्यकता हो तो अपने प्राण दे दूँ।"

"अपने प्राण दे सकते हो?" द्रोणाचार्य ने कठोर दृष्टि से कृप की ओर देखा।

कृपाचार्य को द्रोण की वह मुद्रा स्मरण हो आयी, जब उन्होंने एकलव्य से उसका अंगूठा माँग लिया था। कृप का मन क्षण भर के लिये अस्थिर हो

उठा; किन्तु उन्होंने स्वयं को नियन्त्रित किया, "हाँ। किसी का कोई काम मेरे प्राणों से ही बनता हो, तो अपने प्राण भी दे सकता हूँ। आपको चाहिए?"

द्रोण का मन हिल गया। कृपाचार्य का यह रूप तो उन्होंने पहले कभी नहीं देखा था। बोले, "नहीं! अभी नहीं चाहिए। किन्तु ध्यान रहे कि तुम्हारे प्राण अब मेरी धरोधर हैं। मैंने तुमसे माँग लिये हैं। मुझे अपने लिये नहीं चाहिए तुम्हारे प्राण; किन्तु मेरे न रहने पर अश्वत्थामा को तुम्हारे प्राण की आवश्यकता पड़ सकती है। ध्यान रहे कि तुम्हें सदा अश्वत्थामा का ध्यान रखना है। तुम्हें और कुछ न मिलने का भय नहीं है कृप! किन्तु मेरे मन में मेरा सब कुछ छिन जाने का भय भी समाया हुआ है। इसलिये ध्यान आता है कि कहीं फिर से अश्वत्थामा को किसी दिन गोरस के स्थान पर आटा घोल कर न पीना पड़े। मैंने जब कर्ण का तिरस्कार किया था, तब हस्तिनापुर में राज्य चाहे धृतराष्ट्र का था, किन्तु सत्ता भीष्म के हाथों में थी। आज भी राज्य चाहे धृतराष्ट्र का ही है, किन्तु सत्ता दुर्योधन के हाथों में है।"

"तो क्या हुआ आचार्य! दुर्योधन आपका शिष्य है। वह आपका सम्मान करता है। प्रेम करता हो न करता हो; किन्तु वह आपका महत्त्व समझता है। वह आपका अनादर नहीं करेगा।..."

"मैं दुर्योधन से भयभीत नहीं हूँ कृप! मैं आशंकित हूँ, दुर्योधन पर पड़ने वाली कर्ण की छाया से।" द्रोण बोले, "और तुम जानते ही हो कि कर्ण न तो मेरा शिष्य है, न वह मेरा सम्मान करता है। अवसर मिलते ही वह मेरा, अश्वत्थामा का अहित कर सकता है। प्रतिशोध उसके जीवन का मूल मन्त्र है। उसमें उदारता नाम मात्र को भी नहीं है। ऐसे समय के लिये मैं चाहता हूँ कि हमें समर्थ बने रहना है और आत्मरक्षा के लिये सन्नद्ध भी।"

"आप उसकी दिग्विजय के समाचार से तो आशंकित नहीं हो उठे हैं आचार्य?"

"तुम्हें उसकी सूचना है?" द्रोण चकित थे।

"हाँ! आज हस्तिनापुर में कौन नहीं जानता कि दुर्योधन अपनी दिग्विजय के लिये कर्ण को भेज रहा है।" कृपाचार्य शान्त मन से बोले, "पर दुर्योधन को ऐसी भूल करना नहीं चाहिए थी।"

द्रोण ने प्रश्न वाचक दृष्टि से उनकी ओर देखा।

कृपाचार्य के मुख पर कुछ विनोदी भाव उभरा, "युद्ध की स्थिति में कहीं वह अपनी सेना को छोड़ कर भाग गया तो?"

आचार्य द्रोण की इच्छा हुई कि वे भी कृपाचार्य के साथ अट्टहास करें; किन्तु वे अपनी उत्तेजित मानसिकता में, बस मुस्कुरा भर ही सके।

"उसके युद्धों के इतिहास में पलायन का अंश बहुत अधिक है।" कृपाचार्य बोले, "किन्तु वह जय प्राप्त करे न करें, उसके दूत दुर्योधन के पास आ-आकर नित नयी विजयों की सूचना देते रहेंगे।"

"तुम समझते हो कि ऐसा भी सम्भव है?"

"सम्भव! मुझे इसी की अधिक अपेक्षा है।" कृपाचार्य बोले।

आचार्य द्रोण थोड़ी देर तक मौन बैठे रहे और फिर जैसे किसी निश्चय पर पहुँचकर उन्होंने पूछा, "यदि ऐसी ही बात है कृप! तो दुर्योधन ने कर्ण को ही क्यों भेजा, दिग्विजय के लिये? वह किसी और को भी तो भेज सकता था। इसका अर्थ तो यह हुआ कि दुर्योधन को कर्ण के सामर्थ्य पर पूर्ण विश्वास है।"

"इस बात पर मुझे भी कुछ आश्चर्य है।" कृपाचार्य ने कहा, "किन्तु एक बात और भी मेरे ध्यान में आती है।...आपने दुर्योधन के प्रायोपवेशन की कथा सुनी होगी। आजकल वह हस्तिनापुर की प्रत्येक वीथि में दुहरायी जा रही है।"

"सुनी है, मैंने भी।" द्रोण बोले।

"शायद उस कथा ने ही दुर्योधन को यह विश्वास दिलाया है कि केवल कर्ण ही उसका मित्र हो सकता है, क्योंकि दुर्योधन असद् शक्तियों का सेनापति है और कर्ण में भौमासुर की प्रेतात्मा है।" कृपाचार्य बोले, "और कर्ण के सामर्थ्य पर उसके विश्वास का भी यही कारण है। वस्तुतः वह कर्ण पर नहीं, भौमासुर पर विश्वास करता है।"

"कैसा मूर्ख है यह दुर्योधन, कथाओं का विश्वास करके भी कभी कोई युद्ध जीता है।"

कृपाचार्य कुछ नहीं बोले।

"इतना कुछ जानते बूझते भी तुम हस्तिनापुर की परिस्थितियों को अपने अनुकूल बनाना नहीं चाहते?"

कृपाचार्य हँस पड़े, "इन परिस्थितियों को अपने अनुकूल बनाने का अर्थ है, दुर्योधन का सेनापति बनना। वह मेरी महत्त्वाकांक्षा नहीं है आचार्य! मैं अब कोई पद नहीं लेना चाहता। मैं तो बस अपना शेष जीवन केवल कृप हो कर जी लेना चाहता हूँ।"

द्रोण कुछ झल्ला गये, "केवल कृप हो कर जीने का क्या अर्थ है?"

"जिस समय जो मेरा धर्म होगा, वह कर्म तो करूँगा। उससे अधिक कुछ पाने की कोई कामना नहीं है। न कुछ खो जाने का भय है।" कृपाचार्य ने कहा, "मैं तो चाहूँगा कि मैं अन्तर्मुखी हो कर अपनी आत्मा के आदेश पर चलूँ। किसी राजा के आदेशों का पालन कर अपना महत्त्व बढ़ाने की कामना नहीं है मुझको।"

द्रोण न केवल कृपाचार्य से सहमत नहीं हो पा रहे थे, उन्हें क्रोध भी आ रहा था; किन्तु कृप उनके शिष्य नहीं थे कि द्रोण उनको किसी प्रकार का आदेश दे सकते। वे उठ खड़े हुए।

"मुझे मालूम नहीं है कृप! कि तुम किस लोभ में इस प्रकार का व्यवहार कर रहे हो।" द्रोण बोले, "किन्तु मैं समझता हूँ कि यह चिन्तन तुम्हारा कोई हित नहीं साधेगा। आज तुम मेरी बात नहीं मान रहे हो, किन्तु मुझे पूरा विश्वास है कि तुम इसके लिये पछताओगे।"

कृपाचार्य ने कोई उत्तर नहीं दिया। किन्तु एक प्रश्न उसके मन में देर तक गूँजता रहा : पता नहीं लोग क्यों यह मान लेते हैं, कि उनकी जीवन-शैली ही संसार की एक मात्र जीवन-शैली है। क्या कोई किसी से भिन्न हो ही नहीं सकता?

14

दुर्योधन ने, कर्ण को एक चक्रवर्ती सम्राट का सा सम्मान देते हुए, दिग्विजय के लिये विदा किया था। इतनी धूमधाम से कदाचित ही कभी किसी सेना ने हस्तिनापुर से विजय के लिये प्रयाण किया हो। जाते-जाते दुर्योधन ने कर्ण को अपने वक्ष में भींचते हुए कहा, "युधिष्ठिर के लिये, जो कुछ उसके चारों भाई और कृष्ण मिल कर हैं, मेरे लिये वह अकेले तुम हो।"

कर्ण का मन उस समय किसी ऐसे बालक के समान प्रफुल्लित था, जिसे अपने मुहल्ले में सदा धिक्कार मिलता रहा हो, और आज उसे अपने विद्यालय के उत्सव में कोई महत्त्वपूर्ण पुरस्कार मिल रहा हो। उसकी आँखें पूरी व्याकुलता से उस सारे उपस्थित समुदाय में चारों ओर ढूँढती हैं कि उसके मुहल्लेवालों में से वहाँ कोई उपस्थित है अथवा नहीं। कोई देखने वाला है कि नहीं कि जिसे आज तक उन्होंने दुत्कारा है, वह कितना महिमावान व्यक्ति है।... कर्ण की इच्छा हो रही थी कि कहीं इस समय पाण्डव यहाँ उपस्थित होते। वह अहंकारिणी द्रुपदपुत्री कृष्णा यहाँ होती और अपने उन बड़े-बड़े नेत्रों से स्वयं देखती कि कर्ण क्या है। पाण्डवों के मित्र कृष्ण देखते कि कर्ण किस शोभा और सम्मान के साथ, किस गौरव और अधिकार के साथ, दिग्विजय के लिये, अपनी इस यात्रा पर जा रहा है।...आचार्य द्रोण ही यहाँ आ जाते। कुरुवृद्ध भीष्म ही देखते कि कर्ण का महत्त्व क्या है।...किन्तु उनमें से कोई भी नही था वहाँ। केवल दुर्योधन ही था, उसे विदा करने के लिये; या फिर दुर्योधन के मित्र और कर्मचारी थे। कोई राजकीय तन्त्र किसी को जितना सम्मान दे सकता था, उतना कर्ण को प्राप्त हो रहा था।

कर्ण सोच रहा था...दुर्योधन ने उसके लिये बहुत कुछ किया था; किन्तु उसके लिये एक रंगभूमि का निर्माण वह भी कभी नहीं करवा पाया। रंगभूमि तो शायद बन भी जाती, किन्तु वह परिवेश कहाँ से आता...सारा कुरुकुल, सारे कुरुवृद्ध, उल्लसित प्रजा, सेनाएँ और मन्त्रिमण्डल मानो लगता था सारा ब्रह्मण्ड वहाँ एकत्रित हो।...सब ने कुरु राजकुमारों का शस्त्र-कौशल देखा था और उन्हें सराहा था। एक अभागा कर्ण ही था, जिसे अपनी विद्या का प्रदर्शन करने का अवसर नहीं मिला।...उससे भूल इतनी ही हुई थी कि उसने यह नहीं कहा था कि वह भी अपना शस्त्र-कौशल दिखाना चाहता है। जाने कैसा मद चढ़ गया था उसके मस्तक पर कि वह ललकार कर एक ही बात कह रहा था कि अर्जुन ने ऐसा क्या महत्त्वपूर्ण कर दिखाया था, जो वह नहीं कर सकता था; और फिर उसने अर्जुन से द्वन्द्व युद्ध की इच्छा ही प्रकट नहीं की, उसकी माँग रखी थी। रंगभूमि में उस दिन किसी ने किसी से द्वन्द्व युद्ध नहीं किया था, तो उसे ही द्वन्द्व का अवसर कैसे दे दिया जाता।...यह बात तो बहुत बाद में उसकी समझ में आयी थी कि वहाँ अर्जुन का शस्त्र-कौशल प्रदर्शित नहीं हो रहा था। वहाँ तो गुरु द्रोण का शस्त्र-ज्ञान प्रदर्शित हो रहा था। वहाँ सारे हस्तिनापुर को एकत्रित कर यह दिखाया जा रहा था, कि आचार्य ने कुरु राजकुमारों को क्या-क्या सिखा दिया है। वह आचार्य के यश का प्रसार नहीं कर सकता था, तो फिर उसे क्यों अवसर दिया जाता, अपनी योग्यता प्रदर्शित करने का। वह समझ रहा था कि वह अपनी योग्यता के प्रदर्शन का अवसर माँग रहा था; और माँग रहा था वह, अर्जुन से द्वन्द्व का अवसर। द्वन्द्व युद्ध, जिसमें दो योद्धाओं में से एक की मृत्यु निश्चित् होती है। कैसी विरोधी बातें थीं। शायद उसकी माँगने की शैली ही ऐसी थी जो उसका आशय कभी भी ठीक-ठीक प्रकट नहीं कर पाती थी।

उसके मन में एक अन्य दृश्य भी उभर रहा था...यह गंगा तट पर कांपिल्य नगर था। द्रौपदी के स्वयंवर का अवसर था। कर्ण ने अपने जीवन में तब तक शायद वैसा कोई समारोह नहीं देखा था।...जैसे सारा संसार उमड़ आया था वहाँ। पूर्व से जरासन्ध भी आया था वहाँ; और पश्चिम से यादव भी।...कर्ण चाहता था कि उस समारोह में वह भी अपना कौशल दिखाए। ईश्वर की बनाई हुई यह सारी सृष्टि देखे कि कर्ण क्या कर सकता है।...पर पांचाली ने पुकारकर कह दिया कि वह सूतपुत्र से विवाह नहीं करेगी। वह वीर्यशुल्का का स्वयंवर था। अपनी वीरता प्रमाणित करने के लिये प्रत्याशियों को एक अद्‌भुत प्रतिज्ञा पूरी करनी थी; और स्वयंवर होने के कारण सब कुछ पांचाली की इच्छा पर निर्भर भी था।...पांचाली ने उसे शक्ति-परीक्षण की अनुमति ही नहीं दी थी।...

उस दिन भी उसका मन हुआ था कि वह पुकार कर कहे, "मत करना मुझसे विवाह राजकुमारी! किन्तु मुझे अपने कौशल का प्रदर्शन तो कर लेने दो। मैं प्रतियोगी नहीं हूँ। प्रतिद्वन्द्वी भी नहीं हूँ किसी का। यदि मैंने प्रतिज्ञा पूरी कर ली, तो भी तुम्हारा विवाह मुझसे नहीं, युवराज दुर्योधन से ही होगा। मैं उसे ही समर्पित कर दूँगा तुम्हें।...किन्तु मुझे अपनी धनुर्विद्या का प्रदर्शन कर लेने दो। मेरे लिये एक कृपाचार्य ही पर्याप्त है। तुम दूसरी कृपाचार्य मत बनो।"

...पर यह सब कह नहीं पाया था वह। चुपचाप धनुष रख कर लौट आया था।...मुख से कुछ बोला ही नहीं। बोलता तो जाने क्या-क्या कह जाता। उसकी जिह्व चलती है, तो उस पर उसका कोई नियन्त्रण ही नहीं रह जाता। उसका मन भी आवेश के सोपान चढ़ता ही चला जाता है। उसका अहंकार स्फीत होता जाता है। फिर वह कहनी और अनकहनी में अन्तर नहीं कर पाता।...

उसे रोक दिया था, पांचाली ने। कर्ण ने स्वयंवर का धनुष वापस रख दिया था। किन्तु दुर्योधन ने न अपनी कामना छोड़ी थी, न अपना प्रयत्न।...यही तो विशेषता थी दुर्योधन की। जब सारा संसार मान लेता था कि निर्णय हो चुका है, तो भी दुर्योधन नहीं मानता था। दुर्योधन तो तब ही मानता था, जब परिणाम उसके मन के अनुकूल हो जाये, अन्यथा वह किसी निर्णय अथवा परिणाम को स्वीकार नहीं करता था।...तभी तो दुर्योधन यह चाहता था कि पांचाली को प्राप्त करने का प्रयत्न छोड़ा जाये। उसके लिये धर्म वही था, जो उसके पक्ष में जाये। उसकी इच्छा के विरुद्ध कुछ घट जाये तो दुर्योधन को धर्म स्मरण ही नहीं रहता था। दुर्योधन चाहता था कि विजयी ब्राह्मण से पांचाली छीन ली जाये।...कर्ण तब तक नहीं जानता था कि दुर्योधन बहुत दूर तक की सोच कर आया था। उसे पांचाली का भी मोह था; और वह द्रुपद का जामाता बन कर, द्रुपद की शक्ति पर आधिपत्य जमा कर, स्वयं शक्तिशाली हो, हस्तिनापुर में भी भीम तथा आचार्य द्रोण को दुर्बल करना चाहता था। इतना निश्चित था कि वह अपनी धनुर्विद्या के प्रदर्शन का अवसर चाहता था। जीवन में फिर कभी ऐसा अवसर आये-न-आये। इतने लोग कहीं एकत्रित हों, न हो।...दुर्योधन की इच्छा पूरी करने के बहाने उसे एक ऐसा ही अवसर मिल रहा था। स्वयंवर विजेता उस ब्राह्मण को जय कर लेना; स्वयंवर को जय कर लेने से भी बड़ी विजय थी। सर्वश्रेष्ठ वीर को पराजित करने का अर्थ था, स्वयं को सहज ही संसार का सबसे महान् धनुर्धारी प्रमाणित कर देना।...किन्तु यह बहुत शीघ्र ही स्पष्ट हो गया था कि वह एक असफल प्रयत्न कर रहा था—धर्माचरण की दृष्टि से भी और सफलता की दृष्टि से भी। इस अधर्म के लिये कृष्ण उसे क्षमा करने वाले नहीं थे। यादव वहाँ अपनी पूरी शक्ति के साथ विद्यमान थे। वे कौरवों से ही नहीं जरासन्ध से भी टकरा सकते

थे।...और उस धनुर्धारी ब्राह्मण से कुछ सीखा ही जा सकता था, उसे जीता नहीं जा सकता था।...उससे टकराकर कर्ण की शक्ति कम, उसकी दुर्बलता ही अधिक प्रमाणित होने जा रही थी...तो फिर क्या लाभ था उस युद्ध का?...उससे तो न वह दुर्योधन के लिये ही कुछ प्राप्त कर सकता था, न अपने लिये।

उन घटनाओं के वर्षों बाद आज दुर्योधन ने उसके लिये एक रंगशाला बनवा दी थी। ठीक है कि इस समय उसका महत्त्व देखने वाला उनमें से कोई नहीं था, जिन्हें वह दिखाना चाहता था। और यहाँ कर्ण से अधिक तो दुर्योधन का ही महत्त्व था, जो उसे दिग्विजय पर भेज रहा था।...पर दुर्योधन ने उसके लिये एक रंगशाला का निर्माण तो कर दिया था, जिस पर कर्ण अपना शौर्य, अपना रणकौशल और धनुर्विद्या प्रदर्शित कर सकेगा। उसके इन सारे प्रतिद्वन्द्वियों में से, युद्धक्षेत्र में, उसका कौशल देखने को तो कोई उपस्थित नहीं होगा; किन्तु कर्ण की यशोगाथा तो उन लोगों के कानों में पड़ेगी ही। वे स्वयं नहीं भी सुनेंगे, तो भी दुर्योधन उन्हें सुनाएगा। वे उसका महत्त्व तो जानेंगे।...

दुर्योधन के प्रति कृतज्ञता के भाव से कर्ण का मन विह्वल हो रहा था। एक ओर उसकी इच्छा हो रही थी कि वह दुर्योधन के चरणों में गिर पड़े; और दूसरी ओर उसका विवेक उसे निरन्तर रोक रहा था; अन्यथा अब तक वह उसके चरण छू ही चुका होता। यह किसी दिग्विजय-मुखी सेनापति के लिये उपर्युक्त आचरण नहीं होता। ऐसे अवसरों पर चरण तो अपने माता-पिता के छुए जाते हैं, अथवा फिर अपने गुरु के। न कोई मित्रों के चरण छूता है, न राजाओं और युवराजों के।...पर कर्ण को लग रहा था कि आज दुर्योधन ने उसके लिये वह सब कर दिया है, जो उसके माता-पिता और गुरु मिलकर भी नहीं कर पाये...इसके प्रतिदान में वह दुर्योधन के लिये कुछ भी कर सकता था।...और वह यह भी जानता था कि दुर्योधन उससे क्या चाहता था...अर्जुन का वध। वह भी करेगा कर्ण। दुर्योधन की प्रसन्नता के लिये वह अर्जुन का वध भी करेगा...

कर्ण को हस्तिनापुर से विदा हुए कई दिन व्यतीत हो चुके थे; किन्तु हस्तिनापुर का कोई भी गुप्तचर द्रोण के लिये कोई समाचार नहीं लाया था। कर्ण के जो भी दूत आ रहे थे, वे सीधे दुर्योधन के पास ही जा रहे थे; दुर्योधन ही सारे समाचार सुन रहा था। वह ही आदेश दे रहा था; और वह ही कर्ण को और सैनिक सहायता भेज रहा था। अपनी सेनाओं की प्रगति के विषय में दुर्योधन जो सूचनायें अचरित कर रहा था, वे अत्यन्त उत्साह वर्धक थीं। कर्ण एक राज्य के पश्चात् दूसरे राज्य को ध्वस्त कर आगे बढ़ रहा था। मार्ग में आये

सारे राजाओं को पराजित कर, वह उनसे कर ग्रहण कर रहा था। एक दिशा को पूर्णतः जय कर वह दूसरी दिशा की ओर बढ़ रहा था।...

द्रोण व्याकुल मनःस्थिति में अपने कक्ष में टहल रहे थे और दुर्योधन द्वारा प्रचारति सूचनाओं पर विचार कर रहे थे।...सहसा ऐसा क्यों हो गया कि युवराज को यह दायित्व भी अपने कन्धों पर लेना पड़ा? युवराज यह काम किसी और पर क्यों छोड़ नहीं सकते?...कर्ण जिन लोगों को पराजित कर आगे बढ़ रहा था, उनमें कोई बड़ा नाम नहीं आ रहा था। यदि वह शक्तिशाली लोगों से लड़ ही नहीं रहा था तो दिग्विजय कैसे होगी?

अश्वत्थामा कक्ष में आया तो आचार्य का ध्यान भंग हुआ।

"क्या समाचार है पुत्र?"

"किसका समाचार जानना चाहते हैं पिताजी?"

"हस्तिनापुर की सेनाओं का, जिन का उत्तरदायित्व मुझ पर है, किन्तु जिनकी सूचनाएँ तक सीधी मुझ तक नहीं पहुँच रही हैं।"

"वे सेनाएँ झंझावत से भी अधिक वेग से आगे बढ़ रही हैं—दुर्योधन ऐसी घोषणाएँ कर रहा है।" अश्वत्थामा मुस्कुरा रहा था।

द्रोण की दृष्टि अपने पुत्र पर ठहर गयी, "क्या बात है पुत्र! तुम गम्भीर नहीं हो। सेना की सूचना देते हुए मुस्कुरा रहे हो।"

"बात तो मुस्कुराने की ही है पिताजी!" अश्वत्थामा बोला, "दुर्योधन जो सूचनाएँ प्रचारित कर रहा है, वे सब केवल प्रजा को प्रसन्न कर सकती हैं कि उनके राजा की सेना, संसार की सबसे वीर सेना है, जो निरन्तर आगे बढ़ रही है और अन्य राजाओं पर विजय प्राप्त कर रही है। किसी सैनिक को तो उससे सन्तोष होगा नहीं। वह कह रहा है कि कर्ण ने आज पूर्व दिशा को जीत लिया। वह अपनी विजय की घोषणा करने को इतना आतुर है कि यह भी सोच नहीं रहा है कि इतनी शीघ्रता से तो सेना के अश्व निर्विघ्न दौड़ भी नहीं सकते, जितनी शीघ्रता से वह कर्ण की विजयों की घोषणा कर रहा है।"

"बिना विजय पाये हुए तो वह विजय की घोषणा नहीं कर सकता।" द्रोण बोले।

"करने को तो वह कुछ भी कर सकता है।" अश्वत्थामा बोला, "आप उसके जीते हुए राज्यों के नामों पर विचार करें। उनमें अंग और अहिछत्र का भी नाम है।..."

"अहिछत्र और अंग देश।" द्रोण चकित हो कर बोले, "अंग उसका अपना राज्य है; और अहिछत्र को द्रुपद से बचाने का दायित्व तो हस्तिनापुर का ही है।"

"इसीलिये तो मैं हँस रहा हूँ।" अश्वत्थामा बोला, "इन घोषणाओं के पीछे कोई और प्रयोजन भी तो हो सकता है। कौरवों का मन पांचालों के राज्य पर कई पीढ़ियों से लुब्ध है। यह संयोग ही था कि अहिछत्र को द्रुपद से मैंने छीन लिया। अहिछत्र द्रोण का था और द्रोण कौरवों के थे। दुर्योधन द्रुपद से कांपिल्य तो छीन नहीं सकता था; किन्तु वह अहिछत्र पर तो अपना आधिपत्य जमा ही सकता था।...बात मात्र घोषणा तक ही रहे तो मुझे भी ऐसी कोई विशेष असुविधा नहीं है; किन्तु यदि दुर्योधन इसी बहाने अहिछत्र को अपने राज्य में मिलाना चाहे तो मैं उसे उसकी अनुमति नहीं दूँगा।"

"आपको इन घोषणाओं में कोई गम्भीरता दिखाई देती है पिताजी!" अश्वत्थामा बोला, "मैं तो यही मानता हूँ कि राजा लोग अनेक घोषणाएँ मात्र अपनी प्रजा को भ्रमित करने के लिये करते हैं।"

"मैं तुमसे सहमत हो जाता, यदि दुर्योधन की घोषणा में द्वारका, विराटनगर, मद्र, सिन्धु सौवीर अथवा कांपिल्य को अपने राज्य में सम्मिलित करने की चर्चा होती।" द्रोण बोले, "तुम ध्यान दो कि उसकी घोषणाओं में उन सारे राजाओं तथा राज्यों का नाम भी नहीं लिया गया है, जो उसपर भारी पड़ सकते हैं।"

"आप जो कह रहे हैं, उसका तर्क मेरी समझ में आता है, किन्तु इस बात का मुझे विश्वास नहीं होता कि वह आपसे, आपका नगर छीनने की कल्पना भी कर सकता है।" अश्वत्थामा ने उत्तर दिया, "यदि वह उसकी कल्पना भी करता है, तो उसके समान महामूर्ख और कौन होगा।"

द्रोण न तो अश्वत्थामा से सहमत हो पा रहे थे, न अपने मन की व्याकुलता को शान्त ही कर पा रहे थे।...वे टहलते रहे और अपने मन ही मन विचार करते रहे। अन्ततः वे अपने पुत्र की ओर मुड़े, "मेरा विचार है कि हमें इस सन्दर्भ में भीष्म से चर्चा कर लेनी चाहिए।"

"भीष्म क्या करेंगे?" अश्वत्थामा चकित भाव से बोला, "आप जानते ही हैं कि भीष्म का न तो दुर्योधन पर कोई नियन्त्रण है और न ही उनके पास कोई अधिकार है। उनसे चर्चा का लाभ?"

"मैं जानना चाहता हूँ कि भीष्म इस विषय में क्या जानते हैं और क्या सोचते हैं।" द्रोण बोले, "आओ! तुम भी मेरे साथ आ जाओ।"

आचार्य कुछ इतने व्याकुल हो उठे थे कि उन्होंने सारथि की भी प्रतीक्षा नहीं की। उन्होंने अश्वत्थामा को भी रथ संचालन के लिये नहीं कहा। घोड़ों की वल्गा हाथ में ली और बोले, "आओ। बैठो।"

अश्वत्थामा रथ में बैठ गया।

"मैं आपकी इस व्याकुलता का कारण नहीं समझ पा रहा हूँ।" अश्वत्थामा पुनः बोला, "मुझे पूर्ण विश्वास है कि दुर्योधन हमसे अहिछत्र छीनने की मूर्खता नहीं कर सकता। वह तो इन दिनों पाण्डवों से युद्ध की तैयारी के सन्दर्भ में अपने शत्रुओं से भी मैत्री कर रहा है। ऐसे में वह अपने मित्रों को अपना शत्रु बनाने का साहस कैसे कर सकता है?"

"मैं तुम्हारे समान सन्तुष्ट नहीं रह सकता।" द्रोण बोले, "दुर्योधन का स्वार्थ उससे कुछ भी करवा सकता है। जो व्यक्ति पाण्डवों जैसे भाइयों के साथ ऐसा व्यवहार कर सकता है, उससे कुछ भी अनपेक्षित नहीं है। वह लोभ और दम्भ का साक्षात रूप है। उसके लोभ का कहीं कोई अन्त नहीं है।" उन्होंने रुककर पुत्र पर एक दृष्टि डाली, "तुम्हारी और मेरी अवस्था में भी बहुत अन्तर है। तुम अभी तक मनुष्य की मूलभूत आदर्शवादिता में विश्वास करते हो; किन्तु मेरा अनुभव मुझे बताता है कि मनुष्य की मूल प्रकृति स्वार्थी और आत्मकेन्द्रित होने की है। वह किसी दबाव के कारण ही आदर्शवादी बना रह सकता है।"

अश्वत्थामा जानता था कि ऐसे समय में पिता से विवाद करने का कोई लाभ नहीं था। उनके मन में यदि किसी आशंका का अंकुर फूटा था तो उस आशंका को निर्मूल करने के लिये मात्र तर्क पर्याप्त नहीं था। वे अपनी ओर से जितनी भी सावधानी बरत सकते हैं, वे बरतेंगे ही। वे दूसरे ही सदाशयता से अधिक अपनी युक्ति पर ही विश्वास करेंगे। इसलिये उन्हें अपना व्यूह रच लेने दिया जाना चाहिए।

मार्ग में दोनों ही मौन रहे। अश्वत्थामा के मन में तो कोई समस्या थी ही नहीं। इस सारी स्थिति को वह अपने पिता का एक भ्रम मात्र मान सकता था। वह यह मानता था कि दुर्योधन अपना कोई लक्ष्य पूर्ण करने के लिये हत्या भी कर सकता था, मिथ्या भाषण तो कोई बड़ी बात ही नहीं थी। प्रजा के सम्मुख झूठी घोषणाओं को वह अपनी राजनीति मानता था। प्रजा के मन में राजा की छवि बनाए रखने के लिये मिथ्या घोषणाएँ, कभी पूरे न किए जाने वाले वरदान तथा अपनी सच्चरित्रता का प्रचार तो उसकी राजनीति के अनिवार्य तत्त्व थे। उसे लगा होगा कि अहिछत्र को अपने राज्य में मिला लेने की घोषणा अत्यन्त सुरक्षित घोषणा है। पूछे जाने पर वह हँस कर कह देगा, "आचार्य! जो कुछ मेरा है, वह सब भी तो आपका ही है। ऐसे में जो कुछ आपका है, क्या वह मेरा नहीं है। आप चिन्तित क्यों होते हैं? अश्वत्थामा और मुझमें अन्तर ही क्या है। हम मित्र हैं। भाई हैं। उसके और मेरे राज्य में कोई भेद है क्या? दोनों राज्यों के रक्षक समान रूप से आप ही तो हैं। बाहर से आक्रमण हो तो हम ही तो युद्ध करेंगे। आक्रमण चाहे हस्तिनापुर पर हो, अथवा अहिछत्र पर।..."

ऐसे ही सहस्रों तर्क होंगे उसके पास। किन्तु पिताजी के आशंकित मन का क्या किया जा सकता है। वे भीष्म के पास जा रहे हैं, सम्भव है कि भीष्म के पास उनकी समस्या का कोई समाधान हो।...

"यह सब क्या है कुरुश्रेष्ठ!" द्रोण ने कहा, "हस्तिनापुर में कर्ण की विजय के नगाड़े बज रहे हैं और मेरी समझ में नहीं आ रहा, कि हस्तिनापुर की सेना का प्रयोग अपने ही मित्रों के विरुद्ध क्यों नहीं किया जा रहा है?"

भीष्म ने प्रतिरोध के से भाव से आचार्य की ओर देखा, "किस मित्र के विरुद्ध हस्तिनापुर की सेना का प्रयोग हो रहा है? मैं तो समझता हूँ कि उसका प्रयोग किसी शत्रु के विरुद्ध भी नहीं हो रहा।"

द्रोण को कुछ आश्चर्य हुआ : इस वृद्ध को अब कोई हस्तिनापुर के समाचार नहीं देता अथवा ये भी किसी भ्रष्ट राजनीतिज्ञ के समान सत्य न बोलने की शपथ ले चुके हैं।

"हस्तिनापुर में प्रतिदिन कर्ण की दिग्विजय के नगाड़े गूँज रहे हैं। समाचार आये हैं कि उसने कांपिल्य को घेरकर द्रुपद से कर ग्रहण किया है। उसने अहिछत्र को अपने राज्य में मिला लिया है। उससे पिताजी कुछ चिन्तित हो उठे हैं। क्या कर्ण की दिग्विजय का कोई समाचार आप तक नहीं पहुँचा?" अश्वत्थामा ने पूछा।

भीष्म की मुद्रा में कोई परिवर्तन नहीं आया। वे उसी प्रकार आश्वस्त रूप से बोले, "पाखण्ड को सत्य मत समझो आचार्य!"

"तो यह सब क्या है? जो नहीं हो रहा, उसका प्रचार क्यों हो रहा है? क्या, यह सब दुर्योधन का मिथ्या प्रचार है?" द्रोण ने पूछा।

भीष्म कुछ देर मौन रहे। फिर बोले, "प्रचार तो प्रचार ही है। वह सत्य है भी और नहीं भी। यह मिथ्या का वह रूप है, आचार्य! जिसे सत्य प्रमाणित करने में दुर्योधन को कोई कठिनाई नहीं होगी।"

"जो सत्य प्रमाणित हो सके, वह मिथ्या कैसे हो सकती है?"

इस बार भीष्म हँस पड़े, "आप अपने शिष्य को भी नहीं पहचानते। उसकी घोषणाओं के शब्दों पर ध्यान दीजिए। वह कह रहा है कि कर्ण ने द्रुपद का सुन्दर नगर चारों ओर से घेर लिया।..."

द्रोण और अश्वत्थामा चुपचाप भीष्म के आगे बोलने की प्रतीक्षा करते रहे।

"इसमें कहीं नगर का नाम है?"

"नहीं।"

"तो आपने कैसे समझ लिया कि कर्ण ने कांपिल्य को घेर लिया अथवा उसे जय कर लिया?" भीष्म नटखट दृष्टि से आचार्य की ओर देख रहे थे।

आचार्य ने कोई उत्तर नहीं दिया।

"इसमें कहीं भी तो यह नहीं कहा गया कि कर्ण ने कांपिल्य नगर को घेरा। जाने उसने द्रुपद का कौन-सा सुन्दर नगर घेरा। फिर दुर्योधन कहता है कि कर्ण ने महान् युद्ध करके वीर द्रुपद को अपने वश में कर लिया। प्रश्न यह है कि महान् युद्ध किससे हुआ? द्रुपद से? धृष्टद्युम्न से? शिखण्डी से??...पर इसमें किसी का भी नाम नहीं लिया गया है। इसका अर्थ क्या यह नहीं हो सकता कि कर्ण का इनमें से किसी से भी युद्ध नहीं हुआ। पांचालों के किसी छोटे सामान्य सुन्दर नगर को, जहाँ उनकी सैनिक शक्ति अधिक न हो, घेर कर, वहाँ की प्रजा को बाँध कर अथवा उन्हें लूटकर अथवा उन्हें किसी प्रकार का कष्ट देकर भी तो प्रजावत्सल राजा को अपने वश में किया जा सकता है। तो कर्ण ने द्रुपद को अपने वश में कर लिया; और द्रुपद को बाध्य किया कि अपने उन प्रजाजनों को कष्ट से मुक्त करवाने के लिये वह उसे कुछ धन दे, जो द्रुपद ने दे दिया होगा।"

आचार्य ने कुछ चकित हो कर अपने पुत्र की ओर देखा : यह क्या था—अश्वत्थामा और भीष्म दोनों एक ही भाषा बोल रहे थे।

"किन्तु धन की माँग पर, द्रुपद युद्ध भी तो कर सकता था," आचार्य बोले, "यदि वह पराजित नहीं हुआ था तो उसने धन क्यों दिया?"

"आपका प्रश्न उचित ही है आचार्य! किन्तु किसी प्रजावत्सल राजा को यह कहा जाये कि तुम्हारी प्रजा हमारे वश में है; और यदि तुम सेना लेकर युद्ध करने आये तो हम तुम्हारी प्रजा का वध कर देंगे, अथवा नगर को अग्निसात कर देंगे, तो वह राजा अपनी प्रजा को मुक्त कराने के लिये क्या आक्रांता सेनापति की बात नहीं मान लेगा?"

आचार्य को लगा कि भीष्म का तर्क ठीक हो सकता है। दुर्योधन की घोषणा की जो भाषा है, उसका यह अर्थ भी तो हो ही सकता है। और जिस त्वरा से कर्ण की दिग्विजय ने प्रगति की है, उससे तो इसी व्याख्या की सम्भावना अधिक लगती है। द्रुपद, धृष्टद्युम्न तथा शिखण्डी से युद्ध करके तो कर्ण इस प्रकार उनसे धन प्राप्त नहीं कर सकता था। पर आचार्य इस तथ्य को कैसे भूल जाते हैं कि कर्ण के विषय में भीष्म की धाारण कभी अच्छी नहीं रही। उनकी दृष्टि में कर्ण कोई महान योद्धा नहीं है। बहुत सम्भव है कि वे अपने पूर्वाग्रहों के कारण कर्ण की इन विजयों को स्वीकार करना ही न चाहते हों।

"किन्तु दुर्योधन ने यह भी तो कहा है कि कर्ण ने द्रुपद के अनुयायी राजाओं को अपने अधीन कर, उनसे कर ग्रहण किया है।"

"क्या उसने कहा कि कर्ण ने द्रुपद के अनुयायी राजाओं से युद्ध कर उन्हें पराजित किया और उनसे कर ग्रहण किया?" भीष्म ने पूछा।

"नहीं।" द्रोण बोले।

"वह कहता है कि उसने द्रुपद को जीतकर उसके अनुयायी राजाओं को अपने अधीन किया। यह तो वही मान्यता है कि यदि सम्राट ने किसी कारण कर दे दिया तो उसके करद राजा स्वतः ही कर देंगे।" भीष्म बोले, "दुर्योधन की घोषणाएँ कहती हैं कि कर्ण ने उत्तर दिशा में जाकर वहाँ के सब राजाओं को जय किया। उसने हिमालय क्षेत्र के राजाओं को जीता। उसने हिमालय से सब दिशाओं में जाकर सारे राजाओं को जीता।...आपको इसमें कोई सार दिखायी देता है?"

"हाँ! इसमें एक बात तो खटकती रही है कि कर्ण ने जिन राज्यों और राजाओं को जीता है, उनके स्पष्ट नाम क्यों नहीं बताए जा रहे।" आचार्य ने उत्तर दिया।

"मैं भी यही कहना चाहता हूँ।" भीष्म उनसे सहमत हो गये, "विजेता उन सारे राजाओं के नाम इतनी बार घोषित करता है, जो उससे पराजित हुए हैं कि सुनने वालों को वे सदा के लिये हृदयस्थ हो जाते हैं; और यहाँ दुर्योधन केवल दिशाओं की चर्चा कर रहा है।" वे कुछ रुक कर बोले, "जो थोड़े से नाम उसने लिये हैं, वे या तो अपने मित्र राज्यों के हैं, जहाँ युद्ध हुआ ही नहीं होगा, अथवा उन अकिंचन राजाओं के हैं जिन्हें जीतना किसी भी शक्तिशाली राजा के लिये कोई महत्त्व ही नहीं रखता।"

"पर उसकी घोषणाओं में रुक्मी का नाम भी है।" अश्वत्थामा ने आपत्ति की।

भीष्म हँस पड़े, "पर उसने यह घोषणा नहीं की है कि कर्ण ने रुक्मी को पराजित किया। युद्ध आरम्भ हुआ और फिर मित्रता हो गयी। वैसे ही यादवों से भी युद्ध नहीं किया गया। उनसे कर्ण हिल-मिल गया और पश्चिम दिशा को विजय कर लिया। मैं पूछता हूँ कि जब यादवों को ही जय नहीं किया तो पश्चिम दिशा कैसे जीत ली, वह तो है ही यादवों की भूमि। वैसे ही रुक्मी को जीते बिना दक्षिण दिशा में आगे नहीं बढ़ा जा सकता।..."

"किन्तु यादवों से दुर्योधन की सेना की मित्रता कैसे हो सकती है?" द्रोण बोले, "कृष्ण तो स्पष्टतः पाण्डवों के पक्ष में हैं।"

"कृष्ण की पुत्रवधू लक्ष्मणा, दुर्योधन की पुत्री है; और फिर द्वारका में

कृष्ण ही नहीं बलराम भी है। वह दुर्योधन का गुरु है; और कौन-सा गुरु अपने शिष्य की विनती पर पिघल नहीं जाता?"

"कुरुश्रेष्ठ! कर्ण ने किसी राजा को तो पराजित किया ही होगा।" अश्वत्थामा ने कहा।

"हाँ! शिशुपाल के पुत्र का नाम आया है। उसे हराया होगा। भगदत्त को हराया होगा। अंग, बंग, कलिंग इत्यादि राज्यों में सेना घुमा ली होगी।" भीष्म बोले, "मैं नहीं समझता कि वस्तुतः उसने शक्तिशाली और प्रबल राजाओं को पराजित कर कोई बड़ी विजय प्राप्त की होगी। वास्तविक दिग्विजय की होती तो यादवों से लड़ना पड़ता, पांचालों से लड़ना पड़ता, मत्स्यों से लड़ना पड़ता, उन गन्धर्वों से भी लड़ना पड़ता, जिनके सम्मुख पड़ते ही वह भाग आया था। उसकी इस दिग्विजय में, इनमें से किसी का नाम नहीं है।"

"तो मैं इसे क्या समझूँ?" आचार्य जैसे कुछ कहने के लिये कह गये।

"आपकी जो इच्छा हो, समझ सकते हैं।" भीष्म ने उत्तर दिया, "मैं तो इतना ही जानता हूँ कि दुर्योधन पाण्डवों के प्रति अपनी ईर्ष्या से विक्षिप्त हो रहा है; और कर्ण अपनी जयजयकार सुनने का अनन्त काल से भूखा है। इसलिये वे दोनों मिलकर कुछ स्वयं को भ्रमित कर रहे हैं, कुछ अपनी प्रजा को।"

"और कहीं सत्य ही दुर्योधन ने अहिछत्र को अपने राज्य में मिलाने का प्रयत्न किया तो?" द्रोण जाने के लिये उठ खड़े हो गये।

भीष्म असाधारण रूप से गम्भीर दिखाई पड़े, "यदि दुर्योधन ने अहिछत्र पर अपनी कुदृष्टि डाली, तो आप उसकी रक्षा के लिये बलप्रयोग करने को स्वतन्त्र हैं। भीष्म भी अपने मन से ही असमर्थ है आचार्य! उसके शस्त्र अभी असमर्थ नहीं हुए हैं। अहिछत्र आपका है। यह मेरा वचन है।"

15

दुर्योधन ने बहुत सम्मानपूर्वक धृतराष्ट्र को प्रणाम किया और उसके बाद भी वह खड़ा ही रहा।

"बैठ पुत्र!" धृतराष्ट्र ने कहा, "आज तुम्हारा स्वर कुछ सहज नहीं है।"

"मैं बहुत प्रसन्न हूँ महाराज! दिग्विजय के पश्चात् कर्ण आज हस्तिनापुर लौट रहा है।"

"तुम प्रसन्न हो युवराज! इसका मुझे हर्ष है; किन्तु, दिग्विजय कर जब कोई हस्तिनापुर लौटता है, तो मैं उससे आशंकित ही होता हूँ। प्रसन्न नहीं हो पाता।"

दुर्योधन कई बार मन-ही-मन सोच चुका था कि यह वृद्ध व्यक्ति जाने क्यों सदा उसकी अपेक्षा के विरुद्ध ही चलता है। जब दुर्योधन उपलब्धि के आकाश को छू रहा होता है तो महाराज को लगने लगता है कि सब कुछ सर्वनाश की ओर जा रहा है। और जब दुर्योधन को लगता है कि सब कुछ नष्ट हो रहा है, तो उसके पिता को कहीं आशा की कोई किरण अवश्य दिखाई दे रही होती है। उन दोनों की प्रतिक्रियाओं में ही इतना अन्तर है या उसके पिता को सामने खड़े व्यक्ति को अपनी प्रतिक्रिया से हतप्रभ करना अच्छा लगता है।

"क्या आप कर्ण से भी आशंकित हैं महाराज!"

"इसमें प्रश्न कर्ण अथवा विकर्ण का नहीं है। बात तो केवल इतनी है कि जो दिग्विजय कर लौटता है, उसे न केवल अपनी शक्ति का ज्ञान हो जाता है, वरन् उसकी महत्त्वाकांक्षाएँ भी जाग उठती हैं। सत्ता की पीठ के आस-पास महत्त्वाकांक्षी लोगों का होना, राजा के लिये बहुत सुरक्षित नहीं है पुत्र!" धृतराष्ट्र ने उत्तर दिया।

दुर्योधन, अपने पिता के कथन के सत्य को समझता था; किन्तु वह यह भी कहना चाहता था कि इस सिद्धान्त को आँखें बंद कर प्रत्येक व्यक्ति पर लागू नहीं करना चाहिए। कुछ व्यक्ति कर्ण जैसे भी होते हैं, जो जिसे अपना स्वामी मान लेते हैं, उसके लिये अपने प्राण दे देते हैं। उसके लिये उनकी महत्त्वाकांक्षाएँ आड़े नहीं आतीं। कर्ण की महत्त्वाकांक्षाओं को जानता है, दुर्योधन! इसीलिये तो वह कर्ण को समझाता रहता है कि कर्ण की महत्त्वाकांक्षा अर्जुन के वध में है।...

"कर्ण से इस प्रकार आशंकित होने की आवश्यकता नहीं है, पिताजी?" दुर्योधन ने विवाद करना उचित नहीं समझा, "वह तो मेरे लिये दिग्विजय करके आया है..."

धृतराष्ट्र के कान मानों यह वाक्य सुनने के पश्चात् बंद हो गये। आगे के वाक्य उसे सुनाई ही नहीं पड़े।...दुर्योधन कह रहा था कि कर्ण उसके लिये दिग्विजय करके लौटा है। उसने यह नहीं कहा कि वह महाराज के लिये दिग्विजय करके लौटा है; अथवा वह कुरुओं के लिये दिग्विजय करके लौटा है।...

"तो क्या चाहते हो पुत्र! उसे कोई बड़ा पुरस्कार दिया जाये?"

"नहीं महाराज! मैं तो केवल इतना ही चाहता हूँ कि आप चल कर नगर द्वार पर उसका स्वागत करें। हमें गुणी व्यक्ति के गुण का सम्मान करना चाहिए।"

धृतराष्ट्र ने कोई उत्तर नहीं दिया।

"क्या बात है पिताजी! कोई द्विविधा है?"

"तुमने शायद अपने कुल और इस सिंहासन की मर्यादा का विचार नहीं किया।" धृतराष्ट्र ने उत्तर दिया, "सम्राट् अपने सेनापतियों का स्वागत करने के लिये नगरद्वार पर नहीं जाया करते।"

"आप का विचार बहुत उचित है पिताजी! किन्तु कर्ण हमारा साधारण सेनापति नहीं है। वह मेरा मित्र है—भाइयों जैसा मित्र। वह मेरे लिये दिग्विजय करके आ रहा है। मैं चाहता हूँ कि उसका ऐसा स्वागत किया जाये, जैसा आज तक किसी का नहीं हुआ। उसे वह सम्मान दिया जाये, जैसा आज तक किसी को नहीं दिया गया।"

धृतराष्ट्र के मन में आया कि अपने पुत्र से पूछे कि वह चाहता है कि उसका पिता और हस्तिनापुर का सम्राट अपनी इच्छा पर न चलकर दुर्योधन की इच्छाओं पर चले और अपनी मर्यादाएँ भंग करता रहे।...किन्तु उसने यह पूछा नहीं। जिह्वा से दुर्योधन अब जो भी कहे, किन्तु उसके मन की भावना तो बहुत स्पष्ट हो कर उसके सामने आ ही गयी थी। वह कर्ण को कृतार्थ करने के लिये अपने पिता और कुरुओं के सम्राट को भी उसकी मर्यादा से च्युत करना चाहता है।...लोग कहते हैं कि कर्ण बहुत कृतज्ञ है दुर्योधन का; और धृतराष्ट्र के सामने स्पष्ट है कि दुर्योधन कितना कृतज्ञ है, कर्ण का।...

"तो तुम्हारी इच्छा पूरी हो पुत्र! तुम कर्ण को अन्तःपुर में ले जाओ।" धृतराष्ट्र ने कहा, "हम उसका स्वागत सभा में नहीं अपने अन्तःपुर में करेंगे। वह अन्तःपुर में आकर हमारे और महारानी गान्धारी के चरण छुए, जैसे वह हमारा सेनापति न हो, हमारा पुत्र हो।"

दुर्योधन की समझ में नहीं आया कि वह क्या कहे। उसकी इच्छा पूरी नहीं हुई थी; किन्तु धृतराष्ट्र ने कर्ण को असाधारण सम्मान दे दिया था। उसे अपना पुत्र कह दिया था। यदि दुर्योधन उसे अपना भाइयों जैसा मित्र मानता था तो क्या कारण था कि धृतराष्ट्र उसे अपना पुत्र न मानें। वे उसकी ही इच्छा पूरी कर रहे थे।...किन्तु वे नगरद्वार पर जाने के लिये सहमत नहीं थे। इस से उसका महत्त्व तो बढ़ेगा किन्तु उसका सार्वजनिक सम्मान नहीं होगा।

दुर्योधन ने बहुत आग्रह नहीं किया। वह अपने भाइयों तथा अन्य मित्रों को लेकर हस्तिनापुर के प्रमुख द्वार वर्द्धमान पर जा पहुँचा। मन्त्रिगण तथा सैनिक अधिकारी वहाँ पहले से ही वर्तमान थे। नगरद्वार को ही नहीं, सारे नगर को ऐसे सजाया गया था, जैसे हस्तिनापुर के सम्राट राजधानी में लौट रहे हों।

कर्ण के आने से पूर्व उसके अश्वारोही उसके आने का समाचार लेकर आये; उनके पश्चात् ध्वजारोहियों की जैसे पूरी वाहिनी ही प्रकट हुई; और तब स्वयं कर्ण का रथ आता दिखायी दिया।

नगरद्वार पर आकर रथ रुक गया। कर्ण के उतरने की देर थी कि दुर्योधन ने उसे अपनी भुजाओं में भर लिया और बोला, “तुम सा नाथ पाकर मैं सनाथ हुआ मित्र।”

कर्ण का मन जैसे कातर हो कर दुर्योधन के चरणों में लोट जाना चाहता था...उसका राजा उसको अपना नाथ कह रहा था। इससे बड़ा पुरस्कार उसके लिये क्या हो सकता था। वह अपनी कृतज्ञता प्रकट करने के लिये अभी शब्द ही खोज रहा था कि दुर्योधन पुनः बोला, “आज मुझे विश्वास हो गया कि आगामी युद्ध में पाण्डव अवश्य पराजित होंगे। अर्जुन का तुम्हारे हाथों यमलोग की यात्रा करना निश्चित है।”

कर्ण को लगा कि उसका सारा श्रम सार्थक हो गया। उसे अपने किये का भरपूर पारिश्रमिक मिल गया। जीवन में उसको इससे अधिक और कुछ चाहिए ही कहाँ था।

“तुम्हारी कृपा बनी रहे युवराज! तो यह तनिक भी कठिन नहीं है।” कर्ण बोला।

“यह होगा मित्र!” दुर्योधन बोला, “और मेरी कृपा से नहीं, तुम्हारी शक्ति से होगा। तुम्हारे बाहुबल से। तुम्हारी धनुर्विद्या से।“

दुःशासन, शकुनि, कणिक तथा ब्राह्मणों ने कर्ण की आरती उतारी।

“अश्वत्थामा नहीं आया।” कर्ण ने पूछा।

“पूछना ही था, तो पूछते कि कृपाचार्य नहीं आये।” शकुनि ने कहा, “राजपुरोहित हैं वे, तुम्हारी आरती उतारने के लिये उन्हें आना चाहिए था।”

“कृपाचार्य ने न आने की कृपा की।” दुःशासन बोला।

“बहुत सारे लोग नगरद्वार पर नहीं पहुँच सके; और अन्य बहुत सारे लोगों का देर से पहुँचने का स्वभाव है।” दुर्योधन ने उत्तर दिया, “अब तुम न आचार्य द्रोण की प्रतीक्षा करो, न कृपाचार्य की। मेरे साथ आओ। पिताजी अपने अन्तःपुर में आतुरता पूर्वक तुम्हारी प्रतीक्षा कर रहे हैं।”

द्रोणाचार्य का नाम सुन कर, कर्ण का मन कुछ खट्टा हो गया। युवराज ने चुनकर द्रोणाचार्य का ही नाम क्यों लिया, जिन्होंने उसकी बाल्यावस्था से उसका तिरस्कार किया है। वह दिग्विजय से लौट कर नगरद्वार पर उनकी प्रतीक्षा क्यों करेगा? कदाचित इसलिये कि उसने अश्वत्थामा के विषय में पूछ लिया था।...पर दुर्योधन के वाक्य का अन्तिम खण्ड उसे प्रसन्न करने के लिये पर्याप्त था। स्वयं महाराज धृतराष्ट्र अपने अन्तःपुर में उसकी प्रतीक्षा कर रहे थे।

दुर्योधन ने उसकी भुजा पकड़कर उसे अपने रथ में चढ़ा लिया था; और सारथि को हटाकर, स्वयं वल्गा पकड़ ली थी।...कर्ण का हृदय चरम विह्वलता की स्थिति में था।

नगर के मार्गों को जिस ढंग से सजाया गया था, उसे देख-देख कर कर्ण जैसे दिग्विजय का पुरस्कार पाता जा रहा था। दुर्योधन की आतुरता भी देखने वाली थी। मार्ग में आने वाली नगण्य-सी बाधा भी उसे व्याकुल कर देती थी, चाहे वह किसी उत्साही प्रशंसक की फेंकी हुई पुष्पमाला ही क्यों न हो। वह कदाचित कर्ण को शीघ्रातिशीघ्र सम्राट् के सम्मुख पहुँचा देना चाहता था।

धृतराष्ट्र के प्रासाद के द्वार पर ही उसकी अगवानी के लिये अप्सराओं-सी सजी, सुन्दर दासियाँ खड़ी थीं। वे उसके मार्ग में पुष्पों की सुगन्धित पखुड़ियाँ बिखेरती हुई आगे-आगे चलीं। कक्ष के कपाट खोलकर वे मार्ग से हट गयीं; और दुर्योधन तथा कर्ण ने कक्ष में प्रवेश किया। कर्ण ने देखा, गान्धारी तथा धृतराष्ट्र जैसे उसकी प्रतीक्षा में ही बैठे थे।

"पिताजी! मैं महावीर कर्ण को लेकर आया हूँ।" दुर्योधन ने कहा।

"आओ पुत्र!"

कर्ण समझ नहीं पाया कि ये शब्द किसके लिये थे। सम्भवतः ये युवराज के लिये ही थे; किन्तु तब तक दुर्योधन ने उसे आगे बढ़ने का संकेत कर दिया।...सम्राट उसे ही अपना पुत्र कह रहे थे।

कर्ण जैसे आज तक इसी क्षण के लिये प्राण धारण कर रहा था। वह धृतराष्ट्र के एक वाक्य से ही पूर्णकाम हो गया था। उसके भीतर की किसी शक्ति ने जैसे उसे धकेल कर धृतराष्ट्र के चरणों में डाल दिया। उसने पुत्र के समान सम्राट के चरण छुए और धृतराष्ट्र ने अपने हाथों में थाम कर उसका माथा सूँघा।

"वैसे तो शैशव से आप ही मेरे पालक रहे हैं। मैं आपके अन्न से ही पला हूँ। किन्तु यह तो आज ही मेरी समझ में आया है कि आप मेरे स्वामी नहीं, पिता हैं।" कर्ण का स्वर आर्द्र हो उठा था।

"मुझे सूचना मिली है कर्ण! कि हस्तिनापुर का गौरव बढ़ाने के लिये, तुमने बहुत कष्ट सहा है।" गान्धारी ने कहा।

दुर्योधन कुछ चौंका। माता ने दुर्योधन, धृतराष्ट्र अथवा कुरुकुल का गौरव बढ़ाने की बात नहीं कही थी। उन्होंने हस्तिनापुर के गौरव की बात कही थी। माता कदाचित बहुत आत्मीय नहीं होना चाहती थीं। वे औपचारिक ही बनी रहना चाहती थीं। पर क्यों? उन्हें कर्ण से दुर्योधन की घनिष्ठता प्रिय नहीं थी क्या?

"आपके दर्शन मात्र से सारे कष्ट समाप्त हो गये माता!" कर्ण ने भक्ति भाव से गान्धारी के चरण छुए, "शरीर पर जो घाव हैं, वे कुछ दिनों के विश्राम से अपने आप भर जायेंगे।"

दुर्योधन को सन्तोष हुआ। कर्ण का ध्यान महारानी के शब्दों पर नहीं अटका था।

"राधा बहुत सौभाग्यशाली है कर्ण, जो उसे तुम जैसा पुत्र मिला।" गान्धारी ने कहा, "दुर्योधन कर्ण का उचित सत्कार करो और उसे विश्राम का भी अवसर दो पुत्र।"

दुर्योधन भीतर-ही-भीतर जैसे स्तब्ध रह गया। माता ने एक बार भी कर्ण को पुत्र नहीं कहा था, वरन् उसे स्मरण भी करा दिया था कि वह राधा का पुत्र था।...और फिर एक प्रकार से उसे हटा ले जाने का संकेत भी कर दिया था।

दुर्योधन और कर्ण प्रणाम कर चले गये और गान्धारी भी दासी का सहारा लेकर अपने कक्ष में चली आयी। धृतराष्ट्र ने वहीं रहना उचित समझा। दासी ने पूछा भी कि महाराज कहीं जाना चाहेंगे; तो उसने उत्तर देने के स्थान पर उसे संकेत से चुप करवा दिया, जैसे उसके चिन्तन में दासी के बोलने से किसी प्रकार की बाधा पड़ती हो।

धृतराष्ट्र देख रहा था कि उसका मन आशंकित भी था, और उल्लसित भी। कर्ण के वर्द्धमान महत्त्व और शक्ति को देख कर वह आशंकित था। आज वह हस्तिनापुर के लिये दिग्विजय करके आया है, कल वह अंगराज न रह कर मगधराज होना चाहे; और फिर उसके मन में जरासन्ध बनने की कल्पनायें हिलोरें लेने लगें, तो कोई उसको कैसे रोक लेगा।...किन्तु अभी हस्तिनापुर के पास भीष्म तथा द्रोण जैसे योद्धा थे। इतना तो विश्वास के साथ कहा जा सकता था कि भीष्म राज्य को हस्तगत करने के लाभ से मुक्त थे, अन्यथा हस्तिनापुर के सिंहासन पर वे ही विराजमान होते।...और द्रोण, द्रुपद और धृष्टद्युम्न के भय से हस्तिनापुर से बाहर निकलने का साहस नहीं कर सकते थे।...वे दोनों, कर्ण की उच्छृंखलताओं को रोकने में समर्थ थे। इसलिये कर्ण से भयभीत होने का कोई कारण नहीं था।...हाँ! चिन्ता का विषय यह अवश्य हो सकता है कि वह दुर्योधन का मित्र है। उस पर धृतराष्ट्र का कोई नियन्त्रण नहीं है। उसे धृतराष्ट्र के अधीन होना चाहिए।...वह तो शायद राजा का पुत्र होने को अधीर है। किन्तु यह गान्धारी क्यों उससे इस प्रकार परायों का-सा व्यवहार कर रही थी। यह समझती क्यों नहीं कि कर्ण यदि राधा के स्थान पर गान्धारी का पुत्र हो जायेगा, तो वे लोग लाभ में ही रहेंगे।...

हाँ! एक बात से धृतराष्ट्र को बहुत सन्तोष हुआ था। अब दुर्योधन के पास एक ऐसा योद्धा अवश्य था, जो अर्जुन का वध करने को व्याकुल था—दुर्योधन को प्रसन्न करने के लिये भी और अपनी ईर्ष्या के कारण भी। बहुत सम्भव है कि

किसी समय उसके लिये दुर्योधन की प्रसन्नता उतनी महत्त्वपूर्ण न रहे; किन्तु वह अपनी ईर्ष्या और घृणा से कभी छुटकारा नहीं पा सकेगा। पाण्डवों के वध के लिये, धृतराष्ट्र, भीष्म और द्रोण पर कभी विश्वास नहीं कर सकता। उनका धनुष अर्जुन पर बाण बरसाने से पहले ही झुक जायेगा।...किन्तु कर्ण के साथ ऐसा नहीं होगा। कर्ण के हाथों दुर्योधन, अर्जुन से सुरक्षित हो गया था; किन्तु धृतराष्ट्र स्वयं को दुर्योधन के हाथों तभी सुरक्षित मानेगा, जब कर्ण दुर्योधन का मित्र ही नहीं; धृतराष्ट्र का सेवक भी बन जाये।...

अपने कक्ष में आकर गान्धारी, पर्यक पर लेट गयी। दासी ने पूछा भी की महारानी कहीं चलना चाहेंगी, अथवा किसी को बुलाना चाहेंगी, तो उसने उसे मना कर दिया।...

इस घर में युद्ध और हत्या की चर्चा कोई नयी नहीं थी। हस्तिनापुर में योद्धाओं का भी कोई अभाव नहीं था। यहाँ भीष्म और द्रोण जैसे योद्धा थे। कृपाचार्य और अश्वत्थामा भी कुछ कम नहीं थे।...पर ये सारे लोग दुर्योधन को युद्ध से दूर रहने का परामर्श देते थे। ऐसा न होता, तो हस्तिनापुर की सेनायें सदा युद्ध ही करती रहतीं। शकुनि ही कम भड़काने वाला नहीं है। उसे वह चेतावनी भी दे चुकी है। पर गान्धारी जानती है कि शकुनि के भरोसे दुर्योधन कोई युद्ध नहीं कर सकता। शकुनि ने कदाचित् युद्ध का परामर्श कभी दिया भी नहीं है। वह तो द्यूत के भरोसे संसार को जीत लेना चाहता है।...

गान्धारी का मन कैसी तो व्याकुलता का अनुभव कर रहा था। कर्ण के सान्निध्य में उसे केवल मृत्यु की गन्ध आ रही थी। उसे लग रहा था कि वह उसके पुत्रों के लिये विजय का उपहार नहीं लाया था, मृत्यु का सन्देश लाया था। दुर्योधन के पास इस प्रकार के योद्धा एकत्रित होते जायेंगे, तो वे दुर्योधन की महत्त्वाकांक्षाओं को और भड़काएँगे। उन्हें दुर्योधन के महत्त्व से अधिक अपने महत्त्व की चिन्ता होगी। योद्धाओं का महत्त्व युद्ध से ही बना है। वे निरन्तर युद्ध करना चाहेंगे। युद्ध होगा तो उनके राजा को उनकी आवश्यकता होगी।...और गान्धारी यह अच्छी प्रकार जानती है कि पाण्डवों से युद्ध दुर्योधन के लिये हितकारी नहीं है। कर्ण वैसे तो सदा अपनी वीरता बखानता है, किन्तु गान्धारी जानती है कि दुर्योधन उसका उपयोग कर पाये न कर पाये, वह अपने लक्ष्य के लिये दुर्योधन का उपयोग कर डालेगा।...

गान्धारी के मन में एक बड़ा स्पष्ट-सा दृश्य उभरता है।...युद्धक्षेत्र है। दुर्योधन और पाण्डव आमने-सामने खड़े हैं। युधिष्ठिर कह रहा है कि वह युद्ध नहीं चाहता—उसे उसका राज्य दे दिया जाये। दुर्योधन कर्ण की ओर देखता

है और कर्ण कहता है, "किसी को कुछ देने की आवश्यकता नहीं युवराज! इनसे कहो, जिसमें साहस हो, वह हमसे लड़ कर राज्य ले ले।" दुर्योधन वही बात दोहराता है और गदा उठाकर भीम को लड़न के लिये ललकारता है। भीम आगे बढ़ता है; किन्तु युधिष्ठिर अपने संकेत से उसे पीछे हटाकर अर्जुन को सामने भेज देता है। दुर्योधन भी पीछे हट जाता है और कर्ण को आगे आने का आदेश देता है। कर्ण आगे आता है और धनुष तानकर बाण संधान करता है। अर्जुन के बाणों की एक झड़ी आती है। कर्ण के धनुष की प्रत्यंचा कट जाती है। उसका सारथि मारा जाता है। कर्ण एक बार दुर्योधन की ओर देखता है और टूटा हुआ धनुष फेंककर भाग जाता है। दुर्योधन उसे पुकारता ही रह जाता है और कर्ण कहीं दिखायी ही नहीं देता।...तब अर्जुन एक बाण दुर्योधन के वक्ष में मारता है और भीम आगे बढ़कर अपनी गदा के प्रहार से उसका सिर कुचल देता है...

गान्धारी के मुख से चीख निकल गयी।

दासी दौड़ी हुई आयी, "क्या हुआ महारानी?"

"कुछ नहीं। तू जा।" गान्धारी अनुभव कर रही थी कि उसकी सारी देह स्वेद से भीग गयी थी।

दुर्योधन, कर्ण को अपने कोषागार में ले आया था। वहीं उसके अन्य मित्र भी आ गये थे। दुःशासन ने सारा प्रबन्ध कर रखा था। विजयिनी सेना के साथ आने वाले छकड़े अपना सामान यहीं उतार रहे थे। कोषागार के विभिन्न अधिकारी और दुर्योधन के भाई बहुत सावधानी से उन वस्तुओं को विभिन्न वर्गों में विभाजित कर रहे थे और उनको सँजोकर उचित स्थानों पर रख रहे थे।

"तुम यहाँ बैठो मित्र!" कर्ण ने दुर्योधन को एक आसन पर बैठा दिया, "मैं तुम्हें दिखाता हूँ कि मैं अपने बाहुबल से विभिन्न राजाओं को पराजित कर उनसे, तुम्हारे लिये क्या-क्या छीन लाया हूँ।"

दुर्योधन की आँखों के सामने जैसे एक पण्यशाला ही खुली हुई थी। उसमें न स्वर्ण की कमी थी, न बहुमूल्य मणि-माणिक्यों की। कर्ण ने अनेक बहुमूल्य रत्नों को स्वयं अपने हाथों में उठा-उठा कर उसे दिखाया। उनके गुण बताए। उनका मूल्य आँका। विभिन्न देशों के विभिन्न प्रकार के वस्त्र दिखाए। स्वर्ण मुद्राओं के तो जैसे ढेर ही लग गये थे। कर्ण ने अकूत धन राशि ला कर उसके चरणों में डाल दी थी।...

दुर्योधन का मन बहुत प्रसन्न था। जैसे-जैसे वह उस धन को निहारता था और उसका मूल्य आँकता जाता था, वैसे-वैसे उसके मन में कर्ण का महत्त्व

बढ़ता जाता था। कर्ण ने उसके लिये वह कर दिखाया था, जो भीष्म, द्रोण, कृप, अश्वत्थामा तथा उसके भाइयों ने भी कभी नहीं किया।...

"तुमने मेरे लिये एक ऐसा महान कार्य कर दिखाया है कर्ण! कि मेरी समझ में नहीं आ रहा कि मैं तुम्हारे लिये इसके समकक्ष क्या कर सकता हूँ।"

कर्ण जैसे साकार अकिंचनता बन गया, "तुम्हारे बिना मैं हूँ ही क्या मित्र! तुमने मुझे अपनी मैत्री न दी होती, यह महत्त्व न दिया होता, तो क्या मैं यह सब कर पाता। समझो कि यह सब मैंने नहीं किया। यह सब तुमने ही किया है।"

"ठीक है।" दुर्योधन मुस्कुराया, "फिर भी इस घटना की स्मृति में तुम मुझसे कुछ तो माँग लो।"

"मुझे नया तो कुछ भी नहीं माँगना है।" कर्ण बोला, "एक ही वरदान माँगता हूँ कि मुझे इसी प्रकार अपना स्नेह देते रहना। तुम्हारी मैत्री ही मेरे जीवन की सबसे बड़ी उपलब्धि है।"

दुर्योधन को समझ नहीं आया कि कर्ण उससे क्या माँग रहा है। यह तो दुर्योधन को उससे माँगना था।

"लगता है कि तुम्हें मुझसे कुछ नहीं चाहिए।" दुर्योधन हँसा, "किन्तु इसका यह अर्थ नहीं है कि मुझे भी तुमसे कुछ नहीं चाहिए।"

"यदि तुम्हारा कोई कार्य मैं कर सकता हूँ, तो तुम्हें वचन देता हूँ कि अपने प्राण देकर भी उसे करूँगा।"

दुर्योधन को कहने के लिये शब्द नहीं मिले। उसने आगे बढ़कर कर्ण को अपने वक्ष से लगा लिया।

16

काशिका प्रायः सो ही चुकी थी, जब दुर्योधन उसके कक्ष में आया। उसने दुर्योधन को देखा तो लगा, जैसे वह मदमत्त हो।...उसके पग तो भूमि पर ठीक ही पड़ रहे थे। उसके नयन भी मदिरा का प्रभाव परिलक्षित नहीं कर रहे थे।...किन्तु वह वहाँ होते हुए भी जैसे वहाँ नहीं था। नहीं! यह अन्यमनस्कता भी नहीं थी। वह चिन्तित तो था ही नहीं। बस, शायद अत्यधिक प्रसन्नता के कारण, अपने आपे में नहीं था। आज हस्तिनापुर की विजयिनी सेना नगर में लौटी थी। सुना था कि कर्ण अपने साथ अकूत धन लाया था; और दुर्योधन ने सारी सन्ध्या कर्ण तथा उसके लाए हुए धन के साथ व्यतीत की थी। तो राजा को मद तो चढ़ना ही था।

"मुझे लगता है रानी! कि इस समय संसार में सबसे अधिक धनी राजा मैं ही हूँ। कर्ण मेरे लिये जो सम्पत्ति लाया है, वह कदाचित कुबेर के पास भी न हो।" दुर्योधन बोला, "मेरा धन किसी को भी अपना क्रीतदास बना सकता है। सोचो, इतना सारा धन केवल कर्ण के कारण मेरा हो गया है।"

काशिका को न तो दुर्योधन की यह स्थिति अच्छी लग रही थी और न कर्ण की प्रशंसा। बोली, "धन कब किसका हुआ है?"

दुर्योधन को काशिका के ये तेवर अच्छे नहीं लगे; किन्तु अपनी प्रसन्नता की इस घड़ी में वह उससे किसी प्रकार का झगड़ा नहीं चाहता था। उसने काशिका की उक्ति को गम्भीर विवेचन के योग्य नहीं माना। बोला, "धन कब किसका हुआ, इस पर शोध करने की आवश्यकता नहीं है मुझे। मैं तो केवल यह जानता हूँ कि इस समय वह मेरा है।"

"तो फिर किस-किसको क्रीतदास बनाने का निश्चय किया है आपने कर्ण के लाए अपने धन से?"

"बोलो!" दुर्योधन कुछ मचलकर बोला, "किसे क्रय करूँ?"

"यदि क्रय कर सकें तो अपने उस धन से अंगराज महावीर कर्ण के लिये कहीं से थोड़ा-सा साहस क्रय कर लें, ताकि वह अगले युद्ध में आपको असहाय छोड़ कर भाग न जाये, किसी और का क्रीतदास बनने के लिये।"

दुर्योधन का सारा मद हरण हो गया। क्या कह रही है यह काशिका। इसको दुर्योधन की कोई उपलब्धि सुहाती नहीं। सत्य ही पत्नी, पति के लिये वामा ही होती है।

दुर्योधन कुछ नहीं बोला तो काशिका को भी लगा कि शायद उसने दुर्योधन को तो उसके अपराध से भी अधिक दण्ड दे दिया है। फिर अब उसका उन्माद भी विलीन हो गया था। अब कदाचित वह उसकी बात सुन पायेगा।

"धन किसी को क्रीतदास नहीं बना सकता, युवराज!" काशिका का स्वर भीग आया था, "हम लोग अपना धन ही तो दिखाने गये थे धर्मराज को; और बंदी बन गये, चित्रसेन के। उसको तो क्रय कर नहीं पाये हम!..."

दुर्योधन के मन में कटुता भरती जा रही थी...कैसी स्त्री है यह! पति की इस असाधारण उपलब्धि के अवसर पर भी, ऐसी जली-कटी सुना रही है।

"चित्रसेन हमें मुक्त तो करना ही नहीं चाहता था; उल्टे वह अर्जुन को परामर्श दे रहा था कि पाण्डव हमसे वही व्यवहार करें, जो द्यूतसभा में आप लोगों ने पांचाली के साथ किया था..."

"ज्ञात है मुझे वह सब कुछ!" दुर्योधन चिल्लाया, "आज वही कथा लेकर क्यों बैठ गईं तुम?"

"आपको स्मरण कराने के लिये कि धन किसी का नहीं होता। धन से कुछ नहीं होता।" काशिका बोली, "धन तो हमारे पास ही था, किन्तु हमारे सम्मान और प्राणों की रक्षा, निर्धन पाण्डवों ने की। और जिस कर्ण के गुण गाते आप थकते नहीं हैं, वही कारण बना था आपकी पराजय और हमारे अपमान का।"

"तुम उसे व्यर्थ ही दोष दे रही हो।" दुर्योधन कुछ ढीला पड़ा, "जितना धन वह लाया है, उसे देखोगी तो पता चलेगा कि कितना विराट हृदय है उसका। नहीं तो इतना धन ला कर कौन अपने राजा को दे देता है। आधा तो मार्ग में ही इधर-उधर हो गया होता। यह सब उसके कारण ही तो है। पाण्डवों को राजसूय के समय भी इतना नहीं मिला होगा।"

काशिका जैसे तड़प कर उठ बैठी। वह इतनी उत्तेजित हो चुकी थी कि भूल ही गयी थी कि वह किस से बात कर रही है; और दुर्योधन को रुष्ट करने का परिणाम क्या हो सकता है। बोली, "पाण्डवों के धन की बात कर रहे हैं आप। देखा था, धर्मराज के द्वार पर कैसे पृथ्वी भर के राजा करबद्ध, पंक्ति में खड़े अपनी बारी की प्रतीक्षा कर रहे थे। कुछ पाने के लिये नहीं। देने के लिये। वे चाहते थे कि धर्मराज उनकी भेंट स्वीकार करें। धर्मराज उस धन को ग्रहण कर लेते तो वे राजा स्वयं को गौरवान्वित अनुभव करते। वह धन किसी से छीना नहीं गया था। स्वतः बह कर आया था धर्मराज के पास। और जो धन आया था—कर अथवा उपहार के रूप में, वह अपने स्वामी को प्रसन्न करने अथवा किसी को क्रीतदास बनाने के लिये नहीं था। वह सारा धन पाण्डवों ने प्रजा के हित में लगा दिया था। राजसूय के बहाने आने-जाने के लिये मार्ग बने थे। सरिताओं पर सेतु बाँधे गये थे। निर्धनों के लिये आवास बनाए गये थे। विद्वानों को दान दिया गया था। उस सारे प्राप्त धन में से पाण्डवों ने शायद कुछ भी नहीं रखा था अपने लिये। है ऐसी महिमा कर्ण के लाए हुए इस धन की?"

दुर्योधन को धरती डोलती-सी लगी...यह स्त्री थी अथवा कृत्या? बोलती है तो व्यक्ति का वक्ष जैसे चीर कर रख देती है। वह इसी प्रकार बोलती रही तो, जिस धन को वह अपने वक्ष से लगाए हुए था, वह उसे सर्प के समान विषैला लगने लगेगा।...युधिष्ठिर का राजसूय उसे भी स्मरण था। उसने ही तो पाण्डवों की ओर से ग्रहण किये थे वे सारे उपहार, जिनका बखान यह स्त्री कर रही है। उस रात्रि को भी दुर्योधन को नींद नहीं आयी थी।...और लगता था कि आज भी नहीं आयेगी। वह कर्ण की इस विजय यात्रा और धन-प्राप्ति में अपने उस अपमान को भूलने का प्रयत्न कर रहा था और यह थी कि घोष-यात्रा ही नहीं पाण्डवों के राजसूय तक को स्मरण करा रही थी।...

"तुम चाहती क्या हो?" उसके स्वर में वितृष्णा थी।

"मैं तो कुछ भी नहीं चाहती। आप ही मुझे बताने आये थे कि कर्ण बहुत सारा धन लाया है और उसे अपनी पत्नियों को देने के स्थान पर आपको दे गया है। मैंने तो आपको धन का महत्त्व भर स्मरण करा दिया।" काशिका बोली, "आपको पाण्डवों का महत्त्व सहन नहीं होता..."

"अब इसमें पाण्डव कहाँ से आ गये।" दुर्योधन का रोष भरा स्वर गूँजा।

"वह पाण्डवों का ही महत्त्व तो था, जिसने आपको अथवा कर्ण को इस दिग्विजय के लिये प्रेरित किया था। उन्होंने दिग्विजय की थी तो आपको भी करनी थी।" काशिका बोली, "अन्यथा आपको कमी किस बात की थी।"

दुर्योधन का मस्तक भन्ना गया...जिसे देखो वह उसे यही उपदेश दे रहा है कि उसे कमी किस बात की है। उसने तो कभी नहीं कहा कि उसे किसी पदार्थ की कमी है, इसलिये वह पीड़ित है। उसे तो शीर्ष पर बैठने की कामना है। वह किसी से कम नहीं रह सकता। किसी से पीछे नहीं रह सकता। वह चाहता है कि धन, सत्ता, शक्ति, धर्म, जो कुछ भी है, वह उसके मित्रों के पास रहे, उसके शत्रुओं के पास नहीं। उसे किसी पदार्थ की कमी कहाँ है; किन्तु वह पाण्डवों को सुखी नहीं देख सकता। उसके पास कुछ हो, न हो; किन्तु पाण्डवों के पास क्यों हो?...और आज उसकी अपनी पत्नी, उपलब्धि के इस महान अवसर पर, उसके उन्हीं शत्रुओं का बखान कर रही है। यह उसकी किस जन्म की वैरिन है, जो इस जन्म में उसकी पत्नी बन, उसके जीवन के केन्द्र में आ गयी।...

"किन्तु आप यह भूल गये महाराज!" काशिका अपनी बात कहती चली गयी, "कि युधिष्ठिर अन्य राजाओं से धन छीनने के कारण चक्रवर्ती सम्राट नहीं कहलाते हैं...।"

दुर्योधन का मन हुआ कि वह उठ अपने पैर की एक ऐसी ठोकर इस स्त्री को लगाये कि जीवन भर इसके मुख से कोई शब्द न फूट पाये...किन्तु अपनी इच्छा के ठीक विपरीत, वह उठा और उसके कक्ष से निकल गया।

वह इस समय अपनी पत्नी अथवा किसी और से झगड़ना नहीं चाहता था। झगड़ कर, विवाद कर, मार-पीट कर वह अपनी पीड़ा से मुक्त नहीं हो सकेगा। वह उसके भीतर और गहरी धँसती जायेगी।...युधिष्ठिर इन्द्रप्रस्थ में था, तो भी चक्रवर्ती सम्राट था; और आज द्वैतवन में बैठा है, तो भी चक्रवर्ती सम्राट है।...उसके पास कुछ नहीं है, तो भी उसका राजसूय यज्ञ स्मरण किया जाता है।...

अपने कक्ष में प्रवेश करते ही उसने पुकारा, "दासी!"

दासी ने प्रकट हो हाथ जोड़े, "युवराज!"

"नगर की सबसे सुन्दर गणिका को बुलाओ; और यहाँ आपानक का प्रबन्ध करो।"

"इस समय?" दासी ने कुछ आश्चर्य से पूछा।

"इस समय नहीं तो क्या मेरे राज्याभिषेक पर?" दुर्योधन झल्ला कर बोला।

दासी सँभल गयी, "क्षमा मिले महाराज! मेरा तात्पर्य वह नहीं था। मेरी जिज्ञासा तो मात्र इतनी थी कि क्या कोई अतिथि भी आयेंगे।"

"नहीं! जाओ।"

प्रातः दुर्योधन ने सबसे पहले कर्ण को बुला भेजा।

कर्ण किसी अत्यन्त आनन्दमयी स्थिति की कल्पना करके आया था, किन्तु दुर्योधन को देखकर वह स्तब्ध रह गया, "क्या बात है मित्र! रात्रि को सो नहीं पाये अथवा सुरापान का अतिरेक हो गया? सब कुछ ठीक तो है?"

"रात्रि को जब अपने भवन में पहुँचा तो बहुत सुखी था मैं।" दुर्योधन बोला, "इसलिये अपनी पत्नी के कक्ष में गया। सोचा था, उसके साथ एक अत्यन्त आहलादकारी रात्रि व्यतीत करूँगा; किन्तु..."

कर्ण शेष वाक्य की प्रतीक्षा में उसकी ओर देखता रहा।

"किन्तु पाया कि मेरे ही भवन में, मेरी पत्नी के कक्ष में मेरा नहीं, सम्राट युधिष्ठिर का आधिपत्य था। काशिका के मन में मुझसे अधिक धर्मराज का सम्मान है।"

"क्या!"

"हाँ। मैं क्रोध में वहाँ से उठ आया; किन्तु वह मुझे मनाने, मेरा मनुहार करने भी नहीं आयी। जिसके प्रति थोड़ा प्यार जता दो, वही सिर पर चढ़ने का प्रयत्न करती है।" दुर्योधन बोला, "मैंने गणिका देवसुन्दरी को अपने कक्ष में बुला लिया; और आपानक का प्रबन्ध भी किया। सोचा, न सही अपनी पत्नी, इस गणिका के साथ ही अपनी आहलादपूर्ण रात्रि व्यतीत की जाये।...पर वह भी न हो सका।"

"क्योंकि उसके हृदय में भी युधिष्ठिर आ बैठा था; और वह गणिका उसे वहाँ से निकाल पाने में असफल रही।" दुर्योधन बोला, "यह प्रयत्न भी किया कि युधिष्ठिर को लिये दिये ही मैं स्वयं को मदिरा में डुबा दूँ। युधिष्ठिर स्वयं ही घबरा कर भाग जायेगा।...वह भी नहीं हुआ। परिणामतः मैं देवसुन्दरी को

भी अधिक देर तक सहन नहीं कर सका। वह अपने हाव-भाव दिखाने लगी तो मैंने रुष्ट हो कर उसे भी कक्ष से निकाल दिया और सारी मदिरा भूमि पर उँड़ेल दी।"

"तो सारी रात तुम यातना ही भोगते रहे युवराज!"

"हाँ!" दुर्योधन बोला, "बस! यह समझ लो कि सारी रात मैं युधिष्ठिर के राजसूय यज्ञ में खड़ा रहा। उसकी स्तुति सुनता रहा। भीम की दर्पपूर्ण उक्तियाँ सहता रहा। अर्जुन को स्वयं अपने पर मुग्ध होता देखता रहा।...शत्रुओं की प्रशंसा सुनने और उनके अभ्युत्थान को देखते रहने को बाध्य होने की यातना की कल्पना कर सकते हो तुम!"

"पर मित्र! वे तो वन में अपने कुटीरों में पड़े निर्धनता की यातना सह रहे हैं; और तुम दिग्विजय कर, हस्तिनापुर के राजसिंहासन पर बैठे हो।" कर्ण बोला, "ऐसे में उन्हें स्मरण करने की आवश्यकता ही क्या है?"

"मुझे कोई आवश्यकता हो और मैं उन्हें स्मरण करूँ, तो तुम मुझसे यह प्रश्न पूछ सकते हो; किन्तु यहाँ प्रश्न यह नहीं है। प्रश्न यह है कि वे मुझे अपना सुख क्यों भोगने नहीं देते। वे अपनी कुटिया में जैसे मन हो, रहें; वे मेरे प्रासाद में क्यों आ जाते हैं। मेरे और मेरी पत्नी के मध्य उनकी उपस्थिति का क्या अर्थ है।"

"क्या तुम स्वप्न देखते रहे हो?"

"नहीं। स्वप्न तो तब देखता, जब सो पाता।" दुर्योधन बोला, "उन्होंने तो मुझे सोने ही नहीं दिया।...और एक ओर से सोचता हूँ कि अच्छा ही हुआ कि मैं रातभर सो नहीं पाया। अब तक सोता ही तो रहा हूँ मैं। इतना सोना भी अच्छा नहीं है। अब मुझे जाग जाना चाहिए।...और तुम्हें भी जगा देना चाहिए।"

"मुझे?" कर्ण ने चकित भाव से पूछा।

"हाँ। मेरा प्रश्न यह है कि क्या तुम मुझे इस यातना से बाहर निकालना चाहते हो? क्या तुम चाहते हो कि मेरा सुख मेरे पास लौट आये? मेरी पत्नी के मन में से यदि युधिष्ठिर का सम्मान कम नहीं हो सकता, तो मेरा सम्मान कुछ बढ़ जाये?"

कर्ण ने उसे पुनः आश्चर्य से देखा, "ऐसा प्रश्न ही क्यों? मेरे वश में हो तो मैं अभी, इसी क्षण तुम्हारे लिये अमृत का कलश ले आऊँ, मेरे प्राण देने से भी सम्भव हो तो मैं तुम्हारा कष्ट दूर कर दूँ।"

"तो मेरा एक काम करो मित्र!"

"आदेश करो युवराज!"

“मैं जानता हूँ कि तुम्हारे जैसा सहायक पा कर मेरे लिये कुछ भी असम्भव नहीं है। फिर भी कह रहा हूँ कि मेरा एक मनोरथ पूर्ण करो। मेरे लिये राजसूय यज्ञ की व्यवस्था कर दो।” दुर्योधन बोला, “मैंने देखा है कि क्रतुश्रेष्ठ राजसूय करने के पश्चात चाहे युधिष्ठिर इस समय द्वैतवन में बैठा है, किन्तु तब भी उसका सम्मान मुझसे अधिक है। मेरी पत्नी तक मानती है कि दिग्विजय करने मात्र से, मैं उस महत्त्व का भागी नहीं हो सकता। अब मेरे लिये एक ही मार्ग है, कि मैं भी राजसूय यज्ञ करूँ।”

कर्ण हँस पड़ा, “तो उसमें कठिनाई ही क्या है। ये सारे राजा तुम्हारे वश में हैं, उन्हें आदेश दो कि वे तुम्हारे लिये धन प्रस्तुत करें। कृपाचार्य को कहो कि वे विधिपूर्वक यज्ञ की सामग्री और उपकरणों की व्यवसथा करें और तुम्हारे लिये विशाल दक्षिणाओं वाले राजसूय यज्ञ का आयोजन करें।”

“कृपाचार्य!” दुर्योधन का मन इस नाम पर अटक गया। जाने क्यों उसको लग रहा था कि यह नाम बहुत छोटा है।...युधिष्ठिर के राजसूय में तो नारद, कृष्ण द्वैपायन व्यास, अंगिरस, याज्ञवल्क्य, सुमंतु, कण्ठ, महातेजस्वी कलाप, जैमिनी, पैल, वैशम्पायन और धौम्य जैसे ऋषिगण उपस्थित थे; और दुर्योधन के राजसूय में कृपाचार्य...राजा के वेतन-भोगी कृपाचार्य! उसके अपने अन्न से पल रहे कृपाचार्य। नहीं। यदि उसे अपने राजसूय की कुछ भी गरिमा बनानी है, तो कृपाचार्य से काम नहीं चलेगा।...

“कृपाचार्य कुरुकुल के राजमुरोहित अवश्य हैं, वे विद्वान भी हैं और आचरण से शुद्ध भी; किन्तु वे तपस्वी नहीं माने जाते। वे शस्त्र-व्यवसायी हैं। ऋषि समाज में उनका कोई महत्त्व नहीं है। राजसूय में उनका पौरोहित्य मेरे लिये बहुत गौरव का विषय नहीं होगा।” दुर्योधन बोला, “कोई और बड़ा नाम चाहिए।”

कर्ण समझ नहीं पा रहा था कि इसमें इतने सोच-विचार की क्या आवश्यकता है। मंत्र ही तो पढ़वाने थे। जो पढ़ सकता हो, उससे पढ़वा लो। फिर भी वह दुर्योधन का मन नहीं दुखाना चाहता था। पिछली सारी रात तो वह वैसे ही दुखी रहा था।

“यदि हम दूर न भी जायें, तो व्यास तक तो जा ही सकते हैं।” दुर्योधन बोला।

“तो संदेशवाहक भेज कर उनको आज ही बुलवा लो।”

“नहीं मित्र! उन्हें निमन्त्रित करना है, तो स्वयं ही जाना पड़ेगा।” दुर्योधन बोला, “संदेशवाहक से निमन्त्रण पा कर तो वे अपनी समाधि टूटने पर ही आयेंगे। और उनकी समाधि जाने कितनी लम्बी हो।”

“समाधि क्या लम्बी होगी।” कर्ण बोला, “सब टाल-मटोल का बहाना होता है।”

"मेरा भी अभिप्राय वही है।" दुर्योधन बोला, "यदि तुम सहमत हो तो हम आज पहले यही काम निपटा लें।"

कर्ण को क्या आपत्ति हो सकती थी। वह तो दुर्योधन की प्रत्येक इच्छा से सहमत था।

वेदव्यास ध्यान पूरा कर, उठ कर अपने कुटीर से बाहर आये तो उन्हें सूचना मिली कि दुर्योधन और कर्ण उनकी प्रतीक्षा में बैठे हैं।

"कहो राजकुमार कैसे आये?"

दुर्योधन ने उनके चरणों का स्पर्श कर प्रणाम किया और मान सा करता हुआ बोला, "आप मुझे पुत्र न कह कर राजकुमार क्यों कहते हैं महर्षि!"

महर्षि मुस्कराये, "पुत्र भाव से आओगे तो पुत्र ही कहूँगा। इस समय तो तुम राजकुमार भी नहीं राजा के रूप में आये हो। बोलो मैं तुम्हारा क्या प्रिय कर सकता हूँ।"

दुर्योधन ने कोई विवाद खड़ा करना उचित नहीं समझा। विनयपूर्वक बोला, "पितामह! आप जानते ही होंगे कि कर्ण मेरे लिये दिग्विजय करके लौटा है।"

"मुझ तक तो किसी ने ऐसी कोई सूचना नही पहुँचाई; किन्तु यदि वह सचमुच दिग्विजय कर आया है तो वह बधाई का पात्र है। भगवान उसे सदबुद्धि दें।"

"आप भी तो राजधानी की सूचनायें प्राप्त करने का कोई प्रयत्न नहीं करते।" कर्ण बोला, "नहीं तो कोई भी आपको बता देता।"

"ठीक कहा तुमने राधेय! मेरी रुचि धर्म में है, राजधानी में नहीं।" महर्षि ने उसे सहसा देखा, "इस समय मेरी रुचि यह जानने में है कि तुम्हारा यहाँ आना क्या उस दिग्विजय का ही अंग है।"

दुर्योधन सायास हँसा, "नहीं पितामह! आपका आश्रम जीतने में कर्ण को कोई रुचि नहीं हो सकती। इस समय हम लोग दूसरे ही कारण से आये हैं।..." वह रुका, "मैं राजसूय यज्ञ करना चाहता हूँ।"

"तुमने युवराज को कैसी कठिनाई में डाल दिया है अंगराज!" महर्षि के स्वर में विनोद था।

उन दोनों ने चकित हो कर महर्षि की ओर देखा।

"पति स्वर्ण ला दे, तो पत्नी को अपने कान छिदवाने पड़ते हैं।" महर्षि हँस रहे थे, "तुम दिग्विजय कर आये तो अब दुर्योधन को राजसूय यज्ञ भी करना पड़ेगा।"

"नहीं ऐसी बात तो नहीं है।" दुर्योधन ने तत्काल प्रतिकार किया, "मैं तो वैसे ही सोच रहा था।"

"हाँ तुम वैसे ही सोच रहे थे।" व्यास मन्द-मन्द मुस्कराते जा रहे थे, "गंगा पुत्र ने कर्ण का तिरस्कार किया, तो कर्ण आवेश में भीष्म को नीचा दिखाने के लिये दिग्विजय के लिये चल पड़ा।" व्यास ने रुक कर कर्ण की ओर देखा, "क्षत्रिय राजा किसी का अपमान करने के लिये दिग्विजय नहीं करते अंगराज!"

"किसी को नीचा दिखाए बिना दिग्विजय हो कैसे सकती है महर्षि!" कर्ण के स्वर में भयंकर तिरस्कार था।

"दिग्विजय धर्मस्थापना के लिये होती है, लूटपाट करने अथवा अपने अहंकार को स्थापित करने के लिये नहीं।" महर्षि बोले, "दिग्विजय के माध्यम से सम्राट उस सारे क्षेत्र के शासकों की उच्छृंखलता का दमन करता है। प्रजा को अभय देता है। जन सामान्य के आवागमन के लिये मार्ग बनवाता है। तीर्थयात्रा, देश भ्रमण तथा व्यापार इत्यादि की सुविधायें उपलब्ध कराता है। सब ओर शान्ति की स्थापना करता है।...उस धर्मस्थापना की घोषणा करने के लिये वह राजसूय यज्ञ करता है। तुम धर्मबुद्धि से नहीं, अपने आहत अहंकार के दंश से दिग्विजय करने गये थे, और धर्मस्थापना के स्थान पर विनाश करके लौटे हो।"

"वह जो हुआ, सो हुआ।" दुर्योधन बोला, "मैं तो अब धर्मस्थापना के लिये राजसूय यज्ञ करना चाहता हूँ। आप हमारा वह यज्ञ करवा दें।"

वेदव्यास खिल-खिलाकर हँसे, "तुम्हारे मन में धर्म है दुर्योधन?"

"हाँ आर्य!"

"कोई कामना तो नहीं है?"

"नहीं आर्य!"

"पाण्डवों को नीचा दिखाने के लिये अहंकार की भावना तो नहीं है?"

"नहीं महर्षि!"

"युधिष्ठिर ने राजसूय किया, इसलिये तुम भी राजसूय करो, ऐसी ईर्ष्या तो नहीं है?"

"नहीं आर्य!"

"मैं फिर पूछता हूँ, दुर्योधन! क्या तुम धर्म-प्रेरणा से राजसूय करना चाहते हो?"

"हाँ पितामह! पर आप यह सब क्यों पूछ रहे हैं? आपको मुझ पर विश्वास नहीं है?"

"विश्वास है, इसीलिये पूछ रहा हूँ।" महर्षि बोले, "राजसूय करते हुए राजा के मन में धर्म होता है। वह समझ रहा होता है कि इस नामरूपात्मक जगत में जो कुछ भी है, वह सब उस परम ब्रह्म के ही अधीन है। मूल तत्त्व तो एक ही है, भेद केवल भासमान है। इसलिये वह उन बाह्य रूपाकारों का त्याग कर, अपने मूल स्वरूप में स्थित हो, स्वयं को उस परम ब्रह्म का ही अंश जान, उसी के समान व्यवहार करता है। वह आदरणीय का आदर करता है। पूज्यपूजन के कर्तव्य का निर्वाह करता है। अपना अहंकार स्थापित नहीं करता। ईश्वर के समान भर्ता का रूप धारण कर अपना सब कुछ विद्वानों और अकिंचनों को दान कर देता है। वह भर्ता-स्वरूप होता है, हर्ता-स्वरूप नहीं।..."

"जानता हूँ पितामह!"

"जानते तो हो, किन्तु मानते भी हो?"

"मानता भी हूँ पितामह!"

"तो फिर धर्म के मार्ग पर चलो दुर्योधन!" महर्षि बोले, "अधर्म का त्याग करो। जो जिसका दिया है, उसे दे दो।"

"दे दूँगा पितामह!" दुर्योधन बोला, "दान के भाव से ही तो यज्ञ करना चाहता हूँ।"

"तो फिर सबसे पहले युधिष्ठिर का राज्य उसे दे दो। लोभ मत करो।"

दुर्योधन ने चौंक कर महर्षि की ओर देखा : उसने कल्पना भी नहीं की थी कि व्यास इस सारी चर्चा को यह मोड़ दे देंगे।

"मैं यज्ञ अपने लिये कर रहा हूँ, युधिष्ठिर के लिये नहीं।" उसके मुख से अनायास ही निकल गया।

"नहीं। तुम यज्ञ युधिष्ठिर के लिये कर रहे हो।" महर्षि हँस रहे थे।

"आपको किसने कहा?"

"कहने की क्या बात है।" व्यास बोले, "यह दूसरी बात है कि तुम यज्ञ युधिष्ठिर के प्रेम के कारण नहीं, उससे ईर्ष्या के कारण कर रहे हो। यदि तुम उसके प्रति ईर्ष्या से न जल रहे होते, तो तुम्हारे मन में राजसूय यज्ञ करने की इच्छा कभी न जागती।"

"चलिये युधिष्ठिर के प्रति स्पर्धा के भाव से ही सही, किन्तु मैं एक धर्म कार्य करना चाहता हूँ, तो उसमें क्या दोष है?"

"होनी तो स्पर्धा भी नहीं चाहिए; किन्तु स्पर्धा भी होती तो कदाचित उतना दोष न होता।"

"आप इसे स्पर्धा क्यों नहीं मान सकते?"

"यदि अपने आचरण के कारण युधिष्ठिर तुम्हारा आदर्श होता, यदि तुम

उसका अनुकरण करने का प्रयत्न कर रहे होते, तो मैं इसे तुम्हारी स्पर्धा मान लेता," व्यास बोले, "किन्तु तुम उसे अपना आदर्श नहीं मानते। तुम इस यज्ञ के माध्यम से पाण्डवों को अपनी क्षमता दिखाना चाहते हो। उन्हें नीचा दिखाना चाहते हो। यह तो मात्र अहंकार की परछाई है। मन में अहंकार हो तो धर्म का स्वरूप कभी प्रकट नहीं होता। ऐसे में तुम राजसूय यज्ञ जैसा धार्मिक अनुष्ठान कैसे कर सकते हो। मेरी बात मानो दुर्योधन! पहले अपने मन का कलुष दूर करो। स्वच्छ मन लेकर आओ, सात्विक संकल्प लेकर आओ, निरहंकार हो कर आओ, तो तुम्हारा साधारण यज्ञ भी तुमको राजसूय यज्ञ का फल देगा। राजा लोग राजसूय और अश्वमेध यज्ञ तो स्वयं को अकिंचन बना कर ही कर सकते हैं। तुमने कदाचित ध्यान नहीं दिया कि युधिष्ठिर के राजसूय यज्ञ में अग्र पूजा के रूप में श्रीकृष्ण के चरण धोये गये थे। राजसूय यज्ञ करने वाला सम्राट् अथवा उसका प्रतिनिधि उस व्यक्ति के चरण धो रहा था, जिसने सारे यज्ञ में ऋषियों के चरण धोये थे।" उन्होंने रुक कर दुर्योधन को देखा, "ऋषियों के चरण धोकर अपनी अकिंचनता सिद्ध करने वाले के चरण धोता है सम्राट; तब कहीं वह राजसूय यज्ञ करने की योग्यता प्राप्त करता है।"

"पर उस सबकी क्या आवश्यकता है।" दुर्योधन खीझ कर बोला, "आप जिसको जितना दान कहेंगे, मैं दे दूँगा।"

"दान दे दोगे, और अहंकार से फूल जाओगे।" व्यास हँसे, "मनुष्य को धन नहीं त्यागना है, त्यागना तो अहंकार है। अहंकार गल गया तो धन का मोह तो अपने आप छूट जायेगा। तुम अपने राजसूय में यधिष्ठिर के चरण धो सकोगे? उसकी अग्रपूजा कर सकोगे?"

"यह असम्भव है।" दुर्योधन बोला, "पर आप क्यों चाहते हैं कि मैं युधिष्ठिर की अग्रपूजा करूँ? इसलिये कि कोई भी उसे मूर्ख बना सकता है?"

"इसलिये कि उसकी अधर्म की ओर प्रवृत्ति नहीं है। इसलिये कि उसके मन में हिंसा नहीं है, लोभ नहीं है, काम नहीं है, क्रोध नहीं है, अहंकार नहीं है।" व्यास बोले, "उसके मन में उस राज्य के लिये भी आसक्ति नहीं है, जिसके लिये तुम प्राण लेने और देने पर तुले हुए हो।..."

"यह तो क्षात्र धर्म है।" दुर्योधन उददण्ड भाव से बोला।

"यह भ्रम है। क्षात्र धर्म की भ्रमित व्याख्या है यह।" व्यास बोले, "क्षात्र धर्म का मूल तत्त्व, त्याग है, लोभ नहीं। क्षत्रिय अपने प्राणों पर खेल कर समाज में न्याय स्थापित करता है। अपने शस्त्रबल से लोगों का स्वत्व नहीं छीनता। छीनना दस्यु का काम है। जिस दिन तुम वास्तविक क्षत्रिय हो जाओगे, उस दिन चले आना, मैं तुम्हारा राजसूय यज्ञ करवा दूँगा।"

कर्ण ने संकेत किया और दुर्योधन उठ खड़ा हुआ, "तो मैं चलता हूँ पितामह!"

"जाओ राजन! प्रभु तुम्हारा कल्याण करें।"

बहुत दूर तक दुर्योधन और कर्ण ने बिना किसी संवाद के मौन भाव से यात्रा की। दोनों के मन में आवेश उमड़ रहा था; किन्तु एक तो वह पहले आश्रम की सीमाओं से दूर निकल जाना चाहते थे, और फिर कुछ सोच-विचारकर ही मुख खोलना चाहते थे।

"देख लिया इनका पाखण्ड।" अन्ततः कर्ण बोला, "तुम्हारे राज्य में रहेंगे। तुमसे सहायता, दान और अनुदान पायेंगे; और एक छोटा-सा काम करने का अवसर आयेगा, तो संसार भर के सिद्धान्त झाड़ने लगेंगे।"

"जिस थाली में खाते हैं, उसी में छिद्र करते हैं।" दुर्योधन बोला, "मेरा संकट यह है कि इनसे मेरा सम्बन्ध ही कुछ ऐसा है कि मैं अधिक कुछ कह नहीं सकता। एक ये और एक वे मेरे पितामह भीष्म! इन लोगों के विषय में कुछ निर्णय करना ही कठिन है। कब ये निस्पृह, अनासक्त तपस्वी हो जायेंगे, कब राजनीतिज्ञ, कब राजपुरुष और कब मेरे पितामह, कुछ मता ही नहीं चलता। ये लोग हमारे अन्न पर पलेंगे भी और हमें उपदेश भी देते रहेंगे।"

"तो अब क्या करना है?" कर्ण ने पूछा।

"कुछ भी करना हो, उनकी बात नहीं माननी है। वे चाहते हैं कि मैं युधिष्ठिर बन जाऊँ, ताकि कोई भी मुझे मूर्ख बना सके। मैं तो उनके पास इसलिये गया था कि वे आयेंगे तो अपने साथ सौ पचास और संन्यासियों को भी ले आयेंगे। कुछ मेरे यज्ञ की शोभा रहेगी और कुछ उन निर्धनों को थोड़ा धन मिल जायेगा। अब नहीं है उनके भाग्य में, तो मैं क्या कर सकता हूँ।"

"ठीक है। पर प्रश्न यह कि अब करना क्या है?"

"करना क्या है," दुर्योधन कुछ ऊब के साथ बोला, "मैं ही कुछ ऊँचा उड़ना चाह रहा था। यह तो मुझे पहले ही सोच लेना चाहिए था कि व्यास न मेरे नियन्त्रण में हैं, न वे मेरा अनुशासन मानेंगे। और अपनी इच्छा से तो वे मेरे लिये कुछ करना ही क्यों चाहेंगे।"

दुर्योधन मौन हो गया और कर्ण चुपचाप उसके पुनः बोलने की प्रतीक्षा करता रहा।

"यह काम तो कृपाचार्य ही करेंगे, जो हमारे राजपुरोहित हैं; और फिर उन्हें कोई आपत्ति हो भी तो अश्वत्थामा के माध्यम से उनसे आग्रह किया जा सकता है। ये व्यास तो वही बोली बोलेंगे, जो युधिष्ठिर और कृष्ण बोलते हैं।" दुर्योधन बोला।

"पता नहीं, ये सारे ऋषि-मुनि, पाण्डवों का ही पक्ष क्यों लेते हैं। दान-दक्षिणा तो उन्हें हस्तिनापुर से ही अधिक मिलती है।" कर्ण बोला।

"पाण्डवों का पक्ष लेते हैं, इसीलिये तो वनों में बैठे हैं।" दुर्योधन हँस पड़ा, "जो लोग हमारा पक्ष लेते हैं, वे हस्तिनापुर की राजसभा में विराजते हैं।"

दुर्योधन ने सारथि को संकेत किया, "गुरुकुल में चलो। कृपाचार्य के आवास पर।" और फिर उसने मुड़ कर कर्ण की ओर देखा, "तुम्हें कृपाचार्य के निवास पर जाने में कोई आपत्ति तो नहीं है?"

"क्यों? आपत्ति क्या होगी?" कर्ण ने पूछा, "वर्षों पहले उन्होंने रंग शाला में अर्जुन का पक्ष लेते हुए मेरा विरोध किया था; किन्तु वह तो बहुत पुरानी बात है।"

"हाँ। बात तो पुरानी ही है, पर तुम अपने प्रति किया गया किसी का विरोध भूलते तो हो नहीं! इसलिये पूछ लिया।" दुर्योधन बोला, "वैसे तुम जाना नहीं चाहते तो भी मैं तुमसे चलने का आग्रह करता। तुम्हारे जाने से उन्हें यह लगेगा कि तुमने उनका विरोध त्याग दिया है। सौहार्द की स्थापना करने के लिये आवश्यक है कि हम अपनी सहिष्णुता और उदारता के प्रमाण देते रहें। व्यास के मना करने पर यह भावना मेरे मन में और प्रबल हो गयी है कि हमें इन साधकों, संन्यासियों, तपस्वियों को भी प्रसन्न कर अपने पक्ष में करते रहना चाहिए। समय-समय पर इनकी आवश्यकता भी पड़ेगी। और कुछ नहीं तो पाण्डवों का समाचार ही इन लोगों से मिलता रहेगा।"

कर्ण को यह सारी चर्चा तनिक भी रुचिकर नहीं लग रही थी। बोला, "मेरा विचार है कि अश्वत्थामा को भी साथ लें लें। वार्तालाप में सुविधा रहेगी।"

"क्यों उसे इतना महत्त्व देते हो। वह समझेगा कि उसके बिना हमारा कोई काम ही नहीं होता।" दुर्योधन अपनी खिन्नता से मुक्त होने का प्रयत्न कर रहा था, "राजसूय यज्ञ मैं करूँगा, और उसका सारा श्रेय वह स्वयं ले लेगा।"

"जैसी तुम्हारी इच्छा। मुझसे तो वैसे ही उसका झगड़ा हो जाता है।" कर्ण ने उत्तर दिया।

वे लोग कृपाचार्य के आवास पर पहुँचे तो वे अध्ययनरत थे; किन्तु उन्होंने दुर्योधन को प्रतीक्षा नहीं करवाई। तत्काल भीतर बुलवा लिया।

"आप इस अवस्था में भी इतना श्रम करते हैं आचार्य!" दुर्योधन ने कहा।

कृपाचार्य बोले, "अध्ययन न करने वाला भी कभी आचार्य होता है क्या?"

"मेरा तात्पर्य था कि आपको ज्ञान की क्या कमी है और अब यह श्रम आपको उबा भी देता होगा।"

"तुम्हारा तात्पर्य भी समझ रहा हूँ और तुम्हारा प्रयोजन भी।" कृपाचार्य बोले, "तुम मुझे प्रसन्न करने का प्रयत्न कर रहे हो। किन्तु उसकी आवश्यकता नहीं है। तुम अपना कार्य कहो। आचार्य का धर्म है कि वह अपने शिष्यों को उनके विकास में सहायता दे, चाहे उसकी और उसके शिष्यों की अवस्था कुछ भी क्यों न हो।"

दुर्योधन को कृपाचार्य की वाणी में स्निग्ध अनौपचारिकता के स्थान पर रूक्षता ही अधिक दिखायी पड़ी। पर हतोत्साहित होना तो उसका स्वभाव नहीं था। बोला, "आचार्य! मैं राजसूय यज्ञ करना चाहता हूँ।"

"क्योंकि कर्ण दिग्विजय कर आया है?"

"इसलिये नहीं कि कर्ण दिग्विजय कर आया है, वरन इसलिये कि दिग्विजय के लिये राजसूय अनिवार्य है। अब जब हम पहला सोपान चढ़ चुके हैं, तो दूसरे की ओर पग बढ़ाने में कोई आपत्ति नहीं होनी चाहिए।" दुर्योधन ने उत्तर दिया।

"तुम्हें किसी ओर भी पग बढ़ाने से कोई नहीं रोक सकता युवराज!" कृपाचार्य बोले, "किन्तु तुम मुझे निमन्त्रित कर रहे हो, सूचना दे रहे हो, अथवा कोई और प्रयोजन है?"

"मैं चाहता हूँ कि आप यह यज्ञ करवाने का दायित्व स्वीकार करें।"

"यज्ञ करवाने में मुझे प्रसन्नता होती युवराज! किन्तु शास्त्रों के अनुसार राजसूय यज्ञ करने का अधिकार तुमको नहीं है।"

"क्यों?" दुर्योधन का धैर्य चुकता जा रहा था।

कृपाचार्य ने उसे अनुशासित करने के लिये उस पर एक कठोर दृष्टि डाली, "इसलिये कि तुम्हारे ही कुल में धर्मराज युधिष्ठिर ने राजसूय यज्ञ किया है; और युधिष्ठिर के जीवित रहते तुम्हें यह यज्ञ करने का कोई अधिकार नहीं है।"

दुर्योधन के मन में आया कि वह चीख कर कहे, 'तो युधिष्ठिर को मर जाना चाहिए।' किन्तु यह सब कहने का कोई अर्थ नहीं था। पता नहीं कृपाचार्य समझ रहे थे या नहीं कि वे दुर्योधन को, युधिष्ठिर का वध करने के लिये प्रेरित कर रहे थे।

"पर मैं वह यज्ञ करना चाहता हूँ आचार्य!"

"बिना उसकी पात्रता प्राप्त किये?" कृपाचार्य की दृष्टि में भयंकर तिरस्कार था।

"कौन निश्चित करता है, यह पात्रता?" दुर्योधन ने पूछा।

"क्यों? उसकी हत्या कर दोगे?"

और सहसा दुर्योधन हँस पड़ा, "नहीं आचार्य! केवल अपना ज्ञानवर्धन कर रहा हूँ। ऐसा क्यों होता है कि मेरी प्रत्येक इच्छा की पूर्ति के मार्ग में कोई-न-कोई ऐसा शास्त्र आ ही खड़ा होता है, जो मुझे उसका पात्र नहीं रहने देता।"

"कोई भी तुम्हारे मार्ग में नहीं खड़ा है राजकुमार! किन्तु यह संसार मात्र तुम्हारी इच्छाओं की पूर्ति के लिये ही नहीं बना है। यहाँ ईश्वर के उत्पन्न किए हुए असंख्य जीव हैं; और उनके मन में भी कुछ इच्छाएँ जन्म लेती हैं। शास्त्र सबको समान रूप से मान्यता देता है; और तुम अपनी इच्छा के सिवा और किसी की इच्छा का अस्तित्व ही स्वीकार नहीं करते। शास्त्र के मार्ग में तुम खड़े हो। तुम्हारे मार्ग में कोई नहीं खड़ा है।"

दुर्योधन ने कोई उत्तर नहीं दिया। वह प्रणाम कर उठ आया।

रथ में बैठते ही उसने कर्ण की ओर देखा, "जब तक यह युधिष्ठिर मरेगा नहीं, तब तक मेरी कोई इच्छा पूरी नहीं होगी।"

"मैं तो कब से कह रहा हूँ कि यदि स्वतन्त्र और सुखी रहना चाहते हो तो पहले इन पाण्डवों का नाश करो।" कर्ण ने निर्द्वंद्व भाव से कहा।

"मेरे हाथ में होता, तो मैं कब का उन्हें यमपुर पहुँचा चुका होता।" दुर्योधन बोला, "किन्तु इन कुलवृद्धों ने मुझे ऐसे बाँध रखा है कि मैं अपने मन का कुछ भी कर नहीं पाता। एक ओर से देखो तो सारे अधिकार मेरे हाथ में हैं, और दूसरा पक्ष यह है कि मैं कुछ भी नहीं कर पाता।"

"तुम इतने असहाय भी तो नहीं हो युवराज!" कर्ण बोला, "जब करने पर आते हो, तो महाराज से कुछ भी करवा लेते हो।"

"ठीक कहते हो।" दुर्योधन बोला, "किन्तु युद्ध के संदर्भ में महाराज के किए तो कुछ नहीं होगा। उसके लिये हमें आवश्यकता पड़ेगी, पितामह की, आचार्य द्रोण की, कृपाचार्य की।...और उनमें से कोई भी नहीं चाहता कि मैं सेना लेकर पाण्डवों पर आक्रमण करूँ।"

"तो क्या हम उनकी सहायता के बिना पाण्डवों से युद्ध नहीं कर सकते?" कर्ण का दम्भ अत्यन्त मुखर हो आया था, "यदि मैं अपने बल पर दिग्विजय कर सकता हूँ तो मैं पाण्डवों से युद्ध भी कर सकता हूँ।"

"कहते तो ठीक हो मित्र!" दुर्योधन बोला, "किन्तु तुम्हारी दिग्विजय के मार्ग में भीष्म और द्रोण नहीं खड़े थे। यदि तुम पाण्डवों के विरुद्ध सेना लेकर जाओगे, तो अधिक सम्भावना इस बात की है कि पहले तुम्हें हमारे पितामह से ही, युद्ध करना पड़ेगा।"

कर्ण ने कोई उत्तर नहीं दिया। वह दुर्योधन की बात पर विचार कर रहा था। घोषयात्रा के लिये भी बहाना बनाना पड़ा था और तब भी उनकी इच्छा पूरी नहीं हो पायी थी। वे लोग पाण्डवों तक तो पहुँच ही नहीं पाये थे। उसी प्रकार यदि वे फिर पाण्डवों पर आक्रमण करते हैं और उन्हें पाण्डवों से पहले भीष्म, द्रोण तथा कृपाचार्य से युद्ध करना पड़ता है, तो एक प्रकार से उन्हें हस्तिनापुर की सेना के ही विरुद्ध पहले लड़ना पड़ेगा।...यह तो सचमुच न सम्भव था, न श्रेयस्कर। यदि दुर्योधन और उसके मित्रों की वाहिनियाँ, भीम, द्रोण, कृपाचार्य तथा अश्वत्थामा के विरुद्ध लड़कर उन्हें नष्ट करती हैं, तो वे स्वयं ही हस्तिनापुर की सेना को इतना दुर्बल कर देंगी कि पाण्डवों से लड़ने का न उसमें उत्साह रहेगा, न सामर्थ्य...दुर्योधन ठीक ही कहता है, वे लोग इन वृद्धों की सहमति के बिना पाण्डवों से नहीं लड़ पायेंगे।...

"हम भीष्म, द्रोण तथा कृपाचार्य के विरुद्ध तो नहीं लड़ सकते, किन्तु हम व्यास और कृपाचार्य के विरुद्ध तो लड़ ही सकते हैं।" कर्ण बोला, "हम वही क्यों नही करते?"

"व्यास और कृपाचार्य के विरुद्ध लड़ने का क्या अर्थ है? व्यास कोई योद्धा हैं क्या?" दुर्योधन हँसा, "अच्छा किया कि तुमने इनमें विदुर का नाम नहीं जोड़ा।"

"अपने ढंग से तो व्यास भी योद्धा ही हैं। उन्होंने भी तो तुम्हें बाँध ही दिया है, न तुम्हें राजसूय करने की अनुमति दी, न तुम्हारे लिये यज्ञ करने को प्रस्तुत हुए।" कर्ण बोला, "हम उनके इस व्यूह को तोड़ सकते हैं। उनका यह व्यूह तोड़ना ही चाहिए। हमें उनकी सहायता के बिना ही राजसूय यज्ञ कर दिखाना चाहिए।"

दुर्योधन ने एक गम्भीर दृष्टि कर्ण पर डाली : कर्ण के मन में कोई योजना है क्या?

"इन राजगुरुओं और राजपुरोहितों का विचार छोड़ो और अपनी सेवा करने वाले, सेवा का अवसर ढूँढने वाले साधारण ब्राह्मणों को बुलाओ।" कर्ण बोला, "उन्हें आदेश दो कि वे तुम्हारे लिये क्रतुश्रेष्ठ राजसूय का आयोजन करें। मुझे विश्वास है कि बड़ी-बड़ी दक्षिणाओं का ऐसा अवसर वे कभी हाथ से नहीं जाने देंगे।"

दुर्योधन को कर्ण की बात में सार दिखायी दिया : ठीक कह रहा है कर्ण। कृपाचार्य और द्रोण जैसे लोग वृत्ति लेते हुए तो राजा की कृपा का आह्वान करेंगे, और राजा की इच्छापूर्ति का समय आते ही शास्त्र की चाकरी करने लगेंगे। साधारण ब्राह्मण यह नहीं करेगा। वह तो कब से बैठा प्रतीक्षा कर रहा है कि वह किसी प्रकार राजा को प्रसन्न कर द्रोण और कृपाचार्य का स्थान ले सके।

अपने भवन में पहुँचकर दुर्योधन ने ब्राह्मण-पल्ली के मुखिया के बुलाया।

मुखिया ने आने में तनिक भी विलम्ब नहीं किया।

"महाराज पर प्रभु की कृपा हो।"

"यह सब मत बोला करो।" दुर्योधन ने उसे डाँटा, "मुझे विजयी होने का आशीर्वाद दिया करो। अपने शत्रुओं का नाश करने में सफल होने का आशीर्वाद दिया करो।"

"वह भी तो भगवान् की कृपा से ही होगा महाराज!"

"वह सब मैं नहीं जानता; और न इस विषय में तुमसे शास्त्रार्थ करना चाहता हूँ।" दुर्योधन बोला, "मैं तो केवल इतना जानता हूँ, कि जो लक्ष्य प्राप्त करना हो, उसके लिये किसी शक्ति को प्रसन्न करना पड़ता है, जैसे तुम्हें दक्षिणा लेनी हो तो मेरी जय बोलते हो, भगवान की नहीं। मैं भी इस समय अपनी इच्छापूर्ति के लिये तुम्हें प्रसन्न करने को प्रस्तुत हूँ। इसका अर्थ यह भी है कि दक्षिणा में यदि बड़ी राशि चाहिए तो पहले मेरी इच्छापूर्ति करो।"

"महाराज का क्या आदेश है?" ब्राह्मण ने पूछा।

"मैं राजसूय यज्ञ करना चाहता हूँ।"

"क्रतश्रेष्ठ राजसूय!" ब्राह्मण जैसे स्तब्ध रह गया।

"हाँ।"

"पर युवराज! राजसिंहासन पर तो अभी महाराज धृतराष्ट्र आसीन हैं। उनके वर्तमान रहते, आप राजसूय कैसे कर सकते हैं?"

अब स्तम्भित होने की बारी दुर्योधन की थी। धृतराष्ट्र के जीवित रहते भी वह कुछ नहीं कर सकता? युधिष्ठिर के लिये तो वह मृत्यु की कामना कर सकता था, अपने पिता के लिये तो वह भी नहीं कर सकता। अपने पिता से न वह स्पर्धा कर सकता था, न ईर्ष्या, न उनसे कुछ छीन सकता था, न उनके अहित की कामना कर सकता था। तो? कैसी स्थिति थी उसकी। उसकी इस दिग्विजय का भी क्या अर्थ? पता नहीं उसके पिता भी राजसूय कर सकते थे अथवा नहीं। और कर भी लेते तो दुर्योधन, युधिष्ठिर की समता कैसे कर सकता था? युधिष्ठिर के समकक्ष तो वह तब ही हो सकता था, जब वह स्वयं राजसूय यज्ञ करता। वह स्वयं सम्राट् बनता।...

"मैं राजसूय यज्ञ नहीं कर सकता?" उसने ब्राह्मण की ओर देखा।

"कैसे कर सकते हैं युवराज! सिंहासन पर अभिषिक्त हुए बिना आप सम्राट् कैसे बन सकते हैं।"

दुर्योधन को युवराज शब्द कभी इतना नहीं चुभा था। रुष्ट स्वर में बोला, "तो मैं तुम्हें दक्षिणा कैसे दे सकता हूँ? मुझसे तुम वृत्ति पा सकते हो?"

दुर्योधन को यह देखकर आश्चर्य हुआ कि ब्राह्मण उसकी बात से तनिक भी विचलित नहीं हुआ। वह मुस्कुरा कर बोला, "युवराज आप वैष्णवी यज्ञ करें। आप अपनी वर्तमान स्थिति में भी वैष्णवी यज्ञ कर सकते हैं; और मैं अपनी दक्षिणा पा सकता हूँ।"

दुर्योधन ने कर्ण की ओर देखा, कर्ण ने मुस्कुारा कर स्वीकृति में सिर हिला दिया।

"उसका क्या महत्त्व है?" दुर्योधन ने पूछा।

"युवराज! उसे राजसूय की भूमिका ही समझें।" ब्राह्मण बोला, "यह उससे कम महत्त्वपूर्ण नहीं है। आप अपने अधीनस्थ सारे भूपालों को आदेश दीजिए, वे आपको स्वर्ण अथवा स्वर्ण के बने आभूषण कर के रूप में दें। उन आभूषणों तथा स्वर्ण से आप सोने का एक हल बनवाएँ। उस हल से यज्ञ के लिये भूमि जोतें। उसी पवित्र भूमि पर उत्तम संस्कारों से सम्पन्न, प्रचुर अन्न पान से युक्त तथा सर्वसाधारण के लिये अबाध प्रवेशवाला अनवरत यज्ञ कीजिये।"

"यह कौन-सा यज्ञ है ब्राह्मण?" कर्ण ने पूछा।

"इसका नाम वैष्णवीयज्ञ है अंगराज!" ब्राह्मण ने बताया।

"आज तक किन-किन राजाओं ने इस यज्ञ का आयोजन किया है?" दुर्योधन ने पूछा।

"भगवान् विष्णु के अतिरिक्त आज तक और किसी ने भी इस यज्ञ को नही किया है।" ब्राह्मण बोला, "इससे इसका महत्त्व अपने आप में ही सिद्ध है।"

"तो ठीक है अंगराज! हम वह यज्ञ करेंगे, जो आज तक किसी राजा ने नहीं किया है।" दुर्योधन बोला, "तत्काल इस यज्ञ की तैयारी आरम्भ कर दी जाये।"

17

इस दूत को युधिष्ठिर ही नहीं, सारे पाण्डव पहचानते थे। दुःशासन का बहुत मुँहलगा दूत था, प्रभुदत्त। वह प्रणाम कर शान्त भाव से खड़ा हो गया था।

भीम को तो हस्तिनापुर से किसी दूत का आना ही अच्छा नहीं लगता था। वहाँ से उसके मन के अनुकूल तो कोई समाचार आता ही नहीं था। जब भी कोई समाचार आया, कष्टकारक ही आया। इससे तो अच्छा था कि कोई समाचार ही न आये। वह जानता था कि यदि अभी इसी दूत से वह पूछेगा कि

माँ कैसी हैं, तो वह यही उत्तर देगा कि महारानी कुन्ती से उसकी बहुत दिनों से भेंट नहीं हुई है। वह तो वही बोलेगा, जो उससे कहने को कहा गया है। और पाण्डवों की दृष्टि से कोई सुखद समाचार देने के लिये दुःशासन ने उसे भेजा नहीं होगा; तो भीम के मन के अनुकूल कोई बात वह कहेगा ही कैसे।

"कहो प्रभुदत्त! क्या समाचार लाए हो।" युधिष्ठिर ने मधुर भाव से पूछा।

"धर्मराज!" प्रभुदत्त बोला, "अंगराज कर्ण के नेतृत्व में हस्तिनापुर की सेना दिग्विजय करके लौटी है। संसार के सारे राजाओं से कर के रूप में जो स्वर्ण प्राप्त हुआ है, उससे महाराज दुर्योधन ने एक हल तैयार करवाया है। हस्तिनापुर नगर के बाहर गंगा तट पर उसी हल से महाराज ने भूमि जोती है। वहाँ एक महान यज्ञ के लिये वेदी तैयार की गयी है और महाराज दुर्योधन यज्ञ की दीक्षा लेकर वहाँ बैठ गये हैं। देश-विदेश के राजा-महाराजाओं, विद्वानों तथा महाजनों को आमन्त्रित करने के लिये चारों दिशाओं में दूत भेज दिये गये हैं। आशा है कि असंख्य लोग उसमें सम्मिलित होंगे। महाराज दुर्योधन ने आपको भी, अपने भाइयों तथा पत्नी सहित उस यज्ञ में सम्मिलित होने का निमन्त्रण भेजा है। राजकुमार दुःशासन ने विशेष रूप से कहलवाया है कि महारानी द्रौपदी के बिना इस यज्ञ की कोई शोभा नहीं होगी। अतः वे अवश्य आयें।"

पाण्डवों ने एक-दूसरे की ओर देखा : इस निमन्त्रण की ध्वनि स्पष्ट थी। दुःशासन उन्हें द्यूतसभा में हुए द्रौपदी के अपमान का स्मरण करा रहा था।

"सेना लेकर दिग्विजय करने क्या दुःशासन गया था?" भीम ने युधिष्ठिर के कुछ कहने से पूर्व ही पूछा लिया।

"नहीं आर्य! अंगराज कर्ण गये थे!"

"हाँ! दुर्योधन और दुःशासन इतना साहस कैसे करते। उनका सारा साहस तो घोष-यात्राओं तक ही सीमित है। वैसे दूत! आजकल हस्तिनापुर का राजा कौन है?" भीम ने पुनः पूछा।

प्रभुदत्त ने आश्चर्य से भीम की ओर देखा : क्यों पूछ रहा है भीम, यह सब? पर फिर भी उत्तर तो उसको देना ही था।

"महाराज धृतराष्ट्र आर्य!"

"और यज्ञ कर रहा है दुर्योधन!" भीम जोर से हँसा, "राजा धृतराष्ट्र हैं, दिग्विजय हस्तिनापुर की सेना ने की है; और माना जा रहा है कि दिग्विजय दुर्योधन ने की है।"

"कौन-सा यज्ञ कर रहा है, दुर्योधन?" अर्जुन ने प्रश्न किया।

"वैष्णवी यज्ञ।"

"इससे पहले भी किसी राजा ने यह वैष्णवी यज्ञ किया है क्या?" अर्जुन ने पुनः पूछा।

"ब्राह्मणों का कहना है कि भगवान विष्णु के पश्चात् यह यज्ञ किसी ने भी नहीं किया है।" प्रभुदत्त ने बताया।

"अर्थात् हस्तिनापुर के ब्राह्मणों ने इस यज्ञ का आविष्कार दुर्योधन की सुविधा के लिये किया है।" सहदेव ने कहा, "शास्त्रों में तो ऐसे किसी क्षत्रियोचित यज्ञ की चर्चा है नहीं, जो बिना सिंहासनाभिषिक्त हुए, दिग्विजय कर, किया जा सके।"

"करना तो वे राजसूय यज्ञ ही चाहते थे राजकुमार! किन्तु शास्त्र उसकी अनुमति नहीं देता।" दूत ने उत्तर दिया, "ब्राह्मणों का कहना है कि वैष्णवी यज्ञ भी क्रतुश्रेष्ठ राजसूय के ही समान महान है।"

"यज्ञ कोई भी हो," युधिष्ठिर ने विवाद को आगे बढ़ने से रोका, "हर्ष का विषय यह है कि दुर्योधन इस व्याज से प्रभु का भजन करेगा। शास्त्र किसी को प्रभुस्मरण से तो रोकता नहीं है। कोई किसी भी प्रकार से अपना उत्थान कर सकता है।"

शेष पाण्डवों के प्रश्नों के व्यूह में घिर गये दूत्त ने चैन की साँस ली, "तो उक्त अवसर पर महाराज हस्तिनापुर में पधारेंगे न?"

"प्रभुदत्त!" युधिष्ठिर बोले, "महाराज धृतराष्ट्र तथा माता गान्धारी को हमारी ओर से बधाई देना और कहना कि हमें इस यज्ञ में सम्मिलित होने में बहुत प्रसन्नता होती; किन्तु हम अपने धर्म से बँधे हैं। हमें बारह वर्षों का वनवास और एक वर्ष का अज्ञातवास करना है। इस समय हम वनवास वाली अवधि में चल रहे हैं। हमारा हस्तिनापुर नगर में आना और वास करना धर्मविरुद्ध होगा। इसलिये हम यज्ञ में तो सम्मिलित हो नहीं पायेंगे; किन्तु हमें इस बात का अथाह सन्तोष है कि दुर्योधन धर्म की ओर प्रवृत्त हो रहा है। भगवान उस पर अपनी कृपा बनाए रखें।"

दूत ने हाथ जोड़कर प्रणाम किया और वह जाने कि लिये मुड़ा, तो भीम ने उसे रोक कर कहा, "एक बात मेरी ओर से भी कह देना दूत!"

"जी राजकुमार!"

"दूत!" भीम ने कहा, "दुर्योधन को कहना कि वह निराश न हो। हम उसका निमन्त्रण अस्वीकार नहीं कर रहे हैं। उपयुक्त समय पर पाण्डव हस्तिनापुर अवश्य आयेंगे। यज्ञ के अवसर पर ही आयेंगे। किन्तु वह राजसूय अथवा वैष्णवी यज्ञ नहीं होगा। वह रणयज्ञ होगा। उस समय पाण्डव अपने शस्त्रास्त्रों से प्रज्वलित रोषाग्नि में दुर्योधन की आहुति देंगे। उस अग्नि में जलते दुर्योधन, उसके मित्रों,

भाइयों तथा पुत्रों पर हम अपने क्रोध के घी की आहुति डालने को उद्यत हो कर आयेंगे।"

दूत स्तब्ध खड़ा भीम की बात सुनता रहा।

"जाओ दूत!" युधिष्ठिर ने कहा, "राजकुमार का संदेश यदि दुर्योधन से कहोगे, तो मेरी ओर से यह भी जोड़ देना कि व्यक्ति का धर्मपूर्ण आचरण, उसके प्रति अन्य लोगों के रोष और विरोध का नाश कर देता है। न्यायपूर्ण व्यवहार विरोधियों के मन की युद्ध भावना को ही समाप्त कर देता है। इसलिये दुर्योधन को पाण्डवों से भयभीत होने की कोई आवश्यकता नहीं है। उसे अन्याय, अधर्म तथा अत्याचार से भयभीत होना चाहिए।"

"जैसी महाराज की आज्ञा।" दूत चला गया।

"यह दुर्योधन कब से धर्म की ओर प्रवृत्त हो गया?" प्रभुदत्त के जाने के पश्चात् द्रौपदी ने जैसे चर्चा आरम्भ करने के लिये कहा।

"मैं नहीं समझता कि वह धर्म की ओर प्रवृत्त हुआ है।" अर्जुन बोला, "यज्ञों का मूल आशय तो धर्मप्रधान्य ही है; किन्तु उसका एक सामाजिक पक्ष भी है। सामाजिक सम्मान के लिये भी तो लोग बड़े-बड़े समारोह करते हैं। लोगों को बुलाते हैं। निर्धनों को भोजन कराते हैं। विद्वान ब्राह्मणों को दान-दक्षिणा देते हैं। किन्तु उसका कोई आध्यात्मिक आधार नहीं होता। वे वह सारा प्रपंच सामाजिक मान-प्रतिष्ठा की कामना से कर रहे होते हैं।"

"कोई किसी कामना से यज्ञ करे अथवा कराए।" युधिष्ठिर बोले, "किन्तु इतना जन-कल्याण तो उससे होता ही है न कि भगवान् की चर्चा होती है, सत्संग होता है, निर्धनों को अन्न मिलता है। विद्वानों का ज्ञान जन-सामान्य के सम्मुख उद्घाटित होता है, विद्वानों का सम्मान होता है। प्रजा का हित होता है।"

"यह सब होता तो है," द्रौपदी बोली, "किन्तु यदि यज्ञ करने वाला राजा सात्विक वृत्ति से, निष्काम हो कर यह सब नहीं कर रहा, तो आपने ध्यान दिया है कि उसके द्वारा कौन लोग आमन्त्रित होते हैं, कौन लोग सम्मानित होते हैं।...सबसे बड़ी बात तो यह है कि ऋषियों द्वारा रची गयी पवित्र ऋचाएँ किस प्रकार उस कलुषित वातावरण में मलिन होती हैं। अहंकार का प्रचार-प्रसार होता है। जिन लोगों को किसी भी प्रकार सामाजिक मान्यता नहीं मिलनी चाहिए, उन्हें सामाजिक मान्यता मिलने लगती है और सामाजिक अहित वहीं से आरम्भ हो जाता है।"

"ठीक कहती हो प्रिये! धार्मिक अनुष्ठानों से ही क्या, तपस्या से भी वही मिलता है, जिसकी मनुष्य कामना करता है।" युधिष्ठिर बोले, "जो कुछ वह चाहता ही नहीं, वह उसे कैसे मिल सकता है?"

"इसीलिये तो मैं कह रहा हूँ कि इस यज्ञ से दुर्योधन न प्रजा का हित चाहता है, न अपना कल्याण। वह तो अपने वैभव का प्रदर्शन कर अपना अहंकार पुष्ट करना चाहता है।" अर्जुन ने कहा।

"तो उसको वही मिलेगा।" युधिष्ठिर बोले, "रावण भी तो अपनी तपस्या के पश्चात् अपने अहंकार के कारण राक्षस ही हो गया था।"

"यदि दुर्योधन का लक्ष्य इतना ही है, तो हमें आपत्ति नहीं होनी चाहिए।" सहदेव बोला, "किन्तु वह तो इसके माध्यम से राजाओं को एकत्रित कर, उन्हें अपना मित्र नहीं, हमारा शत्रु बनाने का प्रयत्न करेगा।"

"तो तुम क्या कर सकते हो," युधिष्ठिर हँसे, "कोई संसार में अपने लिये अमृत खोजता है, कोई दूसरों के लिये विष। जिसकी जो प्रकृति है, वह वही करेगा।"

"जब हम जानते हैं कि वह हमारे लिये विष एकत्रित कर रहा है, तो हमें सावधान तो रहना ही होगा।" द्रौपदी बोली।

"हम असावधान हैं ही कहाँ पांचाली!" भीम बोला, "हम सावधान ही हैं, इसलिये हम जानते हैं कि हस्तिनापुर में जो कुछ हो रहा है वह सब पाखण्ड है। सूतपुत्र की दिग्विजय कोई वास्तविक दिग्विजय नहीं है। जितने समय में वह दिग्विजय कर आया है, उतने समय में तो कोई चारों दिशाओं की यात्रा भी नहीं कर सकता।..."

"मेरे मन में एक दूसरा ही प्रश्न है।" अर्जुन ने कहा।

"क्या?" द्रौपदी ने उसकी ओर देखा।

"यदि महाराज धृतराष्ट्र वास्तविक दिग्विजय चाहते थे तो, हस्तिनापुर के सारे योद्धा योजनाबद्ध रूप से सारी दिशाओं में क्यों नहीं गये? क्यों अकेले कर्ण पर यह सारा भार डाल दिया गया? हस्तिनापुर की सेना में पितामह भीष्म तथा आचार्य द्रोण का कोई स्थान नहीं है? और फिर यदि हस्तिनापुर की सेना वस्तुतः दिग्विजय करके लौटी है तो दिग्विजय का श्रेय सिंहासनस्थ महाराज धृतराष्ट्र को न देकर दुर्योधन को क्यों जा रहा है?"

"इसलिये कि यह न तो धृतराष्ट्र की योजना है।" भीम बोला, "न यह वास्तविक दिग्विजय है। किसी महत्त्वपूर्ण राजा को कर्ण ने पराजित किया हो, ऐसी कोई सूचना किसी दिशा से नहीं आयी है। और न ही यह वास्तविक यज्ञ है। शास्त्र के अनुसार अभी दुर्योधन राजाओं के करने योग्य कोई भी महत्त्वपूर्ण यज्ञ कर नहीं सकता, इसलिये इस वैष्णवी यज्ञ को कर रहा है, जिसे आज तक पृथ्वी के किसी राजा ने नहीं किया है। उसके मन की ईर्ष्या उसे शान्त बैठने नहीं देती, इसलिये कुछ-न-कुछ ऐसा करता रहता है, जिससे वह पाण्डवों के समकक्ष होने का दर्प कर सके। वही कर रहा है वह।"

"यह तो निश्चित ही है कि जो कुछ वह कर रहा है, वह धर्म नहीं उसकी राजनीति है।" युधिष्ठिर बोले, "इसीलिये पितामह तथा आचार्य उससे सहमत नहीं होंगे।"

"तो फिर हमें कुछ करना चाहिए न!" द्रौपदी ने कहा।

"हमें इसमें क्या करना है पांचाली।" अर्जुन ने कहा, "हम तो राजनीति में भी धर्म खोज रहे हैं; और वह धर्म के माध्यम से भी राजनीति कर रहा है।"

"वस्तुतः वह राजनीति भी नहीं कर रहा, वह अपनी महत्त्वाकांक्षा की उस मृगतृष्णा के पीछे दौड़ रहा है, जिसकी परिणति केवल थक कर गिर जाने में होती है।" युधिष्ठिर बोले, "वह इतना भी समझ नहीं पा रहा है कि उसके शत्रु पाण्डव नहीं, उसके मन में स्थित पाण्डवों के प्रति ईर्ष्या का भाव है। वह पाण्डवों का सब कुछ छीन ले, झूठी नहीं वास्तविक दिग्विजय कर ले, किन्तु सुख तो उसे अपने मन को इस रोग से स्वच्छ करके ही मिलेगा। धर्म से ही मिलेगा। और धर्म लोभ में नहीं, अस्तेय और अपरिग्रह में है। यदि सुख राज्य में होता, तो उग्रसेन को कृष्ण से अधिक सुखी होना चाहिए था।"...

"मैंने कृष्ण को कभी दुखी अथवा हताश नहीं देखा।" नकुल बोला, "तो उनसे अधिक सुखी कोई हो कैसे सकता है?"

"मेरा विचार है कि कृष्ण ने अपने जीवन में इतने कष्ट देखे हैं कि अब वे किसी कष्ट से विचलित नहीं होते।" भीम ने कहा।

"मध्यम कदाचित् ठीक ही कह रहे हैं।" द्रौपदी ने भीम का समर्थन किया, "गोविन्द का जन्म मृत्यु की छाया में, कारागार के भीतर हुआ। सारा शैशव हत्या करने आये राक्षसों से लड़ते हुए व्यतीत हुआ। किशोरावस्था में ही मृत्यु का सामना करने के लिये मथुरा जाना पड़ा। कंस का वध कर देने पर भी मथुरा में रहना सम्भव नहीं हुआ। द्वारका में भी निरन्तर एक से बढ़ कर एक, शक्तिशाली शत्रुओं से लड़ना पड़ा। कौन-सा संकट है, जो उन्होंने नहीं झेला। जिन यादवों की रक्षा की, उन्होंने भी लांछन लगाए और शत्रुतापूर्ण व्यवहार किया। फिर भी केशव ने किसी से शत्रुता नहीं पाली। किसी को अपना विरोधी नहीं माना। किसी से कुछ माँगा नहीं, और जिसने जो माँगा, उसे वह देने को तैयार रहे।"

"बस यही कारण है, जिससे वे कभी हताश नहीं होते? कभी उदास नहीं होते?" नकुल ने पुनः पूछा।

"कृष्ण के मन में कोई कामना नहीं है; फिर भी वे सदा क्रियाशील हैं।" युधिष्ठिर बोले, "अपने लिये द्वारका का राज्य भी नहीं चाहिए; किन्तु सारे जम्बूद्वीप के राज्यों की चिन्ता में सदा सक्रिय रहते हैं। कामना नहीं होगी, तो दुःख निकट भी नहीं आयेगा।"

"मुझको तो लगता है कि कृष्ण का मन है ही नहीं। वह उनकी बुद्धि में ही समा गया है।" अर्जुन बोला, "बुद्धि ऐसी है, जो तनिक भी संशयशील नहीं है। स्थिर बुद्धि है उनकी, निष्कम्प दीपशिखा-सी। निर्द्वन्द्व, सरल और निश्छल। उसे साधरण बुद्धि नहीं, प्रज्ञा कहना चाहिए।"

"पर बुद्धि में द्वन्द्व क्यों नहीं है? संशय क्यों नहीं है? केशव तर्क-वितर्क नहीं करते? पक्ष-विपक्ष नहीं देखते? उनकी बुद्धि कैसे कभी भ्रम में नहीं पड़ती?" द्रौपदी बोली।

"क्योंकि उसमें आसक्ति नहीं है। किसी के प्रति मोह नहीं है।" युधिष्ठिर बोले, "जिस प्रकार उन्होंने अपने मातुल का वध किया, अपने मौसेरे भाई शिशुपाल के पापों का दण्ड देने के लिये उसका वध किया, उससे स्पष्ट है कि कृष्ण की बुद्धि न्याय को देखती है, सम्बन्धों को नहीं।"

"तो क्या किसी से प्रेम नहीं है उनका? माया-ममता नहीं है उनके मन में?" नकुल जैसे अपने आपसे पूछ रहा था, "हृदयहीन, शुष्क व्यक्ति हैं वे? भावना की स्निग्धता नहीं है उनमें?"

"जितना प्रेम कृष्ण के मन में है, उतना किसी और के मन में सम्भव ही नहीं है।" अर्जुन बोला, "सारी सृष्टि से एक साथ प्रेम कर सकते हैं कृष्ण। हाँ! मोह नहीं है उनको। उनके मन में विभाजन नहीं है; और न ही किसी अपने का अन्याय स्वीकार्य है उनको। कृष्ण न्याय रूप भी हैं, और प्रेम रूप भी। तो फिर उनकी प्रज्ञा क्यों भ्रमित होगी, वे हताश क्यों होंगे।"

"हाँ! प्रेम जताने में तो दक्ष है कृष्ण।" भीम हँसा, "कहीं भी लोगों को एकत्रित कर उन पर प्रेम लुटाने लगता है। कहीं बाँसुरी बजाकर वृद्धाओं को लुभाने लगता है..."

द्रौपदी ने भीम को कुछ कठोर दृष्टि से देखा, "मध्यम! किसी के गुणों का उपहास करना कोई अच्छी बात नहीं है। मुझे तो लगता है कि कृष्ण हमारे समान साधारण मनुष्य हैं ही नहीं। वे नारायण की विशिष्ट विभूतियों को लेकर उत्पन्न हुए हैं। वे बहुत विकसित पुरुष हैं। बहुत उन्नत।"

"हाँ! तुम्हारे तो सखा हैं। क्यों नहीं कहोगी यह सब। हमारे क्या लगते हैं कि हम उनका इस प्रकार गुणगान करें।" भीम अब भी हँस रहा था।

"पांचाली! तुम भी मध्यम के परिहास को नहीं समझ पा रहीं।" अर्जुन बोला, "मध्यम क्या कम प्रेम करते हैं केशव से?"

"जानती हूँ, फिर भी उनको केशव का उपहास तो नहीं करना चाहिए। कौन है केशव के समान, जो दरिद्र, वृद्ध, रोगी...किसी से भी इतना प्रेम कर सके। सबसे प्रेम कर सके। निःस्वार्थ प्रेम कर सके। जो उनसे प्रेम करे, उन सबको उनके प्रेम की शतगुणित प्रतिध्वनि दे सके?"

"हम सब तुमसे सहमत हैं पांचाली! कृष्ण की असाधारणता और महानता की कौन उपेक्षा कर सकता है।" युधिष्ठिर बोले, "और फिर हमसे अधिक कौन इस तथ्य को जानता है। हम जब-जब कठिनाई में घिरे हैं, कृष्ण दौड़े हुए आये हैं। बिना किसी लोभ के, बिना किसी अपेक्षा के।"

धर्मराज के कथन ने द्रौपदी को मौन कर दिया था, किन्तु उसका आवेश अभी जैसे चुका नहीं था। धीरे से बोली, "कोई माने या न माने, मैं तो यह भी मानने लगी हूँ कि स्वयं नारायण ही आये हैं, केशव के रूप में जन्म लेकर संसार के पाप से लड़ने के लिये।"

भीम की इच्छा थी कि वह द्रौपदी को अभी कुछ और खिझाये, किन्तु उसका सात्विक आवेश और समर्पण भाव देख कर वह जैसे स्तम्भित हो कर रह गया था। उसे लगा, अब वह परिहास नहीं कर सकेगा। उसका अपना मन भी कृष्ण से अभिभूत हो कर उसके विषय में कुछ सोचना चाहता था।...

18

यज्ञ पूर्ण कर दुर्योधन वेदी से उठा तो उसके मुख पर सात्विकता के स्थान पर भयंकर रजोगुण था। उसके मन में आत्मसमर्पण अथवा आत्मविस्मृति के भाव नहीं थे। वह तो दर्प से इस प्रकार मत्त हो रहा था, जैसे यज्ञ वेदी से न उठा हो, कोई असाधारण युद्ध जय कर, युद्धक्षेत्र से लौटा हो।

याचकों ने उसकी जयजयकार की और ब्राह्मणों ने उसे आशीर्वाद दिया। किन्तु अब उसमें और धैर्य नहीं था कि वहाँ रुकता और किसी की बात सुनता। उसने यज्ञ, दान के लिये नहीं, प्राप्ति के लिये किया था।

दुर्योधन ने ब्राह्मणों के मुखिया जिज्ञासु की ओर देखा, "मेरे साथ आओ।"

"भैया! याचकों को क्या देना है?" दुर्योधन ने पूछा।

"उन्हें सन्तुष्ट कर दो।" दुर्योधन बोला, "धन का अभाव नहीं है हमारे पास। वे लोग असन्तुष्ट न जायें।" उसने रुककर इधर-उधर देखा, "विदुर का ध्यान रखना। वह स्थिति का लाभ उठाकर सब कुछ अपने ही लोगों में न बाँटता रहे।"

"मैं भी अपनी दक्षिणा ले लूँ युवराज!" जिज्ञासु के पग थम गये।

"तुम मेरे साथ चलो ब्राह्मण देवता! तुमसे कुछ बातें करनी हैं।" दुर्योधन बोला, "तुम्हारी दक्षिणा कहीं भाग नहीं जायेगी। जब साधारण याचकों को सन्तुष्ट करने के लिये कह रहा हूँ तो इसका यह अर्थ तो नहीं है कि तुम्हें सन्तुष्ट नहीं किया जायेगा।"

जिज्ञासु मन मार कर उसके साथ चल पड़ा।

दुर्योधन के आगे-आगे उसके भाई चल रहे थे। उसके साथ कर्ण और शकुनि थे। दुःशासन पीछे रह गया था, व्यवस्था के लिये। चारों ओर लोगों की भीड़ थी। कुछ लोग दूर से ही युवराज पर पुष्प उछालकर उसकी जय जयकार कर रहे थे और कुछ की इच्छा थी कि वे निकट आकर अपने हाथों से युवराज को पुष्पहार समर्पित करें, ताकि यदि कोई सम्भाषण न भी हो सके तो भी वे युवराज के आमने-सामने तो ही हो जायें। युवराज भी देख लें कि उनके यज्ञ की पूर्णता पर किन लोगों ने गला फाड़कर उनका जयकार किया था और उनको पुष्पों का भारी-भरकम हार पहनाया था।

"युवराज की जय हो।" एक व्यक्ति ने चिल्ला कर कहा, "ऐसा भव्य यज्ञ आज तक हस्तिनापुर के किसी राजा ने नहीं किया।"

दुर्योधन ने उसकी ओर देखा भी नहीं। उसे अपने रथ तक पहुँचने की जल्दी थी।

जिज्ञासु मन-ही-मन झुँझला रहा था। वह इतने दिनों तक किसी प्रकार स्वयं और अपने साथी ब्राह्मणों को सँभाले यज्ञ कराता रहा था और अब जब दक्षिणा प्राप्त करने का समय आया था तो युवराज में इतना भी धैर्य नहीं था कि वे यज्ञस्थान पर थोड़ी देर और रुक जाते और अपनी देख-रेख में निर्धन ब्राह्मणों को दक्षिणा भी दिलवा देते। इतनी भी श्रद्धा नहीं थी, तो यज्ञ ही क्यों करवाया था।...और भीड़ में खड़ा वह व्यक्ति चिल्ला रहा था कि हस्तिनापुर के किसी राजा ने आज तक इतना भव्य यज्ञ नहीं किया था, जैसे वह हस्तिनापुर की स्थापना के दिन से बैठा सारे राजाओं और उनके यज्ञों को देखता रहा हो। ...लोग समझते हैं कि वे इतनी-सी चाटुकारिता से राजा को मूर्ख बनाकर उससे ढेर सारी दक्षिणा प्राप्त कर लेंगे।...मूर्ख लोग यह नहीं समझते कि ये तथाकथित बड़े लोग माँगते अधिक हैं, देते कम हैं।...युवराज को तो उस जिज्ञासु की भी कोई चिन्ता नहीं है, जिसने यह सारा यज्ञ करवाया है।...

"धर्मराज के यज्ञ की-सी गरिमा नहीं थी, इस यज्ञ में।" जिज्ञासु के कानों में एक और स्वर आया।

जिज्ञासु ने दुर्योधन की ओर देखा, पर उसका ध्यान इस ओर नहीं था। जिज्ञासु को कुछ सन्तोष हुआ। जाने कौन अभागा था, जो भीड़ में खड़ा ऐसी बात कह रहा था। युवराज सुन लेते, तो उसके प्राण चाहे बच भी जाते, किन्तु हस्तिनापुर में उसका रहना सम्भव नहीं रह जाता।...अरे, नहीं है युधिष्ठिर का-सा यज्ञ, तो तुम क्यों प्राणों के ग्राहक हो रहे हो। अवश्य ही यह व्यक्ति वात रोग से पीड़ित रहा होगा, जो यह भी नहीं समझता कि कहाँ क्या कहना चाहिए और क्या नहीं कहना चाहिए।...

वे लोग युवराज के रथ के निकट आ गये थे। दुर्योधन ने रथ में चढ़ कर जिज्ञासु को अपने साथ आने का संकेत किया।

जिज्ञासु को रथारूढ़ होने के लिये कुछ प्रयत्न करना पड़ा। वह पहले कभी इतने विराट् रथ में नही बैठा था। वह अभी मुँह खोले, रथ को निहार ही रहा था कि दुर्योधन ने कहा, “आओ।”

“सुनो ब्राह्मण।” दुर्योधन बोला, “तुमने मेरा यह यज्ञ करवाया, यह एक बड़ा काम किया। उसके लिये तुम्हें उचित पुरस्कार मिलेगा। अब तुम्हें मेरा एक और काम करना है।”

“आदेश दें महाराज!” जिज्ञासु बोला।

“तुम्हारी इच्छा के अनुसार तुम्हें धन दे दिया जाये तो क्या तुम मेरे कहने के अनुसार एक कार्य कर सकते हो?”

“काम क्या है महाराज?”

“उससे तुमको क्या?” दुर्योधन बोला, “तुम अपनी दक्षिणा लो और मेरा काम करो।”

“धर्म यदि आड़े न आये और काम मेरे सामर्थ्य के भीतर हो तो अवश्य कर दूँगा।”

दुर्योधन रुक गया...यह भी धर्म की बात कह रहा था। यदि इसे भी धर्म ने रोक लिया तो?

“क्या कोई ऐसा व्यक्ति नहीं है, जो मुझ पर प्रसन्न हो जाये तो फिर धर्म-अधर्म की चिन्ता न करे और मेरी इच्छा पूरी कर दे?”

“ऐसा ब्राह्मण खोजना तो कठिन है महाराज! ब्राह्मण धर्म छोड़ देगा तो फिर जिएगा किस आधार पर?”

दुर्योधन क्रुद्ध नहीं हुआ, चिन्तित हो गया। सहसा उसने जिज्ञासु की ओर देखा, “क्यों, जब भगवान आशुतोष किसी पर प्रसन्न हो कर उसे वर देते हैं, तो क्या वे धर्म-अधर्म का बहाना करते हैं?”

“वे सर्वशक्तिमान महादेव हैं महाराज! फिर भी वे अधर्मसंगत कोई कार्य नहीं करते।” जिज्ञासु बोला, “हम लोग तो साधारण जीव हैं।...”

“क्या धर्मशास्त्र तुम्हें धन कमाने का आदेश नहीं देता?” दुर्योधन ने पूछा।

“धन तो मनुष्य के जीवन के चार पुरुषार्थों में से एक है। उसका विरोध कोई शास्त्र कैसे कर सकता है। दरिद्रता वरेण्य नहीं है, वह तो जीवन का अभिशाप है।” जिज्ञासु बोला, “किन्तु महाराज! धनोपार्जन के साधन तो धर्म संगत ही होने चाहिए। अधर्म से धन कमाने की अनुमति तो नहीं है शास्त्र में। वैसे भी मात्र धन के हेतु कार्य करना तो अधम व्यक्ति का काम है महाराज।”

"क्यों, कार्य करने की कोई प्रेरणा तो होनी ही चाहिए।" दुर्योधन बोला।

"जब तक धन प्रयोजन है, तब तक तो मनुष्य का पतन नहीं होता महाराज! किन्तु उसकी प्रेरणा ही धन हो जाये, तो फिर वह धर्म के मार्ग पर नहीं चल सकता। और मनुष्य को तो धर्म के मार्ग पर ही चलना चाहिए महाराज!"

दुर्योधन ने जिज्ञासु की बात का कोई उत्तर नहीं दिया। उसे अभी तक तो यह ब्राह्मण शुद्ध रूप से धन के लिये काम करता दिखायी दे रहा था और अब यह भी धर्म की हाँकने लगा था।

"मेरा कार्य कुछ अधिक ही महत्त्वपूर्ण है," दुर्योधन बोला, "इसलिये उसकी दक्षिणा की राशि भी तुम्हारी कल्पना से कुछ अधिक ही होगी। इतनी कि जिसे भी दी जायेगी, वह धर्म-अधर्म को भूल जायेगा। बोलो, प्रस्तुत हो।"

जिज्ञासु कुछ देर तक सोचता रहा। उसके मन में बार-बार आ रहा था कि उसे अभी पिछली दक्षिणा भी नहीं मिली है। ऐसा न हो कि वह लोभ में दुर्योधन के काम तो करता जाये और अन्त में वह उसे अंगूठा ही दिखा दे। तब हस्तिनापुर के युवराज का क्या बिगाड़ सकता है जिज्ञासु।...पर दूसरी ओर, युवराज स्पष्ट रूप से उसे धन का लोभ दिखा रहा था। यह अवसर था कि युवराज की बात मान ली जाये और एक बार में ही इतना धन प्राप्त कर लिया जाये कि जीवन में फिर किसी के सम्मुख हाथ फैलाने की आवश्यकता ही न रहे।

"कार्य क्या है युवराज?" अन्ततः उसने पूछा।

"जिसके घर भेजूँ, वहाँ उसका अपमान करके आओ। उसे धर्म से भ्रष्ट करो। उसे धर्मभ्रष्ट घोषित करो। कुछ ऐसा करो कि वह अपने धर्म पर न चल पाये।"

जिज्ञासु ने चौंक कर दुर्योधन की ओर देखा : यह भी कोई काम था! किन्तु वह दुर्योधन को मना नहीं कर सकता था। उसे तो अभी पिछली दक्षिणा भी नहीं मिली थी।

"पर यदि आपको वैसा ही कोई ब्राह्मण चाहिए, जो जहाँ चाहे, जा सके। जिसके घर जाये, आतिथेय उसका अनादर भी न कर सके। वह अपने आतिथेय के घर में रहे, उसका दिया खाए, और उसका अपमान भी कर सके।..."

"हाँ! ऐसा ही।" दुर्योधन बोला।

"तो फिर आपको कोई विकट ब्राह्मण चाहिए महाराज! साधारण ब्राह्मण से तो यह काम होगा भी नहीं। ऐसा कार्य तो दुर्वासा जैसा ही कोई कर सकता है। वे वर भी दे सकते हैं और शाप भी। प्रसन्न हो कर आपका प्रिय भी कर सकते हैं और क्रुद्ध हो कर, आपको पीड़ा भी दे सकते हैं।..." जिज्ञासु बोला,

"किन्तु महाराज! वे आपके धन के लोभ से कुछ नहीं करेंगे। करेंगे तो अपने मन से ही करेंगे।"

"अपने मन से करेंगे तो मेरे मन का तो नहीं होगा न!"

"आपसे प्रसन्न हो जायेंगे, तो अपने मन से, आपके मन का करेंगे।"

"दुर्वासा।" दुर्योधन ने मन ही मन दोहराया।...उसे यह नाम पहले क्यों नहीं सूझा। जिज्ञासु तो साधारण-सा ब्राह्मण था। दुर्वासा! दुर्वासा ही ठीक हैं, जिनका न कोई आतिथ्य करना चाहे और न उनका तिरस्कार करने का साहस करे।...

अब उसे जिज्ञासु की तनिक भी आवश्यकता नहीं रह गयी थी। उसकी इच्छा हुई कि वह जिज्ञासु को रथ से यहीं उतार दे। पर फिर कुछ सोच कर रुक गया। भविष्य में भी उसकी आवश्यकता हो सकती है। वह उसके काम का व्यक्ति है...

दुर्योधन सभा से कुछ दूर ही रथ से उतर गया था। उसके भाई और मित्र उसका जय जयकार करते हुए उसे सभा तक लाए थे। मार्ग के दोनों ओर खड़ी दासियाँ, पुष्पों की पंखुड़ियाँ बिखेर रही थीं। असंख्य जोड़ी आँखें उस पर लगी हुई थीं।

दुर्योधन ने दर्पपूर्वक आँखें उठाकर देखा : आज सभा में वस्तुतः बहुत भीड़ थी। अतिथि राजा तो आये ही हुए थे, राजपरिवार तथा प्रजा के प्रतिनिधि भी अधिकतम संख्या में उपस्थित थे।

धृतराष्ट्र के सिंहासन के निकट एक विशाल सिंहासन दुर्योधन के लिये रखा गया था। दुर्योधन ने एक दृष्टि सभा पर डाली। सबसे पहले उसने धृतराष्ट्र और गान्धारी के चरण छू, उन्हें प्रणाम किया। फिर बारी-बारी भीष्म, द्रोण और कृपाचार्य को प्रणाम किया। अपने भाइयों में घिरा वह बैठने के लिये अपने सिंहासन की ओर बढ़ा। सहसा उसने रुककर एक दृष्टि विदुर पर डाली; और फिर कुछ सोच कर उसने सिर झुकाकर, उनका भी अभिवादन किया।

किसी ने धृतराष्ट्र की ओर नहीं देखा। आज सभा का संचालन जैसे दुर्योधन के मित्रों के हाथों में आ गया था।

सबसे पहले कर्ण आगे बढ़ा। आज वैसे भी उसका विशेष महत्त्व था। दिग्विजय का सूत्रधार वही था। दुर्योधन के इस सारे गौरव का आधार वही था। कर्ण के हाथों में एक दीर्घाकार माला थी, जो कृष्ण की वैजयंती माला का स्मरण करा देती थी। कर्ण ने माला दुर्योधन के कण्ठ में डाली और बोला, "भरतश्रेष्ठ! सौभाग्य की बात है कि तुम्हारा वैष्णवी यज्ञ निर्विघ्न समाप्त हो गया है, और उस उपलक्ष्य में मैं तुम्हारा अभिनन्दन कर रहा हूँ।" उसका स्वर

ऊँचा हो गया, "नरश्रेष्ठ! यद्यपि तुमने यह यज्ञ भी दिग्विजय करने के पश्चात् ही किया है; फिर भी अभी हमारे शत्रु निःशेष नहीं हुए हैं। जब सम्मुख युद्ध में सारे पाण्डव मारे जायेंगे, उस समय तुम क्रतुश्रेष्ठ राजसूय का अनुष्ठान करोगे; और उस यज्ञ की सफल सम्पन्नता पर मैं पुनः इसी प्रकार तुम्हारा अभिनन्दन करूँगा।"

विदुर ने धृतराष्ट्र को देखा : वह अपनी प्रसन्नता छिपा नहीं पा रहा था। उसके मुख पर जैसे अलौकिक आनन्द की अनुभूति अंकित थी। गान्धारी अवश्य कुछ चिन्तित दिखाई पड़ रही थी। कदाचित उसे कर्ण का यह उद्घोष प्रिय नहीं लगा था।

भीष्म के मुख का स्वाद जैसे कड़वा हो गया।...यह सूतपुत्र कर्ण! क्यों यह हस्तिनापुर के प्रत्येक मांगलिक उत्सव को ध्वंस यज्ञ बना देता है। यह प्रत्येक आयोजन में इसी प्रकार का कोई न कोई अमानवीय व्यवहार करेगा ही। अशुभ ग्रह है यह कुरुकुल का। धूमकेतु। द्यूतसभा में भी इसी ने द्रौपदी को वेश्या कहा था; और उसे निर्वस्त्र कर देने का प्रस्ताव रखा था। उस दिन इसने धार्तराष्ट्रों और पाण्डवों में युद्ध की भूमिका बनाई थी; और आज फिर यह दुर्योधन का अभिनन्दन करने के नाम पर पाण्डवों के वध की घोषणा कर इस वंश को गृहयुद्ध की ओर धकेल रहा है। दुर्योधन यदि पाण्डवों से न भी लड़ना चाहे, तो भी यह उन्हें लड़वाये बिना नहीं मानेगा।...सब जानते हैं कि युधिष्ठिर को जीवन काल में दुर्योधन राजसूय नहीं कर सकता। फिर भी यह कर्ण उसे राजसूय करने को उकसाता रहेगा, युधिष्ठिर के वध के लिये प्रेरित करता रहेगा। यह पाण्डवों का ही वैरी नहीं है, यह तो सारे कुरुकुल का काल है...यदि कभी कुरुकुल में गृहयुद्ध हुआ तो इसी के कारण होगा।...और यह धृतराष्ट्र कितना प्रसन्न है, पाण्डवों की मृत्यु की चर्चा पर। जिस युधिष्ठिर ने इसे सदा अपना पिता ही माना। इसके किसी आदेश का उल्लंघन नहीं किया। केवल इसकी बात मान कर द्यूत के लिये बैठ गया और अपना सर्वस्व इसको सौंप गया, यह नीच उसकी मृत्यु का प्रस्ताव सुनकर इतना प्रसन्न हो रहा है। प्रसन्नता छिपाये नहीं छिपती इससे। बाछें खिली जा रही हैं।...अभी कोई इसे भीम की प्रतिज्ञा का स्मरण करा दे तो इसके प्राण छूटने लगेंगे। इसकी शारीरिक विकृति, क्या मानसिक विकृति में बदल गयी है? क्यों चाहता है यह कि पाण्डव जीवित न रहें। अपने पुत्रों का कितना मोह है, और अपने भाई के पुत्रों का।...क्या यह इतनी सी बात भी नहीं समझता कि पाण्डवों के वध के प्रयत्न में इसके अपने पुत्र भी मारे जा सकते हैं।...

दुर्योधन अपने सिंहासन से उठकर खड़ा हो गया और उल्लसित स्वर में बोला, "तुम्हारा कथन सत्य है मित्र अंगराज! जब पापात्मा पाण्डव मारे जायेंगे, तो मैं प्रचुर धन से सम्पन्न होने वाले राजसूय यज्ञ का अनुष्ठान करूँगा। उसकी सफल सम्पन्नता पर तुम फिर इसी प्रकार मेरा अभिनन्दन करोगे।..." दुर्योधन ने आगे बढ़कर कर्ण को अपने कण्ठ से लगा लिया, जैसे वह कर्ण न हो, दुर्योधन की विजयश्री हो।

और फिर दुर्योधन ने सभा में चारों ओर खड़े अपने भाइयों पर दृष्टि डाली, "कुरुकुल के राजकुमारो! कब तक हम अपने शत्रुओं की कीर्ति सुन-सुन कर पीड़ित होते रहेंगे। कब तक हम उन्हें फलते-फलते देखकर अपना ही रक्त पीते रहेंगे? कब आयेगा वह समय, जब हम पाण्डवों का वध कर, उनके शवों को अपने पैरों से रौंदते हुए, महान् राजसूय का अनुष्ठान करेंगे।"

इससे पहले कि कोई कौरव कुछ कहता, कर्ण पुनः आगे बढ़ आया, "राजन! वह समय अब अधिक दूर नहीं है। पाण्डवों की सारी शक्ति अर्जुन की धनुर्विद्या में है। अर्जुन न हो तो पाण्डवों को तो तुम मृत ही समझो। वह मोटा भीम अपनी उस गदा से मेरे धनुष का सामना कैसे करेगा। युधिष्ठिर का शूल किसी का कुछ नहीं बिगाड़ सकता। नकुल, सहदेव तनिक सा कष्ट पाकर रो देने वाले बालक हैं। मैं आज इस सभा में तुम्हारी जय की घोषणा करता हूँ। मैं तुम्हारी जय के लिये उस अर्जुन का वध करूँगा। उसके प्रमाण स्वरूप मेरी यह प्रतिज्ञा सुनो। मैं कौरवों की इस राजसभा में सबके सम्मुख यह प्रतिज्ञा करता हूँ कि जब तक अर्जुन मेरे हाथों से मारा नहीं जाता, तब तक मैं किसी से अपने ये चरण नहीं धुलवाऊँगा। तब तक जल में उत्पन्न किसी पदार्थ का सेवन नहीं करूँगा। तब तक आसुरव्रत धारण नहीं करूँगा। तब तक मैं किसी भी याचक को कुछ देने से मना नहीं करूँगा।..."

लगा कि दुर्योधन के भाई मिल कर विक्षिप्त हो गये। वे सब उन्मादियों के समान चीत्कार कर रहे थे, जैसे उन्होंने वस्तुतः अपने सारे शत्रुओं को नष्ट कर डाला हो। सभाभवन युद्धक्षेत्र में परिणत हो गया लगता था।

भीष्म की इच्छा हुई कि वे अपना सिर पीट लें। यह कर्ण युद्ध का उन्माद फैला रहा था। युद्ध का कोई कारण हो या न हो, कोई लड़ना चाहे-न-चाहे, यह युद्ध करवा कर रहेगा। क्यों? क्योंकि वह दुर्योधन को प्रसन्न करना चाहता है। दुर्योधन, राजसूय करना चाहता है; और दुर्योधन की इच्छा संसार में सर्वोपरि है। उसके लिये युधिष्ठिर को मरना होगा। बिना उसके भाइयों का वध किए, ये युधिष्ठिर का वध नहीं कर सकते, इसलिये ये अन्य पाण्डवों का भी वध करेंगे। ...राजसूय! राजसूय नाश का झंझावात है क्या, जिसके

लिये कुरुकुल को अपनी बलि देनी ही होगी...और यह बात न धृतराष्ट्र समझ रहा है, न दुर्योधन कि यह सूतपुत्र, पाण्डवों की नहीं, इनकी अपनी मृत्यु का प्रबन्ध कर रहा है।...

सभा के पश्चात दुर्योधन अपने भवन की ओर चला, तो उसने जयद्रथ को अपने रथ में अपने साथ बैठा लिया। उसके भाई तथा मित्र भी उसके ही भवन में चल रहे थे। वहाँ आपानक और भोज की व्यवस्था थी।...वैष्णवी यज्ञ की समाप्ति पर सारे हस्तिनापुर में एक पर्व का सा वातावरण बन गया था। राजभवनों में तो उत्सव था ही, साधारण जन भी उस परिवेश का लाभ उठा रहे थे।...किन्तु दुर्योधन को तो कर्ण प्रतिज्ञा सुनने के पश्चात् से एक प्रकार का उन्माद हो गया था।...वह राजसूय यज्ञ करना चाहता था, स्वयं को युधिष्ठिर के समकक्ष स्थापित करने के लिये। वह नहीं कर सका तो वैष्णवी यज्ञ किया। उसके मन के किसी कोने में यह विचार नहीं था कि यज्ञों के करने से कर्ता को किसी प्रकार की कोई दैविक सहायता प्राप्त होती है।...किन्तु कर्ण की प्रतिज्ञा तथा उससे उत्पन्न उन्माद से न जाने क्यों उसे लगने लगा था कि यह एक प्रकार की दैवी सहायता है, जो उसे यज्ञ के फलस्वरूप प्राप्त हुई है; और इसी सहायता से कर्ण की प्रतिज्ञा भी अवश्य ही सफल काम होगी।...

दुर्योधन को यह भी लग रहा था कि आज जितनी योजनाएँ वह बना लेगा, उन सबको दैवी शक्तियों का बल मिलेगा।...किन्तु बीच-बीच में उसके मन में इस विश्वास का विरोधी स्वर भी उठ रहा था। युधिष्ठिर ने भी तो राजसूय पूर्ण किया था, उसे क्यों नहीं मिली वह सहायता? वह क्यों अपना राज्य गँवा कर अपने भाइयों सहित वन में बैठा है?...पर इस आपत्ति का समाधान उसके मन ने सहज ही खोज लिया था।...दैवी सहायता मिली तो थी उसको। उसके राजसूय के अवसर पर, भरी सभा में शिशुपाल जैसा योद्धा मारा गया था। किसी यज्ञ का फल आजीवन तो नहीं रह सकता न। अन्ततः तो उसके प्रभाव को नष्ट होना ही था...और कोई युधिष्ठिर के समान मूर्ख ही बना रहना चाहे, तो किसी भी यज्ञ का फल क्या कर सकता है। अपने राजसूय के अनुष्ठान में ही युधिष्ठिर ने जरासन्ध तथा शिशुपाल जैसे दो योद्धाओं को मार गिराया था। यदि दुर्योधन एक अर्जुन पर विजय पा लेगा, तो क्या असम्भव घट जायेगा।...

"सुना है घोषयात्रा के अवसर पर तुम्हें बहुत अपमानित होना पड़ा दुर्योधन!" जयद्रथ ने उसकी ओर अन्वेषक दृष्टि से देखा।

"हाँ! कुछ ऐसा ही हो गया।" दुर्योधन को आज के दिन यह प्रसंग प्रिय नहीं लगा; किन्तु उसे एक प्रकार से सन्तोष भी हुआ कि जयद्रथ ने अपनी ओर

से यह चर्चा आरम्भ कर उसको अपने मनभावन विषय तक पहुँचने का मार्ग दे दिया था, "वस्तुतः हम पाण्डवों की चतुराई को समझ नहीं पाये थे।"

"पाण्डवों की चतुराई?" जयद्रथ को कुछ आश्चर्य हुआ, "पाण्डव तो अपनी चतुराई के लिये कभी प्रसिद्ध नहीं रहे। वे लोग तो अपनी मूर्खताओं के लिये ही जाने जाते हैं।"

"कह तो ठीक ही रहे हो सिन्धुराज! किन्तु इस बार उन्होंने चतुराई ही की थी। हम तो यह समझते रहे कि वे लोग वन में आरण्यकों के समान रह रहे हैं, साधना और तपस्या कर रहे हैं; और वे लोग अपने मित्रों के माध्यम से अपनी सुरक्षा का ही नहीं, उधर से आने वाले लोगों पर आक्रमण करने का भी प्रबन्ध किए बैठे थे। हम तो अपनी सरलता में सीधे-सीधे विहार के लिये वहाँ जा पहुँचे; और उनके मित्र गन्धर्व, अपनी पूरी सैनिक तैयारी के साथ वहाँ बैठे थे। हम वहाँ पहुँचे और उन्होंने हमें दबोच लिया।"

"तो तुम्हें चाहिए था कि हस्तिनापुर से सैनिक सहायता मँगाते, अथवा हस्तिनापुर लौटकर पूरी तैयारी से पाण्डवों पर आक्रमण करते।" जयद्रथ बोला, "हमें संदेश भिजवाते। हम अपनी सेना लेकर आते। हम भी देखते कि पाण्डवों के ऐसे कौन से मित्र हैं, जो सम्मुख युद्ध में हमारा सामना कर सकते हैं।"

"मैं तो कब से कह रहा हूँ कि हमें पाण्डवों पर आक्रमण कर उन्हें मृत्यु के घाट उतार देना चाहिए; किन्तु वह सब सम्भव नहीं है।" दुर्योधन ने कहा।

"क्यों? सम्भव क्यों नहीं है?" जयद्रथ ने कुछ उत्तेजित स्वर में पूछा, "क्या उन्हें स्वयं से अधिक वीर अथवा शक्तिशाली मानते हो?"

"नहीं! वह सब नहीं है।" दुर्योधन धीरे से बोला, "हस्तिनापुर में ही सारे कुलवृद्ध नहीं चाहते कि हम पाण्डवों को किसी प्रकार की क्षति पहुँचायें। वे लोग तो हमें पाण्डवों के निकट भी नहीं जाने देते। वह तो हमने ही घोषयात्रा का बहाना बनाया और द्वैतवन पहुँच गये। यदि प्रकट रूप से मैं पाण्डवों के विरुद्ध सैनिक अभियान करना चाहूँ, तो महाराज ही मुझे उसकी अनुमति नहीं देंगे। उनसे अनुमति ले लूँगा तो मुझे भय है कि पितामह, आचार्य द्रोण तथा कृपाचार्य अपने शस्त्र लेकर मेरे विरुद्ध खड़े हो जायेंगे।"

"हूँ!" जयद्रथ बोला, "पर क्या यह सम्भव नहीं कि कुलवृद्धों को बिना बताए, सेना इस अभियान पर जाये?"

"पहली बात तो यह है कि हस्तिनापुर में सैनिक अधिकार मेरे पास नहीं हैं। मैं जो कुछ भी कर पाता हूँ, वह कोष के बल पर ही करता हूँ। सेनाएँ आचार्य द्रोण की आज्ञा से चलती हैं; या फिर राजा के रूप में पिताजी यह आदेश दे सकते हैं।" दुर्योधन बोला, "और यह कैसे सम्भव है कि हस्तिनापुर से सेना प्रयाण करे

और हस्तिनापुर के ही लोगों को उसकी सूचना न हो?" दुर्योधन ने रुक कर जयद्रथ की ओर देखा, "एक यही समस्या नहीं है। यदि हम हस्तिनापुर से निकलें तो हम नहीं जानते हैं कि पाण्डवों के किस मित्र की सेना कहाँ खड़ी है। उनके गुप्तचर कहाँ-कहाँ हैं। घोषयात्रा के समय क्या हम जानते थे कि गन्धर्वों की सेना वहाँ खड़ी है।"

"तो तुम्हारे गुप्तचर क्या कर रहे हैं?" जयद्रथ का स्वर कुछ कठोर हो गया था।

"वैसे तो मुझे कभी भी नहीं लगा कि मेरी गुप्तचर व्यवस्था बहुत उत्तम है; फिर भी मुझे सदा ही लगता रहा है कि हमें पाण्डवों की कोई सूचना मिले या न मिले, पाण्डवों को किसी भी प्रकार से हमारी सारी सूचनायें मिल जाती हैं।" दुर्योधन ने उत्तर दिया।

"तो क्या तुम्हारा विचार है कि पाण्डवों को पाठ पढ़ाने के लिये हम कुछ भी नहीं कर सकते?"

"नहीं! ऐसा तो नहीं है।" दुर्योधन बोला, "किन्तु जो कुछ भी करना होगा, अत्यन्त सावधानी से करना होगा।"

"क्या?"

"सेना हस्तिनापुर से न जाये; क्योंकि यहाँ से सेना के निकलते ही, पाण्डव और उनके मित्र चौकन्ने हो जायेंगे।" दुर्योधन बोला, "सेना किसी और राज्य से, किसी और दिशा से चले। जहाँ से भी चले, उसका प्रयोजन युद्ध से कुछ इतर दिखायी पड़े। वह किसी अन्य दिशा में जाती हुई प्रतीत हो, ताकि पाण्डवों और उनके मित्रों को यह आभास भी न हो पाये कि वह सेना किस प्रयोजन से किस ओर जा रही है।" दुर्योधन ने जयद्रथ की ओर देखा, "मेरी बात समझ रहे हो सिन्धुराज!"

जयद्रथ के अधरों पर एक कूट मुस्कान जागी, "सब समझता हूँ मैं युवराज! निश्चित रहो। तुम्हारी यह योजना अवश्य ही सफल हो कर रहेगी।"

19

सभा से बाहर आते हुए, सीढ़ियों पर भीष्म को विदुर मिल गये। भीष्म ने उनकी ओर भुजा बढ़ाई तो विदुर निकट आ गये। भीष्म ने अपनी भुजा उनके कंधे पर रख दी।

विदुर सावधान हो गये। पितृव्य को सीढ़ियाँ उतरने के लिये भी सहारे की आवश्यकता पड़ने लगी क्या?

"कोई कष्ट है पितृव्य?" उन्होंने भीष्म को सहारा दिया।

"कष्ट तो बहुत है।" भीष्म के अधरों पर पीड़ा भी थी और मुस्कान भी, "किन्तु शारीरिक कष्ट नहीं, जो तुम समझ रहे हो।"

"तो?" विदुर सीढ़ियाँ उतरते रहे।

"क्या हो रहा है कुरुकुल में?" भीष्म बोले, "राजसभा है अथवा अपराध कर्मियों का अड्डा?"

विदुर ने अपने आस-पास देखा, कदाचित् पितृव्य कोई विशेष बात करना चाहते थे।

पर भीष्म ने अपनी बात आगे नहीं चलाई। बोले, "विदुर! तुम बहुत दिनों से मेरे घर नहीं आये। आज चलो। थोड़ी चर्चा करेंगे। देखता हूँ कि कुरु साम्राज्य का महामन्त्री क्या सोचता है।"

"जैसी आपकी इच्छा।"

वे लोग सीढ़ियों के नीचे पहुँचे तो दोनों के सारथि उनके रथ ले आये।

"तुम जाओ आयुष्मान!" विदुर ने अपने सारथि से कहा, "मैं पितृव्य के साथ उनके निवास पर जा रहा हूँ। थोड़ी देर में लौट आऊँगा। तुम्हें वहाँ आने की आवश्यकता नहीं है।"

वे दोनों भीष्म के रथ में बैठ गये। रथ चल पड़ा।

"आज जैसे तुमने समझा विदुर! कि मैं दुर्बल हो गया हूँ और मुझे सहारे की आवश्यकता है, वैसे ही दुर्योधन भी समझता है। अन्तर केवल यह है कि तुम मुझे सहारा देने आये और दुर्योधन मेरे गिरने की प्रतीक्षा कर रहा है।" भीष्म बोले, "किन्तु प्रभु की कृपा है कि मैं शारीरिक रूप से पूर्णतः समर्थ हूँ; किन्तु लगता है कि मानसिक पीड़ा से मैं विक्षिप्त हो जाऊँगा।" भीष्म ने रुक कर विदुर की ओर देखा, "आज सभा में जो कुछ हुआ, इसका क्या अर्थ है?"

"जहाँ तक मैं समझता हूँ पितृव्य! दुर्योधन बहुत स्पष्ट रूप से अपनी नीति की घोषणा कर रहा है कि बारह वर्षों के वनवास और एक वर्ष के अज्ञातवास के पश्चात् जब पाण्डव लौटेंगे तो दुर्योधन उनको उनका राज्य नहीं लौटायेगा।"

"पर क्या किसी ने पूछा कि वह क्यों नहीं लौटायेगा?" भीष्म बोले, "कुरुओं की जिस सभा में सदा धर्म की चर्चा होती थी, उस सभा में आज किसी ने नहीं पूछा कि द्यूत की प्रतिज्ञा के अनुसार पाण्डव जब तेरह वर्षों का निष्कासन पूरा करके लौटेंगे, तो दुर्योधन अपने वचन का पालन क्यों नहीं करेगा। उनका राज्य उन्हें क्यों नहीं लौटायेगा? कर्ण ने अर्जुन के वध की प्रतिज्ञा क्यों की? क्या औचित्य है अर्जुन के वध का? उसने कौन-सा अपराध किया है कुरु साम्राज्य का, दुर्योधन का अथवा कर्ण का? ये लोग योद्धा हैं अथवा हत्यारे? केवल अपनी ईर्ष्या के कारण एक व्यक्ति राजसभा में दूसरे

के वध की प्रतिज्ञा करता है और कोई उससे यह नहीं पूछता कि उसे किसी के वध का क्या अधिकार है, क्योंकि राजा की रुचि इसमें है कि वह हत्यारा अपनी प्रतिज्ञा पूरी करे।"

विदुर के मन में भी तब से यही प्रश्न उमड-घुमड़ रहा था। बोले, "मैं भी यही सोच रहा था पितृव्य! कि यह राजसभा है अथवा दस्युओं की बैठक? युवराज यह घोषणा कर रहा है कि वह सन्धि की प्रतिज्ञा पूरी नहीं करेगा; और उसके मित्र तथा भाई प्रसन्नता से इतना कोलाहल करते हैं कि और कोई बोल ही नहीं पाता। राजा प्रसन्नतापूर्वक युवराज का समर्थन करता है, तो ऐसे में कोई सभासद बोलेगा भी क्या। यह तो साम्राज्य की नीति हो गयी। जो राजा स्वयं दूसरों का स्वत्व छीन रहा हो, वह किसी और को न्याय के नाम पर उसका स्वत्व कैसे दिला सकता है?"

"मैं कई बार सोचता हूँ विदुर!..."

रथ रुक गया। वे लोग अपने गन्तव्य पर पहुँच चुके थे।

भवन के भीतर आकर भीष्म जब अपने आसन पर बैठ गये तो विदुर ने पूछा, "आप कई बार क्या सोचते हैं पितृव्य?"

"कई बार सोचता हूँ कि जिन लोगों को अपने अपराधों के लिये या तो राज्य से निष्कासित होना चाहिए था अथवा कारागार में बन्दी का जीवन व्यतीत करना चाहिए था, वे लोग राजसभा और राजसिंहासन पर आधिपत्य जमाए कैसे बैठे हैं?"

विदुर के मन में जैसे स्फूर्ति जागी : भीष्म ने यह वाक्य अकस्मात ही नहीं कह दिया था। यह तो बहुत सुचिन्तित तथा सुविचारित वाक्य लगता था।

"पर धृतराष्ट्र को राज्य तो आपने ही दिया है।" विदुर ने कहा।

"ऊपर से देखने पर तो यही लगता है।" भीष्म बोले, "किन्तु मैंने न कभी धृतराष्ट्र को राजा बनने के योग्य समझा और न कभी राजा बनाया। धृतराष्ट्र ने अपने षड्यन्त्रों से इस राज्य पर अपना आधिपत्य जमाया है। जिस प्रकार षड्यन्त्र कर उसने पाण्डु को हस्तिनापुर से दूर रखकर सिंहासन पाया था, वैसे ही उसने पाण्डु के पुत्रों को भी वन भेज दिया है और अब धृतराष्ट्र का पुत्र यह घोषणा कर रहा था कि वह न केवल उनका राज्य लौटायेगा नहीं, वरन उनका वध भी करेगा। यह विचित्र लीला है कि पाण्डव तो धर्म पर चलें और दण्डित हों; किन्तु धार्तराष्ट्र सदा ही अधर्म करें और भोग सुख पायें।"

"आप इसमें कोई हस्तक्षेप नहीं कर सकते पितृव्य?"

भीष्म चिन्तामग्न मौन बैठे रहे।

"आप इसमें कोई हस्तक्षेप नहीं कर सकते पितृव्य?" विदुर ने पुनः पूछा।

"कई बार सोचा है मैंने।" भीष्म बोले, "पर कैसा हस्तक्षेप? पितृव्य अथवा पितामह के रूप में? कुरुवृद्ध के रूप में? राज सभासद के रूप में? जब कभी मैंने दुर्योधन को परामर्श दिया है, उसने न केवल उसको अस्वीकार किया है, वरन मेरा अनादर और अपमान भी किया है। वे पिता-पुत्र, मुझसे केवल समर्थन चाहते हैं। अपने मत के विरुद्ध दिये गये किसी परामर्श को मानने को वे प्रस्तुत नहीं हैं, और न ही हम उन्हें उसके लिये बाध्य कर सकते हैं। द्यूतसभा में तुमने दोनों हाथ उठा-उठा कर दुहाई दी, धृतराष्ट्र से बार-बार द्यूत रुकवाने के लिये कहा। एक भी मानी उसने तुम्हारी?"

"नहीं पितृव्य।"

"जिस प्रकार तुम असहाय हो, उसी प्रकार मैं भी असहाय हो चुका हूँ।" भीष्म बोले, "अब, यदि मैं राजा की नीति से सहमत नहीं हूँ तो क्या विकल्प है मेरे पास? हस्तिनापुर छोड़ कर चला जाऊँ?"

"नहीं! उससे क्या लाभ होगा?" विदुर बोले, "उस दृष्टि से तो मुझे आपसे भी पहले हस्तिनापुर ही नहीं धृतराष्ट्र का राज्य छोड़ कर कहीं चले जाना चाहिए। मैं इस राज्य का महामन्त्री होते हुए भी, राजा से असहमत हो कर, पद छोड़ कर जाना नहीं चाहता, क्योंकि उससे तो राजसभा में विरोधी स्वर पूर्णतः मौन हो जायेगा। तब तो यह कहने वाला भी कोई नहीं रह जायेगा कि वे लोग अन्याय कर रहे हैं।"

"तुममें और मुझमें एक ही अन्तर है विदुर! कि तुम शस्त्र नहीं उठा सकते और मैं बलप्रयोग भी कर सकता हूँ। वृद्ध अवश्य हो गया हूँ; किन्तु जहाँ तक युद्ध करने का प्रश्न है, अपने सारे दिव्य शस्त्रास्त्रों के होते हुए भी युधिष्ठिर और दुर्योधन के पक्ष के सारे योद्धा मुझे परास्त करने में असफल रहेंगे। हाँ! श्रीकृष्ण अपवाद हैं।" भीष्म बोले, "मैं जानता हूँ कि बहुत सारे लोग यह मानते हैं कि दुर्योधन मेरी शक्ति पर आश्रित हो कर अन्याय कर रहा है, पर यह सत्य नहीं है। मेरी प्रतिज्ञा सारे कुरुवंश की रक्षा की है। दुर्योधन की रक्षा मैं कर सकता हूँ; किन्तु उसकी इच्छा से मैं किसी प्रकार का अन्याय करने नहीं चल पड़ूँगा। उसकी दुष्टता में मैं उसका सहायक नहीं हूँ। यह सब कुछ वह कर्ण के बल पर कर रहा है।"

"यदि आप आज भी इतने समर्थ हैं तो आप दुर्योधन को रोकते क्यों नहीं हैं?" विदुर के वचन में जिज्ञासा नहीं प्रस्ताव का सा भाव था।

"बलपूर्वक?"

"न सही बलपूर्वक।" विदुर बोले, "असहयोग पूर्वक।"

भीष्म हँसे, "उसके कामों में कहीं तुम्हें मेरा सहयोग दिखायी पड़ता है?

असहयोग ही तो कर रहा हूँ। बस हस्तिनापुर छोड़कर नहीं गया। छोड़ जाऊँ, तो वह और भी स्वतन्त्र हो जायेगा।"

"तो बलपूर्वक ही सही।" विदुर ने कहा।

"बलपूर्वक का अर्थ यह नहीं है कि मैं दुर्योधन की भुजा पकड़ कर मरोड़ दूँ।" भीष्म हँसे, "उसका अर्थ है शस्त्रप्रयोग। तुम समझते हो कि यदि मैं शस्त्र उठाऊँगा तो दुर्योधन और उसके संगी-साथी, उसके ये सहयोगी, शस्त्र नहीं उठाएँगे? कर्ण चुपचाप बैठा रहेगा? दुर्योधन और दुःशासन कुछ नहीं करेंगे। शकुनि और जयद्रथ निष्क्रिय रहेंगे? किस-किस का नाम गिनाऊँ विदुर! शस्त्र उठाने का अर्थ है, सारी राजसत्ता को चुनौती। सेना में विभाजन होगा। निष्ठाओं का परीक्षण होगा। हस्तिनापुर युद्धक्षेत्र बन जायेगा। सम्भव है कि मैं अपने लक्ष्य में सफल हो जाऊँ, किन्तु किस मूल्य पर? कुरुवंश को नष्ट करके। और मैं तो कुरुकुल का रक्षक हूँ। मैं उसको नष्ट कैसे कर सकता हूँ।"

"तो फिर क्या करेंगे आप? मौन बैठे दुर्योधन का सारा अत्याचार देखते रहेंगे?" विदुर के स्वर में आवेश था, "पाण्डवों को दुर्योधन के हाथों मर जाने देंगे? द्यूतसभा की घटनाओं की पुनरावृत्ति देखेंगे। पाण्डवों को दास बनते और पांचाली को निर्वस्त्र होते देखेंगे?"

"विदुर!" भीष्म उठकर खड़े हो गये, "यदि मेरे जीवित रहते, दुर्योधन जैसे अधर्मी को प्राणों का कोई भय नहीं है, तो धर्म के स्तम्भ पाण्डवों को कोई भय कैसे हो सकता है?"

"क्या?" विदुर कुछ चौंक गये।

"हाँ!" भीष्म बोले, "मैं धृतराष्ट्र के ही नहीं पाण्डु के पुत्रों का भी रक्षक हूँ। मेरे जीते जी दुर्योधन पाण्डवों का वध नहीं कर सकता। मेरे अज्ञान में उसने पाण्डवों के वध के प्रयत्न किए हैं। वह सब मुझे ज्ञात नहीं था। मैं उन्हें छोटे बालक समझता रहा और कभी कल्पना भी नहीं कर सका कि वह सब सम्भव था; किन्तु युद्ध की स्थिति में वह सब सम्भव नहीं है। पाण्डवों के वध के प्रयत्न के लिये यदि मैं दुर्योधन को मृत्यु दण्ड नहीं दे सका, क्योंकि वह मेरा रक्षणीय है, तो मैं उसके हाथों पाण्डवों को भी मरने नहीं दूँगा, क्योंकि वे भी मेरे रक्षणीय हैं।"

भीष्म मौन हो कर अपने आसन पर बैठ गये।

"मेरी विडम्बना आज तक यही है कि मैं मध्यस्थ हूँ। इन दोनों पक्षों के बीच में स्थित हूँ। किसी एक का पक्ष लेकर दूसरे का शत्रु नहीं हो सकता। न मैं स्वयं उनमें से किसी का वध कर सकता हूँ, न उनमें से किसी एक को दूसरे का वध करते देख सकता हूँ।" भीष्म बोले, "भय केवल यही है कि कहीं इस द्वन्द्व में मैं दोनों को ही नष्ट होते हुए न देखूँ।..."

विदुर के पास भी भीष्म के इस द्वन्द्व का कोई समाधान नहीं था। वे क्या कहते, मौन बैठे रहे।

"कुन्ती कैसी है?" सहसा भीम ने पूछा, "वह बेचारी जाने कैसे अपने पुत्रों के शत्रुओं के नगर में अपने दिन काट रही है।"

"वे ठीक ही हैं।" विदुर बोले, "मैंने कुन्ती भाभी को शायद ही कभी हताश होते देखा हो; और अब तो बारह वर्ष पूरे होने जा रहे हैं।"

"बहुत धैर्य है कुन्ती में। धैर्य ही क्यों, साहस भी है और सहिष्णुता भी।" भीष्म बोले, "नहीं तो कोई अन्य स्त्री इस प्रकार सब कुछ जानते-बूझते, दुर्योधन और उसके परिवार से मिलना-जुलना रख सकती थी।"

"अब तो मुझे लगने लगा है पितृव्य!" विदुर बोले, "कि दुर्योधन के अन्तःपुर में कुन्ती भाभी का पर्यापत सम्मान है।"

"किसके मन में? दुर्योधन की पत्नियों के मन में?"

"हाँ आर्य!"

"आश्चर्य है।" सहसा भीष्म ने विषय बदला, "तुम्हें क्या लगता है विदुर! पाण्डव जब अज्ञातवास से लौट कर आयेंगे, और दुर्योधन उनको उनका राज्य नहीं लौटायेगा, तो क्या उन दोनों में युद्ध होगा?"

"क्या कहा जा सकता है पितृव्य! अभी तो उनका अज्ञातवास शेष है। मुझे तो भय यह है कि कहीं अज्ञातवास में दुर्योधन ने पाण्डवों को खोज निकाला तो उन बेचारों को पुनः तेरह वर्षों का निष्कासन हो जायेगा। दुर्योधन कितना भी अधर्म पर चले, युधिष्ठिर अपना धर्म नहीं छोड़ेगा। वह अपनी प्रतिज्ञा भंग नहीं करेगा।"

"यह भी सम्भव है, किन्तु यदि पाण्डव सारी प्रतिज्ञाओं को पूर्ण कर लौट आये तो क्या होगा?" भीष्म बोले।

"यदि वे अपनी प्रतिज्ञा सफलतापूर्वक पूर्ण कर लौट आये तो अपना राज्य तो वे वापस माँगेंगे ही; और यह भी निश्चित है कि दुर्योधन उनका राज्य नहीं लौटायेगा।" विदुर बोले, "तो फि युधिष्ठिर के पास सिवाय युद्ध के और मार्ग ही कौन-सा बच जायेगा।"

"किसी प्रकार की कोई सन्धि।" भीष्म बोले, "पहले भी तो एक बार युधिष्ठिर खाण्डवप्रस्थ लेकर शान्त हो गया था।"

विदुर ने कुछ आश्चर्य से भीष्म की ओर देखा, "आप चाहते हैं कि शान्ति बनाए रखने के लिये युधिष्ठिर अपना अधिकार छोड़ दे?"

"मैं ऐसी कामना नहीं करता," भीष्म बोले, "किन्तु कई बार सोचता हूँ कि मानवता को एक भयंकर युद्ध से बचाने के लिये क्या ऐसा सम्भव नहीं है कि पाण्डव थोड़ा कष्ट और सह लें।"

विदुर को इस सम्भावना के विषय में सोचने में भी कष्ट हो रहा था, फिर भी बोले, "जितना मैं युधिष्ठिर को जानता हूँ, वह इस बात के लिये भी तैयार हो सकता है। शान्ति बनाए रखने के लिये वह अपना राज्य छोड़ कर सदा के लिये भी वनवास कर सकता है; किन्तु भीम यह कदापि स्वीकार नहीं करेगा। ऐसी स्थिति में भीम, युधिष्ठिर से विद्रोह भी कर सकता है। और पितृव्य! यदि कहीं भीम युधिष्ठिर के अनुशासन से मुक्त हो गया, तो वह दुर्योधन के लिये और भी भयंकर होगा। उसकी प्रतिज्ञाएँ स्मरण हैं न आपको?" विदुर ने रुक कर भीष्म की ओर देखा, "आप एक बात की ओर ध्यान दें पितृव्य!"

"क्या?"

"यदि युधिष्ठिर सब कुछ त्याग कर वनवास करने भी चला जाये, तो दुर्योधन उसे वहाँ भी जीवित रहने नहीं देगा। वह तब तक उनका पीछा नहीं छोड़ेगा, जब तक उनके प्राण ही नहीं ले लेगा।"

"मैं कदापि नहीं चाहता कि पाण्डवों को उनका अधिकार न मिले, अथवा दुर्योधन उनकी हत्या करने में सफल हो जाये; किन्तु मैं यह अवश्य चाहता हूँ कि कुरुकुल किसी भी प्रकार इस गृह युद्ध से बचा रहे।" भीष्म बोले।

"एक प्रश्न मेरे मन में भी है पितृव्य!"

"पूछो विदुर!"

"यह निश्चित है कि अपनी प्रतिज्ञा पूरी कर पाण्डव हस्तिनापुर में आ कर अपना राज्य माँगेंगे।" विदुर बोले, "यह भी निश्चित है कि दुर्योधन उनको उनका राज्य नहीं लौटायेगा। ऐसे में युद्ध अनिवार्य हो जायेगा।"

"सम्भवतः यही होना है।" भीष्म प्रसन्न नहीं थे।

"आज दुर्योधन आपका अनादर और अपमान कर रहा है; किन्तु युद्ध की स्थिति में, वह आपके चरण पकड़ेगा। वह चाहेगा कि आप उसकी सेना में सम्मिलित हों। सम्भव है कि युधिष्ठिर भी आपके पास सहायता के लिये आये। ऐसी स्थिति में आपका क्या निर्णय होगा?"

"मेरा मन टटोल रहे हो?" भीष्म ने हँसने का प्रयत्न किया।

"यही समझ लीजिए।" विदुर बोले, "यह स्थिति न आकस्मिक है, न अस्वाभाविक।"

"मैंने कहा न, कि मैं मध्यस्थ हूँ। इसलिये ऐसी स्थिति से डरता हूँ, जिसमें मुझे अपनी समग्रता को खण्डित कर किसी एक पक्ष में सीमित करना पड़े।"

"पितृव्य! मैं भी नहीं चाहता कि ऐसी स्थिति आये; किन्तु आज राजसभा में जो कुछ हुआ है, उससे इस प्रश्न की सम्भावना बढ़ गयी है।" विदुर बोले, "आप हस्तिनापुर के राजतन्त्र के अंग हैं। इसलिये राजा की ओर से तो आपसे

यही अपेक्षा होगी कि आप हस्तिनापुर की सेना के ही अंग हों। यदि आप मध्यस्थ होने के नाते किसी एक पक्ष से न लड़ना चाहें और मध्यस्थ के स्थान पर तटस्थ हो जायें, तो इसे राजद्रोह भी माना जा सकता है। प्रश्न यह भी है कि आप स्वयं को इस राजतन्त्र से कितना स्वतन्त्र मानते हैं?"

"यह सब कुछ सम्भव है विदुर!" भीष्म बोले, "किन्तु फिर भी अभी वह स्थिति आयी नहीं है। इसलिये इन सारे प्रश्नों का ठीक-ठीक उत्तर देना सम्भव नहीं है। हाँ! मेरे मन में इतना तो स्पष्ट है कि मैं हस्तिनापुर के राज परिवार का अंग हूँ। राज्य मेरा भरण-पोषण करता है, इसमें भी कोई सन्देह नहीं है; किन्तु मैं राजा का कर्मचारी हूँ, इस स्थिति को मैं स्वीकार नहीं करूँगा। मैं हस्तिनापुर के राजतन्त्र का अंग हूँ, अतः हस्तिनापुर और उसके राजपरिवार की रक्षा मेरा दायित्व है, किन्तु मैं यह स्वीकार नहीं करूँगा कि हस्तिनापुर का राजा, मुझे मेरी इच्छा के विरुद्ध युद्ध करने को बाध्य कर सकता है।...और तुम्हरा अन्तिम प्रश्न!...इस विषय में मैं सबसे अधिक स्पष्ट हूँ कि मैं मध्यस्थ हूँ, मध्यस्थ ही रहूँगा। मैं उन दोनों को परस्पर युद्ध करने को उन्मुक्त छोड़कर तटस्थ नहीं हो सकता।" भीष्म ने रुक कर विदुर की ओर देखा, "मुझे यह निश्चय नहीं करना है कि युद्ध की स्थिति में मुझे किसका पक्ष लेना है, मुझे यह प्रयत्न करना है कि युद्ध की स्थिति ही न आये।"

"निश्चित रूप से हम सबका वही प्रयत्न है।" विदुर उठ खड़े हुए, "अच्छा मैं चलता हूँ पितृव्य!"

"जाओ।" और भीष्म की मुद्रा कुछ बदल गयी, "किसी भी प्रकार, युधिष्ठिर के पास कर्ण की प्रतिज्ञा का समाचार भिजवा दो। उन्हें सावधान रहना चाहिए और अर्जुन की रक्षा का विशेष ध्यान रखना चाहिए।"

विदुर अपने घर पहुँचे, तो पारंसवी ही सबसे पहले सामने पड़ गयी, "पितृव्य के साथ चले गये थे? कोई विशेष बात?"

"पितृव्य के घर जाने में क्या विशेष बात हो सकती है। राज-काज की सहस्रों बातें होती ही रहती हैं।" विदुर बोले, "भाभी कहाँ हैं?"

"उस ओर पीछे गंगा तट पर बैठी हैं। बुलाऊँ क्या?"

"नहीं बुलाना क्या है। थोड़ा विश्राम कर लूँ, तब तक तो वे स्वयं ही आ जायेंगी।"

"विश्राम तो नहीं कर पायेंगे आप।" पारंसवी हँसी, "प्रातः ही आपका एक पाहुना आ गया है। वह पर्याप्त विश्राम कर चुका है अब तक। पहले

उससे चर्चा कर लें; और तब तक यदि भाभी गंगा तट से न लौटें, तो विश्राम कर लीजिएगा।"

"कौन है?"

"कहता है कि आपका कोई पुराना परिचित है। अपना नाम समंग बताता है।"

"समंग!" विदुर को वह ग्वाला स्मरण हो आया, जो दो बार राज सभा में आ चुका था, "वह यहाँ क्या करने आया है। वह तो दुर्योधन और कर्ण का प्रिय व्यक्ति है।"

"यह सब तो आप ही जानें।" पारंसवी बोली, "सम्भव है, अब उसने दल बदल लिया हो; और आपका प्रिय व्यक्ति बनना चाहता हो। राजनीति में तो कुछ भी सम्भव है।"

विदुर समझ गये कि पारंसवी उसको झेलते-झेलते अब तक काफी खीझ चुकी होगी। है भी तो वह भयंकर दुष्ट। चिपक जाता है तो चिपक ही जाता है। उससे तो उनको ही निबटना पड़ेगा।

वे वहाँ आये, जहाँ पारंसवी ने समंग को बैठा रखा था।...हाँ! यह वही व्यक्ति था।

उसे पहचानने में वे भूल नहीं कर सकते थे। किन्तु अब वह पहले जैसा नहीं लग रहा था। थोड़े से ही समय में बहुत बदल गया लगता था। पहले से बहुत दुर्बल प्रतीत हो रहा था। अस्वस्थ हो गया था क्या?

विदुर को आते देखकर समंग अपने स्थान से उठ बैठा और दौड़ कर सीधे उनके चरणों में लोट ही गया।

"अरे, अरे, क्या कर रहे हो!" विदुर बोले, "उठो। अपनी बात कहो।"

समंग उठा, तो विदुर ने देखा कि उसकी आँखों में अश्रु थे। नहीं! वह चाहे कितना भी पाखण्डी क्यों न हो, किन्तु ये अश्रु झूठे नहीं हो सकते। वह इतना नाटक नहीं कर सकता। वह अवश्य ही बहुत दुखी होगा।

"क्या बात है समंग!"

"आर्य मैं अपना दुखड़ा रोने आया हूँ।" उसने स्वयं को सँभालने का प्रयत्न किया।

"बोलो! विदुर आज तक यहाँ इसीलिये बैठा है कि यदि किसी दुखी व्यक्ति की वह कोई सहायता कर सके तो अवश्य करे।"

"आपको ज्ञात ही है महामन्त्री! कि मैं युवराज को आमन्त्रित कर द्वैतवन ले गया था।"

"ज्ञात है।"

"पर आपको यह ज्ञात नहीं है कि उसके पश्चात क्या हुआ।" उसने अपनी कथा आरम्भ की, "युवराज अपने दलबल के साथ द्वैतवन में आये और सब कुछ उजाड़ कर चले गये।"

"अर्थात?"

"युवराज के सार्थ के पास इतना वैभव था, जिसकी कल्पना भी कभी मेरे बच्चों ने नहीं की थी। परिणाम यह हुआ कि मेरी पुत्री को एक अधेड़ मुच्छड़ सैनिक से प्रेम हो गया और वह उससे विवाह करने के लिये उसके साथ चली गयी।" समंग ने बताया, "कहती तो वह यही रही कि उसे उससे प्रेम हो गया है; किन्तु मैं जानता हूँ कि उसे उस सैनिक ने कुछ आभूषण इत्यादि दिखा कर लुभा लिया था..."

"तुम यह कैसे कह सकते हो?" विदुर ने पूछा, "सम्भव है कि उन दोनों को वस्तुतः प्रेम हो गया हो।"

"मान लेता हूँ कि उनको वस्तुतः इतना प्रेम हो गया था कि वे दो दिन भी प्रतीक्षा नहीं कर पाये और मेरी पुत्री बिना विवाह कराए ही उसके साथ चली गयी। कह गयी कि उसने उसके साथ गान्धर्व विवाह कर लिया है।" समंग बोला, "तब से अब तक वह कभी लौट कर हमसे मिलने नहीं आयी, न ही उसका कभी कोई संदेश अथवा कोई पत्र ही आया। प्रेम ही हुआ था। बहुत को होता है। पर...कोई अपने माता-पिता के साथ ऐसा व्यवहार तो नहीं करता।"

वह विदुर की प्रतिक्रिया जानने के लिये रुका, किन्तु विदुर कुछ नहीं बोले।

"दूसरी ओर मेरे पुत्र को एक वणिक की समृद्धि ने लुब्ध कर दिया और वह अपनी पत्नी को साथ ले कर, यह कह कर चला गया कि वह उस वणिक के आपण में चाकरी करेगा, वन में ऐसा क्या रखा था, जिसके लिये वह वहाँ पड़ा रहे।" समंग बोला, "वह भी चला गया। बहू भी चली गयी। और पीछे रह गया मैं, अपनी पत्नी के साथ। कुछ दिन तो वह मुझसे लड़ती-झगड़ती रही, बकती-झकती रही; और फिर एकदम विक्षिप्त हो गयी। मुझे घर में टिकने ही नहीं देती, हर समय धकियाती रहती, 'जाओ, मेरे बच्चों को लाओ। तुमने ही राजा को बुला कर मेरे बच्चे उन्हें सौंप दिये हैं।' मेरे पास अब कोई विकल्प नहीं था कि मैं उन्हें खोजने के लिये हस्तिनापुर आता। मेरा अपना मन भी उनके बिना बहुत दुखी है, और फिर सम्भव है कि अपने बच्चों को देखकर मेरी बुढ़िया का मन कुछ सन्तुलित हो जाता।"

"तो तुम अपने बच्चों को खोजने हस्तिनापुर आये हो?"

"हाँ। आर्य!"

"पत्नी को कहाँ छोड़ आये?"

"वह भी साथ आयी है।" समंग बोला।

"कोई मिला?"

"पुत्री का तो कोई पता नहीं मिला। वह सैनिक भी जाने कहाँ चला गया। उसके कुछ संगी मिले थे, उन्होंने बताया कि वह तो सेना की चाकरी छोड़ गया है और हस्तिनापुर में नहीं है।" समंग बोला, "हाँ, पुत्र और पुत्रवधू का पता मिल गया है।"

"कहाँ हैं वे लोग?"

"यहीं हैं, हस्तिनापुर में। पुत्र एक श्रेष्ठी के पास उसके आपण में चाकरी करता है और पुत्रवधू, दासीवत् जिसका जो काम कर सकती है, कर देती है। कुछ धन पा जाती है। एक कोठरी में रहते हैं, घोर दरिद्रता की स्थिति में। मैंने कहा कि घर लौट चलो। उनकी माँ भी बहुत रोई, गिड़गिड़ाई। पर वे कुछ सुनते ही नहीं हैं। उन्हें अपनी माँ की स्थिति पर भी दया नहीं आती। कहते हैं, वहाँ वन में जाकर अपना जीवन नष्ट करना नहीं चाहते। मैं धमकाया कि मैं राजा के पास गुहार करूँगा और उन्हें दण्डधरों की सहायता से बँधवा कर अपने साथ ले जाऊँगा। वे मेरी सन्तान हैं, मेरी इच्छा के विरुद्ध नहीं चल सकते। पुत्र तो मौन रहा; किन्तु पुत्रवधू ने कहा कि यदि मैंने ऐसा कुछ किया तो वह वन के किसी वृक्ष से लटक कर आत्महत्या कर लेगी। न तो हस्तिनापुर का वैभव छोड़कर वन में रहेगी, न अपनी इस विक्षिप्त वृद्धा सास के साथ हस्तिनापुर में रहेगी।...पता नहीं हस्तिनापुर में उसका कौन-सा वैभव है।"

"तो तुम मेरे पास क्या करने आये हो?" विदुर ने पूछा।

मेरी सहायता करें महामन्त्री।

"बोलो, क्या सहायता करूँ।" विदुर बोले, "अपनी इच्छा से वे तुम्हारे साथ जायेंगे नहीं और राजशक्ति की सहायता तुम लेना नहीं चाहते।"

"मेरे लिये हस्तिनापुर में रहने की कोई व्यवस्था कर दें। यहाँ रह कर हम कभी-कभी अपने बच्चों को देख सकेंगे और सम्भव है कि मेरी पत्नी का कोई उपचार हो सके।"

"तुम अपनी पुरानी माँग लेकर आये हो," विदुर मुस्कुराये, "तुम बहुत हठी हो समंग।"

"नहीं आर्य! वह बात तनिक भी नहीं है। मैं तो आपका आश्रय चाहता हूँ।"

"अपने पुत्र के साथ नहीं रह सकते?"

"उसके पास न स्थान, न धन। और फिर साथ रहने पर उसकी पत्नी आत्महत्या तो यहाँ भी कर सकती है। न हस्तिनापुर में वृक्षों की कमी है, न गंगा के जल की।"

"तुमने कर्ण और दुर्योधन के कहने पर वह सब नाटक किया था—गो-गणना का। तो उनके पास ही क्यों नहीं जाते?" विदुर बोले, "क्या वे तुम्हारी कोई सहायता नहीं करेंगे?"

"युवराज के दर्शन करने गया था। उनके सैनिकों ने पीट-पीट कर मुझे मार्ग पर फेंक दिया।" उसने बताया, "फिर अंगराज के पास भी गया था। वे नहीं चाहते कि मैं हस्तिनापुर में कहीं दिखायी भी पड़ूँ। बोले कि मैं युवराज के एक भेद को प्रकट करने की धमकी दे रहा हूँ। ऐसे में यदि युवराज को क्रोध आ गया, तो मेरे प्राण ही चले जायेंगे।"

"यह उन्होंने तुम्हें तुम्हारी सहायता और राजभक्ति का पुरस्कार दिया है?"

"नहीं आर्य! यह भगवान ने मुझे मेरे लोभ और दुष्टता का दण्ड दिया है।" समंग की आँखों में अश्रु थे, "मैं पाण्डवों को पीड़ित कर सुखी होने चला था न! यह उसी का दण्ड है।"

"समंग! आज राजसभा में कर्ण ने एक प्रतिज्ञा की है कि वह माँगे जाने पर याचक को कुछ भी मना नहीं करेगा। तुम चाहो तो उससे अब कोई भी सहायता माँग सकते हो।"

"सम्भव है, अब वे मना न करें, किन्तु अब मैं उनसे कोई सहायता नहीं लूँगा। आप न कर देंगे, तो लौट जाऊँगा, उसके पश्चात् चाहे मेरी पत्नी उन्मादिनी ही हो जाये और मुझे कहीं डूब मरना पड़े। अब और कहीं नहीं जाऊँगा।"

"यदि मैं तुम्हारे यहाँ रहने का प्रबन्ध कर दूँ, तो वन में दुर्योधन के गोधन की रक्षा कौन करेगा?"

"वह दायित्व तो मैंने छोड़ दिया है।" समंग ने बताया, "मुझसे स्वतन्त्र हो कर शेष गोपवृन्द प्रसन्न ही हैं।"

विदुर कुछ चिन्तन करते रहे। फिर बोले, "अच्छा, जब तक तुम्हारी कोई और व्यवस्था नहीं हो जाती, मैं अपने आवास पर ही तुम्हारे रहने की व्यवस्था कर देता हूँ। देखो, अधिक उत्पात मत करना, नहीं तो मेरी पत्नी भी अपने स्वामिनी के अधिकार का भरपूर प्रयोग करेगी।"

"नहीं आर्य! मैं कुछ नहीं करूँगा। आपको कष्ट दूँ तो मुझ जैसा पापी और कौन होगा। आप तो देवता हैं आर्य। जो कुछ सुना था, आपको उससे भी बढ़ कर पाया।" वह विदुर के चरणों से लिपट गया।

विदुर ने समंग को एक सेवक को सौंपा और स्वयं आ कर अपने कक्ष में बैठ गये। उनको आता देख, उनका निजी परिचारक आकर खड़ा हो गया।

"कोई अश्वारोही विश्वसनीय दूत उपस्थिति है?"

"द्वैतवन जाना है स्वामी?"

"हाँ!"

"अभी तो स्वयं विशोक यहीं है।"

"तो उसी को बुलाओ।"

वह चला गया और थोड़ी ही देर में विशोक हाथ बाँधे उनके सम्मुख उपस्थित हो गया, "आज्ञा महामन्त्री!"

"द्वैतवन लौट रहे हो?"

"हाँ आर्य।"

"तो युधिष्ठिर को बताना कि आज राजसभा में कर्ण ने सार्वजनिक रूप में, अर्जुन के वध की प्रतिज्ञा की है। वे लोग सावधान रहें और अर्जुन की रक्षा करें।"

"जो आज्ञा आर्य!" विशोक प्रणाम कर चला गया।

20

सभा में कर्ण द्वारा की गयी प्रतिज्ञा के विषय में विदुर ने कुन्ती को बता दिया था। कुन्ती ने सुना और सुन कर चुप रह गयी। विदुर को कुछ आश्चर्य भी हुआ कि भाभी ने कर्ण की भर्त्सना में एक शब्द भी नहीं कहा। क्या भाभी को बुरा नहीं लगा? कर्ण पर क्रोध नहीं आया?

"भगवान् जाने, दुर्योधन को प्रसन्न करने के लिये, इस कर्ण का किस सीमा तक पतन होगा?" विदुर ने कहा।

"जब एक बार पतन आरम्भ हो जाता है, तो फिर उसका कोई अन्त नहीं होता विदुर!" कुन्ती ने कठोर मुद्रा और स्थिर, निष्कम्प वाणी में एक वाक्य कहा और अपने कक्ष में चली गयी।

विदुर ने मान लिया कि कुन्ती अपने मन की इस विह्वल स्थिति को किसी के सम्मुख प्रकट नहीं करना चाहती।

कुन्ती का मन, आज सचमुच रोने को हो रहा था। दुर्योधन ऐसी सहस्र प्रतिज्ञायें करता, उसे तनिक भी कष्ट नहीं होता।...पर कर्ण। उसका अपना पुत्र, अपने ही भाई की हत्या की प्रतिज्ञा कर रहा है।...पर वह तो नहीं जानता

कि वह अपने भाई की हत्या की प्रतिज्ञा कर रहा है। जानती तो केवल कुन्ती ही है। कुन्ती ने उसे बताया ही नहीं तो, उसका क्या दोष।

...पर क्या बात इतनी ही है कि वह अपने अज्ञान में अपने भाई को अपना शत्रु मान रहा है? यदि इतना ही होता, तो वह उसे इसी क्षण जाकर यह सूचना दे देती।...वह क्यों यह देख नहीं पा रहा कि अर्जुन उसका शत्रु नहीं है। अर्जुन अथवा किसी भी पाण्डव ने उसे अपना शत्रु न कहा, न माना। कर्ण ने रंगशाला में अर्जुन को द्वन्द्व युद्ध की चुनौती दी; वह द्रौपदी के स्वयंवर में उनसे लड़ा; उसने द्यूत सभा में पांचाली के अपमान का भयंकर प्रस्ताव रखा। तब भी पाण्डवों ने उसके वध की प्रतिज्ञा नहीं की। वन जाने से पूर्व जिस समय पाण्डवों ने वल्कल वस्त्र पहने, और दुःशासन ने पुनः उनका अपमान किया, तब कहीं भीम ने अपने क्रोध में दुःशासन तथा दुर्योधन के विषय में अपनी प्रतिज्ञा और अर्जुन द्वारा कर्ण, तथा सहदेव द्वारा शकुनि के वध की प्रतिज्ञा की। उस पर भी अर्जुन ने स्पष्ट किया कि भीम को प्रसन्न करने के लिये, उसकी प्रतिज्ञा को सत्य करके दिखाएगा; किन्तु यह भी कह दिया कि चौदहवें वर्ष में, यदि दुर्योधन ने सत्कार पूर्वक उनका राज्य वापस न किया तो वह युद्ध में कर्ण का वध अवश्य करेगा। उसने उसके वध की प्रतिज्ञा नहीं की, युद्ध में उसके वध की प्रतिज्ञा की, वह भी कब? यदि दुर्योधन ने चौदहवें वर्ष में उनका राज्य उनको लौटा न दिया तो।...तो आज ऐसा क्या हो गया है कि कर्ण ने अर्जुन के वध की प्रतिज्ञा कर ली है? युद्ध में अर्जुन से आत्मरक्षा की प्रतिज्ञा उसने नहीं की है। युद्ध में उसने अर्जुन को पराजित करने की प्रतिज्ञा नहीं की है। उसने तो अर्जुन के वध की प्रतिज्ञा की है।...युधिष्ठिर के जीवन-काल में दुर्योधन राजसूय नहीं कर सकता, इसलिये युधिष्ठिर को मर जाना चाहिए? अर्जुन के जीते जी, दुर्योधन युधिष्ठिर को हानि नहीं पहुँचा सकता, इसलिये अर्जुन को मर जाना चाहिए? कर्ण दुर्योधन को प्रसन्न करना चाहता है?...वह सूतपुत्र कहलाने का प्रतिशोध लेना चाहता है? पर इसमें अर्जुन का क्या दोष? दोष यदि किसी का है, तो केवल कुन्ती का है। कर्ण उसका दण्ड अर्जुन को क्यों देना चाहता है?...नहीं! ये सब केवल ऊपरी बातें हैं। मूल तो है उसके अपने मन में बैठी, ईर्ष्या। उसका लोभ–चाहे यश का हो, चाहे धन का, चाहे सत्ता का। क्यों नहीं कर्ण समझता कि उसे अपनी इस ईर्ष्या का वध करना चाहिए, अर्जुन का नहीं। उसे अपने इस लोभ को पहचानना है, अपने वंश को नहीं। उसकी अपराधिनी न कुन्ती है, न राधा। अपराधिनी है उसकी अपनी वासना। उसका दोषी न युधिष्ठिर है, न दुर्योधन; उसका दोषी उसका अपना मोह है। वह न न्याय चाहता है, न धर्म। वह न दुर्योधन का मित्र है,

न कुरुकुल का। वह तो बस अपनी जय जयकार सुनना चाहता है। अंगराज की जय सुनना चाहता है। जय सुनने की यह भूख इतनी प्रबल है कि उसके लिये वह किसी का भी वध कर देगा। किसी का भी राज्य छीन लेगा। किसी भी स्त्री का अपमान कर देगा। किसी के भी वस्त्र उतरवा देगा।...वह नहीं जानता कि उसके अपने मन में कितने शत्रु बैठे हैं। उन सर्पों को वह दूध नहीं, अपने हृदय का रक्त पिला-पिला कर पाल रहा है; और उन पाण्डवों को अपना शत्रु समझ रहा है, जिन्होंने उसका कुछ भी नहीं बिगाड़ा।...जाने प्रभु यह कैसी लीला रच रहे हैं।...

तभी पारंसवी अपने साथ चपला को लेकर आयी। पीछे-पीछे समंग भी आ रहा था।

"भाभी! यह चपला आपसे मिलना चाहती है।"

कुन्ती को अपने मन के गह्वर से निकलने में थोड़ा समय लगा।

"आओ बहन!" कुन्ती ने उसे देखा। इस समय उसमें उन्माद का कोई लक्षण नहीं था। वह थकी-सी एक साधारण वृद्धा लग रही थी।

कुन्ती के निकट आ, प्रणाम कर, चपला भूमि पर ही बैठ गयी।

"अरे, यहाँ मंच पर बैठो।" कुन्ती ने एक मंच की ओर संकेत किया, "भूमि पर बैठोगी तो हस्तिनापुर के महामन्त्री विदुर मुझसे रुष्ट हो जायेंगे। वे मुझ पर समाज में विभाजन और वैषम्य को प्रोत्साहित करने का आरोप लगाएँगे।"

"नहीं देवि! हमारी स्थिति तो आपके निकट बैठने की भी नहीं है। भूमि पर भी बैठ गये, तो समझो कि सिंहासन पर बैठ गये।" चपला बोली, "मेरी किसी बात का बुरा न मानना। मेरा जी आजकल मेरे वश में नहीं है।"

समंग आकर, प्रणाम कर, चौखट के बाहर ही बैठ गया था। वह यह देख कर सन्तुष्ट था कि चपला इस समय एक भली स्त्री के समान वार्तालाप कर रही थी। नहीं तो उसके साथ जब अकेली होती थी, तो कितना उत्पात करती थी।

"विदुर कह रहे थे कि तुम कुछ अस्वस्थ हो।" कुन्ती ने कहा।

"अस्वस्थ क्या हूँ, माँ का हृदय है देवि! वही कष्ट दे रहा है।" चपला बोली, "कभी किसी ने सोचा था कि भगवान ऐसी भी सन्तान को जन्म देंगे, जो वृद्ध माता-पिता को असहाय छोड़कर चली जायेगी। क्या होगा इस संसार का। सृष्टि बचेगी या नष्ट हो जायेगी। मेरे मन में तो ईश्वर के लिये भी शाप उठता है। सन्तान दी थी तो उसका विरह क्यों दिया। विरह दिया था, तो ऐसा मन क्यों दिया। रात-रात भर उनको स्मरण कर रोती हूँ। सो नहीं पाती तो विक्षिप्त हो जाती हूँ। इच्छा होती है कि सबकी हत्या कर दूँ, जिनके बच्चे उनके

साथ रहते हैं। इस संसार को ही आग लगा दूँ, तब भगवान को भी पता चले कि जिसे जन्म दिया है, वह आँखों के सामने न रहे तो कितना कष्ट होता है। कभी-कभी सोचती हूँ कि अपनी बहू का ही झोंटा पकड़कर उसे घसीट लाऊँ। वही कुलच्छनी है, जो मेरे पुत्र को अपने मोह जाल में बाँधकर यहाँ ले आयी है; और अब न तो लौटने को राजी होती है, और न हमें ही अपने साथ रखती है।...फिर सोचती हूँ कि इसमें बहू का भी क्या दोष! पुत्र ऐसा कपूत न होता, तो बहू का साहस ही कैसे होता कि वह ऐसा सोचती।..."

"अब बस भी करेगी कि बोलती ही जायेगी।" चौखट के बाहर से ही समंग ने कहा, "राजमाता का भी भेजा चाट खाएगी क्या?"

"कोई बात नहीं समंग! बोलने दो।" कुन्ती ने बहुत धैर्यपूर्वक कहा, "उसे अपना दुखड़ा कह लेने दो। मन हल्का हो जायेगा। मैं समझती हूँ, उसका दुख।"

"इसी कारण तो आपके पास आयी हूँ देवि!" चपला श्रद्धा भाव से बोली, "सोचा उस देवि के दर्शन करके आऊँ, जो बारह वर्षों से अपने पाँच-पाँच पुत्रों का विरह सह रही है। आपका हृदय फट नहीं गया देवि! इतने दिनों में। मैं तो इतने थोड़े से ही समय में उन्मादिनी हो गयी हूँ।"

"तुम्हें यह तो नहीं लगता चपला कि मैं बड़ी हृदयहीन माता हूँ, जो पाँच-पाँच पुत्रों को ही नहीं, सारी पुत्रवधुओं और अपने पौत्रों को त्याग कर बारह वर्षों से यहाँ निश्चिंत बैठी हूँ?"

"नहीं! नहीं!! मैं ऐसा क्यों सोचूँगी देवि!" चपला ने अपनी हथेलियों से अपने दोनों गाल पीट डाले।

"सोच सकती हो, क्योंकि मुझे, मेरे पुत्रों ने न तो अपने साथ ले जाना अस्वीकार किया था और न मेरी पुत्रवधुओं को मेरे साथ रहने अथवा मुझे अपने साथ रखने में कोई आपत्ति है।" कुन्ती बोली, "माँ का हृदय तो मेरे भी वक्ष में है। पर मैंने इस प्रकार उनसे पृथक रहने के लिये न अपने आपको अभागिनी माना है; और न इसके लिये कभी उनको दोष दिया है।"

"शायद मैं भी न देती, यदि मेरा पुत्र भी आपके पुत्रों के समान धर्म कमाने गया होता।" चपला बोली, "वह तो थोड़ा-सा धन कमाने के लिये अपने वृद्ध माता-पिता को इस प्रकार अकेला और असहाय छोड़ कर हस्तिनापुर में डेरा डाले बैठा है। धन उसे माँ से भी अधिक प्यारा है। है कोई और ऐसी अभागिनी माता, जिसका पुत्र उससे भी अधिक धन से प्यार करे।"

कुन्ती का ध्यान कर्ण की ओर चला गया।...यह स्त्री इतनी दुखी है कि उसका पुत्र माँ से अधिक धन से प्रेम करता है। वह स्वयं को संसार की सबसे

अधिक अभागिनी माता समझती है।...पर क्या वह जानती है कि कर्ण जैसा पुत्र भी होता है, जो सारे धन-वैभव के होते हुए भी, केवल ईर्ष्यावश वध कर सकता है। अपने राजा को प्रसन्न मात्र करने के लिये, धर्म पर चलने वाले चरित्रवान लोगों की हत्या कर सकता है। अपनी जयजयकार सुनने के लिये निर्दोष लोगों के प्राण ले सकता है।

"धन का लोभ किसे नहीं होता चपला?" कुन्ती बोली, "किन्तु तुम्हारा दुख क्या यह है कि तुम्हारा पुत्र धन अर्जिन करना चाहता है? क्या तुमने अपने पति से कभी यह माँग नहीं की थी कि वह और अधिक धन कमाये। तुम्हें और अधिक सुख से रखे?"

"नहीं! इस कारण से मैं क्यों दुखी हूँगी? किसको अपने पुत्र का वैभव बुरा लगता है।"

"तो क्या तुम दुखी इसलिये हो कि तुम्हारा पुत्र अपनी पत्नी से प्रेम करता है?"

"नहीं! यह मुझे क्यों बुरा लगेगा। बेटा-बहू परस्पर प्रेम से रहें, यह तो अच्छी बात है।"

"तो फिर तुम दुखी क्यों हो? तुम्हारे दुख का कारण क्या है?"

"वह हमारे साथ क्यों नहीं रहता? मैं चाहती हूँ कि वह सदा मेरी आँखों के सामने रहे। मैं उससे इतना प्रेम करती हूँ कि उसको देखे बिना जी नहीं सकती, तो वह मेरी इतनी उपेक्षा क्यों कर रहा है?"

"मेरी बात पर ध्यान दो चपला!" कुन्ती ने मंद स्वर में कहा, "जरा गम्भीर हो कर सोचो। जहाँ दुख होता है, वहाँ कोई दोष भी होता है। हम लोग प्रायः अपने दुख को देखते हैं, किन्तु उस दोष को देखने का प्रयत्न नहीं करते। सब ही। यह मनुष्य का स्वभाव है। मैं भी ऐसा ही करती हूँ। तुम भी सोचो। तुम्हारा यह जो दुख है, उसका कारण तुम्हारा ही कोई दोष है। तुम दुखी इसलिये हो कि तुम्हारा पुत्र तुम्हारी उपेक्षा कर रहा है; अथवा तुमको अपनी कोई वासना कष्ट दे रही है।"

"लो। अब पुत्र के निकट रहने की इच्छा भी वासना हो गयी।"

"इच्छा मात्र को ही वासना कहते हैं, चपला। मेरे पुत्र वन में रह रहे हैं, किन्तु द्वैतवन में रहते हुए भी तुम्हारी कभी यह इच्छा नहीं हुई कि तुम उनको देख आओ, उनको मिल आओ, उनके निकट रहो। क्यों? क्योंकि तुम्हारे मन में उनके प्रति कोई मोह नहीं है। अपने पुत्र के प्रति तुम्हारे मन में मोह है। वह मोह ही तुमको कष्ट दे रहा है। तुम्हारे दुख का कारण तुम्हारे पुत्र का धन के प्रति लोभ, अपनी पत्नी के प्रति प्रेम, तुम्हारे प्रति उपेक्षा का भाव—कुछ

भी नहीं है। तुम्हारे दुख का कारण तो तुम्हारा पुत्र-मोह है। तुम्हारा अपराधी तुम्हारा पुत्र नहीं, तुम्हारा अपना मोह है।"

"लो!" चपला ने जैसे कोई तर्क-वितर्क बात सुन ली थी, "अब अपने पुत्र के प्रति प्रेम भी, मोह हो गया। संसार में किसी माता को अपने पुत्र से प्रेम नहीं होता।"

"चुप कर। अब तू राजमाता से भी कलह करेगी दुष्टे!"

"नहीं। रहने दो समंग। तर्क नहीं करेगी, तो बात स्पष्ट कैसे होगी।" कुन्ती ने कहा, "हाँ चपला। संसार में प्रत्येक माता अपने पुत्र से प्रेम करती है।"

"हाँ! भगवान ने माता का हृदय ही ऐसा बनाया है। उसका दुख कोई और कैसे समझ सकता है।" चपला बोली, "तो फिर वह मोह कैसे हो सकता है। पुत्र के प्रति इतना प्रेम न होता, तो माता उसका पालन-पोषण ही कभी न कर पाती।"

"ठीक कहती हो चपला! सत्य ही ईश्वर ने माँ के मन में सन्तान के प्रति इतना प्रेम संचित न किया होता, तो न तो वह सन्तान को जन्म देने का कष्ट उठाती और न ही उसका पालन-पोषण कर पाती।" कुन्ती मुस्कराई, "इतना प्रेम दिया है ईश्वर ने किया माँ का हृदय अपनी सन्तान को देखते ही पिघल कर, दूध में परिणत हो, उसके स्तनों में उतर आता है। इतना प्रेम दिया है विधाता ने कि उसे अपनी सन्तान का मल, मल ही नहीं लगता। सन्तान को स्वच्छ रखने के लिये, वह उसका मल-मूत्र भी साफ करती है।...किन्तु माँ के स्तनों में दूध इसलिये आता है चपला! क्योंकि सद्यःजात शिशु और कुछ भी खा-पी नहीं सकता। माँ का स्नन्य ही उसका प्राण है। किन्तु, अब यदि अपने पुत्र प्रेम के कारण तुम्हारे स्तनों में दूध उतरेगा तो क्या तुम्हारा पुत्र उसका पान करेगा? तुम स्तनपान कराओगी उसका? इस अवस्था में अपने पुत्र का मल-मूत्र साफ करोगी?"

"नहीं!" चपला ने बिना सोचे-समझे, तत्काल उत्तर दिया, "वयस्क पुत्र के लिये उसकी आवश्यकता नहीं है।"

"तो फिर तुम्हारे उस मोह की भी, जिसे तुम प्रेम कह रही हो, अब कहाँ आवश्यकता है?" कुन्ती ने कहा, "जो प्रेम स्तन्य के लिये आवश्यक था, तुम चाहती हो कि तुम्हारा वह प्रेम तो बना रहे, किन्तु स्तन्य सूख जाये। जो प्रेम तुम्हारा पुत्र तुमसे उस समय करता था, जब वह स्तनपान करता था, वह प्रेम तो बना रहे, किन्तु वह स्तनपान न करे।"

"मोह है तो मोह ही सही।" चपला कुछ उग्र हो कर बोली, "ईश्वर ने वह मोह बनाया ही क्यों?"

कुन्ती हँस पड़ी, "ईश्वर ने इस परिवर्तनशील संसार में बहुत सारे भाव और बहुत सारे पदार्थ बनाये हैं, और उन सबकी आवश्यकता भी है; किन्तु इतनी बुद्धि भी मनुष्य को दी है कि वह निर्णय कर सके कि उसे किसका उपयोग कब करना है; और कब तक करना है। उसने स्त्री-पुरुष को काम भाव दिया है। कौन नहीं जानता कि यह काम भाव न होता, नारी-पुरुष एक-दूसरे की ओर आकृष्ट न होते, तो सन्तान का जन्म न होता; और संसार आगे न चलता। सत्य है न!"

"सत्य है राजमाता।" चपला तत्काल सहमत हो गयी।

"किन्तु उस काम को संयत और परिमित करना कल्याणकारी है अथवा नहीं?" कुन्ती ने पूछा।

"है।"

"यदि कोई पुरुष यह कह कर किसी स्त्री के साथ व्यभिचार करना चाहे कि ईश्वर ने काम भाव बनाया है, इसलिये उसे यह अधिकार है कि वह किसी भी स्त्री को काम-निमंत्रण दे, तो क्या यह उचित होगा?"

"नहीं राजमाता!"

"तुम्हारी इस अवस्था में, तुम्हारा अपना पति ही यदि तुमसे तुम्हारी युवावस्था के काम-व्यवहार की अपेक्षा करे, तो क्या यह उचित होगा?"

"नहीं।" चपला के चेहरे पा लज्जा की लाली आ गयी।

"तो फिर पुत्र प्रेम के लिये ही, तुम वही स्थिति क्यों बनाए रखना चाहती हो? केवल वह स्थिति ही बनाए रखना नहीं चाहतीं, उसे माँ का हृदय कह कर गौरवान्वित भी करना चाहती हो?"

चपला ने कोई उत्तर नहीं दिया। वह किसी गहरी सोच में डूब गयी थी।

"सुनो चपला!" कुन्ती ने पुनः कहा, "हमारा जीवन एक धारा के समान है। अपने उद्‌गम से लेकर अपने संगमन तक की यात्रा की परिस्थितियाँ एक-सी नहीं होतीं। यात्रा का प्रत्येक पड़ाव एक नयी चुनौती लेकर आता है, और हमारे कर्तव्य परिवर्तित होते रहते हैं। सम्बन्ध बदलते रहते हैं। जीवन का रूप बदलता रहता है। हमें इस परिवर्तन को स्वीकार करना चाहिए और स्वयं को उसके अनुरूप ढालना चाहिए, न स्वयं विक्षिप्त होना चाहिए और न किसी और को विक्षिप्त करना चाहिए।"

"आप ठीक कहती हैं, राजमाता!" चपला रो पड़ी, "पर मैं क्या करूँ? मेरा तो समय ही नहीं कटता। मेरी आँखों के सामने पुत्र का मुखड़ा घूमता रहता है।"

"तुम्हारा समय नहीं कटता, तुम्हारी एक इच्छा पूरी नहीं होती, इसलिये तुम अपने पुत्र को बाँध कर अपने साथ रखना चाहती हो?" कुन्ती बोली, "तुम्हारा पुत्र तुम्हारा खिलौना है क्या?"

"तो क्या सन्तान का धर्म नहीं है कि जिस माता-पिता ने उनको जन्म दिया, उनका पालन-पोषण किया, उनका ध्यान रखें, उनकी सेवा करें?"

कुन्ती हँस पड़ी, "पहले तुम यह ध्यान कर लो कि तुम अपने पुत्र से रुष्ट क्यों हो, तुम्हारा कष्ट क्या है? तुम चाहती हो कि वह तुम्हारे पास रहे, क्योंकि तुम्हारा समय नहीं कटता, अथवा तुम अपनी देखभाल करने में असमर्थ हो, और तुम्हारा पुत्र तुम्हारी सेवा नहीं कर रहा।"

"नहीं राजमाता!" समंग बोला, "इसकी मैं भरपूर सेवा कर रहा हूँ। जब असमर्थ हो जाऊँगा, तब की नहीं कह सकता।"

"नहीं। सेवा की कोई बात नहीं है।" चपला बोली, "उसके बिना मेरा जीवन इतना खाली-खाली हो गया है कि मेरी समझ में ही नहीं आता कि मैं क्या करूँ। मेरा मन किसी काम में लगता ही नहीं।"

"तुम अपना स्वतन्त्र और आत्मनिर्भर जीवन जीओ चपला! पराश्रित जीवन क्यों जीना चाहती हो। लोगों को उनके बन्धनों से मुक्त करने का काम करो, उन्हें बाँधने का संकल्प क्यों कर रही हो?" कुन्ती बोलीं, "तुमने अपनी सन्तान के प्रति अपना कर्तव्य पूर्ण किया। अब अपना विकास करो, समाज का विकास करो। अपना यह जीवन जीओ, जो तुम बच्चों के पालन-पोषण के दायित्व के कारण अब तक जी नहीं सकी थीं। हम अपनी सन्तान को समर्थ इसलिये नहीं बनाते कि अपने मोह के बन्धनों में उनको बाँध कर उनके सामर्थ्य को कुण्ठित करेंगे।"

चपला ने एक असहाय-सी दृष्टि कुन्ती पर डाली और धीरे-से बोली, "मैं समझती तो सब कुछ हूँ राजमाता! किन्तु मेरा मन है कि मानता ही नहीं। उसे कितना समझाती हूँ, दोनों भुजाओं में पकड़-पकड़ कर उसे नीचे उतारती हूँ किन्तु वह है कि फिर से बलात मोह के वृक्ष पर जा चढ़ता है, और मैं उसके सम्मुख असहाय हो जाती हूँ।"

इस बार समंग आगे बढ़ आया, "आपकी बड़ी कृपा है राजमाता! आपकी बातें सुनकर मुझे लगता है कि यह आज नहीं तो कल, समझ ही जायेगी और इसका उन्माद उतर जायेगा।"

"भगवान तुम्हारा कल्याण करें।" कुन्ती का स्वर एक प्रकार का अलौकिक आहलाद लिये हुए था।

21

विशोक हस्तिनापुर से लौट आया था। युधिष्ठिर को सारे समाचार देकर वह विश्राम के लिये चला गया था; किन्तु पाण्डव विश्राम करने नहीं जा सके। युधिष्ठिर गहरी चिन्ता में डूबे वहीं बैठे रह गये।

"क्या बात है भैया! चिन्ता किस बात की कर रहे हैं?" भीम ने कहा, "अथवा माँ की स्मृति आपको व्याकुल कर रही है?"

"यह कर्ण क्यों अर्जुन के पीछे पड़ा है?" युधिष्ठिर बोले, "अब तो उसने अर्जुन के वध की प्रतिज्ञा भी कर ली है।"

"तो क्या हो गया।" भीम अविचलित ही रहा, "प्रतिज्ञा तो आज की है, वह अर्जुन की हत्या तो उसी दिन से ही करना चाहता था, जब से उसने आचार्य द्रोण को अर्जुन की ओर आकृष्ट पाया। दुर्योधन भी मुझे अपनी बाल्यावस्था से ही मार डालना चाहता था। तो क्या हो गया? मार दिया क्या उसने मुझे, अथवा हम सबको?"

"वह तो ठीक है, मध्यम!" युधिष्ठिर बोले, "किन्तु हमें अर्जुन की रक्षा की विशेष चिन्ता करनी चाहिए। चिन्ता ही नही प्रबन्ध भी करना चाहिए।"

"मैं तो आज तक यही मानती आयी हूँ कि हमारी रक्षा अर्जुन करेंगे।" द्रौपदी बोली।

"युद्ध में अर्जुन हमारी रक्षा करेंगे, यह तो सत्य ही है; किन्तु यह आवश्यक नहीं कि दुर्योधन और कर्ण, युद्ध में ही अर्जुन पर आक्रमण करें। वे छुप कर भी घात कर सकते हैं। वे वन में अकेले अर्जुन को घेर कर भी प्रहार कर सकते हैं।" युधिष्ठिर बोले, "अब तो मुझे यह भी लगने लगा कि घोष यात्रा के व्याज से भी वे हमें किसी प्रकार की क्षति पहुँचाने ही आये थे।"

"और विशोक हस्तिनापुर में यह कैसी चर्चा सुन कर आया है कि कर्ण के शरीर पर एक अभेद्य, दिव्य कवच है, जो जन्म से ही उसके शरीर पर था।" द्रौपदी बोली, "अब तक तो मैंने इसकी चर्चा नहीं सुनी। यदि ऐसा कोई कवच उसके शरीर पर था तो उसे मेरे स्वयंवर के अवसर पर कांपिल्य में धनंजय से युद्ध करते हुए, पीछे हट जाने की क्या आवश्यकता थी?"

"चर्चा तो तब सुनतीं, जब ऐसा कोई कवच होता।" भीम ने हँसकर कहा, "तुम नहीं जानतीं कि हस्तिनापुर में अधम कोटि के मिथ्याभाषी निवास करते हैं।"

"किन्तु इस मिथ्या प्रचार से उनको लाभ क्या होगा?" नकुल ने पूछा।

"लाभ तो होना आरम्भ भी हो गया। देखो, पांचाली भयभीत भी हो गयी।"

भीम ने उत्तर दिया, "वैसे, ऐसा कोई कवच होने की स्थिति में उसे गन्धर्वों के हाथों घायल नहीं होना चाहिए था? बताया तो यही गया है कि गन्धर्वों से युद्ध करते हुए, उसके अंग-प्रत्यंग क्षत-विक्षत हो गये थे। और यदि कवच के कारण वह घायल होने से बच गया था, तो युद्धक्षेत्र छोड़कर भाग जाने की क्या आवश्यकता थी?"

"कवच तो केवल वक्ष पर ही होता है," नकुल ने कहा, "सम्भव है कि उसकी भुजायें, टाँगें, मस्तक और ग्रीवा इत्यादि क्षत-विक्षत हो गये हों।"

"आपत्ति तो नकुल की भी ठीक है, किन्तु मुझे मध्यम का पक्ष अधिक तर्कसंगत लग रहा है।" अर्जुन ने कहा, "यदि मानव निर्मित कवच हो तो वह वक्ष पर ही होता है। भुजाओं के लिये, जंघाओं के लिये, शिरस्त्राण भी होता है। मनुष्य पूर्ण शरीर के लिये कवच नहीं बना सकता, यह उसकी सीमा अथवा बाध्यता है। अब यदि ईश्वर ने वह कवच जन्म के समय ही कर्ण को दिया हो, तो वह केवल वक्ष पर ही क्यों होगा। जिन पशुओं को ईश्वर ने मोटी और कठोर खाल दी है, वह उनके सारे शरीर पर है, केवल वक्ष अथवा पीठ पर नहीं।...हाँ! इतना मैं मान लेता हूँ कि कर्ण की त्वचा का वर्ण कुछ इतना सुनहला है कि उसको कोई व्यक्ति अपने किसी भ्रम के कारण किसी पीली धातु का बना हुआ कवच मान सकता है।..."

"किन्तु उसके तो चेहरे का भी वही वर्ण है।" सहदेव बोला, "ऐसे में उसे कोई किसी पीली धातु की बनी हुई मूर्ति क्यों नहीं मान लेता?"

"शायद उसका कोई लाभ दिखायी नहीं दिया होगा दुर्योधन को।" अर्जुन ने उत्तर दिया।

"तो इसका ही क्या लाभ है? भ्रम से क्या लाभ होगा। भ्रम भी कैसा, जो अधिक समय टिकने वाला नहीं है।"

"साधारण जन के लिये तो इस प्रकार के मिथ्या प्रचार का स्थायी महत्त्व है।" युधिष्ठिर बोले, "सोचो, जिस समाज में से तुम्हें सैनिक चाहिए, जब उस समाज में यह भ्रम प्रचारित होगा, तो कितने सैनिक कर्ण और दुर्योधन की सेना में जाना चाहेंगे, जिनका नेतृत्व एक देव पुरुष कर रहा है, जिसे ईश्वर ने एक अलौकिक कवच दे रखा है; और कितने सैनिक तुम्हारी सेना में आयेंगे, जिन्हें उस देव पुरुष से लड़ना है?"

"धर्मराज का कथन सत्य है।" द्रौपदी बोली, "जन सामान्य तो ऐसी बातों को तत्काल सत्य मान लेगा और उसके विरुद्ध किसी तर्क को स्वीकार नहीं करेगा।"

"अरे तो साधारण सैनिकों से डरता ही कौन है।" भीम ने कहा, "यह अकेला भीमसेन कर्ण के सारे सैनिकों को सँभाल लेगा, और अर्जुन! तुम कर्ण

को सँभाल लेना।" भीम के मुख पर किसी भी प्रकार की चिन्ता का कोई भाव नहीं था, "अर्जुन के तर्क से मेरे मन में एक बड़ी रोचक कल्पना जागी है—यदि कर्ण के शरीर पर वस्तुतः कोई प्राकृतिक कवच होता तो वह कैसा होता?"

"कैसा होता," द्रौपदी ने पूछा।

"अर्जुन ने कठोर खाल वाले पशुओं का उदाहरण दिया है।" भीम हँसा, "तो गैंडे के अनुरूप खाल कैसी रहेगी? अथवा कच्छप के समान?"

"मध्यम! किसी भले मानस की अनुपस्थिति में उसका उपहास करना कोई अच्छी बात नहीं है।" युधिष्ठिर ने उसे टोका।

"लो!" भीम हँसा, "धर्मराज कर्ण को भला मानस कह रहे हैं।"

"अब तुम मेरा भी उपहास करने का प्रयत्न कर रहे हो।"

भीम ने अपनी जिह्वा अपने दाँतों में दबा ली और दोनों हाथों से अपने कान पकड़ लिये, "अब आप इतना भी पाप मुझ पर न चढ़ायें। कर्ण का उपहास तो क्या, मैं उसका अपमान भी सहस्र बार कर सकता हूँ; किन्तु आपका उपहास तो मेरे लिये अकल्पनीय है।" भीम पुनः अपनी विनोदी मुद्रा में आ गये, "चलो। छोड़ो कर्ण को। हम एक सामान्य कल्पना करते हैं कि यदि ईश्वर मनुष्य को मोटी खाल देते, तो उसका रूप कैसा होता।"

"ऐसे में उसके शरीर के आकार में क्या-क्या परिवर्तन होते, और उसकी गतिविधि पर उसका क्या प्रभाव होता। युद्ध में आक्रमण की स्थिति में वह गैंडे के समान बिफर जाता, अथवा कछुए के समान सिकुड जाता।..." सहदेव सहसा चुप हो गया। उसकी दृष्टि युधिष्ठिर पर टिकी हुई थी, "आपको कुछ अनुचित लग रहा है?"

"मैं यह सोच रहा हूँ कि तुम लोग आने वाले संकट के विषय में कुछ नहीं सोच रहे हो। कल्पना लोक में विचरण कर अपना मनोरंजन कर रहे हो।" युधिष्ठिर बोले, "जबकि दुर्योधन ने कदाचित् अपना सैनिक अभियान आरम्भ कर दिया है।"

"सैनिक अभियान कैसे?" द्रौपदी ने पूछा।

"जब कोई राजा अपने अद्भुत शस्त्रों अथवा अपनी शक्ति का प्रचार करता है, तो उसके पीछे उसका लक्ष्य अपने शत्रुओं को भयभीत करना ही होता है।" युधिष्ठिर बोले, "यह सत्य है कि मैंने दुर्योधन और उसके भाइयों को कभी अपना शत्रु नहीं माना; किन्तु इसमें कुछ भी असत्य नहीं है कि वे हमें अपना शत्रु ही मानते हैं। ऐसे में हमको अपनी रक्षा का प्रबन्ध तो करना ही चाहिए। प्रतिशोध और प्रतिहिंसा में हमारी आस्था नहीं है, किन्तु प्रतिकार तो हमें करना ही चाहिए।"

"महाराज! जहाँ तक मेरा चिन्तन है, मैं तो यह कहता हूँ कि आप प्रतिकार ही क्यों प्रतिशोध की बात कीजिए," भीम बोला, "किन्तु इस समय तो मैं यह नहीं समझ रहा हूँ कि कर्ण द्वारा की गयी अर्जुन को मारने की प्रतिज्ञा से आप इतने व्याकुल क्यों हो गये हैं? आप उसके उस नैसर्गिक कवच को भी सत्य मान बैठे हैं, जिसका कोई अस्तित्व नहीं है। वैसे जो प्रतिभा अर्जुन में है, वह भी तो ईश्वर की ही दी हुई है। जो शक्ति मुझ में है, वह भी तो ईश्वर की ही दी हुई है। हमें भय किस बात का है।"

"मैं तुम्हारे तर्कों से असहमत नहीं हूँ, न ही तुम लोगों के बल, कौशल और वीरता से मेरी कोई असहमति है।" युधिष्ठिर ने उत्तर दिया, "किन्तु तुम लोग मेरी आज्ञा के अधीन हो, अतः तुम्हारा दायित्व मुझ पर है। वह दायित्व और अपने भाइयों के प्रति मेरा प्रेम अथवा मोह मुझे दुर्बल बना देता है। मुझे सोचना पड़ता है कि हम जान-बूझ कर तो संकट के मुख में नहीं जा रहे हैं।..." युधिष्ठिर कुछ रुक कर बोले, "एक बात और। दुर्योधन की प्रतिज्ञाओं से मैं इतना विचलित नहीं होता; किन्तु कर्ण के मन का विष कहीं अधिक भयंकर लगता है मुझे वह जाने हमारे प्रति अपने किस जन्म का वैर लेकर आया है इस संसार में।"

"तो हम युद्धाभ्यास आरम्भ कर दें? अथवा सैन्य संचय करें? अथवा अपने मित्रों को संदेश भिजवायें कि वे लोग हमारी रक्षा करें?" भीम बोला।

"नहीं!" युधिष्ठिर बोले, "सबसे पहले तो हम अपने रहने के लिये द्वैत वन से अधिक सुरक्षित कोई और स्थान खोजें। यह स्थान हस्तिनापुर के बहुत निकट पड़ता है। उनके और हमारे बीच कोई अन्य राज्य नहीं पड़ता, जो हस्तिनापुर से आने वाली सेना का प्रतिरोध करे, अथवा उसके अभियान पर आपत्ति करे। मुझे ऐसा लगता है कि वहाँ से यहाँ तक सीधा और खुला मार्ग है।..."

"वह तो अब तक भी था ही; किन्तु न कभी आप ने आपत्ति की और न कभी उससे आशंकित हुए, तो अब ऐसा क्या हो गया है?" भीम ने पूछा।

"अब तक मैंने इस रूप में कभी नहीं सोचा था कि वे अकस्मात ही आक्रमण कर मेरे किसी भाई को एकान्त में घेर कर उसका वध कर सकते हैं; किन्तु अब कर्ण की इस प्रतिज्ञा से मुझे इस प्रकार का भय भी होने लगा है।" युधिष्ठिर बोले, "अतः हमें उस प्रकार की किसी दुर्घटना से पहले ही अपनी सुरक्षा की व्यवस्था कर लेनी चाहिए।"

"कहाँ जाना चाहते हैं आप?"

"वैसे तो अभी कुछ निश्चित नहीं किया है;" युधिष्ठिर बोले, "किन्तु सोचता हूँ कि हम उनसे कुछ दूर तो हो ही जायें, और मार्ग में यदि सेना न

खड़ी कर सकें तो ईश्वर की बनाई कोई सीमा तो रखें ही। यदि हम मरुभूमि के शीर्ष पर काम्यकवन में तृणबिन्दु सरोवर के तट पर चले जाते हैं, तो दुर्योधन के लिये कुछ कठिनाई तो उत्पन्न कर ही सकते हैं। मार्ग में जल की इतनी सुविधा नहीं होगी, इसलिये एक बड़ी सेना सहित उस सारे क्षेत्र को पार करना भी इतना सरल नहीं होगा।"

किसी ने कोई आपत्ति नहीं की।

सबसे पहले भीम ही बोला, "सामरिक दृष्टि से तो वह स्थान बहुत ही उपयोगी है। पीठ पीछे मरुभूमि है, इसिलए उधर से आने वाला कदाचित ही कोई हो। इस ओर से भी वही जायेगा, जिसे मरुभूमि पार कर उस और जाना हो। ऐसे कितने लोग हैं, जिन्हें मरुभूमि पार करनी है? शायद ही कोई हो। इसलिये इधर से भी कोई आयेगा, तो उसकी सूचना हमें पहले ही हो जायेगी। जल का बाहुल्य नहीं है, इसलिये उधर अधिक लोगों का निवास भी नहीं होगा कि उनमें मिल कर दुर्योधन के गुप्तचर छिप सकें। जो कोई भी होगा, वह हमारी दृष्टि में रहेगा।"

"यह तो बहुत अच्छा हुआ मध्यम! कि तुमको मेरा प्रस्ताव भा गया, नहीं तो तुम इसका यह कह कर ही विरोध करने लगते कि हम कोई दुर्योधन अथवा कर्ण से डरते हैं कि यह स्थान छोड़ कर कायरों के समान भाग जायें।" युधिष्ठिर मुस्कुरा रहे थे।

"मध्यम का क्या है। इनकी जाने की इच्छा होगी तो कह देंगे कि काम्यक वन क्या दुर्योधन के बाप हैं कि हम वहाँ न जायें। न जाने की इच्छा होगी तो कह देंगे, हम दुर्योधन से डरते हैं कि द्वैतवन छोड़ कर चले जायें।" द्रौपदी बोली।

"देखा! यह है चतुराई।" भीम बोला, "मध्यम कुछ बोले न बोले, आपके मन में जो आये, चिपका दीजिए मध्यम के नाम पर कि मध्यम ऐसा कहेगा।"

"पांचाली आपकी प्रशंसा ही तो कर रही है मध्यम! आप इतने बुद्धिमान हैं कि अपनी प्रत्येक इच्छा के समर्थन में कोई-न-कोई तर्क खोज ही निकालते हैं।" सहदेव ने कहा।

"तो आप भी!" भीम ने मुस्कुरा कर उसे मुष्टिका दिखायी।

पाण्डवों को काम्यक वन में तृणाबिन्दु सरोवर के तट पर अपना आश्रम स्थापित किये हुए सप्ताह-भर ही हुआ होगा कि अकस्मात ही उन्होंने महर्षि वेदव्यास को अपने आश्रम के द्वार पर खड़े देखा।

"पितामह आप!" उनको प्रणाम करते हुए युधिष्ठिर को अपने भाव व्यक्त करने के लिये शब्द नहीं मिल रहे थे।

"क्यों? मुझे देख कर आश्चर्य हुआ?"

"नहीं पितामह! आपको देख कर ही आश्चर्य नहीं हुआ। कोई और होता तो अवश्य ही आश्चर्य होता।" द्रौपदी बोली, "यह स्थान एक प्रकार से ऐसा दुर्गम है कि जहाँ हमसे मिलने के लिये, हमारा कुशल-क्षेम जानने के लिये कोई बहुत अपना ही आने का कष्ट कर सकता है। आपके सिवाय और कौन है, जो यहाँ तक आकर भी हमारी खोज ख़बर लेगा।"

"देखा युधिष्ठिर! यह है पण्डिता कृष्णा। तुम्हें जब कहने के लिये उपयुक्त शब्द नहीं मिले, तो इसने कितने सुन्दर शब्दों से मेरा स्वागत किया है। मेरे स्नेह के विषय में वह कुछ मिथ्या भी नहीं कह रही। पर उसका शब्द और भाव चयन देखो।" व्यास ने अपना दायाँ हाथ उठा कर द्रौपदी को आशीष दी।

"आप ठीक कहते हैं पितामह! कृष्णा वस्तुतः पण्डिता है।" युधिष्ठिर बोले, "मुझे स्मरण है कि अगम्य-से-अगम्य स्थान पर भी आप हमारे पास पहुँचे हैं। यह स्थान तो उस दृष्टि से उतना बीहड़ भी नहीं है, जितने बीहड़ यात्री आप हैं।"

व्यास हँस पड़े, "वस्तुतः यह जीवन ही एक बीहड़ यात्रा है पुत्र! कैसे-कैसे उतार चढ़ाव आते हैं। यात्री तो वही है, जो निरन्तर ऊपर चढ़ता जाये। कहीं पतित न हो। कहीं स्खलित न हो। स्वयं ऊपर चढ़ने के लिये किसी और को धक्का न दे। स्वयं आगे बढ़े और ऐसा मार्ग बनाये, जिससे अन्य लोग भी अपनी चढ़ायी चढ़ सकें।"

तब तक धौम्य मुनि तथा अन्य चारों पाण्डव भी आ गये थे। इन्द्रसेन और विशोक ने भी सपरिवार आकर महर्षि को प्रणाम किया। द्रौपदी, धात्रेयिका को ले कर महर्षि के सत्कार की व्यवस्था करने चली गयी और शेष लोग उन्हें घेर कर बैठ गये।

"हस्तिनापुर का क्या समाचार है पितामह!"

"युधिष्ठिर! तुम प्रतीक्षा कर रहे हो कि वनवास के बारह वर्ष समाप्त हो जायें, तो तुम एक वर्ष का अज्ञात वास करो। जब वह भी धर्म पूर्वक पूर्ण हो जाये, तो तुम हस्तिनापुर जा कर अपना राज्य दुर्योधन से वापव लो। अपने भाइयों के साथ इन्द्रप्रस्थ में सुख पूर्वक रहो।"

"हाँ महर्षि! यही इच्छा है मेरी कि मैं अपने भाइयों सहित धर्मपूर्वक अपना जीवन व्यतीत करूँ।"

"पर क्या तुम जानते हो धर्मराज! कि वह तुम्हें तुम्हारा राज्य वापस नहीं देगा?" महर्षि बोले।

युधिष्ठिर कुछ देर के लिये जैसे स्तब्ध रह गये। इस पर तो उन्होंने कभी विचार ही नहीं किया था। जब कभी भीम अथवा किसी और ने उनका ध्यान

इस ओर दिलाना चाहा, उन्होंने सहमत होना स्वीकार नहीं किया और उनको चुप करा दिया। आज वही बात वेदव्यास कह रहे हैं। युधिष्ठिर उनको अपने भाइयों के समान चुप नहीं करा सकते।

"आपको ऐसा क्यों लगता है पितामह? क्या उसने आपसे ऐसा कुछ कहा है?" युधिष्ठिर ने पूछा।

"नहीं। उसने मुझसे नहीं कहा है। शायद कहेगा भी नहीं। कोई नहीं कहता। कहने की आवश्यकता ही क्या है।" व्यास बोले, "किन्तु लक्षण यही हैं। कोई भी व्यक्ति इन दिनों हस्तिनापुर का कुछ सूक्ष्म निरीक्षण करे तो कुछ बातें उसकी समझ में आ जाती हैं। कर्ण ने दुर्योधन के लिये एक प्रकार की दिग्विजय की है। दिग्विजय अपना सैनिक तथा राजनीतिक वर्चस्व स्थापित करने के लिये ही की जाती है। कर्ण की दिग्विजय से धर्म की स्थापना हुई अथवा नहीं, कहना कठिन है, किन्तु यह तो स्पष्टतः दिखायी दे रहा है कि उसका राजनीतिक लाभ दुर्योधन को मिला ही है। वह कर्ण को एक असाधारण महावीर के रूप में प्रतिष्ठित करना चाहता है। उसे एक दिव्य पुरुष बनाना चाहता है। मुझे लगता है कि वह कर्ण को कुरुश्रेष्ठ भीष्म का विकल्प बनाना चाहता है। शायद इसलिये कि भीष्म उसके अधीन होते हुए भी, उसके नियन्त्रण में नहीं हैं। कर्ण उसके नियन्त्रण में तो है ही, वह उसकी प्रसन्नता के लिये कुछ भी कर सकता है। अपना चर्म भी उधेड़ कर दे सकता है।" व्यास रुक कर मुस्कुराये, "इतना ही नहीं, दुर्योधन, भीष्म और द्रोण को प्रसन्न करने के लिये सब कुछ कर रहा है। अब वह उनकी उपेक्षा नहीं करता, उनके प्रति आदर का प्रदर्शन करता है।...मुझे उसमें एक और भारी परिवर्तन दिखायी दे रहा है।"

"क्या?"

"उसने वैष्णवी यज्ञ तो किया ही है, अब वह ब्राह्मणों का मन जीतने का भी प्रयत्न कर रहा है। कुछ ऋषियों-मुनियों की ओर भी उसने मित्रता का हाथ बढ़ाया है।" व्यास बोले, "इन दिनों वह बहुत धर्मपरायण हो गया लगता है। धर्मपरायण से मेरा तात्पर्य उसकी आत्मा से नहीं, मात्र कर्मकाण्ड से ही है। दान की मात्रा में वृद्धि हुई है। ब्राह्मणों का आवागमन भी बढ़ गया है।"

"मैंने तो समझा था कि वह अपनी सैनिक शक्ति बढ़ा रहा होगा, पर..." युधिष्ठिर ने कहा।

"सैनिक शक्ति तो बढ़ा ही रहा है।" महर्षि ने उत्तर दिया, "किन्तु वह कर्मकाण्ड तथा तपस्वियों की सद्भावना से भी कुछ पाना चाहता है। क्या पाना चाहता है, यह अभी स्पष्ट नहीं है। पर तुम्हें सावधान रहने की आवश्यकता है।"

"यदि दुर्योधन धर्म की ओर बढ़ रहा है, तो उसमें मुझे सावधान रहने की आवश्यकता है?"

"वह जो कुछ भी कर रहा है, वह तुम्हारे लिये शुभ नहीं है।" व्यास बोले, "वह तुम्हें क्षति पहुँचाने का प्रयत्न अवश्य करेगा।"

"अब क्या क्षति पहुँचाएगा।" युधिष्ठिर मुस्कुरा रहे थे, "मेरा सर्वस्व तो उसने छीन ही लिया है।"

व्यास जैसे अपने भीतर कहीं डूब गये। थोड़ी देर में उबरे तो बोले, "प्रथम स्थिति यह थी कि दुर्योधन तुम्हें कुछ देना नहीं चाहता था। वह तुमसे कोई सम्बन्ध नहीं रखना चाहता था, क्योंकि तुम्हें अपना भाई मानते ही उसके हाथ से हस्तिनापुर का राज्य चला जाता। उसने तुम लोगों की हत्या करने का प्रयत्न किया, क्योंकि वह राज्य चाहता था। फिर जब तुम्हें खाण्डवप्रस्थ दे कर एक किनारे कर दिया गया और हस्तिनापुर उसके लिये आरक्षित हो गया, तो उसकी चिन्ता दूर हो गयी। यह द्वितीय स्थिति थी। तुम्हारे राजसूय में उसने देखा कि तुम्हारे पास कितना धन है, तो वह अपना राज्य पा कर ही सन्तुष्ट नहीं रह पाया। उसने तुम्हारा धन छीनने का षड्यन्त्र रचा। यह तीसरी स्थिति थी। तुम्हें वंचित कर उसका लोभ एक दूसरी ओर बढ़ा। वह तुम्हें अपमानित करना चाहता था। उसके लिये उसे तुम्हारे प्राण लेने की आवश्यकता नहीं थी। तुम लोगों के जीवित न रहने से उसे कोई लाभ नहीं था। वह चाहता था कि तुम लोग जीवित रहो और उसका वैभव देख कर कष्ट पाओ। तुम्हें तड़पाने के लिये भी आवश्यक था कि तुम जीवित रहो। यह चौथी स्थिति थी।...किन्तु जब से उसके मन में राजसूय करने की इच्छा जागी है और उसे ज्ञात हुआ है कि तुम्हारे जीवित रहते राजसूय नहीं कर सकता, तब से वह तुम्हारे प्राणों का ग्राहक हो गया है। उसके राजसूय के लिये आवश्यक है कि युधिष्ठिर जीवित न रहे। इसलिये अब बात न तुम्हें कुछ देने की है, न तुमसे कुछ छीनने की, न तुम्हें तुम्हारी निर्धनता में अपमानित करने की, अब तो वह किसी भी प्रकार तुम्हारा अस्तित्व ही समाप्त करना चाहेगा।"

पाँचों पाण्डव और द्रौपदी ही नहीं, धौम्य मुनि के साथ विशोक तथा इन्द्रसेन और उनके परिवार भी जैसे निस्पन्द हो गये थे।

"किन्तु चिन्तित होने की बात नहीं है युधिष्ठिर! मैं तुम्हें चेतावनी देने तो आया हूँ, परन्तु हताश करने नहीं आया।" महर्षि मुस्कुराये, "हस्तिनापुर में रह कर कोई देखे तो लगता है कि सारा जम्बूद्वीप जैसे दुर्योधन की मुट्ठी में है। सारे राजा, उसने सारे योद्धा उसके साथ, सारी सेनाएँ उसके साथ; किन्तु यदि हस्तिनापुर से बाहर निकल आया जाये, सारे महाद्वीप का भ्रमण किया जाये

तो ज्ञात होता है कि इन अधर्मपरायण शक्तियों से जूझने के लिये, धर्मपरायण शक्तियाँ भी अपने पर तौल रही हैं। वे सब दुर्योधन को, उसके संगी-साथियों को पराजित देखना चाहती हैं। अभी यह कहना कठिन है, कि यदि युद्ध हुआ तो कौन किस ओर होगा; किन्तु इतना आश्वासन मैं तुम्हें देता हूँ कि तुम्हें मित्रों का अभाव नहीं होगा। वासुदेव कृष्ण तुम्हारे साथ हैं, तो धर्म तुम्हारे साथ है। और जहाँ धर्म होता है, वहीं जय भी होती है धर्मराज! यदि तुम्हारा पक्ष पराजित हो गया तो संसार से धर्म मिट जायेगा, जो सम्भव नहीं है। इसलिये विजय तुम्हारी ही होगी। मैं केवल इतना ही कहना चाहता हूँ कि तुम सावधान रहो और युद्ध की तैयारी की दृष्टि से भी कुछ विचार कर लो।"

"जैसी आपकी आज्ञा पितामह!" युधिष्ठिर ने हाथ जोड़ दिये।

22

दुर्योधन ने अति विनीत भाव से दुर्वासा के चरणों को स्पर्श ही नहीं किया, उन्हें जैसे थाम ही लिया। लगा, वह उनके चरणों को कभी छोड़ेगा ही नहीं।

"उठो वत्स!" दुर्वासा बोले, "आज तक तो मैंने यही सुना था कि तुम्हें तपस्या और तपस्वियों में कोई रुचि ही नहीं है। सामान्य जन न तुम्हें आस्तिक मानता है, न भक्त। फिर मुझमें तुम्हारी इतनी भक्ति कैसे जाग्रत हो गयी?"

दुर्योधन ने उनके चरण तो छोड़ दिये, किन्तु उठ कर खड़ा नहीं हुआ। हाथ जोड़े, घुटनों के बल, उनके सम्मुख बैठा रहा, "भक्ति का क्या कारण हो सकता है ऋषि वर! ये तो आपके ही गुण हैं कि मुझ जैसा अकिंचन भी भक्त बन गया। मैंने उस अदृश्य ईश्वर के विषय में चिन्तन किया हो या न किया हो; किन्तु देहधारी ईश्वर के गुणों का तो सदा ही प्रशंसक रहा हूँ।"

"मुझे मूर्ख मत समझो दुर्योधन!" दुर्वासा बोले, "मुझे ज्ञात है कि आज तक किसी भी तपस्वी के प्रति तुम्हारा व्यवहार सम्मानजनक नहीं रहा। तुमने हृदय से कभी किसी साधक का आदर सत्कार नहीं किया; किसी को आमन्त्रित करना तो दूर की बात है। फिर भी इतने आग्रहपूर्वक तुमने मुझे बार-बार आमन्त्रित किया है। मैं इसे क्या समझूँ? मेरे प्रति तुम्हारा ऐसा भाव क्यों है?"

"आप कुछ दिन यहाँ निवास कर देखें महाराज!" दुर्योधन, उनका प्रश्न एक प्रकार से टाल गया, "आप देखेंगे कि मैं आपका कितना निष्ठावान भक्त हूँ।"

दुर्वासा ने अपनी आँखें ऊपर उठाईं, तो उनमें तनिक भी कोमलता नहीं थी।

"मेरी बात ध्यान से सुनो, राजा दुर्योधन!" दुर्वासा बोले, "न तो मैं अपने विषय में किसी भ्रम में हूँ, न तुम्हारे विषय में। मैं जानता हूँ कि जो लोग, मेरे प्रति श्रद्धा और भक्ति दर्शाते हैं, उनके मन में या तो भय होता है, अथवा लोभ। उन्हें भय होता है कि अप्रसन्न हो कर कहीं मैं उनका कोई अहित न कर बैठूँ। या फिर वे अपने मन में कोई कामना ले कर मेरे प्रति भक्ति प्रकट करते हैं।" दुर्वासा ने रुक कर दुर्योधन को देखा, "भयभीत तो वे होते हैं, जिनके द्वार पर मैं स्वयं प्रकट हो जाता हूँ। तुम्हारे द्वार पर मैं स्वयं नहीं आया हूँ। तुमने बार-बार मुझे निमन्त्रण भेजा है। सेवा का अवसर देने का आग्रह किया है। इसलिये तुम मुझसे भयभीत नहीं हो। भयभीत होते तो मुझे दूर रखना चाहते, इस प्रकार बार-बार आमन्त्रित न करते। इसका अर्थ है कि तुम्हारे मन में कोई कामना है। तुम्हारे एक-एक स्पर्श में सौ-सौ वासनायें हैं, याचनायें हैं।..."

दुर्योधन का चेहरा विकर्ण हो गया। उसने दुर्वासा को बुला तो लिया था...किन्तु जो कुछ भी वे कह रहे थे, उसमें से पहले ही अप्रसन्नता झलक रही थी...

"किन्तु तुम्हें भयभीत होने की कोई आवश्यकता नहीं।" दुर्वासा ने जैसे आश्वासन दिया, "मैं सकाम भक्ति को भी बुरा नहीं मानता। यदि मन में कोई कामना लेकर तुम मेरे सम्मुख आये हो, तो इसका अर्थ है कि तुम मेरे सामर्थ्य को स्वीकार करते हो, उसे सम्मान दे रहे हो।...किन्तु यह तो देखना ही पड़ेगा कि तुम अपनी कामना सिद्धि का कितना मूल्य चुका सकते हो।..."

दुर्योधन समझ नहीं पाया कि दुर्वासा का संकेत किस मूल्य की ओर था।...ऋषि को धन की कामना नहीं हो सकती।...तो और क्या मूल्य हो सकता है?

"चिन्ता मत करो।" दुर्वासा स्वयं ही बोले, "मुझे न धन चाहिए, न राज्य, न सत्ता। इसलिये मैं ऐसा कुछ नहीं माँगूगा, जिससे तुम स्वयं को वंचित अनुभव करो। मुझे भी अपने निकट आये याचक के प्रति कोई आशंका नहीं होती, क्योंकि मेरे पास ऐसी कोई सांसारिक सम्पदा नहीं है, जिससे मैं वंचित किया जा सकूँ। हम तो केवल यह देखते हैं कि किसने कितना आदर और कितना अनादर किया।..." दुर्वासा ने रुक कर दुर्योधन की ओर देखा, "इसलिये सोच-विचार कर लो राजन! अभी मैं तुम्हारे द्वार पर आया ही हूँ। तुम्हारा आतिथ्य अभी मैंने स्वीकार नहीं किया है। अभी मैं लौट भी सकता हूँ; किन्तु टिक गया तो अपनी घोरतम उच्छृंखल इच्छाओं का अनादर भी मुझे सहन नहीं होगा।"

दुर्योधन को क्या सोचना था। वह तो पहले ही सबकुछ निश्चित कर चुका था। बोला, "अहो भाग्य। आपने मेरा नियन्त्रण स्वीकार किया। अब

मुझे क्या सोचना-विचारना है ऋषि वर! अब तो बस आप मुझे अपनी सेवा करने की अनुमति दें।"

"मेरे सहस्रों शिष्य भी मेरे साथ यहीं निवास करेंगे।" दुर्वासा बोले, "चाहो तो अब भी अस्वीकार कर सकते हो, क्योंकि तुमने निमन्त्रित तो केवल मुझे ही किया था। तुम नहीं जानते थे कि मेरे इतने सारे शिष्य मेरे साथ यात्रा कर रहे हैं।"

"आप तनिक भी चिन्ता न करें तपस्वि श्रेष्ठ!" दुर्योधन अत्यन्त मधुर ढंग से बोला, "हस्तिनापुर राज्य में इतना सामर्थ्य तो है ही कि वह ऋषियों तथा उनके प्रिय शिष्यों की सेवा कर सके।...सचमुच मैं नहीं जानता था कि आपके साथ आपके शिष्य यात्रा कर रहे हैं। यह तो मेरा सौभाग्य है कि आपके निकट रहने वाले, आपके कृपापात्र इतने शिष्यों की चरण-धूलि मेरे घर में पड़ी।..."

दुर्योधन की मुस्कान उसके अधरों पर ही जम गयी : दुर्वासा के चेहरे से वितृष्णा टपक रही थी। उसकी किसी बात से ऋषि का मुख कसैला हो गया?

"मुझे इस प्रकार की शब्दावली से बहुत घृणा है।" दुर्वासा बोले, "न तो हम इतने गन्दे हैं कि अपने पैरों के साथ धूल मिट्टी ला कर तुम्हारे प्रासाद का प्रांगण गन्दा करें; और न तुमको धूल इतनी प्रिय है कि हमारे चरणों के साथ आयी जानकर, तुम अपने प्रासाद की सफाई नहीं करवाओगे और उस धूलि को उठवा कर बाहर नहीं फिंकवाओगे।" दुर्वासा ने रुक कर उसकी ओर देखा, "अब तत्काल हमोर ठहरने की व्यवस्था करो; और भोजन भी तत्काल। मैं और मेरे शिष्य बहुत भूखे हैं।..."

"आपके लिये तो मैंने अपने प्रासाद में ही व्यवस्था कर दी है।" दुर्योधन बोला, "आपके शिष्यों के लिये नगरद्वार के बाहर गंगा तट पर..."

"नहीं!" दुर्वासा बोले, "मेरे शिष्य मेरे साथ ही रहेंगे। वैसे तो उचित था कि तुम हमें अपने प्रासाद में, अपने निकट ही ठहराते; किन्तु लगता है कि तुम्हारे पास कोई इतना बड़ा प्रासाद ही नहीं है, जिसमें सहस्रों व्यक्ति ठहर सकें। तो तुम नगर द्वार के बाहर गंगा तट पर ही हमारे ठहरने की व्यवस्था करो।...किन्तु व्यवस्था के लिये जिस व्यक्ति को भी नियुक्त करो, वह तुम्हारा प्रिय हो, विश्वसनीय हो, अधिकारयुक्त हो; और प्रबन्धपटु हो। हम कुछ मांग बैठे और वह यही कहता रहा कि मैं युवराज से पूछ आऊँ, तो मुझे तनिक भी अच्छा नहीं लगेगा।"

दुर्योधन के प्राण उसके नखों में समा रहे थे : कहीं यह औघड़ ऋषि अपने शिष्यों सहित, राजप्रासाद में ही ठहरने की हठ न ठान ले। उसे आज तक किसी ने नहीं बताया था कि दुर्वासा के संग उनके शिष्यों की इतनी बड़ी सेना चलती

है। यदि पहले से ही प्रबन्धन कर लिया गया हो, तो किसी भी राजप्रासाद में अकस्मात् ही सहस्रों संन्यासी नहीं ठहराए जा सकते।...किन्तु गंगा तट पर इसका प्रबन्ध हो सकता है। उसमें कोई कठिनाई नहीं है।

"आप चिन्ता न करें ऋषिवर!" दुर्योधन ने अपने स्वर में असाधारण माधुर्य मिश्रित किया, "मैं स्वयं आपके निकट रहूँगा। संचित कर्मों के पुण्यस्वरूप हाथ में आया, आपकी सेवा का यह सौभाग्य नहीं छोड़ूँगा।"

"तुम अपना राजप्रासाद छोड़ कर हमारे साथ रहोगे?" दुर्वासा के स्वर में पूर्ण अविश्वास ही नहीं, वितृष्णा का भाव भी था, "अपना राजप्रासाद त्यागकर, अपनी रानियों का सुख छोड़कर, हमारे निकट रहोगे?"

"हाँ ऋषिवर! आपके चरण धोने का सुख मैं किसी और को नहीं दे सकता।" दुर्योधन बोला, "आपकी सेवा के सुख के सम्मुख राजप्रासाद का सुख अत्यन्त तुच्छ है महाराज!"

"वैसे तो तुम सर्वथा मिथ्या-भाषण कर रहे हो दुर्योधन!" दुर्वासा सहज भाव से बोले, "जिन्हें ऋषियों के चरण धोनें में, राजप्रासादों के भोग भोगने से अधिक सुख अनुभव होता है, वे द्यूतसभाओं में अपने ही भाइयों के राज्य का अपहरण नहीं करते...पर मुझे तुम्हारी व्यक्तिगत नीतियों से क्या लेना-देना।" वे रुके, "तुम यह तो नहीं समझ रहे कि हम दो-तीन दिनों में चले जायेंगे?"

"नहीं महाराज! दो-तीन दिनों में मेरी तृप्ति कैसे होगी।"

"मेरे वास की कोई सीमा नहीं होती।" दुर्वासा बोले, "मैं लम्बे समय के लिये भी ठहर सकता हूँ; और एक आध प्रहर में भी प्रस्थान कर सकता हूँ।"

"मैं हस्तिनापुर में आपके दीर्घकालीन आवास का इच्छुक हूँ महाराज!"

दुर्वासा चुपचाप उसे देखते रहे, फिर बोले, "तुम्हारी कामना तुम्हारे प्रासाद से भी बड़ी लगती है।"

कुन्ती ने सुना कि दुर्योधन ने अपने प्रासाद में, दुर्वासा को आमन्त्रित किया है; और दुर्वासा अपने सहस्रों शिष्यों के साथ हस्तिनापुर पधारे हैं।...उसका हृदय किसी बड़े अनिष्ट की आशंका से कराह उठा। दुर्वासा को कभी कोई अपने घर पर आमन्त्रित नहीं करता...जिसके द्वार पर वे पहुँच जाते हैं, वह मान लेता है कि ग्रहों की कुदृष्टि के कारण, उस पर कोई महान संकट आया है जिसे उसे धैर्यपूर्वक सहन करना है।...जिस दिन दुर्वासा किसी के घर से विदा होते हैं, उस दिन लोग हाथ जोड़कर प्रभु का धन्यवाद करते हैं कि एक दुष्ट ग्रह टल गया।...उस दुर्वासा को दुर्योधन ने स्वयं अपने घर पर आमन्त्रित किया था।...

दुर्योधन के मन में तप-त्याग के लिये कोई सम्मान है, न सात्विकता के लिये। वह आज तक अपने घर में बैठे भीष्म, व्यास और विदुर का सम्मान नहीं कर पाया। घर आये तपस्वियों का उसने अपमान किया। कृष्ण से समधी का नाता तो जोड़ लिया, किन्तु उससे प्रेम नहीं कर पाया।...वही दुर्योधन दुर्वासा को आमन्त्रित कर, उनकी सेवा करना चाहता है?

हस्तिनापुर के आसपास, तपस्वियों की कमी नहीं थी। महर्षि वेदव्यास का आश्रम कौन-सा दूर था। अन्य किसी सात्विक ऋषि को आमन्त्रित नहीं किया दुर्योधन ने। दुर्वासा को ही क्यों चुना? इसलिये कि उनकी ख्याति एक अत्यन्त क्रुध तपस्वी की है?...स्मरण है कुन्ती को, जब वे कुन्तिभोज के प्रासाद में आये थे।...कुन्ती को बार-बार कहा था कुन्तिभोज न, "पुत्रि! स्मरण रहे, कुछ हो जाये, किन्तु दुर्वासा अप्रसन्न न हों। उनकी अप्रसन्नता से बचने के लिये कोई मूल्य अधिक नहीं है।..." कुन्ती जानती है, दुर्वासा के प्रति किसी के मन में श्रद्धा नहीं है। लोग उनसे भयभीत रहते हैं। ऋषि अप्रसन्न न हों, ऋषि शाप न दे दें।...कुन्ती ही जानती है कि ऋषि को प्रसन्न रखने के लिये उसे क्या-क्या प्रयत्न करना पड़ा था...किन्तु और कैसा मूल्य चुकाया था उसने...

पर उस तपस्या का भी क्या लाभ, जिससे तपस्वी अपना क्रोध ही न जीत पाये। तितिक्षा तो तपस्या का पहला लक्षण है...और दुर्वासा में वही नहीं है।...वे तो कुछ भी सहन नहीं कर सकते। अपने आदेश की अवज्ञा और असम्मान तो बहुत ही दूर ही बात है, वे तो अपनी इच्छा के विरोध की सम्भावना मात्र की आशंका से ही, क्रोध से जल उठते हैं। उनसे किसी प्रकार की सज्जनता की अपेक्षा नहीं की जा सकती। कैसी तपस्या है उनकी, जिसने न क्रोध को जीता, न अहंकार को।...लोग साधना तो करते हैं, किन्तु यह नहीं जानते कि साधना का लक्ष्य क्या है। मार्ग अवरोधकों को ही वे अपनी उपलब्धि मान कर, उन्हीं पर मुग्ध हो जाते हैं।...कुछ ऐसा ही हुआ है, दुर्वासा के साथ भी। साधक तो वे हैं, उग्र तपस्वी भी हैं। कदाचित उन्होंने प्रकृति से कुछ असाधारण शक्तियाँ भी प्राप्त कर ली हैं...किन्तु उनके व्यक्तित्व का विकास नहीं हुआ।...प्रभु की लीला तो अद्भुत है...प्रभु धन देते हैं, तो एक व्यक्ति दान करता है और दूसरा व्यक्ति उसी धन को पा कर भोग में आकण्ठ लिप्त हो जाता है। सत्ता मिलती है, तो एक न्याय करता है, अत्याचार का दमन करता है; और दूसरा उसी सत्ता का दुरुपयोग कर, अन्याय को बल प्रदान करता है, स्वयं अत्याचारी हो जाता है। शारीरिक बल मिलता है तो एक दुर्बलों की रक्षा करता है और दूसरा उसी बल से दुर्बलों का दमन करता है। ज्ञान मिलता है तो एक में विनय प्रस्फुटित

होती है, वह अपने ज्ञान से अपने और दूसरों के बन्धन काटता है; और दूसरा उसी ज्ञान से अहंकारी हो कर, अबोध लोगों का शोषण करता है, उन्हें भ्रम में डालता है।...कितने ही उदाहरण हैं इतिहास में कि एक व्यक्ति ने उग्र साधना की, स्वयं को तपाया, ईश्वर को प्रसन्न किया, किन्तु उससे उसकी भक्ति न माँग, अपने लिये कोई शक्ति माँग ली...और फिर उसी शक्ति के अहंकार में वह राक्षस हो गया।...तपस्या कर, साधना कर, भक्ति कर, अन्त में व्यक्ति राक्षस हो जाये—इससे बड़ा दुर्भाग्य और क्या हो सकता है। हे प्रभु!...तू और कुछ दे, न दे, मनुष्य को सात्विक बुद्धि अवश्य दे, ताकि वह अपनी क्षमताओं का उचित उपयोग कर सके।...

प्रातः दुर्योधन की आँखें खुलीं, तो वह एक असाधारण प्रकाश देख कर चौंक उठा। वह अपने मण्डप से बाहर निकला, तो देखा कि महर्षि दुर्वासा और उनके शिष्यों के लिये निर्मित सारे कुटीर, धू-धू जल रहे थे।...उसकी समझ में नहीं आया कि वह क्या देख रहा था।...किसी की असावधानी से एक आध कुटीर का जल जाना एक बात थी, किन्तु यह...सहस्रों कुटीरों का इस प्रकार एक साथ जल जाना...सर्वथा असम्भव। किन्तु असम्भव क्यों? वह अपनी आँखों के सम्मुख, वह सब कुछ घटित होते देख रहा था। सहस्रों कुटीर उसके सम्मुख जल रहे थे...

दुर्योधन के मेरुदण्ड पर जैसे एक साथ ही सहस्रों ततैये काटने लगे...जाने ऋषि कहाँ हैं, और क्या कर रहे हैं। सम्भव है, निकट के घाट पर स्नान करने गये हों। अभी उनकी दृष्टि इस अग्निकाण्ड पर पड़ेगी और वे स्वयं भी इन्हीं कुटीरों के समान ही धधक उठेंगे।...तब दुर्योधन का क्या होगा? और यदि उनका कोई एक-आध शिष्य भी इसी अग्नि में स्वाहा हो गया, तो???

अकस्मात ही उसके मन ने एक युक्ति सोच ली...सम्भव है कि यह अग्निकाण्ड पाण्डवों ने किया हो।...किन्तु पाण्डव तो यहाँ हैं नहीं। वे रातों-रात काम्यक वन से आकर यहाँ ऐसा काण्ड कर जायें—ऐसा तो सम्भव नहीं है। सम्भवतः यह उनके किसी मित्र ने किया हो।...विदुर अथवा किसी और ने... कुन्ती भी तो यहीं है, हस्तिनापुर में।...उन्होंने खाण्डववन में ऐसा ही अग्निकाण्ड किया था। जो लोग एक पूरा वन जला सकते हैं, वे क्या कुछ सहस्र कुटीर नहीं जला सकते?...

पाण्डवों ने किया हो या न किया हो, यह आरोप तो उन पर मढ़ा ही जा सकता है। फिर यदि दुर्वासा पाण्डवों से क्रुद्ध हो कर उनका कुछ अनिष्ट कर बैठें...

दुर्योधन को लगा कि इस अग्निकाण्ड में भी उसके लिये वरदान छिपा हुआ है।

अपने शिष्यों में घिरे दुर्वासा उसे अपनी ओर आते दिखायी दिये। वे लोग आग में जलते उन कुटीरों के मध्य में से आ रहे थे; किन्तु न वे क्षुब्ध थे, न रुष्ट। वे तो परम सन्तुष्ट दिखायी दे रहे थे।

दुर्योधन ने प्रणाम किया तो दुर्वासा ने हाथ उठाकर उसे आशीर्वाद दिया, "तुम्हारी मनोकामना पूर्ण हो पुत्र!"

"गुरुदेव! यह अग्नि।" दुर्योधन ने अपनी ओर से आश्चर्य प्रकट किया।

"हाँ। आज अपने शिष्यों को पंचाग्नि ताप का अभ्यास कराने की प्रेरणा हुई इसलिये इन कुटीरों को अग्निदेव को समर्पित कर दिया। तुम जानते ही हो दुर्योधन! कि पंचाग्नि ताप में अग्नि की आवश्यकता होती है। तो इसी से कार्य हो जायेगा। वैसे भी यदि यहाँ कुटीर खड़े रहते, तो कोई साधक अपनी कुटिया में आश्रय ले सकता था। कुटीरों के कारण इस क्षेत्र में छाया रहती। छाया में बैठकर पंचाग्नि साधना का क्या अर्थ। इसलिये मैंने इन सारे कुटीरों को अग्निदेव को समर्पित कर दिया।" वे रुके, "अब जो दो-तीन काम तुम्हें करने हैं, उन्हें सुनो।"

"आदेश करें महाराज!"

"सन्ध्या समय तक मेरे शिष्यों का पंचाग्नि-ताप चलेगा; किन्तु रात को तो उनको विश्राम करने के लिये कुटीरों की आवश्यकता होगी। तुम ऐसी व्यवस्था करो कि रात्रि तक उनके लिये कुटीर बना कर तैयार हो जायें।"

दुर्योधन को लगा कि यदि उसने स्वयं को संयत नहीं रखा तो उसके हाथ इस वृद्ध तपस्वी का कण्ठ मरोड़ देंगे।...क्या अर्थ है इन सबका। कल सन्ध्या को कुटीर बने और आज प्रातः वे अग्निसात कर दिये गये, क्योंकि उनको अपने शिष्यों को पंचाग्नि ताप का अभ्यास कराना था।...और अब रात्रि तक उनको फिर सहस्रों कुटीर चाहिए। यदि कहीं दुर्योधन ने उन्हें अपने प्रासाद में ठहरा लिया होता, अथवा उनके लिये एक नया प्रासाद बनवा दिया होता, तो वे उसे भी इसी प्रकार अग्निसात कर बड़े अबोध और निर्मल भाव से कह देते कि सन्ध्या समय तक उनके लिये नये प्रासाद का निर्माण करवा दिया जाये।...

"पुत्र! एक बात और।" दुर्वासा बोले, "सन्ध्या समय हमें पाँच सहस्र लोगों के लिये भोजन चाहिए।"

"क्यों?" अनायास ही दुर्योधन के मुख से निकल गया; किन्तु उसने तत्काल ही स्वयं को सँभाला, "मेरा अभिप्राय है कि क्या आपके पास इतने अतिथि आ

रहे हैं? यदि इतने अतिथि आ रहे हैं, तो केवल भोजन से ही तो काम नहीं चलेगा। उनके आवास की भी तो व्यवस्था करनी होगी।"

दुर्योधन का मन थर-थर काँप रहा था...कहीं इस हठी संन्यासी ने कह दिया कि हाँ! मेरे अतिथियों के लिये पाँच सहस्र कुटीरों का निर्माण और करवा दो...तो वह दुर्योधन के लिये भी सम्भव नहीं हो पायेगा।

"नहीं! अतिथि नहीं आ रहे हैं।" दुर्वासा ने कहा, "हठयोग के अन्तर्गत मैं अपने शिष्यों को अति भोजन का अभ्यास कराना चाहता हूँ। उस अभ्यास में एक व्यक्ति अपने नियमित भोजन से पाँच गुना अधिक खाता है।" दुर्वासा ने रुक कर उसकी ओर देखा, "किन्तु यह भी सोचता हूँ कि पंचाग्नि ताप के पश्चात यदि आज भोजन के लिये उनमें क्षमता ही न बची, तो वे उस भोजन को खा नहीं पायेंगे। ऐसे में पाँच सहस्र व्यक्तियों का वह अतिरिक्त भोजन कहाँ जायेगा?"

अवाक दुर्योधन, दुर्वासा की ओर देखता रहा...क्या कहे वह इस उग्र तपस्वी को—पाँच सहस्र व्यक्तियों का वह भोजन क्या फेंक दिया जायेगा?

"वह साधकों के लिये पकाया गया भोजन होगा। उसे गंगा की मछलियों को नहीं खिलाया जा सकता। उसे तो नैष्ठिक ब्राह्मणों के ही उदर में जाना चाहिए। इसलिये तुम पाँच सहस्र नैष्ठिक ब्राह्मण भी तैयार रखना, ताकि यदि मेरे शिष्य वह भोजन न करें, तो वे नैष्ठिक ब्राह्मण, उस भोजन को सम्मानपूर्वक खा सकें।..."

दुर्वासा आदेश दे कर चले गये और दुर्योधन मन-ही-मन ऐंठता खड़ा रह गया...यह क्या किया दुर्योधन तू ने? यह तपस्वी नहीं, कोई भयंकर कृत्य है। यह तो तेरा सारा रक्त पीकर टलेगा, यहाँ से।

सन्ध्या समय तक सहस्र कुटीरों का निर्माण होना है। जहाँ वर्तमान कुटीर थे, वहाँ ऋषि के शिष्य पंचाग्नि ताप का अभ्यास कर रहे होंगे। इसलिये यहाँ तो कुटीर सूर्यास्त के पश्चात ही बनाये जा सकते हैं।...तो इसका अर्थ है कि कुटीर कहीं और बनाने पड़ेंगे। अर्थात कुटीर-निर्माण के साथ-साथ भूमि को समतल करने के लिये, वृक्ष काटने के लिये, व्यर्थ सामग्री को हटाने के लिये, भी समय और श्रमिकों की आवश्यकता है। और वह भोजन! पाँच सहस्र लोगों का भोजन। यदि ऋषि के शिष्यों ने खा लिया तो ठीक, यदि ऋषि ने यह निर्णय कर लिया कि उनके शिष्यों को अति भोजन अभ्यास की आवश्यकता नहीं है, तो पाँच सहस्र नैष्ठिक ब्राह्मण पहले से ही आमन्त्रित होने चाहिए।...और यदि दुर्योधन ने पाँच नैष्ठिक ब्राह्मण आमन्त्रित कर लिये, और ऋषि के शिष्यों ने अति भोजन अभ्यास कर लिया, तो उन पाँस सहस्र आमन्त्रित ब्राह्मणों को,

उस समय भोजन कहाँ से दिया जा सकेगा।...'ओह दुर्वासा!'...दुर्योधन का मन हुआ कि वह उस उग्र तपस्वी को, उसके जटाजूट से पकड़, घसीटता हुआ ले जाये और गंगा में डुबो आये।

अब दुर्योधन की समझ में आ रहा था कि दुर्वासा को औघड़ ऋषि क्यों कहा जाता है। क्यों अपने द्वार पर दुर्वासा को देख कर गृहस्थ घबरना जाता है।...पर दुर्योधन की भी तो यह तपस्या ही थी—उसका हठयोग। यदि कहीं वह सफल हो जाता है, तो अपने शत्रुओं को नष्ट करने का उसे एक अमोघ अस्त्र हाथ लग जायेगा।...इस सारे कष्ट को भी युद्धावस्था के कष्ट के रूप में ही सहन करना पड़ेगा।...

किन्तु पाँच सहस्र व्यक्तियों का अतिरिक्त भोजन?...दुर्योधन की उत्तेजना कुछ शान्त होने लगी थी...वह केवल भोजन की व्यवस्था करेगा...पाँच सहस्र नैष्ठिक ब्राह्मणों को आमन्त्रित नहीं करेगा...यदि ऋषि के शिष्यों ने उस भोजन को उदरस्थ नहीं किया, तो वह कल प्रातः उस भोजन को हस्तिनापुर के निकट के गुरुकुलों में भिजवा देगा। वहाँ आचार्य भी होंगे और उपाध्याय भी; गुरुकुल के कर्मचारी भी होंगे और ब्रह्मचारी भी। उनमें से किसी का भी स्थान नैष्ठिक ब्राह्मणों से हीन नहीं है।...दुर्वासा के सारे आदेश यथातथ्य रूप में स्वीकार करते जाने का कोई अर्थ नहीं है। उनसे भी कुछ न कुछ चतुराई करनी ही होगी।...गुरुकुल में वह भोजन स्वीकार कर लिया गया, तो ठीक, अन्यथा गंगा में विचरण करनेवाली मछलियों तक उसे पहुँचाने का कर्म अथवा दायित्व उन गुरुकुलों का ही होगा।...

दुर्योधन को लगा कि अब वह दुर्वासा से उतना भयभीत भी नहीं है।...वस्तुतः दुर्वासा से भयभीत होने का कोई कारण भी नहीं था। वह दुर्वासा के शाप से भयभीत नहीं था। वह इन तपस्वियों के शाप और वरदान की शक्तियों में विश्वास ही नहीं करता।...यदि इनमें ऐसी कोई शक्ति होती, तो ये कब के सब राजाओं को शाप देकर, उन्हें मृग बनाकर, किसी वन में छोड़ आये होते और स्व्यं उनके सिंहासनों पर बैठे जीवन का सुख भोग रहे होते।...वह तो मात्र इतना चाहता था कि दुर्वासा का उपयोग युधिष्ठिर के विरुद्ध कर सके। यदि वह दुर्वासा को प्रसन्न करने में सफल हो गया, तो वह उन्हें युधिष्ठिर के पीछे लगा देगा। युधिष्ठिर मानता है इन तपस्वियों को ईश्वर का अवतार। वह प्रसन्न करता रहे उन्हें। दुर्वासा उसे उसके अपने धर्म की कसौटी पर असफल सिद्ध करेंगे। उसके पश्चात युधिष्ठिर अपने प्रायश्चित् के लिये चाहे तपस्या करे अथवा आत्महत्या।

...और यदि दुर्योधन, दुर्वासा को प्रसन्न करने में असफल रहा, तो वह कोई और माध्यम खोजने का प्रयत्न करेगा।...

सन्ध्या समय विदुर घर लौटे तो पारंसवी ने पूछा, "आर्यपुत्र! आज दिन भर गंगा तट पर क्या होता रहा है?"

"क्या होता रहा है?" विदुर मुस्कुराये, "तुम बताओ।"

"मैं क्या जानूँ क्या होता रहा है।" विदुर की मुस्कान से आश्वस्त हो कर पारंसवी बोली, "बाहर से आने वाले से जो सूचनायें मुझे मिलती रही हैं, वे कहती हैं कि गंगा तट पर दिन-भर अग्निदाह होता रहा है। कुछ लोग अग्नि पर उल्टे भी लटकाए गये।..."

"चीत्कारों से तो ऐसा लगता था कि कुछ को जीवित ही अग्निसात किया जा रहा था।" कुन्ती बोली।

विदुर ने उन्हें दुर्वासा के दिन भर के कार्यक्रम के विषय में बताया।

"ओह यह दुर्वासा!" कुन्ती जैसे अपने आपसे बोली, "मेरी तो समझ में नहीं आता कि लोग इस ऋषि से इतने भयभीत क्यों रहते हैं। क्या प्राप्त करना चाहते हैं वे इस औघड़ से?"

"क्यों तुम्हारे विवाह से पूर्व, उन्होंने तुम्हें भी तो मन्त्र दिया था।" विदुर बोले, "तुम्हारे पाँचों पुत्र उसी मन्त्र का प्रसाद नहीं हैं?"

कुन्ती की आँखों के सम्मुख वे दिन घूम गये : कितने त्रस्त थे पिता कुन्तिभोज। और कितनी पीड़ित थी स्वयं कुन्ती।...

"मेरे पुत्र देवप्रदत्त हैं। वह ईश्वर की अनुकम्पा है। दुर्वासा का मन्त्र होता या न होता, इन पुत्रों का जन्म तो होना ही था। ईश्वर के मन में अपनी सृष्टि के सन्दर्भ में अपनी योजना होती है। वह जीवों को विशेष प्रयोजन से जन्म देता है। जो कार्य उसको जिसके माध्यम से करना होता है, उसे वह करता ही है। वे सब उसके उपकरण मात्र हैं।...यदि इन उपकरणों की उसे आवश्यकता थी, तो उसने इनका निर्माण किया। इस सारी प्रक्रिया के बीच, दुर्वासा का क्या महत्त्व है? या मेरा ही क्या अधिकार है?" कुन्ती ने कहा, "मेरे मन में आता है विदुर! कि मनुष्य व्यर्थ ही अपने अहंकार में, स्वयं को कर्ता समझता है। अपने मोह में देह सम्बन्धों को इतना महत्त्वपूर्ण मान लेता है। मैं मान लेती हूँ कि ये मेरे पुत्र हैं। उन्हें मैंने जन्म दिया है। उनका पालन-पोषण मैंने किया है। मैं उनके कल्याण के लिये चिन्तित रहती हूँ। अशुभ से उनकी रक्षा करना चाहती हूँ। ईश्वर से उनकी संस्तुति करती हूँ कि वह उनकी रक्षा करे..."

"तो इसमें अनुचित क्या है भाभी!" पारंसवी बोली, "अपनी सन्तान के लिये कौन नहीं करता।"

"इसमें सबसे पहले तो अनुचित यह है कि मैं ईश्वर के जीव को अपनी सन्तान समझे बैठी हूँ। जीव उसका है और मैं समझती हूँ कि वह मेरा है। जिसे उस जीव की सबसे अधिक चिन्ता है, उस ईश्वर के सम्मुख मैं उस जीव के कल्याण की कामना करती हूँ।" कुन्ती रुकी, "वह ईश्वर हम पर हँसता होगा। और हमसे भी अधिक उन पर हँसता होगा, जो किसी का अहित करने का प्रयत्न कर रहे हैं, योजनाएँ बना रहे हैं, संकल्प कर रहे हैं, सहायता जुटा रहे हैं।..."

"ऐसा क्यों सोचती हो भाभी!" पारंसवी ने शिशुवत अबोध भाव से पूछा।

"मुझे पूरा विश्वास है कि दुर्योधन इस ऋषि दुर्वासा के हाथों, ये सारी यातनायें केवल इसलिये सहन कर रहा है कि वह ऋषि को प्रसन्न कर, उनके माध्यम से पाण्डवों का कोई अहित साध सके। साधारण राग-द्वेष तो ईश्वर ने प्रत्येक जीव के मन में उत्पन्न किया है; किन्तु जब उनके अतिरेक से कोई, दुर्योधन के समान मनोरोगी हो जाता है, तो उसके सारे प्रयत्न किसी एक बिन्दु पर आ कर अटक जाते हैं। उसके विचारों की गतिशीलता समाप्त हो जाती है। दुर्योधन आठों प्रहर, जागते-सोते केवल पाण्डवों के अहित की बात सोचता है...दुर्वासा के हस्तिनापुर आगमन का सम्बन्ध भी उसी प्रयोजन से है।..."

"कहीं ऐसा तो नहीं भाभी! कि तुम्हारे विचारों की गतिशीलता भी समाप्त हो चुकी है और वे भी आकर एक बिन्दु पर अटक गये हैं।" विदुर बोले, "तुम्हारी इस आशंका का भी कोई कारण होना चाहिए।"

"कारण तो है मेरा मन। हाँ, मेरे पास इसका कोई भौतिक प्रमाण नहीं है।" कुन्ती ने उत्तर दिया, "किन्तु इस प्रकार का कोई प्रमाण तो ईश्वर के अस्तित्व का भी नहीं है।"

विदुर मौन हो गये। वे मन ही मन कुन्ती की आशंका से सहमत तो हो चुके थे, फिर भी यह जानने का प्रयत्न कर रहे थे कि क्या कुन्ती के पास इसका कोई छोटा-मोटा प्रमाण भी था?

"अब दुर्योधन के मन की तो वही जाने।" पारंसवी ने कहा।

"नहीं। ऐसी बात नहीं है।" कुन्ती ने धीरे से प्रतिवाद किया, "यदि विदुर दुर्योधन के मित्रों पर दृष्टि रखें, तो उन लोगों के पारस्परिक वार्तालाप में कोई न कोई प्रमाण अवश्य मिल जायेगा।"

"तुम ठीक कहती हो भाभी।" विदुर बोले, "कठिनाई केवल यह है कि दुर्योधन आजकल अधिकांशतः दुर्वासा की सेवा में ही रहता है। इसलिये वह अपने मित्रों के साथ आपानकों में सम्मिलित नहीं होता; अन्यथा

आपानकों में उपस्थिति दासियों के माध्यम से अब तक सब कुछ ज्ञात हो गया होता।"

"फिर भी विदुर! प्रयत्न तो करना ही चाहिए।" कुन्ती ने कहा, "आपानक न भी हों, दुर्योधन के मित्रों के प्रासादों में उनकी निजी दासियाँ हैं। उनसे कुछ गोपनीय नहीं है। तुम यदि कहो कि दुःशासन के मन की बात उसकी रानी नहीं जानती, तो मैं तुम्हारा विश्वास कर लूँगी; किन्तु यदि तुम यह कहो कि उसके मन की बात कामवल्लरी नहीं जानती, तो मैं तुम्हारा विश्वास नहीं करूँगी।..."

विदुर स्तब्ध से खड़े कुन्ती की ओर देखते रह गये। कुछ क्षणों में उनमें सक्रियता जागी। उनके नयनों में कुन्ती के प्रति प्रशंसा का भाव था और अधरों पर मुस्कान, "भाभी! तुम्हें तो किसी बड़े साम्राज्य की गुप्तचर विभाग की अधिनायक होना चाहिए था।...तुम तो यह तक जानती हो कि राजकुमार के मन में कौन-सी दासी कहाँ तक धँसी हुई है।..."

"मैं तुमसे अत्यन्त प्रसन्न हूँ दुर्योधन! तुमने मेरी अदभुत सेवा की है।" दुर्वासा ने प्रसन्नता प्रकट करने के लिये, अपने दोनों हाथ ऊपर उठा दिये, "मेरी प्रसन्नता व्यर्थ नहीं जा सकती। वह अमोघ है। इसलिये तुम मुझसे एक वरदान माँग लो।"

"वरदान!" दुर्योधन अत्यधिक प्रसन्न था।...उसका लक्ष्य आज पूर्ण हुआ था। उसने इस औघड़ ऋषि के विक्षिप्त मन के सारे उतार-चढ़ावों के पश्चात भी दुर्वासा को अप्रसन्न होने नहीं दिया था।...और आज विदा होते हुए, वे उसे एक वरदान देने को तत्पर थे।

'क्या वह ऋषि से वरदान के रूप में पाण्डवों की मृत्यु माँग ले?' उसने सोचा, 'शायद नहीं। सम्भव है कि ऋषि को यह अच्छा न लगे।...राज-समाज भी इसको नहीं सराहेगा।...इसमें योद्धा के रूप में दुर्योधन को यश भी क्या मिलेगा?...और फिर दुर्वासा तो वही वरदान दे सकते हैं, जो उनके सामर्थ्य में हो।...किसी का जीवन और मृत्यु उनके वश में नहीं है। यदि वे अपने मुख से ऐसी बात कहें भी, तो वह उनका विश्वास नहीं करेगा...'

"यदि आप मुझ पर सचमुच प्रसन्न हैं महाराज!" दुर्योधन अपने चेहरे पर एक छद्‌म विनय ले आया, "तो हमारे समग्र कुटुम्ब पर अपनी दया-दृष्टि रखें। हमारे परिवार में धर्मराज युधिष्ठिर सबसे ज्येष्ठ हैं। वे मेरे अग्रज हैं। इस समय वे अपना राज्य त्याग कर वन में साधना कर रहे हैं। वे धर्म के मर्मज्ञ हैं। भक्ति भावना से पूर्ण हैं। वे ईश्वर के बहुत निकट हैं। उन पर महात्माओं

की दया दृष्टि होनी ही चाहिए। आपने जिस प्रकार मुझ पर दया कर, मेरे घर पधारने की कृपा की है, उसी प्रकार उन पर भी कृपा करें। उनके आश्रम पर पधार कर, उनहें अपने दर्शन दें। उनका आतिथ्य ग्रहण करें। अपने सहस्र शिष्यों के साथ, उनके पास कुछ दिन निवास करें।"

दुर्वासा इतने अबोध नहीं थे कि दुर्योधन की पाण्डवों के प्रति शत्रुता को न जानते हों। न ही वे राज-समाज से इतने कटे हुए थे कि हस्तिनापुर की द्यूतसभा की घटनाओं से अनभिज्ञ रहे हों। उन्हें आश्चर्य हुआ कि दुर्योधन युधिष्ठिर के प्रति इतना सौहार्द दिखा रहा है। दुर्वासा जैसे ऋषि को प्रसन्न करके भी, वह उनसे अपने लिये कुछ नहीं माँग रहा था। वह युधिष्ठिर के लिये याचना कर रहा था। उस पर कृपा करने के लिये कह रहा था।...

पिछले कुछ दिनों के साहचर्य में दुर्वासा ने दुर्योधन को कुछ-कुछ पहचाना था। वह न सरल था, न ऋजु। भयंकर कुटिल था वह। मन में कालकूट विष को संजोए हुए भी वह अपने अधरों से मधु की वर्षा कर सकता था। यह संस्कार कदाचित् उसने अपने पिता से पाया था। वह किसी अन्य के विकास के लिये चाहे एक दमड़ी न दे सके, किन्तु किसी के विनाश के लिये अपना साम्राज्य भी दाँव पर लगा सकता था। वह अपने लिये वरदान माँग रहा था कि दुर्वासा अपने सहस्र शिष्यों के साथ युधिष्ठिर के पास वन में जायें और उसका आतिथ्य ग्रहण करें।...

"युधिष्ठिर वन में साधना कर रहा है?" दुर्वासा ने पूछा।

"हाँ महाराज!" दुर्योधन बोला, "उनके निकट निवास करने में आपको कोई असुविधा नहीं होगी। वन में कुटीर निर्माण के लिये बहुत भूमि होती है।"

"और भोजन के लिये फलों का भी अभाव नहीं होता।" दुर्वासा बोले।

"हाँ महाराज!" दुर्योधन बोला, "पाण्डवों का क्या है। वृक्षों से फल तोड़ लेंगे, मृगों का आखेट कर लेंगे। वन में रहते हैं किन्तु राजाओं के समान रहते हैं। आरण्यक ब्राह्मण उनके साथ हैं, जो प्रतिदिन उनकी स्तुति करते हैं। पाण्डव राजाओं के समान उन ब्राह्मणों को दान देते हैं। उनके सेवक और सेवकों के परिवार उनके साथ रहते हैं। उनके पास रथ और अश्व हैं। अस्त्र और शस्त्र हैं। ठीक है कि वन में रहते हैं, इसलिये राज्य नहीं है, सेना नहीं है, कोष नहीं है; किन्तु न भिक्षुकों के समान रहते हैं, न तपस्वियों के समान। राजाओं के समान नहीं तो राजर्षियों के समान तो रहते ही हैं। उनका धर्म है आप जैसे ऋषियों की सेवा करना। उनका आतिथ्य ग्रहण करने में आपको क्या असुविधा है महाराज!"

"वे तो द्यूत में अपना सर्वस्व हार गये थे, तो फिर...।" दुर्वासा ने कुछ और कुरेदा।

"वे अपना सर्वस्व हार गये थे," दुर्योधन बोला, "किन्तु कृष्ण और धृष्टद्युम्न तो अपना सर्वस्व नहीं हारे थे। हमने द्रौपदी को तो दासी बनाया था, किन्तु सुभद्रा, करेणुमति तथा पाण्डवों की अन्य रानियाँ तो हमारी दासियाँ नहीं बनी थीं। उनके पास अपने सेवक थे, रथ थे, अश्व थे।...युधिष्ठिर ने अपने दास तो दाँव पर लगाए थे; किन्तु उनके वेतन-भोगी कर्मचारी तो हमने द्यूत में नहीं जीते थे। अब वे लोग वन में उनके निकट जाकर रहें, उनकी सेवा करें, तो हम क्या कर सकते हैं।"

दुर्वासा शान्त भाव से मौन खड़े रहे, जैसे परिस्थितियों का विश्लेषण कर रहे हों, अथवा दुर्योधन के मन का अध्ययन कर रहे हों। अन्ततः वे बोले, "दुर्योधन! मैंने तुम्हें वरदान दिया है, इसलिये तुम्हारी इच्छा तो पूरी करूँगा ही। तुम्हें न नहीं कहूँगा।...किन्तु जानना चाहता हूँ कि तुम्हारा प्रयोजन क्या है? मिथ्याभाषण की आवश्यकता नहीं है। अपने मन की बात कहो। भयभीत मत होओ। मैं तुमसे प्रसन्न हूँ, तो मेरे द्वारा तुम्हारा कोई अनिष्ट नहीं होगा।"

दुर्वासा के आश्वासन के बाद भी, दुर्योधन के मन में संशय शेष था।.. .उसका मंतव्य सुन कर, यदि दुर्वासा बिदक गये? इतने दिनों का श्रम व्यर्थ नष्ट हो जायेगा।...किन्तु वे दुर्वासा थे। उनके लिये धर्म का वह अर्थ नहीं था, जिसे सामान्य जन स्वीकार करता था। न ही सात्विकता पर उनका इतना बल था। तभी तो वे किसी को भी किसी भी समय धर्म-संकट में डाल सकते थे, उसे शाप से भयभीत कर सकते थे, सहयोग करनेवाले का ही रक्तपान कर सकते थे।...

"जिन्हें मैंने भिक्षुकों से भी हीनतर स्थिति में हस्तिनापुर से निकाला था, वे वन में भी राजर्षियों के समान रह रहे हैं—यह क्या मेरे लिये कम कष्ट का कारण है?" अन्ततः दुर्योधन बोला, "मेरी इच्छा है कि आप उनका आतिथ्य ग्रहण करें, ताकि उन्हें अपने असामर्थ्य की अनुभूति हो। वे आपका आतिथ्य करने में असफल रहें। आपसे क्षमा माँगें। अपनी निर्धनता पर रोएँ, झींकें; और समझ सकें कि राजा दुर्योधन के सम्मुख उनकी क्या स्थिति है।"

"बस इतनी ही कामना है तुम्हारी?" दुर्वासा ने पूछा।

"हाँ महाराज! इतना ही चाहता हूँ कि युधिष्ठिर अपने आतिथ्य धर्म से स्खलित हो। अपमानित हो।" दुर्योधन बोला, "वह अपनी निर्धनता पर रोए। उसकी दरिद्रता उसकी अन्तड़ियाँ काटे और उसके हृदय से पीड़ा का हाहाकार उठे। मैं एक बार उसे रोते हुए देखना चाहता हूँ।" दुर्योधन ने रुककर दुर्वासा की ओर देखा, "मैंने युधिष्ठिर को द्यूत में पराजित किया, उसको अपमानित किया, उसकी पत्नी का सार्वजनिक अपमान किया, किन्तु युधिष्ठिर की आँखों

में न तो अश्रु आये, न वह मेरे सम्मुख घुटनों पर गिर कर गिड़गिड़ाया।...यहाँ तक कि वह पांचाली भी धर्म की गुहार करती रही, दया की भीख उसने भी नहीं माँगी।...मैं एक बार युधिष्ठिर को कष्ट के मारे सिर पटक-पटककर रोते हुए देखना चाहता हूँ ऋषिवर!"

दुर्वासा की गम्भीर दृष्टि दुर्योधन की ओर उठी, "मैंने तुम्हें वरदान दिया है कि मैं अपने शिष्यों के साथ, युधिष्ठिर के आश्रम पर जाऊँगा। यह वचन मैं नहीं दे सकता कि तुम युधिष्ठिर को पीड़ा से कराहते हुए उस प्रकार देख सकोगे, जिस प्रकार तुम देखना चाहते हो।..."

"क्यों ऋषिवर?"

"वह कदाचित मेरे सामर्थ्य में नहीं है। वह शायद तुम्हारे में भी नहीं है।" दुर्वासा का स्वर कुछ पारदर्शी होता जा रहा था, "मुझे लगता है दुर्योधन कि न तो किसी को बाहर से सुख दिया जा सकता है, न दुख। ये दोनों ही भाव हमारे अपने हृदय में विद्यमान रहते हैं। युधिष्ठिर के हृदय में सन्तोष और शान्ति विराजमान है, इसलिये वह सब कुछ खो कर भी सुखी है। तुम्हारे हृदय में ईर्ष्या और द्वेष का नाग कुण्डली मारकर बैठा है, इसलिये सब कुछ पाकर भी तुम दुखी हो। तुम्हारे हृदय में संचित विष तुम्हें सुख कैसे दे सकता है। युधिष्ठिर को सुखी होने के लिये बाहर से कुछ नहीं चाहिए। तुम उसकी हथेलियाँ तो खाली कर सकते हो, किन्तु उसके हृदय को सन्तोष से रिक्त करना, तुम्हारे वश में नहीं है।"

"आप प्रयत्न करके तो देखें।" दुर्योधन जैसे तड़पकर बोला।...इस दुर्वासा ने तो अन्त में उसकी सारी सफलता को असफलता में परिणत कर दिया था...

"आप जायेंगे तो, अपने सहस्र शिष्यों के साथ?" दुर्योधन ने आतुरता से पूछा।

दुर्वासा ने उस पर एक प्रतिरोधात्मक दृष्टि डाली, "तुम जानते हो कि मेरे साथ एक सहस्र शिष्य हैं। सहस्र शिष्यों का पालन-पोषण कठिन होता है... ।" वे रुके, "और फिर काम्यकवन में तृणबिन्दु सरोवर तक पहुँचने का मार्ग सरल नहीं है। मार्ग में मरुभूमि का सा भूगोल है। जल का अभाव है। जल के अभाव के कारण वृक्षों और विशेषकर फलदायक वृक्षों का भी अभाव है।..."

"जहाँ पाण्डव रह रहे हैं, वहाँ तृणबिन्दु सरोवर भी है और देव नदी भी। आप वहाँ जल का अभाव बता रहे हैं?"

"मैं मार्ग की बात कर रहा हूँ दुर्योधन!" दुर्वासा बोले, "इतनी बड़ी संख्या में साधारण तपस्वी वहाँ नहीं पहुँच सकेते।"

दुर्योधन तनिक भी विचलित नहीं हुआ, "आप जाने का वचन दें और शेष दायित्व मुझ पर छोड़ दें।..."

"मैंने तुम्हें वचन दिया है कि मैं युधिष्ठिर के आश्रम में जाऊँगा," दुर्वासा उसका मन पढ़ कर बोले, "इसलिये जाऊँगा ही। किन्तु तुम्हारा ध्येय भी पूरा होगा, यह वरदान तुम्हें नहीं दे सकता। मैं तुम्हें तुम्हारे कर्म का वरदान दे सकता हूँ, किन्तु उसका फल तो युधिष्ठिर की प्रकृति के अनुकूल ही होगा।"

दुर्वासा ने आशीष की मुद्रा में हाथ उठा दिया। दुर्योधन के लिये अब कुछ कहने का कोई अवकाश नहीं रह गया था।...

23

युधिष्ठिर को निरन्तर सूचना मिल रही थी कि बहुत बड़ी संख्या में एक जनसमूह, वन में उनके आश्रम की दिशा में बढ़ रहा था। वन में सब ओर उथल-पुथल का वातावरण था। पशु-पक्षी अपने स्थान छोड़कर इधर-उधर भाग रहे थे। ऐसे में वन में रह रहे तपस्वी और साधक भी अपने आपको सुरक्षित नहीं पा रहे थे। पशुओं के वे झुण्ड अपनी घबराहट में न जाने किस ओर चल पड़ें और उन्हें तथा उनके कुटीरों को रौंदते हुए निकल जायें। उनमें हिंस्र पशु भी हो सकते हैं और विषैले जन्तु भी।...कुछ समय के पश्चात् यह सूचना भी मिली कि आने वाले लोग तपस्वी वेश में हैं। उनके पास शस्त्रास्त्र नहीं हैं। वे छद्म सैनिक भी नहीं हो सकते, क्योंकि उनका नेतृत्व दुर्वासा ऋषि कर रहे हैं। दुर्वासा क्रोधी हों, या कुटिल, किन्तु दुर्योधन की सेना को पाण्डवों पर आक्रमण की योजना से, छद्म तपस्वियों के रूप में इस प्रकार लाना, उनके वश का नहीं था। ऐसा वे कभी नहीं करेंगे।...

आगन्तुकों का इतना परिचय पा लेने के पश्चात् पाण्डव कुछ निश्चिंत हो गये थे। सैनिक दृष्टि से यह विपत्ति का काल नहीं था; किन्तु यह जिज्ञासा युधिष्ठिर के मन में अवश्य थी कि इतनी बड़ी संख्या में अपने शिष्यों को साथ लेकर, दुर्वासा कहाँ जा रहे हैं? कहीं उन्हीं के आश्रम की ओर तो नहीं आ रहे?...युधिष्ठिर का मन आशंकित था।...कहीं दुर्वासा उनके ही द्वार पर आ गये तो इतने सारे लोगों के आवास और भोजन की व्यवस्था कैसे होगी?...आशंका के साथ-साथ, वे एक प्रकार की ग्लानि का भी अनुभव कर रहे थे। यदि कुछ तपस्वी उनके पास आ रहे हैं, तो वे इतने आशंकित क्यों हैं? किसी ऋषि का अपने शिष्यों के साथ उनके द्वार पर आना, गौरव की बात थी; किन्तु जिन परिस्थितियों में युधिष्ठिर रह रहे थे, उनमें इतनी बड़ी संख्या में आये, अतिथियों का सत्कार नहीं हो सकता था...

सन्ध्या समय तक दुर्वासा उनके द्वार पर नहीं आये तो, तो युधिष्ठिर ने मान लिया कि ऋषि अब आज रात्रि तो नहीं आयेंगे। वे मार्ग में कोई उपयुक्त स्थान देखकर, विश्राम के लिये रुक गये होंगे। अब कदाचित कल प्रातः चलेंगे और कल पूर्वाह्न में उनके पास पहुँचेंगे।

रात्रि को भोजन के पश्चात द्रौपदी और पाँचों पाण्डव एक साथ बैठे, तो भीम ने बात आरम्भ की, "ज्येष्ठ! मेरा विचार है कि हमें अपनी ओर से दुर्वासा ऋषि को अपने आश्रम में आमन्त्रित करने का प्रयत्न नहीं करना चाहिए।"

"क्यों, अपने आवास के निकट आये ऋषि की उपेक्षा उचित है क्या? और हम आमन्त्रित नहीं करेंगे तो वह कहाँ जायेंगे।" युधिष्ठिर बोले, "हमें अपनी मर्यादा की रक्षा तो करनी होगी।"

"मर्यादा की रक्षा करने से कौन रोक रहा है आपको।" भीम ने उत्तर दिया, "किन्तु स्वयं आगे बढ़कर विपत्ति को आमन्त्रित करना, तो बुद्धिमत्ता नहीं है न।"

युधिष्ठिर, थोड़ी देर मौन बैठे सोचते रहे, फिर धीरे से बोले, "मैं तुम्हारी बात समझ रहा हूँ भीम! किन्तु मेरे मन में जो द्वन्द्व है, उसे भी समझने का प्रयत्न करो। घर पर आये ऋषि का सत्कार न करना, हमारी मर्यादा नहीं है। दूसरी ओर मैं यह भी जानता हूँ कि ऋषि के साथ जिस प्रकार शिष्यों की सेना आ रही है, उन सबका उचित सत्कार करना तो दूर, वर्तमान परिस्थितियों में हम कदाचित् उनके भोजन के लिये मात्र अन्न भी उपलब्ध नहीं करा सकते।"

"इसीलिये तो कह रहा हूँ कि स्वयं आगे बढ़कर संकट आमन्त्रित करने की क्या आवश्यकता है?" भीम ने कहा, "मैं तो यहाँ तक कहने को तैयार हूँ कि हमारे शत्रुओं में से ही किसी ने ऋषि को इतने शिष्यों के साथ हमारे स्थान पर आने के लिये प्रेरित किया है।"

"हमारे शत्रु कौन?" द्रौपदी ने पूछा।

"सम्भव है कि दुर्योधन ने ही यह षड्यन्त्र रचा हो।" सहदेव मंद स्वर में बोला।

"यदि ऐसा हो तो मुझे कोई आश्चर्य नहीं होगा।" अर्जुन ने टिप्पणी की।

युधिष्ठिर ने उन सबकी ओर एक बार देखा आरै धीरे से बोले, "मेरे मन में अब कुछ बातें स्पष्ट हो रही हैं। महर्षि व्यास विशेष रुप से यह चेतावनी देकर गये थे कि हम दुर्योधन से सावधान रहें। वह इन दिनों ऋषि मुनियों में अपना प्रभाव बढ़ा रहा है। अब दुर्वासा के आने के समाचार से यह स्पष्ट हो रहा है कि वे कदाचित दुर्योधन की इसी योजना की सूचना देने आये थे।"

"मेरा तो विचार है कि दुर्वासा हमारे आश्रम के निकट आये भी, तो हम स्वयं उन्हें आमन्त्रित न करें। यही मान लें कि हमें उनके आने की कोई सूचना नहीं है। उन्होंने स्वयं तो अपने आने की कोई सूचना भिजवाई नहीं है। वन में अनेक लोग आते-जाते रहते हैं। सबको सबकी सूचना नहीं होती।" भीम ने कहा, "यदि वे हमारे द्वार पर आ ही जायें, तो हम केवल उनके भोजन की व्यवस्था करें और स्पष्ट रूप से कह दें कि उनके सहस्रों शिष्यों के भोजन की व्यवस्था करना हमारी क्षमता से बाहर है। हम इस समय इन्द्रप्रस्थ के राजा तो हैं नहीं, वनवासी हैं। सहस्रों लोगों का आतिथ्य करना वनवासियों के वश का काम नहीं है।"

"मेरा विचार है कि मध्यम ठीक कह रहे हैं।" नकुल ने टिप्पणी की, "और यदि महाराज को यह उचित नहीं जँचता, तो हम प्रातः ही यहाँ से प्रस्थान करने की व्यवस्थ करें। न हम यहाँ होंगे, न ऋषि के सत्कार का धर्म हमारे कंधों पर पड़ेगा।"

सब लोग मौन रह कर युधिष्ठिर की ओर देख रहे थे : क्या वे नकुल का प्रस्ताव स्वीकार करेंगे?

युधिष्ठिर के मन का द्वन्द्व उनके चेहरे पर भी परिलक्षित होने लगा था। वह न भीम से असहमत थे, न नकुल से; किन्तु यह सब उनकी प्रकृति के अनुकूल नहीं था।

"इन युक्तियों से हम व्यवहार-क्षेत्र में तो सफल हो सकते हैं, समाज को तो हम उत्तर दे सकते हैं कि हमने ऋषि का सत्कार क्यों नहीं किया; किन्तु हम धर्म से आँखें नहीं मिला सकते, अपनी अन्तरात्मा को उत्तर नहीं दे सकते। धर्म में छल कपट का अवलम्ब नहीं लिया जा सकता। यह किसी राज्य अथवा संविधान का नियम तो है नहीं, जिसकी कोई काट ढूँढ़ी जाये। यह तो स्वच्छ मन से धर्म के सम्मुख खड़े हो कर, आत्मपरीक्षण करना है। ऐसे में युक्तियों से काम नहीं चलेगा।..."

"ठीक है, धर्म में चतुराई और युक्तियों से काम नहीं चलता," द्रौपदी बोली, "किन्तु हम व्यावहारिक कठिनाइयों से मुख कैसे मोड़ सकते हैं? हमारे पास अन्न का कितना भण्डार है। यहाँ कितने प्राणी अपने भोजन के लिये हम पर निर्भर हैं। हमें अपने संचित अन्न को कितने दिनों तक चलाना है। हम आखेट और फलों के माध्यम से, कितनी खाद्य सामग्री उपलब्ध कर सकते हैं।...अर्थात् अपना सामर्थ्य आँक कर ही हम अतिथि सत्कार का दायित्व ग्रहण कर सकते हैं। मान लीजिए कि पाण्डव अपने सम्पूर्ण सामर्थ्य को संचित कर, दुर्वासा को एक समय का भोजन करा भी देते हैं; किन्तु फिर और सामग्री का प्रबन्ध होने

तक क्या इस आश्रम के अंतेवासी निरन्न रहेंगे? भूखे रहेंगे? ऋषि का सत्कार हमारा धर्म है, आश्रमवासियों को अन्न उपलब्ध कराना भी तो हमारा धर्म है। दुर्वासा को अन्न दें और धौम्य तथा अन्य नैष्ठिक आरण्यक ब्राह्मणों को भूखा रखें?" द्रौपदी क्षण भर के लिये रुकी, "इतना ही नहीं। एक समय के भोजन के पश्चात यदि ऋषि हमारे आश्रम में एक सप्ताह रुकने का प्रयास करते हैं, तो क्या करेंगे हम? दूसरे समय का भोजन कहाँ से जुटायेंगे?"

"पांचाली ठीक कह रही है।" भीम ने कहा, "हमें अपने धर्म का आचरण करना है—इस बात से किसी को विरोध नहीं है; किन्तु हम इन सब व्यावहारिक कठिनाइयों की उपेक्षा नहीं कर सकते।"

तभी इन्द्रसेन ने आकर हाथ जोड़, प्रणाम किया, "महाराज की जय हो। एक अत्यावश्यक सूचना के लिये, विघ्नस्वरूप उपस्थिति हुआ हूँ महाराज! अनुमति करें तो निवेदन करूँ।"

"कहो इन्द्रसेन!" युधिष्ठिर बोले।

"हमारे मित्रों के गुप्तचरों ने यह संदेश भेजा है कि ऋषि दुर्वासा, इस दिशा में प्रयाण करने से पूर्व, हस्तिनापुर में कई दिनों तक दुर्योधन के अतिथि थे। जब वे दुर्योधन के पास पहुँचे थे, तो उनके साथ प्रायः एक सहस्र शिष्य थे। वहाँ से विदा होते हुए, उनकी संख्या कई गुना बढ़ गयी थी।" इन्द्रसेन बोला, "उन लोगों का अनुमान है कि दुर्योधन की ही किसी योजना के अन्तर्गत ऋषि अपने शिष्यों सहित हमारे आश्रम की ओर आ रहे हैं।"

"इसका क्या अर्थ हुआ?" युधिष्ठिर जैसे अपने आपसे पूछ रहे थे।

आत्मलीन और उनींदा-सा बैठा अर्जुन सहसा पूर्णतः सजग हो गया, "इसका अर्थ वही है जो कुछ समय पूर्व महर्षि वेदव्यास आपको सूचित करने आये थे। जब दुर्योधन अपनी राजकीय सेना ला कर हमें अपमानित नहीं कर सका तो अब वह संन्यासियों की सेना भेज रहा है। प्रत्यक्ष युद्ध में असफल रहा तो परोक्ष युद्ध कर रहा है। अपने वैभव के प्रदर्शन से हमें पीड़ित नहीं कर सका तो हमारी निर्धनता और अकिंचनता को प्रदर्शित ही नहीं रेखांकित कर, हमें मानसिक यातना देना चाहता है।"

"धनंजय ठीक कह रहे हैं," द्रौपदी बोली, "दुर्वासा ऋषि और उनके शिष्य नहीं आ रहे, दुर्योधन की सेना आ रही है। प्रश्न है कि क्या हम दुर्योधन की सेना का सत्कार करेंगे और अपने मित्रों तथा आश्रितों को भूखे रख कर स्वयं भी भूखे रहेंगे?"

"यह युद्ध है धर्मराज! इसलिये हमें आत्मरक्षा के लिये तत्पर होना ही होगा।" अर्जुन पुनः बोला, "संन्यासियों को भोजन कराने के लिये नहीं, युद्ध करने के लिये तत्पर हो जाइए।"

युधिष्ठिर तत्काल तो कुछ नहीं बोले, किन्तु अपना मत प्रकट करने में, उन्हें अधिक समय नहीं लगा, "इतना तो मैं भी मानता हूँ कि ऋषि यदि दुर्योधन द्वारा प्रेरित हो कर इधर आ रहे हैं, तो उसका प्रयोजन पूर्णतः स्पष्ट है। दुर्योधन हमारा उपहास कराना चाहता है कि हम संन्यासियों को भोजन कराने की स्थिति में नहीं हैं।...यदि हम ऋषि और उनके शिष्यों को भोजन नहीं कराते तो हम दुर्योधन की इच्छा की ही पूर्ति करते हैं। वह यही तो चाहता है कि हम ऋषि को भोजन न करवायें। और यदि उसकी चुनौती को स्वीकार कर हम अपने सारे साधनों को एकत्रित कर, काठ की हंड़िया को एक बार चूल्हे पर चढ़ा देते हैं, तो भी हम उसी के षड्यन्त्र को सफल करने में उसकी सहायता करेंगे।...हम दोनों प्रकार से ही उसकी चाल में आ रहे हैं। अब प्रश्न अपनी आत्मा, अपने धर्म और अपने व्यवहार का हैः क्या अपने द्वार पर आये भोजन कामी संन्यासियों के संग, युद्ध रत शत्रु सैनिक का सा व्यवहार करना उचित होगा? जब वह हम पर शस्त्र से प्रहार नहीं कर रहा, तो हम उस पर शस्त्र से प्रहार कैसे कर सकते हैं।"

"उन पर शस्त्र से प्रहार करने की आवश्यकता ही नहीं है," भीम ने कहा, "हमें तो केवल अपनी खाद्य सामग्री की रक्षा करनी है। जो कुछ हमारे पास है, उसे हम शत्रु भाव से आये हुए तपस्वियों को खिला भी दें, अपने स्वजनों और मित्रों को भूखा भी रखें, और अपमानित भी हों। इसका क्या लाभ? दुर्वासा तो हमारे अन्न भण्डार को समाप्त करने वाला, दुर्योधन का भेजा हुआ एक टिड्डी दल है। हम टिड्डी दल को अपना अन्न भण्डार नहीं सौंप सकते। यदि अपनी रक्षा के लिये हम उस टिड्डी दल का वध नहीं करना चाहते तो उन्हें भोजन न देकर, प्रत्यावर्तित करना तो हमारा धर्म है ही।"

"तुम्हारा कथन अपने स्थान पर उचित ही है भीम!" युधिष्ठिर बोले, "किन्तु धर्मशास्त्र के अनुसार दान वह नहीं होता, जो सुविधापूर्वक दिया जा सके, जिसे दे कर स्वयं को कष्ट न हो, असुविधा न हो,...तुम्हें पता है न कि रोगी और दूध न देने वाली गो का दान करने पर नचिकेता ने अपने पिता से क्या कहा था। उसने कहा था कि ऐसा स्वयर्थ का दान करने वाला व्यक्ति निरानंद लोकों में जाता है। वस्तुतः दान तो उसी वस्तु का करना चाहिए, जो स्वयं को सुख देने वाली हो, प्रिय हो और उपयोगी हो। जिसे वह दी जाये, उसे भी सुख और लाभ पहुँचाने वाली हो।...जो अन्न अपने उपयोग के अतिरिक्त हो उसका दान करना तो कोई साधना नहीं है।..."

"नचिकेता ने कुछ अनुचित नहीं कहा था।" द्रौपदी बोली, "किन्तु उसके पिता ने अपनी इच्छा से दान करने के लिये, यज्ञ किया था। यहाँ हमारे शत्रुओं

से प्रेरित हो कर एक ऐसा टिड्डी दल आ रहा है, जो हमारी इच्छा के विरुद्ध हमारा सारा अन्न भण्डार खा कर हमें पीड़ित और अपमानित करना चाह रहा है। मैं जानती हूँ कि पाण्डव फिर भी भूखे नहीं मरेंगे। अपने उद्यम और उद्योग से वे अपने लिये भोज जुटा ही लेंगे, किन्तु उनके आश्रित तो निराश्रित हो ही जायेंगे। हम अपने शत्रु की इच्छा तो पूर्ण कर ही देंगे।"

"ठीक है पांचाली! तुम ठीक ही कह रही हो।" युधिष्ठिर बोले, "किन्तु वास्तविक दान वही है, जहाँ आप स्वयं भूखे रहकर याचक को अपना भोज दे देते हैं। वस्तुतः यह हमारे धर्म की ही परीक्षा है।..." उन्होंने रुक कर इन्द्रसेन की आरे देखा, "जा कर धौम्य मुनि से पूछो, क्या वे इस समय यहाँ आ सकते हैं? यदि आ सकते हों, तो तुम उन्हें अपने साथ लिवा लाओ।"

"जो आज्ञा महाराज!" इन्द्रसेन चला गया।

"अब इस समय धौम्य मुनि क्या हमें युद्ध के लिये व्यूहबद्ध होना सिखायेंगे?" भीम ने कुछ चिढ़ कर कहा।

"नहीं!" युधिष्ठिर शान्त स्वर में बोले, "वे केवल यह बताएँगे कि इस समय हमारा धर्म क्या है।"

स्पष्टतः भीम को युधिष्ठिर का यह निर्णय अच्छा नहीं लग रहा था। शत्रुओं से निबटने के लिये धौम्य मुनि, उनकी क्या सहायता कर सकते हैं?...

"यदि धौम्य मुनि कह देते हैं कि हमारा धर्म यही है कि द्वार पर आये दुर्वासा और उनके शिष्यों को हम भोजन करवायें ही—चाहे उनके आने का लक्ष्य कुछ भी हो; तो क्या हम उनकी बात मान लेंगे?" द्रौपदी ने कुछ प्रखर स्वर में पूछा।

युधिष्ठिर हँसे, "यदि हमने पहले से ही यह निश्चय कर लिया कि मुनि का कौन-सा परामर्श हम स्वीकार करेंगे और कौन-सा नहीं; तो फिर उनसे परामर्श करने का लाभ ही क्या है।"

धौम्य मुनि इन्द्रसेन के साथ आ गये। लगता था, उनके लिये युधिष्ठिर द्वारा इस प्रकार बुलाया जाना कुछ भी अप्रत्याशित नहीं था। सम्भवतः वे स्वयं भी इस स्थिति पर विचार कर रहे थे।

"आइये मुनिवर!" वे सब लोग उनके सम्मान में उठकर खड़े हो गये।

मुनि जब आसन पर बैठ गये तो युधिष्ठिर ने उनके सामने अपनी समस्या रखी।

"इस संदर्भ में दो टूक यह कह देना कि धर्म क्या है, मेरे लिये सम्भव नहीं है।" मुनि मुस्कुराये, "वस्तुतः धर्म विचार में कुछ और तथ्यों पर भी ध्यान देना होगा।"

"वे क्या हैं मुनिवर!" युधिष्ठिर ने पूछा।

"ब्राह्मण के लिये दान का अर्थ है, जो कुछ भी उसके अपने पास है, वह याचक को दे दे, उसके पश्चात् चाहे अपने परिवार के साथ भूखा मर जाये।" मुनि ने उत्तर दिया, "वस्तुतः उसके लिये यह शरीर धर्म-निर्वाह का साधन मात्र है। इसलिये यदि धर्म की पूर्ति होती हो; और शरीर नष्ट होता हो, तो वह धर्म की रक्षा करेगा, शरीर की नहीं। दूसरी ओर क्षत्रिय का धर्म दुष्ट-दलन के लिये अपने शरीर का उपयोग करने में है। इसलिये शरीर की रक्षा भी आवश्यक है। यदि वह अपने शरीर की रक्षा नहीं करेगा, तो दुष्ट-दलन का धर्म कैसे पूर्ण होगा।..."

"हमें क्या करना चाहिए मुनिवर!" भीम ने उन्हें टोक दिया, "हम तो क्षत्रिय हैं।"

"तुम क्षत्रिय हो—वंश से, व्यवसाय से, प्रवृत्ति और स्वधर्म से।" मुनि मुस्कुराये, "किन्तु महाराज युधिष्ठिर स्वधर्म से क्षत्रिय नहीं हैं। उनकी धातु ब्राह्मण की है। वे मात्र आत्मरक्षा और दुष्ट-दलन से प्रसन्न हो पायेंगे क्या? जब वे वारणावत जा रहे थे, तब भी वे जानते थे कि वहाँ उनको उनके भाइयों के साथ जलाने का पूरा प्रबन्ध किया गया है। जब द्यूत के लिये आमन्त्रित हो कर वे हस्तिनापुर आये, तो भी वे जानते थे कि वहाँ क्या होने वाला है; फिर भी उन्होंने धृतराष्ट्र की आज्ञा का उल्लंघन नहीं किया। आत्मविसर्जन की यह प्रवृत्ति उनकी ब्राह्मण वृत्ति का ही परिणाम है...।" मुनि ने युधिष्ठिर की ओर देखा, "इस समय भी महाराज के मन में आत्मविसर्जन और आत्मरक्षा की प्रवृत्तियों में ही संघर्ष चल रहा है। अब निर्णय तो महाराज को ही करना है।..."

"ठीक है मुनिवर! आपने धर्म की स्थिति स्पष्ट कर दी। अब निश्चय तो हमें ही करना है।" युधिष्ठिर बोले, "जाओ इन्द्रसेन! मुनिवर को उनके कुटीर तक पहुँचा दो; और अब तुम भी विश्राम करो।"

धौम्य मुनि उठ कर इन्द्रसेन के साथ चले गये।

"अब?" सहदेव ने पूछा।

"मैं अब भी कहता हूँ कि यह युद्ध की स्थिति है और हमें इसे युद्ध ही मानकर व्यूह-रचना करनी चाहिए।" अर्जुन बोला।

"कैसी व्यूह-रचना?" युधिष्ठिर ने पूछा।

"हम भीतर से क्षत्रिय धर्म के लिये तत्पर रहें और ऊपर से ब्राह्मण धर्म के अनुरूप कर्म करते चले जाये।" अर्जुन ने कहा, "यदि दुर्वासा और उनके शिष्य, हमारे आश्रम के द्वार पर आ ही जायें, तो हम उन्हें भोजन के लिये आमन्त्रित करें; क्योंकि यह हमारा धर्म है। यदि वे हमारा निमन्त्रण स्वीकार

कर लें और हमारे भोजन करने से पूर्व पंक्तिबद्ध हो कर बैठ जायें, तो हम अपने लिये पकाया गया सारा भोजन उन्हें परोस दें, कि हमारे आश्रम में एक दिन के लिये इतना भोजन ही उपलब्ध है। हमने अपना दान-धर्म पहचान कर, अपना सारा भोजन उन्हें अर्पण किया। हम एक दिन का उपवास करेंगे। अब वे लोग अपने गुरु कुल के नियमों के अनुसार, उस भोजन को परस्पर बाँट लें। जितना गुरु को देना चाहें, गुरु को दे दें और जितना शिष्यों में वितरित करना चाहें, उनमें वितरित कर लें।"

"और यदि वे हमारे भोजन कर लेने के पश्चात् आश्रम में आये?" नकुल ने पूछा।

"तो हम, आश्रम में एक दिन में पकाया जाने वाला अन्न उन्हें समर्पित कर दें। वे लोग स्वयंपाकी ब्राह्मणों के समान, पकायें और खायें।" अर्जुन ने उत्तर दिया, "इस रूप में हमने अपना अन्न भण्डार लुट जाने से बचा कर, क्षत्रिय धर्म का पालन किया; और अपना सारा भोजन उन्हें दान कर, स्वयं निराहार रह, धर्मराज के ब्राह्मण धर्म का निर्वाह किया।"

"अर्थात ज्येष्ठ और मध्यम, दोनों के ही धर्मों का निर्वाह हो गया।" नकुल ने कहा।

किन्तु युधिष्ठिर निश्चिंत दिखायी नहीं दे रहे थे, "प्रकटतः यह योजना चाहे किसी व्यूह के समान स्वतः सम्पूर्ण तथा सर्वथा निर्दोष दिखायी दे, किन्तु इसमें धर्म की दृष्टि से छद्‌म है, अतः यह छल है। हम जानते हैं कि हमारे घर में अतिथि आ रहे हैं, और फिर भी हम उनके भोजन की व्यवस्था नहीं कर रहे; वरन् भोजन की व्यवस्था का छल कर रहे हैं।"

"वैसे महाराज! यदि आप यह छल न भी करें, तो क्या कर सकते हैं?" सहदेव कुछ तेजस्वी स्वर में बोला, "आप अपने सच्चे मन से अपना सम्पूर्ण अन्न भण्डार तथा अन्य भोजन सामग्री उनको समर्पित कर दें, तो भी क्या हो जायेगा। जितनी बड़ी संख्या उनकी बताई जा रही है, उसके लिये तो आपका सारा अन्न भण्डार एक समय के भोजन के लिये भी पर्याप्त नहीं होगा। तब भी आपके धर्म का निर्वाह नहीं होगा; और आश्रम में भीषण अकाल पड़ जायेगा। पाँच पाण्डव और पांचाली तो वृक्षों तथा पशुओं के सहारे, अपना पेट भर भी लेंगे; किन्तु आपके आश्रित आश्रमवासियों का क्या होगा?"

"यही तो धर्म संकट है।" युधिष्ठिर बोले।

"आपके लिये व्यक्तिगत रूप से कोई संकट नहीं है।" अर्जुन ने कहा, "आप परिवार के मुखिया के रूप में उन्हें भोजन के लिये आमन्त्रित करेंगे; और पांचाली को भोजन परोसने का आदेश देंगे। हम चारों भाई पांचाली की रसोई से अन्न ले जाकर ऋषि और उनके शिष्यों को समर्पित करेंगे।"

युधिष्ठिर हँस पड़े, "परिवार का जो मुखिया जानता है कि रसोई में अन्न नहीं है और फिर भी वह अपनी पत्नी को, सहस्रों ब्राह्मणों के लिये अन्न परोसने का आदेश दे रहा है, वह यह भी जानता है कि वह पाखण्ड कर रहा है।"

"तो फिर और विकल्प ही क्या है?" भीम ने कुछ तीखे स्वर में पूछा, "हम पाँचों भाई और पांचाली अपने भाग का सारा अन्न उन्हें समर्पित कर सकते हैं। हम लोग, जैसा कि धनंजय ने कहा है, वृक्षों के फलों और मृगों के आखेट पर, जीवित रह सकते हैं; किन्तु अन्य आश्रमवासियों का क्या होगा? और आप एक आध दिन के लिये यह व्यवस्था चला भी लें; किन्तु दुर्वासा को उनकी इच्छा के विरुद्ध, एक ही दिन में आप लौटा देंगे क्या?"

"नहीं।" युधिष्ठिर बोले, "किन्तु इस प्रकार का छल।"

"यह छल नहीं, युद्ध है महाराज।" अर्जुन ने कहा।

"यदि आप यहीं भी नहीं करना चाहते तो प्रातः जाइए और दुर्वासा को खोज कर कह आइए कि वे हमारे आश्रम में न आयें, क्योंकि हमारे पास उन्हें खिलाने के लिये अन्न नहीं है। यह न हो कि वे अपन शिष्यों के साथ यहाँ आ जायें और हम उनको भोजन भी न दे पायें और उनको तथा उनके शिष्यों को भूख का कष्ट सहना पड़े।" भीम ने कहा।

"नहीं। यह सम्भव नहीं है।" युधिष्ठिर निश्चित स्वर में बोले।

"तो क्या करेंगे आप?" द्रौपदी ने अधैर्यपूर्वक पूछा।

युधिष्ठिर मन-ही-मन विचार करते रहे, जैसे किसी अन्तिम निर्णय पर पहुँचने का प्रयत्न कर रहे हों। अन्ततः बोले, "मैं अपने धर्म का निर्वाह करूँगा और शेष अपने भगवान पर छोड़ दूँगा।"

"अर्थात्?" सहदेव साक्षात् प्रश्न बन गया था।

"मैं अपनी ओर से उन्हें आमन्त्रित करने, कहीं नहीं जाऊँगा। यदि वह आश्रम के द्वार पर आ गये, तो भोजन का प्रस्ताव अवश्य करूँगा," युधिष्ठिर बोले, "और शेष सारा कुछ आश्रम के भण्डारी भीम तथा अन्नपूर्णा पांचाली पर छोड़ दूँगा। प्रभु की इच्छा पूर्ण हो। जाने उसने क्या नियत कर रखा है।"

युधिष्ठिर उठ खड़े हुए, "जाओ, अब तुम लोग भी विश्राम करो।"

सब लोग अपने-अपने कुटीरों की ओर बढ़ रहे थे कि भीम ने अर्जुन से पूछा, "यदि दुर्वासा अपने शिष्यों के साथ यहाँ टिक गये तो हम कितने दिनों तक अपने भाग का अन्न उन्हें देकर स्वयं निराहार रहेंगे?"

"हम निराहार क्यों रहेंगे?" अर्जुन हँसा, "दुर्वासा के शिष्यों को दो दिन पर्याप्त और स्वादिष्ट भोजन न मिला, तो वे स्वयं ही यहाँ से भाग जायेंगे। वे लोग कोई वास्तविक तपस्वी तो हैं नहीं। मालपूए खाने के चक्कर में दुर्वासा

जैसे ऋषि के साथ भटक रहे हैं। देखते हैं कि उपवास करने की क्षमता किस में अधिक है—हममें अथवा उनमें?"

"अच्छी युक्ति सोची है तुमने।" भीम ने अर्जुन की पीठ पर एक धौल जमाई।

युधिष्ठिर ने बहुत प्रयत्न किया कि वे दुर्वासा को भूलकर अपनी दिनचर्या में अपना मन लगायें; किन्तु मन था कि दौड़-दौड़ कर वापस अपने खूँटे पर चला जाता था और दुर्वासा के आगमन को लेकर कुछ-न-कुछ बुनने लगता था। ...यद्यपि कल रात उन लोगों ने एक प्रकार से अपनी नीति तय कर ली थी; और अब यदि दुर्वासा आ भी जायें, तो युधिष्ठिर को विशेष कुछ नहीं करना था। उन्हें तो उनके भाइयों ने सबसे सरल और सम्मानजनक कार्य दिया था। उन्हें तो ऋषि को पूरे सम्मान से भोजन के लिये आमन्त्रित करना था। बस! ...उससे अधिक कुछ भी नहीं। फिर जो कुछ भी करना था, वह भीम, अर्जुन और द्रौपदी को करना था।...किन्तु युधिष्ठिर यह सोचकर भी सन्तुष्ट नहीं हो पा रहे थे कि परीक्षा उनकी नहीं, भीम, अर्जुन और पांचाली की होगी।...परीक्षा उनकी हो, उनके भाइयों की हो, अथवा उनकी पत्नी की बात तो एक ही थी। वे एक-दूसरे से पृथक् नहीं थे। पांचाली को परीक्षा में डाल कर सन्तुष्ट कैसे हो सकते थे।...पांचाली ने उनके कारण अनेक असहनीय कठिनाइयाँ झेली थीं, उनके लिये अनके अमानवीय परीक्षाएँ दी थीं...वह सब युधिष्ठिर की बाध्यता थी; किन्तु अब युधिष्ठिर जानबूझकर उसको ऐसी कठिन परीक्षा में डालकर एक ओर हो जायें?...

द्वार पर आये ऋषि और उनके शिष्यों का उचित सत्कार कर पाने के असामर्थ्य की पीड़ा क्या युधिष्ठिर, पांचाली अथवा भीम की अलग-अलग पीड़ा है? अपमान की बात तो सोचनी ही नहीं चाहिए। पांचाली का सम्मान अथवा युधिष्ठिर का सम्मान पृथक-पृथक नहीं है। पांचाली को अपमानित करने का सारा प्रयत्न युधिष्ठिर को अपमानित करने के लिये ही तो है। वे परिवार के मुखिया हैं और यह उनका धर्म है कि वे परिवार के प्रत्येक व्यक्ति के धर्म की रक्षा करें। उनके लिये क्या यह धर्म संकट ही कम था कि उनकी पत्नी और उनके भाई, उनके धर्म की रक्षा के लिये, स्वयं को धर्म संकट में डाल रहे हैं?...

ओह! दुर्योधन ने यह कैसा वार किया है। वह अपनी सेना भेजता, तो पाण्डव अपने शस्त्रों से उसका प्रतिकार तो करते।...पाण्डव अपने शस्त्रों और अपनी वीरता के सहारे निःशस्त्र तापसों का सामना कैसे करेंगे। तो फिर युधिष्ठिर कर ही क्या सकते हैं। पता नहीं, ईश्वर की क्या इच्छा है। कैसी

परीक्षा लेना चाहता है वह। और यदि वह परीक्षा लेना ही चाहता है, तो पाण्डवों को परीक्षा देनी होगी। उत्तीर्ण अथवा अनुत्तीर्ण करना तो ईश्वर के अपने हाथ में है! उसकी अपनी इच्छा पर है...तो फिर युधिष्ठिर किस बात की चिन्ता कर रहे हैं? स्वयं को प्रभु के हाथों में सौंप कर निश्चिंत क्यों नहीं हो जाते? ईश्वर के प्रति उनका प्रेम और विश्वास इतना कच्चा है क्या? वे उस पर विश्वास नहीं करते क्या?...

और सहसा युधिष्ठिर का मन शान्त हो गया। उनका सबसे बड़ा सुख तो ईश्वर की इच्छा से तादात्म्य करना था। तो फिर वे वही करें...

प्रातः भी दुर्वासा उनके आश्रम के निकट प्रकट नहीं हुए। पाण्डवों के सहचर सूचनायें ला रहे थे कि दुर्वासा पाण्डवों से बहुत दूर नहीं हैं। यदि वे सामान्य गति से भी चलें तो वे प्रहर भर में उनके आश्रम तक पहुँच सकते थे।...किन्तु यह कोई नहीं जानता था कि वहाँ से वे कब चलेंगे। वे ध्यान में बैठे हुए थे। समाधि लग गयी तो वे कई दिनों तक इसी प्रकार बैठे रह सकते हैं।...और न लगी तो वे निमिष भर में उठ कर खड़े भी हो सकते हैं। उनके शिष्यों में ऐसा कोई नहीं था, जो इतना भी कह सकता कि वे चलने से पहले, कुछ समय पूर्व, उन्हें चेतावनी तो दें, ताकि वे लोग चलने के लिये अपने मन को तैयार कर सकें...

पाण्डव मन-ही-मन प्रतीक्षा करते रहे; किन्तु बाहर से उनकी दिनचर्या सर्वथा सामान्य थी। दुर्योधन के गुप्तचर यदि उन्हें देखते, तो यही सूचना देते कि उन्हें अपने आसन्न संकट का पता ही नहीं था। वे कदाचित् जानते ही नहीं थे कि दुर्वासा ऋषि एक महान् संकट के रूप में, उनके सम्मुख शून्य से प्रकट होने वाले थे...

पाण्डवों के आश्रम में समय पर भोजन तैयार हुआ और खाया गया; किन्तु दुर्वासा कहीं प्रकट नहीं हुए।...और जब सारे आश्रमवासियों को भोजन कराकर द्रौपदी भी भोजन कर चुकी, तो इन्द्रसेन सूचना लाया कि दुर्वासा अपने स्थान से चल चुके हैं। सूचना लाने वाला धावक, दुर्वासा और उनके शिष्यों के साथ ही चला था; किन्तु भागता हुआ आया था, इसलिये उनसे कुछ पहले यहाँ पहुँच गया था। अब दुर्वासा और उनके शिष्य किसी भी क्षण उनके आश्रम के सम्मुख प्रकट हो सकते थे...

युधिष्ठिर के मन में कण भर भी जो विश्वास था कि दुर्वासा, ऋषि हो कर, पाण्डवों के साथ किसी प्रकार का छल-छद्म नहीं कर सकते—समाप्त हो गया।...निश्चित रूप से वह दुर्योधन की इच्छा के अनुसार, कार्य कर रहे थे, वरन इस समय तो वह उसके उपकरण ही बने हुए थे। वह दुर्योधन की गदा

के रूप में, पाण्डवों पर प्रहार करने आ रहे थे। वह जान बूझ कर उस समय आ रहे थे, जब उनकी रसोई, भोजन के पश्चात लीप-पोत कर स्वच्छ कर दी गयी थी। वह इतने लोगों को अपने साथ ला रहे थे कि अकेली द्रौपदी ही क्यों, आश्रम का प्रत्येक अंतःवासी भी यदि भोजन तैयार करने में लग जाये, तो दिन भर लग कर भी, उतने लोगों का भोजन तैयार न किया जा सके।...ठीक कहते हैं, अर्जुन और भीम। यह एक ऋषि का किसी सद्गृहस्थ के द्वार पर जाना नहीं है, यह तो पाण्डवों पर दुर्योधन का प्रच्छन्न आक्रमण ही है। इसके विरुद्ध तो पाण्डवों की ओर से भी, सैनिक अभियान ही होना चाहिए...किन्तु क्रोध युधिष्ठिर के स्वभाव में नहीं था। वे तो अब तक सब कुछ ईश्वर पर ही छोड़ चुके थे। ईश्वर की इच्छा पूरी हो।...

पाण्डवों की अपेक्षा के अनुसार ही, दुर्वासा अपराह्न में उनके आश्रम के निकट उपस्थित हुए। वह सीधे उनके आश्रम में नहीं आये। आश्रम से कुछ दूरी पर वन में ही टिक गये। सम्भवतः वह वहाँ टिक कर देखना चाहते थे कि युधिष्ठिर कैसा व्यवहार करते हैं। युधिष्ठिर कुछ समय तक तो अपने कुटीर में शान्त भाव से बैठे रहे कि यदि दुर्वासा उनके द्वार पर आये ही नहीं, तो उनका सत्कार भी युधिष्ठिर के दायित्व क्षेत्र में नहीं आता।...किन्तु वे यह भी जानते थे कि इस तर्क से कोई और बहल भी जाये, उनका अपना मन ही नहीं बदहलेगा। जब वह जानते हैं कि एक ऋषि अपने सहस्रों शिष्यों के साथ उनके आश्रम के निकट भूखा-प्यासा बैठा है, तो उसकी उपेक्षा उनका धर्म नहीं है। यह नृशंसता है। उनकी अन्तरात्मा इतनी व्याकुल क्यों है, क्योंकि वह उचित व्यवहार नहीं कर रहे हैं...। ऋषि चाहे अपने मन में कोई दुर्भावना ले कर ही आये हों, युधिष्ठिर को तो अपना मन स्वच्छ रखना होगा। वह आज तक दुर्योधन के प्रति ही कभी दुर्भावनापूर्ण व्यवहार नहीं कर सके, तो दुर्वासा तो फिर एक ऋषि हैं।...

युधिष्ठिर अपने भाइयों को साथ ले कर, ऋषि की अगवानी के लिये पहुँचे। ऋषि के चरण स्पर्श कर उन्हें प्रणाम किया। आसन बिछा कर उनके बैठने का प्रबन्ध किया; और फिर हाथ जोड़ कर उनके सम्मुख स्वयं भी बैठ गये।

"ऋषिश्रेष्ठ! कहाँ से आगमन हुआ है?" युधिष्ठिर ने पूछा।

दुर्वासा स्वयं को बहुत निर्भीक बनाए हुए थे; किन्तु अपनी सारी उद्दण डता का आह्वान करके भी नहीं कह सके कि वे हस्तिनापुर से आये हैं, जहाँ वे दुर्योधन के अतिथि थे। वे सीधे युधिष्ठिर की आँखों में भी नहीं देख पाये। शून्य में ताकते हुए बोले, "अपने पावसपूर्व भ्रमण पर निकला हूँ। वर्षा तक भ्रमण करना मेरा नियम है।"

"आपका शिष्य समुदाय तो बहुत विशाल है ऋषिवर!" युधिष्ठिर ने बात आगे बढ़ाई, "क्या सदा ही इतने शिष्यों के साथ भ्रमण करते हैं?"

युधिष्ठिर के साथ ही उनके भाइयों ने दृष्टि उठाकर देखा...जहाँ तक दृष्टि जाती थी, दुर्वासा के शिष्य सुखासन लगाकर बैठे हुए दिखायी पड़ रहे थे।...भोजन तो भोजन, इतने लोगों के ठहरने की भी व्यवस्था करनी पड़े, तो पाण्डवों को कई मास लग जायेंगे। इतने सारे कुटीर बनाने में वन के सारे वृक्ष कट जायेंगे।

दुर्वासा की भृकुटि तन गयी, "तुम्हारे इस प्रश्न का अर्थ? क्या इन बातों के लिये मुझे तुम्हारी अनुमति लेनी पड़ेगी?"

युधिष्ठिर जानते थे कि दुर्वासा अपनी उद्दण्डता के लिये प्रसिद्ध हैं। इस समय भी वे युधिष्ठिर के प्रश्न को टालने के लिये, उसी उद्दण्डता का सहारा ले रहे थे; किन्तु उस वाणी में तुच्छता का फूत्कार चाहे हो, उसमें सत्य का बल नहीं था।

"नहीं।" युधिष्ठिर मुस्कुराये, "ऋषि को तो राजा की भी अनुमति नहीं लेनी पड़ती; और मैं तो इस समय राजा भी नहीं हूँ।"

"तुम क्या मेरे इन शिष्यों के लिये आवास की व्यवस्था करोगे? इन्हें भोजन दोगे? क्या अधिकार है, तुम्हें यह सब पूछने का?" दुर्वासा अपने क्रोध का सायास प्रदर्शन कर रहे थे।

"प्रजा के आवास तथा भोजन की व्यवस्था राजा करता है, ब्रह्मचारियों के लिये कुलपति, परिवार के लिये परिवार प्रमुख तथा अतिथि के लिये गृह स्वामी।" युधिष्ठिर शान्त स्वर में बोले, "ऋषिवर! आप इन रूपों में जिसे आदेश देंगे, वह आपके लिये व्यवस्था कर देगा। मुझे तो यह आभास ही नहीं था कि आवास तथा भोजन की व्यवस्था के अभाव में, ऋषि का मन व्याकुल है।"

"युधिष्ठिर के कथन से ऋषि का क्रोध कुछ और मुखर हो गया, "तो मैं अतिथि के रूप में तेरे द्वार पर आया हूँ। तू हमारे लिये एक समय के ही भोजन की व्यवस्था कर।"

अर्जुन के अधरों पर मुस्कान आ गयी : दुर्वासा से अपना कपटजाल बुनने में चूक हो गयी थी। उन्होंने केवल एक समय के भोजन की व्यवस्था के लिये कहा था। यदि कहीं वे कुछ अधिक माँग बैठते...निश्चित् रूप से दुर्वासा अपने इस कृत्रिम क्रोध में भी, स्वयं को सन्तुलित नहीं रख पाये थे...

दुर्वासा ने कहा और अपने कहे का प्रभाव देखने के लिये रुक गये : युधिष्ठिर का चेहरा पर्याप्त शान्त और सन्तुलित लग रहा था। उस पर घबराहट, खीझ अथवा विरोध का भाव कहीं नहीं था, जो वे देखना चाहते थे।

"आप अपने नित्य कर्मों से निवृत्त हो कर भोजन के लिये पधारें ऋषिवर!" युधिष्ठिर ने पर्याप्त मधुर स्वर में कहा, "हम आपकी सेवा कर कृतकृत्य हो जायेंगे।"

दुर्वासा को इस बार सचमुच आश्चर्य हुआ : युधिष्ठिर के चेहरे पर असुविधा की एक रेखा भी प्रकट नहीं हुई। यह कैसे सम्भव है? युधिष्ठिर के पास इतने लोगों को भोजन कराने की व्यवस्था है क्या?...दुर्वासा का मन भीतर-ही-भीतर कुछ डर गया...वे तो युधिष्ठिर को त्रस्त करने आये थे, कहीं ऐसा न हो कि युधिष्ठिर ही उन्हें त्रस्त कर दे।...यदि ऐसा हुआ, तो न दुर्योधन ही प्रसन्न हो पायेगा, न दुर्वासा और उनके शिष्यों का इतना श्रम सार्थक हो पायेगा।

"निमन्त्रित तो कर रहा है," दुर्वासा कुछ कठोर स्वर में बोले, "किन्तु मेरे शिष्यों की संख्या देख ले। फिर कहीं अन्न का टोटा पड़ गया, तो हमें भूखे मत उठा देना।"

युधिष्ठिर ने एक दृष्टि अपने भाइयों पर डाली : वे लोग न केवल आश्वस्त बैठे थे, वरन् अपने नयनों की द्युति और अधरों की मुस्कान से उन्हें बल भी प्रदान कर रहे थे।

"जो कुछ हमारा है, वह सब आपका है ऋषिवर!" युधिष्ठिर बोले, "हम आपको पूरा अन्न दे देंगे, सारा का सारा।"

युधिष्ठिर के आत्मबल ने दुर्वासा को कँपा दिया। उन्हें पुनः लगा कि उन्होंने यहाँ आ कर भूल की है। वे युधिष्ठिर को धर्म संकट में डालने आये थे। कहीं ऐसा न हो कि वे स्वयं ही किसी संकट में फँस जायें। धर्मराज युधिष्ठिर के प्रति यह विरोध उन्हें बहुत महँगा पड़ सकता है।...दुर्योधन यहाँ से बहुत दूर बैठा है। वे यहाँ पूर्णतः पाण्डवों की दया पर हैं।...यह भीम, जो इस समय एक आनन्दित बालक के समान बैठा है—वही योद्धा है, जिसने दुर्योधन की जंघा तोड़ने और दुःशासन का वक्ष फाड़ कर, उसका रक्त पीने की प्रतिज्ञा की है।...और इनके आश्रम में, अपनी कुटिया में वह पांचाली बैठी होगी, जिसने दुःशासन के वक्ष के रक्त से अपने केशों को धो कर, वेणी करने की प्रतिज्ञा कर रखी है। वह अपने केश बिखेरे, अपनी रसोई में बैठी होगी। युधिष्ठिर समझे या न समझे, पांचाली को यह समझने में तनिक भी कठिनाई नहीं होगी, कि दुर्योधन की ही प्रेरणा से दुर्वासा पाण्डवों को धर्म संकट में डालने आये हैं।...दुर्वासा के शाप से यहाँ कौन भयभीत होगा... युधिष्ठिर स्वयं धर्मराज हैं, अर्जुन निर्विकल्प समाधि प्राप्त साधक है, और इनके साथ कृष्ण हैं...दुर्वासा! तूने किस बुरी घड़ी में दुर्योधन का आतिथ्य स्वीकार किया...

"ठीक है। हम लोग स्नान तथा मन्त्र जाप कर, अभी आते हैं।" दुर्वासा ने जैसे युधिष्ठिर को डराने का पुनः प्रयत्न किया, "किन्तु स्मरण रखना धर्मराज! यदि तुमने मुझे सन्तुष्ट नहीं किया, तो मेरा क्रोध फिर मर्यादाओं को नहीं पहचानता।"

"हम आपको भोजन के लिये आमन्त्रित कर रहे हैं," सहसा भीम बीच में बोला, "और आप हमें धमका रहे हैं, जैसे कोई कोटपाल किसी अपराधी को धमकाता है।.."

"दुर्वासा की दृष्टि भीम की ओर घूमी : वह सहज भाव से मुस्कुरा रहा था। उसके चेहरे पर न क्रोध था, न उत्तेजना।...किन्तु दुर्वासा का मन कल्पना कर रहा था कि यही भीम जब क्रुद्ध होता होगा, तो कैसा लगता होगा। उसने जब दुःशासन का वक्ष फाड़ कर उसका रक्त पीने की प्रतिज्ञा की थी, तो उस समय वह कैसा भयंकर दिखाई दे रहा होगा...

दुर्वासा के मुख से एक भी शब्द नहीं निकला। वे उठ खड़े हुए और उन्होंने अपने शिष्यों को अपने पीछे आने का संकेत किया। उन्हें लगा कि उनके अपने पाँव भी धरती पर सीधे नहीं पड़ रहे हैं।...

धात्रेयिका निरन्तर द्रौपदी को समाचार पहुँचा रही थी।...दुर्वासा के आश्रम के निकट आने की, पाण्डवों का उन्हें निमन्त्रित करने जाने की, दुर्वासा का अपने शिष्यों सहित देव नदी में स्नान करने जाने की; और पाण्डवों के आश्रम में लौट आने की सूचना उसे मिल चुकी थी।...द्रौपदी को लग रहा था कि युद्ध में जैसे सबने अपने-अपने व्यूह की रक्षा कर ली थी, और अब युद्ध उसके द्वार की ओर मुड़ रहा था। अब उसे अपना रण कौशल दिखाना था।...दुर्वासा अपने शिष्यों के साथ नदी से लौटेंगे, उसकी रसोई के सामने वाले इस खुले मैदान में बैठेंगे।...पाण्डवों के पास तो सहस्रों लोगों को बैठाने के लिये भूमि पर बिछाने के लिये उतने आसन भी नहीं थे।...यदि उन ब्रह्मचारियों के पास अपने-अपने आसन होंगे, तो वे उन्हें बिछा कर बैठ जायेंगे, अन्यथा चाहे वे वृक्षों के पत्ते तोड़कर बिछाएँ, अथवा धरती की मिट्टी पर बैठ जायें—पाण्डव कुछ नहीं कर सकते।

द्रौपदी का मन कल्पना कर रहा था कि वे लोग किसी प्रकार बाहर बैठ गये थे। रसोई का यह तथाकथित आँगन उनकी संख्या के लिये पर्याप्त नहीं था। अतः वे एक के पीछे एक पक्तियाँ बनाते हुए, वन के वृक्षों के मध्य इतनी दूर तक बैठते चले गये थे, जहाँ तक द्रौपदी की दृष्टि भी नहीं जाती थी।...उन्होंने अपने गुरु के स्वर-में-स्वर मिला कर कुछ मन्त्र पढ़े। प्रभु का स्मरण किया।

अन्न देने के लिये उसका धन्यवाद किया; और फिर अपनी दृष्टि उठा कर, भोजन की ओर देखा...किन्तु भीम और अर्जुन ने उनके सम्मुख पत्तल बिछा कर, भोजन परोसने के स्थान पर, कुछ बड़े टोकरों में, सूखा अन्न दुर्वासा के सम्मुख रख दिया...

दुर्वासा कुछ समझ नहीं पाये, "यह क्या है?" उन्होंने कड़क कर पूछा।

"आश्रम में उपलब्ध एक दिन का सारा अन्न।" भीम ने कहा, "हमने इसे पकाया नहीं है, क्योंकि जाने, आप में से कितने स्वयंपाकी ब्राह्मण हैं...और फिर हमारे पास इतना ईंधन भी नहीं है।..."

"इतने सारे ब्रह्मचारियों के लिये बस इतना सा अन्न?" दुर्वासा ने द्वन्द्व स्वर में पूछा।

"ब्राह्मण को अति भोजन से बचना चाहिए।" भीम ने उत्तर दिया, "उसे बौद्धिक कर्म करना होता है। अधिक खाने से व्यक्ति सोता अधिक है, चिन्तन कम करता है।"

दुर्वासा की आँखों से जैसे अग्नि स्फुलिंग छूटने लगे, "तुम हमें अपने द्वार पर आमन्त्रित कर हमारा अपमान कर रहे हो।"

सामने से युधिष्ठिर आ रहे थे। द्रौपदी अपनी कल्पनाओं से मुक्त हुई। युधिष्ठिर तो सर्वथा शान्त लग रहे थे। कल कितने व्याकुल थे, किन्तु आज तो तनिक से उद्विग्न भी दिखाई नहीं पड़ रहे थे।

"नकुल कहाँ है? उसे भेजो। नदी तट पर जाकर देख आये कि ऋषि अभी तक क्यों नहीं आये।"

"आप तनिक भी विचलित नहीं हैं?" द्रौपदी ने चकित स्वर में पूछा, "आप उन्हें बुलाने के लिये आतुर क्यों हैं? ऋषि का आना सुखद तो नहीं होगा। आपको उनसे भय नहीं लगता?"

युधिष्ठिर मुस्कुराये, "मुझे केवल अधर्म से भय लगता है। आज भी मैं भयभीत हूँ, इसलिये नहीं कि ऋषि मुझे शाप दे देंगे, वरन इसलिये कि मैं अपने आतिथेय धर्म की रक्षा नहीं कर पाऊँगा।..." युधिष्ठिर रुके, "और अब तो मैं उस भय से भी मुक्त हो गया हूँ। मैंने अपना धर्म और अपना भय—दोनों ही ईश्वर को सौंप दिये हैं। जो उसकी इच्छा होगी, वह हो जायेगा। यदि वह यही चाहता है कि मेरा धर्म भंग हो, मैं धर्म से स्खलित होऊँ—तो भी उसकी इच्छा पूर्ण हो।"

युधिष्ठिर नकुल को खोजते हुए आगे बढ़ गये।

द्रौपदी को लगा कि युधिष्ठिर, नकुल को खोजने नहीं आये थे, वे उसे मार्ग दिखाने आये थे। सचमुच किसी भौतिक क्षति का भय तो कोई भय ही नहीं है। पाण्डवों ने अपना इन्द्रप्रस्थ का साम्राज्य खो दिया, अपना सारा स्वर्ण, धन-वैभव खो दिया—तो क्या हो गया? आज भी वे लोग एक सुखी परिवार के समान, इस वन में जीवनायपन कर रहे हैं। वे लोग यदि अपने अपमान को भुला सकें, तो उन्हें क्या कष्ट है, इस वन में? स्वच्छ सात्विक और उल्लसित जीवन। एक-दूसरे का प्रेम कितना बड़ा संबल है।...भगवान राम ने भी तो सीता अपहरण से पहले तक, वन में अपनी पत्नी, भाई और वनवासी संगी-साथियों के साथ आनन्दमय जीवन ही व्यतीत किया था।...जीवन की आवश्यकताएँ तो बहुत थोड़ी-सी ही हैं। प्रकृति उन सबकी पूर्ति कर देती है।...किन्तु यदि अपने धर्म से स्खलित होना पड़े, अपनी मर्यादाओं का उल्लंघन करना पड़े, व्यक्ति अपने सत्य का पालन ना कर सके, तो वस्तुतः जीवन एक यातना हो जाये।... ठीक कहते हैं धर्मराज! प्रभु जिस स्थिति में रखना चाहता है, उसे तो स्वीकार करना ही पड़ता है...तो फिर हम अपनी चिन्ताएँ, अपने दुख, अपनी समस्याएँ, उसी को सौंप कर, क्यों निश्चिंत नहीं हो जाते?...कृष्ण ने कितनी बार कहा है उन लोगों से कि अपने कर्म कर, निश्चिंत हो जाओ, परिणाम की चिन्ता मत करो... धर्मराज कदाचित वही कर रहे हैं।...वैसे भी मनुष्य जब सर्वथा असहाय हो जाता है, तभी तो ईश्वर को पुकारता है। अपनी अक्षमता की घड़ी में ही तो ईश्वर के सामर्थ्य के दर्शन होते हैं। जब तक मनुष्य का अपने सामर्थ्य का भ्रम नहीं टूटता, तब तक उसे ईश्वर की शक्ति के दर्शन कहाँ होते हैं...

द्रौपदी की दृष्टि अपनी रसोई को सर्वेक्षण कर गयी...दुर्वासा पूर्वाह्न में आ गये होते, तो दस-बीस लोगों को वह फिर भी भोजन करवा देती; किन्तु इस समय तो वह एक व्यक्ति को भी भोजन नहीं करवा सकती। स्वयं कृष्ण आ जायें, तो भी द्रौपदी के पास कुछ नहीं है, उन्हें खिलाने के लिये।...और युधिष्ठिर द्रौपदी को अन्नपूर्णा कहते हैं। यह रसोई द्रौपदी की रसोई कहलाती है...इस संकट से कौन उबारेगा उसको? ईश्वर?...किन्तु वह तो किसी ईश्वर को नहीं जानती।...वह जानती है तो बस अपने सखा कृष्ण को। कुछ लोग कहते हैं कि अर्जुन और कृष्ण, नर और नारायण के अवतार हैं।...हैं या नहीं, द्रौपदी नहीं जानती। वह तो बस इतना ही जानती है कि उसे प्रत्येक संकट में कृष्ण का ही स्मरण आता है, वही उसकी अक्षुण्य शक्ति का स्रोत है, वह उसका सहारा और संबल है, वह उसकी श्रद्धा और भक्ति है, वही उसका बल और ईश्वर है—कृष्ण कहाँ हो तुम? कृष्ण!...कृष्ण!!

24

"विदुर!" कुन्ती का स्वर पर्याप्त चिन्तित था।

"हाँ भाभी!"

"काम्यकवन से कोई समाचार आया है क्या?"

"मेरे अपने दूतों में से तो कोई नहीं लौटा भाभी!" विदुर बोले, "किन्तु दुर्योधन के मित्रों में काम्यकवन की बहुत चर्चा है।"

"कैसी चर्चा?" कुन्ती के नेत्र पूरी तरह खुल गये, "कैसी चर्चा है, उन लोगों में?"

"दुर्वासा को पाण्डवों के आश्रम की ओर प्रेरित कर, दुर्योधन बहुत प्रसन्न था। उसने तो यहाँ तक घोषणा कर दी थी कि अब कोई पाण्डवों की रक्षा नहीं कर सकता। वे अन्न के अभाव में भूखे तो मरेंगे ही, दुर्वासा के क्रोध के भाजन भी बनेंगे। अपने धर्म से स्खलित होंगे। जिस तपस्वी समाज का उन्हें बहुत समर्थन प्राप्त है, उसी तपस्वी समाज में वे घृण्य माने जायेंगे।...और सारा आरण्यक तथा तापस समाज, अपने-अपने प्रभाव क्षेत्र में पाण्डवों के विरुद्ध कार्य करेगा।"

"उसकी तो सदा से यही इच्छा रही है।" कुन्ती बोली, "किन्तु आज क्या चर्चा होती रही, दुर्योधन के मित्रों में?"

"काम्यकवन के समाचारों को ले कर।"

"क्या समाचार है, यही तो पूछ रही हूँ।" कुन्ती के स्वर में उद्वेग का समावेश भी हो गया था।

विदुर मौन रहे, जैसे बोलने से पहले शब्दों का चयन कर रहे हों।...

"बोलते क्यों नहीं विदुर?"

"वस्तुतः वह समाचार नहीं है भाभी! सूचनाओं में स्पष्टता नहीं है। इसलिये वह एक प्रकार की कथा है।" विदुर बोले, "दुर्योधन के दूत सीधे पाण्डवों तक तो पहुँचे नहीं, वे उनके निकट के आरण्यकों से कुछ कथाएँ सुन कर लौट आये हैं, और उन्हीं की चर्चा हो रही है, दुर्योधन की चाण्डाल चौकड़ी में।"

"क्या चर्चा है, यही तो पूछ रही हूँ।"

"वे सुन कर आये हैं कि जब पाण्डव ऋषि की प्रतीक्षा कर रहे थे और द्रौपदी अपनी रसोई में अत्यन्त व्याकुल बैठी थी, तब उसने अत्यधिक विह्वल हो कर कृष्ण को पुकारा और कृष्ण प्रकट हो गये।"

"कृष्ण प्रकट हो गये?" पारंसवी चकित थी।

"चलो यह कह लो कि कृष्ण वहाँ आ गये।" विदुर बोले, "कृष्ण को अपने सम्मुख देख कर द्रौपदी ने यह नहीं सोचा कि कृष्ण सहसा आ कैसे गये, अथवा प्रकट कैसे हो गये? वह तो बस प्रसन्न हो गयी कि उसके सखा आ गये हैं, तो उसका संकट कट जायेगा। न उनका सारा अन्न भण्डार समाप्त होगा, न उनका आतिथ्य धर्म स्खलित होगा, न दुर्वासा की अप्रसन्नता का भय रहेगा।" विदुर ने कहा, "पांचाली ने कृष्ण को बताया कि दुर्वासा अपने दस सहस्रों शिष्यों के संग, उनके आश्रम पर पधारे हैं। पता नहीं सचमुच दस सहस्र हैं, अथवा यह संख्या कुछ अतिशयोक्तिपूर्ण है; किन्तु यह सत्य है कि बहुत बड़ी संख्या में उनके शिष्य उनके साथ हैं। वे लोग स्नान करने गये हैं। अभी लौट कर आयेंगे। उन सबको भोजन कराना है। इस समय द्रौपदी की रसोई में एक व्यक्ति के लिये भोजन नहीं था और भीम के भण्डार में इतना अन्न नहीं था। उसके प्राण सूख रहे थे कि वह उनको भोजन कैसे कराएगी।...द्रौपदी अपनी उलझन की बात कह रही थी और कृष्ण थे कि कुछ सुन ही नहीं रहे थे। वे अपनी प्रकार का उधम मचाए हुए थे कि वे बहुत दूर से आये हैं। उन्होंने प्रातः से ही कुछ नहीं खाया है। उन्हें बहुत भूख लगी है। वे कृष्णा के लिये तब तक कुछ नहीं कर सकते, जब तक कृष्णा उन्हें भोजन न करा दे। द्रौपदी ने उन्हें बहुत समझाया कि इस समय उसके पास कुछ भी तैयार नहीं है।...किन्तु कृष्ण कुछ सुन ही नहीं रहे थे। जब यह बवण्डर कुछ देर चल लिया, तो द्रौपदी रो पड़ी, 'तुम मेरी बात समझते क्यों नहीं सखा! कि मैं इसी कारण से इस उलझन में हूँ कि मेरे पास किसी को खिलाने के लिये कुछ नहीं है। तुम्हें खिलाने के लिये भी नहीं।' द्रौपदी के नयनों में अश्रु देखकर भी कृष्ण नहीं पसीजे, तनिक भी नहीं। उसी प्रकार निष्ठुर भाव से बोले, 'तुम मुझे खिलाना नहीं चाहती हो कृष्णे! इसलिये झूठ बोल रही हो।' द्रौपदी के लिये यह आरोप किसी निष्ठुर और नृशंस आघात के समान था। आँखों में अश्रु, अधरों पर पीड़ा, और वाणी में क्रोध भर कर बोली, 'तुम कितने निर्दयी हो केशव! मैं तुमसे झूठ बोलूँगी? तुमसे, जो मेरे सबसे बड़े हितैषी हो, जो मेरे सखा हो, मेरे ईश्वर हो। तुम्हें खिलाना नहीं चाहूँगी, जिसके मुख में एक ग्रास डालकर, मेरे जन्म-जन्मान्तर तृप्त हो जाते हैं। तुम्हारा सत्कार नहीं करूँगी, जिसके चरणों को अपनी बरौनियों में स्वच्छ करूँ, तो मेरी आत्मा अपनी सार्थकता पा जाये...' किन्तु कृष्ण कहाँ मानने वाले थे। उन्होंने जैसे द्रौपदी की वह करुण वाणी सुनी ही नहीं थी। बोले, "जब तक तुम मुझे रसोई का खाली भांड नहीं दिखाओगी, तब तक मैं तुम्हारी बात का विश्वास कैसे करूँगा।" 'मत करो मेरा विश्वास।' द्रौपदी ने भी अपना रोष दिखाया, 'मैं भी अब तुमसे तुम्हारे प्रत्येक कथन का प्रमाण माँगा करूँगी। मैं भी तुम्हारे वचन का विश्वास नहीं करूँगी।...'

"कैसे कह सकती है, पांचाली यह सब।" पारंसवी बोली, "मैं तो कृष्ण को अपने सामने पाती हूँ, तो बस निहारती ही रह जाती हूँ। मुख से एक शब्द भी नहीं निकलता।"

"यही तो भक्ति का माहात्म्य है। भक्त अपने भगवान से लड़ भी लेता है," विदुर बोले।

"तो पांचाली ने वह भांड कृष्ण को दिखाया?" कुन्ती ने पूछा।

"हाँ। पांचाली बहुत क्षुब्ध थी। अपने सम्मान की चिन्ता। दुर्वासा के माध्यम से सम्भावित अनिष्ट की आशंका। धर्मच्युत होने का भय।...और फिर कृष्ण का यह व्यवहार।" विदुर बोले, "वह धुला धुलाया भांड उठा लाई। 'यह देखो! अब भी विश्वास करना है, करो; मत करो।' पांचाली बोली, 'किन्तु मुझे बताओ, मैं ऋषि और उनके दस सहस्र शिष्यों के लिये भोजन कहाँ से लाऊँ?' कृष्ण द्रौपदी की चिन्ता से तनिक भी चिन्तित नहीं दिखे। उन्होंने ध्यान से उस भांड का निरीक्षण किया; और उसके एक किनारे पर, असावधानीवश लगा रह गया, शाक का पत्ता ढूँढ़ निकाला। 'मैं न कहता था, तुम झूठ बोल रही हो।' कृष्ण बोले। उन्होंने शाक के पत्ते को अपने मुख में डाल लिया। उसे चबाया, जैसे भोजन कर रहे हों। और फिर तृप्ति की एक डकार ली, जैसे उनका उदर भर गया हो। वे मुस्कराकर बोले, "तुम्हारे परोसे हुए भोजन से सम्पूर्ण सृष्टि का उदर भर गया है। कृष्णे! अब यदि दुर्वासा और उनके शिष्य यहाँ आयें। भोजन माँगें। तुम उनको छत्तीस व्यंजन भी परोसोगी, तो वो एक ग्राम भी नहीं खा सकेंगे।"

"क्या ऐसा सम्भव है?" कुन्ती ने क्षण भर भी रुके बिना पूछा, "कृष्ण ने यदि शाक का एक पत्ता खा लिया, तो सारी सृष्टि की भूख शान्त हो गयी?"

विदुर कुछ उत्तर देते, उससे पहले ही पारंसवी अधीरता से बोली, "दुर्वासा और उसके शिष्यों का क्या हुआ? वे लोग पाण्डवों के आश्रम पर भोजन करने आये, तो उन्हें क्या कहा गया?"

"कथा तो यही है कि स्नान करते-करते ही, दुर्वासा और उनके शिष्यों को अपने-अपने उदर के अफरने की अनुभूति हुई, जैसी वे भोजन से आकण्ठ पूरित हों। विदुर ने कहा, "दुर्वासा ने अपने शिष्यों की भी अपनी जैसी ही स्थिति देखी, तो बोले, 'अब यदि हम पाण्डवों के आश्रम पर गये और उनके द्वारा परोसा हुआ भोजन खा नहीं पाये, तो पाण्डव हमसे अवश्य ही रुष्ट होंगे। युधिष्ठिर धर्मराज हैं। उनका मन दुखाना उचित नहीं। ऐसा न हो कि हम वहाँ जायें, भोजन न कर पायें, और अनादर और अपमान के साथ, हमारा कोई अनिष्ट भी हो जाये।' दुर्वासा और उनके शिष्य, पाण्डवों के आश्रम में गये ही

नहीं। शायद उस आश्रम की विपरीत दिशा में ही विलुप्त हो गये। जब नकुल उन्हें बुलाने गया, तो वे नदी के तट पर अथवा उसके आस-पास कहीं दिखाई ही नहीं दिये। पाण्डवों ने उनकी बहुत प्रतीक्षा की कि पर दुर्वासा और उनके शिष्य, आश्रम के निकट कहीं दिखाई ही नहीं दिये।"

विदुर मौन हो गये। कुन्ती और पारंसवी भी कुछ आत्मलीना सी ही थीं। कोई भी कुछ नहीं बोला।

अन्त में कुन्ती ही बोली, "क्या तुम इस कथा को सत्य मानते हो विदुर! क्या ऐसा होना सम्भव है? कृष्ण शाक का एक पत्ता खा ले तो दुर्वासा और उसके दस सहस्र शिष्यों का पेट अफर जाये?"

"इतना तो यथार्थ है भाभी! दुर्योधन की प्रेरणा से दुर्वासा, अपने दस सहस्र अथवा ऐसी ही किसी बड़ी संख्या में, अपने शिष्यों के साथ, पाण्डवों के आश्रम में पहुँचे थे। यह भी यथार्थ है कि उनके भोजन के लिये युधिष्ठिर का निमन्त्रण था और पाण्डवों ने दुर्वासा की प्रतीक्षा भी की थी। यह भी यथार्थ है कि किसी भी प्रकार कृष्ण वहाँ पहुँच गये थे; और यह भी यथार्थ है कि दुर्वासा भोजन के लिये पाण्डवों के आश्रम पर नहीं पहुँचे थे...सारा रहस्य यह है कि कृष्ण के पहुँच जाने पर उन लोगों के मध्य ऐसा क्या हुआ कि दुर्वासा पाण्डवों से मुँह छिपा कर, वहाँ से भाग निकले और लौटकर कभी उनके आश्रम पर नहीं गये?"

"हाँ। रहस्य तो इतना ही है।" कुन्ती बोली, "मेरी जिज्ञासा है कि क्या तुम मानते हो कि कृष्ण में ऐसी अलौकिक शक्ति है, कि काम्यकवन में अपनी कुटिया में रोती हुई द्रौपदी उसे पुकारे और कृष्ण उसे द्वारका में अपने भवन में बैठा सुन ही नहीं ले, कुछ क्षणों में द्वारका से, काम्यकवन में पाण्डवों के आश्रम में प्रकट हो जाये?...और फिर उसके द्वारा शाक का एक पत्ता खाने भर से सारे विश्व का उदर भी भर जाये?"

विदुर ने अपनी आँखें बन्द कर लीं, जैसे ध्यानलीन होने लगे हों। कुन्ती और पारंसवी उनकी ओर देखती रहीं...क्या कर रहे हैं वे?

और तब विदुर ने अपनी आँखें खोलीं।

"कृष्ण चमत्कारी पुरुष हैं, यह तो मैं आरम्भ से ही मानता आया हूँ।" विदुर बोले, "कुछ लोग उन्हें योगीराज और योगेश्वर भी मानते हैं। योग शास्त्र कहता है कि योग की सिद्धि से मनुष्य, मानव शरीर की सीमाओं का अतिक्रमण कर, अपने मूल स्वरूप, अर्थात ईश्वर के निकट पहुँच जाता है। कार्य-कारण सम्बन्ध और प्रकृति के सामान्य नियम, उस पर लागू नहीं होते।...उससे व्यक्ति की क्षमताएँ असीम हो जाती हैं। ईश्वर के समान ही सर्वव्यापक हो जाता

है। वह सहस्रों योजन दूर का शब्द सुन सकता है। एक ही समय में एक से अधिक स्थानों पर प्रकट हो सकता है।...सम्भव है, कृष्ण ने यह सब अपने योगबल से किया हो।"

"योगीराज ही क्यों, हमारे हस्तिनापुर में तो कुछ लोग श्रीकृष्ण को ईश्वर का अवतार ही नहीं, स्वयं साक्षात नारायण का रूप भी मानते हैं।" पारंसवी बोली।

"मानने को तो अनेक लोग बहुत कुछ मानते हैं। कुछ वनवासी तपस्वियों ने मुझसे यह भी कहा था कि अर्जुन और कृष्ण नर तथा नारायण के अवतार हैं।" विदुर बोले, "व्यक्तिगत रूप में मुझे उन्हें इनमें से कुछ भी मान लेने में कोई आपत्ति नहीं है।"

"आपत्ति न होना एक बात है।" कुन्ती बोली, "और किसी बात का दृढ़ विश्वास होना, दूसरी बात! वैसे तो मुझे ही क्या आपत्ति है—कृष्ण मेरा भ्रातुष्पुत्र है।"

"मैं यह मानता हूँ भाभी! कि वैसे तो सारी प्रकृति, ईश्वर का ही रूप है। ...फिर भी ईश्वर को पृथ्वी पर प्रकट होना होता है, तो वह कोई न कोई रूप तो धारण करता ही होगा। वह अपने लिये तो पृथ्वी पर आता नहीं। आता तो वह हम जैसे मनुष्यों के लिये ही है।...तो उसे उसी रूप में आना होगा, जिसे हम जैसे मनुष्य समझ सकें, पहचान सकें।...कृष्ण, ईश्वर के अवतार हैं अथवा नहीं, वे स्वयं ईश्वर हैं अथवा नहीं—यह तो मैं नहीं जानता; किन्तु इतना तो मैं पूरी निष्ठा से मानता हूँ कि संसार में यदि धर्म कहीं है, तो वह कृष्ण के रूप में ही है। इसलिये अधर्म उनके निकट नहीं फटक सकता। यदि कृष्ण पाण्डवों के आश्रम में उपस्थिति थे, तो दुर्वासा जैसे अधर्म वहाँ फटक ही नहीं सकते थे।"

"तुम कहना चाहते हो विदुर! कि पाण्डवों के आश्रम में कृष्ण की उपस्थिति की सूचना पाकर, दुर्वासा का कुटिल मन डर गया? उसका साहस नहीं हुआ कि कृष्ण की उपस्थिति में वह पाण्डवों को वंचित करने के लिये वहाँ आ सके?"

"बहुत सम्भव है कि ऐसा ही कुछ हो भाभी!" विदुर बोले, "द्यूतसभा में भी तो पांचाली के मुख से कृष्ण का नाम सुनकर ही दुःशासन को चक्कर आ गया था। दुर्वासा, दुःशासन से अधिक दुःसाहसी तो नहीं हो सकते।"

"हाँ! हठी और कुटिल होते हुए भी, हैं तो वे एक तपस्वी ही।" कुन्ती बोली, "सात्विक शक्तियों के अस्तित्व को तो स्वीकार करते ही होंगे।"

"चलो, यही स्वीकार किया कि कृष्ण द्वारा शाक का पत्ता खा लेने पर, दुर्वासा और उनके शिष्यों का उदर पूरित हुआ हो या न हुआ हो, वे कृष्ण की उपस्थित से भयभीत हो कर, भोजन के लिये आने का साहस नहीं कर पाये; और वहाँ से उल्टे पाँव भाग गये।" पारंसवी बोली, "किन्तु प्रश्न यह है कि द्रौपदी का आह्यान कृष्ण तक कैसे पहुँचा? क्या उनमें सचमुच कोई ऐसी शक्ति है कि वे सहस्रों योजन दूर से, किसी की करुण पुकार सुन सकते हैं ...क्या वे योग शक्ति से, एक ही समय में एक से अधिक स्थानों पर प्रकट हो सकते हैं?"

"मैं इस घटना को द्रौपदी के चीरहरण वाली घटना से जोड़कर देखना चाहती हूँ।" कुन्ती ने कहा, "वहाँ भी द्रौपदी की करुण पुकार थी, यहाँ भी। वहाँ भी कुछ लोगों को लगा था कि कृष्ण सभा में वर्तमान था, यहाँ भी कृष्ण के उपस्थित होने की बात कही जा रही है।"

"हाँ! दोनों स्थितियों में पर्याप्त समानता है।" विदुर बोले।

"किन्तु तुमने ही बताया था विदुर! कि द्यूत की घटना के पश्चात् वन में कृष्ण जब मेरे पुत्रों से मिला तो उसने कहा कि वह शाल्व से युद्ध में व्यस्त था। इसलिये वह हस्तिनापुर नहीं आ सका, अन्यथा वह घटनाओं को इस प्रकार घटित नहीं होने देता।" कुन्ती ने विदुर की ओर देखा।

"हाँ! कृष्ण ने ऐसा ही कहा था।" विदुर ने स्वीकार किया।

"तो स्पष्ट है कि कृष्ण द्यूतसभा में उपस्थिति नहीं था।" कुन्ती बोली, "उसका आभास वहाँ चाहे वर्तमान रहा हो।"

"आप ठीक कह रही हैं भाभी! हम कृष्ण के कथन की अवमानना नहीं कर सकते।" विदुर बोले, "किन्तु दुर्वासावाली इस घटना में कृष्ण पाण्डवों के आश्रम में उपस्थिति थे। मैं इसका कोई स्पष्टीकरण नहीं दे सकता कि ऐसा कैसे हुआ। यह मेरे लिये भी एक रहस्य ही है। बस इतना मान लो कि कृष्ण कुछ न कुछ तो मायावी हैं ही। कोई न कोई माया तो वे रचते ही रहते हैं।"

"यदि ऐसा भी है तो कृष्ण के इतने प्रिय हो कर भी, मेरे पुत्र इतना कष्ट क्यों पा रहे हैं?" कुन्ती बोली।

"यह सृष्टि तो माया की सृष्टि है भाभी! और ईश्वर भयंकर मायावी है।" विदुर हँसे, "तुम यह भी पूछ सकती थीं कि यदि कृष्ण ईश्वर हैं अथवा ईश्वर की शक्ति लेकर उत्पन्न हुए हैं, तो उनका जन्म कारागार में क्यों हुआ था? जिसके गर्भ से स्वयं ईश्वर जन्म लेने वाला था, उस माता को इतना कष्ट क्यों सहना पड़ा? उसकी इतनी सन्तानों का वध क्यों हुआ? पर भाभी! मूल प्रश्न तो यह है कि ईश्वर क्या सुख में ही बसता है?"

"नहीं! यह तो मैं नहीं कह सकती।" कुन्ती बोली, "धन में, सम्पत्ति में, सत्ता में, शक्ति में, इन्द्रिय सुख में...अधिकांशतः पाप बसता है। धृतराष्ट्र को ही देखो।"

"तो भाभी! ईश्वर अपने प्रिय जनों को तो इस मल से दूर ही रखेगा।" विदुर बोले, "वह उन्हें धर्म देगा, सात्विकता देगा, दिव्यता और उदात्तता देगा। स्थूल सांसारिक सुख तो मनुष्य को ईश्वर से दूर ही करते हैं...तो वह अपने प्रिय जनों को वह पदार्थ क्यों दे, जिससे वे उससे दूर चले जायें?"

"ठीक कहते हो विदुर! मन में संसार हो तो ईश्वर नहीं मिलता।" कुन्ती बोली, "पर वह मेरे पुत्रों की इतनी कठोर परीक्षा क्यों ले रहा है?"

"उसने ईश्वर होते हुए भी, क्या कम कठोर परीक्षा दी है?" विदुर बोले, "भाभी! मुझे तो ऐसा लगता है कि जब तक मनुष्य कहता है कि यह काम मेरा है, उसे मैं स्वयं अपनी शक्ति से कर लूँगा, प्रभु खड़ा मुस्कराता रहता है; और जब मनुष्य स्वयं को पूर्णतः असहाय पाकर, सब कुछ उसी पर छोड़ देता है, तो ईश्वर स्वयं प्रकट हो कर उसका काम कर देता है...।"

"तुम कहना चाहते हो कि स्वयं प्रकट होने से पहले, प्रभु अपने भक्त को सर्वथा असहाय, अकिंचन तथा सर्वस्व वंचित कर देता है?" कुन्ती ने पूछा।

"कुछ ऐसा ही लगता है भाभी! मुझे।" विदुर बोले, "ईश्वर को पाने के लिये भक्त अपना सर्वस्व अर्पण करता है। अपना संसार, अपने प्राण! जब उसके और ईश्वर के मध्य कोई व्यवधान नहीं रह जाता, जब उसके प्रत्येक श्वास में वही होता है, तभी तो ईश्वर प्रकट होते हैं।" विदुर ने रुक कर कुन्ती की ओर देखा, "तुम तो वहाँ नहीं थीं..."

"कहाँ?"

"द्यूतसभा में।" विदुर ने उत्तर दिया, "मैंने स्वयं अपनी आँखों से देखा था। द्रौपदी को अपनी विद्वत्ता का अवलम्ब त्यागना पड़ा। पिता द्रुपद तथा भाई धृष्टद्युम्न उसके लिये कुछ नहीं कर सकते थे। पितृव्य भीष्म ने अपना सिर एक ओर डाल दिया था। महावीर भीमसेन एड़ियाँ रगड़ कर रह गया। अर्जुन का गांडीव कुण्ठित हो गया। धर्मराज का धर्म असहाय हो गया। द्रौपदी भरी सभा में निर्वस्त्र हो रही थी। यह स्थिति आ गयी कि उसे अपनी भुजायें उठा कर कहना पड़ा कि सिवाय ईश्वर के उसका कोई नहीं है। उस समय कोई नहीं था, उसके और प्रभु के मध्य–शासन, समाज, सम्बन्धी, पति, पद, सत्ता, सम्पत्ति, सहायक...कोई नहीं। द्रौपदी तो क्या, हम सबके प्रत्येक श्वास का यही स्वर था, 'हे प्रभु! तू ही है।' और वह प्रकट हुआ। उसने द्रौपदी की ही नहीं, पाण्डवों की, धर्म की, सबकी लाज की रक्षा की...।"

"किन्तु मुझे तो बताया गया था कि कृष्ण के नाम से दुःशासन घबरा उठा था।" पारंसवी बोली।

"कृष्ण के नाम से दुःशासन घबरा गया था," विदुर बोले, "दुर्योधन तो नहीं घबरा गया था। शकुनि, कर्ण और धृतराष्ट्र तो नहीं घबरा गये थे।...पर ऐसा क्या हो गया कि फिर किसी का साहस ही नहीं हुआ कि द्रौपदी को हाथ लगाए। सब उससे क्षमा माँगते रहे। धृतराष्ट्र तक उसकी प्रशंसा कर, उसको वरदान देने को आतुर हो उठे।"

"कुछ ऐसा ही तो इस बार भी हुआ है कि जब पाण्डव असहाय हो गये, " कुन्ती बोली, "और द्रौपदी को लगा कि वह गृहस्वामिनी की मर्यादा की रक्षा नहीं कर पायेगी, तो उसने कृष्ण को पुकारा...।"

"मुझे तो यह, भक्त की ईश्वर के निकट जाने की प्रक्रिया को, स्पष्ट करने वाली कोई कथा-सी लगती है।" पारंसवी बोली, "भक्त का भगवान के प्रति पूर्ण आत्मसमर्पण, एकाग्रता, भावना की उत्कटता, ईश्वर निर्भरता...। कौन मानेगा कि मनुष्य के हाड़ मांस में खड़े, हमारे सम्बन्धी कृष्ण, ईश्वर हैं अथवा ईश्वर के अवतार हैं। वे भी तो हम जैसे एक मनुष्य ही तो दिखते हैं।"

"देखने के लिये ही तो आँखें चाहिए पारंसवी!" विदुर बोले, "मनुष्य के शरीर में आया प्रत्येक जीव, ऊपर से देखने में एक जैसा ही लगता है; किन्तु उसकी प्रकृति, प्रवृत्तियों और आकांक्षाओं का अन्तर देखो। कोई कहता है कि ईश्वर मुझे धन दे। और कोई कहता है कि ईश्वर मुझे धन से मुक्ति दे। दुर्योधन अधर्मपूर्वक पाण्डवों का राज्य पाने के लिये कितनी बार उनकी हत्या का प्रयत्न कर चुका; और युधिष्ठिर ने अनायास चित्रसेन के बन्दी हो गये दुर्योधन को आयास मुक्त कराया। कोई अपने विलास के लिये दूसरे के मुख का कौर छीन लेता है, और कोई दूसरे का पेट भरने के लिये, अपना अन्न उसे दे देता है। दृष्टि हो तो ईश्वर दिखाई देने लगता है, पारंसवी!...कृष्ण हमारे प्रिय हैं, हमारे सम्बन्धी हैं, हम जैसे मनुष्य ही हैं...किन्तु कृष्ण का एक-एक काम कहता है कि मानवता के उद्धारक हैं, स्वयं ईश्वर हैं। यदि कृष्ण ईश्वर नहीं हैं, तो ईश्वर और कैसा होगा भाभी?"

"आप का अभिप्राय है कि कृष्ण ईश्वर हैं। तो क्या उनकी यह देह अक्षय है? उन्हें कभी कोई दुख नहीं होगा? उनकी कभी पराजय नहीं होगी?" पारंसवी ने पूछा।

"यह सब मैंने कब कहा?" विदुर हँसे, "यह तो तुम्हारी बुद्धि में आयी ईश्वरत्व की अवधारणा है, ईश्वरत्व के लक्षण नहीं।"

"तो?"

"तो यह कि दुख उसके लिये होता है, जिसके लिये सुख भी होता है। कृष्ण तो परम आनन्दमय हैं। उनके लिये सुख और दुख का भेद नहीं है।" विदुर बोले, "ईश्वर जब अपनी माया के माध्यम से प्रकट होता है, तो प्रकृति के नियमों के अधीन ही शरीर धारण करता है; और उन्हीं नियमों के अधीन देह का त्याग भी करता है। कृष्ण ने शरीर धारण किया है, तो वे उसका त्याग भी करेंगे।...और जय पराजय तो उसकी अपनी लीला है। लीला और आकांक्षा में बहुत भेद होता है। जो मार्ग उसने नियत किया है, वह उस पर चलाएगा ही। वह पाण्डवों के लिये वे सारे द्वार बन्द कर देगा, जो उनके लिये अहितकर हैं। केवल वही एक द्वार खुला रखेगा, जो उनके लिये कल्याणकारी है। इस कठोर और यातनामयी यात्रा में, वह उनकी आत्मा का मल, धो-धो कर स्वच्छ करता रहेगा। और तुम पाओगी भाभी! कि तुम्हारे पुत्र मानवों से कुछ अधिक बड़े हो गये हैं। मानवता से ऊँचे उठ गये हैं। वे दिव्य कर्म करेंगे, और दिव्य यश के भागी होंगे।"

"शायद तुम ही ठीक कहते हो विदुर!" कुन्ती बोली, "मेरे पास न तो तुम्हारे जैसी दृष्टि है, न बुद्धि। इसलिये यह सब पहले न सोच सकी, न देख सकी।"

"पर इस कथा में..." सहसा पारंसवी बोली, "आपने ही इसे कथा कहा है।...लगता है कि पाण्डवों ने, घर में एक भी व्यक्ति का भोजन न होते हुए दुर्वासा को उसके शिष्यों के साथ आमन्त्रित कर लिया; और उनके आतिथ्य का सारा दायित्व अकेली पांचाली पर डाल दिया। वह असहाय अपनी रसोई में रोती रही और कृष्ण को पुकारती रही। वे लोग उसके पति हैं कि शत्रु?"

"तुमने ठीक कहा पारंसवी!" विदुर मुस्कुराये, "इसीलिये इस सारे प्रसंग को मैंने सूचना न कह कर कथा कहा है। लगता है कि इस कथा के माध्यम से सायास, द्रौपदी की भक्ति और कृष्ण की लीला को रेखांकित करने का प्रयास किया गया है।" विदुर रुके, "और सूचना यह है कि वहाँ पाँच पाण्डव और पांचाली, तो एक प्राण हो कर रह ही रहे हैं, उनके आश्रम में रहने वाला कोई मनुष्य तो दूर, कोई पशु भी अपने दुख में अकेला नहीं है। इसलिये यह तो हम कल्पना भी नहीं कर सकते कि युधिष्ठिर ने दुर्वासा जैसे ऋषि को उनके दस सहस्र शिष्यों के साथ आमन्त्रित कर लिया होगा और उनके भोजन का सारा दायित्व पांचाली पर डाल, स्वयं तटस्थ हो, निश्चिंत हो कर बैठ गया होगा।"

"इस कथा में, द्रौपदी के प्रति उसके पतियों की संवेदन शून्यता नहीं, गृहस्थी में स्त्री के अपने अन्नपूर्णा रूप की चिन्ता ही प्रकट हो रही है।" कुन्ती बोली, "वह यह मानती है कि उसका पति, उसके विश्वास पर, कितने भी लोगों

को भोजन के लिये आमन्त्रित कर सकता है। वह अन्नापूर्णा है, इसलिये अन्न की चिन्ता वह ही करेगी।"

"जाने वास्तविकता क्या है। हम सब तो इस कथा में से अपने अनुमानों के सहारे, अपने-अपने स्पष्टीकरण ढूँढ़ रहे हैं।" विदुर बोले।

"अच्छा! अब मैं चलती हूँ। थोड़ा विश्राम करूँगी।" कुन्ती उठ खड़ी हुई। वह अपने कक्ष में आ गयी। लेटने लगी थी कि कुछ सोचकर आसन पर बैठ गई। उसने अपनी आँखें बंद कर लीं, जैसे ध्यान करना चाहती हो।

...उसे लगा कि उसकी पलकों के भीतर, पलकों के ऊपर, उसके मस्तक पर, उसके हृदय में, उसके आसपास कृष्ण ही कृष्ण थे, और कुछ भी नहीं।...

25

दुर्योधन से अपनी व्याकुलता सँभाली नहीं जा रही थी। वह न केवल कक्ष के एक कोने से दूसरे कोने तक अधैर्यपूर्वक चक्कर लगा रहा था, वरन् अपनी भिंची मुट्ठियों का भी इधर-उधर प्रहार करता जा रहा था। उसे देखकर भय होता था कि कहीं वह अपना मस्तक ही भित्ति पर न दे मारे।

"इतनी व्याकुलता का कारण क्या है युवराज?" अन्ततः शकुनि ने कुछ साहस कर पूछा।

"मातुल, अभी तक आपको मेरी व्याकुलता का कारण ही समझ में नहीं आया?" दुर्योधन झपट कर बोला, "वह दुर्वासा!..."

"हाँ! हाँ! मुझे ज्ञात है कि दुर्वासा पाण्डवों को किसी प्रकार की कोई क्षति नहीं पहुँचा सका, किन्तु उसके कारण अब अपना सिर फोड़ने से क्या लाभ? तुम स्वयं घोषयात्रा के लिये गये थे, तो उनकी कोई क्षति नहीं कर सके। तो क्या हो गया? वही बात दुर्वासा के साथ भी है।" शकुनि बोला, "उसने तुम्हें वचन दिया था कि दस सहस्र शिष्यों के साथ युधिष्ठिर के आश्रम पर जायेगा। उसने अपना वचन निभाया। वह उनके आश्रम पर गया था। यह सूचना तो तुम्हारे अपने गुप्तचर लाए हैं।"

दुर्योधन ने रोषपूर्ण दृष्टि से शकुनि की ओर देखा, "अब आप अपनी बातों से मुझे उन्मत्त ही बना देंगे। मैंने क्या उसकी इतनी सेवा इसलिये की थी कि वह काम्यकवन तक की यात्रा कर पाण्डवों के दर्शन करे? तीर्थयात्रा पर भेजा था क्या मैंने उसे?"

"अब वह उनके यहाँ भोजन करने की स्थिति में नहीं था, तो..." दुःशासन ने कुछ कहना चाहा।

"चुप! एक दम चुप!!" दुर्योधन और भी भड़क कर बोला, "उन लोगों को अपना पेट भरा-भरा लगने लगा था।...सुन चुका मैं सौ बार! यह भी सुन लिया कि कृष्ण ने वहाँ पहुँच कर द्रौपदी के हाथों शाक का एक पत्ता खा लिया था। तुम लोग चाहते हो कि मैं मूर्खतापूर्ण बातों पर विश्वास कर लूँ। सीधी-सी बात है कि लम्बी यात्रा करके गये थे दुर्वासा! मार्ग में जल का बाहुल्य नहीं है। पीने को पानी नहीं मिला होगा। प्यासे होंगे। नदी में नहाने उतरे तो इतना पानी पी लिया कि पेट ही अफर गया। पेट अफर गया था, तो सो जाते। बुद्धि तो नहीं अफरी थी। उठकर पाण्डवों के आश्रम पर पहुँचते और भोजन माँगते। उस समय नहीं खा सकते थे, तो सन्ध्या समय खाते। अगले दिन खाते। नहीं खा सकते थे, तो उनका भोजन लेकर फेंक देते, नदी में बहा देते। यहाँ क्या नहीं किया दुर्वासा ने। कुटीर बनवाए और जलाए। भोजन बनवाया और नहीं खाया। बिना पूर्व सूचना दिये, सहस्रों लोगों के लिये भोजन माँगा। मुझे इतना व्याकुल कर सकता था, तो उनके पास ठहर कर एक अथवा दो समय का भोजन भी नहीं माँग सकता था?"

"युवराज ठीक कह रहे हैं।" कर्ण बोला, "वहाँ से भाग जाने की क्या आवश्यकता थी?"

"भाग जाने की?" दुर्योधन कुछ और क्षुब्ध हो कर बोला, "विलुप्त हो जाने की। कहाँ है दुर्वासा और कहाँ हैं उसके शिष्य? लौट कर क्यों नहीं आये वे लोग?"

"क्या दुर्वासा ने तुम्हें वचन दिया था कि वे लोग लौट कर हस्तिनापुर आयेंगे?" शकुनि ने पूछा।

"नहीं ऐसा कोई वचन तो नहीं दिया था" दुर्योधन बोला, "किन्तु जो वरदान दिया था, जब वह पूरा नहीं किया, तो स्वयं आता-न-आता, कोई सूचना तो भिजवाता। और फिर उसके वे शिष्य..."

"शिष्य भी तो वहीं होंगे भैया! जहाँ उनके गुरु जी हैं।" दुःशासन बोला, "गुरु ही नहीं लौटे, तो शिष्य क्या लौटते।"

"गुरु जाये भाड़ में और उनके शिष्य जायें भट्टी में।" दुर्योधन का स्वर और ऊँचा हो गया, "मेरे सैनिकों को तो लौटना चाहिए था।"

कक्ष में पूर्ण सन्नाटा हो गया। वे तीनों स्तब्ध से दुर्योधन की ओर देख रहे थे।

दुर्योधन का ध्यान उनकी ओर गया। उसने स्वयं को सँभाला और बोला, "इस प्रकार क्या देख रहे हो मुझे, जैसे मैं विक्षिप्त हो गया हूँ। अरे इतनी-सी बात नहीं समझते कि कोई ऋषि दस सहस्र शिष्यों का पालन कर सकता है

क्या? उन्हें अपने साथ यात्रा पर ले जा सकता है? उनकी रक्षा कर सकता है? उनका भरण-पोषण कर सकता है? उनको आच्छादन दे सकता है? जब दुर्वासा हस्तिनापुर आये थे, तो उनके साथ केवल एक सहस्त्र शिष्य थे, जब उन्होंने यहाँ से प्रस्थान किया, तो उनके साथ दस सहस्त्र शिष्य थे। वे शेष नौ सहस्त्र कहाँ से आये?" दुर्योधन ने रुक कर उन लोगों की ओर देखा, "वे मेरे सैनिक थे, जो मैंने तपस्वियों के वेश में उनके साथ कर दिये थे, ताकि वे भोजनभट्ट सैनिक वहाँ जाकर उन पाण्डवों का सारा अन्न भण्डार चट कर जायें; और पाण्डव अन्न के अभाव में भूखे मर जायें। जिस स्थान को वे अपने लिये बहुत सुरक्षित समझ कर वहाँ जाकर छिप गये हैं, वह स्थान खाद्य सामग्री के अभाव में उनका काल बन जाये।..."

"यह बात आपने हमें तो बताई ही नहीं युवराज!" कर्ण की वाणी तथा मुद्रा में दुर्योधन के लिये प्रशंसा ही प्रशंसा थी...।

"सोचा था कि भूख से बिलबिलाते हुए पाण्डव यह सब बताएँगे; किन्तु देख रहा हूँ कि यहाँ मैं ही बिलबिला रहा हूँ।"

"है तो यह रहस्य की ही बात!" शकुनि बोला, "वे सैनिक कहाँ चले गये? और क्यों चले गये?"

"मेरे लिये तो यह सारा प्रसंग ही रहस्य हो गया है।" दुर्योधन कुछ शान्त स्वर में बोला, "मेरे अपने गुप्तचर जो कथा मुझे सुना रहे हैं, मुझे उस पर तनिक भी विश्वास नहीं है।"

"किस बात का विश्वास नहीं है, तुम्हें?" शकुनि ने पूछा।

"किसी बात का भी नहीं।" दुर्योधन बोला, "मेरी तो समझ में यह ही नहीं आता कि युधिष्ठिर अपनी उस स्थिति में, जब उसके पास सौ लोगों के लिये भी भोजन न हो, दुर्वासा को उसके दस सहस्त्र शिष्यों के साथ भोजन के लिये आमन्त्रित करने का साहस ही कैसे कर सकता है?"

"पाण्डवों के पास सूर्य का दिया हुआ अक्षयपात्र है न!" दुःशासन बोला।

"फिर वही बात!" दुर्योधन ने उसे घुड़का, "सूर्य ने तो सारे संसार को अक्षयपात्र दे रखा है। अक्षयपात्र की कथा, पाण्डवों के समर्थकों द्वारा गढ़ी गयी, वैसी ही कथा है, जैसी मैंने कर्ण के स्वर्ण कवच-कुण्डल की गढ़ी है।"

"उस अक्षयपात्र के अभाव में वे ऐसा दुस्साहस तो नहीं कर सकते।" कर्ण उससे सहमत हो गया।

"देखो! न तो मैं उस अक्षयपात्र को मानता हूँ, न दुर्वासा के वरदान और शाप को। न यह मानता हूँ कि कृष्ण के द्वारा शाक का एक पत्ता खा लेने के

पश्चात् अब दुर्वासा को आजीवन भोजन करने की आवश्यकता नहीं होगी।" दुर्योधन बोला, "इस सारी कथा में रहस्य यह है कि कृष्ण वहाँ कैसे पहुँच गया और उसने ऐसा क्या किया कि दुर्वासा उन दस सहस्र लोगों के साथ किसी अन्धे कुएँ में जा गिरा।"

"यह कृष्ण कोई न कोई जादू जानता है।..." दुःशासन बोला।

दुर्योधन ने उसे घूर कर देखा और दुःशासन की शेष बात उसके मुख में ही रह गयी।

"युवराज की जय हो।"

दुर्योधन ने दृष्टि उठाकर देखा : द्वार पर उसकी प्रिय दासी वर्तिका खड़ी थी।

"युवराज! गुरुपुत्र अश्वत्थामा पधारे हैं।"

"लिवा लाओ।" शकुनि ने कहा और दुर्योधन की ओर देखा।

दुर्योधन ने कुछ नहीं कहा। वर्तिका लौट गयी।

अश्वत्थामा के आने तक वे लोग मौन ही रहे।

दुर्योधन ने अश्वत्थामा को बैठने भर का समय दिया और पूछा, "गुरुपुत्र! क्या तुम संसार में चमत्कारों का अस्तित्व मानते हो?"

"मैं चमत्कारों को नहीं मानता; किन्तु सृष्टि के नियमों का ज्ञान न होने के कारण लोग ऐसी अनेक घटनाओं को चमत्कार मान लेते हैं, जो प्रकृति के नियमों के अधीन अवश्यम्भावी रूप में घटित हो सकती हैं।" अश्वत्थामा बोला, "तुम लोग इस समय क्या चमत्कारों पर विवाद कर रहे हो?"

"हाँ।" दुर्योधन बोला, "हम लोग यह जानना चाहते हैं कि संसार में चमत्कार सम्भव हैं क्या? एक व्यक्ति जो काम नहीं कर सकता, क्या दूसरा व्यक्ति वह कर सकता है?"

"हाँ! क्यों नहीं!" अश्वत्थामा मुस्कुरा कर बोला, "तुम्हारी दासी भोजन पका सकती है, तुम नहीं पका सकते; या कोई भी साधारण स्त्री गर्भ धारण कर सकती है, किन्तु हस्तिनापुर के युवराज वह नहीं कर सकते।"

"मैं गम्भीरता से पूछा रहा हूँ।" दुर्योधन बोला, "तुम इसे परिहास समझ रहे हो?"

"नहीं! इसमें परिहास की क्या बात है। मैं भी पूरी गम्भीरता से ही कह रहा हूँ।" अश्वत्थामा ने कहा।

"मैं पूछ रहा हूँ कि कृष्ण क्या कुछ ऐसा असाधारण प्राणी है कि वह मनुष्य न हो कर भगवान हो गया है?" दुर्योधन बोला, "वह साधारण मनुष्य नहीं है क्या?"

"जहाँ तक मानव रूप में जन्म लेने की बात है, कृष्ण भी साधारण मनुष्य ही हैं। उनका भी हमारे जैसा ही शरीर है। वैसी ही आवश्यकताएँ और सीमाएँ हैं, जैसी अन्य मनुष्यों की हैं।" अश्वत्थामा बोला, "किन्तु यदि उनकी आत्मा के विकास की बात कहो, तो वे असाधारण हैं। महामानव हैं। उनके सारे कर्म कहते हैं कि वे किसी सामान्य मनुष्य के समान लोभ, मोह, काम, क्रोध इत्यादि का जीवन नहीं जी रहे। वे एक दिव्य जीवन जी रहे हैं। इस दृष्टि से वे असाधारण हैं। महामानव हैं। उनमें इतनी ईश्वरीय विभूतियाँ हैं कि वे स्वयं ईश्वर हो गये लगते हैं। हम जिस प्रकार बन्धनों से बँधे हैं, वैसे बद्ध जीव नहीं हैं कृष्ण। वे मुक्त हैं, सारे प्राकृतिक बन्धनों से मुक्त हैं।..."

"लो! यह भाई तो युधिष्ठिर का भी गुरु निकला।" दुर्योधन बोला, "जितना मुक्त है कृष्ण, वह उस दिन पता चलेगा, जिस दिन वह मेरे हत्थे चढ़ गया। न मैंने उसे बन्दी किया, न रस्सियों में बाँध कर उसे घसीटा, तो कहना मुझे। उस दिन पूछूँगा कि वह ईश्वर है अथवा ईश्वर का अवतार।"

"मेरी एक बात सुनो दुर्योधन!" अश्वत्थामा ने एक प्रकार से उसे डाँट दिया, "तुम्हें जो करना हो, करते रहना। पर यह समझ लो कि जो पदार्थ स्थूल हो कर मिट्टी के रूप में वर्तमान है, वही जल, वायु तथा सूर्य की रश्मियों की सहायता से, वृक्ष के माध्यम से स्वादिष्ट से स्वादिष्ट फल के रूप में प्रस्तुत किया जाता है। यह वही अन्न है, जो तुम खाते हो और तुम्हारे शरीर में वह रक्त भी बनता है, और मल भी। वही अन्न है जो गो के शरीर में जाकर स्वादिष्ट दूध बनता है, जिससे तुम्हारे शरीर का पोषण होता है। वैसे ही इस मानव शरीर में जो आत्मा है, वह उसे घृणित भी बना देती है और दिव्य भी। मनुष्य अपना विकास कर ईश्वर के समान दिव्य हो सकता है। वह मनुष्य की ही विकसित स्थिति है। इसमें कोई चमत्कार नहीं है। यह तो प्रकृति का नियम मात्र है।"

"मेरा युद्ध पाण्डवों से ही नहीं है," दुर्योधन बोला, "मुझे तुम्हारे उस लाड़ले कृष्ण से भी निबटना है। उसका सारा ईश्वरत्व झाड़ कर रख दूँगा। मेरी ही मूर्खता थी कि मैंने दुर्वासा जैसे व्यक्ति पर भरोसा किया। इस बार एक ऐसे व्यक्ति को भेजूँगा, जो दुर्वासा जैसा मूर्ख न हो। जिसका पेट कृष्ण का नाम सुनकर ही न अफर जाये। देखता हूँ, कृष्ण कैसे बचाता है पाण्डवों को।"

सबके मन में प्रश्न था कि दुर्योधन क्या सोच रहा है, किन्तु किसी ने भी पूछा नहीं। अश्वत्थामा को विश्वास नहीं था कि दुर्योधन उसे कुछ बताएगा और शेष लोग अश्वत्थामा की उपस्थिति में दुर्योधन से इस विषय में कुछ पूछना नहीं चाहते थे।

एक संक्षिप्त मौन के पश्चात् अश्वत्थामा ने ही पूछा, "तो तुम क्या समझते हो, युवराज! दुर्वासा भोजन के लिये पाण्डवों के आश्रम में क्यों नहीं लौटे?"

"यह तो स्पष्ट ही है कि वह कृष्ण से डर गया।" दुर्योधन ने कहा, "मुझे जानना यह है कि कृष्ण वहाँ पहुँच कैसे गया और उसने ऐसा क्या किया, क्या कहा कि दुर्वासा भयभीत मूषक के समान काँपते-काँपते भाग गया।"

"यह तो तुम्हें श्रीकृष्ण ही बता सकेंगे या फिर दुर्वासा।" अश्वत्थामा बोला, "मैं तो तुम्हें पिता जी का यह संदेश देने आया था कि अपनी सेना के लिये उन्होंने कुछ नवीन व्यूहों के प्रशिक्षण की योजना तैयार की है। वे चाहते हैं कि तुम किसी समय उनके साथ बैठ कर उनको समझ लो और विचार-विमर्श कर लो।"

अश्वत्थामा उठ खड़ा हुआ, "अच्छा चलता हूँ।"

दुर्योधन ने उसे रोकने का प्रयत्न नहीं किया। वह चुपचाप उसे जाते हुए देखता रहा।

"इन पिता-पुत्र का पाण्डवों के प्रति मोह, तथा कृष्ण के प्रति भक्ति देख कर मन होता है कि इन्हें इसी क्षण हस्तिनापुर से निष्कासित कर दूँ, किन्तु फिर स्मरण हो आता है कि युद्ध हुआ तो इन दोनों की हमें बहुत आवश्यकता होगी।"

"तुम्हें यह नहीं लगता दुर्योधन! कि युद्ध का अवसर उपस्थित होते ही, ये पिता-पुत्र तुम्हें त्याग कर पाण्डवों के पक्ष में जा सकते हैं?" शकुनि ने पूछा।

"वही उनके लिये अधिक स्वाभाविक है; किन्तु पाण्डवों का पक्ष द्रुपद का पक्ष है।" दुर्योधन बोला, "पाण्डव द्रुपद का त्याग नहीं कर सकते और द्रुपद, आचार्य द्रोण को क्षमा नहीं कर सकता। यह आचार्य भी जानते हैं कि यदि वे पाण्डवों की सेना में जा भी मिले, तो भी द्रुपद तथा धृष्टद्युम्न, सबसे पहले, उनका ही वध करेंगे।"

"युवराज! तुम किसी और को पाण्डवों की सेवा में भेजने की चर्चा कर रहे थे।" कर्ण बड़े मधुर ढंग से मुस्कुरा रहा था।

"हाँ। इस बार किसी ऐसे व्यक्ति को भेजना चाहता हूँ, जो मरुभूमि से कुछ परिचित हो। उससे घबराए नहीं। कुछ समय तक प्यासा रह सकता हो, ताकि नदी में नहाने उतरे, तो भोजन करने से पहले ही पानी पी-पी कर अफर न जाये।"

26

स्नान के लिये सरिता तट पर जाने के लिये द्रौपदी ने धात्रेयिका को पुकारा। धात्रेयिका आ तो गयी, किन्तु वह एकदम सहज नहीं थी। उसकी आँखों में जैसे भय समाया हुआ था, और चेहरे का वर्ण उड़ा-उड़ा सा प्रतीत हो रहा था।

"क्या बात है धात्रेयिका! स्वस्थ तो हो?"

"स्वस्थ तो हूँ देवि!" धात्रेयिका अत्यन्त दुर्बल स्वर में बोली, "किन्तु मैं सत्य कह रही हूँ।"

"क्या सत्य कह रही हो!" द्रौपदी हँसी, "अभी तो तुमने कुछ कहा ही नहीं है।"

"आपसे नहीं कहा, किन्तु अपने पति से कहा था।" वह बोली, "वे मेरा विश्वास ही नहीं करते। कहते हैं कि मैंने कोई सपना देखा होगा।"

"किन्तु वह स्वप्न नहीं था?"

"नहीं स्वामिनी!"

"अच्छा क्या देखा था तुमने?" द्रौपदी ने सरिता की दिशा में पग बढ़ाते हुए पूछा, "जो तुम्हारे अनुसार सत्य है, और इन्द्रसेन के अनुसार स्वप्न है।"

धात्रेयिका ने एक संकोचपूर्ण दृष्टि उस पर डाली और फिर साहस कर बोली, "आज प्रातः समय से कुछ पूर्व ही मेरी निद्रा उचट गयी थी। मैं कुटीर से बाहर निकली, तो मुझे ऐसा आभास हुआ कि हमारे द्वार पर, कोई पशु खड़ा था, जो मेरे कपाट खोलने के कारण वहाँ से हट गया था।...अभी कुछ अन्धकार था, इसलिये मन में यह भी आया कि सम्भवतः मुझे भ्रम ही हुआ होगा। किसी वृक्ष की छाया को मैंने बड़ा पशु मान लिया होगा। हमारे आश्रम क्षेत्र में कोई पशु आ कैसे सकता है? फिर भी मैंने इधर-उधर दृष्टि दौड़ाई। मैंने देखा कि एक सिंह और सिंहनी हमारे आश्रम क्षेत्र से निकल कर, सघन वन की ओर जा रहे थे। वे न ही आक्रमण की मुद्रा में थे और न ही भयभीत लग रहे थे। उनकी गति बहुत वेगवान भी नहीं थी, जैसी कि किसी लक्ष्य तक पहुँचने के लिये होती है। वे तो जैसे अपने लिये कोई ठौर-ठिकाना ढूँढ़ रहे थे।"

वे दोनों देव नदी के तट पर पहुँच गयी थीं। नदी में इन दिनों जल अधिक नहीं था। उसका पाट भी संकीर्ण हो गया था और वह कुछ उथली भी हो गयी थी। पर वन में अभी जल का इतना संकट भी नहीं हुआ था कि वन में से निकल कर हिंस्र पशु जल की खोज में नदी के उन तटों पर भी आने लगें, जहाँ मनुष्यों का आवागमन था।

जल में प्रवेश करने से पहले, द्रौपदी ने रुक कर धात्रेयिका की ओर देखा, "तो उस सिंह युगल को देख कर, तुमने क्या किया?"

"मैं स्तम्भित खड़ी रह गयी स्वामिनी!" धात्रेयिका बोली, "कितने ही समय तक न मेरे पग उठे, न मेरी जिह्वा हिली। मैं सोचती ही रही कि ये सिंह हमारे आश्रम के किसी भी कुटीर में प्रवेश पा गये होते, तो अब तक क्या घटित हो गया होता!...जब कुछ सँभली तो मैं कुटीर में लौट आयी। मैंने अपने पति को बताया। उनकी नींद अभी पूरी नहीं हुई थी, इसलिये उन्होंने इसे मेरा स्वप्न कह कर टाल दिया और फिर सो गये।"

"तेरा अब भी विचार है कि वे सिंह ही थे?"

"हाँ स्वामिनी!"

"अच्छा अब तू निर्भय हो कर स्नान कर।" द्रौपदी ने जल में प्रवेश किया, "लौट कर मैं धर्मराज से कह दूँगी। वे कोई व्यवस्था कर देंगे, जिससे देखा जा सके कि आश्रम के आसपास कहीं कोई हिंस्र पशु तो नहीं है। मध्यम पाण्डव का तो मनोरंजन यही है कि वे ऐसे हिंस्र पशुओं का संधान कर उनका आखेट करें।"

धात्रेयिका का भय कुछ कम हुआ। देवी पांचाली ने उसका अविश्वास नहीं किया था। उनके कहने पर धर्मराज कुछ करें अथवा न करें, किन्तु मध्यम पाण्डव अवश्य ही सिंह की खोज में निकल पड़ेंगे।

और सहसा द्रौपदी ही चौंक पड़ी : दो अश्वारोही वन में से कहीं से अपने अश्व दौड़ाते हुए आये; और अश्वों को जल पिलाने के लिये नदी की धारा तक पहुँच गये।

उनकी दृष्टि भी वहाँ स्नान करती द्रौपदी और धात्रेयिका पर पड़ी। वे लोग क्षण भर को तो स्तब्ध खड़े रह गये, किन्तु अगले ही क्षण अपने अश्वों के मुँह मोड़ कर उन्हें सरपट दौड़ते हुए लौट गये।

द्रौपदी और धात्रेयिका ने आश्चर्य से एक-दूसरे की ओर देखा : कौन हो सकते थे वे? ये अश्व तथा अश्वारोही उनके आश्रम के तो थे ही नहीं। उनके आश्रम का कोई पुरुष इस ओर नहीं आता। और आया होता तो उन्हें देख कर इस प्रकार भाग क्यों जाता? अपने रथों के अश्वों को द्रौपदी भली प्रकार पहचानती थी। वे अश्व उनके नहीं थे। और फिर अपने अश्वों की देखभाल तो पाण्डव स्वयं करते थे। नकुल तो अपना प्रमुख कार्य यही मानते थे। या फिर इन्द्रसेन और विशोक उनकी सेवा टहल करते थे। तो फिर...

उनका मन न स्नान में लगा और न ही जलक्रीड़ा में। वह यथाशीघ्र जल से निकल आईं और आश्रम की और लौट पड़ीं। मार्ग में उन्हें कुछ भी असाधारण

दिखाई नहीं दिया। न कोई अपरिचित व्यक्ति दिखाई दिया; न कोई वन्य पशु; और न ही अश्वों के समों के चिह्न!...

भीम ने द्रौपदी को आश्रम में लौट आयी देख कर कुछ आश्चर्य से कहा, "बहुत जल्दी लौट आयी आज! क्या नदी का जल एकदम सूख गया है, अथवा देव नदी के प्रवाह ने अपना स्थान बदल लिया है?"

द्रौपदी ने उसे सारी घटना बताई। वह धात्रेयिका वाली घटना बताना भी नहीं भूली।

भीम गम्भीर हो गया, "दोनों घटनाएँ, एक-दूसरे की पूरक हैं। इसका अर्थ इतना ही है कि हमारे आश्रम के आसपास मनुष्यों का कोई बड़ा समूह आया है। उन्हीं के कारण ये वन्य पशु अपने स्थानों से विस्थापित हुए हैं और अपने लिये नये स्थान खोजने के लिये अनजानी दिशाओं में घूम रहे हैं।...किन्तु वे अश्वारोही इस प्रकार भागे क्यों, जैसे उनका यहाँ आना गोपनीय हो और वे किसी के सामने प्रकट न होना चाहते हों।" उसने द्रौपदी को आश्वस्त करती दृष्टि से देखा, "तुम चिन्ता मत करो देवि! हम अभी जायेंगे और उन मनुष्यों को भी खोजेंगे तथा उन वन्य पशुओं को भी। हमारा आश्रम सुरक्षित रहना चाहिए।"

धर्मराज यज्ञ में पूर्णाहुति देकर उठ खड़े हुए। अर्जुन भी अपना ध्यान पूर्ण करके आ गया था। थोड़ी ही देर में पाँचों पाण्डवों में परामर्श हो गया। रथ प्रस्तुत हो गये। उनमें शस्त्रास्त्र रख दिये गये। उनकी जाने की दिशाएँ निश्चित् हो गयीं।

जाने से पूर्व युधिष्ठिर ने धौम्य से पूछा, "मुनिवर! आप आशंकित तो नहीं हैं? वैसे हम लोग दूर तो जा ही नहीं रहे। चारों दिशाओं में देखेंगे कि सचमुच कुछ असाधारण है, अथवा वह सब पांचाली के भीरु मन की कल्पना ही थी।"

"नहीं। आश्रम की ओर से आप निश्चिंत रहें।" धौम्य बोले, "पीछे मैं हूँ। मुनि तृणबिन्दु हैं। कुछ और साधक भी अपने कुटीरों तथा आसपास के क्षेत्र में होंगे। वैसे भी आश्रम के निकट यदि कोई संकट होगा, तो वह आप लोगों की दृष्टि से छिपा नहीं रहेगा। अभी तक कोई आरण्यक भी हमें यह सूचना देने नहीं आया है कि मनुष्यों का कोई समूह, इस ओर आया है, अथवा आ रहा है।..."

पाण्डव निश्चिंत हो कर चले गये।

काम्यकवन के दूसरे कोने में वृक्षों के पीछे अतिगोपनीय रूप से जयद्रथ के रथ तैयार खड़े थे। उसके गुप्तचर उसे लगातार सूचनाएँ पहुँचा रहे थे।

"पाँचों पाण्डव तथा उनके विश्वस्त सेवक, आश्रम से निकल चुके हैं महाराज!"

जयद्रथ ने अपने गुप्तचर की ओर देखा, "किस दिशा में गये हैं?"

"वे लोग चारों दिशाओं में गये हैं।" गुप्तचर ने बताया।

"यदि वे चारों ही दिशाओं मे गये हैं, तो हमारे लिये तुमने कौन-सी दिशा निश्चित की है?"

"वे चारों दिशाओं में गये हैं महाराज! इसलिये दिशासन्धियाँ तो निर्विघ्न हैं। आपकी यात्रा प्रचलित मार्गों से नहीं है। आप हमारे अश्वारोहियों द्वारा निर्मित नये मार्गों से जायेंगे। उस मार्ग का तो पाण्डवों को अभी ज्ञान ही नहीं है।"

"तो यह ध्यान रहे कि उन सब लोगों को कोई-न-कोई ऐसा प्रमाण मिलता रहे, जिससे वे हमारी खोज में आगे-से-आगे बढ़ते जायें और कम-से-कम आधे दिन तक आश्रम में न लौट सकें।" जयद्रथ ने रुक कर उसे देखा, "अब आश्रम में कौन है?"

"आश्रम के भीतर तो हमारे किसी गुप्तचर ने प्रवेश नहीं किया है महाराज! किन्तु पाँचों पाण्डव को बाहर जाते देखा गया है। इसका अर्थ है कि आश्रम में कोई पुरुष होगा भी तो योद्धा नहीं होगा।" गुप्तचर ने बताया।

"ठीक है। तुम अब जाओ।" जयद्रथ बोला।

गुप्तचर प्रणाम कर चला गया। जयद्रथ वहीं खड़ा उसे जाते देखता रहा। फिर उसने पलट कर अपने रथ की ओर देखा। सारथि तैयार था। शिविनरेश सुरथ का पुत्र कोटिकास्य उसके रथ के निकट खड़ा प्रश्नवाचक दृष्टि से उसकी ओर देख रहा था।

"आओ काटिक!" जयद्रथ ने उसे पुकारा, "चलने का समय हो गया।"

"और शेष लोग?"

"अब शेष लोगों की वहाँ क्या आवश्यकता है?" जयद्रथ बोला, "आश्रम में पाण्डव हैं नहीं। वहाँ कोई योद्धा नहीं है। बस जाकर पांचाली को उठा ही तो लाना है। तो फिर उसके लिये इतने लोगों का क्या काम? हम दो व्यक्ति ही चलते हैं। शेष लोग यहाँ प्रस्तुत रहें। यदि पाण्डव इधर से अपने आश्रम की ओर लौटते दिखाई पड़ें, तो वे उन्हें रोकें। अन्यथा हमारे लौटते ही, हमारे साथ प्रयाण करें। हम एक बार काम्यक पार कर अपने मरुप्रदेश में प्रवेश कर जायें, तो फिर पाण्डवों का कोई भय नहीं है।"

"यह तो कोई बात न हुई सिन्धुराज!" त्रिगर्त का राजा क्षेमंकर आगे बढ़ आया, "हम भी तो तुम्हारी वरयात्रा में आये हैं। अब हम ही उस सुन्दरी का अपहरण न देखें, तो क्या आनन्द! हम तो साथ ही चलेंगे मित्र! युद्ध करना पड़ेगा तो युद्ध कर लेंगे, अन्यथा उस सुन्दरी के साथ तुम्हारी खींचतान ही देख लेंगे। हम कांपिल्य में हुआ पांचाली का स्वयंवर तो देख नहीं पाये, अब वन में हुआ उसका अपहरण तो देखें।"

"इसे अपहरण क्यों कहते हो?" जयद्रथ के भाई बलाहक ने कहा, "यह भी तो एक प्रकार का स्वयंवर ही है।"

"स्वयंवर कैसे है यह?" कोटिकास्य ने पूछा, "इसमें अन्य प्रतिस्पर्धी कहाँ हैं? और पांचाली को चयन की सुविधा भी नहीं है।"

"देखो भाई! यदि तुम समझ सको, तो यह स्वयंवर ही है। और स्वयंवर भी कैसा, वीर्यशुल्का का।"

"कैसे?" क्षेमंकर ने पूछा।

"सिन्धुराज ने संसार की अन्य सारी अविवाहिता राजकुमारियों को छोड़, इस विवाहिता का वरण स्वयं ही तो किया है। तो स्वयंवर हुआ न!" बलाहक बोला, "और फिर देखो कैसे वीरतापूर्वक उसका हरण होगा। जिसका अपहरण किया जाये, वह तो होती ही वीर्यशुल्का है। वीरता का शुल्क चुकाए बिना आज तक किसी का अपहरण हुआ है।" बलाहक ने अट्टहास किया।

"तुमने तो एक नये शास्त्र का ही प्रणयन कर दिया ऋषिवर!" कोटिकास्य हाथ जोड़ कर उसके सम्मुख धरती पर बैठ गया, "हम तो आज तक अपने अज्ञानवश कुछ और ही समझे बैठे थे।"

"यह चयन मेरा नहीं, युवराज दुर्योधन का है मित्रो! मैं तो बस अपने श्यालक की इच्छा पूर्ण कर रहा हूँ।"

"चयन किसी का भी हो। स्वयंवर की इस परिभाषा से तो विवाहिताओं की माँग बहुत बढ़ जायेगी।" क्षेमंकर बोला, "कन्या अपने स्वयंवर में जिस राजा का वरण नहीं करेगी, राजा बाद में इस नयी परिभाषा के अनुसार अपना स्वयंवर कर उसका अपहरण कर लिया करेगा।"

"यह एक प्रकार से अबला-उद्धार भी है।" बलाहक बोला, "देखो तो कितना अत्याचार है कि एक राजकुमारी से विवाह कर उसे वनवासिनी बना दिया जाये। बेचारी पांचाली कितनी दुखी होगी। सिन्धुराज उसका उद्धार करेंगे और उसे फिर से सौभाग्यशाली जीवन व्यतीत करने का अवसर देंगे।"

इस बार जयद्रथ का अट्टहास सबसे ऊँचा था, "मैं तो समझ रहा था कि मैं दुर्योधन की इच्छा पूर्ति मात्र कर रहा हूँ। यह तो मुझे आज ही ज्ञात हुआ कि मैं एक अबला का उद्धार भी कर रहा हूँ।"

"देखो मित्र! अब इतना बनो भी मत।" अनीक ने कहा।

"अपना अभिप्राय स्पष्ट करो।" जयद्रथ मुस्कुरा कर बोला।

"यह अपहरण-प्रस्ताव युवराज दुर्योधन का रहा हो सकता है; किन्तु हमें पूरी सूचना है कि कांपिल्य में पांचाली के स्वयंवर के अवसर पर ही उसके एक अपांग मात्र से तुम ऐसे आहत हुए थे कि आज तक वह घाव भरा ही नहीं। ...पर बन्धु! अब पांचाली वह पांचाली तो हो नहीं सकती। कहाँ अविवाहित किशोरी पांचाली और कहाँ पाँच पतियों की भार्या, पाँच किशोर पुत्रों की माता पांचाली! दोनों में बहुत अन्तर है।" अनीक बोला।

"लगता है तुमने कभी पांचाली के दर्शन नहीं किए।" क्षेमंकर उससे असहमत हो गया, "एक बार उसे देख लो तो अपनी नयी-नवेली को भी भूल जाओगे।"

"चलो भाई चलो। तुम लोग भी किस विवाद में पड़ गये।" जयद्रथ को सहसा जल्दी मच गयी थी, "शेष लोगों से भी पूछ लो। जिस-जिस को चलना हो, साथ चलो। जो न चलना चाहे, वह यहीं से आगे चलने को प्रस्तुत मिले।"

वे सब ही तैयार थे। कोई भी पीछे रुकना नहीं चाहता था। कुलिन्द राजकुमार, इक्ष्वाकुवंशी सौबल, सौवीरा के बारहों राजकुमार...कोई भी पीछे रहना नहीं चाहता था।...

जयद्रथ ने गुप्तचर से दिशा और स्थान ठीक-ठीक समझ लिया था; किन्तु यह वन था, नगर तो था नहीं कि नाक की सीध चलता और ठीक-ठीक स्थान पर जा पहुँचता। सावधान रहना आवश्यक था। सम्भव है कि पाण्डवों ने अपनी सुरक्षा के कुछ गुप्त प्रबन्ध भी कर रखे हों, जिसका उसके गुप्तचरों को पता न चला हो। समय भी व्यर्थ नहीं खोना था। ठीक है कि उसने पाण्डवों को दूर ले जाने की व्यवस्था कर रखी थी; किन्तु किसी भी कारण से यह व्यवस्था पूर्णतः सफल न हो पायी और पाण्डव लौट आये तो उसकी योजना असफल भी हो सकती थी।...

...ठीक है। यह आश्रम जैसा ही कोई स्थान था, जिसके मध्य में यह कुटीर था।

जयद्रथ ने सारथि को संकेत किया और रथ रुक गया। उसने स्वयं रथ से उतर कर दो-एक चक्कर लगा कर निरीक्षण किया। चलता-चलता वह कुटीर

के पर्याप्त निकट चला गया। यह कैसे निश्चित हो कि यह पाण्डवों की ही कुटिया है। यह किसी साधारण वनवासी की कुटिया भी तो हो सकती थी। या फिर पाण्डवों के किसी सहयोगी की।...

तभी उसे कुटिया के द्वार पर एक स्त्री दिखायी दी।...कौन है यह? इतनी दूर से वह उसे बहुत स्पष्टता से नहीं देख सकता था। जहाँ तक वह उसे देख पा रहा था, उसकी वेशभूषा साधारण आरण्यकों की सी ही थी। ...किन्तु उसका रूप साधारण आरण्यकों का सा नहीं था।...वह असाधारण सुन्दरी थी। इस वन में ऐसा रूप! अवश्य ही वह पांचाली ही थी। जयद्रथ सर्वथा उपयुक्त स्थान पर पहुँचा था।...कांपिल्य में उसके स्वयंवर के समय उसे देखा था। राजसूय यज्ञ के अवसर पर भी वह उसके रूप को देख-देख कर पीड़ित हुआ था। द्यूतसभा में उसके रूप को ही नहीं, उसके व्यवहार को देखने का भी अवसर मिला था। किन्तु उस बात को भी अब बारह वर्ष होने को आये। इतने समय में कुछ परिवर्तन तो होना ही था।...किन्तु यह स्त्री तो सर्वथा युवती लग रही है। यह पांचाली की अवस्था की तो लग ही नहीं रही है।...

जयद्रथ ने अपने होंठ काटे...यदि यह पांचाली नहीं है, तो भी वह इसको छोड़ेगा नहीं। पांचाली मिले न मिले। वह इसे तो अपने साथ ले ही जायेगा। ऐसी स्त्री मिल जाये, तो फिर पांचाली के लिये भी भटकने की क्या आवश्यकता थी?...पर यह है कौन? यह कोई मुनि कन्या नहीं हो सकती। कन्या तो यह है ही नहीं। कोई ऋषिपत्नी, इतनी सुन्दर नहीं हो सकती।...है भी तो क्या? जयद्रथ को उसकी आवश्यकता है। ऐसी देव सुन्दरियाँ आरण्यकों के कुटीरों में रहेंगी, तो राजमहलों के लिये राजरानियाँ कहाँ से आयेंगी?...

जयद्रथ मन-ही-मन सहस्रों प्रश्नों से जूझता हुआ, अपने रथ के पास लौट आया।

"तुमने कुछ देखा कोटिक?" उसने कोटिकास्य से पूछा।

"हाँ। एक अप्सरा देखी तो है।" काटिकास्य बोला, "पर क्या वह पांचाली है?"

"कोटिक! तुम उसके पास जाओ। उससे पूछो, वह कौन है। उसके पति और पिता का नाम पूछो।" जयद्रथ अधीरता से बोला।

"उसने अपने पति का नाम बता दिया, तो प्रेम निवेदन कैसे करोगे उस विवाहिता से?" कोटिकास्य हँस रहा था।

"वह सब मैं कर लूँगा। कह दूँगा कि वह विवाहिता है; किन्तु अपने पति के साथ प्रसन्न नहीं है। महत्त्वपूर्ण यह नहीं है कि वह विवाहित है अथवा

नहीं। महत्त्वपूर्ण यह है कि वह प्रसन्न है या नहीं। जाओ, तुम केवल पता लगा कर आओ कि वह है कौन।" जयद्रथ बोला, "वह पांचाली है तो ठीक है। नहीं है, तो भी मुझे यह स्त्री चाहिए ही। विवाहिता है, तो; अविवाहिता है तो। मेरे जीते जी, अब वह यहाँ नहीं रह सकती। जाओ। उसका परिचय प्राप्त कर, शीघ्र लौटो।"

कोटिकास्य रथ से उतर आया। उसने घूम कर कुटीर का परिदृश्य देखा। चारों ओर एक प्रकार की बाड़ लगा कर कुटीर का घेर बनाया गया था। घेर के भीतर प्रवेश के लिये द्वार भी बनाया गया था। भीतर पहुँचने के मार्ग में बाधा कोई नहीं थी, किन्तु मार्ग संकेतित अवश्य था। वह उचित मार्ग से चलता हुआ, प्रवेश द्वार पर आया। द्रौपदी कुटिया के द्वार के निकट खड़ी थी। घेर के प्रवेशद्वार तथा उसमें बीस-पच्चीस हाथ की दूरी रही होगी। कोटिकास्य ने पुकार कर द्रौपदी का ध्यान अपनी ओर आकृष्ट किया। वह स्पष्ट कर देना चाहता था कि वह चोरी-छिपे नहीं आया है और उसका कोई अन्यथा उद्देश्य भी नहीं है।

द्रौपदी ने उसकी ओर देखा : वह चौंकी। आज प्रातः से ही वह अपरिचित लोगों को देख रही थी। इस समय उसके पति भी आश्रम में नहीं थे। यह व्यक्ति राजसी वेशभूषा में था। कौन था वह? यात्री था? आखेटक था? राजा था? राजपुरुष था? व्यापारी तो वह नहीं हो सकता। राजकर्मचारी जैसा भी नहीं लग रहा था कि वह मान लेती कि वह हस्तिनापुर से कोई संदेश लाया है...

वह सहज रूप से चलता हुआ द्रौपदी के पर्याप्त निकट आ गया था।

"मैं शिवि नरेश सुरथ का पुत्र कोटिकास्य हूँ। अपने मित्रों के साथ आया हूँ।" उसने द्रौपदी के सम्मुख खड़े हो कर कहा, "हम लोग अपने एक मित्र के काम से आये हैं। वह मित्र भी हमारे साथ ही है। वस्तुतः हम लोग एक आश्रम खोज रहे हैं। हमें बताया गया था कि वह आश्रम यहीं कहीं है। पर..."

द्रौपदी ने कोटिकास्य को पहचाना : हाँ! वह शैव्य सुरथ का पुत्र कोटिकास्य ही था। किन्तु...

"आप किसका आश्रम खोज रहे हैं आर्य?" द्रौपदी ने पूछा, "यहाँ अनेक आरण्यक लोग रहते हैं।"

"हमें बताया गया था कि वह यहीं कहीं है।" कोटिकास्य ने कहा।

द्रौपदी को हँसी आ गयी : यह मूर्ख आश्रम के विषय में पूछ रहा है और आश्रमवालों का नाम तक नहीं ले रहा है।

"आप जिनका आश्रम खोज रहे हैं, उनका कोई नाम भी तो होगा।"

"वस्तुतः हम लोग धर्मराज युधिष्ठिर का आश्रम खोज रहे हैं।" उसने

कहा और अत्यन्त त्वरित ढंग से जोड़ दिया, "किन्तु लगता नहीं कि वह यहाँ कहीं होगा।"

"आपको ऐसा क्यों लगता है कि धर्मराज का आश्रम यहाँ नहीं होगा?" द्रौपदी कुछ परिहास पूर्ण स्वर में बोली, "यहाँ आपको कहीं अधर्म दिखायी दे रहा है क्या?"

"नहीं! ऐसी तो कोई बात नहीं है देवि!" वह बोला, "किन्तु पाण्डवों का आश्रम हो और उसमें कहीं कोई शस्त्रधारी न दिखाई पड़े, कोई प्रहरी न हो, आगामी सूचना देनेवाला कोई धावक न हो—ऐसा विश्वास नहीं होता।"

"यह पाण्डवों का आश्रम है शैव्य! उनका राजप्रासाद नहीं।" द्रौपदी ने कहा, "शस्त्र तो शस्त्रधारियों के पास हैं, वे आश्रम में टँगे नहीं रहते।"

"तो क्या उनका आश्रम यही है?" कोटिकास्य ने इस प्रकार उल्लसित स्वर में कहा, जैसे बहुत लम्बे संधान के पश्चात उसको अपना गंतव्य मिल गया हो।

"आश्रम तो यह पाण्डवों का ही है," द्रौपदी ने कहा, "किन्तु आप उन लोगों को क्यों खोज रहे हैं?"

"तो आप देवि पांचाली हैं क्या?" उसने आतुरता से पूछा, "धर्मराज कहाँ हैं?"

"हाँ! मैं महाराज द्रुपद की पुत्री कृष्णा हूँ।" वह बोली, "मेरे पति इस समय आखेट के लिये गये हैं। वे लोग आते ही होंगे। पर आप बताएँ कि आपके मित्र कौन हैं और पाण्डवों से क्यों मिलना चाहते हैं?"

"ओह मेरे मित्र! वे पाण्डवों के निकट सम्बन्धी हैं।" वह बोला, "आप सिन्धुराज जयद्रथ को तो जानती ही होंगी। वे सम्राट् धृतराष्ट्र के जामाता हैं।"

"हाँ! वे मेरी ननद दुःशाला के पति हैं।" द्रौपदी ने उत्तर दिया, "क्या वे धर्मराज से मिलने आये हैं?"

"हाँ!" कोटिकास्य ने कहा, "किन्तु आपने बतया नहीं कि आपके पति कहाँ हैं? वे लोग आश्रम में तो दिखाई नहीं देते। यदि वे लोग बाहर कहीं गये हैं, तो आश्रम में कब तक लौटेंगे?"

द्रौपदी को लगा कि वह एक विकट संकट में फँस गयी है। जयद्रथ और उसके मित्र ऐसे लोग नहीं हो सकते, जिनका पाण्डवों की अनुपस्थिति में इस आश्रम में ठहरना स्वागत योग्य हो...किन्तु जयद्रथ उसका नंदोई था। वह उनके द्वार पर आया था। वह उसकी उपेक्षा नहीं कर सकती थी। पाण्डवों को, और विशेष रूप से धर्मराज को तनिक भी अच्छा नहीं लगेगा।

"वे लोग आखेट के लिये गये हैं। शीघ्र ही लौटेंगे।" द्रौपदी नहीं चाहती थी कि जयद्रथ को यह आभास भी मिले कि पाण्डव आश्रम से लम्बे समय के लिये अनुपस्थित भी रह सकते हैं।

"यदि वे लोग शीघ्र ही लौटने वाले हैं, तो सिन्धुराज यहीं प्रतीक्षा कर लेंगे। पाण्डव दो-चार दिनों के लिये बाहर गये होते, तो कदाचित उनकी अनुपस्थिति में, आप अकेली महिला के निकट हम लोगों का इस प्रकार ठहरना उचित न होता।" कोटिकास्य मुस्कुराया।

द्रौपदी की इच्छा हुई कि वह अपना सिर पीट ले। उसके उत्तर ने तो उसके लिये सर्वथा अवांछित परिस्थितियाँ उत्पन्न कर दी थीं।

"तो मैं सिन्धुराज को सूचना दे दूँ कि यह पाण्डवों का ही आश्रम है।" कोटिकास्य ने द्रौपदी के उत्तर की प्रतीक्षा नहीं की। उसकी मुस्कान, द्रौपदी को किसी राक्षस के अट्टहास के समान लग रही थी।

कोटिकास्य बाहर निकला और द्रौपदी ने धात्रेयिका को पुकारा। उसका निकट रहना आवश्यक था। वह निकट रहेगी तो द्रौपदी का आत्मबल भी बना रहेगा और आवश्यक होने पर वह धौम्य मुनि को बुलाने भी जा सकती है।

धात्रेयिका भागती हुई आयी, "क्या बात है स्वामिनी! आप इतनी घबरायी हुई क्यों लग रही हैं?"

"वह जो बड़ा-सा हिंस्र पशु तुमने प्रातः देखा था न! वह हमारे आश्रम में आ गया है।" द्रौपदी ने उत्तर दिया।

"क्या?"

"चिल्ला मत और मेरी बात ध्यान से सुन। है तो वह हिंस्र पशु ही, किन्तु इस समय वह मित्र के रूप में आया है। बाहर रथ में बैठा है। दो-चार क्षणों में यहीं होगा। तुम मेरे निकट ही रहना। मैं जाने को कहूँ भी तो कहीं मत जाना। हाँ! संकट देख कर भागकर धौम्य मुनि को बुला लाना।"

"मैं समझ गयी स्वामिनी!" धात्रेयिका ने उत्तर दिया।

द्रौपदी उसकी स्थिति समझ रही थी। वह ऊपर से चाहे कितना भी साहस दिखा रही हो; किन्तु मन-ही-मन बहुत डर रही थी।

जयद्रथ ने आने में तनिक भी देर नहीं लगायी। उसके साथ उसके सारे मित्र भी कुटीर के घेर के भीतर आ गये थे।

"वरारोहे!" उसने मुग्ध दृष्टि से द्रौपदी की ओर देखा, "तुम सकुशल तो हो? तुम्हारे पति, पिता और भ्राता सब सकुशल तो हैं न?"

"हम सब लोग ईश्वर की कृपा से सकुशल हैं सिन्धुराज! आशा है, आप भी ईश्वर की कृपा से धर्म के मार्ग पर चल रहे होंगे।"

जयद्रथ को द्रौपदी का मंतव्य समझने में तनिक भी कठिनाई नहीं हुई। जानता था कि उसके अस्तित्व को घेर कर चलनेवाले अधर्म को रोकने का द्रौपदी के पास और कोई उपाय नहीं था, इसलिये वह धर्म की चर्चा कर रही थी।

"मेरे मित्रों से मिलो कमलनयने!" जयद्रथ ने अपने साथियों पर एक दृष्टि डाली, "कोटिकास्य से तो तुम मिल चुकी हो। मुझे विश्वास है कि उसने अपना परिचय तुम्हें अवश्य दे दिया होगा। सुन्दरियों को अपना परिचय देने में वह तनिक भी नहीं चूकता।" द्रौपदी को अपने मुखमण्डल पर उसकी मलिन दृष्टि के स्पर्श का सा आभास हुआ, "ये त्रिगर्त के राजा वीर क्षेमंकर हैं, जो अपने स्पर्ण के रथ पर विराजमान होते हैं तो वेदी में घी की आहुति पड़ने से प्रज्वलित अग्नि के समान प्रकाशित होते हैं। ये जो एक विराट् धनुष तथा अमूल्य पुष्पों की अनेक मालाएँ धारण किए हुए हैं, ये कुलिंदराज के ज्येष्ठ पुत्र हैं। कुलिंदराज तो पाण्डवों के बहुत बड़े सहायक हैं, किन्तु ये हमारे मित्र हैं; क्योंकि इन्हें साधारण लोगों की मैत्री रुचिकर नहीं लगती। और सुंदरांगि! ये श्याम वर्ण के अत्यन्त दर्शनीय युवक हैं, ये इक्ष्वाकुवंशी राजा सुबल के पुत्र हैं। ये अकेले ही अपने समस्त शत्रुओं का संहार करने में समर्थ हैं।..."

द्रौपदी समझ रही थी कि जयद्रथ अपने मित्रों का ऐसा परिचय क्यों दे रहा है। वह उनके रूप का बखान कर रहा है। वह उनके धन और पद की चर्चा कर रहा है। वह उनकी वीरता की प्रशंसा कर रहा है।...दुर्योधन भी तो घोषयात्रा के बहाने आकर यही सब दर्शाना चाहता था।...स्वयं नहीं कर पाया तो अब इस धूर्त्त को भेज दिया।

"और लाल रंग के घोड़ों से जुते रथों पर बैठकर तेजस्विनी अग्नि के समान सुशोभित होने वाले सौवीर देश के ये बारह राजकुमार हाथों में ध्वज लेकर मेरे रथ के आगे चलते हैं और उनकी सहायता के लिये बारह सहस्र योद्धा मेरे रथ के पीछे चलते हैं।" जयद्रथ ने मुस्कुराने का प्रयत्न किया, "तुम पूछोगी कि वे सब इस समय कहाँ हैं। वे सब यहीं हैं। इसी वन में हैं। हम उन्हें अपने साथ नहीं लाए कि पाण्डवों की कुटिया में इतना स्थान तो होगा नहीं कि मेरी अंगरक्षक वाहिनियाँ वहाँ ठहर सकें। दुर्वासा के साथ तो दस सहस्र शिष्य आये थे तो पाण्डवों को संकट का अनुभव होने लगा था।..."

'मुझ पर अपनी शक्ति का प्रभाव डाल रहा है।' द्रौपदी ने सोचा, 'नहीं जानता कि मेरे एक वीर पति ने अपने शस्त्र उठा लिये तो इसके बारह सहस्र योद्धा अपने प्राण बचाने के लिये दूर मरुभूमि में लोटते दिखायी देंगे।'...उसके मन में एक और विचार श्रृंखला समानान्तर चल रही थी...'तो वे दो अश्वारोही जो प्रातः सरिता तट पर मिले थे, इसी के सैनिक थे। वन में इन्हीं लोगों की

उपस्थिति से वन्य जीव विस्थापित हुए होंगे और अपने लिये स्थान खोजने निकले होंगे। प्रातः से इस आश्रम के आसपास जो कुछ भी विचित्र घटित हो रहा था, सब इन लोगों के कारण ही था।...तो क्या ये लोग किसी पूर्व निर्धारित षड्यन्त्र के अनुसार यहाँ वन में आ कर छिप गये हैं? इन्होंने कहीं जान बूझ कर तो उसके पतियों को बहका कर दूर नहीं भेज दिया, जैसे रावण ने श्रीराम को भेज दिया था और फिर मारीच ने लक्ष्मण को भी पुकार लिया था? जाने पाण्डव इन लोगों की खोज में कहाँ भटक रहे होंगे और ये लोग यहाँ उनके आश्रम में आ घुसे हैं।...पर पाण्डव चारों दिशाओं में इन्हें खोजने निकले हैं, तो ये लोग उनकी दृष्टि से कैसे बच गये? और सहसा द्रौपदी की समझ में आ गया।...पाण्डवों ने काम्यकवन के इस भाग को अपना निवास बनाने के लिये इस कारण से चुना था कि इसकी पीठ पर मरुभूमि का आरम्भ है। उस मार्ग से कोई यात्रा नहीं करता। पाण्डव उस ओर से अवश्य असावधान रहे होंगे और ये दुष्ट उसी दिशा से आ कर मरुभूमि के निकट ही कहीं गोपनीय रूप से ठहर गये होंगे। इस समय भी पाण्डवों ने उस क्षेत्र की उपेक्षा की होगी।...उस मार्ग से आने के कारण पाण्डवों के किसी मित्र राजा की भी उन पर दृष्टि नहीं पड़ी होगी। यह तो किसी ने सोचा ही नहीं कि कोई इस मार्ग से भी आ सकता है।...जिस मरुभूमि को उन्होंने अपनी रक्षिका माना था, उसी ने उन्हें इस समय प्रवंचित किया था। इससे पूर्व उसके अपने ध्यान में भी कभी नहीं आया था कि दुर्योधन का मित्र तथा बहनोई यह जयद्रथ सिन्धुप्रदेश का निवासी होने के कारण मरुभूमि से परिचित ही नहीं होगा, उसे मरुभूमि में यात्रा का अभ्यास भी होगा। उसका आवागमन उस ओर से भी सम्भव था।...'

सहसा जयद्रथ अपने साथियों की आरे मुड़ा, "तुम लोग अपने रथों में बैठ कर प्रतीक्षा करो। मैं अभी अपना सरेश दे कर आता हूँ।"

द्रौपदी चौंकी...यह किसका संदेश लाया है? और किसके लिये लाया है? यदि वह पाण्डवों अथवा धर्मराज के लिये कोई संदेश लाया है, तो उसे पाण्डवों की प्रतीक्षा करना चााहिए। पांचाली को संदेश दे कर चले जाने का तो कोई अर्थ ही नहीं है। उसे ऐसी क्या जल्दी है कि वह पाण्डवों की अनुपस्थिति में आ कर उनके लौटने की प्रतीक्षा भी नहीं कर सकता?...और संदेश ही देने आया था, तो इतनी सारी सेना और इतने मित्रों को साथ लाने की क्या आवश्यकता थी? नहीं! यह व्यक्ति इतना सरल नहीं है। उस पर किसी भी रूप में विश्वास नहीं किया जा सकता।

"नहीं रथों में बैठ कर प्रतीक्षा करने का तो कोई कारण नहीं है।" द्रौपदी ने कहा, "आप लोग आश्रम में वृक्षों की छाया में थोड़ा विश्राम करें। मेरे पति

अभी आते ही होंगे। वे आपका यथायोग्य सत्कार करेंगे। धर्मराज युधिष्ठिर तो अतिथि को देव के समान पूजते हैं। मध्यम पाण्डव तो आप लोगों के दर्शन कर मानो अपना मनभावन ही पा जायेंगे। मेरा विचार है कि आप लोगों को तनिक भी कष्ट नहीं होगा।"

भीम का नाम जयद्रथ को कुछ डोला गया। वह समझ रहा था कि द्रौपदी उसे एक प्रकार की चेतावनी दे रही थी। किन्तु भीम इस समय आश्रम में नहीं था और उसके लौटने की प्रतीक्षा वह नहीं करेगा। न ही यहाँ इतना विलम्ब करेगा कि पाण्डवों के लौटने का समय हो जाये।

धात्रेयिका जल का घट ले आयी थी।

"यह जल है। आप अपने हाथ-पैर धो लें और आसन ग्रहण करें।" द्रौपदी ने कहा।

जयद्रथ के सारे मित्र कुटीर के घेरे से निकल कर, चुपचाप अपने रथों की ओर लौट गये थे और जयद्रथ अकेला द्रौपदी के सम्मुख खड़ा था। उसकी धृष्ट दृष्टि से घबराकर द्रौपदी बोली, "आपके मित्र चले गये; किन्तु आप तो आसन ग्रहण करें।"

जयद्रथ तब भी आसन की ओर नहीं बढ़ा। वह द्रौपदी के कुछ और निकट आ गया था।

"तुम्हें इस अवस्था में देखकर मुझे बहुत कष्ट हो रहा है कृष्णे।" वह बोला, "तुम्हारी यह कंचन की-सी काया इस प्रकार कष्ट सहने के लिये नहीं बनी थी। तुम्हारी यह दुर्दशा देख कर मुझे पाण्डवों पर भी बहुत क्रोध आता है।..."

उसकी मुद्रा का कलुष द्रौपदी को सावधान कर रहा था। उसकी दृष्टि का मल और वाणी का छल द्रौपदी को चेतावनी दे रहा था। वह झपट कर बोली, "मेरी इस दुर्दशा के लिये पाण्डव नहीं, दुर्योधन उत्तरदायी है, तुम्हें उस पर क्यों क्रोध नहीं आता?"

"उस पर भी थोड़ा-सा क्रोध आता है, किन्तु उसने तो तुम्हें वन जाने और आरण्यकों के समान रहने को बाध्य नहीं किया था सुन्दरी! उसने तो तुम्हें दूसरा पति चुन कर सुख सम्पत्ति से युक्त जीवन व्यतीत करने के लिये कहा ही था..."

द्रौपदी के मन का सारा आक्रोश उमड़ कर उसके कण्ठ में आ समाया। किन्तु उसके कुछ कहने से पूर्व ही जयद्रथ बोला, "अब भी कुछ नहीं बिगड़ा है सुनयने! आओ, मेरे साथ आओ। मेरा रथ बाहर खड़ा है। हम अभी इसी क्षण यहाँ से अपने राज्य में जा सकते हैं। तुम्हें मैं संसार का सारा सुख दूँगा। उन कंगले पाण्डवों के साथ अपना जीवन नष्ट करने का क्या लाभ है? तुम्हारे

समान विदुषी नारियाँ निर्धन पतियों की उपासना नहीं करती। स्त्री को पुरुष के साथ, तभी तक रहना चाहिए, जब तक उसके पास धन हो।..."

"जयद्रथ!" द्रौपदी का आक्रोशपूर्ण स्वर फूटा, "तुम दुःशला के पति हो। इस सम्बन्ध से तुम मेरे भाई हो। तुम्हें तो मेरी रक्षा करनी चाहिए और तुम इस प्रकार का निन्दनीय प्रस्ताव कर रहे हो। यह तो तुम्हारे कुलशील के अनुकूल व्यवहार नहीं है।"

"ऐसी बात है तो मैं दुःशला को त्याग दूँगा।" जयद्रथ उसके कुछ और निकट आ गया था, "मेरी भार्या बन जाओ। तुम्हारी रक्षा का दायित्व मुझ पर होगा। मैं इन दुष्ट पाण्डवों के समान तुम्हें वन में इस प्रकार अकेली छोड़ कर कहीं नहीं जाऊँगा। दुर्योधन भी तुम्हें कोई कष्ट नहीं दे पायेगा। मेरी प्रिया हो कर रहोगी तो सम्पूर्ण सिन्धु और सौवीर का राज्य तुम्हारा होगा। ये सारे वीर जो बाहर खड़े हैं, तुम्हारी सेवा करने में अपना सौभाग्य मानेंगे।"

"बहुत देखा है मैंने राज्य और राज्यबल।" द्रौपदी कड़क कर बोली, "मैं उन महावीर पाण्डवों की पत्नी हूँ, जिनके राजसूय यज्ञ में तुम्हारे जैसे सैकड़ों राजाओं ने मेरे इन चरणों पर अपने मणि जड़ित मुकुट झुकाए थे।"

"ठीक कहती हो वरारोह!" जयद्रथ बोला, "तुम्हें फिर से वही सम्मान प्राप्त होगा। आओ मेरी अंकशायिनी हो कर जीवन का सारा सुख भोगो। संसार के मनीषियों का कहना है कि रत्न तथा स्त्री, अमूल्य वस्तुएँ हैं, अतः उन पर बलशाली पुरुषों का अधिकार है। पाण्डवों में बल था, तो वे तुम्हें कांपिल्य से ले जाये। आज मेरे पास बल है, मैं तुम्हें ले जा रहा हूँ।"

द्रौपदी ने धात्रेयिका की ओर देखा और धात्रेयिका उसका संकेत समझ कर तत्काल धौम्य मुनि को बुला लाने के लिये कुटिया से निकल गयी।

"बहुत अहंकार है तुम्हें अपने बल का तो पाण्डवों की प्रतीक्षा करो।" द्रौपदी बोली, "जब महावीर भीमसेन अपना चरण तुम्हारे कण्ठ पर रख कर तुम्हारी वीरता का प्रमाण माँगेंगे, तो उन्हें बताना कि तुम कितने वीर हो। जब धनंजय का बाण तुम्हारे कण्ठ को विदीर्ण करेगा तो उन्हें बताना कि तुम कितने वीर हो। पाण्डवों द्वारा सुरक्षित मुझ द्रौपदी के सम्मुख अपनी वीरता का बखान कर रहे हो। चोरों के समान एकान्त घर में घुस कर एक अबला स्त्री को अपनी वीरता बता रहे हो। वीर हो तो ठहरो और पाण्डवों का सामना करो।"

"मैं वीर हूँ किन्तु मूर्ख नहीं।" जयद्रथ हँसा, "हाथ आये अमूल्य पदार्थों को त्याग, किसी की प्रतीक्षा में बैठा नहीं रह सकता। पाण्डव आयेंगे तो उनसे भी निबट लिया जायेगा। पाण्डवों के पराजित होने पर मुझसे दया की भीख माँगती घिसटती मेरे साथ चलोगी। उससे तो कहीं अधिक सम्मानजनक है कि

अपनी इच्छा से चल कर मेरे साथ रथ पर बैठ जाओ। अब यह निर्णय तुमको करना है कि अपने चरणों पर चलकर रथ में बैठोगी अथवा मेरे कंधे पर झूलती हुई, हाथ-पैर पटकती तथा चीत्कार करती हुई रथ तक पहुँचोगी। जो भी निर्णय तुम करोगी, मुझे स्वीकार होगा।"

क्षण भर को तो द्रौपदी स्तब्ध रह गयी। वह समझ सकती थी कि जयद्रथ जो कुछ भी कह रहा था, वह करने में वह समर्थ था। इस समय आश्रम में ऐसा कोई नहीं था, जो जयद्रथ से उसकी रक्षा कर सके। धौम्य मुनि आ भी जायेंगे तो जयद्रथ, उसके मित्रों तथा उसकी सेना से युद्ध तो नहीं कर सकेंगे। अधिक से अधिक वे उसे धिक्कार भर पायेंगे। यदि अधिक कुछ करने का प्रयत्न करेंगे, तो यह जयद्रथ उनका वध भी कर सकता है।...उससे क्या लाभ होगा। लौट कर आये उसके पतियों को सूचना देने वाला भी कोई नहीं होगा। ...तो क्या करे द्रौपदी?...अधिक से अधिक वह जयद्रथ को थोड़ी देर और बातों में उलझाए रख सकती है। उसे प्रयत्न तो करना ही चाहिए कि वह अधिक से अधिक समय तक उसे बातों में उलझाए रखे, कदाचित उसके पति लौट ही आयें। जब उन्हें उनमें से कोई नही मिलेगा, जिनकी खोज में वे गये थे, तो वे आश्रम की ओर लौटेंगे ही।...

"जयद्रथ! मुझे भगवान पर पूर्ण विश्वास है। उनकी शरण में जाने से कोई मेरा तनिक सा भी अहित नहीं कर सकता।" उसका स्वर तेजस्वी हो उठा, "यदि मैंने अपने पतियों के प्रति पूर्ण निष्ठा निभाई है तो मैं बहुत शीघ्र अपनी इन्ही आँखों से देखूँगी कि पाण्डव तुम्हें परास्त कर रस्सियों में बाँध कर भूमि पर घसीट रहे हैं।"

"वे तो जब घसीटेंगे, तब देखा जायेगा।" जयद्रथ बोला और उसने आगे बढ़ कर द्रौपदी के उत्तरीय का एक सिरा पकड़ लिया।

स्वयं को छुड़ाने के प्रयत्न में द्रौपदी ने उसे बलपूर्वक धक्का दिया और असावधान जयद्रथ भूमि पर गिर पड़ा।

द्रौपदी कुटीर से बाहर निकल आना चाहती थी; किन्तु जयद्रथ द्वार के ठीक मध्य में गिरा हुआ था। गिर कर उसने द्रौपदी का मार्ग रोक लिया था। द्रौपदी की दृष्टि बाहर की ओर उठी।...उसने देखा कि धौम्य मुनि धात्रेयिका के साथ-साथ वेग से उसके कुटीर की ओर आ रहे हैं; किन्तु तब तक जयद्रथ के सारे साथी भी अपने रथों को त्याग, कुटीर के घेर में प्रवेश कर चुके थे। उन्होंने एक प्रकार से कुटीर को चारों ओर से घेर लिया था।...द्रौपदी भाग कर कहीं नहीं जा सकती थी।

जयद्रथ उठ खड़ा हुआ। उसकी आँखों में सर्वथा राक्षसी भाव था। वह पहले से कहीं अधिक सावधान भी हो गया था। अब द्रौपदी शायद उसे धक्का भी नहीं मार सकती थी।...

जयद्रथ ने आगे बढ़ कर द्रौपदी की भुजा पकड़ ली और उसे अपनी ओर घसीटा। द्रौपदी ने एक अन्तिम प्रयास किया और पूरे बल से झटका दे कर स्वयं को जयद्रथ की पकड़ से मुक्त कर लिया; किन्तु वह बाहर नहीं जा सकती थी।...उसने धौम्य के चरण पकड़ लिये...

"सिन्धुराज!" धौम्य कठोर स्वर में बोले, "तुम क्षत्रिय धर्म को कलंकित कर रहे हो? न तुम्हें धर्म का भय है, न अपने प्राणों का।"

जयद्रथ ने झुक कर द्रौपदी की कलाई थाम कर उसे अपनी ओर खींचा। उसके मित्रों में से प्रायः आधे लोग कोशों से अपने खडग निकाल चुके थे। ऐसा नहीं लगता था कि वे ब्रह्म-हत्या से भयभीत थे। स्पष्ट ही अपने मार्ग में आने वाली प्रत्येक बाधा को हटाने के लिये, वे किसी का भी वध कर सकते थे।...

"जीवन का प्रत्यक्ष सुख छोड़ कर किसी काल्पनिक धर्म का महत्त्व मुझे नहीं चाहिए। उसे तुम अपने लिये संचित करते रहो।" जयद्रथ बोला, "और जहाँ तक प्राणों के भय का प्रश्न है, मेरे शस्त्र मेरे हाथ में हैं और मेरे मित्र मेरे साथ हैं, ऐसे में कौन ऐसा क्षत्रिय है, जो युद्ध में मुझे पराजित कर सके।"

"तो फिर ठहरो, पाण्डवों को आ जाने दो।" धौम्य बोले, "उनको चुनौती देना। उनसे युद्ध करना। उनको पराजित कर, पांचाली को ले जाना। कम से कम चोरी के कलंक से तो बच ही सकते हो, पापी तो तब भी कहलाओगे ही तुम।"

"युद्ध तो पाण्डवों से करना ही है।" जयद्रथ ने द्रौपदी को घसीटा, "किन्तु उसके लिये मैं क्यों उनकी प्रतीक्षा करूँ। पाण्डव मुझे ढूँढ़ें और युद्ध करें।"

द्रौपदी घिसटती जा रही थी और धौम्य अपने स्थान पर स्तब्ध खड़े थे। जयद्रथ के साथियों ने अपने शस्त्रों को हाथों में ले लिया था और उन्होंने द्रौपदी को घसीटते हुए जयद्रथ को घेर लिया था। वे सब उस जयद्रथ की रक्षा कर रहे थे, जिसके हाथ में शस्त्र था, और जो एक निःशस्त्र अबला को घसीट रहा था...

वे लोग कुछ दूर निकल गये, तो धौम्य धात्रेयिका की ओर मुड़े, "तुम यहीं ठहरो धात्रेयिका! पाण्डव लौट कर आयें, तो उन्हें यह सारा समाचार देना। मैं जयद्रथ के पीछे जा रहा हूँ।"

धात्रेयिका ने दृष्टि उठा कर उस ओर देखा, जिधर जयद्रथ के रथ खड़े थे।...जयद्रथ ने घसीट कर द्रौपदी को रथ में चढ़ा लिया था। उसके मित्र अपने-अपने रथों में आरूढ़ हो गये थे। और वे लोग किसी विजयी राजा का गौरव ओढ़े, अपने नेता को घेरे हुए, अपने रथ हाँक कर ले गये।

"आप कहाँ जायेंगे महामुनि! उनके रथ तो गये।" धात्रेयिका हताश भाव से बोली।

"मुझे पूर्ण विश्वास है कि उसकी पदाति सेना भी यहीं कहीं आस-पास ही होगी। मैं उनके पीछे चलूँगा। मार्ग देखता रहूँगा और पांचाली को सान्त्वना देता रहूँगा।"

"किन्तु कहीं उन्होंने आपका वध कर दिया तो?"

"डरो मत धात्रेयिका!" धौम्य बोले, "महर्षि वेदव्यास के शिष्य का वध करने का साहस, दुर्योधन के इस मित्र में भी नहीं है, अन्यथा वह मेरी हत्या यहाँ भी कर सकता था।"

धात्रेयिका खड़ी की खड़ी रह गयी और धौम्य प्रायः भागते हुए से आश्रम से निकल गये।

27

वन में कुछ दूर तक जाते ही युधिष्ठिर समझ गये कि द्रौपदी तथा धात्रेयिका की आशंकाएँ, भ्रम मात्र नहीं थीं। वन में आज बहुत कुछ असाधारण था। वन्य पशुओं के जीवन में तो अवश्य ही कुछ बहुत भयंकर घटित हुआ था। किसी न किसी कारण से एक बड़ी संख्या में वे अपने स्थान से विस्थापित हुए थे। किन्तु उसका कारण? अभी तक कोई कारण दिखाई नहीं पड़ रहा था। इस क्षेत्र में कोई अपरिचित मनुष्य दिखाई नहीं दिया था; किन्तु इतना तो स्पष्ट ही था कि वन में सब कुछ सामान्य नहीं था।

युधिष्ठिर सावधान हो गये। वन में बाहर से मनुष्यों का आना तनिक भी अस्वाभाविक नहीं था। वन तो ईश्वर की सम्पत्ति थे, जिसका लाभ कोई भी व्यक्ति उठा सकता था। अभी तक तो राजाओं ने भी इतनी सदबुद्धि दिखाई ही थी कि वे वनों पर निजी अधिकारों का न समर्थन कर रहे थे, और न उस पर किसी प्रकार का आधिपत्य जमाने का प्रयत्न कर रहे थे। इसलिये इन वनों में आरण्यक जन अपनी सुविधा से तपस्या और साधना का स्वच्छंद जीवन व्यतीत कर सकते थे। व्यापारी, तीर्थयात्री तथा अन्य प्रकार के लोग अपनी यात्राओं का मार्ग वन में से भी बना लेते थे। अपनी यात्राओं तथा सैनिक अभियानों के लिये राजा लोग भी इन वनों में से आया-जाया करते थे। अनेक लोगों की आजीविका वनों पर ही निर्भर थी। यहाँ इतनी प्रकार की प्राकृतिक सम्पदा थी कि जो चाहता था, माँ प्रकृति से याचना कर अपनी झोली भर कर ले जाता

था।...इसलिये वनों में किसी का आना अस्वाभाविक नहीं था। अस्वाभाविक था, छुप कर आना और गोपनीय ढंग से निवास करना।...

अभी तक कोई अपरिचित मनुष्य दिखाई नहीं दिया था, किन्तु मनुष्य की गतिविधि के प्रमाण निरन्तर मिल रहे थे। अनेक स्थानों पर लताएँ अपने स्वाभाविक स्थानों से हटी थीं। पशु यहाँ से हो कर गये होते, तो लताएँ छिन्न-भिन्न हुई होंती। पशु लताओं अथवा शाखाओं को हटाये बिना अपना मार्ग बनाता है, जिससे उसके शरीर की रगड़ से लताएँ और वृक्षों की टहनियाँ टूटती हैं। मनुष्य अपना मार्ग बनाने के लिये अपने हाथों से लताओं और टहनियों को हटाता है। परिणामतः लताएँ अपने स्वाभाविक स्थान से हट जाती हैं, छिन्न-भिन्न नहीं होतीं। टहनियाँ या तो किसी एक स्थान से प्रयत्नपूर्वक तोड़ी हुई दिखायी पड़ती हैं अथवा मनुष्य के आगे बढ़ जाने पर पुनः वहीं लौट आती हैं, जहाँ वे पहले थीं।

युधिष्ठिर देख रहे थे कि वृक्षों की शाखाएँ, मनुष्य के हाथों तोड़ी गयी दिखाई पड़ रही थीं। भूमि पर अश्वों के सुमों के स्पष्ट चिह्न थे। मार्ग के साथ-साथ अग्नि प्रज्वलित करने के भी प्रमाण विद्यमान थे, जैसे वहाँ रुक कर किसी ने भोजन पकाया हो।...किन्तु सारे मार्ग में कहीं कोई मनुष्य दिखाई नहीं दिया था।...युधिष्ठिर निरन्तर अपने आस-पास किसी अज्ञात अस्तित्व का अनुभव कर रहे थे, जैसे कोई छुप कर उनका पीछा कर रहो हो, अथवा स्वयं अदृश्य रह कर उनका निरीक्षण कर रहा हो। कोई न भी हो, किन्तु यहाँ अपरिचित मनुष्यों के आने और अपनी उपस्थिति को गुप्त रखने के प्रयत्न के अनेक प्रमाण उनके सम्मुख थे।...

युधिष्ठिर का मन कुछ उद्विग्न होने लगा था।...यहाँ किसी प्रकार का कोई षड्यन्त्र चल रहा था। अपने आस-पास मनुष्यों की उपस्थिति से कोई विचलित नहीं होगा; किन्तु जब किसी को मनुष्य की छाया तो दिखाई पड़े, पर जिसकी वह छाया है, वह मनुष्य दिखायी न पड़े, तो उसका व्याकुल होना स्वाभाविक ही था।...युधिष्ठिर चकित थे कि उनके किसी मित्र राजा अथवा उनके अपने गुप्तचरों ने भी उन्हें इस वन की ओर आते हुए किसी बड़े जन समूह की सूचना नहीं दी थी। जो लोग आये हैं, उन्होंने स्वयं को गुप्त रखा, किन्तु अन्य लोगों ने कैसे आखें खुली रखते हुए भी उन्हें नहीं देखा?

पाण्डवों ने भी तो उन्हे नहीं देखा। वे लोग किस मार्ग से आये होंगे? क्यों आये होंगे? अपने आपको गुप्त क्यों रखे हुए हैं? क्या वे छिप कर घात करना चाहते हैं? क्या वे दुर्योधन के लोग हैं?...युधिष्ठिर के मन में अनेक प्रश्न झनझनाने लगे। यदि उनके चारों ओर उनके अज्ञात शत्रु हैं, जो न उनके

सम्मुख प्रकट हो रहे हैं और न पाण्डव उनको खोज पा रहे हैं, तो पाण्डवों को अधिक सावधान रहने की आवश्यकता है।...युधिष्ठिर उन्हें नहीं देख पा रहे हैं; किन्तु वे युधिष्ठिर को देख रहे हैं। यदि वे लोग केवल निरीक्षण कर रहे हैं, तो एक बात है; किन्तु यदि वे किसी विशेष प्रयोजन से आये हैं और युधिष्ठिर तथा पाण्डवों के मार्ग में किसी प्रकार का व्यवधान खड़ा कर रहे हैं, तो इसका अर्थ हुआ कि वे वही चाहते हैं, जो पाण्डव कर रहे हैं। क्या वे चाहते हैं कि पाण्डव अपना आश्रम छोड़ कर उन्हें वन में इधर-उधर ढूँढते फिरें?...

"ओह! मेरे ईश्वर!" सहसा उनके मुख से निकला, "मैं यह समझ क्यों नहीं पाया कि वे हमें आश्रम से दूर रखना चाहते हैं। और आश्रम से दूर क्यों रखना चाहते हैं?...ताकि आश्रम में पांचाली अकेली रह जाये? वे पाँचों भाई बाहर हैं और प्रहरों तक आश्रम से बाहर ही नहीं रहेंगे, उससे निरन्तर दूर भी होते जायेंगे। इन्द्रसेन भी उनके ही साथ हैं। विशोक आश्रम में है नहीं। आज तो गुप्तचर भी द्वारका और कांपिल्य गये हुए हैं। उन्हें लौटने में कई दिन लग सकते हैं।...आश्रम में धौम्य मुनि हैं, अथवा मुनि तृणबिन्दु। एक भी सशस्त्र आक्रांता आश्रम में आ जाये तो उसका प्रतिकार करने वाला वहाँ कोई नहीं है। और पांचाली वहाँ अकेली है।...जो लोग यह सारा खेल खेल रहे हैं, वे वन के हिंस्र पशुओं से भी अधिक भयंकर हो सकते हैं।..."

"इन्द्रसेन!" सहसा युधिष्ठिर ने कहा, "आश्रम की ओर लौटो; और आरण्यकों को संदेश दो कि वे जिस पाण्डव को देखें, उसे सूचित करें कि मैंने यह आदेश दिया है कि वे सब लोग तत्काल आश्रम में लौट आयें।"

इन्द्रसेन ने चकित भाव से युधिष्ठिर की ओर देखा, "महाराज स्वस्थ तो हैं?"

"हाँ! मैं पूर्णतः स्वस्थ हूँ।" युधिष्ठिर बोले, "वस्तुतः मुझे उन हिंस्र पशुओं की परछाइयाँ दिखाई दे गयी हैं, जिन्हें हम वन में खोज रहे हैं। सम्भवतः वे लोग हमारे आश्रम के निकट अथवा आश्रम में ही हों।"

इन्द्रसेन कुछ समझा, कुछ नहीं समझा। किन्तु यह तो समझ ही गया कि धर्मराज को अपने आश्रम में किसी अनिष्ट का आभास हुआ है। उसने अश्वों को संकेत किया। अश्व रुके। उनकी दिशा बदली और गति तीव्र कर दी। मार्ग में कहीं अपनी गति धीमी कर और कहीं थोड़ा रुक कर आरण्यकों को शेष पाण्डवों के लिये संदेश दिया और आश्रम की ओर बढ़ता चला गया।

आरण्यकों को दिया संदेश जैसे थोड़ी ही देर में वन में गूँजने लगा। कई बार स्वयं युधिष्ठिर को आश्चर्य हुआ था कि वन में भी, जहाँ माना जाता है कि कोई रहता ही नहीं, संदेश संचा कितनी शीघ्रता से हो जाता है।...पर तभी

उनको अपने मन का वही पुराना प्रश्न व्याकुल करने लगा, तो फिर वन में आये इन अपरिचित व्यक्तियों के विषय में उन्हें कोई सूचना क्यों नहीं मिली? ...क्या ये आगन्तुक निशाचर हैं? क्या उन आगन्तुकों की गतिविधि केवल रात्रि के समय होती है, जब प्रत्येक आरण्यक अपने कुटीर के कपाट बंद कर सो रहा होता है? अथवा उनकी गतिविधि का क्षेत्र ही ऐसा है, जहाँ उनका किसी आरण्यक से साक्षात्कार नहीं होता?...

और सहसा धर्मराज के मन में एक और आशंका ने सिर उठाया : उनके वे शत्रु जो कोई भी हैं...शत्रु? उन्होंने यह कैसे मान लिया कि वे उनके शत्रु ही हैं?...जो स्वयं गुप्त रह कर वन में उनके आस-पास षडयन्त्र कर रहे हैं, वे उनके शत्रु ही हो सकते हैं। मित्र तो नहीं हो सकते।...तो उनके वे शत्रु, जो यह प्रयत्न कर रहे हैं कि वे लोग अपना आश्रम छोड़ कर वन में दूर चले जायें, उनके आश्रम में ही तो घात लगाए नहीं बैठे कि एक-एक कर पाण्डव अपने आश्रम में लौटें और वे लोग असावधान पाण्डवों पर घातक प्रहार कर सकें?...नहीं! ऐसा हो या न हो किन्तु पाण्डवों का एक-एक कर आश्रम में पहुँचना उचित नहीं है। उन्हें एक साथ आश्रम में पहुँचना चाहिए। पृथक-पृथक नहीं।

"इन्द्रसेन!" उन्होंने पुनः कहा, "मेरे भाइयों को संदेश दो कि जो भी पहले पहुँचे, वह आश्रम के बाहर रुक कर मेरी प्रतीक्षा करे। आश्रम में अकेला प्रवेश न करे।"

"जो आज्ञा महाराज!"

भीम को धर्मराज का आदेश प्राप्त हुआ तो उसकी पहली प्रतिक्रिया खीझ ही हुई। क्या करते हैं, धर्मराज! जब कोई कार्य सुचारु रूप से चल रहा हो और ठीक मझधार में हो, तो उसे समेटने का आदेश दे देंगे। यह नहीं सोचते कि अपनी ऊर्जा लगा कर जिस कार्य को गति प्रदान की गयी, उसके वेग को रोकने के लिये और भी अधिक ऊर्जा का व्यय करना पड़ता है।...

भीम को अपने आस-पास कुछ मानवी गतिविधि का भी प्रमाण मिला था, किन्तु उससे कहीं अधिक उसे हिंस्र पशुओं के आस-पास होने का आभास हुआ था। कुछ की तो त्वरित झलक भी दिखाई पड़ गयी थी। अब, जबकि किसी भी क्षण उन पशुओं से उसका आमना-सामना हो सकता था, धर्मराज आश्रम में लौटने का आदेश दे रहे थे। पता नहीं उन्हें किस बात की इतनी जल्दी मच गयी थी।

भीम ने अपना रथ मोड़ लिया।

उसने प्रायः अनुभव किया था कि धर्मराज के ऐसे आदेशों पर वह खीझता अवश्य था; किन्तु आदेश का उल्लंघन करने की बात उसके मन में कभी नहीं आयी। प्रायः अपनी तात्कालिक खीझ से उबर कर उसे धर्मराज के आदेश का महत्त्व दिखाई देने लगता था।...किन्तु इस समय वन में सिंह को अपने सम्मुख पा कर उससे आमने-सामने युद्ध कर उसका आखेट करने का रोमांच छिन जाने के कारण, उसमें आश्रम की ओर लौटने का तनिक भी उत्साह नहीं था।

"भद्र! तनिक रुको।"

भीम ने सिर उठा कर देखा : सामने एक तपस्वी अपना हाथ उठाए खड़ा उसे रुकने का संकेत कर रहा था। भीम ने उसे पहचाना। वह सोमप्रभ था, जो कभी-कभी आश्रम में धौम्य मुनि और धर्मराज के पास धर्म-चर्चा करने के लिये आया करता था।

भीम ने रथ रोक लिया, "क्या बात है तपस्वी?"

"धर्मराज का आदेश है कि जो पाण्डव पहले पहुँचे, वह आश्रम के बाहर उनकी प्रतीक्षा करे। आश्रम में कोई अकेला प्रवेश न करे।"

भीम ने और कुछ नहीं सुना। उसने अश्व हाँक दिये।

...धर्मराज समझते हैं कि आश्रम पर कोई संकट आया है। क्या हो गया है वहाँ? क्या किसी शत्रु ने उस पर आक्रमण कर वहाँ अपना आधिपत्य स्थापित कर लिया है? वह वन में बने कुटीरों का समूह नहीं है, किसी राजा की राजधानी है कि उस पर आधित्य स्थापित कर किसी को अकूत सम्पदा प्राप्त हो जायेगी?...और सहसा वह चौंका...अकूत सम्पदा ही तो है, उनके आश्रम में। वहाँ पांचाली है।...पांचाली से अधिक मूल्यवान भी कुछ है क्या संसार में। उसे प्राप्त करने के लिये संसार भर के राजा एक-दूसरे का रक्त बहा सकते हैं।...क्या धर्मराज को ऐसी कोई सूचना मिली है? और यदि ऐसा कुछ है अथवा ऐसा कुछ हो गया है तो आश्रम के बाहर रुकने का क्या अर्थ? ऐसे में तो यह होना चाहिए कि जो जितनी जल्दी हो सके, आश्रम में पहुँचे।...देखे कि पांचाली सुरक्षित है अथवा नहीं? यदि उस पर कोई संकट आया है तो उसकी रक्षा करे।...

भीम ने अपने वक्ष पर अपनी ही मुष्टिका का प्रहार किया।...वह हिंस्र पशुओं को मारने के उत्साह में इस गति से रथ दौड़ाता वन में इतनी दूर क्यों निकल आया? अब यह इन्द्रप्रस्थ का राजमार्ग तो है नहीं कि रथ सरपट भागता जाये। वन में बने इन कच्चे मार्गों पर, अन्य सारी विघ्न-बाधाओं के साथ किस गति से चल पायेगा वह?

आश्रम के निकट पहुँचते ही भीम ने प्रवेशद्वार पर अर्जुन का रथ खड़ा पाया। वह स्वयं रथ के पास खड़ा जैसे अन्य लोगों की प्रतीक्षा कर रहा था।. ..'हाँ! क्यों करेगा यह भीतर प्रवेश। उसे बड़े भाई की अनुमति जो नहीं है। इस जैसा भाई का आज्ञाकारी और कर ही क्या सकता है?' भीम ने सोचा।

"और लोग अभी नहीं आये क्या?" भीम ने पूछा।

"नहीं! अभी-अभी सब आ पहुँचे हैं। आपकी ही प्रतीक्षा थी मध्यम!" अर्जुन बोला, "लगता है कि आश्रम में कुछ उत्पात हुआ है।"

आश्रम के पीछे से घूम कर दो रथ सामने आते दिखे। वे धर्मराज और नकुल-सहदेव के रथ थे। धर्मराज ने अपना रथ रुकवाया नहीं। उन्होंने अपनी भुजा लहराकर उन लोगों को साथ आने का संकेत किया और आश्रम में प्रवेश कर गये।

इन्द्रसेन ने द्रौपदी के कुटीर के सामने रथ रोका।

कुटीर के सामने ही भूमि पर धात्रेयिका अस्त-व्यस्त बैठी थी। उसकी आँखों से अश्रु बह रहे थे। उसने पाण्डवों के रथों को आते देखा तो उसका भयभीत रुद्ध कण्ठ फूट पड़ा। वह उच्च स्वर में रो पड़ी।

रथ में से सबसे पहले इन्द्रसेन कूद कर नीचे आया। उसने धात्रेयिका को सँभाला, "क्या हुआ? देवी पांचाली कहाँ हैं?"

"सिन्धुराज जयद्रथ अपने अनके मित्रों के साथ आया था। वह बलात देवी का अपहरण कर उन्हें अपने रथ पर बैठा कर भगा ले गया है।" वह बोली, "धौम्य मुनि भी उनके पीछे ही गये हैं। आप लोग जल्दी जाइए। ऐसा न हो कि देवी के साथ कोई अनहोनी घट जाये।"

"वे लोग रथों पर हैं, पर धौम्य मुनि न उनके साथ चल पायेंगे, न उनका पीछा कर पायेंगे।" भीम बोला।

"उनके साथ पैदल सेना भी होगी—ऐसा धौम्य मुनि ने कहा था।" धात्रेयिका बोली।

"किधर गये हैं वे लोग?" युधिष्ठिर ने पूछा।

"वे कह रहे थे कि अपने देश लौट जाने के लिये वे लोग शीघ्र ही मरुभूमि में प्रवेश करेंगे।" धात्रेयिका ने उत्तर दिया।

युधिष्ठिर के मन में बहुत कुछ स्पष्ट हो गया।

"हमने सदा उस दिशा की यह मान कर उपेक्षा की कि उस ओर मरुभूमि है, उधर से न कोई आयेगा, न कोई जायेगा। इस दुष्ट जयद्रथ ने उसी मार्ग का प्रयोग किया।" युधिष्ठिर बोले, "इसीलिये वह हमसे तथा सारे आरण्यकों से छुपा रहने में सफल भी हो गया।"

भीम सबसे पहले अपने रथ में आरूढ़ हुआ। तत्काल ही अन्य भी अपने-अपने रथों में पहुँच गये। भीम का रथ सबसे आगे निकल गया। आरम्भ में तो उसे उस दिशा में जाता कोई मार्ग दिखायी नहीं दिया; किन्तु कुछ ही दूर चल कर कहीं कुचली हुइ लताओं तथा घास इत्यादि से वहाँ से गये रथों की यात्रा का मार्ग ज्ञात होने लगा। यह भी लगा कि इस मार्ग पर रथ पहली बार नहीं दौड़े थे। इससे पहले भी यहाँ किसी न किसी प्रकार का आवागमन होता रहा है। अश्वों के सुमों तथा रथचक्रों के चिह्नों के साथ, पदाति सैनिकों के पद-चिह्न भी मिलने लगे थे। लग रहा था कि आरम्भ से उनके साथ पदाति सैनिक नहीं थे; किन्तु कुछ दूर से वे भी उनके साथ आ मिले थे। थोड़ी-थोड़ी दूरी से पश्चात् से उन पद-चिह्नों की संख्या बढ़ती जा रही थी। सम्भवतः उन्होंने आश्रम की ओर आते हुए अपने पदाति सैनिक थोड़ी-थोड़ी दूर पर खड़े कर दिये थे, जिन्हें लौटते हुए वे अपने साथ लेते गये थे।

थोड़ी देर में धर्मराज की दृष्टि लताओं में खोंसी गयी वृक्षों की टहनियों पर पड़ी।...यह क्या? पाँचों पाण्डव अपने अथवा अपने भाइयों के मार्ग की पहचान हेतु वृक्षों की टहनियाँ तोड़ कर इसी प्रकार खोंसते चलते थे।...तो क्या धौम्य मुनि ने भी यह मान कर कि पाण्डव द्रौपदी की खोज में आयेंगे ही, मार्ग ही पहचान के लिये ये टहनियाँ इस प्रकार खोंस दी हैं।

"यह तो मुनि ने सामरिक नीति से काम लिया है।" वे इन्द्रसेन से बोले, "यदि किसी कारण से धरती के चिहन मिट जायें, स्पष्ट न रहें; अथवा कुछ और हो जाये, तो भी धौम्य मुनि द्वारा छोड़े गये ये चिह्न हमारे लिये मार्ग का निर्देश करेंगे।"

"मैं तो मुनि को मात्र ध्यान लगाने वाला तपस्वी ही समझता था।" इन्द्रसेन बोला, "किन्तु मुनि तो युद्ध में भी हमारे सहायक हो सकते हैं।"

थोड़ी ही देर में पाण्डवों को, आगे जाती सेना के स्पष्ट प्रमाण मिलने लगे। घोड़ों की टापों के स्वर और उनके पगों से उड़ी हुई धूल बता रही थी कि जयद्रथ की सेना अब बहुत दूर नहीं थी। सबसे बड़ा आश्चर्य तो यह था कि उस सेना के साथ युद्धक गज होने के भी प्रमाण मिल रहे थे।

"जयद्रथ हाथी भी लेकर आया है?" युधिष्ठिर ने जैसे इन्द्रसेन से कहा।

"हाँ महाराज! लगता तो है। गज की चिंघाड़ सुनायी पड़ रही है।" इन्द्रसेन बोला, "पदाति सैनिकों और गजों के कारण की कदाचित वह अधिक दूर नहीं जा पाया।"

"वह पापी ही नहीं मूर्ख भी है।" युधिष्ठिर बोले।

भीमसेन का रथ सबसे आगे चल पड़ा था। उसने ही सबसे पहले धौम्य मुनि का स्वर सुना, "भीमसेन दौड़ो। पांचाली को बचाओ।"

तो भीम को आते हुए मुनि ने देख लिया था। भीम के मन में उत्साह भर आया।

पदाति सैनिकों की भीड़ में से उसे मुनि का स्वर तो सुनायी पड़ रहा था, किन्तु वे स्वयं दिखाई नहीं पड़ रहे थे। उन्हें देखने का प्रयत्न करने पर उसे जयद्रथ का रथ दिखाई पड़ गया था। उसमें द्रौपदी कैसी अपमानित और असहाय-सी बैठी थी। द्रौपदी की उस पीडित मुद्रा को देखते ही, भीम का मन जैसे सारी सीमाओं का अतिक्रमण कर गया। उसकी शिराओं में अग्नि प्रवाहित होने लगी थी।

उसके सम्मुख सबसे पहले पदाति सैनिक ही पड़ रहे थे। वे सेना के अन्तिम छोर पर थे। पहले उन्हें मारने में भीम की कोई रुचि नहीं थी। वह तो पहले जयद्रथ से निबटना चाहता था। उसका रथ जैसे ही आगे बढ़ा, पदाति सैनिक दो भागों में विभाजित हो गये, जैसे धरती फटकर दो भागों में बँट गयी हो।

युधिष्ठिर ने यह देखा, तो चिन्तित हो उठे। ये पदाति सैनिक दो भागों में बँट कर क्या भीम को घेरने का प्रयत्न कर रहे हैं? और भीम का तो उस ओर ध्यान ही नहीं था। वह तो जयद्रथ की ओर बढ़ता जा रहा था। उसके हाथ में शैक्य नामक लोहे से बनायी गयी उसकी भारी गदा थी और मार्ग में आया प्रत्येक विघ्न उससे कुचला जा रहा था।...किन्तु तभी युधिष्ठिर ने यह भी देखा कि वे पदाति सैनिक न तो व्यूह बद्ध हो रहे थे और न ही वे लोग भीम को घेर रहे थे। उनमें से आधे तो जैसे धौम्य मुनि को भीम को पुकारते सुन कर ही युद्ध से पलायन कर गये थे। शेष जो कुछ धैर्य कर खड़े भी थे, उन्होंने भीम की गदा के प्रहार देखे तो युद्धक्षेत्र छोड़ गये।

कोटिकास्य ने भीम को इस तीव्रता से जयद्रथ पर झपटता देखा तो उसने अपने मित्रों को संकेत किया। उन्होंने अपने सारे रथ ला कर जयद्रथ की ओर बढ़ते भीम के सामने अड़ा दिये। उनके रथों के उस पार जयद्रथ और कुछ सुरक्षित हो गया था। अब भीम को न जयद्रथ दिखायी पड़ रहा था और न ही वह द्रौपदी को देख पा रहा था; किन्तु जयद्रथ के रथ में बैठी असहाय द्रौपदी की जो एक झलक उसने देखी थी, उसका रक्त खौला देने के लिये वही पर्याप्त था। अब उसकी गदा की प्रहारों को रोकना कठिन ही था। उसका आवेश दुर्दमनीय था। कोटिकास्य का अस्थायी व्यूह बहुत सफल होता नहीं लग रहा था। उसके मित्रों के रथ एक-एक कर टूटते जा रहे थे।

दूसरी ओर से आकर कुलिन्द राजकुमार ने अपने सारे सैनिक, पाण्डवों की गति अवरुद्ध करने के लिये झोंक दिये थे।

अर्जुन का गाण्डीव तन गया और बाणों की वर्षा होने लगी। कुलिन्द राजकुमार बहुत शीघ्र ही समझ गया कि वह अर्जुन के बाणों का प्रतिहार नहीं कर सकता। उसने सौवीर के राजकुमारों की ओर देखा। वे बारहों तत्काल उसकी सहायता को आ गये थे; किन्तु उनकी सहायता भी अर्जुन के बाणों के सामने कुछ नहीं कर सकी।

क्षेमंकर ने अपने रथ से उतर कर युधिष्ठिर के चारों घोड़ों पर प्रहार कर उनको मार डाला, किन्तु युधिष्ठिर के अर्द्धचंद्राकार बाण ने तत्काल उसके वक्ष को फाड़ दिया। युधिष्ठिर और इन्द्रसेन उस रथ से उतर कर सहदेव के विशाल रथ पर चढ़ गये।...

नकुल के एक ही विपाठ ने महामुख के प्राण हर लिये थे। गज पर बैठ कर अपनी ओर बढ़ते त्रिगर्त राजकुमार को देख, उसने अपना खडग खींच लिया। त्रिगर्त राजकुमार तक पहुँचना कठिन था, इसलिये उसने उसके गज के सूँड को ही काट डाला...

अर्जुन ने सौवीर के बारहों राजकुमार धराशायी कर दिये थे और अपने सारथि के मारे जाने से कोटिकास्य अपने घोड़ों का नियन्त्रण खो चुका था। उसे युद्ध से भागते देख भीम ने एक प्राश से उसको मार डाला...

जयद्रथ का रथ एक प्रकार से कोटिकास्य तथा अन्य लोगों के टूटे रथों की ओट में था। उसने अपनी आँखों से इस थोड़े से समय में अपने प्रायः मित्रों को धराशायी होते देख लिया था। अब जो लोग बचे थे, वे भी भागने के प्रयत्न को युद्ध का रूप दिये हुए थे। कोई अवसर अथवा ओट मिलते ही वे भी युद्धक्षेत्र छोड़ कर भाग जायेंगे। जयद्रथ का स्वयं युद्ध करने का सारा उत्साह समाप्त हो गया था। वह स्पष्ट देख रहा था कि वह न भीम से पार पा सकेगा, न अर्जुन से। अभी तक तो उन दोनों को उसके मित्रों ने रोक रखा था, किन्तु वह स्थिति अधिक देर तक नहीं चल सकती। और यदि वह एक बार भीम के हाथों में पड़ गया तो वह उसे मृत्यु से भी भयंकर यातना देगा। किस मोह जाल में फँस गया वह भी।...जब दुर्योधन ने उसके सामने यह प्रस्ताव रखा था, तो उसे लगा कि जिस द्रौपदी की अभिलाषा वह वर्षों से अपने वक्ष पर पाल रहा था, वह सहज ही उसके हाथ लग जायेगी।...किसी युक्ति से एक बार उसके सूने आश्रम से उसे उठाकर अपने रथ में डालना भर ही तो था। उसके पश्चात तो दुर्योधन निबटता रहेगा उन लोगों से। वह क्या जानता था कि वह मार्ग में ही पकड़ा जायेगा और उसके सारे मित्र और सहायक उसकी

आँखों के सामने इस प्रकार कट-कट कर गिरेंगे।...यह तो कोई युद्ध न हुआ। वह जिस सरलता से पांचाली को उठा लाया था, उसी सरलता से पाण्डवों ने उसके सारे मित्रों को समाप्त कर दिया था।...

उसने पांचाली की ओर देखा...उसका ध्यान जयद्रथ की ओर नहीं था। वह तो जैसे भूल ही गयी थी कि जयद्रथ उसका अपहरण कर लाया था और वह अभी उसके रथ में ही नहीं बैठी थी, जयद्रथ अभी जीवित था और उस रथ में वर्तमान था। वह तो बालकों के समान जैसे कोई क्रीड़ा देख रही थी, जिसमें उसके पक्ष की विजय हो रही थी; और विरोधी धड़ाधड़ हारते जा रहे थे। जयद्रथ उसके चेहरे पर खेलते विजय के उल्लास को देख कर काँप रहा था।...अभी थोड़ी ही देर में पाण्डव उसके शेष साथियों तथा सैनिकों को समाप्त कर देंगे और तब द्रौपदी का ध्यान उसकी ओर जायेगा। एक ओर असहाय जयद्रथ होगा और दूसरी और पाँचों पाण्डव। वे पांचाली से पूछेंगे कि जयद्रथ को क्या दण्ड दिया जाये? और पांचाली कहेगी कि पाँचों पाण्डव जयद्रथ के शरीर का एक-एक अंग काट कर उसे उपहार स्वरूप ला दें। अथवा उनमें से कोई उसके हाथ-पैर बाँध कर अपने रथ से बाँध ले और उसे तब तक घसीटता चले, जब तक कि उसका शरीर भूमि की घर्षण से बोटी-बोटी हो कर धरती में ही न मिल जाये।...

और जयद्रथ जानता है कि भीमसेन वही कर दिखाएगा। वह द्रौपदी की कोई बात नहीं टालता। द्रौपदी ने उससे एक सौंगन्धिक पद्म माँगा था तो वह कुबेर के सरोवर के सारे रक्षकों को मार, मानो वह सरोवर ही जीत लाया था।...जयद्रथ के जीवित रहने की अब कोई सम्भावना नहीं थी।

उसकी इच्छा हुई कि वह द्रौपदी को लिये-दिये अपना रथ इस वेग से दौड़ाए कि पाण्डव उसकी धूल भी न पा सकें।...पर उसका विक्षिप्त मन भी जानता था कि यह सम्भव नहीं है। वे लोग उसे एक योजन भी नहीं जाने देंगे और धर लेंगे।...सिन्धुदेश तो अभी बहुत दूर है। किसी प्रकार वह अपने देश पहुँच भी गया तो क्या पाण्डव वहाँ तक नहीं पहुँचेंगे? वहाँ भी इसी प्रकार का घमासान होगा और उसके सैनिक, उसके परिजन, सब इसी प्रकार कट-कट कर गिरेंगे।...उसकी दृष्टि पुनः द्रौपदी पर पड़ी...कितने भयंकर थे उसके नयन। रक्त देख कर कैसी प्रसन्न थी वह। यह तो जैसे साधारण भीरु नारी नहीं थी, रक्त की प्यासी देवी चामुंडा थी। इसका तो मानो जन्म ही इसलिये हुआ था कि धरती की रक्त पिपासा शान्त हो। वह रक्त की नदी में तैरती हुई कितनी सहज थी। कैसा मूर्ख था जयद्रथ कि दुर्योधन का प्रस्ताव सुन कर इस स्त्री की कामना कर बैठा। यह स्त्री नहीं थी, यह तो चारा था, जिसकी ओर आकृष्ट

हो कर क्षत्रिय एक-दूसरे से युद्ध करते-करते कट मरेंगे। जिसे भीम की गदा के आघात से पिसना होगा, वह इस पांचाली की कामना करेगा। जिसे अर्जुन के बाणों से कटना होगा, वह इस स्त्री की कामना करेगा।...

उसने एक अनियन्त्रित आवेश में द्रौपदी को अपने रथ से धकेला और अपने अश्वों पर उन्मत्त कशा बरसा दिये। अश्व मानो अपने प्राण लेकर भागे। रथ आकस्मिक वेग से चला। जयद्रथ ने मुड़ कर यह भी नहीं देखा कि द्रौपदी कहाँ गिरी है? कैसे गिरी है? जीवित बची है अथवा किसी के रथ अथवा किसी पशु के पैरों तले कुचली गयी है? कोई उसकी सहायता को आया भी है या नहीं?...

द्रौपदी के कण्ठ से एक प्रबल चीत्कार फूटा और युद्ध जैसे थम गया।

"मध्यम!" अर्जुन ने कहा, "जयद्रथ भाग गया है, अब इन निरीह सैनिकों का वध करने का क्या लाभ?"

भीम का हाथ भी रुक गया। युधिष्ठिर और नकुल-सहदेव भी जहाँ के तहाँ थम गये। जयद्रथ की सेना के जीवित लोग भी अपने प्राणों को लिये-दिये पृथक्-पृथक् दिशाओं में निकल भागे।

पाँचों पाण्डव, धौम्य मुनि तथा इन्द्रसेन, द्रौपदी के चारों ओर घिर आये।

भीम ने द्रौपदी को अपनी भुजाओं में उठा कर सहदेव के रथ में बैठा दिया।

"सहदेव! पांचाली के बन्धन खोलो।" वह युधिष्ठिर की ओर मुड़ा, "आप पांचाली तथा मुनिवर को लेकर आश्रम में लौटें। मैं और अर्जुन जयद्रथ के पीछे जाते हैं। आप चिन्ता न करें, हम सन्ध्या से पूर्व ही उसको इसी प्रकार रस्सियों में बाँध ला कर आपके चरणों में डाल देंगे, जैसे उसने पांचाली को रस्सियों से बाँध रखा था।"

सहदेव ने पांचाली के बन्धन खोल दिये थे। वह अपने मुक्त हुए अंगों को अपने हाथों से बड़े कोमल भाव से सहला रही थी; किन्तु उसके नयनों में जैसे विनाशायक धधक रहा था।

"उसे जीवित लाने की कोई आवश्यकता नहीं है। और धर्मराज के चरणों में डालने से तो वह एक क्षमा माँग कर स्वतन्त्र हो जायेगा।" वह बोली, "उसका वहीं वध कर देना।"

"नहीं!" युधिष्ठिर तत्काल बोले, "वह जो भी है, जैसा भी है, दुःशला का पति है। माता गान्धारी का विचार करो। उसे दण्डित करना, किन्तु उसके प्राण मत लेना।"

"मैंने कहा था उससे कि वह दुःशला का पति होने के नाते मेरा भाई है, और इस नाते से उसे मेरी रक्षा करनी चाहिए।" द्रौपदी बोली, "उत्तर में वह हँसा पिशाच के समान। उसने मुझे परामर्श दिया कि मैं उसकी अंकशायिनी हो जाऊँ और संसार का सारा वैभव भोगूँ, क्योंकि विदुषी स्त्रियाँ, पुरुष के साथ तब तक ही रहती हैं, जब तक कि पुरुष के पास सम्पत्ति होती है। उसे तो एक बार भी स्मरण नहीं आया कि मैं उसकी पत्नी दुःशला के भाइयों की पत्नी हूँ। उसे तो माता कुन्ती का स्मरण नहीं हुआ, आपको ही क्यों प्रत्येक अवसर पर माता गान्धारी स्मरण हो आती हैं?"

"क्योंकि मैं जयद्रथ नहीं हूँ।" युधिष्ठिर बोले, "मैं मनुष्य हूँ, इसलिये मानवीय सम्बन्ध मेरे लिये महत्त्वपूर्ण हैं। मैं अपने शत्रुओं को भी कष्ट दे कर कोई सुख नहीं पाता। क्रूरता मेरे मन को आह्लादित नहीं करती। न्याय तथा अपनी रक्षा के लिये हम क्षत्रिय धर्म का अवलम्ब ग्रहण करते हैं, किन्तु हाथ में शस्त्र आ जाने पर और अपने सम्मुख एक अक्षम मनुष्य को देख कर हमें राक्षस नहीं बन जाना है।"

"तो सारा दया धर्म हमारे ही भाग में क्यों है?" द्रौपदी तड़प कर बोली, "लोग हम पर अत्याचार करते जायें और हम उन्हें क्षमा करते जायें?"

"और नहीं तो क्या उन दुष्टों का अनुकरण कर हम भी राक्षस हो जायें?" युधिष्ठिर बोले, "सारे विरोधी परिवेश में भी हम अपने धर्म पर टिके रहें, इसी से हमारा श्रेय है पांचाली! हमें अपना धर्म नहीं छोड़ना है।"

"आप लोग आश्रम में चलें। हम अभी आते हैं।" भीम ने कुछ उतावली में कहा, "आओ अर्जुन!"

भीम अपने रथ की ओर मुड़ चुका था कि द्रौपदी ने चिल्ला कर कहा, "उस नराधम का वहीं वध कर देना मध्यम पाण्डव! वह जीवित रहने योग्य नहीं है। वह जीवित रहा तो जाने कितनी असहाय नारियों का अपमान और अपहरण करेगा। सारी स्त्रियों के पति इतने वीर और समर्थ नहीं होते कि अपनी पत्नी के सम्मान की रक्षा कर सकें। उस नराधम का वध कर देना।"

नकुल, सहदेव, द्रौपदी तथा धौम्य के साथ युधिष्ठिर अपने आश्रम में प्रविष्ट हुए तो देखा कि अनेक आरण्यक उनके आश्रम में एकत्रित थे, और कदाचित उनके लौटने की प्रतीक्षा कर रहे थे। लगता था कि द्रौपदी के अपहरण की बात दूर-दूर तक फैल गयी थी और आरण्यक समाज सहानुभूतिवश, सहायता के भाव से उनके आश्रम में एकत्रित हो गया था। युधिष्टिर को सबसे अधिक आश्चर्य ऋषि मार्कण्डेय को देख कर हुआ।

वे लोग स्वाध्याय के लिये बनाए गये पर्णकुटीर को घेरकर बैठे थे। जयद्रथ ने यहीं से द्रौपदी का अपहरण किया था। कुटीर में भयंकर अव्यवस्था थी। कोई भी वस्तु ठीक ठिकाने नहीं थी। स्पष्ट ही द्रौपदी ने आत्मरक्षा के लिये जितना संघर्ष किया था, जयद्रथ ने उतना ही उत्पात् मचाया था।

मार्कण्डेय ने द्रौपदी को सकुशल लौटी देख अपना सन्तोष प्रकट किया। उन्होंने धौम्य की भी प्रशंसा की, जिन्होंने समय के अनुकूल आचरण किया और योद्धा न होते हुए भी अपने संरक्षण में छोड़ी गयी द्रौपदी की सुरक्षा की दृष्टि से उसका साथ नहीं छोड़ा।

"ऋषिवर!" धर्मराज बोले, "मेरे मन में बार-बार एक प्रश्न उठता है कि द्रुपदपुत्री कृष्णा जैसी धर्म की ज्ञाता, धर्म का आचरण करने वाली तथा पवित्र स्त्री को, अपहरण का अपमान और कलंक क्यों सहना पड़ा? मैंने और मेरे भाइयों ने ऐसा क्या किया कि हमें अपने ही बन्धुओं के हाथों अपने राज्य से निष्कासित होना पड़ा? विधाता क्यों हमें इतना तपा रहा है? कभी-कभी तो मैं अपने आपसे पूछता हूँ कि क्या संसार में मुझसे भी अधिक दुखी कोई व्यक्ति है? कोई मुझसे भी अधिक अभागा कभी उत्पन्न हुआ है, इस धरती पर?"

मार्कण्डेय हँसे, "क्या तुम श्रीराम से अधिक धर्माचरण करते हो? अपने राज्य से तो वे भी निष्कासित हुए थे। तुम्हारे साथ तो तुम्हारे ये चार-चार वीर भाई हैं; और यदि आज दुर्योधन से तुम्हारा युद्ध हो तो तुम्हें असंख्य सहायक भी मिलेंगे; किन्तु रावण से युद्ध करने के लिये, देखो राम को अपने सहायक कहाँ खोजने पड़े। द्रौपदी, जनकसुता सीता से अधिक पवित्र है क्या? अपहरण का अपमान और कष्ट तो सीता को भी सहना पड़ा था। सावित्री के विषय में सोचो। वह तो वैधव्य के द्वार तक जाकर लौटी।..." उन्होंने रुक कर धर्मराज की ओर देखा, "युधिष्ठिर हमें अपने दुर्भाग्य के विषय में नहीं, अपने सौभाग्य के विष्य में सोचना चाहिए। यह मत सोचो कि तुम्हें क्या नहीं मिला, तुम्हें यह सोचना चाहिए कि प्रभु ने तुम्हें क्या-क्या दिया है। हमें प्रभु के प्रति कृतज्ञ होना चाहिए धर्मराज!" मार्कण्डेय ने युधिष्ठिर पर एक ठहरी सी दृष्टि डाली, "तुमने यह तो सोचा कि द्रौपदी इतनी पवित्र है, फिर भी उसे अपहरण का अपमान सहना पड़ा; किन्तु यह सोच कर प्रभु के प्रति कृतज्ञता का अनुभव नहीं किया कि उसने द्रौपदी को इतना पवित्र बनाया। तुमने यह क्यों नहीं सोचा कि वे तुम पर कितने कृपालु हैं कि उन्होंने तुम्हारा मन दुर्योधन जैसा नहीं बनाया; अन्यथा तुम भी अपने भाइयों की सम्पत्ति छीनने के लिये षड्यन्त्र रच रहे होते।"

युधिष्ठिर के नेत्रों में जल छलक आया, "कभी-कभी सोचता तो हूँ ऋषिवर! किन्तु क्या करूँ, यह मन बार-बार संसार की ओर देखता है और उससे प्रभावित

हो जाता है। अपने कर्मों का नहीं ईश्वर के कर्मों का विश्लेषण करने लगता है। अपने दोष नहीं देखता, उसके दोष ढूँढ़ने लगता है। पर उस विराट की लीला को समझ नहीं पाता, और उसके प्रति कोई न कोई विरोध पाल लेता है।"

"कठिनाई तो यही है धर्मराज!" मार्कण्डेय बोले, "कि हम अपनी उस बुद्धि से ईश्वर को समझने का प्रयत्न करते हैं, जो अपनी क्षमता में, उस विराट की तुलना में बहुत ही छोटी है। हम यह अहंकार क्यों पालते हैं कि हमारी बुद्धि उस चैतन्य को भी उसी प्रकार देख और समझ सकती है, जैसे हम सांसारिक व्यापारों को देख और समझ सकते हैं। वस्तुतः जैसे एक चींटी अपनी बुद्धि से मनुष्य के मन और मनुष्यों के संसार के कार्यव्यापार को नहीं समझ सकती, वैसे ही मनुष्य की बुद्धि भी उस सृष्टिकर्ता चैतन्य को नहीं समझ सकती। उस चैतन्य के एक कण को जानने और समझने के लिये भी हमें उसी की शरण में जाना पड़ता है।" वे तनिक रुके, "मनुष्य अपनी बुद्धि से जो देखता, सोचता और समझता है, उसी के आधार पर उस प्रभु का एक चित्र अपने मन में बना लेता है और उस पर सारे मानवीय गुण और दोष आरोपित करने लगता है। वह प्रभु में भी सारे मानवीय तर्क-वितर्कों की कल्पना करता है, और उससे वैसे ही व्यवहार की अपेक्षा करता है। उसकी बाध्यता यह है कि उसके पास सोचने समझने के जो उपकरण हैं, वे इतने सीमित और संकुचित हैं कि उनसे ईश्वर को, उस सृष्टिकर्ता चैतन्य को, समझा नहीं जा सकता; और उस उपकरण को त्याग कर अपने अन्तःकरण से वह ईश्वर को जानना नहीं चाहता। मनुष्यों में सबके अपने-अपने आकाश होते हैं और उनकी अपनी-अपनी ऊँचाई होती है। दुर्योधन की तुच्छ बुद्धि यह कभी समझ नहीं पायेगी कि तुम हस्तिनापुर इसलिये आये, क्योंकि धृतराष्ट्र का निमन्त्रण अस्वीकार करना तुम्हारे लिये अधर्म था। दुर्योधन मानता है कि तुम मूर्ख हो; इसलिये उनके निमन्त्रण में छिपे षड्यन्त्र को भाँप नहीं पाये। तुम द्यूत खेलने इसलिये नहीं बैठे कि अपने पितृव्य की आज्ञा का पालन करना तुम्हारा धर्म था, वह मानता है कि तुम द्यूत खेलने इसलिये बैठे, क्योंकि तुम्हें द्यूत का व्यसन है। वह मानता है कि तुम वन इसलिये नहीं चले आये क्योंकि वह तुम्हारा धर्म था, तुम वन इसलिये चले आये, क्योंकि तुम दुर्बल और भीरु हो। तुममें क्षत्रियों के समान लड़ मरने वाला तत्त्व ही नहीं है। वह यह नहीं मानता कि तुम युद्ध से इसलिये बचना चाहते हो क्योंकि तुम नृशंस नहीं हो और शान्ति से प्रेम करते हो। वह मानता है कि तुम युद्ध से इसलिये बचना चाहते हो, क्योंकि तुम दुर्बल और कायर हो।" मार्कण्डेय रुके, "इसलिये धर्मराज! मनुष्य को पहले अपना आकाश ऊँचा करना होगा, फिर सात्विकता का मूल्यांकन करना होगा। ईश्वर को समझने के लिये तो उसी की शरण में जाना होगा..."

आश्रम के निकट ही कहीं अश्वों की टापों की ध्वनि सुनाई पड़ रही थी। युधिष्ठिर ने देखा, वहाँ एकत्रित हुए लोगों में एक प्रकार की सतर्कता आ गयी थी। उसमें घबराहट भी थी और सावधानी भी। कदाचित वे आशंकित थे कि कहीं जयद्रथ अथवा उसके मित्र फिर से तो नहीं आ गये थे।...

"आप लोग चिन्तित न हों।" युधिष्ठिर बोले, "सम्भवतः भीम और अर्जुन लौट आये हैं।"

युधिष्ठिर का अनुमान ठीक था। वे भीम तथा अर्जुन के ही रथ थे। सबकी प्रश्नवाचक दृष्टि उस ओर उठ गयी थी।

भीम ने रथ रोका और घसीटकर जयद्रथ को बाहर निकाला, जैसे कोई भारी वस्तु उतारी जाती है। उसने उसे धक्का दिया और वह युधिष्ठिर के चरणों में आ गिरा।

युधिष्ठिर ने देखा : जयद्रथ का सारा शरीर धूलि-धूसरित था, जैसे वह बार-बार भूमि पर गिरा हो। मिट्टी में बार-बार लोटा हो या घसीटा गया हो। उसके वस्त्र अस्त-व्यस्त और मलिन हो चुके थे। उसके सिर के केश मूँड दिये गये थे और बीच-बीच में शिखाएँ छोड़ दी गयी थीं। उसका स्थान-स्थान से रक्त में भीगा शरीर रस्सियों से बँधा हुआ था। उसने हाथ जोड़ रखे थे; और भय से काँप रहा था।

"यह क्या भीमसेन!" युधिष्ठिर विस्मय से बोले, "तुमने इसकी यह क्या गति कर दी।"

"मैंने आपकी आज्ञा का पूरा-पूरा पालन किया है। मैंने इस नीच के अधम प्राण नहीं लिये। न ही इसकी वह भुजा भंग की, जिसने द्रौपदी का स्पर्श किया था। मैंने इसकी वह जिह्वा भी यथास्थान छोड़ दी है, जिससे इसने पांचाली को अपशब्द कहे थे।" भीम ने कहा, "अब आप पांचाली को सूचना दे सकते हैं कि जयद्रथ पाण्डवों का दास है। यह जहाँ भी जायेगा, अपना परिचय इसी रूप में देगा कि यह महाराज युधिष्ठिर का दास है।"

"इसे मुक्त कर दो भीम!" युधिष्ठिर बोले, "मुझे तो इस पर दया आ रही है।"

"यही तो कठिनाई है कि जब मैं किसी दुष्ट को पकड़ कर उसे दण्डित करने लगता हूँ, आपको उस पर दया आने लगती है।" भीम रोषपूर्ण स्वर में बोला, "हमने श्रमपूर्वक युद्ध कर जब इस भगोड़े को पकड़ा और दण्ड देने का समय आया तो अर्जुन को स्मरण हो आया कि आपने इसका वध न करने का आदेश दिया है। मैं तो इसका वध कर देना चाहता था; किन्तु आपकी दया और अर्जुन की बाल-बुद्धि द्वारा उत्पन्न बाधाओं के कारण अपनी इच्छा भर इसको पीट भी नहीं सका।"

"वह तो स्पष्ट ही है," धर्मराज हँसे, "यदि तुमने अपनी इच्छा भर इसे पीटा होता, तो इसके प्राण ही निकल गये होते। अच्छा, अब इसे मुक्त कर दो।"

भीम की तनिक भी इच्छा नहीं थी; किन्तु वह जानता था कि युधिष्ठिर इसे मुक्त कर ही देंगे। उसने नकुल की ओर देखा; "पांचाली को सूचित करो कि हम जयद्रथ को बाँध कर लाए हैं और वह पाण्डवों का दास हो गया है।"

द्रौपदी अब कुटीर से बाहर आ चुकी थी। उसने जयद्रथ को देखा।

"आपने बहुत अच्छा किया कि इस नराधम का सिर मूँड़ कर पाँच चोटियाँ बना दीं। यही इसका वास्तविक रूप है—पाप और वासनाओं के इस दास का।" द्रौपदी बोली, "अब आप इसे मुक्त कर दें, ताकि यह भी देख ले कि यह नीच मेरे जिन पतियों को कंगले, निर्धन तथा लक्ष्मीहीन कहकर त्याग देने का उपदेश दे रहा था, उनका सामर्थ्य क्या है। यह मुझे कह रहा था कि जब यह अपने बाहुबल से पाण्डवों को पराजित कर देगा तो मैं अनुनय-विनय करती हुई, घिसटती हुई इसके रथ के पीछे चलूँगी।...देखे यह मेरी अनुनय-विनय कि मैं स्वामिनी के रूप में इसे क्षमा किए बिना भी इसको मुक्त कर रही हूँ, क्योंकि यह पापाचारी तथा नीच दुःशला का पति है। यह देखे कि मेरे पति कितने वीर हैं। वे इसको पराजित कर सकते हैं। इसका वध भी कर सकते हैं, किन्तु करते नहीं। वे सारा जीवन इसे अपना दास बना कर रख सकते हैं, किन्तु वे कितने महान हैं कि इसे मुक्त भी कर सकते हैं। इस अपवित्र मांरा पिण्ड को जितनी जल्दी सम्भव हो अपने इस पवित्र आश्रम से बाहर निकाल दीजिए मध्यम पाण्डव।"

भीम को बहुत कष्ट हुआ कि धर्मराज की क्षमा का यह रोग द्रौपदी को भी क्यों लग गया। वह एक बार उसे दण्डित करने को कहती तो वह इन सारे उपस्थित लोगों के सम्मुख इस जयद्रथ को अपनी भुजाओं की ऊँचाई से एक बार धरती पर ऐसा पटकता कि उसके प्राण ही निकल जाते। पर अब क्या हो सकता था। उसने आगे बढ़ कर उसके बन्धन खोल, उसे मुक्त कर दिया और कहा, "फिर कभी तू मुझे अपने आश्रम के आस-पास दिखाई भी दे गया तो धर्मराज के सम्मुख भी नहीं लाऊँगा तुझे। वहीं मार कर पशुओं के खाने के लिये छोड़ दूँगा।"

जयद्रथ ने एक अत्यन्त भीत दृष्टि भीम पर डाली। उसे विश्वास ही नहीं हो रहा था कि कभी भीम अपने ही हाथों से उसके बन्धन खोल सकता है; किन्तु वह देख रहा था कि भीम ने उसके बन्धन खोल दिये थे और वह मुक्त था।...पाण्डवों के प्रति अब भी उसके मन में कृतज्ञता का भाव नहीं था। वहाँ तो मात्र भय था। कहीं वे उसे पुनः बंदी न बना लें। युधिष्ठिर की ओर मुख

कर, हाथ जोड़, उसने उन्हें प्रणाम किया। सामने बैठे तपस्वियों को प्रणाम किया और सिर झुकाए खड़ा हो गया।

"जाओ सिन्धुराज! हमारी ओर से तुम मुक्त हो। पर पापाचारी राजन्! यह स्मरण रखो कि प्रभु ने किसी को शक्ति इसलिये नहीं दी है कि वह पर-स्त्रियों का अपहरण करे। उसे शक्ति इसलिये मिली है कि वह दुर्बलों की रक्षा करे। मैं जानता हूँ कि तुम्हारे व्यसन क्या हैं, तुम्हारे संगी साथी कैसे हैं। भीम ने ठीक ही कहा है। यदि तुमने फिर ऐसा कोई प्रयत्न किया, अपने मन से अथवा दुर्योधन की इच्छा से हमें कष्ट देने का प्रयत्न किया, तो तुम्हारा अन्त ही होगा। तब मैं भी तुम्हारी रक्षा नहीं कर सकूँगा। जाओ। भगवान तुम्हें सद्‌बुद्धि दें।"

जयद्रथ सिर झुकाए हुए, जितनी जल्दी सम्भव था, वहाँ से बाहर निकल गया।

28

विशोक कई दिनों के पश्चात् हस्तिनापुर से आश्रम में वापस लौटा था, किन्तु वह अपने परिवार के पास अपने कुटीर में न जाकर सीधे धर्मराज के पास जा पहुँचा।

वह प्रणाम कर उनके सम्मुख बैठ गया तो युधिष्ठिर ने ध्यान से उसकी ओर देखा। उसके वस्त्र तथा केश बता रहे थे कि वह लम्बी यात्रा से लौटा है। उसके चेहरे की क्लांति स्पष्ट कह रही थी कि उसे विश्राम की बहुत आवश्यकता थी।

"सीधे मेरे पास ही आ रहे हो?"

"हाँ महाराज!"

"अपनी पत्नी और बच्चों से भी मिलने नहीं गये? स्नान इत्यादि भी नहीं किया?"

"नहीं महाराज! इतना ही नहीं, मार्ग में भी बहुत कम विश्राम किया है मैंने।"

"कारण? कोई चिन्ताजनक समाचार है?" युधिष्ठिर ने पूछा।

"चिन्ताजनक तो नहीं; किन्तु कुछ महत्त्वपूर्ण समाचार हैं।" विशोक ने कहा, "सोचा, पहले आपको सूचित कर दूँ, फिर एक ही बार स्नान, ध्यान कर भोजन कर विश्राम करूँगा।"

युधिष्ठिर ने ध्यान से उसकी ओर देखा, "चिन्ताजनक नहीं हैं, किन्तु महत्त्वपूर्ण समाचार हैं?"

"हाँ महाराज!"

"बोलो।"

"महाराज! यहाँ से जाने के पश्चात सिन्धुराज जयद्रथ आज तक हस्तिनापुर नहीं पहुँचे।"

"सम्भवतः अपने राज्य में लौट गये होंगे—सिन्धुदेश।"

"हस्तिनापुर में जो समाचार सुनने को मिले हैं, उनके अनुसार वे वहाँ भी नहीं पहुँचे।" विशोक बोला, "कुछ लोगों का विचार है कि वह यहाँ से सीधे हरिद्वार अथवा ऐसे ही किसी स्थल पर चले गये हैं।"

"सम्भव है कि मन की ग्लानि दूर करने के लिये, उसको उसकी आवश्यकता हो।" युधिष्ठिर बोले।

"कुछ लोगों का कहना है कि उन्होंने ग्लानि के मारे, कहीं गंगा में कूद कर, अपने प्राण दे दिये हैं।"

"नहीं! ऐसा सम्भव नहीं है।" युधिष्ठिर ने बीच में ही उसकी बात काट दी, "जयद्रथ में न इतना आत्मसम्मान है और न इतनी धर्मबुद्धि कि वह ग्लानि के मारे अपने प्राण दे दे। ऐसा ही लज्जाशील होता तो वह पांचाली के अपहरण जैसा नीच कर्म कभी न करता। करता तो उसे छोड़ कर इस प्रकार भागता नहीं। युद्ध में अपने प्राण दे देता।"

"कुछ लोगों की यह भी मान्यता है कि किसी दुर्गम स्थान पर एकान्त में तपस्या कर रहे हैं, ताकि उनका मन शुद्ध हो सके।" विशोक ने एक और सूचना दी।

युधिष्ठिर कुछ देर तक मौन बैठे कुछ सोचते रहे फिर बोले, "मेरा मन यह स्वीकार नहीं कर पा रहा है कि जयद्रथ अपने मन की शुद्धि के लिये तपस्या कर रहा है। मुझे तो उसमें पश्चात्ताप का कोई लक्षण दिखाई नहीं पड़ा था। यदि उसे स्वयं को शुद्ध करने के लिये तपस्या ही करनी थी, तो यहीं हमारे आस-पास आरण्यकों के मध्य अथवा सबसे पृथक रह कर तपस्या करता। पश्चात्ताप था, तो अपनी शत्रुता को धोने के लिये, उनकी ही सेवा करता, जिनका वह अपराधी था।"

"वे यहाँ कैसे रह सकते थे महाराज!" विशोक बोला, "युवराज भीम ने कहा था कि यदि सिन्धुराज यहाँ दिखाई भी पड़ेंगे, तो वे उनका वध कर देंगे।"

"भीम ने कहा अवश्य था; किन्तु वह ऐसा करता नहीं। पश्चात्ताप तो ऐसा भाव है, जिसके सम्मुख पत्थर पिघल जाता है।" युधिष्ठिर कुछ रुक कर बोले, "कहीं ऐसा तो नहीं कि वह मूर्ख तपस्या कर कुछ अलौकिक शक्तियाँ प्राप्त करना चाहता हो, ताकि हमें किसी प्रकार की क्षति पहुँचा सके।"

विशोक ने युधिष्ठिर को ऐसी दृष्टि से देखा, जैसे वे अकस्मात ही सत्य तक पहुँच गये हों, "सम्भवत् ऐसा ही हो महाराज!"

युधिष्ठिर के मस्तक से चिन्ता की रेखाएँ बहुत शीघ्र मिट गयीं, "कैसे-कैसे मूर्ख होते हैं, इस संसार में। जिस तपस्या से ईश्वर मिल सकता है, उस तपस्या को वे मात्र अपनी शत्रुता का विस्तार करने का माध्यम बनाते हैं।"

"क्या सिन्धुराज इसमें सफल हो पायेंगे महाराज?" विशोक चिन्तित था।

"चिन्ता की कोई बात नहीं विशोक! उस सर्वमंगलकर्त्ता से किसी का अनिष्ट माँगने से वह नहीं मिलता, क्योंकि वह किसी का अनिष्ट करता ही नहीं।" युधिष्ठिर मुस्कुराये, "उसे भूल जाओ विशोक! मुझे बताओ कि तुम हस्तिनापुर से क्या विशेष समाचार लाए हो। निश्चित् रूप से तुम यह बताने के लिये हस्तिनापुर से बिना विश्राम किए हुए भागते दौड़ते नहीं आ रहे हो कि जयद्रथ वहाँ नहीं पहुँचा है।"

"महाराज! सत्य कह रहे हैं।"

युधिष्ठिर ने निकट खड़े इन्द्रसेन की ओर देखा, "जाओ। द्रौपदी और अन्य पाण्डवों को बुला कर लाओ। उन्हें कहना कि विशोक हस्तिनापुर से लौट आया है।"

चारो पाण्डवों और द्रौपदी के साथ धौम्य भी आ गये।

"हाँ विशोक!" युधिष्ठिर ने कहा।

"हस्तिनापुर में राजमाता तथा महामन्त्री सकुशल हैं। पितामह भीष्म भी स्वस्थ और प्रसन्न हैं। आचार्य द्रोण तथा गुरुपुत्र अश्वत्थामा से भी मैंने भेंट की थी। उन्होंने आपके लिये अपना आशीर्वाद भेजा है।"

"महाराज धृतराष्ट्र स्वस्थ हैं?" युधिष्ठिर ने पूछा।

"मैंने उनसे व्यक्तिगत रूप से भेंट नहीं की है; किन्तु महात्मा विदुर ने मुझे बताया था कि वे स्वस्थ और प्रसन्न हैं।"

"अब तुम वह समाचार भी कह डालो, जिसके कारण तुम व्याकुल हो।" युधिष्ठिर बोले।

"महाराज! महात्मा विदुर ने मुझे विशेष रूप से यह समाचार निवेदित करने के लिये कहा है।"

"कहो।"

"आजकल हस्तिनापुर की वीथियों, पण्यशालाओं तथा क्रीड़ास्थलियों में एक कथा बहुत प्रचारित हो रही है।"

"क्या? एक कथा?" भीम का कौतूहल जाग उठा था।

"अंगराज कर्ण को स्वप्न में सूर्यदेव ने दर्शन दिये हैं।"

भीम ने जोर से अट्टहास किया, "अच्छा! हमें तो वह प्रतिदिन साक्षात् दर्शन देते हैं। कर्ण ने अब पहली बार सूर्य के दर्शन किए हैं, वह भी स्वप्न में। मनुष्य को इतने भी अन्धकार मे नहीं रहना चाहिए।"

"नहीं युवराज! मेरा तात्पर्य यह नहीं था।" विशोक बोला, "भगवान भास्कर ने मनुष्य के रूप में, ब्राह्मण वेश मे उसे दर्शन दिये।"

"क्या चाहते थे वे कि कर्ण उनकी द्वन्द्व से रक्षा करे?" भीम ने पुनः पूछा।

"नहीं। वे चाहते थे कि कर्ण इन्द्र से अपनी रक्षा करे।"

"क्या?" द्रौपदी ने आश्चर्य से पूछा, "क्या कर्ण देवराज से द्वन्द्व युद्ध करने जा रहा है?"

"भगवान भास्कर ने उससे कहा कि इन्द्र पाण्डवों की रक्षा करना चाहते हैं, इसलिये वे कर्ण को दुर्बल करना चाहते हैं। अतः निकट भविष्य में किसी समय देवराज इन्द्र, ब्राह्मण का वेश बना कर कर्ण के पास आयेंगे और उससे दान में उसके कवच और कुण्डल मांग लेंगे।..."

"तो उससे कर्ण दुर्बल कैसे हो जायेगा?" अर्जुन ने पूछा, "क्या उसके पास दूसरा कवच नहीं है? अथवा वह नये कवच का निर्माण नहीं कर सकता? अथवा अब नये कवच बनते नहीं? और कुण्डलों का क्या है; प्रत्येक सम्पन्न व्यक्ति के पास कई-कई कुण्डल होते हैं। फिर कुण्डल न होने से कोई व्यक्ति दुर्बल कैसे हो सकता है। युद्ध के अवसर पर तो वैसे भी योद्धा लोग अपने आभूषण उतार ही देते हैं।"

"मेरे मन में भी कुछ ऐसे ही प्रश्न आये थे राजकुमार! किन्तु वहाँ प्रचारित कथा में यह उस कवच-कुण्डल की चर्चा है, जो जन्म के समय उसके शरीर पर थे।"

"ओह! यह कथा तो हम पहले भी सुन चुके हैं कि कर्ण के शरीर पर अलौकिक कवच है..."

"जो आज तक हमें दिखाई नहीं दिया और जिस को धारण कर कर्ण अनेक युद्धों में पराजित होता रहा, अनेक युद्धों से भागता रहा।" भीम ने सहदेव की बात बीच में ही काट दी।

"हाँ! यह उसी कवच कुण्डल की चर्चा है।" विशोक बोला, "कथा के अनुसार वे कुण्डल स्वर्ण के नहीं, अमृत के बने हुए हैं और उनको धारण करने वाला व्यक्ति अवध्य होता है।"

"यदि ऐसा ही होता, तो कर्ण कब का उन्हें दुर्योधन को दे चुका होता, ताकि वह अवध्य हो सके," नकुल ने टिप्पणी की।

"कथा कहती है कि वे कवच और कुण्डल कर्ण के शरीर के अंग हैं, अतः उन्हें शरीर से पृथक करने के लिये मांस काटने जैसा काम करना होगा। शरीर को छीलना पड़ेगा।..."

"अच्छा, तो सूर्यदेव ने कर्ण को बताया कि इन्द्र ब्राह्मण का वेश धारण करके आयेंगे और कर्ण से उसके कवच कुण्डल माँग लेंगे?" युधिष्ठिर बोले।

"हाँ महाराज!" विशोक ने कहा।

"तो इतना सारा नाटक करने की क्या आवश्यकता है," सहदेव ने कहा, "इन्द्र जब चाहें, कर्ण को युद्ध में पराजित कर उसके कवच-कुण्डल छील कर ले जायें। धर्मराज ने बीच में पड़ कर धनंजय को न भेजा होता तो यह काम गन्धर्वराज चित्रसेन ही कर डालता। इन्द्र कर्ण से दुर्बल हैं, अथवा उससे भयभीत हैं?"

"पर हमने तो इन्द्र से कोई सहायता माँगी ही नहीं है।" भीम ने कहा।

"मुझे तो आश्चर्य इस बात का है कि जिस पदार्थ का अस्तित्व ही नहीं है, उसके विषय में इस प्रकार की कथाओं के प्रचार का क्या अर्थ।" अर्जुन ने अपनी टिप्पणी दी।

"तुम पूरी कथा सुनाओ विशोक!" युधिष्ठिर बोले, "उसके पश्चात् देखा जायेगा कि यह क्या है और इसका अर्थ क्या है।"

"सूर्यदेव ने कर्ण को यह चेतावनी दी; किन्तु कर्ण ने उसे स्वीकार नहीं किया। वह बोला कि उसने यह प्रण किया है कि जब तक वह अर्जुन का वध नहीं कर लेता, तब तक उसका कुछ भी ब्राह्मणों को अदेय नहीं है। यदि इन्द्र उसके पास ब्राह्मण का रूप धारण करके आयेंगे, तो वह उनका तिरस्कार नहीं कर सकता। तब सूर्यदेव ने कहा कि यदि ऐसा ही है तो वह इन्द्र को अपना कवच-कुण्डल देते हुए, उसके विपर्यय में इन्द्र से उनकी अमोघ शक्ति माँग ले। कर्ण ने कहा कि उसका प्रण है कि वह अपनी दी हुई वस्तु के बदले कुछ भी स्वीकार नहीं करेगा। सूर्यदेव ने उसे बहुत समझाया कि वह ऐसी भूल न करे, अन्यथा उसके प्राण संकट में पड़ जायेंगे। अन्ततः वह उनकी बात मान गया।..."

"कर्ण ने यह नहीं पूछा कि सूर्यदेव उसके लिये इतने चिन्तित क्यों हैं? और तो किसी की रक्षा के लिये वे आज तक आकाश से उतर कर नहीं आये। हस्तिनापुर की द्यूतसभा में जब कर्ण मुझे निर्वस्त्र कर देने का प्रस्ताव कर रहा था, तब भी वे उसे समझाने नहीं आये कि यह अधर्म है। उसका पतन क्या उसकी मृत्यु से कम भयंकर था। तो अब ऐसा क्या हो गया कि वे उसे चेतावनी देने आ गये?"

"कर्ण ने पूछा था, उनसे।" विशोक ने बताया, "तो भगवान भास्कर ने बताया कि वह उनका भक्त है इसलिये वे उसकी रक्षा करना चाहते हैं।"

"हाँ! भक्त तो वह है ही।" भीम ने कहा, "जिसके मन में इतनी ईर्ष्या और इतनी नीचता है, उसके मन में भक्ति के तो खेत लहरा रहे होंगे। जहाँ कण भर सात्विकता नहीं है, वहीं तो भक्ति की निर्मल धारा बहती होगी। सूर्यदेव आये थे, तो इतना तो उसे समझा ही जाते कि सात्विकता के बिना भक्ति का बीज भी प्रस्फुटित नहीं हो सकता।"

"तो कर्ण सूर्यदेव के कहने पर अपना संकल्प तोड़ने पर सहमत हो गया?" अर्जुन ने पूछा।

"हाँ। कर्ण सहमत हो गया और देवराज के आने की प्रतीक्षा करने लगा।" विशोक ने बताया, "एक दिन जब वह गंगा स्नान कर सूर्य को अर्घ्य दे रहा था, तो देवराज एक ब्राह्मण का वेश धारण कर आ गये।...कर्ण ने उन्हें एक साधारण ब्राह्मण मानकर पूछा कि उन्हें क्या चाहिए। देवराज ने उससे उसके कवच और कुण्डल माँगे, तो वह समझ गया कि वे ही देवराज हैं। उसने उन्हें टालने का बहुत प्रयत्न किया..."

"ब्राह्मणों के लिये कुछ भी अदेय नहीं है, इस घोषणा के बाद भी?" भीम ने पूछा।

"हाँ! किन्तु देवराज नहीं माने। उसने कहा कि वे उससे सारी पृथ्वी का राज्य ले लें..."

नकुल जोर से हँसा, "सारी पृथ्वी कर्ण की सम्पत्ति है कि वह उसका दान कर देगा। ऐसे तो वह सारा ब्रह्मण्ड ही किसी दिन किसी ब्राह्मण को दान कर देगा; और ब्राह्मण बेचारा ब्रह्माण्ड पर आधिपत्य जमाने के लिये टापता ही रह जायेगा। जो अपना है नहीं, उसका दान करने से तो दान की महिमा अनन्त हो जाती है।"

"देवराज नहीं माने, तो कर्ण बोला, 'मैं जानता था कि आप मुझसे मेरे कवच-कुण्डल माँगने आयेंगे। मेरे लिये यह कितने गर्व का विषय है कि देवराज इन्द्र को याचक के रूप में मेरे पास आना पड़ा। मैं आपको न नहीं कहूँगा; किन्तु आप जानते हैं कि मैं इस कवच के कारण अवध्य हूँ। आपको यह कवच दे देने के पश्चात मैं अवध्य नहीं रह जाऊँगा। इसलिये मैं आपको निष्फल दान नहीं दूँगा। उससे आपकी महिमा घट जायेगी। मैं आपको अपने कवच-कुण्डल दे दूँगा किन्तु उसके बदले में आप मुझे अपनी अमोघ शक्ति दें।' इन्द्र सहमत हो गये और उन्होंने उसे अपनी अमोघ शक्ति देते हुए कहा, 'मैं युद्ध में इसका उपयोग करता हूँ तो शत्रु सेना के सहस्रों योद्धा मारे जाते हैं और यह शक्ति

लौट कर मेरे पास आ जाती है। जब तुम इसका प्रयोग करोगे तो यह केवल एक योद्धा का संहार कर लौट आयेगी; किन्तु तुम्हारे पास नहीं मेरे पास। इसलिये इसका प्रयोग तब तक मत करना, जब तक कि तुम पूर्णतः असहाय न हो जाओ तथा तुम्हारे प्राणों पर वास्तविक संकट ही न आ गया हो।' कर्ण ने देवराज के नियम मान लिये और उनकी वह अमोघ शक्ति स्वीकार कर ली। तब उसने एक प्रखर कृपाण लेकर, अपने शरीर को छील-छील कर उस पर से वह कवच उतारा। अपने कानों को काट कर, वे कुण्डल पृथक किए। रक्त से सने हुए वे कवच और कुण्डल देवराज को दे दिये।..."

"इस घटना का कोई साक्षी है? किसी ने देखा है, कर्ण को यह सब करते हुए?" सहदेव ने पूछा।

"नहीं। सूर्यदेव तो कर्ण के स्वप्न में आये थे, अतः उस समय वहाँ किसी के उपस्थित होने का कोई प्रश्न ही नहीं था; और देवराज ने भी कर्ण का यह दान एकान्त में लिया था।" विशोक ने उत्तर दिया।

"यह सब करने में कर्ण का सारा शरीर घायल हो गया होगा।" सहदेव ने पुनः कहा, "उसके शरीर का बहुत सारा रक्त बह गया होगा। वह अत्यन्त दुर्बल हो गया होगा। वह हस्तिनापुर के राजवैद्य से महीनों उपचार करवाता रहा होगा। उसका शरीर और मुख मण्डल—दोनों ही अब बहुत कुरूप हो गये होंगे?"

"नहीं। ऐसा कुछ नहीं हुआ राजकुमार!" विशोक बोला, "कवच छीलने से पहले, उसने देवराज से यह वरदान माँग लिया था कि कवच देने के कारण वह कुरूप न हो। उसका शारीरिक सौन्दर्य वैसा-का-वैसा ही बना रहे।"

"विशोक! तुम हस्तिनापुर से यह जो कथा सुन कर आये हो, मैं उसको तनिक भी विश्वसनीय नहीं मानता।" सहदेव तेजस्वी वाणी में बोला, "हम वर्षों से कर्ण को देख रहे हैं। हमें उसके शरीर पर इस प्रकार का कोई अलौकिक कवच दिखायी नहीं दिया। इस प्रकार के कवच का जैसा प्रभाव होना चाहिए था, वैसा किसी युद्ध में भी दिखाई नहीं दिया। अब सूर्यदेव के समझाने तथा देवराज द्वारा उसका कवच ले लेने की घटनाओं का न कोई साक्षी है और न ही उसका कोई प्रमाण कहीं दिखायी दे रहा है। फिर उसका विश्वास कैसे किया जाये?"

"राजकुमार! मैं भी तो यही कह रहा हूँ कि यह कथा हस्तिनापुर में बहुत प्रचारित है; और महात्मा विदुर ने विशेष रूप से कहा है कि यह कथा मैं आपको सुना दूँ।"

"ठीक है विशोक! तुमने अपना दायित्व पूर्ण किया।" युधिष्ठिर बोले, "अब तुम अपने परिवार के पास जाओ। अपनी पत्नी और बच्चों से भेंट करो। स्नान ध्यान करो। कुछ खाओ पियो; और विश्राम करो।"

विशोक ने युधिष्ठिर की आज्ञा का पालन किया। वह प्रणाम कर अपने कुटीर की ओर चला गया।

"इस कथा का क्या अर्थ हुआ? व्यर्थ ही तो कोई कथा प्रचारित नहीं की जाती।" द्रौपदी ने सबसे पहले कहा।

"मैं तो इसे एक काल्पनिक कथा मात्र कह सकता हूँ।" सहदेव बोला, "सम्भवतः कर्ण को कुछ गौरवान्वित करने के लिये इस कथा को गढ़ा गया है।"

"हमारा सहदेव अत्यन्त प्रतिभाशाली है।" भीम ने कहा, "मैं सहदेव से सहमत हूँ। वह कथा कर्ण का महत्त्व बढ़ाने के लिये है। सम्भवतः हमें डराने के लिये भी है। कर्ण के पास कोई दिव्यास्त्र नहीं था। इस बात से वह पीड़ित भी था। उसने आचार्य द्रोण से ब्रह्मास्त्र के लिये प्रार्थना की थी। वे नहीं माने। वह गुरु परशुराम के पास गया। वहाँ भी उसे ब्रह्मास्त्र नहीं मिला। अब उसने सोचा होगा, दिव्यास्त्र नहीं है तो क्या हुआ। ऐसी कथा से यह ख्याति तो प्राप्त कर ही लेनी चाहिए कि उसके पास दिव्यास्त्र है। एक अमोघ शक्ति है, देवराज इन्द्र की दी हुई। पाण्डवों को उससे डर कर रहना चाहिए।"

"सहदेव और मध्यम का निश्चित मत है कि इस कथा में सत्य का कोई अंश नहीं है। सम्भव है कि इनका निष्कर्ष सत्य ही हो। मेरे मन में एक बात आती है कि कर्ण के पास दिव्यास्त्र हों न हों, किन्तु उसका ध्यान नित्य ही दिव्यास्त्रों की ओर लगा रहता है। वह उनका महत्त्व समझता है।" अर्जुन ने कहा, "उसके पास दिव्यास्त्र नहीं हैं, तो वह कहीं न कहीं से प्राप्त कर ही लेगा। उचित-अनुचित किसी न किसी मार्ग से ले ही आयेगा।..."

"कर ही नहीं लेगा, मेरा विचार है कि उसने सचमुच इन्द्र से वह शक्ति प्राप्त कर ली है।" युधिष्ठिर बोले।

"यदि आप यह मान लेंगे कि उसके पास सत्य ही वह शक्ति है, तो आपको यह भी स्वीकार करना पड़ेगा कि वह उसने देवराज से ही प्राप्त की है।" भीम ने कहा, "यदि उसने वह शक्ति इन्द्र से प्राप्त की है, तो इसका अर्थ है कि उसके शरीर पर कोई दिव्य कवच था। तब आप यह भी स्वीकार करेंगे कि उसने ब्राह्मणवेशी देवराज को अपने शरीर से छील कर वह कवच दिया। आप उसकी दान-वीरता भी स्वीकार करेंगे, उसके व्रत को भी स्वीकार करेंगे, जबकि वह कथा स्वयं स्वीकार करती है कि कर्ण ने कवच-कुण्डल का

दान नहीं किया, उसका इन्द्र के साथ व्यापार किया। उसे दे कर उसके स्थान पर अमोघ शक्ति प्राप्त की। इसका अर्थ हुआ कि जिस व्रत का वह व्रती था, उस व्रत को भी उसने तोड़ा। करेंगे आप यह सब स्वीकार?" भीम ने एक विजयिनी दृष्टि युधिष्ठिर पर डाली।

"मैं इसके एकदम विपरीत बात कह रहा हूँ।" धर्मराज ने कहा, "मुझे लगता है कि अब कर्ण के पास एक ऐसा अमोघ अस्त्र आ गया है। वह कहाँ से आया है, किस प्रकार प्राप्त किया गया है, इस विवाद में मैं नहीं पड़ता। पर पहले यह प्रचारित किया गया कि कर्ण के शरीर पर एक दिव्य कवच है और उसके कानों में दिव्य कुण्डल हैं। अब यह प्रचारित किया जा रहा है कि उसके पास एक दिव्यास्त्र है, एक अमोघ शक्ति है। अब यदि तुम पूछोगे कि वे कवच-कुण्डल कहाँ हैं, तो उत्तर मिलेगा कि वे देवराज इन्द्र ले गये। तुम दूसरा प्रश्न करोगे कि यह दिव्य शक्ति कहाँ से आयी, तो तुम्हें उत्तर मिलेगा कि यह देवराज से मिली। देवराज कर्ण को ऐसा शस्त्र क्यों देंगे? उत्तर है कि पाण्डवों की रक्षा करने के लिये वे कर्ण का कवच-कुण्डल लेना चाहते थे, इसलिये उन्हें यह अमोघ शक्ति देनी पड़ी।" धर्मराज ने उन लोगों की ओर देखा, "समझ रहे हो मेरी बात! इस कथा से जनमत कर्ण के पक्ष में होगा कि उस बेचारे को वंचित किया गया। यह बताया जायेगा कि देवराज इन्द्र तक पाण्डवों की सहायता कर रहे हैं। जबकि हम जानते हैं कि खाण्डव वन में इन्द्र हमारे विरुद्ध तक्षक की रक्षा कर रहे थे। अर्जुन जब उनका अतिथि था तो उर्वशी के माध्यम से उसे भी प्रवन्चित करने का प्रयत्न देवराज ने ही तो किया था। अब तुम यह भी नहीं कह सकते कि कर्ण के दिव्य कवच की बात मिथ्या थी, क्योंकि अब तो उसे देवराज ले गये। अब वह कर्ण के शरीर पर है ही नहीं, तो तुम्हें दिखायी कैसे पड़े। तुम यह भी नहीं कह सकते कि कर्ण किसी अनुचित पद्धति से कहीं से यह शक्ति प्राप्त कर लाया है, क्योंकि वह तो उसे देवराज ने दी है। जो नहीं है, उसकी भी व्याख्या हो गयी और जो है, उसका भी स्पष्टीकरण हो गया।"

"अब मेरी समझ में आया कि महात्मा विदुर ने क्यों विशोक से कहा कि वह यह कथा हमें अवश्य सुनाये।" द्रौपदी ने कहा, "इसका अर्थ यह भी है कि यदि वह शक्ति एक ही व्यक्ति के प्राण ले सकती है, तो कर्ण उसे धनंजय के लिये सँभाल कर रखेगा। अतः हमें धनंजय की रक्षा की चिन्ता करनी चाहिए। ऐसा अवसर कभी न आये कि धनंजय कर्ण के प्राणों के लिये संकट हो जाये, नहीं तो कर्ण उसी अमोघ शक्ति का प्रयोग कर धनंजय के प्राण ले लेगा।"

"तुम्हारी आशंका सत्य है देवि!" युधिष्ठिर ने कहा।

"पर तब मेरे मन में एक प्रश्न उठता है कि यदि कर्ण के पास वे कवच-कुण्डल थे ही नहीं, तो देवराज उसे वह शक्ति क्यों देंगे?"

"तुम कर्ण को नहीं जानतीं पांचाली!" भीम ने कहा, "जब वह किसी चीज़ के पीछे पड़ जाता है तो उसे प्राप्त करके ही छोड़ता है, चाहे उसके लिये उसे अपनी खाल ही क्यों न बेचनी पड़े।...और इस कथा में भी तो उसने अपनी खाल ही बेची है।" भीम ने अट्टहास किया।

"मेरे मन में एक और प्रश्न है।" द्रौपदी ने कहा।

सबने उसकी ओर देखा।

"कर्ण देवराज तक कैसे पहुँचा होगा?"

"इसका उत्तर तो तब मिले, जब यह कहा जाये कि कर्ण देवराज तक पहुँचा। जब कहा ही यह जा रहा है कि देवराज कर्ण के पास आये, तो स्पष्ट है कि वे उसके कवच-कुण्डल के लिये आये।" सहदेव ने कहा, "हम जब उन दिव्य कवच-कुण्डलों का ही अस्तित्व स्वीकार नहीं कर रहे हैं, तो हमारे लिये इस कथा की व्याख्या करना बड़ा कठिन है। वैसे इन महाशक्तियों के विषय में भी जानना बड़ा कठिन है कि वे किसको कौन सा शस्त्र किस उददेश्य से दे रहे हैं। कहा तो यह जा रहा है कि देवराज इन्द्र पाण्डवों की सहायता करना चाहते थे, इसलिये उन्होंने कर्ण को दुर्बल करने का प्रयत्न किया; किन्तु सत्य यह भी हो सकता है कि श्रीकृष्ण से अपने विरोध के कारण इन्द्र ने कृष्ण के मित्रों को दुर्बल करने के लिये, कर्ण को अपनी अमोघ शक्ति दे दी।"

"हाँ! सम्भावनाएँ तो अनन्त हैं; किन्तु यथार्थ मात्र इतना ही है कि हमें युद्ध में यह ध्यान रखना होगा कि उस दिव्यास्त्र के कारण कहीं धनंजय के प्राणों पर संकट न आये।" युधिष्ठिर ने कहा।

29

ऋतु में कुछ परिवर्तन हो गया था। चैत्र समाप्त हो गया था और वैशाख के भी कुछ दिन व्यतीत हो चुके थे। देव नदी अब कुछ तन्वंगी हो चली थी; और तृणबिन्दु सरोवर में भी जल का स्तर नीचे चला गया था। ग्रीष्म के प्रकोप के साथ-साथ निकट भविष्य में उसमें जल की मात्रा और कम हो जाने की सम्भावना थी। ज्येष्ठ के आरम्भ होने तक उसके जल के स्वच्छ रहने की आशा नहीं थी। सघन वन में जल के अन्य स्रोतों के सूख जाने से वन के पशु जल की खोज में वन से बाहर भी आ सकते थे। तब आश्रम की सुरक्षा की ओर से भी इतना निश्चिंत नहीं रहा जा सकता था।

युधिष्ठिर के मन में निरन्तर ऊहापोह की प्रक्रिया चल रही थी।

घोषयात्रा वाली घटना के पश्चात्, द्वैतवन उन्हें सुरक्षित नहीं लगा था, इसलिये वे काम्या कवन में आ गये थे। काम्यक हस्तिनापुर से दूर था और मार्ग भी उतना सरल तथा सुविधापूर्ण नहीं था। उसके पृष्ठ पर मरुभूमि का आरम्भ था। सोचा था कि उधर से आश्रम सुरक्षित रहेगा; किन्तु जयद्रथ उधर से ही आ गया था। काम्यक की वह सुविधा उन्हें नहीं मिली थी; और अब इस ऋतु में जल के अभाव की असुविधा भी सामने थी।...तो क्या वे पुनः द्वैतवन की और लौट जायें?

जाने को तो पृथ्वी पर न स्थान की कमी थी, न दिशाओं की; किन्तु बारहवाँ वर्ष समाप्त हो रहा था। द्यूत की प्रतिज्ञा के अनुसार तेरहवाँ वर्ष उन्हें मानव समाज के मध्य अज्ञात रह कर व्यतीत करना था। वे नहीं चाहते थे कि वे किसी अज्ञात दिशा में किसी ऐसे स्थान पर जा पहुँचें, जहाँ अज्ञातवास असुविधाजनक हो। तो क्या वे द्वैतवन में ही लौट जायें?...किन्तु हस्तिनापुर?...

वैसे तो हस्तिनापुर में दुर्योधन जमा बैठा था; किन्तु यधिष्ठिर को उससे भी अधिक चिन्ता कर्ण की थी। कर्ण ने अर्जुन के वध की प्रतिज्ञा की थी; और अब उसने इन्द्र से एक अमोघ शक्ति भी प्राप्त कर ली थी। ठीक है कि वह शक्ति केवल एक ही व्यक्ति का वध कर, इन्द्र के पास लौट जायेगी; किन्तु अर्जुन भी तो एक ही है।...इस संकट को न अर्जुन समझ रहा था, न भीम। बहुत सम्भव है कि नकुल और सहदेव इस संकट की गम्भीरता को समझने से इंकार कर दें। उन्होंने तो अभी यह भी स्वीकार नहीं किया था कि कर्ण के पास ऐसी कोई शक्ति है, तो फिर वे यह कैसे स्वीकार कर लेते कि अर्जुन के प्राणों को कर्ण की ओर से गम्भीर संकट था।...

युधिष्ठिर को लगा कि अकस्मात् ही उनके मन की चिन्ता कहीं विलुप्त हो गयी, और उसके स्थान पर उनका अपना ही कोई विचित्र सा प्रतिरूप आ बैठा। वह शान्त नहीं था। चंचलतापूर्वक मुस्कुरा रहा था। उन्होंने उसकी ओर देखा तो वह जैसे चुनौती देता हुआ बोला, “क्यों बहुत भयभीत हो?”

युधिष्ठिर ने स्वीकार किया, “हाँ! मेरे भाई के प्राणों पर ऐसा संकट हो, जिसका कोई प्रतिकार न सूझ रहा हो, तो भय तो लगेगा ही।”

प्रतिरूप की मुद्रा गम्भीर हो गयी, “अर्जुन के प्राणों के लिये क्यों चिन्तित हो?”

“अर्जुन मेरा भाई है। मैं उससे प्रेम करता हूँ। वह मेरे सरंक्षण में है। उसकी रक्षा की चिन्ता मैं नहीं करूँगा, तो कौन करेगा।”

प्रतिरूप हँस पड़ा, "भाई के प्रेम के कारण चिन्तित हो या अपनी मृत्यु की सम्भावना से डर गये हो?"

युधिष्ठिर कुछ समझ नहीं पाये। उसकी ओर देखते रह गये।

"नहीं समझे?" प्रतिरूप ने पूछा।

"नहीं!" युधिष्ठिर ने स्वीकार किया।

"तुम्हें भय है कि यदि अर्जुन ही जीवित न रहा तो तुम्हारी रक्षा कौन करेगा। तुम अर्जुन के लिये नहीं, अपने प्राणों के लिये चिन्तित हो।"

युधिष्ठिर के मन में विरोध जागा। उनका प्रतिरूप उन पर मिथ्या लांछन लगा रहा था। वे अपने प्राणों के लिये चिन्तित नहीं थे। अपने प्राणों की क्या चिन्ता। जिसने भी इस संसार में जन्म लिया है, वह मृत्यु को भी प्राप्त होगा ही। जिसने शरीर धारण किया है, वह शरीर का त्याग करेगा ही। तो फिर चिन्ता क्या?

और युधिष्ठिर स्वयं ही हँस पड़े।...कौन नहीं जानता कि जो जन्म लेता है, वह मृत्यु को भी प्राप्त होता ही है; किन्तु कितने आश्चर्य की बात है कि प्रत्येक व्यक्ति अपने मन में यही धारणा बनाए बैठा है कि उसकी मृत्यु कभी नहीं होगी। कभी किसी को स्मरण आती है अपनी मृत्यु?...कैसा मोह है कि जिस मृत्यु को हम संसार में नित्य ही देखते हैं, उसे अपने सन्दर्भ में सदा ही भुलाए बैठे रहते हैं। जो दुर्योधन, कर्ण और शकुनि नित्य सोते-जागते, पाण्डवों की मृत्यु की कामना करते रहते हैं, क्या उन्होंने कभी अपनी मृत्यु के विषय में भी सोचा है? क्या है यह? अज्ञान? नहीं! अज्ञान तो तब हो, जब वे इसे जानते न हों। क्या वे नहीं जानते कि प्राणी के जन्म में ही उसकी मृत्यु भी निहित है, शरीर के निर्माण में ही उसका क्षय भी सम्मिलित है।...जानते तो वे हैं, किन्तु इसे भूल बैठे हैं। मोह है यह। मोह आँखें तो खुली रखता है; किन्तु उन्हें सत्य का साक्षात्कार नहीं करने देता।...मोह ही क्यों? अहंकार भी तो है। दुर्योधन में ही नहीं अहंकार तो भीम में भी है, अपने बल का। दुर्योधन दम्भी भी है। भीम में दम्भ नहीं है, किन्तु अहंकार तो है ही।... अहंकार, व्यक्ति के चैतन्य का हरण कर लेता है। व्यक्ति एक प्रकार से अचेत हो जाता है। सामने उपस्थित सत्य दिखाई नहीं देता। कई बार युधिष्ठिर को भीम के विषय में भी यही लगता है। उसका चैतन्य नष्ट हो जाता है। शारीरिक रूप से वह अचेत नहीं होता, किन्तु उसका चैतन्य लुप्त हो जाता है। ऐसा व्यक्ति मृत तो नहीं होता, किन्तु उसे जीवित भी कैसे कहा जाये।...

चैतन्य शून्यता रूपी इस मृत्यु में जीवन लौटा लाने के लिये, ज्ञान की आवश्यकता है। शास्त्र ज्ञान की!...युधिष्ठिर का चिन्तन जैसे स्तब्ध हो कर

खड़ा रह गया।...भीम को क्या शास्त्र का ज्ञान नहीं है? शास्त्रों का अध्ययन तो उसने भी किया है। उसने ही क्या सहस्रों लोगों ने शास्त्रों को पूरी तरह चाट रखा है। शास्त्र घोंट कर वे भी मूर्ख के मूर्ख ही रह गये हैं। उनके आचरण पर उस ज्ञान का कोई प्रभाव दिखायी नहीं पड़ता। वे शास्त्र से कुछ भी ग्रहण नहीं करते, केवल अपना व्यसन पूरा करते हैं। व्यसन किसी का विकास नहीं करता। विकास करता है आचरण। जब तक आचरण में सात्विकता नहीं आयेगी, जब तक आचरण में से अहंकार लुप्त नहीं होगा, तब तक शास्त्रों का ज्ञान किस काम का।...जिसने अपने मानसिक मलों का त्याग करने जैसा महास्नान नहीं किया, जिसने सबके सुख की कामना करने जैसी दया अपने मन में विकसित नहीं की, जो सारे द्वन्द्वों के मध्य रह कर अपने मन की दया को बनाये रखने का साहस नहीं कर पाया, जो अपने धर्म में तत्पर रहने का तप नहीं करता, उनके शास्त्राभ्यास का क्या लाभ...

युधिष्ठिर का प्रतिरूप पुनः हँस पड़ा, “धर्म पर विचार कर रहे हो?”

“बस ऐसे ही।” युधिष्ठिर ने अनायास ही उत्तर दे दिया।

“धर्म क्या है? चार पुरुषार्थों में से एक। काम भी पुरुषार्थ और धर्म भी पुरुषार्थ! अर्थ भी पुरुषार्थ! काम-सुख प्राप्त करना हो तो धर्म की रक्षा होगी तुमसे?” प्रतिरूप जैसे उनका उपहास कर रहा था, “पत्नी की इच्छा को धर्मविरोधी कह कर टाल दोगे, तो काम-सुख कैसे पाओगे?...वह कहेगी या तो धर्म के साथ ही रह लो, या फिर मेरा संग कर लो। वह माँगेगी धन। उस धन को व्यय करना चाहेगी। धन भी कभी धर्म से कमाया जाता है? धर्म पर टिके रहे, तो अर्जित कर लिया तुमने धन। ब्राह्मण को धर्म चाहिए, इसलिये वह भिक्षा पर जीवित रहता है। धर्म न धन के साथ रहता है, न काम के साथ; और तुम हो कि तीनों को एक साथ रखना चाहते हो।...”

युधिष्ठिर को खीझ का सा अनुभव हुआ। आज उनके अपने भीतर ये कैसे प्रश्न उठ रहे हैं। यह तो ऐसा लगता है कि उनके भीतर कहीं से कोई दुर्योधन आ बैठा है।...

किन्तु फिर वे अपने प्रतिरूप के समान ही हँस दिये। रोचक प्रश्न है। ...जैसे भर्ता धर्म से च्युत हो जाये तो भार्या को कष्ट होता है, वैसे ही भार्या धर्म की विरोधीनी हो जाये, तो भर्ता को कष्ट होगा।...मूल प्रश्न तो यह है कि भर्ता और भार्या एक-दूसरे के विरोधी हैं अथवा अविरोधी। युधिष्ठिर को तो आज तक नहीं लगा कि उनका और पांचाली का पक्ष एक-दूसरे का विरोधी है। देविका ने कभी उन्हें धर्म के विरुद्ध चलने को नहीं कहा।...पत्नी ऐसा कैसे कर सकती है। पत्नी तो, पति की दैवकृत सहचरी है। गृहवासी की सबसे घनिष्ठ

मित्र है, उसकी पत्नी। तो भार्या अपने भर्ता की विरोधिनी कैसे हो सकती है। जब भार्या और धर्म एक-दूसरे के अविरोधी हो जाते हैं, तो भर्ता को काम-सुख भी मिलता है, अर्थ का उपार्जन भी होता है और उसका सुख भी मिलता है। पत्नी ही तो है, जो काम को आन्दोलित भी करती है और मर्यादित भी। पत्नी ही तो है, जो अर्थोपार्जन में नियोजित भी करती है, और लोभ का निराकरण कर सन्तोष का आह्वान भी।...वास्तविक रोग तो लोभ है। धर्म का विरोधी लोभ है, पत्नी नहीं। अनन्त रोग है लोभ; लोभ चाहे किसी भी क्षेत्र का क्यों न हो...

"महाराज! धर्मराज!!"

युधिष्ठिर ने अपना सिर उठाकर देखा : एक बहुत घबराया हुआ ब्राह्मण उनको बड़ी व्याकुलता से पुकार रहा था।

"क्या बात है ब्राह्मण! इतने व्याकुल क्यों हो?"

"महाराज! एक महामृग मेरी अरणि लेकर भाग गया है।" उसने कहा।

भीम ने अट्टहास किया, "वह महामृग नहीं, दुर्योधन होगा। वही है, जो दूसरों की सम्पत्ति लेकर भाग जाता है।"

युधिष्ठिर को भीम का यह परिहास अच्छा नहीं लगा। किसी के दुख का उपहास करना तो अच्छा नहीं; किन्तु धर्मराज ने अनुभव किया कि उन्होंने भीम को वर्जित करने के लिये जो कुछ कहा, वह उनके अपने मन के भीतर ही रह गया। कण्ठ से स्वर फूटा ही नहीं।

"नहीं युवराज! वह महामृग ही था।" ब्राह्मण बोला, "मैंने उसे अपनी इन्हीं आँखों से देखा है।"

युधिष्ठिर को वे आँखें भी बड़ी विचित्र लगीं। वे जैसे किसी विराट यक्ष की आँखें थीं...जटासुर की आँखें भी वैसी ही थीं।

"तो क्या हो गया," इस बार अर्जुन बोला। उसके स्वर में तनिक भी गम्भीरता नहीं थी, "वह जयद्रथ होगा। वह पांचाली का अपहरण कर सकता है तो क्या तुम्हारी अरणि का हरण नहीं कर सकता? तुम्हारी अरणि पांचाली से तो भारी नहीं हो सकती।"

"अर्जुन!" युधिष्ठिर ने उसे डाँट कर चुप करा दिया। उन्हें अपने भाइयों का यह अहंकारी रूप तनिक भी अच्छा नहीं लग रहा था। उन्होंने ब्राह्मण से पूछा, "अरणि कहाँ रखी थी ब्राह्मण?"

"मैंने अपनी अरणि एक वृक्ष पर टाँग रखी थी।"

"तो क्या मृग उस वृक्ष पर चढ़ गया?" भीम पुनः हँस पड़ा, "और अरणि ले कर भाग गया। उसके हाथ क्या मनुष्य के समान थे?"

"नहीं युवराज! उसने वृक्ष से अपने शरीर को रगड़ा तो ऊपर रखी अरणि गिर पड़ी; और उसके सींगों में फँस गयी।"

"तुमको कुछ भ्रम हुआ है ब्राह्मण!" नकुल बोला, "मृग के सिर पर सींग थे अथवा झाड़, जिससे बच्चे पतंग लूटते हैं।"

युधिष्ठिर को फिर खीझ चढ़ी। जाने क्या हो गया है उनके भाइयों को आज। ऐसा व्यवहार तो कभी नहीं करते। उन्हें डाँटने का मन हुआ; किन्तु डाँटा नहीं। बोले, "अपना मनोविनोद बाद में करना। अभी चलो, हम लोग ब्राह्मण की अरणि खोज कर लाएँ।"

युधिष्ठिर स्वयं भी उठ खड़े हुए। ब्राह्मण वहीं बैठा रह गया और वे पाँचों भाई उसकी बताई गयी दिशा में वेग पूर्वक चल दिये।

वे पाँचों आगे-पीछे भागते जा रहे थे और युधिष्ठिर सोचते जा रहे थे, यह वे लोग अच्छा नहीं कर रहे हैं। अभी कुछ दिन पहले ही तो पांचाली को आश्रम में अकेली छोड़ कर वे पाँचों एक साथ वन में चले गये थे और पीछे से जयद्रथ ने पांचाली का अपहरण कर लिया था। आज फिर वे लोग वही भूल कर रहे हैं। उनमें से एक न एक भाई को पांचाली की रक्षा के लिये आश्रम में रहना चाहिए था। यदि वह ब्राह्मण ही कोई धूर्तता कर रहा हो, तो आज फिर पांचाली का अपहरण हो जायेगा।...

पर न तो युधिष्ठिर स्वयं आश्रम की ओर मुड़े और न ही उन्होंने किसी और भाई को पांचाली की रक्षा के लिये लौटाया। उनका मन पीछे की ओर भागता रहा और पग आगे की ओर। वे समझ ही नहीं पा रहे थे कि आज वे इतने असहाय क्यों थे। उनका अपना ही मन, मस्तिष्क और शरीर एक-दूसरे से इस प्रकार विद्रोह क्यों कर रहा था।

जिस दिन जयद्रथ ने द्रौपदी का अपहरण किया था, उस दिन तो वे लोग अपने-अपने रथ पर वन में गये थे। बाद में जयद्रथ को खदेड़ने के लिये भी वे रथों पर ही गये थे। आज उनके रथ भी न जाने कहाँ चले गये थे। इन्द्रसेन भी साथ नहीं था। धौम्य कहाँ थे आज।...किन्तु उनका मस्तिष्क किसी भी प्रश्न का उत्तर नहीं दे रहा था। सब कुछ अव्यवस्थित था। ऐसे में वे न तो उस महामृग को पकड़ पायेंगे, न पांचाली की रक्षा कर पायेंगे।...पता नहीं वह ब्राह्मण भी कौन था। ठीक कह रहा था भीम, क्या आवश्यकता थी अरणि को वृक्ष पर टाँगने की। अरणि ही तो थी, कोई सारिका तो थी नहीं कि उसे वृक्ष पर अपना घोंसला बनाना था।...पर यह तो भीम ने नहीं कहा था। किसी और ने कहा होगा। किसने कहा था? किसी ने भी कहा हो। उन्हें इस बात से क्या लेना-देना। बात तो इनती ही थी कि वह महामृग, उस ब्राह्मण की अरणि ले

कर भाग गया था। अब पता नहीं वह ब्राह्मण उसी अरणि के पीछे क्यों पड़ा था। दूसरी क्रय कर लेता। शायद दूसरी क्रय नहीं कर सकता था। या तो यहाँ अरणि पण्य में कहीं बिकती नहीं होगी, या फिर उसके पास इतना धन नहीं होगा। देखने से ही निर्धन लग रहा था।...

पर वे लोग कहाँ भागते जा रहे हैं। वे तो ऐसे भाग रहे हैं, जैसे किसी महामृग को न खोज रहे हों, भागने की किसी स्पर्धा में भाग ले रहे हों। यह क्षेत्र तो उनका पहचाना हुआ नहीं था। पता नहीं वे लोग अपने आश्रम तक लौटने का मार्ग भी खोज पायेंगे या नहीं। यदि उन्हें मार्ग ही न मिला तो? मार्ग मिल भी गया और अरणि न मिली तो? और अरणि भी मिल गयी, ब्राह्मण ही न मिला तो?

युधिष्ठिर बहुत थक गये थे। वे रुक गये।

"भीम थोड़ा विश्राम कर लिया जाये?"

"हाँ! कर ही लें, ताकि वह महामृग भी थोड़ा विश्राम कर सके।" भीम बोला, "किसी असहाय मूक पशु को इस प्रकार निरन्तर खदेड़ते जाना नृशंसता है। हमें थोड़ी जीव-दया भी दिखानी चाहिए। यह क्या कि प्रातः से ही उस बेचारे महामृग के पीछे भागते जा रहे हैं।"

युधिष्ठिर समझ रहे थे कि भीम उनका उपहास कर रहा था; किन्तु वे कुछ बोले नहीं। उन्हें बहुत प्यास लग रही थी। इस समय वे अपने भाइयों से उलझना नहीं चाहते थे।

"मैं भी यही सोच रहा था कि ब्राह्मण भी कहीं विश्राम कर रहा होगा, और वह महामृग भी अपने डेरे पर अपनी मृगी के पास पहुँच गया होगा। उसने वह अरणि अपनी प्रिया को भेंट भी कर दी होगी। एक हम ही हैं कि इस वन में दौड़ने की स्पर्धा किये जा रहे हैं।" सहदेव बोला।

"ठीक है। ठीक है।" युधिष्ठिर ने क्लांत और चिड़चिड़ाहट भरे स्वर में कहा, "पहले यह सोचो कि हम कहाँ हैं। यहाँ आस-पास कोई सरोवर इत्यादि है अथवा नहीं। मुझे प्यास लगी है।"

तब सबने पहली बार ध्यान दिया कि वे लोग एकदम अपरिचित स्थान पर पहुँच गये हैं। वे यहाँ इससे पूर्व कभी नहीं आये। इसलिये यहाँ के जल स्रोतों के विषय में भी उन्हें कुछ ज्ञात नहीं है। पर कैसी विचित्र बात थी कि वन के कण-कण को पहचानने वाले पाण्डव इस स्थान से सर्वथा अनभिज्ञ थे।...और इस समय तो वे पाँचों ही थक गये थे और विकट प्यास उन्हें सता रही थी। जल की आवश्यकता उन सबको ही थी।

सहदेव निकट के एक ऊँचे वृक्ष पर चढ़ गया। उसने चारों ओर देखा। उसे लगा कि सामने जो वृक्ष हैं, वे जल के निकट ही पाये जाते हैं। और कुछ पक्षी भी थे, जो सरोवर के निकट ही रहते थे। उनके पंख भी भीगे हुए थे। लगता था कि वे अभी-अभी किसी सरोवर में जल क्रीड़ा करके लौटे हैं।...पर वे कौन से पक्षी थे? उन्हें उसने कहाँ देखा था? उसे कैसे मालूम था कि पक्षी जल के निकट ही रहते हैं? उन वृक्षों के नाम भी वह नहीं जानता था। पर वह यह जानता था कि ये वृक्ष और ये पक्षी जल की निकटता के प्रतीक थे। शायद भीषण प्यास के कारण उसे कुछ भी स्मरण नहीं आ रहा था।

वह वृक्ष से उतर आया। उसने अपनी खोज के विषय में युधिष्ठिर को बताया और वह जल लेने के लिये चल पड़ा।

चारों भाई प्रतीक्षा करते रहे, किन्तु सहदेव नहीं लौटा। युधिष्ठिर प्यास के मारे व्याकुल हो रहे थे। उन्होंने नकुल की ओर देखा, "जाओ। देखो, सहदेव कहाँ रह गया। कहीं ऐसा न हो कि मार्ग भटक गया हो। कितना भी बड़ा हो जाये; किन्तु है तो अभी बच्चा ही न!"

नकुल ने अपना तूणीर उठाया, ताकि उसमें जल भर कर ला सके; और जल्दी से उसी दिशा में चल पड़ा, जिधर सहदेव गया था।

युधिष्ठिर की व्याकुलता बढ़ती जा रही थी। नकुल भी लौट कर नहीं आया था। युधिष्ठिर ने इस बार अर्जुन को भेजा, "देखो। ये दोनों छोटे कहाँ सो गये हैं।"

अर्जुन को गये भी बहुत देर हो गयी तो युधिष्ठिर ने भीम से कहा।

"मैं उन सबको अभी उनकी गर्दन से पकड़ कर लाता हूँ।" भीम उठा और झूमता-झामता उसी दिशा में चला गया।

बहुत देर हो गयी तो युधिष्ठिर स्वयं उठे। उनके भाई ऐसा तो कभी नहीं करते थे। आज जाने क्या हो गया था। चारों ही कुछ विचित्र व्यवहार कर रहे थे।

अब तक युधिष्ठिर को यह सारा क्षेत्र अपरिचित लग रहा था; किन्तु जब चले तो जैसे अपने-आप ही मार्ग का ज्ञान होता गया। वे थोड़ी ही देर में सरोवर के तट पर पहुँच गये।

सरोवर का जल स्वच्छ और पारदर्शी था...उनके चारों भाई सरोवर के तट पर ऐसे लेटे हुए थे, जैसे इच्छा भर जल पीकर, तृषा मिट जाने के पश्चात् विश्राम कर रहे हों। युधिष्ठिर भागते हुए उनके पास पहुँचे। उन्हें ध्यान से देखा। नहीं! वे विश्राम नहीं कर रहे थे। वे लोग तो अचेत थे।

कहीं दुर्योधन ने ही तो कोई प्रपंच नहीं रचा?...युधिष्ठिर का मन पीड़ा से फटने लगा।...उनके चारों के चारों वीर भाई इस प्रकार बिना किसी युद्ध

के अकस्मात् धराशायी हो गये थे।...क्या शकुनि अथवा कर्ण उनसे पहले यहाँ आ पहुँचे थे? वह ब्राह्मण, जो उनके पास सहायता के लिये आया था, कहीं दुर्योधन का ही भेजा हुआ तो नहीं था?

युधिष्ठिर ने एक-एक कर सारे भाइयों की नाड़ी का परीक्षण किया।...बड़ी विचित्र स्थिति थी। वे जीवित तो थे, किन्तु न तो उनकी नाड़ी सक्रिय थी ओर न ही उनका श्वास चल रहा था। युधिष्ठिर की समझ में नहीं आ रहा था कि वे कैसे कह सकते थे कि वे जीवित थे। क्या प्रमाण था युधिष्ठिर के पास उनके जीवित होने का?...किन्तु वे जानते थे कि उनके भाई अभी तक जीवित हैं।...भाइयों का जीवित होना निश्चित हो गया तो उन्हें अपनी प्यास स्मरण हो आयी। वे आगे बढ़े। पहले पानी पी लें। तूणीर में जल ला कर अपने भाइयों को पिलाने का प्रयत्न करेंगे। सम्भव है कि वे लोग प्यास से ही अचेत हो गये हों...यद्यपि यह बात भी युधिष्ठिर के मन में निरन्तर बनी हुई थी कि उनके भाई इतने सुकुमार तो थे नहीं कि इतनी-सी देर में प्यास के कारण अचेत हो कर भूमि पर गिर पड़ें।

युधिष्ठिर जल की ओर बढ़े।

"ठहरो।"

युधिष्ठिर ने अपना सिर उठा कर ऊपर देखा : कहीं कोई नहीं था, किन्तु उन्होंने स्पष्ट सुना था कि कोई उन्हें ठहरने को कह रहा था।

"कौन हो भाई?" युधिष्ठिर ने पूछा।

"मैं एक यक्ष हूँ।" और यक्ष उनके सम्मुख प्रकट हो गया। वह ताड़ के वृक्ष के बराबर ऊँचा, अमावस्या के समान काला और किसी भयंकर शस्त्र के समान क्रूर लग रहा था। उसकी आँखें बड़ी-बड़ी और भयंकर थीं, "और यह सरोवर मेरा है। मेरी अनुमति के बिना तुम इसका जल नहीं पी सकोगे।"

युधिष्ठिर ने एक विचित्र प्रकार की व्याकुलता का अनुभव किया। आज तक तो जल और वायु जैसे पदार्थ ईश्वर की सम्पत्ति थे। अब यदि उन पर भी यक्षों और मनुष्यों का आधिपत्य हो जायेगा, वे उसके स्वामी हो जायेंगे; तो साधारण व्यक्ति जल और वायु कैसे प्राप्त करेगा? वह उनके बिना जीवित कैसे रहेगा? जल और वायु तो ऐसे पदार्थ नहीं, जिनके बिना मनुष्य का जीवन चल सके। तो यह सृष्टि कैसे चलेगी?

"तुम्हारे इन भाइयों को मैंने जल पीने से रोका था; किन्तु अपने बल के अहंकार में वे रुके ही नहीं, इसलिये मैंने उनकी यह स्थिति कर दी है।" यक्ष ने कहा, "यदि तुमने भी मेरी अनुमति के बिना जल पीने का प्रयत्न किया तो तुम्हारी भी वही स्थिति हो जायेगी।"

हाँ! अहंकार!...युधिष्ठिर स्वयं सोच रहे थे कि भीम को अपने बल का बहुत अहंकार हो गया था। उसने कुबेर के सरोवर में से सौगन्धिक पद्म लाते हुए भी, किसी की अनुमति नहीं ली थी और रक्षकों को मार कर फेंक दिया था। तो इस अहंकार का यह फल मिला उसे...धनंजय को भी...नकुल, सहदेव को भी।...

"नहीं। मैं आपकी अनुमति के बिना जल नहीं पियूँगा।" युधिष्ठिर ने कहा, "अब बताइए कि आपकी अनुमति प्राप्त करने के लिये क्या करना पड़ेगा।"

"मेरे कुछ प्रश्नों का उत्तर देना होगा। यदि मेरे प्रश्नों का सन्तोषजनक उत्तर दे दोगे, तो तुम इस सरोवर का जल पी सकोगे।"

युधिष्ठिर को यह सब कुछ बड़ा विचित्र लग रहा था। जल पीने के लिये अपने ज्ञान की परीक्षा होगी।...नहीं! अपने ज्ञान की परीक्षा नहीं। सम्भव है, यक्ष को कुछ सूचनाओं की आवश्यकता हो, जिनके अभाव में उसका कोई काम रुका हुआ हो। तो क्या जल पीने का भी मूल्य देना पड़ेगा?

"पूछो।" युधिष्ठिर ने कहा।

"पृथ्वी से भारी क्या है?"

ओह! भूगोल का प्रश्न। इस यक्ष को जल के मूल्य के रूप में भूगोल की जानकारी क्यों चाहिए? उसे कहीं भूगोल की परीक्षा देनी थी क्या?...

सारी पृथ्वी से युधिष्ठिर का परिचय नहीं है। वे तो अपनी उसी धरती को जानते हैं, जिसके अन्न से उनके इस शरीर का पोषण हुआ है। युधिष्ठिर के मन में धरती के प्रति कृतज्ञता का भाव उदित हुआ। मनुष्य धरती पर जन्म लेता है, उस पर विचरण करता है। उसमें से अन्न उगाता है और अपना उदर भरता है। धरती हमारी माता है।...पर वास्तविक माता तो कुन्ती है। यदि माँ ने युधिष्ठिर को जन्म न दिया होता, तो धरती किसका भरण-पोषण करती? धरती वनस्पति को जन्म दे सकती है, मनुष्य को नहीं...

"माता का गौरव पृथ्वी से भी अधिक गरिमापूर्ण है।" युधिष्ठिर उसे भूगोल क्षेत्र से बहका कर भावना के क्षेत्र में ले आये। देखें यक्ष क्या कहता है।

यक्ष ने उनके उत्तर से न सहमति जताई, न असहमति। बोला, "आकाश से ऊँचा क्या है?"

आकाश से?...युधिष्ठिर ने सोचा...क्या था, जिसकी ऊँचाई तक उनकी दृष्टि उठती नहीं थी? कौन था, जिस की ऊँचाई तक उठना उनका आदर्श था? कौन था, जिसको पार कर जाना जीवन का सपना था। कौन था, जिसकी ऊँचाई उनके लिये चुनौती थी? कौन था, जिसकी ऊँचाई उनका आदर्श थी?...

"पिता आकाश से भी ऊँचा है।" युधिष्ठिर ने उत्तर दिया।

"वायु से भी अधिक गति से कौन चलता है?" लगता था, यक्ष की रुचि प्रश्न पूछने में अधिक थी, उत्तर सुनने में कम।

अभी-अभी युधिष्ठिर का मन माता कुन्ती के पास हस्तिनापुर में जा पहुँचा था। वायु तो अभी इस सरोवर के उस पार ही पहुँची होगी।

"मन वायु से भी तीव्रगति है।" वे बोले।

"तिनकों से भी अधिक संख्या किस की है?"

ओह! यह यक्ष तो लगता है, घर से ही सारे प्रश्न सोच कर आया है। ...युधिष्ठिर सोच रहे थे...तिनकों से अधिक संख्या तो उसकी ही होगी, जो अनन्त है, असंख्य है...ब्रह्म अनन्त तो है, किन्तु असंख्य नहीं है।...तो क्या है वह, जिसकी संख्या तो हो, किन्तु उसकी गणना कभी समाप्त ही न हो।... कैसी चिन्ता में डाल दिया, इस यक्ष ने उनको।...हाँ! चिन्ता! चिन्ता अनन्त है। किस-किस प्रकार की चिन्ता है। उनके जीवन में चिन्तायें कभी समाप्त नहीं हुईं। और वे तो केवल अपने जीवन की बात सोच रहे हैं। सारी सृष्टि की चिन्ताएँ ली जायें, तो?

"चिन्ताओं की संख्या तिनकों से भी अधिक है।"

यक्ष ने उन्हें घूर कर देखा, "प्रवासी का मित्र कौन है?"

कौन हो सकता है प्रवासी का मित्र?...कौन था उनका मित्र, जब वे यात्राओं पर गये थे? कौन था उनका मित्र, जब वे वनों में रहे थे?...निश्चित रूप से, वे लोग, जो उनके साथ थे।...

"प्रवासी का मित्र उसका सहयात्री ही होता है।" युधिष्ठिर बोले, "हम अर्जुन के भाई हैं, किन्तु जब वह प्रवास कर रहा था, तो हम तो उसके किसी काम नहीं आ सकते थे। तब तो उसके सहयात्री ही उसके मित्र हो सकते थे।"

"और गृहवासी का मित्र कौन है?"

गृहवासी का?...युधिष्ठिर ने स्वयं को परीक्षक दृष्टि से देखा...जब वे घर में हैं, तो कौन मित्र है उनका? उनके भाई? उनकी पत्नी? उनके पुत्र? माता? मन्त्री? सहपाठी?...नहीं! जब किसी का विवाह हो जाता है तो सबसे अधिक निकट और सबसे अधिक समय तक साथ तो पत्नी ही रहती है। पत्नी भाई से भी अधिक निकट होती है। मूर्ख से मूर्ख पत्नी भी अपने पति को परामर्श देती है। उसके तर्कों को काटने का साहस करती है। उसे अपना समझती है। उसके अधिकारों को अपना अधिकार मानती है। उसके धर्म और पुण्य तक में उसकी भागीदार है। उससे लड़ सकती है। उससे माँग सकती है। उसके कष्टों को सुन सकती है। पति असमर्थ दिखाई दे तो स्वयं समर्थ बन उसका अवलम्ब बन सकती है। सन्तान की दृष्टि से उन दोनों से अधिक निकट कोई

नहीं होता।...अन्य लोग भी इनमें से कुछ-न-कुछ कर सकते हैं; किन्तु इतने सारे क्षेत्रों का सहभागी और कोई नहीं हो सकता। उनके भाई, उनके अधीन हैं। वे उनसे समानता का अधिकार नहीं माँग सकते।...

"गृहवासी की मित्र उसकी पत्नी है।" युधिष्ठिर बोले।

पहली बार यक्ष ने आपत्ति की, "पत्नी मित्र कैसे हो सकती है?"

"क्यों नहीं हो सकती?" उसके मन में क्षण भर में ही द्रौपदी और देविका के सन्दर्भ में अनेक घटनाएँ जीवित हो उठी थीं। अनेक भावनाएँ उभर आयी थीं।...

"भार्या तो अपने कामाकर्षण से पति को धर्म से विचलित करती है।" यक्ष ने कहा, "पति धर्म की ओर चलना चाहे, तो वह उससे अर्थ की माँग करती है। पति को धन सम्बन्धी आवश्यकता ही कितनी होती है? वह उसी के अनुसार अपनी आकांक्षा को भी सीमित कर लेता है। उसके आगे वह धर्म और मोक्ष को प्राप्त करने का प्रयत्न करता है।...पत्नी इन सारे कामों में उसके मार्ग की बाधा है।...वह पति की मित्र कैसे हो सकती है?"

युधिष्ठिर कुछ उत्साह में बोले, "आप मात्र स्त्री की बात कर रहे हैं, मैं पत्नी की बात कर रहा हूँ। जो पुरुष, पुरुष के रूप में कठोर होता है, वह प्रेमी के रूप में कितना कोमल होता है। जो पुरुष के रूप में वंचक हो सकता है, वही पुरुष पति के रूप में संरक्षक हो जाता है। स्त्री माँ के रूप में स्त्री ही रह जाती है क्या? स्त्री पत्नी बन जाये तो मित्र हो जाती है। पत्नी तो पति की दैवकृत सहचरी है। पत्नी ही काम को आन्दोलित करती है, और पत्नी ही उसे मर्यादित करती है। पत्नी ही अर्थोपार्जन में नियोजित करती है और पत्नी ही लोभ का निराकरण कर सन्तोष करना सिखाती है।...जिस पुरुष की पत्नी उसकी मित्र नहीं है, उसका कोई मित्र नहीं हो सकता। भार्या और धर्म अविरोधी हो जाते हैं, तो गृहवासी को धर्म, अर्थ और काम—तीनों, एक ही स्थान पर मिल जाते हैं। उसका जीवन सुखी हो जाता है।"

पता नहीं, यक्ष इस उत्तर से सन्तुष्ट हुआ या नहीं, अथवा उसने युधिष्ठिर को पत्नी का दास मान लिया; किन्तु उसने इस विषय में विवाद नहीं किया।

"संसार का सबसे बड़ा आश्चर्य क्या है?" उसने पूछा।

युधिष्ठिर की दृष्टि भूमि पर अचेत लेटे अपने भाइयों की ओर चली गयी ...लगता है कि उनकी मृत्यु हो गयी है...किन्तु युधिष्ठिर का मन तो इसको स्वीकार नहीं कर रहा है। उन्होंने कभी कल्पना भी नहीं कि उनके भाइयों की कभी मृत्यु भी हो सकती है। अपनी मृत्यु के विषय में तो उन्होंने कभी कुछ सोचा ही नहीं।...वे तो फिर भी कभी सोचते हैं, पर क्या धृतराष्ट्र ने कभी

सोचा है कि जिस राज्य के लिये वह ये सारे षड्यन्त्र कर रहा है, वह यहीं रह जायेगा और उसे संसार छोड़ कर जाना होगा...

"संसार में प्रत्येक जीव को मरते देख कर भी व्यक्ति इस भ्रम में जीता है कि उसकी मृत्यु कभी नहीं होगी।"

यक्ष कुछ सन्तुष्ट दिखायी दिया। बोला, "समाज की रक्षा कौन करता है?"

"राज्य की रक्षा राजा करता है," युधिष्ठिर बोले, "किन्तु राष्ट्र और समाज की रक्षा ब्राह्मण करता है।"

"ब्राह्मण कौन है?" यक्ष ने पूछा, "जिसने ब्राह्मण पिता के घर जन्म लिया है? जो व्यवसाय से ब्राह्मण है? जिसकी प्रकृति ब्राह्मण की है?"

युधिष्ठिर को आश्चर्य हुआ, यक्ष को यह कैसे ज्ञात हुआ कि युधिष्ठिर के मन में भी इस प्रकार का कुछ मंथन चल रहा है? बोले, "जो व्यक्ति जन्म, स्वधर्म तथा व्यवसाय–तीनों में ब्राह्मण हो, सर्वश्रेष्ठ तो वह ही है। किन्तु ऐसा होता नहीं है। इसलिये न तो ब्राह्मणत्व कुल में है, न स्वाध्याय में, न शास्त्र श्रवण में। ब्राह्मणत्व का हेतु आचरण है, इसमें कोई संशय नहीं। इसलिये प्रयत्नपूर्वक सदाचार की रक्षा करनी चाहिए। जिसका आचरण नष्ट हो गया, वह तो स्वयं ही नष्ट हो गया। वह ब्राह्मण कैसे हो सकता है? रावण जैसा आचरण हो तो कोई ब्राह्मण कैसे हो सकता है; और दूसरी ओर विदुर हैं, जिनको ब्राह्मण के सिवाय और कुछ माना ही नहीं जा सकता।...तो वंश क्या करेगा। व्यक्ति ब्राह्मण तो अपने आचरण से ही कहला सकता है।..."

"तुम्हारा अभिप्राय है कि शास्त्रों का अभ्यास अथवा वेदों का स्वाध्याय ब्राह्मण होने के लिये पर्याप्त नहीं है?" यक्ष ने पूछा।

"पढ़ने वाले, पढ़ानेवाले तथा शास्त्र का विचार करनेवाले–ये सब तो व्यसनी और मूर्ख ही हैं। पण्डित तो वही है, जो अपने कर्तव्य का पालन करता है। चारों वेद पढ़कर भी जो दुराचारी है, वह अधम शूद्र है। जो अग्निहोत्र में तत्पर और जितेन्द्रिय है, वही ब्राह्मण कहा जाता है।"

"तुम कहते हो कि शास्त्र पढ़ कर भी व्यक्ति ब्राह्मण नहीं कहला सकता, तो फिर जीवन का उत्तम मार्ग कौन-सा है?" यक्ष ने पूछा।

युधिष्ठिर बोले, "संसार में सब लोग अपनी बुद्धि से चलते हैं। किन्तु बुद्धि हो तो व्यक्ति प्रत्येक तर्क को अपनी इच्छानुसार तोड़-मोड़ लेता है। इसलिये तर्क की कहीं स्थिति नहीं है। शास्त्र एक नहीं है। शास्त्र अनेक हैं और नये भी रचे जा सकते हैं। ऋषि कोई एक ही नहीं है, जिसके मत को प्रमाण माना जाये। इसलिये मार्ग वही है, जिससे महापुरुष जाते हैं।"

यक्ष कुछ देर मौन रहा, फिर बोला, "मैं तुम्हारे उत्तरों से सन्तुष्ट हूँ। तुम चाहो तो सरोवर में से अपनी इच्छानुसार जल पी सकते हो।"

"और मेरे भाई?" युधिष्ठिर ने पूछा।

"ओह हाँ!" यक्ष बोला, "तुम इनमें से जिस एक भाई को जीवित करना चाहो, मैं उसको जीवित कर दूँगा।"

"केवल एक को?"

"हाँ! केवल एक को।"

"तो फिर आप इस श्यामवर्ण, अरुणवयन, सुविशाल शाल वृक्ष के समान ऊँचे कद वाले, पृथुल वक्षवाले महाबाहु नकुल को जीवित कर दें।" युधिष्ठिर ने कहा।

यक्ष ने चकित हो कर युधिष्ठिर की ओर देखा, "भीम और अर्जुन तुम्हारे सहोदर भ्राता हैं युधिष्ठिर!"

इसे मेरा नाम कहाँ से मालूम हो गया? युधिष्ठिर चौंके...अभी-अभी तो उन्होंने स्वयं ही नकुल का नाम लिया था। सम्भव है, युधिष्ठिर के सरोवर तट पर आने से पहले उनके भाइयों के साथ वार्तालाप में उन लोगों के नामों और सम्बन्धों की चर्चा हो गयी हो।...पर वह तो यह भी जानता है कि कौन किसका सहोदर है।

"जानता हूँ।" युधिष्ठिर बोले।

"अर्जुन संसार का सर्वश्रेष्ठ धनुर्धारी है। भीम असाधारण योद्धा है। नकुल में क्या रखा है? वह तुम्हारी क्या सहायता कर पायेगा?" यक्ष ने पूछा।

"मेरी दो माताएँ हैं।" युधिष्ठिर बोले, "कुन्ती का एक पुत्र मेरे रूप में जीवित है। यदि मैं कुन्ती के ही दूसरे पुत्र को जीवित करने का आग्रह करूँगा, तो माता माद्री के प्रति यह क्रूरता होगी। मैं अनृशंसता का व्रती हूँ यक्ष! किसी के प्रति नृशंस होना नहीं चाहता।"

यक्ष प्रसन्न हो कर हँसा, "तुमने अर्थ और काम से भी अधिक, दया और समता का आदर किया। तुमने सिद्ध किया है कि तुम्हें शास्त्र का ज्ञान ही नहीं है, तुम उस पर आचरण भी कर रहे हो। इसलिये तुम्हारे सभी भाई जीवित हो जायेंगे।"

यक्ष की बात सुन कर युधिष्ठिर की जान में जान आयी। उनकी स्फूर्ति लौटी...चारों ओर से जैसे कोई माया का आवरण उठ गया। वे यथार्थ के संसार में लौट आये थे।...

ओह! तो यह उनकी मध्याह्न की तन्द्रा थी, जो निद्रा में परिवर्तित हो गयी

थी, अथवा मन के ऊहापोह ने ही इतना जीवंत रूप ले कर उनकी चेतना को आच्छादित कर लिा था?...उनके मन में कहीं अपने भाइयों के अहंकार के प्रति आक्रोश था। वे पत्नी के महत्त्व के विषय में सोचते रहे थे।...ब्राह्मण के स्वरूप के विषय में भी उनका मन कुछ बुनता ही रहता था। तो उसने यह रूप ग्रहण कर लिया...हाँ! वे काम्यक वन में इस ऋतु में जल के अभाव को ले कर भी चिन्तित थे...तो ऐसे सरोवर पर जा पहुँचे, जहाँ का पानी वे पी नहीं सकते थे...मन भी कैसा मायावी होता है...किन विचारों को ले कर क्या का क्या बुन दिया उसने...

पर जैसे अपने ही मन के भीतर झाँक कर वे स्तब्ध रह गये।...उन्हें अपने भाइयों के सम्भावित अहंकार से विरोध था; और वे स्वयं अपने मन में यह कैसा अहंकार पाल रहे थे...वे शास्त्र के ज्ञाता ही नहीं हैं, उस पर आचरण भी कर रहे हैं?...उन्हें अपने इस अहंकार से मुक्ति कैसे मिलेगी? कब मिलेगी?...उनकी अन्तरात्मा जैसे पुकार-पुकार कर उनसे कह रही थी...अहंकार तो सात्विकता का भी हो सकता है युधिष्ठिर! सदाचार तुम्हें तुम्हारे अहंकार से मुक्त नहीं कर सकता, उससे तो तुम्हें भक्ति ही बचा सकती है।...भक्ति...भक्ति।

30

युधिष्ठिर के मन में बहुत देर तक तर्क-वितर्क चलता रहा था।...वे लोग हिमालय के उच्च्च शिखरों से नीचे उतरे थे, तो इन्द्रसेन तथा विशोक से जो सूचनाएँ मिली थीं, वे अत्यन्त महत्त्व की थीं।...कहाँ-कहाँ तिरस्कार हुआ था, उनके भेजे हुए लोगों का; और कहाँ-कहाँ सत्कार हुआ था।...सबसे विचित्र स्थिति तो विराटनगर की थी। राजा विराट ने उनके लोगों को अपनी सेवा में नियुक्त कर लिया; और सेनापति कीचक ने उन सबकी नियुक्तियाँ निरस्त कर दीं।...क्या समझें युधिष्ठिर? वहाँ उनके अनुचरों का स्वागत हुआ अथवा तिरस्कार? मत्स्यराज को वे अपना मित्र मानें या शत्रु? पर शायद इस समय उनके लिये यह तथ्य इतना महत्त्वपूर्ण नहीं था कि वे मत्स्यराज को अपना मित्र मानें अथवा शत्रु। अधिक महत्त्वपूर्ण तो यह था कि दुर्योधन का इस विषय में क्या दृष्टिकोण था। यदि वह यह मानेगा कि मत्स्यराज पाण्डवों के मित्र हैं, तो वह पाण्डवों की खोज वहाँ करवाएगा; और यदि वह उन्हें पाण्डवों का शत्रु मानेगा, तो उसे उनके वहाँ होने का संदेह नहीं होगा...

मत्स्यराज! जहाँ तक युधिष्ठिर को ज्ञात था, मत्स्यराज धर्मपरायण और प्रजा पालक राजा थे।...कायर नहीं थे; किन्तु असमर्थ अवश्य थे। उनके पुत्र

शंख और उत्तरकुमार भी कोई वीर योद्धा नहीं बन पाये थे। उनकी पहली पत्नी सुरथा के पुत्र श्वेत का कोई महत्त्व ही नहीं था।...किन्तु इन सब परिस्थितियों के लिये उत्तरदायी कौन था। सम्भवतः राजा विराट का अपनी पत्नी के प्रति अतिरिक्त मोह! और महारानी सुदेष्णा की अपनी पितृगृह के प्रति असाधसारण आसक्ति।...नहीं तो, राजा विराट को कोई आवश्यकता नहीं थी कि अपने श्यालक, रानी सुदेष्णा के भाई, कीचक को सेनापति बनाते; तथा उसे अपनी सभा में इतना महत्त्व देते। विराट इतने असमर्थ तो नहीं थे कि अन्य राजाओं के समान, विभिन्न शक्तियों से संधि कर अपनी प्रजा की रक्षा न कर पाते, अथवा प्रजा-पालन के धर्म का संगत ढंग से निर्वाह न कर सकते।...या फिर क्या विराट को राजधर्म का उचित ज्ञान नहीं था?...राजा की शक्ति या तो उसके धर्म में होती है, या फिर उसकी सेना में। विराट ने जब धर्म अपनी पत्नी को समर्पित कर दिया; और सैन्य शक्ति कीचक को सौंप दी, तो कीचक को सेवाधर्म से मुक्त हो कर उच्छृंखल होना ही था। सेनापति, राजा के बन्धन से मुक्त हो, परम स्वतन्त्र हो जाये, तो राज्य, राजा की आज्ञा से नहीं, सेनापति की आज्ञा से ही चलता है।

...युधिष्ठिर विराटनगर को अपने लिये सुरक्षित मानें या न मानें विराटराज धर्मपरायण तो हैं; किन्तु दुर्बल हैं। इच्छा होने पर भी वे युधिष्ठिर और उनके भाइयों तथा द्रौपदी की रक्षा कर पायेंगे?...

सहसा युधिष्ठिर का मन एक नयी दिशा में चल पड़ा।...उन्हें विराटराज से अपने प्राणों की रक्षा की अपेक्षा नहीं है। उन्हें यह भय नहीं है कि वहाँ कोई उन पर आक्रमण कर, उन्हें शारीरिक क्षति पहुँचाएगा। अपनी रक्षा के लिये तो स्वयं ही पर्याप्त समर्थ थे; और फिर भीम और अर्जुन जैसे भाई उनके साथ थे। ...उन्हें तो केवल अपनी पहचान को गुप्त रखना था। विराट उन्हें पहचान न पायें। विराटनगर की राजसभा में किसी को उनके पाण्डव होने का संदेह न हो, तो वे सुरक्षित ही थे।...फिर राजा जैसा चाहें, उनके साथ व्यवहार करें...किन्तु वे पाँचों भाई एक साथ नहीं रह सकते थे। उन पाँचों को एक साथ देख कर किसी को भी संदेह हो सकता था कि वे पाण्डव ही हैं। और पांचाली? पांचाली उनमें से किसी के साथ रहे, अथवा अकेली? पाँच पतियों के होते हुए भी वह अकेली क्यों रहे? उसकी अपनी सुरक्षा के लिये तो सर्वोत्तम मार्ग यही था कि वह अकेली रहे।... किन्तु पति की अनुपस्थिति में पत्नी सुरक्षित नहीं रहती। किसी भी पुरुष की दृष्टि उस पर पड़ कर लुब्ध हो सकती है। द्रौपदी का रूप है भी तो ऐसा। यदि किसी प्रकार वह राजा के अन्तःपुर में प्रवेश पा जाये, और केवल स्त्रियों में रहे, तो कदाचित वह पुरुष की रूप-लोभी दृष्टि

से सुरक्षित रह सकती है।...किन्तु वह अन्तःपुर में पहुँचेगी कैसे? किस रूप में रहेगी? किस प्रकार रहेगी?

"क्या बात है धर्मराज?" द्रौपदी ने उन्हें टोका, "देख रही हूँ, बहुत देर से आप किसी चिन्ता में लीन हैं।"

"हाँ पांचाली! सोच रहा था कि अब अज्ञातवास का भी प्रबंध कर लिया जाये। बारह वर्ष पूरे होने को हैं। यदि तेरहवाँ वर्ष यहीं आरम्भ हो गया तो दुर्योधन यह घोषणा कर देगा कि उसने अज्ञातवास के काल में, हमें पहचान लिया है।"

"तो हम तेरहवें वर्ष में यहाँ रहेंगे ही क्यों महाराज!" द्रौपदी बोली, "सोच-विचार कर अब यह निर्णय कर लेना चाहिए कि हमें किस रूप और वेश में कहाँ रहना है।"

"ठीक कहती हो पांचाली! कुछ ऐसी ही प्रक्रिया मेरे मन में भी चल रही थी। पहला प्रश्न तो यही है कि हम वन में रहें या नगर में?" युधिष्ठिर बोले, "अज्ञात रहने के लिये वन ही उत्तम स्थान है, जहाँ सामान्य जन का आवागमन होता ही नहीं।...किन्तु जिस प्रतिज्ञा के अन्तर्गत हमें अज्ञातवास करना है, उसमें स्पष्ट है कि जन-समाज में रह कर ही अज्ञातवास करेंगे। अतः हम वन में नहीं रह सकते। हमें किसी नगर का ही चयन करना पड़ेगा; अन्यथा दुर्योधन हमारे अज्ञातवास को स्वीकार नहीं करेगा।" युधिष्ठिर क्षण भर रुक कर बोले, "हम अपने स्नेह तथा अपनी सुरक्षा के विचार से एक साथ रहना चाहेंगे; किन्तु हमारी सबसे बड़ी पहचान भी यही है : एक साथ पाँच पुरुष और एक स्त्री। जहाँ कहीं पाँच पुरुषों और एक स्त्री को एक साथ देखा जायेगा, तत्काल उन पर संदेह किया जायेगा कि कहीं वे पाँचों पाण्डव और पांचाली तो नहीं। इसलिये हमें एक-दूसरे से विलग होना होगा। हमारा दूसरा परिचय है भीम के शरीर का आकार और पांचाली का रूप। ये दोनों लाखों मनुष्यों में भी पहचाने जा सकते हैं।"

"इसका अर्थ है कि यह महत्त्वपूर्ण नहीं है कि हम कहाँ रहते हैं। महत्त्वपूर्ण यह है कि हम कैसे रहते हैं।" सहदेव ने कहा।

"कैसे रहते हैं से क्या तात्पर्य है तुम्हारा?" भीम के स्वर में एक अस्पष्ट-सी आपत्ति थी।

"हम किस रूप में रहते हैं।" सहदेव ने उत्तर दिया, "हमारा वह रूप हमारी पहचान को छिपा सकता है या नहीं। सामने बैठा व्यक्ति हमारी आकृति-प्रकृति, वेश-भूषा, कार्य-कलाप इत्यादि को देख कर हम पर संदेह तो नहीं करता। यदि वह जान जाता है कि हम पाण्डव है, तो भी हम पहचाने गये; और यदि वह

इतना संदेह भी करने लगता है कि हम वह नहीं हैं, जो बन कर बैठे हैं, तो भी हमारे पहचाने जाने की सम्भावना है। तीसरी बात यह है कि आवश्यक नहीं कि दुर्योधन के गुप्तचर ही हमें पहचानें। समाज का एक साधारण-सा अज्ञात व्यक्ति भी यदि हमारी पहचान पर संदेह करता है, तो हमारी चर्चा कहीं-न-कहीं तो होगी ही। वह सूचना राजपुरुषों तक जायेगी। राजपुरुषों से वह राजसभा में पहुँचेगी, और उस सूचना का लाभ दुर्योधन के गुप्तचर को भी होगा।"

"मैं सहदेव से पूर्णतः सहमत हूँ।" युधिष्ठिर बोले, "किन्तु उसके अतिरिक्त भी एक बात मेरे मन में है।"

"क्या?" अर्जुन ने पहली बार प्रश्न किया।

"हम अपनी प्रकृति और स्थिति से तो सोचें ही; किन्तु हमें इस बात का भी ध्यान रखना है कि दुर्योधन अपने स्थान पर बैठा हुआ क्या सोच सकता है। मेरे मन में यह बात बार-बार आती है कि वह हमें खोजने का प्रयत्न तो करेगा ही; साथ ही वह कुछ ऐसे तर्क भी खोज निकालेगा, जिनके आधार पर वह हमें पुनः बारह वर्षों के लिये वनवास दे सके।..."

"जैसे?" द्रौपदी ने पूछा।

"उदाहरण के रूप में, हमें काल-गणना का भी ध्यान रखना होगा। हम अपनी दृष्टि से, अज्ञातवास की समय सीमा निश्चित करेंगे; किन्तु वह किसी भी प्रकार उस गणना को अपने अनुरूप बनाना चाहेगा। इसलिये लुप्त होने और प्रकट होने की तिथियों की गणना हमें सावधानी से करनी पड़ेगी।"

"यह कार्य तो धौम्य मुनि पर छोड़ देना चाहिए।" सहदेव बोला, "और समय से पूर्व लुप्त हो कर समय के पश्चात् ही प्रकट होना चाहिए, ताकि दुर्योधन किसी भी प्रकार की चतुराई न कर सके।"

"हम पहचान लिये जाने के भय से एक साथ नहीं रह सकते।" युधिष्ठिर बोले, "किन्तु मैं यह भी नहीं चाहता कि हम पृथक्-पृथक् राज्यों अथवा नगरों में रहें। मेरी इच्छा है कि हम एक ही नगर में इस प्रकार पृथक्-पृथक् रहें कि इच्छा होने पर परस्पर भेंट भी कर सकें और सहायता भी।"

"किन्तु यह आवश्यक तो नहीं कि हममें से किसी एक का जिस राजसभा में स्थान मिलेगा, शेष को भी उसी राजा के यहाँ नियुक्ति मिल जाये।" द्रौपदी ने शंका की, "ऐसे में हम क्या करेंगे?"

"किसी मित्र राजा की सभा में जायेंगे, तो सबको स्थान मिल जायेगा।" अर्जुन ने कहा, "किन्तु वह मैत्री ही हमें अज्ञात नहीं रहने देगी।"

"क्यों?" भीम ने आपत्ति की, "हम उसे बता देंगे कि हम अज्ञातवास कर रहें हैं।..."

"ठीक है मध्यम!" अर्जुन ने उत्तर दिया, "मान लो कि तुम कांपिल्य में द्वारपाल अथवा राजा के अंगरक्षक के रूप में नियुक्त हुए, तो क्या महाराज द्रुपद तथा धृष्टद्युम्न तुमसे अपने साधारण कर्मचारी के समान व्यवहार कर पायेंगे? वे तुम्हारी किसी भूल पर तुम्हारी ताड़ना कर पायेंगे?" वह रुका, "वे एक क्षण के लिये भी भूल नहीं पायेंगे कि तुम महावीर भीमसेन हो। वे तुम्हारी सुविधाओं का ध्यान रखेंगे; और तुम्हारी तनिक भी उपेक्षा नहीं कर पायेंगे। उनके इस विशिष्ट व्यवहार से ही, अन्य कर्मचारियों को संदेह हो जायेगा कि तुम द्वारपाल अथवा अंगरक्षक नहीं हो। वे लोग बिना किसी प्रयोजन के भी, मात्र अपनी जिज्ञासा की शान्ति के लिये, तुम्हारी वास्तविकता खोज निकालने के पीछे पड़ जायेंगे।...और हम सबके लिये संकट खड़ा हो जायेगा।"

"नहीं! हम कांपिल्य अथवा द्वारका तो जायेंगे ही नहीं।" द्रौपदी बोली, "हमें उसी राजा की सभा में जाना चाहिए, जो हमें पहचानता भी न हो। जो हमसे अपने वास्तविक कर्मचारियों के समान ही व्यवहार कर सके। राजा दुष्ट न हो, धर्मपरायण हो; और दुर्योधन का मित्र न हो।"

"एक प्रश्न मेरे मन में भी है।" नकुल बोला, "हम जिस राजा की सभा में हों, वह तो हमें न जानता हो; किन्तु क्या हमारे सुहृदों को ज्ञात हो कि हम कहाँ हैं?"

"यह अत्यन्त महत्त्वपूर्ण प्रश्न है।" युधिष्ठिर तत्काल बोले, "यदि हमारे पुत्रों को, हमारे सखाओं को और हमारे बन्धुओं को यह ज्ञात होगा कि हम कहाँ हैं, तो वे भी हमारा कुशल-क्षेम जानने का प्रयत्न करते रहेंगे।...ऐसे में अन्य लोगों को भी संदेह होने लगेगा कि कोई तो बात है कि हममें ऐसी रुचि ली जा रही है। दुर्योधन की दृष्टि हमारे परिवार के प्रत्येक व्यक्ति पर होगी कि वह हमसे कहाँ सम्पर्क साध रहा है। ऐसे में हमारे परिवार का कोई व्यक्ति हम तक पहुँचे या न पहुँचे, दुर्योधन के गुप्तचर अवश्य पहुँच जायेंगे। इसलिये, हम कहाँ हैं और किस रूप में रह रहे हैं, इसका ज्ञान केवल हम छह लोगों को ही हो। यहाँ तक कि धौम्य मुनि और इन्द्रसेन भी इससे अवगत न हों।"

"मेरे मन में जो बड़ी समस्या है, वह यह है कि हम किस रूप में किसी राजसभा में सहज स्वाभाविक समय व्यतीत कर सकते हैं। आज तक हम, या तो क्षत्रिय कर्म करते आये हैं, अथवा तपस्या।" अर्जुन बोला, "इन दोनों रूपों में जो हमारे पहचाने जाने की पूरी सम्भावना है। हमारा नया रूप ऐसा होना चाहिए, जो राजा के लिये उपयोगी हो, हम उस कार्य में दक्ष भी हों; और कम से कम दुर्योधन को यह अपेक्षा न हो कि हम वह कार्य कर भी सकते हैं।"

"मैंने भी इस विषय में पर्याप्त चिन्तन किया है।" युधिष्ठिर बोले, "मुझे सबसे अधिक चिन्ता पांचाली की है। पांचाली ने कभी सेवा-कर्म नहीं किया; और हम चाहते भी नहीं हैं कि उसे कभी दासी बन कर रहना पड़े। तो ऐसा कौन-सा काम हो सकता है, जो उसे राजा और राजपरिवार के लिये उपयोगी भी सिद्ध करे; और उसकी स्थिति भी दासी की सी न हो।" युधिष्ठिर मौन हो गये। उनकी दृष्टि अपने सम्मुख बैठे अपने भाइयों और अपनी पत्नी के नयनों मे कोई समाधान खोज रही थी।

सबसे पहले द्रौपदी ही बोली, "मैं अभी यह तो नहीं जानती कि हम किस राजा की सभा अथवा परिवार में जा रहे हैं; और वहाँ किस काम का सम्मान अधिक है; किन्तु इतना तो स्पष्ट ही है कि अन्तःपुर मे प्रवेश का सरलतम मार्ग, राजमहिषियों के प्रसाधनव्यापार में से हो कर जाता है। यदि मैं यह सिद्ध कर पायी कि शृंगार कर्म की मेरी दक्षता, उनके रूप और सौंन्दर्य को और अधिक आकर्षक बना सकती है, तो मुझे वहाँ स्थान पाने में तनिक भी कठिनाई नहीं होगी।"

उन पाँचों में से किसी ने भी, द्रौपदी की बात पर टिप्पणी नहीं की। सब ही जैसे अपने आप में डूब गये थे।...महारानी द्रौपदी, देवी पांचाली, सम्राज्ञी कृष्णा क्या अब अन्य राजपरिवारों की स्त्रियों का केशविन्यास करेगी? उनकी त्वचा को और सुन्दर तथा आकर्षक बनाने के लिये, अपने हाथों से उनकी त्वचा पर लेप करेगी? उनके नखों को रूपाकार तथा सुन्दर, आकर्षक वर्ण देने के लिये, उनके चरणों को अपने हाथों में लेकर नखकर्तन करेगी?...

किसी ने कुछ कहा नहीं; किन्तु सबके मन की आपत्ति उनके चेहरों पर लिखी हुई थी। द्रौपदी ने उन सबको इस प्रकार भौचक देखा, तो हँस कर बोली, "आप लोग चाहते हैं कि मैं चाकरी भी करूँ और दासी भी न कहलाऊँ। ये दोनों बातें तो एक साथ हो नहीं सकती। या तो मैं रानी ही हो सकती हूँ, या फिर दासी ही। मेरे मन में तो दूसरी ही शंका है कि यदि मुझे इस प्रकार का कोई काम मिल ही गया, तो मुझसे ही पूछा जायेगा कि मैं दूसरों के केशों का तो इतना आकर्षक श्रृंगार करती हूँ; किन्तु अपनी वेणी का संहार भी नहीं करती। कहीं मेरे खुले केश मेरी प्रतिज्ञा की कथा न कह दें। ऐसे में हमारा रहस्य उद्‌घाटित हो जायेगा।" वह जैसे सायास हँसी, "मैं अपनी चिन्ता बाद में कर लूँगी। इस समय तो यह जानना चाहती हूँ कि धर्मराज के मन में क्या है? वे जहाँ भी जायेंगे, किस रूप में राजा की सेवा करना चाहेंगे।" अर्जुन अपनी तत्कालीनता से बाहर आया और बोला, "यदि हम सचमुच सफल अज्ञातवास करना चाहते हैं तो हमें अपने प्रियजनों को अपमानजनक स्थिति में, निकृष्ट

कार्य करते हुए भी देखना ही पड़ेगा। जैसे यह सम्भव नहीं है कि महारानी द्रौपदी, सैरन्ध्री कर्म करते हुए भी, महारानी बनी रहें, वैसे ही यह भी सम्भव नहीं है कि किसी राजसभा में राजकर्मचारी के रूप में काम करते हुए, धर्मराज युधिष्ठिर की सम्राट् की मर्यादा बनी रहे। मेरे मन में यह बात आती है कि हम उस रूप में अज्ञातवास करें, जिसकी हमारे शत्रु कल्पना भी न कर सकें। जो हमारी प्रकृति के सर्वथा प्रतिकूल हो।"

"आप कोई उदाहरण दे सकते हैं?" नकुल ने पूछा।

अर्जुन थोड़ी देर मौन ही रहा, फिर बोला, "मैं अपने विषय में सोचता हूँ कि दुर्योधन धनुर्धर अर्जुन के किस रूप की कल्पना नहीं कर सकता। सहज तो यह होता कि मैं किसी राजकुल के राजकुमारों को धनुर्विद्या की शिक्षा देता और व्यूह रचना में प्रशिक्षित कर रहा होता; किन्तु इस रूप में तत्काल पहचान लिया जाऊँगा। इसलिये मैंने अपनी कल्पना अन्तःपुर की बालाओं को नृत्य और संगीत सिखाने वाले एक नपुंसक के रूप में की है। मैं बृहन्नला बन कर उन्हें नृत्य की मुद्राएँ सिखाऊँगा। नपुंसक वेश बनाने के लिये अपनी कलाइयों में ढेर सारी चूड़ियाँ पहनूँगा ताकि मेरी कलाइयों पर धनुष की प्रत्यंचा द्वारा बनाए गये, ये सारे चिह्न छिप जायें; और मेरी कठोर मांस पेशियों पर किसी की दृष्टि न पड़ सके।"

भीम अट्टहास कर उठा, "क्या अपरूप होगा हमारे धनंजय का। तुम्हें यह विचार ही कैसे आया?"

"इन्द्रनील पर्वत पर तपस्या करने और निर्विकल्प समाधि का अनुभव करने के पश्चात् मैंने स्वयं को पूर्णतः परिवर्तित पुरुष रूप में देखा है।" अर्जुन ने पूरी गम्भीरता से उत्तर दिया, "शायद मैं स्वयं इस विषय में कभी सजग न हुआ होता; यदि वैजयंत इन्द्र के प्रसाद में स्वयं उर्वशी ने आकर, आत्मनिवेदन न किया होता। उसके काम-आह्वान और समर्पण के प्रयत्न के पश्चात् मैंने पाया कि उस असाधारण सुन्दरी और दिव्य रूपवती नारी के शरीर के प्रति मेरे मन में तनिक भी आकर्षण नहीं जागा। जिस आनन्द का आस्वादन मैं निर्विकल्प समाधि में कर चुका था, उसके पश्चात नारी-संग एक जुगुप्सापूर्ण कृत्य ही रह गया था। मेरे मन में उस मांसल स्थूलता के प्रति कोई रुचि नहीं थी। उर्वशी ने मुझे धिक्कार के रूप में नपुंसक कहा था; किन्तु मेरे लिये उस पौरुष के लिये तनिक भी गर्व शेष नहीं रह गया था, जिसे वह धिक्कार रही थी।" अर्जुन ने उन सबकी ओर देखा, "जब अज्ञातवास के लिये छद्म वेश की बात उठी, तो मुझे लगा कि मुझे उर्वशी के कथन को स्मरण रखना चाहिए। यदि उर्वशी का मादक शरीर मेरे मन में कोई आकर्षण नहीं जगा पाया, तो अन्य साधारण

स्त्रियों के सन्दर्भ में भी, मैं पुंसत्वहीन ही रहूँगा। ऐसी स्थिति में यदि मैं नपुसक वेश का अपमान पी जाऊँ, तो कोई मुझे पहचान नहीं सकेगा।"

द्रौपदी के मुख पर परस्पर विरोधी भावनाएँ खेल रही थीं...उसके नयनों में एक ललित चंचलता जागी थी, कदाचित अर्जुन के बृहन्नला वेश की कल्पना करके...और मुख पर एक प्रकार का सन्तोष था अर्जुन की सुरक्षा की भावना से; किन्तु साथ ही एक गहरे विषाद की परछाई भी उभर आयी थी।...अब किसी भी नारी का सौन्दर्य अर्जुन के मन में कामना नहीं जगा सकता...क्या स्वयं द्रौपदी का सौन्दर्य भी?...

"हाँ! तो मेरा प्रश्न यह था कि धर्मराज वहाँ किस रूप में स्वयं को प्रस्तुत करेंगे; क्योंकि भैया यदि अपनी अपमानजनक स्थिति झेल भी जायें, तो हमारे लिये भी वह सहनीय होगी क्या?" अर्जुन ने अपने भाइयों की ओर देखा।

"तुम ठीक कह रहे हो अर्जुन!" भीम ने सबसे पहले उसका समर्थन किया।

"देखो! अपने प्रति तुम्हारे स्नेह को मैं जानता हूँ; किन्तु ये असाधारण स्थितियाँ हैं। जो सबके साथ होगा, वही मेरे साथ भी होगा।" युधिष्ठिर बोले, "तुम सब अपमान झेलोगे, पांचाली भी दासी के रूप में रहेगी, तो अकेला मैं ही कैसे गरिमापूर्ण जीवन जी सकता हूँ। जो सबके साथ होगा, वही मेरे साथ भी होगा। तुम सब अपमान झेलोगे, तो मैं भी झेलूँगा और तुम सबको एक बात का विशेष ध्यान रखना होगा।"

सबने प्रश्नवाचक दृष्टि से उनकी ओर देखा।

"कहीं ऐसा न हो कि मेरी अवज्ञा या उपेक्षा देख कर, तुम लोग अपनी उत्तेजना और आक्रोश में कोई ऐसा कार्य कर बैठो, जो हमारे लिये हानिकारक सिद्ध हो। हमें सब कुछ सहन करने का अभ्यास होना चाहिए। साधना के लिये तितिक्षा का बहुत महत्त्व है। यदि ईश्वर की यही इच्छा है कि हम किसी साधारण राजा की सभा में चाकर बन कर रहें, तो हमें उसकी इच्छा के सम्मुख सहर्ष सिर झुका देना चाहिए। हमें अभिनय ही तो करना है, कभी राजा का कभी चाकर का। वस्तुतः न हम राजा हैं, न चाकर। अभिनय तो तभी सजीव होता है, जब उस पात्र के जीवन को हम सहज रूप में जी सकें। यदि अपमान, चाकरी का अनिवार्य अंग है, तो हमें यह भुला कर कि हम कौन हैं, क्या हैं, उस अपमान को अंगीकार करना होगा।"

"वह ठीक है धर्मराज!" द्रौपदी ने उन्हें टोक दिया, "प्रश्न यह है कि आप किस प्रकार की चाकरी करेंगे?"

"यदि भगवान सफल कर दें तो एक सुविधाजनक चाकरी की बात सोच रहा हूँ।" युधिष्ठिर बोले, "मेरे विषय में सारे जम्बूद्वीप को ज्ञात है कि मुझे

द्यूत विद्या का ज्ञान नहीं है। इसीलिये शकुनि मुझे इतने अपमानजनक ढंग से पराजित कर पाया।"

"किन्तु अब तो आप बृहदश्व ऋषि की कृपा से द्यूतविद्या में निष्णात हो चुके हैं।" नकुल ने कहा।

"हाँ! यह घटना तो वनवास की अवधि में हमारे आश्रम में घटित हुई है। उसकी सूचना अभी जम्बूद्वीप के राजसमाज में प्रचारित तो नहीं हुई है। इसलिये किसी सफल द्यूतकर्मी पर युधिष्ठिर होने का सन्देह कोई नहीं करेगा।"

"तो आप द्यूतकर्मी हो कर रहना चाहते हैं?" द्रौपदी ने सहज रूप से जिज्ञासा की; किन्तु यह किसी से भी छिपा नहीं रह सका कि उसके स्वर में अनिष्ट की आशंका थी।

"भय त्यागो पांचाली!" युधिष्ठिर मुस्कुरा कर बोले, "पहली बात तो यह है कि द्यूत में न तब मेरी कोई रुचि थी, न अब है। तब भी मैं महाराज धृतराष्ट्र की आज्ञा में बँधकर खेला था, अब भी विपत्तिवश अज्ञातवास करने के लिये राजा के द्यूत-सहचर की चाकरी पाने का इच्छुक हूँ। मैं राजा के मनोरंजनार्थ, उनका द्यूत-सहचर बन कर रहूँगा, द्यूतकर्मी बन कर नहीं। वैसे भी अब मेरे पास ऐसा है ही क्या, जिसे दाँव पर लगाऊँगा।"

"मैं जानती हूँ, द्यूतक्रीड़ा आपका व्यसन नहीं है, न ही आपको उसमें तनिक सी भी आसक्ति है। अपनी इच्छा से आप कभी द्यूत की ओर अग्रसर नहीं होंगे।" द्रौपदी बोली, "किन्तु आपको धर्म-बन्धन में बाँधा जा सकता है। आपको आपकी इच्छा के विरुद्ध दाँव लगाने को बाध्य किया जा सकता है।...और सम्पत्ति के रूप में आपके पास आपके भाई और आपकी पत्नी तो हैं ही।"

धर्मराज हँस पड़े, "ठीक कहती हो भद्रे! किन्तु जहाँ कहीं भी हम जायेंगे, वहाँ न मैं युधिष्ठिर हूँगा, न मेरे साथ मेरे चार भाई होंगे, न वहाँ मेरी पत्नी द्रौपदी होगी। हम सबके छद्‌म नाम होंगे। परस्पर हमारा कोई सम्बन्ध नहीं होगा। हमारा एक-दूसरे से कोई परिचय भी नहीं होगा। तो फिर वहाँ मेरे भाई और मेरी पत्नी, मेरी सम्पत्ति कैसे होंगे। यदि यह सब प्रकट हो ही गया, तो फिर हमारा अज्ञातवास अज्ञात कैसे रहेगा।"

सब लोगों ने एक जोरदार ठहाका लगाया और द्रौपदी का स्वर उन सबमें से ऊँचा था।

"मैं समझता हूँ कि हम सबको अपने लिये दो-दो नाम चुन लेने चाहिए।" युधिष्ठिर पुनः बोले, "एक तो वह नाम, जो हम सार्वजनिक रूप से सबको बताएँगे; और दूसरा वह, जिससे हम एक-दूसरे को जानेंगे। वहाँ हम भूल कर भी अपने अथवा एक-दूसरे के वास्तविक नामों का प्रयोग नहीं करेंगे। मेरी इच्छा

है कि अपने निजी प्रयोग के लिये, हमारे नाम जय, जयंत, विजय, जयत्सेन तथा जयद्बल हों।" युधिष्ठिर रुके, "और सार्वजनिक रूप से मैं अपना नाम कंक घोषित करूँगा।"

द्रौपदी पुनः उच्च स्वर में हँसी, "आप अपना रहस्य स्वयं ही उदघाटित कर देंगे?"

"अरे हाँ!" सहदेव बोला, "यदि 'कंक' का अर्थ 'धर्म' अथवा 'यम' के रूप में लें तो आप धर्मराज हो गये। यदि 'क्षत्रिय' अथवा 'छद्‌मवेशी ब्राह्मण' लें तो भी वह आपका परिचय हो गया। 'बक' के रूप में भी वह शब्द कृत्रिमता और छद्‌म का आभास देता है।"

"इसलिये तो मैंने यह नाम चुना है अपने लिये।" युधिष्ठिर मुस्कुराये, "अज्ञातवास की भी रक्षा हो, और मिथ्याभाषण का पाप भी न हो।"

"मैंने भी कुछ सोच कर ही अपने नपुंसक रूप को 'बृहन्लता' नाम दिया है।" अर्जुन बोला, "इस नाम में 'ल' और 'र' अक्षरों का अभेद मान लो, तो 'बृहत् नला' का रूप भी बृहत नरा अर्थात, नर हो जायेगा।"

"ठीक सोचा है अर्जुन ने।" युधिष्ठिर बोले, "अर्जुन वस्तुतः बृहत नर ही है। है न विरोधाभास। कहाँ नरत्व-शून्य षण्ढक और कहाँ बृहत नर।" युधिष्ठिर ने रुक कर भीम की ओर देखा, "और तुम मध्यम?"

"मैं! मैं!!" भीम ने दुहराया, "मैं 'पुरोगु' का पुत्र 'पैरोगव'।"

"साधु!" युधिष्ठिर बोले, "वायु पुत्र।"

"मैं कितनी ही बार सोचती हूँ कि पुरोगु का पुत्र पैरोगव तो ठीक है; किन्तु पुरोगु का अर्थ वायु है, तो पैरोगव का अर्थ वायुपुत्र न हो कर, रसोइया क्यों हो जाता है?" द्रौपदी हँसी, "आज समझ में आया कि यह इसलिये होता है कि वायुपुत्र हो कर भी मध्यम पाण्डव, राजा की रसोई के अधीक्षक बन सकें। सुन्दर प्रयोग है, पैरोगव शब्द का।"

"पर मेरा नाम पैरोगव नहीं होगा। यह मेरा पद होगा।" भीम ने जोड़ा, "मेरा नाम होग 'बल्लव'। मैं इस नाम के अर्थ के ही अनुसार राजा की रसोई में रसोइए का काम करूँगा।"

"हाँ! आज तक तो हमारे मध्यम भोजन करने के लिये ही प्रसिद्ध थे," नकुल बोला, "अब वे भोजन पकाने में भी ख्याति पायेंगे।"

"ख्याति ही तो नहीं चाहिए।" युधिष्ठिर बोले, "ख्याति अज्ञातवास के लिये अत्यन्त घातक है।"

"मैंने भी कुछ ऐसा ही सोचा है।" भीम ने कहा, "करने को तो मैं मल्ल अथवा बैल नाथने वाले का काम भी कर सकता हूँ; किन्तु वे सारे काम, खुले

क्षेत्र में सार्वजनिक रूप से किए जाते हैं। उसमें जनसमुदाय आपको देखता है। शक्ति और कौशल पर मुग्ध होता है। आपके निकट आना चाहता है, आपके विषय में अधिक जानना चाहता है। ऐसे में अपना परिचय छिपाना और भी कठिन हो जाता है। रसोई में छिपे हुए व्यक्ति को क्या तो कोई जानेगा और क्या कोई जानना चाहेगा।"

"मध्यम ने बहुत ठीक सोचा है।" अर्जुन ने उसका समर्थन किया।

"और नकुल तुम?" युधिष्ठिर ने पूछा।

"मैं अश्वों के पालन-पोषण का काम प्रसन्नतापूर्वक कर सकता हूँ।" नकुल बोला, "यदि यह काम मिल जाये, तो मुझे कोई कठिनाई नहीं है। अश्वों के साथ अश्वशाला में रहूँगा, तो लोकसम्पर्क का संकट भी नहीं रहेगा। राजा मेरी अश्वपालन-दक्षता से प्रसन्न हो जायेगा—यह मैं जानता हूँ।"

"तुम अपना नाम ग्रंथिक रख लेना नकुल!" अर्जुन ने कहा, "क्यों पांचाली!"

"हाँ! आयुर्वेद तथा अध्वर्युविद्या का जाननेवाला ग्रंथिक ही हो सकता है।" द्रौपदी ने पुष्टि कर दी।

"और मैं 'तंतिपाल'।" सहदेव ने कहा, "राजा की गोशाला में काम करने का इच्छुक हूँ।"

"'तंति' के किस अर्थ को तुम ग्रहण कर रहे हो?" द्रौपदी ने हँस कर पूछा, "'वाणी' अथवा 'बैलों को बाँधने वाली रस्सी'?"

"दोनों ही अर्थों को ग्रहण करो देवि!" सहदेव ने मुस्कुरा कर, सहज रूप से उत्तर दिया, "वाणी के अर्थ में मैं आज्ञापालक हूँ और दूसरे अर्थ में बैलों की रस्सी को सुरक्षित रखने वाला हूँ। राजा को किसी भी रूप में मुझसे कोई असंतोष नहीं होगा।"

"ठीक है।" युधिष्ठिर बोले, "ये सारे नाम सार्वजनिक रूप से व्यवहार के लिये हैं। अब यदि नकुल के विषय में तुममें से किसी से कोई जिज्ञासा करनी होगी और मैं पूछूँगा कि ग्रंथिक का क्या समाचार है, तो कोई भी पूछ सकता है कि मेरा ग्रंथिक से क्या सम्बन्ध है।...कोई न भी पूछे, तो संदेह तो कर ही सकता है। इसलिये अपने सम्बन्ध को गोपनीय रखने के लिये, हम परस्पर अपने वार्तालाप में इन नामों का व्यवहार नहीं करेंगे। अपने गुप्त प्रयोग के लिये मेरा नाम जय होगा, भीम का जयंत, अर्जुन का विजय, नकुल का जयत्सेन, तथा सहदवे का जयद्बल।"

"और पांचाली का?" भीम ने पूछा।

"पांचाली का नाम सैरन्ध्री ही ठीक रहेगा।" युधिष्ठिर ने द्रौपदी की ओर देखा।

"ठीक है।" द्रौपदी ने अपना सिर हिला कर अपनी सहमति दे दी।

कुछ समय के लिये, उनके मध्य मौन छा गया, जैसे सब कुछ निश्चित हो गया हो और अब कुछ भी कहने को शेष न हो।

"पर हमें जाना किस राजा की सभा में है?" सहदेव ने पूछा।

"हम कहाँ-कहाँ जा सकते हैं?" युधिष्ठिर ने अर्जुन की ओर देखा।

"भौगोलिक रूप से हमारे निकट के राज्यों में पांचाल, चेदि, मत्स्य, शूरसेन, पटच्चर, दशार्ण, नवराष्ट्र, मल्ल, शाल्व, युगंध, विशाल, कुन्तिराष्ट्र, सौराष्ट्र तथा अवंती हैं।" अर्जुन बोला, "अब हमें निर्णय यह करना है कि कहाँ जाना, हमारे लिये सर्वाधिक हितकर और सुरक्षित होगा।"

"जहाँ तक मुझे ज्ञात है, इनमें से सबसे अच्छी स्थिति पांचाल की है, किन्तु पांचाल में हमें जाना नहीं है।" भीम ने कहा, "उसके पश्चात मत्स्य देश है, जहाँ का राजा हमारा शत्रु नहीं है। राजा विराट स्वभाव से दयालु और धार्मिक हैं।"

"मेरे मन में भी बार-बार विराटनगर का ही ध्यान आता है।" युधिष्ठिर बोले, "राजा के व्यक्तिगत गुण तो जो हैं, वे हैं ही; विचारणीय तथ्य तो यह है कि पिछली बार जब हमारे लोग वहाँ गये थे, तो राजा विराट ने उन सबको अपने यहाँ कोई न कोई काम दे दिया था।"

"राजा तो हमारे अनुकूल ही लगते हैं।" द्रौपदी बोली, "किन्तु उनका वह सेनापति भी तो है, जिसने उन सब लोगों को अपने राज्य से निष्कासित कर दिया था। उस घटना की पुनरावृत्ति भी तो हो सकती है।"

"हाँ! हो सकती है; किन्तु इस समय तो हम सम्भावनाओं की बात कर रहे हैं।" अर्जुन बोला, "विचारणीय यह है कि राजा विराट, उनके परिवारजन तथा उनकी सभा के सदस्य हमें नहीं पहचानते। दूसरी बात, पाण्डवों के प्रति उनकी सहानुभूति असंदिग्ध है। किन्तु उनका सेनापति कीचक नहीं चाहेगा कि राजा को कोई समर्थ सहायक मिले। इसलिये प्रथम तो वह हमारी नियुक्ति नहीं होने देगा; और यदि नियुक्ति हो गयी, तो वह उसे निरस्त करने का प्रयत्न करेगा।"

"किन्तु यह स्थिति तो किसी भी राजसभा में हो सकती है।" सहदेव बोला, "यदि हम पांचालों अथवा यादवों की सभा में भी रहना चाहें, तो क्या वहाँ हमारे विरोधी नहीं होंगे? सुभद्रा के विवाह के समय ही यह निश्चित हो गया था कि पाण्डवों का विरोध कर, दुर्योधन का समर्थन करने वाले लोग वहाँ भी वर्तमान हैं।"

"ठीक कहते हो सहदेव!" युधिष्ठिर बोले, "जब हमारे अपने सम्बन्धियों की राजसभाओं में हमारा विरोध हो सकता है, तो अपरिचित राजाओं की

सभाओं में क्यों नहीं हो सकता। विराट के सम्बन्ध में महत्त्वपूर्ण यह है कि वे हमसे अपरिचित हैं और फिर भी उनके मन में हमारे प्रति सहानुभूति है। इन दो बातों के आधार पर, हमें सबसे पहले वहीं चलना चाहिए। यदि वहाँ कोई ऐसी कठिनाई आ गयी कि हमारा वहाँ रहना कठिन लगने लगे, अथवा हमारे पहचान लिये जाने का कोई संकट उठ खड़ा हो, तो हमें अपने इस निर्णय पर पुनर्विचार करना पड़ सकता है।"

"धर्मराज ठीक कह रहे हैं।" अर्जुन ने समर्थन किया, "हमें कहीं से तो आरम्भ करना ही है।"

"क्या कहती हो भद्रे?" युधिष्ठिर ने द्रौपदी की ओर देखा।

"मैं सहमत हूँ।" द्रौपदी ने उत्तर दिया, "हमें कहीं से तो आरम्भ करना ही है। यहाँ बैठे हुए, न हम सब कुछ जान सकते हैं, न पा सकते हैं। हमें कहीं न कहीं तो जाना ही होगा। कुछ न कुछ अनिश्चितता और किसी न किसी संकट का सामना तो करना ही होगा।"

"तो ठीक है। हमारा निर्णय यही है कि पहले हम राजा विराट की सभा में जायें। यदि विकट प्रतिकूलता दिखाई पड़े तो कहीं और जायें; अन्यथा वहीं अपने अज्ञातवास का समय व्यतीत कर दें।" युधिष्ठिर बोले।

"यही ठीक है।" भीम भी सहमत हो गया, "किन्तु यहाँ से वहाँ तक की यात्रा को गुप्त रखने के लिये भी हमें कोई युक्ति करनी होगी। यदि हमारी यात्रा के गंतव्य सम्बन्धी सूचनाएँ यहाँ गुप्त न रहीं, तो वहाँ भी गुप्त नहीं रहेंगी।"

"मध्यम का विचार सर्वथा उपयुक्त है।" सहदेव बोला, "यहाँ की गतिविधि सामान्य रूप से चलती रहनी चाहिए। दुर्योधन के गुप्तचरों को ही नहीं, आस-पास के किसी भी व्यक्ति को यही आभास होना चाहिए कि पाण्डव यात्रा पर निकलने वाले हैं। मैं तो यही उचित समझता हूँ कि हमारे चले जाने के लगभग एक सप्ताह बाद तक, यहाँ हमारी यात्रा की तैयारियाँ होती रहें। उसके पश्चात् यहाँ से दो दल, पृथक्-पृथक् द्वारका और कांपिल्य की ओर, कुछ इस प्रकार प्रस्थान करें, जैसे हम भी उनके साथ ही चल रहे हों। यह सारा अभिनय इस दक्षता से हो जैसे दुर्योधन के गुप्तचर, यह तो जान ही न पायें कि हम यहाँ से जा चुके हैं, वे यह भी न जान पायें कि हम उन दोनों में से किसी सार्थ के साथ नहीं हैं; ताकि यदि वे दोनों सार्थों का पीछा करना चाहें, तो उन्हें भी स्वयं को दो दलों में विभाजित करना पड़े।"

"हमारा सहदेव तो चमत्कारी योजनाकार है।" भीम ने अपने स्थान से उठ कर, सहदेव को प्रोत्साहन की थपकी के रूप में, ज़ोर का एक धौम्य जमा दिया।

31

पाण्डवों के आश्रम में बहुत सारी गतिविधियाँ एक साथ चल रही थीं, जैसे किसी विराट आयोजन की तैयारी हो।

इन्द्रसेन और विशोक अपने सहयोगियों की सहायता से, पाण्डवों के रथों को किसी लम्बी यात्रा के लिये तैयार कर रहे थे। वे दोनों ही कुछ इतने आतुर और घबराए हुए थे कि समय-समय पर अपनी मर्यादा भूल कर, अपने सहयोगियों को इस प्रकार डाँट देते थे, जैसे सामान्यतः इस आश्रम में किसी को नहीं डाँटा जाता था। दूसरी ओर अश्वों को नहला-धुला कर तैयार किया जा रहा था। रथ तैयार हो जायेंगे, तो उनमें अश्व जोत दिये जायेंगे। चारों ओर शीघ्र प्रयाण का सा वातावरण था; और किसी को किसी से बात तक करने का अवकाश नहीं था।

एक अपरिचित संन्यासी ने आकर इन्द्रसेन के सम्मुख खड़े हो कर, आशीर्वाद की मुद्रा में हाथ उठाया, "कल्याण हो आयुष्मान! कोई इस संन्यासी की बात सुनेगा?"

इन्द्रसेन ने एक उचटती-सी दृष्टि उस पर डाली, जैसे उसे उसकी ओर देखने तथा उसकी बात सुनने का भी अवकाश न हो, "आप अपनी बात कहते रहिए, तपस्वीप्रवर! जिसे सुनना होगा, वह सुन लेगा। आपकी बात सुनने के लिये न तो आपके इस सुदर्शन रूप को देखना अनिवार्य है और न अपने हाथ के काम को रोकना।"

"जिसे सुनाना है, उसका पता पूछना है वत्स!" संन्यासी बोला, "तुम्हें सुनाकर मुझे कोई लाभ होने वाला नहीं है।"

"किसे सुनाना चाहते हैं?"

"मैं धर्मराज युधिष्ठिर से कुछ धर्म-चर्चा के लिये बहुत दूर से उपस्थित हुआ हूँ। ईश्वर के स्वरूप से सम्बन्धित कुछ सूक्ष्म गुत्थियाँ सुलझानी हैं। सम्भव है, इसमें धर्मराज मेरी कोई सहायता कर सकें।...और यदि हम दोनों मिलकर ये गुत्थियाँ सुलझा पाये, तो उससे धर्मराज को भी बहुत लाभ होगा। बहुत सम्भव है कि वे मोक्ष के कुछ और निकट हो जायें; अथवा उनके हृदय-दर्पण में ईश्वर का रूप आभासित होने लगे।" संन्यासी बोले, "वे कहाँ मिलेंगे?"

इन्द्रसेन समझ रहा था कि न तो यह व्यक्ति संन्यासी था; और न वह संन्यासियों के विधि-विधान को जानता था। वह संन्यासी होता तो आश्रम तथा उसके आस-पास निवास करने वाले संन्यासियों का सत्संग करता और कुछ दिनों तक यहाँ की दिनचर्या देखकर उपयुक्त अवसर पर धर्मराज से चर्चा करता।

यह तो इस आतुरता से धर्मराज की शरण में आया है, जैसे धर्म-चर्चा न करना चाहता हो, किसी राक्षस से अपने प्राणों की रक्षा करने के लिये धर्मराज की सहायता लेने आया हो।...

"महाराज के हृदय में कोई दर्पण नहीं है," इन्द्रसेन बोला, "जहाँ आप ईश्वर को आभासित करना चाहते हैं संन्यासीप्रवर!"

"सबके हृदय में होता है। तू क्या मुझसे अधिक जानता है?" संन्यासी ने अपना तेज दिखाया।

"अधिक न जानता तो आप मुझसे क्यों पूछ रहे होते महाराज! दर्पण वह होता है, जो दर्प बढ़ाता है। महाराज में दर्प है ही नहीं, तो दर्पण भी नहीं होगा।" इन्द्रसेन बोला, "वैसे उनकी रुचि ईश्वर का स्वरूप निर्धारित करने में नहीं है। उनका बल तो आचरण की शुद्धता पर है। धर्माचरण करने पर है। आचरण शुद्ध होगा तो ईश्वर स्वयं ही दर्शन देंगे।..."

"तू मुझे ज्ञान दे रहा है।" संन्यासी क्रोध से बोला।

"नहीं महाराज! मैं ऐसी मूर्खता क्यों करूँगा।"

"तो शीघ्र बता कि धर्मराज कहाँ हैं?"

"इस समय महाराज या तो अपने भाइयों के साथ सरिता तट पर स्नान करने गये होंगे या फिर धौम्य मुनि अपनी कुटिया के अवरोध में; उनसे यात्रा सम्बन्धी कोई कर्मकाण्ड करवा रहे होंगे।" इन्द्रसेन बोला, "यदि उनसे स्नान करते हुए मिलना हो, तो आप भी घाट पर चले जायें। और यदि वे लोग स्नान कर चुके हों, तो आप भी धौम्य मुनि के कर्मकाण्ड में सम्मिलित हो जायें।"

"अरे भाई, क्यों संन्यासी को बहका रहे हो।" विशोक बोला, "धौम्य मुनि पाण्डवों के यात्रा सम्बन्धी किसी कर्मकाण्ड में व्यस्त हैं। वे इस समय न इन्हें धर्मराज से मिलने देंगे; और न कर्मकाण्ड में ही बैठने देंगे। ये वहाँ बैठ गये तो यात्रा सम्बन्धी सारी गोपनीय सूचनाएँ इन्हें नहीं मिल जायेंगी? पाण्डव इतने असावधान तो नहीं हो सकते। आज तपस्या कर रहे हैं, तो क्या हुआ, हैं तो क्षत्रिय राजा ही।"

दोनों ने एक संक्षिप्त सी दृष्टि संन्यासी पर डाली। बहुत तटस्थ रहने का प्रयत्न करते हुए भी संन्यासी अपनी प्रसन्नता नहीं छिपा पा रहा था। कुछ आतुर हो कर उसने पूछा, "धर्मराज यात्रा पर जा रहे हैं क्या?"

"हाँ! जा तो यात्रा पर ही रहे हैं, परन्तु यह मत पूछना कि कहाँ जा रहे हैं।" विशोक ने कहा, "हमें तो इतना ही आदेश हुआ है कि उनके रथों को, यात्रा के लिये प्रस्तुत कर दें। अब जब वे आकर रथ में बैठ जायेंगे, तो ही बताएँगे कि रथों को किस ओर जाना है।"

"यदि अज्ञातवास की दृष्टि से उन्हें अपनी यात्रा को गुप्त ही रखना है, तो रथ में बैठते ही, यह घोषणा करने की उन्हें क्या आवश्यकता है कि उन्हें किस नगरी में जाना है।" इन्द्रसेन ने उसे टोका, "यह भी तो सम्भव है कि रथ में बैठकर सारथि से मात्र इतना ही कहें, 'चलो!'। वे मार्ग में भी तो सारथि को बता सकते हैं कि कहाँ जाना है; और यह भी सम्भव है कि वे सारथि को कुछ बताएँ ही नहीं। मार्ग भर उसे यही कहते रहें कि दाएँ चलो, बाएँ चलो अथवा सीधे चलो।...और यह भी तो हो सकता है कि यहाँ से तो रथ में बैठकर चलें, और मार्ग में पड़ने वाली पहली नदी के घाट पर उतर जायें। वहाँ से नाव में बैठ जायें और सारथि को आदेश दें कि रथों को लौटाकर आश्रम में ले जाये, ताकि धौम्य मुनि को अपनी यात्रा में कोई कष्ट न हो।..."

"तुम उनको इतना ही असावधान समझते हो कि वे इन बंद रथों में बैठ कर, गुप्त रूप से यात्रा करने के स्थान पर, खुली नौकाओं में यात्रा करेंगे, ताकि कोई भी उन्हें देखकर जान सके कि वे लोग कहाँ जा रहे हैं।"

"अरे भाई!..." संन्यासी ने कुछ कहना चाहा।

"अभी शान्त रहिए।" इन्द्रसेन ने उसे डाँट दिया, "पहले हम यह निर्णय कर लें कि उन्हें रथों में यात्रा करनी है अथवा नौकाओं में।"

"पर जाना तो निश्चित है न?" संन्यासी ने पूछा।

"देखो संन्यासी!" इस बार इन्द्रसेन अपना हाथ रोक कर उसकी ओर मुड़ा, "तुम जो कुछ पूछ रहे हो, उसका कोई अर्थ भी है? यदि यात्रा न करनी होती तो हमें इन रथों और अश्वों की इतनी सेवा करने की क्या आवश्यकता थी, अब यदि तुम पूछोगे कि वे कहाँ जायेंगे, तो वह हमें ज्ञात नहीं है। यदि यह जानना चाहोगे कि कब जाना है, तो हमारे पास एक ही उत्तर है कि जब पाँचों पाण्डव तथा महारानी पांचाली स्नान इत्यादि कर, यात्रा सम्बन्धी कर्मकाण्ड इत्यादि सम्पन्न कर लेंगे; और आकर रथ में बैठ जायेंगे, तो ही यात्रा आरम्भ होगी।" उसने एक कठोर दृष्टि संन्यासी पर टिकाई, "तुम्हें और कुछ पूछना है? यह भी इसलिये बता दिया कि तुम संन्यासी हो। यदि दुर्योधन के गुप्तचर होते तो हम तुम्हें इतना भी नहीं बताते।"

निमिष भर के लिये संन्यासी हतप्रभ रह गया; किन्तु उसने तत्काल स्वयं को सँभाल लिया, "मुझे धर्मराज के दर्शन कर उनसे कुछ याचना भी करनी है। क्या मैं तुम्हारे पास बैठकर, उनकी प्रतीक्षा कर सकता हूँ? सम्भवतः उनके प्रस्थान से पहले उनसे भेंट हो जाये।"

"तुम हमारे पास बैठकर भी उनकी प्रतीक्षा कर सकते हो और हमसे दूर रह कर भी।" इन्द्रसेन बोला, "किन्तु मेरी एक चेतावनी सुन लो। पाण्डवों में से

जो मध्यम कहलाते हैं, वे युवराज भीमसेन, कुछ अधिक क्रोधी हैं। आजकल तो उनका धैर्य और संयम एकदम ही समाप्त हो गया है। दुर्योधन से कुछ इतने डरे हुए हैं कि किसी भी नये अथवा अपरिचित व्यक्ति को देखते हैं, तो उसे दुर्योधन का गुप्तचर मान लेते हैं।" इन्द्रसेन ने रुक कर, एक अर्थपूर्ण दृष्टि संन्यासी पर डाली, "और यदि यह सन्देह पुष्ट हो जाये, तो फिर वे उस व्यक्ति को जीवित नहीं छोड़ते।...और वैसे भी तुम हमारे काम में व्यवधान बने हुए हो। वे लोग अपनी पूजा-उपासना पूरी कर यदि आ गये और रथ उन्हें तैयार न मिला, तो हमारी कुशल भी सुनिश्चित नहीं है; तुम्हारा तो कहना ही क्या।"

इन्द्रसेन की दृष्टि से छुपा नहीं रहा कि संन्यासी के भयभीत होने के अभिनय के पीछे, कहीं उल्लास की मुस्कान भी छिपी थी।

"भीमसेन तो क्रोधी हैं; किन्तु मैंने सुना है कि धर्मराज बहुत दयालु हैं। क्या वे अपने युवराज को यह अन्याय करने की अनुमति देंगे?" वह बोला।

"कौन-सा अन्याय?" विशोक ने पूछा।

"यही। एक अपरिचित व्यक्ति को केवल संदेह के आधार पर कठोरतापूर्वक दण्डित करना।" संन्यासी कुछ सावधान हो गया, "किन्तु मुझे क्या! मुझे तो कुछ दार्शनिक गुत्थियाँ सुलझानी हैं, भीमसेन के चरित्र का विश्लेषण नहीं करना है।"

"तो फिर ठीक है।" इन्द्रसेन ने कहा, "वहाँ जाकर उस वृक्ष की छाया में सुख से बैठो।"

संन्यासी कुछ नहीं बोला। कुछ पग चल कर, एक वृक्ष की छाया में बैठ गया और वहीं से उच्च स्वर में बोला, "मैं यहीं उनकी प्रतीक्षा करूँगा; क्योंकि मुझे धर्मराज से जो याचना करनी है, वह मैं किसी और से नहीं कर सकता।"

इन्द्रसेन और विशोक की दृष्टि एक-दूसरे से मिली; और एक अत्यन्त सूक्ष्म मुस्कान उनके अधरों पर फैल गयी।

संन्यासी अपने स्थान पर बैठा देखता रहा कि रथों को धोया गया, पोंछा गया। उनका पूर्ण निरीक्षण हुआ। उनके तल्पों पर वस्त्र बिछाए गये और फिर सहसा उन पर यवनिकाओं के रूप में तृणों के आवरण डाल दिये गये।...

संन्यासी अपने स्थान पर टिक नहीं पाया। वह उठकर पुनः उनके पास चला गया और बोला, "ये आवरण क्यों डाले जा रहे हैं? क्या वीर पाण्डव अवगुंठनवती स्त्रियों के समान यात्रा करेंगे?"

इन्द्रसेन उसकी ओर देखकर मुस्कराया, "मुझे अशिष्टता के लिये क्षमा करना संन्यासी! किन्तु मैं कहे बिना नहीं रह सकता कि तुम कुछ मूर्ख हो। अरे, तुम इतनी-सी बात नहीं समझते कि पाण्डव अज्ञातवास के लिये जाने वाले हैं।

यदि वे प्रत्यक्ष रूप से यात्रा करेंगे, तो क्या पहचान नहीं लिये जायेंगे। उनका प्रयत्न तो यही है कि इन प्रच्छन्न रथों में यात्रा करें, ताकि अपने परिचित नगरों में से भी हो कर निकलें, तो किसी को आभास भी न हो सके कि इन रथों में पाण्डव जा रहे हैं।"

संन्यासी ने पर्याप्त तटस्थ दिखने का प्रयत्न किया, "हम वनवासी तपस्वी, इन राजनीतिक पाखण्डों को क्या जानें। हम ठहरे सीधे-सादे लोग। न किसी से कोई दुराव, न छिपाव। न रहस्य न अलगाव।"

"तो इतना अलगाव तो रखो संन्यासी! कि वहीं वृक्ष के नीचे धैर्यपूर्वक बैठे रहो।" विशोक बोला, "बार-बार यहाँ आकर यह मत पूछो कि रथ में भोजन क्यों रखा जा रहा है। शस्त्र क्यों रखे जा रहे हैं? बैठने के साथ-साथ किसी के सोने की व्यवस्था क्यों की जा रही है? क्या कोई रोगी भी यात्रा करेगा?" वह रुका, "अरे भाई, यदि कोई लम्बी यात्रा होगी, तो साथ में भोजन इत्यादि की व्यवस्था भी करनी ही पड़ेगी। सब स्थानों पर भोजन उपलब्ध भी तो नहीं होता; और वे तुम्हारे समान संन्यासी तो हैं नहीं कि भिक्षा पर निर्भर रहें। और देवी पांचाली सारी यात्रा बैठ कर तो नहीं करेंगी। उनके विश्राम की व्यवस्था भी तो करनी ही पड़ेगी।"

संन्यासी पर्याप्त सन्तुष्ट दिखाई दे रहा था। वह पुनः जाकर वृक्ष के नीचे बैठ गया।...किन्तु बैठते ही, उसके मुख पर एक प्रकार की व्यग्रता प्रकट हो गयी। लगा कि अब वह वहाँ बैठना नहीं चाहता; किन्तु बाध्य हो कर बैठा हुआ है। उसकी बाध्यता भी उसे अधिक देर तक बाँध नहीं पायी। वह पुनः उठ खड़ा हुआ।

"कहीं जा रहे हो संन्यासी?" इन्द्रसेन ने पूछा।

"हाँ! सोचता हूँ, कहीं से थोड़ा भोजन कर आऊँ।"

"पाण्डवों को आ लेने दो, भोजन तो तुम्हें हम यहीं करवा देंगे।" इन्द्रसेन बोला।

"नहीं! यात्रा के समय, उन पर क्या बोझ डालना।" संन्यासी रुका नहीं।

"और तुम्हारे पीछे से पाण्डव अपनी यात्रा पर निकल गये तो अपनी दार्शनिक गुत्थियाँ किसके सामने खोलोगे?" विशोक ने पूछा।

"नहीं! मैं शीघ्र ही आ जाऊँगा।" संन्यासी रुका नहीं। वह जाने के लिये अत्यन्त आतुर हो उठा था।

संन्यासी बड़े वेग से चला; और पाण्डवों के आश्रम के संन्यासियों के कुटीरों

की ओर जाने के स्थान पर, वह सघन वन की ओर मुड़ गया। कुछ देर तक तो वह शीघ्रतपूर्वक चलता रहा, और फिर जैसे अपनी गति से सन्तोष न होने के कारण भागने लगा।...वह अब और विलम्ब नहीं कर सकता था। कुछ दूर जाकर वह रुका। सावधानी से चारों ओर देखा और फिर एक कुंज में घुस गया। भीतर उसके तीन सहयोगी बैठे थे।

"क्या हुआ?" एक ने पूछा।

"हम बहुत समय से पहुँचे हैं।" संन्यासी वेशधारी ने हाँफते हुए कहा, "वे लोग प्रस्थान की तैयारी में हैं। हमें एक भी दिन का विलम्ब हो जाता, तो वे लोग निकल गये होते।"

वह चुप हो गया।

"अब क्या स्थिति है?" उसके सहयोगियों में से एक ने पूछा।

"रथ कसे जा रहे हैं। अश्वों को तैयार किया जा रहा है। वे लोग स्नान करने गये हुए हैं; अथवा कुटीर के भीतर धौम्य उनके लिये कर्मकाण्ड करवा रहे हैं।" संन्यासी वेशधारी बोला, "अपनी ओर से वे बहुत सावधानी बरत रहे हैं; पर हम कौन से मूर्ख हैं।"

"क्या सावधानी?" दूसरे सहयोगी ने पूछा।

"प्रच्छन्न रथों में यवनिकाएँ लगा कर, गुप्त रूप से यात्रा करेंगे; जैसे रथ में बैठा व्यक्ति दिखाई न दे तो उसका पीछा ही न किया जा सकता हो।"

उन्होंने एक सम्मिलित अट्टहास किया और सहसा किसी की पदचाप सुन कर चुप हो गये। आने वाला भी उन्हीं का सहयोगी था।

"क्या सूचना लाए हो?"

"वे लोग जाने की तैयारी में हैं। सारे तपस्वी अपना बोरिया बिस्तर बाँध रहे हैं।" आगन्तुक बोला, "हम सावधान रहें, तो उनके साथ ही उनके अगले ठिकाने पर पहुँच सकते हैं।"

"कैसे?"

"अरे, हम भी उन्हीं तपस्वियों में मिल जायें। उनके सार्थ में ही यात्रा करें। जहाँ वे ठहरें, हम भी वहीं ठहरें; और जहाँ वे जायें, वहीं हम भी जायें। प्रत्येक पड़ाव से हस्तिनापुर सूचनाएँ भेजते जायें। फिर युवराज जो चाहें, करें। जहाँ और अब उचित समझें, पाण्डवों को पकड़ लें; और फिर भेज दें, बारह वर्षों के वनवास को।" उसने एक वज्र अट्टहास किया।

"चुप!" दूसरे ने उसकी बाँह पकड़ ली, "क्या कर रहे हो। हम मूषक के समान बिल में छुपे बैठे हैं और तुम अट्टहास कर, उन्हें बता रहे हो कि हम यहाँ हैं।"

"अरे तो यह वन ही तो है।" पहला बोला।

"इसीलिये तो अधिक सावधानी बरतनी है मूर्ख!" दूसरे ने डाँटा, "नगर में सहस्रों लोग होते हैं, कोई किसी की ओर ध्यान नहीं देता। यहाँ तो पक्षी भी चौंक कर देखेंगे कि इस कुंज में कौन छिपा बैठा है।"

"ठीक है। मुझसे भूल हो गयी। आओ, अब चलने की तैयारी करें।"

32

कृतवर्मा ने बलराम के घर में प्रवेश किया तो देखा वहाँ उद्धव पहले से ही बैठा था। उसका मन कुछ बुझ-सा गया। उद्धव के सामने वह खुल कर बात नहीं कर पायेगा। यद्यपि उसका न उद्धव से कोई विरोध था, न कृष्ण से, किन्तु उद्धव हो या सात्यकि, ये लोग न तो उसकी बात ठीक से समझ पाते थे और न ही वह उनके सामने अपनी बात कह पाता था। जाने क्यों वे लोग उसे कृष्ण-विरोधी सिद्ध करने पर तुले रहते थे; और यह उसे एकदम अच्छा नहीं लगता था। जाने वे क्यों यह मानते थे कि कृष्ण के प्रति सारी सद्भावना उन्हीं तक सीमित है। इतना ही नहीं, वे तो यह भी मानते थे कि कृष्ण से तनिक सा मतभेद प्रकट करना भी जैसे कोई अपराध था।...पता नहीं कि वे ऐसा मानते थे या नहीं मानते थे; किन्तु कृतवर्मा को तो ऐसा ही लगता था।...

"आओ कृतवर्मा!" बलराम ने उल्लसित मन और वाणी से उसका स्वागत किया। कृतवर्मा ने, जितना उसके लिये सम्भव था, उतना विनीत हो कर बलराम का अभिवादन किया और आसन पर बैठ गया। उसने प्रयत्नपूर्वक मुस्करा कर उद्धव की ओर भी देखा, "कैसे हो उद्धव?"

उद्धव ने भी मुस्करा कर सिर हिला दिया, विशेष कुछ कहा नहीं।

उसके आने से पहले, वे लोग शायद किसी गम्भीर विषय पर चर्चा कर रहे थे और कृतवर्मा के आ जाने पर न उस विषय से मुक्त हो पा रहे थे और न ही उसके सामने उस विषय की चर्चा करना चाह रहे थे।

"सुना है कि अपना अज्ञातवास का समय व्यतीत करने के लिये पाण्डव यहाँ, द्वारका में आ रहे हैं।" कृतवर्मा से और चुप नहीं रहा गया।

"तो इसमें आश्चर्य की क्या बात है? यहाँ नहीं आयेंगे तो कहाँ जायेंगे?" बलराम सहज भाव से बोले, "यहाँ जैसी सुरक्षा उन्हें और कहाँ मिलेगी। न यहाँ दुर्योधन के गुप्तचर झाँक सकते हैं, न यहाँ उन्हें किसी प्रकार का शारीरिक आघात पहुँचाया जा सकता है। कृष्ण के होते कोई उनकी ओर आँख उठा कर

नहीं देख सकता। और सुभद्रा तथा पाण्डवों के पुत्र तो पहले ही यहाँ हैं। सारे परिवार का मिलन यहीं तो हो सकता है।"

"द्यूत प्रसंग के पश्चात जब सुभद्रा द्वारका आ गयी थी, तो मैं तब ही समझ गया था कि पाण्डवों की द्वारका में अज्ञातवास की योजना बन गयी है।" कृतवर्मा बोला, "और क्यों न हो। उनक ससुराल द्वारका में। उनके पिता का ससुराल द्वारका में। तो फिर और कहीं जाने की आवश्यकता ही कहाँ है।"

"ऐसा लगता है कृतवर्मा! कि तुम पाण्डवों के द्वारका आने से प्रसन्न नहीं हो।" उद्धव ने अपनी चिरपरिचित मुस्कान के साथ कहा, "तुम्हारी वाणी में उल्लास के स्थान पर परिहास है।"

"क्यों? इसमें मेरी प्रसन्नता और अप्रसन्नता का प्रश्न कहाँ से आ गया।" कृतवर्मा अपने चेहरे पर सायास एक आक्रामक मुस्कान ले आया, "न वे मेरे घर आ रहे हैं, न उनकी रक्षा का दायित्व मुझ पर है।"

"क्यों, ऐसा कैसे कह सकते हो तुम?" बलराम बोले, "क्या द्वारका के अतिथि तुम्हारे अतिथि नहीं हैं? यदि वे तुम्हारे घर न आकर कृष्ण के घर आ रहे हैं, तो इसका अर्थ यह है कि उनकी रक्षा का दायित्व तुम्हारा नहीं है? तुम जाकर दुर्योधन को सूचना दे दोगे कि पाण्डव किसी छद्म वेश में यहाँ अज्ञातवास कर रहे हैं?"

कृतवर्मा को लगा कि अपने कुछ असावधान शब्दों के कारण वह व्यर्थ ही फँसता जा रहा है। उद्धव और सात्यकि के विरोध की उसे कोई चिन्ता नहीं है; किन्तु न वह बलराम को रुष्ट करना चाहता है, न उनका विरोध मोल लेना चाहता है।

"नहीं ऐसी तो कोई बात नहीं है, किन्तु अब तक यही मानता आया हूँ कि दुर्योधन और युधिष्ठिर के सन्दर्भ में हमारी स्थिति मध्यस्थ की सी है। कौरवों का झगड़ा कौरवों का ही रहे। उसमें यादवों को टाँग अड़ाने की क्या आवश्यकता है। यादवों के अपने ही झगड़े कम हैं क्या।"

"यही तो अन्तर है हममें और कृष्ण में," उद्धव कृतवर्मा का सीधा विरोध टाल गया, "कृष्ण के लिये कोई झगड़ा किसी कुल, समाज अथवा राज्य का नहीं होता। वे तो प्रत्येक विवाद को, प्रत्येक मतभेद को, प्रत्येक संघर्ष को मात्र धर्म और अधर्म की दृष्टि से देखते हैं। वे कहीं भी मध्यस्थ नहीं हैं। वे सदा धर्म के साथ हैं।"

"उद्धव हो या सात्यकि, इनके सम्मुख कुछ भी ऐसा नहीं बोलना चाहिए, जो कृष्ण से कुछ भिन्न होने का आभास भी देता हो।" बलराम हँसे, किन्तु स्पष्ट था कि उस हँसी में परिहास की नहीं उपहास की ही ध्वनि अधिक थी,

"तुम निश्चिंत रहो उद्धव! कृतवर्मा ऐसा कुछ नहीं करने जा रहा है जिसमें पाण्डवों अथवा कृष्ण की कोई हानि होती हो।"

"मैं फिर वही कहूँगा बलराम भैया!" उद्धव अपनी मधुर मुस्कान के साथ बोला, "प्रश्न कृष्ण अथवा पाण्डवों की हानि का नहीं है, प्रश्न है धर्म की हानि का। हमारा आरम्भ से यही दृष्टिकोण रहा है कि किसी की हानि हो जाये किन्तु धर्म की रक्षा होनी चाहिए।"

"अच्छा उठो! चल कर देखते हैं कि पाण्डवों के रथ आ पहुँचे हैं या नहीं।" बलराम उठ खड़े हुए। निश्चित रूप से उनकी इस वाग्युद्ध में कोई रुचि नहीं थी।

कृष्ण के प्रासाद के बाहरी भाग में खड़े वे लोग पाण्डवों के रथों को आते हुए देखते रहे। रथ इस समय भी बड़ी अच्छी स्थिति में थे। अश्व भी हृष्टपुष्ट और प्रसन्न थे। पाण्डवों के वनवास तथा उनकी निर्धनता का उन पर कहीं कोई प्रभाव दिखाई नहीं पड़ रहा था। लगता था कि उनकी वैसी ही देखभाल हो रही थी, जैसी उनके अच्छे दिनों में हुआ करती होगी।

रथों में से उतर-उतर कर बहुत सारे लोग आये...दास-दासियाँ, रसोइये, सारथि, अनुचर, वन के साथी...किन्तु उनमें से एक भी वह व्यक्ति नहीं उतरा, जिसकी बलराम प्रतीक्षा कर रहे थे। अन्त में जब इन्द्रसेन ने आकर उन्हें प्रणाम किया तो बलराम ने कुछ चकित स्वर में पूछा, "जिनको आना था, वे सब आ गये क्या? या अभी कुछ लोग पीछे आ रहे हैं?"

"नहीं महाराज! बस इतने ही लोग मेरे साथ थे।"

"तो क्या पाण्डव कांपिल्य चले गये?" कृतवर्मा कुछ कुटिल स्वर में बोला, "उन्हें यादवों पर चाहे विश्वास न हो; किन्तु उन्हें श्रीकृष्ण तथा बलराम भैया पर तो विश्वास करना ही चाहिए, या उन्हें वासुदेव बलराम पर भी विश्वास नहीं है। पर चलो कोई बात नहीं। वह भी तो उनका ससुराल है। इस दृष्टि से वह स्थान भी पर्याप्त सुरक्षित है।" वह कुछ रुका, "पर इस व्यवहार से सुभद्रा को यह नहीं लगने लगेगा कि पाण्डवों के लिये उसके मायके से अधिक द्रौपदी का मायका विश्वसनीय है!"

"धर्मराज अपने भाइयों तथा महारानी द्रौपदी के साथ अज्ञातवास के लिये गये हैं आर्य!" इन्द्रसेन आदरपूर्वक बोला।

"हाँ! हाँ! गये तो अज्ञातवास के लिये ही हैं, किन्तु तुम्हें तो बता कर ही गये होंगे कि कहाँ जा रहे हैं।" कृतवर्मा बोला।

इन्द्रसेन हँस पड़ा, "मुझे बता कर गये होते तो अज्ञातवास ही क्या होता आर्य!"

"ओह! बहुत अच्छी प्रकार पढ़ा कर गये हैं।" कृतवर्मा की हँसी में कुछ-कुछ खिसियाहट का भाव था।

"नहीं आर्य! आप मेरा विश्वास करें। हममें से कोई भी नहीं जानता कि वे लोग कहाँ गये हैं।" इन्द्रसेन पूरी निष्ठा से उन्हें विश्वास दिला रहा था।

"तुम व्यर्थ ही इन्द्रसेन को उलझाने का प्रयत्न कर रहे हो कृतवर्मा।" उद्धव इन्द्रसेन की सहायता के लिये आगे बढ़ आया, "वे लोग सचमुच किसी को कुछ बताकर नहीं गये होंगे।"

बलराम ने कृतवर्मा को संकेत से मौन रह जाने का आदेश दिया। उन्होंने इन्द्रसेन की पीठ पर हाथ रख उसकी सराहना की, "ठीक है। जाओ। बहुत दूर से यात्रा करके आये हो। जाओ विश्राम करो।"

वे कृतवर्मा को एक ओर ले गये, "तुम भी क्या मूर्खता का काम कर रहे हो। यदि वह इस प्रकार जिज्ञासा का उत्तर देने लगा तो कैसे तो पाण्डव अज्ञातवास करेंगे और कैसा वह आज्ञाकारी सेवक होगा।..."

"नहीं। मैंने सोचा कि हमसे क्या दुराव। वैसे वे नहीं बताना चाहते तो उनकी इच्छा। जिसे ज्ञात होगा कि वे कहाँ हैं, वही तो उनकी रक्षा का दायित्व भी पूरा कर सकता है।"

"उसकी चिन्ता तुम्हें नहीं करनी है। तुम जाओ अब।"

कृतवर्मा समझ नहीं पाया कि बलराम उसे जाने के लिये क्यों कह रहे हैं। पर जब उनकी रुचि उसे वहाँ और ठहराने में नहीं है तो उसे भी वहाँ रुक कर क्या करना है। वह सबको अभिवादन कर चुपचाप चला गया।

बलराम ने दृष्टि उठाकर देखा : वे जब कृतवर्मा को एक ओर ले गये थे, शायद उसी समय कृष्ण आ गये थे और उद्धव उन्हीं के पास चला गया था।

कृष्ण बहुत ध्यान से पाण्डवों के रथों और अश्वों को देख रहे थे, जैसे उनमें से कोई गोपनीय संदेश पढ़ रहे हों। फिर उन्होंने आये हुए प्रत्येक व्यक्ति से उसका समाचार पूछा।

बलराम आज तक समझ नहीं पाये थे कि कृष्ण यह क्या करते हैं। किसी सम्राट् की वे उपेक्षा कर जायें तो कर जायें; किन्तु कर्मकरों, सारथियों, सेवकों से उनका समाचार अवश्य पूछेंगे, जैसे वे लोग सबसे अधिक महत्त्वपूर्ण हों... और उस जिज्ञासा में कहीं कोई कृत्रिमता नहीं होती, कोई औपचारिकता नहीं होती। वैसा स्नेह होता है, जैसे वे ही उनके सबसे प्रिय लोग हों...पता नहीं कृष्ण प्यार जताता भर है या प्यार लुटाता भी है। बलराम को तो आश्चर्य यही है कि कृष्ण एक साथ इतने लोगों से प्यार कैसे कर पाता है, इतने लोगों की

चिन्ता कैसे कर लेता है...पर कृष्ण के लिये यह कोई नयी बात तो नहीं। वह तो अपने शैशव से यही करता आया है।

कुछ एकान्त देख कर बलराम कृष्ण के पास पहुँच गये, "पाण्डव नहीं आये?"

कृष्ण ने कुछ चकित दृष्टि से उनकी ओर देखा, "क्या आप यह अपेक्षा कर रहे थे कि पाण्डव अपने अज्ञातवास का समय व्यतीत करने के लिये यहाँ आयेंगे! यहाँ तो एक-एक बच्चा उन्हें पहचानता है। यहाँ वे अज्ञातवास कैसे कर सकते थे।" कृष्ण कुछ रुके, "वे यहाँ आये होते तो वह उनके जीवन की सबसे बड़ी भूल होती।"

"तो वे कहाँ गये हैं?"

"यह तो वे ही लोग जानें।" कृष्ण पूर्णतः आश्वस्त थे।

बलराम देख रहे थे कि पाण्डवों का जो निर्णय उनके लिये सर्वथा अनपेक्षित और अप्रत्याशित था, कृष्ण के लिये सहज और स्वाभाविक था। पता नहीं उनकी और कृष्ण की चिन्तन-पद्धति में इतना अन्तर क्यों था...

"जब हमें यह ज्ञात ही नहीं होगा कि वे लोग कहाँ हैं, तो उनकी रक्षा हम कैसे कर पायेंगे?"

"अज्ञातवास में उन्हें अपनी रक्षा स्वयं ही करनी है।" कृष्ण मुस्कुराकर बोले, "एक बार अज्ञातवास से वे सुरक्षित लौट आयें तो फिर उनकी रक्षा का दायित्व आपका ही है।"

बलराम को लगा कि जिस कृतवर्मा को उन्होंने अभी-अभी यहाँ से भेजा है, वह कहीं गया नहीं, उनके अपने ही मन में बैठा है। वे यह नहीं मानते कि पाण्डवों को उन पर विश्वास नहीं है, किन्तु कृतवर्मा कह रहा था कि अपने इस संकट-काल में पाण्डव, सुभद्रा के मायके न आकर, द्रौपदी के मायके गये हैं। कृतवर्मा कहता है कि पाण्डव यदि यादवों पर विश्वास नहीं करते तो उन्हें कृष्ण और बलराम पर तो विश्वास करना चाहिए। तो क्या पाण्डव सचमुच उन पर विश्वास नहीं करते?...नहीं वे ऐसा नहीं मान सकते, किन्तु कृतवर्मा ऐसा मानता है। वे उस पर विश्वास करें न करें, किन्तु वह ऐसा कहता है। और उसके ऐसा कहने का कोई आधार तो होगा। अभी कृतवर्मा यहाँ होता तो कहता कि वे व्यर्थ ही अपना सिर मार रहे हैं। कृष्ण उन्हें कुछ नहीं बताएँगे। वे नहीं मानते किन्तु कृतवर्मा तो यही मानता है कि कृष्ण उन्हें सब कुछ बताते ही कहाँ हैं। अपना काम निकलवाने के लिये जितना आवश्यक होता है, उतना भर बता देते हैं। आज बताना नहीं चाहते हैं इसलिये कह दिया कि अज्ञातवास में पाण्डवों को अपनी रक्षा स्वयं करनी है, और कल जब युद्ध की

स्थिति आयेगी तो कृष्ण कह देगा, आप नहीं लड़ेंगे तो कौन लड़ेगा। पाण्डवों की रक्षा कौन करेगा। ऐसा क्यों है कि पाण्डवों की रक्षा भी वे अपने मन से नहीं कर सकते, पाण्डवों की इच्छा से ही कर सकते हैं। जब कृष्ण कहेगा कि आओ हम पाण्डवों की रक्षा करें, तब वे भी कह देंगे कि अब पाण्डव अपनी रक्षा में समर्थ हो गये हैं, तो कर लें अपनी रक्षा। जब वे अज्ञातवास में अपनी रक्षा स्वयं कर सकते हैं तो साधारण वास में क्यों नहीं कर सकते। पता नहीं, वे लोग उनको इतना पराया क्यों समझते हैं।...

बलराम चौंके...क्या सोचते जा रहे हैं वे? कौन पराया समझता है उन्हें। सब उनके अपने हैं। क्या कृष्ण कभी उनके लिये पराया हो सकता है? नहीं, कोई उन्हें पराया नहीं समझता; किन्तु यदि कृतवर्मा यहाँ होता तो कहता।

...ठीक है, वे लोग उन्हें पराया भी न समझते हों, तो भी पाण्डवों की इस नीति से कभी सहमत नहीं हुआ जा सकता। उन्हें चाहिए था कि वे अपने मित्रों एवं शुभचिन्तकों को अपने पते-ठिकाने से अवगत रखते। अब अपने इस अज्ञातवास में उनका कोई अनिष्ट हो जाये तो कोई क्या कर सकता है। जब कोई अपने ही पैरों पर कुल्हाड़ी मारना चाहे तो हर क्षण उसकी बाँह तो नहीं पकड़ी जा सकती...। और पाण्डव तो हर क्षण कुएँ में कूदने जैसा कुछ-न-कुछ करते ही रहते हैं। इस समय यदि बलराम को पता होता कि पाण्डव कहाँ हैं तो वे चुपचाप थोड़े बैठे रहते। उनकी खोज-खबर रखते। उनकी सुरक्षा का प्रबंध करते। पाण्डव निश्चिंत हो कर एक वर्ष भर का अज्ञातवास कर सकते थे, पर किसी के भाग्य में ही सुख न हो तो कोई क्या कर सकता है।...

बलराम फिर एक बार चौंके...वे यह सब क्या सोच रहे हैं। वे पाण्डवों के प्रति ही नहीं कृष्ण के प्रति भी अपने मन में रोष पाल रहे हैं।...नहीं! उन्होंने अपने मन को समझाया, 'वे स्वयं यह सब कहाँ सोच रहे थे। वे तो मात्र इतना सोच रहे थे कि यदि कृतवर्मा यहाँ होता तो यह सब कहता।...उन्हें यह सब नहीं सोचना है। उन्हें कृष्ण पर भी पूरा विश्वास है और पाण्डवों पर भी। कोई उन पर अविश्वास नहीं कर रहा और न ही उनसे कुछ छिपाया जा रहा है।...'

"अच्छा केशव! मैं चलता हूँ।" वे बोले।

"क्यों कुछ देर रुकेंगे नहीं?" कृष्ण ने बड़े स्नेह से पूछा।

"नहीं! वह तो मैं अर्जुन से मिलने के मोह में चला आया था।"

"कोई बात नहीं। अब आये हैं तो रुक्मिणी से भी मिलते ही जाइए। बच्चे भी प्रायः स्मरण करते हैं कि आज कल ताया जी इधर आते ही नहीं।"

"नहीं! इस समय चलूँगा। फिर किसी समय आऊँगा। मेरा मन भी बच्चों से मिलने का करता रहता है।"

बलराम वहाँ से तो चले आये, किन्तु अपने भवन में जाने का उनका मन नहीं हुआ। एक बार मन में आया कि कृतवर्मा के घर ही चलें। वह तो उनके पास ही आया था। जाना भी नहीं चाहता था। उन्होंने स्वयं ही उसे उसकी इच्छा के विरुद्ध विदा कर दिया था।...

पर अगले ही क्षण उनका मन फिर बदल गया। नहीं! वे कृतवर्मा के घर भी नहीं जायेंगे। कई बार उन्हें लगता है कि कृतवर्मा उनके मन को बहुत विषाक्त कर देता है। नहीं, उन्हें उसके घर नहीं जाना है। उन्हें कहीं भी नहीं जाना है।

और सहसा उन्होंने पाया कि वे कृष्ण के भवन के उस खण्ड में प्रवेश कर रहे हैं, जिसमें इन दिनों सुभद्रा निवास कर रही थी।

उनके मन में जैसे एक लम्बा एकालाप चल रहा था...कोई और करे-तो-करे, सुभद्रा उन पर अविश्वास नहीं कर सकती, और ऐसा हो नहीं सकता कि अर्जुन ने सुभद्रा को भी अपने अज्ञातवास के विषय में अँधेरे में रखा हो। पति के तो श्वास भी उसी ओर चलने लगते हैं, जिस ओर उसकी पत्नी हो। और सुभद्रा तो अपने ही नहीं पाण्डवों के सारे ही पुत्रों का पालन-पोषण कर रही है। क्या अपने पुत्रों को भी नहीं बताएँगे कि वे कहाँ हैं। न बताएँ, किन्तु यह तो जानना चाहेंगे न कि उनके पुत्र कैसे हैं। और यदि जानना चाहेंगे तो उन्हें यह समाचार कहाँ भेजा जायेगा? किसी के पास तो उन्होंने अपना कोई सूत्र छोड़ा होगा।...

सुभद्रा ने इस प्रकार अकस्मात बलराम को आया देखा तो कुछ अटपटा गयी, "अरे भैया आप?"

"क्यों? क्या इस समय मुझे नहीं आना चाहिए था?" बलराम ने अपना असन्तोष व्यक्त किया।

"नहीं। ऐसी तो कोई बात नहीं है। आप सामान्यतः इस प्रकार आया नहीं करते न। यह तो कृष्ण भैया की शैली है किसी भी समय कहीं भी प्रकट हो गये।"

"ठीक है मैं कृष्ण जैसा मायावी तो नहीं हूँ किन्तु ऐसे छोट-मोटे चमत्कार तो मैं भी कर ही सकता हूँ।"

"कर तो सकते हैं, पर करते नहीं हैं।" सुभद्रा हँसी, "यह समय आपकी मित्र-मण्डली के जुटने का है। आज यह व्यतिक्रम कैसे हो गया?"

"व्यतिक्रम होना तो नहीं चाहिए था, किन्तु सुना कि तुम्हारे पति आ रहे हैं तो उनसे मिलने चला आया।" बलराम आसन पर बैठकर मुस्कुरा रहे थे।

"मेरे पति!" सुभद्रा चकित स्वर में बोली, "यहाँ? पर उन्हें तो अज्ञातवास के लिये किसी अज्ञात स्थान पर जाना था।"

"कहाँ जाना था?"

"यह तो धर्मराज और उनके भाई ही जानते हैं या फिर कृष्णा दीदी जानती हैं, जो उनके संग हैं।" सुभद्रा सहज भाव से कह रही थी, "वे लोग द्वारका में आकर अज्ञातवास कैसे करेंगे, यहाँ का तो बच्चा-बच्चा उन्हें जानता है।"

बलराम का मुँह जैसे कड़वा हो गया : ठीक कृष्ण की शैली में कह रही है...'यहाँ का तो बच्चा-बच्चा उन्हें जानता है। 'सब एक ही उत्तर दे रहे हैं।... पर उनका मन था कि यह मानने को तैयार ही नहीं हो रहा था।...यह उनका अपना मन ही था कि यह उनके मन में बैठा कृतवर्मा था, जो यह मानना नहीं चाहता था?...शायद था तो यह कृतवर्मा ही, किन्तु वह इस समय आकर उनके मन में बैठ गया था...

"बात यह है सुभद्रे!" वे बोले, "कि जब मैंने सुना कि पाण्डवों के रथ द्वारका आ रहे हैं, तो यह कल्पना भी नहीं कर सका कि पाण्डवों के रथों में उनके सारथि और सेवक होंगे।" वे रुके, "अच्छा बताओ क्या पाण्डवों ने उचित किया कि किसी को भी नहीं बताया के वे कहाँ हैं। ऐसे में अब यदि शत्रु उनका कुछ अहित करते हैं तो उनके मित्र उनकी रक्षा कैसे कर पायेंगे?"

सुभद्रा मुस्कुराई, "पाण्डव यदि मात्र एक वर्ष के लिये भी अपनी रक्षा नहीं कर सकते तो वे अपना राज्य कैसे वापस लेंगे।"

बलराम को झटका-सा लगा, कृष्ण ने कम-से-कम यह तो कहा था कि अज्ञातवास के पश्चात् पाण्डवों की रक्षा आप करेंगे। सुभद्रा को तो उसकी भी आवश्यकता नहीं लगी।

"और अपना राज्य भी वे अपने बल पर प्राप्त कर लेंगे?" वे समझ नहीं पाये कि यह उनका अपना आहत अपमान बोल रहा था अथवा यह भी उनके मन में बैठा कृतवर्मा ही सोच रहा था।

बलराम का यह प्रश्न सुभद्रा को आहत कर गया, "मैं आपको वचन देती हूँ भैया! कि यदि दुर्योधन अपने ही बल पर लड़ेगा तो पाण्डव भी किसी से सहायता माँगने नहीं जायेंगे। और फिर मेरे ये पुत्र किस दिन की प्रतीक्षा कर रहे हैं।"

सामने से अभिमन्यु आ रहा था।

"प्रणाम मातुल!" उसने बलराम के चरण स्पर्श किए।

बलराम ने अभिमन्यु को आशीर्वाद तो दिया, किन्तु उनके अपने मन का धुंधलका छँट नहीं पाया...सुभद्रा तो आरम्भ से कुछ चतुर और चंचल थी। वह सदा आत्मनिर्भर और स्वाधीन रही है। कभी-कभी तो वह उन्हें परम स्वतन्त्र भी लगी है;...किन्तु वह उन्हें उद्दण्ड कभी नहीं लगी थी। वे अपने स्नेह में उसकी उच्छृंखलता की उपेक्षा कर जाते थे अथवा तब वह उच्छृंखल थी ही नहीं?

आजकल उसकी वाणी में बलराम को कभी अपनी उपेक्षा, कभी उद्दण्डता, और कभी अहंकार क्यों सुनाई पड़ने लगा है? उनके मन में ही उसके प्रति अब वह बालकोंवाला स्नेह भाव नहीं रहा अथवा पाण्डवों के सम्पर्क में आकर वह ही बदल गयी है?...

"कैसे हो अभिमन्यु!" बलराम ने उस पर एक परीक्षक दृष्टि डाली, "कैसी चल रही है तुम्हारी शस्त्र-शिक्षा?"

"आपकी कृपा है मातुल!" अभिमन्यु बोला, "आजकल व्यूह-रचना सीख रहा हूँ। लगता है कि व्यूह रचने की तुलना में व्यूह तोड़ना कुछ अधिक कठिन है।"

"ऐसा क्यों सोचते हो पुत्र?" बलराम ने पूछा, "जरासंध से हुए अपने युद्धों में हम व्यूह रचते भी रहे हैं और तोड़ते भी। ऐसा कौन-सा व्यूह है, जो कृष्ण ने न तोड़ा हो।"

"आप ठीक कहते हैं मातुल!" अभिमन्यु बोला, "किन्तु मैं तो इसलिये कह रहा था कि व्यूह रचने से आपको कोई रोकता नहीं है; किन्तु व्यूह तोड़ने से आपको रोकने को लिये सेनाएँ की सेनाएँ सामने खड़ी होती हैं। और जहाँ तक मातुल कृष्ण का सम्बन्ध है, वे अपनी योजना के अनुसार चल रहे हैं। मैं चक्रव्यूह की रचना पहले सीखना चाहता हूँ और वे हैं कि उसे टालते जा रहे हैं। उसमें प्रवेश करना तो लगभग मुझे आता ही है; किन्तु उसमें से निकल आना अभी मेरे लिये कुछ कठिन है।"

"तुम चक्रव्यूह में प्रवेश कर सकते हो?" बलराम ने कुछ आश्चर्य से पूछा।

"हाँ मातुल। साथ कोई अच्छा सहायक हो, पीछे से आनेवाले प्रहारों को कोई किसी सीमा तक झेलता चल ले तो मैं भीतर प्रवेश कर सकता हूँ।"

"किसने सिखाया? तुम्हारे पिता ने?"

"नहीं! पिताजी से जब मैं पृथक हुआ था, तब तो मैं मात्र तीन ही वर्षों का था। तब वे कैसे सिखाते, किन्तु उन्होंने कभी माँ से इस व्यूह की चर्चा की थी। वह चर्चा किन्हीं कारणों से पूरी नहीं हो पायी थी, तो माँ ने भी केवल प्रवेश ही सीखा था। माँ ने वही मुझे सिखा दिया है। अब मातुल कृष्ण उसको तोड़ कर बाहर आना सिखाएँ तो मेरा प्रशिक्षण पूरा हो।"

बलराम ने कुछ आश्चर्य से सुभद्रा की ओर देखा : उसकी क्षमताओं को वे जानते थे; किन्तु यह नहीं जानते थे कि वह चक्रव्यूह जैसे जटिल व्यूहों को वेधना भी जानती है और अपने इस बालक पुत्र को भी सिखा सकती है। उनकी इच्छा हुई कि वे पुराने समय के ही समान सुभद्रा के सिर पर अपनी हथेली रख कर उसकी सराहना करें...किन्तु जाने वह क्या था, जो उनकी भुजा और जिह्वा

दोनों को ही थामे हुए था। सुभद्रा के मुख की उस मुस्कान में उन्हें पाण्डवों का अहंकार और अपनी अवगुंठित उपेक्षा दिखायी पड़ रही थी।

"तुम सीखने को इतने आतुर हो तो कृष्ण तुम्हें पहले चक्रव्यूह के विषय में ही शिक्षा क्यों नहीं देता?"

बलराम मुस्करा रहे थे। वे अपने प्रश्न का उत्तर जानते थे। वे जानते थे कि अभिमन्यु अभी छोटा था। वह चक्रव्यूह के वेग को झेल नहीं सकता था।

"मातुल कहते हैं कि माँ ने मुझे यह तब सिखाया था, जब मैं यहाँ अकेला था। शेष मेरे भाई कांपिल्य में थे। अब, जब वे सब लोग यहीं हैं, मुझे अकेले को अलग से कुछ नहीं सिखाया जा सकता।"

"तो उन सबको भी सिखा दें।" बलराम बोले, "वास्तविक बात यह है कि या तो वह तुम्हें सिखाना नहीं चाहता, या फिर तुममें अभी उसे सीखने की क्षमता विकसित नहीं हुई है।"

बलराम की यह बात न सुभद्रा को अच्छी लगी, न अभिमन्यु को ही। वे दोनों ही समझ रहे थे कि यह बलराम का विनोद नहीं था। वे सचमुच ही अभिमन्यु की क्षमता को कम आँक रहे थे। सुभद्रा चुप रही; जाने क्यों इस समय बलराम अभिमन्यु की प्रशंसा करना नहीं चाहते थे।...किन्तु अभिमन्यु मौन नहीं रहा।

"नहीं मातुल! मातुल कृष्ण कहते हैं कि मेरे अन्य भाई पहले ही प्रशिक्षण में मुझसे पीछे चल रहे हैं। ऐसे में मुझ अकेले को और आगे का पाठ पढ़ाना उचित नहीं है। मेरे लिये भी इतना स्वार्थी होना शोभनीय नहीं है। जब वे लोग मेरे समकक्ष आ जायेंगे और मेरे साथ सीख सकेंगे तो मातुल मुझे चक्रव्यूह सम्बन्धी सारा ज्ञान दे देंगे। अभी तो बस मैं भीतर प्रवेश ही कर सकता हूँ।"

बलराम को अभिमन्यु का उत्तर अपनी धारणा के सर्वथा विरुद्ध लगा। निश्चित् रूप से सदा अपनी प्रशंसा सुनने का अभ्यस्त अभिमन्यु यथार्थ को स्वीकार नहीं कर पा रहा था। उचित था कि बलराम उसे उसकी वास्तविकता बता ही दें।

"तुम ऐसा समझते हो कि चक्रव्यूह को वेध कर भीतर प्रवेश की क्षमता तुम में है; किन्तु वस्तुतः प्रवेश करके तुमने देखा तो नहीं है न! बहुत सम्भव है कि वास्तविक युद्ध में तुम्हारी यह विद्या सफल न हो पाये। तुमने न अभी किसी युद्ध में इसका प्रयोग करके देखा है, और न तुमने उसे किसी विश्वसनीय युद्धाचार्य से सीखा है।"

"भैया! आशीर्वाद न देना चाहें तो न दें; किन्तु ऐसा शाप तो न दें।" बहुत चाहने पर भी सुभद्रा अपने मन की कटुता छुपा न सकी।

"इसमें शाप की क्या बात है सुभद्रे! योद्धाओं को अपने विषय में भ्रम में नहीं रहना चाहिए। ऐसे भ्रम कभी-कभी बहुत घातक प्रमाणित होते हैं।" बलराम अपनी बात पर टिके रहे, "तुमने भी अर्जुन से इसकी चर्चा ही सुनी है। न अर्जुन ने युद्ध में इसका प्रयोग कर तुम्हें सिखाया, न तुमने किसी युद्ध में इसका प्रयोग करके देखा, तो फिर यह कैसे मान लिया जाये कि सिखानेवाले ने उसे त्रुटिहीन ढंग से सिखाया और सीखनेवाले ने उसे पूर्णता से सीखा।"

सहसा सुभद्रा हँस पड़ी। समझ गयी कि इस समय बलराम अपनी बात पर अड़ने की मुद्रा में हैं।

"अब तो एक ही विधि है भैया! अभिमन्यु की क्षमता प्रमाणित करने की।"

"क्या विधि हो सकती है?" बलराम अपनी सफलता पर प्रसन्न थे।

"आप चक्रव्यूह रचें और अभिमन्यु उसमें प्रवेश करके दिखाए।"

"ओह!" बलराम अट्टहास कर उठे, "तुम बहुत चतुर हो सुभद्रा! तुम चाहती हो कि इस विधि से अभिमन्यु चक्रव्यूह में प्रवेश करने का अभ्यास कर ले। फिर वह हठ कर, मुझसे चक्रव्यूह की शेष विधियाँ सीख ले। कृष्ण सिखाना नहीं चाहता, इसलिये उसकी इच्छा के विरुद्ध यह मुझसे सीख ले और कृष्ण को अंगूठा दिखा दे।"

"आपकी कल्पना तो इस समय असाधारण रूप से उर्वर हो रही है भैया!" सुभद्रा ने बलराम की बात में से कोई गम्भीर अर्थ ग्रहण नहीं किया, "जो कुछ कहने वाले के भी मन में न हो, आप उसकी भी कल्पना कर सकते हैं।"

"हाँ! मैं यह कल्पना भी तो कर रहा हूँ कि पाण्डवों के अज्ञातवास सम्बन्धी सूचनाओं के चारों ओर तुमने चक्रव्यूह रच लिया है और मैं अपने सारे प्रयत्नों के पश्चात् भी उसे वेध नहीं पाया हूँ। किसी के रचे हुए चक्रव्यूह में अभिमन्यु प्रवेश कर सकता है; किन्तु तुम्हारे रचे हुए चक्रव्यूह का वेधन मुझसे नहीं हो सका।"

बलराम हँस रहे थे और हँसते-हँसते उठ कर वे चले गये। सुभद्रा और अभिमन्यु चुपचाप खड़े उन्हें जाते हुए देखते रहे।

"आज मातुल का मन किस ओर चल पड़ा है?" अभिमन्यु बोला।

"कभी-कभी इनके साथ ऐसा भी होता है।" सुभद्रा ने उत्तर दिया, "मन हठ पकड़ लेता है तो हिलता ही नहीं। ऐसी दशा में इन्हें केशव ही सँभाल सकते हैं। सोचती हूँ तो डर जाती हूँ कि जिस दिन इन्होंने केशव की भी न मानी, उस दिन द्वारका का क्या होगा।"

अभिमन्यु ने माँ की ओर कुछ ऐसी दृष्टि से देखा, जो कह रही थी, कि न

वह मातुल की बात समझ पाया था, और न वह अब अपनी माँ की बात समझ रहा था। उसने अपने कंधे उचकाए और निश्चिंत भाव से आगे बढ़ गया।

किन्तु सुभद्रा की चिन्ता दूर नहीं हुई। बलराम निश्चित रूप से अपने मन में एक गाँठ लेकर गये थे; और बलराम के मन की यह गाँठ उनमें से किसी के लिये भी हितकर नहीं हो सकती थी।

आत्मलीन से बलराम चलते हुए कब सांब के भवन में प्रवेश कर गये, उन्हें पता ही नहीं चला। उन्होंने अपने आपसे पूछा भी कि वे सांब के भवन में क्या करने जा रहे हैं; किन्तु न ही उनके प्रश्न का कोई उत्तर मिला, और न ही उनके पग थमे। पग तब रुके, जब सांब की पत्नी, दुर्योधन-पुत्री लक्ष्मणा ने आकर उनके चरण स्पर्श कर उन्हें प्रणाम किया।

"कैसी हो बहू?"

"आपका आशीर्वाद है ताया जी।"

उसने आसन रख दिया और दासी के हाथ से लेकर, स्वयं जल का चषक उनकी ओर बढ़ाया।

"सांब कहाँ है?" बलराम ने जल का चषक थाम लिया।

"बता कर नहीं गये।" लक्ष्मणा बोली, "बस यही कह गये हैं कि सन्ध्या तक ही लौट पायेंगे।"

"ऐसा कौन-सा स्थान है, जहाँ वह जाता है और तुम्हें बताना नहीं चाहता। तुम्हें ध्यान नहीं रखना चाहिए कि किसी अनुचित स्थान पर तो नहीं जाता।"

"ध्यान रखती हूँ ताया जी! और यह भी ध्यान रखती हूँ कि इस प्रकार पति-पत्नी में झगड़ा करवाना आपकी क्रीड़ा है।" लक्ष्मणा हँस कर बोली।

"इसका अर्थ है कि उस दुष्ट ने तुम्हें मेरे विषय में वह सब भी बता दिया, जो मात्र उसके और मेरे बीच का रहस्य था।"

"नहीं ताया जी! अब यह उनके और आपके बीच का ही रहस्य नहीं है। अब तो इस रहस्य को सारी द्वारका जानती है।" लक्ष्मणा बोली।

"अच्छा! और मुझे पता भी नहीं चला कि द्वारकावासी मेरी क्रीड़ाओं में भी इतनी रुचि रखते हैं।" बलराम फिर से कुछ आम्मलीन हो गये, "हाँ! मैं भी तो दूसरों में इतनी रुचि रखता हूँ। अब प्रातः से इसी व्यसन में घूम रहा हूँ कि पाण्डव द्वारका आये या नहीं आये।"

"तो क्या पता लगा, ताया जी! पाण्डव द्वारका आये या नहीं आये?"

"पाण्डवों के रथ और सारथि तो द्वारका में आये हैं; किन्तु अभी पाण्डवों के दर्शन किसी को नहीं हुए हैं।"

"इसका क्या अर्थ है ताया जी!" लक्ष्मणा ने पूछा।

बलराम ने उसके प्रश्न की ओर ध्यान नहीं दिया। वे जैसे शून्य में कुछ खोजते रहे और सहसा लक्ष्मणा की ओर घूमे, "लक्ष्मणा, क्या तुम जानती हो कि अज्ञातवास के लिये पाण्डव कहाँ गये हैं?"

"नहीं ताया जी! मैं कैसे जानूँगी।" लक्ष्मणा सकपका गयी, "मेरा तात्पर्य है कि यह तो गोपनीय सूचना है। यह किसी को भी ज्ञात नहीं होना चाहिए। यदि यह सूचना भी प्रचारित हो गयी तो फिर अज्ञातवास ही क्या रहेगा।"

"हाँ है तो गोपनीय ही।" बलराम से कहे बिना नहीं रहा गया, "और तुम जानोगी भी कैसे। तुम तो दुर्योधन की पुत्री हो।"

अकबकाई सी लक्ष्मणा, फटी-फटी आँखों से बलराम की ओर देखती रही...क्या कह रहे हैं वे। वे उसे सांब की पत्नी अथवा कृष्ण की पुत्रवधू न कह कर, दुर्योधन की पुत्री कह रहे हैं।...उसके मन में तो यह पूर्णतः स्पष्ट है कि अज्ञातवास सम्बन्धी सूचना, पाण्डवों की अत्यन्त गोपनीय निधि है। उस गोपनीयता से उनका सारा राज्य और धन सम्पत्ति ही नहीं, मान-सम्मान और कदाचित उनके प्राण भी अनुबन्धित हैं।...ऐसे में वे सूचनाएँ, द्वारका में सार्वजनिक रूप से प्रचारित कैसे हो सकती हैं।...जहाँ तक लक्ष्मणा समझती थी, स्वयं बूआ सुभद्रा भी नहीं जानती थीं कि इस समय पाण्डव कहाँ हैं; तो लक्ष्मणा यह कैसे जान सकती थी।...तो फिर ताया जी यह सब क्यों कह रहे हैं?...

जब तक कि वह संभलती, बलराम का दूसरा प्रश्न किसी तीक्ष्ण बाण के समान उसके वक्ष में आ लगा, "द्वारका में तो तुम्हें किसी ने कुछ नहीं बताया, तो क्या दुर्योधन ने भी तुम्हें कोई सूचना नहीं दी?"

लक्ष्मणा के मन और मस्तिष्क जैसे स्तब्ध खड़े कुछ समझने का प्रयत्न कर रहे थे।...यह भी ताया जी का कोई परिहास ही था, कोई क्रीड़ा थी, अथवा वे सचमुच विश्वास करते थे कि उसमें और उसके पिता में कोई ऐसा सम्पर्क था, जिसके माध्यम से उसे हस्तिनापुर से सूचनाएँ भिजवाई जाती थीं, अथवा भिजवाई जा सकती थीं?...यह संदेह था? आरोप था?? अथवा मात्र क्रीड़ा थी???

बलराम ने और कुछ नहीं कहा। बिना किसी पूर्व संकेत अथवा चेतावनी के वे अकस्मात् ही उठ खड़े हुए। जब तक कि लक्ष्मणा उनसे कुछ पूछने की बात सोच पाती, वे बाहर की ओर चल पड़े थे। वह चुपचाप खड़ी उन्हें जाते हुए देखती रही। वे द्वार से बाहर निकल गये और उनका अनुसरण करती हुई दासी ने, उनके पीछे कपाट भिड़ा दिये।

बाहर खुले में ठण्डी बयार बह रही थी। बलराम को लगा कि भवन के बाहर आकर, वे कुछ अधिक सुखद स्थिति का अनुभव कर रहे हैं। उनका मन भी कुछ अधिक सजग हो उठा था...यह वे क्या कह आये लक्ष्मणा को?...कहीं

लक्ष्मणा के मन में यह बात जम गयी कि यादव उस पर विश्वास नहीं करते, क्योंकि वह दुर्योधन की पुत्री है—तो क्या परिवार में कलह नहीं होगी?...वे अपने ही परिवार में ऐसा विभाजन क्यों कर रहे हैं?...

किन्तु अगले ही क्षण, मन का कोई अन्य अंश अधिक सबल हो उठा...वे विभाजन कर रहे हैं? वे कहाँ चाहते हैं कोई विभाजन?...पर कोई उन्हें क्यों नहीं बताता कि पाण्डव कहाँ हैं? क्या किसी ने उन्हें परिवार का अंग माना?

उन्होंने चकित हो कर अपने मन में झाँका : यह क्या हो रहा है उन्हें? पाण्डवों के सबसे बड़े शत्रु दुर्योधन की पुत्री भी समझती है कि यह सारा प्रसंग गोपनीय है...तो उनका मन क्यों नहीं मान रहा कि यह पाण्डवों का अपना रहस्य है, जिसे और कोई नहीं जानता। अपनी रक्षा के लिये ही पाण्डव इस रहस्य की रक्षा कर रहे हैं। कोई बलराम से कुछ नहीं छुपा रहा। कोई उन्हें पराया नहीं समझ रहा। कोई उनकी उपेक्षा नहीं कर रहा?...

बलराम सोचते रहे और चलते रहे। कभी बाहर दृष्टि डाल लेते थे और कभी मन के भीतर झाँक लेते थे...वहाँ उन्हें कभी लक्ष्मणा बैठी दिखाई दे जाती थी कभी कृतवर्मा।...बलराम निर्णय नहीं कर पा रहे थे कि दोनों में से कौन सत्य के अधिक निकट था...लक्ष्मणा या कृतवर्मा...या फिर उनका अपना मन ही किसको अपने अधिक निकट पा रहा था...

33

बलराम चले गये तो उद्धव ने कृष्ण की ओर देखा, "लगता है भैया को पाण्डवों का द्वारका न आना अच्छा नहीं लगा।"

"प्रश्न यह है कि क्या उन्हें पाण्डवों का यहाँ आना अच्छा लगता?" कृष्ण के अधरों पर उनकी मायावी हँसी थी, जो उनके मंतव्य को अभिव्यक्त भी कर रही थी और रहस्यमय भी बना रही थी।

"मैं समझा नहीं।" उद्धव बोला, "भैया क्या चाहते हैं, पाण्डव यहाँ आयें या न आयें।"

"भैया के मन की तो भैया ही जानें।" कृष्ण बोले, "मैं तो अपने मन की पूछ रहा हूँ कि यदि पाण्डव यहाँ आ जाते और हमसे अज्ञातवास के उपयुक्त सुविधाओं की अपेक्षा करते, तो क्या हम उन्हें वे सुविधाएँ दे पाते; और उस स्थिति में भैया प्रसन्न रहते?"

"तुम क्या समझते हो कि भैया उससे प्रसन्न नहीं होते?"

"नहीं। मैं ऐसा नहीं समझता।" कृष्ण बोले, "किन्तु मुझे यह लगता है

कि कई बार भैया दो ऐसी बातों की कामना कर रहे होते हैं, जो एक साथ सम्भव नहीं होतीं।"

उद्धव कुछ देर तक चुपचाप कृष्ण को देखता रहा, फिर धीरे से बोला, "तुम अपनी इस बात को कुछ और स्पष्ट करोगे?"

"इसमें स्पष्ट करने का क्या है भाई!" कृष्ण बोले, "भैया ने अपने मुख से कभी कहा नहीं; किन्तु मेरा अनुमान है कि वे पाण्डवों का कोई अनिष्ट नहीं चाहते, पर वे यह भी नहीं चाहते कि अज्ञातवास के इस खेल में दुर्योधन पाण्डवों से पराजित हो। ये दोनों बातें एक साथ सम्भव नहीं हैं। यथार्थ यह है कि इन्द्रप्रस्थ का राज्य या तो दुर्योधन के पास रह सकता है या युधिष्ठिर के पास। यह तो सम्भव नहीं है कि दुर्योधन से कुछ छिने नहीं और पाण्डवों का राज्य उन्हें मिल जाये। वे अपने न्याय से पाण्डवों के पक्ष में हैं और अपने मोह से दुर्योधन के साथ।"

उद्धव ने कोई उत्तर नहीं दिया। वह कृष्ण की बात पर विचार कर रहा था। उसे लग रहा था कि कृष्ण ने शायद बलराम के चरित्र के मूल तत्त्व को रेखांकित कर दिया है। जो लोग न्याय के साथ होते हैं और अपने मार्ग में मोह को नहीं आने देते, उनके मार्ग में ऐसी कोई कठिनाई नहीं आती। जो मोह के पाश में बँध कर न्याय को भूल जाते हैं, वे भी अपने इस द्वन्द्व से मुक्त हो जाते हैं, किन्तु बलराम उन दोनों के ही साथ चल रहे हैं।

"क्या भैया इस बात को जानते हैं?"

"कह नहीं सकता कि जानते नहीं हैं या मानते नहीं हैं।" कृष्ण पुनः उसी मोहक ढंग से हँसे।

उद्धव को इस बार पूछने की आवश्यकता नहीं पड़ी। वह कृष्ण का तात्पर्य समझ रहा था। बलराम शायद अपने मन की इस स्थिति को जानते नहीं थे और यदि उन्हें बताया जायेगा तो सम्भवतः वे इसे स्वीकार नहीं करेंगे। यदि समझाना सम्भव होता तो कृष्ण से अधिक उपयुक्त समझाने वाला और कौन हो सकता था।

"अच्छा भैया की बात छोड़ भी दें तो क्या हमें पाण्डवों की रक्षा की दृष्टि से उनकी खोज नहीं करनी चाहिए, ताकि वे जहाँ भी हों, आवश्यकता होने पर हम उनकी रक्षा कर सकें।"

"दुर्योधन पाण्डवों को खोज ही रहा होगा।" कृष्ण बोले, "अब यदि मैं पाण्डवों को खोजने निकलूँ तो दुर्योधन को कुछ नहीं करना है, बस मेरे पीछे अथवा मेरे गुप्तचरों के पीछे अपने गुप्तचरों को लगा देना है। क्या स्वयं पाण्डवों की खोज में जाकर अथवा अपने गुप्तचरों को पाण्डवों की खोज में भेज कर

हम दुर्योधन की ही सहायता नहीं करेंगे? एक मृग जो वन के एकान्त में कहीं छुपने का प्रयत्न कर रहा हो उसका आखेट करने के लिये जितनी अधिक दिशाओं से अहेरी उसके पीछे जायेंगे, वह उतनी ही जल्दी अपना साहस खो देगा और पकड़ा जायेगा।" कृष्ण ने रुक कर उद्धव की ओर देखा, "मुझे यह जान कर तनिक भी आश्चर्य नहीं होगा कि दुर्योधन ने अपने गुप्तचर पाण्डवों के पीछे भेजने के स्थान पर द्वारका में फैला रखे हों।"

"हाँ! बात तो कुछ ऐसी ही है।" उद्धव ने कहा, "अब मेरी समझ में आया कि तुम इतनी शान्ति से द्वारका में क्यों बैठे हो।"

"मुझे तो यह भी लगता है उद्धव! कि मैं स्वयं जाऊँ अथवा अपने गुप्तचरों को भेजूँ; पाण्डवों को खोजने में हम दुर्योधन की तुलना में किसी भी स्थिति में अधिक सफल होंगे, क्योंकि हम उनकी तुलना में पाण्डवों को कहीं अधिक जानते और समझते हैं। इसलिये हमें सावधान रहना है कि कहीं अनायास ही हमारी अंगुली उस दिशा में न उठ जाये, जिधर पाण्डवों के होने की सम्भावना है।"

"अच्छा! चलता हूँ। मुझे सात्यकि के पास भी जाना है।" उद्धव उठ खड़ा हुआ।

"ठीक है। सात्यकि से कहना मैं भी उसे स्मरण कर रहा था।"

उद्धव को एक अनाम-से विषाद ने घेर लिया था। जाने क्यों वह एक भीषण असन्तोष का अनुभव कर रहा था। वह अपने मन में किसी प्रत्यक्ष कारण को खोज नहीं पाया तो मान लिया कि सम्भव है कि यह भी बलराम की मानसिकता के ही कारण हो। किन्तु उससे उद्धव क्यों इतना प्रभावित है। निश्चित रूप से इससे पाण्डवों का कोई अहित नहीं होने जा रहा है। कृष्ण के होते हुए पाण्डवों का कोई अहित नहीं कर सकता, चाहे वे स्वयं बलराम ही क्यों न हों। और फिर बलराम पाण्डवों का अहित क्यों करेंगे?

सात्यकि के भवन मे पहुँच कर उद्धव ने देखा कि वह कहीं जाने की तैयारी में था; किन्तु उद्धव को देखते ही उसने अपनी योजना बदल दी। उद्धव ने कहा भी कि वह किसी विशेष प्रयोजन से नहीं आया है, इसलिये सात्यकि अपने आवश्यक कार्यों की हानि न करे; किन्तु अब सात्यकि कहीं जाना नहीं चाहता था। उद्धव जैसे व्यक्ति जो कभी-कभी ही किसी के घर जाते हैं, वह सात्यकि के घर आये और सात्यकि गोशाला जाने जैसा अपना साधारण काम भी न छोड़े—यह कैसे सम्भव था।

सात्यकि ने उत्साहपूर्वक उद्धव की भुजा पकड़ ली और उसे परिवार की साधारण बैठक में न बैठा कर अपने निजी कक्ष में ले आया।

"आज तो मेरा कोई महान् पुण्य फलीभूत हुआ है।" सात्यकि का आन्दोलित उत्साह प्रकट रूप से उमड़ता दिखाई पड़ रहा था, "आज श्रीमान उद्धव हमारे घर पधारे हैं।"

"अब अधिक लज्जित मत करो युयुधान!" उद्धव ने भी उतने ही स्नेह से कहा, "अब मैं अपनी प्रकृति का क्या करूँ। तुम जानते ही हो कि मैं घर से अधिक नहीं निकलता हूँ।"

"नहीं! वह तो मैं जानता हूँ कि आपको मुझसे कोई वितृष्णा नहीं है। आप यदि मेरे घर नहीं आते तो उसे मैं आपके स्नेह का अभाव नहीं मानता; पर आप मेरे घर आये हैं, इसमें मैं आपका अनुग्रह तो मान ही सकता हूँ।"

"जो तुम्हारी इच्छा हो, मानो बन्धु! पर अब तुम मुझे अधिक लज्जित मत करो।" उद्धव ने धीरे से कहा, "मैं बलराम भैया से मिलने गया था। वहाँ संयोग से कृतवर्मा भी आ गया और तब हम लोग कृष्ण की ओर चले गये। आज पाण्डवों के सारथि उनके रथ इत्यादि लेकर द्वारका पहुँचे हैं। बलराम भैया का व्यवहार मेरी कुछ समझ में नहीं आया। मन कुछ खिन्न-सा हो गया है। ऐसे में मुझे तुम्हारी याद आयी। खिन्नता दूर कर मन को स्वस्थ करने के लिये तुमसे बढ़कर अच्छा वैद्य और कौन हो सकता है।"

"साधु! साधु! मैं कृतार्थ हो गया।" सात्यकि प्रकट उत्फुल्लता से बोला, "किन्तु भैया! क्या मैं पूछ सकता हूँ कि स्वयं योगीराज कृष्ण के साक्षात् उपस्थित होते हुए आपको अपना मन स्वस्थ करने के लिये मेरी ही सार्थकता क्यों अनुभव हुई?"

उद्धव ने तत्काल कोई उत्तर नहीं दिया। थोड़ी देर विचार करके बोला, "यह प्रश्न मुझे स्वयं अपने आपसे पूछना चाहिए था। जाने क्यों, सूझा ही नहीं। अब तुम्हारे पूछने पर ध्यान आया।"

"तो कोई उत्तर मिला?"

"कोई उत्तर नहीं है, सिवास इसके कि कृष्ण से भैया के व्यवहार के विषय में चर्चा करने में मैं स्वयं संकोच कर गया। चर्चा आरम्भ तो हुई थी; किन्तु मैंने अधिक चलाई नहीं। भय था कि मेरे मुख से निन्दा के कुछ शब्द न निकल जायें। मुझे उसमें औचित्य की कुछ कमी दिखाई दी।"

"मेरा विचार है कि आप चर्चा करते तो केशव खुले मन से उस पर प्रकाश डालते।"

"सम्भव है कि ऐसा ही होता।" उद्धव ने कहा, "किन्तु मैं साहस नहीं कर सका। अब तुम्हारे पास आया हूँ, बताओ तुम क्या कहते हो।"

"मेरा विचार है कि बलराम भैया के मन को समझने के लिये हमें कृतवर्मा के मन को समझना पड़ेगा।"

"कारण?"

"मेरा अनुमान है कि वासुदेव बलराम किन्हीं कारणों से पाण्डवों से अप्रसन्न हैं। उसका कारण कुछ भी हो सकता है। अर्जुन के द्वारा किया गया सुभद्रा का हरण भी..."

"नहीं!" उद्धव ने उसे टोक दिया, "सुभद्रा का तो हरण ही इसलिये हुआ था क्योंकि भैया उसका विवाह दुर्योधन से करने का मन बना चुके थे। इसलिये भैया का यह तथाकथित पाण्डव-विरोध उससे भी पहले का होना चाहिए।"

"किन्तु उससे पहले तो पाण्डवों ने ऐसा कुछ किया ही नहीं था कि बलराम जी उनसे रुष्ट होते।" सात्यकि बोले, "पर हाँ! मेरे मन में यह बात भी आती है कि कहीं ऐसा तो नहीं कि केशव के प्रति अपना विरोध जताने के लिये वे पाण्डवों का विरोध करने लगते हों।"

"पहली बात तो यही है कि उनके मन में केशव का ही विरोध क्यों होगा और यदि होगा तो वे केशव के प्रति अपना विरोध न जता कर, पाण्डवों के प्रति अपना विरोध क्यों जताएँगे?"

"मानव मन को क्या कहा जाये" सात्यकि बोला, "स्यमंतक मणि की चोरी के पश्चात् जब दोनों भाइयों ने शतधन्वा का पीछा किया था और शतधन्वा के वध के पश्चात् भी उसके पास से स्यमंतक मणि नहीं निकली थी तो बलराम भैया ने केशव पर भी चोरी का संदेह किया था।"

"मैं जानता हूँ कि सत्य यही है; किन्तु यह मानने के लिये मन सहमत नहीं हो पाता कि भैया, स्वयं कृष्ण पर भी चोरी का संदेह कर सकते हैं।" उद्धव का मन कुछ क्षुब्ध हो उठा था।

"मैं यह भी अच्छी प्रकार जानता हूँ कि बलराम केशव से असीम प्रेम करते हैं," सात्यकि बोला, "यही कारण है कि वे कभी केशव के विरोध में खड़े नहीं हुए। उनके मन में केशव का प्रेम सदा ही केशव के विरोध से संघर्ष करता है, और केशव के विरोध को धराशायी कर देता है; किन्तु ऐसा नहीं होता कि उनके मन में केशव का विरोध जन्म ही नहीं लेता। और जब तक उनका प्रेम उनके विरोध से लड़ता है, वे सीधे केशव पर कोई आघात नहीं कर सकते, तो केशव के किसी प्रिय पर आघात कर बैठते हैं। उसके पीछे भी प्रयोजन तो केशव को ही कष्ट देना होता है। परिणाम यह होता है कि केशव के प्रति उनके आक्रोश को केशव के किसी प्रिय को झेलना पड़ता है।"

"प्रमाण तो कोई तब ही दे सकता है, जब वह बलराम के मन में प्रवेश कर सके; वह कोई कर नहीं सकता। पता नहीं रेवती भाभी भी कर पायी हैं अथवा नहीं।" सात्यकि हँसा, "अनुमान ही है मेरा; किन्तु निराधार नहीं है।"

"क्या है आधार?"

"जहाँ तक मैं समझता हूँ," सात्यकि बोला, "शतधन्वावाले ही प्रसंग में बलराम भैया केशव से रुष्ट हुए, तो उनको छोड़कर दूर चले गये। कहाँ गये और क्या किया?" सात्यकि ने रुक कर उद्धव की ओर देखा, "केशव को कष्ट पहुँचाने के लिये उनके प्रिय पाण्डवों के परम शत्रु दुर्योधन को अपना शिष्य बनाया, उसे अपनी गदा-विद्या दी और उसके प्रति अपना मोह बढ़ाया। मेरा विचार है कि अपनी उसी मानसिकता में उन्होंने सुभद्रा का विवाह दुर्योधन से करने की योजना बनाई होगी।"

"किन्तु केशव ने स्यमंतक मणि के विषय में उनके संदेह को निराधार सिद्ध कर दिया तो फिर पाण्डवों के प्रति विरोध का कारण ही कहाँ रह जाता है?" उद्धव ने पूछा।

"पाण्डवों अथवा केशव के विरोध का कारण तो कोई नहीं रह जाता, इसलिये उनका केशव-विरोध तो समाप्त हो गया; किन्तु दुर्योधन के प्रति जो मोह उन्होंने विकसित कर लिया था, उसे तो समाप्त नहीं किया न!" सात्यकि बोला, "परिणाम यह है कि जैसे ही केशव अथवा पाण्डवों के प्रति उनके मन में कोई असुविधा सिर उठाती है, उनका मन बड़ी ललक से किसी आकर्षक खिलौने के समान दुर्योधन की ओर लपक चलता है।...और इधर तो एक और नयी प्रक्रिया आरम्भ हो गयी है।"

"वह क्या?" उद्धव का मन स्वयं को एक और अप्रिय बात सुनने के लिये तैयार कर रहा था।

"कृतवर्मा के विषय में सबको ही ज्ञात है कि स्यमंतक मणि के प्रसंग में वह भी कम दोषी नहीं है; किन्तु केशव ने यादवों की परस्पर कलह टालने के विचार से उसे क्षमा कर दिया था। कृतवर्मा में परिवर्तन भी बहुत आया है। वह श्रीकृष्ण से प्रेम भी करता है। किन्तु यह तो सभी जानते हैं कि मैंने उस सारे प्रसंग के लिये कृतवर्मा को क्षमा नहीं किया है। केशव के ही नहीं सव्यसाची धनंजय के प्रति भी मेरी निष्ठा किसी से छिपी हुई नहीं है। ऐसे में बलराम जब केशव का विरोध करने को उद्धत होते हैं तब उनकी पद्धति यह है कि वे कृतवर्मा का समर्थन आरम्भ कर देते हैं। इसलिये आजकल उन्हें कृतवर्मा भी बहुत प्रिय है। कृतवर्मा की प्रत्येक बात वे न केवल बड़े ध्यान से सुनते हैं, वरन् उससे तत्काल प्रभावित भी होते हैं।"

उद्धव को लगा कि अब उसके मन में, सात्यकि से पूछने के लिये कोई प्रश्न नहीं है; किन्तु उसका पूर्ण समाधान हो गया हो, ऐसा भी नहीं लग रहा था। पता नहीं मन में कोई जिज्ञासा थी अथवा मात्र असन्तोष था। थोड़ी

देर मौन रह कर वह बोला, "सोचता हूँ कि यदि भैया को पाण्डवों से कोई शिकायत है तो वे पाण्डवों का पीछा छोड़ क्यों नहीं देते। पाण्डव तो द्वारका में आये नहीं हैं। तो यह खोजते रहने की क्या आवश्यकता है कि वे लोग कहाँ गये हैं।"

"इस विषय में मैं ठीक-ठीक क्या कह सकता हूँ; किन्तु सोचता हूँ कि कदाचित् कुछ लोग ऐसे होते हैं जो अपने आपको भी ठीक-ठीक नहीं समझ पाते हैं। वे नहीं जानते कि वे लोग स्वयं क्या चाहते हैं। यदि उनके पास कोई सहायता माँगने जाये तो उन्हें लगने लगता है कि उनसे अनुचित लाभ उठाने का प्रयत्न किया जा रहा है; और यदि उनसे सहायता न माँगी जाये तो उन्हें लगने लगता है कि उनकी उपेक्षा की जा रही है। मेरा अनुमान है कि बलराम भैया भी कुछ इसी प्रकार के द्वन्द्व से पीड़ित हैं। जब पाण्डवों की सहायता करने का अवसर आता है तो उन्हें लगने लगता है कि पाण्डव यादवों पर अनावश्यक भार डाल रहे हैं; और जब पाण्डव उनसे कुछ नहीं माँगते तो उन्हें लगता है कि पाण्डव उपेक्षा कर रहे हैं। मेरा मन कहता है आजकल उनकी मानसिकता के पीछे तो निश्चित रूप से कृतवर्मा का ही हाथ है। वह बड़ी सुविधा से उन्हें विश्वास दिला सकता है कि पाण्डव द्वारका में सबसे अधिक सुरक्षित रह सकते थे; किन्तु वे द्वारका नहीं आये क्योंकि वे यादवों पर विश्वास नहीं करते। ऐसे में बलराम भैया एक बार भी नहीं सोचेंगे कि यादव तो केशव भी हैं। उनकी उपेक्षा पाण्डव कैसे कर सकते हैं। और यदि वे यादवों पर अविश्वास कर भी रहे हैं तो किस यादव पर अविश्वास कर रहे हैं। वे तो तत्काल मान लेंगे कि यादवों पर अविश्वास का अर्थ है, उन पर अविश्वास। और यह उन्हें कभी भी अच्छा नहीं लगेगा। इसलिये बहुत सम्भव है कि उनके मन का संचित पाण्डव-विरोध उनके हाथों कोई अनिष्ट ही करवा दे।"

उद्धव के मन में एक विचार आया और उसने कुछ कहने की मुद्रा में सात्यकि की ओर देखा; किन्तु फिर कुछ सोचकर चुप ही रह गया : पूछे या न पूछे, कहे या न कहे?...

"क्या बात है?" सात्यकि ने पूछा।

"सोच रहा हूँ कि तुम भैया के मन का विश्लेषण तो बहुत सटीक कर रहे हो; किन्तु कहीं ऐसा तो नहीं कि तुम्हारा कृतवर्मा के प्रति विरोध ही बलराम-विरोध में परिणत हो रहा हो? तुम बलराम भैया के प्रति बहुत कठोर हो रहे हो। ऐसे में तुम्हारे मन का विश्लेषण भी आवश्यक है।"

"मैंने तो एक दृष्टिकोण ही प्रस्तुत किया है। मेरी ईश्वर से प्रार्थना है कि मेरा अनुमान सत्य न हो।" सात्यकि हँस पड़ा, "किन्तु यदि भविष्य में किसी

अवसर पर बलराम ने दुर्योधन को केशव के हाथों से बचाने का प्रयत्न किया तो कम-से-कम मैं तो यही मानूँगा कि मेरा अनुमान ही सत्य है।"

उद्धव ने कोई उत्तर नहीं दिया। वह बैठा मन-ही-मन कुछ सोचता रहा।

34

दुर्योधन का गुप्तचर-प्रमुख, शर्वनाग उसके सम्मुख हाथ बाँधे खड़ा था, "युवराज! आप मेरा विश्वास करें। हमारे गुप्तचर उस समय वहीं थे, जब पाण्डव यात्रा की तैयारी कर रहे थे।"

"तो फिर पाण्डव लुप्त कैसे हो गये?" दुर्योधन क्रोधपूर्वक बोला, "वे उनके पीछे क्यों नहीं गये?"

"उनके पीछे क्या महाराज! वे तो उनके सार्थ के अंग रूप में उनके साथ ही यात्रा करते रहे। स्थान-स्थान से सूचनाएँ भिजवाते रहे कि वे लोग कहाँ पहुँच गये हैं और क्या कर रहे हैं। किन्तु..."

"किन्तु क्या?" दुर्योधन अपना धैर्य खोता जा रहा था, "जब हमारे गुप्तचर उसी सार्थ में यात्रा कर रहे तो पाण्डव कहाँ विलुप्त हो गये?"

"महाराज! यही तो समझ नहीं आ रहा।"

"तुम्हारी समझ में इतनी-सी बात क्यों नहीं आ रही कि वे तुम्हारे गुप्तचरों को मूर्ख बना कर निकल गये; और तुम्हारे दक्ष गुप्तचर सोते रह गये।" दुर्योधन का चेहरा क्रोध से तप रहा था।

"महाराज! हमारे गुप्तचर मार्ग में बहुत कम सोए हैं, और यदि सोए भी हैं तो बारी-बारी सोए हैं।" गुप्तचर प्रमुख बोला।

"सोए नहीं तो क्या अप्सराओं का नृत्य देखते रहे?"

"पाण्डवों के साथ में अप्सराएँ कहाँ हैं महाराज!" शर्वनाग ने हँसकर वातावरण को हल्का करना चाहा।

दुर्योधन और भी भड़क उठा, "जब प्रमाद का कोई कारण ही नहीं था तो वे इनकी आँखों से ओझल कैसे हो गये?"

"कुछ समझ ही नहीं आ रहा महाराज! हमने तो कहीं कोई भूल की ही नहीं...।"

"भूल तुमने नहीं, मैंने की है।" दुर्योधन बोला, "जिस व्यक्ति को अब तक काल कोठरी तक पहुँच जाना चाहिए था, उसे अब तक मैंने गुप्तचर-प्रमुख बना रखा है।"

शर्वनाग काँप कर रह गया। राजा के लिये क्या कठिन था। अभी पुकार कर कह देंगे, इसे काल कोठरी में डाल दो, तो वह काल कोठरी में डाल दिया जायेगा। फिर कोई देखने भी नहीं आयेगा कि उसके प्राणपखेरू हैं या उड़ गये...

"नहीं अन्नदाता! आपने कोई भूल नहीं की है। मैं और मेरे गुप्तचर पूर्ण निष्ठा से आपकी सेवा कर रहे हैं। हम आपके आज्ञाकारी और निष्ठावान सेवक हैं। यह तो हमारे भाग्य का ही प्रपंच है कि आपके शत्रु इस प्रकार हमारे हाथ से आकर निकल गये हैं।"

"हाथ में आकर निकल गये।" दुर्योधन ने उसके शब्दों को दोहराया, "तुम्हारे हाथ में वे आये ही कब थे मूर्ख! तुम मुझे बताओ कि तुम्हारे उन मूर्ख अनुचरों ने उनका पीछा करना कहाँ से आरम्भ किया।"

"हमारे गुप्तचर तो उस समय ही पाण्डवों के आश्रम में पहुँच गये थे, जब पाण्डव यात्रा की तैयारी कर रहे थे। हमारे गुप्तचरों ने प्रायः सारा वन ही घेर लिया था कि पाण्डव किसी भी दिशा से वन से बाहर निकलें, उन पर दृष्टि रखी जा सके। जब पाण्डवों का सार्थ चला तो सारे तपस्वी और मुनि धौम्य भी उनके साथ ही थे। किन्तु पैदल चलने वाले लोग मार्ग में पिछड़ते जा रहे थे, इसलिये पाण्डवों ने अपने सार्थ के दो दल कर दिये। रथों वाला दल उनके सारथि इन्द्रसेन के नेतृत्व में चलता रहा; और पैदल चलने वाले लोगों का नेतृत्व स्वयं धौम्य मुनि कर रहे थे।..."

"तो तुम्हारे वे मूर्ख अनुचर किसके साथ चल पड़े?" दुर्योधन ने उत्तर की प्रतीक्षा नहीं की, "उन्हें पदाति चलना अच्छा नहीं लगा होगा। सोचा होगा, अश्व बहुत मूल्यवान हैं, उन्हें कैसे त्याग दें। महाराज को अश्वों से बहुत प्रेम है। अश्वों की अवज्ञा न हो जायेगी। यह सब सोच कर वे पाण्डवों के रथों के पीछे-पीछे चलते गये होंगे और पाण्डव अपने रथ दौड़ाते सुरक्षित अपने गंतव्य पर पहुँच गये होंगे।"

"नहीं! ऐसा नहीं हुआ महाराज!" शर्वनाग बड़ी ललक से बोला, "आपके गुप्तचरों ने बड़ी सावधानी से स्वयं को दो दलों में बाँटा और पाण्डवों के दोनों ही दलों के साथ अन्त तक यात्रा करते रहे। मार्ग में एक स्थान पर दोनों दलों ने अपनी-अपनी दिशाएँ भी बदल लीं।"

"और तुम्हारे गुप्तचर दोनों के ही साथ गये।" दुर्योधन के स्वर में जिज्ञासा नहीं, प्रताड़ना थी।

शर्वनाग तनिक भी हतप्रभ नहीं हुआ। कुछ अधिक ही उत्साह से बोला, "हाँ महाराज! हमारे गुप्तचरों ने दोनों ही दलों के साथ अन्त तक यात्रा की; किन्तु जब वे अपने-अपने गंतव्य पर पहुँचे तो उन्हें पाण्डवों में से कोई भी कहीं दिखायी नहीं दिया।"

"गंतव्य से क्या अभिप्राय है तुम्हारा? कहाँ गये वे दोनों दल? एक ही स्थान पर गये, अथवा पृथक्-पृथक् स्थानों पर पहुँचे?" दुर्योधन ने पूछा।

"इन्द्रसेन रथों को द्वारका ले गया महाराज! और धौम्य मुनि अपने साथियों को कांपिल्य ले गये।" शर्वनाग ने बताया।

"इस लम्बी यात्रा में तुम्हारे इन योग्य गुप्तचरों ने कहीं भी पाण्डवों में से किसी को अपनी आँखों से देखा? किसी ने उनमें से किसी से बात की?" दुर्योधन ने पूछा।

"नहीं महाराज! मार्ग में तो कहीं कोई पाण्डव दिखाई नहीं दिया। वे सब लोग यवनिकाओं में ढँके आवरणयुक्त रथों में यात्रा कर रहे थे।..."

दुर्योधन जैसे अपना समस्त नियन्त्रण खो बैठा, "मैंने आज तक तुम जैसा गधा नहीं देखा। इतनी लम्बी यात्रा में, सारे मार्ग में तुम्हारे उन मूर्ख अनुचरों को एक बार भी पाण्डव दिखाई नहीं दिये, तो वे लोग पीछा किसका करते रहे? अपनी मूर्खता का?"

"महाराज! पाण्डव तो रथों के भीतर थे।" शर्वनाग बोला, "आपके अनुचर उन रथों का पीछा करते रहे। यही कर सकते थे वे लोग। हम तो संदेह मात्र पर पीछा करते हैं। अब पता नहीं, पाण्डव इन रथों से कब और कहाँ उतर गये।"

"तुम्हारे पास क्या प्रमाण है कि उन रथों में पाण्डव यात्रा कर रहे थे?" दुर्योधन ने पूछा।

"महाराज! प्रत्येक पड़ाव पर धात्रेयिका उन रथों में भोजन पहुँचाती रही। पांचाली से आदेश लेती रही।"

लगा, दुर्योधन या तो शर्वनाग का कण्ठ दबा कर उसकी हत्या कर देगा, अथवा अपने खड्ग से उसका वध कर देगा। शर्वनाग के प्राण सूख रहे थे। वह उस दुर्भाग्य पूर्ण घड़ी को कोस रहा था, जब उसने यह पद स्वीकार किया था। उसे यह देख कर कुछ धैर्य हुआ कि दुर्योधन अपने क्रोध को पी कर किसी चिन्ता में डूब गया था।

"तुम्हारे गुप्तचरों में से किसी ने पाण्डवों में से किसी को रथ में बैठते हुए भी देखा था?"

"हाँ महाराज! धौम्य मुनि ने अपने कुटीर के एकान्त में पाण्डवों की यात्रा के लिये कुछ कर्मकाण्ड किया था। वहीं से वे लोग यवनिकाओं की ओट में रथों में प्रवेश कर गये थे और वहीं से हमारे गुप्तचर उनके पीछे लगे हुए थे। उन्होंने उन्हें निमिष मात्र के लिये अपनी आँखों से ओझल नहीं होने दिया।"

दुर्योधन ने एक गम्भीर दृष्टि अपने गुप्तचर-प्रमुख पर डाली। शर्वनाग को सन्तोष हुआ कि इस बार युवराज आपे से बाहर नहीं हुए थे। सम्भवतः उन्हें अपने गुप्तचरों की क्षमता और उनके प्रयत्नों से उतना असन्तोष नहीं रह गया था।

"धौम्य मुनि के साथ तो रथ नहीं थे न?" दुर्योधन ने पूछा।

"नहीं महाराज!"

"तो गुप्तचरों का जो दल उनके साथ गया, क्या उनमें से किसी ने पाण्डवों की झलक पायी? वे तो खुले वन में चल रहे थे?" दुर्योधन ने पूछा।

"वे सब बड़ी-बड़ी घनी श्मश्रुवाले साधु संन्यासी थे महाराज! उनमें तो किसी पर भी कोई एक पाण्डव होने का संदेह हो सकता था और किसी को भी पहचानना सम्भव नहीं था।" शर्वनाग बोला।

दुर्योधन का अधैर्य अब एक साथ ही प्रकट हुआ, "यदि मुझे तनिक भी अनुमान होता कि मेरा गुप्तचर-प्रमुख संसार का सबसे बड़ा मूढ़ है, तो मैं अपना कोई और प्रबन्ध कर लेता।"

शर्वनाग मुँह बाए खड़ा अपने युवराज को देखता रहा, उसकी समझ में ही नहीं आ रहा था कि उससे भूल कहाँ हुई।

"तुम अब भी नहीं समझ पा रहे हो महामूर्ख कि पाण्डव न उन रथों में थे, न उन तपस्वियों की टोली में। सम्भवतः वे लोग तुम्हारे चरों के वहाँ पहुँचने से पहले ही आश्रम से विदा हो चुके थे। उनकी यात्रा के लिये किया जाने वाला वह कर्मकाण्ड तथा रथों आदि की वह सारी तैयारी तुम्हारे उन मूर्ख चरों को वहाँ अटकाए रखने का नाटक मात्र था। तुम अपने उन चरों पर विश्वास कर प्रवन्चित होते रहे और मैं तुम पर निर्भर रह कर हर प्रकार से वंचित होता रहा।" दुर्योधन ने उसकी ओर देखा, "मेरे हाथ में आया इन्द्रप्रस्थ का राज्य तुम्हारी इस वज्र मूर्खता के कारण मेरे हाथ से निकल गया है। तुम यदि शीघ्र ही पाण्डवों के विषय में कोई निश्चित सूचना नहीं लाए, तो तुम जानते ही हो, तुम्हारा अन्त क्या होगा।"

35

पाण्डव सारी रात चलते रहे थे; और अब ब्रह्ममुहूर्त में एक स्थान पर बैठ कर विश्राम कर रहे थे।

वन में उन्हें कोई भी परिचित-अपरिचित व्यक्ति नहीं मिला था। जिस ओर से कोई स्वर आया अथवा जिस दिशा में अग्नि के होने का कोई आभास हुआ,

उस ओर वे लोग गये ही नहीं। वैसे रात्रि के समय वनों में सिवाय निशाचरों के और कोई निकलता भी नहीं है। आरण्यक लोग तो अन्धकार होते ही अपनी कुटिया में बंद हो जाते हैं। इस क्षेत्र में कोई ऐसा बड़ा आश्रम भी नहीं था, जिसके अंतःवासी मिल कर रात्रि को भी साधना करते हों, अथवा एक साथ बैठ कर कोई चर्चा ही चलाते हों।

"हमें तो मार्ग में कोई निशाचर भी नहीं मिला।" नकुल ने कहा।

"यह हमारा नहीं, उनका सौभग्य था; अन्यथा वे मध्यम पाण्डव के हाथों मारे जाते।" द्रौपदी बोली, "अच्छा अब क्या विचार है?"

युधिष्ठिर ने मुड़ कर द्रौपदी की ओर देखा और भीम से बोले, "क्या तुम्हें लगता नहीं भीम! कि बिना तनिक भी विश्राम किए, सारी राज निरन्तर चलते रहना, पांचाली के लिये पर्याप्त क्लांतिकारक हो चुका है। अब हमें नहीं तो उसे तो थोड़ा विश्राम कर लेने दो।"

"बस थोड़ी दूर और चले चलिये भैया!" भीम बोला, "सूर्योदय से पूर्व ही हम लोग वन में खण्डहर हो गये एक मन्दिर के निकट पहुँच जायेंगे। वहाँ एक कूआँ और पोखर भी है। इस ऋतु में वहाँ कितना जल होगा कह नहीं सकता; किन्तु वहाँ जल के होने की सम्भावना है। दिन भर वहाँ गुप्त रूप से विश्राम कर लेंगे और अन्धकार होते ही फिर निकल पड़ेंगे।...क्यों पांचाली! चल सकोगी या मैं अपने कंधें पर बैठा लूँ?"

"नहीं! ऐसी तो कोई बात नहीं है। अभी तो मैं चल सकती हूँ।" द्रौपदी बोली, "किन्तु इस यात्रा में पुत्र घटोत्कच का स्मरण निरन्तर बना रहा है।"

"हाँ! वह साथ होता तो सुविधा होती।" भीम बोला, "किन्तु अज्ञातवास में उसका रहना तो कठिन है। मेरा ही आकार-प्रकार हमारे अज्ञात रहने में कठिनाई उत्पन्न कर रहा है, वह भी साथ हो, तो समस्या और बढ़ जायेगी।"

भीम के मन की स्थिति सब लोग समझ रहे थे। द्रौपदी को भी लगा कि उसने व्यर्थ ही एक वाक्य कह दिया और भीम के मन में जाने कितनी स्मृतियों और भावनाओं की एक लहर उत्पन्न कर दी। जब तक कुछ ऐसा घटित ही नहीं हो जाता तब तक किसी का ध्यान ही इस ओर नहीं जाता कि ऊपर से अत्यन्त शुष्क और कठोर दिखाई देने वाला यह व्यक्ति अपने सम्बन्धों को लेकर भीतर से असाधारण रूप से संवेदनशील भी है।

"हम लोग अपना वेश अब परिवर्तित न कर लें?" सहसा सहदेव ने जैसे उन सबका ध्यान दूसरी समस्याओं की ओर मोड़ने के लिये कहा, "कब तक हम अपने वास्तविक रूप में ही चलते रहेंगे। एक बार किसी ने भी पहचान लिया तो आश्रम से इतनी गोपनीयता बरत कर इस प्रकार रात को भागने का सारा श्रम व्यर्थ हो जायेगा।"

"कोई लाभ नहीं है।" अर्जुन ने कहा, "जब तक हम लोग इन शस्त्रास्त्रों से लदे हुए हैं, तब तक हमें देख कर कोई भी पहचान सकता है। जब तक मेरे हाथ में यह गांडीव है, मैं बृहन्नला नहीं बन सकता, न ही मध्यम इस गदा, धनुष और खडग के साथ पैरोगव लग सकते हैं। तुम लोग अपने हाथों में खडग तथा धनुष थामे हुए ग्रंथिक अथवा तंतिपाल लग सकते हो?"

"और अभी शस्त्र-त्याग हम कर नहीं सकते।" भीम ने कहा।

"क्यों?" नकुल ने सहज भाव से पूछा।

"बुद्धू! हम सदा के लिये तो शस्त्र-त्याग नहीं कर रहे कि उन्हें कहीं भी फेंक कर उनसे मुक्त हो जायें।" भीम ने कहा, "हम नहीं जानते कि कब हमें उनकी पुनः आवश्यकता पड़ जायेगी। इसलिये वे जहाँ कहीं भी हों, हमारे इतने निकट होने चाहिए कि संकट के समय हम तत्काल उन्हें प्राप्त कर सकें। यदि हमने अपने शस्त्र यहाँ कहीं छिपा दिये और स्वयं हम विराटनगर में निवास करते रहे तो शस्त्र हमसे कम-से-कम एक दिन की यात्रा की दूरी पर होंगे।"

"मैं तो अभी तक यही सोच नहीं पाया हूँ कि ऐसा कौन-सा सुरक्षित स्थान हो सकता है, जहाँ हमारे शस्त्र गुप्त भी रहें, सुरक्षित भी हों और हमारी पहुँच भी उन तक बनी रहे।" युधिष्ठिर ने जैसे अपने आपसे कहा।

"मेरे मन में एक योजना है।" भीम ने उनकी ओर देखा, "हमें अपने शस्त्र उस स्थान पर रखने चाहिए, जो नगर से निकट तो हो, किन्तु जहाँ सामान्यतः लोग जाते न हों।"

"ऐसा कौन-सा स्थान हो सकता है मध्यम?" द्रौपदी ने पूछा।

"मध्यम का संकेत कदाचित श्मशान की ओर है।" अर्जुन ने कहा, "वह नगर से बहुत दूर नहीं होता; किन्तु सामान्यतः लोग वहाँ जाते नहीं हैं और जो लोग वहाँ जाते हैं, वे न्यूनतम समय में अपना कार्य सम्पन्न कर वहाँ से चले जाते हैं। वहाँ कोई टहलता नहीं। कोई निरीक्षण नहीं करता कि कहाँ क्या है। वहाँ जाने वाला व्यक्ति ऐसी मानसिकता में ही नहीं होता।"

"विचार तो उत्तम है।" युधिष्ठिर ने समर्थन किया, "किन्तु क्या श्मशान होने मात्र से वहाँ हमारे शस्त्र सुरक्षित हो जायेंगे?"

"नहीं मात्र इतना तो पर्याप्त नहीं है।" सहदेव ने कहा।

"शेष वहीं चल कर सोच लेंगे।" भीम उठ कर खड़ा हो गया, "अब चलो, नहीं तो भगवान भास्कर यहीं प्रकट हो जायेंगे।"

दूसरी रात चलने के पश्चात वे लोग वन से निकल कर मत्स्यों के जनपद में प्रवेश कर गये थे। अब मार्ग में जो भी मिला, उसने उनकी ओर कुछ आश्चर्य

से देखा। उनका वेश मलिन हो गया था; श्मश्रु बढ़ गये थे; और वे लोग थक भी गये थे।

"नगर अभी दूर दिखायी देता है।" द्रौपदी ने कहा, "क्या ऐसा नहीं हो सकता कि हम एक दिन वन में अथवा किसी ग्राम मे विश्राम कर लें और तब मत्स्यों की राजधानी में प्रवेश करें?"

युधिष्ठिर ने भीम की ओर देखा : वह रुकने की मुद्रा में नहीं था। द्रौपदी निश्चित रूप से और चल नहीं सकती थी, अन्यथा वह विश्राम की चर्चा ही न करती।

"धनंजय!" युधिष्ठिर बोले, "तुम पांचाली को कंधे पर उठा कर वहाँ तक तो ले चलो, जहाँ मध्यम आज विश्राम करना चाहता है।"

"मैं अब विश्राम तो करना चाहता हूँ; किन्तु इस समय हम निर्जन अथवा एकान्त प्रदेश में नहीं हैं। यहाँ हम अपने शस्त्रों को अधिक देर तक छिपा नहीं पायेंगे। इसलिये आवश्यक है कि हम सबसे पहले इन्हें कहीं विश्राम करा दें और फिर स्वयं भी विश्राम करने की सोचें।" भीम ने कहा।

अर्जुन ने अपने शस्त्र नकुल को पकड़ाए और बिना कुछ कहे ही क्लांत द्रौपदी को अपनी भुजाओं में उठा लिया। द्रौपदी को कुछ विचित्र लग रहा था कि थके तो वे सब लोग ही थे, फिर वह अर्जुन का बोझ क्यों बन गयी थी। ...किन्तु सुहाग का सौभाग्य यही तो था। उसका प्रिय उसे अपनी भुजाओं में उठा कर चल रहा था। अपने प्रेम के गर्व के साथ प्रिय के बल और क्षमता का भी गर्व आ मिला था। वह असहाय नहीं था। अर्जुन उसे उठा कर इस प्रकार चल रहा था, जैस उसने कोई हल्का-सा पदार्थ उठा रखा हो।

"प्रिय! बहुत भारी बोझ तो नहीं लग रहा?" द्रौपदी ने धीरे से पूछा।

"एक पुष्पमाला से अधिक बोझ नहीं है तुम्हारा। अर्जुन ने मधुर ढंग से मुस्कुरा कर कहा," तुम्हें उठाकर इतना-सा चलने से यदि थक जाऊँगा तो युद्ध में इतना भारी गांडीव सारा दिन मुझसे कैसे सँभाला जायेगा।"

सहसा द्रौपदी ने अपनी नाक बंद कर ली, "कैसी दुर्गंध है यह?"

सब जानते थे कि गंध को अनुभव करने की क्षमता द्रौपदी में ही सबसे अधिक थी।

"हाँ! कुछ है तो!" अर्जुन ने समर्थन किया।

"मेरा तो विचार है कि यह किसी शव के सड़ने की गंध है।" सहदेव ने कहा।

"जाकर देखो तो कि वस्तुतः यह है क्या।" भीम ने कहा।

वे लोग रुक गये।

सहदेव थोड़ी ही देर में लौट आया।

"वन के भीतर यह एक प्रकार का श्मशान ही है।" उसने बताया, "वहाँ कोई है तो नहीं, पर लगता है कि कभी-कभी लोग आते होंगे और अभिचार करते होंगे। वहाँ कुछ अपवित्र साधनाओं के प्रमाण हैं।"

"क्या प्रमाण हैं?" अर्जुन ने पूछा।

"एक भयंकर शमी वृक्ष के नीचे अस्थियाँ इत्यादि हैं और सिन्दूरपुता एक शव लटक रहा है। कुछ अधजले और अधगले शव भी हैं।" सहदेव बोला, "किसी ने किसी प्रकार की कोई शव-साधना की है। भयंकर दुर्गंध है।"

"मेरा विचार है कि अपने शस्त्र छुपाने का यही उचित स्थान है।" अर्जुन ने भीम की ओर देखा।

"ठीक है।" भीम ने उत्तर दिया, "साधारण जन तो इधर आयेंगे ही नहीं। एक तो वन है। दूसरे श्मशान का सामीप्य है। इतनी दुर्गंध है और अभिचार का भय। इतने सारे कारण एक साथ और कहाँ मिलेंगे।"

वे लोग शमी वृक्ष की ओर चल पड़े। युधिष्ठिर और द्रौपदी दूर ही बैठ गये। सबने अपने-अपने धनुष की प्रत्यन्चा उतार ली। सारे धनुष एक श्वेत धोती में लपेट दिये गये। खडगों को और भी सावधानी से लपेटा गया।

नकुल उस शमी वृक्ष पर चढ़ गया। उसने धोती में लिपटे धनुषों का बोझ, शमी की शाखाओं में कुछ इस प्रकार फँसा कर टाँग दिया कि दूर से तो वह दिखायी ही न पड़े किन्तु कोई निकट आकर बहुत ध्यान से देखे तो उसे लगे कि जैसे कोई लम्बा-शव सीधा लिटा दिया गया हो। उसके निकट के कुछ कोटरों में विपाठ बाण छिपा दिये और खडगों को कुछ पतली शाखाओं के साथ इस प्रकार बाँध दिया कि वृक्ष के पत्ते उन्हें भली प्रकार ढँक लें।

सबने देखा और सन्तुष्ट हो कर नकुल के कौशल को सराहा।

"अब हम भी अपना वेश बदल लें।" अर्जुन ने कहा।

"तुम बदलो, जिसे साड़ी धारण करनी है।" भीम ने जैसे उसे चिढ़ाया, "किसकी साड़ी लाए हो—पांचाली की, अथवा धात्रेयिका की?"

"मेरे पास साड़ी कहाँ है। मैं तो स्वयं धात्रेयिका की साड़ी धारण कर रही हूँ।" द्रौपदी बोली, "धनंजय तो सुभद्रा की साड़ी लाए हैं।"

"मैं तो बना बनाया पैरोगव बल्लव हूँ।" भीम बोला, "लग ही रहा होगा कि अभी भाड़ के सामने से उठकर आया हूँ। पांचाली! तुम्हें कुछ श्रृंगार तो करना होगा। सैरन्ध्री बन कर जा रही हो।"

"बन कर तो सैरन्ध्री ही जा रही हूँ; किन्तु संकट में हूँ। पिता पराए देश गये हैं। श्वसुर ने घर से निकाल दिया है। ऐसे में श्रृंगार करके कैसे जाऊँगी।" द्रौपदी ने उत्तर दिया।

"मुझे तो भद्र पुरुष बनना है।" युधिष्ठिर बोले, "नकुल और सहदेव को यद्यपि कोई विशेष प्रसाधन नहीं करना है; किन्तु साफ-सुथरे तो उन्हें भी बनना ही है। चलो, सरितर में स्नान तो कर लें। क्लांति भी मिटेगी और वेश भी कुछ स्वच्छ होगा।"

"चलो!" भीम सबसे आगे-आगे चल पड़ा।

36

युधिष्ठिर ने अपनी दृष्टि दौडाई : कुछ कहने अथवा करने से पहले उन्हें अच्छी प्रकार इस सभा को जान लेना चाहिए था। यह न हो कि अपने अज्ञान में कुछ ऐसा कह अथवा कर बैठें, जिसके लिये बाद में पछताना पड़े।...सभा का कार्य-व्यापार आरम्भ हो गया था। विराट अपने सिंहासन पर विराजमान थे। मन्त्री तथा अन्य अधिकारी अपने-अपने स्थानों पर सन्नद्ध बैठे थे। राजा अथवा मन्त्रियों के व्यवहार और सभा के कार्य-व्यापार से कहीं यह आभास नहीं हो रहा था कि इस राज्य में राजा पूर्णतः स्वतन्त्र नहीं था, राजा के अधिकारों पर किसी प्रकार का कोई अंकुश था, अथवा राजा को अपने निर्णय करने में पूर्ण स्वाधीनता प्राप्त नहीं थी।...और तब युधिष्ठिर की दृष्टि सेनापति के आसन पर पड़ी। सेनापति का आसन रिक्त था। तो क्या राजा इसलिये इतने निश्चिंत और स्वाधीन थे? क्या सेनापति की उपस्थिति में भी इतने ही स्वतन्त्र और आत्मनिर्भर थे?...अथवा युधिष्ठिर को मिली सूचना ही भ्रामक थी?...पर इन्द्रसेन बिना समुचित प्रमाण के उन्हें इस प्रकार की सूचना नहीं दे सकता था।...

राजा उस समय आगन्तुकों से भेंट कर रहे थे। उनकी बातें सुन रहे थे और उन्हें समुचित आश्वासन दे रहे थे, तभी तो वे लोग सन्तुष्ट हो कर लौट रहे थे।...किन्तु राजा का सिंहासन, अपने मन्त्रियों, राज-कर्मचारियों तथा आगन्तुकों के आसनों से इतनी दूर था कि किसी अन्य व्यक्ति के लिये राजा तथा आगन्तुक में हुई चर्चा को सुन पाना सम्भव नहीं था।

"यह कैसी राज-सभा है, जहाँ कुछ सुनायी ही नहीं देता।" युधिष्ठिर ने जैसे अपने आपसे कहा। किन्तु इतने ऊँचे स्वर में कहा कि उनके आस-पास खड़े दो-चार लोग उसे सुन सकें, और अपनी टिप्पणी कर सकें।

परिणाम उनकी इच्छा के अनुकूल ही हुआ। उनके साथ ही खड़ा व्यक्ति धीरे से बोला, "क्यों कोलाहल कर रहे हो। राजा इस समय लोगों के कष्ट सुन रहे हैं, ऐसे में यदि सारी सभा उनकी बात सुन लेगी तो जिन अधिकारियों के विरुद्ध अभियोग है, वे भी तो सुन लेंगे। कीचक के समर्थक भी सुन लेंगे। तो फिर राजा ही क्या कर पायेंगे और अभियोक्ता ही क्या पा लेगा। उल्टे कीचक उसका चाम उधेड़ कर नगरद्वार पर टाँग देगा।"

बात युधिष्ठिर की समझ में आ गयी : प्रजा अपने राजा को अपने कष्ट सुनाने आयी थी। राजा यह जानता था कि उसके सभासदों और अधिकारियों के हाथों में ही उसकी प्रजा सुरक्षित नहीं थी। राजा स्वयं कीचक के हाथों प्रताड़ित था...और आज कीचक सभा में उपस्थिति नहीं था।

"कीचक कौन है?" युधिष्ठिर ने अबोध बन कर पूछा।

"किसी अन्य राज्य से आये हो।" वह व्यक्ति अपना स्वर दबा कर बोला, "नहीं तो यह सम्भव नहीं है कि विराटनगर में रहो भी और कीचक को न जानो।"

"हाँ! विराटनगर का निवासी नहीं हूँ।" युधिष्ठिर ने कहा।

"महाराज का श्यालकर है कीचक, महारानी सुदेष्णा का भाई...और विराटनगर का सेनापति भी। यहाँ उसकी इच्छा के बिना कुछ नहीं हो सकता। आज वह दुष्ट, सभा में उपस्थित नहीं है, इसलिये महाराज निश्चिंत हो कर अपना राज-काज चला रहे हैं।"

"क्या वह महाराज के अधीन नहीं है?" युधिष्ठिर बोले, "महराज उसे उसके पद से मुक्त भी तो कर सकते हैं।"

"वह ही न महाराज को उनके पद से मुक्त कर देगा।" वह व्यक्ति बहुत धीरे से हँसा; और सहसा ही वह सजग हो गया, "अच्छा भैया! तुम अपने काम-से-काम रखो और मुझे भी अपना काम करने दो। ऐसा न हो कि तुम्हे विराटनगर का परिचय देता-देता मैं ही किसी कठिनाई में फँस जाऊँ।"

यह व्यक्ति फिर से युधिष्ठिर के लिये अपरिचित हो गया और युधिष्ठिर भी आत्मलीन हो गये।

अपनी बारी आने पर युधिष्ठिर भी राजा के सम्मुख जा खड़े हुए, "महाराज! मेरा नाम कंक है। मैं इन्द्रप्रस्थ के सम्राट् युधिष्ठिर की सभा में था...।"

विराट ने सावधानी से उनकी ओर देखा और धीरे से कहा," उतनी दूर खड़े मत रहो। निकट आओ और जो कुछ कहना है, धीरे से कहो।"

युधिष्ठिर देख रहे थे कि विराट सावधान हो गये हैं। उनकी रुचि भी युधिष्ठिर में बढ़ गयी है; वे उनकी बात सुनना भी चाहते हैं और यह भी नहीं चाहते कि उनका वार्तालाप कोई और व्यक्ति सुने।

"जी महाराज!" युधिष्ठिर, विराट के और निकट आकर खड़े हो गये।

"और निकट आओ कंक!"

"महाराज! प्रजा को राजा के इतने निकट नहीं जाना चाहिए कि राजा के सम्मान की क्षति हो।" युधिष्ठिर बोले, "सम्मान के लिये दूरी आवश्यक है महाराज!"

विराट ने युधिष्ठिर को कुछ चकित भाव से देखा और फिर अपने स्वर को कुछ अतिरिक्त मधुर बनाते हुए बोले, "मेरी आज्ञा है कि कुछ और निकट आओ। राजा की आज्ञा मानी जाये तो राजा का सम्मान कम नहीं होता।"

युधिष्ठिर संकेत प्रदर्शित करते हुए कुछ और आगे बढ़ आये।

"धर्मराज की सभा में तुम क्या करते थे कंक?" राजा ने पूछा।

"महाराज! मैं धर्मराज के द्यूत-सहयोगी के रूप में काम करता था।"

"किन्तु धर्मराज तो द्यूत में ही पराजित हुए।"

"सत्य है महाराज! उससे मेरी आयोग्ता सिद्ध नहीं होती, उससे तो शकुनि की धूर्तता ही सिद्ध होती है। पांसा एक बार भी धर्मराज के हाथ में नहीं आया तो धर्मराज जीत कैसे पाते।...और मैं तो सहयोगी मात्र था, महाराज! मैं उनका शिक्षक तो नहीं था।"

"पर मुझे तो शिक्षक की आवश्यकता है।" विराट ने कहा, "एक दक्ष शिक्षक की, ताकि समय आने पर शकुनि भी मुझसे न जीत सके।"

"महाराज मेरी परीक्षा कर लें।"

"शिक्षक के रूप में?"

"महाराज मुझे जो दायित्व देंगे, मुझे स्वीकार होगा।"

"अपनी योग्यता प्रमाणित कर पाओगे?"

"अवश्य महाराज!"

"न कर पाये तो?"

"महाराज मुझे मिथ्या-भाषण के अपराध में दण्डित कर सकते हैं।"

विराट मौन हो गये। उनके मन में विचारों के झंझावात चल रहे थे।...कुछ वर्ष पूर्व भी उन्होंने युधिष्ठिर के कुछ कर्मचारियों को अपने यहाँ नियुक्ति दी थी। उस समय भी कीचक राजधानी में नहीं था। नगर में लौटते ही उसने वे सारी नियुक्तियाँ निरस्त कर दी थीं और उन लोगों को अपने नगर से प्रायः निकाल ही दिया था। उस समय तो विराट समझ नहीं पाये थे कि कीचक ने

ऐसा क्यों किया था; किन्तु बाद में सारी बात उनकी समझ में आ गयी थी। कीचक यह मानता था कि उसकी अनुपस्थिति में राजा ने अपने विश्वसनीय और अपने प्रति निष्ठावान लोगों को राजसभा में नियुक्ति दे दी थी और वह एकदम नहीं चाहता था कि विराटनगर की राजसभा में राजा के प्रति निष्ठावान लोगों की संख्या बढ़े; और फिर युधिष्ठिर के कर्मचारी तो अपने स्वामी के प्रति निष्ठा के लिये विशेष रूप से प्रसिद्ध थे। ऐसे में वह नहीं चाहता था कि युधिष्ठिर के पूर्व कर्मचारियों की विराटनगर में नियुक्ति हो और वह भी स्वयं राजा के द्वारा।...एक बार फिर वैसा ही अवसर आ उपस्थित हुआ था। यदि वे ऐसी कोई नियुक्ति करते हैं, तो वह न केवल उन नियुक्तियों को निरस्त करेगा, वरन राजा के प्रति अपना रोष भी प्रकट करेगा। तो राजा उसके रोष के भागी क्यों होना चाहते हैं? उन्हें क्या लेना-देना है, इस कंक से और क्या लाभ है युधिष्ठिर के प्रति उनकी सहानुभूति का?...कीचक के मन में अपने प्रति विरोध बढ़ा कर उन्हें क्या मिलेगा।...और तभी उनके मन में एक दूसरा ही विचार आया...कीचक और उनका विरोध अब मात्र मतभेद नहीं है। यह तो सत्ता-प्राप्ति का खेल है। कीचक क्यों सत्ता अपने हाथ में रखना चाहता है? वह राजसभा में अपने समर्थकों की संख्या क्यों बढ़ाना चाहता है? क्यों मनमानी करता रहता है वह? क्यों राजा को समझाना चाहता है कि उसकी इच्छा के बिना, राजा राज्य नहीं कर सकता? इस प्रकार निरीह बन कर कब तक शासन कर पायेंगे विराट? एकचक्रा नगरी में राजा की सहायता के नाम पर जो कुछ बकासुर कर रहा था, क्या वही विराटनगर में कीचक नहीं कर रहा? बकासुर तो प्रजा को ही खा रहा था, यह कीचक तो राजा और प्रजा दोनों को ही खा रहा था।...आज वे अपने मन में एक आकांक्षा पाल रहे हैं कि कुछ समय में उनके पुत्र शंख और उत्तर इस योग्य हो जायेंगे कि वे विराटनगर को कीचक से मुक्त करा सकें; किन्तु उनके समर्थ होने से पहले ही यदि कीचक ने सब कुछ अपने अधिकार में कर लिया तो? विराट राजा तो हैं, सम्भवतः उनके पुत्र राजा भी नहीं रह पायेंगे। विराटनगर पर कीचक और उसके भाई राज्य करेंगे। शंख और उत्तर का भाग्य?...जरासंध से डरते रहे विराट; और जरासंध को शायद उनकी ओर देखने का भी अवकाश नहीं था।...किन्तु यहाँ तो उनके अपने ही घर में एक जरासंध उत्पन्न हो गया है।...

आज सौभाग्य से उनके हाथ एक अवसर लगा है। यदि वे अपने पक्ष के नहीं तो अपने मन के कुछ लोगों को अपने आस-पास नियुक्त कर सकते हैं। उन्हें यह अवसर छोड़ना नहीं चाहिए।...कदापि नहीं...

"तुम्हारी नियुक्ति राजा के द्यूत-सहचर और द्यूत-शिक्षक के रूप में हुई।" विराट अत्यन्त आकस्मिक् रूप से बोले, जैसे उन्हें भय हो कि उनका यह साहस

कहीं क्षीण ही न हो जाये, "जाओ! अपने स्थान पर बैठो। सभा उठ जाये तो मुझसे एकान्त में मिलना।"

युधिष्ठिर ने राजा को प्रणाम किया और लौट कर सभा के पीछे की ओर लगे आसनों में से एक पर आकर बैठ गये। राजा ने उन्हें सभा उठ जाने के पश्चात एकान्त में मिलने के लिये कहा था। क्या सभा के पश्चात राजा द्यूत खेलना चाहते थे?...या युधिष्ठिर की द्यूत सम्बन्धी योग्यता को परखना चाहते थे?...जो भी हो, युधिष्ठिर को तो अब राजा की आज्ञा का पालन करना ही था।

अपने स्थान पर बैठे युधिष्ठिर, सभा की कार्यवाही देखते रहे। यहाँ बैठ कर कुछ भी सुन पाना सर्वथा असम्भव था। सुनना उनके लिये आवश्यक भी नहीं था।...वे विराट की सभा में बैठे अवश्य थे; किन्तु उनका मन भटक कर अपने भाइयों के पास चला गया था। वे लोग उनकी प्रतीक्षा में होंगे।...सभा की कार्यवाही पूरी हुई और राजा उठ कर सभा कक्ष के साथ बने अपने एकान्त कक्ष में चले गये। युधिष्ठिर सोच ही रहे थे कि अब उन्हें राजा से भेंट कर लेनी चाहिए कि एक द्वारपाल आकर उनके सम्मुख हाथ जोड़ कर खड़ा हो गया, "आइए आर्य! महाराज आपकी प्रतीक्षा कर रहे हैं।"

युधिष्ठिर उठ कर उसके पीछे चल पड़े। द्वारपाल द्वार पर रुक गया और युधिष्ठिर ने भीतर प्रवेश किया। उनके प्रणाम के उत्तर में राजा ने उनके बैठने के लिये एक आसन की ओर संकेत किया।

युधिष्ठिर बैठ गये।

"तुम्हारे साथ कोई और भी आया है?" राजा ने बिना तनिक भी विलम्ब किए पूछा।

युधिष्ठिर सावधान हो गये...क्यों पूछ रहे हैं, विराटराज यह प्रश्न? कहीं युधिष्ठिर पहचाने तो नहीं गये?

"महाराज! राजा युधिष्ठिर के अपने भाइयों के साथ अज्ञातवास के लिये चले जाने के कारण अनेक लोग निराश्रित हुए हैं। वे सब कहीं-न-कहीं तो अपनी आजीविका की खोज में जायेंगे ही। सम्भव है कि कुछ लोग मेरे ही समान आपकी शरण में आ जायें।"

"युधिष्ठिर को वनवास करते हुए बारह वर्ष हो चुके हैं कंक। उनके कर्मचारी इन बारह वर्षों में कहीं न कहीं अपनी आजीविका खोज चुके होंगे। वे अब तक भटक तो रहे नहीं होंगे।"

"महाराज का कथन उचित ही है। जो लोग महाराज को बारह वर्ष पूर्व छोड़ गये थे, वे तो अपनी आजीविका के लिये किसी-न-किसी अन्य राजा की सेवा में नियुक्त हो ही चुके होंगे; किन्तु जो लोग वन में भी राजा युधिष्ठिर

के साथ थे, वे तो अभी विचार ही कर रहे होंगे कि वे किस राजा को अपनी सेवाएँ अर्पित करें।"

विराट के मुख पर विस्मय का भाव जागा। "मुझे बताओ कंक! कि युधिष्ठिर के कर्मचारी वन में भी उनके साथ क्यों थे?"

"निष्ठावान कर्मचारी तो सदा राजा के साथ ही रहते हैं महाराज! राजा वन में हो या राजसभा में। राजा तो राजा ही रहता है।"

"तो इसमें युधिष्ठिर का कोई गुण नहीं है? कर्मचारी ही अपनी निष्ठा के कारण उनके साथ थे?"

युधिष्ठिर को लगा, वे घिर रहे हैं। यदि वे युधिष्ठिर की प्रशंसा करते हैं तो आत्मप्रशंसा के पाप के भागी होते हैं और यदि नहीं करते हैं तो विराट को किसी प्रकार का संदेह हो सकता है।

"महाराज युधिष्ठिर का तो सबसे बड़ा गुण यह था कि वे स्वयं भी धर्म के मार्ग पर चलते थे और अपने सहयोगियों को धर्म के मार्ग पर चलने की पूरी छूट देते थे।" युधिष्ठिर ने धीरे से कहा, "धर्म पर चलने वाले किसी कर्मचारी को उनसे तनिक भी भय नहीं था।"

विराट कुछ देर तक मौन चिन्तन करते रहे और फिर धीरे से बोले, "मैं भी एक द्यूत खेलना चाहता हूँ कंक! मैं चाहता हूँ कि धर्मराज युधिष्ठिर के जितने कर्मचारी उपलब्ध हो सकें, मैं उन्हें राज्य में नियुक्त कर लूँ। मेरी सूचना के अनुसार युधिष्ठिर के सारे ही सेवक अत्यन्त स्वामीभक्त हैं।"

युधिष्ठिर इस प्रकार की किसी स्थिति के लिये तैयार नहीं थे। इस आकस्मिकता को झेल कर प्रकृतस्थ होने में उन्हें कुछ समय लगा। वे राजा की सज्जनता से जैसे अभिभूत हो गये थे। फिर भी सावधान रहे और बोले, "मैं महाराज का तात्पर्य नहीं समझा।"

"मैं चाहता हूँ, कंक! कि धर्मराज के साथ काम करने वाले न्यायप्रिय और धर्मभीरु किन्तु साहसी लोग मेरे राज्य में आ बसें ताकि यहाँ कुछ अच्छे लोगों का वास हो और यह राज्य कीचक की राजनीति का प्रतिरोध करने की स्थिति में आ सके।" विराट बोले, "इसे मेरा द्यूत समझो। तुम्हें नियुक्त कर दिया है, यदि धर्मराज के कुछ और कर्मचारी आयें तो उन्हें भी रख लूँगा; किन्तु प्रतिज्ञा करो कि तुम इस तथ्य को गुप्त ही रखोगे कि तुम यहाँ आने से पूर्व धर्मराज युधिष्ठिर की सभा में थे?"

"इसका क्या लाभ होगा महाराज!"

"यह जानना तुम्हारे लिये आवश्यक नहीं है।"

"मैं प्रतिज्ञा करता हूँ महाराज!" युधिष्ठिर बोले।

"मैं यह मानता हूँ कंक! कि युधिष्ठिर अपने धर्म में बँधे चाहे आज कहीं अज्ञातवास कर रहे हों; किन्तु वे कोई राजनीतिक तथा सैनिक युद्ध कभी नहीं हारे। अपने परिवार के लोगों की मानवीय दुर्बलताओं के कारण उन्हें कभी किसी कठिनाई में नहीं पड़ना पड़ा।..."

"क्यों महाराज! दुर्योधन उनका भाई ही तो है, जिसके कारण उन्हें ये सारे कष्ट उठाने पड़ रहे हैं।" युधिष्ठिर बोले।

विराट ने विस्फारित आँखों से युधिष्ठिर की ओर देखा, "यह देखो! धर्मराज की सभा का एक साधारण कर्मचारी आज भी दुर्योधन को उनका भाई कह रहा है तो धर्मराज तो निश्चित रूप से उसे अपना भाई मानते ही होंगे। यह उनकी उदारता ही तो है। किन्तु मेरा संकेत उस ओर नहीं था। सोचो तो वे पाँच भाई हैं और उनकी एक पत्नी है। उन भाइयों में उस पत्नी के कारण भी कभी मन-मुटाव नहीं हुआ। धर्मराज ने अपना राज्य हार दिया और किसी भाई ने उनका साथ नहीं छोड़ा। ये साधारण बातें नहीं हैं।"...विराट ने रुक कर उनकी ओर देखा, "तुम यहाँ रहोगे तो देख ही लोगे, कि क्या अन्तर है, मेरे और युधिष्ठिर के भाग्य में।" विराट ने युधिष्ठिर की ओर देखा, "पाण्डवों में योद्धा कौन है—युधिष्ठिर अथवा उनके भाई?"

"वैसे तो वे पाँचों ही शस्त्र-संचालन कर लेते हैं; किन्तु वास्तविक योद्धा तो भीम और अर्जुन ही हैं।"

"सैन्य बल किसके नियन्त्रण में था?"

"सेनाओं के महानायक तो मध्यम पाण्डव भीम ही थे।"

"यही तो कह रहा हूँ मैं।" विराट बोले, "योद्धा भीम और अर्जुन हैं। सेनाओं का महानायक भीम है और युधिष्ठिर को तनिक भी भय नहीं है कि उनका राज्य छिन सकता है और सिंहासन पर बैठ कर भी वे सत्ताविहीन हो सकते हैं। और यहाँ एक अभागा विराट है कि राजा होते हुए भी वह अपनी इच्छा से अपनी सभा में एक नियुक्ति तक नहीं कर सकता।"

"क्या आपको अपने सेनापति से कोई भय है महाराज?"

"अभी तक ऐसा तो कोई प्रमाण नहीं है कि उसने मेरा राज्य छीनने का कोई प्रयत्न किया हो; किन्तु मेरी सत्ता का हरण उसने अवश्य कर लिया है। तुम्हें यह बताने में मुझे संकोच हो रहा है कंक! कि मेरे अनेक आदेशों को वह निरस्त कर देता है और मेरी सभा में विरोध अथवा प्रतिरोध का एक स्वर भी नहीं उठता। मैं स्वयं साहस नहीं कर पाता हूँ कि उसका विरोध कर सकूँ।"

"तो ऐसे व्यक्ति को आपने सेनापति नियुक्ति ही क्यों किया महाराज!"

"अपनी पत्नी की इच्छा का सम्मान किया। तब क्या जानता था कि यह

स्थिति भी आ सकती है कि सेवक ही स्वामी बन जायेगा।"

"क्या अब आप उसे पद-मुक्त नहीं कर सकते?"

"सेना उसके अधिकार में है। वह स्वयं योद्धा है और मेरे पास और कोई ऐसा योद्धा नहीं है, जो उससे लोहा ले सके। और अब उसके अनेक भाई विराटनगर में अपने पग जमा चुके हैं। यदि सेना मेरे साथ हो भी जाये तो वह अपने भाइयों के साथ मिल कर मेरी सेना को पराजित कर सकता है।"

"तो आपके अधिकार में क्या है महाराज?"

"ऊपर से देखने पर तो सब कुछ मेरे ही अधिकार में है, किन्तु वास्तविकता यह है कि मेरा अन्तःपुर भी मेरे अधिकार में नहीं है। वहाँ महारानी सुदेष्णा का शासन है; और वह कीचक की बहन है। वह मेरी प्रत्येक इच्छा का विरोध कर सकती है, किन्तु कीचक की किसी इच्छा का विरोध नहीं कर सकती।" महाराज विराट का मुख क्षोभ से ताम्रवर्णी हो रहा था।

"यह भी तो सम्भव है महाराज! कि महारानी का व्यवहार भी अपने भाई के प्रेम से नहीं, उसके भय से ही संचालित होता हो।" युधिष्ठिर ने कहा।

विराट के चेहरे पर कुछ ऐसे भाव थे, जैसे इस पक्ष पर उन्होंने कभी विचार ही न किया हो।

"सम्भव है कि ऐसा ही कुछ हो, किन्तु जब तक यह स्थिति है, मैं किसी पर भी विश्वास नहीं कर सकता।"

"आप ठीक कहते हैं महाराज!" युधिष्ठिर बोले, "ऐसी स्थिति में आप द्यूत की पहली चाल के रूप में राजसत्ता के स्थान पर अपनी गृह-सत्ता पर अपना पूर्ण और दृढ़ वर्चस्व स्थापित करने का प्रयत्न करें महाराज! पहले उन स्थानों और विभागों पर अपनी पकड़ कसें, जिन पर कीचक अपने नियन्त्रण की आवश्यकता ही न समझता हो।"

"ऐसा कौन-सा स्थान अथवा विभाग हो सकता है कंक?"

"यदि आपको अपने प्राणों का भी भय है तो सबसे पहले तो आपको यह प्रबंध करना चाहिए कि आपका भोजन सुरक्षित हो। आपको भोजन में विष न दिया जा सके। अतः पाकशाला में आपके विश्वसनीय लोग होने चाहिए..." युधिष्ठिर ने विराट पर एक दृष्टि डाली। विराट कुछ ऐसे भाव से उनकी ओर देख रहे थे, जैसे कोई किसी बहुत बड़े संकट की सूचना देने वाले की ओर देखता है। युधिष्ठिर अपनी बात कहते गए, "पाकशाला कीचक की महत्त्वाकांक्षा का क्षेत्र नहीं हो सकती। फिर यदि सेना आपके नियन्त्रण में नहीं है, तो आप अश्वशाला पर अपना अधिकार स्थापित कीजिए। अश्वों के बिना रथ चल पायेंगे, न अश्वारोही। समझिए कि आधी सेना आपके अधिकार में हो गयी। ऐसे ही...।" युधिष्ठिर मौन हो गये।

विराट ने उन्हें भरपूर प्रशंसा की दृष्टि से देखा, "तुम तो बहुत ही काम के व्यक्ति हो कंक! द्यूतक्रीड़ा के विषय में तो मैं अभी कुछ नहीं कह सकता; किन्तु राजनीतिक द्यूत में तो बहुत दक्ष प्रतीत होते हो। ये सारी बातें तो मैंने कभी सोची भी नहीं थीं।" वे कुछ रुके और पुनः बोले, "अभी थोड़ी देर पहले जब मैं तुमसे उन सब बातों की चर्चा कर रहा था, जो एक प्रकार से गोपनीय थीं, तो मेरा अपना ही मन मुझसे प्रश्न कर रहा था कि मैंने तुममें ऐसा क्या पाया कि मैं तुम पर इतना विश्वास कर रहा हूँ कि तुम्हें अपनी वे योजनाएँ बता रहा हूँ, जो खुल जायें तो मेरी हानि अवश्यंभावी थी।..."

"हाँ! यह बात तो मेरे भी मन में आयी थी महाराज! कि किस कारण से आप मुझ पर इतना विश्वास कर रहे हैं।" युधिष्ठिर ने धीरे से कहा।

विराट हँस पड़े, "पहली बात तो यह थी कि किसी पर तो मुझे भरोसा करना ही था। इसलिये मैंने आरम्भ में ही कहा था कि एक जुआ खेल रहा हूँ। यदि मेरी कही हुई बातें तुम तक ही सीमित रहतीं, तो मैं मान लेता कि तुम एक विश्वसनीय व्यक्ति हो; और यदि वे बातें कहीं कीचक तक जा पहुँचतीं, तो भी मुझे तुम्हारी प्रकृति का ज्ञान हो जाता।...किन्तु अब मुझे यह नहीं लग रहा कि मैं द्यूत खेल रहा हूँ, मुझे लग रहा है कि मैंने अपनी विजयक्रीड़ा आरम्भ कर दी है।" विराट सचमुच बहुत प्रसन्न दिखाई पड़ रहे थे।

37

पिछले कुछ दिनों से अपनी पाकशाला को लेकर विराट की चिन्ता बढ़ती जा रही थी। उनकी समझ में नहीं आ रहा था कि जब राज-परिवार के सदस्यों की संख्या में कोई वृद्धि नहीं हो रही; जब उनके सेवकों और कर्मचारियों की संख्या भी स्थिर है, तो भोजन सामग्री का व्यय क्यों बढ़ता जा रहा है। क्या उनके राज्य में महँगाई बढ़ रही थी? क्या वस्तुओं के मूल्य स्थिर नहीं हो पा रहे थे?...किन्तु हाट से तो ऐसा कोई समाचार नहीं आ रहा था। राज-कर्मचारियों ने भी अपना वेतन अपर्याप्त होने की चर्चा उनके सम्मुख कभी नहीं की...तो फिर पाकशाला का ही व्यय क्यों बढ़ता जा रहा है?

क्या उनका पाकशालाध्यक्ष निष्ठाविहीन हो गया है? सम्भव है कि वह व्यय के लिये ली गयी राशि का कोई अंश अपने पास ही रख लेता हो। किन्तु वह तो अत्यन्त सरल और ऋजु व्यक्ति है। धार्मिक है, स्वभाव से साधु है; वह इस प्रकार की दुष्टता नहीं कर सकता। किन्तु राजा ने उससे इस विषय में जब भी जानना चाहा, उसने प्रत्येक बार यही कहा कि महाराज स्वयं पाकशाला

में आकर देख लें कि वह उनके प्रति पूर्णत निष्ठावान है और उसके मन में अधर्म के लिये तनिक भी स्थान नहीं है। वह तो यहाँ तक कहता था कि राजा उसके स्थान पर किसी और को पाकशाला का अध्यक्ष बना दें, वह एक साधारण सेवक के रूप में ही राजा की सेवा करके प्रसन्न रहेगा।...किन्तु राजा ऐसा कर नहीं सकते थे। जब तक किसी व्यक्ति का दोष प्रमाणित ही न हो जाये, वे उसे उसके पद से कैसे हटा सकते हैं?...

विराट ने इस विषय में कंक से चर्चा की, "अब तुम ही बताओ कंक! क्या किसी राजा को यह शोभा देता है कि वह अपनी पाकशाला का भी निरीक्षण करता फिरे।"

"इसमें हानि ही क्या है महाराज!" कंक ने कहा, "मैं तो समझता हूँ कि राजा को अपने प्रासाद के ही नहीं अपने राज्य के भी साधारण-से-साधारण स्थान का निरीक्षण करते रहना चाहिए, ताकि कर्मचारी उसे उपेक्षित स्थान मान कर उसके क्षय का कारण न बनें। महाराज! यदि अपनी पाकशाला का निरीक्षण करेंगे, तो कर्मचारियों को ध्यान रहेगा कि महाराज यहाँ भी आ सकते हैं, अतः वह स्थान स्वच्छ रहेगा। भोजन और भी अधिक सावधानी से पकाया जायेगा।"

राजा, कंक की बात पर विचार कर ही रहे थे कि कंक पुनः बोले, "महाराज! आपको देखना चाहिए कि आपका वह निष्ठावान सेवक आपको बार-बार पाकशाला के निरीक्षण के लिये क्यों आमन्त्रित करता रहता है। सम्भव है कि वहाँ कुछ ऐसा घटित हो रहा हो, जिसे अपनी जिह्वा से बताना उसके लिये सम्भव न हो। वह चाहता हो कि आप स्वयं अपने नेत्रों से उसे घटिते होते हुए देखें।"

विराट को लगा, कंक ठीक ही तो कह रहा है। यह विचार उनके मन में कभी नहीं आया कि उनका कोई राजभक्त कर्मचारी उनके राज्य में इतना अवश भी हो सकता है कि अपना कष्ट अपने राजा के सम्मुख भी न कह सके।

"ठीक है कंक!" विराट ने कहा, "तुम पाकशाला के अध्यक्ष को सूचना भिजवा दो कि आज हम अपराह्न में पाकशाला का निरीक्षण करने आयेंगे।"

"जैसी महाराज की इच्छा।" कंक ने पूरे सम्मान से कहा, "किन्तु महाराज! घोषित रूप से जायेंगे तो वे लोग भी तो सावधान हो जायेंगे, जो लोग पाकशाला की अनियमितताओं के लिये उत्तरदायी हैं।"

विराट हँसे, "तुम तो यह मान कर ही चल रहे हो कंक! कि पाकशाला में कुछ अनियमितताएँ हैं।"

"मुझे तो पूर्ण विश्वास है महाराज!" कंक ने कहा, "यदि ऐसा न होता

तो आपका वह निष्ठावान पाकशालाध्यक्ष आपको न तो यह कहता कि आप उसे उसके पद से मुक्त कर दें और न ही निरीक्षणार्थ आने के लिये बार-बार आपसे आग्रह करता।"

"वस्तुतः किसी प्रकार का संदेह करना मेरी प्रकृति में ही नहीं है।" विराट बोले, "अब तुम कह रहे हो तो चल कर देख लेते हैं।"

"महाराज अन्यथा न मानें तो एक बात कहूँ।"

"कहो कंक!"

"महाराज! संदेह करना तो राजा का धर्म है।" कंक ने कहा, "राजधर्म के अनुसार तो राजा का भाई और राजा का पुत्र भी राजा के संदेह के वृत्त से बाहर नहीं होना चाहिए। हाँ! प्रमाण के अभाव में राजा को उन संदेहों को सत्य नहीं मान लेना चाहिए।"

विराट ने चकित हो कर कंक की ओर देखा, "तुम धर्मराज के द्यूत सचिव थे अथवा उनके राजधर्म परामर्शदाता।"

कंक ने संकुचित होने का अभिनय किया, "महाराज मुझे अकारण ही इतना महत्त्व दे रहे हैं। जो व्यक्ति राजा का द्यूत-सहचर होगा, वह राजा के मनोरंजन के क्षणों का सहचर होगा। ऐसे में खुले मन से चर्चाएँ होती रहती हैं। उन्हीं क्षणों में धर्मराज से बहुत कुछ सीखने को मिला है। उसी अभ्यासवश महाराज के सम्मुख भी यह कहने का दुस्साहस कर बैठा। महाराज मेरी बात को किसी भी अन्य रूप में ग्रहण न करें।"

"नहीं, ऐसी कोई बात नहीं है कंक! तुमने तो बहुत ही उत्तम परामर्श दिया है। मुझे लगता है कि तुम्हारी संगति से मैं द्यूत सीखूँ-न-सीखूँ, धर्मराज का राजधर्म अवश्य सीख जाऊँगा।" विराट ने रुक कर कंक की ओर देखा, "ठीक है। कल प्रातः हम अपनी पाकशाला का निरीक्षण करने जायेंगे। तुम भी हमारे साथ चलना।"

प्रातः विराट अपनी पाकशाला में पहुँचे। कंक और राजकुमार उत्तर उनके साथ थे।

पाकशालाध्यक्ष चतुरसेन, राजा को देखते ही जैसे अपना मनभावन पा गया। उनका स्वागत कर बोला, "महाराज! आज मेरी मनोकामना पूर्ण हुई। आप पाकशाला में पधारे, यह तो मेरे लिये वरदान हो गया। महाराज! आप एक भी दिन पहले आये होते, तो यहाँ स्थिति कुछ और पाते। तब मैं आपसे यही कहता कि मुझे इस पाकशाला से मुक्त कर दीजिए। आज स्थिति कुछ परिवर्तित हो गयी है अन्नदाता! आज मैं आपसे प्रार्थना कर रहा हूँ कि मुझे अपनी सेवा से

मुक्त न करें, किन्तु मुझे मेरे पद से अवश्य मुक्त कर दें। उस पद के लिये मैंने एक उपयुक्त पात्र भी खोज लिया है अन्नदाता! उसे पाकशालाध्यक्ष नियुक्त कर दें। मैं उसके अधीन रह कर आपकी सेवा करता रहूँगा।"

विराट चकित थे। उनकी समझ में नहीं आ रहा था कि चतुरसेन क्या चाहता था। यह तो सम्भव है कि कोई कर्मचारी यह कहे कि उसके लिये एक योग्य सहकर्मी नियुक्त कद दिया जाये, किन्तु यह तो स्वयं किसी और का अधीनस्थ कर्मचारी बनकर काम करने की इच्छा प्रकट कर रहा था।

"तुम किसी और को पाकशालाध्यक्ष बना कर स्वयं अपनी अवनति क्यों चाहते हो चतुरसेन! तुमने वर्षों इस पाकशाला का स्वतन्त्र संचालन किया है। अब ऐसा क्या हो गया है कि तुम स्वतन्त्रता छोड़ कर किसी के अधीन हो जाना चाहते हो?"

"मेरे लिये अपनी उन्नति अथवा अवनति, स्वतन्त्रता अथवा अधीनता महत्त्वपूर्ण नहीं है महाराज! मेरे लिये महत्त्वपूर्ण है अपने स्वामी का हित। आपका सम्मान महाराज! मैं जो कुछ भी कह रहा हूँ, उसका तात्पर्य मुझसे न पूछें। यदि आपको अपने इस सेवक पर भरोसा हो तो मेरी प्रार्थना स्वीकार कर लें।"

"विचित्र प्राणी हो तुम। भला कोई व्यक्ति अपने मुख से स्वयं अपनी अवनति की प्रार्थना करता है?" राजकुमार उत्तर से रहा नहीं गया।

"मैंने निवेदन किया न राजकुमार! कि अभी आप मुझसे इस विषय में कुछ न पूछें।"

"चलो हम तुमसे कुछ भी नहीं पूछते।" विराट बोले, "किन्तु तुमसे यह तो पूछ ही सकते हैं न! कि तुम पाकशाला का निरीक्षण क्यों करवाना चाहते थे?"

"महाराज! आज आप आ गये। अब आप देखेंगे कि पाकशाला का व्यय कम हो जायेगा। भोजन और अधिक स्वादिष्ट तथा पौष्टिक हो जायेगा; और सबसे बड़ी बात तो यह है महाराज! कि पाकशाला अब एकदम सुरक्षित स्थान है। अब हमें यहाँ न तो दण्डधर ही चाहिए और न ही यहाँ सैनिक की आवश्यकता है।..."

कंक ने चौंक कर चतुरसेन की ओर देखा; किन्तु तत्काल ही स्वयं को सँभाल लिया। कहीं ऐसा न हो कि कोई भेद प्रकट हो जाये।...किन्तु उन्हें विश्वास था कि इस सारी स्थिति के पीछे कहीं न कहीं भीम का हाथ अवश्य है।

विराट जैसे कोई कौतुक देख कर हँसे रहे थे। उन्हें विश्वास ही नहीं हो रहा था कि वास्तविक जीवन में भी ऐसा कुछ हो सकता है। बोले, "अच्छा बताओ चतुरसेन! तुम किसको पाकशाला के अध्यक्ष के रूप में नियुक्त करवाना चाहते हो।"

"पाकशाला में प्रवेश करें महाराज!"

उन लोगों ने पाकशाला में प्रवेश किया और जिस व्यक्ति ने सबसे पहले सम्मुख आ कर उन्हें प्रणाम किया, वह भीम था, बल्लव के वेश में।

"यह कौन है?" राजकुमार उत्तर ने पूछा, "मैंने इसे कभी नहीं देखा।"

"यह बल्लव है राजकुमार!" चतुरसेन ने बताया, "इसके समान दक्ष रसोइया मैंने आज तक नहीं देखा। इसके हाथ का पकाया खाएँगे तो अपने इस पुराने सेवक को भी भूल जायेंगे। महाराज! मैं इन्हें ही पाकशालाध्यक्ष बनाने की प्रार्थना कर रहा हूँ।"

"मुझे तो यह रसोइया नहीं किसी अखाड़े का मल्ल दिखायी पड़ता है।"

"राजकुमार ने ठीक पहचाना।" बल्लव ने स्वीकार किया, "मुझे मल्लविद्या में रुचि भी है और उसका अभ्यास भी है।"

कंक की दृष्टि विराट के चेहरे पर टिकी हुइ थी : वह स्पष्ट रूप से देख रहे थे कि राजा इस सारी रहस्यमयता को समझ रहे थे; किन्तु उन्होंने कदाचित् कुछ भी न पूछने का निर्णय किया था। बोले, "बल्लव! आज से तुम हमारे पाकशालाध्यक्ष हुए। चतुरसेन अपनी इच्छा से तुम्हारा सहयोगी बनकर कार्य करेगा।" वे रुके, "सन्ध्या समय आकर हमारे कक्ष में हमसे मिलो।"

"जैसी महाराज की आज्ञा।" बल्लव ने कुछ इतनी शालीनता से कहा कि कंक का मन चकित रह गया।

बल्लव ने महाराज विराट के एकान्त कक्ष में प्रवेश किया और प्रणाम कर शान्त भाव से एक ओर खड़ा हो गया।

विराट की दृष्टि से यह बात छुपी नहीं रह सकी कि राजा के कक्ष में राजा के सम्मुख पहली बार इस प्रकार उपस्थित होने पर भी वह तनिक भी आतंकित नहीं लग रहा था। वह तो इस प्रकार सहज भाव से खड़ा था, जैसे राजा का सान्निध्य उसके लिये तनिक भी असाधारण बात न हो।

"क्या तुमने चतुरसेन को अपने शारीरिक बल से भयभीत कर दिया है?" विराट ने बिना किसी भूमिका के पूछा; और बल्लव को उत्तर देने का समय दिये बिना पुनः कहा, "क्या तुमने उसे किसी अनिष्ट की धमकी दी है?"

बल्लव तनिक भी चिन्तित नहीं हुआ, "महाराज! इतना तो मेरे जैसा अल्पज्ञ भी जानता है कि विराटराज जैसे न्यायप्रिय राजा के राज्य में किसी दुर्बल व्यक्ति को डरा-धमका कर कोई निश्चिंत नहीं रह सकता।"

"चाटुकारिता से काम नहीं चलेगा बल्लव!" विराट का स्वर कुछ कठोर हो गया, "क्या तुम स्पष्ट कर सकते हो कि चतुरसेन क्यों चाहता है कि उसे पाकशालाध्यक्ष के पद से हटा कर वह पद तुमको दे दिया जाये?"

"अच्छा तो यही था कि इसका कारण चतुरसेन ही आपको बताता, किन्तु शायद वह यह साहस कर नहीं पा रहा है।" बल्लव हँसा, "महाराज! मैं व्यवसाय से पाचक हूँ, रसोइया। मुझे खाने में भी बहुत रस आता है और पकाने में भी। इसलिये मैंने जीवन भर किसी और व्यवसाय के विषय में सोचा ही नहीं। आप के नगर में आकर भी आजीविका के लिये मैं पाकशाला में ही गया।"

"आजीविका के लिये तुम मेरे पास क्यों नहीं आये? चतुरसेन के पास क्यों गये?"

"महाराज! मुझे आपकी राजसभा में तो स्थान चाहिए नहीं था। न मुझे मन्त्री बनना था, न सभासद। ऐसे में राजा के पास क्या करने जाता।"

"पाकशाला तो राजा की ही है न!" विराट बोले, "वहाँ की नियुक्तियाँ भी राजा ही करते हैं।"

"जानता हूँ महाराज!" बल्लव बोला, "वस्तुतः मैं पाकशालाध्यक्ष के पद की तो आशा ही नहीं कर रहा था। उसके लिये आया होता तो आपके पास ही आता। मैं तो साधारण रसोइए की चाकरी की आकांक्षा लेकर आया था, इसलिये पाकशालाध्यक्ष के पास ही चला गया।"

"तो वहाँ ऐसा क्या हो गया कि तुम्हारी पाकशालाध्यक्ष बनने की इच्छा जाग उठी?" विराट का स्वर पर्याप्त व्यंग्यात्मक हो उठा था।

बल्लव के ललाट पर बल पड़ गये, "महाराज मेरे प्रति किसी आशंका से ग्रसित हैं?"

"मुझे आशंका नहीं संदेह है कि तुमने उस भीरु चतुरसेन को डराया-धमकाया है और वह तुम्हारे शरीर के इस रूपाकार को देख कर तुमसे त्रस्त हो गया है। अपनी रक्षा के लिये ही उसने तुम्हें पाकशालाध्यक्ष का पद दिलवाने का यह सारा प्रयत्न किया है। पर तुम शायद यह नहीं जानते कि यह भय तब तक ही है, जब तक सेनापति कीचक इस राजधानी में नहीं है। उसके आते ही विराटनगर का प्रत्येक प्राणी निर्भय को जायेगा। तब चतुरसेन जैसे लोगों को इस प्रकार स्वेच्छा से अपना पद नहीं छोड़ना पड़ेगा।"

बल्लव इस बार खुल कर हँसा, "तो महाराज! मैं आपको वह सब कुछ बता देता हूँ, जो बताने का साहस चतुरसेन जाने कब से नहीं कर सका है।"

राजा कुछ नहीं बोले। चुपचाप उसकी ओर देखते रहे।

"जब मैं पाकशाला में पहुँचा तो भोजन तैयार हो चुका था। चतुरसेन आप के लिये भोजन ले जाने की तैयारी में था।" बल्लव बोला, "पाकशाला और चतुरसेन की रक्षा के लिये नियुक्त किए गये सैनिक न केवल उसके साथ झगड़ रहे थे, वरन उसका अपमान भी कर रहे थे। चतुरसेन उनसे कह रहा

था कि पहले राजपरिवार का भोजन चला जाये, फिर वह उन लोगों को भी भोजन दे देगा।"

"पर वे तो कीचक की वाहिनी के सैनिक हैं, उन्हें तो भोजन, सेना की पाकशाला से मिलता है, वे राजपरिवार की पाकशाला से भोजन क्यों ले रहे थे?"

"यह तो वे ही जानें महाराज!" बल्लव बोला, "किन्तु ऐसी ही कुछ बात चतुरसेन ने भी कही थी। उसके उत्तर में सैनिकों ने कहा कि उसे राजा का इतना निष्ठावान बनने की कोई आवश्यकता नहीं है। उसकी रक्षा सैनिक करते हैं, राजा नहीं। चतुरसेन ने कहा, कोई किसी की रक्षा नहीं कर रहा। सब अपना-अपना काम कर रहे हैं, इसलिये राजा सबको उनकी आजीविका देते हैं। उन लोगों को भी उनकी वृत्ति मिलती है, तो फिर वे लोग प्रतिदिन पाकशाला में इतना ऊधम क्यों मचाते हैं। पर सैनिक उसकी बात नहीं मान रहे थे। वे लोग प्रायः छीना-झपटी पर आ गये थे। चतुरसेन और उसके सहयोगियों ने उन्हें रोकने का प्रयत्न किया तो सैनिकों ने उन्हें धक्के मार कर भूमि पर गिरा दिया। मुझसे और देखा नहीं गया। मैंने चतुरसेन को थाम लिया और सैनिकों को कहा कि अब यदि उन लोगों ने चतुरसेन को हाथ भी लगाया तो मैं उनको बाँध कर राजा के सम्मुख उपस्थित कर दूँगा। सैनिकों ने मेरा उपहास करते हुए कहा, 'देखो तो सही इस महावीर को, यह सेनापति कीचक के सैनिकों को मार कर धराशायी कर देगा।' मुझे उत्तेजित करने के लिये उन्होंने चतुरसेन के एक सहयोगी के हाथ से भोजन का थाल छीन लिया। क्रोध तो मुझे पहले से ही आ रहा था, अब मुझसे सहन नहीं हुआ और मैंने उन सैनिकों के शस्त्रों की चिन्ता न करते हुए, उन पर अपनी मुष्टिकाओं से प्रहार किया। आवेश में मुझसे यह अपराध तो अवश्य हुआ महाराज! किन्तु मुझसे उस दुर्बल से चतुरसेन के साथ सैनिकों का वह व्यवहार देखा नहीं गया। आप चाहें तो मुझे उचित दण्ड दे सकते हैं; किन्तु आप चतुरसेन से पूछ सकते हैं कि मैंने जो कुछ भी किया उसकी रक्षा के लिये ही किया। यदि मैं उन्हें बलपूर्वक नहीं रोकता तो वे लोग अवश्य ही चतुरसेन को शारीरिक क्षति पहुँचाते और राजपरिवार की वह पाकशाला उस दिन अवश्य ही लूट ली जाती। आप चाहें तो चतुरसेन से पूछ लें महाराज..."

"मुझे जो कुछ पूछना होगा, वह मैं पूछ लूँगा।" विराट बोले, "पहले तुम बताओ कि फिर क्या हुआ।"

"होना क्या था महाराज!" बल्लव निश्चिंत भाव से बोला, "सैनिकों ने ढेर सारी धमकियाँ दीं। यह भी कहा कि सेनापति के लौट आने पर मुझे

और चतुरसेन को अपने प्राणों से हाथ धोने पड़ेंगे। और उन्होंने यह भी कहा महाराज!..." बल्लव कुछ कहता-कहता रुक गया।

"क्या कहा उन्होंने बल्लव!" विराट ने बहुत आतुर हो कर पूछा।

"उन्होंने यह भी कहा कि जिस राजा के बल पर हम लोग कूद रहे हैं, वे लोग उन्हें भी देख लेंगे। एक बार सेनापति नगर में लौट आयें, फिर हमें भी पता चलेगा कि हमने किस पर हाथ उठाया है।..."

"तुम भयभीत तो नहीं हो बल्लव?" राजा ने पूछा।

"किस बात के लिये महाराज?"

"कि वे सैनिक इस घटना का तुमसे प्रतिशोध लेंगे।"

"नहीं महाराज! मुझे इस प्रकार का कोई भय नहीं है।" बल्लव बोला, "यहाँ आने से पहले मैं जहाँ था, वहाँ भी मैंने यही सीखा था कि राजा न्यायी हो तो किसी आततायी से भयभीत होने की कोई आवयश्यकता नहीं है। हाँ, यदि मैंने कुछ अनुचित किया हो तो आप जो दण्ड देंगे, वह मुझे स्वीकार है।"

"नहीं तुमने कुछ भी अनुचित नहीं किया।" राजा बोले, "किन्तु तुम जानते हो कि कीचक कौन है?"

"नहीं महाराज! मैं उसे नहीं जानता और महाराज! उसे जानकर मुझे करना भी क्या है। वे सैनिक जो कुछ उसकी प्रशंसा में कह रहे थे, उससे तो लगता है कि वह व्यक्ति जो कोई भी है, दुष्ट है; और इस योग्य है कि महाराज उसे दण्डित करें। जिसके सैनिक राजा की ही पाकशाला में लूट-पाट करें और राजा के लिये अपमानजनक शब्दों का व्यवहार करें, उसे तो तत्काल राज्य से निष्कासित कर देना चाहिए, वह सेनापति या कुछ भी हो। जो राजा के सम्मान और उनकी पाकशाला की रक्षा नहीं कर सकता, वह राजा की रक्षा क्या करेगा।" बल्लव ने रुक कर राजा की ओर देखा, "मैं शायद कुछ अधिक ही कह गया महाराज! क्षमा करें। मेरी प्रकृति ही कुछ ऐसी है। बोलने लगता हूँ तो जो मन मन में आता है, बोल जाता हूँ।"

"नहीं ऐसी कोई बात नहीं है बल्लव!" विराट बोले, "मुझे बताओ, यहाँ आने से पहले तुम कहाँ थे?"

"मैं धर्मराज महाराज युधिष्ठिर की पाकशाला का अध्यक्ष था महाराज!" बल्लव बोला, "उन्हें मेरे हाथ का भोजन बहुत प्रिय था। वे मेरे हाथ का बना भोजन रस लेकर खाते थे और चटखाने लेकर मेरी बातें सुना करते थे।"

विराट कुछ बोले नहीं और गम्भीरता पूर्वक कुछ सोचते हुए, बल्लव की ओर देखते रहे। अन्ततः बोले, "इस सारी घटना के पश्चात् चतुरसेन ने क्या कहा?"

"ओह! उसने महाराज! वह पहले तो बहुत प्रसन्न हुआ। मेरी बहुत प्रशंसा की। आपसे पुरस्कार दिलाने की बात भी कही, किन्तु फिर कुछ खिन्न हो गया। बोला, आज जो भी हुआ, बहुत अच्छा हुआ, किन्तु ये दुष्ट कदाचित तुम्हें तो कुछ न कहें, किन्तु ये लोग मुझसे प्रतिशोध लेने के लिये अवश्य आयेंगे। मैंने कहा, 'काका चिन्ता न करो, मेरे होते ये लोग तुम्हारे निकट आने का भी साहस नहीं कर सकते। आज तो मैंने उन्हें एक प्रकार से धमकाया ही है। अगली बार उनके सिर फोड़ दूँगा।' पर चतुरसेन का भय दूर नहीं हुआ। बोला, 'वे लोग तुम्हारी हत्या कर देंगे, तो?' 'क्यों? मेरे क्या हाथ-पैर नहीं हैं।' मैंने कहा। उसने पूछा, 'क्या तुम उनकी हत्या कर सकते हो?' मैंने कहा, 'मैं हत्या व्यवसायी तो नहीं हूँ, किन्तु झगड़ा हुआ तो मैं तुम्हारी रक्षा के लिये उनकी हड्डियाँ तोड़ ही सकता हूँ।' 'पर तुम सदा मेरे पास तो नही रहोगे।' उसने कहा। मैंने उत्तर दिया, 'काका! मैं तो तुम्हारे पास आजीविका के लिये ही आया हूँ। तुम मुझे आजीविका दे दो। बस तुम्हारे ही चरणों में पड़ा रहूँगा।' उसने उसी दिन कहा था कि वह महाराज से निवेदन करेगा कि महाराज उसका पद मुझे दे दें, ताकि जब कीचक के वे लुटेरे सैनिक लूटपाट करने आयें तो पाकशालाध्यक्ष के रूप में उन्हें मेरा सामना करना पड़े; और चतुरसेन उन लुटेरों के रोष से बच कर महाराज की सेवा करता रहे।"

विराट जितना सोचते जाते थे, उनके सम्मुख उतनी ही गुत्थियाँ खुलती जा रही थीं...आज स्पष्ट हो रहा था कि पाकशाला का व्यय बढ़ता क्यों जा रहा था। आज स्पष्ट हुआ कि उनका प्रिय चतुरसेन अपना पद क्यों छोड़ना चाहता था। आज स्पष्ट हुआ कि वे अपने सेनापति से त्रस्त नहीं हैं, उनकी प्रजा भी प्रत्येक स्तर पर कीचक से त्रस्त है। प्रजा में इतना साहस भी नहीं रह गया कि मुँह खोल कर राजा के सम्मुख अपना अभियोग ही प्रस्तुत कर सके। महाराज विराट अपने ही घर में कितने असहाय हुए बैठे हैं। वे राजा हैं, किन्तु उनके पास सत्ता नहीं है। सत्ता है उस दुष्ट कीचक के पास। कीचक तो अकेला ही है, किन्तु उसके ये कितने ही रूप, रावण के सिरों के समान राज्य के विभिन्न भागों में छाए हुए हैं।...

"अच्छा तुम जाओ बल्लव!" वे बोले, "पाकशाला की रक्षा के लिये, अब सैनिक नियुक्त नहीं किए जायेंगे। आवश्यकता होने पर तुम पाकशाला की रक्षा कर लोगे, ऐसा मेरा विश्वास है। पर यदि किन्हीं स्थितियों में तुम्हें लगे कि तुम पाकशाला की रक्षा नहीं कर सकते तो मुझे सूचित करने का साहस कर सकोगे? तुम चतुरसेन के ही समान कीचक अथवा उसके सैनिकों के भय से मौन तो नहीं हर जाओगे?"

"नहीं महाराज! हम तो धर्मराज के सेवक रहे हैं। वे कहा करते थे, मनुष्य को केवल धर्म से डरना चाहिए। अधर्म से तो टकराना चाहिए।"

"तुम्हारे राजा बहुत महान पुरुष हैं बल्लव! जाने वे इस समय कहाँ होंगे।"

विराट कंक के आने की बड़ी व्यग्रता से प्रतीक्षा कर रहे थे। बीच-बीच में उन्हें झुँझलाहट भी होने लगती थी कि यह कंक इतना शिथिल क्यों है। उसे कब का आ जाना चाहिए था।

"द्वारपाल।" राजा ने पुकारा, और उसके प्रकट होते ही उसके प्रणाम की भी प्रतीक्षा किए बिना अधैर्य से कहा, "कंक को बुलाने कौन गया है? कोई गया भी है या नहीं। अब तक तो उनको आ भी जाना चाहिए था।"

द्वारपाल कुछ सहम गया; किन्तु यदि वह उत्तर न देता तो राजा का क्रोध कुछ और उद्दीप्त हो उठता। अत्यन्त भीरु स्वर में बोला, "अश्वारोही गया है महाराज! बस आर्य कंक के निवास पर पहुँचने ही वाला होगा।"

विराट कुछ सँभले : द्वारपाल कह रहा है कि अश्वारोही गया है और वह अभी कंक के घर तक पहुँचा भी नहीं होगा। ऐसे में विराट यह अपेक्षा कैसे कर सकते हैं कि कंक को अब तक उनके पास पहुँच जाना चाहिए। सूचना मिलने से पहले ही कोई कहीं कैसे पहुँच सकता है। वे स्वयं ही कुछ अधिक अधीर हो रहे हैं।...वे अधीर तो हो ही सकते थे, और कर ही क्या सकते थे। वे जानते थे कि राजा होते हुए भी सत्ता हाथ में नहीं थी; किन्तु वे तो इतना ही जानते थे न कि केवल कीचक उनकी सत्ता का हरण और अतिक्रमण कर रहा है। वे यह तो नहीं जानते थे कि उनकी सेना का प्रत्येक सैनिक ही उनकी सत्ता को अस्वीकार कर रहा है और उनके अपने स्वामी-भक्त और निष्ठावान सेवक दण्डित और अपमानित हो रहे हैं। चतुरसेन न उसके धन की रक्षा कर पा रहा था, न उनके अधिकार की; और उनको सूचित करने तक का साहस नहीं था उसमें। कहाँ से आता वह साहस? कर्मचारियों का साहस तो राजा की सत्ता और उसके अधिकार से ही उत्पन्न होता है। यदि उनके निष्ठावान कर्मचारियों में ही यह साहस नहीं है, तो इसका अर्थ तो एक ही है कि उनके राजा के पास न सत्ता है, न शक्ति...कैसे राजा हैं विराट?...पर क्या उन्हें इस बल्लव के कथन का इस प्रकार विश्वास कर लेना चाहिए? उन्होंने क्यों मान लिया कि वह जो कुछ कह रहा है वह सब सत्य ही है?...सत्य तो मानना ही पड़ेगा, सारे तथ्य उसके कथन के अनुकूल पड़ रहे हैं। जो गुत्थियाँ अब तक सुलझ नहीं रही थीं, वे उसकी सूचनाओं के आधार पर ही तो स्पष्ट हो रही

हैं...चतुरसेन यह तो बताता रहा कि पाकशाला का व्यय बढ़ रहा है, किन्तु वह यह तो कभी नहीं बता पाया कि वह खर्च क्यों बढ़ रहा है।...किन्तु बल्लव यह बता रहा है कि अकारण ही पाकशाला का व्यय क्यों बढ़ रहा था।...चतुरसेन यह तो कह रहा था कि उसे उसके पद से हटा दिया जाये, किन्तु यह नहीं बता रहा था कि ऐसा क्यों किया जाये।...बल्लव बता रहा है कि चतुरसेन ऐसा क्यों चाहता था।...बल्लव बता रहा था कि चतुरसेन को उन आततायी सैनिकों से जो सुरक्षा चाहिए थी, वह राजा नहीं दे पा रहा था, बल्लव उसे वह सुरक्षा दे रहा था...

द्वारपाल ने प्रवेश किया, "महाराज! आर्य कंक पधारे हैं।"

"भीतर आने दो।" विराट बोले।

कंक ने आकर प्रणाम किया तो विराट को लगा कि कंक न केवल बहुत शीघ्रता में आये हैं, वरन! वे बहुत शीघ्र आ भी पहुँचे हैं।

"बैठो कंक। आसन ग्रहण करो।"

कंक बैठ तो गये, किन्तु बैठते ही बोले, "अश्वारोही ने बताया कि महाराज बहुत अधीरता से मेरी प्रतीक्षा कर रहे हैं। कोई बहुत आवश्यक कार्य आ पड़ा है महाराज!"

"हाँ कंक!" राजा बोले, "तुमने मेरे साथ पाकशाला में बल्लव नाम के उस व्यक्ति को देखा था।"

"हाँ महाराज! देखा था।"

"क्या तुम उसे पहचानते हो? उसका कहना है कि यहाँ आने से पूर्व वह धर्मराज युधिष्ठिर की पाकशाला में रसोइया था। यदि वह वहाँ था तो तुम्हारी दृष्टि उस पर पड़ी ही होगी।"

"हाँ महाराज! मैंने उसे वहाँ देखा तो है। यह सम्भव नहीं है कि कोई धर्मराज की सभा अथवा प्रासाद में रहा हो और मैंने उसे देखा भी न हो।" कंक बोले, "किन्तु कंक का उससे विशेष परिचय नहीं है।"

विराट चौंके, यह कंक बोल किस प्रकार रहा है, जैसे अपने विषय में नहीं किसी और के विषय में बात कर रहा हो। पर कुछ लोगों की शैली होती है, वे अपने विषय में भी अन्य पुरुषों के समान बोलते हैं।

"नहीं, तुम्हारा उससे परिचित होना तो आवश्यक नहीं है। इतना ही पर्याप्त है कि वह धर्मराज की पाकशाला में रसोइया था। वह यदि वहाँ था, तो निश्चित रूप से अच्छा रसोइया होगा और उनका निष्ठावान सेवक तो होगा ही। नहीं तो वहाँ टिक कैसे पाता। प्रत्येक राजा, विराट तो नहीं होता न। वहाँ तो भीम

था, अर्जुन था, यदि कोई सेवक निष्ठावान न होता तो उसे तत्काल राज्य से निष्कासित किया जा सकता था, दण्डित किया जा सकता था।"

"आपने उसे पाकशाला में नियुक्त कर दिया है?"

"हाँ कंक!" राजा बोले, "यह तो मुझे बल्लव से ही ज्ञात हुआ कि जिस प्रकार मैं कीचक से पीड़ित हूँ, वैसे ही मेरा पाकशालाध्यक्ष कीचक के सैनिकों से पीड़ित था। बल्लव ने ही उसे उन सैनिकों के आतंक से मुक्ति दिलाई है।"

कंक देख रहे थे कि राजा प्रसन्न थे, जैसे कीचक के आतंक से मुक्त हो गये हों। वे धीरे से बोले, "महाराज अन्यथा न मानें तो एक बात कहूँ।"

"कहो कंक!"

"महाराज! बल्लव ने चतुरसेन को उन सैनिकों के आतंक से तब तक के लिये ही मुक्त किया है, जब तक कि स्वयं कीचक राजधानी में लौट कर नहीं आता। कीचक के आते ही ये सैनिक उसके पास जाकर दुहाई देंगे। कीचक उसे दण्डित करना चाहेगा। ऐसी स्थिति में बल्लव क्या करेगा और महाराज क्या करेंगे।"

विराट चिन्तित हो उठे : क्या कहें वे? क्या वे कीचक को ऐसा करने से रोक पायेंगे? शायद नहीं। वे कीचक की इच्छा का विरोध नहीं कर पायेंगे। तो?...उन्होंने समाधान पाने के लिये याचक दृष्टि से कंक की ओर ही देखा।

"आप ऐसा करें महाराज! आप बल्लव से कहें कि वह आवश्यकतानुसार पाकशाला तथा वहाँ काम करने वाले लोगों की, उन सैनिकों से रक्षा तो करे, किन्तु व्यर्थ ही सैनिकों अथवा कीचक से उलझने का प्रयत्न न करे।"

विराट को लगा कि किसी और समाधान के अभाव में एक यही उत्तम विधि हो सकती है। रक्षा भी होती रहे और कीचक से उलझना भी न पड़े..."ठीक है, मैं कह दूँगा।" विराट ने रुक कर उसकी ओर देखा, "तुमने देखा कंक! मेरी अपेक्षा के ही अनुसार धर्मराज युधिष्ठिर के कर्मचारी हमारे राज्य की ओर आ रहे हैं। कल हमारे पास एक नपुंसक भी आया था। उसका नाम बृहन्नला है। उसका कहना है कि वह धर्मराज युधिष्ठिर के अन्तःपुर में था और उनके परिवार की स्त्रियों को संगीत और नृत्य की शिक्षा दिया करता था।"

कंक समझ रहे थे कि राजा का अगला प्रश्न क्या होगा : क्या तुम उसे पहचानते हो कंक? किन्तु राजा के कुछ पूछने से पहले ही कंक ने पूछा, "वह आपके ही पास आया था महाराज?"

"हाँ। आया तो मेरे ही पास था, किन्तु मैंने उसे अन्तःपुर में भेज दिया था, ताकि दासियाँ उसकी परीक्षा कर लें कि वह वस्तुतः नपुंसक ही था अथवा कोई पुरुष ही नपुंसक का छद्म वेश धर कर आया था।"

कंक का मन जैसे स्तब्ध रह गया : कहीं अर्जुन का भेद प्रकट तो नहीं हो गया?

"विभिन्न परीक्षणों और परीक्षाओं के पश्चात दासियों ने बताया कि वह वस्तुतः पुंसत्वहीन ही है।" विराट बोले, "मैंने उसे राजकुमारी उत्तरा के नृत्य और संगीत-शिक्षक के रूप में नियुक्त कर दिया है।"

कंक कुछ आश्वस्त हुए। उन्हें बृहन्नला का काम ही सबसे कठिन लग रहा था। अर्जुन की अभिनय क्षमता में उन्हें संदेह नहीं था, किन्तु दासियों द्वारा ये पुंसत्व के परीक्षण! अर्जुन स्वयं को कितना भी संयत रखता, किन्तु सुन्दर नारी शरीर के मोहक आकर्षणों के सम्मुख किसी भी प्रकार के काम-विकार को उत्पन्न भी न होने देना, साधारण कार्य नहीं था। पर, विराट बता रहे हैं कि उनकी दासियों का कहना है कि वह वस्तुतः पुंसत्वहीन ही है। अर्जुन अपनी इस अग्नि परीक्षा में सफल हुआ था।...अब कंक समझ सकते थे कि वैजयंती के प्रासाद में अर्जुन ने किस प्रकार उर्वशी के काम निमन्त्रण के प्रलोभन को निरस्त कर दिया होगा।...

"बृहन्नला को नृत्य और संगीत का सम्यक ज्ञान है राजन्?" कंक ने पूछा, "अथवा साधारण हिजड़ों के समान उछल-कूद भर कर लेता है?"

विराट ने कुछ चकित हो कर कंक की ओर देखा, "जिसे मैंने राजकुमारी के गुरु के रूप में नियुक्त किया है, उसके विषय में पूछ रहे हो कि वह उस विषय का ज्ञान भी रखता है या नहीं।"

"मेरा अभिप्राय है महाराज! कि आपने राजकुमारी से पूछ लिया है कि उसके गुरु को अपने विषय का कितना ज्ञान है?"

"उत्तरा अत्यन्त प्रसन्न है।" विराट बोले, "मुझे तो लग रहा है कि अन्तःपुर की लड़कियों में संगीत और नृत्य को ले कर एक नया उत्साह उत्पन्न हो गया है। उन्हें इस प्रकार का जीवंत शिक्षक पहले कभी नहीं मिला। उनका कहना है कि बृहन्नला का कण्ठ किन्नर कण्ठ है। उससे संगीत की जो धारा बहती है, वह दिव्य है। मैं तो सोचता हूँ कंक! कि महाराज युधिष्ठिर की सभा में कैसे-कैसे दिव्य रत्न थे। मैं तो उनका थोड़ा-सा उच्छिष्ट पाकर ही धन्य हुआ जा रहा हूँ। वह व्यक्ति कितना महान था जिसे इन सबके मध्य रह कर भी तनिक-सा अहंकार तक नहीं हुआ। और उस महान पुरुष को दुष्ट दुर्योधन ने नष्ट कर दिया।"

कंक को यह निर्णय करने में कुछ समय लगा कि इस अवसर पर उन्हें क्या कहना चाहिए। फिर कुछ संकुचित स्वर में बोले, "मैं उनके विषय में क्या

कह सकता हूँ राजन! सेवक को तो अपने स्वामी के गुणों का ही स्मरण करना चाहिए; और इस समय मेरे स्वामी आप हैं महाराज!"

विराट उन्मुक्त मन से हँसे, "यदि तुम धर्मराज की प्रशंसा में संकोच करोगे, तो मैं समझूँगा कंक! कि यदि कभी विधि के विधान से तुम मुझसे वियुक्त हो गये, तो तुम मेरी प्रशंसा भी नहीं करोगे। तब तुम अपने तत्कालीन स्वामी की ही प्रशंसा में मग्न रहोगे।"

कंक ने अपनी जिह्वा को दाँतों तले दबा लिया, "ऐसा शाप न दें महाराज! मेरी तो भगवान से प्रार्थना है कि आपकी सेवा से वंचित हो जाऊँ, तो ईश्वर किसी और स्वामी की सेवा न करवाए।"

विराट मन ही मन प्रसन्न हुए : उन्होंने जिस अपेक्षा से युधिष्ठिर के सेवकों को बटोरने का संकल्प किया था, वह पूरी होती दिखायी दे रही थी। कंक जैसा बुद्धिमान सभासद उनके पश्चात् और किसी राजा की सेवा करना नहीं चाहता था।...

"ठीक है कंक! तुम कुछ मत कहो, यह भी तो धर्मराज के सेवकों का ही गुण है।" वे कुछ रुके, "अच्छा बताओ। बल्लव विश्वसनीय व्यक्ति तो है न!"

"मैंने इन्द्रप्रस्थ में उसके विषय में ऐसी कोई बात नहीं सुनी महाराज! जिसके आधार पर कह सकूँ कि वह विश्वसनीय नहीं है।" कंक ने कहा, "यह अवश्य सुना है कि जिससे स्नेह करता है अथवा जिसका सम्मान करता है, उसके प्रति उसका पूर्ण समर्पण होता है।"

"तो इससे अधिक और कोई सेवक कर ही क्या सकता है कंक?" विराट बोले, "तुमने मेरे मन पर से एक बहुत बड़ा बोझ उतार दिया। मेरे मन के किसी निभृत कोने में एक आशंका थी कि इतने बलिष्ठ दिखने वाले व्यक्ति को, जो मल्ल अथवा योद्धा हो सकता है, मैंने अपनी पाकशाला में स्थान दे कर भूल तो नहीं की।"

कंक कुछ नहीं बोले। अब कुछ भी और कहना घातक हो सकता था। अधिक प्रशंसा से भी विराट को किसी प्रकार का संदेह हो सकता था और प्रशंसा न करते तो भी विराट आशंकित हो सकते थे।...

"अच्छा कंक! अब तुम चलो। तुम्हें इस प्रकार शीघ्रता से बुलाने का प्रयोजन पूर्ण हुआ। मैं पूर्णतः सन्तुष्ट हूँ। मुझे तो लग रहा है कि अब किसी ने आकर मुझसे कहा कि वह धर्मराज की सेवा में रह चुका है तो कदाचित मैं तुमसे भी पूछने की आवश्यकता नहीं समझूँगा। उसे अपनी सभा में स्थान दे दूँगा।"

"महाराज अत्यन्त दयालु हैं।"

कंक ने उठ कर प्रणाम किया; और बाहर चले गये। वे भीम और अर्जुन

की ओर से पूर्णतः सन्तुष्ट थे। उन्हें विराटनगर में कोई कठिनाई नहीं होगी। नकुल और सहदेव भी कदाचित सुविधापूर्वक अपने लिये स्थान बना लेंगे। ...किन्तु पांचाली?...पांचाली के लिये यह सब कितना कठिन होगा। हे ईश्वर उसकी लाज रखना...

38

रानी सुदेष्णा ने ध्यान से अपने सामने खड़ी उस स्त्री को देखा, जिसे अभी-अभी राजप्रासाद की रक्षिकाएँ पकड़ कर लाई थीं। उन्हें यह स्त्री प्रासाद की रक्षा करने वाले सैनिकों ने सौंपी थी। उसे प्रासाद के सम्मुख निष्प्रयोजन डोलते फिरने तथा भीड़ इकट्ठी कर यातायात के आवागमन में विघ्न उपस्थित करने के अपराध में पकड़ा गया था। प्रहरी समझ नहीं पाये थे कि यह स्त्री लोगों का ध्यान अपनी ओर आकृष्ट करना चाहती थी; अथवा सैनिकों का ध्यान अपनी ओर आकृष्ट कर, उनको किसी अन्य दिशा से असावधान कर देना चाहती थी। आजकल सेनापति कीचक नगर में नहीं थे; सेना का एक बड़ा भाग भी सेनापति के साथ ही बाहर गया हुआ था। ऐसे में अनेक शत्रुओं द्वारा नगर में उत्पात् रचे जा सकने की सम्भावना हो सकती थी। और फिर एक इतनी असाधारण रूपवती स्त्री, स्वयं को जन साधारण की दृष्टि से छिपाने के स्थान पर, बीच राजमार्ग में खड़ी हो कर, लोगों का ध्यान अपनी ओर आकृष्ट करे, तो सैनिकों को किसी षड्यन्त्र की आशंका का होना स्वाभाविक ही था।

रानी की दृष्टि कह रही थी कि यह कोई साधारण नारी नहीं थी। उसका रूप असाधारण था। ऐसी स्त्रियाँ मार्गों में व्यर्थ ही मँडराती नहीं फिरतीं। उसके वस्त्र इस समय अवश्य मलिन थे। केश भी वेणी बद्ध नहीं थे।...किन्तु कैसे केश थे वे। किसी भी स्त्री को सहज ही ईर्ष्या होगी उसके इन केशों से। घुटनों तक लम्बे और लहराते हुए ऐसे सुन्दर केश, कि कोई भी स्त्री उसे देखती ही रह जाये; और पुरुष का मन उसमें बँध-बँध जाये। कौन उनका स्पर्श नहीं चाहेगा। अमावस्या से घने काले केश। रानी का अपना मन ही मुग्ध होता जा रहा था...अभी तो इस स्त्री ने अपना सारा वेश मलिन बना रखा था।...किन्तु कौन नहीं देख सकता था कि नील कमल सा उसका वर्ण था। लगता था, यात्रा अथवा किसी अन्य कारण से, वह इस समय मलिन तथा रेणु आच्छादित सी दिख रही है। लगता नहीं था कि कई दिनों से मुख भी धोया हो...

"कौन हो तुम?" रानी ने पछा।

"कोई भी होऊँ, पहले तो मुझे तुमसे यह पूछना है कि मुझे इस प्रकार

पकड़ कर क्यों लाया गया है, जैसे मैं कोई अपराधिनी हूँ?" उस स्त्री ने सतेज स्वर में पूछा।

"ऐ।" एक रक्षिका ने आगे बढ़ कर उसे, एक झटका दिया, "महारानी को 'तुम' कहकर सम्बोधित कर रही हो। सामान्य शिष्टाचार भी नहीं जानतीं।"

सुदेष्णा ने अपने हाथ के संकेत से रक्षिका को रोक दिया, "क्या आरोप है इस पर?"

"महारानी! यह स्त्री मुख्य मार्ग पर डोलती फिर रही थी। इसने अपने आस-पास भीड़ एकत्रित कर रखी थी; और सैनिकों के अनेक बार कहने पर भी न यह मार्ग से हट रही थी और न ही मार्ग पर इस प्रकार डोलने और भीड़ एकत्रित करने का कोई कारण बता रही थी। सैनिकों की पूछताछ के उत्तर में इसने न केवल उन्हें कोई सन्तोषजनक उत्तर नहीं दिया, उलटे उनसे झगड़ा किया। एक आध का तो मुँह ही नोच लिया।"

"मैंने तो मुँह ही नोचा है, यदि मेरे पति मेरे आस-पास होते तो उन सैनिकों में से अनेक की हत्या अवश्यंभावी थी।" वह स्त्री बोली, "क्या मत्स्यराज इसी प्रकार का शासन करते हैं, जिसमें संकट में पड़ी किसी अकेली स्त्री को देख कर राज्य के सैनिक उसे गणिका मानकर उसका अपमान करने लगते हैं; और यदि वह स्त्री आत्मरक्षा में उनका प्रतिशोध करे तो बंदी कर ली जाती है। संसार के किसी सभ्य समाज में ऐसा नहीं होता। यहाँ धर्मात्मा राजा मत्स्यराज का शासन है अथवा किसी राक्षस का?"

"शान्त हो जाओ।" सुदेष्णा ने कहा, "यहाँ कोई तुम्हारे साथ अन्याय नहीं करेगा।"

"अन्याय नहीं करेगा, किन्तु दुर्व्यवहार तो करेगा ही।" वह स्त्री बोली, "जब से आपके राज्य में आयी हूँ, मेरे साथ यही हो रहा है।"

"नहीं! अब तुम्हारे साथ कोई दुर्व्यवहार भी नहीं करेगा।" रानी ने कहा, "मुझे बताओ कि तुम कौन हो।"

"कौन हूँ? सैरन्ध्री हूँ। महारानी द्रौपदी मुझे मालिनी कह कर पुकारा करती थीं।" स्त्री ने कहा।

"महारानी द्रौपदी!" रानी सुदेष्णा ने कुछ आश्चर्य से पूछा, "उनसे तुम्हारा क्या सम्बन्ध है?"

"सम्बन्ध क्या होना है। मैं उनकी सेवा में थी।" स्त्री ने कुछ उद्दण्डता से कहा; और फिर धीरे से जोड़ दिया, "मैं कुछ समय तक श्रीकृष्ण प्रिय सत्यभामा की सेवा में भी रही हूँ।"

"तो फिर अब यहाँ क्या करती डोल रही हो?" रानी ने कुछ ऊँचे स्वर

में कहा, "नाम तो इतने बड़े-बड़े ले रही हो, और यहाँ राजमार्ग में तमाशा कर रही हो।"

"महाभाग पाण्डवों का राज्य छिन गया। वे लोग अज्ञातवास के लिये चले गये। महारानी द्रौपदी उनके साथ अज्ञात स्थान पर चली गईं, तो मैं अब क्या करूँ? आप ही बता दें कि वे लोग कहाँ हैं तो मैं उन्हीं के पास चली जाऊँ। सेवक की यही तो कठिनाई है। स्वामी पर संकट आये, तो सेवक अपने आप ही मारा जाता है।"

"भौंकती बहुत हो।" एक रक्षिका उसकी ओर बढ़ी।

"पर तुम्हारे समान सबको काटती तो नहीं।"

"बहुत ठीक कहा।" सुदेष्णा हँस पड़ी। अपने संकेत से आगे बढ़ती रक्षिकाओं को वहीं रोक दिया और कोमल स्वर में सैरन्ध्री से पूछा, "घर कहाँ है तुम्हारा? यहाँ किसी सम्बन्धी के पास आयी हो?"

मालिनी उदास हो गयी। कुछ देर के पश्चात् उसने अपने नयन उठा कर रानी की ओर कुछ इस प्रकार देखा, जैसे कहना चाह रही हो कि मुझसे यह सब मत पूछो। फिर स्वयं ही धीरे से बोली, "नहीं! यहाँ मेरा कोई सम्बन्धी नहीं है। महारानी! मुझसे मेरे घर-द्वार का पता और मेरे पति का नाम इत्यादि न पूछें।"

रानी की उत्सुकता जाग उठी थी...जिनकी सेवा की, उनका नाम-पता तो बिना पूछे बता दिया और अपने विषय में कुछ बताना ही नहीं चाहती...

"विवाहिता हो अथवा अपने वियुक्त प्रेमी की खोज में यहाँ-वहाँ भटक रही हो?" रानी ने पूछा।

सैरन्ध्री ने पूरी खुली आँखों से रानी की ओर देखा, "विवाहित हूँ। मेरे पति किसी विपत्ति में फँस कर विदेश गये हैं; और उनकी अनुपस्थिति का लाभ उठा कर मेरे श्वसुर ने मुझे घर से निकला दिया है। अपने पति के लौटने तक मैं सर्वथा निराश्रित हूँ। उनके आने तक कही आश्रय खोज रही हूँ।..."

"कौन हैं तुम्हारे पति?"

"किसी सैरन्ध्री के पति इतने प्रसिद्ध व्यक्ति तो नहीं हो सकते कि उनका नाम सुनते ही आप पहचान जायेंगी, फिर भी मैं उनका नाम पता नहीं बताना चाहती।" सैरन्ध्री बोली।

"क्यों?" रानी ने कुछ चकित भाव से पूछा, "इसमें इतना गोपनीय क्या है? क्या गांधर्व विवाह किया है?"

"नहीं।" सैरन्ध्री पहली बार तनिक मुस्कराई।

रानी स्तब्ध रह गयी : यह सैरन्ध्री तो जैसे कोई उल्का थी। उसकी

दंत-पंक्ति देख कर किसी का भी हृदय पिघल कर बूँद-बूँद बह जायेगा; और यदि कहीं वह पुरुष हृदय हुआ तो उसका स्पंदित होना ही कठिन था। सैरन्ध्री की मुस्कान थी या शरद पूर्णिमा का उजास।...रानी ने पहली बार उसके अधरों को ध्यान से देखा था...कामदेव का पुष्पधनुष ही साक्षात प्रकट हो गया था... प्रकट क्या हो गया था, सामने खड़े व्यक्ति के हृदय को अपनी प्रत्यंचा में फँसा कर अपनी ओर खींचने लगता था। न खड़ा रहने देता न गिरने देता था। न मुक्त करता था, न मुक्त होने की कामना जगने देता था।...

"तो पति का नाम क्यों नही बताना चाहती?"

"उससे मेरे श्वसुरकुल का अपयश फैलेगा।"

"जिस श्वसुर ने तुम्हें घर से निकाल दिया, उसके कुल के यश की चिन्ता क्यों है तुम्हें?" रानी ने जैसे प्रश्न नहीं पूछा था, सैरन्ध्री के व्यवहार के प्रति अपनी आपत्ति की थी।

"मुझे चिन्ता अपने श्वसुर के कुल की नहीं महारानी! अपने पति के कुल की है।" सैरन्ध्री बोली, "मुझे श्वसुर ने घर से निष्कासित किया है, पति ने नहीं। मेरे पति के लौटते ही मुझे सब कुछ मिल जायेगा, चाहे मेरे श्वसुर को ही घर से क्यों न निकलना पड़े।"

"बहुत विचित्र है तेरा श्वसुरकुल।" सुदेष्णा ने कहा, "जहाँ पिता और पुत्र में इतना भेद है कि पुत्र के उपस्थित न होने पर श्वसुर अपनी पुत्रवधू को घर से निकाल देता है; और पुत्र लौटता है तो अपनी पत्नी को घर में प्रतिष्ठित करता है और अपन पिता को निष्कासित कर देता है।"

"कुछ ऐसा ही है महारानी।" सैरन्ध्री बोली।

"और यदि तेरे पति ने लौट कर भी अपने पिता का विरोध न किया तो?" रानी मुस्कुरा रही थी।

"तो मैं आपको उनका नाम-गाम, सब कुछ बता दूँगी।" सैरन्ध्री का आत्मविश्वास उसके शब्द-शब्द से टपक रहा था।

"क्या तुम प्रमाणित कर सकती हो कि तुम सचमुच वैसी अच्छी सैरन्ध्री हो, जो सत्यभामा और द्रौपदी की सेवा में रह सके?" सदेष्णा ने कहा, "अपने बालों की तो तुमने वेणी तक नहीं बना कर रखी। कौन मानेगा कि तुम्हें केश श्रृंगार की कला का कोई ज्ञान है।"

"मैं अपना केश विन्यास केवल अपने पति के लिये करती हूँ महारानी!" सैरन्ध्री बोली, "वे लौट आयेंगे और मुझसे प्रसन्न होंगे, तो उनको रिझाने के लिये वेणी भी करूँगी और अपना श्रृंगार भी।" वह रानी के निकट चली आयी, "महारानी! वैसे तो सैरन्ध्री का कार्य एक साधारण दासी भी कर लेती है,

किन्तु वास्तविक कला का पता तो तब लगता है, जब सैरन्ध्री का हाथ लगते ही आपका रूप दोगुना हो उठता है। आप स्वयं को दर्पण में निहार-निहार कर अपने ही रूप पर मुग्ध होने लगती हैं और सोचती हैं कि इतनी सुन्दर तो मैं पहले कभी नहीं थी।"

"बातें तो बहुत लुभावनी कर लेती हो।" रानी भी मुस्कराई, "किन्तु अपनी बात का प्रमाण दो तो जानूँ।"

सैरन्ध्री ने जैसे चुनौती स्वीकार की, "अनुमति हो तो अपनी कला का चमत्कार प्रस्तुत करूँ।"

"चल धानुके!" रानी ने अपनी एक दासी को सम्बोधित किया, "बैठ जा सैरन्ध्री के सम्मुख। यह तुम्हारा केश श्रृंगार करेगी।"

"क्षमा हो महारानी!" सैरन्ध्री तत्काल बोली, "मालिनी की कला दासियों के भाग्य में नहीं है। यदि मेरी कला का चमत्कारर देखना हो तो या तो आप ही यह कष्ट करें; अथवा राजकुमारी को अनुमति दें।"

रानी के मन में रोष जागा, यह सैरन्ध्री अपने आपको समझती क्या है ...इसका अहंकार क्या रानी सुदेष्णा की आज्ञा का तिरस्कार करेगा?...किन्तु रानी ने स्वयं को संयत किया : किसी की कला को परखे बिना, उसके विषय में अपनी धारणाएँ नहीं बना लेनी चाहिए। कलाकार अत्यन्त संवेदनशील होता है। उसकी कला का अपमान हो तो वह राजाओं और राजाज्ञाओं तक का तिरस्कार कर सकता है।...

"अच्छा धानुके! मेरी ही प्रसाधन सामग्री ले आ। मैं अपने ही केशों पर इसकी कला का चमत्कार देखूँगी।"

दासियाँ दौड़ पड़ीं और तत्काल सामग्री और उपकरण प्रस्तुत कर दिये गये।

रानी ने दर्पण अपने हाथ से नहीं छोड़ा और उनकी दृष्टि दर्पण से हट नहीं पायी।...एक क्षण में लग रहा होता था कि सैरन्ध्री इस कला में निपट अनाड़ी है, उसे इस कर्म का तनिक भी अभ्यास नहीं है; और अगले ही क्षण उसका हाथ रानी के केशों को कुछ इस प्रकार व्यवस्थित कर देता था कि लगता था, इस सैरन्ध्री से श्रेष्ठ सज्जाकर्मी इस संसार में नहीं है।...जैसे-जैसे सैरन्ध्री अपने काम में तल्लीन होती जाती थी, रानी सुदेष्णा उसकी कला पर मुग्ध होती जाती थीं।...और जब सैरन्धी ने अपना काम समाप्त कर एक निरीक्षण दृष्टि उनके केशों पर डाली तो स्वयं रानी को लगा कि दर्पण में वे स्वयं नहीं कोई और ही रूपसी बैठी हुई थी। रानी चमत्कृत हो अपने दर्पण से पूछ रही थीं कि यदि यह उनका ही रूप था तो उस धृष्ट दर्पण ने उसे अब तक कहाँ छिपा रखा था?

यदि कहीं यह सैरन्ध्री उनके यौवन में उनके पास आयी होती तो कदाचित रानी सुदेष्णा सुन्दरी के रूप में प्रसिद्ध हुई होतीं; किन्तु अब इस ढलते वयस में वे उसका क्या लाभ उठा पायेंगी?...और सहसा रानी का मन बदल गया...यौवन में उन्हें किसी सैरन्ध्री की क्या आवश्यकता थी? उनका अपना रूप ही पर्याप्त था, विराट के मन में झंझावात उठा देने के लिये।...सैरन्ध्री की आवश्यकता तो वस्तुतः अब ही थी, अब उनके ढलते रूप को किसी बैसाखी की आवश्यकता थी।...ठीक ही समय पर आयी थी यह सैरन्ध्री। आज उन्हें उसकी सबसे अधिक आवश्यकता थी, जब उनका रूप विराट को आकृष्ट करने में असफल होता प्रतीत हो रहा था।...वे कीचक से रुष्ट थे, और सुदेष्णा का रूप उन्हें यह भुला देने को बाध्य नहीं कर पा रहा था कि कीचक सुदेष्णा का भाई था। यह सुदेष्णा के रूप की असफलता ही तो थी।...और अब उन्हें मिल गयी है यह सैरन्ध्री! इस रूप में तो वे कदाचित उत्तरा से भी अधिक आकर्षक दीख रही हैं।...उत्तरा में उसके वयस का आकर्षण तो है; किन्तु इस समय कोई उन्हें देखे तो वह मानने को प्रस्तुत नहीं होगा कि वे उत्तरा की जननी हैं। अधिक-से-अधिक तो कोई यही कह सकता है कि वे उसकी भगिनी हैं।...

"महारानी यदि आप इस केश-सज्जा के साथ अपने कानों में कर्णफूलों के स्थान पर कर्णवलय धारण कर लें तो आपका वयस कम-से-कम पाँच वर्ष और भी कम हो जायेगा।"

सुदेष्णा ने सैरन्ध्री की बात सुनी, उस पर विचार भी किया, किन्तु उससे सहमत नहीं हो सकीं। वे रानी हैं, सैरन्ध्री नहीं; किन्तु प्रसाधन विद्या का कुछ ज्ञान उनको भी है। सैरन्ध्री की यह बात उनको उचित प्रतीत नहीं हो रही थी; परन्तु प्रयोग करने में हानि ही क्या थी? यदि सैरन्ध्री का कथन असत्य प्रमाणित हो गया, तो उसका अहंकार खण्डित होगा और सत्य निकला तो रानी का रूप और निखर आयेगा।...

रानी ने अपनी प्रसाधिका की ओर देखा, "कर्णवलय लाओ।"

"महारानी! जब मँगवाने ही लगी हैं तो एक पद्‌मवर्णा साड़ी भी मँगवा लें और उन्हें धारण कर अपने रूप का परीक्षण महाराज पर कर के देखें।" सैरन्ध्री बोली।

रानी ने उसकी ओर जो दृष्टि डाली उसमें हल्की-सी वर्जना थी कि वह कहीं मर्यादा का अतिक्रमण कर रही है; किन्तु प्रसाधिका को मना नहीं किया। कहा, "ले आओ।"

सैरन्ध्री ने इस बार रानी के हाथ में दर्पण नहीं रहने दिया। दर्पण देखने का अवकाश रानी को तब ही दिया, जब सैरन्ध्री अपना पूर्ण सन्तोष कर चुकी।

दर्पण देखकर सुदेष्णा चकित रह गईं : वस्तुतः यह थी रानी सुदेष्णा; और आज तक उनकी प्रसाधिकाओं ने उन्हें क्या बना रखा था। क्या रानी अपनी उन प्रसाधिओं को अपना रूप विकृत करने का ही पारिश्रमिक देती रही हैं? वे प्रसाधिकाएँ उनके सौन्दर्य को विकसित और अनावृत करने के स्थान पर तिरस्कृत और आवृत करती रहीं और रानी से प्रशंसा भी पाती रहीं तथा पुरस्कार भी। किन्तु अब और नहीं। रानी ने अपना वास्तविक रूप देख लिया था। आज रानी की इच्छा हो रही थी कि वे अपनी उन पुरानी प्रसाधिकाओं को इतने दिनों तक सुदेष्णा को कुरूप बनाए रखने के अपराध में आजीवन कारावास दे दें। पता नहीं किस माया से वे आज तक उस कला की विशेषज्ञ मानी जाती रहीं, जिसका उनको कण मात्र भी ज्ञान नहीं है। आज भी यदि यह सैरन्ध्री न आयी होती तो न वे अपने रूप को ही देख पातीं, न प्रसाधन कला के चमत्कार को।...

रानी अपने मन के द्वन्द्व को समझ नहीं पा रही थीं : इस समय उनकी उत्कट इच्छा क्या थी—अपनी पुरानी प्रसाधिकाओं को कारागार में डालना, अथवा इस नयी सैरन्ध्री को अपने श्रृंगार के लिये, अपनी बंदिनी बना लेना? यदि कहीं यह सैरन्ध्री उनके पास न टिकी और अन्यत्र चली गयी तो रानी सुदेष्णा तो फिर से उन पुरानी प्रसाधिओं के कुरुचिपूर्ण श्रृंगार की ही आश्रित रहने को बाध्य हो जायेंगी। इसलिये इस सैरन्ध्री को किसी प्रकार आजीवन यहीं रोक रखने की कोई व्यवस्था अधिक आवश्यक थी...किन्तु यदि वह सहमत न हुई तो? क्या रानी उसे सहज ही छोंड़ देगी? नहीं! शायद यह उनके लिये सम्भव नहीं होगा। वे इस सैरन्ध्री को नहीं छोड़ सकतीं। किसी भी प्रकार नहीं। सैरन्ध्री को यहाँ रहना ही होगा। अपनी इच्छा से रहे तो, रानी की आज्ञा से रहे तो। रहना तो उसे पड़ेगा ही। सैरन्ध्री यहाँ रहेगी तो उसकी उपस्थिति मात्र से ही सुदेष्णा की ये अज्ञानी और फूहड़ प्रसाधिकाएँ भी बहुत कुछ सीख जायेंगी।...

'पर यदि सैरन्ध्री यहाँ न रुकी, उसने जाने की हठ की?' सुदेष्णा के हृदय से एक आशंकित स्वर उठा।

...और तभी रानी की बुद्धि ने उस आशंका को सुला दिया, "तो उसे बता देना पड़ेगा कि सुदेष्णा भी कोई साधारण स्त्री नहीं है, वह भी कीचक की बहन है।..."

"अच्छा! अब तुम लोग जाओ।" रानी ने अपनी दासियों से कहा, "तुम यहीं ठहरो सैरन्ध्री! मुझे तुमसे कुछ कहना है।"

सैरन्ध्री मन ही मन मुस्कराई : मैं जानती थी सुदेष्णा कि यही होगा; किन्तु प्रकटतः भय प्रदर्शित करती हुई बोली, "मुझसे कोई अपराध हो गया, महारानी?"

दासियों के जाने तक रानी ने कुछ नहीं कहा; किन्तु उनके जाने के पश्चात् धीरे से बोलीं, "तुमने ऐसा क्यों समझा सैरन्ध्री?"

सैरन्ध्री ने कोई उत्तर नहीं दिया, बस सिर झुकाए, चुपचाप खड़ी रही।

"नहीं बताना चाहतीं?"

सैरन्ध्री ने अस्वीकृति में अपना सिर हिला दिया।

"अच्छा मत बताओ।" रानी हँस पड़ी, "यह तो बताओ कि तुम अपने पति के लौटने तक किसी प्रकार का आश्रय ढूँढ़ रही हो?"

"आश्रय किस प्रकार का हो सकता है महारानी!" सैरन्ध्री बोली, "मैं पापपूर्ण जीवन व्यतीत करना नहीं चाहती। मैं भिक्षा पर निर्भर रहना नहीं चाहती। प्रभु ने मुझे सक्षम शरीर दिया है और मेरे हाथों में कला दी है। सैरन्ध्री का कार्य करूँगी और उसके प्रतिदान में आश्रय चाहूँगी।"

"जो भी आश्रय दे?"

"जो भी धर्मपूर्वक आश्रय दे।"

"क्या मेरे पास रहना तुम्हें प्रियकर होगा?" रानी ने आतुरतापूर्वक पूछा।

रानी ने पूछ तो लिया, किन्तु तत्काल ही उनके मन में जैसे उनचासों पवन हरहरा उठे। धरती के नीचे मानों शेषनाग का फन डोलने लगा।...वे क्या कर रही हैं? इस स्त्री को अपने घर में आश्रय देना चाहती हैं, जिस देखते ही राजा विराट अपने सम्पूर्ण चित्त से उसमें आसक्त हो जायेंगे। इस दिव्य रूप को एक बार देख लेने के पश्चात् वे पलट कर सुदेष्णा की ओर देखेंगे भी?...वे ऊपर उठने के लिये वृक्ष पर चढ़ना चाहती हैं अथवा गिर कर आत्महत्या करने के लिये? वे क्या मादा केकड़े के समान गर्भ धारण करना चाहती हैं कि प्रसव के होते ही उनकी मृत्यु हो जाये। वे इस रूप की ज्वाला को अपने घर में रखना चाहती हैं, जिसकी उपस्थिति मात्र से उनके घर में आग लग सकती है?...

किन्तु अपने जिस दैवी रूप को वे आज अपने दर्पण में देख रही थीं, वे उसे खोना नहीं चाहती थीं। उस रूप के रहते राजा विराट को मुग्ध करने में उन्हें कोई कठिनाई नहीं होनी चाहिए।...और फिर कीचक था वहाँ। राजा विराट कीचक की इच्छा के विरुद्ध तो जा ही नहीं सकते थे।...

"सोच कर तो मैं यही आयी थी महारानी! किन्तु यहाँ के लोगों का विचित्र व्यवहार और सैनिकों का दुर्व्यवहार देखकर मेरा मन कुछ डर सा गया है। जिस राज्य में अकेली नारी की रक्षा नहीं होती, मानना चाहिए कि वहाँ धर्म नहीं है। वहाँ मैं कैसे रह सकती हूँ।"

सुदेष्णा ने तत्काल कोई उत्तर नहीं दिया : क्या उत्तर देतीं। क्या वे नहीं जानतीं कि विराटनगर के सैनिक कितने उत्पाती हो गये थे। उन्हें अपने बल

और अधिकार का अहंकार हो गया था; और राजा थे कि इच्छा होने पर भी उनको अनुशासित नहीं कर पा रहे थे। कीचक पर उनका कोई वश नहीं था और सारी सेना कीचक के अधीन थी। सैनिक कीचक का ही भय मानते थे और उसी की आज्ञा के अनुचर थे।...कीचक ने सेना को, राजा की इच्छा के विरुद्ध अपने वश में रखने की यही युक्ति अपनाई थी। वह सैनिकों के विरुद्ध कुछ नहीं सुनता था और न ही स्वयं उनको किसी प्रकार का कोई दण्ड देता था। अब तो सैनिकों को मनमानी करने का अभ्यास ही हो गया था। पिछली बार राजा ने कीचक के एक सैनिक को अपने अंगरक्षकों के द्वारा बंदी बनाया था तो सैनिकों ने सामूहिक रूप से राजाप्रसाद को ही घेर लिया था। सब जानते थे कि सेना के बिना शासन नहीं हो सकता और सेना कीचक की आज्ञा में थी। कौन नहीं जानता कि बकासुर के समान ही राजा की सहायता के नाम पर कीचक विराटनगर की प्रजा को खा रहा था।...कई बार सोचा था राजा ने कि सैनिकों को अपने पक्ष में करने के लिये वे भी सैनिकों को वैसी छूट दे दें, जैसी कीचक देता है; किन्तु वे वैसा कर नहीं सकते थे। वे देश के राजा थे, मात्र सेनापति नहीं। उन्हें अपनी सम्पूर्ण प्रजा का पालन करना था, केवल सेना का नहीं। वे अपनी प्रजा को पीड़ित कर अपनी सेना को प्रसन्न नहीं कर सकते थे। कीचक मात्र सेनापति था, वह केवल युद्धों और सेनाओं के विषय में सोचता था। उसके लिये प्रजा का कोई अस्तित्व नहीं था। यद्यपि सेना प्रजा के लिये ही होती है, किन्तु वह प्रजा के प्रति अपना कोई दायित्व नहीं मानता था। उसके लिये सेना ही सब कुछ थी। इसलिये वह जिस प्रकार सेना को प्रसन्न कर सकता था, राजा नहीं कर सकते थे।

"पुरुषों के राज्य में स्त्री सदा इसी प्रकार असुरक्षित रहती है सैरन्ध्री!" अन्ततः रानी धीरे से बोलीं, "इसके लिये हम क्या कर सकती हैं। पर, तुम यहाँ मेरे पास रहोगी, तो तुम्हें कोई कुछ नहीं कहेगा।"

सैरन्ध्री एक बार फिर मन ही मन मुस्कराई : रानी ने बहुत सोच-विचार कर न्याय और अन्याय का नहीं, पुरुषों और स्त्रियों का विषय आरम्भ कर दिया था। रानी चतुर राजनीतिज्ञ थीं।

"पुरुषों के राज्य में स्त्रियाँ सुरक्षित नही हैं; किन्तु यहाँ, आपके पास रहकर मैं सुरक्षित हो जाऊँगी। आपके पास रहने से क्या राज्य स्त्रियों का हो जायेगा?" सैरन्ध्री ने अबोध भाव से पूछा।

रानी क्षण भर के लिये हतप्रभ रह गईं। उन्हें सैरन्ध्री से इस प्रकार के प्रश्न की तनिक भी अपेक्षा नहीं थी। उसने इतना उद्दण्ड प्रश्न इतने अबोध भाव से किया था कि रानी न उसे दण्डित कर सकती थीं और न ही वे उसे इस

अपराध के लिये क्षमा करना चाहती थीं...दण्डित करतीं तो उनका श्रृंगार कौन करता, और क्षमा कर देंती तो सैरन्ध्री और भी ऐसे प्रश्न कर उनका वक्ष छलनी न करती रहती।...एक ही मार्ग था कि वे मान लेतीं कि वह एक अबोध प्रश्न था, जिस का पूछने वाला भी नहीं समझ रहा था कि वह क्या पूछ रहा है...

"नहीं! राज्य तो स्त्रियों का नहीं हो जायेगा; किन्तु यहाँ मैं तुम्हारी रक्षा कर सकती हूँ।"

"जब यहाँ कर सकती हैं, तो बाहर, वहाँ मार्ग पर, पथ पर क्यों नहीं? सारे राज्य में क्यों नहीं? मेरी ही क्यों, किसी भी स्त्री की रक्षा आप क्यों नहीं कर सकतीं? रानी तो पूरे राज्य की रानी होती है, केवल अपने प्रासाद की नहीं। और फिर स्त्रियों की ही क्यों, पुरुषों की रक्षा क्यों नहीं? रक्षा की अधिकारिणी तो सारी प्रजा है।"

"पुरुष समर्थ है, इसलिये वह अपनी रक्षा स्वयं कर सकता है।" रानी बोलीं।

"हाँ। वह पुरुष समर्थ ही तो होता है, जिसकी हत्या हो जाती है।" सैरन्ध्री बोली, "और वह अपने हत्यारे का कुछ नहीं कर सकता।"

सुदेष्णा ने सैरन्ध्री को इस प्रकार देखा, जैसे उसे पहली बार देख रही हों। वे शायद उसे पहली बार ही देख रही थीं। इससे पहले उन्होंने जिस सैरन्ध्री को देखा था, उसमें केवल रूप ही था। यह सैरन्ध्री, जिसे वे इस समय देख रही थीं, उसमें बुद्धि भी थी। वह तर्क कर सकती थी, निष्कर्ष निकाल सकती थी, तुलना कर सकती थी। प्रतिभायुक्त होने से उसके सौन्दर्य में जैसे और भी निखार आ गया था।...पर वे इस सैरन्ध्री की कला को तो अपने निकट रखना चाहती थीं, जो उनके रूप का श्रृंगार कर सके, उसके उस रूप को अपने निकट नहीं देखना चाहती थीं, जो प्रत्येक पुरुष की दृष्टि को रानी सुदेष्णा के मुखमण्डल से हटा कर अपनी ओर खींच ले। वे उसकी उस बुद्धि को तो अपनी सेवा में देखना चाहती थीं जो उनके सौन्दर्यवर्द्धन के लिये युक्तियाँ सोच सके; उसकी उस तर्क शक्ति को अपने निकट देखना नहीं चाहती थीं, जो उनकी अपनी उक्तियों के आत्मविरोधी तत्त्वों को रेखांकित कर उनकी दृष्टि के सम्मुख रख दे।...पर वे क्या कर सकती थीं, इस सैरन्ध्री की कला इन अंगुलियों के बिना उन्हें नहीं मिल सकती थी; और ये अंगुलियाँ इस सुन्दर और आकर्षक शरीर के बिना उपलब्ध नहीं हो सकती थीं। और यह शरीर यहाँ रहेगा तो उसमें निवास करने वाली बुद्धि भी यहीं रहेगी...

"ठीक कहती हो सैरन्ध्री!" सदेष्णा ने उत्तर दिया, "रानी तो पूरे राज्य की ही होती है; और वह मैं हूँ। स्थिति में अन्तर केवल इतना है कि प्रासाद

में हमारे वे अंगरक्षक हैं, जो महाराज के प्रति निष्ठावान हैं, और मार्गों और पथों पर वे सैनिक हैं, जो सेनापति की वाहिनियों के अंग हैं और वे केवल सेनापति का भय मानते हैं। जब वे राजा का ही भय नहीं मानते, तो रानी की आज्ञा क्या मानेंगे।"

इस बार सैरन्ध्री चल कर रानी के निकट आ गयी। उनके पास भूमि पर बैठ गयी और धीरे से बोली, "महारानी! राज्य तो यहाँ भी महाराज का है, और पूरे मत्स्यदेश में भी। यहाँ भी उनके ही सैनिक हैं और पूरे देश में भी। फिर भी आप यहीं मेरी रक्षा कर सकती हैं, अन्यत्र नहीं। क्यों? सैनिक यहाँ भी राजा के हैं और पूरे मत्स्यदेश में भी। राजा भी पुरुष हैं, आपके सेनापति भी और सैनिक भी। फिर भी आप यहीं मेरी रक्षा कर सकती हैं, विराटनगर के मार्गों पर नहीं, पथ-वीथियों में नहीं। क्यों?"

"कहा न! यहाँ हमारे निष्ठावान सैनिक हैं।"

"यदि ये सैनिक भी सेनापति के प्रति निष्ठावान होते तो?"

"तो कदाचित मैं यहाँ भी तुम्हारी रक्षा नहीं कर पाती।" रानी ने स्वीकार किया।

"रहते तो तब भी पुरुष ही, और आज भी वे पुरुष ही हैं।" सैरन्ध्री बोली।

"पुरुष नहीं रहते तो क्या बृहन्नला हो जाते।" रानी को जैसे अपने ही वाक्य में रस मिला।

सैरन्ध्री को रानी का यह परिहास अच्छा नहीं लगा। बोली, "यह कौन है महारानी?"

"दो तीन दिन पूर्व ही हमारे यहाँ नपुंसक आया है।"

"महारानी मेरे कहे से रुष्ट न हों तो कहूँ, कि आप उन पर तो कटाक्ष करतीं नहीं जो पुरुष हो कर भी क्लीव बने हुए हैं। बृहन्नला तो ईश्वर के आदेश का पालन कर रहा है।"

सैरन्ध्री का तेज रानी पर भारी पड़ रहा था, किन्तु कह तो वह ठीक ही रही थी।

सैरन्ध्री ने भी रानी की अप्रसन्नता भाँप ली। बोली, "महारानी, मैं तो केवल एक बात कहना चाह रही हूँ कि समाज इस प्रकार बँट कर नहीं चल सकता कि पुरुषों का राज्य है तो स्त्री असुरक्षित रहे और स्त्रियों का राज्य आये तो पुरुष स्वयं को असुरक्षित पाये। प्रश्न पुरुषों और स्त्रियों का नहीं है। न ही प्रकृति की ओर से उनमें परस्पर किसी प्रकार का विरोध है। प्रकृति ने तो उन्हें एक प्रकार से एक-दूसरे का पूरक बनाया है। यदि वे एक-दूसरे को

अपना शत्रु मानने लगें, तो कोई पत्नी अपने पति, और कोई पति अपनी पत्नी की निकटता में सुरक्षित नहीं रहेगा।"

"तो तुम समझती हो कि स्त्री अपने पति की ओर से सुरक्षित है?"

"न होती तो उसका भोजन पकाते हुए उसमें विष डाल कर उसकी हत्या कर डालती।"

"चलो मान लेती हूँ कि स्त्री अपने पति के साथ अथवा उसके अधीन तो सुरक्षित है; किन्तु वह पर-पुरुष से तो सुरक्षित नहीं है।"

"प्रश्न स्त्री और पुरुष का तो है ही नहीं महारानी! प्रश्न तो न्यायी और अन्यायी का है। जिसके निकट पर-स्त्री सुरक्षित नहीं है, उसकी रक्षा में तो अपनी पत्नी भी सुरक्षित नहीं है। जो स्त्री, पर-पुरुष को लूट सकती है, उसकी निकटता में उसके अपने पति का धन भी सुरक्षित नहीं है। मैं तो सैनिकों को भी अच्छा और बुरा नहीं कहना चाहती। वे ही सैनिक किसी न्यायी व्यक्ति के अधीन कार्य करते हैं तो प्रजा के रक्षक बन जाते हैं और जब वे ही किसी दुष्ट की आज्ञा के अधीन होते हैं तो राक्षस हो जाते हैं।"

"कहती तो तुम ठीक हो सैरन्ध्री।" रानी ने कहा, "मुझे लगता है कि हमारे सेनापति ने ही अपना धर्म त्याग दिया है।"

रानी कह तो गयीं, किन्तु शब्दों के मुख से निकलते ही, वे सजग हो गईं। वे अपने भाई के विषय में क्या कह गईं। उसी के कारण तो वे राजा के सम्मुख भी झुकने को बाध्य नहीं हैं। उसी के कारण तो उनका यह वर्चस्व बना हुआ है, और वे उसी के विषय में कह रही हैं कि वह धर्म को त्याग चुका है।...

पर अपने मन में कहीं वे यह भी मानती ही थीं कि कीचक अपनी मर्यादा का अतिक्रमण कर रहा है।...किन्तु एक सैरन्ध्री के सम्मुख यह स्वीकार करना? ...यह तो रानी को शोभा नहीं देता...

"जिस राज्य का सेनापति धर्म त्याग दे और राजा उसके सम्मुख असहाय हो जाये, वहाँ तो न राजा सुरक्षित है, न रानी! प्रजा का तो कहना ही क्या।"

सुदेष्णा सैरन्ध्री से तनिक भी सहमत नहीं थीं। वे यह कैसे मान लेंती कि वे अपने भाई के अधिकार-क्षेत्र में सुरक्षित नहीं हैं। हाँ! वे उसके सैनिकों से किसी की रक्षा नहीं कर पातीं, यह बात और है। पर ये सब उनकी अपनी पारिवारिक बातें थीं। इनके विषय में वे एक साधारण सैरन्ध्री से चर्चा करना नहीं चाहती थीं।

"तो फिर मेरी रक्षा कौन करेगा महारानी?" सैरन्ध्री पूछ रही थी।

"मेरे अंगरक्षक तुम्हारी रक्षा करेंगे।" रानी ने उत्तर दिया।

"नहीं रानी! रक्षा तो अंग-रक्षक भी नहीं करते। स्त्री हो या पुरुष, व्यक्ति

हो या समाज। रक्षा तो बस धर्म ही करता है। इसीलिये कहा जाता है कि धर्म का तिरस्कार नहीं होना चाहिए, न राजा के द्वारा, न सेनापति के द्वारा। मेरी रक्षा भी मेरा धर्म ही करेगा; इसलिये आप से मुझे यह वरदान चाहिए कि मुझे अपने धर्म पर चलने की पूर्ण स्वतन्त्रता होगी।"

"अवश्य।" रानी उत्साहपूर्वक बोली।

"उसके लिये मुझे आपका आश्वासन चाहिए।"

"कैसा आश्वासन सैरन्ध्री?"

"आप मुझे अपने सिवाय और किसी की सेवा में नहीं भेजेंगी; और मैं अपनी इच्छानुसार अवगुंठनवती रह सकूँगी।" सैरन्ध्री बोली, "मेरी कला का सम्मान होगा, अतः मुझे एक कलाकार की प्रतिष्ठा मिलेगी, दासी का स्थान नहीं। न मुझे किसी का उच्छिष्ट भोजन छूना पड़ेगा, न किसी के चरण।"

रानी को लगा, सैरन्ध्री की इन दो बातों में कुछ भी अनुचित नहीं है। यदि वह यह आश्वासन स्वयं ही न माँगती तो भी रानी उसे अपनी निजी सैरन्ध्री ही नियुक्त करना चाहती थीं। वे नहीं चाहती थीं कि किसी और का भी उतना सुन्दर श्रृंगार हो, जितना रानी सुदेष्णा का। अवगुंठनवाला वचन भी ठीक ही तो है कि उसका अद्भुत रूप सबके सामने नहीं आना चाहिए।... इस रूप को देख कर तो किसी भी पुरुष का मन अनियन्त्रित हो सकता है। सैरन्ध्री तो सैरन्ध्री, स्वयं रानी भी किसी का विश्वास नहीं कर सकतीं। उन्हें तो सबसे अधिक आशंका स्वयं मत्स्यराज की ओर से ही थी। यदि राजा को ही सैरन्ध्री भा गयी तो सुदेष्णा का आश्वासन क्या कर लेगा और सैरन्ध्री का धर्म ही क्या कर लेगा।...

रानी ने अपने सिर को एक झटका दिया। वे एक साधारण स्त्री के समान क्या सोचने लगीं। क्या विराट ने आज तक कभी पर-स्त्री के प्रति इस प्रकार की लिप्सा प्रकट की है?...

किन्तु रानी का मन जैसे अपने ही तर्कों के विरुद्ध व्यूहबद्ध हो रहा था, 'नहीं! महाराज ने आज तक तो इस प्रकार की प्रवृति नहीं दिखाई; किन्तु आज तक उनके सामने इतनी रूपवती स्त्री भी तो नहीं आई। यह सैरन्ध्री क्या कोई साधारण स्त्री है?'

यदि सैरन्ध्री को अपने प्रासाद में अपने निकट रखने में इतना ही संकट था तो सुदेष्णा इस प्रकार का संकट मोल ही क्यों ले रही थीं? उन्हें इसी क्षण सैरन्ध्री को यहाँ से विदा कर देना चाहिए था...

पर नहीं! सुदेष्णा के मन में एक रूपगर्विता नारी भी बैठी थी। वह यह विचार भी कैसे सहन कर सकती थी कि उस सैरन्ध्री को यहाँ से चुपचाप

विदा कर दिया जाये, जो उनके रूप को आज भी नवयौवनाओं के रूप से अधिक आकर्षक बना सकती थी। उसे विदा करने का अर्थ था, रानी सुदेष्णा के सौन्दर्य को विदा कर देना। सुदेष्णा के नारीसुलभ आकर्षण को समाप्त कर देना...सुदेष्णा अपने प्राण दे सकती थी; किन्तु अपने रूप के प्रति यह मोह नहीं छोड़ सकती थी...

"ठीक है सैरन्ध्री! मुझे तुम्हारी दोनों बातें स्वीकार हैं। तुम केवल मेरी सेवा में रहोगी, और जिस स्त्री अथवा पुरुष के सम्मुख तुम नहीं आना चाहोगी, उसके लिये तुम्हें कोई भी बाध्य नहीं करेगा। तुम न किसी के चरण छुओगी, न किसी का उच्छिष्ट भोजन!"

39

समंग का पुत्र, अपनी पत्नी और बच्चों के साथ, उनसे मिलने के लिये द्वैतवन में आया था।

समंग चकित था कि जिस पुत्र ने कभी समाचार भी जानना नहीं चाहा, जो सदा इस बात से भयभीत रहा कि कहीं वे लोग उससे चिपक ही न जायें, वे लोग हस्तिनापुर गये तो उसने माता-पिता को अपने घर में ठहराना तक स्वीकार नहीं किया; वह पुत्र अपनी पत्नी के साथ, हस्तिनापुर से यहाँ तक की यात्रा कर, उनसे भेंट करने अब स्वयं आया है। इतने लम्बे समय के पश्चात् अब ऐसा क्या हो गया कि माता-पिता के प्रति अपना कर्तव्य स्मरण हो आया?

चपला पिछला सब कुछ भूल चुकी थी। वह तो बस इतना ही देख रही थी कि एक लम्बे अन्तराल के पश्चात उसका पुत्र अपनी पत्नी और बच्चों को ले कर उनके द्वार पर आया था। अब वह उनसे मन भर कर बातें कर सकती थी। अपनी इच्छा के अनुसार, अपना मन भावन पका कर उनको खिला सकती थी। बच्चों के साथ खेल सकती थी। उन्हें गोद में खिला सकती थी। बच्चे उसके कुटीर के आस-पास खेल रहे थे। किलकारियाँ मार रहे थे। उन्हें हस्तिनापुर में शायद पैर फैलाने का भी स्थान नहीं मिलता था और यहाँ वे लोग मन भर कर जहाँ तक चाहें दौड़ सकते थे। वृक्षों पर चढ़ सकते थे। उनकी शाखाओं पर झूल सकते थे। कितने प्रसन्न थे वे लोग। लगता था कि पिंजरे में बंद पक्षियों को जैसे पहली बार खुला आकाश मिला था। वे अपने पंख फैला कर उड़ सकते थे; और उड़ना तो उन्हें अच्छा लग ही रहा था।

चपला बच्चों के साथ खेल रही थी। बहू कुछ पकाने के लिये चूल्हे के पास चली गयी थी, तब पुत्र समंग के पास आ बैठा।

"बाबा! आप प्रसन्न तो हैं?"

समंग की इच्छा हुई कि पूछे कि आज पुत्र को उसकी प्रसन्नता की चिन्ता क्यों हो रही है; किन्तु उसने पूछा नहीं। बोला, "पुत्र! इस अवस्था में, इन परिस्थितियों में, जितना प्रसन्न कोई हो सकता है, उतने प्रसन्न हम हैं।" उसने जान बूझ कर 'मैं' के स्थान पर 'हम' का प्रयोग किया था।

"अब आपका मन नहीं होता कि आप हस्तिनापुर में आकर रहें? आपको हस्तिनापुर की राजकीय गोशाला में काम करने का अवसर मिले?"

पहले समंग को लगा था कि शायद पुत्र यह कहने वाला है कि वे हस्तिनापुर में आकर उसके साथ रहें, अपनी पुत्रवधू और बच्चों के साथ रहें। उन्हें सेवा का अवसर दें।...किन्तु नहीं। उसने तो बड़ी चतुराई से स्पष्ट कह दिया था कि वह ऐसा कोई सपना न पाले। वह हस्तिनापुर में आये तो राजकीय गोशाला में काम करने का विचार लेकर आये।

"नहीं। क्या करना है वहाँ आकर। बहुत देख लिया मैंने हस्तिनापुर। वहाँ मेरा दम घुटता है।" समंग बोला, "तुम्हें अच्छा लगता है, तुम लोग वहाँ रहो।"

"अंगराज कर्ण आपको बहुत स्मरण करते हैं।" पुत्र ने धीरे से कहा, "उन्होंने आपको प्रणाम कहा है।"

समंग कुछ नहीं बोला।

"आपको प्रसन्नता नहीं हुई बाबा?"

"नहीं। किंचित आश्चर्य अवश्य हुआ।" समंग कुछ रुका, "और मुझे लगता है कि यह मेरे भय का कारण अवश्य हो सकता है।"

"क्यों?" पुत्र ने कुछ इस प्रकार पूछा, जिससे स्पष्ट था कि उसे समंग का यह भाव अच्छा नहीं लगा।

"प्रसन्नता इसलिये नहीं हुई कि दुष्ट व्यक्ति जब किसी को स्मरण करता है, तो किसी दुर्गुण के कारण ही करता है। मेरे किसी गुण का तो उसने स्मरण किया नहीं होगा।" समंग बोला, "आश्चर्य इसलिये हुआ कि जब मैं हस्तिनापुर गया था और रहने के लिये कोई ठिकाना ढूँढ़ रहा था, तो न कर्ण को मुझ पर दया आयी, न दुर्योधन को; और न तुझको। तब मुझे अपनी विक्षिप्त पत्नी को ले कर, महामन्त्री विदुर की शरण में जाना पड़ा था। और अब, जब मैं तुम सबको भूल कर, शान्त, आश्वस्त, और सन्तुष्ट हो कर यहाँ जी रहा हूँ, तो अंगराज कर्ण को मेरा स्मरण क्यों हो आया?"

"और यह आपके भय का कारण क्यों होगा?"

"पहले भी जब कभी कर्ण ने मुझे स्मरण किया है, किसी शुभ काम के लिये नहीं किया। सदा मुझसे कोई न कोई पाप ही करवाया है। अब वह फिर मुझे स्मरण कर रहा है, तो उसके मन में फिर कोई दूषित योजना ही होगी।"

"नहीं। ऐसी कोई बात नहीं है। वे कह रहे थे कि आप बहुत भले आदमी हैं, चतुर भी हैं, और कार्यकुशल भी। युवराज सोच रहे हैं कि ऐसे व्यक्ति को राजधानी में बुला लिया जाये।"

समंग ने दृष्टि उठा कर पुत्र की ओर कुछ इस प्रकार देखा कि पुत्र को पूछना पड़ा, "इस प्रकार क्यों देख रहे हैं?"

"तुम कर्ण से मिलने गये थे?"

"नहीं। उन्होंने ही मुझे बुलवाया था।"

समंग हँसा, "लगता है, उन लोगों को फिर से मेरी आवश्यकता है। पर पुत्र! मुझे अब उनकी आवश्यकता नहीं। अब तुम यह मत कहना कि वे यदि मुझसे रुष्ट हो गये, तो मेरी चाकरी चली जायेगी।"

"वह तो जायेगी ही।" पुत्र बोला।

"मैं स्वयं भी उससे मुक्त होने की सोच रहा हूँ। बहुत कर ली चाकरी। अब जीवन के शेष समय में थोड़ा काम भी कर लेना चाहिए।"

"स्पष्ट कहिए बाबा।"

"इसमें स्पष्ट कहने का क्या है पुत्र! चाकरी किसी दूसरे व्यक्ति द्वारा दिया हुआ काम होता है, जो हम आजीविका के लिये करते हैं; किन्तु अपना काम तो अपने मन की मौज का होता है।"

"चाकरी चली गयी तो आपकी आजीविका कैसे चलेगी?" पुत्र के स्वर में जिज्ञासा से कहीं अधिक घबराहट थी, "कहीं आप मुझसे तो कोई अपेक्षा नहीं कर रहे हैं? मैं तो स्वयं ही बड़ी कठिनाई से..."

"नहीं! तुम चिन्ता मत करो। मेरे पास भगवान का दिया बहुत है। जिन लोगों के लिये धन की आवश्यकता थी, वे अब आत्मनिर्भर हो गये हैं। मेरा तात्पर्य है, तुम और तुम्हारी बहन। अब बचे, मैं और तुम्हारी माँ। हमारी आवश्यकताएँ ही कितनी हैं। चाहें तो उन्हें और भी कम कर सकते हैं। उन्हें पूरा करने के लिये तो यह ही बहुत है। उसके लिये दुर्योधन की चाकरी करने की क्या आवश्यकता है? हस्तिनापुर जाने की आवश्यकता तो एकदम ही नहीं है।"

चपला बच्चों को उनकी माँ के पास छोड़ आयी थी, ताकि वे भोजन कर लें। पिता और पुत्र में कोई गम्भीर चर्चा छिड़ी देख चुपचाप उनके निकट बैठ गयी।

"अंगराज पूछ रहे थे कि आपको कोई आभास है कि पाण्डव लोग अपने अज्ञातवास के लिये किस ओर गये होंगे?" वह रुका, "वे लोग निश्चित रूप

से अब वन में नहीं हैं, क्योंकि द्यूत की प्रतिज्ञा के अनुसार उन्हें एक वर्ष के लिये मानव समूह में अज्ञात हो कर रहना है। पर यदि आपको किसी प्रकार की कोई सूचना हो कि वे लोग किस दिशा में गये हैं...?"

चपला ने अकबका कर अपने पुत्र की ओर देखा और फिर एक भीत दृष्टि अपने पति पर भी डाली। समंग शान्त था। उसके मुख पर तनिक भी उत्तेजना नहीं थी। न ही वह कुछ बोला और न बोलने को तत्पर ही लगा।

"तो तू इस कुकर्म के लिये आया है हमारे पास।" चपला रोष पूर्वक बोली, "मैं भी कहूँ कि बेटे-बहू को इस प्रकार अकस्मात् ही माता-पिता कैसे स्मरण हो आये।"

"नहीं अम्मा! ऐसी तो कोई बात नहीं है। वह तो मैंने ऐसे ही..."

"क्यों रुष्ट होती हो चपला।" समंग हँसा, "यह तो ऐसे ही।" उसने पुत्र की ओर देखा, "कोई भी काम ऐसे ही नहीं होता। तुम जिस लोभ में यहाँ तक आये हो, वह मेरी समझ में आ गया है; किन्तु मैं तुम्हारी कोई सहायता नहीं कर सकता। और तुमको भी मेरा परामर्श यही है कि इस प्रकार के लोभ में मत पड़ो। इससे तुम्हारा कुछ भला नहीं होगा। निरीह मृगशावक को बाँध कर आखेटक के सम्मुख डाल देने से जो पुरस्कार मिलता है, वह रक्त से सना होता है और रक्त सनी रोटी खा कर, किसी व्यक्ति की आत्मा स्वच्छ नहीं होती।"

"आप यहाँ वन में बैठे ऐसी बातें कर सकते हैं।" पुत्र का रोष कुछ मुखर हो गया, "किन्तु मुझे तो अपने बच्चों का पालन-पोषण करना है।"

"अपने बच्चों का पालन-पोषण तो सबको ही करना होता है।" चपला बोली, "हमने भी किया था; किन्तु उसके लिये ऐसे दूषित कृत्य करने की कोई आवश्यकता नहीं होती।"

"अच्छा, अब रहने भी दो अम्मा। नहीं तो मेरे मुँह से कुछ निकल जायेगा।"

समंग बड़े मधुर ढंग से हँसा, "जो कहने आये हो पुत्र! कह लो। मुँह से निकल क्यों जायेगा, उसे सहज भाव से कहो। हम भी तो जानें कि तुम्हारे मन में क्या है।"

"मन में क्या होगा।" पुत्र बोला, "अम्मा कह रही है कि इन्होंने भी बच्चे पाले हैं। पर बच्चों को पालने, पोषने में भी अन्तर होता है। बच्चे पैदा कर वन में छोड़ दिये कि जाओ, वृक्षों से जूझो, गौवों से खेलो और वन में जो मिले, वह खा लो। घर आये तो गाय के दूध के साथ सूखी रोटी थमा दी। हमने तो कभी जाना ही नहीं कि अच्छा खाना क्या होता है। अच्छा घर क्या होता है।

अच्छा कपड़ा क्या होता है। बच्चे कैसे पाले जाते हैं, यह देखना हो तो, आकर हस्तिनापुर में देखो। माता-पिता क्या-क्या देते हैं अपने बच्चों को।"

"हमने तुम्हें वन के शुद्ध और पवित्र फल खिलाए हैं पुत्र!" समंग बोला, "अपने श्रम से कमाई रोटी खिलाई। अमृत सरीखा गाय का दूध पिलाया। इसलिये निर्धन होते हुए भी अभी तक तुम मनुष्य के समान काम कर अपने बच्चों का पोषण करने का प्रयत्न कर रहे हो। हस्तिनापुर के सम्राट् धृतराष्ट्र ने अपने पुत्र को पाप की रोटी खिलाई, इसलिये सब कुछ होते हुए भी वह अपने भाइयों की हत्या का प्रयत्न कर रहा है। तुम चाहते हो कि तुम भी धृतराष्ट्र के समान अपने पुत्रों को पाप की रोटी खिलाओ और वे बड़े हो कर दुर्योधन तथा उसके भाइयों के समान अपने ही कुल की वधू को सार्वजनिक रूप से निर्वस्त्र कर अपना मनोरंजन करें। अपने भाइयों के वध के षड्यन्त्र रचें। जिन माता-पिता की प्रशंसा कर रहे हो कि उन्होंने अपने बच्चों का पालन-पोषण बहुत समृद्ध ढंग से किया, वे ही उत्तरदायी हैं अपने उन बच्चों को, व्यसनी, कामुक, लोभी, और विकृत मस्तिष्क लुटेरे बनाने के। मैं प्रभु का कृतज्ञ हूँ कि मेरी इच्छा होते हुए भी उसने मुझे अपने बच्चे हत्यारे नहीं बनाने दिये। तुम्हारे लिये भी मैं उससे यही प्रार्थना करता हूँ कि वह तुम्हें इतनी समृद्धि कभी न दे कि तुम अपने बच्चों के अपराधी और पापी बनने में सहायक हो सको।"

"निराश और आलसी लोगों का चिन्तन है यह सब।" पुत्र बोला, "असफलता को गौरवान्वित करने का प्रयत्न है।"

"मैंने वह सफलता कभी नहीं चाही, जो मुझे ईश्वर विरोधी और पापी बनाती हो।" समंग शान्त स्वर में बोला, "मेरी कामना है कि भगवान तुम्हें भी ऐसी सफलता कभी न दे।"

पुत्र का चेहरा क्रोध से रक्तिम हो उठा। लगा कि वह अपनी क्षमता से भी अधिक आत्मदमन कर रहा है; किन्तु वह उसके लिये सम्भव नहीं हुआ। बोला, "आप मुझे बता सकते हैं कि आपको ऐसा सात्विक जीवन व्यतीत करने पर भी भगवान ने कंगाल क्यों बनाए रखा और उस दुर्योधन को अपार धन सम्पत्ति क्यों दी?"

"भगवान के मन की तो भगवान ही जानें।" समंग बोला, "जो मेरी समझ में आता है, वह यह है कि स्वच्छ और सात्विक जीवनयापन के लिये जो कुछ आवश्यक था, वह सब ईश्वर मुझे दिया। वह इससे अधिक देता, तो मेरी समझ में नहीं आता कि मैं उसका क्या करूँ। वह मेरे लिये रोग हो जाता।"

"तो दुर्योधन को इतना क्यों दिया?"

"उसको उसकी आवश्यकता थी।" समंग बोला, "मदिरा पीने के लिये,

वेश्याओं पर लुटाने के लिये, लोगों की हत्याएँ करवाने के लिये, लाक्षागृह बनवाने के लिये, कौरव कुलवधू को निर्वस्त्र करवाने के लिये, अपने वैभव का प्रदर्शन कर अपने भाइयों को ईर्ष्या पीड़ित करने के लिये, उसे धन की आवश्यकता थी। ये सब तो वे कारण हैं पुत्र, जो हम साधारण लोगों तक को ज्ञात हो चुके हैं। कौन जाने, और किन-किन कारणों से उसे धन की आवश्यकता थी। यह सब नहीं करना था, इसलिये ईश्वर ने मुझे धन नहीं दिया। अपनी नासमझी में मैंने बहुत बार चाहा भी; किन्तु उसने मुझे धन नहीं दिया, कृपा कर जीवन पर पड़ा हुआ माया का आवरण थोड़ा सा हटा दिया। मेरे मन में उसके प्रति तनिक भी विरोध नहीं है। मैं उसका कृतज्ञ हूँ कि उसने मुझे वही दिया, जो मेरे हित में था। हठ करने पर भी वह नहीं दिया, जो मेरे हित में नहीं था। एक वत्सल पिता अपनी सन्तान को वह सब क्यों उपलब्ध कराएगा जो सन्तान के हित में नहीं है।"

चपला अन्यन्त मुग्ध भाव से अपने पति को देख रही थी, जैसे वह उसकी अपेक्षा से भी कुछ अधिक सिद्ध हुआ हो।

"अब मेरी समझ में आया कि हस्तिनापुर के युवराज के सम्पर्क में रहते हुए भी, जीवन में भरपूर अवसर होते हुए भी, आप कभी भी उन्नति क्यों नहीं कर पाये।" पुत्र उठ कर खड़ा हो गया।

वे दोनों बैठे, पुत्र को कुटीर में अपनी पत्नी के पास जाते हुए देखते रहे। जब विश्वास हो गया कि वह इतनी दूर निकल गया है कि उनकी बात उन तक नहीं पहुँचेगी तो चपला बोली, "मैं तो डर रही थी कि कहीं तुम उन पाँच पुरुषों तथा एक स्त्री की चर्चा न कर बैठो, जो एक रात हमारे अतिथि रहे थे।"

"तुम मुझे एक दम ही मूर्ख समझती हो क्या।" समंग बोला, "वैसे मेरा मन अब भी यही कहता है कि वे पाण्डव नहीं थे। फिर भी इन हत्यारों की सहायता करने की हमें क्या पड़ी है।"

"आओ। अब भोजन कर लो।" चपला उठ खड़ी हुई, "बहू बच्चों को खिला चुकी होगी।"

40

विराट बहुत देर तक सोने का प्रयत्न करते रहे; किन्तु क्लांति का अनुभव होते हुए भी उनको नींद नहीं आ रही थी। मन में बार-बार प्रातः देखी हुई सैरन्ध्री की छवि साकार हो उठती थी। बहुत निकट से अथवा बहुत ध्यान से तो वे उसे देख भी नहीं पाये थे। रानी के पुकारने पर उसने एक बार आँखें उठा कर

उस ओर देखा था; और विराट को लगा था कि वैसे नयन तो उन्होंने आज तक देखे ही नहीं थे, काव्य में पढ़े और कवियों के मुख से सुने अवश्य थे। आज तक तो वे यही समझते आये थे कि यह कवियों की कल्पना मात्र ही थी; किन्तु आज उन्होंने जाना था कि कवियों के उस वर्णन का आधार क्या था। वे नयन उनके वक्ष में जैसे गड़ से गये थे; और उनकी चुभन थी कि तीव्र से तीव्रतर होती जा रही थी। वे अपनी आँखें मूँद लेते, तो भी वे नयन, अदृश्य नहीं होते थे...उनकी वे अधखुली पलकें, उनकी वे लम्बी बरौनियाँ, जैसे किसी छायादार वृक्ष की कोई इन्द्रधनुषी टहनी...

विराट ने करवट बदली, "सुदेष्णे! तुम्हारी वह नयी सैरन्ध्री कौन है?"

सुदेष्णा ने कोई उत्तर नहीं दिया। विराट को लगा कि रानी सो गयी हैं। तो ठीक है। सोई रानी को जगा कर एक दासी के विषय में जिज्ञासा प्रकट करने में कोई औचित्य भी नहीं था।...

सुदेष्णा ने राजा का प्रश्न सुना तो उन्हें लगा कि उनकी सारी आशंकाएँ सत्य सिद्ध होने जा रही थीं। पहली बार इस प्रकार की आशंका मन में उठी थी तो यही सोचा था कि यह साधारण प्राकृत नारी की आशंका मात्र थी। राजा विराट कोई परस्त्रीगामी लम्पट तो थे नहीं कि एक साधारण-सी दासी पर भी कुदृष्टि डालें। दासी भी वह नहीं, जो नृत्य कर अपने हाव-भाव से उनका मन मोहती हो, अपने गायन से उनके मन में रस की धार बहाती हो; अथवा मद्यपान करा कर उनके विवेक का हरण करती हो। यह तो सैरन्ध्री थी। केश-सज्जा का कार्य करती थी। जिस प्रसाधन सामग्री से दूसरों का रूप सँवारती थी, स्वयं उसी सामग्री की गन्ध में बसी, दूसरों के मन में अपने लिये, विकर्षण उत्पन्न करती थी।...किन्तु अब रानी की वही आशंका सत्य होने जा रही थी। महाराज अपनी शैया पर लेटे अपनी रानी के विषय में नहीं सोच रहे थे, सैरन्ध्री का ध्यान कर रहे थे, तभी तो उसके विषय में पूछ रहे थे।

रानी ने आँखें खोल दी थीं, "क्यों? क्या उसके बिना नींद नहीं आ रही? बुलवाऊँ उसको कि महाराज आधी रात को अपनी शैया पर उसकी प्रतीक्षा कर रहे हैं।..."

राजा स्तब्ध रह गये। जान गये कि उनके प्रश्न ने रानी की ईर्ष्या को असमय झँझोड़ दिया था। मन का वह स्वप्निल लोक कहीं तिरोहित हो गया। मुख का स्वाद कसैला हो गया।

"व्यर्थ बात का बतंगड़ मत बनाओ सुदेष्णे!" उन्होंने अपने स्वर को यथासम्भव नियन्त्रित रखा, "स्वामी को अधिकार है कि वह जानना चाहे कि उसके घर के भीतर काम करने वाले लोग कौन हैं, और उनका आचरण कैसा है।"

रानी उठ कर बैठ गयीं, “अच्छा! मुझे नहीं मालूम था कि दास-दासियों के आचरण तथा उनके चरित्र के विषय में राजा के गुप्तचर शोध नहीं करते, स्वयं राजा आधी रात के समय, अपने शयनकक्ष में अपनी रानी को निद्रा से जगा कर दासियों के विषय में चर्चा करते हैं। किस दासी के अधरों में कितना रस है और किसकी जंघाएँ कितनी मृदुल हैं?...”

“रानी! कुछ तो अपनी मर्यादा का ध्यान करो। एक साधारण से प्रश्न को यह रूप दे रही हो तुम! यह सब कुछ कहा है मैंने तुमसे?”

“मूर्ख नहीं हूँ मैं।” रानी का स्वर और भी कठोर हो गया, “कहा नहीं है, किन्तु मन में तो तुम्हारे यही सब है। मैं जानती नहीं हूँ, पुरुषों को क्या? जहाँ कोई सुन्दर नारी का मुख देखा, उसके शरीर के सपने देखने लगे।”

राजा स्वयं को नियन्त्रित नहीं कर पाये, मन में सोई, सारी कटुता न केवल जाग उठी, वरन जिह्वा पर भी आ गयी, “कितने पुरुषों को जानती हो तुम? और कैसे जानती हो? मैंने तो एक दासी के विषय में मात्र जानना चाहा कि वह कौन है। रूप-रंग से वह दासी-कर्म करने वाली लगती नहीं। उसका परिवार कहाँ है? वह दासी-कर्म के लिये बाध्य क्यों है?...इन जिज्ञासाओं के शमन के लिये तुमसे सहज भाव से पूछ लिया तो तुम नागिन के समान फुफकारने लगीं; और स्वयं अपने ही मुख से स्वीकार कर रही हो कि तुम पुरुषों को अच्छी तरह जानती हो। कितने पुरुषों को जानती हो तुम?”

“पुरुषों को नहीं जानती तो क्या, पुरुष मन को तो जानती हूँ।” रानी बोली।

“तन को तो दूर से भी जाना जा सकता है, मन को जानने के लिये तो बहुत निकट जाना पड़ता है।” राजा का स्वर और भी कटु हो गया, “तुम तो सारे ही पुरुषों के मन को भी जान गईं। कितने पुरुषों के निकट रही हो तुम?”

“अपने चरित्र की रक्षा नहीं कर पाये तो अब अपनी ही पत्नी के चरित्र पर लांछन लगाने लगे। लज्जा नहीं आती तुम्हें?” रानी की आँखों में क्षोभ से अश्रु आ गये थे।

“हाँ! मैं ही अपनी पत्नी के चरित्र का हनन कर रहा था; तुम तो अपने पति के चरित्र का बहुत बखान कर रही थीं।” राजा बोले, “एक दासी में आसक्ति बता रही थीं। संसार के सारे पुरुषों को अपने भाई के समान परस्त्रीगामी और लंपट समझती हो?”

सुदेष्णा जैसे विक्षिप्त हो उठी, “भाई पर वश नहीं चलता तो उसकी बहन को उपालम्भ दे रहे हो। इतना ही पौरुष है तो मेरे भाई को, अपने राज्य से निष्कासित क्यों नहीं कर देते? क्यों उसे सेनापति बना रखा है? क्यों उसकी

हर बात को चुपचाप मान लेते हो? उसके सामने तो मस्तक तक ऊपर नहीं उठता और मुझे ऐसी कड़वी बातें सुना रहे हो। मैंने उसे एक बार बता दिया कि तुम मुझसे ऐसी बातें कहते हो; अथवा उसे पता चल गया कि मैं तुम्हारे हाथों दुखी हूँ, तो कर लेना मत्स्यदेश पर राज्य और बैठ लेना विराटनगर के सिंहासन पर।"

राजा को लगा कि उनका मस्तक जैसे अपने स्थान पर नहीं है। अब वे स्वयं को और रोक नहीं पायेंगे। यह स्त्री तो उनको विक्षिप्त कर देगी।

"तो जाओ। बुला लाओ उसको। ले आये अपना खड्ग वह और कर दे मेरा वध। उसके पश्चात् चाहे तुम सिंहासन पर बैठ जाना अथवा उसी को बैठा देना, ताकि इस मत्स्यदेश में न किसी का धन सुरक्षित रह पाये, न किसी की स्त्री; न किसी का मान, न मर्यादा। पाप के पारावार में डुबो देना इस सारे राज्य को।"

सुदेष्णा की आँखों में जैसे चिंगारियाँ फूटीं, "इस भ्रम में मत रहना कि मैं तुम्हारी ऐसी बातों से डर जाऊँगी। मत्स्यों का राज्य रहे-न-रहे, मैं इस घर में अपनी सपत्नी का स्वागत नहीं करूँगी। अपनी पहली पत्नी की मृत्यु के पश्चात् जब तुमने मुझसे विवाह करने की इच्छा प्रकट की थी तो मेरे पिता को वचन दिया था कि यदि मैं तुम्हें एक भी सन्तान दे पायी तो तुम दूसरा विवाह नही करोगे।"

"तो राजप्रासाद में कार्य करने वाली दासी के विषय में जिज्ञासा मात्र का अर्थ होता है, उससे विवाह करना?" राजा ने पूछा।

"और यदि बिना विवाह के ही उसे प्राप्त करना चाहोगे तो मैं वह भी नहीं होने दूँगी।" रानी बोली, "और यह भी बता दूँ तुम्हें। वह विवाहिता है, और अपने पति की अनुरागिनी है। उसका पति यहाँ नहीं है। इस समय वह कष्ट में है, इसलिये उसने इस रूप में यहाँ आश्रय लिया है। वह इस समय अकेली अवश्य है; किन्तु असहाय नहीं है। अपने आप में ही बहुत दुर्धर्ष स्त्री है। कोई पुरुष उसे बलात प्राप्त करने का प्रयत्न करेगा, तो उसका पति तो कुछ करे न करे, सैरन्ध्री की कृपा के आकांक्षी अनेक अन्य पुरुष ही ईर्ष्यावश उसकी हत्या कर देंगे। उसकी रूप-ज्वाला से झुलसनेवाले तुम अकेले ही नहीं हो।"

"हाँ! समझ गया तुम्हारी धमकी। यदि उसकी ओर हाथ बढ़ाऊँगा तो अपने भाई से मेरी हत्या करवा देना, और यह कह देना कि सैरन्ध्री के किसी प्रेमी ने मेरी हत्या कर दी है। वह यदि नहीं भी कहती, तो तुम ही प्रचारित कर दो कि अज्ञात गन्धर्व अथवा यक्ष लोग उसकी रक्षा करते हैं। यदि कोई पुरुष उस पर कुदृष्टि डालेगा, तो उसकी उसी रात को हत्या हो जायेगी।..."

रानी ने कुछ नहीं कहा। वह मन-ही-मन सोचती रही। राजा का क्रोध में दिया गया यह सुझाव पर्याप्त उपयोगी हो सकता था। सैरन्ध्री ऐसी स्त्री नहीं थी, जिसे पुरुष की दृष्टि से बचा कर रखा जा सके। ऐसे में उसकी रक्षा भी आवश्यक है और अन्य स्त्रियों के सौभाग्य की भी। राजा के प्रस्ताव के ही अनुसार यदि यह प्रचारित कर दिया जाये कि उसके पति की अनुपस्थिति में, उसके अनेक मित्र जो बहुत बलवान गन्धर्व और यक्ष हैं, सैरन्ध्री की रक्षा करते हैं, तो स्थिति नियन्त्रण में रहेगी। यक्ष-रक्षित की ओर हाथ बढ़ाने का साहस कौन करेगा।...अन्यथा जिस प्रकार की कलह आज उनमें हुई है, वैसी ही कलह विराटनगर के घर-घर में हो सकती है।...

विराट ने देखा रानी शायद शान्त हो गयी थी। सन्धि की सम्भावना देख कर बोले, "तुम्हें इस प्रकार का तनिक भी संदेह है, तो कल ही उस सैरन्ध्री को यहाँ से विदा कर दो। ऐसी स्त्री का परिवार में रहना उचित नहीं है, जिसके कारण पति और पत्नी में कलह होती हो।"

रानी अपने मन में बहुत अच्छी तरह जानती थी कि यह सम्भव नहीं था। सैरन्ध्री को विदा करने का अर्थ था, स्वयं सुदेष्णा के यौवन, रूप तथा सौन्दर्य को विदा कर देना। और यह सुदेष्णा कभी नहीं होने देगी। यौवन और सौन्दर्य का महत्त्व वह पहले भी जानती थी; किन्तु अब सैरन्ध्री को देख कर वह उसका महत्त्व और भी अच्छी तरह जान गयी थी। यदि विधाता ने उसे नारी का जन्म दिया है, तो वह इस संसार में सौन्दर्य-विहीन हो कर नहीं रहेगी। राजा से सन्धि हो अथवा कलह, प्रेम हो अथवा द्वेष, वह सैरन्ध्री को नहीं छोड़ सकती।

"तुमने मेरी बात सुनी या नहीं?" राजा ने पूछा।

"सुन भी ली और समझ भी ली; किन्तु मैं उसे मानने को बाध्य नहीं हूँ।" सुदेष्णा ने कठोर स्वर में कहा, "अब तुम भी मेरी बात सुन लो। यदि मैं यहाँ रहूँगी तो सैरन्ध्री भी यहीं रहेगी। सैरन्ध्री को निकालना चाहते हो तो मुझे भी निकालना होगा।" रानी ने विराट की आँखों में देखा, "और मुझे निकालने का साहस हो तो आदेश दे कर देखो।"

इस बार राजा ने क्रोध नहीं किया। शान्त स्वर में बोले, "क्यों, एक दासी से इतनी ममता क्यों है तुम्हें?"

"प्रश्न ममता का नहीं है। प्रश्न है अधिकार का। यदि मैं अपनी इच्छा से एक दासी को भी अपने पास नहीं रख सकती तो रानी होने का पाखण्ड क्यों पालूँ। इतना अधिकार तो साधारण घर की स्त्रियों को भी होता है कि वे अपनी सहायता के लिये अपनी इच्छा से दासियाँ रख सकें।" रानी का स्वर तनिक भी कोमल नहीं हुआ था।

"तुम्हें कौन-सा अधिकार प्राप्त नहीं है यहाँ?" राजा ने धीरे स्वर में कहा, "तुम चाहो तो अपने लिये दासियों की सेना रख सकती हो, किन्तु इस सैरन्ध्री के कारण... ।"

"सैरन्ध्री कहीं नहीं जायेगी। वह यहीं रहेगी। तुम्हें ही अपने आपको संयत रखना पड़ेगा। नहीं तो स्मरण रहे, उसके पति के कुछ गन्धर्व और यक्ष मित्र उसकी रक्षा करते हैं, और वे सैरन्ध्री की ओर ताकने वाले पुरुष की हत्या भी कर सकते हैं।"

"समझ गया मैं।" राजा बोले।

राजा को नींद फिर भी नहीं आई।...किन्तु इस बार उनके ध्यान में सैरन्ध्री अथवा उसके सुन्द कजरारे नयन नहीं थे; इस बार स्वयं रानी सुदेष्णा उनको आक्रांत किए हुए थी।...यह उनकी पत्नी थी। उनके बच्चों की माता। और वह उनको हत्या की धमकी दे रही थी। वह उनकी हत्या करवा भी सकती थी। वे कीचक को तो पहले से ही जानते थे, आज उसकी बहन को भी जान गये थे। अपने स्वार्थ के लिये ये भाई-बहन किसी भी मनुष्य अथवा मर्यादा की हत्या कर सकते थे।

"इसी दाम्पत्य जीवन की कामना करता है मनुष्य? इस सुख के लिये तड़पता है? यह घर है? परिवार है?..." राजा उठ बैठे।

"क्यों, काम बाधित हुआ तो वैराग्य जाग उठा? रानी की वाणी में भी व्यंग्य था और दृष्टि में भी।

वहाँ ठहरना राजा के लिये सम्भव नहीं रहा। वे उठ कर बाहर चले आये।

रानी ने उनको उठ कर बाहर जाते देखा और एक 'उंह' के साथ करवट बदल ली।

विराट बारजे के एक सिरे से दूसरे सिरे तक अपने आपको ठेलते रहे और सोचते रहे...सैरन्ध्री से भी वे और किस सुख की कामना कर सकते हैं। वह तो पर-स्त्री है, और अब सुदेष्णा ने यह भी बता दिया है कि वह विवाहित है...यह तो उन्हें पहले ही सोचना चाहिए था, उसकी अवस्था ऐसी नहीं है कि इस वय तक वह अविवाहिता रहे। उसे अकेली जानकर ही उन्होंने मान लिया कि वह अविवाहिता होगी। उनका वह मानना ही भूल थी।...और यह सुदेष्णा... पति को हत्या की धमकी दे रही है। मनुष्य अपनी रक्षा का प्रबन्ध करता है। सैनिक रखता है। अंगरक्षक रखता है। दण्डधर रखता है। बाहर से सम्भावति आक्रमणों से अपनी रक्षा के लिये, घर के सारे कपाट बंद कर देता है...किसलिये? जबकि उन कपाटों के भीतर उसके साथ रहने वाले लोग ही उसके हितैषी नहीं

हैं। उसकी अपनी पत्नी ही उसकी हत्या कर सकती है।...किस माया मोह में भ्रमित घूम रहा है मनुष्य?

सहसा विराट का मन एक नयी ही दिशा में चल पड़ा...क्या सत्य ही इस सैरन्ध्री की ओर हाथ बढ़ाने वाला पुरुष उसके अज्ञात ईर्ष्यालु प्रेमियों के हाथों मारा जायेगा? सैरन्ध्री इतनी सुन्दर है कि वह बिना रक्षकों के सुरक्षित रह ही नहीं सकती। विराट जैसे प्रौढ़ तथा सन्तुलित व्यक्ति का मन भी यदि उसकी ओर आकृष्ट ही नहीं हुआ, उसमें आसक्त भी हो गया, तो साधारण जन की बात ही क्या है। अवश्य ही उसके रक्षक होंगे। किन्तु वे अदृश्य क्यों हैं? उसका पता कहाँ है?...और फिर सुदेष्णा उस पर इतनी मुग्ध क्यों है कि अपने पति को त्याग सकती है, सैरन्ध्री को त्याग नहीं सकती?...सैरन्ध्री का रहस्य उनकी समझ में नहीं आ रहा था।...

41

सैरन्ध्री राजप्रासाद के मुख्य भवन से बाहर निकल कर राजा के निजी उद्यान क्षेत्र में आई ही थी कि किसी पुरुष स्वर ने पुकारा, "कहाँ जा रही हो हला! हमारी ओर देखती भी नहीं हो।"

सैरन्ध्री ने ठिठक कर उधर देखा : किसने ऐसा साहस किया है? वह अभी पहले दिन के सैनिकों के उच्छृंखल व्यवहार को ही नहीं भूल पायी थी।...वह तो फिर नगर का सार्वजनिक पथ था; यह तो स्वयं राजा का आवास था, अन्तःपुर का ही अंग माना जाने वाला उद्यान...तो यहाँ कौन ऐसा दुस्साहस कर सकता है?

सामने से पुरुषों के समान असाधारण रूप में लम्बी और बलिष्ठ एक स्त्री आ रही थी।...किन्तु पुकारने वाला तो कोई पुरुष स्वर था, और यहाँ कोई पुरुष दिखाई नहीं दे रहा था। किसी ने ठिठोली तो की थी, किन्तु वह सामने आने का साहस नहीं कर रहा था।...

सैरन्ध्री जाने के लिये मुड़ी।

"एक क्षण भी नहीं रुकोगी?" उसी पुरुष स्वर ने पुनः पुकारा।

इस बार उसे कोई भ्रम नहीं हुआ। सैरन्ध्री ने स्पष्ट पहचाना : यह पुरुष कण्ठ उसी असाधारण रूप से लम्बी स्त्री का ही था। उसने ध्यान से देखा...यह और कोई नहीं, स्वयं बृहन्नला था।

सैरन्ध्री की विचित्र स्थिति थी। उसे लग रहा था कि उसके मन में एक क्षण के लिये जो उल्लास कौंधा था, वह अगले ही क्षण अवसाद का रूप धारण

कर चुका था। अपने प्रिय को सम्मुख देख, जो प्रसन्नता का अनुभव हुआ था, वह उसका वेश देख कर विलीन हो गया था। वीरवर अर्जुन और नपुंसक के वेश में! वेश में? नहीं यह मात्र वेश नहीं था। रूप ही नपुंसक का था।...अर्जुन ने यदि नपुंसक का वेश मात्र धारण किया होता, तो सम्भवतः सैरन्ध्री का उससे कुछ मनोरंजन ही होता, किन्तु यह रूप उसके मन में पीड़ा जगा रहा था।...

"कैसी हो सखि!" बृहन्नला ने निकट आकर पूछा।

सैरन्ध्री के मुख के शब्द नहीं फूटा : वह जैसे अपने कण्ठ में सिसकी दबाए, बृहन्नला की ओर देखती रही। उसकी आँखों में अश्रु उमड़ आये थे।

बृहन्नला ने मुस्कुरा कर उसकी ओर देखा, "इस रूप को देख कर दुखी हो रही हो सखि! ब्राह्य रूप तो सब माया है, वह सत्य नहीं है। कृष्ण कहते हैं न कि असत् की सत्ता नहीं है और सत् का अभाव नहीं है।"

"कृष्ण की बात तो वे ही जानें।" सैरन्ध्री धीरे से बोली, "मैं तो एक ही बात जानती हूँ कि असाधारण पौरुष से युक्त मेरा प्रिय इस समय एक नपुंसक के रूप में मेरे सम्मुख खड़ा है।"

"जो वैजयंत की राजसभा की सर्वश्रेष्ठ अप्सरा उर्वशी पर न रीझे, वह नपुंसक ही तो है।" बृहन्नला हँसा और फिर उसने सावधान हो कर इधर-उधर देखा।

"वही तो सर्वश्रेष्ठ पौरुष है; और नहीं तो लंपटता का नाम पौरुष है क्या?"

"उसे छोड़ो देवि! ग्रंथिक और तंतिपाल का कोई समाचार है क्या?"

"नहीं। अभी तक तो कोई समाचार नहीं है।" सैरन्ध्री बोली, "रानी को मेरी कला कुछ इतनी भा गयी है कि मुझे तनिक भी अवकाश नहीं देती। कहीं आ जा ही नहीं पायी।"

"तुमने उनका रूप निखार भी तो ऐसा दिया है कि तुम्हारे बिना अब वे रह ही नहीं पायेंगी। नारी को भगवान ने बनाया ही कुछ ऐसा है कि वह प्राण चाहे त्याग दे, अपना रूप त्यागना नहीं चाहेगी।"

"मुझे पुरुष और नारी के इस झगड़े में मत उलझाओ।" सैरन्ध्री बोली, "मुझे यह बताओ कि अन्तःपुर में तुम्हारा निर्वाह कैसा हो रहा है? वहाँ तुम्हें नपुंसक मान कर कोई तुम्हारा अपमान तो नहीं करता?"

"वहाँ कोई मैं ही अकेला नपुंसक नहीं हूँ।" बृहन्नला ने कहा, "राजपरिवार तो भरा पड़ा है नपुंसकों से।"

"मैं इस शब्द के आलंकारिक प्रयोग की बात नहीं कर रही।" सैरन्ध्री बोली, "मैं शरीर के रूपाकार की बात कर रही हूँ।"

"हाँ! कुछ लोगों ने आरम्भ में कुछ वितृष्णा दिखायी थी।" बृहन्नला ने कहा, "किन्तु उनमें राज परिवार के लोग कम थे, सेवक लोग ही अधिक थे। बाद में तो वह भी नहीं रहा।"

"राजकुमारी तुम्हारा सम्मान करती है?"

"राजकुमारी! वह तो बेचारी कुछ अधिक ही सम्मान करती है, अपने इस कलाकार गुरु का।" बृहन्नला ने कहा, "वह कुछ इतना आत्मीय व्यवहार करती है कि मुझे भय है कि जिस दिन उसे यह पता चलेगा कि मैं वह नहीं हूँ, जो वह मुझे समझती है, तो उसे बहुत कष्ट होगा।"

बहुत ध्यान है उसके कष्ट का?

"क्यों नहीं होगा।"

सैरन्ध्री चुपचाप उसे निरखती रही। फिर धीरे से बोली, "कहीं वह मन को भा तो नहीं गयी रसिकराज! उत्तरा सुन्दर है, सुशील है। अब तुम कह रहे हो कि तुम्हारा सम्मान भी बहुत करती है।"

"सम्मान ही नहीं करती, बहुत स्नेह भी करती है।" बृहन्नला ने कहा, "तुम तो यह समझो सैरन्ध्री! कि भगवान मुझे बता रहे हैं कि पुत्री का स्नेह क्या होता है; और सम्मान क्या होता है। हमारी कोई पुत्री नहीं है न, इसलिये...।"

"सखि बृहन्नले! नपुंसकों की सन्तान नहीं होती।" सैरन्ध्री ने बहुत धीरे से कहा, "पुत्र क्या और पुत्री क्या।"

उसने बृहन्नला को ही सावधान नहीं कर दिया था, वह स्वयं भी सावधान हो गयी थी। वह तो उत्तरा को लेकर बृहन्नला से विनोद करने जा रही थी, किन्तु उसने उसके प्रति पुत्री का भाव जता दिया था। पता नहीं, पुत्री का स्नेह, प्रत्येक पिता को विह्वल करता था, अथवा केवल उनको जिनकी अपनी पुत्रियाँ नहीं होतीं।...

"यह मैंने क्या सुना है, तुम्हारे विषय में?" बृहन्नला ने अपने स्वर को बहुत ही दबा कर पूछा।

"क्या सुना है?"

"कि तुम्हारा पति कहीं परदेस गया है। तुम्हें तुम्हारे श्वसुर ने घर से निकाल दिया है..."

"तो इसमें मिथ्या क्या है?" सैरन्ध्री बोली, "तुम पाँचों भाई परदेस में नहीं हो क्या? और धृतराष्ट्र ने मुझे अपने नगर से निष्कासित नहीं किया है क्या? अब तुम लोग परेदस से लौटोगे, तो ही यह निश्चय होगा कि मैं अपने नगर में, अपने घर में रह सकती हूँ या नहीं।..."

"वह सब तो सत्य ही है।" बृहन्नला ने कहा, "किन्तु उसके साथ-साथ यह भी प्रचारित हो रहा है कि तुम्हारे पति के पाँच गन्धर्व मित्र अदृश्य रह कर तुम्हारी रक्षा कर रहे हैं..."

"यह सब तो मैंने कहा नहीं।" सैरन्ध्री बोली, "कहने को तो मैं यह भी कह सकती थी कि मेरे पाँच गन्धर्व पति अदृश्य रह कर मेरी रक्षा कर रहे हैं।..."

"अच्छा हुआ, तुमने यह नहीं कहा।" बृहन्नला ने उत्तर दिया, "नहीं तो कोई भी उनसे पूछ सकता था कि तुम्हारी रक्षा क्यों कर रहे हैं, वे प्रकट क्यों नहीं होते? तुम्हारे पाँच पति क्यों हैं? क्या तुम पांचाली हो? तुम्हारे पाँच पति हैं, और वे तुम्हारे समीप हैं, चाहे अदृश्य रूप से ही सही, तो वे तुम्हारा भरण-पोषण क्यों नहीं करते? तुम दासी कर्म करने को क्यों बाध्य हो?..."

"हाँ! यह तो बहुत अच्छा हुआ कि मैंने अपने पाँच पतियों की चर्चा नहीं की।" सैरन्ध्री बोली, "किन्तु मैंने तो यह सब भी नहीं कहा, जो प्रचारित हो रहा है। वस्तुतः मैं तो चाहती ही नहीं कि मेरे विषय में किसी प्रकार का प्रचार हो। मैं तो चाहती हूँ कि अज्ञात ही नहीं अदृश्य हो कर कहूँ, किसी को मेरे अस्तित्व तक का पता न चले। हमारे अज्ञातवास के लिये किसी भी प्रकार का प्रचार हानिकारक हो सकता है।"

"तो यह सारा प्रचार किसने किया है? मैंने तो समझा कि तुमने अपनी रक्षा के लिये इस प्रकार का प्रवाद फैलाया है।" बृहन्नला ने कहा।

"मुझे रानी सुदेष्णा की एक प्रचारिका ने बताया है कि राजा ने मेरे विषय में रानी से कोई जिज्ञासा की थी; और रानी ने राजा पर यह आरोप लगाया कि राजा मुझमें आसक्त हो गये हैं। दोनों में बहुत झगड़ा हुआ। रानी ने कहा कि मैं इतनी सुन्दर हूँ कि जो भी पुरुष मुझे देखता है, वह मुझमें आसक्त हो जाता है। इसलिये राजा यदि मेरी ओर पग बढ़ाएँगे, तो मेरा दूसरा प्रशंसक अथवा प्रेमी उनकी हत्या कर देगा। तब राजा ने कहा कि रानी उनकी हत्या करवा दे और यह प्रचारित करवा दे कि मेरे पति के अज्ञात गन्धर्व मित्रों ने राजा का वध करवा दिया है। लगता है, रानी ने उसी बात को यह रूप दे दिया है। उन्होंने ही यह प्रचार किया होगा कि मेरे पति के पाँच गन्धर्व मित्र, अदृश्य रह कर मेरी रक्षा कर रहे हैं।"

"वह परिचारिका है अथवा प्रचारिका? उस परिचारिका को यह सब कहाँ से ज्ञात हुआ, जिसने तुम्हें यह सूचना दी है?"

"जिस रात राजा और रानी में यह झगड़ा हुआ है, उस रात वह उनके शयन-कक्ष की प्रहरी थी।" सैरन्ध्री बोली, "उसने उन दोनों को झगड़ते हुए स्वयं सुना था।"

"वैसे रसिक पुरुषों को तुमसे दूर रखने के लिये युक्ति तो अच्छी है यह।" बृहन्नला ने कहा, "किन्तु जब कभी उन अदृश्य गन्धर्वों की आवश्यकता होगी, तब उन्हें प्रमाणित करने में कठिनाई हो सकती है। उपयुक्त अवसर पर वे प्रकट न हो पाये तो?..."

"पाँच अज्ञात गन्धर्व तो हैं, मेरी रक्षा के लिये," सैरन्ध्री के अधरों पर एक उदास मुस्कान थी, "अब वे समय पर प्रकट ही न हों तो मैं क्या कर सकती हूँ।"

"पाँच अज्ञात गन्धर्व भी हैं। उन्हें तुम अपने प्राणों से अधिक प्रिय भी हो। तुम्हारा सम्मान, तुमसे अधिक उनका सम्मान है। किन्तु..."

"किन्तु क्या?" सैरन्ध्री ने पूछा।

"किन्तु वे गन्धर्व तो धर्म के मन्त्रों से बँधे हुए हैं। यह तो समय ही बताएगा कि उस समय वे मन्त्र उन्हें प्रकट होने देते हैं अथवा नहीं।" बृहन्नला ने कहा, "किन्तु तुम चिन्ता मत करो सैरन्ध्री! मुझे सदा लगा है कि उन पाँच गन्धर्वों से कहीं अधिक समर्थ तो वह सर्वनियंता प्रभु है, जो तुम्हारी रक्षा कर रहा है।"

सैरन्ध्री कुछ नहीं बोली।

"पर रानी तुम्हारी सुरक्षा के लिये इतनी चिन्तित क्यों हैं? क्या वे अपनी सारी परिचारिकाओं की इतनी ही चिन्ता करती हैं?"

"सबके विषय में मैं नहीं जानती, किन्तु मैंने तो उनकी सेवा स्वीकार करते हुए ही अपनी सुरक्षा की विस्तृत चर्चा की थी। वे जानती हैं कि यदि मेरे मन में असुरक्षा की भावना जागी तो मैं यहाँ रह नहीं पाऊँगी।"

"तुम्हारा सैरन्ध्री कर्म उनके लिये क्या इतना आवश्यक है कि उसके लिये वे अपने पति तक से झगड़ा मोल लेंगी?"

"अभी तक तो कुछ ऐसा ही दिखायी पड़ रहा है।"

"क्यों?"

"कह नहीं सकती।" सैरन्ध्री बोली, "सम्भवतः मेरी कला के माध्यम से वे अपने यौवन और सौन्दर्य को अधिक मादक और आकर्षक बनाए रखना चाहती हैं। यह भी सम्भव है कि न वे मेरी रक्षा के लिये चिन्तित हों, न राजा के चरित्र के लिये। वे राजा से उस कष्ट का प्रतिशोध लेना चाहती हों, जो उन्हें अवस्था में स्वयं से इतने बड़े राजा से विवाह करते हुए हुआ था। वे मुझे सम्मुख रख राजा के मन में कामना तो जगाना चाहती हों; किन्तु राजा को मेरी ओर बढ़ने की अनुमति न देना चाहती हों।"

"कदाचित तुम ठीक ही कह रही हो सैरन्ध्री।" बृहन्नला ने कहा, "सत्यवती ने भी महाराज शान्तनु से प्रतिशोध लिया था। कैकेयी ने भी राजा दशरथ

से, गांधारी ने भी अब तक महाराज धतराष्ट्र से अपना प्रतिशोध ही लिया है, अन्यथा हस्तिनापुर में शकुनि को इतना महत्त्व प्राप्त न होता।..."

"कोई आ रहा है।" सैरन्ध्री धीरे से बोली, "अब मैं जो परिहास करूँ, उसका बुरा न मानना।"

एक परिचारिका उनके निकट पहुँच रही थी।

"क्यों सखि! प्रेम लीला हो रही है?" वह हँसी, "सुन्दरी सहमत नहीं हो रही, अथवा बृहन्नला ही अपने सतीत्व की रक्षा के लिये चिन्तित है?"

सैरन्ध्री भी हँस पड़ी, "मैं बृहन्नला से कह रही हूँ, कि यदि यह स्त्री है तो इसे मुझसे ईर्ष्या होनी चाहिए और यदि पुरुष है, तो इसे मुझपर मुग्ध होना चाहिए; किन्तु यह तो कुछ भी करना नहीं चाहता!"

"देख सखि! यह फिर मेरे लिये पुल्लिंग शब्दों का प्रयोग कर रही है। पता नहीं, यह मेरे स्त्रीत्व को क्यों अपमानित करना चाहती है।"

"यदि कोई निर्णय हो जाये तो मुझे भी सूचित कर देना।" परिचारिका हँसती हुई आगे बढ़ गयी।

सैरन्ध्री ने देखा, आस-पास कोई नहीं था, तो पुनः बोली, "मैं आज भोजन में कोई दोष निकाल कर झगड़ने के व्याज से बल्लव से भी भेंट करने की सोच रही हूँ। उनके पास अवश्य ही ग्रंथिक तथा तंतिपाल का कोई न कोई समाचार होगा।"

"हाँ! यह विधि उत्तम है। भोजन में दोष भी निकाला जा सकता है और किसी विशेष प्रकार के भोजन का अनुरोध लेकर भी बल्लव के पास जाया जा सकता है।" बृहन्नला ने उत्तर दिया, "किन्तु कंक महाराज का समाचार पाने में कठिनाई होगी। उनके पास अन्तःपुर में आने का कोई कारण नहीं है और हम दोनों एक प्रकार से अन्तःपुर में बंदी हैं।"

"बल्लव कोई-न-कोई मार्ग निकाल ही लेगा।" सैरन्ध्री ने जैसे अपने आपसे कहा।

"मेरा विचार है कि केवल तुम्हें ही नहीं, हम सबको ही भोजन में दोष बताने के बहाने, अथवा भोजन सम्बन्धी किसी न किसी बात को ले कर बल्लव से मिलते रहना चाहिए। हम लोग बल्लव के माध्यम से एक-दूसरे के सम्पर्क में रह सकते हैं।" बृहन्नला ने कहा।

"हाँ! यह व्यवस्था लाभदायक हो सकती है।" सैरन्ध्री बोली, "अब चलती हूँ। ऐसा न हो कि रानी मेरी ढूँढ़ मचा दें।"

"मिलती रहना हला।" बृहन्नला ने कहा, "तुम्हारे बिना तो जीवन बोझ हो जायेगा।"

"रानी ठीक कहती हैं कि जो भी पुरुष सैरन्ध्री को देख लेता है, वह उस पर आसक्त हो जाता है।" सैरन्ध्री मुस्कराई।

"पर मैं तो पुरुष ही नहीं हूँ सुन्दरी!" बृहन्नला ने चलते-चलते उदास स्वर में कहा।

सैरन्ध्री ने उसकी ओर पीठ होते ही, अपनी सिसकी को कण्ठ से मुक्त कर दिया और कपोलों पर बह आये अपने अश्रुओं को पोंछ लिया।

बल्लव, पाकशाला से अपने आवास की ओर जाने की सोच ही रहा था कि एक अवगुंठनवती स्त्री आकर उसके सम्मुख खड़ी हो गयी।

"कौन हो देवि?" बल्लव ने पूछा, "और किस प्रयोजन से यहाँ आयी हो?"

"मैं राजपरिवार की सैरन्ध्री हूँ।"

बल्लव हँसा, "नहीं! मैं अपनी केशसज्जा स्वयं ही कर लेता हूँ।"

"मैं महारानी सुदेष्णा की सैरन्ध्री हूँ पैरोगव! आपकी केशसज्जा के लिये नहीं आयी हूँ।"

"पर मैं महारानी का भोजन तो भिजवा चुका हूँ। क्या तुम्हें तुम्हारा भोजन नहीं मिला देवि?"

"मिला। और उस भोजन में एक कंकड़ भी मिला है।" सैरन्ध्री बोली, "मैं पूछने आयी हूँ कि रसोई में आप स्वच्छता का ध्यान क्यों नहीं रखते।" सैरन्ध्री ने अपना अवगुंठन हटा दिया।

"क्या वह कंकड़ स्वच्छ नहीं था देवि?" बल्लव हँस पड़ा। वह निकट आकर मंद स्वर में बोला, "कल जब गोशाला से दूध आया तो मैंने भी दूध लाने वाले उस गोपाल के साथ जम कर झगड़ा किया और कहा कि दूध में जल मिला हुआ है। यह भ्रष्टाचार यहाँ नहीं चलेगा। यह साधारण गृहस्थ की रसोई नहीं है कि जितना चाहेगे, उसे ठग लोगे। यह राजा की पाकशाला है, यहाँ तो शुद्ध दूध ही देना पड़ेगा। उसने मेरी बात का विरोध किया तो मैंने उसके दूध के दो-एक भाण्ड लुढ़का दिये; और दक्षिणा स्वरूप एक चाँटा भी प्रदान कर दिया। वैसे अधिक बलपूर्वक नहीं मारा था। बस हल्का-सा। उसने अपने अध्यक्ष के पास जाने की धमकी दी तो मैंने कहा, कल स्वयं मत आना, उसी को भेजना, नहीं तो तुम्हारा सिर फोड़ा दूँगा।"

"तो?" सैरन्ध्री ने पूछा।

"तो आज प्रातः सहदेव..." बल्लव ने दाँतों तले अपनी जिह्वा दबाई और चोर दृष्टि से इधर-उधर देखा, "...अभी अभ्यास ही नहीं हुआ है।"

"तो आज तंतिपाल आया?"

"हाँ! प्रातः वह स्वयं आया।" बल्लव ने बताया, "उसने भी झगड़ा किया कि मैंने उसे अधर्मी समझ रखा है क्या? मैंने उसे समझाया कि मूर्ख! यदि मैं यह नाटक न करता, तो तुमसे भेंट कैसे होती। अब वह राजा की पाकशाला में दूध देने स्वयं आया करेगा; और प्रतिदिन आया करेगा।"

"और ग्रंथिक?"

"वह आर्य कंक से प्रतिदिन उनकी अश्वों तथा रथ सम्बन्धी आवश्यकता पूछने आता है।" बल्लव ने बताया, "वे दोनों स्वस्थ और प्रसन्न हैं।"

"यदि इसी प्रकार एक वर्ष शान्ति से व्यतीत हो जाये, तो कितना अच्छा हो।" सैरन्ध्री चलने को उद्यत हुई, "चलती हूँ। बृहन्नला को सारा समाचार दे दूँगी।"

"आती रहना सखि!" बल्लव हँसा, "भोजन में कोई दोष हो तो विरोध प्रकट करने अवश्य आना। संकोच मत करना। बल्लव तुम्हारी बात से तनिक भी रुष्ट नहीं होगा।"

"और अपने मनभावन भोजन सम्बन्धी कोई अनुरोध करना हो, तो?" सैरन्ध्री ने अपने नयन नचाए।

"तो यह दास यहाँ किसके लिये विद्यमान है।" बल्लव हाथ जोड़ कर उसके सम्मुख नत हो गया।

42

द्वारपाल ने हाथ जोड़ कर निवेदन किया, "महाराज! सेनापति कीचक आप के दर्शनों के लिये द्वार पर उपस्थित हैं।"

विराट, सभा में जाने के लिये प्रस्तुत थे।...अब यह कीचक आ गया था।...

उन्हें कल ही सूचना मिल गयी थी कि कीचक, सेना के साथ नगर में लौट आया है; किन्तु वह राजा से मिलने नहीं आया। सैनिक अपने घरों अथवा स्कन्धवार में चले गये और कीचक अपने प्रासाद में अपनी रानियों के पास। न राजा को कोई सूचना दी गयी, और न कोई राजा को प्रणाम करने आया। राजा विराट को सूचनाएँ मिलती रहीं कि विराटनगर के मार्गों एवं पथों पर नागरिकों से अधिक संख्या सैनिकों की हो गयी है। हाटों में, पण्यों में, आपणों में सैनिक विभिन्न प्रकार का क्रय-विक्रय कर रहे हैं, जैसे वे किसी सैनिक अभियान से न लौटे हों, कहीं से लूटपाट करके आये हों। उनके पास बहुमूल्य रत्न थे, जिन्हें

वे बेच रहे थे, और उनके पास स्वर्ण मुद्राओं का तो जैसे भण्डार ही था। वे महँगी-से-महँगी वस्तु क्रय कर रहे थे। साधारण सैनिकों के पास भी इतना धन था कि उन्हें किसी भी पदार्थ का मूल्य अधिक नहीं लग रहा था।...

राजा समझते थे कि यह सब क्या है।...कीचक कितने ही राज्यों में से हो कर आ रहा था। जाने कहाँ-कहाँ उसने अपने सैनिकों को लूटपाट के लिये उन्मुक्त छोड़ दिया होगा। किसी को न भी लूटा हो तो किसी राजा से महाराज विराट के नाम पर, कर प्राप्त किया होगा; और उसे राजकोष में जमा कराने के स्थान पर अपने सैनिकों को प्रसन्न करने के लिये, उनमें बाँट दिया होगा। ...उसके लिये राजा की प्रसन्नता महत्त्वपूर्ण नहीं थी। उसे सैनिकों की प्रसन्नता चाहिए थी, चाहे वह किसी भी मूल्य पर क्यों न मिले।

विराट जानते थे कि यह सब कीचक का दम्भ था। अपने इस प्रकार के व्यवहार से वह उन्हें स्मरण कराता रहता था कि वह उनका वर्चस्व स्वीकार नहीं करता। वह सैनिकों के मन में भी यही बात अंकित कर देना चाहता था कि उनके स्वामी, महाराज विराट नहीं, उनका सेनापति ही है। इसीलिये तो सैनिक राजा का भय नहीं मानते थे।...कल की सूचनाओं के आधार पर राजा ने मान लिया था कि कीचक आज प्रातः उन्हें राजसभा में ही मिलेगा और वहीं उन्हें अपने सैनिक अभियान का अतिशयोक्तिपूर्ण विवरण देगा। उसे विवरण क्या देना होता था...अपने अहंकार का प्रदर्शन मात्र करना होता था।...किन्तु वह तो उनके अपने प्रासाद में भेंट करने आ गया था।..

"आने दो।" राजा बोले।

कीचक ने द्वारपाल के लौटने की प्रतीक्षा नहीं की थी। वह भीतर प्रवेश कर चुका था।

"महाराज की जय हो।" वह बोला, "महाराज का यह सेनापति विराटनगर के सारे पड़ोसी राज्यों को एक बार फिर यह स्मरण करा आया है कि उसकी भुजाओं में कितना बल है।..."

विराट के मन में निरन्तर विचार प्रवाह चल रहा था...यह कहीं दूर नहीं जाता...बस विराटनगर के निकटतम पड़ोसियों को पीड़ित करता रहता है। जिन राज्यों के विषय में उसे निश्चित सूचना है कि उनकी सैनिक क्षमता उसका सामना नहीं कर सकती, उनक कण्ठ पकड़ने के लिये वह हर समय तत्पर रहता है।... और उन लोगों को वह यह स्मरण नहीं कराता कि विराटनगर में कितना बल है, उन्हें यह स्मरण कराता रहता है कि कीचक कितना शक्तिशाली है।...

"सेनापति! तुम्हें राजसभा में आना चाहिए था। सभासदों के सम्मुख सैनिक अभियान का सारा विवरण प्रस्तुत किया जाये, यह हमारे राज्य की मर्यादा है।

राज्य के मन्त्रियों की उपेक्षा कर राजा और सेनापति परस्पर चर्चा से राजकार्य चलाएँ, यह राज्य के हित में नहीं है।"

कीचक का गर्व से फूला चेहरा क्षोभ से जैसे काला पड़ गया। लगा, वह आक्रोश में कोई बहुत कठोर बात कहने वाला है; किन्तु जब बोला तो उसके भाव चाहे कठोर थे, किन्तु उसके शब्द कठोर नहीं थे, "मैं यहाँ राजा से मिलने नहीं आया हूँ। मैं अपनी बहन सुदेष्णा से भेंट करने आया हूँ।"

राजा समझ गये कि कीचक ने अपने इस विशेषाधिकार से न केवल उनकी सारी आपत्तियाँ निरस्त कर दी हैं, वरन राजा के रूप में उनके अधिकारों को मानना भी अस्वीकार कर दिया है।

विराट वहीं खड़े रह गये और कीचक आगे बढ़ गया। उसने जाते हुए उनका अभिवादन भी नहीं किया था। वह राज-मर्यादा का उल्लंघन तो था; किन्तु परिवार के सदस्य के रूप में इतनी छूट वह ले ही सकता था।

रानी सुदेष्णा को भी कीचक के नगर में लौट आने की सूचना थी; किन्तु वह इस प्रकार से अकस्मात ही आकर उनके सामने खड़ा हो जायेगा, इसकी उन्होंने कल्पना भी नहीं की थी। रानी की दृष्टि अनायास ही अपने निकट खड़ी सैरन्ध्री की ओर उठ गयी, "तुम जाओ सैरन्ध्री! आवश्यकता होने पर मैं फिर बुलवा लूँगी।"

सैरन्ध्री ने एक अपरिचित पुरुष को इस प्रकार निस्संकोच तथा अनौपचारिक विधि से आते देख कर पहले ही अवगुंठन कर लिया था। रानी की अनुमति तो जैसे उसके अपने मन की उत्कट कामना थी।

सैरन्ध्री चली गयी और कीचक उसे जाते हुए देखता रहा। उसकी दृष्टि में जो अभद्रता थी, वह सुदेष्णा से छिपी नहीं रह सकी। वह उसे छिपाना भी नहीं चाहता था। सुदेष्णा उस दृष्टि को बहुत अच्छी तरह पढ़ सकती थीं; और जो कुछ वे पढ़ रही थीं, उससे उनकी अन्तरात्मा जैसे काँप उठी थी।...वे अपने भाई से सैरन्ध्री की रक्षा कर पायेंगी क्या?

"कैसे हैं भैया?" सुदेष्णा ने कीचक का ध्यान सैरन्ध्री की ओर से हटाने का प्रयत्न किया।

"मैं प्रसन्न हूँ, सुखी हूँ, आनन्दित हूँ; किन्तु देख रहा हूँ, कि तुम तो मुझसे भी बहुत अधिक सुख की स्थिति में हो।"

सुदेष्णा की सहज प्रतिक्रिया थी कि वह पूछे कि ऐसी क्या बात है कि जिसके कारण वह उन्हें परम सुख की स्थिति में पा रहा है। किन्तु पूछने की कोई आवश्यकता थी नहीं। वे समझ रही थीं कि उनके भाई का संकेत किस ओर था।

"हाँ! मैं तो परम सुखी की स्थिति में हूँ ही।" सुदेष्णा ने कहा, "जिस बहन के वीर भैया उसे सारी सुख-सुविधाएँ उपलब्ध कराने को तत्पर बैठे हों, वह बहन तो परम सुख की स्थिति में होगी ही।"

"अरे छोड़ो बहना! तुम भी क्या बातें ले बैठीं।" कीचक ने कुछ ऊबे हुए स्वर में कहा, "मुझे बताओ कि मेरी अनुपस्थिति में पीछे क्या-क्या होता रहा है यहाँ?"

"क्या होना था भैया!" सुदेष्णा बोलीं, "आप नहीं होते तो विराटनगर का जीवन जैसे थम ही जाता है। कोई गति-विधि ही नहीं रहती।"

"सुदेष्णे! मैं कल सन्ध्या समय ही विराटनगर में आ गया था।" कीचक बोला।

"जानती हूँ।"

"और यह भी जानती होगी कि जब मैं विराटनगर में उपस्थित नहीं भी होता, तो नगर में पीछे मेरी रानियाँ और मेरे भाई होते हैं। उनके अतिरिक्त मेरे कुछ आज्ञाकारी तथा निष्ठावान सेवक भी यहीं रहते हैं।" कीचक सीधे उसकी आँखों में देख रहा था, जैसे वह विराटनगर की रानी न हो, उसकी कोई दासी हो, "और तुम यह भी जानती होगी सुदेष्णे! कि उनमें कोई भी बहरा, गूँगा अथवा अंधा नहीं है।"

"तो?" सुदेष्णा ने कुछ साहस करके पूछा।

"तो मुझे पीछे के सारे समाचार मिलते रहते हैं। मैं विराटनगर से बाहर जाता हूँ तो भी अपने अनेक नेत्र छोड़ जाता हूँ।"

सुदेष्णा अनुभव कर रही थीं कि वे मन-ही-मन कीचक से आतंकित होती जा रही हैं। इस प्रकार तो वे कभी अपने पति से भी आतंकित नहीं हुईं, जो राजा हैं, और जिनसे कोई-न-कोई मतभेद होता ही रहता है।...और यह भाई, जिसके भरोसे वे अपने पति और इस राज्य के राजा से टकरा जाने में भी कोई संकोच नहीं करतीं, वह ही उन्हें आतंकित कर रहा है।...सुदेष्णा ने जैसे अपना सारा आत्मबल बटोरा, "ऐसा कौन-सा समाचार आपको मिल गया, जिसके कारण आप मुझे इस प्रकार आँखें दिखा रहे हैं?"

"मुझसे पूछे बिना कंक की नियुक्ति किसने की?"

"यह तो आपको महाराज से पूछना चाहिए।" सुदेष्णा कुछ आश्वास्त हुई, "राजसभा की नियुक्तियाँ मेरे अधीन नहीं हैं।"

"वह तो मैं राजा से पूछूँगा ही।" कीचक बोला, "मैं तो केवल इतना बता रहा था कि विराटनगर में पीछे और भी बहुत कुछ हुआ है।"

रानी को अपने भाई का यह सारा व्यवहार तनिक भी अच्छा नहीं लग रहा था; किन्तु वह कीचक का स्वभाव जानती थी। इस समय उसे कुछ भी कहना व्यर्थ था। बात टाल कर बोली, "मैं नहीं जानती थी कि राजसभा में राजा के एक द्यूत-सहचर की नियुक्ति इतनी बड़ी घटना थी कि भाई के नगर में लौटते ही बहन का दायित्व था कि वह उसका कुशल समाचार भी न पूछे और उसे उसकी सूचना दे।"

"क्यों एक द्यूत-सहचर ही क्यों?" कीचक बोला, "पाकशाला का नया अध्यक्ष भी नियुक्त किया है, राजा ने।"

"हाँ! नियुक्त किया है।" सुदेष्णा ने पहली बार सीधे कीचक की आँखों में देखने का दुस्साहस किया, "राजा हो कर भी उन्होंने कभी आपसे नहीं पूछा कि आपका कौन-सा काम कौन-सा सेवक करता है, और आपने कौन-सा सेवक क्यों नियुक्त किया है; और आप सेनापति हो कर भी राजा से पूछने का साहस कर रहे हैं कि उसने अपनी रसोई में नया रसोइया क्यों रखा?" सुदेष्णा ने कीचक को कुछ कहने का अवसर नहीं दिया, "और इसको नया रसोइया रखना कहते हैं? पाकशाला का पुराना अध्यक्ष तुम्हारे सैनिकों के दुर्व्यवहार से दुखी हो चुका था। वह अपना पद स्वयं ही छोड़ जाना चाहता था।..."

"रहने दो सुदेष्णे!" कीचक ने रानी की बात बीच में ही काट दी, "मैंने तो आज तक ऐसा व्यक्ति नहीं देखा, जो अपना अध्यक्ष पद स्वयं छोड़ना चाहे। उसमें कोई-न-कोई रहस्य है।"

"नहीं देखा, तो जाओ चतुरसेन को देख आओ। वह अब भी पाकशाला में ही है। कहीं गया नहीं है।"

सहसा कीचक का स्वर कोमल हो गया, "क्या बात है सुदेष्णे! आज अपने पति का बहुत पक्ष ले रही हो? आज तक तो तुमने राजा का इस प्रकार बचाव नहीं किया।"

"आप उनको इस प्रकार पीड़ित करेंगे, तो उनकी रक्षा तो करनी ही पड़ेगी। वे मेरे पति हैं।"

"नहीं!" कीचक के अधरों पर एक दुष्ट मुस्कान थी, "नहीं! वास्तविकता यह नहीं है।"

"तो क्या है वास्तविकता। आप ही बात दें।"

"वास्तविकता यह है कि इस बार मेरी अनुपस्थिति का तुम सबने ही बहुत लाभ उठाया है।" कीचक बोला, "सुना है कि उत्तरा ने भी एक नपुंसक को अपना नृत्य शिक्षक नियुक्त कर लिया है।"

"तुम्हें उसमें भी आपत्ति है?" सुदेष्णा ने कुछ प्रखर स्वर में पूछा।

"यदि वह सचमुच ही नपुंसक है, तो मुझे आपत्ति नहीं है।" कीचक बोला, "किन्तु मुझे संदेह है कि वस्तुतः वह नपुंसक नहीं है। और यदि वह कोई पुरुष हुआ, जो छद्म नपुंसक बन कर राजप्रासाद में ही नहीं, राजकुमारी के अन्तःपुर तक में जा पहुँचा है, तो?"

"आप हमें इतना मूर्ख समझते हैं? पूर्ण परीक्षण के पश्चात ही हमने उसे राजकुमारी का शिक्षक नियुक्त किया है।" सुदेष्णा ने क्रुद्ध दृष्टि से कीचक को देखा, "यदि आपको इससे सन्तोष न होता हो, तो अपनी किसी पत्नी अथवा प्रेमिका को उसकी शैया पर भेज कर उसकी परीक्षा कर लीजिए।"

"रुष्ट हो गईं।" कीचक हँसा, "भला इसमें रुष्ट होने की क्या बात है?"

"रुष्ट होने की बात नहीं है? आप मेरी पुत्री के विषय में इस प्रकार की बात कह रहे हैं।"

"तुम्हारी पुत्री के लिये नहीं कह रहा हूँ।" कीचक बोला, "मेरी पुत्री भी तो उत्तरा के साथ ही संगीत और नृत्य की शिक्षा ले रही है।"

"ठीक है। आप अपनी पुत्री के लिये किसी और शिक्षक का प्रबन्ध कर लें।"

कीचक ने तत्काल कोई उत्तर नहीं दिया। सुदेष्णा को स्पष्ट अनुभव हो रहा था कि कीचक की बात समाप्त नहीं हुई है। वह कुछ और भी कहना चाहता है।...वह अपनी भंगिमा बदल रहा था, जैसे कहने से पहले अपने कथन का मन-ही-मन रस ले रहा हो।...

उसकी मुद्रा सचमुच बदली। वह मुस्कुराने का प्रयत्न कर रहा था, जैसे कोई अत्यन्त दुर्ललित बात कहने जा रहा हो।

"मैंने सुना है कि तुमने भी अपने श्रृंगार के लिये किसी असाधारण सुन्दरी सैरन्ध्री को नियुक्त किया है।"

सुदेष्णा ने तमक कर कीचक को देखा : वे तब से इसी बात से डर रही थीं।...पर किसने सूचना दी होगी कीचक को? जहाँ तक रानी जानती थीं, सैरन्ध्री किसी बाहरी पुरुष के सम्मुख आयी ही नहीं थी। और ऐसी दृष्टि तो पुरुष की ही हो सकती है।...

"तो?" सुदेष्णा ने कहा, "विराटनगर की रानी को अपने लिये एक सैरन्ध्री नियुक्त करने के लिये भी अनुमति की आवश्यकता होगी?...अथवा एक बहन को एक दासी नियुक्त करने के लिये पहले भाई से सहमति लेनी होगी?"

कीचक ने रानी की बात का कोई उत्तर नहीं दिया। वह धीरे-धीरे चलता हुआ, सुदेष्णा के निकट आया और अत्यन्त आत्मीयता के भाव से उसके निकट बैठ गया। इस समय वह विराटनगर का प्रचण्ड सेनापति नहीं था। उसकी मुख

मुद्रा आतंकित नहीं करती थी।...सुदेष्णा को अपना शैशव स्मरण हो आया, जब वह कीचक की लाडली बहन हुआ करती थी और उसने अपने इस भाई के दुलार के सिवाय और कुछ नहीं देखा था।

"तुम्हें स्मरण है सुदेष्णे!" वह एक प्रकार की सावधान कोमलता के साथ बोला, "तुम्हें जो खिलौना प्रिय होता था, वह मैं तुम्हें ला देता था, चाहे वह किसी का भी क्यों न हो?"

सुदेष्णा को स्मरण था, कीचक सचमुच ऐसा ही किया करता था। उसने कभी यह चिन्ता नहीं की थी कि वह खिलौना किसका था। यदि वह सुदेष्णा को चाहिए था, तो वह सुदेष्णा का ही था। किन्तु इस समय उस स्मृति से सुदेष्णा को तनिक भी सुख की अनुभूति नहीं हुई। क्यों स्मरण करा रहा था, कीचक उसको ऐसी बातें...

"तुम्हें यह भी स्मरण होगा कि अनेक बार तुम्हारा मन उन उपयोगी वस्तुओं को खिलौना बना कर खेलने को मचल उठता था, जो खिलौने नहीं थे; और मैं किसी भी प्रकार उन वस्तुओं को तुम्हारे लिये उठा लाता था।"

सुदेष्णा का मन भय से काँप उठा : क्या कहना चाहता है कीचक? उसका संकेत सैरन्ध्री की ओर ही तो नहीं?

"सैरन्ध्री को तुमने अपने श्रृंगार के लिये रखा है; किन्तु इतना तो तुम भी समझती ही हो कि वह तुम्हारी अपेक्षा मेरे लिये कहीं अधिक उपयोगी सिद्ध हो सकती है। सिद्ध क्या हो सकती है, वह मेरे लिये अधिक काम की चीज है... तुम्हारा श्रृंगार तो कोई भी सैरन्ध्री कर देगी, किन्तु मेरे जीवन को तो मालिनी ही धन्य कर सकती है।..."

इसी क्षण का सामना करने से रानी डर रही थीं तब से!

उनके मन में अनेक प्रकार के संकल्प-विकल्प जैसे एक साथ ही आकार ग्रहण कर रहे थे।...क्या कीचक को इस प्रकार की माँग करने का कोई नैतिक आधार है? क्या उन्हें कीचक की बात मान लेनी चाहिए? उन्होंने सैरन्ध्री को वचन दिया था कि वे उसे और किसी की सेवा में नहीं भेजेंगी। क्या वे कीचक को मना कर पायेंगी? यदि वे मना कर भी दें तो कीचक मान जायेगा क्या? यदि सैरन्ध्री को अपनी इच्छा के विरुद्ध कीचक के पास जाना पड़ा तो वह सुदेष्णा की सेवा के लिये विराटनगर में रुकी रहेगी क्या?

कीचक का तर्क समझने में रानी को कोई कठिनाई नहीं थी, किन्तु इतना तो स्पष्ट था कि कीचक के इस सुख का मूल्य सुदेष्णा को ही देना पड़ेगा। सैरन्ध्री यहाँ से चली गयी, तो सुदेष्णा का यौवन भी उसके साथ ही विदा हो जायेगा।...

"भैया! आप शायद नहीं जानते कि सैरन्ध्री विवाहिता है।" सुदेष्णा ने कहा।

कीचक हँसा, "क्या इससे पूर्व संसार में कभी किसी विवाहित स्त्री का सम्बन्ध अपने प्रेमी से नहीं हुआ?"

"पर यह वैसी स्त्री नहीं है।" सुदेष्णा ने कहा।

"लगता है, तुम पहले ही उससे मेरे विषय में पूछ चुकी हो।"

"नहीं! मैने तो नहीं पूछा; किन्तु उसने आरम्भ में ही अपने विषय में जो कुछ बताया था, यह सब तो उसी से स्पष्ट हो गया था। आपने देखा ही है कि वह अवगुंठनवती है। किसी पुरुष के सम्मुख खुले मुँह नहीं जाना चाहती। बहुत पतिव्रता स्त्री है।"

"वह तो पतिव्रता है; किन्तु उसका पति कहाँ है? कहीं दूर देश में अपनी सखियों के साथ विहार कर रहा है।" कीचक बोला, "मैं ऐसी स्त्रियों को अच्छी तरह जानता हूँ। पति है नहीं और अपना भाव बढ़ाने के लिये सतीत्व का पाखण्ड कर रही है।"

"और यदि सचमुच उसका पति प्रकट हो गया तो?"

"तो या तो थोड़ा धन लेकर विधिवत उसे मुझे सौंप जायेगा, अथवा मेरे खडग की बलि चढ़ जायेगा।"

सहसा सुदेष्णा को महाराज विराट से हुआ अपना वार्तालाप स्मरण हो आया। कीचक को रोकने की यह एक विधि हो सकती थी। सम्भव है कि वह उसके 'गन्धर्वरक्षिता' होने की बात सुनकर डर जाये, अथवा न भी डरे, तो टल जाये। पर...

"आपने तो उसे अभी देखा भी नहीं है भैया!"

"हाँ! देखने को ही तो तरस रहा हूँ।" कीचक बोला।

"जिसे देखा ही नहीं उसके लिये इतने आतुर क्यों हैं?"

"क्योंकि उसके रूप का वर्णन सुन चुका हूँ।" कीचक बोला, "और प्रेम तो गुणश्रवण से भी आरम्भ हो जाता है।"

"आपको उससे प्रेम हो गया है?" सुदेष्णा के स्वर में हल्का-सा कटाक्ष था।

"प्रत्येक व्यक्ति की प्रेम की अपनी अवधारणा होती है।" कीचक हँसा, "कोई अपने स्थान पर बैठ कर किसी को स्मरण कर रोने को प्रेम कहता है; और हम जैसे क्षत्रिय वीर अपने बाहुबल से किसी को प्राप्त कर लेने की इच्छा को प्रेम कहते हैं। अब तुम ही बताओ सुदेष्णे! किसी स्त्री के लिये अश्रु बहाने की तत्परता प्रेम हो सकता है, तो उसके लिये रक्त बहाने की तत्परता प्रेम क्यों नहीं हो सकती?"

"वैसे तो त्याग का भाव ही प्रेम है, पर आप जैसे कुछ लोग आधिपत्य के भाव को भी प्रेम कहते हैं।" सुदेष्णा ने कुछ सतर्कता से कहा। वह जानती थी कि कीचक उसकी किसी भी बात से रुष्ट हो कर, अपना सन्तुलन खो सकता है।

"त्याग तो करूँगा ही।" वह बोला, "जो माँगेगी, दूँगा। वह माँग कर तो देखे। मैं उसके सम्मुख अपना त्याग-सामर्थ्य प्रमाणित करूँगा।"

सुदेष्णा का भाव कुछ बदल गया, "आप जानते हैं, वह असाधारण सुन्दरी है?"

"जानता न होता, तो इतना आग्रह क्यों करता?"

"किसने बताया है आपको?"

सुदेष्णा ने स्पष्ट देखा कि कीचक के अधरों पर किसी का नाम आता-आता रुक गया था। यदि वह समय से ही सावधान न हो गया होता, तो अवश्य ही उस व्यक्ति का नाम उसकी जिह्वा पर आ जाता।

और सहसा ही वह कुछ क्रुद्ध हो उठा, "क्या जानना चाहती हो तुम मुझसे? जानना चाहती हो मैंने तुम्हारे प्रासाद में अपने गूढ़ पुरुष तो नियुक्त नहीं कर रखे?" उसने जैसे सायास स्वयं को संयत किया, "वह भी कर सकता हूँ मैं। सेनापति हूँ इस राज्य का। इसलिये यह मेरा दायित्व है कि राजा और रानी की सुरक्षा का निरीक्षण करता रहूँ। राजप्रासादों में रचे जाने वाले षडयन्त्रों का पता लगाना भी मेरे दायित्वों में सम्मिलित है।"

सुदेष्णा के अधरों पर एक कटु मुस्कान उभरी; किन्तु वे कुछ बोली नहीं।

"मैं उस सैरन्ध्री को देखना चाहता हूँ।" कीचक बोला, "उससे बात करना चाहता हूँ।"

"भैया! आप उस सैरन्ध्री को क्यों देखना चाहते हैं, क्या उससे मिलना चाहते हैं—यह मेरे मन में अभी स्पष्ट नहीं है। कभी आप उससे प्रेम निवेदन करना चाहते हैं, और कभी अपने राजा और रानी की सुरक्षा में चिन्तित हो कर उसकी जन्मकुण्डली ही बांचना चाहते हैं...।"

"दोनों ही बातें हैं।" कीचक निर्लज्जता से बोला।

"मेरी रक्षा की चिन्ता करते हैं या नहीं, यह मैं नहीं जानती; किन्तु मेरा एक अनुरोध है।"

"क्या?"

"मैंने उसको वचन दिया है कि उसकी इच्छा के विरुद्ध मैं उसे अनावृत मुखमण्डल के साथ किसी पुरुष के सम्मुख उपस्थित होने को बाध्य नहीं करूँगी।"

सुदेष्णा बोलीं, “क्या आप मुझे अपने वचन की रक्षा भी नहीं करने देंगे?”

“तुम अपने वचन की रक्षा करो।” कीचक बोला, “किन्तु एक वचन मुझे भी दो कि यदि वह स्वेच्छा से मेरे पास आने को सहमत न हुई, तो तुम मुझे उसके पास जाने की अनुमति दे दोगी।”

सुदेष्णा के मन में तत्काल प्रश्न उठा कि यदि वे अनुमति न दें तो क्या कीचक सैरन्ध्री का पीछा छोड़ देगा?...किन्तु उन्होंने पूछा नहीं। वे जानती थीं कि कीचक का उत्तर क्या होगा।...इस समय वह अनुमति माँग रहा था, किन्तु अगले ही क्षण वह आदेश देने पर भी उतर सकता है।...

“ठीक है।” सुदेष्णा ने धीरे से कहा, “एक बार मुझे उससे पूछ कर देख तो लेने दो।”

43

सैरन्ध्री उद्यान में पुष्प चुन रही थी। रानी की वेणी के लिये वह विशेष आकार और वर्ण के पुष्प चाहती थी। मलिन से कह देती तो पुष्प तो आ जाते; किन्तु वे सैरन्ध्री की रुचि के नहीं होते। तब मालिन को समझाने के लिये जो श्रम करना पड़ता, वह तो था ही, साथ ही मालिन का रोष भी झेलना पड़ता। उससे तो सरल यही था कि वह अपनी रुचि के पुष्प ही चुन लेती।

उसे लगा कि किसी की पद-चाप उसकी दिशा में बढ़ रही थी। किन्तु वे पग सहज नहीं थे। बहुत सावधानी से पैरों को दबाकर इस प्रकार चला जा रहा था कि ध्वनि उत्पन्न ही न हो। ऐसे तो चोर ही चलता है, अथवा छिपकर किसी का पीछा करता हुआ, कोई गूढ़ पुरुष। दिन के इस समय, राजा के उद्यान में, न तो कोई चोर हो सकता है और न ही कोई गूढ़ पुरुष। तो यह कौन है?

सैरन्ध्री ने मुड़ कर देखा और पहचाना : यह तो राजा का श्यालक कीचक था। उसने तत्काल अपने मुख पर अवगुंठन डाल लिया और कीचक को मार्ग देते हुए, उसने बच कर एक ओर से निकल जाने का प्रयत्न करने लगी।

“ठहरो सुन्दरी!” कीचक उसके मार्ग में खड़ा हो गया था, “इस समय मैं इस उद्यान में भ्रमण की इच्छा से नहीं आया हूँ। उसके लिये मेरे अपने प्रासाद में उद्यान है, जो राजा के उद्यान से अधिक विशाल तथा अधिक आकर्षक है।”

सैरन्ध्री कुछ नहीं बोली।

“यह भी नहीं पूछोगी कि तब मैं क्यों आया हूँ?”

“मेरे पूछने का कोई प्रयोजन नहीं है।” सैरन्ध्री धीरे से बोली, “न ही उसमें मेरी कोई रुचि है। यह उद्यान मेरा नहीं है कि किसी के प्रवेश का कारण

जानना चाहूँ। आपसे मेरा कोई परिचय ही नहीं है कि मैं यह जानना चाहूँ कि आप इस समय यहाँ क्यों आये हैं।"

कीचक प्रयत्लपूर्वक शालीनता से हँसा, "पर तुमको मुझ में रुचि होनी चाहिए; क्योंकि मुझे तुममें बहुत रुचि है। कृपा कर अपना यह अवगुण्ठन उठा दो। तुम्हें ईश्वर ने इतना सुन्दर इसलिये नहीं बनाया है कि तुम अवगुंठन में छुपी रहो। सौन्दर्य, दर्शन-सुख के लिये होता है सुनयने! मुझे उस सुख से वंचित मत करो।"

सैरन्ध्री ने कीचक की बात का कोई उत्तर नहीं दिया; पर सोचती रही कि उससे पूछे कि क्या वह ईश्वर से पूछ कर आया है कि सैरन्ध्री को इतना सुन्दर क्यों बनाया गया है।...

"मैंने तुम्हारे विषय में बहुत कुछ सुना है।" कीचक बोला, "मैंने सुना है कि तुम दस मास पूर्व यहाँ आयी थीं। कहाँ से आयी थीं, यह कोई नहीं जानता।...नहीं! कदाचित मैं कहना कुछ और चाहता था; किन्तु कह कुछ और गया। तुम्हें सामने देख कर शायद मेरा मन और मस्तिष्क सहज नहीं रहते। अपनी उल्लासमयी उत्तेजना में वे कुछ बौरा से जाते हैं। तो कहना मैं यह चाहता था कि जो यह जानता है कि रानी सुदेष्णा के पास एक सैरन्ध्री रहती है, वह तो यह भी जानता है कि तुम पाण्डवों की रानी पांचाली की सेवा में थी। वे लोग तो अज्ञातवास करने चले गये, किन्तु तुम्हारा पति कहाँ चला गया, यह कोई नहीं जानता। तुमने सुदेष्णा को यह बताया है कि तुम्हारा पति किसी संकट के कारण नगर से बाहर गया है और तुम्हारे श्वसुर ने तुम्हें घर से निकाल दिया है। किन्तु मेरा इन सारी कथा-कहानियों में कोई विश्वास नहीं है। मैं यह मानता हूँ कि या तो तुम अपने पति से रुष्ट हो कर आयी हो या फिर वह ही तुम्हें त्याग गया है।"

सैरन्ध्री ने अपने पक्ष में कुछ नहीं कहा।

"तुमने कोई उत्तर नहीं दिया सैरन्ध्री!" कीचक बोला।

"उसकी कोई आवश्यकता नहीं है।" वह बोली, "आप क्या मानते हैं और क्या नहीं मानते हैं, उसमें मेरी कोई रुचि नहीं है।"

"तुम्हारी रुचि हो या न हो, मुझे तुममें बहुत रुचि है।" कीचक बोला, "मैं मानता हूँ कि यदि तुम्हारे पति ने किसी कारण से रुष्ट हो कर तुम्हें त्याग दिया है अथवा वह किसी अन्य नारी में आसक्त हो गया है, तो वह जन्म का अभागा है। उसे जाने दो। ऐसा पुरुष इस योग्य नहीं है कि तुम उसकी प्रतीक्षा करो। और यदि तुमने ही उसे त्याग दिया है तो ठीक किया है। वह इसी योग्य था। तुम जैसी सुन्दरी से जो सैरन्ध्री का कार्य करवाता था, वह तो इस योग्य

है कि उसे नगरद्वार पर खड़ा कर कशा से मार-मार कर उसकी त्वचा उतार ली जाये। तुम जैसे नारी-रत्न का इतना अपमान!"

सैरन्ध्री भाँप रही थी कि कीचक अपनी बात को किस दिशा में ले जाना चाहता है। उसका लक्ष्य भी बहुत स्पष्ट था। किन्तु वह उसके मार्ग में अड़ कर इस प्रकार खड़ा था कि उसकी इच्छा के बिना, वह रानी के मण्डप की ओर नहीं बढ़ सकती थी; और विपरीत दिशा में चल कर रानी के मण्डप से और भी दूर हो जाना, उसके हित में नहीं था।

"तुम जानती भी हो कि तुम्हारा रूप कैसा है, कितना अनमोल है।"

"हाँ! प्रतिदिन दर्पण देखती हूँ।" सैरन्ध्री की बहुत इच्छा थी कि वह कीचक से पूछे कि क्या उसने भी कभी दर्पण देखा है? देखा होता, तो उसे ज्ञात होता, कि वह कैसा है। किन्तु ऐसा परिहास कर वह कीचक को ओर अधिक छूट नहीं देना चाहती थी।

"यदि मुझे ज्ञात नहीं होता कि तुम सदेष्णा की सैरन्ध्री हो तो मैं तो यही मानता कि तुम कोई देवसुन्दरी हो और आकाश से उतर कर अभी-अभी आयी हो। ऐसा रूप इस पृथ्वी पर तो हो ही नहीं सकता।..."

सैरन्ध्री ने बड़ी कठिनाई से अपने मुँह में आया हुआ वाक्य रोका, नहीं तो वह कह देना चाहती थी कि वह भी नहीं जानती थी कि कीचक जैसा गधा भी पृथ्वी पर हो सकता है।...पर सत्य यही है कि वह इसी पृथ्वी का जीव है। पाताल में से तो आया नहीं है।

"आप यहाँ बैठ कर शोध करें कि पृथ्वी पर कैसा सौन्दर्य हो सकता है," अन्ततः वह बोली, "और मुझे जाने के लिये थोड़ा मार्ग दे दें, ताकि मैं मण्डप में जाकर महारानी की वेणी गूँथ सकूँ।"

"अपना महत्त्व समझो सुन्दरी! कहाँ सैरन्ध्री बन कर अपना जीवन नष्ट कर रही हो।" कीचक बोला, "तुम जैसी सुन्दरी किसी की सैरन्ध्री बन कर रहे, यह तो सौन्दर्य के प्रति अपराध है। तुम्हें तो राजरानियों के समान रहना चाहिए था। यह निर्धनता, ये कष्ट, यह श्रम—यह सब तुम्हारे लिये नहीं है। मुझे जानती हो?" सहसा वह रुक गया।

सैरन्ध्री का मन हुआ कि कहे, हाँ! वह जानती है कि विराटनगर का सबसे बड़ा बौड़म है।...किन्तु उसने कुछ कहा नहीं।

"मैं हूँ कीचक! सम्बन्ध में रानी सुदेष्णा का भाई हूँ, राजा का श्यालक। पद की दृष्टि से विराटनगर का सेनापति हूँ; किन्तु सत्य यह है कि इस राज्य का स्वामी मैं ही हूँ। सिंहासन पर राजा बैठते हैं, किन्तु वास्तविक सत्ता मेरे हाथों में है। मेरी इच्छा के बिना राजा कुछ भी नहीं कर सकते। मेरा प्रासाद राजा के

प्रासाद से बड़ा है। मेरा उद्यान राजा के उद्यान से बड़ा है। मेरे प्रासाद में राजा के प्रासाद से अधिक सेवक हैं। मैं राजा से अधिक शक्तिशाली और भाग्यशाली हूँ। तुम मुझको स्वीकार कर लो, तो मैं तुम्हें राजरानी बना सकता हूँ।"

सैरन्ध्री ने तमक कर उसकी ओर देखा जैसे कोई बहुत कठोर बात कहने वाली हो; किन्तु उसने स्वयं को सँभाल लिया। बोली, "सेनापति! मैं बहुत साधारण और बहुत ही हीन प्राणी हूँ। मैं एक सैरन्ध्री हूँ, जो दूसरों का तो श्रृंगार करती है, किन्तु स्वयं कभी स्वच्छ भी नहीं रह पाती। आप सूतों के उच्च कुल में जन्मे हैं और मैं साधारण सेवकों के कुल में। आपका मुझमें इस प्रकार रुचि लेना उचित नहीं है।"

"इसीलिये तो कह रहा हूँ कि मुझे स्वीकार कर लो देवि। तुम्हारा पति यदि कोई है, तो वह मेरा पासंग भी नहीं होगा—न रूप में, न यौवन में, न धन में, न बल में, न सत्ता में।"

सैरन्ध्री ने पहली बार अपना अवगुण्ठन हटाया और बोली, "संसार में ऐसे अनेक पुरुष हैं, जो धन, रूप और गुण में तुमसे बढ़ कर हैं। क्या कोई नहीं है?"

"होंगे!" कीचक अपनी इच्छा के विरुद्ध बोला।

"क्या तुम्हारी· पत्नियाँ, तुम्हें त्याग कर उनके पास चली गईं? तुम मात्र सेनापति हो, और विराट राजा हैं, क्या इसलिये तुम्हारी सारी पत्नियों को तुम्हें त्याग कर राजा की शैया पर आरूढ़ नहीं हो जाना चाहिए?"

"यह कैसा प्रश्न है?" कीचक बोला, "मुझे छोड़ कर मेरी पत्नी किसी अन्य पुरुष की शैया पर क्यों जायेगी?"

"तो तुम किसी और की पत्नी को कैसे यह उपदेश दे रहे हो कि वह अपने पति को त्याग तुम्हें स्वीकार कर ले, क्योकि तुम उसे कुछ अधिक सांसारिक सुख देने में समर्थ हो। आर्य सेनापति! संसार बल अथवा सत्ता से नहीं चलता है। यह धर्म से चलता है और नारी का नहीं पुरुष का भी धर्म यही है कि वह अपनी ही स्त्री के प्रति निष्ठावान रहे। मेरे पति जैसे भी हैं, मैं उनके प्रति निष्ठावान हूँ। तुम भी अपनी ही पत्नियों में मन लगाओ। परस्त्रीगामी लंपट पुरुष स्वयं को बहुत बुद्धिमान समझता है, किन्तु उतना ही बुद्धिमान वह दस्यु भी स्वयं को समझता है, जो दूसरों का धन लूटता है।..."

"तुम मुझे जानती नहीं हो सैरन्ध्री! विराटनगर में ऐसी कोई स्त्री नहीं है, जिसे मैं बुलाऊँ और वह जीवन का भोग भोगन के लिये मेरी शैया पर आ न जाये।"

"इसका अर्थ यह नहीं है कि तुममें कोई ऐसी मोहिनी है," सैरन्ध्री बोली,

"इसका अर्थ मात्र इतना है कि विराटनगर में कोई सती नारी नहीं है।"

"नहीं!" कीचक का स्वर ऊँचा हो गया, "इसका अर्थ यह है कि मेरी इच्छा के विरुद्ध विराटनगर में कोई रह नहीं सकता। मुझे रुष्ट कर तुम भी विराटनगर में रह नहीं पाओगी।"

"और तुम्हें प्रसन्न कर मुझे विराटनगर में रहना भी नहीं है। यदि राजा मेरी रक्षा नहीं कर सकते, तो मैं उनकी प्रजा बनना भी नहीं चाहती। मैं कल ही यहाँ से चली जाऊँगी।"

"ऐसे जा भी नहीं पाओगी।" कीचक हँसा, "यदि स्वेच्छा से मुझे स्वीकार नहीं करोगी, तो मैं बलप्रयोग भी कर सकता हूँ। और शायद तुम जानती नहीं हो, कि कीचक के बल का प्रतिकार जो कर पाये, ऐसा पुरुष इस धरती पर जन्मा नहीं है।"

सैरन्ध्री का मन हुआ कि खिलखिला कर हँस पड़े। यह मूढ़ टीलों को ही पर्वत समझे बैठा है। वास्तविक पर्वत तो इसने कोई देखा ही नहीं है।

"मेरे पति यहाँ नहीं हैं।" वह बोली, "किन्तु उनके पाँच-पाँच बलिष्ठ गन्धर्व मित्र, अदृश्य रह कर, हर क्षण मेरी रक्षा करते रहते हैं। यदि तुम मुझे बलात प्राप्त करना चाहोगे, तो उसी रात्रि को तुम्हारी मृत्यु हो जायेगी।"

कीचक हँस पड़ा, "पाँच नहीं, पाँच सहस्र गन्धर्वों को मैं अकेला ही चीरकर चील कौओं को खिला दूँगा। ये कपोल कल्पित कथाएँ मुझे मूर्ख नहीं बना सकतीं सैरन्ध्री! कीचक की कोई भी कामना आज तक अफलित नहीं रही।... बोलो! कब आओगी मेरे पास? मैं तुम्हें स्वर्ण के आभूषणों से लाद दूँगा। ऐसे मूल्यवान वस्त्र दूँगा, जो सुदेष्णा तो क्या द्रौपदी और सत्यभामा ने भी कभी नहीं पहने होंगे। कहो तो यह सारा राज्य तुम्हारे चरणों पर डाल दूं। यहाँ ऐसा कुछ नहीं है, जो कीचक तुमको न दे सकता हो। तुम तो बस मुझे स्वीकार कर लो और सिंहासन पर बैठ कर मुझे आदेश देती चलो...।"

सैरन्ध्री समझ रही थी कि कीचक ऐसा व्यक्ति नहीं था, जिसे समझाया अथवा भयभीत किया जा सके। वह तो अपनी बात मनवाए बिना टलेगा नहीं; और सैरन्ध्री अनन्तकाल तक उससे विवाद करती अथवा उसकी युक्तियों का निराकरण करती यहाँ खड़ी नहीं रह सकती। उसे उससे मुक्ति पाने की कोई युक्ति तो निकालनी ही पड़ेगी।...

सैरन्ध्री ने पुष्प तोड़ने के लिये, उस दिशा में हाथ बढ़ाया, जिधर कीचक खड़ा था; किन्तु कीचक अपने स्थान से तिल भर भी नहीं हटा।

सैरन्ध्री मुस्कराई, "एक पुष्प तक तो लेने नहीं दे रहे, सारा राज्य कहाँ से लेने दोगे सेनापति महादेय!"

कीचक खिसिया कर एक ओर हट गया।

"तुम सारा उद्यान लो देवि! किन्तु साथ में कीचक के रूप में उसके उद्यानपाल को भी तो स्वीकार करो।"

"यह निर्णय कौन करेगा कि कीचक उद्यान का माली है अथवा इन पुष्पों को प्राप्त करने वाली अंगुलियों में चुभ जानेवाला काँटा?" सैरन्ध्री बोली।

"ऐसे तर्क देती हो, जिनके सम्मुख न्यायशास्त्र के पण्डित हार जायें, ऐसी उपमाएँ देती हो जिनके सामने महान-से-महान कवि पानी भरें; और फिर हठ पकड़ कर बैठी हो कि यह अनमोल जीवन एक सैरन्ध्री के रूप में ही व्यतीत करोगी। सैरन्ध्री! तुम इससे बहुत अधिक की अधिकारिणी हो। प्रभु ने मुझे तुम्हारा सौभाग्य बना कर भेजा है, मुझे अस्वीकार कर प्रभु की इच्छा का विरोध मत करो।"

सैरन्ध्री एक-एक पुष्प तोड़ती, पग-पग करती, मण्डप के निकट पहुँच चुकी थी। यहाँ से रानी का कक्ष दूर नहीं था।

"ईश्वर ने एक व्यभिचारी लंपट को यदि मेरा सौभाग्य बनाया है तो मैं प्रभु की इच्छा का भी विरोध करती हूँ।"

जब तक कीचक कुछ समझता और सँभलता, सैरन्ध्री त्वरित वेग से मण्डप में प्रवेश कर चुकी थी।

पुष्पों को एक अन्य परिचारिका को सौंप कर सैरन्ध्री तत्काल वहाँ से निकल गयी। वह जानती थी कि कीचक उसके पीछे-पीछे आयेगा और सम्भव है कि वह मर्यादा का उल्लंघन करने का भी प्रयत्न करे। यह तो स्पष्ट ही था कि उसे किसी का भी कोई भय नहीं था। ऐसे में कोई अनहोनी भी घट सकती थी। अच्छा था कि सैरन्ध्री इस समय सबकी दृष्टि से ओझल हो कर कहीं किसी एकान्त कोने में छिप कर बैठी रहे। सम्भव है कि कीचक से निबटने का कोई सुरक्षित मार्ग सूझ जाये।

उसके पगों की गति जैसे-जैसे बढ़ती जा रही थी, वैसे ही उसका मस्तिष्क भी दौड़ता जा रहा था। अन्ततः उसके पग भवन के उस खण्ड की ओर मुड़ गये, जहाँ उत्तरा संगीत और नृत्य की शिक्षा ग्रहण करती थी और अभ्यास किया करती थी। बृहन्नला भी वहीं होगा। किसी आततायी पुरुष से बचने का सबसे सुरक्षित स्थान वैसे तो बल्लव के निकट ही हो सकता है; किन्तु बल्ल्व के पास तो तभी जाना चाहिए, जब बल प्रयोग की आवश्यकता आ पड़े। वैसे भी सम्भव है, बल्लव पाक शाला की सामग्री एकत्रित करने जैसे किसी कार्य में लगा हो और अपने स्थान पर उपस्थित न मिले। बल्लव का स्थान तो अनेक कारणों से सार्वजनिक स्थान बन जाता है। बृहन्नला का स्थान एकान्त स्थान साधना का स्थान है।

"कहाँ जा रही हो सखि!"

सैरन्ध्री ने देखा : धानुका कदाचित उत्तरा के मण्डप से ही लौट रही थी।

"राजकुमारी से कुछ काम है।"

"राजकुमारी से क्या काम होगा तुमको?" धानुका बोली, "उनका केशविन्यास तो तुम करती नहीं। वस्तुतः तुम्हें बृहन्नला से काम होगा।" वह हँसी और फिर अपना स्वर दबा कर धीरे से बोली, "देख रही हूँ, तुम्हें कोई पुरुष तो भाता नहीं, पर वह नपुंसक भा गया है। हाँ। ठीक भी है। पुरुष का क्या भरोसा। बृहन्नला से किसी प्रकार का कोई संकट तो नहीं है न, तुम्हारे नारीत्व को। कोई लांछन नहीं। कोई अपवाद नहीं।..."

"अब बोलली ही जायेगी कि किसी की सुनेगी भी।" सैरन्ध्री ने उसे डाँटा।

"बोल! क्या कहती है। तुझे बृहन्नला से प्रेम हो गया है।"

"उससे ही प्रेम करना होगा, तो तुझसे न कर लूँगी।" सैरन्ध्री बोली, "कला पारखी है बृहन्नला! कुछ नृत्य मुद्राओं में विशेष प्रकार का केश शृंगार किया जाता है, उनका ज्ञान तो बृहन्नला को ही है, तुझे होता तो तेरे पास पूछने आती।"

"जा-जा! जानती हूँ मैं कि कौन-सा केशविन्यास सीखने जा रही है। अपने निकट बैठा कर तेरे केश सँवारेगी बृहन्नला।" धानुका हँसती हुई चली गयी।

उत्तरा के मण्डप के निकट आते ही सैरन्ध्री के श्रवणों से संगीत लहरियाँ टकराने लगीं। कैसा शान्तिदायक स्वर था। यह स्वर उत्तरा का नहीं था। इस समय तो स्वयं बृहन्नला ही गा रही थी। उत्तरा तथा उसकी सखियाँ शान्ति से बैठी सुन रही थीं। सैरन्ध्री ने बृहन्नला को गाते हुए पहले भी सुना था; जब वह द्रौपदी थी और वह अर्जुन था। उसे वह किन्नर कण्ठ कहा करती थी; किन्तु अर्जुन का स्वर उसे इतना मनोहारी तो कभी नहीं लगा था। कितना भी मग्न हो कर गाये, ध्यान तो बर्हिमुखी ही रहता था। सामने बैठे व्यक्ति की ओर देखता तो था कि वह उसकी कला पर रीझ रहा है अथवा नहीं। अब तो जैसे वह किसी और के लिये गाता ही नहीं था। बस वह था और उसका संगीत। अपनी आत्मा में बैठे परमात्मा को रिझाता था और उसी के लिये गाता था। उसका इतना अन्तर्मुखी होना कभी-कभी द्रौपदी को डरा जाता था। आज उसके स्वर में सात्विकता भी कुछ अधिक ही थी।...लगता था, इधर अर्जुन का गायन का अभ्यास बहुत बढ़ गया था। उसने इन दस महीनों में संसार से किनारा कर, केवल संगीत की ही साधना की थी। सांसारिक गीत कभी नहीं

गाता था वह। अधिकांशतः वह सारा भक्ति संगीत ही होता था। कदाचित वह संगीत के मार्ग से भक्ति की चढ़ाई ही चढ़ रहा था। मानों संगीत के माध्यम से समाधि में चला जाता हो। ऐसे वातावरण में कोई उच्छृंखल विचार भी उसके पास नहीं फटक सकता था।

सैरन्ध्री एक कोने में चुपचाप बैठ गयी। उसने देखा, सारी लड़कियों के नेत्र मुँदे हुए थे। किसी ने शायद उसे आते हुए भी नहीं देखा था।...कैसी शान्ति थी यहाँ। उसने सोचा। कैसे सुख में था अर्जुन। द्रौपदी ने भी अपने लिये ऐसा ही कोई कार्य क्यों नहीं ढूँढ़ा। गुरु के सम्मान और मर्यादा से सुरक्षित कहीं बैठी होती।...पर अर्जुन ने नपुंसक का रूप धारण किया है। वह अंगीकार कर पाती नपुंसक का रूप? बृहन्नला के आस-पास का प्रत्येक बालक भी उसे पहली बार देख कर व्यंग्य से मुस्कुराता है। इस नपुंसकत्व के कारण वह प्रत्येक व्यक्ति के उपहास का पात्र है। उसका आहत पौरुष क्या कभी फुफकारता नहीं होगा? वह स्वयं को अपमानित अनुभव नहीं करता होगा? कदाचित अर्जुन ने अपने अहंकार को ही जीत लिया है। मान और अपमान उसके लिये कुछ अर्थ नहीं रखता। महावीर, महान धनुर्धर महारथी अर्जुन यहाँ बैठ इन राजकुमारियों को संगीत सिखा रहा है।...उसने इस स्थिति को भी कैसी शान्ति से स्वीकार कर लिया है। इसे वह एक अवसर मान कर, साधना कर रहा है। अपने चरित्र को और अधिक सात्विक बना रहा है। इतना संयम कि सुन्दरी युवतियों द्वारा कामपरीक्षण करने पर भी उसमें काम उद्दीप्त नहीं हुआ। उन्होंने प्रमाणित किया कि वह षंड है, उसमें पुंसत्व है ही नहीं।...अर्जुन ने एक कला सीखी थी; और द्रौपदी ने दूसरी। कलाएँ तो दोनों ही हैं; किन्तु एक का सम्बन्ध शरीर से है और दूसरी का आत्मा से। इसलिये असाधारण सुन्दरी नारी हो कर भी वह रानी के केशों को सँवारती है। प्रसाधन सामग्री की गंध में डूबी रहती है; और दूसरी ओर अपनी कला से अर्जुन सांसारिक रूप में गुरु का सम्मान पा रहा है और आध्यात्मिक दृष्टि से साधना के सोपान चढ़ रहा है। अभागी द्रौपदी! तू ने शरीर के सौन्दर्य क्यों देखा? आत्मा के सौन्दर्य की ओर ध्यान क्यों नहीं गया?

शनैः-शनैः द्रौपदी स्वयं को भूलती चली गयी। उसे यह भी ध्यान नहीं रहा कि वह कहाँ है। वह यहाँ क्यों आयी है। उसे तो यही लगा कि किसी ने उसके मन को पहले अपने कोमल स्पर्श से शान्त किया। उसका सारा ताप हरण किया। फिर जैसे उसके मल को मल-मल कर निकाल दिया। कैसा निर्दोष और सात्विक हो गया था उसका मन, जो सबकी पीड़ा हर लेना चाहता था। सबको क्षमा कर देना चाहता था। सांसारिक कार्य-व्यापार, सांसारिक उपलब्धियाँ, सांसारिक सुख, कैसे तो मलिन से लगने लगे थे। वह कैसे स्वच्छ संसार में

पहुँच गयी थी, जहाँ कोई कामना नहीं थी, कोई इच्छा नहीं थी। कैसी शान्ति और कैसा सन्तोष था।...

बृहन्नला ने अपना गायन पूर्ण किया। उसका स्वर थम गया और उसने वीणा एक ओर रख दी।

सामूहिक रूप से जैसे सबका ध्यान भंग हो गया। आँखें खुलीं। अधरों पर मुस्कान थी। नेत्रों में प्रशंसा का भाव था। एक बहुत ही कलात्मक, सात्विक तथा अलौकिक अनुभव में सम्मिलित होने का भाव था।

उत्तरा ने अपने स्थान से उठ कर बृहन्नला के चरण छू उसे प्रणाम किया, "आप धन्य हैं गुरुदेवी! आपका संगीत क्या है, योग है, भक्ति है। आप अपनी कला से सारे श्रोताओं को सदेह स्वर्ग में पहुँचा देती हैं।...और मैं धन्य हूँ गुरुदेवी कि मैंने अनायास ही आप जैसी गुरु पायी।...मैं कामना करती हूँ कि ईश्वर मेरा सब कुछ ले ले और आपकी इस कला का अंश मुझे भी दे दे।"

बृहन्नला हँसी, "धैर्य रखो राजकुमारी! साधना से सब कुछ मिलता है। प्रभु बहुत ही दयालु हैं, उससे भी अधिक, जितने की कि हम कल्पना कर सकते हैं। वे मनुष्य को वह सब कुछ देते हैं—जिसकी वह कामना करता है, जिसके लिये वह श्रम करता है, जिसको पाने की उसमें योग्यता होती है।"

"गुरुदेवी! आपने तो कुछ विरोधी बातें एक साथ कह दीं।" कीचक की पुत्री सुचरित ने कहा, "आप कहते हैं कि प्रभु वह सब देते हैं, जिसकी कि हम कामना करते हैं। मैं आपके समान संगीत विद्या की कामना करती हूँ। फिर आप कहते हैं कि ईश्वर वह सब कुछ देता है, जिसकी हममें योग्यता होती है। मुझमें आपके समान योग्यता नहीं है। तो फिर मेरी कामना पूर्ण कैसे होगी। प्रभु हमको वह देंगे, जिसकी हम कामना कर रहे हैं, अथवा वह देंगे, जिसकी हममें योग्यता है।"

बृहन्नला बहुत मधुर ढंग से हँसी, "तुम्हारी कामना के कारण वे तुम्हें योग्यता देंगे; और फिर उस योग्यता के कारण क्षमता देंगे।"

"केवल कामना करने मात्र से हममें वह योग्यता उत्पन्न हो जायेगी?" उत्तरा ने पूछा।

"नहीं पुत्री!" बृहन्नला के स्वर में अद्भुत वात्सल्य था, "भाव अथवा विचार को कर्म में परिणत करना पड़ता है। मन और शरीर को एकतान करना पड़ता है। तुम कामना करती हो, अतः वैसे कभी कर्म भी करती हो, जिससे वह कामना पूर्ण हो सके। तुम संगीत का धन पाना चाहती हो, इसलिये वीणा लेकर माँ सरस्वती के सम्मुख बैठ प्रहर, दो प्रहर साधना भी तो करती हो। मुझमें ऐसा कुछ नहीं है, जो तुम प्राप्त न कर सको। अथवा इच्छा होने पर

कोई और न कर सके; किन्तु उसके लिये कुछ बातें मन में पहले स्पष्ट कर लेनी चाहिए।"

"क्या बातें गुरुदेवी!"

"किसकी कामना करती हो उतरे! संगीत की अथवा शान्ति की? गायन की अथवा समाधि की? राजसभा में प्रशंसा की अथवा एकान्त में शान्ति की? उत्कृष्ट स्वर की अथवा धन की? संगीत की अथवा जो कुछ संगीत से उपलब्ध होता है, उसकी?"

"इसमें अन्तर क्या है गुरुदेव? यदि संगीत होगा तो प्रशंसा भी मिलेगी, यश भी मिलेगा।"

"नहीं पुत्री! यह बात आरम्भ में ही स्पष्ट हो जानी चाहिए कि तुम्हारा लक्ष्य संगीत है अथवा संगीत से प्राप्त होने वाले पदार्थ अथवा उपलब्धियाँ।" बृहन्नला ने कहा, "इसी स्थल से मार्ग पृथक हो जाते हैं। कलाओं से सब कुछ प्राप्त हो सकता है। यश भी, धन भी, काम भी। अब यदि किसी को काम मिले और वह काम को पकड़ कर बैठ जाये, कला को त्याग दे, तो उसकी कला की यात्रा वहीं समाप्त हो जाती है। यही बात यश और धन को लेकर भी है। यदि साधक मार्ग में मिला सब कुछ ईश्वर को समर्पित कर आगे बढ़ता चले तो अन्त में वह कला उसे अपने शुद्ध रूप से प्राप्त हो जाती है, जो ईश्वर का ही एक रूप है। नृत्य से महादेव शिव स्वयं मिल जाते हैं। संगीत से माँ वीणापाणि स्वयं साक्षात प्रकट हो जाती हैं; किन्तु उसके लिये आवश्यक है कि साधक मार्ग की बाधाओं पर ही मुग्ध हो कर मार्ग में न बैठ जाये।"

"कौन-सी बाधाएँ गुरुदेव!" सुचरिता ने पूछा।

"जिन्हें हम सामान्यतः उनकी उपलब्धियाँ मानते हैं।" बृहन्नला ने उत्तर दिया, "अध्यात्म साधना में थोड़ी दूर चलने पर साधक को कुछ सिद्धियाँ प्राप्त होने लगती हैं। यदि साधक उनसे ही सन्तुष्ट हो कर उनमें रम जाये, तो उसका विकास नहीं होता। किन्तु यदि वह उन सिद्धियों का तिरस्कार कर आगे बढ़ता चले तो अन्त में उसे ईश्वर की प्राप्ति होती है। वैसे ही कला की साधना में भी कुछ चमत्कार, कुछ उपलब्धियाँ, कुछ पुरस्कार, प्राप्त होने लगते हैं। ये कला की सिद्धियाँ हैं; अतः हम उन्हें पार करते चलते हैं तो अन्ततः हमें ईश्वर की प्राप्ति होती है। ईश्वर कला रूप भी है पुत्री! वह रस रूप भी है।

"मैं आपकी बात समझ रही हूँ गुरुवर! किन्तु मेरे लिये यह सब बहुत अमूर्त है। बहुत स्पष्ट नहीं है।"

"स्पष्ट भी हो जायेगा पुत्री! और मूर्त भी।" बृहन्नला ने कहा, "एक बात और समझ लो। किसी भी गंतव्य तक पहुँचने के अनेक मार्ग होते हैं; किन्तु

प्रत्येक मार्ग स्वच्छ और पवित्र नहीं होता। सात्विक, स्वच्छ तथा पवित्र मार्ग कष्टसाध्य भी होता है और सुदीर्घ भी; किन्तु यात्रा सदा उसी मार्ग से करनी चाहिए। कला की साधना करनी है, तो अपनी आत्मा को कलुषित मत होने दो। मन को सदा स्वच्छ करते रहो। मन सात्विक नहीं होगा, तो कला से भी सांसारिक भाग ही मिलेगा; ईश्वर कदापि नहीं मिलेगा। अतः कला की साधना अपने चरित्र की भी साधना है। इसे कभी मत भूलना। स्वर को शुद्ध करो, तो मन को भी शुद्ध करो, तन को भी शुद्ध करो, आत्मा को भी शुद्ध करो, चरित्र को भी शुद्ध करो।"

बृहन्नला ने स्वयं को झटक कर जैसे आत्मलीनता से मुक्त किया और वह कुछ बहिर्मुखी हुई, "अब तुम लोग अपने-अपने वाद्ययन्त्र लो और मण्डप में उपयुक्त स्थान खोज कर बैठ, अपना अभ्यास करो। हमारे सौभाग्य से सखी मालिनी यहाँ आयी हैं। मैं थोड़ी देर अपनी इस सखी से कुछ चर्चा कर लूं।"

लड़कियाँ उठ कर अलग-अलग स्थानों पर जा बैठीं। बृहन्नला तथा सैरन्ध्री उन सारी राजकुमारियों को देख सकते थे। वे भी उनको देख सकती थीं। किन्तु इतनी दूरी तो उनमें थी ही कि वे उनका वार्तालाप न सुन सकें।

"हाँ सखि! बोलो, इस समय कैसे आना हुआ? कुछ व्याकुल सी लग रही हो।"

"पहले बताओ कि यदि कीचक यहाँ आ जाये, और बल प्रयोग करना चाहे, तो क्या तुम मेरी रक्षा कर सकते हो?"

"कर सकती हूँ।" बृहन्नला ने कहा।

सैरन्ध्री को झटका लगा : यह सहसा स्त्रीलिंग शब्द रूपों का प्रयोग?

किन्तु तत्काल ही वह समझ भी गयी, यदि वह मजबूरी न होती तो बृहन्नला ने स्त्रियों के समान साड़ी धारण न कर रखी होती। स्त्रियों के समान वेणी न बनाई होती।...

"कैसे?"

"तुम रंच मात्र भी चिन्ता मत करो।" बृहन्नला ने सर्वथा शान्त स्वर में कहा, "तुम जानती हो कि यह सुचरिता, कीचक की पुत्री है। पति अपनी पत्नी के सम्मुख भी अपनी लंपटता प्रकट कर सकता है; किन्तु अपनी पुत्री के सम्मुख वह अपना यह रूप नहीं आने देगा। इसलिये वह यहाँ नहीं आयेगा। और यदि आ ही गया, तो तुम्हारी यह बृहन्नला, उस क्लीव से दुर्बल नहीं है। मैं किसी भी स्त्री के सम्मान की रक्षा के लिये आततायी पुरुष के विरुद्ध बल प्रयोग कर सकती हूँ। यह मेरा गुरुकुल है। पवित्र स्थान है। यहाँ व्यभिचारी लंपटों की वासनापूर्ति का कोई अवकाश नहीं है।..."

"पर अर्जुन! हमारे पास तुम्हारा गाण्डीव नहीं है।" सैरन्ध्री ने कहा।

बृहन्नला ने इधर-उधर देखा : किसी ने सैरन्ध्री के मुख से निकला वह सम्बोधन तो नहीं सुना?...नहीं आस-पास कोई नहीं था। वैसे भी वहाँ वाद्ययन्त्रों के स्वर इस प्रकार गूँज रहे थे कि किसी का उनके मध्य होने वाली चर्चा को सुन पाना सम्भव नहीं था।

"गांडीव नहीं है तो क्या हुआ। भुजायें तो हैं। मैं इन्हीं हाथों से उस कीचक के हाथों से शस्त्र छीन ही नहीं सकती, उसकी भुजायें मरोड़ भी सकती हूँ।" बृहन्नला ने कहा, "तुम बताओ कि हुआ क्या है?"

सैरन्ध्री ने कीचक से हुआ सारा वार्तालाप दोहरा लिया।

"वह तुमसे याचना ही तो कर रहा है।" बृहन्नला ने कहा, "इसमें बल-प्रयोग की बात कहाँ से आ गयी?"

"किन्तु वह बल प्रयोग कर तो सकता है। उसने धमकी तो दी ही है।" सैरन्ध्री बोली, "वह मेरे पति के अज्ञात गन्धर्व मित्रों से नहीं डरता। वह राजा के न्याय और राजशक्ति से नहीं डरता। यह सब बल प्रयोग की धमकी ही तो है।"

"धमकी ही है। धमकी देने के लिये साहस की आवश्यकता नहीं होती, किन्तु बल प्रयोग के लिये साहस और सामर्थ्य की भी आवश्यकता होती है। कीचक में वे दोनों ही नहीं हैं।" बृहन्नला बोली, "कभी ऐसा असवर आने की सम्भावना दीखे, तो भाग कर मेरे पास आ जाना। कंक के पास राज सभा अथवा ऐसे किसी स्थान पर चली जाना। बल्लव के पास पाकशाला में चली जाना। यदि वह तुम्हारे पीछे आया और बल प्रयोग करने का इच्छुक दिखायी दिया तो हममें से कोई भी उसकी भुजा थाम कर उसे दो-चार लातें जमा देगा।"

"तब तुम लोगों के पहचाने जाने तथा मुझसे सम्बन्ध का भेद खुल जाने का भय नहीं होगा?" सैरन्ध्री बोली।

"क्यों, किसी के सम्मुख एक अबला असहाय स्त्री पर अत्याचार हो रहा हो, तो किसी भी भले मानस का काम है कि वह उस स्त्री की रक्षा करे, चाहे वह स्त्री और वह पुरुष कोई भी हों।" बृहन्नला ने कहा, "हाँ! ऐसा कुछ न हो कि हमारा सम्बन्ध उजागर हो जाये, नहीं तो यह प्रश्न उठेगा कि हम इस प्रकार छुप क्यों रह रहे हैं और तब हमारे पहचान लिये जाने का संकट उठ खड़ा होगा। जब तक कीचक यहाँ नहीं था, तब तक तो मैं भी सोचती थी कि भेद खुलने की सम्भावना देख, हम विराटराज को अपना रहस्य बता भी सकते हैं और उनसे अनुमति लेकर अन्यत्र जा भी सकते हैं। वे हमारे शत्रु नहीं हैं कि दुर्योधन को बुला कर हमें उसे समर्पित कर दें। किन्तु इस कीचक के आ जाने से तो यह संकट भी खड़ा हो गया है। उसे संदेह हुआ कि उसने दुर्योधन को सूचना भिजवाई।"

"ठीक कह रही हो हले!" सैरन्ध्री ने कहा, "किन्तु अब मैं क्या करूँ। मुझे तो अकेले रहने में भी संकट दिखाई दे रहा है।"

"यह तुम कह रही हो सखि मालिनी!" बृहन्नला ने जैसे उसे सान्त्वना दी, "एक साधारण लंपट की गीदड़ भभकियों से ऐसी घबरा गईं। यदि वह तुम्हारे डेरे में घुसने का प्रयत्न करे, तो जो कुछ हाथ में आये, उससे उसका सिर फोड़ देना। उस पर घातक प्रहार करना। भयभीत होने का कोई कारण नहीं है। एक स्त्री को अपने सतीत्व की रक्षा के लिये हिंस्र होने का पूरा अधिकार है। उसके पश्चात हम उसे देख लेंगे। यदि उसका भी अवसर न मिले, तो उसे प्रेम शास्त्र पढ़ाने लगना कि स्त्री जब स्वेच्छा से आत्म समर्पण करती है, तो उस संभोग का सुख अलौकिक होता है। और उसे किसी समय किसी स्थान विशेष पर बुला लेना। वह अवश्य ही मान जायेगा। तुम्हारा रूप क्या किसी मदान्ध लंपट को इतनी देर भी बहका नहीं सकेगा? अवश्य कर पायेगा। फिर हम उससे निबट लेंगे।"

सैरन्ध्री को लगा, सचमुच विचलित होने का कोई कारण नहीं है। बृहन्नला ने प्रायः सब प्रकार की परिस्थितियों का कोई-न-कोई समाधान उसे बता ही दिया है।...

"अच्छा चलती हूँ। ऐसा न हो कि उधर रानी मेरी ढूँढ़ मचा दें।"

"जाओ! भगवान तुम्हारी रक्षा करेंगे।" बृहन्नला ने कहा, "ऐसा हो नहीं सकता कि तुम जैसी सती के तेज का उल्लंघन कर कोई लंपट तुम्हारा अपमान कर जाये। दुर्योधन, दुःशासन और कर्ण नहीं कर पाये, तो कीचक में ही ऐसी क्या विशेषता है। यदि सचमुच ऐसा संकट आ गया तो स्वयं भगवान को तुम्हारी रक्षा के लिये वहाँ प्रकट होना पड़ेगा।"

सैरन्ध्री को लगा, बृहन्नला के स्वर में कोई दिव्य तत्त्व भासमान हो रहा है।

44

कीचक ने सैरन्ध्री का पीछा करने की आवश्यकता नहीं समझी। उसने अपना मंतव्य तो उस तक पहुँचा ही दिया था। अब शेष काम के लिये कुछ समय तो लगेगा ही। इस समय सैरन्ध्री को खोजने का कोई लाभ नहीं था। उचित था कि सुदेष्णा को भी तो उसका दायित्व समझा दिया जाये।

सुदेष्णा जानती थी कि कीचक कहाँ गया था और क्या करने गया था। उसने उसकी ओर देखा। कहा कुछ भी नहीं।

"अभी तो वह कुछ सुन ही नहीं रही।"

"मैंने आपको पहले ही कहा था कि वह वैसी स्त्री नहीं है।" सुदेष्णा ने उत्तर दिया।

"ऐसी स्त्री और वैसी स्त्री क्या होती है।" कीचक सुदेष्णा की नासमझी पर उपहास करता सा बोला, "मैं तो एक ही बात जानता हूँ कि मुझे वह स्त्री चाहिए, चाहे वह जैसी भी हो। और तुम जानती हो कि जो कुछ मुझे चाहिए, उसे मैं देर-सवेर प्राप्त कर ही लेता हूँ।"

"तो क्या करेंगे—उसे उठा कर ले जायेंगे?" सुदेष्णा भी कुछ तीखी पड़ी।

"आवश्यकता हुई, तो वह भी करूँगा। उसमें ऐसी कौन-सी अनहोनी है। क्षत्रियों में कन्या-हरण नहीं होता क्या?" कीचक बोला, "बात तो उसे मेरी माननी ही पड़ेगी।"

"क्षत्रियों में कन्या-हरण होता है, किसी अन्य की भार्या का हरण नहीं होता। विवाहिता का हरण किया था रावण ने और उसके लिये उसे अपने प्राण देने पड़े। इधर प्रयत्न किया था उस मूर्ख जयद्रथ ने। उसे भी उसका फल भोगना पड़ा। अब आप भी प्रयत्न करके देख लें। अदृश्य रह कर उसकी रक्षा करने वाले उन गन्धर्वों के विषय में भी थोड़ा सोच लें।"

"ऐसी कपोल-कल्पनाओं से कीचक भयभीत होने लगा, तो कर ली उसने अपने मन की। एक तो उन गन्धर्वों का कोई अस्तित्व नहीं है; और यदि सत्य ही वे सैरन्ध्री के रक्षक हैं, तो उन्हें भी अपने प्राण देने पड़ेंगे। मणि की रक्षा करने वाले सर्प को मार कर ही तो मणि प्राप्त की जाती है। तुम चाहे उसे साधारण सैरन्ध्री समझती रहो सुदेष्णे! किन्तु मेरी दृष्टि में सैरन्ध्री एक अमूल्य मणि है। मैं उसका त्याग इसलिये तो नहीं कर सकता, क्योंकि उसकी रक्षा एक सर्प कर रहा है।"

"मैंने भी उसकी रक्षा का वचन दे रखा है। और मैं सर्प नहीं हूँ।..."

कीचक ठठा कर हँस पड़ा, "मेरी नन्ही-सी बहन भी उसकी रक्षा करना चाहती है; किन्तु किससे रक्षा करोगी उसकी और किसके बल पर करोगी?" उसने रुक कर सुदेष्णा की ओर देखा, "तुम्हारी रक्षा तो मैं करता हूँ सुदेष्णे! और तुमने उसे रक्षा का वचन दिया है, तो मेरे ही बल पर दिया होगा। अब कहीं तुम यह तो नहीं सोच रहीं कि अपने अंगरक्षकों को आदेश दोगी कि वे मेरे सैनिकों को मार कर मत्स्यभूमि से बाहर निकाल दें, अथवा उन्हें बंदी कर लें, अथवा उनका वध कर दें?"

सुदेष्णा समझ रही थी कि कीचक के सम्मुख वह कितनी असहाय थी। अब तक तो वह भाई के रूप में, बहन से अपने स्नेह के आधार पर, बात

मनवाने के लिये मनुहार कर रहा था; किन्तु सुदेष्णा के व्यवहार में विरोध का हल्का-सा अंकुर देखते ही, उसकी बातों में धमकी की नागफनी उग आयी थी।

सुदेष्णा के स्वर में न अधिकार रहा, न वह तेज। बोली, "मैं जानती हूँ कि उसकी इच्छा के विरुद्ध कुछ हुआ, तो वह विराटनगर छोड़ कर चली जायेगी।"

अब कीचक का क्रोध प्रच्छन्न नहीं रहा। वह पर्याप्त मुखर हो उठा था, "इतना सरल नहीं है, कीचक की इच्छा का विरोध। ऐसे ही कैसे विराटनगर छोड़ कर चली जायेगी।"

"तो क्या उसे बंदी बना कर रखेंगे?"

"क्यों? बंदी बना कर क्यों नहीं रखा जा सकता। विराटनगर में आज तक क्या किसी को बंदी बना कर नहीं रखा गया? जहाँ अन्य इतने बंदी हैं, वहीं एक साधारण सैरन्ध्री क्यों बंदिनी हो कर नहीं रह सकती।" कीचक बोला।

"आरोप क्या लगायेंगे?"

"आरोप की आवश्यकता तो कारागार में रखने के लिये होती है। मैं उसे अपने प्रासाद में रखूँगा। रानी बना कर रखूँगा। यदि जानने की हठ करेगी तो उस पर आरोप होगा कि उसने कीचक पर मोहिनी डालने का अपराध किया है। उसने कीचक को अपना बंदी बनाया, इसलिये कीचक ने उसे अपनी बंदिनी बना लिया है।" कीचक बोला, "किन्तु अभी इस सबका समय नहीं आया है। अभी तो उसे वैसे ही मनाने का प्रयत्न करो।"

"यह सब मेरा काम नहीं है।" सुदेष्णा कुछ रोष पूर्वक बोली, "आप जानते हैं कि मैं आपकी इस जीवन-शैली का समर्थन नहीं करती। राजा ने एक बार सैरन्ध्री की ओर मुँह किया था तो मैंने बता दिया कि वह विवाहिता है, तो उन्होंने उसका विचार ही छोड़ दिया; और एक आप हैं कि कुछ मानते ही नहीं। जिस पुरुष की कामना स्त्री का अपना मन न करे, उस पुरुष को वह क्या सुख देगी।"

"उसका अपना मन भी मेरी कामना करने लगेगा; किन्तु पहले वह मेरे विषय में जान तो ले।" कीचक बोला, "तुम जानती नहीं हो कि कुछ स्त्रियाँ मानने में कितना विलम्ब करती हैं। उन्हें मनाने के लिये श्रम करना पड़ता है। मन में हाँ हाँ का हाहाकार उठता रहेगा तो भी ऊपर से वे न में सिर हिलाती रहेंगी।"

"आपके विषय में क्या जानना शेष रह गया है, उसके लिये? आपने अपने विषय में उसे सब कुछ बता तो दिया ही होगा?"

"बताया तो है, किन्तु अभी उसे मेरा विश्वास नहीं हुआ है।" सहसा कीचक का स्वर मनुहार भरा हो गया, "तुम जानती तो हो मेरी बहना! वह मुझे नहीं मिली, तो मैं प्राण दे दूँगा। उसके बिना मैं जीवित नहीं रह सकता।

केवल तुम्हें डराने के लिये नहीं कह रहा हूँ। सत्य बता रहा हूँ। उसके पश्चात कर लें विराटराज मत्स्यदेश पर शासन।"

"आप नहीं होंगे, तो राजा शासन नहीं कर पायेंगे?"

"शासन के लिये आवश्यक है, बल। कहाँ से लाएँगे रजा यह बल!" कीचक, सुदेष्णा के एकदम निकट आकर भेद भरे स्वर में बोला, "नियन्त्रित करने के लिये मैं न होऊँ तो ये सारे उपकीचक, राजा के शत्रु हो जायेंगे। राजा के अपने भाई, केवल मेरे भय से चुपचाप बैठे हैं। नहीं तो वे लोग ही राजा से उसका राज्य छीन सकते हैं। से सब तो भीतरी शत्रु हैं। यदि बाहरी आक्रमणों को रोकने के लिये मैं यहाँ उपस्थित न होऊँ तो मत्स्यदेश पर त्रिगर्त से भी आक्रमण हो सकता है, शाल्व से भी, हस्तिनापुर से भी; और चेदि से भी। कौन बचा लेगा राजा विराट को। एक मैं उपस्थित नहीं होता विराटनगर में, तो राजा को साधारण सैनिकों से भी भय लगने लगता है। ऐसे में वे सेनाओं का सामना कैसे करेंगे?"

सुदेष्णा स्तब्ध खड़ी रह गयी। कीचक सत्य ही कह रहा था। वह रुष्ट हो गया, तो स्थिति वह नहीं रहेगी, जो कि आज है। अपने सामने खड़ा अपना भाई, आज उसे बकासुर के समान दिखाई देने लगा था। अब तक तो वह समझती थी कि कीचक राजा के विरुद्ध उसका सहायक था; किन्तु अब वह स्पष्ट देख सकती थी कि वह किसी का भी सहायक नहीं था। वह केवल अपना सहायक था। समय-समय पर वह बहन के प्रति जो स्नेह प्रदर्शित करता था; वह भी प्रदर्शन मात्र ही था। वास्तविक तो उसका स्वार्थ ही था। वह अपना स्वार्थ सिद्ध करने के लिये कठोर भी हो सकता था और क्रूर भी। उसका मार्ग न स्नेह रोक सकता था, न आदर्श; न धर्म, न मर्यादा।

"तो क्या चाहते हैं आप?"

कीचक मुस्कुराया, "अब तुमने समझदारी की बात की है।" वह रुका, "करने पर आऊँ, तो मैं उसे अपने कन्धे पर उठा कर ले जाऊँ; किन्तु मैं यह करना नहीं चाहता। उससे धर्मप्राण राजा विराट का शासन कलंकित होगा। इसलिये मैं नहीं चाहता कि मैं सार्वजनिक रूप से ऐसा कोई काम करूँ।"

"तो?"

"किसी पर्व-त्यौहार के दिन, किसी उत्सव के अवसर पर, किसी बहाने से उसे मेरे प्रासाद में भेज देना। वह वहाँ आयेगी, तो मेरा वैभव देखेगी। मेरी क्षमता और शक्ति को पहचानेगी। तब उस एकान्त में मैं उसे मना लूँगा। सबके सम्मुख मानने में उसे भी संकोच होगा। एकान्त में हम दोनों को ही सुविधा रहेगी।"

"वह न जाना चाहे तो?"

"यहीं तो तुम्हारी सहायता की आवश्यकता है।" कीचक हँसा, "बस एक बार तुम उसे बाध्य कर दो कि वह मेरे प्रासाद में प्रवेश कर जाये। उसे देहली टपा दो मेरे प्रासाद की। शेष सब मैं कर लूँगा।"

"मैंने उसे, उसकी इच्छा के विरुद्ध भेज दिया और उसने उसके लिये मुझे लांछित किया तो? यह रानियों का नहीं, कुट्टनियों का काम है।"

"उसके लांछन के उत्तर में तुम कह देना कि तुमने उसे नहीं भेजा। वह स्वयं अपनी इच्छा से ही कीचक के पौरुष की ओर आकृष्ट हो कर उसके प्रासाद में गयी थी।"

"ठीक है, किसी अवसर पर उसे भेज दूँगी।" सुदेष्णा बोली, "आप अपने प्रासाद में कुछ ऐसा खाद्य अथवा पेय तैयार करवाएँ, जो हमारे यहाँ न बनता हो। मैं उसे वही मगँवाने के बहाने भेज दूंगी।"

"ठीक है। इतना ही पर्याप्त है।"

कीचक चला गया और सुदेष्णा अपने स्थान पर बैठी रह गयी।...कीचक ने धमकी दी थी कि सैरन्ध्री को बंदिनी बना कर रखेगा; किन्तु क्या सुदेष्णा भी उसकी बंदिनी नहीं थी? स्थान की दृष्टि से वह बंदिनी न भी हो तो क्या, वह उसकी इच्छा की बंदिनी तो थी ही।

सैरन्ध्री को सुदेष्णा ने सुरक्षा का वचन दिया था और अब कीचक चाहता था कि वह उसे न केवल असुरक्षित छोड़ दे, वरन उसे संकट में फँसाने में उसकी सहायता करे। एक व्यभिचारी की सहायता करे, जो एक सरल और सती नारी को किसी भी छल बल से भ्रष्ट करना चाहता था।...

यदि सुदेष्णा उसकी सहायता न करे? सैरन्ध्री को बुला कर उसे सब कुछ बता दे कि कीचक उसके लिये कैसा जाल बुन रहा है? वह सावधान हो जाये।

किन्तु सैरन्ध्री के लिये, सुदेष्णा इतनी व्याकुल क्यों है? यदि सैरन्ध्री, कीचक के प्रासाद में जायेगी और कीचक उसे विभिन्न प्रकार के प्रलोभन देगा, तो यह तो सैरन्ध्री के अपने विवेक पर निर्भर करता है कि वह कीचक की इच्छा का पालन करती है अथवा नहीं। सुदेष्णा उसे उसकी इच्छा के विरुद्ध बाध्य तो नहीं कर रही।...हाँ! सुदेष्णा उसे बाध्य नहीं कर रही; किन्तु कीचक तो उसे बाध्य करेगा ही। सुदेष्णा यह कैसे स्वीकार कर ले कि यदि सैरन्ध्री उसका तिरस्कार करेगी तो कीचक उसे चुपचाप लौट आने देगा। वह निश्चित रूप से बल प्रयोग करेगा। अन्यथा अपने प्रासाद में बुलाने का अर्थ ही क्या है। किन्हीं भी कारणों से हो, वह अन्यत्र कहीं भी सैरन्ध्री को बाध्य नहीं कर पा

रहा है, तो अब सुदेष्णा, उसकी इच्छापूर्ति का माध्यम बने। सैरन्ध्री को बाध्य करे कि वह अपनी स्वामिनी के आदेश में बँधी हुई, एक बलात्कारी के जाल में फँस जाये।...धन के बदले वह परपुरुष को अपनी इच्छा के विरुद्ध आत्म समर्पण कर दे। यह तो व्यभिचार भी नहीं है। शुद्ध रूप से वेश्यावृत्ति है। और सुदेष्णा इसमें सहायक होगी? वह एक अपराधी को सहायता देगी, ताकि वह एक कुलवधू को वेश्या बना सके, उसे अपने शरीर का व्यवसाय करने को बाध्य कर सके? सुदेष्णा कैसे कर पायेगी, यह सब?...और यदि सुदेष्णा यह नहीं करती है?...तो उसका वह भाई, जो आज तक उसकी रक्षा करता आ रहा है, उसके पति की भी रक्षा कर रहा है, और पति से सुदेष्णा की भी रक्षा कर रहा है, जो अब तक उस पर भाई का प्रेम बरसा रहा है, वही उसका शत्रु हो जायेगा। सैरन्ध्री को संरक्षण देती-देती, सुदेष्णा स्वयं असुरक्षित हो जायेगी।...

क्या ऐसा नहीं हो सकता कि सैरन्ध्री की रक्षा करने वाले गन्धर्व, उसे कीचक से बचा लें?...और सुदेष्णा अपने ऊपर ही हँस पड़ी...अपनी ही कल्पना को सत्य मान बैठी वह! सैरन्ध्री के अज्ञात रक्षक, इन गन्धर्वों की कल्पना उसी ने तो की थी; और अब उसकी इच्छा थी कि वह कल्पना सजीव हो उठे। वे गन्धर्व सचमुच शरीर धारण कर लें और सैरन्ध्री के साथ-साथ रहें।...पर कहीं सचमुच ऐसा हो गया तो क्या वे गन्धर्व ही सैरन्ध्री के सौन्दर्य पर रीझ कर, उससे वे ही अपेक्षाएँ नहीं करने लगेंगे, जो कीचक कर रहा है?...प्रत्येक स्त्री चाहती है कि वह संसार की सबसे सुन्दर नारी हो; किन्तु सौन्दर्य कितना बड़ा संकट है, इसकी ओर उसका ध्यान ही नहीं जाता। उसका रूप ही उसका सबसे बड़ा शत्रु हो गया है। यही सैरन्ध्री यदि कुरूप होती, साधारण से रूप-रंग की होती, तो न उसे किसी प्रकार की चिन्ता होती और न सुदेष्णा ही इस प्रकार के संकट में पड़ती।...

सुदेष्णा उसे बुला कर, सब कुछ समझा कर, रात के अँधेरे में विदा ही क्यों नहीं कर देती? न कीचक को सूचना होगी, न वह किसी प्रकार का संकट खड़ा कर पायेगा। प्रातः जब तक उसे सूचना होगी, सैरन्ध्री कहीं दूर निकल गयी होगी।...और सहसा सुदेष्णा का मन दूसरी ओर चल पड़ा...जो सैरन्ध्री रानी के प्रासाद में, रानी के संरक्षण में सुरक्षित नहीं है, उसे वह रात्रि के समय अकेली चुपचाप विदा कर देना चाहती है? जो सैरन्ध्री, कीचक के हाथों सुरक्षित नहीं है, उसे वह साधारण सैनिकों के हाथों में सौंप देना चाहती है।...उससे तो कहीं अच्छा है कि वह सैरन्ध्री को समझाए कि वह हठ छोड़ कर परिस्थितियों से समझौता कर ले। उसका पति उसके पास है नहीं। श्वसुर ने उसे घर से निकाल

दिया है। इस हिंस्र समाज में उसे किसी का सहारा, किसी का संरक्षण तो चाहिए ही होगा, तो फिर कीचक ही क्या बुरा है। वह उसे सुखी रखेगा।...

और सहसा सुदेष्णा के मन में एक प्रतिसुदेष्णा आ बैठी, "क्यो सखि! सैरन्ध्री की चिन्ता है या अपने उस रूप की, जो सैरन्ध्री के भरोसे जीवित है। जीवित क्या है, अब तो उसके इस रूप, इस यौवन का बिरवा लगाया ही सैरन्ध्री के हाथों ने है। सुदेष्णा तो स्वयं कल्पना नहीं कर सकती थी कि अपनी इस अवस्था में उसका ऐसा रूप निखर आयेगा कि वह अपनी तरुणाई से भी अधिक आकर्षण हो जायेगी।...सैरन्ध्री के विराटनगर से जाने का अर्थ है, सुदेष्णा की इस तरुणाई जैसे रूप-रंग का भी विदा हो जाना। यह नहीं हो सकता, सैरन्ध्री का चाहे कुछ भी हो।..."

सुदेष्णा को लगा कि उसका मन भी बहुत कठोर हो गया है। अपने भाई कीचक के ही समान!

45

पिछले दो दिनों से लगातार वर्षा हो रही थी। लगता था, पृथ्वी पर जो कुछ भी था, सब कुछ गीला और ठंडा हो चुका था।

विराट प्रातः ध्यान करके उठे ही थे और यज्ञशाला की ओर जा रहे थे कि परिचारिका ने मार्ग में सूचना दी कि सेनापति कीचक आये हैं।

विराट को आश्चर्य हुआ। इस ऋतु में इस समय कीचक। जो व्यक्ति इस समय तक सोकर भी न उठता हो, वह उनसे भेंट करने आ गया। यह कैसे सम्भव है?...और सहसा उन्हें कुछ ध्यान आ गया।

"तुमने सेनापति से पूछा कि वे किससे मिलना चाहते हैं?"

"नहीं महाराज! उन्होंने कहा कि जाकर सूचना दो कि सेनापति आये हैं। इससे आगे उनसे कुछ पूछने का दुस्साहस कैसे किया जा सकता था।" परिचारिका बोली, "अपराध क्षमा हो देव! सेनापति तो महाराज से ही भेंट करते हैं। महारानी से मिलने तो उनके भाई ही आया करते हैं।"

राजा हँस पड़े, "तुम बहुत चतुर हो परिचारिके! किन्तु अभी नयी हो। आज या तो उन्होंने बताने में भूल की है अथवा तुम्हारे अनुमान में कहीं कोई त्रुटि हो गयी है।" राजा ने रुक कर परिचारिका को देखा, "वे युद्ध-वेश में हैं अथवा सभा की वेशभूषा में?"

"नहीं महाराज! मुझे तो वे किसी विलास समारोह में जाने को उद्यत दिखायी पड़ते हैं।"

"तो ऐसा करो परिचारिके! एक बार पुनः उनसे पूछो कि उनके आने की सूचना किसे दी जाये।" राजा ने कहा, "यदि वे कहें कि उन्हें महाराज से मिलना है, तो उन्हें ससम्मान मेरे मण्डप में बैठाओ। पीने के लिये उत्तम सुरा दो। जो सत्कार सम्भव हो करो। और यदि वे महारानी को सूचना देने के लिये कहें, तो उन्हें सुदेष्णा के मण्डप में पहुँचा दो।"

"महारानी अभी अपने श्रृंगार-कक्ष में सैरन्ध्री के साथ हैं महाराज!"

"उन्हें वहीं कीचक के आने की सूचना दो। कहीं ऐसा न हो कि तुम अपनी सदभावनावश उनकी शृंगार प्रक्रिया में व्यवधान न बनना चाहो और वे सूचना मिलने में विलम्ब को अपनी तथा अपने भाई की अवमानना मानें। तुम्हें ज्ञात ही होगा कि स्त्रियाँ अपने मायके के सम्बन्धों के सन्दर्भ में असाधारण रूप से संवेदनशील होती हैं।"

"जो आज्ञा महाराज!"

परिचारिका लौट कर आयी तो स्वागत मण्डप में कीचक नहीं था।

"कहाँ गये?" उसने द्वारपाल से पूछा।

"वे यहाँ बैठ कर प्रतीक्षा नहीं कर सकते थे। आज तक कभी नहीं की। इसलिये स्वयं ही सूचना देने चले गये कि वे आये हैं।" द्वारपाल मुस्कुरा रहा था।

"किन्तु महाराज के पास तो वे पहुँचे ही नहीं।"

द्वारपाल धीरे से बोला, "वे तो सैरन्ध्री से मिलने आये हैं, इसलिये महारानी के श्रृंगार कक्ष की ओर गये हैं।"

"क्या कह रहे हो। कोई सुन ले तो?" परिचारिका ने भयभीत दृष्टि इधर-उधर डाली।

"सुन लेगा तो उसे आश्चर्य नहीं होगा। कौन नहीं जानता कि सेनापति अपनी सेना को युद्ध के लिये नहीं साध रहे, जब से नगर में लौटे हैं, रति-युद्ध के लिये सैरन्ध्री को साध रहे हैं। वह तो हमारी सैरन्ध्री ही इतनी चरित्रवती है कि उस पर न सेनापति के धन, मर्यादा का प्रभाव पड़ता है, न उनके पद तथा रानी के भाई होने का। सेनापति तो उसके चरण धो कर पीने के लिये प्रस्तुत हैं, वह ही उन्हें घार नहीं डाल रही है।"

"तुम बहुत दुस्साहसी हो द्वारपाल।" परिचारिका बोली और वहाँ से हट गयी।

कीचक सीधा सुदेष्णा के शृंगार कक्ष की ओर चल पड़ा। किसी परिचारिका ने न उससे कुछ पूछना उचित समझा और न किसी प्रकार की सहायता करना। वह माधवी के मद में था और गगन में बहुत ऊँचे विहार कर रहा था। उसे

वहाँ से धरती पर लाना संकट का काम था। आनन्दिका को राजप्रासाद का पर्याप्त अनुभव था। वह सूचना देने के जोखम को समझती थी, तो सूचना न देने के संकट का अनुमान भी उसको था। अन्ततः उसने यही उचित समझा कि महारानी को तो इसकी अग्रिम सूचना दे ही दी जाये।

अपने शृंगार के मध्य आनन्दिका को कक्ष में प्रवेश करते देख, सुदेष्णा की भृकुटी में बल पड़ गये।

"क्षमा करें महारानी!" वह बोली, "महारानी को असुविधा हुई, किन्तु सेनापति कीचक इधर आ रहे हैं। अब जैसी आपकी इच्छा हो।"

सुदेष्णा के मन में स्थिति स्पष्ट हो गयी। अच्छा किया, आनन्दिका ने उसे बता दिया। यदि इस स्थिति में कीचक वहाँ पहुँच जाता तो उसे इससे भी अधिक असुविधा होती।

"अच्छा तुम जाओ।" उसने कहा और सैरन्ध्री की ओर देखा, "तुम जा कर अंगराज तैयार करो और मेरे संदेश की प्रतीक्षा करो। जब तक मैं न बुलाऊँ, यहाँ मत आना।"

एकान्त हो गया तो सुदेष्णा कुछ निश्चिंत हुई। कीचक भी कभी-कभी जान का रोग ही हो जाता है। उसके कारण अपनी सेवा में किसी सुन्दरी दासी को रखना सदा ही संकटपूर्ण काम रहा है।

कीचक के कक्ष में प्रवेश करते ही सुदेष्णा समझ गयी कि उसने माधवी पी रखी थी।

"सुदेष्णे! देखो कैसी ऋतु है। दो दिनों से वर्षा हो रही है और मैं दो दिनों से सैरन्ध्री की प्रतीक्षा कर रहा हूँ। तुमने उसे भेजा ही नहीं। इस ऋतु में जब कामदेव किसी के हृदय को मथता है, तो उसका कष्ट समझती हो तुम? कैसी बहन हो? देख रही हो कि भाई पीड़ा से तड़प रहा है और उसकी औषधि को अपने पास परहेज कर रखे हुए हो। उसे भेजती क्यों नहीं?"

पहले तो सुदेष्णा का तेज जागा। उसकी इच्छा हुई कि वह कीचक की न केवल कठारे ताड़ना करे, वरन अपने अंगरक्षकों को बुला कर उसे प्रासाद के बाहर फिंकवा दे।...कैसा भाई है कीचक! कैसा सेनापति और कैसा मनुष्य! सूर्योदय हुआ नहीं और वह माधवी लेकर बैठ गया। लोग प्रातः उठ कर स्नान-ध्यान करते हैं। हवन-यज्ञ करते हैं, प्रभु को स्मरण करते हैं। अपने दिन भर के कार्यों के लिये स्वयं को प्रस्तुत करते हैं। और यह है कि आँखें खोलते ही माधवी में डूब जाता है; और फिर उसे सैरन्ध्री भी चाहिए। प्रातः! इस समय! रात भर उसी के साथ मानसिक विलास करता रहा होगा, तभी तो आँखें खुलते ही इधर चला आया। अपने शृंगार के मध्य ही वह सैरन्ध्री को उसके साथ भेज दे और

स्वयं अपने खुले केश लिये यहाँ बैठी प्रतीक्षा करती रहे? किन्तु कीचक इस समय कोई तर्क सुनने की स्थिति में नहीं था।

"आपको कहा था न भैया कि किसी पर्व-त्यौहार के दिन आप अपने घर में कोई ऐसा पकवान पकवाएँ, अथवा कोई ऐसा पेय तैयार करवाएँ, जिसे लाने के बहाने में उसे भेज सकूँ।" सुदेष्णा ने अपना रोष प्रकट किया, "और आप प्रातः इस समय माधवी पी कर चले आये हैं। महाराज अभी यज्ञशाला में होंगे। उन्हें सभा में तो जा लेने दिया होता। समय और स्थान का तो कोई विचार किया कीजिए।"

"तो आज पर्व नहीं है क्या छोटी बहन?" कीचक ने चहक कर कहा, "दो दिन से वर्षा हो रही है। आकाश पर मेघों का अभिसार हो रहा है। रात को जब भी चपला चमकी, मुझे लगा कि सैरन्ध्री का मुखड़ा दमका है।..." वह रुक गया, "लगता है, मैं कुछ बहक गया। मैं तो तुम्हें सूचना देने आया था कि केकय से माधवी आयी है। वह अपना शांगलू है न! वह अपने घर आया था। वह जब भी केकय जाता है, तो और कुछ लाए-न-लाए, मेरे लिये माधवी अवश्य लाता है। जब वर्षा का यह असामयिक समारोह आरम्भ हुआ तो वह मार्ग में ही था। वर्षा में इन मार्गों से यात्रा और भी संकटपूर्ण हो जाती है। उसे मार्ग में रुक जाना चाहिए था; किन्तु वह रुका नहीं। उसने सोचा कि इसी ऋतु में तो स्वामी को केकय देश की माधवी मिलनी चाहिए। अब न मिली तो क्या लाभ। वह अपने अश्वों को दौड़ाता, विराटनगर आ पहुँचा और सीधा मेरे प्रासाद में उपस्थित हुआ। मैं भी समझ गया कि यही तो ऋतु हैं माधवी की; और वह भी केकय की माधवी की। तब से माधवी पी रहा हूँ और सैरन्ध्री की प्रतीक्षा कर रहा हूँ। पर तुम उसे भेज ही नहीं रही हो। तुम समझती हो कि तुम्हारे जीवन की सार्थकता, सैरन्ध्री से अपने केश रंगवाने तथा वेणी बनवाने में है; और सैरन्ध्री के जीवन की सार्थकता, तुम्हारी रंगाई-पुताई करने में। पर सैरन्ध्री का मोल तो मैं समझता हूँ। सैरन्ध्री नारियों मे रत्न है। रत्न! मेरे अन्तःपुर में स्त्रियों का अभाव नहीं है। भरी पड़ी हैं। पर उनमें सैरन्ध्री एक भी नहीं है।..."

"भैया!" सुदेष्णा अपने स्थान से उठ खड़ी हुई, "शान्त होइए। बंद कीजिए अपना यह प्रलाप। यह सब आप नहीं बोल रहे, आपकी माधवी बोल रही है।"

"हाँ! माधवी बोलती है। माधवी नाचती भी है। गाती भी है।" कीचक बोला, "मैं चाहता हूँ कि माधवी गाए तो मेरे भीतर की माधवी रोने लगती है।"

"आप घर जायें। नहीं रोएगी।"

"मैं घर तो चला जाऊँगा किन्तु यदि तुमने सैरन्ध्री को नहीं भेजा, तो मेरे भीतर की माधवी फिर से रोने लगेगी।"

सुदेष्णा को लगा कि यदि कीचक यहाँ से नहीं उठा तो सुदेष्णा ही रो देगी; और उसे तनिक भी आश्चर्य नहीं होगा, यदि कीचक यहाँ बैठ कर, रोना और गाना एक साथ आरम्भ कर दे।

"आप जाइए। मैं सैरन्ध्री को केकय की माधवी लाने के व्याज से अभी भेजती हूँ।" सुदेष्णा ने कीचक को बलात उठाया।

"अभी भेज देना। तुरन्त। मेरी अच्छी बहना! नहीं तो तुम्हारा यह भाई अपने प्राण त्याग देगा। मैंने भगवान शंकर की प्रार्थना की है कि वे या तो मुझे सैरन्ध्री से मिला दें, नहीं तो मेरे प्राण ले लें। मैंने शपथ...।"

"उन सबकी आवश्यकता नहीं पड़ेगी। आप घर जाइए। मैं उसे भी भेज दूँगी।"

"शपथ लेती हो?"

"हाँ शपथ लेती हूँ।"

"वचन देती हो?"

"हाँ भैया! वचन देती हूँ।"

कीचक चल पड़ा, किन्तु उसकी जिह्वा मौन नहीं हुई, "सब वचन देते हैं किन्तु पूरा कोई नहीं करता। कोई सैरन्ध्री को मेरे पास नहीं भेजता। सब शपथ लेते हैं, किन्तु प्राण कोई नहीं देता। मैं भी अभी जीवित हूँ। क्यों प्राण नहीं दिए मैंने? सैरन्ध्री अभी तक मुझे मिली नहीं, तो फिर मैं जीवित क्यों हूँ। क्यों जीवित हूँ मैं।" वह सुदेष्णा की ओर मुड़ा।

"आप जीवित हैं, क्योंकि सैरन्ध्री आपको मिलने वाली है।" सुदेष्णा ने उसे धकिया कर कुछ आगे चलाया, "आप नहीं रहेंगे, तो सैरन्ध्री किसे मिलेगी?"

"देखो! सैरन्ध्री को भेजना मात्र पर्याप्त नहीं है।" वह फिर रुक गया, "उसे समझा कर भेजना कि वह मेरे साथ बैठ कर माधवी पिए। मुझे अंगीकार करे। मेरे साथ समागम करे। केवल आ जाने से क्या होगा।..."

"अपने घर के एकान्त में उसे इतना भी समझा नहीं पायेंगे क्या आप! जाइए वहाँ समझाते रहिएगा।"

कीचक की समझ में आ गया कि वह अपने घर के एकान्त में सैरन्ध्री को अच्छी तरह समझा सकता है। और यह समझ में आते ही उसे अपने घर पर पहुँचने की जल्दी मच गयी।...

कीचक को विदा कर सुदेष्णा ने सैरन्ध्री को बुला लिया। उसका श्रृंगार अभी पूरा नहीं हुआ था। उससे पूर्व वह सैरन्ध्री को भेजने वाली भी नहीं थी। किन्तु यह सारा समय सुदेष्णा के विचार-मंथन का था।...

यह जो चरित्रवती युवती उसकी सेवा कर रही थी, यदि यह अपने देह का ही व्यापार करना चाहती तो उसके पास आकर सैरन्ध्री का कार्य क्यों करती? क्या वह स्वयं नहीं जानती कि वह असाधारण रूपवती है। जिस पुरुष को संकेत करेगी, वही आतुर हो कर उसके चरणों में आ गिरेगा। राजा क्या, मन्त्री क्या और सेनापति क्या...जितना धन चाहेगी, उनसे रखवा लेगी।...फिर भी वह यहाँ सैरन्धी के रूप में चाकरी कर रही है। इसीलिये तो कि वह अपने पति के प्रवास से लौटने तक किसी भले घर का आश्रय चाहती थी। सुदेष्णा ने उसे कुछ वचन दिये थे।...तो अब सुदेष्णा क्या करना चाहती है?

सुदेष्णा तो अपने वचन की रक्षा ही करना चाहती है; किन्तु कीचक करने दे, तब ना! वचन तो उसने कीचक को भी दिया है, चाहे टालने के लिये ही दिया हो। यदि उसने कीचक को दिया हुआ वचन पूरा न किया तो इस बार तो कीचक उसके कहने पर चला भी गया है, अगली बार वह ऐसे ही नहीं जायेगा। वह यहीं उपद्रव कर देगा। यही से सैरन्ध्री को घसीटता हुआ अपने भवन तक ले जायेगा। तब कौन रोकेगा उसे? राजा उसे रोक नहीं पायेंगे। सेना उसके कहने में है। सैनिकों को वह आदेश देगा तो सैनिक स्वयं ही सैरन्ध्री को उसके प्रासाद तक पहुँचा आयेंगे।...सैरन्ध्री को दिया गया वचन सुदेष्णा पूरा नहीं कर सकती। असमर्थ व्यक्ति के वचन का मूल्य ही क्या है?...सुदेष्णा जानती है कि यह न्याय नहीं है। किन्तु न्याय तो वही कर सकता है, जो समर्थ हो।...तो सुदेष्णा जब कुछ कर नहीं सकती तो वह सब कुछ सैरन्ध्री के भाग्य पर ही क्यों नहीं छोड़ देती? उसके साथ जो होना होगा, भगवान उसकी रक्षा करना चाहेंगे, तो स्वयं ही कोई-न-कोई प्रबंध कर लेंगे...

पर क्यों है सैरन्ध्री में इतनी प्रविव्रता? क्या आवश्यकता है उसे इस अवगुंठन की? सैरन्ध्री का काम करती हुई भी, क्यों वह सती बनी रहने का स्वप्न देख रही है। वह नहीं जानती कि राजा और राजपरिवार के लोग समय आने पर स्वेच्छाचारी भी हो जाते हैं। दासियाँ, परिचारिकाएँ, चेटियाँ और सैरन्ध्रियाँ भी राजपरिवार के पुरुषों की इच्छाओं का विरोध करने लगेंगी, तो यह संसार कैसे चलेगा। कीचक ने किसी और दासी को बुलाया होता तो वह उल्लास पूर्वक गयी होती और ढेर सारा पुरस्कार पा कर प्रसन्न हुई होती। तो फिर यह सैरन्ध्री ही इतनी हठ क्यों कर रही है?...इसलिये कि उसका पति प्रवास से लौटे तो वह चली जाये और सुख से अपने पति के साथ रहे। तब सुदेष्णा का श्रृंगार करने वाली कोई न हो, और जिसकी इच्छा हो, वही कहने लगे, "महारानी! आप अकस्मात ही बहुत ढल गयी हैं।" सुदेष्णा अपनी क्षमता भर वह दिन नहीं आने देगी।...यदि कीचक सैरन्ध्री को अपने वश में करने में सफल हो

जाये, तो सैरन्ध्री अपने पति के लौट आने पर भी उसके पास नहीं जा सकेगी। विलास की अभ्यस्त हो जाने पर वह स्वयं ही जाना नहीं चाहेगी; और यदि जाना चाहेगी भी, तो उसका पति उसे स्वीकार नहीं करेगा।...तो? तो सैरन्ध्री आजीवन सुदेष्णा की परिचारिका बन कर रहेगी। सुदेष्णा का यौवन कभी नहीं ढलेगा। कोई नहीं कहेगा, "महारानी! आप अकस्मात ही बहुत ढल गयी हैं।..."

"लीजिए महारानी!" सैरन्ध्री ने सुदेष्णा के हाथ में दर्पण पकड़ाया, "देख लीजिए। जैसा कहा था, वैसा कर दिखाया। ग्रीष्म समाप्ति पर है। अब केशों को सिर के ऊपर बाँध कर रखना, एकदम आवश्यक नहीं है। आकाश पर जैसे घटायें स्वेच्छा से उन्मुक्त भाव से मँडरा रही हैं, वैसे ही आपकी अलकें भी हैं। आषाढ़ के शुक्ल पक्ष के आकाश का सा प्रभाव दे दिया है आपकी केश-राशि को मैंने। महाराज देखेंगे, तो आकाश की घटाओं और आपकी अलकों की घटाओं में कोई अन्तर नहीं कर पायेंगे। संयोग से पिछले दो दिनों से यहाँ भी मेघ गर्जन कर रहे हैं। वैसे आषाढ़ के इन दिनों में ऐसी वर्षा होती तो नहीं, जो इस बार हो रही है। लगता है जैसे श्रावण की वर्षा आषाढ़ में ही हो रही है।...आपको रुचिकर लगा, यह केशविन्यास?"

सुदेष्णा ने दर्पण पर एक भरपूर दृष्टि डाली : सैरन्ध्री सत्य कह रही थी, उसने जो कहा था था कर दिखाया था। अपनी कला में वह अद्वितीय थी। लगता था, वह मात्र सैरन्ध्री ही नहीं है, एक अत्यन्त संवेदनशील कवयित्री भी है। प्रकृति का सूक्ष्म निरीक्षण करती है। ऋतुओं के साथ वेश-परिवर्तन तो सब ही करते हैं, किन्तु केश-परिवर्तन की चर्चा सुदेष्णा ने सैरन्ध्री से ही सुनी थी।...

किन्तु अब परीक्षा की बारी सैरन्ध्री की नहीं, सुदेष्णा की थी। उन्हें अपने भाई कीचक को शान्त और सन्तुष्ट रखना होगा। उन्होंने कीचक को कैसी सरलता से वचन दे दिया था; किन्तु कहने और करने में कितना अन्तर होता है। कहने भर से किसी का क्या बनना या बिगड़ना है; किन्तु उस वचन के कर्म में परिणत होते ही स्थितियाँ एकदम बदल जाती हैं।...कहीं सुदेष्णा का यह कर्म किसी बड़ी दुर्घटना का कारण न बन जाये...

"सैरन्ध्री! यह तो हो गया। अब इन घटाओं के अनुकूल माधवी भी तो चाहिए, जो मेरी और महाराज की प्यास मिटा सके। जानती है, वह कौन-सी माधवी है?"

"नहीं महारानी! मैं तो सैरन्ध्री हूँ। मेरा माधवी से क्या सम्बन्ध। वह कार्य तो मधुबालाओं का है।"

"वह है, सारी माधवियों में सबसे मादक—केकय माधवी।" सुदेष्णा ने कहा, "जा ले आ। जानती है, कहाँ से मिलेगी?"

"नहीं महारानी! किन्तु अनुमान कर सकती हूँ कि केकय माधवी है, तो केकय प्रदेश में ही मिलती होगी।"

"तुम बड़ी ही समझदार हो सैरन्ध्री। बात तो तत्काल समझ लेती हो। भैया ने केकय प्रदेश से वह माधवी मँगवाई है। प्रतिवर्ष मँगवाते हैं। इस वर्ष कल ही उनके प्रासाद में पहुँची है। अभी बची हुई है। देर हो गयी तो सारी की सारी समाप्त हो जायेगी और फिर अगले वर्ष की प्रतीक्षा करनी पड़ेगी।" सुदेष्णा ने कहा, "भाग कर जा और जाकर तत्काल ले आ।"

सैरन्ध्री स्तब्ध रह गयी। वह तो अपेक्षा कर रही थी कि उसकी कला से प्रसन्न हो कर रानी उसकी प्रशंसा करेंगी और उसे कोई पुरस्कार देंगी।...किन्तु यह तो कोई पुरस्कार नहीं है। दण्ड...और वह भी ऐसा दण्ड...

"आपकी सेवा में जब मैं आयी थी महारानी! तब आपने मुझे वचन दिया था कि आप मुझे किसी और की सेवा में नहीं भेजेंगी।" सैरन्ध्री बोली, "आप अपना वह वचन भूल रही हैं देवि!"

"नहीं! मैं कुछ भी भूल नहीं रही हूँ।" सुदेष्णा बोली, "मैं तुम्हें भैया की सेवा में नहीं भेज रही हूँ। तुम मेरी ही सेवा में हो। पिपासिता मैं हूँ। कण्ठ मेरा सूख रहा है। माधवी की आवश्यकता मुझे है। तो फिर यह मेरी सेवा क्यों नहीं है?"

सैरन्ध्री समझ रही थी कि रानी को यह अधिकार था कि वह उसे इस प्रकार के कार्यों के लिये भेज सकें। यह तो सैरन्ध्री का अपना ही आशंकित मन था, जो अपने लिये विभिन्न प्रकार के संकटों का पूर्वाभास पा रहा था। सम्भवतः रानी को तो यह भी ज्ञात न हो कि कीचक ने सैरन्ध्री से क्या-क्या कहा था। तो फिर उचित यही है कि वह रानी को स्पष्ट बता दे...

"महारानी! मैं सेनापति कीचक के प्रासाद में नहीं जा सकती। आप तो जानती ही होंगी कि वह कैसा निर्लज्ज है। मैं अपने पति की दृष्टि में व्यभिचारिणी और स्वेच्छाचारिणी हो कर आपके प्रासाद में नहीं रहूँगी।"

सुदेष्णा ने कृत्रिम क्रोध दिखाया, "भैया के प्रासाद से माधवी लाने से तुम व्यभिचारिणी कैसे हो जाओगी?"

"देवि! आप जानती तो हैं कि कीचक काम-मद से उनमत्त हो रहा है। वह मुझे देखते ही अपमानित कर बैठेगा।" सैरन्ध्री के स्वर में उसकी आशंका जैसे साक्षात आ बैठी थी।

एक बार तो सुदेष्णा ने सोचा कि वह पूरे प्रसंग से अनभिज्ञ होने का अभिनय करे और कुछ कठोर हो कर सैरन्ध्री को जाने का आदेश दे; किन्तु अगले ही क्षण उसे लगा कि उसका कोई विशेष लाभ नहीं होगा। उसमें और भी विलम्ब होगा।

सैरन्ध्री सारी घटनाएँ सुनाएगी। अनेक नयी बातें निकलेंगी। अनेक तर्क प्रस्तुत होंगे।...वह सैरन्ध्री से इस संदर्भ में कोई वाद-विवाद नहीं करना चाहती थी।

"जो कोई भी जानता है कि तुम्हें मैंने भेजा है, वह तुम्हारा अपमान नहीं कर सकता। भैया कैसे तुम्हारा अपमान करेंगे।" सुदेष्णा ने आग्रह किया, "व्यर्थ आशंकित मत हो सैरन्ध्री! जाओ और भाग कर माधवी ले आओ।"

"पर आपके अधीन अनेक दासियाँ हैं। मेरा ही जाना क्यों आवश्यक है। आप किसी और को भेज दीजिए। इसके बदले में मैं आपके और अनेक कार्य कर दूँगी।"

"मेरे साथ बहस मत करो सैरन्ध्री!" रानी ने रोष जताया, "तुम नहीं जानतीं कि केकय की माधवी क्या है। इसलिये तुम्हें भेज रही हूँ। और जिस को भी भेजूँगी, वह आधी तो मार्ग में ही पी जायेगी अथवा अपने प्रेमी को पिला आयेगी। विलम्ब से सारी बात बिगढ़ जायेगी। तत्काल जाओ और माधवी लेकर लौटो।"

रानी का तर्क सार्थक हो या न हो, सैरन्ध्री समझ गयी थी कि रानी हठ पकड़ चुकी थी। अब बात अपने-अपने सम्मान की हो चुकी थी। और रानी के सम्मान के सम्मुख तो सैरन्ध्री को झुकना ही पड़ेगा।

सैरन्ध्री कुछ और कहती, इससे पूर्व ही रानी ने ढक्कन सहित एक स्वर्ण पात्र उसके हाथ में पकड़ा दिया, "इसे भर कर लाना। चाहे आग्रह करना पड़े, चाहे झगड़ा, किन्तु इससे कम मत लाना।"

सैरन्ध्री ने पात्र पकड़ लिया और बाहर की ओर चल पड़ी। वह समझ रही थी कि कीचक के सम्मुख वह पूर्णतः असुरक्षित और असहाय थी। पता नहीं रानी इस बात को समझ नहीं रही हैं अथवा समझना चाहती नहीं हैं।...कहीं वे अपने भाई की इच्छापूर्ति में उसकी सहायक तो नहीं हो रहीं?

सैरन्ध्री को जैसे काठ मार गया। वस्तुतः यही बात है। अन्यथा, न तो किसी से कीचक की लंपटता छिपी है, और न ही यह कोई रहस्य की बात है कि सैरन्ध्री के प्रति कीचक का आग्रह निरन्तर बढ़ रहा है।...सैरन्ध्री ने अब तक तो यही माना था कि रानी उसकी रक्षा करेंगी, किन्तु लगता है, कि रानी भी इस षड्यन्त्र में कीचक की सहायिका हो गयी हैं।...तो सैरन्ध्री की रक्षा कौन करेगा?...क्या वह इसी समय सीधी बल्लव के पास चली जाये और जाकर सारी बात कह दे?...पर नहीं! कीचक के प्रासाद में गये बिना, कीचक के किसी दुष्प्रयत्न का प्रमाण पाये बिना, बल्लव से कैसे कह सकती है कि कीचक ने उसे अपमानित किया है?...वह तो फिर अभी विचार ही कर रही है; किन्तु बात बल्लव के पास पहुँच गयी तो वह कुछ सोचेगा भी नहीं। अपने क्रोध में

वह अभी ही कोई अनर्थ कर बैठेगा। परिणाम स्वरूप कीचक के हाथों उनका कोई अहित हो या न हो, सैरन्ध्री और बल्लव ही, इस अज्ञातवास के सारे श्रम और कष्टों पर पानी फेर देंगे। अब जब अज्ञातवास का वर्ष पूरा होने को आया है, तो उसकी तनिक सी आशंका से सब नष्ट हो सकता है।...तो क्या वह बृहन्नला के पास चली जाये? उसे बताए? वह तो आवेश में कोई काम नहीं करता है। और कुछ नहीं तो वह उत्तरा के माध्यम से रानी पर दबाव डलवाए कि वे सैरन्ध्री को कीचक के प्रासाद में न भेजें? किन्तु यदि रानी और बुरा मान गयीं? उत्तरा उनकी पुत्री ही तो है। यदि वे उसका आग्रह न मानें तो? और फिर रानी तो केकय प्रदेश की माधवी की प्रतीक्षा कर रही होंगी। सैरन्ध्री का अपनी आशंका मात्र के आधार पर रानी की आज्ञा का पालन न करना और इधर-उधर भटकना, रानी को रुष्ट ही करेगा।...

अभी कुछ भी ऐसा नहीं हुआ है, जिसके आधार पर वह किसी से अपने लिये न्याय अथवा रक्षा की माँग कर सके।...बहुत सम्भव है कि ऐसा कुछ न ही हो। यह सब उसके भयभीत मन की दुष्कल्पनाएँ मात्र ही हों।...इससे तो अच्छा है कि वह सावधानी से जाये। कीचक को किसी प्रकार का कोई अवसर ही न दे और रानी के लिये माधवी लेकर तत्काल लौट आये।...और फिर बृहन्नला ने भी तो कहा था कि संकट की स्थिति में वह कीचक को लुभाने का अभिनय कर, कुछ हाव-भाव दिखा उसे बहका भी तो सकती है।...

सैरन्ध्री का विचलित मन अपने सखा कृष्ण को स्मरण कर रहा था। यदि कहीं कृष्ण तुम यहाँ आस-पास होते! किन्तु इस बार तो तुम यह भी नहीं जानते कि तुम्हारी सखी कहाँ है। तुम्हारे मित्र और भाई कहाँ हैं। तुम उन्हें स्वयं खोजकर उनकी सहायता भी करना चाहोगे, तो कैसे करोगे? तुम जानते ही नहीं कि वे लोग कहाँ हैं।...

सहसा सैरन्ध्री को लगा कि उसके भीतर एक आश्वासन जन्म ले रहा है।...कृष्ण क्या नहीं जानता? कृष्ण क्या जान नहीं सकता? कृष्ण के लिये क्या अज्ञात है? क्यों भयभीत हो कृष्णे! अर्जुन ने कहा था कि तुम्हारे जैसी सती नारी के तेज के सम्मुख कौन-सा आततायी ठहर सकता है? कौन-सा परस्त्रीगामी लंपट तुम्हारी दृष्टि की अग्नि को सहन कर सकता है। तुम निर्भय हो कर जाओ सैरन्ध्री। तुम्हारा वेश बदला है, किन्तु तुम अब भी द्रुपदपुत्री कृष्णा ही हो, जो अग्निकुण्ड में से जन्मी थी। तुम्हारा तेज अद्वितीय है। तुम कृष्ण की सखी हो कृष्णे। तुम निर्भय हो कर जाओ।...

सैरन्ध्री कीचक के प्रासाद के द्वार पर ही रुक गयी।...उसे भीतर जाने की

आवश्यकता ही क्या थी। वह द्वारपाल के निकट जाकर खड़ी हो गयी। उसने वह पात्र उसकी ओर बढ़ा दिया, "महारानी ने मुझे भेजा है। यह पात्र लो और किसी को भेज कर महारानी के लिये केकय की माधवी मँगा दो।"

"आओ।" द्वारपाल उसे मार्ग दिखाता हुआ चल पड़ा।

अब सैरन्ध्री के पास कोई विकल्प नहीं था।

द्वारपाल उसे जिस कक्ष में लाया, वहाँ सामने ही कीचक बैठा था। इसी बात से तो सैरन्ध्री डर रही थी। अब यह सम्भव नहीं था कि वह किसी दासी अथवा परिचारिका से माधवी ले कर लौट जाती।

"आओ सैरन्ध्री!" कीचक लहराता-सा अपने स्थान से उठा, "तुमने बहुत अच्छा किया कि तुम आ गईं। बड़ी समझदार है सुदेष्णा, कि उसने तुम्हें भेज दिया।"

सैरन्ध्री के सम्मुख, अब सब कुछ स्पष्ट था...क्यों सुदेष्णा ने उसे भेजने की हठ की। क्यों उसे किसी परिचारिका अथवा रसोइए के पास न भेज कर, सीधे उस कक्ष में पहुँचाया गया, जहाँ कीचक बैठा उसकी प्रतीक्षा कर रहा था। उसके विरुद्ध षड्यन्त्र रचा है, सुदेष्णा और कीचक ने...

"आओ, यहाँ मेरे साथ बैठो। माधवी का पान करो। आओ, मेरी स्वामिनी बनकर मेरा प्रिय कार्य करो।" उसने सैरन्ध्री के उत्तर की प्रतीक्षा नहीं की, स्वयं ही बोला, "मैं अभी दासियों को आज्ञा देता हूँ। वे तुम्हारे लिये सोने का हार लाएँ, शंख की चूड़ियाँ लाएँ, स्वर्णमय कर्णफूलों के जोड़े लाएँ, मणि, रत्नों के आभूषण लाएँ, रेशमी साडियाँ लाएँ..."

"सेनापति! मुझे महारानी सुदेष्णा ने भेजा है। उन्हें प्यास लगी है। मैं उनके लिये केकय प्रदेश की माधवी लेने के लिये आयी हूँ।" सैरन्ध्री बोली, "वे मेरी प्रतीक्षा कर रही होंगी। मैं शीघ्र न पहुँची तो क्रुद्ध होंगी।..."

"तो ठीक है। किसी दासी को भेज देता हूँ, वह सुदेष्णा को माधवी पहुँचा देगी। लाओ, यह पात्र मुझे दो।" वह सैरन्ध्री के एकदम निकट आ गया था।

सैरन्ध्री का मस्तिष्क बड़े वेग से दौड़ रहा था। यदि वह स्वर्णपात्र उसको पकड़ा देती है और कीचक वह किसी दासी को देने के लिये इधर-उधर होता है, तो वही समय होगा, जब उसे यहाँ से निकल भागना चाहिए।...यह तो निश्चित ही है कि वह उसे माधवी नहीं देगा। उसे तो अन्ततः खाली हाथ ही जाना है। तो वह अपने अपमान की प्रतीक्षा क्यों करे? शीघ्रातिशीघ्र यहाँ से निकल जाये और रानी को स्पष्ट कह दे कि वह उनकी इस प्रकार की आज्ञाओं का पालन नहीं कर सकती। वे प्रसन्न हों अथवा अप्रसन्न। वह व्यभिचारिणी हो कर उनकी चाकरी नहीं करेगी।

सैरन्ध्री ने पात्र, कीचक की ओर बढ़ा दिया। कीचक ने अपना हाथ बढ़ाया और पात्र के स्थान पर सैरन्ध्री की भुजा थाम ली, "मैंने यह दिव्य शैया पहले से ही बिछा रखी है। मैं सोच रहा था जिस प्रकार तुम मेरे मन में बैठी हो, वैसे ही मेरी शैया पर क्यों नहीं आती हो। आज मेरी मनोकामना पूर्ण करो सुन्दरी!"

सैरन्ध्री ने झटके से स्वयं को छुड़ाया, "नीच! सत्ता का दुरुपयोग मत कर; और स्वयं को इतना शक्तिशाली भी मत समझ। मुझे हाथ लगाएगा तो मेरे रक्षक गन्धर्वों द्वारा आज रात्रि को ही मारा जायेगा।"

कीचक कुछ लड़खड़ाया और फिर उसने सैरन्ध्री का उत्तरीय पकड़ लिया, "गन्धर्व जब आयेंगे तो उनको भी देख लूँगा। इस समय तो तुम आयी हो, तुम्हें देख लूँ।"

सैरन्ध्री समझ रही थी कि इस समय कहने-सुनने का कोई लाभ नहीं था। कीचक इस स्थिति में ही नहीं था कि उसे कुछ समझाया जा सकता। इस समय तो उसे अपने ही भरोसे अपनी रक्षा करनी थी।

कीचक ने उसे पकड़ लिया था और वह उसकी पकड़ से छूटने के लिये सामर्थ्य भर प्रयत्न कर रही थी। उसके मन में यह पूर्णतः स्पष्ट था कि सैरन्ध्री के किसी सहायक के इस समय यहाँ आने की कोई सम्भावना नहीं थी। पर यह भी उतना ही स्पष्ट था कि कीचक अपनी सहायता के लिये भी किसी को नहीं बुलाएगा। शारीरिक बल में सैरन्ध्री कीचक के समकक्ष नहीं हो सकती थी; किन्तु वह इस समय माधवी के प्रभाव में था। अतः असावधान था। यदि सैरन्ध्री अपनी रक्षा करने का प्रयत्न करती रहेगी, तो कुछ भी नहीं हो पायेगा; किन्तु यदि वह आक्रामक हो जाये, तो सम्भव है कि वह उसकी पकड़ से छूट जाये। यदि प्रभु की इच्छा होगी, तो वे इसी रूप में उसकी रक्षा कर लेंगे।

सैरन्ध्री ने अपना सारा बल एकत्रित करके कीचक को एक जोर का धक्का दिया। कीचक न केवल लड़खड़ा कर पीछे हठ गया, वरन सँभलने के प्रयत्न में उसने जिस आसन का सहारा लेना चाहा था, उसको लिये दिये ही गिर पड़ा। सैरन्ध्री के लिये यही एक अवसर था कि वह बच कर भाग सकती थी। यदि वह क्षण भर भी रुकी और कीचक उठ कर खड़ा हो गया, तो दूसरी बार ऐसा अवसर सैरन्ध्री को नहीं मिलेगा।

उसने भूमि पर गिरा हुआ स्वर्णपात्र उठाया और बाहर की ओर भागी। अब यदि कीचक उसके निकट आया तो वह यही स्वर्णपात्र उसके सिर पर दे मारेगी, फिर जो होना हो, हो ले।

वह अपनी पूरी क्षमता से भाग रही थी। दो एक दासियों-परिचारिकाओं ने उसे आश्चर्य से देखा भी; किन्तु कुछ कहा नहीं। द्वारपाल ने अवश्य पूछा, "अरे भाग क्यों रही हो सैरन्ध्री!"

"महारानी माधवी प्रतीक्षा में है। विलम्ब से उन्हें असुविधा होगी।"

द्वारपाल अपने स्थान पर बैठा रहा और सैरन्ध्री भागती चली गयी। कहाँ जाये? इस समय कहाँ जाये कि वह कीचक से बच जाये? स्पष्ट था कि सुदेष्णा के निकट वह सुरक्षित नहीं थी। कीचक वहाँ पहुँच जायेगा और सुदेष्णा उसे रोकना भी चाहेंगी, तो रोक नहीं पायेंगी; और पता नहीं वे उसे रोकना भी चाहेंगी अथवा नहीं। उन्होंने उसे ही हठ पूर्वक कीचक के घर माधवी लाने के लिये भेजा, इसी से स्पष्ट था कि वे कीचक की सहायता कर रही थीं। तो फिर सैरन्ध्री कहाँ जाये? बल्लव के पास? बृहन्नला के पास? कंक के पास? ग्रंथिक और तंतिपाल, दोनों ही यहाँ से दूर थे। उनके पास पहुँचना सम्भव नहीं था।

सहसा उसकी दृष्टि पीछे की ओर गयी...अपने वस्त्र सँभालता हुआ कीचक उसके पीछे दौड़ा आ रहा था।

तो कीचक ने उसका पीछा करने का विचार नहीं छोड़ा था। उसे न किसी से भय था, न किसी से लज्जा। उसने अपने सैनिकों से नहीं कहा था कि वे उसका पीछा कर उसे पकड़ लाएँ। वह स्वयं ही भागा आ रहा था। सम्भवतः यह माधवी के प्रभाव के ही कारण होगा; अन्यथा उसके पास सैरन्ध्री को पकड़ मँगवाने के लिये साधनों की कमी तो नहीं हो सकती।

अधिक विचार करने का समय नहीं था।...इस समय सबसे निकट तो राजा की सभा ही थी। वहाँ इस समय राजा भी होंगे और कंक भी। सम्भव है, अन्य सभासद भी हों। कीचक निरन्तर उसके निकट आता जा रहा था। सैरन्ध्री का राजसभा पहुँच पाना भी कठिन ही था। यदि कीचक ने उससे पहले ही उसे पकड़ लिया, तो भारी दुर्दशा होगी।

सैरन्ध्री प्राणपण से दौड़ती जा रही थी।

सभा के द्वार पर से ही सैरन्ध्री उच्च स्वर में बोली, "दुहाई महाराज! अपनी प्रजा की रक्षा कीजिए।"

द्वारपाल ने असाधारण-सी स्थिति देख कर सैरन्ध्री को नहीं रोका। वह उसे पहचानता था। इस समय उसके हाथ में स्वर्णपात्र भी था। सम्भव था कि वह महाराज के ही लिये कोई पेय पदार्थ ले कर आयी हो। वह दौड़ती हुई आयी थी, उससे तो यही माना जा सकता था कि वह शीघ्रता में थी। सम्भवतः द्वारपाल उसे टोकता कि वह राजसभा में शालीनता से जाये, किन्तु उसके ठीक पीछे कीचक को आते देख, वह कुछ-कुछ अनुमान लगा सकता था। सैरन्ध्री ने महाराज को पुकारा भी था। ऐसे में द्वारपाल तटस्थ हो गया। वह सैरन्ध्री और कीचक के मध्य क्यों आये। राजा स्वयं ही न्याय करें।

सैरन्ध्री ने निमिष भर में ही देख लिया था कि राजा के साथ कंक बैठे थे और उनसे कुछ ही पीछे बल्लव भी बैठा था। सम्भवतः वह किसी प्रकार का कोई आदेश लेने के लिये राजा के पास आया हो। यहाँ वह पूर्णतः सुरक्षित थी। राजा, कंक तथा बल्ल्व—इन तीनों की उपस्थिति में कीचक उसका क्या बिगाड़ सकता था।

राजा के साथ-साथ कंक तथा बल्लव ने ही नहीं, सारी सभा ने देखा कि पूर्णतः अव्यवस्थित, स्वेद से नहाई तथा हाँफती हुई सैरन्ध्री राजसभा के सारे शिष्टाचारों का उल्लंघन करती हुई सभा में आयी है और महाराज की दुहाई दे रही है। इससे पहले कि कोई कुछ समझता, कीचक भी लगभग उसी स्थिति में सभा के भीतर घुस आया।

कीचक को और कुछ भी दिखाई नहीं दे रहा था। उसे तो बस यही ज्ञान था कि वह पिछले कई दिनों से सैरन्ध्री को अपनी शैया पर लाने के सपने देख रहा था। कितने प्रयत्न के पश्चात् आज सैरन्ध्री उसके प्रासाद में ही नहीं, उसके कक्ष में आयी थी। उसने उसे थाम भी लिया था। वह उसे धन, सम्पत्ति, पद और मान मर्यादा—सब कुछ देने को तैयार था, और तब भी यह सैरन्ध्री, उसे धक्का दे, भूमि पर गिरा कर भाग आयी थी। उसका काम बाधित हुआ था; उसका अहंकार आहत हुआ था; और उसका क्रोध चाण्डाल का रूप धारण कर जाग्रत हुआ था। उसे और कुछ दिखायी नहीं दे रहा था। उसे तो बस अपने सामने खड़ी सैरन्ध्री दिखाई दे रही थी, जिसने उसके उद्दीप्त काम को इस प्रकार बाधित किया था कि उसका हृदय अपनी पीड़ा सहन करने में असमर्थ हो रहा था। ऐसे में वह केवल विनाश कर सकता था। जो कुछ उसके सम्मुख आयेगा, उसके क्रोध की ज्वाला में जलकर क्षर हो जायेगा। आज यहाँ कुछ भी सुरक्षित नहीं रहेगा।...

उसने अपनी ओर पीठ किए खड़ी सैरन्ध्री के खुले केश अपनी मुट्ठी में भींचकर, उसे अपनी ओर खींचा और जोर का एक धक्का दिया। पीछे की ओर से असावधान खड़ी सैरन्ध्री लड़खड़ाई और औंधें मुँह गिर पड़ी।

कंक और बल्लव अकस्मात उठ खड़े हुए। कंक अभी अपने स्थान पर ही थे कि बल्लव सैरन्ध्री की ओर दो पग आगे बढ़ गया।

कीचक ने देखा कि सैरन्ध्री भूमि पर गिर पड़ी है। वह उसके सम्मुख पड़ी थी; और उसका सारा काम क्रोध में परिवर्तित हो उसे सुख देने के स्थान पर कष्ट देने के लिये मचल रहा था। उसने खींचकर एक लात उसे दे मारी।

तब तक बल्लव उसके निकट पहुँच चुका था। उसने कीचक को अपनी भुजाओं में उठाया और दूर फेंक दिया। कंक ने देखा सैरन्ध्री का अपमान हुआ

है; किन्तु वह अब सुरक्षित है। बल्लव ने कीचक को उठा कर दूर फेंक दिया है। कीचक अपने स्थान पर सिर टेके पड़ा था। उसमें उठने और पुनः सैरन्ध्री पर प्रहार करने की इच्छा का कोई लक्षण दिखाई नहीं दे रहा था।...उनकी दृष्टि बल्लव की ओर गयी : वह अब भी वहीं खड़ा था। उसकी मुट्ठियाँ भिंची हुई थीं, वह क्रोध से दाँत पीस रहा था। उसके नेत्र क्रोध से रक्तिम हो रहे थे। उनमें धुआँ सा आ गया था। वह अपने माथे का पसीना पोंछ रहा था। उन्हें लगा कि बल्लव को तत्काल न रोका गया तो सम्भतः वह अगले ही क्षण कीचक की हत्या कर डालेगा।

कंक ने बल्लव के पैर का अंगूठा दबाया, "बल्लव! तुम क्या पाकशाला के ईंधन के लिये उस वृक्ष को देख रहे हो? बाहर जा कर उस सूखे वृक्ष को देखो। जिस वृक्ष से छाया मिल सकती है, उसके एक पत्ते को भी नष्ट नहीं किया जाता। उससे वृक्ष की ही नहीं, अपनी भी हानि होती है।"

बल्लव समझ गया कि कंक का संकेत किस ओर है। यदि वह कीचक की यहीं हत्या कर देगा, या अवश्य ही यह प्रश्न उठेगा कि मत्स्यदेश के बलवान सेनापति का वध कर देने वाला व्यक्ति कौन है? वह साधारण रसोइया नहीं हो सकता। जब चारों ओर यह प्रश्न गूँजेगा, तो उनका अज्ञात रहना सम्भव नहीं होगा। यहाँ किसी को संदेह हो या न हो, हस्तिनापुर में यह समाचार अवश्य पहुँचेगा; और तब दुर्योधन निष्क्रिय नहीं बैठेगा।...तो क्या अपने को छुपाये रखने का मूल्य यह चुकाना पड़ेगा कि सैरन्ध्री को उसकी आँखों के सम्मुख कोई इस सीमा तक अपमानित करे और वह खड़ा देखता रहे? पाण्डव के रूप में उसका एक धर्म है, तो मानव के रूप में भी उसका एक धर्म है। पुरुष के रूप में भी एक धर्म है; और पति के रूप में भी उसका एक धर्म है।...नहीं! वह यह सब मौन मूक रहकर नहीं देख सकता। वह तो शायद कंक भी न करें। पर सैरन्ध्री अब सुरक्षित थी। कीचक ने तो तब से सिर भी नहीं उठाया था। सम्भवतः वह अचेत हो गया था। अब जो कुछ भी करना था, वह सैरन्ध्री की रक्षा के लिये नहीं, उसके अपमान का प्रतिशोध लेने के लिये करना था।...उसकी कोई तात्कालिक आवश्यकता तो थी नहीं। तो राजा की सभा में इतने सारे लोगों के सम्मुख कीचक का वध कर, अपने पहचाने जाने का संकट क्यों उठाया जाये।....

उसने कंक की ओर देखा : कंक जाकर राजा के निकट अपने स्थान पर बैठ गये थे। बल्लव भी मन मार कर जा कर कंक के निकट ही बैठ गया। शायद कंक चाहते थे कि वह पाकशाला में चला जाये; किन्तु वह कीचक के रहते, यहाँ से हटना नहीं चाहता था।

राजा ने सब कुछ देखा। निश्चित रूप से सभी के सम्मुख राजा की उपस्थिति में, बिना कोई कारण बताए हुए, एक स्त्री को इस प्रकार अपमानित करना, उद्दण्डता की पराकष्ठा थी। राजा के मन में भी आक्रोश जागा था। वह कितना सैरन्ध्री के अपमान के कारण था, कितना अपने अपमान के कारण– वे समझ नहीं पा रहे थे।...उनका मन आक्रोश से जल रहा था; किन्तु न तो तब से शरीर हिला था और न ही उनकी जिह्वा से कुछ उच्चरित हुआ था।...वे देख रहे थे कि इस समय कीचक माधवी के प्रभाव में था। उन्होंने उसे कई बार केकय की माधवी के प्रभाव में देखा था। और उसके प्रभाव में वह कुछ भी कर सकता था। यदि इस समय राजा चाहें तो उसे कशा से पीट सकते थे। चाहें तो उसे बंदी बना सकते थे। चाहें तो उसे उसकी सारी सम्पत्ति से वंचित कर सकते थे। किन्तु वह सदा ही तो माधवी के प्रभाव में नहीं रहेगा। जिस समय वह प्रकृतस्थ होगा, उस समय वह इतना निरीह नहीं होगा। तब वह खडग खींच कर राजा को चुनौती देगा; और राजा उसकी उस चुनौती का सामना नहीं कर पायेंगे।...पर यदि वे उसे इसी अवस्था में कारागार में डाल देते हैं, तो वह खडग कैसे खींचेगा? पर उस अकेले को कारागार में डाल देने से तो काम नहीं चलेगा। उनके अपने प्रासाद में उसकी बहन बैठी है। वे प्रासाद में पहुँचेंगे तो वह प्रश्न करेगी। नगर में उसके भाई और अनुयायी उपकीचक हैं। वे लोग विराटनगर की सेना की रीढ़ की हड्डी हैं। सारी की सारी सेना उसके प्रभाव में है। सेना विद्रोह कर सकती है।..

राजा को लगा, उसके मन के किसी कोने में, चाहे कितने भी छद्म रूप में क्यों न हो, और कितनी भी न्यून मात्रा में क्यों न हो, सैरन्ध्री को इस प्रकार अपमानित देख कर प्रसन्नता जन्मी है। उसने उनके प्रेम निवेदन की ओर ध्यान नहीं दिया था।...पर तत्काल ही उनके मन में आया कि उन्होंने उससे तो प्रेम निवेदन किया ही नहीं था। वह तो रानी ने ही भूचाल मचा दिया था। रानी ने कहा था कि सैरन्ध्री से इतने लोग प्रेम करते हैं कि राजा ने उस पर दृष्टि डाली तो सैरन्ध्री का कोई न कोई प्रेमी उनकी हत्या कर देगा। राजा ने तो अपने मन को उस ओर से हटा लिया था। यह भी सत्य है कि उसने कीचक का प्रेम भी स्वीकार नहीं किया था। इसीलिये तो वह भागती हुई शरण पाने के लिये यहाँ आयी थी; और कीचक उसके पीछे-पीछे आ गया था। अब उन्हें देखना था कि सैरन्ध्री का कौन-सा प्रेमी, कीचक से इसका प्रतिशोध लेता है।...यहाँ तो बल्लव ने ही उसे उठाकर फेंक दिया था।...किन्तु बल्लव सैरन्ध्री का प्रेमी नहीं हो सकता। राजा को इस प्रकार की कोई सूचना नहीं मिली थी। उसने

तो अपने सामने अपमानित होती हुई एक नारी की रक्षा मात्र की थी। उसकी स्थिति में कोई भी पुरुष यही करेगा।

राजा को लगा कि उनके मन में एक प्रकार की गुदगुदी-सी हो रही थी... तो क्या बल्लव कीचक से भी बलशाली था? इतना बलशाली कि वह कीचक को अपनी भुजाओं में उठा कर दूर फेंक दे, जैसे कोई हल्के से खिलौने को फेंकता है?...नहीं! शायद ऐसा नहीं है। कीचक इस समय माधवी के प्रभाव में था।...पर यदि बल्लव, कीचक से अधिक शक्तिशाली है, तो क्या वह कीचक से उनकी रक्षा भी कर सकता है? किन्तु वह अधिक से अधिक एक मल्ल हो सकता है। वह सेनापति तो नहीं है। वह न सेना का सामना कर सकता है, न सैन्य-संचालन! सम्भवतः वह शस्त्रों के विषय में कुछ भी न जानता हो। तो वह कीचक से उनकी रक्षा कैसे कर सकता है?...

राजा की समझ में नहीं आ रहा था कि वे क्या चाहते हैं। सैरन्ध्री के अज्ञात प्रेमी यदि कीचक का वध कर दें और विराट को उसके घातक आतंक से मुक्त कर दें तो? पर तब विराटनगर की सेनाओं का संचालन कौन करेगा? ...वे कीचक से तो मुक्त होना चाहते हैं, किन्तु कीचक के समान एक सेनापति की आवश्यकता तो उन्हें रहेगी ही। तो वे कीचक का वध चाहते हैं अथवा नहीं?...राजा के मन में कुछ भी स्पष्ट नहीं था।

सभासदों ने देखा : सैरन्ध्री का अपमान हुआ है। बल्लव ने बलवान कीचक को उठा कर दूर फेंक दिया है। राजा ने बल्लव का विरोध नहीं किया है और कीचक का उठने का साहस ही नहीं हो रहा है।

उनमें से कई समवेत स्वर में चिल्लाए, "यह अन्याय है महाराज! यह भारी अन्याय है। दुष्ट कीचक को इसका दण्ड मिलना चाहिए।"

सैरन्ध्री कीचक के धक्के और पाद-प्रहार से जैसे स्तम्भित रह गयी थी। उसकी आँखों के सम्मुख जो कुछ भी घटा, उसे जैसे संवेदनाशून्य दृष्टि से देखा।...किन्तु क्रमशः जैसे उसकी भी संज्ञा जागी। संवेदना लौटी। उसने देखा कि कंक तथा बल्लव उसकी सहायता को आये हैं, बल्लव ने कीचक को उठा कर दूर फेंक दिया है; किन्तु उसके पश्चात कंक ने बल्लव को जैसे सावधान ही नहीं किया, कर्म से निरत कर दिया है। राजा ने भी सब कुछ देखा है; किन्तु वह अब तक किंकर्तव्यविमूढ़ सा बैठा है। बल्लव के बल को देख कर सभासदों ने भी एक प्रकार का शाब्दिक विरोध प्रकट करने का साहस किया है; किन्तु ऐसा कुछ नहीं हुआ, अथवा हो रहा, जिसे कीचक को उसके अपराध का दण्ड देने का उपक्रम जैसा कुछ कहा जाये।

सैरन्ध्री का अपमान-पीड़ित मन चीत्कार कर उठा, "राजन्! धर्मप्राण राजा अपनी प्रजा का उसी प्रकार पालन करता है, जैसे कोई ममतामयी माँ अपने अबोध शिशु की रक्षा करती है। मैं आपकी प्रजा हूँ। अबला स्त्री हूँ। मेरे पति यहाँ नहीं हैं, इसलिये वर्तमान के लिये अनाथ हूँ। आपके सम्मुख इस पापी कीचक ने मेरे केश खींचे हैं। मुझे धक्का दिया है। लात मारी है। क्या उसे दण्डित करना आपका धर्म नहीं है?"

राजा अब तक मौन थे; किन्तु सैरन्ध्री द्वारा इस प्रकार सीधे सम्बोधित किए जाने पर उन्हें कुछ तो कहना था। उनकी दृष्टि कीचक पर पड़ी। कीचक अपने स्थान पर उठ कर खड़ा हो गया और उनकी ओर देख रहा था। उसके मस्तिष्क पर से माधवी का प्रभाव पूर्णतः समाप्त हो चुका था। उसकी आँखों के भाव को देख कर मत्स्यराज को अपनी रीढ़ की हड्डी में एक कँपकँपी का सा अनुभव हुआ।

"सैरन्ध्री!" राजा बोले, "तुम दोनों में जो कलह हुई है, वह हमारे सामने नहीं हुई है। उस सारी बात को जाने बिना कोई राजा न्याय नहीं कर सकता। इसके लिये आवश्यक है कि पहले हम उस सारी बात का पता करें कि तुमने सेनापति कीचक को अपने किस कृत्य से क्रोधित कर दिया था। सेनापति का अपराध तो सबने देखा है, किन्तु हमें तुम्हारे अपराध को भी तो जानना होगा। हम उसका शोध करेंगे; और उसी के अनुसार उपयुक्त समय पर तुम्हारा न्याय करेंगे।" राजा ने रुक कर कीचक को देखा, "सेनापति कीचक! तुम्हें स्मरण रखना चाहिए कि राजसभा की मर्यादा होती है। माधवी के प्रभाव में राजसभा में प्रवेश कर उत्पात् करना तनिक भी शोभनीय नहीं है। जाओ, और स्मरण रहे कि भविष्य में इस प्रकार का व्यवहार न हो।"

कीचक ने एक क्रुद्ध दृष्टि सैरन्ध्री पर डाली और सभा से बाहर चला गया।

सैरन्ध्री के लिये यह सब असह्य था। वह जैसे भूल गयी कि वह अपने पतियों के साथ विराटनगर में अज्ञातवास कर रही है। वह भूल गयी कि वह राजसभा में स्वयं राजा के सम्मुख खड़ी है। उसे स्मरण केवल इतना रहा कि रानी की आज्ञा पर माधवी लेने गयी सैरन्ध्री का कीचक ने अपमान करने का प्रयत्न किया। वह स्वयं को बचा कर भागी तो राजसभा में सबके सामने कीचक ने उसके केश खींचे, उसे धक्का दिया और लात मारी। उसके केश अभी भी बिखरे हुए थे। उसके वस्त्र धूलधूसरित थे। आघात के कारण उसके मुख से जो रक्त निकला था, वह अब भी पोंछा नहीं गया था। उसका अपमानित हृदय प्रतिशोध के लिये चीत्कार कर रहा था।

"राजन!" वह बोली, "जो राजा अपने और पराए में भेद करता है, वह न धर्मप्राण है, न न्यायी। मैं आप पर अभियोग लगाती हूँ कि अपना परिजन होने के कारण आपने कीचक का अपराध अनदेखा किया।"

"यह तुम्हारी भूल है सैरन्ध्री!" राजा ने उत्तर दिया, "केवल तुम्हारे आरोप लगाने मात्र से मैं मत्स्यदेश के सेनापति को कारावास में तो नहीं डाल सकता, न ही उसे कशाघात का दण्ड दे सकता हूँ। उसे चेतावनी दे दी गयी है। अब इस समय इससे अधिक क्या हो सकता है। तुम अधिक हठ करोगी तो हम कोटपाल को आदेश द देंगे कि शोध करे कि तुम्हारे किन कृत्यों के कारण सेनापति को इतना क्रोध आया कि आपे से बाहर हो गये और उन्होंने सभा में अभद्र व्यवहार किया।"

सैरन्ध्री की आँखों में क्रोध उतर आया, "न्याय के सम्मुख छोटे और बड़े सब बराबर हैं। उसमें यह नहीं देखा जा सकता कि मालिनी एक सैरन्ध्री है; और कीचक मत्स्यदेश का सेनापति। जो लोग ऊँचे पदों पर बैठे हैं, वे धर्म और न्याय के विधान से मुक्त हैं क्या? पद उन्हें प्रजा की रक्षा का दायित्व देता है अथवा प्रजा पर अत्याचार करने का अधिकार? इस पर विचार किया जाना चाहिए महाराज! नहीं तो मत्स्यदेश की सारी दासियाँ और निर्धन स्त्रियाँ मत्स्यदेश के राजपुरुषों के बलात्कार की पात्राएँ बनकर रह जाएँगी।"

"सैरन्ध्री ठीक कह रही है महाराज!" सहसा सभासद चतुरानन बोला, "उच्च पद, धन अथवा बल के कारण किसी व्यक्ति को यह अधिकार तो नहीं है कि धर्म की मर्यादा का उल्लंघन करे। राजा के विधान को भंग करे।"

राजा के उत्तर से पहले ही सैरन्ध्री बोली, "आप कोटपाल को कहें अथवा अपने किसी सभासद को कि वह यह शोध करे कि सैरन्ध्री का दोष क्या था, जिसके कारण कीचक ने उसके साथ यह व्यवहार किया। किन्तु कीचक ने जो कुछ किया, वह आपके सम्मुख किया। उसके लिये आपको किस प्रमाण की आवश्यकता है?" उसने रुक कर सारे सभासदों को देखा, "आपका संकट यह है कि जो अपराधी है, वह राज्य का सेनापति और राजा का श्यालक है; और जो पीड़ित है, वह प्रासाद में कार्य करने वाली एक साधारण सैरन्ध्री है। सेनापति तो सैरन्ध्री को लात मार सकता है; किन्तु सैरन्ध्री को कैसे अनुमति दी जा सकती है कि वह सेनापति को अपने पाद-प्रहार से भूमि पर इस प्रकार गिरा दे कि सेनापति मुख से रक्तवमन करने लगे।"

राजा समझ रहे थे कि सैरन्ध्री सत्य कह रही थी; सत्य ही वे सेनापति को कोई कठोर दण्ड नहीं दे सकते थे। वे सिर नीचा किए चुपचाप बैठे रहे।

"कीचक को धर्म का ज्ञान नहीं है।" सैरन्ध्री पुनः बोली, "मत्स्यराज भी किसी प्रकार धर्मज्ञ नहीं हैं। जो अधर्मी राजा के पास बैठते हैं, वे सभासद भी धर्म के ज्ञाता नहीं हैं।"

कंक को लग रहा था कि स्थिति बिगड़ती जा रही है। राजा कीचक को दण्डित करने में असमर्थ थे, यह सत्य था। ऐसे में यदि सैरन्ध्री हठ पूर्वक बोलती जायेगी, तो वह राजा का अपमान भी कर सकती है। राजा को यह जानने को भी प्रेरित कर सकती है कि ऐसी तेजस्विनी नारी कौन है। एक साधारण सैरन्ध्री को तो ऐसा साहस हो नहीं सकता कि वह राजा से इस प्रकार की बातें कहे।

"सैरन्ध्री! कीचक ने धर्म की मर्यादा का उल्लंघन किया है, यह हम सबने देखा है।" कंक ने कहा, "महाराज ने उसे चेतावनी दे दी है। सारे सभासद समझ रहे हैं कि दण्ड का जो एक लक्ष्य, पीड़ित की पीड़ा का शमन है, वह पूरा नहीं हुआ है। पर अब तुम भी धर्म की मर्यादा का उल्लंघन मत करो। राजा, प्रजा का पिता होता है; किन्तु पिता भी तो अपनी सन्तान की सारी इच्छाएँ तत्काल पूरी नहीं कर सकता। तुम ही धर्म का विचार करो। क्षमाशीले! क्षमा मनुष्य का सबसे उत्तम धर्म है। क्षमा सत्य है, क्षमा दान है, क्षमा धर्म है। क्षमा के बारह अंग हैं और तीन सौ साठ अरे हैं। उस कालचक्र के पूरा होने में, तीस अरों की ही तो कमी है। कालचक्र पूरा होते ही सबको उनका मनभावन मिल जायेगा। कालचक्र पूर्ण होने तक तुम भी क्षमा का दान करो।"

सैरन्ध्री समझ रही थी कि कंक का संदेश क्या था। उनके अज्ञातवास को पूर्ण होने में केवल एक मास शेष था। एक मास पूरा होते ही, उनकी प्रतिज्ञा पूरी हो जायेगी। उन्हें अज्ञात रहने की कोई बाध्यता नहीं रहेगी; और उसे उसका मनभावन मिल जायेगा।...किन्तु इस अपमान को पूरा एक महीना सहते रहना...

"जाओ सैरन्ध्री! रानी सुदेष्णा के महल में जाओ। तुम वहाँ सुरक्षित हो। वहाँ कोई तुम्हारा अपमान भी नहीं करेगा।" कंक बोले, "मन न माने तो कुछ समय बृहन्नला के साथ नृत्य-संगीत का आनन्द उठाने में व्यतीत कर लो। महाराज की द्यूतक्रीड़ा में क्यों सावधान उपस्थित कर रही हो।"

सैरन्ध्री, कंक के सारे संकेत समझ रही थी; किन्तु उसका क्षोभ तनिक भी कम नहीं हो रहा था। वह जानती थी कि क्षमा उत्तम धर्म है; किन्तु वह कंक के समान क्षमाशीला नहीं हो सकती थी। जब तक वह अपने इन्हीं पैरों से कीचक के शव को न ठुकरा ले, तब तक उसके हृदय की ज्वाला शान्त नहीं हो सकती थी, उसका क्षोभ कम नहीं हो सकता था।

वह उठी। उसने कंक को कुछ इस प्रकार प्रणाम किया, जैसे वह राजा को प्रणाम कर रही हो। धीरे-धीरे वह राजसभा से बाहर निकल गयी।

कंक अपने स्थान पर बैठे तो राजा ने बहुत धीरे से कहा, "कंक, आज तुमने कीचक से मेरी रक्षा कर ली। सैरन्ध्री कीचक को दण्ड दिलवाए बिना मानती नहीं, और मैं कीचक को दण्ड देने का साहस कर नहीं सकता। सैरन्ध्री को समझा कर तुमने मेरा बड़ा उपकार किया है कंक।"

46

कीचक सभा से बाहर निकला तो उसे लगा, जैसे वह किसी स्वप्न से जागा हो। इस समय वह पूर्णतः सजग था, किन्तु इससे पूर्व जो कुछ उसने देखा और समझा था, वह सब बहुत धुँधुला सा था।...जैसे जो कुछ घटित हो रहा था, उस पर धुँध छाई हो अथवा उन घटनाओं तथा दृश्यों को देखने वाले उसके नेत्रों पर किसी प्रकार का कोई झीना-सा आवरण डाल दिया गया हो। उसने वह सब देखा तो था; किन्तु वह सब स्पष्ट नहीं था, प्रच्छन्न-सा था।...

...उसे स्मरण आ रहा था कि प्रातः वह भारी और अलस शरीर से अपने प्रासाद के संगीत-मण्डप में जा बैठा था। यह संगीत-मण्डप उसने पर्याप्त खुले स्थान में बनवाया था। उस पर छत तो थी; किन्तु उसके चारों ओर दीवारें नहीं थीं। वृक्ष थे किन्तु मण्डप से दूर थे। मण्डप में बैठने से उनकी हरीतिमा का सुख तो आँखों को मिलता था; किन्तु वे प्रकाश तथा पवन के मार्ग की बाधा नहीं थे। उसी मण्डप में बैठे-बैठे उसने देखा था कि बाहर वर्षा हो रही थी। पवन-झकोरे वृक्षों से जैसे लिपट-लिपट जा रहे थे। कितने प्रसन्न थे वे वृक्ष और उनसे बरजोरी करता वह पवन।...कीचक का मन ऐसे ऐंठने लगा था।... इतना प्रसन्न था सारा वातावरण और वह कैसा उदास-सा बैठा था। वह क्या करता, सुदेष्णा ने सैरन्ध्री को उसके पास भेजा ही नहीं था। क्यों भेज देगी वह उसे। उसने सैरन्ध्री को कोई मूर्खतापूर्ण वचन जो दे रखा था। सेनापति कीचक की इच्छा कोई महत्त्व नहीं रखती सुदेष्णा के लिये। उस सैरन्ध्री की इच्छा अधिक महत्त्वपूर्ण थी।...

इस समय वह सुदेष्णा और सैरन्ध्री—दोनों को ही भूल जाना चाहता था। इस सुन्दर प्रकृति में खो जाना चाहता था। जब आकाश से ऐसी वर्षा होती थी, पवन मस्ती से चलता था, वृक्ष झूमते थे, लताएँ इठलाती थीं, तो कीचक इसी मण्डप में बैठकर उनके साथ झूमना चाहता था। सैरन्ध्री को स्मरण कर तड़पते रहने से मुक्ति तो तभी सम्भव थी, जब कुछ ऐसा कीचक के हाथ लग

जाये, जो सैरन्ध्री से भी अधिक आकर्षक और मादक हो। और सैरन्ध्री से अधिक मादक तो माधवी ही हो सकती थी।...सैरन्ध्री ने उसे सारा संसार भुला रखा था। माधवी, सैरन्ध्री को भी भुला सकती है। केकय से शांगलू उसकी प्रिय माधवी लाया था। तो इस समय माधवी के सेवन से अधिक आनन्ददायक और क्या हो सकता था?...

उसने मण्डप में ही माधवी मँगवा ली थी।...एक बार उसके मन में आया भी कि इस समय राजसभा में जाने की तैयारी भी करनी है; किन्तु वह विचार अधिक देर तक टिका नहीं। चला जायेगा राजसभा में। अभी बहुत समय था। और एक दिन सभा में नहीं जायेगा, तो कौन-सा आकाश गिर पड़ेगा। वह दस मास विराटनगर से बाहर था, तो भी राजसभा चलती ही रही थी। बंद तो नहीं हो गयी थी।...अब इस समय, मण्डप में बैठ माधवी का सेवन करने के स्थान पर सभा में राजा तथा सभासदों के कुतर्क सुनना किसको प्रिय लग सकता है। जब से यह कंक आया है, तब से तो सभा में धर्म-चर्चा कुछ अधिक ही होने लगी है। राजा द्यूत में मन लगाना चाहते हैं और वह धर्मशास्त्र की कोई समस्या ले कर बैठ जाता है, जैसे वही धर्मराज युधिष्ठिर हो।...

और सहसा कीचक का मन ठिठक गया। कहीं युधिष्ठिर ही तो यहाँ कंक के रूप में अज्ञातवास नहीं कर रहा?...पर नहीं। युधिष्ठिर को द्यूत का ज्ञान नहीं है; और कंक द्यूत में ही दक्ष है।...

कीचक को अपने ही ऊपर क्रोध आने लगा।...इतनी सुन्दर और मादक प्रकृति के बीच बैठ वह सैरन्ध्री को भुलाने के लिये कंक को स्मरण कर रहा है? मूर्ख! महा मूर्ख!! सैरन्ध्री को भुलाने की क्या आवश्यकता है? उसे तो बुलाने की आवश्यकता है। नहीं आती तो मँगवाने की आवश्यकता है। तब भी नहीं मानती, तो उसे पकड़ मँगवाने की आवश्यकता है।

अब तक इतनी माधवी उसके कण्ठ के नीचे जा चुकी थी कि उसके स्थान पर स्वयं माधवी सोचने लगी थी।...वह उठ खड़ा हुआ।...यहाँ बैठे रहने से काम नहीं चलेगा। वह स्वयं जायेगा और सुदेष्णा के प्रासाद से सैरन्ध्री को पकड़ लाएगा।...वह सुदेष्णा के पास गया था और सुदेष्णा ने यह कह कर उसे लौटा दिया था कि वह सैरन्ध्री को केकय की माधवी लाने के बहाने उसके प्रासाद में भेज रही है। सैरन्ध्री आयी भी थी। पर जाने वह सैरन्ध्री कैसी दासी थी? न उसे सेनापति का भय था, न राजा के श्यालक का। न उसे स्वर्ण लुभाता था, न कीचक का यौवन। वह उसे धक्का मार कर चली गयी।...

पर क्या यह सब सम्भव था? या यह भी माधवी का ही छल था? ऐसा तो नहीं कि सैरन्ध्री आयी ही न हो और वह माधवी की माया में किसी और

ही दासी को सैरन्ध्री समझता रहा हो?...पर नहीं। उसे स्मरण है कि वह सैरन्ध्री के पीछे-पीछे भागता हुआ राजसभा में जा पहुँचा था। उसने क्रोध में सैरन्ध्री के केश खींचे थे, उसे धक्का दिया था, और लात से मारा था।...पर क्या यह सब कुछ सचमुच घटित हुआ था? जो सैरन्ध्री उसे इतनी कमनीय लगती थी, उसे उसने अपने पैर से मारा था? हाँ! शायद ऐसा ही हुआ था। वह तो उसे अपनी अवज्ञा का और भी कठोर दण्ड देना चाहता था; पर तब किसी ने उसे अपनी भुजाओं में उठा कर, बहुत दूर फेंक दिया था।...

कीचक उन क्षणों को स्मरण करने का प्रयत्न करता है, तो उसे यही लगता है कि उसका मस्तिष्क कुछ इतना धुँधला गया था कि उसे कुछ भी वास्तविक नहीं लग रहा था। क्रोध का ऐसा झंझावात था उसके मस्तिष्क में कि उसे अपना परिवेश जैसे दिखायी ही नहीं दे रहा था। माधवी अपना बल दिखा रही थी और उसकी आँखें बंद होती जा रही थीं। फिर सहसा ही किसी ने उठा कर बहुत दूर फेंक दिया था और उसकी आँखों के समक्ष अन्धकार छा गया था। ...कभी उसे लगता था कि उसके क्रोध ने ही उसे उठा कर दूर फेंक दिया था। कभी लगता था कि उसके सामने खड़े उस रसोइए बल्लव ने ही उसे उठाकर फेंक दिया था। पर बल्ल्व ऐसा साहस कैसे कर सकता था?...यह तो कदाचित सैरन्ध्री के उन अज्ञात रक्षक गन्धर्वों का ही काम था। पर उसे वहाँ और कोई दिखाई तो दिया ही नहीं था। सम्भवतः वे लोग अदृश्य रह कर ही सैरन्ध्री की रक्षा कर रहे थे।...यह भी तो सम्भव है कि उन्होंने बल्ल्व का रूप धारण कर लिया हो। कामरूप गन्धर्वों के लिये क्या सम्भव नहीं था?

...सहसा कीचक कुछ चिन्तित हो गया।...उस समय वह माधवी के मद में था, इसलिये वह ठीक से देख नहीं पाया कि वहाँ क्या हुआ था, अथवा बाधित काम, आहत अहंकार तथा अनियन्त्रित क्रोध के साथ-साथ माधवी के मद के प्रभाव के कारण इस समय उसका चिन्तन इतना अस्पष्ट और भ्रमित हो गया है कि वह सोच नहीं पा रहा कि उसके साथ क्या हुआ था?...और यदि कहीं सैरन्ध्री के उन अदृश्य रक्षक गन्धर्वों की बात सत्य है और उनमें से ही किसी ने उसे उठा कर फेंका है, तो उसे बहुत सावधान रहने की आवश्यकता है। क्या वे आज रात को उसकी हत्या का प्रयत्न भी कर सकते हैं?...

कीचक स्वयं चकित था कि उसका मन अपनी हत्या की बात सोच कर ही कैसा भयभीत-सा हो गया था।...उसने अपना आत्मबल जगाने के लिये अपनी वीरता को स्मरण किया। उन युद्धों को याद किया, जो उसने अपने भुजबल से जीते थे।...किन्तु उसके मन के किसी कोने में दुबका भय था कि हिलने का नाम ही नहीं ले रहा था।...युद्ध तो वह उससे कर सकता था, जो उसके सामने

आये। वह अपनी शैया पर सोया हो और अदृश्य गन्धर्व उसके कक्ष में घुस आयें। क्यों? उसके द्वारपाल उन्हें रोकेंगे नहीं?...द्वारपाल तो उसे रोकेंगे, जो दिखायी दे। अदृश्य गन्धर्वों को उसके द्वारपाल कैसे रोक सकते हैं।...वह शैया पर सोया रहे और वे आकर उसका वध कर जायें तो वीर सेनापति कीचक क्या कर सकता है, और उसकी सेनाएँ क्या कर सकती हैं?...

कीचक को लगा कि उसके मन में, एक प्रकार से रात का भय समा गया है। उसे सचमुच रात को बहुत सावधान रहना पड़ेगा।...

रात को कक्ष में बहुत उमस थी। आषाढ़ का शुक्ल पक्ष चल रहा था। आकाश पर मेघ-संभार था; किन्तु पवन-संचार बंद हो गया था।...कक्ष में सोना कठिन था; किन्तु कीचक का कक्ष के बाहर, खुले में, अथवा किसी खुले मण्डप में सोने का साहस नहीं हो रहा था। जान-बूझ कर असुरक्षित स्थान पर सोने से क्या लाभ? गन्धर्व लोग उसे चेतावनी देकर अथवा नींद से उठा कर तो उसका वध करेंगे नहीं। सोए का ही मस्तक काटकर वे अपने साथ ले जायेंगे...तो क्या वह प्रासाद के दूसरे तल के वरांडे में सो जाये?...पर नहीं! आवश्यक तो नहीं कि ये अदृश्य गन्धर्व भूमि पर चल कर ऊपर आयें। वे तो आकाश से भी उतर सकते हैं। ऊपर वरांडे में सोने से तो उन्हें और भी सुविधा हो जायेगी।...

सोने से पहले उसने सारे प्रासाद में घूम कर रक्षा-व्यवस्था देखी और स्थान-स्थान पर अंग-रक्षक बढ़ा दिये। प्रहरियों की संख्या में भी वृद्धि कर दी गयी। नायकों को कठोर आदेश दिये गये कि कोई अनधिकृत व्यक्ति भीतर प्रवेश न कर पाये। इतने पर भी उसे सन्तोष नहीं हुआ तो उसने अपने कक्ष के द्वार पर भी रात को सशस्त्र प्रहरी नियुक्त करने का आदेश दिया; और स्वयं भी अपने निकट, शैया पर अपना खडग रख लिया।...पर नींद तब भी नहीं आयी। एक विचित्र प्रकार की व्याकुलता उसे घेरे हुए थी। वह स्वयं ही नहीं समझ पा रहा था कि वह भयभीत था अथवा उत्तेजित; अथवा मस्तिष्क में विचारों का जो उफान था, वही उसे सोने नहीं दे रहा था। उसे लग रहा था कि अनेक बार रजोगुण का आधिक्य भी उसकी निद्रा का वैरी हो जाता था। सम्भव था कि यह उसके मन का भय न हो, उसकी विचारशीलता ही हो, जो उसे सोने न दे रही हो।...वह एक से एक नयी स्थिति की कल्पना कर रहा था, जिसमें वे अज्ञात और अदृश्य गन्धर्व उसकी हत्या कर सकते थे।...और जैसे ही उसके मन में एक कल्पना आती, वैसे ही वह उसका प्रतिकार सोचने लगता था। उसने उन गन्धर्वों से अपनी रक्षा के लिये इतने व्यूह सोच कर अपनी कल्पना में ही रच डाले थे, जितने एक बड़े युद्ध में भी नहीं रचे जाते।...

प्रहरियों द्वारा अर्द्धरात्रि की घोषणा उसने सुनी थी। उसके पश्चात ही किसी समय वह सोया था। कितनी देर सोया, यह भी वह नहीं जान पाया। हाँ! प्रातः ब्रह्ममुहूर्त से भी पूर्व जब उसकी आँख खुली तो पहला विचार उसके मन में यही आया कि वह किस समय सो गया था। यद्यपि अभी उसकी नींद पूरी नहीं हुई थी; किन्तु उसे लग रहा था कि अब वह और सो नहीं पायेगा। ...उसी क्षण उसके मन में दूसरा विचार आया कि रात्रि प्रायः व्यतीत हो चुकी थी, और जिन गन्धर्वों के आने की सम्भावनाओं से वह इतना व्याकुल और विचलित हो गया था, वे नही आये थे। किसी ने उसके वध का प्रयत्न नहीं किया था और वह पूर्णतः सुरक्षित था...इसका क्या अर्थ है?

क्या उन गन्धर्वों को उसके झगड़े की सूचना नहीं मिली?...पर ऐसा कैसे सम्भव है। जो गन्धर्व सदा अदृश्य रह कर सैरन्ध्री की रक्षा करते हैं उन्हें सूचना न मिलने का क्या अर्थ? सूचना तो मिली ही होगी। सदा साथ रहते हैं, तो सूचना मिलने-न-मिलने का क्या प्रश्न। उन्होंने सब कुछ अपनी आँखों से देखा होगा।...और फिर जब वे अदृश्य ही रहते हैं, तो उनके लिये दिन और रात का क्या अन्तर? वे तो वहाँ, उस राजसभा में ही कीचक का वध कर सकते थे।...यदि यह मान भी लिया जाये कि वे ऐसा काम सार्वजनिक रूप में नहीं करना चाहते, तो रात को उन्हें कीचक के वध का प्रयत्न अवश्य करना चाहिए था। यदि वे रात को भी उसका वध करने नहीं आये, अथवा वध करने का साहस नहीं कर पाये, तो इसका क्या अर्थ? क्या वे कीचक से डरते हैं? या उनका कोई अस्तित्व ही नहीं है? कहीं ऐसा तो नहीं कि गन्धर्वों की यह कथा सैरन्ध्री का पाखण्ड मात्र हो? वह अपना महत्त्व बढ़ाने के लिये अथवा अपनी रक्षा के लिये, ऐसी कथाएँ गढ़ कर उन्हें प्रचारित करती रहती हो?

और सहसा कीचक के विश्वास हो गया कि यह कथा मात्र ही है।...उसे स्वयं पर आश्चर्य हुआ कि वह किस बात से इतना भयभीत हो गया था। यदि कोई व्यक्ति होगा, तो वह दिखायी कैसे नहीं पड़ेगा? हिमालय के कुछ उत्तरी क्षेत्रों में गन्धर्व जातियाँ निवास करती हैं। कीचक ने उन्हें देखा है। साधारण मनुष्य हैं वे भी, विराटनगर की साधारण प्रजा के समान। तो फिर इन लोगों में ऐसी शक्तियाँ कैसे हो सकती हैं, जो साधारण लोगों में नहीं हैं? जाने वह माधवी के अतिरिक्त मद के उतार का प्रभाव था, अथवा काम के उद्वेग की सफलता की हताशा का कि उन गन्धर्वों की कथा पर विश्वास कर बैठा और उनसे डर गया।...विराटनगर के वीर सेनापति को स्वयं इस प्रकार भयभीत होने की क्या आवश्यकता है। उसे मत्स्यराज विराट स्वयं कुछ कहने का साहस नहीं कर सकते तो फिर इस सैरन्ध्री से सम्बद्ध कोई व्यक्ति क्या कर सकता है?

...पर राजसभा में किसी ने तो उसे शारीरिक रूप से उठा कर कुछ दूर फेंक ही दिया था। क्या वह भी माधवी के मद का भ्रम ही था? यदि ऐसा था, तो वह भूमि पर गिर कैसे पड़ा था? कुछ क्षणों के लिये अचेत जैसा कैसे हो गया था?...बहुत स्पष्ट तो स्मरण नहीं है उसे, किन्तु उसे लगा कि वह मोटा बल्लव उसकी ओर बढ़ा था और उसने उसे छुआ भी था। तो क्या बल्लव ने ही उसे उठा कर फेंक दिया था? क्या बल्लव उसे उठा कर फेंक सकता है?...

कीचक को पहले दिन से ही बल्लव एक आपत्तिजनक व्यक्ति लगा था। राजा ने उसकी नियुक्ति ही क्यों की थी। उनकी पाकशाला का काम चतुरसेन की अध्यक्षता में सुचारु रूप से चल रहा था, तो फिर इस हाथी को पालने की क्या आवश्यकता थी? कीचक के सैनिक भी उससे प्रसन्न नहीं थे। वह किसी की बात नहीं सुनता था और अपनी मनमानी करता था। इस हाथी को तो पाकशाला के खूँटे से खोल कर वन में छोड़ आना ही होगा; और यदि नहीं जायेगा तो इसका आखेट करना होगा।...मनमानी करने वाला हाथी, महावत का अंकुश मानने वाला हाथी, नगर में कैसे रह सकता है? राजा को अधिकार ही क्या था कि कीचक से पूछे बिना इस प्रकार के व्यक्ति की नियुक्ति करें। कल को उसके कारण नगर और प्रजा की शान्ति भंग होगी, तो उसे सँभालने का दायित्व तो कीचक का ही होगा। राजा को तब क्या करना है? दायित्व कीचक के और अधिकार राजा के। कैसा विचित्र विभाजन है।...

कीचक हँस पड़ा।...बल्लव उसकी ओर बढ़ा अथवा नहीं बढ़ा। बल्लव ने उसे उठा कर फेंका अथवा नहीं फेंका। अब बल्लव विराटनगर में नहीं रह सकता। उसे जाना ही होगा। राजा सुविधा से नहीं मानेंगे। न मानें। राजा का सहमत होना कोई आवश्यक नहीं है। कीचक की इच्छा पूर्ण होगी। राजा को अच्छा न लगे तो सिंहासन छोड़ दें। होगा तो वही, जो कीचक चाहेगा।...बल्लव ही क्यों, कीचक को वह कंक भी एक आँख नहीं भाता। सदा ही राजा से चिपका रहता है। राजा को देखो, तो वे भी हर समय 'कंक यह कहता है, कंक वह कहता है' की रट लगाए रहते हैं। कंक को भी विदा करना होगा। पर...

पर सबसे पहले तो सैरन्ध्री को प्राप्त करना है। बल्लव और कंक से कीचक बाद में निबटना रहेगा।...कल जो हुआ है, हुआ, आज सैरन्ध्री को उसकी आज्ञा का पालन करना ही होगा।...कौन है इस विराटनगर में, जो उसकी आज्ञा का पालन न करे। सैरन्ध्री ने अपनी आँखों से देख लिया है कि कीचक यदि राजा के सम्मुख उस पर पादप्रहार करता है, तो भी राजा में कीचक को दण्डित करने का साहस नहीं है। विराटनगर में कीचक की प्रभुसत्ता को कोई चुनौती नहीं दे सकता, तो सैरन्ध्री कैसे अपनी मनमानी कर सकती है।

वह उठ बैठा, जैसे किसी अभियान के लिये जाने के लिये उठा हो।

"शोभने! मेरे स्नान का प्रबंध करो।"

द्वार पर बैठी शोभना उनींदी-सी भीतर आयी, "स्वामी! अभी तो रात्रि का अन्तिम प्रहर है। अभी स्नान का समय नहीं हुआ है।"

कीचक के शरीर का सारा रक्त उसके मस्तिष्क की ओर दौड़ पड़ा। उसका सारा आत्मनियनण समाप्त हो गया। उसने आगे बढ़ कर परिचारिका को एक लात जमाई, "दुष्ट! स्वामी मैं हूँ अथवा तू?"

शोभना उसके व्यवहार से ठगी-सी रह गयी। वह जानती थी कि कीचक भयंकर क्रोधी था। वह कभी भी किसी बात पर रुष्ट हो कर किसी को भी पीट सकता था, किन्तु शोभना के साथ ऐसा व्यवहार उसने कभी नहीं किया था। रात्रि को कीचक के द्वार पर शोभना उसकी इच्छा से ही उपस्थित रहती थी, ताकि आवश्यकता होने पर रात को किसी भी समय, अथवा प्रातः किसी के भी जागने से पहले, वह द्वार से उसकी शैया तक की यात्रा निर्विघ्न कर सके। उसने आज तक शोभना से प्रेम जताने और शरीर सुख प्राप्त करने के अतिरिन्त और कोई विशेष कार्य नहीं करवाया था। और आज...चाण्डाल का प्रेम भी तो चाण्डाल सरीखा ही होगा।...शोभना ने सोचा...वह उससे साधु का-सा व्यवहार कैसे पा सकती है।...

"स्वामी आप हैं सेनापति!"

"तो फिर इसका निर्णय करने वाली तू कौन होती है कि स्नान का समय अभी नहीं हुआ है?" उसने उत्तर की प्रतीक्षा नहीं की, "स्मरण रख। विराटनगर में राजा भी कीचक की इच्छा का उल्लंघन नहीं कर सकता, तो फिर एक परिचारिका, इस प्रकार का वाक्य कैसे बोल सकती है। जा! जाकर मेरे स्नान का प्रबंध कर।"

शोभना एक भी शब्द कहे बिना, स्नान का प्रबंध करने चली गयी।

47

कंक की आज्ञा का पालन सा करती हुई सैरन्ध्री राजसभा से बाहर निकल आयी; किन्तु उसका मन तनिक भी शान्त नहीं था। वह जानती थी कि कंक ने जो कुछ कहा था, वह सब सत्य था। उचित भी यही था। किन्तु वह अपने उस मन का क्या करती, जो निरन्तर झुलस रहा था। आँच थी कि धीमी ही नहीं हो रही थी और ताप था कि घट ही नहीं रहा था। उसकी आँखों में अश्रु थे, वक्ष में रह-रह कर आवेश का आवेग एक सिरे तक दौड़ जाता था। उसके

दाँत जैसे निरन्तर एक-दूसरे को पीसने का प्रयत्न कर रहे थे।...ठीक है कि वह कीचक के हाथों और अपमानित होने से बच गयी। उसकी रक्षा हो गयी। किन्तु क्या इतना पर्याप्त था? उस दुष्ट कीचक को तो कोई दण्ड नहीं मिला न!...उसने सैरन्ध्री का इतना अपमान किया, उसे इतनी पीड़ा दी, और उसे किसी ने कोई दण्ड नहीं दिया! वह अहंकार से अपना सिर उठाए निश्चिंत भाव से चला गया। ऐसी स्थिति में सैरन्ध्री का मन शान्त कैसे हो सकता है।...पर वह राजसभा में अपनी रक्षा के लिये ही तो गयी थी, कीचक को दण्डित करवाने के लिये नहीं। क्या वह पहले नहीं जानती थी कि प्रत्येक राजसभा धर्मराज युधिष्ठिर की राजसभा नहीं होती, जहाँ धर्म और न्याय के लिये व्यक्ति का पद, बल, धन और सम्बन्धों पर कोई ध्यान नहीं दिया जाता। उसने कौरवों की वह सभा नहीं देखी, जिसमें उसे सार्वजनिक रूप से निर्वस्त्र करने का प्रयत्न किया गया और कहीं से विरोध का एक स्वर नहीं उठा, क्योंकि अपराध करने वाला स्वयं राजा का पुत्र था, युवराज था? न्याय तो तब होता, जब राजा उसी समय उसकी त्वचा खिंचवा लेते। पर नहीं! शासक का न्याय तो साधारण जन के लिये होता है, अपने सम्बन्धियों तथा समर्थ लोगों को दण्डित करने के लिये नहीं। तो वह यह अपेक्षा कैसे कर रही है कि राजा विराट अपने श्यालक को उसके अपराध का दण्ड देगा। उस सभा में सैरन्ध्री की रक्षा हो गई, यही बड़ी बात है। वहाँ कीचक को दण्ड देने वाला कोई नहीं था।...तो क्या आवश्यकता थी सेरन्ध्री को वहाँ जाने की। वस्तुतः उसे तो कीचक के कक्ष से भागना ही नहीं चाहिए था। उसे वहीं रहना चाहिए था। अपनी रक्षा के लिये नहीं, कीचक को दण्डित करने के लिये लड़ना चाहिए था। उसे भागना नहीं चाहिए था, कीचक पर प्रहार करना चाहिए था। जो कुछ मिलता, उससे उसका सिर फोड़ देना चाहिए था। माधवी पी कर जिस प्रकार वह लड़खड़ा रहा था, उसमें सैरन्ध्री के लिये यह तनिक भी कठिन नहीं होता। इतना शस्त्र परिचालन तो उसे भी आता है कि वह उस मद्यप से अपनी रक्षा कर सकती। वह भागी ही क्यों? क्यों गयी वह राजा के पास?...उसने सोचा था कि वहाँ कंक होंगे। तो वह यह भी जानती है कि कंक कभी भी प्रतिशोध और प्रतिहिंसा के समर्थक नहीं रहे। वे अपनी रक्षा के लिये प्रतिकार को तो उचित ठहराते हैं, प्रतिशोध को नहीं। प्रतिशोध तो उसके लिये है, जो क्षमा न कर सके। और कंक किसी का भी अपने प्रति किया गया बड़े से बड़ा अपराध क्षमा कर सकते हैं। वैसी ही क्षमा की अपेक्षा वे अपनी पत्नी और अपने भाइयों से करते हैं। इसीलिये उन्होंने उसे क्षमा का ही उपेदश दिया था..."क्षमा दान है, क्षमा सत्य है, क्षमा धर्म है।" किन्तु सैरन्ध्री कीचक को कभी क्षमा नहीं कर सकती। उसे दण्ड

मिलना ही चाहिए। पर राजा उसे दण्ड नहीं देंगे, तो?...उसके पति? कंक ने कहा कि एक मास शेष है। एक मास में उनके अज्ञातवास का काल पूर्ण हो जायेगा। जब उन्हें किसी प्रकार की चिन्ता नहीं होगी। तब वे कीचक से प्रतिशोध ले सकेंगे।...किन्तु सैरन्ध्री का मन बार-बार पूछता है कि क्या कंक कभी भी कीचक को दण्डित करेंगे?...सैरन्ध्री को अपना प्रतिशोध चाहिए। वह कंक के समान उदार नहीं हो सकती। कीचक ने जिस प्रकार उसे दण्डित और अपमानित किया है, उसका प्रतिशोध तो कीचक की मृत्यु से ही पूरा हो सकता है। किन्तु राजा विराट एक सैरन्ध्री के अपमान के लिये अपने सेनापति को मृत्युदण्ड देने का सामर्थ्य नहीं रखते।...

सैरन्ध्री के मन में आया कि वह अपने कक्ष में चली जाये और एक बार एकान्त में मन भर कर रोए।...पर अगले ही क्षण एक आशंका उसके मन में जागी।...यदि कीचक उसके कक्ष में आ गया, तो? वह तो काम के मद में उन्मत्त है। वह कहीं भी जा सकता है। कौन रोक सकता है उसे सैरन्ध्री के कक्ष में आने से?...आशंका के साथ ही उसका आक्रोश भी जागा।...आये कीचक। अब की बार आये कीचक। अब वह उसके सामने से भागेगी नहीं। अब की बार, वह उसके वक्ष पर चढ़ जायेगी। भीम ने तो युद्ध में दुःशासन के वक्ष का रक्तपान करने की प्रतिज्ञा ही की है। वह सचमुच ही कीचक का रक्त पी जायेगी।...उसे कीचक का भय नहीं है। वह जान गयी कि उसके रक्षक तो हैं; किन्तु उसका प्रतिशोध लेने वाला कोई नहीं है। अपना प्रतिशोध तो उसे स्वयं अपने बल पर ही लेना होगा। अच्छा है कि कीचक से उसका सामना हो जाये। उसने सैरन्ध्री के केश पकड़ कर उसे धक्का दिया था। वह उसके केश नोच लेगी। उसका मस्तक भूमि पर पटक कर उसका रक्त न बहाए, तो उसके इस क्रोध का क्या लाभ?

तो फिर वह अपना मुँह छिपा कर अपने कक्ष में क्यों चली जाये? वह सुदेष्णा के मण्डप में ही क्यों न जाये, जिसने उसे कीचक के प्रासाद में भेजा था। उसे भी तो पता चले कि नारी अपमानित होती है, तो उसे कैसी पीड़ा होती है। सैरन्ध्री ने तो सुदेष्णा से अपेक्षा की थी कि वह उसकी रक्षा करेगी। सुदेष्णा ने क्या किया। स्वयं ही उसे अपमान और पाप के घृणित जीवन की ओर धकेल दिया।

जड़ और संवदेनशून्य-सी सैरन्ध्री जैसे अपने पैर घसीटती हुई सुदेष्णा के मण्डप में आयी। जिसकी भी दृष्टि उस पर पड़ी, उसका मुख आश्चर्य से खुल गया। सैरन्ध्री के केश विखरे हुए थे; नयनों से निरन्तर अश्रु बह रहे थे; वस्त्र मलिन हो गये थे और उसके मुख से बहा हुआ रक्त भी पोंछा नहीं गया था।

"यह क्या सैरन्ध्री! कहाँ गयी थीं तुम? यह क्या हुआ है तुम्हें?" सुदेष्णा ने उससे पूछा। सुदेष्णा के स्वर में जिज्ञासा भी थी; किन्तु उसके साथ ही एक प्रकार का भय भी था। सैरन्ध्री को भेजते समय ही वह जानती थी, कि वह सुरक्षित नहीं लौटेगी। किन्तु लौटती हुई सैरन्ध्री का यह रूप होगा, यह भी उसने नहीं सोचा था।...समान्यतया जो दासियाँ इस प्रकार कीचक के पास जाती थीं, वे लौटती थीं, तो कुछ पीड़ित अवश्य होती थीं, किन्तु उनके अश्रु स्वर्णाभूषणों से पोंछ दिये गये होते थे। वे कुछ लजाई शरमाई भी होती थीं। कुछ तो ऐसा अवसर पाकर प्रसन्न भी होती थीं।...किन्तु यह सैरन्ध्री...

सुदेष्णा के प्रश्नों के उत्तर में सैरन्ध्री की जो दृष्टि सुदेष्णा की ओर उठी, उसे सह पाना सुदेष्णा के लिये भी भारी था। उसमें कहीं यह भाव नहीं था कि वह एक सैरन्ध्री की दृष्टि थी, जो रानी की ओर उठी थी। उसमें जितना धिक्कार और भर्त्सना का भाव था, उससे सुदेष्णा बहुत छोटी हो गयी लगती थी।

"आप नहीं जानतीं कि मैं कहाँ गयी थी?" सैरन्ध्री बोली, "मैं आपके लिये कीचक के प्रासाद में केकय प्रदेश की माधवी लेने गयी थी। आपका स्वर्णपात्र इस समय राजसभा में पड़ा है।..."

"राजसभा में क्यों?" सुदेष्णा ने कुछ चकित होकर पूछा।

"क्योंकि कीचक द्वारा अपमानित होने से बचने के लिये मैं राजसभा में राजा से न्याय माँगने चली गयी थी।" सैरन्ध्री बोली, "वहाँ कीचक ने मुझे दण्डित करने के लिये मेरे केश खींचे। मुझे लात से मारा।"

"ओह!" रानी मौन रह गयी। उसने तो यह समझा था कि यह प्रसंग उसके और कीचक के प्रासाद के मध्य ही रहेगा; किन्तु यह सैरन्ध्री तो उसे सीधे राजसभा में ही ले गयी।

"राजा ने सेनापति को दण्डित नहीं किया?" सुदेष्णा ने पूछा।

"हाँ! दण्डित किया। राजा ने कहा कि भविष्य में ऐसा नहीं होना चाहिए।"

"अच्छा, मैं उनसे कहूँगी कि वे सेनापति को दण्डित करें।" रानी ने अभिनय किया।

"आप रहने ही दें।" सैरन्ध्री का स्वर भयंकर कटुता और घृणा लिये हुए था, "दण्ड देने वाला एक राजा ही तो नहीं है। सृष्टि में मूल दण्ड-विधान तो ईश्वर का बनाया हुआ है, व्यक्ति के लिये भी, समाज के लिये भी; और देश के लिये भी। कीचक को दण्डित करने वाले का क्या रूप होगा, यह कौन जानता है। उसे दण्डित करने के लिये, ईश्वर अपनी इच्छा से, अपनी माया की सहायता से, जाने किस रूप में प्रकट हो जाये।" सैरन्ध्री का स्वर बहुत

रहस्यमय हो गया था, जैसे वह सैरन्ध्री के कण्ठ से नहीं, प्रकृति के हृदय से उदभूत हो रहा हो।

सैरन्ध्री की बात को सुदेष्णा हँस कर उड़ा नहीं सकी। उसे लगा कि सैरन्ध्री की बात से वह अपने भीतर, कहीं बहुत गहरे तक थरथरा गयी है, पर उसने अपना भय प्रकट नहीं होने दिया, "फिर तो ठीक ही है। उसे अपने किए का दण्ड मिल ही जायेगा। तुम अब उठो। स्नान कर वस्त्र बदलो।"

सैरन्ध्री कुछ नहीं बोली। वह वहीं बैठी पथराई आँखों से रानी को देखती रही। रानी के लिये वे आँखें, बड़ी भयंकर थीं। अपनी जिह्वा से तो सैरन्ध्री ने बहुत कम कहा था, उसने नयन उससे कहीं अधिक कह रहे थे और उनका धिक्कार, रानी के लिये कहीं अधिक मर्मांतक था। उसने वहाँ से हट जाना ही उचित समझा।

सैरन्ध्री वहीं बैठी रही। वह जैसे जड़ हो गयी थी। न हिलती थी, न डुलती थी। उसने न मुँह धोया, न स्नान किया, न कुछ खाया।

रानी वहाँ से हट गयी थी, किन्तु उसे निरन्तर सूचना मिल रही थी कि सैरन्ध्री क्या कर रही है। और सैरन्ध्री थी कि अपनी आँखों से बहने वाले अश्रु भी नहीं पोंछ रही थी।...रानी को उससे सचमुच भय लगने लगा था। वह कहीं सचमुच ही प्रायोपवेशन कर अपने प्राण त्यागने पर तुली हुई तो नहीं है? उसने दण्ड देने वाले ईश्वरीय विधान की बात कही थी। कहीं वह अपने प्राण त्याग, प्रेत बन कर तो कीचक के प्राण लेना नहीं चाहती।...सुदेष्णा को लग रहा था कि कीचक ने कदाचित इस बार अपना आखेट चुनने में भूल कर दी है। सैरन्ध्री का यह अपमान उसे कहीं बहुत महँगा ही न पड़े।...उसके मन में अनेक बार आया कि वह सैरन्ध्री के पास जा कर उससे बात करे। उसे समझाए। थोड़ी मनुहार करे। उसे किसी प्रकार मना कर कुछ खिला-पिला दे। किसी प्रकार उसके अपने मन पर से सैरन्ध्री के इस अनशन का आतंक कम हो।...किन्तु प्रयोपवेशन करती सी बैठी सैरन्ध्री के निकट जाने का उसका साहस ही नहीं हुआ।

देर तक सैरन्ध्री पत्थर-सी बनी बैठी रही। उसके मन में चलते झंझावत थम ही नहीं रहे थे कि वह कुछ और सोचती, अथवा कुछ और करती। उसकी इच्छा हो रही थी कि अभी वह उठ कर खड़ी हो जाये और चिल्ला-चिल्ला कर अपना और अपने पतियों का परिचय दे दे। फिर वह देखे कि उसके पति उसके अपमान का प्रतिशोध लेते हैं या नहीं। तब भी कीचक उसके चरणों में गिर कर उससे क्षमा माँगता है या नहीं। तब भी विराट उसकी इसी प्रकार

उपेक्षा करने का साहस करता है क्या?...किन्तु आहत अभिमान और क्रोध की उस चरम स्थिति में भी उसका विवेक उसे बार-बार सावधान कर रहा था कि वह ऐसी कोई मूर्खता न कर बैठे, जिससे उन सबको पुनः बारह बर्षों के लिये वनवास करना पड़े और इन्द्रप्रस्थ लौटना स्वप्न बन कर ही रह जाये। उन्हें कभी अपना राज्य न मिले और उसके पति तथा पुत्र कभी उस राज्य का भोग न कर सकें...

सैरन्ध्री का मन जैसे कोई युद्ध-क्षेत्र बन गया था और उसके अपने ही विचार कई-कई दलों में बँट कर एक-दूसरे के विरुद्ध व्यूहबद्ध हो रहे थे।... उसका मन कह रहा था, यह सब कुछ करने की कोई आवश्यकता नहीं थी। उसे चाहिए कि उठकर जाये और अभी इस सुदेष्णा का कण्ठ दबाकर उसके प्राण ले ले। सैरन्ध्री के रूप में उसके पास सहस्रों बहाने हैं, रानी के साथ एकान्त में रहने के, जब उसके पास न कोई परिचारिका होगी और न कोई अंगरक्षक।...कीचक से भी बड़ी अपराधी तो सुदेष्णा है, जिसने उसे कीचक के प्रासाद में भेजने का षड्यन्त्र किया। यदि वह उससे माधवी मँगवाने की योजना बनाकर उसे कीचक के प्रासाद में न भेजती, तो कीचक उसका अपमान कैसे कर सकता था?...

दूसरे ही क्षण सैरन्ध्री को लगता कि सुदेष्णा ने कीचक की सहायता तो की है, किन्तु वास्तविक अपराधी कीचक ही है। उसका ऐसा अपमान करके भी कीचक जीवित बच गया, तो द्रौपदी के अग्निकुण्ड में से जन्म लेने का क्या लाभ हुआ? आज वह सैरन्ध्री है तो क्या, है तो वह द्रुपदकुमारी कृष्णा, जिसका जन्म अग्निकुण्ड में से हुआ था।...

सहसा, उसे लगा कि वह भूखी-प्यासी यहाँ बैठी रहेगी, अपने आपको तापती रहेगी, तो क्या कीचक उसके तप से मर जायेगा? सूक्ष्म शक्तियाँ, इतने स्थूल रूप में काम नहीं करती हैं। उसके लिये तो कोई भौतिक सहारा ही लेना पड़ेगा।...उसने सुदेष्णा से कहा था कि ईश्वर जाने किस रूप में प्रकट हो कर कीचक का वध करेंगे।...तो अब उसे उस रूप को भी खोजना होगा, जो ईश्वर का प्रतिनिधि बनकर कीचक का वध करे।...उसका ध्यान बार-बार बृहन्नला और बल्लव की ओर जा रहा था। कंक से ऐसी अपेक्षा नहीं की जा सकती। वे पहले ही से क्षमा करने के लिये कह चुके हैं। और यदि कीचक को दण्ड देना ही है, तो उसके लिये एक मास तक रुकने का संकेत भी दे चुके हैं। उन्हें क्रोध नहीं आता, वे कभी आवेश में नहीं आते। उन्हें धर्म का त्याग करने के लिये सहमत नहीं किया जा सकता। तो फिर उनसे यह अपेक्षा कैसे की जा सकती है कि वे कीचक का वध कर देंगे, अथवा अपने किसी भाई को इस कार्य के

लिये नियुक्त कर देंगे।...बल्लव ने भी प्रातः कंक की बात मानकर कीचक को जीवित छोड़ दिया था; किन्तु सैरन्ध्री उसके क्रोध को भड़का सकती है। वह उसे प्रतिशोध के लिये उद्यत कर सकती है। प्रत्यक्ष नहीं, तो अप्रत्यक्ष रूप से सही, किन्तु बल्लव कीचक का वध करने को प्रस्तुत हो सकता है।...कीचक का वध तो बृहन्नला भी कर सकता है; किन्तु वह धर्मराज की आज्ञा के विरुद्ध नहीं जायेगा। उसके पास जाने में तो स्वयं सैरन्ध्री को भी भय लगता है। ऐसा न हो वह सैरन्ध्री को ही समझा दे कि उसे प्रतिशोध की भावना अपने मन से निकाल देनी चाहिए।...ग्रंथिक और तंतिपाल के साथ तो इन परिस्थितियों में सम्पर्क करना ही कठिन है।...

सन्ध्या के समय सैरन्ध्री अपने स्थान से उठी और किसी से बिना कुछ कहे-सुने अपने कक्ष में आ गयी। उसने भीतर से कपाट लगा लिये, ताकि न कोई आये-जाये, न किसी से कोई बात करनी पड़े। न किसी को पता चले कि वह अपने कक्ष में क्या कर रही है। सब लोग अपने ही आप मान लें कि वह अपनी शैया पर पड़ी अश्रु बहा रही है।...

अन्धकार हो गया। प्रासाद की सारी गतिविधि शिथिल हो गयी। सब ओर से निश्चिंत हो कर सैरन्ध्री उठी। उसने स्वयं को एक बार दर्पण में देखा। उसके अधरों पर एक क्रूर मुस्कान उभरी; और वह अपनी योजना को सफल बनाने में लग गयी।

बिहुत दिनों के पश्चात् आज उसने मन लगाकर स्नान किया। शरीर को इस प्रकार मल-मल कर धोया, जैसे उस पर से वह सैरन्ध्री की केंचुल उतार रही हो और उस शरीर में सोई हुई द्रौपदी को जाग्रत कर रही हो। नहाने के पश्चात् बिखरे केशों को ऐसा रूप दिया जो किसी भी केश-विन्यास से अधिक आकर्षक हों। उपलब्ध वस्त्रों में सबसे आकर्षक साड़ी धारण की। मुखमण्डल पर अंगराग लगाया। चन्दन की गंध से महकती हुई वह उठी। कक्ष के कपाट धीरे से खोले और सावधानी से निरीक्षण किया। कहीं कोई नहीं था। दूर से बाहरी प्रहरियों का स्वर आ रहा था।

उसने मुख पर अवगुंठन डाल लिया था। यदि मार्ग में कोई मिल गया और उसने जिज्ञासा कर ही ली, तो उसे उत्तर देने में कोई कठिनाई नहीं होनी चाहिए। अवगुठनवती सैरन्ध्री से सब ही परिचित थे। उसका सारा श्रृंगार अवगुंठन की ओट में था।...यदि किसी ने पूछ लिया कि वह इस समय कहाँ जा रही है तो?...वह कह तो सकती है कि वह रानी के खाने के लिये कुछ लेने के लिये बल्लव के पास जा रही है।...किन्तु कदाचित् यह बहुत उपयुक्त उत्तर न हो। रात अधिक हो गयी थी। वह इस समय बल्लव के पास जा रही है अथवा गयी

है—यह सूचना संदेह उत्पन्न कर सकती है, विशेषकर जबकि प्रातः सभासदों ने उसकी रक्षा के लिये, बल्लव द्वारा कीचक को उठाकर परे फेंके जाते हुए देखा था। वैसे भी पाकशाला में इस समय तक कोई खाद्य पदार्थ नहीं बचता; और इस समय वह बल्लव से फिर से कुछ पकाने के लिये तो कह नहीं सकती। रानी तक बात जा सकती है। सैरन्ध्री की बात के सत्यापन के लिये रानी से पूछा जा सकता है कि क्या उन्होंने सैरन्ध्री को भेजा था?...उससे तो अच्छा है कि वह कोई ऐसा बहाना बनाए, जिसका सत्यापन सिवाय उसके और कोई भी न कर सके।...वह कह सकती है कि वह कोई ऐसी वनस्पति खोज रही है जो केवल पूर्णिमा की अर्द्धरात्रि को ही प्रकट होती है और उसके चूर्ण को लगाने से कोई स्त्री अपनी अवस्था से कई वर्ष छोटी दिखने लगती है।...इस बहाने का तो कोई प्रतिकार नहीं है।...यह तो उसी का क्षेत्र था। सैरन्ध्री के रूप में उसे ही इस प्रकार की वनस्पतियों का ज्ञान था। इस तथ्य का सत्यापन न तो रानी कर सकती है, न कोई और।...

पर बल्लव के कक्ष तक आने के लिये सैरन्ध्री ने जो मार्ग चुना था, उसमें उसे कोई नहीं मिला। किसी ने जिज्ञासा नहीं की। वह बिना किसी विशेष कठिनाई के बल्लव के द्वार पर पहुँच गयी थी।

बल्लव के कक्ष के कपाट खुले हुए थे। वह उनके मध्य अपनी शैया बिछाए हुए गहरी नींद में सो रहा था। सैरन्ध्री चाहती थी कि वह कक्ष में प्रवेश कर जाये और ये कपाट किसी प्रकार बंद हो जायें।...किन्तु बल्लव को जगाए बिना वह कक्ष में प्रवेश नहीं कर सकती थी और खुले कपाटों के सम्मुख सोए बल्लव को जगाने का प्रयत्न संकटपूर्ण हो सकता था।

उसने घूम कर उस सारे स्थान को देखा। बल्लव के कक्ष का वातायन खुला हुआ था। वह थोड़ा साहस करे तो वातायन में से कक्ष में प्रवेश कर सकती है। साहस तो उसे वैसे भी करना ही पड़ेगा; अन्यथा यहाँ खड़ी-खड़ी भी किसी के द्वारा देख ली गयी तो सारा श्रम तो व्यर्थ जायेगा ही, साथ ही उनके सम्बन्ध का रहस्य भी खुल जायेगा।

वह उचक कर वातायन की चौखट में बैठ गयी और फिर पैर लटका कर भीतर कूद गयी। बल्लव अब भी उसी प्रकार सोया हुआ था। वह जानती थी बल्लव गहरी नींद सोता था, और सुविधा से जगाया नहीं जा सकता।

उसने बल्लव को हिलाया; किन्तु बल्लव पर कोई विशेष प्रभाव नहीं पड़ा। दो-तीन बार झकझोरने पर उसकी नींद कुछ टूटी।

"कौन है?" उसने अलसाए से स्वर में पूछा।

"मैं हूँ सैरन्ध्री! बल्लव उठो। आँखें खोलो।"

बल्लव की आँखें खुल गयीं। वह उठ कर बैठ गया।

"कुशल तो है?" उसने पूछा।

"पहले द्वार और वातायन के कपाट बंद करो।" सैरन्ध्री बोली, "फिर बताती हूँ।"

बल्लव ने वैसा ही किया।

वह आकर शैया पर बैठा, तो सैरन्ध्री उससे लिपट गयी। बल्लव ने उसे अपनी भुजाओं में भर लिया, "बहुत दुखी हो?"

सैरन्ध्री ने उसके वक्ष पर अपना सिर रख दिया, "तुम्हारा सहारा न होता, तो अब तक प्राण दे चुकी होती।"

बल्लव ने उसके मुखमण्डल को हथेलियों में ले लिया, "ऐसा मत कहो। अब मात्र एक मास रह गया है, इस अज्ञातवास का। उसके पश्चात मैं कीचक क्या दुर्योधन को भी उसके कृत्यों के लिये दण्डित करूँगा। तुम्हारे ये केश इस प्रकार बिखरे नहीं रहेंगे। तुम्हें दुःशासन के वक्ष का रक्त ला कर दूँगा, इनको धोने के लिये। तुम साम्राज्ञी हो, साम्राज्ञी बन कर रहोगी।"

"वह सब ठीक है प्रिय! किन्तु राज्य से भी बढ़ कर सम्मान है। मैं कब तक इस प्रकार अपमानित होती रहूँगी; और वह भी तुम्हारी उपस्थिति में, तुम्हारी आँखों के सम्मुख?" सैरन्ध्री के नयनों में अश्रु भर आये, "जिसकी इच्छा हो वह तुम्हारी प्रिया के केश पकड़ कर उसे घसीटता रहे? जिसकी इच्छा हो वह अपशब्द कहे? जिसकी इच्छा हो उसे घसीट कर अपने रथ में डाल ले; और जिसकी इच्छा हो उसे लात जमा दे?"

बल्लव का हृदय एक ऐसी पीड़ा का अनुभव कर रहा था, जिसे सहना उसके वश का नहीं था। उसे लग रहा था कि यदि वह इस समय अपनी प्रिया के अश्रु नहीं पोंछ सका तो उसका वक्ष फट जायेगा। वह सैरन्ध्री को इस प्रकार दुखी नहीं देख सकता था। वह उसका दुख दूर करने के लिये कुछ भी कर सकता था।

"नहीं! ऐसा नहीं हो सकता।" उसने सैरन्ध्री को अपने वक्ष से लगा लिया, "मैं ऐसा होने नहीं दूँगा।"

"तो क्या करोगे तुम?" सैरन्ध्री तड़प कर उससे पृथक् हो गयी, "जब कोई मेरे केश खींचेगा, तुम पाकशाला के ईंधन के लिये सूखे वृक्ष खोजने लगोगे?"

"नहीं, प्रिये नहीं। ऐसा नहीं होगा।" वह बोला, "मैं तो आज प्रातः ही उस कीचक का वक्ष फाड़ कर उसे चील कौवों को खिला देता, किन्तु मुझे कंक ने रोक दिया।"

"कंक को तुम नहीं जानते क्या?" सैरन्ध्री आवेश में बोली, "उन्होंने क्रोध को जीत लिया है। उन्हें क्रोध नहीं आता। इसलिये उन्हें कोई भी घटना विचलित नहीं करती। वे आवेश में नहीं आते। वे धर्म को कभी नहीं भूलते। इतना ही नहीं, वे तो किसी को भी क्षमा कर सकते हैं। और मुझे जानते हो तुम! मैं किसी को क्षमा नहीं कर सकती। यदि तुमने इस कीचक से आज ही मेरे इस अपमान का प्रतिशोध नहीं लिया तो मैं तुम्हें भी कभी क्षमा नहीं करूँगी।"

"मैं तुम्हारी क्षमा नहीं चाहता, तुम्हारा प्रेम चाहता हूँ, और उससे भी अधिक मैं तुम्हारी प्रसन्नता चाहता हूँ।" बल्लव बोला, "तुम्हारी प्रसन्नता से अधिक तुम्हारा सुख चाहता हूँ। तुम्हें कष्ट में देख कर मैं स्वयं सुखी नहीं रह सकता। मेरा सारा सुख तुम्हारे सुख का आश्रित है।"

"तो फिर मेरे सुख के लिये, अपने सुख के लिये, आज रात उस दुष्ट कीचक की हत्या कर दो। मैं चाहती हूँ कि रानी ने मेरे विषय में जो यह प्रचार किया है कि मेरे पति के पाँच गन्धर्व मित्र अदृश्य रह कर मेरी रक्षा कर रहे हैं, सत्य प्रमाणित हो जाये। कल प्रातः लोग कीचक का शव देखें और अपने आप ही कहें कि यह सैरन्ध्री के अपमान का प्रतिशोध है।"

बल्लव ने कुछ नहीं कहा। चुपचाप उसकी ओर देखता रहा।

"तुमने कोई उत्तर नहीं दिया।" सैरन्ध्री बोली, "तुम भी कंक के समान कहना चाहते हो कि तुम्हारे हाथ धर्म की रज्जू में बँधे हैं?"

"वे तो बँधे ही हैं...।"

"तो उसी रज्जू से मेरा कण्ठ बाँध कर मुझे किसी वृक्ष की ऊँची शाखा से लटका दो, ताकि मैं इस बार-बार के अपमान से मुक्त हो जाऊँ। जिसके पति युद्धवीर न हो कर धर्मवीर हो गये हों, उस पत्नी का जीवित रहना, बस अपमान सहना ही है।" सैरन्ध्री की आँखों से निरन्तर अश्रु बह रहे थे।

"नहीं! नहीं! यह सब मत कहो।" बल्लव का स्वर रुदन के बहुत निकट पहुँच गया था, "मैं कंक नहीं हूँ। मुझे धर्म और तुम्हारी प्रसन्नता में से केवल एक का चयन ही करना होगा, तो मैं तुम्हारी प्रसन्नता को ही चुनूँगा। तुम्हें दुखी कर मुझे धर्म को जय नहीं करना है। पर..."

"पर क्या?" सैरन्ध्री प्रखर स्वर में बोली।

"कीचक के प्रासाद में घुस कर आज रात उसका वध करने का अर्थ है कि प्रकट और प्रत्यक्ष युद्ध। उसमें अज्ञातवास की प्रतिज्ञा का पालन नहीं हो सकता।"

"तो न हो अज्ञातवास की प्रतिज्ञा का पालन।" सैरन्ध्री तड़प कर बोली, "मुझे अपना अपमान करवा कर किसी प्रतिज्ञा का पालन नहीं करना है। क्या

होगा, यदि हम पहचाने गये। दुर्योधन इन्द्रप्रस्थ का राज्य नहीं देगा? वह तो सारी प्रतिज्ञाओं को पूर्ण करने पर भी नहीं देगा। मैं पूर्णतः आश्वस्त हूँ कि सफल अज्ञातवास करने के पश्चात भी यदि तुम लोगों को राज्य चाहिए तो उसके लिये दुर्योधन से युद्ध करना ही पड़ेगा।" सहसा सैरन्ध्री का स्वर और कटु हो गया, "मेरी समझ में तो तुम पाँचों भाइयों की बुद्धि नहीं आती। तुम लोग राज्य भी करना चाहते हो और युद्ध भी नहीं करना चाहते। अरे युद्ध के बिना भी कभी राज्य हुआ है। मैं तुम्हारे स्थान पर होती तो कीचक को मार कर दुर्योधन को मारने के लिये चल पड़ती।"

"शान्त हो जाओ सैरन्ध्री! तुम इस समय अपनी पीड़ा के कारण आवेश में हो, नहीं तो ऐसी बात नहीं कहतीं।" बल्लव ने धैर्य पूर्वक कहा, "यह सत्य है कि मेरे भाइयों को राज्य नहीं चाहिए, धर्म चाहिए। वे राज्य के माध्यम से भी धर्म ही अर्जित करना चाहते हैं। किन्तु मैं उनसे थोड़ा भिन्न हूँ। मैं भी धर्म पर ही चलना चाहता हूँ। किन्तु उन सबकी तुलना में मुझमें रजोगुण कुछ अधिक ही है। मैं अपने विपक्षी को अधर्म करते देख, धर्म पर टिका नहीं रह सकता। इसलिये मैं तो प्रस्तुत हूँ। चलो मेरे साथ। मैं अभी कीचक के कक्ष में घुस कर उसका वध कर दूँगा। उसके जितने भी सैनिक और अंगरक्षक आयेंगे, उन सबका वध कर दूँगा। कहो तो राजा को उसके अन्याय का दण्ड भी आज रात ही दे दूँ।..."

सैरन्ध्री मौन रह कर उसकी ओर देखती रही।

"किन्तु उसका परिणाम होगा कि मेरे भाइयों को पुनः बारह वर्षों के लिये वनवास करना पड़ेगा। मैं भी उनके साथ ही जाऊँगा। उनको छोड़ कर, उन से पृथक रह कर राज्य नहीं कर सकूँगा मैं। मैं यह भी जानता हूँ कि तुम्हारा मन शान्त होगा तो तुम भी कंक के धर्म से सहमत हो जाओगी। उनको वन भेज कर स्वयं सिंहासन पर नहीं बैठ सकोगी। ऐसा कर सकतीं तो तुम हमें वनवास के लिये भेज कर स्वयं कांपिल्य चली गयी होतीं।"

"मुझे अपने वाग्जाल में बाँध रहे हो।" सैरन्ध्री ने कठोर स्वर में निर्मोही हो कर पूछा, "क्षत्रिय धर्म भुला कर मुझे संन्यासी का धर्म सिखा रहे हो?"

"नहीं! उसके विपरीत मैं कूटनीति की बात कह रहा हूँ।" बल्लव हँस कर बोला, "जो योद्धा आवेश में युद्ध करता है, उसके पराजित होने की सम्भावना अधिक रहती है। जीतता वही है, जो योजना बनाकर शान्त मन से लड़ता है।"

सैरन्ध्री ने उसकी ओर प्रश्नवाचक दृष्टि से देखा।

"कीचक का वध उसके प्रासाद में न हो। उसे किसी ऐसे स्थल पर बुलाया जाये, जहाँ मैं अज्ञात रूप से जा सकूँ और उससे युद्ध कर उसका वध कर

सकूँ। कोई हमें युद्ध करता न देखे। और दूसरे दिन अपने आप प्रचारित हो जाये कि किसी शक्तिशाली गन्धर्व ने उसका वध कर दिया है।"

"यह कैसे सम्भव है?" सैरन्ध्री ने पूछा।

"क्या यह सम्भव है कि तुम उसे कल रात को किसी ऐसे स्थान पर अभिसार के लिये आमन्त्रित करो, जहाँ रात को पूर्ण एकान्त और गोपनीयता हो। वह वहाँ आयेगा और तुम्हारे स्थान पर मैं वहाँ चला जाऊँगा। शेष मैं देख लूगा।"

"तुम चाहते हो कि आज का सारा अपमान और पीड़ा भूल कर मैं स्वयं उसके पास जाऊँ, उससे प्रेम जताऊँ, उसे अभिसार के लिये बुलाऊँ? और इस सारी प्रक्रिया में वह मेरा जो अपमान करना चाहे, करे।" सैरन्ध्री अब भी उतने ही क्रोध में थी।

"अपने मन को तनिक शान्त करो प्रिये।" बल्लव ने मुस्कुरा कर उसकी ओर देखा, "कल के व्यवहार के कारण कीचक को कोई दण्ड तो मिला नहीं है। ऐसे में वह तुम्हारा पीछा नहीं छोड़ेगा। वह फिर तुम्हारे पास आयेगा। इस बार वह अधिक आश्वस्त होगा। वह अपना अधिकार मान कर तुम्हारे पास आयेगा और सम्भवतः बल प्रयोग का प्रयत्न भी करेगा। तुम प्रयास यह करना कि उस स्थिति से पहले ही तुम उसको अपनी मोहिनी में बाँध लो। उसे समझाओ कि तुम उससे गुप्त प्रेम तो कर सकती हो, किन्तु प्रकट प्रेम तुम्हारे लिये न सम्भव है, न हितकर। तब वह पूछेगा कि तुम कहाँ मिलना चाहती हो। तुम उसे रात्रि को एक दीपक भर तेल जलने के पश्चात बृहन्नला की नृत्यशाला में बुला लो। वहाँ रात को कोई नहीं होता। कोई दीपक जला कर प्रकाश भी नहीं करता। वहाँ एक पर्यंक है। मैं उसी पर उत्तरीय तान कर लेटा रहूँगा। वह वहाँ आ जाये, तो मैं उसे मार डालूँगा। दोनों में मुष्टिका युद्ध होगा, मल्ल युद्ध होगा, कोलाहल भी होगा। किन्तु मैं जानता हूँ कि रात्रि को वहाँ कोई नहीं आता। यदि संयोग से कोई उधर आ भी गया और उसने वह कोलाहल सुना भी तो वह उसे प्रेत बाधा मान कर भाग जायेगा। मैं कीचक का वध कर दूँगा और किसी को तनिक सा संदेह भी नहीं होगा।" बल्लव ने रुक कर उसकी ओर देखा, "बस अन्तर इतना ही है कि वह आज रात्रि को नहीं मरेगा, कल रात्रि को मरेगा। किसी कारण से वह कल तुम्हारे पास नहीं आया और कल रात का अभिसार निश्चित न हो सका, तो परसों मरेगा। और परिणाम यह होगा कि कोई न हमें पहचानेगा, न अज्ञातवास की प्रतिज्ञा भंग होगी और न मेरे भाइयों को, मुझे और तुम्हें पुनः बारह वर्षों के लिये वनवास करना पड़ेगा।"

सैरन्ध्री ने मन-ही-मन विचार किया : बल्लव ठीक ही तो कह रहा था। वह उससे कीचक के लिये क्षमा तो नहीं माँग रहा था, और न वह प्रतिशोध का विरोध कर रहा था।

"मैं जानता हूँ कि आज का सारा दिन तुम्हारे लिये असह्य यातना का दिन रहा है। सम्भव है कि तुम्हारा आहत अपमान तुम्हें आज रात्रि को भी सोने न दे। कल का सारा दिन भी तुम्हारे लिये कष्ट का दिन ही होगा। पर प्राणवल्लभे! सोचो यदि तुम इतना कष्ट और सहन कर लोगी तो मैं तुम्हारी इच्छा पूरी कर दूँगा। तुम्हारी इच्छा पूर्ण हो जायेगी और हम न अधर्म के भागी होंगे, न अपने आत्मीय जनों को कष्ट देंगे। तुम्हारा यह त्याग तुम्हें और तुम्हारे पतियों को एक दीर्घकालीन यातना से बचा लेगा और तुम्हारा आखेट कल गिद्धों द्वारा खाया जायेगा।" बल्लव ने रुक कर उसकी ओर देखा, "क्या कहती हो शुभामने?"

सैरन्ध्री के अधरों पर एक हल्की-सी मुस्कान उभरी और उसने जैसे विह्वलता की सी स्थिति में बल्लव का आवेगपूर्ण प्रगाढ़ आलिंगन किया, "तुम तो अन्तर्यामी हो। मेरे मन की प्रत्येक बात ठीक उसी रूप में समझते हो, जैसी वह मेरे मन में है। मेरे प्रियतम!"

48

प्रतिदिन के समान सहज भाव से प्रातः ही सैरन्ध्री रानी के मण्डप में उपस्थित हो गयी, तो रानी को कुछ आश्चर्य हुआ। कल तो उसे देख कर लग रहा था कि वह या तो स्वयं नहीं रहेगी अथवा अपने अपराधियों को जीवित नहीं रहने देगी।...पर आज तो वह पूर्णतः सहज लग रही थी, जैसे कुछ हुआ ही न हो। रानी के मन में आया कि कल की घटना की कुछ चर्चा चलाएँ; और अपना पक्ष स्पष्ट करें।...पर तभी मन ने कहा, कहीं ऐसा न हो कि जो सैरन्ध्री सहज भाव से काम पर आ गयी है, वह उस प्रसंग को सुन कर बिदक जाये।...इससे अच्छा है कि यह मानकर चलें कि कल कुछ असाधारण घटित ही नहीं हुआ।

वे बिना एक भी शब्द कहे, सहज भाव से श्रृंगार करवाने के लिये बैठ गईं।...सैरन्ध्री की भी जिह्वा नहीं हिली और अंगुलियाँ चलने लगीं।...

सैरन्ध्री ने अभी रानी सुदेष्णा की केश-सज्जा ही निपटायी थी कि उसने कीचक का स्वर सुना। वह बाहर द्वार पर खड़ी परिचारिका को आदेश दे रहा था कि वह रानी को उसके आने की सूचना दे।

सैरन्ध्री जानती थी कि कीचक, रानी की अनुमति की प्रतीक्षा नहीं करेगा। वह भीतर आ जायेगा और उसकी खोज आरम्भ कर देगा। रानी भी किसी बहाने से इधर-उधर खिसक जायेगी। तब वह होगी और कीचक होगा। उसे उसकी बातें सुननी पड़ेंगी। क्या भरोसा, वह फिर कल के समान बल-प्रयोग करे। आज सैरन्ध्री को वह स्थिति नहीं आने देनी थी। आज वह उससे भागेगी

भी नहीं और वार्तालाप को उस दिशा में भटकने भी नहीं देगी कि कीचक अपना हाथ उसकी ओर बढ़ा सके।...

सब कुछ प्रायः उसकी अपेक्षा के ही अनुकूल हुआ। परिचारिका ने रानी को कीचक के आने की सूचना दी। रानी ने एक दृष्टि अपने निकट खड़ी सैरन्ध्री पर डाली और कीचक को लिवा लाने की अनुमति दे दी।

सैरन्ध्री ने भी ऐसा कुछ नहीं किया, जिससे यह लगे कि वह असहज हो गयी है, अथवा उसके आस-पास कुछ असाधारण घटित होने वाला है। यह सहज भाव से उस मण्डप से लगे उद्यान की ओर चल पड़ी। कोई भी देख सकता था कि उसने न छुपने का प्रयत्न किया था, और न भागने का। सबके देखते देखते वह उद्यान की ओर गयी थी।

कीचक आ कर रानी सुदेष्णा के सम्मुख खड़ा हो गया। उसने अपनी दृष्टि इधर-उधर घुमाई और नेत्रों तथा हाथों के संकेत से पूछा, "वह कहाँ है?"

"लगता है, आपको उसके विरह में रात भर नींद नहीं आयी भैया।"

"अब नींद कहाँ सुदेष्णे!" कीचक बोला, "उसका मुख मण्डल मेरे नेत्रों के सम्मुख घूमता रहता है। निद्रा आ जाये तो स्वप्नों में भी वही होती है। जब तक उससे समागम नहीं हो पायेगा, मेरे जीवन में कोई रस नहीं रहेगा।...वह है कहाँ?"

सुदेष्णा ने उद्यान की ओर संकेत कर दिया। कीचक की दृष्टि उस ओर उठी : सैरन्ध्री मंथर गति से चली जा रही थी।

'यह मुझसे भागने का तो प्रयत्न नहीं कर रही।' कीचक ने मन-ही-मन सोचा, 'यह तो जैसे अपनी मयूरी की-सी चाल से मुझे मुग्ध करती हुई अपने पीछे आने का निमन्त्रण दे रही है।'

"जाओ, एकान्त में लुभा लो उसे।"

कीचक की समझ में नहीं आया कि यह सुदेष्णा का प्रोत्साहन था अथवा उपालम्भ। किन्तु यह सब समझने की उसने प्रतीक्षा नहीं की। वह वेगपूर्वक उसी ओर चल पड़ा।

सैरन्ध्री की उसकी ओर पीठ थी, फिर भी ध्वनियों तथा अपने अनुमान से वह समझ रही थी कि वह उसके पीछे आ रहा है। किन्तु इससे पहले कि वह आ कर पीछे से उसे पकड़ने का प्रयत्न करे, वह पलटकर खड़ी हो गयी। अब वे दोनों आमने-सामने थे।

सैरन्ध्री ने उसे देखा और इस प्रकार अपना मार्ग बदल लिया, जैसे वह उससे बच कर निकल जाना चाहती हो।

कीचक लपक कर उसके सम्मुख खड़ा हो गया।

सैरन्ध्री ने उसकी ओर देखा।

"तुम भाग कर राजा के पास जाकर भी गुहार कर आई, किन्तु कुछ नहीं हुआ।" कीचक बोला, "इसका अर्थ समझती हो?"

सैरन्ध्री ने पुनः उस पर एक दृष्टिपात किया, किन्तु न वह मुख से कुछ बोली और न ही उसने वहाँ से भागने का प्रयत्न किया।

"समझने का प्रयत्न करो सैरन्ध्री!" कीचक आदेशात्मक स्वर में बोला, "मेरा बल और रण-कौशल ऐसा है कि यहाँ मेरा विरोध कर कोई जीवित नहीं रह सकता। राजा भी।" वह हँसा, "तुम राजा के पास गयी थी। क्या हुआ। मैं विराटनगर का सेनापति हूँ। सारा सैनिक बल मेरे अधीन है। राजा मुझसे विरोध नहीं चाहेगा। वह तो मात्र का राजा है। सत्ता तो सारी मेरे पास है। तुम अब मेरा भाग्य हो। मैं तुम्हें प्राप्त किए बिना मानूँगा नहीं; और मुझसे तुम्हें कोई बचा नहीं सकता। अच्छा है कि तुम मेरा अनुरोध स्वीकार कर लो। सुखी रहोगी।"

सैरन्ध्री कुछ नही बोली।

"तुम मेरा महत्त्व समझती क्यों नहीं?" कीचक ने कुछ खीझकर कहा।

"तुम मेरा महत्त्व समझते हो?" सैरन्ध्री ने पहला वाक्य कहा। उसके स्वर में आक्रोश था, न भय था, न समर्पण।

पहले तो कीचक उस विस्फोट को सुन कर जैसे भौचक रह गया; किन्तु इतनी बात तो उसकी भी समझ में आ गयी कि सैरन्ध्री का रूप कुछ बदला हुआ है। आज उसमें विरोध नहीं था, उपालम्भ था।...और उपालम्भ तो किसी न किसी सम्बन्ध के आधार पर ही होता है। उसके मन में बैठा हिंस्र पशु कुछ शान्त हुआ।

"क्यों नहीं समझता तुम्हारा महत्त्व! दासों के समान तुम्हारे पीछे-पीछे घूम रहा हूँ। तुम्हारी चाटुकारिता में लगा हूँ। तुम्हें लुभा रहा हूँ। तुम्हें मना रहा हूँ। वचन दे रहा हूँ जो आदेश दोगी, उसे मानूँगा। जो कामना प्रकट करोगी, उसे पूर्ण करूँगा। तुम्हारी प्रतीक्षा कर रहा हूँ। तुम्हारे लिये मारा-मारा ही नहीं फिर रहा हूँ, तुम्हारे लिये मर रहा हूँ। तुम्हारे लिये अपनी पत्नियों को छोड़ने को तैयार हूँ। उन्हें तुम्हारी दासियाँ बनाने को प्रस्तुत हूँ। और अब भी तुम कहती हो कि मैं तुम्हारा महत्त्व नहीं समझता।"

"मेरा महत्त्व यह है कि मुझे तुम्हारी आज्ञाओं का पालन करना होगा, क्योंकि मैं रानी की सैरन्ध्री हूँ और तुम राजा के श्यालक हो, सेनापति हो, सत्तावान हो, शक्तिशाली हो, धनवान हो। मेरा महत्त्व यह है कि मैं यहाँ दासी-कर्म करती हूँ। इसलिये तुम्हारी वासनापूर्ति का साधन बनना होगा मुझे, और वह भी अपनी इच्छा से नहीं, तुम्हारे आदेश से? क्रीतदासी से बढ़कर कभी कुछ समझा है तुमने मुझे? यही है मेरा महत्त्व तुम्हारी दृष्टि में?"

"नहीं!" सैरन्ध्री के इस आकस्मिक आक्रमण से कीचक जैसे हतप्रभ रह गया था। कुछ सँभल कर बोला, "तुम मेरे हृदय की स्वामिनी हो। हृदयेश्वरी हो, मेरी प्रेयसी हो। तुम मेरी प्राणेश्वरी हो।..."

"तभी तो तुम दिन-दहाड़े मेरा पीछा करते हो। राजा की सभा में घुस कर, मुझे धक्का मारकर, मेरे केश खींचकर, मुझे पैरों से ठुकराकर, तुम मेरा सम्मान करते हो। प्रेयसी से ऐसा व्यवहार करते हो, तो दासी से कैसा व्यवहार करोगे? ऐसा तो कोई क्रीतदासी से भी नहीं करता। गणिका भी ऐसे व्यवहार से स्वयं को अपमानित अनुभव करेगी। परकीया को प्राप्त करना चाहते हो, प्रेमी बनकर नहीं, चाण्डाल बन कर।"

कीचक ने सैरन्ध्री को देखा। उसके क्रोध को समझा। उसकी पीड़ा का अनुभव किया। और उसे लगा कि सैरन्ध्री उसका प्रेम-निवेदन स्वीकार तो कर सकती है किन्तु उसका व्यवहार उसे अपमानजनक लगा है। वह तो कदाचित प्रेम पाना ही नहीं चाहती, प्रेम करना भी चाहती है; किन्तु प्रेम की तो सबकी अपनी-अपनी विधि होती है, अपनी-अपनी शैली होती है।...उसे दिन के उजाले में, सार्वजनिक मार्गों पर सैरन्ध्री के पीछे इस प्रकार भागना नहीं चाहिए था। निश्चित रूप से उससे वह कलंकित और अपमानित होती है। उसे क्रीड़ा करनी चाहिए थी; किन्तु कीचक की क्रीड़ा तो जैसे सैनिक आक्रमण बन गयी थी।...कोई अपनी प्रिया का, अपनी अनुरागिनी का इस प्रकार पीछा नहीं कर सकता, उसे इस प्रकार अपमानित नहीं कर सकता। कोई पत्नी भी इस प्रकार अपने पति की कामेच्छा पूरी नहीं करेगी।...कीचक से निश्चय ही भूल हुई है। उसने तो सैरन्ध्री का इस प्रकार अपमान किया है, जैसे कोई अपनी क्रीतदासी को उसके किसी अपराध का दण्ड देता है। वह प्रेम का निवेदन नहीं था। प्रेम की याचना भी वैसे नहीं होती। वह प्रेम प्रदर्शन भी नहीं था। वह तो निश्चित रूप से मात्र दण्ड-विधान था। अपमानजनक दण्ड-विधान। राजा की सभा में घुस कर किसी को सार्वजनिक रूप से पदप्रहार कर अपमानित करना, न्याय नहीं था, वह उसका क्रोध मात्र था। उसका चाण्डाल क्रोध...ठीक कह रही है सैरन्ध्री...वह चाण्डाल ही तो बन गया था।

"मुझे क्षमा करना सैरन्ध्री!..." कीचक ने कहा।

"मेरा नाम मालिनी है।" सैरन्ध्री पहली बार बहुत हल्के से मुस्कराई, "अपने हृदय की स्वामिनी भी कहोगे और यह भी स्मरण कराते रहोगे कि मैं एक सैरन्ध्री मात्र हूँ। कोई दासी प्रेमिका नहीं हो सकती महावीर कीचक! और जो प्रेमिका हो जाती है, वह फिर दासी नहीं रह जाती, चाहे वह दासी कर्म ही क्यों न करती हो। तुम पहले अपने हृदय में यह तो निश्चित कर लो कि मैं तुम्हारी हूँ कौन।"

"नहीं मालिनी! तुम मेरी सर्वस्व हो। मैं जानता हूँ कि मनुष्य के जीवन में प्रिया का क्या स्थान होता है। पर तुम्हारे प्रति मेरी आकांक्षा इतनी प्रबल है कि मेरा विवेक जाने क्यों बौरा जाता है। तुम्हें पाने के मार्ग में जब भी कोई बाधा आती है, मैं उन्मत्त हो उठता हूँ। पूर्णतः विक्षिप्त। तब मेरी बुद्धि कुछ भी काम नहीं करती। तुम भी समझ लो मालिनी! उस दिन मैंने जो कुछ भी किया, वह एक उन्मादी के विक्षिप्त मन का ही कृत्य था।..."

"नहीं! वह तुम्हारा अहंकार था सेनापति!...और यह स्मरण रखो कि प्रेम में अहंकार के लिये कोई स्थान नहीं होता। या तो प्रेम ही कर लो, या फिर अपने अहंकार की ही तुष्टि कर लो।"

"समझ गया मेरी सर्वस्वामिनी! मुझे बताओ कि मेरी कामना कब पूर्ण होगी।"

"जब तक मैं तुम पर पूर्ण अधिकार न पा लूँ, तब तक तुम मुझ पर अधिकार कैसे पा सकते हो?" सैरन्ध्री मुस्कुरा रही थी, "जब तक मैं तुम्हें जय न कर लूँ, तब तक तुम मुझ पर आधिपत्य कैसे पा सकते हो? नारी तो आत्मसमर्पण उसी के सम्मुख करती है, जिस पर वह अपना आधिपत्य पूर्णतः स्थापित कर चुकी होती है।"

"इसका क्या अर्थ हुआ?"

"इसका अर्थ अपनी उस बुद्धि से पूछो, जिसने अभी थोड़ी ही देर पहले मुझे अपनी सर्वस्वामिनी कहा है। जब मैं तुम्हारी सर्वस्वामिनी हूँ, तो तुम पर मेरा पूर्ण आधिपत्य हुआ या नहीं?"

"हाँ हुआ।" कीचक कुछ अकबका कर बोला, "तो बताओ, मेरी कामना कब पूरी होगी?"

"प्रेमी को धैर्य छोड़ने का अधिकार नहीं है।" सैरन्ध्री बोली, "प्रिया प्रेमी को तौलती है। उसे अपनी कल्पना के अनुकूल ढालती है। समर्पण से पूर्व अपना मूल्य आँकती है।..."

"यही तो एक गणिका भी करती है।" कीचक के क्षोभ ने पुनः सिर उठाया।

"गणिका भी तो प्रेमिका ही बनने का प्रयत्न कर रही होती है। वह प्रेम को उद्दीप्त करती है। प्रेम को पुष्ट करती है।" सैरन्ध्री बोली, "प्रत्येक क्रीड़ा के कुछ नियम होते हैं सेनापति! उस क्रीड़ा का सुख पाना हो तो, उसके नियमों को भी मानना पड़ता है।"

"मानूँगा।" कीचक बोला, "बोलो क्या करना है।"

"पहले तो अपने सैनिकों के समान मुझे आदेश देना बंद करो।"

"लो इसी क्षण से बंद कर दिया।"

"अब तुम मेरे आदेश की प्रतीक्षा करो।"

"तुम आदेश करो तो।"

"आदेश मानोगे?"

"मानूँगा।"

"जहाँ बुलाऊँगी, आओगे?"

"आऊँगा।"

"जिस समय बुलाऊँगी, आओगे?"

"आऊँगा।"

"हाँ! अब कुछ-कुछ ठीक लग रहा है।" सैरन्ध्री शान्त स्वर में बोली, "तुम्हारे स्वर में प्रेमी का सा रंग आ रहा है।..." और सहसा उसकी मुद्रा बदल गयी, "मेरी तो समझ में नहीं आता कीचक! तुम इतने मूर्ख क्यों हो कि समझते हो कि कोई भी स्त्री किसी बलात्कारी से प्रेम करने लगेगी और उसके सम्मुख आत्मसमर्पण कर देगी।"

सैरन्ध्री ने उसकी ओर देखा : उसकी भंगिमा बिगड़ी हुई सी थी, जैसे सहसा कोई कड़वा पदार्थ चबा गया हो; और अब न उसे निगलने में रुचि हो, और न उगलने का साहस।

"मेरा मूर्ख कहना बुरा लगा?" सैरन्ध्री ने पूछा।

"नहीं।" कीचक हकलाया, "वह थी ही मेरी मूर्खता।"

"अच्छा है, समझ गये कि प्रेम में अहंकार नहीं होता, ऊँच-नीच नहीं होती, बड़ा-छोटा नहीं होता, इच्छा और स्वार्थ नहीं होता। प्रेम में अपनी इच्छा आरोपित नहीं की जाती, दूसरे की अघोषित इच्छाओं की पूर्ति में ही अपना जीवन दान कर दिया जाता है। प्रेमी तो वही है, जो अपना अहंकार, अपना स्वार्थ, अपना मान, अपमान, अपना सर्वस्व अपनी प्रिया की झोली में डाल दे। उसके एक संकेत पर अपने प्राण दे दे।" सैरन्ध्री ने उसे अपांग से देखा, "प्रेमी युगल एक-दूसरे को प्राप्त करने के लिये आजीवन प्रतीक्षा करते हैं। तत्काल शरीर भाग का बलात प्रयत्न, प्रेम के क्षेत्र में मूर्खता ही तो है। उससे तो नारी के मन में अंकुरित प्रेम, तत्काल नष्ट हो जाता है। और नारी के मन में प्रेम न हो, तो प्रेम क्रीड़ा में पुरुष को क्या सुख मिल सकता है!..."

कीचक को लगा कि सैरन्ध्री के इन सिद्धान्त बोझिल शब्दों के पीछे कुछ बहुत मधुर, बहुत कोमल ध्वनित हो रहा था। उन शब्दों में एक प्रकार की स्वीकारोक्ति थी।

"तो क्या तुम्हारे मन में भी मेरे प्रति आकर्षण उत्पन्न हुआ था?" उसने बहुत धीरे से पूछा।

"किसके मन में नहीं होगा?" सैरन्ध्री ने उत्तर दिया, "पर मैं तो अभी अपने भाव को समझने का ही प्रयत्न कर रही थी कि तुमने मुझे मेरी इच्छा के विरुद्ध, बलात प्राप्त करना चाहा और नहीं कर सके तो सार्वजनिक रूप से मुझे ठोकर मार कर चले आये।"

"अब उस लज्जाजनक प्रसंग को बार-बार स्मरण मत कराओ मालिनी!" कीचक ने अपने स्वर में प्रयत्नपूर्वक वेदना के घट उँड़ेले, "मेरी लज्जा की कोई सीमा नहीं है। अपनी जिस अनुरागिनी की मुझे दुष्टोंसे रक्षा करनी चाहिए थी, मैं उसी का अपमान कर बैठा।"

"यह तो।..." सैरन्ध्री बोली, "अपने उन्माद में तुमने यही नहीं देखा कि मेरे पति इस समय यहाँ उपस्थित नहीं हैं, तो क्या हुआ; हूँ तो मैं किसी की विवाहिता ही। गणिका नहीं हूँ कि किसी भी पुरुष के प्रेम को घोषित रूप से स्वीकार करती रहूँ और समाज में सिर ऊँचा उठा कर चल सकूँ।...और फिर वह भी ऐसी स्थिति में, जबकि स्वयं राजा भी मुझ पर अपनी दृष्टि गड़ाए बैठे हों।..."

"राजा भी?" कीचक को जैसे अकस्मात ही किसी भयंकर बिच्छू ने काट लिया।

"तुम्हें नहीं मालूम?" सैरन्ध्री ने बहुत रस लेकर सुनाया, "राजा और रानी में तो मुझे लेकर झगड़ा हुआ। यहाँ तक कि रानी ने राजा को धमकी दी कि वे अपने भाई से कह कर उनका वध करा देंगी। राजा बहुत बोले। उठकर कक्ष से बाहर चले गये।... पर डर तो वे गये ही। फिर मेरी ओर उन्होंने हाथ नहीं बढ़ाया। मेरे मन में तो उसी दिन से उस महावीर के प्रति आकर्षण अंकुरित हो उठा था, जिससे स्वयं राजा भी भयभीत थे।"

कीचक को सैरन्ध्री के शब्द, अमृत के समान स्फूर्तिदायक लग रहे थे।... कहीं उसने वह मूर्खता न की होती तो...

"कीचक! तुमने कदाचित ध्यान नहीं दिया।..."

"किस बात की ओर?" उसे सैरन्ध्री का इस प्रकार कीचक पुकारना बहुत आत्मीय और मधुर लग रहा था। उसका मन इतना विह्वल हो चुका था कि इस समय सैरन्ध्री उसके प्राण माँगती तो वह एक क्षण के लिये भी नहीं सोचता... उसने तो आज ही जाना था कि उसका नाम कितना मधुर था।

"जब तुम मुझे पकड़ने के लिये मेरे पीछे आ रहे थे और मैं राजा की सभा में घुस गयी थी, तुमने मुझे धक्का दिया..."

"उसे अब भूल भी जाओ मालिनी!" कीचक का स्वर याचनापूर्ण था।

"नहीं! मैं वह नहीं कह रही।" सैरन्ध्री बोली, "तुमने देखा नहीं। उसके लिये राजा ने न तुम्हें रोका और न दण्डित करने का प्रयत्न किया।"

"हाँ। तो?"

"राजा वस्तुतः हम दोनों से ही अपना प्रतिशोध ले रहे हैं।"

"कैसा प्रतिशोध?" कीचक ने पूछा।

"यदि मैं अपमानित हुई, तो भी उनकी इच्छा पूर्ण हुई, क्योंकि मैंने उनका प्रेम निवेदन स्वीकार नहीं किया था; और यदि मेरा अपमान करने के कारण मेरे पति के अदृश्य गन्धर्व मित्रों ने तुम्हारा वध कर दिया, तो राजा का तुमसे प्रतिशोध लेने का लक्ष्य पूरा होगा।"

"मुझसे किस बात का प्रतिशोध?" कीचक कुछ चकित था।

"रानी ने तुम्हारे बल की धमकी देकर ही तो उन्हें मेरी ओर आगे बढ़ने से रोक दिया था।...और शायद मेरे मन में तुम्हारे प्रति अंकुरित होने वाले अनुराग की सूचना भी उन्हें हो ही गयी थी।"

कुछ क्षणों तक कीचक मन ही मन, विराट के प्रति क्रूर भावों का पोषण करता रहा। फिर बोला, "राजा और रानी के मध्य होने वाली बातें तुम्हें कैसे ज्ञात हो जाती हैं? क्या स्वयं रानी ने तुम्हें बताया?"

"नहीं!" सैरन्ध्री बोली, "रात्रि के समय राज परिवार के शयन कक्षों की रक्षा तथा परिचर्या करने वाली दासियों से क्या गुप्त रह सकता है। वे ही सब कुछ बताती रहती हैं।"

"ओह!" कीचक बोला, "तो उनसे सावधान रहना चाहिए।"

"क्यों? तुम्हें उनका क्या भय है।" सैरन्ध्री का स्वर एक बार फिर से व्यंग्यात्मक हो गया, "तुम तो किसी भी स्त्री को मार्ग पर पकड़ कर सार्वजनिक रूप से प्रेम निवेदन कर सकते हो, जैसे नाटक में कोई अभिनेता दर्शकों के सम्मुख अपना प्रेम निवेदन करता है..."

"ओह मालिनी! अब भूल भी जाओ उन बातों को।"

"मैं तो भूल भी जाऊँ;" सैरन्ध्री बोली, "किन्तु मेरे पति भूल जायेंगे इन बातों को? मेरे पति के वे पाँच-पाँच गन्धर्व मित्र, जो अज्ञात रह कर मेरी रक्षा कर रहे हैं, वे भूल जायेंगे इस बात को?"

"मैं उनसे डरता हूँ क्या?" कीचक बोला, "आने दो उनको। उनके मस्तक काट कर उनके हाथों में न दे दिये तो मेरा नाम कीचक नहीं।"

"और उन्होंने मेरा मस्तक काट कर, तुम्हारे हाथों में दे दिया तो?"

कीचक गम्भीर हो गया।...इस विषय में तो उसने कुछ सोचा ही नहीं था। वह अपनी रक्षा तो कर सकता था, किन्तु मालिनी की रक्षा? क्या वह मालिनी से विवाह कर ले? किन्तु मालिनी विवाहिता है। वह दूसरे की पत्नी से विवाह कैसे कर सकता है? कौन स्वीकार करेगा, उसके इस प्रकार के विवाह को?...ठीक ही तो कह रही थी मालिनी– वह परकीया से प्रेम कर रहा है, किन्तु उसकी विधि नहीं जानता था। व्यर्थ ही अपने अहंकार में वह प्रकट रूप में मालिनी की कामना करता रहा है। जो काम, गुप्त रूप से अदृश्य रहकर, बिना किसी झंझट के हो सकता है, उसे इस प्रकार घोषणा कर करके करने से क्या लाभ?...

"तो आज रात्रि के अन्धकार में मेरे प्रासाद में आ जाओ। वहाँ कोई हमें देखने वाला नहीं होगा।" कीचक की वाणी में से मद छलक रहा था।

"क्यों, तुम्हारे प्रासाद में रात को परिचारिकाएँ नहीं होतीं अथवा प्रहरी नहीं होते?"

"ओह!"

"तुम्हें कोई ऐसा स्थान नहीं सूझता रसिकराज! जहाँ प्रहरी, सेवक और राक्षस न हों? मेरे पति के अदृश्य मित्रों से भयभीत हो?"

"नहीं! भयभीत तो नहीं हूँ; किन्तु..."

"सुनो! रात्रि के समय जहाँ-जहाँ राज परिवार का कोई भी सदस्य होगा, वहाँ प्रहरी भी होंगे और परिचारिकाएँ भी। इसलिये कोई ऐसा स्थान खोजो, जहाँ रात को कोई उपस्थित ही न होता हो।" सैरन्ध्री ने कहा।

"ऐसा कौन-सा स्थान हो सकता है?"

"वह नृत्यशाला देखी है तुमने," सैरन्ध्री बोली, "जहाँ दिन के समय बृहन्नला राजकुमारियों को नृत्य का अभ्यास करवाता है?"

"हाँ! हाँ!! देखी है।" कीचक उत्साह से बोला, "तुम उससे कहीं अधिक चतुर हो सैरन्ध्री! जितनी मैं तुम्हें समझता था।"

सैरन्ध्री मौन रही।

"क्या बात है, तुम कुछ बोल नहीं रहीं। मैं तुम्हारी प्रशंसा कर रहा हूँ।"

"सुन रही हूँ अपनी प्रशंसा।" सैरन्ध्री बोली, "तुम मुझे सैरन्ध्री कह रहे हो और समझ रहे हो कि मेरी प्रशंसा कर रहे हो?"

"ओह! फिर भूल हो गयी।"

"ध्यान रहे कि अब इस भूल की पुनरावृत्ति न हो।" सैरन्ध्री का स्वर कुछ कठोर हो गया, "नहीं तो रात को संकेत स्थल पर नहीं आऊँगी और फिर रात भर अपनी पत्नी के ही चरण दबाते रह जाओगे, चाहे वह जैसी भी है।"

"नहीं! नहीं!! अब ऐसी भूल नहीं होगी मालिनी!" वह बोला, "तो तुम रात को उस नाट्यशाला में आओगी?"

"हाँ! वह नाट्यशाला रात्रि के समय सर्वथा निर्जन होती है। वहाँ न कोई प्रहरी होता है और न ही कोई दीपक जलता है।" सैरन्ध्री बोली, "रात्रि के समय जब तुम्हारे कक्ष में दीपक भर तेल एक बार जल ले, तो चुपके से वहाँ चले आना। ध्यान रहे कि किसी को मालूम न हो कि तुम वहाँ जा रहे हो। न वहाँ जाकर मुझे पुकारना।"

"तो तुम्हें कहाँ खोजूँगा वहाँ?" कीचक के मन में मद के प्रपात झर रहे थे। उसने आज तक सम्भोग-सुख बहुत पाया था, किन्तु इस प्रकार की काम क्रीड़ा का अवसर कभी नहीं आया था। वह सोच रहा था कि चतुर स्त्री का संग कितना असाधारण होता है।

"पुकारना मत!" सैरन्ध्री ने उसे डपट दिया।

"नहीं पुकारूँगा।" कीचक सहम गया।

"नहीं! मुझे यह सब सोच लेना चाहिए।" सैरन्ध्री बोली, "तुम्हारा क्या है। वहाँ आकर पुकारने लगोगे, 'मालिनी मैं आ गया। मालिनी! मैं आ गया।' और फिर अगले दिन वे गन्धर्व यदि तुम्हारा कुछ न बिगाड़ सके तो मेरा मस्तक काट कर तुम्हारे प्रासाद के द्वार पर लटका आयेंगे।"

"नहीं पुकारूँगा।" कीचक बोला, "माँ भवानी की शपथ। नहीं पुकारूँगा।"

"नृत्यशाला के पीछे के कक्ष में एक पलंग बिछा है। उस पर अनेक बार बृहन्नला विश्राम करती है। मैं अन्धकार में उसी पलंग पर लेट जाऊँगी। यदि कोई आया तो भी अन्धकार में कुछ दिखायी नहीं देगा। यदि किसी ने मुझे देख भी लिया तो कोई बहाना बना लूँगी कि रात्रि में नींद नहीं आ रही थी। घूमने निकली थी। थोड़ी देर के विश्राम के लिये यहाँ लेट गयी तो ठंडी बयार के कारण नींद आ गयी। तुम आकर, बिना एक भी शब्द कहे, मुझे अपने स्पर्श से जगा लेना।...पर हाँ! न तो किसी को साथ लाना और न ही किसी को बताकर आना। कहीं ऐसा न हो स्वयं को स्त्री-मन का विजेता घोषित करने के लिये अपने मित्रों में यह घोषणा कर आओ कि तुम मालिनी के साथ अभिसार करने के लिये नृत्यशाला में जा रहे हो। यदि ऐसा कुछ किया, तो स्मरण रखना, मालिनी अपने गन्धर्व रक्षकों की प्रतीक्षा नहीं करेगी। या तो तुम्हारे प्राण ले लेगी अथवा अपने प्राण दे देगी।"

विचार मात्र से कीचक की शिराओं में अग्नि प्रवाहित होने लगी थी। मालिनी स्वयं अपने मुख से कह रही है, कि वह वहाँ अन्धकार में पलंग पर लेट कर उसकी प्रतीक्षा करेगी...

"नहीं! नहीं!! ऐसा कुछ नहीं होगा।" कीचक शीघ्रता से बोला, "मैं ऐसी मूर्खता अब कभी नहीं करूँगा। प्रेम गुप्त व्यापार है। वह गुप्त ही रहेगा।"

"ठीक है। अब जाओ।" सैरन्ध्री बोली, "रात्रि के समय मिलेंगे। नृत्यशाला में। जब तुम्हारे प्रासाद में एक दीपक भर तेल जल लेगा।"

"मालिनी! विदा होने से पूर्व एक परिरंभण प्रिये!"

"फिर वही मूर्खता!" सैरन्ध्री ने दाँत पीस कर कहा, "तुम सबके सामने मेरे पीछे आये हो। सब जानते हैं, क्यों आये हो। अब परिरंभण के पश्चात् तुम जितने प्रफुल्लित हो कर लौटोगे, उससे सबको ज्ञात हो जायेगा कि तुम मालिनी का मन जीतने में सफल हो गये हो। तो फिर हमारा प्रेम गुप्त कैसे रह पायेगा। यहाँ से जाओ। दाँत पीसते हुए जाओ। मुझे बुरा-भला बकते हुए जाओ। मैं भी तुम्हारी निन्दा करती हुई ही जाऊँगी। सबको इसी भ्रम में रखना होगा कि हममें झगड़ा चल रहा है।"

"बड़ी कठिन परीक्षा ले रही हो मालिनी।" कीचक बोला। उसके स्वर में तनिक भी विरोध नहीं था।

"परीक्षा तो कठिन होगी ही। कल तुमने मुझे मारा। मेरे मुख से रक्त निकल आया, जो दो प्रहर तक मेरे मुख पर जमा रहा। आज उसी मुख से प्रेम की सुगन्ध आयेगी तो कुछ गोपनीयता रह पायेगी?"

कीचक ने अत्यन्त आतुर प्रेमी के समान सैरन्ध्री को देखा; किन्तु कुछ बोला नहीं।

"अब जाओ।" वह बोली।

"सैरन्ध्री ने उसके जाने की प्रतीक्षा नहीं की। वह वेगपूर्वक मण्डप की ओर लौट गयी। वह बहुत भयभीत दिखाई पड़ रही थी, जैसे किसी से बचकर भाग आयी हो।

अन्य परिचारिकाओं ने उसे देखा, "बेचारी सैरन्ध्री!"

49

कीचक ने सुदेष्णा से मिलना भी आवश्यक नहीं समझा। क्या होगा मिलकर। जब उसे बताना ही नहीं है कि सैरन्ध्री ने स्वयं उसे मिलने के लिये एकान्त स्थान पर बुलाया है, अपने प्रेम को स्वीकार भी किया है, और समागम का वचन भी दिया है, तो सुदेष्णा से मिल कर क्या होगा। यदि वह उसके सामने भी पड़ा तो वह उसके मुख के भावों को देख कर ही समझ जायेगी कि सैरन्ध्री से उसकी क्या बात हुई है। सैरन्ध्री को यदि संदेह भी हो गया कि सुदेष्णा को

उसके और कीचक के सम्बन्ध के विषय में कुछ भी ज्ञात है, तो उसे अच्छा नहीं लगेगा। और कीचक किसी भी मूल्य पर सैरन्ध्री को प्रसन्न रखना चाहता था। बड़ी कठिनाई से हाथ आयी है यह सैरन्ध्री। ऐसी स्त्रियों के प्रेम का रस ही कुछ और होता है।...

कीचक एक प्रकार के असाधारण सुख का अनुभव कर रहा था, जो स्वयं उसके लिये भी सर्वथा नया था। उसने आज तक नारी संग कर, शरीर-भोग का सुख पाया था; किन्तु इस प्रकार का गोपनीय व्यवहार और प्रेम की अभिव्यक्ति उसके लिये सर्वथा नवीन अनुभव था। अब तक के समागम में वह जानता था कि वह स्त्री उससे क्या चाहती है। वह जो सुख उससे प्राप्त कर रहा था, उसका मूल्य वह धन से चुका रहा था, अर्थात् उसे शरीर सुख देकर वह स्त्री स्वयं वस्त्राभूषण तथा धन-सम्पत्ति का सुख प्राप्त कर रही थी। वह तो एक प्रकार का व्यवसाय था। उसमें किसी को यह कष्ट तो हो सकता था कि उसको उसके पदार्थ का पूरा मूल्य नहीं मिला, किन्तु उसमें किसी प्रकार के प्रेम अथवा भावनात्मक सम्बन्ध की कोई चर्चा नहीं थी। सब कुछ अत्यन्त स्पष्ट, स्थूल तथा पार्थिव था। कुछ भी सूक्ष्म तथा अज्ञात नहीं था। शरीर चाहे उसकी किसी रानी का हो अथवा किसी दासी और परिचारिका का।...उस व्यवहार में यदि प्रेम इत्यादि शब्दों का प्रयोग होता भी था, तो कीचक जानता था कि वह सब पाखण्ड था। उसके पास वह धन न होता अथवा वह उतना धन न दे रहा होता तो वह स्त्री प्रेम शब्द का उच्चारण करना भी न जानती।...और कीचक ने तो आज तक किसी से यह कहा ही नहीं कि वह उससे प्रेम करता है। प्रेम क्या होता है, वह नहीं जानता। वह तो केवल कामदेव से परिचित था। काम के आवेग से परिचित था। उसे अपने शरीर के ताप तथा मन के झंझावतों से मुक्त होने तथा कोमल स्पर्श के सुख का अनुभव करने के लिये नारी शरीर की आवश्यकता होती थी; अपने आधिपत्य तथा अहंकार भाव के पोषण के लिये नारी और नारी शरीर की आवश्यकता होती थी। और उसका मूल्य वह सदा ही धन से चुकाता था।...पर सैरन्ध्री के साथ वह बात नहीं थी...

सहसा वह ठिठक गया : वह कैसे जानता है कि इस बार वही बात नहीं थी, अथवा सैरन्ध्री वैसी स्त्री नहीं थी?

सैरन्ध्री ने उसके धन के प्रति आज तक कभी लोभ नहीं दिखाया था। उसे धन का लोभ होता तो आज तक कितनी ही बार वह अपना शरीर कीचक को समर्पित कर चुकी होती। कीचक ने जब भी उसे धन का लोभ दिया, उसने कीचक का तिरस्कार किया। आज भी तो उसने अपने सम्मान की चर्चा की है, अपने सुख की नहीं। अपने मूल्य की नहीं। कीचक को सुख देने के प्रतिदान

की नहीं।...नहीं! यह स्त्री निश्चित रूप से भिन्न थी। उसके सहवास का सुख कुछ नया ही होगा। वह न उसे अपने एकान्त कक्ष में बुला रही थी और न ही उसके प्रासाद में आने को प्रस्तुत थी। वह नहीं चाहती कि कोई उन दोनों के सम्बन्ध को जाने।...इसी के स्थान पर कोई और दासी अथवा परिचारिका होती तो वह कीचक के साथ अपने सम्बन्धों का प्रचार करती और उससे स्वयं को महत्त्वपूर्ण बना कर सहस्रों प्रकार के लाभ की कामना करती। मत्स्यदेश में कीचक की प्रेमिका होने का क्या अर्थ है, यह वे सब समझती रही हैं।...पर सैरन्ध्री तो इस सारे सम्बन्ध को अपने हृदय में ही छुपा कर रखना चाहती है। वह किसी के सम्मुख कुछ भी प्रकट करना नहीं चाहती। वह इससे अपना कोई भी सांसारिक हित साधना नहीं चाहती...

आह्लादित कीचक भूतल से जैसे एक हाथ ऊपर ही चल रहा था। एक ओर उसका मन चाहता था कि वह सारे विराट नगर में ही नहीं, सारे मत्स्य प्रदेश में यह घोषणा कर दे कि सैरन्ध्री उससे प्रेम करती है, और दूसरी ओर वह उसके विषय में एक शब्द भी बाहर निकलने देना नहीं चाहता था। वह मन-ही-मन, गुपचुप उस रहस्य का रसपान कर रहा था।...लोग समझते होंगे कि सैरन्ध्री उसको अपने निकट भी फटकने नहीं दे रही, और आज रात, उसके निमन्त्रण पर अभिसार के लिये जा रहा था। कीचक को कुछ ऐसा ही आनन्द आ रहा था, जैसा कोई राजा साधारण सैनिक के रूप में अपनी राजधानी में भ्रमण करे और कोई भी उसे पहचान न सके।...

कीचक आज भी राजसभा में नहीं गया। अपनी इस आनन्दमयी मनःस्थिति में वह राजा और उसके सभासदों की बकवाद सुनना सहन नहीं कर सकता था।...वह अपने संगीत मण्डप में आ बैठा। आज वर्षा नहीं हो रही थी; किन्तु आकाश पर मेघ मँडरा रहे थे। ऐसा आकाश देखकर कीचक को या तो माधवी की इच्छा होती थी, या फिर किसी अति आकर्षक नारी शरीर की।...

आज उसे माधवी की तनिक भी इच्छा नहीं हो रही थी। वह तो पहले से ही एक अलौकिक मद में उन्मत्त था। इस मद का अनुभव उसने पहले कभी नहीं किया था।...

आकाश पर मेघ विचित्र लीलायें कर रहे थे। वे एक स्थान पर स्थिर नहीं थे। कभी कोई टुकड़ा कहीं से पृथक् हो जाता था और कभी कोई टुकड़ा किसी से मिल जाता था। वे क्षण-क्षण में नयी से नयी आकृतियाँ बना रहे थे।...और कीचक यह देखकर चकित रह गया कि वे सारी की सारी आकृतयाँ सैरन्ध्री की ही थीं।...उसके मन में विचित्र प्रकार की उत्कण्ठा जन्म ले रही थी। कीचक के ही समान ये मेघ भी सैरन्ध्री पर मुग्ध हो गये लगते थे।...प्रतिस्पर्धी भी मिले

तो कैसे, जिनका न कुछ बनाया जा सकता था, न बिगाड़ा जा सकता था।...पर कीचक उनको अपना प्रतिस्पर्धी क्यों माने? वे तो उसके सेवक चित्रकार थे, जो अपने स्वामी के लिये उसकी प्रेमिका के चित्र बना रहे थे।...कीचक बैठा, बहुत देर तक सैरन्ध्री की विभिन्न मुद्राओं के चित्र देखता रहा; और मन में उठती मीठी टीस का रसपान करता रहा।...

सहसा उसे ध्यान आया कि वह बहुत देर से बैठा सैरन्ध्री के रूप को देख रहा है; किन्तु उसने यह नहीं सोचा है कि रात को जब वह सैरन्ध्री के सम्मुख पहुँचेगा तो सैरन्ध्री भी उसके रूप को निहारेगी। वह भी देखेगी कि उसका प्रेमी कितना आकर्षक है।...वैसे तो साधारण से साधारण नारी की दृष्टि रूप पर टिकती है, वह वस्त्रों को भी देखती है और आभूषणों को भी। वह केशविन्यास को भी निहारती है और चन्दनलेप के प्रकार को भी।...और फिर मालिनी तो व्यवसाय से भी सैरन्ध्री है। उसकी दृष्टि से क्या चूक सकता है।...

सहसा कीचक को लगा कि उसे भी साधारण परिचारिकाओं की नहीं, किसी दक्ष सैरन्ध्री की आवश्यकता है, जो उसके रूप को ऐसा निखार दे, जैसा मालिनी ने इन दिनों सुदेष्णा के रूप को निखार दिया है।...

संगीतमण्डप से उठ कर कीचक अपने विश्राम कक्ष में आ गया। दर्पण के सम्मुख बैठ कर उसने अपने रूप को निहारा।...पहले तो वह बड़ी देर तक अपने रूप पर मुग्ध होता रहा; किन्तु उसकी अपनी दृष्टि से ही, कानों के निकट तथा श्मश्रुओं में आ गयी सफेदी छुपी नहीं रह सकी।...हाँ! एक बार इस ओर ध्यान चला जाये, तो वह उतना युवा भी नहीं दिखता। इन केशों का कुछ करना होगा।...मेंहदी लग सकता है, किन्तु वह मालिनी की दृष्टि से छिपी नहीं रहेगी। कोई ऐसा लेप मिल जाता, जो इन केशों को सर्वथा काला कर देता, तो उत्तम था।...कीचक को पहली बार लग कि उसकी अवस्था कुछ अधिक हो गयी है, जो युवा नारियों को आकृष्ट करने में बाधा हो सकती है।...इस कालचक्र से तो युद्ध नहीं किया जा सकता; न ही उसको टाला जा सकता है।...पर ऐसा प्रबंध तो अवश्य ही किया जा सकता है कि सामने वाले की दृष्टि धोखा खा जाये। वह उसकी वास्तविक अवस्था का पता न लगा सके, और उसे युवा ही मानता रहे।...

वह दर्पण छोड़ कर उठ खड़ा हुआ।...उसे अभिसार की तैयारी कर लेनी चाहिए। सबसे पहले तो उसे मालिनी के उन नेत्रों को चौंधियाने का प्रबंध कर लेना चाहिए, जो कीचक के रूप रंग में दोष देख सकते हैं।...नारी के नेत्र स्वर्णाभूषणों से चौंधिया सकते हैं।...वे आभूषण चाहे, कीचक के शरीर पर हों, अथवा वे मालिनी को भेंट किए जायें। यह ठीक है कि मालिनी दूसरी स्त्रियों

से भिन्न है। उसने कभी कीचक के धन को महत्त्व नहीं दिया। न ही उसने कीचक से कोई अनुरोध किया है, जिससे यह अनुमान लगाया जा सके कि उसे कीचक से किसी प्रकार की कोई अपेक्षा है।...कीचक मालिनी का मूल्य नहीं चुका रहा, किन्तु वह उसे उपहार तो दे सकता है। उपहार किसको अच्छा नहीं लगता। मालिनी माँग नहीं रही; किन्तु कीचक अपनी ओर से उसे उपहार दे कर अपनी सदाशयता की धाक उसके मन पर जमा सकता है।...

उसने परिचारिका को नहीं बुलाया, न ही किसी दासी को सहायता के लिये पुकारा। अपनी किसी पत्नी को तो वह भनक भी नहीं लगने देना चाहता था कि उसकी मालिनी से किसी प्रकार की कोई बात भी हुई है, अथवा वह आज रात अभिसार के लिये जाने वाला है।...वह स्वयं ही अपनी आभूषण पेटिका को उलटता-पलटता रहा। एक लम्बा समय लगाकर उसने अपने धारण करने तथा मालिनी को भेंट करने के लिये अलग-अलग आभूषण छाँटे।...

अब वस्त्रों की बारी थी।...वह अपने पिछले सैनिक अभियान में ही अपने लिये अनेक कौषेय लाया था, जिन पर स्वर्ण का सुन्दर सूची कार्य किया गया था। उसे आज भी स्मरण है कि काशी के निकट उसके एक सैनिक ने जब एक बुनकर से कौशेयी दुकूलों की एक गाँठ छीन ली थी, तो वह बुनकर कैसे रोया था। कह रहा था कि इसमें उसकी सारी पूँजी ही नहीं, राजा का धन भी लगा हुआ है। यदि उसने वे दुकूल राजा तक नहीं पहुँचाए तो राजा उनके प्राण ले लेगा।...परन्तु वे हुकूल कीचक के बहुत प्रिय लग थे। उसने कहा था कि वह तो राजा के पास से भी वे दुकूल छीन ही लेता, ऐसे में राजा तक वे पहुँचे अथवा नहीं पहुँचे, उससे क्या अन्तर पड़ता है।...उस तंतुवाय के रोने पर वह पसीज जाता तो वह किसी का भी धन सकता था।...और यदि वह दूसरों का धन न छीनता तो उसका निर्वाह कैसे होता। राजा से मिले वेतन से तो उसके चाकरों का भी निर्वाह नहीं होता।...अब कल को कोई उसे कहे कि वह हाथ आई, उसकी सुन्दर स्त्री को मुक्त कर दे तो कीचक के लिये यह कैसे सम्भव था?

उसने स्वर्णखचित कोर्शयी साड़ी निकाल कर मालिनी के उपहार के रूप में रख दी। सुदेष्णा ने इतनी सुन्दर सैरन्ध्री तो रख ली है, किन्तु उसका मूल्य नहीं समझा। कभी भी उसे उसके रूप के योग्य वस्त्र नहीं दिये। इस साड़ी में मालिनी का रूप निखर कर आयेगा।...अपने लिये भी उसने कौशेय के ही उत्तरीय और अधोवस्त्र चुने। सुन्दर दुकूल भी निकाल लिये।

अपने केशों की ओर उसका विशेष ध्यान था। मालिनी केशसज्जा में तो संसार भर में अद्वितीय थी। जाने वह अपने केशों की ओर से इतनी असावधान

क्यों थी। यह भी सम्भव है, कि उसकी दृष्टि में उसके उन्मुक्त केश ही उसका सौन्दर्य बढ़ाते थे। यह तो कीचक अपने ही अनुभव से जानता था कि जब मालिनी अपने हाथों से माथे तथा चेहरे पर आ गयी केशों की लटों को हटाती थी तो देखने वालों के वक्ष में उनचास पवन ही नहीं चलने लगते थे, सहस्रों झंझावातों की सृष्टि भी होती थी।

पर आज उसे केशों का शृंगार करने के स्थान पर, मस्तक पर किरीट धारण करके जाना चाहिए। किरीट की तो शोभा ही और होती है। मालिनी को देखना चाहिए कि विराटनगर में राजा तथा राजकुमार के अतिरिक्त कीचक भी किरीट धारण करने की क्षमता रखता है...वह किरीट-विहीन प्रशासक मात्र ही नहीं है, किरीट का अधिकारी सेनापति है।...उससे केशसज्जा की समस्या भी सुलझ जायेगी।...

उसने अपनी सुगन्धिद्रव्य की पेटिका खोली...

द्वार पर खड़ी दासी भीतर आयी, "सेनापति मेरा प्रणाम स्वीकार करें।"

"क्या है?" कीचक ने कुछ रुष्ट स्वर में कहा।

"राजसभा का एक संदेशवाहक आया है श्रीमन!" दासी बोली, "वह दर्शन की अनुमति चाहता है।"

"उसे लौटा दो। राजसभा का कार्य राजसभा में होना चाहिए, मेरे आवास के विश्रामकक्ष में नहीं। मैं राजा का दास नहीं हूँ कि कभी भी, कहीं से भी संदेशवाहक भेज कर मुझे बुला लें।"

"जो आज्ञा।" दासी लौट गयी।

'मैं अभिसार की तैयारी कर रहा हूँ और यह राजा मुझे अपने दर्शनों के लिये बुला रहा है।...मूर्ख कहीं का।...क्या समझता है, अपने आपको—मालिनी सैरन्ध्री?' और कीचक को हँसी आ गयी। उसके मन में राजा विराट की एक छवि उभर रही थी, जिसमें उन्होंने सैरन्ध्री की वेशभूषा धारण कर रखी थी।

कीचक ने एक सुरभिद्रव्य हाथ में लिया। यह अलभ्य है। केकय में भी बड़ी कठिनाई से मिलता है, किन्तु प्रयत्न करने पर मिल जाता है। यदि इस से सुवासित हो कर वह मालिनी के पास पहुँचेगा, तो निश्चित रूप से वह कहेगी कि उसने ऐसी सुरभि तो अपने जीवन में कभी नहीं सूँघी। वह अपनी नासिका उसके शरीर से लगा कर, अपनी आँखें बंद कर, उसका आनन्द लेगी और कीचक शेष सारी सुरभि उस पर उँडेल देगा।

वह कहेगा, "इस बार मैं केकय से यह सुरभि इतनी मात्रा में मँगाऊँगा कि मेरी मालिनी उसमें स्नान कर सके।"

"यह तुमने क्या किया?" इतनी अनमोल सुरभि इस प्रकार मुझ पर उँड़ेल दी। वह कहेगी।

"धन्य हो गयी यह सुरभि, तुम्हारे शरीर का स्पर्श करके।" वह कहेगा, "इसका इससे उत्तम उपयोग और कोई नहीं हो सकता था।"

"मुझे एक वचन दो।" वह उसका हाथ पकड़, उसके अत्यन्त निकट हो उसके नेत्रों में झाँकेगी।

"क्या?"

वह अपना कपोल उसके वक्ष पर रख देगी और अपने नेत्र बंद कर लेगी, "वचन दो कि तुम अपनी मूल्यवान वस्तुएँ तथा अपना धन मुझ पर इस प्रकार नहीं लुटाओगे। मुझे यह सब नहीं चाहिए। मुझे तो बस तुम्हारा प्रेम चाहिए। हृदय में छिपा प्रगाढ़ प्रेम, जिसकी सूचना मेरे सिवाय किसी को भी न हो।"

और कीचक की समझ में भी नहीं आयेगा कि वह क्या कहे। किसी प्रकार अपने प्राण निकाल कर मालिनी के चरणों पर धर दे। अन्ततः वह कहेगा, "मेरी तो यह कामना है मालिनी कि मुझे ऐसी सुरभि ही नहीं धन का हिमालय बार-बार मिले और वह सारा धन मैं ला कर तुम्हारे चरणों पर डाल दूँ।"

मालिनी उसके अधरों पर अपना कोमल हाथ रख कर उसे चुप करा देगी, "ऐसे मत कहो। मुझे तो तुम्हारे चरणों की सेवा करने का अवसर मिल गया, तो समझो कि मेरा जीवन सार्थक हो गया।"

कीचक के मन में अनेक विचार आते रहे। कितने ही दृश्य बनते और बिगड़ते रहे। वह कल्पना करता रहा कि उसकी किस बात का उत्तर मालिनी क्या देगी और वह उसे क्या कहेगा। वह विभिन्न प्रकार के वस्त्रों में अपनी कल्पना करता रहा; और उतने ही रूपों में मालिनी को भी देखता रहा और फिर सूर्य पर खीझता रहा, जो अस्त ही नहीं हो रहा था। सूर्यास्त हो, पृथ्वी पर अन्धकार उतरे, एक दीपक तेल जले, तो वह मालिनी से मिलने जाये।... बीच-बीच में उसके मन में मालिनी के प्रति भी विरोध जागता रहा, उसने उसे उन्मुक्त रूप से मिलने से क्यों रोका? क्यों तड़पा रही है वह उसे? अब तक तो कीचक के साथ ऐसा कभी नहीं हुआ। वह तो किसी के कक्ष में किसी भी समय जा सकता था और किसी को भी घसीट कर अपनी शैया पर ला सकता था।...पर नहीं! वह मालिनी के साथ वैसा व्यवहार नहीं कर सकता। यह तो सम्बन्ध ही और प्रकार का है। वह चाहता है कि वह नहीं, मालिनी उससे प्रेम करे। अपने मन से करे। अपनी इच्छा से करे। वह मालिनी को न बुलाए, मालिनी उसे आमन्त्रित करे। वह न जाये, तो मालिनी उसे उपालम्भ दे। उससे झगड़ा करे।

सन्ध्या हो गयी और पृथ्वी पर अन्धकार उतर आया। कीचक उठ खड़ा हुआ। अब उसे चलना चाहिए। अपने सर्वश्रेष्ठ वस्त्रों में, मस्तक पर किरीट धारण कर उसने स्वयं को दर्पण में देखा तो उसका अपना ही दर्प जाग उठा।...ऐसा सुदर्शन पुरुष कौन है संसार में। अवस्था कुछ अधिक अवश्य हो गयी है, किन्तु वह युवाओं से भी अधिक आकर्षक है। बल में उससे बढ़ कर कौन है। वह वीर पुरुष है। धन का उसके पास अभाव नहीं है।...तो फिर मालिनी जैसी विश्वसुन्दरी किसी और पुरुष का वरण कैसे कर सकती है?

वह द्वार पर आया। परिचारिका ने आगे बढ़ कर हाथ जोड़ प्रणाम किया, "क्या आज्ञा है स्वामी?"

"कुछ नहीं। तुम यहीं ठहरो। मैं थोड़े समय के लिये बाहर जा रहा हूँ।"

"क्या सारथि को रथ लाने का संदेश भिजवा दिया जाये स्वामी?"

कीचक को क्रोध आ गया। वह चुपचार निकल जाना चाहता है; और यह मूर्खा व्यर्थ ही कोलाहल कर रही है।

"तुम्हें जब तक आदेश न दिया जाये, तब तक तुम्हें कुछ भी करने की आवश्यकता नहीं है।" वह कुछ रोष पूर्वक बोला।

"तो क्या स्वामी पदातिक ही जायेंगे?"

इस बार कीचक स्वयं को संयत नहीं कर पाया। डपट कर बोला, "क्या तुम शान्ति से अपने स्थान पर बैठी नहीं रह सकतीं?"

इससे पहले कि परिचारिका कुछ समझ पाती, वह आगे बढ़ गया।... कैसी-कैसी मूर्खाओं को उसकी सेवा में नियुक्त कर दिया जाता है। और यह परिचारिका तो न सुन्दर है, न युवा...

वह भवन के बाहर निकला तो उसके अंगरक्षकों का नायक सामने आ गया, "कितने अंगरक्षक साथ चलेंगे स्वामी?"

कीचक को लगा, उसके ये सेवक यदि उसके साथ यही व्यवहार करते रहे, तो वह उनको पीट बैठेगा; किन्तु नायक पर उसको उतना क्रोध नहीं आया, जितना उस परिचारिका पर आया था।

"नायक! मैं एक गोपनीय कार्य से जा रहा हूँ। अंगरक्षकों की आवश्यकता नहीं है। तुम मेरे साथ नहीं आओगे; किन्तु तुम अपने सैनिकों के साथ यहीं रुक कर मेरा एक कार्य करोगे।"

"स्वामी आज्ञा दें।"

"मेरे भवन की ही नहीं, मेरे कक्ष की भी रक्षा इस प्रकार होनी चाहिए, जैसे मैं अपनी शैया पर विश्राम कर रहा हूँ। किसी को यह सूचना नहीं होनी

चाहिए कि मैं अपनी शैया पर नहीं हूँ।" वह बोला, "कोई जिज्ञासा करे तो उसे यही बताया जायेगा कि मैं अपने विश्राम कक्ष में अपनी शैया पर सो रहा हूँ। जिज्ञासा करने वाले चाहे राजा हों, अथवा मेरी पत्नियाँ। सबको यही सूचना दी जायेगी। कोई भेंट करना चाहे, कक्ष के भीतर आना चाहे, उसे यही कहा जायेगा कि अनुमति नहीं है। कोई कक्ष में प्रवेश करना चाहे तो उसे बलात रोका जायेगा। प्रातः मैं गुप्त रूप से लौटूँगा और तब इस प्रकार गतिविधि आरम्भ होगी, जैसे मैं रात्रि भर की निद्रा के पश्चात उठा हूँ। समझ गये?"

"स्वामी की आज्ञा का अक्षरशः पालन होगा।" नायक ने उत्तर दिया।

कीचक आगे बढ़ गया। वह अन्धकार का लाभ उठा रहा था; अन्यथा इस सारे क्षेत्र को पार कर जाना और किसी का लाभ न होने देना, सम्भव नहीं था।

नृत्यशाला में पहुँच कर उसने सुख की साँस ली। अन्ततः वह गुप्त रूप से यहाँ तक पहुँच गया था। महत्त्वपूर्ण व्यक्ति होना भी कितने झंझट का काम है।...उसने दबे पाँव नृत्यशाला में प्रवेश किया। पता नहीं मालिनी अभी तक आयी भी थी अथवा नहीं। उसे तो और भी गोपनीय ढंग से आना होगा। किन्तु उसके द्वार पर परिचारिकाएँ और द्वारपाल तो नहीं हैं न! उसके साथ अंगरक्षक तो नहीं चलते।...कहाँ होगी वह? इस अन्धकार में उसे खोज पाना कौन-सा सरल है। किसी कोने में दुबक कर बैठी होगी।...और कीचक का मन है कि बल्लियों उछल रहा है। उसकी इच्छा हो रही थी कि वह चिल्ला कर कहे, 'मालिनी मैं आ गया। कहाँ हो प्रिये! आओ और मेरे कण्ठ से लग जाओ। कण्ठ से क्यों मेरे वक्ष से लग जाओ। मेरे वक्ष में समा जाओ।...'

किन्तु मालिनी ने उसे बोलने से मना किया था। उसे नेत्रों से खोजना होगा, स्वर से नहीं।...हाँ! उसने एक भारी शैया की चर्चा की थी। कहाँ है वह?... वह दीवार का सहारा ले कर आगे बढ़ आया। अब लग रहा था कि मालिनी के लिये लायी गयी भेंट, उसकी गतिविधि में बाधा बन रही थी। उसका एक हाथ तो उसमें ही उलझा था; किन्तु बिना किसी भेंट के कोई अपनी प्रिया से मिलने जाता है? और वह भी मालिनी जैसी प्रिया से...आगे उतना अँधेरा नहीं था। शुक्ल पक्ष था। चन्द्रिका छन कर आ रही थी। उससे कुछ स्पष्ट हो रहा था तो अनेक परछाइयाँ भी बन रही थीं। कितने भ्रम उत्पन्न हो रहे थे, जैसे स्थान-स्थान पर कुछ रखा हो। कहीं कोई खड़ा हो। कहीं कोई बैठा हो। पर कहीं कोई नहीं था। दूर से पूरा संसार दीखता था, निकट जाने पर कहीं भी कुछ नहीं था।...पर वह पर्यंक वहाँ रखा था और उस पर कोई सोया हुआ भी था।...तो मालिनी उससे पूर्व ही आ गयी थी। अपनी सुविधा से चुपचाप

आकर लेट गयी होगी, ताकि किसी को पता ही न चले।...वह भी उसे कुछ पता नहीं लगने देगा।...पर इस अन्धकार में वह उसके दिये हुए वस्त्राभूषणों को कैसे देख पायेगी? वह उसके नयनों में जो प्रसन्नता और कृतज्ञता देखना चाहता है, उसे कैसे देख पायेगा।...

किन्तु अब यह सब सोचने का समय नहीं था। उसके सम्मुख सैरन्ध्री... मालिनी जैसी सुन्दरी उसकी प्रतीक्षा में सेज पर सोई थी। कीचक को तो यह विश्वास ही नहीं हो रहा कि मालिनी उसे प्राप्त हो जायेगी...और वह है कि यहाँ लेटी कैसी उसकी प्रतीक्षा कर रही है। ऐसे तो प्रथम रात्रि तक में नवोढ़ा भी अपने प्रियतम की प्रतीक्षा नहीं करती...

कीचक ने निकट जाकर, उसका उत्तरीय पकड़ कर खींचा, 'मैं आ गया सुश्रोणि! आओ मेरी भुजाओं में समा जाओ। आओ मेरे वक्ष से लग जाओ।...'

मालिनी का स्पर्श बहुत कठोर था; और दूर से आती ज्योत्स्ना में जिस आकृति को कीचक ने पर्यंक पर से उठते देखा, वह बल्लव से बहुत मिलती-जुलती थी।...

50

चतुरसेन ने देखा, बल्लव अपने कक्ष के द्वार के मध्य अपनी शैया पर निश्चिंत सो रहा था। सामान्यतः वह इतनी देर तक नहीं सोया करता था। रात को वर्षा हुई थी। सम्भव है, किसी कारण से रात को उसकी निद्रा पूरी न हुई हो।...

"बल्लव!" चतुरसेन ने उसे हिला कर जगाया, "उठो।"

बल्लव ने एक अंगडाई ली और वह उठ कर बैठ गया, "क्या दिन बहुत चढ़ आया है?"

"नहीं! दिन तो बहुत नहीं चढ़ आया; किन्तु लगता है कि सैरन्ध्री के पति के मित्र गन्धर्व विराटनगर पर चढ़ आये हैं।"

बल्लव की तंद्रा भी जैसे एक झटके से उसे छोड़ गयी, "क्या किया उन गन्धर्वों ने?"

"रात को किसी ने सेनापति कीचक का वध कर डाला है। लोगों का अनुमान है कि यह उन्हीं गन्धर्वों का काम है।" चतुरसेन बोला, "वध क्या किया है, पीट-पीट कर उसके हाथ-पाँव भी उसके धड़ में ही घुसेड दिये हैं, जैसे पानी से बाहर निकल कर कछुआ अपने हाथ-पैर समेट लेता है।"

"क्या? कीचक मारा गया?" बल्लव ने आश्चर्य से पूछा, "तुम्हें कैसे मालूम हुआ काका?"

"अरे अब तक तो सारे नगर को ही ज्ञात हो चुका है, तुम मेरी बात पूछ रहे हो।" चतुरसेन बोला, "प्रातः जब मुँह अँधेरे ही एक परिचारिका झाड़-बुहार के लिये नृत्यशाला में पहुँची तो उसने वहाँ एक मुडा-तुड़ा शव देखा। वह चीत्कार करती बाहर भागी। उससे सूचना पाकर प्रहरी पहुँचे। उन्होंने पहचाना कि वह शव तो सेनापति कीचक का है। उन्होंने अपने अधिकारी को सूचना दी। इस प्रकार सारे नगर में सूचना प्रसारित हो गयी।"

"तो नगर की क्या प्रतिक्रिया है?" बल्लव ने कुछ रस लेते हुए पूछा।

"नगरवासी तो प्रसन्न हैं कि एक दुष्ट से अनायास ही मुक्ति मिल गयी।" चतुरसेन ने बताया, "किन्तु रानी सुदेष्णा बहुत दुखी हैं। कीचक उनका भाई था न। और सुना है कि राजा भी कुछ भयभीत हैं।"

"क्यों? उन्होंने क्या किया है?"

"कीचक जैसे व्यक्ति को मार देने वाला साधारण व्यक्ति तो नहीं होगा न!" चतुरसेन बोला, "सम्भव है कि वह नगर में भी कुछ उत्पात मचाए। वह नहीं मचाएगा तो कीचक के समर्थक मचाएँगे।"

"व्यर्थ ही भयभीत हैं विराटराज! कीचक को मारने वाले का राजा से क्या विरोध?" बल्लव बोला, "पर कीचक को किसने मारा होगा काका?"

"यह तो भगवान ही जाने बेटा! किन्तु कीचक के भाइयों—उन उपकीचकों—को, और शायद रानी सुदेष्णा को भी संदेह है कि यह सब सैरन्ध्री के कारण हुआ है। कीचक आजकल सैरन्ध्री के पीछे पड़ा हुआ था। परसों उसने सैरन्ध्री को राजसभा में सबके सामने लात मारी थी। उसका प्रतिशोध लेने अथवा सैरन्ध्री को निर्भय करने के लिये ही सम्भवतः सैरन्ध्री के ही किसी अन्य प्रेमी ने कीचक का वध कर दिया है।"

"सैरन्ध्री के किसी प्रेमी ने? मैंने तो सुना है कि सैरन्ध्री के पति के पाँच अदृश्य गन्धर्व मित्र सदा उसकी रक्षा करते हैं।" बल्लव बोला।

"पता नहीं कि सत्य क्या है, कोई कुछ कहता है और कोई कुछ।" चतुरसेन बोला, "पर बेचारी सैरन्ध्री का तो काल आ गया न!"

बल्लव पहली बार कुछ गम्भीर हुआ; किन्तु उसने स्वयं को सँभाले रखा, "क्यों? उसे क्या हुआ है?"

"कीचक तो मारा गया; किन्तु उपकीचक तो जीवित हैं न! पूरे एक सौ पाँच हैं वे लोग। वे यह मानते हैं कि कीचक को किसी ने भी मारा हो, किन्तु मारा है सैरन्ध्री के ही कारण।" चतुरसेन बोला, "इसलिये वे इसका दण्ड सैरन्ध्री को देना चाहते हैं।"

बल्लव का मन एक बार जोर से उछला, "सैरन्ध्री को दण्डित करना चाहते हैं?"

"हाँ!" चतुरसेन बोला, "उन्होंने राजा से अनुमति माँगी है। वे लोग सैरन्ध्री को बाँध कर कीचक के शव के साथ जीवित जला देना चाहते हैं। सैरन्ध्री का यही दण्ड उनको उचित लगता है।"

"राक्षस हैं वे लोग।" बल्लव कुछ उत्तेजित स्वर में बोला, "कीचक के वध के लिये बिना किसी प्रमाण के सैरन्ध्री को दोषी ठहराने और दण्डित करने का क्या अर्थ? और यह भी कोई दण्ड है? यह तो अधर्म है। अत्याचार है। राजा इस प्रकार की अनुमति कभी नहीं देंगे।"

"नहीं देंगे का क्या अर्थ।" चतुरसेन बोला, "राजा ने अनुमति दे दी है।"

"अनुमति दे दी?" बल्लव का मन जैसे भभक उठा, "विराटराज इतने अन्यायी हैं क्या?"

"तुम्हें इन राजाओं के विषय में ज्ञान नहीं है।" चतुरसेन का स्वर वीतराग था, "कितने आदेश ये अपनी इच्छा से देते हैं और कितने ये किसी भय से तथा कितने लोभ से देते हैं। ये राघवेन्द्र रामचन्द्र तो है नहीं, न ही धर्मराज युधिष्ठिर हैं, जिन्हें राज्य के प्रति रत्ती भर भी लोभ न हो। ये लोग तो प्रतिक्षण जैसे अपने सिंहासन की रक्षा के लिये कितने ही अधर्म, कितना ही अन्याय करते रहते हैं। अब कीचक तो नहीं है; किन्तु सेना की रीढ़ तो ये उपकीचक ही हैं। वे सब कीचक के प्रति निष्ठावान हैं। राजा उनकी बात नहीं मानेंगे, तो उन्हें रोक तो पायेंगे नहीं। उपकीचक अभी उनकी अनुमति माँग रहे हैं। अनुमति न मिलने पर वे उनकी इच्छा के विरुद्ध भी वही काम कर सकते हैं।"

"इस प्रकार की चर्चा सुनकर सैरन्ध्री विराटनगर से भाग तो नहीं गयी?" बल्लव ने पूछा।

"नहीं! भागेगी कहाँ। उपकीचकों ने पहले उसे पकड़ कर बाँध लिया था और तब राजा से अनुमति माँगी थी।" चतुरसेन बोला, "वे लोग अर्थी ले जाने की तैयारी कर रहे हैं।"

"तो सैरन्ध्री की मृत्यु अवश्यम्भावी है? उसे कोई नहीं बचा सकता?" बल्लव के स्वर में चिन्ता थी।

"लगता तो यही है," चतुरसेन ने कहा, "वैसे इस समय कंक भी राजा के पास बैठे उन्हें समझा रहे हैं कि यह धर्म नहीं है। एक असहाय अबला को इस प्रकार राक्षसों की दया पर छोड़ देना न्याय नहीं है। जब राजसभा में उसे कीचक ने लात मारी थी, तब भी सैरन्ध्री ने राजा से कहा था कि वह उनकी प्रजा है, उनके आश्रय में है, उसकी रक्षा राजा का धर्म है।..."

"तो राजा क्या कहते हैं?"

"राजा क्या कहेंगे। वे स्वयं भी जानते हैं कि यह अधर्म है; किन्तु वे उपकीचकों का विरोध करने का साहस नहीं कर पा रहे। उनके सामने प्रश्न है कि वे सैरन्ध्री की रक्षा करें अथवा अपने सिंहासन की? ऐसे में वे निश्चित रूप से सिंहासन की ही रक्षा करेंगे, सैरन्ध्री की नहीं।"

"राजा का सिंहासन सुरक्षित है। उनकी रक्षा करने के लिये उपकीचक उनके साथ हैं, तो फिर उन्हें किसका भय है?" बल्लव के स्वर में व्यंग्य था।

"राजा उपकीचकों की बात मानते हैं तो भय है सैरन्ध्री के अज्ञात प्रेमियों का। जिसने कीचक की हत्या की है, वह उनकी हत्या भी तो कर सकता है। राजा कीचक से अधिक बलवान तो नहीं हैं।" चतुरसेन ने कहा, "और उपकीचकों की बात न मानें तो उपकीचक ही उनका सिंहासन पलट देंगे। दुर्बल और दूसरों के भरोसे शासन करने वाला राजा न तो न्याय कर सकता है, न धर्म पर चल सकता है, न निर्भय निद्रा का सुख ले सकता है।"

"तो वे कंक को यह बात समझा क्यों नहीं देते?"

"कौन किसको समझा सकता है भाई!" चतुरसेन बोला, "उधर राजकुमारी उत्तरा अपनी गुरु उस बृहन्नला के साथ रानी सुदेष्णा को समझा रही है कि वे सैरन्ध्री की रक्षा करें। उपकीचकों का यह निर्णय एक भयंकर भूल है।"

"ओह! बृहन्नला भी? बल्लव के स्वर में कुछ स्फूर्ति आई, क्या कह रही है वह रसीली बृहन्न्ला?"

"वह कह रही है उपकीचक सैरन्ध्री को इस प्रकार जला तो पाएँगे नहीं, तो राजा क्यों व्यर्थ ही अपने सिर यह पाप ले रहे हैं।"

"क्यों नहीं जला पायेंगे उपकीचक?"

"बृहन्नला कह रही है कि जिसने कीचक को मार डाला है, वह यदि उपकीचकों को क्षमा भी कर दे, तो भी सैरन्ध्री के अनेक अन्य प्रेमी हैं, जो सैरन्ध्री को मरने नहीं देंगे, उसके लिये चाहे सारे उपकीचकों को मार डालना पड़े।" चतुरसेन ने बताया।

"बृहन्नला कैसे जानती है यह सब?" बल्लव ने पूछा।

"वह सैरन्ध्री की सखी है न! महाराज युधिष्ठिर के यहाँ काम करने के दिनों से ही दोनों में कुछ घनिष्ठता है।" चतुरसेन बोला, "इसलिये सैरन्ध्री उसे बहुत कुछ बताती रहती है।"

"रानी क्या कहती हैं?"

"वे अपने भाई की मृत्यु से दुखी हैं, इसलिये सैरन्ध्री से रुष्ट हैं।" चतुरसेन ने कहा, "उन्हें लगता है कि सैरन्ध्री एक ऐसा आकर्षक विषवृक्ष है, जिसका

फल चखने को विराटनगर का प्रत्येक पुरुष आतुर है। यदि वह यहाँ रही तो पुरुष स्वयं को रोक नहीं पायेंगे और सैरन्ध्री के रक्षक उन्हें जीवित नहीं छोड़ेगे। इसलिये सैरन्ध्री का जीवित रहना विराटनगर के पुरुषों के लिये, अर्थात विराटनगर के लिये संकटपूर्ण है।"

"सैरन्ध्री के सौन्दर्य को देख कर पुरुष उस पर मर मिटते हैं, इसलिये सैरन्ध्री को मरना होगा?" बल्लव बोला, "यह कैसा न्याय है काका?"

"यह राजपरिवारों का न्याय है बेटा। वे ऐसा ही करते हैं।" चतुरसेन बोला, "तुम अब विश्राम करोगे अथवा तुम्हारी निद्रा पूरी हो गयी? मेरा विचार है कि तुम्हारा वह तंतिपाल दूध लेकर आता ही होगा।"

"मैं सो चुका। तुम चलो, इधर का मैं सँभाल लूँगा।" बल्लव उठ खड़ा हुआ।

चतुरसेन चला गया और बल्लव कूद कर भूमि पर खड़ा हो गया। वह अब और विलम्ब नहीं कर सकता था। बृहन्नला तथा कंक अपनी ओर से प्रयत्न कर रहे थे; किन्तु यदि राजा अथवा रानी ने हस्तक्षेप नहीं किया, तो सैरन्ध्री बेचारी तो उन दुष्टों के हाथों मारी जायेगी।...तो क्या करे बल्लव? क्या वह उपकीचकों के निवास पर जाकर सैरन्ध्री को छुड़ा लाये?

बल्लव अभी सोच ही रहा था कि सामने से तंतिपाल आता दिखायी दिया। उसने निकट आ कर दूध का भांड एक ओर रखा और बोला, "भाई! उपकीचक सैरन्ध्री को बाँध कर ले गये हैं। यह सूचना मिल गयी?"

"कंक ने कहलवाया है कि राजा उपकीचकों का विरोध करने का साहस नहीं जुटा पा रहे हैं। इसलिये हमें स्वयं ही उपकीचकों से लड़ना होगा। वे इस पक्ष में नहीं हैं कि हम अपने शस्त्र शमी वृक्ष से उतार कर लाएँ। उनका विचार है कि उपकीचकों के लिये दिव्य शस्त्रों की आवश्यकता नहीं है। उनके लिये तो साधारण शस्त्रास्त्र ही पर्याप्त हैं। वैसे भी अपने शस्त्र लाने में बहुत समय लग जायेगा और हमारा रहस्य भी खुल जायेगा।..."

"मेरा विचार है कि मैं पहले निःशस्त्र ही उनसे निबट लूँ। तुम लोग निकट ही रहना। तुम अपनी गौवों को चराने के बहाने से और ग्रंथिक अश्वों को चराने की आड़ में। कंक और बृहन्नला जिस बहाने से आ सकें, आ जायें। यदि मैं अपने प्रयत्न में सफल हो जाता हूँ, तो किसी को कुछ करने की आवश्यकता ही नहीं है; किन्तु यदि तुम लोगों को लगता है कि मेरे लिये सैरन्ध्री को उनसे छुड़ा पाना कठिन है और सैरन्ध्री के प्राणों पर किसी प्रकार की विपत्ति है, तो तुम लोग अपना प्रयत्न आरम्भ कर देना।"

तंतिपाल ने आश्चर्य से बल्लव को देखा : वह तो कभी इस प्रकार बात

नहीं कर सकता कि यदि मैं न कर पाऊँ, यदि असफल हो जाऊँ, तो ऐसा करना। वह तो सदा यही कहता है कि मैं ऐसा कर दूँगा।...

तभी बल्लव ने पुनः कहा, "वैसे इसकी सम्भावना है नहीं। मैं स्वयं अकेला ही उन उपकीचकों को निबटा दूँगा।"

"ठीक है।" तंतिपाल बोला, "हम आपके लिये भी कुछ शस्त्रों की व्यवस्था रखेंगे।"

"ले आना।" बल्लव हँसा, "किन्तु मेरा विचार है कि यदि हमने शस्त्रों का प्रयोग किया तो विराटनगर के लोगों की यह धारणा भंग हो जायेगी कि सैरन्ध्री की रक्षा अलौकिक शक्ति से सम्पन्न कुछ अदृश्य गन्धर्व कर रहे हैं। शस्त्र तो अपने आप में ही प्रमाण हैं कि उनका प्रयोग करने वाले भी साधारण मानवीय शक्तियों तक सीमित कुशल सैनिक ही हैं। मेरी इच्छा है कि मैं कुछ ऐसा करूँ कि लोगों की अदृश्य गन्धर्वों वाली धारणा ही कुछ और दृढ़ हो।"

"बहुत अच्छा! किन्तु हम शस्त्रों के साथ प्रस्तुत रहेंगे।"

तंतिपाल चला गया।

बल्लव ने पाकशाला के लिये आवश्यक सामान पर दृष्टि डाली। वह यदि कुछ समय के लिये लुप्त भी हो जाये तो भोजन समय से तैयार हो जायेगा। पाकशाला के कर्मचारी अपने समय पर आयेंगे और सामग्री प्रस्तुत पा कर अपना काम आरम्भ कर देंगे। तब तक वह भी आ ही जायेगा।...

उसने एक दुकान से ले कर अपने सिर पर एक मुरेठा सा बाँध लिया था। वह कुछ इस प्रकार फैला कर बाँधा गया था कि उससे उसके चेहरे का अधिकांश भी ढक गया था। उसके कारण किसी को यह संदेह नहीं हो सकता था कि उसने अपना चेहरा छिपाने अथवा अपना वेश परिवर्तित करने का प्रयत्न किया है। वैसे उस मुरेठे के साथ उसे पहचानना कठिन ही था।

उसने अपने कक्ष के कपाटों पर भीतर से साँकल चढ़ा दिया। वातायान से कूद कर बाहर निकला, और बाहर से वातायन भिड़ा कर भली प्रकार बंद कर दिये।

वह पाकशाला से बाहर निकल आया; किन्तु वह मुख्य द्वार की ओर न जाकर दीवार फाँद कर बाहर निकला। अब उसे नगर प्राचीर के निकट पहुँचने की शीघ्रता थी। नगर से बाहर निकलने से पहले वह किसी की दृष्टि में नहीं पड़ना चाहता था।...प्रातः का समय था। साधारण जन अपने-अपने कार्य पर जाने की तैयारी में थे। अधिकांश लोग देवालयों की ओर जा रहे थे। नगर प्राचीर की दिशा में जाने वाले लोगों की संख्या बहुत अधिक नहीं थी। संयोग ही था कि मार्ग में उसे पहचानने वाला कोई नहीं मिला। बल्लव नगरद्वार की ओर भी नहीं गया।

एक एकान्त सा स्थान देख कर वह उभरे पत्थरों तथा प्राचीर में बन आये गढ़ों के सहारे प्राचीर पर चढ़ गया; और जब तक कि कोई उसे प्राचीर पर चढ़ते देख, आपत्ति अथवा जिज्ञासा करता, वह बाहर की ओर कूद गया था।

मिट्टी पर पग टिकते ही उसने अपनी दृष्टि चारों ओर दौड़ाई—किसी ने उसे देखा तो नहीं? अथवा उसे कोई देख तो नहीं रहा? नहीं! आस-पास कोई नहीं था। बल्लव ने अपनी धोती को ऊँचा कर, कस कर बाँधा। अब वह घुटनों से ऊपर वाली कसी हुई धोती में था। ऊपर से अनावृत बलिष्ठ शरीर किसी को भी भयभीत करने के लिये पर्याप्त था। उसने पगड़ी खोल कर उससे अपना सारा चेहरा इस प्रकार ढक लिया था कि केवल आँखें खुली रहें और नासिका साँस ले सके।

वह नगरद्वार से श्मशान की ओर जाने वाली पगडंडी के साथ लगते एक विशाल और भयावह वृक्ष पर चढ़ कर बैठ गया। सामान्यतः लोग मानेंगे कि यह वृक्ष प्रेतों का स्थान हो सकता है। यदि वह इससे कूद कर उन पर झपटेगा तो अधिकांश लोग यही मानेंगे कि उस वृक्ष पर निवास करती किसी प्रेतात्मा ने कुपित हो कर उन पर आक्रमण किया है।...और लोग प्रेतों से युद्ध नहीं करते, उनसे भागने में ही अपनी सुरक्षा मानते हैं।

बल्लव को वहाँ बैठे अधिक समय नहीं हुआ था कि उसने देखा कि असंख्य गौवों का एक झुण्ड किसी दिशा से आकर उस पगडंडी के आस-पास ही फैल गया। उनके साथ एक नहीं चार गोप थे। वे गौवों को चरने के लिये छोड़ कर पृथक्-पृथक स्थानों पर अपनी गठरियाँ लेकर बैठ गये थे। बल्लव समझ गया कि उन गठरियों में छोटे खडग और बाण हो सकते हैं।...किन्तु इन सबका प्रबन्ध कहाँ से किया होगा तंतिपाल ने? इतना तो स्पष्ट था ही कि वह साधारण शस्त्रों का प्रबंध करने में सफल हो ही गया था।

तभी नगरद्वार की ओर से एक अरथी आती दिखाई दी। उसके साथ सैकड़ों लोग चल रहे थे। कोलाहल भी पर्याप्त था। रुदन भी था, आक्रोश भी था, और उत्तेजना भी थी। और उन सबके मध्य सैरन्ध्री का चीत्कार भी था। वह उन दुष्टों को भगवान की और धर्म की दुहाई दे रही थी कि वे ऐसा अत्याचार न करें, अन्यथा उसके रक्षक गन्धर्व उनके परिवार के परिवार नष्ट कर डालेंगे। उनके वंश में उनका दीया-बाती करने वाला भी कोई नहीं बचेगा। बीच-बीच में वह अपने रक्षक गन्धर्वों को भी पुकार लेती थी। जाने वे अब तक क्यों नहीं आये थे।

कहाँ थी वह? बल्लव ने अपनी दृष्टि घुमाई।...उसकी आत्मा काँप उठी। उन दुष्टों ने कीचक की टिकठी पर ही जीवित सैरन्ध्री को भी बाँध रखा था।

बल्लव ने अपने क्रोध को संयत करने के लिये, वृक्ष की एक मोटी शाखा पर पाँव रख, बलपूर्वक उसे दबाया। उस प्रेतव्याप्र परिवेश में उस शाखा के टूटने का स्वर कुछ ऐसा ही था, जैसे आकाश पर से कोई उल्का टूट कर गिरी हो।

टिकठी उठाकर आगे-आगे चलने वाले लोग जैसे बिदकने को तैयार हो गये। उनकी गति बढ़ गयी। उनकी सीमाएँ घूम-घूमकर देखने लगीं कि यह ध्वनिक किसकी है और किस ओर से आयी है। उसी घबराई हुई अवस्था में वे लोग उस वृक्ष के नीचे पहुँचे, जिस पर बल्लव बैठा हुआ था।...और तभी जैसे सारा वृक्ष ही टूट कर उन लोगों पर गिर पड़ा। उस टूटी हुई शाखा को लिये दिये बल्लव नीचे कूद पड़ा था।...धरती पर पग धरते ही उसके हाथ, पैर और वह शाखा जैसे स्वचालित रूप से प्रहार करने लगे थे।...टिकठी उठा कर चल रहे लोगों के भयभीत मन, उसका यह आकस्मिक प्रहार सह नहीं पाये और वे टिकठी पटक कर भागे।

इससे पहले कि कोई कुछ समझ सकता, बल्लव ने टिकठी पर बँधी सैरन्ध्री की रस्सियाँ तोड़ दीं।

"भागो सैरन्ध्री।" उन्होंने धीरे से कहा, "डरो नहीं यह मैं हूँ, तुम्हारा बल्लव। शेष चारों भी यहीं हैं, उन वृक्षों और गायों की आड़ में।"

सैरन्ध्री का आत्मबल जागा, "नहीं प्रियतम! ये लोग मुझे श्मशान में लाए हैं, तो मैं आज श्मशान की देवी के समान इन सबकी मृत्यु का दृश्य देखूँगी।" वह बोली, "मुझे आज तुम्हारा पराक्रम देखना है।"

बल्लव के पास अधिक समय नहीं था। धीरे से बोला, "तो किसी सुरक्षित से कोने में खड़ी हो जाओ और देखो।"

"यदि वे लोग भाग गये और तुमसे युद्ध करने ही न आये तो?" सैरन्ध्री बोली, "ऐसे में वे लोग नगर में पहुँच कर मुझे फिर से बाँध लेंगे।"

"तुम्हारा यहीं रुकना उचित है। वे लोग मुझसे भयभीत हो कर युद्ध करने न भी आयें तो तुम्हें पुनः पकड़ने के लोभ में ही आयें।" बल्लव बोला, "यहाँ तो युद्ध के बहाने मैं उनका वध कर सकता हूँ, नगर में पहुँचकर वे फिर से सुरक्षित हो जायेंगे। वहाँ मैं राजा का रसोइया हो जाऊँगा और वे राजा के सेना नायक और सम्बन्धी। यहाँ तुम्हारे अपमान का प्रतिशोध लिया जा सकता है, नगर में जाकर राजा से न न्याय मिल सकता है, न तुम्हारा प्रतिशोध।"

बल्लव ने देखा कि उपकीचकों के साथ साधारण नागरिकों की जो भीड़ उनके प्रति अपनी निष्ठा जताने अथवा मनोरंजक दृश्य देख कर सुख प्राप्त करने आयी थी, वह तो भाग चुकी थी।...किन्तु लगता था कि पहले पलायन

के पश्चात उपकीचकों ने फिर से व्यूहबद्ध होना आरम्भ कर दिया था। उनके पास शस्त्र नहीं थे, किन्तु उनमें से अनेक ने उसी के समान अपनी-अपनी क्षमता के अनुसार वृक्षों की शाखाएँ इत्यादि तोड़ ली थीं।

वे लोग अब वृक्षों के पीछे से निकल कर बाहर आ गये थे। परस्पर विचार कर युद्ध की कोई योजना तो उन्होंने बनाई ही थी, जिसके अन्तर्गत वे आगे बढ़ रहे थे।...उनके आगे बढ़ने की दिशा से यह संकेत भी मिल रहा था कि उनकी अधिक रुचि बल्लव से युद्ध करने की न हो कर सैरन्ध्री को घेरने की थी। इसका अर्थ तो यह हुआ कि यदि वे सैरन्ध्री को पकड़ पाये तो उसे ले कर वे पलायन कर जायेंगे और बल्लव को पुनः सैरन्ध्री को मुक्त कराने का अभियान चलाना पड़ेगा।

उसके मन में एक बिंब उभर रहा था।...एक वृक्ष से एक मेमना बँधा हुआ था और उसके चारों ओर भेड़ियों का एक झुण्ड उसे कच्चा चबा जाने के लिये अकुला रहा था। आखेटक, उन भेड़ियों का आखेट करना चाहता था, इसलिये वह मेमने को वहाँ से किसी सुरक्षित स्थान पर पहुँचाना भी नहीं चाहता था...और उसे वहाँ बाँध कर उसके प्राणों के लिये चिन्तित भी था।...

उपकीचकों ने परस्पर कोई एक संकेत किया और वे अकस्मात ही अनेक वर्गों में बँट गये। उनमें से कुछ वृक्षों के पीछे गये, कुछ ने वहाँ चरती गायों को अपना कवच बनाया और कुछ ने सीधे बल्लव पर धावा बोला।

बल्लव उनकी मूर्खता पर मुस्कुराया। यदि वे सारे के सारे एक साथ उस पर आक्रमण करते तो कुछ अधिक सफल हो सकते थे। इस प्रकार बँट कर तो वे वैसे ही मोरे जायेंगे। उपकीचकों के अपने निकट पहुँचने से पूर्व उसने देखा कि गायों की आड़ लेने वाले उपकीचकों को कुछ लोग घसीट कर वन में ले गये थे। और अपने पीछे किसी को भी न आते देख उस पर झपटने वाले उपकीचक भी द्विविधा में फँस गये थे।

अपने भाइयों की सफलता देख बल्लव के मन में कुछ ऐसा उल्लास उमड़ा कि उसने उपकीचकों के अपने निकट पहुँचने की प्रतीक्षा नहीं की। उसने भयंकर गर्जन किया और उनकी आगे बढ़ने वाली भयभीत भीड़ पर टूट पड़ा। उसकी भुजायें, टाँगें तथा वृक्ष की शाखा सब मिलकर एक ऐसे यन्त्र के समान घूम रही थीं जिसके निकट पहुँचना सम्भव नहीं था; और जो कोई भी उस यन्त्र को छू जाता था, वह अपने पैरों पर खड़ा नहीं रह पाता था।

पहली टोली को धराशायी होते देख, उनकी दूसरी टोली आयी तो, किन्तु उसमें तनिक भी उत्साह नहीं था। वे देख और समझ चुके थे कि जिससे वे लोग लड़ने जा रहे हैं, उसकी क्षमता उन सबको मिला कर भी कदाचित अधिक ही

थी। निश्चित रूप से वह कोई मानव नहीं था। वह अदृश्य तो नहीं था, किन्तु अपनी क्षमता में अलौकिक अवश्य था।...उपकीचक पीछे भी नहीं भाग सकते थे।...उनके जो साथी पीछे की ओर गये थे, वे लौटे नहीं थे। निश्चित रूप से वे लोग युद्ध छोड़ कर भागे नहीं थे। उन्हें उस ओर खड़े अदृश्य गन्धर्व घसीट कर ले गये थे।...यह तो उन्हें पहले ही सोचना चाहिए था कि जिन क्रोधी और अदृश्य गन्धर्वों ने महाबली कीचक को मार-मार कर मांस का लौंदा बना दिया था, उनके विरुद्ध वे क्या कर पायेंगे। तब सोचा नहीं और क्रोध में उनकी रक्षिता को भी उठा लाए, कीचक के शव के साथ जीवित जलाने को।...अब अपने प्राण बचाना भी कठिन हो रहा था।...

सहसा उनका सारा संघर्ष युद्ध के लिये न रह कर पलायन के लिये हो गया। बल्लव को चिन्ता हुई : कहीं उनमें से कुछ भी लोग भाग कर नगर लौट गये तो सैरन्ध्री के कष्टों का अन्त नहीं होगा।...किन्तु प्रसन्नता की बात यह थी कि उससे दूर होते ही उपकीचक वृक्षों तथा गायों की आड़ में उसके भाइयों द्वारा धरे जा रहे थे। वे लोग भी अपने हाथ में आये उपकीचक का वध कर उसे खुले में फेंक देते थे।...शेष बचे तथा अपने प्राणों की रक्षा के लिये भागने वाले उपकीचकों को समझ में आ जाता था कि वन में घुस जाना भी उनके लिये सुरक्षित नहीं था।...

युद्ध अधिक देर नहीं चला। अकस्मात ही वह समाप्त हो गया। बल्लव ने देखा कि न कोई उपकीचक उसके सामने था और न ही कोई वन में से निकल कर उस पर आक्रमण करने के लिये आ रहा था। उसके चारों ओर उपकीचकों के शव बिखरे हुए थे। उसके भाइयों ने जिस प्रकार अदृश्य रह कर उपकीचकों को मारा था, उससे या तो यह निष्कर्ष निकाला जा सकता था कि सैरन्ध्री की रक्षा कुछ अदृश्य गन्धर्व कर रहे थे; अथवा यह निष्कर्ष निकाला जा सकता था कि अकेले बल्लव ने ही एक सौ पाँच उपकीचकों को मार डाला था।...

सैरन्ध्री ने कृतज्ञता, मुग्धता और प्रेमविह्वलता से आपूर्त एक मुस्कान बल्लव पर डाली ही थी कि वह धीरे से बोला, "मैं जा रहा हूँ देवि! हम सबका अदृश्य और अज्ञात रहना ही उचित है। तुम अपनी सुविधा से नगर में लौटो।"

सैरन्ध्री स्तब्ध-सी खड़ी रह गयी। बल्लव वहाँ से हवा हो गया था। वन में से वृक्षों तथा उन गायों के पीछे से कोई प्रकट नहीं हुआ।...कोई उपकीचक भी उस पर आघात करने के लिये आगे नहीं बढ़ रहा था। सारे उपकीचक भूमि पर इस प्रकार लेटे हुए थे कि जैसे किसी कृषक ने उपकीचकों की फसल काटी हो। वे सब पूलों के समान धरती पर लेटे हुए थे।...

सैरन्ध्री के मन में अपने पतियों के प्रति गर्व का भाव जागा। सुदेष्णा और विराट ने परस्पर वार्तालाप में किसी भी कारण से यह कहा हो कि अदृश्य गन्धर्व उसकी रक्षा करते हैं, किन्तु वह कथन सत्य प्रमाणित हो गया। पाँच अदृश्य गन्धर्व उसकी रक्षा कर रहे थे। प्रतिक्षण...हर समय...वे पाँचों अदृश्य गन्धर्व इस समय यहाँ से चले गये थे। वे अदृश्य और अज्ञात ही रहना चाहते थे। इसलिये सबका अपने-अपने काम पर पहुँचना बहुत आवश्यक था। यदि कहीं यह बात खुल जाये कि सैरन्ध्री की रक्षा करने वाले बल्लव, बृहन्नला, कंक, ग्रंथिक और तंतिपाल हैं, तो फिर यह कैसे गुप्त रह सकता है कि वे कौन हैं। ...किन्तु सैरन्ध्री को वापस पहुँचने की कोई जल्दी नहीं थी। सारा नगर जानता है कि राजा के प्रिय उपकीचक उसे बलात उठा कर ले गये हैं...और सैरन्ध्री का मन कैसा-कैसा तो हो आया...कितने ही समय तक वह एक मृतक के साथ बंधी रही थी।...एक शव के साथ। कीचक के शव के साथ।...उसे लगा, उसके शरीर और वस्त्रों में जैसे मृत्यु की दुर्गंध बस गयी है। इस दुर्गंध को वह अपने साथ नहीं ढो सकती। उसे स्वयं को इससे मुक्त करना होगा।...उसे सुदेष्णा की केश सज्जा के लिये पहुँचने की कोई जल्दी नहीं थी। वह थोड़ी देर इस मुक्त प्रकृति में स्वच्छंद भाव से जीना चाहती थी।...

पर क्या वह इतनी सुरक्षित थी कि मुक्त और स्वच्छंद भाव से इस निर्जन में प्रकृति के निकट रह सके?

"यही तो परीक्षा है।" उसके अपने मन ने उत्तर दिया, "उन्मुक्त आकाश पर स्वच्छंद उड़ने का सुख है तो श्येन के झपट पड़ने का संकट भी है। प्रत्येक सुख के साथ संकट जुड़ा है। देखना है कि एक सौ पाँच उपकीचकों और स्वयं कीचक की हत्या के पश्चात् भी सैरन्ध्री पर अपनी इच्छा आरोपित करने का साहस कोई करता है क्या? यदि अब भी कोई सैरन्ध्री के रूप पर मुग्ध हो कर, अथवा कीचक के वध के प्रतिशोध के भाव से आता है, तो समझना चाहिए कि यह युद्ध अभी समाप्त नहीं हुआ है।"

सैरन्ध्री सावधानी से चारों ओर देखती हुई, धीरे-धीरे चल कर सरिता तट पर पहुँची। आस-पास कोई नहीं था। उसके रक्षक गन्धर्वों को गये काफी समय हो गया था। अभी तक कोई उसके निकट नहीं आया था। क्या अर्थ था इसका? उसका कोई शत्रु नहीं था? यहाँ, नगर के बाहर, इस वन्य क्षेत्र में कोई व्यक्ति ही नहीं था, अथवा उसके गन्धर्वों का इतना भय व्याप्त हो गया था कि कोई उसके निकट आने का साहस नहीं कर रहा था?

सैरन्ध्री बहुत दिनों के पश्चात इस प्रकार मुक्त भाव से सरिता के जल में उतरी थी। उसने अच्छी तरह मल-मल कर अपने शरीर को स्वच्छ किया, जैसे

अपने शरीर से कीचक के शव के स्पर्श का मल धो रही हो, टिकठी पर बँधी होने के भाव को धो रही हो; अथवा अपने शरीर पर कीचक तथा उपकीचकों की पड़ी दूषित दृष्टि के प्रभाव को धो डालना चाहती हो। वह स्वयं नहाई, उसने अपने वस्त्र धोए; और मुक्त मन से जलक्रीड़ा में लगी रही।...उसके मन में बैठा हुआ असुरक्षा का भाव जैसे क्रमशः क्षीण होता हुआ, अन्ततः विलीन हो गया था।...उसके पतियों ने आज गुप्त रूप से विराटनगर के उस शक्तिशाली सेनापति और सेनानायकों को मार डाला था, जिनके सम्मुख राजा भी सिर नहीं उठा सकता था। कोई नहीं जानता था कि सैरन्ध्री, और कोई नहीं, स्वयं द्रौपदी कृष्णा है। कोई नहीं जानता था कि पाँचों पाण्डव इसी नगर में छुपे हुए हैं और उन्होंने ही उसकी रक्षा की है...किन्तु यह तो सभी जानते थे कि सैरन्ध्री का अपमान करने का दण्ड था—मृत्यु। निश्चित रूप से उसके रक्षकों का वही आतंक दुष्टों को उससे दूर रखे हुए था, नहीं तो इस नगर में तो, साधारण सैनिक से ले कर सेनापति तक, किसी युवती स्त्री को देखते ही भेड़ियों के समान झपट पड़ते थे...

सैरन्ध्री उस समय तक जल क्रीड़ा करती रही, जब तक उसे यह नहीं लगा कि अब उसे ठण्ड लगने लगी है, इसलिये उसे जल से निकल आना चाहिए। उसने अपने धुले किन्तु गीले वस्त्र धारण किए और नगर की ओर चल पड़ी। नगर द्वार तक की पगडंडी पर उसे कोई नहीं मिला।...किन्तु नगरद्वार पर सैनिक भी थे और नागरिक भी। सैरन्ध्री ने कौतुहलवश उनकी ओर देखा—कैसा व्यवहार करेंगे वे उसके साथ? वे सब जानते होंगे कि यह वही सैरन्ध्री है, जिसके कारण कीचक मारा गया। यह वही सैरन्ध्री है जिसे एक सौ पाँच उपकीचक, कीचक के शव के साथ टिकठी पर बाँध कर लाए थे, और उसके प्रतिशोध स्वरूप उन सबके शव अब भी श्मशान से बाहर पड़े थे। उनका दाह संस्कार भी नहीं हुआ था। राजा ने शीघ्र ही उनके संस्कार की व्यवस्था नहीं की, तो वन के हिंस्र जीव तथा गृध्र इत्यादि पक्षी उन्हें नोच डालेंगे।...अब सैरन्ध्री किसी से भी छुपी हुई नहीं थी। वह अवगुंठनवती नहीं थी। वह सुदेष्णा के प्रासाद के अवरोध में नहीं थी। उसका कोई रक्षक उसके साथ नहीं चल रहा था। कोई भी सैनिक अथवा नागरिक उस सद्यःस्नाता के रूप को देख सकता था। कोई भी उससे प्रश्न पूछने के लिये उसके निकट आ सकता था। कोई भी अपनी अच्छी अथवा बुरी प्रतिक्रिया अभिव्यक्त कर सकता था।...

पर नहीं, वहाँ वैसा कुछ नहीं हुआ। लोग उसे देखते थे, पहचानते थे और उसके लिये मार्ग छोड़ कर एक ओर हट जाते थे। उनके चेहरों पर छाया भय वह स्पष्ट देख रही थी।

पाकशाला के निकट से निकलते हुए उसने देखा बल्लव द्वार पर ही खड़ा था। उसके अधरों पर एक हल्की-सी छिपी मुस्कान थी।

सैरन्ध्री ने अपने हाथ जोड़ कर आकाश की ओर उठाये, "जिन गन्धर्वराज ने मेरी रक्षा की, उनको मेरा नमस्कार है।"

"असहाय स्त्री-पुरुषों के साथ अत्याचार करने वाले राक्षस इसी प्रकार मारे जायेंगे और साधु नर-नारी निर्भय हो कर विराट नगर में स्वच्छंद विचरण करेंगे।" बल्लव बोला, "तुम्हारी आज्ञा के अधीन जो लोग नगर में गुप्त निवास कर रहे हैं, वे तुम्हारी प्रसन्नता देख कर स्वयं को उऋण मान मुदित भाव से वास करेंगे।"

दोनों ने मुस्कुरा कर एक-दूसरे को देखा और सैरन्ध्री आगे बढ़ गयी।

51

राजसभा से लगे अपने एकान्त कक्ष में विराट अकेले बैठे थे। उनकी चिन्ता का कोई अन्त ही नहीं दिख रहा था।...कीचक जब अपने सैनिक अभियान पर त्रिगर्त की ओर गया हुआ था, तो वे कैसे निश्चिंत थे। जैसे चाहते थे, अपना राज्य चला रहे थे। उनकी इच्छा हुई और उन्होंने कंक को नियुक्त कर लिया। प्रजा का सुख-दुख सुनते रहे और अपनी क्षमता भर उनके दुखों का निवारण भी करते रहे।...और तब कीचक लौट आया। उसने उनके द्वारा किए गये प्रत्येक कार्य की आलोचना की। उनका विरोध किया।...बस एक सैरन्ध्री की नियुक्ति का ही विरोध नहीं किया। सैरन्ध्री के आकर्षक में वह अन्य सब कुछ भूल गया।...अपनी किन-किन दुर्बलताओं के कारण, उन्होंने कीचक को सहन किया।...पहले तो वह यह मानते रहे कि वे सुदेष्णा को प्रसन्न रखने के लिये कीचक के अतिचार को सहन कर रहे हैं। फिर उन्हें यह लगा कि कीचक उनका और विराटनगर का रक्षक है। वह नहीं होगा तो अपने शत्रुओं के सैनिक आक्रमणों का सामना वे कैसे करेंगे।...यह तो उनकी समझ में बहुत बाद में आया कि कीचक विराट नगर में उनकी इच्छा से नहीं, अपनी इच्छा से वर्तमान है। वे उसे निष्कासित करना भी चाहेंगे, तो नहीं कर पायेंगे। ऐसा कोई प्रयत्न करने पर सम्भवतः वह ही उनको निष्कासित कर देगा।...वे उससे भयभीत भी थे और उन्हें उसकी आवश्यकता भी थी।...जब उसने राजसभा में सबके सम्मुख सैरन्ध्री को लात मारी थी, तो सैरन्ध्री ने उनसे रक्षा की प्रार्थना की थी; किन्तु वे उसकी प्रार्थना कैसे सुन सकते थे। उनका तो सारा शासन ही कीचक और उसके समर्थक उपकीचकों के बल पर था। उनके अपने भाई

शतानीक और मदिराक्ष भी कीचक के अनुगत हो गये थे। क्यों? वे आज तक नहीं समझ सके। भय के कारण, अथवा लोभ से? किसी भी कारण से हुए हों; किन्तु विराट यह जानते थे कि वे कीचक की आज्ञाओं का पालन करते थे। तो फिर विराट को भी तो कीचक का ही सहारा लेना था। पापियों की सहायता से चलाया जा रहा शासन धर्म की बात कैसे सुन सकता था। और सैरन्ध्री धर्म को पुकार रही थी।...उस समय न वे कीचक की बात मान सकते थे और न सैरन्ध्री की। कीचक की बात मानने से धर्म उन्हें रोकता था और सैरन्ध्री की मानने से, भय। न वे धर्म का विरोध कर सकते थे, न अपने भय को जीत पाये थे। न कीचक को बंदी कर सकते थे और न सैरन्ध्री उसे सौंप सकते थे।...इसलिये दोनों ही उन से रुष्ट थे।...

वे नहीं जानते थे कि कीचक का वध किसने किया। उपकीचकों को संदेह था कि यह वध सैरन्ध्री के रक्षकों ने सैरन्ध्री के कहने पर किया था। वे हत्यारे को तो नहीं पकड़ सकते थे; किन्तु सैरन्ध्री को पकड़ कर बाँध लेना तो बहुत सरल था। उन्होंने वही किया। यह न्याय नहीं था, यह तो विराट भी समझते थे; किन्तु प्रतिशोध तो कभी भी धर्म तथा न्याय पर आधृत नहीं होता। उपकीचक किसी भी स्थिति में सैरन्ध्री को मार देते, राजा उसकी अनुमति देते अथवा न देते। सैरन्ध्री का वध उनके लिये बहुत सरल था। उसका कोई रक्षक नहीं था। असहाय और निर्बल को मारने का लोभ कीचक को भी था और उपकीचकों को भी। उनके मन में राजा के अधिकार के लिये कभी सम्मान नहीं रहा, क्योंकि वे जानते थे कि राजा दुर्बल है।...और अब सैरन्ध्री के अज्ञात रक्षक अथवा रक्षकों ने एक सौ पाँच उपकीचकों को भी मार दिया था। कीचक तो रात के अन्धकार में एकान्त स्थल पर मारा गया था। कोई नहीं जानता कि उसको किसने मारा और कैसे मारा; किन्तु उपकीचकों को तो उस अकेले गन्धर्व ने सम्मुख युद्ध में मारा था। कुछ लोगों का विचार है कि उसके कुछ अन्य अदृश्य सहायक भी थे; किन्तु दिखायी तो अकेला वही पड़ रहा था। जिन्होंने उसे देखा था, उनमें से कुछ लोग उसे एक बलिष्ठ पुरुष के समान बताते हैं और कुछ दैत्याकार। उसने स्वयं को प्रच्छन्न ही रखा था। वह प्रकट होना नहीं चाहता था। उसके सहयोगी भी अदृश्य थे।...यह सब क्या है? कीचक का हत्यारा प्रकट क्यों नहीं होता? उपकीचकों का वध करने वाले वीर पुरुष सम्मुख क्यों नहीं आते? क्या उन्हें अपने पहचाने जाने का भय है? पर किससे भयभीत हैं वे लोग? अब तो कीचक और उपकीचक, सब ही मारे जा चुके हैं...। विराट ने देखा है, कि इतनी-सी देर में शतनीक और मदिराक्ष का व्यवहार भी बदल गया है। तो फिर अपने किस शत्रु से भयभीत हैं सैरन्ध्री

के रक्षक? क्या वे राजा से भयभीत हैं सैरन्ध्री के रक्षक? सम्भव है ऐसा ही हो।...राजा ने सैरन्ध्री के अपमान के संदर्भ में कीचक का पक्ष लिया था। राजा ने उपकीचकों को अनुमति दी थी कि वे सैरन्ध्री को जीवित जला दें।...तो वे राजा को शत्रु क्यों न मानें?

विराट काँप उठे। यह क्या किया उन्होंने? यदि गन्धर्व राजा से भयभीत हैं, तो वे राजा से भी प्रतिशोध लेने का प्रयत्न अवश्य करेंगे।...अब राजा उनको कैसे बताएँ कि राजा को न सैरन्ध्री से कोई विरोध है और न उसके पक्षधरों से।...सत्य कुछ भी हो, यथार्थ यही है कि सैरन्ध्री राजा की सभा में उनकी आँखों के सम्मुख अपमानित हुई। उसने उनसे न्याय माँगा। रक्षा की याचना की; और राजा ने न उसकी रक्षा की, न न्याय ही किया। तो फिर सैरन्ध्री के ये अदृश्य अज्ञात गन्धर्व रक्षक...

राजा का चिन्तन जैसे थम गया।...स्वयं उनके अपने मन में जब सैरन्ध्री के प्रति आसक्ति जन्मी थी तो रानी के साथ झगड़े में यह तो स्वयं उन्होंने ही कहा था कि वह अपने भाई के द्वारा उनका वध करवा दे और घोषणा कर दे कि सैरन्ध्री के अदृश्य गन्धर्व रक्षकों ने उनका वध कर दिया है। तभी यह बात भी उठी थी कि यदि कोई पुरुष सैरन्ध्री की ओर पग बढ़ाएगा तो सैरन्ध्री का कोई अन्य प्रेमी ईर्ष्यावश उसकी हत्या कर देगा। तो क्या यह सारा कार्य सैरन्ध्री के किसी अज्ञात प्रेमी का है अथवा सचमुच कोई अज्ञात गन्धर्व, जिसके पास कुछ अलौकिक शक्तियाँ हैं, सैरन्ध्री की रक्षा कर रहा है?...पर यदि वह सैरन्ध्री का प्रेमी है, तो कभी न कभी उसने भी सैरन्ध्री के निकट जाने का प्रयत्न किया होता।...किन्तु सैरन्ध्री को कभी किसी पुरुष के साथ नहीं देखा गया। अधिकांशतः तो वह सुदेष्णा के प्रासाद में ही रहती है। हाँ! बृहन्नला के साथ उसकी मैत्री की बात अवश्य सुनी गयी है। पर क्या बृहन्नला यह सब कर सकती है? वह कीचक का वध कर सकती है?...और उपकीचकों को तो सम्मुख युद्ध में मारा गया है। उस योद्धा का शरीर किसी बलिष्ठ पुरुष का शरीर बताया गया है। उस समय उसका शरीर अनावृत था। बृहन्नला का शरीर वैसा नहीं हो सकता...तो कौन है वह? वह प्रकट क्यों नहीं होता?... प्रकट कैसे हो?—राजा ने स्वयं ही सोचा। कीचक की बहन, जहाँ महारानी हो, वहाँ कीचक का शत्रु प्रकट क्यों होगा? इस सैरन्ध्री के कारण रानी अपने पति के वध की बात कर रही थी। तब उसने यह नहीं सोचा था कि उसके अपने भाई की भी हत्या हो सकती है।...तो क्या अब सुदेष्णा, सैरन्ध्री को क्षमा कर देगी?...उत्तर में राजा के मन में कोई हँस पड़ा, 'यह पूछो कि क्या सैरन्ध्री सुदेष्णा को क्षमा कर देगी?'

"महाराज इस कंक का प्रणाम स्वीकार करें।"

राजा ने सिर उठाया, "आ गये कंक! इस समय मुझे तुम्हारी ही आवश्यकता है।"

"आदेश करें महाराज!"

"बैठो कंक!" राजा बोले, "क्या सैरन्ध्री का यह रक्षक मुझे भी अपना शत्रु मान सकता है?"

"आप उसके शत्रु कैसे हो गये महाराज?"

"मैंने सैरन्ध्री की रक्षा नहीं की। मैंने उपकीचकों को सैरन्ध्री को बाँध कर ले जाने से नहीं रोका।" राजा जानबूझकर सैरन्ध्री को जीवित जलाने की अनुमति की बात टाल गये।

कंक हँस पड़े, "मैं भी वहीं था महाराज! मैंने भी सैरन्ध्री की रक्षा नहीं की।"

"पर तुम राजा तो नहीं हो न!"

"धर्म की रक्षा, केवल राजा का ही कर्तव्य तो नहीं है महाराज!" कंक बोले, "वह तो प्रत्येक मनुष्य का कर्तव्य है; और स्त्री की रक्षा करना तो प्रत्येक पुरुष का धर्म है।"

"वह तो ठीक है।" राजा बोले, "किन्तु तुम्हारे पास राजा के अधिकार नहीं हैं; और उसने तो मुझसे रक्षा की प्रार्थना भी की थी।"

"महाराज का कथन सत्य है; किन्तु कर्तव्य का पालन न तो अधिकारों की अपेक्षा करता है और न पुकार की प्रतीक्षा।" कंक ने कहा, "सैरन्ध्री का रक्षक इतनी बात तो समझता ही होगा कि उस समय जो भी लोग वहाँ उपस्थित थे, उनमें कीचक का समर्थक कोई भी नहीं था। फिर भी कोई कीचक को दण्डित करने के लिये नहीं उठा। सब अपने-अपने बन्धनों से बँधे हुए थे। कोई धर्म के बन्धन से, कोई भय के बन्धन से। आप उपकीचकों के भी समर्थक नहीं थे; किन्तु आप उनको रोकने में सक्षम नहीं थे।"

"मैं उस गन्धर्व को रोकने में भी सक्षम नहीं हूँ।"

"उसे यह समझाया जा सकता है।" कंक ने कहा, "और अभी तो यही पता नहीं है कि वह है कौन।"

"मैं तो एक बात और भी सोच रहा हूँ कंक!" राजा बोले, "यदि पिछला सब कुछ हम भुला भी दें, तो भी मेरे भय का निवारण तो नहीं हो जाता।"

"क्यों महाराज?"

"मुझे सूचना मिली है कि उपकीचकों के शव वहाँ फैले पड़े हैं। उनकी अंत्येष्टि न की गयी, तो वे शव वहीं पड़े रहेंगे। ऐसे में रानी अपने सम्बन्धियों

के इस अपमान से क्रुद्ध होंगी।" राजा बोले, "और यदि उनकी अंत्येष्टि की गयी तो वह अज्ञात गन्धर्व रुष्ट होगा।"

"अंत्येष्टि तो प्रत्येक शव की होनी चाहिए महाराज!" कंक बोले, "मृत्यु के पश्चात किसी से कैसी शत्रुता। मृत्यु के पश्चात शत्रुता निभाना धर्म नहीं है महाराज! और वह गन्धर्व अथवा जो कोई भी वह है, अधर्मी प्रतीत नहीं होता। उसने अभी तक तो केवल अधर्मी दुष्टों को ही दण्डित किया है, जिनसे विराटनगर के राजा भी पीड़ित थे और प्रजा भी। आप उनकी अंत्येष्टि का आदेश दें; किन्तु उनका मृतक-कर्म इस प्रकार से, जैसे कोई धर्मकार्य होता है। उसमें यह भाव न हो कि आप उनके समर्थक हैं, इसलिये उन्हें अपना आत्मीय मान कर उनको श्रद्धा अर्पित कर रहे हैं।"

"बात तो तुम्हारी ठीक है कंक! तो मैं उनकी एक ही विराट चिता बना कर उनका सामूहिक दाह कर देने का आदेश दे देता हूँ।" राजा ने कहा, "पर मेरे मन में एक बात और भी है।"

"क्या महाराज!"

"मुझे बताया गया है कि सैरन्ध्री, नदी में स्नान कर नगर की ओर आ रही है।" राजा ने कहा, "मैं सोचता हूँ कि सैरन्ध्री संसार की अप्रतिम सुन्दरी है। युवती है। वह जहाँ रहेगी, वहाँ पुरुषों का उसकी ओर आकृष्ट होना स्वाभाविक ही है।...और उसका रक्षक असाधारण क्रोधी है। ऐसे में सैरन्ध्री के यहाँ रहने से नगर पर यह संकट बना ही रहेगा। यहाँ इस प्रकार की घटनाओं की पुनरावृत्ति होती ही रहेगी। तो..."

"आपकी इस चर्चा से मेरे मन में एक प्रश्न उठता है कि क्या धर्म स्थापना की पुनरावृत्ति वांछनीय नहीं है? क्या पापियों के मारे जाने से आप दुखी हैं?"

"नहीं उससे तो मैं तनिक भी दुखी नहीं हूँ; किन्तु..."

"किन्तु क्या महाराज!"

"किन्तु यह कि इन परिस्थितियों में तो कोई भी पुरुष सुरक्षित नहीं है। सैरन्ध्री की ओर कोई भी आकृष्ट हो सकता है; और सैरन्ध्री का रक्षक वह गन्धर्व किसी का भी वध कर सकता है। तो क्या यह उचित नहीं कि सैरन्ध्री को विराटनगर से निष्कासित कर दिया जाये?"

कंक हँस पड़े, "पाप हो विराटनगर के पुरुषों के मन में और उसका दण्ड दिया जाये सैरन्ध्री को?"

"मैं यह नहीं कहता कि सैरन्ध्री का सौन्दर्य दोषी है," राजा बोले, "किन्तु पुरुष मन में वासना भड़काने का कारण तो वही है।"

"नहीं!" कंक के स्वर में पहली बार दीनता का स्थान प्रखरता ने लिया, "कारण, सैरन्ध्री के शरीर का सौन्दर्य नहीं, पुरुष के मन की वासना है। उत्पात का कारण सैरन्ध्री के सौन्दर्य में नहीं, पुरुष की वासना में है। इसलिये नियन्त्रण उस मन और उसकी वासना का होना चाहिए, जो पर-स्त्री के रूप को देख कर अपना संयम खोता है।"

"वह उसके वश में कहाँ है?" राजा बोले।

कंक ने एक गहरी दृष्टि राजा पर डाली, "एक सम्पत्ति सैरन्ध्री के पास है और एक आपके पास। उसके पास सौन्दर्य है, और आपके पास धन। किसी के मन में उसका रूप देख कर उसे पाने की इच्छा उत्पन्न हो सकती है; और किसी के मन में आपके धन को देख कर उसे पाने की इच्छा हो सकती है। सैरन्ध्री को तो आप अपने राज्य से निष्कासित कर देंगे, अपने धन का क्या करेंगे?"

राजा की दृष्टि में भय भी था, आश्चर्य भी और विरोध भी, "क्या कह रहे हो?"

"हाँ महाराज! पाप पदार्थ में नहीं, व्यक्ति के मन में होता है।" कंक ने कहा, "हमने जो समाज बनाया है, राज्य बनाया है, धर्म और धर्मशास्त्र बनाया है, वह इसीलिये है कि हम सबके अधिकारों को मान्यता देते हुए, समाज में सम्मानपूर्वक सुरक्षित रहें। उसके लिये आवश्यक है कि हम अपने लोभ पर नियन्त्रण रखें। अपने स्वामित्व के अधिकार के समान दूसरों के स्वामित्व के अधिकार का भी सम्मान करें। अपने मनोविकारों का नियन्त्रण करें। पराई स्त्री और पराए धन का लोभ न करें। जो इस प्रकार के लोभ को त्याग नहीं सकता, वह दण्डनीय है, पदार्थ अथवा गुण का वास्तविक स्वामी नहीं।..."

"पर वासना तो नारी शरीर में है।"

"नहीं! वासना तो एक मनोविकार है। इसलिये वह मन में है। नारी के मन में हो अथवा पुरुष के मन में।" कंक ने कहा, "राम के सौन्दर्य को देख कर यदि शूर्पणखा के मन में वासना जागी थी, तो दोष राम का था अथवा शूर्पणखा का?"

"निश्चित रूप से शूर्पणखा का।"

"सीता के रूप को देख कर रावण के मन में वासना जागी तो दोष किस का था—सीता के सौन्दर्य का अथवा रावण की वासना का?"

"रावण की वासना का।"

"यदि सैरन्ध्री के सौन्दर्य को देख कर कीचक के मन में वासना जागे, तो दोष किसका है—सैरन्ध्री का, अथवा कीचक का?"

राजा मौन बैठे रह गये।

"यहाँ भी दोष कीचक का ही है महाराज!" कंक हँसे, "विराटनगर में सत्य का रूप बदल तो नहीं सकता न।"

"सत्य कहते हो कंक!" राजा बोले, "किन्तु मैं विराटनगर में सैरन्ध्री की उपस्थित से भयभीत हूँ। न तो मैं उसे यहाँ रख पाने का साहस कर पा रहा हूँ, न उसे निष्कासित करने का। मैं क्या करूँ कंक? मेरी रक्षा कौन करेगा?"

"आपके भय का मैं तो कोई कारण नहीं देखता महाराज!" कंक ने मधुर ढंग से कहा, "आपको तो न किसी को रखना है, न निष्कासित करना है। आपको तो मात्र धर्म का पालन करना है। आप धर्म की रक्षा करें, धर्म आपकी रक्षा करेगा।"

राजा कंक को देखत रह गये। उन्होंने कुछ कहा नहीं।

सैरन्ध्री, रानी सुदेष्णा के प्रासाद में उसके मण्डप की ओर जा रही थी। उसने देखा, नृत्यशाला के द्वार पर बृहन्नला अपनी शिष्याओं के साथ खड़ी थी।

"कैसी हो सखि!" उसने पूछा।

"कैसी हो सकती हूँ।" सैरन्ध्री का स्वर कुछ रूखा था, "वे राक्षस उपकीचक मुझे कीचक के शव के साथ टिकठी पर ही बाँध कर ले गये थे।..."

"हाँ! सुना मैंने।" बृहन्नला बोली, "मेरे लिये तो प्रसन्नता का विषय है कि तुम सुरक्षित लौट आईं।"

सैरन्ध्री के श्रवणों में बृहन्नला का शब्द 'प्रसन्नता' खटक गया। बोली, "हाँ! यहाँ दिन भर राजकुमारियों के साथ ता-धा-धा-ना करती रहोगी, तो तुम्हें प्रसन्न्ता ही होगी। यह कैसे जानोगी कि किसी की पीड़ा क्या है।"

बृहन्नला ने निकट आकर उसका हाथ पकड़ कर स्नेह से सहलाया, "बहुत कष्ट सहना पड़ा सखि!"

"कष्ट जैसा कष्ट!" सैरन्ध्री की आँखों से नरक की ज्वाला झाँक रही थी, "एक दुष्ट राक्षस की मृत देह के साथ टिकठी पर बँधे रहने की अनुभूमि, उसकी वेदना, अपमान की पीड़ा और मृत्यु, चिता में जीवित जलाए जाने जैसी मृत्यु का भय—इन सबका सम्मिलित कष्ट तुम्हें कैसे समझ में आ सकता है। तुम अपनी नृत्यशाला में सुख से रहो और नाचती रहो।"

बृहन्नला के नेत्र वेदना से सजीव हो उठे, "संवेदना तो हो सकती है सखि! वेदना तो हम सबकी अपनी-अपनी ही है। मैं पशु योनि से भी निम्नतर इस नपुंसक योनि का नरक ढो रही हूँ। उसके कष्ट को तो तुम नहीं जान सकतीं, संवेदना से उसका अनुमान ही कर सकती हो। पर प्रश्न यह नहीं है कि किसकी

पीड़ा अधिक अथवा कम है। वह सिद्ध कर हमें स्वयं को महान अथवा तुच्छ सिद्ध नहीं करना है। मूल बात तो यह है कि हमें किसी भी स्थिति में ईश्वर के प्रति कृतघ्न नहीं होना चाहिए। अपने दुखों को नगण्य मान कर ईश्वर के प्रति कृतज्ञता से मस्तक झुकाना चाहिए, क्योंकि वह यदि हमें पीड़ा देता है, तो उस पीड़ा से मुक्त भी करता है। उसने यदि तुम्हें बाँध ले जाने वाले भेजे, तो तुम्हारे उन बन्धनों को तोड़ कर तुम्हें मुक्त करने वाला भी भेजा।"

"मत चर्चा करो अपने उस ईश्वर की।" सैरन्ध्री चिढ़ कर बोली, "क्या आवश्यकता थी उसे ऐसा संसार बनाने की? क्या मिल जाता है उसे मनुष्य को पीड़ित करके। वह ऐसा संसार नहीं बना सकता था, जिसमें पीड़ा और यातना न हो, जिसमें पाप और अपराध न हों।"

"ऐसा क्या है, उसका निर्माण उसके वश में नहीं है। किन्तु ऐसे संसार में स्वच्छ रहने का कोई महत्त्व नहीं है, जिसमें धूल मिट्टी और धुआँ न हो। इस पृथ्वी पर, इस वायुमण्डल में, जहाँ मलिन होने के सारे उपकरण हैं, उन सबके होते हुए भी स्वच्छ रहने का महत्त्व है।" बृहन्नला का स्वर और भी कोमल हो आया था, "सुख और दुख उसने नहीं बनाए हैं सखि! ये तो हमारे ही बनाए हुए हैं। यह हमारा अन्धकार है, जो हमें दूसरों से पृथक् कर, इस शरीर तक सीमित करता है, और फिर स्वयं को बड़ा-छोटा, सुखी-दुखी मानता है। स्वयं को इस शरीर से पृथक कर, तटस्थ भाव से संसार को देखो, तो तुम्हें पता चलेगा कि न सुख है, न दुख है—ये सब तो हमारे बनाए हुए भ्रम मात्र हैं। कष्ट हमें हमारा मन ही देता है। मन में घृणा न हो, तो संसार में कहीं घृणा नहीं है। मन में हिंसा न हो तो संसार में हिंसा नहीं है..."

"बंद करो अपने ये उपदेश।" सैरन्ध्री तड़प कर बोली, "जो कुछ मैंने सहा है, वह सब सहना पड़े तो भूल जाओगी, यह सारा अध्यात्म! तुम्हारी बात का तो अर्थ है कि मुझे कीचक ने लात नहीं मारी, मेरे अपने मन ने मारी है। उपकीचकों ने मुझे टिकठी पर नहीं बाँधा, मेरे मन ने बाँधा है। क्या सार्थकता है ऐसी व्यर्थ की बातों की।"

"नहीं! राजसभा में लात तो तुम्हें कीचक ने ही मारी। उससे तुम्हारा शरीर आहत भी हुआ।...किन्तु तुम्हें जिसने यातना दी, वह तुम्हारा अहंकार ही था। तुम यदि उस मूर्ख को क्षमा नहीं कर सकतीं, तो तुम्हें वह यातना भुगतनी पड़ती। उपकीचक तुम्हें टिकठी पर बाँध कर ले गये। तुम्हें उतना दुख देने के लिये एक सौ पाँच उपकीचकों को अपने प्राण देने पड़े। तो भी अभी तुम दुखी ही हो?"

"उन्होंने जो पाप किया था, उसके लिये उन्हें दण्डित तो होना ही था।" सैरन्ध्री तड़प कर बोली।

"यही तो मैं भी कह रही हूँ, जो पाप करेगा, उसका दण्ड पायेगा ही, तो तुम दुखी क्यों हो सखि!" बृहन्नला ने कहा, "वस्तुतः कोई किसी के मन को नहीं जानता। तुम मेरे मन को नहीं जानती। मैं अपनी वेदना वैसे प्रकट नहीं करती, जैसे तुम चाहती हो। मैं अपनी इच्छाएँ, अनिच्छाएँ, प्रेम और घृणा अपने ही ढंग से व्यक्त करती हूँ। उनकी अपनी पद्धति और शैली है। इसलिये तुम मेरे मन को नहीं समझती हो। मेरे मन को नहीं समझ सकतीं, तो कोई बात नहीं; किन्तु अपने मन को तो समझो।"

सैरन्ध्री ने कोई उत्तर नहीं दिया; किन्तु बृहन्नला का वाक्य उसके कानों में गूँजता ही रहा, "मेरे मन को नहीं समझ सकतीं, तो कोई बात नहीं; किन्तु अपने मन को तो समझो।" वह आगे बढ़ती चली गयी और वह वाक्य उसके मन में गूँजता रहा। क्या कहना चाहती थी बृहन्नला?...क्यों रुष्ट है, वह बृहन्नला से? बल्लव से तो वह रुष्ट नहीं है। उसे तो नमस्कार करके आयी है, और बृहन्नला से...वह बृहन्नला के मन को नहीं जानती, अथवा अपने मन को नहीं जानती।...कदाचित वह दोनों के मन को नहीं जानती। वह चाहती है कि बल्लव के समान बृहन्नला उसके प्रति अपनी संवेदना, अपना कष्ट, अपना प्रेम प्रकट करे...किन्तु यह बृहन्नला...ओह यह अर्जुन, जाने क्यों इतना आत्मलीन होता जा रहा है। वह भी धर्मराज के ही समान, शान्त हो गया है। उसे भी क्रोध नहीं आता। वह तड़प कर शत्रु पर टूटता नहीं। भीम के समान, उसकी आज्ञा पूरी करने को आतुर नहीं रहता।...सच कहा है बृहन्नला ने। सैरन्ध्री का अहंकार ही है, जो उसे पीड़ित कर रहा है।..उसके पतियों ने उसकी रक्षा कर ली है। उन्होंने कीचक और उपकीचकों को मार डाला है। सैरन्ध्री को अब कुछ शान्त हो जाना चाहिए।...कहीं ऐसा तो नहीं कि उसका अपना ही रजोगुण उसको यह सारा दुख दे रहा हो?

बृहन्नला तो वहीं रह गयी, किन्तु उत्तरा तथा अन्य बालिकाएँ, सैरन्ध्री के साथ-साथ सुदेष्णा के मण्डप तक आयीं।

रानी ने सैरन्ध्री को देखा। उसका मन एक बार काँप उठा। वह समझ नहीं पायी कि उसके मन में सैरन्ध्री के लिये क्या भाव था।...पर यह विचार का समय नहीं था। उसे जो कुछ कहना था, वह इसी समय कह सकती थी। अब न कहा, तो कभी नहीं कह सकेगी।

"सैरन्ध्री!" रानी ने कहा, "मैंने तुम्हें अपनी सेवा से मुक्त किया। अब तुम जहाँ चाहो, जा सकती हो। मेरी ओर से तुम पूर्णतः स्वतन्त्र हो।"

सैरन्ध्री ने देखा। रानी उसे आदेश दे रही थी, अथवा मात्र सूचना? उसके शब्दों में न तो आदेश का अधिकार था, न सूचना की तटस्थता। शब्द चाहे कुछ भी क्यों न हों, उसके स्वर में पर्याप्त दीनता थी।

"मुझे किस अपराध के लिये निष्कासित किया जा रहा है रानी?" सैरन्ध्री के स्वर में तनिक भी आक्रामकता नहीं थी, "कीचक आपका भाई था, यह सत्य है। उसकी मृत्यु का दुख भी आपको होगा ही। किन्तु उसे मैंने नहीं मारा। वह तो अपने कर्मों के कारण मारा गया है। उपकीचक आपके सम्बन्धी थे। उन्होंने जो कुछ किया, उसके लिये तो रानी के रूप में, आपको चाहिए था कि आप उनको मृत्यु दण्ड देतीं। आपने नहीं दिया, उन्हें वह दण्ड मेरे रक्षकों ने दिया। आप मुझे किस अपराध के लिये दण्डित कर रही हैं?"

"सैरन्ध्री! तुम्हारा सौन्दर्य अद्वितीय है; और पुरुषों को विषय-भोग प्रिय होता है। मैं डरती हूँ कि कल को कहीं मेरे पति अथवा किसी अन्य पुरुष ने तुम्हारे रूप के प्रति दुर्बलता दिखाई, तो तुम्हारे रक्षक उन्हें भी क्षमा नहीं करेंगे। तुम्हारे रक्षक अत्यंत क्रोधी हैं। तुम्हें अपने निकट रखने का जोखम, मैं और नहीं झेल सकती।" रानी ने उसकी ओर देखा, "तुम्हारे प्रति अपराध तो मैंने भी किया है, और मेरे पति ने भी। तुम्हारे मन में हमारे प्रति भी क्रोध होगा।..."

सैरन्ध्री मुस्कराई, रानी! "आपने मेरा उपकार भी किया है। मैं आपका भय समझती हूँ; किन्तु आपके लिये संकट नहीं देखती। आपकी इच्छा है, तो मैं चली जाऊँगी। वैसे भी मेरे जाने की घड़ी निकट आ रही है। क्या आप मुझे और कुछ दिनों के लिये आश्रय देंगी? मुझे विश्वास है कि इस अवधि में मेरे पति लौट आयेंगे और मुझे यहाँ से ले जायेंगे।"

रानी अपना भय छिपा नहीं सकी। बोली, "मैं नहीं जानती कि तुम कौन हो और क्या हो। पर इतना तो समझने लगी हूँ कि तुम एक साधारण स्त्री नहीं हो। तुम जो भी हो, मैं अपने पति और पुत्रों के साथ तुम्हारी शरण में हूँ देवि! तुम जब तक चाहो, स्वामिनी बन कर यहाँ रहो; किन्तु मुझे एक वचन दो कि मेरे परिवार का अब और कोई अनिष्ट नहीं होगा।"

सैरन्ध्री को बृहन्नला की बात स्मरण हो आयी। कंक ने भी कहा था : क्षमा धर्म है। क्षमा सत्य है। क्षमा धन है।...उसका मन जैसे निर्मल हो आया। बोली, "मुझसे भय न करें महारानी! और मुझे अपनी सैरन्ध्री के ही रूप में कुछ दिन और अपने आश्रय में रहने दें। मेरा भरण पोषण करती रहें। मैं आपको वचन देती हूँ कि मेरे कारण आपका कोई अनिष्ट नहीं होगा। मुझे आपकी सहायिका ही मानें। मेरे रक्षक, आपकी तथा आपके परिवार की भी वैसी ही रक्षा करेंगे, जैसी वे आज तक मेरी करते आये हैं।"

सैरन्ध्री के एक वाक्य से सुदेष्णा के वक्ष और सिर से जैसे हिमालय का सा बोझ हट गया। उसका मन जैसे किसी गहरे अन्धकार में से बाहर निकल आया। उसके अधरों पर एक हल्की-सी सात्विक मुस्कान उभर आयी।

52

विकट उत्तेजना की स्थिति में दुर्योधन अपने मण्डप में एक कोने से दूसरे कोने तक घूम रहा था।

उसके सारे गुप्तचर विभिन्न राज्यों और प्रदेशों से खोज कर लौट आये थे। उन सबने बड़े विस्तार से उसे बताया था कि उन्होंने पाण्डवों को किस-किस वन में खोजा, किस-किस राजसभा में उनकी महीनों प्रतीक्षा की; किन्तु उनमें से किसी ने भी ऐसी कोई सूचना नहीं दी कि उन्होंने पाण्डवों अथवा पाण्डवों जैसे लगने वाले किन्हीं लोगों को देखा, अथवा उनके विषय में सुना। स्वयं को धुरंधर खोजी मानने वाले उसके गूढ़ पुरुषों ने भी बड़े विस्तार से वर्णन कर बताया कि किन असहनीय कठिन परिस्थितियों में तथा किन दुर्गम स्थानों पर उन्होंने पाण्डवों को खोजा।...दुर्योधन धैर्यपूर्वक सुनता रहा और उसके कान यह सुनने को तरसते ही रहे कि कोई तो कहता कि उसने पाण्डवों को खोज निकाला है। अब दुर्योधन का काम है कि वह जाये और पाण्डवों को पकड़ लाए, उन्हें पकड़ मँगवाए अथवा जाकर उनके सम्मुख खड़ा हो जाये और कहे कि मैंने तुम्हें पहचान लिया है।...

उसके गूढ़ पुरुष उसे बताते हैं कि पाण्डव कहीं नहीं हैं। दुर्योधन उनसे पूछता है, तो फिर पाण्डव कहाँ गये? उन्हें धरती निगल गयी, अथवा आकाश खा गया, तो गुप्तचरों के पास एक सुविधाजनक उत्तर है...“महाराज! कदाचित वन के भयंकर पशु उन्हें खा गये हैं।...कदाचित स्वयं को गुप्त रखने के प्रयत्न में वे लोग दुर्गम स्थानों की ओर बढ़ते चले गये और किसी गहरी खाई में गिर गये, अथवा अत्यधिक शीत के कारण मर गये, अथवा कहीं दब गये हैं।”...गुप्तचर अपनी असफलता को छिपाने के लिये पाण्डवों की मृत्यु की सम्भावना पर बहुत अधिक बल देते हैं...वे चाहते हैं कि दुर्योधन इस सम्भावना पर विश्वास कर उनका पीछा छोड़ दे; किन्तु दुर्योधन इसका विश्वास नहीं कर सकता।...पहले भी तो वह देख चुका है कि उसके अपने मित्रों ने पाण्डवों को वारणावत के लाक्षागृह में जलाकर क्षार कर दिया था। उनके जले हुए शव भी मिल गये थे। उनके मृतक कर्म भी कद दिये गये थे। और एक लम्बे अज्ञातवास के पश्चात वे एक दिन उसकी छाती पर मूँग दलने के लिये, द्रौपदी के साथ प्रकट हो गये

थे। जो पाण्डव लाक्षागृह की आग में से जीवित बच सकते हैं, हिडिम्ब वन में से सुरक्षित बाहर निकल सकते हैं, वे पाण्डव अब अपने इतने सबल और समर्थ मित्रों और सम्बन्धियों के होते हुए, कठिन जीवन के अपने इतने अनुभव के पश्चात, इस एक वर्ष के अज्ञातवास में किसी दुर्घटना के कारण मृत्यु की गोद में चले गये होंगे...दुर्योधन यह स्वीकार कर ही नहीं सकता।...

दुर्योधन स्वयं अपनी और अपने गुप्तचरों की असफलता से इतना व्याकुल है; और दूसरी ओर महाराज धृतराष्ट्र उसका रक्तपान करने के लिये, आठों प्रहर एक ही प्रश्न करते रहते हैं कि पाण्डवों का कोई पता मिला क्या? वह कहता है कि वह उनकी खोज करवा रहा है तो उन्हें सन्तोष नहीं होता। उन्होंने उसकी इतनी भर्त्सना तो जीवन भर नहीं की होगी, जितनी इस असफलता के कारण पिछले कुछ दिनों में कर दी है। उनके चेहरे से उसके प्रति जो तिरस्कर बरसता है, वह उसके लिये असहनीय हो जाता है। उसकी समझ में नहीं आता कि उसकी इस कठिनाई में, जब वह स्वयं ही इतना व्याकुल है, उसके पिता उसकी किसी प्रकार की सहायता नहीं कर सकते, तो उसे इस प्रकार प्रताड़ित क्यों करते हैं?...उन्हें क्या सुख मिलता है, इसमें? वे उससे इस प्रकार का व्यवहार करते हैं, जैसे उसने उनकी सारी जमा-पूँजी नष्ट कर, उन्हें सर्वथा कंगाल कर, किसी सार्वजनिक पथ पर भिक्षा माँगने के लिये बैठा दिया हो।...कभी-कभी यह स्वयं सह देख कर भयभीत हो जाता है कि उसके पिता, जिन्होंने अपना सारा जीवन राजपरिवार में राजकुमार और राजा के रूप में व्यतीत किया है, निर्धनता से कितने आतंकित हैं। पाण्डवों को तो उसने निर्धनता से इस प्रकार घबराते नहीं देखा। पता नहीं महाराज धतराष्ट्र के मन में धन का लोभ है अथवा निर्धनता का भय? कदाचित् दोनों ही हैं।...यहीं वह स्वयं को अपने पिता से भिन्न पाता है।...पिता पाण्डवों के शत्रु हैं, किन्तु उनके मन में पाण्डवों के लिये घृणा नहीं है, भय हो सकता है। उसके मन में पाण्डवों के लिये घृणा ही घृणा है, भय तनिक भी नहीं है।...

समय का ध्यान आता था तो दुर्योधन के शरीर का सारा रक्त उसके मस्तिष्क की ओर दौडने लगता था।...अब मात्र एक सप्ताह शेष था। यदि वह एक सप्ताह में पाण्डवों को नहीं खोज पाया तो उनके अज्ञातवास का समय पूर्ण हो जायेगा। और वे लोग फिर एक बार अपने मित्रों और सम्बन्धियों के साथ उसके वक्ष पर आ खड़े होंगे कि उनका राज्य उन्हें लौटा दिया जाये।...

वर्षों पहले भी यही हुआ था। हिडिम्ब वन में अज्ञातवास कर वे लोग कांपिल्य में प्रकट हुए थे। वहाँ एक प्रकार का भ्रम अवश्य था। वे पाण्डव थे, अथवा नहीं; किन्तु अधिकांश लोग मानते थे कि पाण्डव ही थे। उस स्वयंवर

के पश्चात वे अकेले और असहाय नहीं रह गये थे। उनके मित्र थे, सम्बन्धी थे। उनके पास सैन्य बल भी था, और मनोबल भी।...

उन्हें उनका राज्य देने से मना नहीं किया जा सकता था। कैसे किया जा सकता था, जबकि उनके साथ यादवों और पांचालों का बल था और हस्तिनापुर में भीष्म और विदुर बैठे थे।...

और सहसा दुर्योधन के मन में एक प्रश्न गूँजने लगा...यदि कहीं इस बार भी पाण्डव अपना अज्ञातवास भूमिका पूरा कर हस्तिनापुर लौट आये तो भीष्म पितामह किसका पक्ष लेंगे? क्या सफलतापूर्वक होगी उनकी? सम्भव है कि उस स्थिति में भीष्म धर्म का आंचल पकड़ लें कि पाण्डवों ने अपनी प्रतिज्ञा पूरी की है, अतः उनका राज्य उन्हें लौटा दिया जाना चाहिए।...किन्तु अब, इस समय, जबकि पाण्डवों ने अपनी प्रतिज्ञा अभी पूरी नहीं की है; और उनको खोज निकालने का दुर्योधन का प्रयत्न भी उतना ही न्याय तथा धर्म संगत है, तो इस समय क्या भीष्म पाण्डवों को खोज निकालने में दुर्योधन की सहायता करेंगे?...

और दुर्योधन का अपना ही मन जोर-जोर से चीत्कार करने लगता है कि क्यों करेंगे वे सहायता? वे चाहते हैं कि पाण्डवों को उनका राज्य दे दिया जाये और पाण्डव सुख से रहें। इसमें पाण्डवों के प्रति भीष्म का कोई पक्षपात दिखाई नहीं देता दुर्योधन को। भीष्म ने कभी कहा भी नहीं है कि वे पाण्डवों को दुर्योधन से अधिक प्रेम करते हैं। उन्होंने सदा कहा है कि वे दोनों को समान रूप से प्रेम करते हैं। वे मध्यस्थ हैं। मध्यस्थ हैं तो चाहेंगे कि युधिष्ठिर और दुर्योधन दोनों ही सुखी रहें। दोनों ही अपने-अपने नगर में अपने-अपने सिंहासन पर बैठ कर शासन करें।...एक पितामह को, जो अपने दोनों पुत्रों की सन्तानों को समान रूप से प्रेम करता हो, ऐसा सोचना ही शोभा देता है।...किन्तु दुर्योधन ने सदा यह सोचा है कि भीष्म उन सबके पितामह मात्र ही तो नहीं हैं। वे राजपुरुष भी हैं, जैसे द्रोण हैं, जैसे कृपाचार्य हैं, जैसे विदुर हैं। उन सबका दुर्योधन अथवा महाराज धृतराष्ट्र से एक व्यक्तिगत सम्बन्ध भी है; किन्तु वे सब हस्तिनापुर राज्य के एक पद पर कार्य कर रहे हैं। उस पद की पहली प्रतिज्ञा है, हस्तिनापुर के सिंहासन के प्रति निष्ठा।...और निष्ठा के निर्वाह के मार्ग में न व्यक्तिगत सम्बन्ध आना चाहिए, न तटस्थता, न धर्म विचार। दुर्योधन को तो शुद्ध निष्ठा चाहिए। राजसिंहासन के प्रति निष्ठा। राजा के प्रति निष्ठा। उन्हें केवल राजा का हित देखना होगा।...ऐसी स्थिति में हस्तिनापुर का, महाराज धृतराष्ट्र का, दुर्योधन का हित इसी में है कि पाण्डवों को खोज निकाला जाये और उनको उन्हीं की प्रतिज्ञा के अनुसार पुनः बारह

वर्षों के लिये वनवास के लिये भेज दिया जाये। ऐसे में पितामह का कर्तव्य न अपने पौत्रों के प्रति है, न धर्म के प्रति। उनका कर्तव्य तो हस्तिनापुर राज्य के प्रति है।...और कर्तव्य का पालन ही सबसे श्रेष्ठ धर्म है। उसमें न व्यक्तिगत भावों के लिये कोई स्थान है और न व्यक्तिगत सम्बन्धों के लिये। आज तो बात पाण्डवों को खोजने तक ही सीमित है, कल जब दुर्योधन पाण्डवों का राज्य उनको नहीं लौटायेगा, तो पाण्डव युद्ध की तैयारी भी करेंगे। तब पितामह क्या करेंगे? पाण्डवों के प्रति अपने स्नेह के कारण राजा और राजसिंहासन से द्रोह करेंगे? द्रोण क्या करेंगे? बहुत प्रिय है उनको अर्जुन! पर क्या वह अपने पद के कर्तव्य का निर्वाह नहीं करेंगे? कृपाचार्य क्या करेंगे?...वे अपने पद को छोड़ कर, राजा को त्याग कर, अपने कर्तव्य का व्यक्तिगत रूप से स्वतन्त्र चुनाव नहीं कर सकते। उन्हें यह चुनने का अधिकार नहीं है कि वे किस पक्ष से युद्ध करेंगे।...युद्ध तो राजनीति प्रेरित होते हैं। उनका कारण न धर्म है, न सम्बन्ध। किसी सेनापति को राजा यह अनुमति नहीं दे सकता कि युद्ध के लिये, व्यक्तिगत सम्बन्धों के लिये, अपने स्नेह और प्रेम के समय वह यह सोचने लगे कि वह अपना पद त्याग कर धर्म के लिए, न्याय के लिये युद्ध करेगा।...सन्धि-विग्रह का निर्णय केवल राजा करता है, और उसका आधार राजनीतिक स्वार्थ होता है। जिस प्रकार सैनिक को यह अधिकार नहीं है कि वह यह निश्चय करे कि किस युद्ध में कौन-सा व्यूह रचा जायेगा, वह अधिकार केवल सेनापति का है, वैसे ही सेनापति को यह अधिकार नहीं है कि वह यह निर्णय करे कि कौन-सा युद्ध होगा और कौन-सा नहीं, न यह अधिकार है कि वे यह निर्णय करें कि कौन-सा युद्ध होगा, कौन-सा नहीं, किसके साथ युद्ध होगा, किसके साथ नहीं। यह अधिकार केवल राजा का है।...भीष्म को न यह अधिकार है कि वे यह निर्णय करें कि कौन-सा युद्ध होगा और कौन-सा नहीं, न यह अधिकार है कि वे यह तय करें कि किसके साथ युद्ध होगा, किसके साथ नहीं। यह निर्णय तो दुर्योधन ही करेगा; अथवा करेंगे महाराज धृतराष्ट्र। भीष्म को तो केवल व्यूहों के विषय में ही सोचना होगा। सेना का संचालन करना होगा।...

सहसा दुर्योधन का चिन्तन थम गया।...वह इस सारे विषय को केवल अपनी ही चिन्ता क्यों मानता है? वह यह क्यों मानता है कि उसने व्यक्तिगत रूप से पाण्डवों का राज्य प्राप्त किया है और पाण्डवों का अज्ञातवास पूरा हो गया तो उसके राज्य का एक अंग, एक समृद्ध अंग उससे छिन जायेगा।...इस समस्या का रूप यह नहीं होना चाहिए। इसका रूप कुछ और होना चाहिए। हस्तिनापुर राज्य ने इन्द्रप्रस्थ को जीता था। अब इन्द्रप्रस्थ, हस्तिनापुर राज्य का एक प्रांत है। उसकी रक्षा, हस्तिनापुर राज्य का दायित्व है। यदि कोई राजा

सैनिक आक्रमण कर हस्तिनापुर का कोई प्रांत उससे छीनना चाहता है, तो उसकी रक्षा के लिये हस्तिनापुर का राजा ही नहीं, सारे सैनिक तथा प्रशासनिक अधिकारी तथा सैनिक युद्ध करेंगे।...तो फिर पाण्डवों से हस्तिनापुर के प्रान्तों को बचाना, अपने जय किए हुए प्रदेशों की रक्षा करना, केवल दुर्योधन का ही काम क्यों है। यह न उसका व्यक्तिगत स्वार्थ है, न लोभ। यह तो राजकीय कार्य है। हस्तिनापुर राज्य के प्रत्येक पदाधिकारी तथा कर्मचारी के इसमें सहयोग करना होगा। उसके लिए दुर्योधन को अपने मंडप अथवा एकांत कक्ष में अपना मस्तक भित्तियों से मारने की आवश्यकता नहीं है। इसका विचार तो राजसभा में होना चाहिए।...यदि अभी से, पाण्डवों की खोज के कार्य से ही दुर्योधन ने सारे सभासदों को अपने साथ नहीं लिया, तो जब युद्ध का निर्णय होगा, तब दुर्योधन उनसे यह अपेक्षा कैसे करेगा कि वे लोग युद्धक्षेत्र में अपना रक्त बहाएँगे...

"राजन! मैं यह नहीं कहता कि तुम्हारे गुप्तचर योग्य नहीं हैं, अथवा उन्होंने पाण्डवों को खोजने का प्रयत्न नहीं किया।" कर्ण बोला, "किन्तु यह तो सम्भव है कि वे पाण्डवों के विषय में जिस धारणा को ले कर उन्हें खोजने निकले थे, पाण्डवों ने उस प्रकार सोच कर कार्य न किया हो।"

"अपनी बात को कुछ अधिक स्पष्ट करके कहो अंगराज!" शकुनि ने कहा।

"मेरा विचार है कि हमारे गुप्तचरों ने सदा इस सृष्टि से देखा है कि युधिष्ठिर की धर्म में बहुत आस्था है, इसलिये वह अपने भाइयों के साथ किसी ऋषि के आश्रम में तपस्या कर रहा होगा। अथवा अपने केश और श्मश्रु बढ़ा कर, वेश बदल कर, किसी तीर्थस्थान पर बैठा होगा। मैंने उन गुप्तचरों को यह कहते सुना है कि उन्होंने वनों में प्रत्येक कुंज में झाँक कर देखा है, प्रत्येक वृक्ष और लता के प्रत्येक पत्ते से पूछा है। इस प्रकार पाण्डवों को तब खोजना उचित था, जब वे वनवास कर रहे थे; तब नहीं जब वे अज्ञातवास कर रहे हैं।" कर्ण बोला, "एक तो प्रतिज्ञा के अनुसार ही, उन्हें वन में नहीं, जन-समाज में रह कर अज्ञातवास करना था, दूसरे अज्ञात बने रहने के लिये, भीड़ में बसना अधिक सुविधाजनक होता है, सबसे पृथक अकेले रहने में सबका ध्यान उस ओर जाता है।"

"उल्टी बात कह रहे हो अंगराज!" दुःशासन बोला, "भीड़ में तो व्यक्ति सुविधा से पहचाना जायेगा। वहाँ कोई-न-कोई तो उसे देख ही लेगा; और जो देखेगा, वह पहचान भी लेगा।"

"नहीं। ऐसी बात नहीं है।" कर्ण हँसा, "तुम यदि किसी ऋषि के आश्रम अथवा गुरुकुल में जाओगे, किसी एकान्त स्थान में बसोगे, तो वहाँ किसी को तुम्हारी आवश्यकता नहीं होगी। इसलिये प्रत्येक व्यक्ति जानना चाहेगा कि तुम कौन हो? कहीं अपराधी तो नहीं हो। यदि तुम उसके विचारानुसार अवांछित व्यक्ति हो, तो वह न तुम्हारे निकट रहना चाहेगा, न तुम्हें अपने निकट बनाए रखना चाहेगा। तुम्हें अपने निकट बनाए रखना, उसका कोई स्वार्थ सिद्ध नहीं करता।...इसके विपरीत, जन-संकुल स्थान में भीड़ होगी, किन्तु उसके साथ गतिविधि अधिक होने के कारण काम भी बहुत होगा, व्यापार भी होगा। वहाँ का व्यवसायी, उद्यमी और उत्पादक, सस्ते श्रम की खोज में रहता है। उस समय वहाँ जो भी कम पारिश्रमिक पर अधिक श्रम करने को प्रस्तुत होगा, वह उसे काम पर रख लेगा। वह यह जानने का प्रयत्न नहीं करेगा, कि वह व्यक्ति कौन है? कहाँ से आया है? चोरी करके तो नहीं आया? कहीं हत्या तो नहीं की? वह तो देखता है कि वह कम पैसे में काम कर रहा है या नहीं। इसी नियम के अन्तर्गत धनी और व्यवसाय-प्रधान राज्यों में प्रवासियों का स्वागत होता है। तुम्हें पता है कि निर्धन विदेशी और प्रवासी लोग अपनी आजीविका की खोज में कम पारिश्रमिक कर अधिक कार्य करते हैं। उनका स्वामी यह भी जानता है कि वे लोग अवैध रूप से कार्य कर रहे हैं। वे लोग अधार्मिक अथवा अपराधी मनोवृत्ति के भी हो सकते हैं; किन्तु वह उनका पता किसी को नहीं देता, क्योंकि वह उनके किन्हीं अज्ञात रहस्यों के कारण उनका अधिक-से-अधिक शोषण कर सकता है। उसे नियम, विधान, शास्त्र, धर्म, राज्य, समाज और राजा की चिन्ता नहीं होती। वह तो उस समय केवल अपना स्वार्थ देख रहा होता है।"

"तो अंगराज इस सारे सिद्धान्त-विवेचन से क्या प्रतिपादित हुआ?" दुःशासन अब भी हँस रहा था।

"मैं यह कहना चाह रहा हूँ कि पाण्डव किसी ऐसे ही जनसंकुल स्थान पर जा कर भीड़ में मिल गये होंगे; और तुम्हारे गुप्तचर उन्हें आश्रमों, तीर्थों, तथा वनों में खोजते रहे होंगे।" कर्ण बोला, "वे लोग हमारे किसी निकट के राज्य में होंगे और तुम्हारे गुप्तचर उन्हें हिमालय की कंदराओं में खोजते रहे होंगे।"

"मेरे गुप्तचरों और गूढ़ पुरुषों ने उपयुक्त पद्धति से खोजा होता तो वे अब तक उनका पता ले आये होते। आज तक वे उनका पता नहीं पा सके तो यह अपने आप में ही प्रमाण है कि वे लोग उचित स्थान पर नहीं पहुँचे हैं।" दुर्योधन बोला, "मेरा प्रश्न तो यह है कि अब इस एक सप्ताह में उन्हें कैसे खोजा जाये? उनके कहाँ होने की सम्भावना है?"

सभा में मौन छा गया। यह तो स्पष्ट ही था कि दुर्योधन पाण्डवों को खोजने के लिये अत्यन्त व्यग्र था। ऐसे में उसके सम्मुख किसी सम्भावना की चर्चा करना और कोई मार्ग सुझाना भी संकट का ही काम था।

किसी को बोलते न देख दुर्योधन ने आचार्य द्रोण की ओर देखा, "आचार्य! आप पाण्डवों के गुरु हैं। उनकी प्रवृत्ति, प्रकृति तथा स्वभाव को भलीभाँति जानते हैं। क्या आप कुछ सुझा सकते हैं कि पाण्डव कहाँ होंगे?"

"पाण्डव कहाँ होंगे, यह कहना तो कठिन है।..."

"क्यों? कठिन क्यों है??" दुर्योधन जैसे झपट कर बोला, "अज्ञातवास क्या युद्धशास्त्र का विषय नहीं है? संकटकाल में शत्रु से अपनी रक्षा के लिये अज्ञातवास कहाँ और कैसे करना चाहिए, इसका आपने समुचित अध्ययन किया होगा। क्या आपके मन में कोई कल्पना नहीं जागती कि पाण्डवों की स्थिति में व्यक्ति को कहाँ छिपना चाहिए? कहाँ छिप सकते हैं?? कहाँ छिपे होंगे???"

आचार्य को दुर्योधन का व्यवहार पर्याप्त अपमानजनक लगा। उसे पता ही नहीं चलता कि वह कहाँ मर्यादा को भंग कर आगे बढ़ गया है। जब वह उनका शिष्य होता है, तो उनके चरणों में बैठता है; और जब युवराज होता है, तो किसी के भी सिर पर चढ़ कर बैठ सकता है।...उन्होंने स्वयं को संयत किया। वे उसके गुरु हैं, तो उसके सभासद भी हैं। वे अपने इन दोहरे सम्बन्धों की उपेक्षा नहीं कर सकते। उन्हें इस समय उसके सभासद का सा ही व्यवहार करना है। बोले, "तुम इस समय बहुत उत्तेजित हो युवराज! इसलिये यह भूल रहे हो कि पाण्डवों ने शास्त्र के आधार पर अपने छुपने की योजना नहीं बनाई होगी। शास्त्र के अनुसार तो उन्हें इस समय द्वारका अथवा कांपिल्य में होना चाहिए था; क्योंकि उन्हीं दो नगरों में उनके वे आत्मीय लोग हैं, जो उनकी सबसे अधिक रक्षा कर सकते हैं। उन दो स्थानों को तो तुम्हारे गुप्तचर भली प्रकार छान ही आये हैं। वस्तुतः तुम्हारे गुप्तचरों ने अपना सबसे अधिक और मूल्यवान समय इन्हीं दो नगरों में गँवाया है। यदि उन्होंने बुद्धि से काम लिया होता तो उन्हें यह बात बहुत पहले समझ आ जानी चाहिए थी कि इन दो नगरों में जाने की भूल पाण्डव कभी नहीं करेंगे।"

"हम यही तो जानना चाह रहे हैं आचार्य! कि पाण्डव कहाँ जा सकते हैं?" दुर्योधन का स्वर अब भी बहुत सम्मानजनक नहीं था।

"इतनी बड़ी पृथ्वी पर पाण्डव कहीं भी जा सकते हैं।" आचार्य बोले, "मैं तो एक दिन के लिये भी हस्तिनापुर से बाहर नहीं गया हूँ। मैं कैसे कह सकता हूँ कि वे कहाँ गये होंगे। हाँ! इतना बता सकता हूँ कि पाण्डव धर्मनिष्ठ लोग हैं। वे परस्पर प्रेम करते हैं और अपने बड़े भाई धर्मराज युधिष्ठिर की आज्ञा के अधीन रहते हैं।..."

"यह तो हम भी जानते हैं।" दुःशासन बोला।

"किन्तु तुम यह नहीं जानते कि ऐसे लोग उस प्रकार की मृत्यु को प्राप्त नहीं होते, जैसी मृत्यु की कामना तुम्हारे गुप्तचर उनके लिये कर रहे हैं।" द्रोण तेजस्वी स्वर में बोले, "पाण्डव न तो नष्ट हुए हैं और न ही वे कर्ण के सिद्धान्तों के अनुसार कहीं तिरस्कृत जीवन व्यतीत कर रहे होंगे। ऐसे धर्मनिष्ठ लोगों का तिरस्कार प्रकृति भी स्वीकार नहीं कर सकती।"

कर्ण ने आचार्य पर एक तिरस्कारपूर्ण दृष्टि डालकर दुर्योधन की ओर देखा।

"इस प्रकार के निष्कर्षों से हम पाण्डवों को खोज तो नहीं सकते।" दुर्योधन बोला, "आप हमें बतायें कि वे कहाँ होंगे।"

"मैं तुम्हें बताता हूँ दुर्योधन! कि राजा युधिष्ठिर कहाँ होंगे।" आचार्य के कुछ कहने से पहले ही भीष्म बोले।

दुर्योधन ने कुछ आश्चर्य से भीष्म की ओर देखा। वह तो अब तक अपने मन में एक ऊहापोह पाल रहा था कि भीष्म इस विषय में उसकी कोई सहायता करना भी चाहेंगे अथवा नहीं; और यहाँ भीष्म अपनी ही ओर से पाण्डवों को खोजने का सा प्रस्ताव कर रहे थे।

"कहिये पितामह!" दुर्योधन ने यथासम्भव विनीत होने का प्रयत्न किया।

"मैं आचार्य से सहमत हूँ कि युधिष्ठिर तथा उसके भाई अपने गुणों के कारण, अपनी सात्विकता के कारण, अपने धर्म के कारण नष्ट होने, अथवा कष्ट पाने के योग्य नहीं हैं। वे जहाँ भी होंगे, सम्मानपूर्वक होंगे। मैं उनके प्रति किसी विरोध के कारण नहीं कह रहा, तुम्हारे हित के लिये बता रहा हूँ कि राजा युधिष्ठिर कहाँ होंगे।" भीष्म बोले, "जहाँ राजा युधिष्ठिर होंगे, वहाँ के लोगों का अकल्याण नहीं हो सकता। जहाँ राजा युधिष्ठिर होंगे, वहाँ पाप का नाश हो रहा होगा और धर्म की शक्तियाँ वर्द्धमान हो रही होंगी। प्रजा में धर्म की वृत्ति सबल होगी और राजा अधर्मियों के प्रभाव से मुक्त होगा। वहाँ प्रकृति मनुष्य के अनुकूल होगी। जहाँ राजा युधिष्ठिर होंगे, वहाँ राजा और प्रजा सुखी होंगे। जहाँ राजा युधिष्ठिर होंगे, वहाँ भय का नाश हो गया होगा और साधारण जन सुखी और सम्पन्न होंगे। जहाँ युधिष्ठिर होंगे, वहाँ पराई स्त्री तथा पराए धन की ओर कोई आँख उठाकर भी नहीं देखेगा।...अब तुम उन्हें खोज सको तो खोज लो।"

दुर्योधन ने चकित हो कर शकुनि की ओर देखा।

शकुनि मुस्कुराया और धीरे से बोला, "तुम्हारे पितामह हमें पाण्डवों का पता दे रहे हैं?"

"नहीं मातुल। ये केवल उनकी प्रशंसा कर रहे हैं।" और दुर्योधन पितामह से सम्बोधित हो गया, "पितामह! युधिष्ठिर की प्रशंसा तो आप सदा करते ही रहते हैं, इस समय भी कर रहे हैं। प्रश्न यह है कि इस समय इसका औचित्य क्या है?"

"धूप को वहीं खोजना चाहिए, जहाँ धरती सूखी हो। जल को वहीं खोजना चाहिए, जहाँ हरीतिमा हो। धर्मराज को वहीं खोजना चाहिए, जहाँ अधर्म पराजित हो रहा हो।" भीष्म बोले, "मैं तुम्हारे हित के लिये ही यह सब कह रहा हूँ। तुम्हारी इच्छा हो तो इन सूत्रों के माध्यम से धर्मराज को खोज लो, और मन माने तो अपनी प्रजा और अपने मन का अन्वेषण भी कर लो।..."

"बुड्ढा बौरा गया है।" शकुनि फिर धीरे से बोला।

"बौरा नहीं गया मातुल! यह हमें मूर्ख बना रहा है।" दुःशासन ने कहा।

दुर्योधन की दृष्टि कृपाचार्य की ओर घूमी, "आप क्या कहते हैं आचार्य?"

दुर्योधन को कोई उत्तर देने से पूर्व उनके मन में एक दृश्य घूम गया : ...वह अपनी बहन से मिलने गये थे। वहीं आचार्य से चर्चा करते हुए कुछ बातें इस विषय में भी उठी थीं। द्रोण का यह निश्चित और सुविचारित मत था कि दुर्योधन, पाण्डवों को उनके अज्ञातवास में ढूँढ़ पाये अथवा न ढूँढ़ पाये; किन्तु वह उनका राज्य उन्हें लौटायेगा नहीं। वह किसी न किसी बहाने से उनके अधिकार का तिरस्कार कर देगा।...और पाण्डव चुपचार लौट नहीं जायेंगे। युधिष्ठिर चाहे अपना अधिकर छोड़ भी दे, भीम उसकी बात नहीं मानेगा। भीम मान जाये, तो द्रुपद नहीं मानेगा।...इसीलिये पाण्डवों के अज्ञातवास की अवधि समाप्त होते ही, युद्ध की तैयारियाँ आरम्भ हो जायेंगी।...

कृपी ने चिन्तित हो कर पूछा था, "तो आप क्या करेंगे आचार्य! आपके तो दोनों ही शिष्य हैं। और आपको तो अर्जुन ही सबसे अधिक प्रिय है।"

आचार्य की मुद्रा देख कर ही कृप समझ गये थे कि कृपी का इस प्रकार प्रश्न करना द्रोण को रुचिकर नहीं लगा। फिर भी उन्होंने प्रश्न को टाला नहीं था। उन्होंने कहा था, "प्रिय तो मुझे अर्जुन ही है। आज भी यदि दुर्योधन और अर्जुन में से किसी एक को चुनना हो तो मैं अर्जुन को ही चुनूँगा।...पर द्रुपद के रहते, मैं पाण्डवों का आचार्य पद नहीं पा सकता; और उनका वेतनभोगी कर्मचारी बनकर मैं जीवित नहीं रह सकता।...यह तो तब है, जब किसी एक का पक्ष लेने की मुझे स्वतन्त्रता हो। मैं जानता हूँ कि धृष्टद्युम्न के अधिकार-क्षेत्र में पहुँचते ही मेरा जीवन समाप्त हो जायेगा। इसलिये मुझे अच्छा लगे या बुरा, अपने जीवन की रक्षा के लिये मुझे दुर्योधन की रक्षा करनी ही पड़ेगी।"

कृप ने तब से बहुत सोचा है। बहुत सारा समय ऊहापोह में बिताया

है। उनका द्रुपद से कोई वैर नहीं है। उनका पाण्डवों से कोई विरोध नहीं है। उनको दुर्योधन से कोई प्रेम भी नहीं है। चयन की स्वतन्त्रता हो, तो कदाचित् आज भी वे युधिष्ठिर और दुर्योधन में से युधिष्ठिर को ही चुनेंगे; किन्तु उनका भाग्य भी आचार्य के साथ ही बँधा है। वे अश्वत्थामा के विरुद्ध नहीं जा सकते, वे द्रोण के विरुद्ध नहीं जा सकते, वे न कृपी का विरोध कर सकते हैं, न उसके पति का।...

कृपाचार्य ने दृष्टि उठा कर देखा, दुर्योधन की दृष्टि उन पर ही टिकी हुई थी।

"मैं बहुत विवाद के पक्ष में नहीं हूँ, इसलिये चर्चा से अधिक कर्म पर बल है मेरा। विचार का विरोधी नहीं हूँ, किन्तु व्यवहार के पक्ष में हूँ।" कृप बोले, "आचार्य द्रोण से सहमत हूँ कि पाण्डवों के नष्ट होने की सम्भावना बहुत नगण्य है। इसलिये यह मानकर कि वे अब जीवित नहीं हैं, उनकी खोज स्थगित नहीं करनी चाहिए। महामना भीष्म से भी सहमत हूँ कि युधिष्ठिर को वहीं खोजो, जहाँ धर्म वर्धमान है। अपनी ओर से यही कहना चाहता हूँ कि पाण्डवों को वहाँ खोजो, जहाँ अब तक नहीं खोजा है। जिन राज्यों पर ध्यान नहीं दिया था, वहाँ ध्यान दो। विभिन्न राज सभाओं में स्थानीय सूत्रों से नहीं, अपने गुप्तचरों से सूचनाएँ एकत्रित करवाओ। दूसरों के सहारे से मत चलो, अपने बलबूते पर यह काम करो।"

दुर्योधन को लग रहा था कि इस सारी चर्चा का कोई लाभ नहीं हुआ। अपने जिन गुप्तचरों पर उसको इतना गर्व था, जिन्हें वह संसार के सबसे अधिक दक्ष गुप्तचर मानता था, उन्होंने इस पूरे एक वर्ष में अपनी अयोग्यता ही सिद्ध की है।...और अपने जिन वयोवृद्ध सभासदों से उसने चर्चा की है, उन्होंने भी किसी राज्य अथवा स्थान का नाम नहीं लिया था। उन्होंने केवल सैद्धान्तिक और वायवीय चर्चा ही की थी। उसका कोई लाभ नहीं था। सन्तोष की बात केवल यह थी कि उनमें से किसी ने भी उससे असहयोग करने अथवा पाण्डवों का पक्ष लेने में रुचि नहीं दिखाई थी। किसी ने यह नहीं कहा था कि उसे पाण्डवों को खोजने का अधिकार नहीं है, अथवा इस कार्य में वे उसकी सहायता करना नहीं चाहते। किसी ने यह नहीं कहा कि अब पाण्डवों को उनका राज्य लौटा दिया जाना चाहिए...

"युवराज!" दासी ने आकर धीरे से उसके कान के पास कहा, "त्रिगर्तराज सुशर्मा आपके दर्शनों के लिये द्वार पर खड़े हैं।"

दुर्योधन को यह समाचार अच्छा नहीं लगा। सुशर्मा से उसे पूरी सहानुभूति थी। उसे उसने महत्त्व भी बहुत दिया था। सुशर्मा आरम्भ से ही युधिष्ठिर

के विरुद्ध था। त्रिगर्त क्षेमंकर की हत्या नकुल के हाथों हुई थी। सुशर्मा का पाण्डव-विरोध बढ़ता ही गया था। इसलिये दुर्योधन के मन में उसके प्रति आकर्षण था। जैसे-जैसे त्रिगर्तों और मत्स्यों की शत्रुता बढ़ती गयी थी, वैसे-वैसे सुशर्मा भी दुर्योधन के निकट आता चला गया था। इधर पिछले प्रायः एक वर्ष में कीचक ने उसे इतना पीड़ित किया था कि उसे सहायता के लिये दुर्योधन के आश्रय में आना पड़ा था। दुर्योधन ने उसका अच्छा आतिथ्य किया था। उसके सत्कार और सहायता में किसी प्रकार की कमी नहीं की थी।...किन्तु इस समय दुर्योधन अपनी समस्या में इतना उलझा हुआ था कि सुशर्मा की व्यथा-कथा सुनने के लिये उसके पास न समय था, न धैर्य। वह इस एक सप्ताह में पाण्डवों को न खोज पाया तो वे अपना राज्य माँगने के लिये, उसकी छाती पर आ खड़े होंगे। उस समय जो युद्ध होगा, उसमें दुर्योधन, सुशर्मा की क्या सहायता करेगा। उसमें तो दुर्योधन चाहेगा कि सुशर्मा ही उसकी सहायता करे...

उसे सुशर्मा की सहायता की आवश्यकता है। पाण्डवों के एक-एक शत्रु की उसे आवश्यकता है। तो वह सुशर्मा से भेंट को कैसे टाल सकता है। ऐसे उन्मत्त लोग ही तो उसके सबसे बड़े सहायक होंगे, जो उससे कुछ भी माँगे बिना, अपने प्राण देकर, पाण्डवों का नाश करने पर तुले रहेंगे।

"लिवा लाओ।" उसने कहा।

दासी की आँखों में आश्चर्य का भाव झलका। दुर्योधन ने पहले यही आदेश दिया था कि वह इस समय गुप्त मंत्रणा में है, इसलिये किसी से भी भेंट नहीं करेगा। वह तो यह अपेक्षा लेकर आयी थी कि युवराज का आदेश होगा कि उन्हें मना कर दो। यदि वह अधिक आग्रह करे तो रक्षकों को बुला कर उसे बाहर का मार्ग दिखा दो।...किन्तु नहीं, वह तो उसे लिवा लाने के लिये कह रहा था।...युवराज की गुप्त मंत्रणा समाप्त हो गयी है, उनका मन बदल गया है; अथवा त्रिगर्तराज सुशर्मा इतने महत्त्वपूर्ण हैं कि युवराज उनका तिरस्कार नहीं कर सकते?

सुशर्मा ने भीतर प्रवेश कर प्रणाम किया और आसन ग्रहण करने के स्थान पर खड़ा-खड़ा ही बोला, "युवराज! मैं जानता हूँ कि आप किसी महत्त्वपूर्ण गुप्त मंत्रणा में हैं। फिर भी मेरे गुप्तचर कुछ ऐसे समाचार लाये हैं कि मेरे लिये अपने राज्य की ओर तुरन्त प्रस्थान आवश्यक हो गया है। आप मेरी उतावली समझ सकते हैं। मैं आपको यही सूचना देने आया हूँ कि मैंने अपने लोगों को प्रस्थान की तैयारी करने का आदेश दे दिया है। हम लोग यथाशीघ्र किसी भी समय त्रिगर्त के लिये चल पड़ेगे।"

दुर्योधन को आश्चर्य हुआ। यह सुशर्मा, जो अपने शत्रुओं से पीड़ित हो कर, सहायता के लिये, उसकी शरण में पड़ा था, आज अकस्मात् ही बिना किसी प्रकार की सहायता लिये त्रिगर्त की ओर भाग जाना चाहता है। ऐसा क्या घटित हो गया है?

"बोलो मित्र! क्या बात है?" दुर्योधन बोला, "तुम्हारे गुप्तचर ऐसा क्या समाचार लाये हैं? उन समाचारों में हमारी भी तो रुचि हो सकती है।"

"विराटनगर से मेरे गुप्तचर समाचार लाए हैं कि मत्स्यों के सेनापति सूतपुत्र कीचक का किसी अज्ञात व्यक्ति ने रात के अन्धकार में वध कर दिया है।" सुशर्मा ने कहा, "हत्यारा अभी तक प्रकट नहीं हुआ है। मुझे हत्यारे का करना ही क्या है। मेरे लिये तो इतना ही पर्याप्त है कि त्रिगर्तों को प्रताड़ित करने वाला कीचक अब जीवित नहीं है। राजा विराट हम लोगों के सम्मुख वैसे ही असहाय है, जैसे हम कीचक के सम्मुख थे। अब हमारी बारी है। हम मत्स्यों को उनके किए का दण्ड देना चाहते हैं।"

कीचक की मृत्यु का यह आकस्मिक समाचार दुर्योधन को क्षण भर के लिये स्तब्ध कर गया।

"कीचक मारा गया?" दुर्योधन ने स्वयं को सँभाला, "तुम्हारा क्या अनुमान है? कीचक का वध क्या राजा विराट ने स्वयं करवाया होगा?"

"नहीं! ऐसा तो सम्भव ही नहीं है। विराट का कीचक से विरोध भी था; किन्तु उसे उसकी आवश्यकता भी थी।" सुशर्मा हँसा, "कीचक की सहायता के बिना तो विराट अपने अन्तःपुर पर भी शासन नहीं कर सकता था।...लोगों का विचार है कि वध करने वाला कोई अत्यन्त क्रोधी अदृश्य गन्धर्व है। कीचक का वध किसी शस्त्र से नहीं हुआ। लगता है कि किसी अत्यन्त बलशाली ने उसे अपने शरीरिक बल से ही पटक-पटक कर मार डाला है। उसको पीट-पीटकर उसके शरीर को मांस का एक लौंदा बना दिया गया है।..."

सुशर्मा बोलता जा रहा था और दुर्योधन के मन के अन्धेरे कोनों मे जैसे मंद-मंद प्रकाश होता जा रहा था।...कीचक को किसी ने मार दिया था।...उसे तो शस्त्र से भी मारना कठिन था और उसे किसी ने बिना शस्त्र के ही मार दिया था। इतना शारीरिक बल किसमें था?... जरासंध अब जीवित नहीं है। बलराम द्वारका में हैं। वैसे भी वे अदृश्य रहकर ऐसा काम क्यों करेंगे। उन्हें किसका भय है?...शल्य के भी मद्र से इधर आने की कोई सूचना नहीं है।...कहीं यह भीम तो नहीं? भीम इस समय स्वयं को प्रकट नहीं कर सकता। भीम...

"लोग कीचक के मारे जाने के कारण का भी तो कोई अनुमान लगाते होंगे।" दुर्योधन बोला।

"युवराज! वस्तुतः वहाँ बहुत कुछ घटित हो गया है।" सुशर्मा बोला, "लोगों का ही नहीं, कीचक के भाई तथा अनुगत उपकीचकों का विचार था कि कीचक, रानी सुदेष्णा की एक सैरन्ध्री पर मुग्ध था और उसे उसकी इच्छा के विरुद्ध बलात प्राप्त करने का प्रयत्न कर रहा था। अपनी मृत्यु से दो दिन पहले उसने सैरन्ध्री का सार्वजनिक अपमान भी किया था। उसी का प्रतिशोध लेने के लिये, उस सैरन्ध्री के उस गन्धर्व रक्षक ने उसे मार डाला।"

"सैरन्ध्री!" दुर्योधन के मन में बनने वाला चित्र कुछ अधिक स्पष्ट हो गया था, "वह सैरन्ध्री बहुत सुन्दर है क्या?"

"हाँ युवराज! गुप्तचरों का कहना है कि वह असाधारण सुन्दरी है। उपकीचकों ने कीचक के वध का प्रतिशोध लेने के लिये उस सैरन्ध्री को, जिस का नाम मालिनी है, कीचक के शव के साथ बाँध कर जलाने का निर्णय किया। राजा ने उसकी अनुमति भी दे दी। वे उसे बाँध कर भी ले गये। शमशान के बाहर वह गन्धर्व पुनः प्रकट हो गया। इस बार वह अदृश्य नहीं था; किन्तु उसने अपना चेहरा छिपा रखा था। अतः उसे पहचानना तो सम्भव नहीं था; किन्तु वह अत्यन्त बलशाली पुरुष था। उसने सैरन्ध्री को बचाने के लिये, उपकीचकों पर आक्रमण किया। कहते हैं कि उसके कुछ अदृश्य सहायक भी थे। उन लोगों ने सारे के सारे, एक सौ पाँच उपकीचकों का वहीं वध कर डाला।"

दुर्योधन के मन ने गति पकड़ ली थी।...सैरन्ध्री अवश्य ही द्रुपदपुत्री कृष्णा है; और उसका वह गन्धर्व रक्षक भीम ही है। तो शेष पाण्डव भी वहीं छिपे होंगे। पाण्डव उसके इतने निकट थे, और उसके मूर्ख गुप्तचर कहाँ-कहाँ धक्के खा रहे थे।

"वह सैरन्ध्री क्या अब राजा की बंदिनी है?" दुर्योधन ने पूछा।

"नहीं! वह पहले के ही समान, राजा के अन्तःपुर में रानी की सैरन्ध्री के रूप में रह रही है।"

"तो इसका अर्थ है कि राजा उससे भयभीत है। उसे दण्डित करने का साहस नहीं किया उसने। अन्यथा कीचक तथा एक सौ पाँच उपकीचकों की हत्या का कारण होते हुए भी सैरन्ध्री इस प्रकार स्वतन्त्र नहीं रह सकती थी।" दुर्योधन मन ही मन चिन्तन करता रहा, और फिर उसने सुशर्मा से पूछा, "वह गन्धर्व तो अज्ञात और अदृश्य है, किन्तु क्या विराटनगर में राजा का कोई ऐसा कर्मचारी है, जिसे वहाँ बलशाली माना जाता है?"

"मेरे गुप्तचर ने बताया है कि राजा का रसोइया बल्लव बहुत दीर्घाकार है।"

दुर्योधन जैसे अपने स्थान से उछल पड़ा। उसने पुकारा, "दासी!"

"महाराज!"

"गुप्तचर-प्रमुख शर्वनाग को उपस्थित करो। तत्काल! इसी क्षण।"

दासी के बाहर जाते ही वह बोला, "मेरा विचार है त्रिगर्तराज! कि आपके ही नहीं हमारे शत्रु भी विराटनगर में ही उपस्थित हैं।"

सबने चकित हो कर उसकी ओर देखा।

"मुझे पूरा विश्वास है कि वह सैरन्ध्री और कोई नहीं, पांचाली कृष्णा है। वह दीर्घाकार रसोइया भीम है; और कीचक को उसी ने मारा है। अन्य किसी मनुष्य में इतनी शक्ति नहीं है कि कीचक जैसे बलशाली पुरुष को इस प्रकार मार डाले। गन्धर्व के वे अदृश्य सहायक, उसके भाई हैं, जिनकी सहायता से उसने एक सौ पाँच उपकीचकों को मारा है।"

"यदि ऐसा ही था तो हमारे गुप्तचरों ने हमें सूचना क्यों नहीं दी?" दुःशासन बोला।

"यही पूछने के लिये तो शर्वनाग को बुलाया है।" दुर्योधन ने उत्तर दिया।

शर्वनाग ने आकर दुर्योधन को प्रणाम किया।

"शर्वनाग!" दुर्योधन का स्वर पर्याप्त कठोर था, "तुम्हारे चर पाण्डवों की खोज में पृथ्वी पर सब ओर गये। वे सारे देशों तथा सारे राज्यों में गये। पर्वतों की चोटियों और सागर तटों तक गये।..."

"जी महाराज!"

"क्या वे विराटनगर भी गये थे?"

"जी गये थे। वहाँ उन्हें कुछ भी महत्त्वपूर्ण दिखाई नहीं दिया था।"

"तुमने वहाँ कैसी खोज करवाई थी?"

"यद्यपि विराटनगर पर हमारा विशेष बल नहीं था, पर खोज हमने वहाँ भी करवाई थी।"

"क्या मैं जान सकता हूँ कि विराटनगर पर तुम्हारा विशेष बल क्यों नहीं था?" दुर्योधन का स्वर कुछ व्यंग्यात्मक हो गया था।

"हमने सबसे पहले तो यह विचार किया था कि पाण्डव यदि किसी नगर में जायेंगे, तो श्रमिक, व्यापारी अथवा सेवक बनकर तो रहेंगे नहीं। वे लोग राज-काज तथा सेना का काम जानते थे, तो किसी राजा के निकट उसकी सभा में ही रहेंगे; अथवा छद्म वेश में राजा के अतिथि हो कर रहेंगे। इसलिये हम ने यह विचार किया कि वे किस-किस राजा के निकट रह सकते हैं। अतिथि के रूप में द्वारका, कांपिल्य तथा अपने अन्य सम्बन्धियों के प्रासादों में रह

सकते थे। हमने वे सारे स्थान वर्ष भर छाने हैं, किन्तु वहाँ ऐसा अतिथि एक दिन को भी नहीं आया, जिस पर पाण्डव होने का सन्देह किया जा सके।"

"मैं पूछ रहा हूँ कि विराटनगर पर तुम्हारा बल क्यों नहीं था?"

"युवराज! विराटनगर यहाँ से इतना निकट है कि वे लोग वहाँ रह कर अज्ञात बने रहने की कल्पना भी नहीं कर सकते थे।" शर्वनाग बोला, "फिर वहाँ राजा विराट तो पाण्डवों को आश्रय देने के पक्ष में हो सकते थे; किन्तु उनका सेनापति कीचक रंचमात्र भी पाण्डवों के पक्ष में नहीं था। इसलिये उसके तथा उसकी बहन रानी सुदेष्णा के रहते पाण्डवों को राजा विराट की सभा में स्थान मिल नहीं सकता था।"

"किन्तु कीचक तो इतने समय तक त्रिगर्त में उत्पात मचा रहा था।" दुर्योधन बोला, "वह विराटनगर में था ही कहाँ?"

"कीचक चाहे विराटनगर में नहीं था; किन्तु उसका आतंक वहाँ था। रानी सुदेष्णा वहाँ थीं। विराटनगर जिस प्रकार कीचक के नियन्त्रण में है, उसको देख कर तो कोई कल्पना भी नहीं कर सकता कि वे कीचक की इच्छा के विरुद्ध पाण्डवों को अपनी सभा में स्थान देने का साहस कर सकते हैं।" शर्वनाग बोला, "फिर भी महाराज! हमने विराटनगर की राजसभा पर दृष्टि रखी। इस सारी अवधि में राजा ने अपनी सभा में केवल एक नये व्यक्ति को नियुक्त किया था। पर वह पाण्डवों में से एक नहीं हो सकता था।"

"क्यों नहीं हो सकता था?" दुर्योधन ने कठोरता से पूछा।

"पहली बात तो यह है कि वह अकेला था; और यह हम सब जानते हैं कि पाण्डव जहाँ भी होते हैं, इकट्ठे होते हैं।" शर्वनाग ने उत्तर दिया, "दूसरा कारण यह है कि वह व्यक्ति राजा का द्यूत-सहचर ही नहीं, एक प्रकार से द्यूत-विद्या का गुरु था। और यह हम सब ही जानते हैं कि पाण्डवों में से किसी को भी द्यूत-विद्या का ऐसा ज्ञान नहीं है कि वे किसी राजा को द्यूत सिखा सकें।"

दुर्योधन शर्वनाग का विरोध नहीं कर सका। वह सत्य ही कह रहा था कि पाण्डवों में से किसी को भी द्यूत-विद्या का साधारण-सा भी ज्ञान नहीं था। युधिष्ठिर खेल तो लेता था; किन्तु उसे खेलना नहीं कह सकते।

"राजा ने और किसी व्यक्ति को नियुक्ति नहीं दी?" दुर्योधन ने पूछा।

"राजसभा में और कोई व्यक्ति नियुक्त नहीं किया गया।" शर्वनाग दृढ़ता से बोला।

"न हो राजसभा, एक नगर में सैकड़ों काम होते हैं।"

"युवराज का कथन सत्य है।" शर्वनाग बोला, "इतनी बड़ी पृथ्वी पर हमारे एक सहस्र गुप्तचर न तो प्रत्येक स्थान पर पहुँच सकते हैं, न प्रत्येक व्यक्ति के

विषय में सूचना एकत्रित कर सकते हैं। हमें कुछ तो अनुमान करना ही पड़ेगा कि हमारा वांछित व्यक्ति कहाँ हो सकता है। हमारी चिन्तन पद्धति के अनुसार विराटनगर में पाण्डवों के होने की कोई सम्भावना नहीं थी।"

"तुम मूर्ख हो।" दुर्योधन जैसे फट पड़ा, "राजा ने एक रसोइया भी नियुक्त किया था।"

"विराटनगर में हमारे सूत्रों ने हमें ऐसी कोई सूचना नहीं दी।" शर्वनाग का स्वर कुछ धीमा हुआ, "और वैसे भी महाराज! रसोइया तो रसोई में ही होगा, वह राजसभा की नियुक्ति नहीं है।"

"प्रश्न राजसभा की नियुक्ति का नहीं है। सत्य यह है कि पाण्डव वहीं थे और तुमने उनकी ओर ध्यान नहीं दिया।" दुर्योधन बोला।

"भूल हुई युवराज! किन्तु न तो हमारे अनुमान के अनुसार पाण्डव वहाँ हो सकते हैं और न हमें उसका कोई प्रमाण मिला है।" शर्वनाग बोला, "यदि राजसभा का कंक अथवा पाकशाला का बल्लव पाण्डवों में कोई है, तो आप मेरा विश्वास कीजिए महाराज! कि राजा विराट को भी सूचना नहीं है कि वे कौन हैं। उन्होंने कभी उनसे वैसा व्यवहार नहीं किया, जैसा वे पाण्डवों के साथ करना चाहेंगे।"

"मेरा इससे कोई सम्बन्ध नहीं है कि राजा विराट ने उन्हें पहचाना अथवा नहीं।" दुर्योधन क्रुद्ध हो कर बोला, "मैं तो इतना जानता हूँ कि तुम उन्हें खोज नहीं पाये।"

"यदि पाण्डव विराटनगर में उपस्थित हैं, तो मैं अपने गुप्तचरों की असफलता स्वीकार करता हूँ युवराज!"

"तुम्हारी यह स्वीकृति क्या पाण्डवों को फिर से बारह वर्षों के लिये वन भेज देने के लिये पर्याप्त है?" दुर्योधन का क्रोध किसी भी प्रकार कम नहीं हो रहा था, "अब जब यह पता लग ही चुका है कि पाण्डव विराटनगर में हैं, जाओ अन्य पाण्डवों को भी खोजो कि वे किस बिल में छिपे बैठे हैं। उनके वहाँ होने के निश्चित प्रमाण लाओ। अन्यथा...अन्यथा तुम्हारे गुप्तचरों की असफलता, तुम्हारे जीवन की असफलता में परिणत हो जायेगी।"

शर्वनाग के कुछ कहने से पहले ही सुशर्मा बोला, "युवराज! मेरा विचार है कि अब यह कार्य मुझे करने दिया जाये।"

दुर्योधन ने उसकी ओर देखा।

"मैं तो मात्र इतनी सी बात से ही उत्साहित था कि कीचक मारा गया है। यह तो मैंने सोचा ही नहीं था कि यह इतना बड़ा समाचार है कि उससे आपके और मेरे शत्रुओं के एक साथ विनाश का अवसर उपलब्ध हो जायेगा।"

सुशर्मा ने कहा, "मेरा विचार है कि आप मुझे अनुमति दें कि मैं अपने सैनिकों के साथ विराटनगर पर आक्रमण करूँ। विराट की सारी धन सम्पत्ति का हरण करूँ और आपके शत्रुओं को बाँधकर आपके चरणों में ला डालूँ।"

"मेरा भी एक प्रस्ताव है युवराज!" कर्ण बोला, "क्यों न हमारी सेना भी त्रिगर्तराज के साथ जाये। मैंने सुना है कि विराटनगर में अनमोल गोधन है। हम उसका हरण कर लेंगे। यदि पाण्डव वहाँ छिपे हुए हैं, तो वे अवश्य ही राजा की सहायता को आयेंगे। उस समय हम उन्हें पहचान लेंगे। और यदि पाण्डव वहाँ नहीं हैं, तो हम विराटनगर का वैभव लूट लाएँगे। कीचक ने बहुत सारे राज्यों का धन लूटकर उनको कंगाल कर दिया था, अब विराटनगर भी देखे कि निर्धनता क्या होती है।"

दुर्योधन अपने मन में एक योजना बना रहा था। धीरे से बोला, "यह तो निश्चित रहा कि हम दोनों की सेनाएँ विराटनगर पर तत्काल आक्रमण करें। पूरी शक्ति से करें। उसकी विस्तृत योजना पर हम लोग अभी विचार कर लेते हैं।..."

53

"भाभी! मत्स्य देश से समाचार आया है कि वहाँ के सेनापति कीचक को किसी बलवान गन्धर्व ने रात के अन्धकार में बिना किसी शस्त्र के ही मार डाला है।"

कुन्ती ने थोड़ी देर चुपचाप विदुर की ओर देखा और फिर पूछा, "यह तुम्हारा समाचार है अथवा दुर्योधन को भी ज्ञात है?"

"यह समाचार तो सुशर्मा ने दुर्योधन को ही दिया है।"

"क्या दुर्योधन समझ गया है?"

"हाँ भाभी! उसे पूरा विश्वास है कि यह भीम का ही काम है। वे लोग विराटनगर पर आक्रमण की तैयारी में हैं। कदाचित दो एक दिनों में प्रयाण होगा।"

"कुछ और भी पता चला?" पारंसवी ने पूछा।

विदुर ने सारी बात विस्तार से बताई।

"इसका परिणाम क्या हो सकता है विदुर?"

"अज्ञातवास समाप्त होने में सप्ताह भर शेष है भाभी। अब तो आज का दिन भी गया। इस दृष्टि से छह दिन ही और रह गये।" विदुर बोले, 'इन छह दिनों में ये लोग विराटनगर पहुँच कर विराट को पराजित कर, पाण्डवों को

प्रकट होने को बाध्य करने में सफल होंगे—इसमें मुझे तो संदेह है। और यदि पाण्डवों को सूचना मिल गयी कि दुर्योधन आ रहा है, तो वे लोग बचा हुआ एक आध दिन इधर-उधर भी तो बिता सकते हैं। किसी और नगर में जा सकते हैं। उनका विराटनगर में ही रहना क्या आवश्यक है। और हमें अभी उनके विषय में सब कुछ ज्ञात भी तो नहीं है। सम्भव है कि इस घटना के पश्चात वे लोग वहाँ से कहीं और चले ही गये हों।'

"तुम्हारी बात सत्य है विदुर! इस घटना के पश्चात वे लोग वहाँ से चले भी गये हो सकते हैं।" कुन्ती बोली, "किन्तु मेरा विचार है कि वे लोग वहाँ से न ही जायें तो अच्छा है। उन्हें ये शेष छह दिन भी विराटनगर में ही व्यतीत करने चाहिए।"

"क्यों भाभी? इतना संकट मोल लेने की आवश्यकता है?" पारंसवी ने पूछा।

"विराट से दुर्योधन वैसे ही प्रसन्न नहीं है। वह जानता है कि विराट ने युधिष्ठिर को अपना सम्राट स्वीकार किया था; और उसने दुर्योधन का कभी सम्मान नहीं किया है।" कुन्ती ने कहा, "किन्तु स्थिति इतनी सरल भी नहीं है। विराट का सेनापति कीचक, राजा के प्रति अपने विरोध के कारण, अथवा मात्र विराट पर दबाव बनाए रखने के लिये, पाण्डवों का साथ नहीं चाहता था। कीचक न पाण्डवों के साथ था न विराट के साथ। सम्भवतः वह दुर्योधन की मैत्री स्वीकार करता, किन्तु वह त्रिगर्तों को कई बार पीड़ित कर चुका था और त्रिगर्तराज सुशर्मा दुर्योधन का मित्र था। इसलिये कीचक दुर्योधन का मित्र भी कभी नहीं हो सका।"

"मुझे तो लगता है भाभी! कि दुर्योधन के मन में सुशर्मा तथा कीचक दोनों की ही मैत्री की इच्छा थी, क्योंकि ये दोनों ही पाण्डवों के विरोधी थे। किन्तु सुशर्मा के कारण वह कीचक के प्रति अपनी मित्रता नहीं जता पाया और कीचक के कारण खुलकर सुशर्मा की सहायता नहीं कर पाया। अब कीचक बीच से हट गया है; और दुर्योधन के लिये कोई द्विविधा नहीं रह गयी है। विराट उसका भी विरोधी है और सुशर्मा का भी।"

"इसीलिये तो कह रही हूँ कि अब सुशर्मा तथा दुर्योधन दोनों मिल कर अपना सारा संचित आक्रोश निकालेंगे। विराट उनके सम्मुख सर्वथा असहाय होगा। ऐसे समय में मेरे पुत्रों को चाहिए कि वे उसकी सहायता करें।" कुन्ती ने कहा, "उन्होंने वर्ष भर उसके आश्रय में व्यतीत किया है। उसका अन्न खाया है। वे कृतघ्न नहीं हैं, इसलिये उन्हें विराट की सहायता करनी चाहिए।

यदि वे स्वयं को बचाने के लिये विराटनगर छोड़ कर चले जायेंगे, तो दुर्योधन, विराट को पाण्डवों को अपने नगर में आश्रय देने के लिये भी दण्डित करेगा।"

"क्या विराट जानता था कि पाण्डव उसके नगर में हैं?"

"दुर्योधन के गुप्तचर-प्रमुख ने तो यही कहा है कि यदि कंक और बल्लव, युधिष्ठिर और भीम हैं तो राजा को भी इस बात का ज्ञान नहीं था।"

तीनों चुपचाप बैठे मन-ही-मन सोचते रहे।

"मुझे लगता है कि भीम को कुछ धैर्य रखना चाहिए था।" पारंसवी बोली, "महीना भर और निकल जाता तो किसी प्रकार का कोई संकट नहीं रह जाता। फिर चाहे वे अपने ढंग से अपना प्रतिशोध ले लेते।"

"इतना तो स्पष्ट ही है कि यह सब कुछ भीम ने किया है और पांचाली के अपमान का प्रतिशोध लेने के लिये ही किया है।" विदुर ने कहा, "हमें सारी घटनाओं का ज्ञान नहीं है, इसलिये हम निश्चित रूप से नहीं कह सकते कि भीम को धैर्य धारण करना चाहिए था अथवा नहीं।"

"यदि कंक ही युधिष्ठिर है, तो निश्चित रूप से उसने पांचाली को धैर्य धारण करने को कहा होगा।" कुन्ती बोली, "पर प्रश्न यह है कि कीचक ने सैरन्ध्री का अपमान करने के पश्चात उसका पीछा छोड़ दिया था क्या? तो कुछ अंशों में धैर्य धारण करना उचित था; किन्तु यदि उस अपराध के पश्चात् भी कीचक को राजा ने दण्डित नहीं किया और कीचक फिर से सैरन्ध्री को अपमानित करने पहुँच गया, तो ऐसी स्थिति में क्या धैर्य धारण करना चाहिए था?"

"सामान्य स्थितियों में तो चाहे धैर्य न रखते, किन्तु अज्ञातवास...।"

"प्रश्न अज्ञातवास का नहीं है।" विदुर बोले, "मेरे मन में तो यह समस्या एक द्वन्द्व के रूप में आती है।"

कुन्ती और पारंसवी ने उनकी ओर देखा।

"मनुष्य के लिये कार्यसिद्धी को अपना लक्ष्य मानना उचित है अथवा अपने सम्मान को?" विदुर बोले, "यदि कार्यसिद्धि ही उसका लक्ष्य है, तो किसी भी सीमा तक अपमान सहा जा सकता है; किन्तु ऐसी स्थिति में किसी भी सीमा तक अधर्म भी किया जा सकता है। कर्ण ने कार्यसिद्धि को अपना लक्ष्य माना, इसलिये उसने अपने गुरु परशुराम से भी अपना सत्य छुपाया। असत्य कथन किया। युधिष्ठिर ऐसा नहीं करेगा। अतः वह न अपना धर्म छोड़ेगा, न अपना सम्मान।"

"वह क्या करेगा, इसके विषय में मैं कुछ नहीं कह सकती।" कुन्ती ने कहा, "किन्तु मैं इतना तो जानती हूँ कि युधिष्ठिर प्रतिशोध का कभी समर्थन नहीं करेगा। अतः पांचाली के अपमान के पश्चात उसने अवश्य ही धैर्य धारण करने के लिये कहा होगा।...किन्तु एक बात मेरे मन में निरन्तर रहती है कि

युधिष्ठिर सामान्य पुरुष नहीं है। उसे क्रोध नहीं आता। उसके व्यवहार को देख कर सामान्य जन तो यही समझता है कि वह कायर है। इसीलिये मैं युधिष्ठिर के धैर्य और शान्ति से डरने लगी हूँ।..."

"आप नहीं चाहतीं कि युधिष्ठिर धैर्य धारण करे?" पारंसवी ने पूछा।

"मैं चाहती हूँ कि युधिष्ठिर उतना ही धैर्य धारण करे, जितना सम्मानजनक है। उस धैर्य का क्या लाभ, जिससे मनुष्य कायर समझा जाये।" कुन्ती ने उत्तर दिया, "और नारीत्व का अपमान ऐसा अपराध नहीं है, जिसके पश्चात् भी धैर्य धारण किया जाये। इसलिये यदि सैरन्ध्री पांचाली ही है, और बल्लव भीम है, तो उनका अधैर्य शुभ ही है। मैं उस अधैर्य की प्रशंसा करती हूँ।"

"पर भीम द्वारा कीचक के वध से भयंकर स्थिति उत्पन्न हो गयी है न!" पारंसवी बोली, "वे लोग पांचाली को जीवित जलाने के लिये बाँध कर ले गये। यदि उचित समय पर पाण्डव नहीं पहुँचते तो पांचाली के प्राण ही चले जाते। अब उन्होंने पांचाली के प्राण तो बचा लिये हैं, किन्तु उनके पहचान लिये जाने का संकट सामने खड़ा है।"

"ठीक है, वे इस संकट को झेलें।" कुन्ती ने शान्त स्वर में उत्तर दिया, "किन्तु नारी के अपमान को न झेलें। मुझे तो कभी-कभी युधिष्ठिर के धैर्य से भय लगने लगता है। वह अपना राज्य प्राप्त करने का अधैर्य भी नहीं दिखाता है। उसे तो राज्य का कोई मोह ही नहीं है; किन्तु उसके कारण उसके भाई भी राज्य से वंचित हो जायेंगे; और प्रजा को दुर्योधन जैसे आततायी का शासन झेलना पड़ेगा। संसार अभी जरासंध को ही नहीं भूला है, ऐसे में इतनी जल्दी दूसरा जरासंध उत्पन्न हो गया, तो धर्म का सम्पूर्ण नाश हो जायेगा।"

"आप आशंकित हैं भाभी! कि यदि सारी प्रतिज्ञाएँ पूर्ण हो जाने पर भी दुर्योधन ने युधिष्ठिर को उसका राज्य नहीं लौटाया, तो भी युधिष्ठिर युद्ध नहीं करेगा?" विदुर ने पूछा।

"हाँ विदुर! मेरे मन में ऐसी आशंका है।" कुन्ती ने उत्तर दिया, "किन्तु मैं ऐसा होने नहीं दूँगी। यदि दुर्योधन उसका राज्य नहीं लौटाता तो युधिष्ठिर को युद्ध करना ही पड़ेगा। यह मेरा वचन है।"

विदुर और पारंसवी ने चकित दृष्टि से कुन्ती को देखा। उन्होंने कुन्ती का ऐसा तेजस्वी रूप पहले कभी नहीं देखा था।

54

प्रातः ध्यान कर विराट उठे तो उन्होंने रानी को देखा। उसने इस सयम तक तनिक भी श्रृंगार नहीं किया था। राजा को आश्चर्य हुआ। रानी को और किसी

बात का ध्यान रहे या न रहे, अपने श्रृंगार को वह कभी नहीं भूली। तो फिर आज?...सम्भवतः सुदेष्णा अपने भाइयों और सम्बन्धियों की मृत्यु का शोक मना रही थी। ऐसे में उससे इस विषय में कुछ पूछना राजा को उचित नहीं लगा। राजा उसके अवसाद का कारण पूछ बैठें और वह उत्तर देने के स्थान पर प्रतिप्रश्न कर बैठे कि क्या वे नहीं जानते कि पिछले दो दिनों में उसके कितने सम्बन्धी काल के गाल में समा गये हैं, तो वे उसको क्या उत्तर देंगे।

उन्हें लगा कि शायद रानी ने आज दर्पण ही नहीं देखा है। यदि देखा होता तो कैसा भी शोक क्यों न होता, वह इस रूप में दिन के प्रकाश में किसी भी व्यक्ति के सम्मुख नहीं आती, चाहे वह राजा ही क्यों न होते। और इस समय तक तो उसे कितनी ही सेविकाओं, परिचारिकाओं तथा दासियों ने देखा होगा।...उसका रूप भी तनिक आकर्षक नहीं लग रहा था। कौन कह सकता था कि यह वही रानी सुदेष्णा है, जिसके सम्मुख अनेक बार उसकी अपनी पुत्री उत्तरा का रूप भी फीका लगने लगता था। अवस्था भी कितनी अधिक लग रह रही थी, जैसे यौवन न जाने कब का विदा हो गया हो।

उसका रूप ही नहीं, व्यवहार भी पर्याप्त बदला हुआ था। उसके तेवर आज वैसे तीखे नहीं थे कि सामने वाले के हाथों के तोते उड़ा जायें। वह राजा के सम्मुख बहुत विनीत भाव से आयी थी। उसने उनके स्वास्थ्य के विषय में जिज्ञासा की थी। जानना चाहा था कि उनका मन तो प्रसन्न था न! उनसे पूछा था कि उन्हें आज प्रातः किसी विशेष वस्तु की आवश्यकता तो नहीं है। और फिर उसने बहुत धीरे से कहा, "क्या मैं आज भैया के भवन में चली जाऊँ? कुछ समय अपनी भाभियों के साथ व्यतीत कर आऊँगी। उनके शोक में उन्हें सान्त्वना देने का प्रयत्न करूँगी।"

राजा चकित रह गये। आज सुदेष्णा उनसे अपने अपने भाई के घर जाने और अपनी भाभियों के शोक में सम्मिलित होने के लिये भी अनुमति माँग रही थी।...विचित्र बात थी। आज तक तो वह उन्हें अपनी किसी गतिविधि की सूचना तक देना आवश्यक नहीं समझती थी। वे ही अपनी ओर से पता लगवाते रहते थे कि रानी कहाँ है, क्या कर रही है, कब तक वापस अपने भवन में लौटेगी।...

"आप आज सभा में जायेंगे?" रानी ने पूछा।

"हाँ! सभा में तो जाना होगा।" राजा कुछ सोच कर बोले, "राज-परिवार शोक में है; इसलिये प्रजा का काम तो रुक नहीं सकता।"

"नहीं प्रजा की उपेक्षा उचित नहीं है।" रानी सहज भाव से कह गयी, जैसे वह कुछ भी असाधारण न कर रही हो, "पुत्र श्वेत भी आपके साथ जायेगा?"

राजा पुनः चौंके। रानी ने कभी इतने स्नेह से अपनी सपत्नी सुरथा के पुत्र का स्मरण नहीं किया था।

"उसे अपने साथ ले जाया कीजिए।" सुदेष्णा ने उनके उत्तर की प्रतीक्षा नहीं की, "युवराज को सभा में राजा के साथ जाना चाहिए, ताकि वह उचित निर्देशन में राज-काज सीख सके। प्रजा पालक राजा बन सके; अपनी ही प्रजा का रक्त पीने वाला राक्षस नहीं।"

राजा कुछ भी समझ नहीं पा रहे थे कि यह सब क्या है। यदि उन्होंने अपने मुख से अपने ज्येष्ठ पुत्र श्वेत को युवराज कह दिया होता तो सुदेष्णा उनका मुँह नोच लेती; और आज उसने बिना किसी संदर्भ के ही उसे युवराज कह दिया था।

"ठीक कह रही हो रानी!" राजा उससे सहमत हो गये।

दासी ने आ कर प्रणाम किया, "महाराज! आर्य शतानीक आपके दर्शनों के लिये द्वार पर उपस्थित हैं।"

"तो मैं चलती हूँ महाराज!" रानी उनके प्रति पूर्ण सम्मान प्रदर्शित करती हुई, अपने मण्डप की ओर चली गयी।

"लिवा लाओ।" राजा ने आदेश दिया।

शतानीक भी बहुत दिनों के पश्चात् उनके दर्शन करने भवन में आया था, नहीं तो उससे राजसभा में ही भेंट होती थी। वे सुनते रहते थे कि वह प्रायः कीचक के भवन पर जाया करता है। वहाँ उनके आपानक होते रहते थे। आज वह इधर कैसे आ गया?

"महाराज की जय हो।" शतानीक ने साधारण सभासदों के ही समान उनको प्रणाम किया।

"बैठो शतानीक!" राजा ने कहा, "कहो। आज प्रातः ही कैसे आये? कोई विशेष प्रयोजन?"

"मैं महाराज को बधाई देने आया हूँ।"

राजा ने चकित दृष्टि से उसकी ओर देखा, "कैसी बधाई?"

"कीचक और उपकीचक मारे गये हैं। अब विराटनगर एक प्रकार से स्वतन्त्र है। विराटनगर पर किसी का आतंक नहीं है।"

राजा समझ नहीं पा रहे थे कि वे क्या कहें। उनके मन में एक विचित्र प्रकार की उलझन थी।

"शतानीक! तुम जानते हो कि कीचक विराटनगर का सेनापति था। उसके कारण विराटनगर सुरक्षित था। उसके कारण हमारे अनेक शत्रु अपने दाँत पीसते

रह जाते थे, फिर भी उनके पग हमारी भूमि की ओर उठ नहीं पाते थे।" राजा बोले, "तुम यह भी जानते हो कि कीचक मेरा श्यालक था। उसकी मृत्यु के कारण रानी सुदेष्णा शोक में डूबी हुई हैं। यह राजपरिवार के शोक का अवसर है। तो भी तुम मुझे बधाई दे रहे हो?"

राजा की बात सुनकर शतानीक हतप्रभ रह गया। उसकी आँखें कुछ असहज रूप में खुली हुई थीं और उसका मन सोच रहा था कि कहीं उससे कोई भूल तो नहीं हो गयी?

उसने जैसे अपने आपको समेटा, "महाराज! राजपरिवार और साधारण परिवार में यही तो अन्तर है। पिता की मृत्यु पर कोई राजकुमार ही सुख का अनुभव कर सकता है, क्योंकि राजकुमार ही राजा बनता है। यह साधारण जन का अनुभव नहीं हो सकता। कीचक के विषय में मुझसे अधिक और कौन जानता है। उसके आतंक के कारण मैं और मदिराक्ष आपसे इतने दूर हो गये। हमारे मन आपके लिये तड़पते थे और जिह्वा कुछ कह नहीं पाती थी। हमारे पग आपके प्रासाद की ओर उठना चाहते थे और कीचक का स्मरण कर काँप कर रह जाते थे। क्या हम नहीं जानते महाराज! कि कीचक के कारण न किसी का धन सुरक्षित था और न सम्मान। उसने आपके सम्मुख सैरन्ध्री का अपमान किया और आप उसे दण्डित नहीं कर सके। यह क्या आपकी नीति थी? आप स्वेच्छा से ऐसा कर सकते थे?...अब आप स्वतन्त्र हैं। प्रभुसत्तासम्पन्न राजा हैं। आपके अधिकारों का अपहरण कोई नहीं कर सकता। सारे नगर में कीचक के वध को आपकी नीति माना जा रहा है कि किस प्रकार आपने एक अदृश्य गन्धर्व की ओट में उस दुष्ट कीचक से मुक्ति पा ली।"

"नगर में ऐसी चर्चा है क्या?"

"हाँ महाराज! लोग अपने राजा की बुद्धिमता की प्रशंसा कर रहे हैं।"

राजा का मन हुआ वे उच्च स्वर में हँस पड़ें। जिस गन्धर्व के भय के मारे उनकी आत्मा काँप रही है, लोग समझ रहे हैं कि वह गन्धर्व राजा का ही उपकरण है।

"और उपकीचकों के वध के विषय में लोग क्या कह रहे हैं?" राजा ने जिज्ञासा की।

"आपकी प्रजा का विचार है कि कीचक का वध करवा कर आपने उपकीचकों को सैरन्ध्री को बाँध कर ले जाने की अनुमति इसीलिये दी कि इस बहाने से उन से भी मुक्ति पायी जा सके; अन्यथा आप जैसा धर्मप्राण राजा, उपकीचकों को इस प्रकार की अनुमति कभी न देता।" शतानीक ने कहा।

विराट की इच्छा हुई कि वे अपने भाई को सब कुछ सत्य-सत्य बता दें;

किन्तु उनके विवेक ने उन्हें रोक दिया : यदि उनकी प्रजा उन्हें यह श्रेय दे रही है, तो उन्हें चुप ही रह जाना चाहिए।...यह शतानीक, जो इतने दिनों के पश्चात् उनके पास आकर इस प्रकार की चिकनी-चुपड़ी बातें कर रहा है, वह भी क्या उसी भय से उनके पास आया है? आज सुदेष्णा का व्यवहार बदला हुआ है, तो क्या वह भी इसी कारण बदला हुआ है? कीचक के जीवित रहते, वह किस प्रकार उन पर दबाव बनाए रखती थी। उसके जीवित रहते, उसने कभी श्वेत को युवराज बनाने की चर्चा नहीं की!...

विराट के मन में एक प्रकार की वितृष्णा जन्म ले रही थी।...यह उनका भाई था, जो उनके सम्मुख बैठा उनकी प्रशंसा कर रहा था। कीचक का भय था उसको, अथवा उसको शक्ति का वास्तविक स्रोत मान कर, उससे कुछ पाने का लोभ था? यदि वह मानता था कि कीचक का इतना आतंक था, तो उसने अपने भाई की सहायता करने के स्थान पर कीचक का पक्ष क्यों ग्रहण किया? भयवश? लोभवश?...तो क्या अब भी उसके मन में लोभ ही है?...एक वे पाण्डव हैं कि बड़े-से-बड़े भय और बड़े-से-बड़े लोभ की स्थिति में भी किसी ने किसी का साथ नहीं छोड़ा।...एक विराट की पत्नी है कि अपने भाई को शक्तिशाली मान कर अपने पति को उसके प्राण लेने की धमकी भी दे सकती है, और भाई के न रहने पर, पति के प्रताप से भी डर जाती है।...उधर पाण्डवों की पत्नी है जो अपने पिता का साम्राज्य छोड़ कर अपने पतियों के साथ वनवास के लिये चली जाती है। उसे तो कभी नहीं लगा कि वह अपने पिता और अपने भाई की शक्ति से बदवती हो कर, अपनी इच्छायें अपने पतियों पर आरोपित कर सकती है।...क्या विराट के घर में भी सम्बन्धों की वही स्थिति नहीं हो सकती?...यहाँ कमी किसकी ओर से है? स्वयं उनकी ओर से अथवा उनके भाइयों और पत्नी की ओर से?...अब जब कीचक का आतंक समाप्त हो गया है, और सैरन्ध्री के रक्षक ने उनके प्रति अपना रोष प्रकट नहीं किया है, तो क्यों न वे भी वही मान लें, जो उनकी प्रजा कह रही है। वे यदि युधिष्ठिर बनें, तो सम्भव है कि उनके भाई भी युधिष्ठिर के भाई बनने का प्रयत्न करें।...

"मेरा विचार है शतानीक! कि अब जब कीचक नहीं है, तो हमे विराटनगर में धर्मराज्य स्थापित करने का प्रयत्न करना चाहिए। कोई निर्धन न रहे, कोई असुरक्षित न रहे, किसी के विकास का मार्ग अवरुद्ध न हो, किसी को कोई विशेषाधिकार न हो, किसी को पराए धन तथा पराई स्त्री की ओर आँख उठाकर देखने का साहस न हो।"

"मेरे भी मन में कुछ ऐसी ही कल्पना जागी थी महाराज!" शतानीक ने कहा।

"उसके लिये आवश्यक है शतानीक! कि हम अपनी तथा अपनी प्रजा की रक्षा के लिये किसी और पर निर्भर न रहें। अपनी कल्पना के राज्य का निर्माण करना है तो उसके लिये श्रम भी स्वयं ही करना होगा, और संकट भी स्वयं ही झेलने होंगे।"

"आपका कथन सत्य है महाराज!"

"तो सेनापति का पद तुम सँभालो और नगर की सुरक्षा का दायित्व ग्रहण करो।" विराट बोले, "कीचक के बिगड़ैल सैनिकों को नियन्त्रित करो। आवश्यक होने पर उन्हें दण्डित करो।"

"इस कार्य में कोई विशेष कठिनाई होनी नहीं चाहिए महाराज!" शतानीक ने कहा, "कीचक और उपकीचकों के वध के कारण राज्य के सारे आततायी डरे बैठे हैं। वे यह समझ रहे हैं कि राजा न्याय करने पर तुले हैं। वे दुष्टों को अवश्य दण्डित करेंगे। ऐसे में सात्विक लोगों का उत्साह अपने चरम पर है और वे लोग हमारे साथ सहयोग करने के लिये आतुर हैं। इस समय यदि दुष्टों को बंदी किया जायेगा अथवा उन्हें दण्डित किया जायेगा तो उसका कोई विरोध नहीं करेगा। हमें इस अवसर का लाभ उठाकर सारी सत्ता तत्काल अपने हाथ में कर लेनी चाहिए और किसी दुष्ट को क्षमा नहीं करना चाहिए।"

"तो ऐसा ही करो।" विराट बोले, "कल की विशेष राजसभा की घोषणा कर दो। उसमें सारे विभागों के अध्यक्षों को बुला लो। उन सबसे उनके विभागों का विवरण लिया जायेगा। कोई यह न समझे कि राजा असावधान अथवा अक्षम है।"

"महाराज की आज्ञा का अक्षरशः पालन होगा।" शतानीक ने खड़े हो कर राजा को प्रणाम किया।

विराट दिन भर बहुत व्यस्त रहे। उन्हें लग रहा था कि विराटनगर में जैसे कोई नयी व्यवस्था स्थापित की जा रही है। दिन भर विभिन्न प्रकार के लोग आते रहे। अपने ही राज्य और प्रजा के विषय में राजा को अनेक नयी सूचनाएँ मिलीं। राजा को लग रहा था कि उनकी प्रजा पहली बार अपना मन उनके सामने खोल रही है।

रात के भोजन के समय उन्होंने बल्लव को देखा।

"क्या बात है बल्लव! बहुत प्रसन्न हो।" राजा बोले, "तुम्हें क्या मिल गया है?"

"मुझे क्या चाहिए। पाना और खोना तो विशिष्ट लोगों को होता है महाराज!" बल्लव बोला, "साधारण जन तो सत्य और धर्म की जय देख कर ही प्रसन्न हो जाता है। मैंने दिन भर देखा है, आपके सैनिकों का व्यवहार

बदल गया है। जहाँ कल तक वे किसी भी निर्बल और असहाय को देख कर उसे लूटने की सोचते थे, वहीं आज वे उसकी सहायता करते दिखाई दिये। मुझे लगता है महाराज! शक्तिशाली और प्रशासन में ऊँचे पदों पर बैठे लोगों को, जब उनके अपराधों का दण्ड नहीं दिया जाता है तो समाज की शुभ तथा कल्याणकारी शक्तियाँ हतोत्साहित हो जाती हैं। सामान्य जन भयभीत हो जाता है। वह अधिक, और फिर उससे भी अधिक कायर होता जाता है। उसके विपरीत संसार की अशुभ शक्तियों का साहस और भी बढ़ने लगता है। वे मानते हैं कि उन्हें रोकने वाला कोई नहीं है। वे अधिक-से-अधिक पाप करने लगते हैं, जैसे कीचक ने महारानी की सैरन्ध्री तक पर अत्याचार करना चाहा और उसे आपकी उपस्थिति में गिरा कर लात मारी। उसी का परिणाम था कि साधारण सैनिक भी किसी स्त्री को देखते ही, उसका अपमान करने पर तत्पर हो जाता था। मुझे लगता है महाराज! अपराध का दण्ड वैसे तो सबको ही मिलना चाहिए, किन्तु समाज के महत्त्वपूर्ण लोगों को तो उनके अपराधों का दण्ड तत्काल और कठोरता से मिलना चाहिए।"

"तुम तो बड़े विचारक हो बल्लव! मैं तो तुम्हें रसोइया ही समझता रहा।" राजा हँसे, "इसका अर्थ है कि तुम शाक और पक्वान्न के साथ ही नहीं, मनुष्यों के साथ भी न्याय कर सकते हो।"

"वह सब मैं नहीं जानता महाराज!" बल्लव नम्रता से बोला, "मैं तो साधारण जनों में रहता हूँ, इसलिये उनके मन की बात जानता हूँ। सामान्यतः राजा को केवल अपने राज्य की चिन्ता होती है, किन्तु साधारण जन को संसार में कहीं भी होता हुआ अन्याय चुभता है। उसका तादात्म्य किसी से भी हो सकता है, क्योंकि उसे किसी राजा से कुछ लेना-देना नहीं है। उसका स्वार्थ, न्याय के मार्ग में आड़े नहीं आता। वह तो बस सत्य, न्याय और धर्म की जय देख कर ही प्रसन्न हो जाता है। जैसे आज विराटनगर में प्रत्येक नागरिक प्रसन्न है। कीचक तथा उपकीचकों की मृत्यु से महारानी की सैरन्ध्री ही सुरक्षित नहीं हो गयी है, मत्स्यदेश की प्रत्येक स्त्री स्वयं को सुरक्षित मानने लगी है।"

"तुम ठीक कह रहे हो बल्लव!" राजा धीरे से बोले, "किन्तु क्या प्रजा यह नहीं कहती कि राजा ने उपकीचकों को सैरन्ध्री को जीवित जला देने की अनुमति दे कर अन्याय किया?"

"नहीं महाराज! प्रत्येक व्यक्ति समझता है कि राजा असहाय थे।" बल्लव ने उत्तर दिया, "वे समझते हैं कि राजा ने अपनी इच्छा और न्याय बुद्धि के विरुद्ध यह अनुमति दी थी। वे तो यहाँ तक कहते हैं कि आज से राजा स्वतन्त्र हो गये हैं।"

"कहते तो वे ठीक ही हैं; किन्तु जिन त्रिगर्तों से कीचक विराटनगर की रक्षा करता था, वे त्रिगर्त अब हमें स्वतन्त्र रहने देंगे, तब न!" राजा का मन प्रसन्न नहीं था।

"संसार में कोई किसी को स्वतन्त्र नहीं रहने देता महाराज!" बल्लव बोला, "स्वतन्त्रता तो अपने साहस, आत्मबल और बलिदान से प्राप्त की जाती है और निरन्तर तपस्या से उसकी रक्षा की जाती है। स्वतन्त्र तो वही रह सकता है, जो दासता और मृत्यु में से मृत्यु का वरण करता है, दाता का नहीं।"

"वाह!" राजकुमारी उत्तरा बोली, "तुम तो बहुत ही तेजस्वी हो बल्लव! तुम पाकशालाध्यक्ष कहाँ से बन गये, तुम्हें तो कहीं सेनापति, राजा अथवा राजगुरु होना चाहिए था।"

"राजकुमारी बड़ी दयालु हैं।" बल्लव हँसा, "पर मैं तो सामान्य और साधारण जन के मन की बात कह रहा था। राजा हो गया होता, तो साधारण जन के मन की बात कैसे जान पाता।" वह रुका, "आप शाक और लेंगी?"

उत्तरा फिर हँस पड़ी, "तुम बड़े चतुर हो बल्ल्व! बातों में भुला कर सदा ही आवश्यकता से अधिक भोजन करा देते हो। उधर मेरी गुरु बृहन्नला सदा से सम्यक और सीमित भोजन के पक्ष में हैं। वे कहती हैं कि आवश्यकता से अधिक भोजन साधना का शत्रु है। उससे तमोगुण की वृद्धि होती है।"

"नपुंसकों की बात छोड़ें राजकुमारी! मैं तो पुरुष के समान खाने के पक्ष में हूँ।"

"तुम अपने स्थान पर ठीक हो सकते हो बल्लव! किन्तु बृहन्नला को एक साधारण नपुंसक मान कर उनकी उपेक्षा नहीं कर देनी चाहिए।" उत्तरा बोली, "न जाने अपने किस पाप के कारण उन्होंने यह शरीर पाया है। वैसे वे महान् कलाकार और साधक तो हैं ही, महान् आत्मा भी हैं। मैंने उन्हें आज तक कभी कोई छिछोरी बात करते नहीं सुना। ऐसी गुरु तो किसी पुण्य के आधार पर ही मिल सकती हैं।"

"आप निश्चित रूप से उस सैरन्ध्री से प्रभावित हैं। वह ही बृहन्न्ला की ऐसी ही प्रशंसा करती फिरती है।"

"तुम तो अन्तःपुर के बहुत सारे रहस्य जानते हो बल्लव!" राजकुमार उत्तर बोला, "मैं तो समझता था कि तुम पाकशाला तक ही सीमित रहते हो।"

बल्लव अपने स्वर को दबा कर हँसा, "कौन पाकशाला तक नहीं जाता राजकुमार और रसोई किस व्यक्ति तक नहीं जाती।..."

"आपका भोजन हो गया हो महाराज! तो मैं उठना चाहूँगी।" सहसा सुदेष्णा बोली, "ये बच्चे तो आज बहुत ही वाचाल हो गये दीखते हैं। मुझे कुछ विश्राम की आवश्यकता है।"

"चलो भई उठो।" राजा कुछ हल्के ढंग से बोले, "महारानी आज बहुत थक गयी लगती हैं।"

रात्रि को राजा अपने विश्राम कक्ष में आये, तो रानी उनसे पहले ही वहाँ थी। सुदेष्णा अब भी सहज प्रसन्न नहीं थी।

"क्या बात है सुदेष्णे! क्या तुम्हें लगता है कि तुम्हारे भाई के देहांत पर और कोई भी दुखी नहीं है?"

रानी ने तत्काल कुछ नहीं कहा; किन्तु वह चुप भी नहीं रही। बोली, "नहीं! जिस कीचक का मरना सामान्य जन के लिये मुक्तिपर्व जैसा हो, उसके देहांत पर कोई शोक क्यों करे।..."

"इतना समझती हो तो फिर खिन्न क्यों हो?"

"आपसे सच कहूँ?"

"मुझे अपना सत्य नहीं बताओगी, तो फिर किसे बताओगी, सुदेष्णे! पति से भी निकट पत्नी के लिये कौन हो सकता है।"

"मैं देख रही हूँ कि मैं खिन्न हूँ। घबराई हुई हूँ।...पर मुझे लगता है, वस्तुतः मैं डरी हुई हूँ।"

राजा ने रानी को ध्यान से देखा : रानी के चेहरे पर भय ही था। उन्होंने पहले उस ओर ध्यान नहीं दिया था।

"किससे भयभीत हो सुदेष्णे? मुझसे??"

"नहीं महाराज!" सुदेष्णा की आँखों में अश्रु ही नहीं आ गये, कण्ठ में बहुत देर से रोकी हुई सिसकियाँ भी फूट पड़ीं।

राजा ने निकट जाकर पहले रानी के कंधे पर हाथ रखा और फिर उसे अपने वक्ष से लगा लिया। रानी का सारा संयम टूट गया। वह खुल कर रो पड़ी।

थोड़ी देर में रानी सँभली और बोली, "मैंने अक्षम्य अपराध किया है और अब उसी का दण्ड पाने से भाग रही हूँ।"

"पहले तो यह बताओ, तुम्हें किसका भय है?" राजा ने बहुत स्निग्ध स्वर में पूछा।

"सैरन्ध्री का। उसके रक्षक गन्धर्व का। सैरन्ध्री का पक्ष लेने वाले सामान्य जन का। अपनी प्रजा का।"

"अरे! अरे!! अरे!!!" राजा हँस पड़े, "इतने सारे लोगों का भय क्यों है तुम्हें?"

"मैंने जब पहले दिन सैरन्ध्री को कीचक के भवन में माधवी लाने के लिये भेजा था, तब भी मैं जानती थी कि कीचक के मन में क्या है। सैरन्ध्री ने मुझसे

कहा भी कि मैं किसी और को भेज दूँ, क्योंकि कीचक उसका अपमान करेगा। मैंने उसे उसकी इच्छा के विरुद्ध कीचक के पास जाने को बाध्य किया...।"

"वे सब अब अतीत की बातें हैं रानी!" राजा ने उसके कपोल थपथपाये, "उन्हें भूल जाओ।"

"मैं तो भूल जाऊँ; किन्तु न तो सैरन्ध्री इसको भूलेगी, न उसका रक्षक वह गन्धर्व। मुझे लगता है कि वह किसी भी क्षण कहीं भी प्रकट हो कर मेरी हत्या कर देगा।"

"और मुझे लगता है कि उसे तुम्हारी हत्या करनी होती तो वह अब तक कर चुका होता।" राजा बोले, "वह सैरन्ध्री के अपमान के लिये तुम्हें दोषी मानता तो जिस दिन सैरन्ध्री का अपमान हुआ, उसी रात को वह तुम्हारा वध कर देता।" राजा रुके, "मुझे तो लगता है रानी! उसने तुम्हें और मुझे क्षमा कर दिया है। उसने मान लिया है कि कीचक की शक्ति के सम्मुख हम असहाय थे। क्या तुमने कीचक के भय से ही सैरन्ध्री को उसके पास जाने को बाध्य नहीं किया?"

"भय तो था मेरे मन में महाराज! कीचक का भय भी था।" रानी ने बहुत धीरे से कहा, "किन्तु भय आपका भी था। सैरन्ध्री का भी था।"

"मेरा भय?" राजा चकित थे।

"हाँ महाराज! मुझे लगता था कि सैरन्ध्री मुझसे इतनी सुन्दर है कि किसी भी क्षण आप मेरा त्याग कर उसका हाथ थाम लेंगे।" रानी का कण्ठ अवरुद्ध हो गया, "इसलिये मैंने चाहा कि वह कीचक के अधीन रहे। न वह यहाँ से जाये और न आप उसे प्राप्त कर सकें।"

राजा स्तब्ध रह गये। कैसा कलुषित भय था रानी के मन में। पति पर तो विश्वास था ही नहीं।...पर ईश्वर पर तो विश्वास किया होता। एक पति परायणा सती नारी का सतीत्व नष्ट करवाना चाहती थी रानी...ताकि उसका पति उसकी ओर आकृष्ट न हो सके...राजा को लगा, उन्होंने अपनी इस रानी को कभी नहीं पहचाना। उन्होंने उसे जितना भी जाना, कम जाना। उन्होंने कभी कल्पना भी नहीं की थी कि कोई नारी किसी भी अन्य नारी के शीलभंग में सहायक हो सकती है; और यहाँ उनके अपने घर में उनकी अपनी पत्नी ने अपने भाई की सहायता से सैरन्ध्री जैसी नारी का सतीत्व भंग करवाने का प्रयत्न किया।...सैरन्ध्री, जो अपने रूप के आकर्षण से जिस दिन चाहे किसी भी राजा की महारानी बन सकती है; किन्तु वह सैरन्ध्री का कार्य कर रही है। ऐसी सती नारी के साथ इस प्रकार का छल।

"रानी! कुछ तो ईश्वर का भय रखा होता..." राजा के मुख से अनायास निकला।

"हाँ महाराज! यही तो सोच रही हूँ कि मैं आपसे डरती रही, कीचक से डरती रही, सैरन्ध्री से डरती रही; किन्तु उससे नहीं डरी, जिससे डरना चाहिए था।...न अधर्म से डरी, न अन्याय से, न पाप से डरी न अपराध से। डरना मुझे अपने मन से चाहिए था और जिस तिस से डरती रही...।"

"तुमने इस विषय में सैरन्ध्री से कोई चर्चा की है?" अन्ततः राजा ने पूछा।

"नहीं।" रानी बोली, "मैंने तो उसे बुलाया भी नहीं था; किन्तु वह अपने समय से काम पर आ गयी थी। मैंने उससे अपना प्रसाधन नहीं करवाया। बहुत हुआ, अब उसे सैरन्ध्री के समान आज्ञाएँ देने का साहस मुझमें नहीं है।"

राजा सोच रहे थे...और उस सैरन्ध्री को देखो, जिससे सारा मत्स्य देश काँप रहा है, वह अब भी रानी के केश सँवारने समय से पहुँच जाती है...

55

एक लम्बे अन्तराल के पश्चात आज विराट नगर की राजसभा अपनी सम्पूर्णता में जुटी थी। राजा, रानी, युवराज, अन्य राजकुमार, मन्त्री तथा महत्त्वपूर्ण अधिकारी एकत्रित थे। विराट के मन में बार-बार आ रहा था कि वे घोषणा करें कि विराटनगर और उसके राजा, अब आतताइयों से मुक्त हो गये हैं। अब विराटनगर का प्रशासन, प्रजा के कल्याण के लिये काम करेगा। प्रजा, वस्तुतः सन्तान होगी और राजा, एक वास्तविक पिता के समान उनका पालन करेंगे।...

पर यह सब कहने का अर्थ था कि यह भी स्वीकार कर लिया जाये कि अब तक वास्तविक सत्ता राजा के हाथ में नहीं थी। वे राजा दिखायी तो देते थे; किन्तु उनकी स्थिति एक काष्ठ पुत्तलिका से अधिक नहीं थी।...आज अपने इस विजय पर्व में अपनी पराजय की गाथा को स्मरण करना, राजा को शोभनीय नहीं लग रहा था।

सभा आरम्भ हुई। राजा ने घोषणा की, "राजपुरोहित, मन्त्री, सभासद तथा प्रजाजन सुनें। मैं आज अपने ज्येष्ठ पुत्र, श्वेद को मत्स्यदेश का युवराज नियुक्त कर रहा हूँ।"

सभा भवन में तालियाँ गूँजीं। किसी भी ओर से आपत्ति तो क्या अनुत्साह का भी प्रमाण नहीं मिला।

"मैं अपने छोटे भाई शतानीक को, राज्य की सेना का सेनापति नियुक्त करता हूँ।"

"पुनः तालियों की गड़गड़ाहट ने भवन को गुंजित कर दिया।

किन्तु राजा की तीसरी घोषणा से पूर्व ही द्वारपाल ने आकर राजा को प्रणाम किया, "महाराज! आपके गोवंश का पालक गोप आनन्दस्वरूप आपके दर्शनों के लिये खड़ा है और त्राही-त्राही कर रहा है। वह कहता है कि सूचना इतनी महत्त्वपूर्ण है कि तत्काल महाराज तक नहीं पहुँचाई गई, तो अनर्थ हो जायेगा।"

राजा को आश्चर्य तो हुआ कि ऐसी क्या सूचना हो सकती है; किन्तु उन्होंने विलम्ब करना उचित नहीं समझा।

"आने दो।" उन्होंने कहा।

आनन्द स्वरूप को राजा ने देखा। उसकी वेशभूषा किसी उत्सव के अनुकूल थी। उसने कानों में बड़े-बड़े कुंडल तथा भुजाओं पर अंगद धारण कर रखे थे; किन्तु वह सहज और शान्त नहीं था। लगता था कि वह बहुत शीघ्रता में आया था और बहुत व्याकुल था। सम्भवतः गोशाला से यहाँ तक वह अपना रथ दौड़ाता ही लाया था।

तंतिपाल भी चौंका। आनन्दस्वरूप का इस समय यहाँ होने का क्या अर्थ? अनेक गोशालाएँ उसकी देख-रेख में थीं। तंतिपाल की अनुपस्थिति में वह उन सबको छोड़ कर यहाँ कैसे चला आया?

आनन्दस्वरूप राजा को प्रणाम कर खड़ा हो गया।

"कहो गोप आनन्दस्वरूप!" राजा ने कहा, "क्या समाचार लाये हो।"

"महाराज! अनर्थ हो गया।" गोप का स्वर रुदन मिश्रित था, "त्रिगर्तों की सेना ने आज उषाकाल में, आपकी गोशाला पर आक्रमण कर दिया। हम ने उन्हें रोकने का बहुत प्रयत्न किया। हमारे पास जितने शस्त्र थे हमने उनका भी प्रयोग किया; किन्तु हम किसी सेना से युद्ध करने योग्य योद्धा तो हैं नहीं। वे युद्ध में हमें जीत कर; और भाई बन्धुओं सहित हमारा तिरस्कार कर, आपका सारा गोधन हाँक कर ले गये। आपका दक्षिण गोष्ठ, गोधन से सर्वथा शून्य हो गया है। अपना गोधन लौटा लाने का तत्काल कोई उपाय करें महाराज!"

"तुम्हारा अध्यक्ष तंतिपाल कहाँ है?" राजा ने कहा, और फिर उनकी दृष्टि सभा में बैठे तंतिपाल पर जा पड़ी। तंतिपाल से सम्भवतः रात्रि को ही गोशाला क्षेत्र से चल पड़ा होगा।

तंतिपाल ने अपने स्थान पर खड़े हो कर राजा को प्रणाम किया, "जब मैं वहाँ से चला था महाराज! तब तक तो किसी सेना के आने का कोई लक्षण नहीं था; अन्यथा शायद मैं आपकी सेवा में उपस्थित नहीं होता। इस समय मैं त्रिगर्तों की सेना से युद्ध कर रहा होता।"

"ठीक है।" राजा आनन्दस्वरूप की ओर मुड़े, "तुम कैसे जानते हो कि वे त्रिगर्त ही हैं।"

"उन लोगों ने स्वयं भी बताया है, और राजा सुशर्मा को मैं पहचानता भी हूँ महाराज।" गोप न उत्तर दिया।

"क्या सुशर्मा स्वयं सेना के साथ आया है?"

"हाँ महाराज!" आनन्दस्वरूप बोला, "उसने मुझसे कहा है, जाओ अपने राजा को सूचित कर दो कि अब त्रिगर्त सारे अत्याचारों का प्रतिशोध लेंगे, जो मत्स्यों ने आज तक त्रिगर्तों पर किये हैं।"

राजा ने शतानीक की ओर देखा, "देखो शतानीक, तुम्हारे सेनापति बनते ही युद्ध स्वयं हमारे द्वार पर आ गया है। वैसे मैं जानता था कि कीचक की मृत्यु का पहला प्रभाव यही होगा। अब सुशर्मा को हम से भयभीत रहने का कोई कारण नहीं है।"

"वे लोग हमारे गोधन को किस और हाँक कर ले गये हैं?" राजा ने पूछा।

"वे अपने राज्य की सीमा की ओर जाते देखे गये थे।" गोप ने बताया।

"अच्छा अब तुम जाओ। विश्राम करो। हम देख लेंगे।"

कंक ने तंतिपाल की ओर देखा...बल्लव और ग्रंथिक भी वहीं थे। उनके नेत्र भी अपने भाइयों से मिले।

"मेरा विचार है कि कीचक की मृत्यु की सूचना से दुर्योधन को यह अनुमान हो गया है कि हम कहाँ हो सकते हैं। उसी ने सुशर्मा को भेजा होगा।" बल्लव ने धीरे से अपने निकट बैठे कंक से कहा।

"यह भी सम्भव है कि सुशर्मा, विराट से अपना प्रतिशोध लेने आया हो; और यह भी सम्भव है कि उसे दुर्योधन ने भेजा हो।" कंक बोले, "जो भी हो। हमें विराट की सहायता करनी है। मेरे गणित से आज अज्ञातवास की अवधि समाप्त हो रही है। यदि हमारा रहस्य खुल भी गया तो हमारी कोई हानि नहीं होगी। वैसे अच्छा यही है कि अभी विराट को हमारी वास्तविकता ज्ञात न ही हो। उसे यह युद्ध कर लेने दो।"

"हम सब जायेंगे?" बल्लव ने पूछा, "कृष्णा की रक्षा..."

"वृहन्नला है न!" कंक ने कहा।

"आर्य कंक!" सहसा राजा ने कंक को सम्बोधित किया, "देखा आपने! ये लोग स्वयं को राजा कहते हैं। अपने मन पर तो शासन कर नहीं पाते, और प्रजा पर शासन करना चाहते हैं। जब लुटेरे और दस्यु लोग सत्ता के केन्द्र में आ जायें, तो कौन सुरक्षित रहेगा इस संसार में?"

"महाराज! सत्ता हाथ में आ जाये तो दस्यु-कर्म सरल हो जाता है।" कंक ने कहा, "वे तो प्रयत्न करेंगे ही कि वे दस्यु के समान सबका धन लूट भी लें और राजा और सम्राट का सम्मान और अधिकार भी पायें..."

"पर राजा की मर्यादा भी तो कुछ होनी चाहिए। चरित्रो चोरों तथा लुटेरों का; और पद राजा का। संसार ऐसे तो नहीं चल सकता।" राजा जैसे अपने आपसे बातें कर रहे थे।

"आप ठीक कह रहे हैं। पहले यह स्थिति कीचक के कारण थी, अब वही सुशर्मा के कारण हो गयी है। ये लोग प्रजा पालन के इतिहास में दुर्घटनाएँ हैं महाराज! राजनीति के आकाश में धूमकेतु। स्थायी नहीं रहेंगे।" कंक ने कहा, "ऐसे ही लोगों के कारण आवश्यक हो जाता है कि आप जैसे न्यायी लोग सत्ता पर अपनी पकड़ दृढ़ करें। जब देवचरित लोग शासन नहीं कर पाते, तो राक्षसों का राज्य होने लगता है।"

"आपका क्या विचार है, इन परिस्थितियों में हमें क्या करना चाहिए?"

"करना क्या है महाराज! अपने गोवंश को तो लौटाना ही होगा।"

"कह तो आप ठीक रहे हैं; किन्तु ये साधारण लुटेरे नहीं हैं। यह त्रिगर्तों की नियमित और सुरक्षित सेना है और सुशर्मा उनका नेतृत्व कर रहा है।" विराट बोले, "युद्ध में हम पराजित हो गये, तो फिर सब कुछ समाप्त हो जायेगा। गोधन तो गया, राज्य भी जायेगा।"

बल्लव ने राजा विराट की आँखों में भय के लक्षण देखे थे। वह कोई चुभती सी बात कहना चाहता था; किन्तु कंक की उपस्थिति में यह सम्भव नहीं था।

"महाराज! आज यदि आप अपनी गौवों की रक्षा नहीं करेंगे, तो कल वे आपके परिवार की स्त्रियों को हाँक कर ले जायेंगे; और परसों आप भी उनके बन्दी के रूप में उनके रथों के साथ घिसटते दिखाई देंगे।" कंक ने धीरे-से कहा, "आप क्या समझते हैं कि वे केवल आपका गोधन ले गये हैं। यह किसी के राज्य को अंशों में हड़पने की पद्धति है। मेरा निश्चित मत है कि आज उन्होंने आपके गोशाला क्षेत्र पर आक्रमण किया है, कल वे आपके गोष्ठों पर भी आक्रमण करेंगे। राजनीति में युद्ध की उपेक्षा नहीं हो सकती। रजोगुण राजनीति का अनिवार्य तत्त्व है। राजा न चाहे तो भी उसे लड़ना ही पड़ता है।"

बल्लव मन ही मन मुस्कुराया : यह सब कंक कह रहे थे, तो उसके पीछे उनके मन में अपनी परिस्थतियाँ भी होंगी ही। वे कभी भी युद्ध के पक्ष में नहीं रहे; किन्तु आज वे युद्ध की आवश्यकता स्वीकार कर रहे हैं, चाहे आपद्ध‌र्म के रूप में ही सही। उनके मन में है कि वनवास और अज्ञातवास का काल समाप्त

हो गया है। पता नहीं दुर्योधन अब भी उनका राज्य लौटायेगा अथवा नहीं। और यदि वह उनका राज्य नहीं लौटाता है, तो युद्ध तो उनको भी करना ही पड़ेगा।...राजा न चाहे तो भी उसे लड़ना पड़ता है।...

शतानीक ने राजा को द्वन्द्व में देखा तो बोला, "मेरा मन तो यह कहता है महाराज! कि इस युद्ध को गोरक्षा तक ही सीमित न रखा जाये। इसे त्रिगर्तों के साथ निर्णायक युद्ध मान कर ही चलिये, ताकि त्रिगर्त इसके पश्चात फिर हम पर आक्रमण करने का साहस न कर सकें।"

"बातें तो बहुत साहस की कर रहे हो शतानीक! पर सुशर्मा की शक्ति से परिचित भी हो? वह रथियों का स्वामी कहलाता है। अच्छा, ठीक है!" राजा ने परिस्थिति की अनिवार्यता को देखते हुए उत्तर दिया, "सेना तैयार करो।" और जैसे तत्काल ही राजा को कुछ स्मरण हो आया, "ग्रंथिक! हमारे रथों और अश्वों की क्या स्थिति है?"

"चिन्ता की कोई बात नहीं है महाराज!" ग्रंथिक बोला, "हमारे अश्व संसार के सबसे गतिशील अश्व सिद्ध होंगे। त्रिगर्तों के पास उस गति से दौड़ने वाले अश्व नहीं हैं; और वैसे भी वे लोग गौवों के साथ जा रहे हैं, तो निश्चित रूप से उनकी गति एक सेना के समान त्वरित हो ही नहीं सकती।"

"तो ग्रंथिक! तुम सारे रथों को तैयार करवाओ।" फिर राजा ने जैसे स्वयं से कहा, "पर हम सब चले जायेंगे, तो पीछे नगर की रक्षा कौन करेगा?" वे कंक की ओर मुड़े, "मेरा विचार है कंक! कि सेनापति और युवराज सेना को ले कर जायें। मैं विराट नगर की रक्षा के लिये यहीं रहूँगा। तुम मेरे परामर्श के लिये मेरे साथ रह सकते हो।"

राज ने यह बात कुछ इतने अनगढ़ ढंग से कही थी कि कोई भी समझ सकता था कि उनका मन भयभीत है।

"सेनापति और युवराज तो जायेंगे ही।" सहसा रानी सुदेष्णा ने कहा, "नगर की रक्षा के लिये आप कुमार उत्तम को छोड़ जाइये। वह पीछे सब कुछ सँभाल लेगा।"

रानी के मन की बात पर्याप्त स्पष्ट थी। वह उत्तर को युद्ध में भेजना नहीं चाहती थी; किन्तु राजा को रुकने के लिये उसने नहीं कहा था। क्या वह चाहती थी कि राजा तो युद्ध में जाये, किन्तु उत्तर न जाये।

"हाँ! यह ठीक रहेगा। पिताजी आप नगर रक्षा की चिन्ता न करें। वह सब मैं देख लूँगा।" उत्तर तत्काल बोला, "त्रिगर्त आयें, अथवा उनके कोई और शक्तिशाली मित्र। मुझे किसी का भय नहीं है। बस मेरे लिये एक रथ और कुछ शस्त्र छोड़ जाइएगा।"

"उत्तर ठीक कह रहा है महाराज! वह नगर की रक्षा कर लेगा।" रानी ने कहा, "और आप लोग कोई बहुत दूर तो जा नहीं रहे। राज्य की सीमा तक ही तो जा रहे हैं। दो-तीन दिनों में लौट आयेंगे।"

राजा कुछ नहीं बोले; किन्तु उनका चेहरा कह रहा था कि यह सब उनको अच्छा नहीं लग रहा था।

"महाराज!" सहसा कंक ने कहा, "यह आक्रमण बहुत आकस्मिक है। आपकी सेना तैयार नहीं है। आपका सेनापति तथा उसके सहायक भी मारे गये हैं। मुझे लगता है कि आपके पास पर्याप्त योद्धा नहीं हैं। मैं आपकी क्षमता के अनुसार आपकी सेवा करना चाहता हूँ। आपने हमारा पालन किया है। संकट की हर घड़ी में आपके साथ रहना हमारा धर्म है। युद्ध में मैं आपके साथ चलूँगा।"

राज ने आश्चर्य से उसकी ओर देखा, "तुम तो ब्राह्मण हो कंक! तुमने कभी युद्ध किया है?"

"ब्राह्मण तो परशुराम और द्रोणाचार्य भी हैं महाराज! मैंने भी योग्य गुरु से शस्त्रों की शिक्षा प्राप्त की है। आप निश्चिन्त रहें।" कंक ने कहा, "और आपके मन में कीचक के न रहने पर किसी प्रकार का कोई संभ्रम हो तो आप इस बल्लव पर भरोसा कर सकते हैं।"

राजा ने चकित भाव से बल्लव की ओर देखा। उसके शरीर को देख कर अनेक बार उनके मन में कई प्रकार की आशंकाओं, सम्भावनाओं तथा योजनाओं ने जन्म लिया था। पर उन्होंने प्रत्येक बार यह सोच कर टाल दिया था कि यदि उसमें किसी भी प्रकार का युद्ध-कौशल होता तो वह अब तक भाड़ ही क्यों झोंक रहा होता? कीचक की उस विचित्र मृत्यु के पश्चात् भी उनके मन में बल्लव का विचार आया था। राजसभा में जब कीचक ने सैरन्ध्री का अपमान किया था, तो इस वल्लव ने ही तो उसे उठा कर फेंक दिया था।...पर उस समय शायद वे इतने विचलित और भयभीत थे कि उन्होंने इस विषय में अधिक सोचना नहीं चाहा। जो व्यक्ति दिन-रात पाकशाला में घुसा रहे, भोजन पकाने और खाने की चर्चा करने से कभी ऊबता ही न हो, और जिसके हाथों में सदा करछुल और कड़ाही ही रहे, वे उसकी कल्पना एक योद्धा के रूप में कैसे करते।...पर अब कंक कह रहा है, तो ठीक ही कह रहा होगा।...

"तुम कीचक के स्थानापन्न के रूप में बल्लव का नाम ले रहे हो? कीचक विकट योद्धा था। उसके भय से यह सुशर्मा कभी मत्स्यों की ओर देखने का साहस नहीं कर सका था।" राजा ने कहा।

"हाँ महाराज! बल्लव आपको कीचक का अभाव अनुभव नहीं होने देगा। वह बहुत योग्य अंगरक्षक है। आपके समीप रहेगा, तो शत्रु निकट भी नहीं फटक सकेगा।"

बल्लव वीर था या नहीं, किन्तु राजा देख रहे थे कि वह बलिष्ठ था। वह अपनी शारीरिक क्षमता से भी बहुत कुछ कर सकता था।

"ठीक है। तुम्हारे साथ बल्लव के लिये भी रथ की व्यवस्था कर दी जायेगी।" विराट ने कहा, "किन्तु शस्त्र हैं तुम्हारे पास?"

बल्लव, तंतिपाल और ग्रंथिक ने कंक की ओर देखा।

"नहीं। शस्त्र तो नहीं हैं। पहले से युद्ध की सम्भावना के विषय के सोचा होता, तो हम अपने लिये शस्त्रों की व्यवस्था कर लेते।" कंक ने कहा, "यह सब तो इतना आकस्मिक है कि अब आपको ही हमारे लिये शस्त्रों की व्यवस्था भी करनी पड़ेगी।"

"किस शस्त्र का अभ्यास है तुम्हें?" राजा ने पूछा।

"आप मुझे, तंतिपाल तथा ग्रंथिक को धनुष बाण और खड्ग दे दें।" कंक ने उत्तर दिया, "बल्लव को चाहें तो धनुष बाण और गदा दे दें।"

"तंतिपाल और ग्रंथिक भी युद्ध करेंगे?" विराट ने कुछ चकित हो कर पूछा।

"क्यों! तंतिपाल सभा में न आया होता, तो सबसे पहले त्रिगर्तों से उसे ही लड़ना पड़ता।" कंक ने उत्तर दिया, "और ग्रंथिक का तो काम ही अश्वों और रथों का है। आपने कहीं ऐसा सूत भी देखा है, जो युद्ध में सम्मिलित न होता हो?"

सहसा विराट बोले, "कंक! तुम इन सबकी ओर से इतने विश्वासपूर्वक कैसे बोल रहे हो?"

"महाराज! हम सब महाराज युधिष्ठिर की सेवा में थे...वहीं एक-दूसरे के विषय में जानने का अवसर मिला।"

"ओह हाँ!" राजा ने आगे सुनना आवश्यक नहीं समझाया, "ठीक है। शस्त्रागार से अपनी इच्छानुसार शस्त्र भी ले लो।"

विराटनगर की सेना विदा हो गयी। नगररक्षकों तथा अंगरक्षकों की कुछ टोलियाँ ही पीछे रह गयी थीं।...वे टोलियाँ ही थीं, उन्हें वाहिनियाँ तो कहा ही नहीं जा सकता था। रानी प्रसन्न थी कि उसने चाहे किसी भी व्याज से हो, किन्तु राजकुमार उत्तर को नगर में रोक लिया था। उत्तर अभी इतना बड़ा और समझदार नहीं हुआ था कि उसे त्रिगर्तों से युद्ध करने के लिये

भेज देती। वैसे भी वह युद्ध में अपने दोनों पुत्रों को एक साथ भेजना नहीं चाहती थी।...पर उत्तर को उसने किसकी रक्षा के लिये रोका था? उत्तर की रक्षा के लिये, अथवा स्वयं अपनी रक्षा के लिये?...और रानी को प्रत्येक क्षण अपनी रक्षा की चिन्ता रहती थी, अपने लिये रक्षकों की आवश्यकता का अनुभव होता था। कैसे न होता... उसके अपने प्रासाद में, उसके नयनों के सम्मुख सैरन्ध्री आज भी स्वस्थ घूम रही थी। उसका रक्षक, वह अदृश्य गन्धर्व भी उसके निकट ही यहीं आस-पास कहीं होगा। वह किसी को दिखाई तो देता ही नहीं, जिस क्षण चाहे, किसी की भी ग्रीवा मरोड़ सकता है, किसी का भी कंठ दबा सकता है।...

रात हो गयी थी और राजा की ओर से कोई समाचार नहीं आया था। भोजन के समय रानी को स्मरण आया कि राजा और राजकुमार तो नहीं ही थे, प्रासाद में बल्लव भी उपस्थित नहीं था। वह होता तो रानी कुछ आश्वस्त रहती। वैसे तो वह रसोइया ही था; किन्तु उसका शरीर बलिष्ठ था। सम्भवतः आवश्यकता होने वा पह उस अदृश्य गन्धर्व को भी रोक सकता था।

"उत्तर आज रात तुम मेरे ही मंडप में सोना पुत्र!" रानी ने कहा, "तुम्हारे पिता और भाई यहाँ नहीं हैं। किसी भी समय किसी भी प्रकार का समाचार आ सकता है। मैं चाहती हूँ कि आज हम सब एक साथ ही रहें। तुम मेरी आँखों के सामने ही रहो। जिस भी समय आवश्यकता हो, मैं तुम्हें जगा सकूँ। जब इच्छा हो तुम्हें देख सकूँ।..."

उत्तर हँसा, "मैं समझ नहीं पा रहा माँ! कि आप मेरी रक्षा करना चाहती हैं अथवा चाहती हैं कि मैं आपकी रक्षा करूँ।"

"इसमें न तो माँ का अपने पुत्र के प्रति मोह अस्वाभाविक है और न पुत्र द्वारा अपनी माँ की रक्षा करना।" रानी ने कठोर स्वर में कहा, "ये सब तुम्हारे परिहास का विषय नहीं है। तुम केवल मेरी आज्ञा का पालन करोगे।"

उत्तर को उसमें कोई आपत्ति नहीं थी। राजकुमारियों, दासियों और परिचारिकाओं के मध्य घिरे रहना उसे कभी भी अप्रिय नहीं लगा था।

रात प्रायः व्यतीत होने को थी; किन्तु राजा की ओर से अब भी कोई समाचार नहीं आया था। पता नहीं वे त्रिगर्तों को पकड़ नहीं पाये, युद्ध लम्बा खिंच गया अथवा विजय हाथ नहीं लगी। रानी के मन में ढेर सारी दुष्कल्पनाएँ थीं।... इधर कुछ वर्षों से सारे युद्ध तो कीचक के नेतृत्व में ही हो रहे थे। राजा को युद्ध का अभ्यास नहीं रह गया था कदाचित् उनमें योद्धा होने की अधिक क्षमता भी नहीं थी।...कीचक के आक्रमणों के कारण त्रिगर्त मत्स्यों से रुष्ट भी

बहुत थे। ऐसे में यदि मत्स्यों की सेना पराजित हुई, तो वह पराजय मत्स्यों को बहुत मँहगी पड़ेगी।...राजा के साथ युवराज श्वेद तो गया ही था सुदेष्णा का अपना पुत्र शंख भी गया था...भगवान उनकी रक्षा करना...

पर रानी यह सब क्या सोच रही है?...मत्स्य पराजित हो गये होते तो त्रिगर्त अब तक विराटनगर में प्रवेश कर चुके होते। ऐसे में अपने अंतःपुर में बैठी रानी सुदेष्णा तथा उसका पुत्र उत्तर...कोई भी तो सुरक्षित नहीं था।...यदि दुर्दैव से सुशर्मा विजयी के रूप में उनके प्रासाद में प्रविष्ट हुआ तो वह कुछ भी कर सकता था। उससे, मत्स्यराज के परिवार के लिये, दया अथवा करुणा की अपेक्षा करना व्यर्थ था।

रात निर्विघ्न व्यतीत हो गयी। कहीं से कोई भी अशुभ समाचार नहीं आया। प्रातः उठ कर स्नान के पश्चात् रानी साधना कक्ष में आ बैठी। बहुत देर तक ध्यान करने का प्रयत्न किया, किन्तु ध्यान लगा ही नहीं। बहुत प्रयत्न कर लेने पर भी जब सफलता नहीं मिली, तो जप करने बैठ गयी। उसे लगा, ऐसी व्याकुल मनःस्थिति में जप ही उत्तम है। हठ पूर्वक ध्यान नहीं हो सकता किन्तु हठपूर्वक जप हो सकता है। वह बड़ी देर तक जप करती रही।

साधना कक्ष से निकल कर रानी ने उत्तर को ढूँढ़ा। वह राजकुमारियों, दासियों और परिचारिकाओं में घिरा बैठा था और बहुत प्रसन्न था, जैसे किसी खिलंदड़े बच्चे को बहुत सारे खिलौने एक साथ मिल गये हों। वे सब भी उसके साथ ऐसे ठिठोली कर रही थीं, जैसे वह उनका राजकुमार न हो, थोड़ी देर के लिए आया, विनोदी स्वभाव का कोई प्राघुण हो। राजकुमार इतना प्रसन्न था कि उसे देख कर लगता ही नहीं था कि उसके राज्य को कहीं से किसी भी प्रकार के संकट का सामना करना पड़ रहा है, अथवा मत्स्यदेश पर किसी अन्य राजा ने आक्रमण किया है, अथवा उसके परिवार के इतने सारे लोग युद्ध के लिये गये हैं, और वहाँ उनके प्राणों पर कोई संकट है।...उसे किसी अशुभ समाचार की आशंका है अथवा वह किसी शुभ समाचार की प्रतीक्षा में है। वह तो सब कुछ भूल कर परम आनन्द की स्थिति में था। ऐसा लग रहा था कि वे सब लोग किसी मांगलिक उत्सव के अवसर पर एकत्रित हुए हैं। उसके भाई और पिता युद्ध के लिये नहीं गये, बारात ले कर वधू की डोली लेने गये हैं। ये लोग जैसे उसके लौटने की प्रतीक्षा कर रहे हैं, और अपने अवकाश के क्षण हास-परिहास में व्यतीत कर रहे हैं। पर बात केवल इतनी ही नहीं थी। आज उत्तर कुछ अतिरिक्त उत्साही और वाचाल लग रहा था।...क्या था यह? केवल नारी सान्निध्य? नहीं! उसकी दृष्टि बार-बार कीचक की पुत्री सुचरिता तथा उसकी नयी परिचारिका शुभांगना पर पड़ रही थी। वे भी तो लपक-लपक कर

किसी न किसी व्याज से उस पर गिरी पड़ रही थीं। क्या उत्तर का यह वाचाल रूप इन्हीं दोनों की उपस्थिति के कारण था?...

उस आनन्द महोत्सव के विघ्नस्वरूप, एक परिचारिका दौड़ी हुई आयी, "राजकुमार की जय जो। एक गोष्ठाध्यक्ष, आपके सीमान्त गोष्ठों से कोई गम्भीर समाचार लाया है।"

"अब क्या समाचार लाया है। जो समाचार लाना था, वह तो आ चुका।" उत्तर बोला, "उस संकट के निवारण के लिये हमारी सेना जा चुकी। स्वयं महाराज सेना ले कर गये हैं। वह अब और क्या चाहता है।"

"राजकुमार आप उसकी बात तो सुन लीजिए।" सुभांगना के स्वर में अनुरोध की मात्रा कुछ अधिक ही थी।

"अब उसके लिये मैं उठ कर सभाभवन में जाऊँ। यहाँ की सारी चर्चा अधूरी छोड़ जाऊँ।" उत्तर ने आपत्ति तो की; किन्तु उसके वाक्य की ध्वनि कह रही थी कि वह उसकी बात मान जायेगा।

"वह द्वार पर खड़ा है। मैं उसे यहीं बुला देती हैं।" सूचना लाने वाली परिचारिका ने कहा।

"जाओ, उसे बुला लाओ।" सहसा रानी ने कहा।

तब उत्तर ने देखा कि उसकी माता वहाँ खड़ी थीं, उन्होंले गोष्ठाध्यक्ष को बुला लाने का आदेश दे दिया था; और उसे अपनी माता की इच्छा से गोष्ठाध्यक्ष की बात सुननी थी। उसने बाध्यता की सी मुद्रा बनाई और औपचारिक राजसी भंगिमा में बैठ गया।

गोष्ठाध्यक्ष अत्यन्त व्याकुल स्थिति में उसके सम्मुख उपस्थित हुआ। कोई भी देख सकता था कि वह असाधारण रूप से उत्तेजित था। उसने प्रणाम किया और बोला, "राजकुमार! आप यहाँ बैठे हैं, और वहाँ वे आपका सारा गोधन हाँके लिये जा रहे हैं। उन्होंने गोष्ठों में आग लगा दी है। वहाँ हाहाकार मचा है। जिसने भी उन्हें रोकने का प्रयत्न किया, वही मारा गया।..."

"चुप!" उत्तर ने उसे डाँटा, "समाचार ले कर चला था तो समय से यहाँ क्यों नहीं पहुँचा? मार्ग में कहीं सो गया था क्या?"

"मैं तो कहीं श्वास लेने के लिये भी नहीं रुका," "गोष्ठाध्यक्ष बोला," और आप सोने की बात कह रहे हैं।"

"तो फिर समय से क्यों नहीं पहुँचा?" उत्तर का स्वर अब भी कठोर था, "यह समाचार तो कल ही विराटनगर में पहुँच गया था। स्वयं महाराज सेना ले कर गये हैं। हम तो उनके लौटने की प्रतीक्षा कर रहे हैं, और तू अभी गोधन के हाँके जाने का समाचार ही लाया है आलसी मूर्ख।"

गोष्ठाध्यक्ष बौराया सा राजकुमार को देखता रहा। उसकी समझ में नहीं आ रहा था कि जिस स्वामीभक्ति के लिये वह किसी पुरस्कार की अपेक्षा कर रहा था, उसके लिये उसे ताड़ना क्यों मिल रही है।

"आप किस सूचना की चर्चा कर रहे हैं राजकुमार!" वह साहस कर बोला, "आक्रमण तो आज प्रातः ब्रह्ममुहूर्त में हुआ है, उसकी सूचना कल ही विराटनगर कैसे पहुँच गयी थी?..."

"पुत्र! तुम्हें कोई भ्रम हो रहा है। इस गोष्ठाध्यक्ष की पूरी बात सुनो।" सुदेष्णा ने पुनः हस्तक्षेप किया।

रानी के हस्तक्षेप से सारा वातवरण बदल गया। जहाँ सब कुछ विनोद के लिये हो रहा था और प्रत्येक व्यक्ति परिहास के लिये, एक-दूसरे पर कटाक्ष कर रहा था, वहाँ अब पूर्ण गम्भीरता का राज्य था।

"तुम कहाँ से आये हो? त्रिगर्तों से लगते हुए सीमान्त के गोशाला प्रदेश से?" उत्तर ने पूछा।

"नहीं महाराज! मैं तो कुरुओं से लगते सीमान्त प्रदेश के गोष्ठों का अध्यक्ष हूँ। मैं आपके उत्तर गोष्ठ से आया हूँ।"

"आक्रमण आज प्रातः हुआ है?"

"हाँ! राजकुमार!"

"आक्रमण त्रिगर्तों ने किया है?"

"नहीं राजकुमार! वे तो कौरव हैं।" गोष्ठाध्यक्ष बोला, "स्वयं दुर्योधन, भीष्म, द्रोण, कर्ण..."

निकट खड़ी सैरन्ध्री के कान खड़े हो गये...दुर्योधन ने मत्सयराज पर आक्रमण कर दिया है? क्या वे जान गये हैं कि पाण्डव यहाँ छिपे हुए हैं?...पर चिन्ता की कोई बात नहीं है। उनका अज्ञातवास तो समाप्त हो गया है।...पर धर्मराज यहाँ नहीं हैं। जाने वे कब प्रकट होना चाहते हैं।...यहाँ तो केवल अर्जुन है।...उसका गांडीव भी उसके पास नहीं है। दुर्योधन तो अपनी पूरी तैयारी से आया होगा।...

"तत्काल कोई उपाय कीजिए राजकुमार!" गोष्ठाध्यक्ष कह रहा था, "उन्होंने आपका गोधन तो लूट ही लिया है, मुझे लगता है कि वे राजधानी को भी लूटने के लिये आयेंगे।"

उत्तर के चेहरे पर स्पष्ट घबराहट उभरी; किन्तु उसने स्वयं को सँभाल लिया। वह इतनी सारी युवतियों के सम्मुख ऐसी कोई बात नहीं कहना चाहता था, जिससे उनकी दृष्टि में उसका सम्मान कुछ कम हो।

"ओह! इन दुष्टों ने जानबूझकर वह समय चुना है, जब हमारी सेना एक अभियान पर गयी हुई है। पिताजी, युवराज श्वेत, शंख भैया और सेनापति भी यहाँ नहीं हैं।..."

"राजकुमार! इस समय तो सब कुछ आपको ही सँभालना है।" गोष्ठाध्यक्ष ने कहा।

"तो यहाँ कौन इन कौरवों से डरता है। मैं अकेला ही भीष्म, द्रोण, दुर्योधन, कर्ण...सबको नाकों चने चबबा देता, पर...पर मेरे पास कोई अच्छा सारथि नहीं है...जब से मेरा सारथि युद्ध में मारा गया है, तब से मेरा युद्ध में जाना कठिन हो गया है। जाओ, कोई अच्छा सा सारथि खोज कर लाओ।"

सुदेष्णा से और कुछ नहीं सुना गया। वह पल्लू से अपना मुँह दबाए, अपने कक्ष की ओर चली गयी।...उसने उत्तर को नगर में रोक कर अच्छा नहीं किया। वह क्या जानती थी कि उधर त्रिगर्तों से युद्ध होगा, और इधर कौरवों की सेना आ जायेगी। उसने तो उसे युद्धक्षेत्र से बचाए रखने के लिये, नगर में रोक लिया था। वह क्या जानती थी कि वह युद्धक्षेत्र में नहीं जायेगा, तो युद्धक्षेत्र ही उसके पास चला आयेगा। अब वह बेचारा इतने सारे महारथियों का सामना कैसे करेगा?...इससे तो अच्छा था कि वह अपने पिता के साथ ही चला जाता। वहाँ उसके रक्षक तो होते। सहायक तो होते। यहाँ कुछ अंगरक्षकों और परिचारिकाओं की सेना ले कर वह युद्ध करेगा क्या?...

सैरन्ध्री ने देखा कि रानी वहाँ से हट गयी हैं।...राजकुमार को कोई समाधान नहीं सूझ रहा है, इसलिये वह अपनी वीरता की गाथा गा रहा है।...

"यह समझ लो कि यदि मैं व्यूह के सम्मुख पहुँच जाऊँ, तो कोई व्यूह, व्यूह नहीं रह जाता, चाहे वह चक्रव्यूह ही क्यों न हो।..."

सैरन्ध्री नाट्यशाला में बृहन्नला के पास आयी।

"आओ सखि! कैसे आयीं?" बृहन्नला ने पूछा।

सैरन्ध्री ने उसे सारी स्थिति बता दी।

बृहन्नला के मुख पर चिन्तन के लक्षण उभरे, "मेरा विचार है कि दुर्योधन को यह संदेश हो गया है कि हम यहाँ हैं। यह संदेह, कीचक के वध का समाचार मिलने के पश्चात ही हुआ होगा। तभी उसने यह योजना बनाई होगी। यह एक ही युद्ध है, जिसके लिये आक्रमण दो भागों में किया गया है। कदाचित धर्मराज को इसका आभास कल ही हो गया था, तभी तो वे मुझे अपने साथ त्रिगर्त युद्ध में नहीं ले गये। उनकी यही योजना रही होगी कि मैं यहाँ विराट नगर की रक्षा करूँ।"

"तो अब क्या करना है?"

"यदि कौरवों को बाहर ही नहीं रोका गया, तो वे विराट नगर में प्रवेश कर जायेंगे। उससे नगर और नगर वासियों की हानि होगी। इसलिये मुझे वहीं जाना होगा, जहाँ वे लोग हैं...किन्तु प्रिये! यदि गोष्ठाध्यक्ष की सूचना सत्य है, तो मुझे कुछ आश्चर्य हो रहा है।"

"किस बात का आश्चर्य?"

"दुर्योधन और कर्ण का आना तो तर्कसंगत ही है। उन्हें हमारे जहाँ होने की सूचना मिलेगी, वे हमें सूँघते हुए वहीं आ जायेंगे; किन्तु आचार्य तथा पितामह का इस प्रकार उनके साथ आना...।" बृहन्नला ने कहा।

"क्यों? इसमें आश्चर्य की क्या बात है? वे हस्तिनापुर की सेना के अंग नहीं हैं क्या?"

"वे हस्तिनापुर की सेना के अंग हो सकते हैं; किन्तु वे पाण्डवों के शत्रु नहीं हैं। हमारे पितामह तथा गुरु हमें खोज कर आखेट के लिये दुर्योधन के सम्मुख डाल देंगे, इसका मुझे विश्वास नहीं होता।" वृहन्नला ने उत्तर दिया।

"तुम्हारा चिन्तन वहीं रुका खड़ा है, जहाँ उस समय था, जब तुम लोग गुरुकुल में शिक्षा प्राप्त कर रहे थे।" सैरन्ध्री हँसी, "तब से अब तक बहुत सारा समय व्यतीत हो चुका है और बहुत कुछ परिवर्तित हो चुका है।"

"तुम कहना चाहती हो कि अब पितामह तथा आचार्य हमसे प्रेम नहीं करते।" बृहन्नला ने कहा।

"वे जो तुमसे प्रेम करते थे और करते हैं, वे तुम्हारे पितामह तथा आचार्य थे। जो लोग सेना ले कर आक्रमण करने आये हैं, वे दुर्योधन की सभा और सेना के पदाधिकारी हैं।" सैरन्ध्री बोली, "राजा सैनिक अभियान करे और उसका कर्मचारी कह दे कि वह सेना के साथ नहीं जायेगा? तो फिर प्रिय! तुम शासन की कठोरता को ठीक-ठीक नहीं जानते। तुमने क्या वे भृत्य सैनिक नहीं देखे, जो किसी पराए राज्य अथवा राजा की सेना में भरती हो कर, अपने ही लोगों के विरुद्ध लड़ते हैं और पराए लोगों से अधिक क्रूर हो जाते हैं।"

"वे भृत्य सैनिक होते हैं, वे स्वतन्त्र नहीं होते; किन्तु ये लोग दुर्योधन के भी पितामह तथा गुरु हैं।" वृहन्नला ने कहा, "इनकी स्थिति भिन्न है।"

"वह सब युद्ध करते समय देख लेना।" सैरन्ध्री बोली, "बताओ, इस समय क्या करना है। अपने को प्रच्छन्न बनाए रखना है अथवा प्रकट हो जाना है?"

"धर्मराज से पूछे बिना स्वयं को प्रकट करना तो उचित नहीं है।" वृहन्नला ने कहा, "किन्तु कौरवों को तो रोकना ही पड़ेगा और विराटराज का गोधन भी लौटाना पड़ेगा। नगर में न कोई सेना है न कोई योद्धा। मुझे उनसे युद्ध करना होगा।...किन्तु मैं अकेला अपने आप तो युद्धक्षेत्र में नहीं जा सकता। कोई तो संबल चाहिए। कोई तो बहाना हो।..."

"तो?"

बृहन्नला ने सैरन्ध्री के नयनों में देखा, "प्रिये, जाओ और जा कर राजकुमार उत्तर से कहो कि यदि वह युद्धक्षेत्र में जाने से केवल इसलिये संकोच कर रहा है कि उसके पास अच्छा सारथि नहीं है, तो उसके योग्य सारथि मिल गया है। उसको कहो, बृहन्नला बहुत ही अच्छी सारथि है। अनेक बार तो वह अर्जुन का भी सारत्य कर चुकी है। राजकुमार को चाहिए कि वह बृहन्नला को बुला ले और अपने गोधन तथा अपने राज्य की रक्षा करे।"

सैरन्ध्री लौटी तो उसने उत्तर को उसी स्थान पर राजकुमारियों और परिचारिकाओं के बीच बैठे पाया।

"वह पिछला युद्ध जो अट्ठाइस दिनों तक...नहीं...नहीं, पूरे एक मास तक चला था, उसी में मेरा सारथि मारा गया।"...वह कह रहा था, "अब बिना सारथि के कोई महारथी युद्ध कैसे कर सकता है। स्वयं पांडुपुत्र अर्जुन भी सारथि के बिना युद्धक्षेत्र में नहीं जा सकते। मुझे अभी कोई अच्छा सारथि मिल जाये, तो अभी जाकर इन कौरवों को दिखा दूँ कि किसी वीर राजा का पशुधन चुरा लेने का परिणाम क्या होता है। चोर कहीं के। बड़े योद्धा बने हैं। समझा होगा कि विराटनगर सूना पड़ा है, जायेंगे और लूट लायेंगे। एक बार सामना हो जाये, तो उनको भी स्वीकार करना पड़ेगा कि वह राजकुमार उत्तर नहीं, स्वयं अर्जुन ही है, जो अपने दिव्यास्त्रों से उनको पीड़ा पहुँचा रहा है।..."

"राजकुमार! संसार में सबसे वीर वह अर्जुन ही है क्या कि बार-बार उसका उदाहरण दे रहे हो?" सैरन्ध्री ने पूछा।

"और कौन है, जो उनकी समता कर सके।" उत्तर बोला, "उन्हीं से तो थर-थर काँपते हैं, दुर्योधन और कर्ण।"

"आपने उन्हें कभी देखा है राजकुमार?" सुचरिता ने पूछा।

उत्तर कहने ही जा रहा था कि अनेक बार उसने अर्जुन के साथ युद्ध किया है कि उसे स्मरण हो आया कि सैरन्ध्री सामने खड़ी थी; और यहाँ आने से पूर्व वह द्रौपदी की सेवा किया करती थी। उसके सम्मुख ऐसी बात कह कर पकड़े जाने की आशंका थी।

"नहीं, साक्षात्कार तो नहीं हुआ है, किन्तु मन-ही-मन मैं उनको अपना गुरु मानता हूँ।"

"तो यदि आपको वह सारथि मिल जाये, जो कभी अर्जुन का भी सारथ्य कर चुका है, तो?" सैरन्ध्री ने पूछा।

"फिर क्या है," उत्तर बोला, "वह मेरे रथ के अश्वों को सँभाले और मैं उन सारे कौरवों को सँभाल लूँगा।"

"तो फिर आपको एक रहस्य की बात बताती हूँ।" सैरन्ध्री बोली, "आपकी नाट्यशाला में राजकुमारियों को संगीत और नृत्य की शिक्षा देने वाली वृहन्नला है न! वह नृत्य और संगीत सीखने से पहले तो अर्जुन की सारथि ही थी। खांडव वन के दाह के समय, वह तो अर्जुन का सारथ्य कर रही थी।"

उत्तर जोर से हँसा, "वह नपुंसक और अर्जुन का सारथि। सैरन्ध्री तुमने भाँग तो नहीं खा ली?"

"नहीं राजकुमार! सत्य कह रही हूँ। नपुंसक है तो क्या हुआ। उसकी भुजायें देखो। वह स्वयं को छुपाये रहती है, अन्यथा उसके शरीर में बहुत शक्ति है।" सैरन्ध्री बोली, "आप उसे बुला लें। उससे अच्छा सारथि आपको और कहाँ मिलेगा।"

सैरन्ध्री देख रही थी, राजकुमार द्वन्द्व में था। यदि वह बृहन्नला को सारथि स्वीकार कर ले, तो उसे युद्ध के लिये जाना पड़ता। युद्ध के लिये वह जाना नहीं चाहता था; किन्तु वह सैरन्ध्री के प्रमाण को मिथ्या कैसे सिद्ध कर सकता था।...

"अब मैं राजकुमार हो कर, पुरुष हो कर, उस नपुंसक से सहायता की प्रार्थना करूँ?" उत्तर बोला।

"आप प्रार्थना न करें महाराज।" सैरन्ध्री बोली, "आप राजकुमारी उत्तरा से कहें। वे तो बृहन्नला की शिष्या हैं। उन्हें उससे प्रार्थना करने में संकोच नहीं होगा।"

"हाँ राजकुमार! आप विलम्ब न करें।" सुचरिता बोली, "अन्यथा यदि कौरव अपने नगर की ओर लौट गये तो हमारा सारा गोधन छिन जायेगा; और यदि वे इस ओर आ गये तो आपका नगर भी अधिकार में नहीं रहेगा।"

"जाओ उत्तरा!" बाध्य हो कर उत्तर बोला, "अपनी उस गुरु से कहो कि यदि उसे अश्व की वल्गा पकड़नी आती है, यदि वह युद्धक्षेत्र में चलने वाले अस्त्र-शस्त्रों से नहीं डरती, यदि मनुष्य के शरीर से बहते रक्त को देख कर वह अपनी बुद्धि खो नहीं देती, यदि सैनिक का मुंड कटता देख कर अचेत नहीं हो जाती, तो वह मेरे रथ का सारथ्य करे। विलम्ब न करे। हमें कौरवों से युद्ध करने जाना है।"

उत्तरा चकित थी कि जिस वृहन्नला को वह वर्ष भर से अत्यन्त दक्ष नर्तक और गायक के रूप में जानती थी, वह सारथ्य भी कर सकती है। उसे युद्ध का अनुभव भी है।...कैसी विचित्र बात है।...युद्ध से मनुष्य कठोर होता है, और कलाओं से कोमल; तो फिर बृहन्नला में ये इतने आत्मविरोधी गुण कैसे हैं? राजकुमारी मन-ही-मन हँसी...बृहन्नला में तो प्रकृति ने पुरुष और

स्त्री दोनों के ही गुण रखे हैं। यह भी तो आत्मविरोधी ही है।...पर तभी उसने स्वयं को सुधार लिया...उसमें पुरुष और स्त्री दोनों के ही गुण नहीं हैं।...प्रकृति की अद्भुत सृष्टि है यह बृहन्नला भी। जो क्षमताएँ एक साधारण जीव में भी होती हैं, प्रकृति ने बृहन्नला को वे भी नहीं दीं; किन्तु दूसरी ओर उसी बृहन्नला को कितना कुछ दिया है प्रकृति ने। किन्नर कंठ, ऐसा लचीला शरीर, असाधारण साधना, आध्यात्मिक मन, उत्कृष्ट कोटि की बुद्धि और निर्लोभी चिन्तन। राजकुमारी ने कितनी बार चाहा कि उसकी गुरु उससे कोई उपहार ग्रहण करे, कोई बहुमूल्य वस्तु!...किन्तु बृहन्नला का वीतराग मन कभी नहीं पसीजा। उसने कभी कुछ स्वीकार नहीं किया।

उत्तरा ने अपनी गुरु को प्रणाम किया, "गुरुदेवी! अभी-अभी सैरन्ध्री ने बताया है कि आप एक अद्भुत सारथि भी हैं; और इससे पहले कुन्ति अर्जुन का सारथ्य कर चुकी हैं।"

बृहन्नला ने कुछ नहीं कहा। चुपचाप सुनती रही।

"हम लोग अत्यन्त संकट में हैं। कौरवों ने हमारे गोष्ठों पर आक्रमण कर दिया है और हमारी गौवों को हाँक कर लिये जा रहे हैं। नगर में और कोई है नहीं। भैया उत्तर को ही यह युद्ध करने जाना होगा।" उत्तरा ने कहा, "उनका सारथि पिछले युद्ध में मारा गया था। उसके पश्चात से उनके पास कोई सारथि नहीं है।..."

बृहन्नला की इच्छा हुई कि पूछे, "क्या राजकुमार अपने उस सारथि के पुनः जन्म लेने की प्रतीक्षा कर रहे हैं। ऐसे भी कोई योद्धा करता है, कि युद्ध के लिये प्रयाण के समय सारथि खोजा जा रहा है।" किन्तु उसने कुछ कहा नहीं। राजकुमारी को इस विषय में क्या ज्ञात होगा। वह तो अपने भाई का संदेश ले कर आयी थी। वह क्या जानती थी कि उसका भाई इस युद्ध से बचने के लिये यह बहाना बना रहा है, अथवा वह सचमुच ही किसी सारथि की खोज में है।..बृहन्नला के मन में बहुत स्पष्ट था कि उत्तर इस युद्ध में नहीं जाना चाहता। उत्तर तो उत्तर, स्वयं राजा विराट भी होते, तो इन सारे कौरव योद्धाओं के नाम सुन कर वे भी युद्ध को टालना ही उचित समझते।...किन्तु बृहन्नला को इस युद्ध में जाना ही था और उसका जाना राजकुमार उत्तर के माध्यम से ही हो सकता था। अन्यथा तो कोई बृहन्नला को किसी सैनिक रथ को हाथ भी नहीं लगाने देगा।...

"राजकुमारी! तुम समझती हो कि मैं युद्ध में किसी योद्धा का सारथ्य कर सकती हूँ?" बृहन्नला मुस्कुरा रही थी।

"अब तो समझने लगी हूँ गुरुदेवी! कि आप संसार का कोई भी कार्य पूरी दक्षता से कर सकती हैं।"

"विचित्र लीला है उस प्रभु की।" वृहन्नला बोली, "कभी-कभी पुरुषों को युद्ध में उतारने का काम नपुंसकों को करना पड़ता है।"

"बृहन्नले! तुम्हें युद्ध से भय तो नहीं लगता?" राजकुमार ने विनोद की मुद्रा में पूछा। उसकी दृष्टि यह देखने को तड़प रही थी कि उसके इस विनोद का सुभांगना पर क्या प्रभाव हुआ है।

"नहीं राजकुमार! युद्ध से तो भय नहीं लगता; किन्तु सारथ्य का ज्ञान मुझे नहीं है।" बृहन्नला बोली, "कहीं यह न हो कि युद्धक्षेत्र में पहुँच कर आपको पश्चात्ताप होने लगे कि आप किसको अपनी सारथि बना कर ले आये। ऐसे में आप युद्धक्षेत्र छोड़ कर भागेंगे, तो संसार के सारे क्षत्रियों का नाम कलंकित हो जायेगा।"

उत्तर ने कनखियों से सुचरिता को देखा और बृहन्नला से बोला, "तो कुन्तिपुत्र अर्जुन तुम्हारे मनोरंजन के लिये तुम्हें युद्ध में अपने साथ ले जाया करते थे?"

"महावीर अर्जुन तो बिना सारथि के भी युद्ध कर सकते थे, इसलिये वे मुझे साथ ले जाते थे।" बृहन्नला ने कहा, "मैं तो वल्गा पकड़े बैठी रहती थी। वे जैसे कहते थे, मैं वैसे ही करती जाती थी। आप भी जा सिखाएँगे, मैं सीखती जाऊँगी।"

"युद्धखेत्र तो युद्धक्षेत्र ही होता है, गुरुकुल नहीं; कि कोई तुम्हें सारथ्य की शिक्षा देता रहे।" उत्तर बोला, "मैं तुम्हें बाणों और व्यूहों का अन्तर ही समझाता रह जाऊँ और वह बूढ़ा भीष्म हमें अंगूठा दिखा दे, ऐसी मूर्खता तो मैं नहीं कर सकता।"

"तो फिर सव्यसाची अर्जुन के समान बिना सारथि के ही युद्ध कर लीजिए।" बृहन्नला बोली, "आप उनसे किस बात में कम हैं।"

उत्तर को लगा कि बृहन्नला ने उसे संकट में डाल दिया है। सँभल कर बोला, "किसे मूर्ख बना रही हो। कहीं सारथि के बिना भी कोई युद्ध कर सकता है। वह वल्गा सँभाले अथवा धनुष? चार हाथ तो किसी के नहीं होते।"

"ठीक कहते हैं राजकुमार! किन्तु जिस समय पार्थ अर्जुन ने सुभद्रा का हरण किया था, उनके साथ सारथि नहीं था।" बृहन्नला ने कहा, "उन्होंने अश्वों को भी सँभाला और मार्ग में आने वाले सारे यादव सैनिकों और वीरों से युद्ध भी किया था।"

सैरन्ध्री ने सुना। बृहन्नला की बात सत्य थी। सुभ्रदाहरण के समय अर्जुन के रथ में कोई सारथि नहीं था।...पर बृहन्नला को क्या सूझी है, इस समय

अर्जुन के युद्ध-कौशल के वर्णन की?...नहीं! कदाचित यह सब सायास ही था। यह सब सुनने के पश्चात उत्तर का यह बहाना ठीक नहीं बना रह सकता था कि बृहन्नला को सारथि के रूप में ले कर वह युद्ध करने नहीं जायेगा।...बृहन्नला की चाल सैरन्ध्री की समझ में आ रही थी।

राजकुमार उत्तर ने कवच धारण किया और बृहन्नला को भी कवच पहनाया। बृहन्नला ने रथ में बैठ कर उल्टे-सीधे ढंग से वल्गा पकड़ ली। राजकुमार उत्तर ने अपना रथ शस्त्रास्त्रों से भर लिया था। शस्त्रास्त्रों की दृष्टि से उसका चयन दोषपूर्ण नहीं था। लगता था कि उसे शस्त्रों और उनके प्रयोग का ज्ञान तो था; बस मन में युद्ध का उत्साह ही नहीं था।

"चलें राजकुमार! आपको भय तो नहीं लग रहा न?..." बृहन्नला ने पूछा।

"क्या कह रही हो बृहन्नले! भय क्या होता है, यह तो मैंने आज तक जाना ही नहीं रथ को कौरवों की ओर ले चलो।" उत्तर ने कहा, "आज मैं अकेला ही सारे कौरवों को युद्ध भूमि में सुला कर ही लौटूँगा।"

उत्तरा, सुचरिता तथा शुभांगना ने उनके लिये शुभ कामना की, "जैसे खांडव-दाह में कुन्तिपुत्र अर्जुन को सफलता हाथ लगी, वैसे ही आज का यह युद्ध राजकुमार उत्तर के लिये अभ्युदय का कारण हो।"

"बृहन्नले!" राजकुमारियों ने कहा, "लौटते हुए हमारी गुड़ियों के लिये भीष्म और द्रोण के सुन्दर-सुन्दर महीन वस्त्र ले आना।"

"राजकुमार उनको पराजित कर देंगे तो मैं उनके सुन्दर दुकूल तुम्हारी गुड़िया के लिये अवश्य लाऊँगी।"

बृहन्नला ने अश्वों को हाँका। रथ ने तत्काल गति पकड़ ली।

सुदेष्णा को सूचना मिली कि उत्तर कौरवों से युद्ध करने के लिये चला गया है, तो उसने चकित हो कर पूछा, "किन्तु उसका सारथ्य कौन करेगा?"

"बृहन्नला उसकी सारथि बन कर गयी है।" परिचारिका ने बताया।

"वह नपुंसक बृहन्नला युद्ध में राजकुमार उत्तर का सारथ्य करेगी।" रानी ने सिर पीट लिया, "यह मूर्खतापूर्ण परामर्श उसे किसने दिया?"

परिचारिका सहम गयी, "महारानी! सैरन्ध्री ने बताया था कि बृहन्नला ने किसी समय कुन्तिपुत्र अर्जुन का सारथ्य किया था।"

"ओह मेरे ईश्वर!" रानी बोली, "पर उत्तर को यह तो समझना चाहिए था कि अर्जुन जैसे योद्धा के साथ सारथि हो-न-हो, उसका कोई कुछ नहीं बिगाड़

सकता; किन्तु योद्धा उत्तर हो और सारथ्य बृहन्नला करे, तो उन्हें पराजित करने के लिये शत्रु को तनिक भी प्रयत्न नहीं करना पड़ता।"

और मन-ही-मन सुदेष्णा समझ रही थी कि सैरन्ध्री ने उससे अपने अपमान का प्रतिशोध ले लिया था।

56

बृहन्नला ने वल्गा को दो-चार बार उल्टा-सीधा किया। रथ के अश्व भी सारथि के अज्ञान के कारण कुछ अटपटाये। उत्तर यह सब देख कर हँसता रहा। वह अब भी पलट-पलट कर पीछे की ओर देख रहा था।...किन्तु अब राजप्रासाद पीछे छूट गया था। वहाँ न सुचरिता दिखाई दे रही थी और न ही भांगना। अब न वहाँ कोई उसकी वीरता देखने वाला था और न ही उसकी वीरता की चर्चा सुनने और कहने वाला। अब तो उसका रथ, रथ को हाँकने वाली सारथि थी और वह स्वयं था। उसका जैसे सारा मद उतर गया। जीवन का रस ही समाप्त हो गया।...

तब उसका ध्यान बृहन्नला की ओर गया। वह अब सन्नद्ध हो कर सारथि के आसन पर बैठी थी। उसके हाथों में वल्गा नहीं रही थी। अश्वों को भी उसकी अनुभवहीनता से कोई असुविधा नहीं हो रही थी।...उत्तर ने एक प्रकार से नये सिरे से आँखें खोल कर सजग मन से देखा : बृहन्नला एक दक्ष सारथि के समान रथ-संचालन कर रही थी। अश्व जैसे हवा में उड़ते जा रहे थे। वे लोग नगर प्राचीर को पार कर आये थे और श्यमशान की ओर जाने वाले मार्ग पर आगे बढ़ते जा रहे थे।

"तुम कहाँ ले जा रही हो मुझे?" सहसा उसने बृहन्नला से पूछा।

"जहाँ कौरवों की सेना खड़ी आपकी प्रतीक्षा कर रही है राजकुमार।" बृहन्नला ने उत्साहपूर्वक कहा, जैसे किसी बड़ी उपलब्धि की सूचना दे रही हो, "आपने कहा था न कि जहाँ कौरव हैं, मुझे वहीं ले चलो।"

"मैंने ऐसा कुछ कहा था क्या?" उत्तर ने अपने-आपसे पूछा।

...उसे तनिक भी स्मरण नहीं था कि उसने ऐसा कुछ कहा था। कब कहा होगा?...उसकी आँखों के सम्मुख सुचरिता और शुभांगना के चेहरे तैर गये। वे सामने थीं, तो वह जाने क्या-क्या कह गया था। अब तो उसे कुछ स्मरण भी नहीं है।

"पर वृहन्नला! हम वहाँ जाकर क्या करेंगे?" उसने कुछ कंपित स्वर में पूछा।

"क्यों राजकुमार! कौरवों ने आपके उत्तर गोष्ठों पर आक्रमण किया है। मैंने सुना है कि उन्होंने आपके गोष्ठों में आग लगा दी है। आपके सारे गोधन का भी हरण कर लिया है।" बृहन्नला ने कहा।

"मैं यह नहीं पूछ रहा हूँ कि उन्होंने क्या किया है।" उत्तर के स्वर में खीझ भी थी और घबराहट भी, "मैं पूछ रहा हूँ कि हम वहाँ जाकर क्या करेंगे।"

"आप उनसे युद्ध करेंगे राजकुमार!" बृहन्नला ने कहा, "उनसे अपना गोधन लौटायेंगे और उनसे उनकी दुष्टता का प्रतिशोध लेंगे। उन्हें उनके अपराधों के लिये दंडित करेंगे।"

उत्तर को लग रहा था कि उसका मुख सूख रहा था और उसके मन में कौरवों की सेना के निकट जाने का भी कोई उत्साह नहीं था। रथ में बैठे हुए भी उसकी टाँगें काँप रही थीं और उसे बृहन्नला पर क्रोध आ रहा था, जो रथ को उस दिशा में दौड़ाए लिये जा रहा था, जिधर कौरव सेना खड़ी थी।

"बृहन्नला! तुम जानती भी हो कि कौरव सेना का अर्थ क्या है? सुना भी है कि कौरव सेना में कौन-कौन से योद्धा इस समय आये हुए हैं और उनकी वीरता किस कोटि की है।...या तुम समझ रहे हो कि तुम्हें नाचते देख कर वे अपने शस्त्र रख देंगे और तुम्हारे साथ तालियाँ बजाने लगेंगे?"

"जानती क्यों नहीं।" बृहन्नला बोली, "सुना है भीष्म, द्रोण, कृपाचार्य, अश्वत्थामा, कर्ण तथा दुर्योधन आदि योद्धा आये हुए हैं।"

"और तुम समझती हो कि मेरे जैसा मूर्ख बालक, अपनी अनुभवहीनता के बाण मार कर उन्हें पराजित कर देगा।" उत्तर का स्वर रुआँसा हो रहा था, "मैंने तो ढंग से कोई युद्ध लड़ा ही नहीं है। शस्त्रों का भी कोई विशेष अभ्यास नहीं है। बस किसी प्रकार रथ-संचालन भर कर सकता हूँ।"

"पर आपने तो कहा था राजकुमार! कि आप सारे कौरवों को पराजित कर उनके वस्त्र राजकुमारी की गुड़िया के लिये लाएँगे।..."

"मूर्ख है तू तो।" उसका स्वर काँप रहा था, "वह सब तो मैंने उन लड़कियों को रिझाने को मूढ़ता में कहा था। तुम देख रही हो, मैं कितना भयभीत हूँ।"

"भय से तो काम नहीं चलेगा राजकुमार!"

"नहीं चलेगा तो न चले। काम चलाने के लिये मैं अपने प्राण दे दूँ।" उत्तर ने कहा, "मोड़ रथ को। हम नगर में वापस चलेंगे। पिताजी मुझे नगर की रक्षा के लिये छोड़ गये थे। नगर सूना पड़ा है और तुम मुझे मूर्खों के समान वहाँ सरिता तट की ओर लिये जा रही हो। लौटा रथ को।"

बृहन्नला ने रथ को नगर की ओर लौटाने की कोई तत्परता नहीं दिखायी, तो उत्तर बौखला गया, "तू सुन नहीं रही बृहन्नला! बहरी भी है क्या? मैं कह रहा हूँ, रथ को नगर की ओर मोड़।"

"नगर सुरक्षित है राजकुमार! कौरव सेना अभी नगर से बहुत दूर है। उनका लक्ष्य आपका नगर अधिकृत करना नहीं है।" बृहन्नला ने कहा, "उन्होंने तो गोष्ठों पर आक्रमण कर आपको चुनौती भेजी है और अब नगर से बाहर, कुछ दूरी पर अपनी सुविधा के स्थान पर व्यूहबद्ध खड़े होंगे। हमें वहीं जाकर उनसे युद्ध करना है।"

"बकवास मत कर!" उत्तर किसी अनियन्त्रित आवेश के प्रभाव में चिल्लाया, "तुम्हें युद्ध करना है? युद्ध तो मुझे ही करना है और मैं कह रहा हूँ कि नगर की ओर लौट चल। नपुंसकों में पुंसत्व तो नहीं होता, बुद्धि भी नहीं होती क्या?"

"राजकुमार आप बिना लड़े ही लौट जायेंगे तो लोग क्या कहेंगे।"

"कुछ भी कहें लोग।" उत्तर बोला, "लोग कुछ ऐसा-वैसा कहेंगे, इसलिये मैं अपने प्राण दे दूँ।..."

श्यमसान निकट आ गया था। रथ कुछ धीमा हुआ और उत्तर, रथ से कूद पड़ा, "मैं तो नगर में जा रहा हूँ। तू जाकर युद्ध कर ले कौरवों से।"

बृहन्नला को हँसी आ गयी। राजकुमार सचमुच बहुत अधिक भयभीत हो गया था। पर वह उसे इस प्रकार लौट जाने तो नहीं दे सकती। बृहन्नला ने रथ रोक दिया। स्वयं भी रथ से कूदी और दौड़ कर राजकुमार को जा पकड़ा। उसने देखा, राजकुमार का सारा शरीर काँप रहा था। उसकी घिग्घी बँधी हुई थी।

"मुझे छोड़ दे बृहन्नला! मैं पुरस्कार में तुझे अपने सारे आभूषण दे दूँगा।" उसने बड़ी कठिनाई से कहा और वह अचेत हो कर भूमि पर गिर पड़ा।

बृहन्नला ने उसे अपनी भुजाओं में उठाया और ला कर रथ में लिटा दिया। रथ में बैठ कर घोड़ों को हाँका और रथ शमी वृक्ष के निकट आकर खड़ा हो गया।

उसने देखा, उत्तर की चेतना कुछ-कुछ लौट आयी थी किन्तु भय के मारे वह पुनः अचेत हो सकता था।

"मैंने तुझे कहा है बृहन्नला कि मैं कौरवों से नहीं लड़ सकता। तू क्यों मेरी जान के पीछे पड़ रही है।" वह किसी रोगी के समान धीरे से बोला।

"तुम युद्ध नहीं कर सकते राजकुमार! सारथ्य तो कर सकते हो।" बृहन्नला बोली, "तुम सारथ्य करो। कौरवों से युद्ध मैं करूँगा।"

राजकुमार का मुख आश्चर्य से खुल गया, "तुम युद्ध करोगी, इसलिये पुरुषों के समान बोलने लगी हो।"

"पुरुष नपुंसकों के समान बोलेंगे तो नपुंसकों को पुरुषों के समान बोलना ही पड़ेगा।" बृहन्नला ने कहा, "अब उठो और जो कुछ मैं कह रहा हूँ, वह करो।"

राजकुमार की मूर्च्छा विलुप्त हो गयी थी। वह आश्वर्य से बृहन्नला को देख रहा था। बृहन्नला की न केवल भाषा बदल गयी थी, उसका तो सारा व्यक्तित्व ही बदल गया था। उसके चेहरे पर कैसी दृढ़ता थी, कैसा संकल्प। उसने अपनी वेणी उतार दी थी और अपने केशों को एक श्वेत वस्त्र से बाँध लिया था।

"तुम कौन हो?" उत्तर अनायास ही पूछ बैठा।

"सब कुछ बताऊँगा।" बृहन्नला ने कहा, "पर जब तक मैं युद्धवेश धारण करता हूँ, जो कह रहा हूँ, वह करो।"

उत्तर को लगा : उसके सम्मुख खड़ा व्यक्ति साधारण नहीं था। उसका व्यक्तित्व दुर्निवार था और उसका आदेश अलंघ्य।

"क्या करना होगा?"

"इस शमी वृक्ष पर चढ़ जाओ। और ऊपर टँगे, श्वेत वस्त्र में लिपटे, हमारे शस्त्र उतार लाओ।"

"यह वृक्ष श्मशान में है। उसके आस-पास अभिचार कर्म सम्पादित हुआ प्रतीत हो रहा है। उस पर एक शव भी टँगा हुआ है।" उत्तर बोला, "मैं राजकुमार हूँ। मैं इस प्रकार के अनाथ शवों का स्पर्श कर अपवित्र नहीं होना चाहता।"

"वह शव नहीं है राजकुमार! वे हमारे शस्त्र हैं।" वृहन्नला ने बलपूर्वक कहा, "वृक्ष पर चढ़ो और शीघ्रतापूर्वक उन्हें उतार लाओ।" उसने रुक कर उत्तर को देखा, "उतारने को तो मैं भी उतार सकता हूँ; किन्तु यदि मैं वृक्ष पर चढ़ा तो तुम स्वयं भी भाग जाओगे और रथ को भी भगा कर ले जाओगे। सम्भव है, नदी में कूद कर अपने प्राण ही दे दो। तब रथ और सारथि के अभाव में मैं युद्ध नहीं कर पाऊँगा। मुझे दुर्योधन से युद्ध करना ही है और तुम्हारा गोधन भी लौटाना है। उसके बिना मैं विराटनगर नहीं लौट सकता। मैं अपनी शिष्याओं के परिहास का पात्र नहीं बनना चाहता।"

"तुम कौन हो?" उत्तर का मुख आश्चर्य से खुला हुआ था।

"बताऊँगा तो तुम मेरा विश्वास नहीं करोगे। अभी इतना ही जान लो कि तुम्हारा, तुम्हारे परिवार का, तुम्हारे राज्य का मित्र हूँ। इसलिये हमारे शस्त्र उतार लाओ।" बृहन्नला ने कहा, "नहीं उतारोगे, तो वृक्ष पर मुझे चढ़ना पड़ेगा। पहले तुम्हें इस वृक्ष से बाँध दूँ, ताकि तुम पलायन कर कहीं अपने प्राण न दे दो।"

"नहीं!" उत्तर के मुख से अनायास ही निकल गया, "मुझे बाँधो मत। मैं वृक्ष पर चढ़ कर तुम्हारे शस्त्र उतारता हूँ।"

वह रथ से उतर आया और वृक्ष पर चढ़ने लगा।

उत्तर समझ नहीं पा रहा था कि वह बृहन्नला के इस नये रूप से प्रभावित था अथवा केवल भयभीत था; किन्तु वह अभी उससे सहमत नहीं था। वृक्ष पर चढ़ते हुए भी उसके मन में सहस्रों शंकाएँ थीं।...पता नहीं, यह कौन था। क्या चाहता था। कौरव महारथियों से अकेला युद्ध करने की तैयारी तो ऐसे कर रहा था, जैसे देवराज इन्द्र हो, अथवा स्वयं अर्जुन हो।...और सहसा उत्तर के मन में एक नया विचार आया : यदि वह वृक्ष पर नहीं चढ़ता तो वह यह बृहन्नला रूपी छद्म वेशी अवश्य ही उसे शमीवृक्ष से बाँध देगा। उत्तर उससे मुक्त नहीं हो सकेगा। वह उसकी शक्ति देख चुका है। वह एक छोटे से बालक के समान, उत्तर को पकड़ उठा लाया था और रथ में डाल गया था।...इस से तो अच्छा है कि उत्तर वृक्ष पर चढ़ कर देखे कि उस वस्त्र में कोई अज्ञात शव लिपटा है, अथवा शस्त्र हैं, जैसा कि यह व्यक्ति कह रहा है। यदि उसमें शस्त्र हुए तो उत्तर उसको सच्चा मान लेगा। शस्त्र नहीं हुए तो वह अपनी रक्षा के लिये वृक्ष पर ऊँचा चढ़ता जायेगा, जहाँ यह व्यक्ति उसे पकड़ न पाये।...

वस्त्र में लिपटे उस बड़े से आकार तक पहुँचने में उत्तर को विशेष कठिनाई नहीं हुई। उसने साहस कर उस वस्त्र को हटाया। उसके अन्दर पत्तों का आवरण था, जो अब सूख गये थे। उन्हें हटाने के लिये उसे कोई विशेष प्रयत्न नहीं करना पड़ा।

पत्तों के हटते ही वह चकित रह गया : उसके सम्मुख जैसे कोई असाधारण शस्त्रागार था। कोदंड, खड्ग, गदा, शूल और बाण। किसके थे ये शस्त्र। इनके सम्मुख तो उसके अपने शस्त्र खिलौने दिखाई पड़ते थे।

उत्तर ने शस्त्र नीचे उतार दिये।

बृहन्नला ने उसमें से एक दंड उठा कर उसकी प्रत्यंचा चढ़ाई।

"किसके हैं ये शस्त्र?" उत्तर का स्वर अभिभूत था।

"पाण्डवों के।" बृहन्नला ने कहा।

"और पाण्डव कहाँ हैं? वनवास के पश्चात उन्हें अज्ञातवास के लिये जाना था।" उत्तर से पूछे बिना नहीं रहा गया।

"तुम्हारे यहाँ जो कंक के रूप में रह रहे हैं, वे युधिष्ठिर हैं।" बृहन्नला ने कहा, "तुम्हारा रसोइया बल्लव मध्यम पाण्डव भीम हैं। मैं अर्जुन हूँ। ग्रंथिक, नकुल है; और तंतिपाल, सहदेव है। समझ गये, हमने अज्ञातवास तुम्हारे नगर में ही पूर्ण किया है।"

उत्तर को जैसे कुछ भी समझ में नहीं आ रहा था।...यह बृहन्न्ला अर्जुन है? नृत्य और गायन में लगा रहने वाला नपुंसक, यह अर्जुन है?

"क्या प्रमाण है इसका?" उत्तर बोला, "मुझे तो विश्वास नहीं हो रहा।"

"इन शस्त्रों को रथ में रखो। हमें विलम्ब नहीं करना चाहिए, नहीं तो कौरव तुम्हारी गौवों को हाँक कर दूर ले जायेंगे।" अर्जुन ने कहा, "मेरे अर्जुन होने का जो भी प्रमाण माँगोगे, दूँगा।"

उत्तर ने शस्त्रों को रथ में रखने में अर्जुन की सहायता की।

"अब तुम रथ में सारथि का स्थान सँभालो।" अर्जुन ने कहा, "युद्ध मैं करूँगा। तुम्हें भय तो नहीं लगेगा?"

उत्तर को स्मरण हो आया : अभी थोड़ी देर पहले ही तो वह रथ से कूद कर भागा था। वह युद्ध नहीं करना चाहता था। उसे भय लग रहा था। भय ही क्या, उसे तो मूर्च्छा हो रही थी। पर अब...

वह कूद कर सारथि के आसन पर जा बैठा, "नहीं। भय क्या होता है, मुझे पता नहीं है। मेरा तो जैसे जन्म-जन्मान्तरों से देखा गया, अपूर्ण स्वप्न पूरा हुआ है। वीरवर अर्जुन का सारथि बनना तो जाने कितने जन्मों के पुण्य का प्रभाव है।"

रथ चला तो उत्तर ने पूछा, "कौरव आपको पहचान नहीं जायेंगे?"

"हमारे अज्ञातवास का काल पूरा हो गया है, इसलिये मैं तो स्वयं ही प्रकट हो रहा हूँ। अपने नाम की घोषणा कर दूँगा।" अर्जुन ने कहा।

"तो फिर इस साड़ी से भी मुक्त क्यों नहीं हो जाते?"

"इस समय और कोई वस्त्र नहीं है।" अर्जुन ने कहा, "विलम्ब करने का भी कोई लाभ नहीं है।"

"तो फिर आपको कोई अर्जुन कैसे मानेगा?"

"मेरा परिचय मेरा नाम अथवा मेरा परिधान नहीं है राजकुमार!" अर्जुन ने कहा, "मेरा परिचय मेरा गाण्डीव है। मेरा आचरण है। युद्ध में जब मेरे इस धनुष से बाण छूटेंगे, वे ही सबको मेरा परिचय देंगे।"

रथ ने वेग पकड़ लिया था।

"यदि आप अर्जुन हैं तो बताएँ कि आपके कितने नाम हैं।" उत्तर ने कहा।

"मेरे अर्जुन होने का प्रमाण चाहते हो?"

"आपने कहा था कि प्रमाण देंगे, इसलिये पूछ रहा हूँ; अन्यथा आपका विश्वास कर लेता।" उत्तर ने कहा।

"मेरे दस नाम हैं—अर्जुन, फाल्गुन, जिष्णु, किरीटी, श्वेतवाहन, भीमुत्सु, विजय, कृष्ण, सव्यसाची और धनंजय।"

"आप विजय क्यों कहलाते हैं?"

"मैं अपने शत्रुओं को परास्त किए बिना कभी नहीं लौटता, इसलिये विजय कहलाता हूँ।"

"आप धनंजय क्यों कहलाते हैं?"

"मैं अनेक देशों को जीतकर, उनसे कर रूप में केवल धन ले कर, धन के मध्य ही स्थित था, इसलिये मैं धनंजय कहलाया।" अर्जुन ने उसकी ओर देखा, "मेरे रथ के अश्व श्वेद होते हैं, इसलिये मैं श्वेतवाहन हूँ। मेरा जन्म उत्तर फाल्गुनी नक्षत्र में हुआ था, इसलिये मैं फाल्गुनी कहलाता हूँ। वैजन्त ने मेरे सिर पर मुकुट रखा था, इसलिये मैं किरीटी कहलाता हूँ। युद्ध में मैं कोई बीभत्स कर्म नहीं करता, इसलिये मुझे भीभुत्सु भी कहते हैं। मैं अपने दाएँ और बाएँ दोनों हाथों से गांडीव खींचता हूँ, इसलिये मेरा नाम सव्यसाची है। मैं सबके प्रति समभाव रखता हूँ, इसलिये अर्जुन हूँ। इन्द्र का पूत्र हूँ, इसलिये जिष्णु कहलाता हूँ। मेरा वर्ण श्यामल है और लोगों का चित्त आकर्षित कर लेता हूँ, इसलिये कृष्ण भी कहलाता हूँ।" अर्जुन ने रुक कर उसे पुनः देखा, "किन्तु राजकुमार! नामो और उनका अर्थ जान लेना इस बात का पर्याप्त प्रमाण नहीं है कि मैं अर्जुन हूँ। वह तो अब तुम ही जानते हो, किन्तु तुम अर्जुन नहीं हो। मेरा परिचय तो अब मेरा धनुष ही देगा।"

अर्जुन ने अपना शंख निकाला और उसे पूरे बल से फूँका।

उत्तर को लगा, उसने शंख की ऐसी ध्वनि पहले कभी नहीं सुनी थी। उसके कानों के पर्दे जैसे फट रहे थे; किन्तु उसका उत्साह पहले से भी दोगुना हो गया था।

57

द्रोण के मन में अनेक व्यूह थे; किन्तु भूमि पर उन्होंने अभी कोई व्यूह नहीं रचा था। वे सेनापति नहीं थे कि व्यूह का दायित्व उनका होता। समरभूमि में भीष्म उपस्थित थे, तो सेना का संचालन भी उनका ही अधिकार था।

वैसे भी वे अभी युद्ध के लिये तनिक भी गम्भीर नहीं थे। उन्हें लग रहा था कि उनका मन अभी युद्ध के लिये रंचमात्र भी आतुर नहीं था।...पर क्यों, जब वे एक सैनिक अभियान पर निकले हैं, तो वे युद्ध के लिये तत्पर क्यों नहीं हैं?? उनका मन इस 'क्यों' का उत्तर खोजने निकलता है, तो उन्हें लगता है कि वह अपने ही विषय में अनेक प्रश्नों को ले कर उलझ जाता है।...युद्ध के संदर्भ में क्या स्थिति है उनकी? कितना अनुभव है उनको वास्तविक युद्ध का? आज तक कितने युद्ध किए हैं उन्होंने?...नहीं व्यक्तिगत रूप से उन्होंने आज

तक किसी युद्ध में भाग नहीं लिया था। प्रशिक्षण देने तथा अपने शिष्यों की क्षमता का प्रदर्शन करने की बात और थी। वे शस्त्रों और व्यूहों के आचार्य थे; किन्तु योद्धा की भूमिका उनके लिये एकदम नयी थी।...उन्हें स्वयं युद्ध करने की कभी कोई आवश्यकता ही नहीं पड़ी। वे द्रुपद से लड़ना चाहते थे, तो वह काम युधिष्ठिर तथा उसके भाइयों ने कर दिया था।...उसके पश्चात् उन्होंने कभी सोचा ही नहीं था कि उन्हें कभी वास्तविक युद्ध करना भी है। उन्होंने स्वयं को गुरु तथा युद्धाचार्य के अतिरिक्त कभी कुछ और समझा ही नहीं था। यह तो युधिष्ठिर के युवराज बनने के अवसर पर धृतराष्ट्र ने उन्हें सैन्य के प्रशिक्षण तथा संचालन-परामर्श का नया दायित्व दे दिया था। उसने ऐसा क्या सोच कर किया था, यह तो वही जाने; किन्तु द्रोण ने सोचा था कि इस से उनके हाथ में कुछ प्रशासनिक सत्ता आयेगी। सत्ता की उनको आवश्यकता भी थी और उन्हें प्रिय भी लगने लगी थी...यदि वे उस नये पद तथा नये दायित्व का स्वीकार न करते तो आज भी दुर्योधन तथा उसके भाइयों के पुत्रों को धनुर्वेद पढ़ा रहे होते; अथवा हस्तिनापुर छोड़ कर किसी आश्रम में बैठ साधना कर रहे होते। सम्भव था कि अहिछत्र चले जाते और राज-कर्म का निर्वाह करने का प्रयत्न करते।...पर वह सब करने का क्या लाभ था? उससे तो कहीं अच्छा था कि वे हस्तिनापुर जैसे शक्तिशाली राज्य की राजसभा में इस सम्मानित पद पर बैठे अपनी इच्छानुसार अपना विकास या अपने हितों की रक्षा करते रहते।

वे दुर्योधन के सेनापति तो थे नहीं कि युद्धों में उसकी सेनाओं का नेतृत्व करते। वे उसके गुरु थे; और सैन्य प्रशिक्षण एवं संचालन के लिये पदामर्शदाता थे। दुर्योधन ने कभी उनके इस पद की चिन्ता नहीं की थी। कर्ण की तथाकथित दिग्विजय के समय उनको उस अधिकार का प्रयोग भी नहीं करने दिया गया था।...तो फिर आज उन्हें दुर्योधन यहाँ क्यों ले आया है? और वे क्यों आ गये हैं?...

दुर्योधन उन्हें क्यों ले आया, यह तो वही जाने; किन्तु वे क्यों चले आये? क्या बाध्यता थी उनकी कि वे दुर्योधन के वेतनभोगी योद्धा के रूप में यहाँ खड़े हैं?...उन्हें लगता है कि कीचक के वध के समाचार के पश्चात हस्तिनापुर में बहुत कुछ बदल गया था। जो व्यवहार तब दुर्योधन ने किया था, उसके पश्चात उन्होंने अपने विषय में बहुत कुछ सोचा था। उन्हें सोचना पड़ा था...

दुर्योधन के व्यवहार ने उसका दृष्टिकोण बहुत स्पष्ट कर दिया था। वह उन्हें अपना गुरु कहता था। उन्हें सम्बोधित करते हुए भी वह 'आचार्य' शब्द का प्रयोग करता था; किन्तु उसके व्यवहार में कहीं यह भाव नहीं था कि वे उसके गुरु हैं, और वह उनकी आज्ञा के अधीन था। वह स्पष्टतः उन्हें राजा का एक

कर्मचारी ही मानता था। उन्हें ही क्यों, वह तो अपने पितामह, देवव्रत भीष्म को भी अपना कर्मचारी ही मानता था। वह अपने मुख से ऐसे शब्द उच्चरित नहीं करता था; किन्तु उसका अर्थ यह नहीं था कि वह यह कह नहीं सकता था। किसी भी दिन वह कह सकता था कि वे हस्तिनापुर राज्य के कर्मचारी थे। कुछ अधिक सम्मान प्रदर्शित करता तो 'राजपुरुष' कह सकता था। ऐसी किसी भी स्थिति में, उनसे राजा तथा युवराज की सारी आज्ञाओं का पालन अपेक्षित था। यदि वे ऐसा नहीं करना चाहते, तो उनके पास एक ही विकल्प था कि वे हस्तिनापुर छोड़ जाते।...

उनके मन में सैकड़ों बार यह प्रश्न आया था कि क्या वे हस्तिनापुर छोड़ कर जाना चाहते हैं? क्या वे हस्तिनापुर छोड़ कर जा सकते हैं?...और प्रत्येक बार उनके मन ने निषेध में अपना सिर हिला दिया था।...

हस्तिनापुर में अब राज्य का संचालन भीष्म तथा विदुर की इच्छा से नहीं होता था। वहाँ का वास्तविक शासक तो दुर्योधन ही था; और दुर्योधन को प्रेरित करने वाले थे—कर्ण और शकुनि! कई बार द्रोण अनुभव करते थे कि वे हस्तिनापुर में स्वतन्त्र नहीं थे। उन पर जो बन्धन थे, वे धर्म, सत्य, न्याय और नैतिकता के नहीं थे। वे दुर्योधन जैसे पापी के बन्धन थे। कई बार तो उन्हें लगता था कि वे पिंजरे में बन्द पक्षी के समान थे। पिंजरे में उनका दम घुट रहा था। वे अपने पंख फड़फड़ाना चाहते थे। पिंजरे को तोड़ कर खुल आकाश में उड़ जाना चाहते थे। ऐसे में यदि सम्भव होता तो वे हस्तिनापुर छोड़ देना ही पसन्द करते।...किन्तु इतना तो वह जानते ही थे कि पिंजरे के बाहर खुला आकाश ही नहीं होता, आकाश में उड़ने वाले श्येन भी होते हैं। उनसे रक्षा करने का काम पिंजरा ही कर रहा होता है। पिंजरे के टूटते ही श्येन झपटते हैं।...हस्तिनापुर के बाहर द्रुपद उनकी प्रतीक्षा कर रहा था। धृष्टद्युम्न का संकल्प उनके हस्तिनापुर से निकलने की प्रतीक्षा में था। बहुत सम्भव है कि एकलव्य भी कहीं अपना कटा अंगूठा लिये उनकी प्रतीक्षा कर रहा हो।....उनके लिये सबसे सुरक्षित स्थान पाण्डवों का राज्य होता; किन्तु पहले तो अकेला युधिष्ठिर ही उनकी प्रतिशोध वृत्ति से सहमत नहीं था, और अब तो पाण्डवों की महारानी के रूप में द्रुपदपुत्री कृष्णा बैठी है।...नहीं! द्रोण के लिये कोई विकल्प नहीं है।...उन्हें अपने लिये कदाचित उतनी चिन्ता न भी होती, किन्तु अश्वत्थामा? यदि द्रुपद, धुष्टद्युम्न तथा शिखंडी ने अश्वत्थामा से प्रतिशोध लेना चाहा तो?

द्रोण को हस्तिनापुर में ही रहना होगा। पाण्डवों को उनका राज्य वापस मिल जाये, तो भी द्रोण इन्द्रप्रस्थ जाकर नहीं रह सकते। उन्हें हस्तिनापुर में

ही रहना होगा; और दुर्योधन को अपना राजा भी मानना होगा।...कीचक के वध का समाचार आने के पश्चात हुई चर्चा में दुर्योधन ने एकदम स्पष्ट कर दिया था कि वह पाण्डवों को राज्य नहीं लौटायेगा। वह तो युद्ध की तैयारी कर रहा है। युद्ध तो होगा ही।...उस स्थिति में क्या द्रोण युद्ध से तटस्थ रह पायेंगे? दुर्योधन उन्हें युद्ध में सम्मिलित होने के लिये नहीं कहेगा? वह द्रोण को व्यूह रचने का आदेश नहीं देगा? युद्ध करने का आदेश नहीं देगा??...पर क्या वे पाण्डवों को अपने हाथों से मार सकेंगे? अपने अर्जुन को अपने ही बाणों से बींध सकेंगे?...तो और विकल्प ही क्या है? वे दुर्योधन और अर्जुन दोनों की रक्षा तो नहीं कर सकते। विशेषकर जब दुर्योधन उनकी रक्षा कर रहा हो; और अर्जुन उनके शत्रुओं के हाथों में खेल रहा हो।...दुर्योधन के साथ रहेंगे, तो युद्ध तो उन्हें करना ही पड़ेगा। तब वे केवल आचार्य और गुरु नहीं रह पायेंगे।...उन्हें योद्धा के रूप में समर भूमि में उतरने से पहले उस कार्य का थोड़ा अभ्यास भी कर लेना चाहिए। उन्हें युद्ध से भयभीत नहीं होना चाहिए। ...छोटे-छोटे युद्ध में सम्मिलित होना चाहिए। उस बड़े और वास्तविक युद्ध से पहले, कुछ छोटे और कम भयंकर युद्धों से उनको वास्तविक युद्ध में अपनी स्थिति का ज्ञान हो जायेगा।...

विराटनगर में वे किसी बड़े युद्ध की सम्भावना से नहीं आये थे। युद्ध की गम्भीर तैयारी भी उन्हें नहीं लग रही थी। मत्स्यों से लड़ने के लिये विशेष तैयारी की आवश्यकता भी नहीं थी।...वे लोग जानते ही थे कि उनसे एक दिन पूर्व त्रिगर्तों ने मत्स्यों पर आक्रमण किया है और मत्स्यराज अपनी सेना के साथ युद्ध करने गये हुए हैं। इस दृष्टि से विराटनगर में इस समय नगररक्षकों तथा राजपरिवार के अंगरक्षकों के अतिरिक्त और किसी को नहीं होना चाहिए। जब कोई होगा ही नहीं, तो युद्ध की स्थिति ही कैसे हो पायेगी।...तो फिर व्यर्थ ही दिव्यास्त्र ढोने की क्या आवश्यकता थी?...

उनके मन में यह बात स्पष्ट थी कि दुर्योधन भी किसी बड़े और गम्भीर युद्ध की बात सोच कर नहीं आया था। वह तो मत्स्यों को पूरी तरह लूटना चाहता था। वह चाहता था कि मत्स्यों का सारा गोधन उसको मिल जाये। उसके पश्चात मत्स्यों की भूमि को भी वह क्रमशः खंड-खंड कर, अपने तथा अपने मित्रों के राज्यों में मिला ले।...पर शायद उसके लिये वह स्वयं युद्ध करना नहीं चाहता था। वह न अपने योद्धाओं को मरवाना चाहता था, न अपनी सेना को कटवाना चाहता था। वह चाहता था कि उसका यह युद्ध त्रिगर्त लड़ लें। मत्स्य दुर्बल हो जाये, और वह अपना मनोवांछित कर सके।...

वे सब लोग प्रतीक्षा में खड़े थे कि विराटनगर में उनके द्वारा गोहरण का

समाचार पहुँच ले और यदि वहाँ कोई सेना तथा योद्धा हो तो वह युद्ध के लिये नगर के बाहर निकल आये। नगर में प्रवेश करने की उनकी अभी कोई योजना नहीं थी। नगर में प्रवेश करने की सार्थकता तो तब थी, जब राजप्रासाद तथा राजसभा पर भी अधिकार करना हो। अब तक उन्हें ऐसा नहीं लगा था कि दुर्योधन की ऐसी कोई इच्छा थी। कीचक की मृत्यु के पश्चात मत्स्यों की सेना की स्थिति बहुत दृढ़ नहीं रह गयी थी। उससे तो दुर्योधन का कोई सेनापति, अथवा दुःशासन, विकर्ण या कर्ण कोई भी लड़ लेता और उन्हें पराजित कर, जो चाहता उसे प्राप्त कर लेता।...ऐसे में भीष्म, कृप, अश्वत्थामा तथा उन्हें साथ लेने का क्या अर्थ था?...क्या दुर्योधन मत्स्यों से इतना भयभीत था कि वह अपने समस्त योद्धाओं को साथ लिये बिना यहाँ आने का साहस नहीं कह सकता था? या वह अपने योद्धाओं की प्रदर्शनी लगा कर मत्स्यों को भयभीत कर देना चाहता था...या...वह उन सब योद्धाओं की, जिन्हें वह सीधे-सीधे अपना वेतनभोगी नहीं कर सकता, अपने प्रति निष्ठा की परीक्षा लेना चाहता था? क्या देखना चाहता था कि वे लोग पाण्डवों के साथ होने वाले आगामी युद्ध में उसका साथे देंगे अथवा नहीं।...और पाण्डवों के साथ उसका युद्ध तो होना ही है...परिवेश में चारों ओर युद्ध की गंध अभी से फैल रही थी।...पर वह सब क्या था?...एक ओर तो उन्हें लगता था कि हस्तिनापुर के समस्त योद्धाओं को अपने साथ लाने का अर्थ है कि दुर्योधन किसी बहुत बड़े युद्ध की भूमिका बाँध कर आया है; और दूसरी ओर उन्हें लगता है कि वे लोग तो युद्ध की गम्भीर तैयारी के साथ आये ही नहीं हैं? दुर्योधन को अपने लिये इस युद्ध में से कोई गम्भीर संकट दिखायी नहीं देता?...पर क्या उसे यह संदेह नहीं है कि विराटनगर में कीचक का वध करने वाला व्यक्ति, मध्यम पाण्डव भीम ही है? हाँ! उसे यह संदेह है। तभी तो वह यहाँ आया है और उन सबको भी अपने साथ लाया है। क्या चाहता है वह? मत्स्यराज तथा उनकी सेना यहाँ उपस्थित न हो और वह पाण्डवों को अकस्मात पकड़ कर उन्हें चकित कर दे?...वह जानता है कि पाण्डव अपने सम्मुख भीष्म, द्रोण तथा कृपाचार्य को देख कर युद्ध नहीं करेंगे। वह जानता है कि उन लोगों के आदेशों की पाण्डव उपेक्षा नहीं करेंगे।...तो क्या वे सब लोग पाण्डवों को फाँसने के लिये लासा के रूप में लाए गये हैं? यदि उसका संदेह सत्य निकले, यदि पाण्डव विराटनगर में छिपे हुए हों, यदि मत्स्यराज की अनुपस्थिति में पाण्डव दुर्योधन से लड़ने आयें, तो अपने सम्मुख अपने गुरुओं और अपने पितामह को देख कर, अपने शस्त्र डाल दें? आत्मसमर्पण कर दें? दुर्योधन के बन्दी हो जायें, ताकि वह उनका वध कर सके, अथवा उन्हें पुनः दीर्घकाल के लिये वनों में भेज दे।...

तभी उन्हें लगा कि अकस्मात् ही सन्नाटा टूट गया है। दूर से किसी रथ के आने की ध्वनि आ रही है। उसके चक्रों की ध्वनि गम्भीर थी। वह साधारण रथ नहीं था, जिसमें यात्री एक स्थान से दूसरे स्थान के लिये यात्रा करते हैं। पर था वह एक ही रथ, इसलिये वह मत्स्यों की सेना नहीं हो सकती।

"कहीं यह मत्स्यों का कोई दूत तो नहीं आ रहा आचार्य?" दुर्योधन ने उनकी ओर देखा।

"सम्भव तो है।" आचार्य ने कहा, "यदि विराट को हमारे आक्रमण की सूचना मिल गयी है और उनके पास युद्ध का सामर्थ्य नहीं है, तो वे संधि के लिये दूत भेज सकते हैं।"

"पर संधि नहीं होगी।" दुर्योधन ने जैसे आदेशात्मक स्वर में कहा, "आवश्यक हुआ तो गोधन के साथ-साथ दूत का भी हरण होगा।..."

दुर्योधन की बात पूरी नहीं हुई। एक ओजस्वी शंखनाद ने जैसे उसे मध्य में ही मौन कर दिया। उसने आचार्य की ओर देखा। अन्य लोग भी उसके निकट सिमट आये। केवल भीष्म ही थे, जो अपने रथ में बैठे कुछ सोचते रहे।

सहसा द्रोण के चेहरे पर समाधान का भाव जागा।

"यह कोई संधि दूत नहीं है दुर्योधन! यह शंखनाद तो किसी योद्धा का है, जो हमें चुनौती देने आ रहा है।" द्रोण ने कहा।

"किन्तु ध्वनि तो एक अकेले रथ की है। एक रथ पर कितनी बड़ी सेना आ रही है आचार्य! जो हमारे इतने सारे अतिरथियों को चुनौती देगी?" दुर्योधन हँस रहा था।

"यह भी तो सम्भव है भैया! कि सेना पीछे आ रही हो।" दुःशासन के स्वर में एक प्रकार की चिन्ता थी।

"मेरा विचार है दुर्योधन! कि तुम्हारा यह अनुमान सत्य सिद्ध हुआ है।" द्रोण बोले, "पाण्डव विराटनगर में ही अज्ञातवास कर रहे हैं।"

दुर्योधन ने चकित दृष्टि आचार्य पर डाली। उसे अपने वार्तालाप में उनको यह कथन पूर्णतः अप्रासंगिक लग रहा था।

"एक ही रथ आ रहा है। एकाकी। उसकी गति से यह नहीं लगता कि वह संधि-संदेश ला रहा हो। वह तो युद्ध की चुनौती दे रहा है।" द्रोण बोले, "और उसी का रथी यह शंखनाद कर रहा है। ऐसा साहस केवल एक योद्धा ही कर सकता है; और वह है अर्जुन।"

"अर्जुन!"

"हाँ अर्जुन! तुम जानते हो कि अकेला अर्जुन क्या कर सकता है। उसने अनेक युद्ध अकेले ही जय किए हैं। वह तुम्हारे सारे महारथियों और अतिरथियों

से अकेला ही युद्ध करने का भी साहस कर सकता है।" द्रोण बोले, "तुम देख सकते हो कि उसका नाम सुन कर ही तुम्हारे सैनिकों और सेनानायकों के रोंगटे खड़े हो गये हैं; और उनका युद्ध का सारा उत्साह समाप्त हो गया है। मुझे तो तुम्हारी सेना भयभीत दिखायी पड़ रही है।"

दुर्योधन की दृष्टि अपने निकट खड़े सारे लोगों पर घूम गयी। दूर से आते रथ के पहियों की घरघराहट, उसके कानों से होती हुई जैसे उसके मन में उतर ही नहीं गयी, उसे मथने भी लगी।

"युद्ध नहीं होगा तो न हो। हम कौन यहाँ युद्ध करने आये हैं। हम जानते ही हैं कि त्रिगर्तों ने दक्षिण के गोष्ठों पर आक्रमण किया है और मत्स्यराज अपनी सेना के साथ उनसे युद्ध करने गये हैं।" दुर्योधन बोला, "और यदि वह अर्जुन ही आ रहा है, तो घबराने की क्या बात है। आने दीजिए उसे। अभी उनका अज्ञातवास चल रहा है। यदि वह हमारे सम्मुख आ जायेगा तो हम पाण्डवों को फिर से तेरह वर्षों के लिये वनवास दे देंगे।"

"तुम कहते रहो कि अभी उनका अज्ञातवास समाप्त नहीं हुआ है; किन्तु किसी भी गणित से उनका अज्ञातवास पूर्ण हो चुका है। इसलिये धर्मतः तो तुम यह वनवास दे नहीं सकते।" द्रोण बोले, "तुम कहते हो कि तुम कौन सा उन से युद्ध करने आये हो। सम्भव है कि वह भी तुमसे युद्ध करने न आ रहा है। पर मत्स्यों की उन गौओं को तो, जो तुमने अपने अधिकार में कर ली हैं, वह छीन कर ले ही जायेगा। इसलिये मेरी बात मानो। तुम गौवों को ले कर हस्तिनापुर की ओर शीघ्रता से प्रस्थान करो। शेष सेना व्यूहबद्ध हो कर खड़ी हो जाये; और शत्रुओं पर प्रहार करने की तैयारी करे।"

दुर्योधन को आचार्य की बात मान्य नहीं लगी। अर्जुन को इस प्रकार सम्मुख देख कर वह रणक्षेत्र छोड़ कर कायरों के समान भाग नहीं सकता।... किन्तु वह उससे द्वैरथ युद्ध भी नहीं करना चाहता।...उसे द्वैरथ की आवश्यकता ही क्या है। उसके साथ इतने महारथी किसलिये आये हैं। इतने सेना नायकों, महारथियों तथा अतिरथियों के होते हुए यदि राजा दुर्योधन को ही युद्ध करना पड़े तो वह राजा किस बात का है।

"मैं जानता हूँ कि एक रथ आ रहा है। सम्भव है कि उसमें अर्जुन ही हो; पर उससे हमारी सेना भयभीत क्यों है।" वह क्रुद्ध स्वर में बोला, "हमारे महारथी भ्रान्त चित्त हो कर चुपचाप क्यों बैठे हैं। शत्रु आ जायेगा तो युद्ध तो करना ही होगा। कोई कौरवों से उनकी सम्पत्ति छीन कर भाग जाये तो हम चुपचाप नहीं बैठेंगे।..." वह रुका और फिर जैसे द्विगुणित क्रोध से बोला, "कोई यह न समझे कि जो युद्ध से भाग जायेगा, वह सुरक्षित अपने घर तक

पहुँच जायेगा; जो युद्ध क्षेत्र छोड़ कर पलायन करेगा, वह मेरे बाणों से मारा जायेगा। युद्ध में तो फिर भी कोई जीवित बच सकता है; किन्तु युद्ध से भागने वाले के लिये निश्चित मृत्यु है।...”

द्रोण का मुख जैसे कड़वा हो गया। किसे धमका रहा है दुर्योधन? वह तो कहेगा कि उसने यह बात साधारण सैनिकों के लिये कही है; किन्तु द्रोण समझ सकते हैं वह ये धमकियाँ किसे दे रहा है। वह समझता है कि पाण्डवों को सामने देख कर द्रोण भाग जायेंगे, द्रोण को युद्ध छोड़ कर भागने की क्या आवश्यकता है। अर्जुन उनका शिष्य है। वह अपना कितना भी विकास कर ले; किन्तु वह उनसे अधिक समर्थ नहीं हो सकता।...और यदि ऐसा हो भी जाये; तो वे जानते हैं कि वे युद्ध क्षेत्र में उसके समाने जाकर खड़े हो जायेंगे, तो भी वह उन पर प्रहार नहीं करेगा। अर्जुन उनका वध नहीं कर सकता। वे अर्जुन को भी जानते हैं और दुर्योधन को भी।

द्रोण कुछ कहने की सोच ही रहे थे कि कर्ण तड़प कर बोला, “युवराज! तुम अपने इन आचार्य द्रोण को तो अपने स्कन्धावार में ही छोड़ आओ अथवा अपनी सेना में पीछे की ओर कहीं नियुक्त कर दो।”

“क्यों? क्यों?? ऐसी क्या बात है?” दुःशासन ने पूछा।

“आचार्य को पाण्डवों से इतना प्रेम है कि वह उनके विरुद्ध तुम्हारी सेना का कभी नेतृत्व कर ही नहीं सकते।” कर्ण बोला, “मुझे तो लगता है कि पाण्डवों ने जान-बूझ कर इन्हें हस्तिनापुर में छोड़ रखा है, ताकि ये तुम लोगों को हतोत्साहित करने के लिये उनकी प्रशंसा करते रहें।”

द्रोण सुन रहे थे कि कर्ण क्या कह रहा था। उन्हें स्मरण था कि वर्षों पहले वह भी, उनके पास शिष्य रूप में शस्त्र शिक्षा के लिये आया था। उन्होंने उसे स्वीकार नहीं किया था।...यह तब से ही उनके विरुद्ध अपने मन में विष पाल रहा है। उनके विरुद्ध ही नहीं, उन सबके विरुद्ध, जिनसे वे प्रेम करते हैं, जो उन्हें प्रिय हैं।...यह व्यक्ति किसी का सम्मान नहीं कर सकता। यह किसी से प्रेम नहीं कर सकता। यह केवल अपने अहंकार से प्रेम करता है।...जिस आचार्य द्रोण को कुरुश्रेष्ठ भीष्म भी सम्माननीय मानते हैं, उनकी चर्चा यह इस प्रकार कर रहा है...

“व्यूह रचना के पहले सोच लो युवराज! ग्रीष्म ऋतु है। हमारे सैनिक यहाँ के तप्त पवन से व्याकुल हैं। हम शत्रुओं के राज्य में हैं। और द्रोण को हम से द्वेष तथा अर्जुन से प्रेम है। ये अर्जुन की प्रशंसा कर हमारी सेना को हताश कर देंगे।” कर्ण पुनः बोला, “वैसे भी इन्हें युद्ध का अनुभव ही क्या है? गुरुकुल में बच्चों को बाण चलाना सिखाने से ही तो युद्ध का अनुभव नहीं

हो जाता। आचार्यों से तो बस सैद्धान्तिक चर्चा करवा लो, प्रवचन करवा लो, व्याख्या करवा लो, युद्ध इत्यादि उनके वश का नहीं है।"

दुर्योधन अपने मित्र की बात सुन रहा था; किन्तु उसकी दृष्टि आचार्य के चेहरे को भी पढ़ रही थी। आचार्य को कर्ण की ये सारी बातें किसी भी प्रकार अच्छी नहीं लग सकती थीं। कृपाचार्य का भाव भी प्रसन्नता का नहीं था; और अश्वत्थामा के तेवर भी बिगड़ने लगे थे। किन्तु कर्ण का उनमें से किसी की ओर भी ध्यान नहीं था।...अथवा उसे उनमें से किसी की भी चिन्ता नहीं थी।...

"यदि अर्जुन इनको इतना ही महाकाल दिखायी देता है अपने लिये, तो कोई न करे युद्ध। मैं अकेला ही देख लूँगा अर्जुन और उसके भाइयों को।" कर्ण बोला, "कौरव तथा उनके आचार्य, मत्स्यों से छीना हुआ गोधन ले कर हस्तिनापुर लौट जायें। एक सैनिक भी नहीं चाहिए मुझे। मैं अकेला ही पाण्डवों को परास्त कर, विराटनगर की सारी सम्पदा जीत कर, हस्तिनापुर आऊँगा और युवराज दुर्योधन के चरणों में अनमोल मणि-माणिक्यों के साथ-साथ रज्जू में बँधे हुए पाँच दास और एक दासी को भेंट करूँगा।"

कर्ण कदाचित् और भी कुछ कहता; किन्तु तब तक कृपाचार्य आगे बढ़ आये थे। उन्होंने कर्ण पर एक तीखी दृष्टि डाली, "राधापुत्र! तुम्हें युद्ध के औचित्य अथवा अनौचित्य का कुछ भी ज्ञान नहीं है। तुम न कार्य को समझते हो न कार्य के परिणाम को। तुम तो केवल क्रूरता को जानते हो। यह भूल जाते हो कि युद्ध वहीं करना चाहिए, जहाँ वह अत्यन्त आवश्यक हो। अनावश्यक युद्ध की कोई सार्थकता नहीं है। पाण्डवों को पहले ही अन्यायपूर्वक तेरह वर्षों तक उनके राज्य से वंचित रखा गया है। अब उनके साथ फिर एक बार अत्याचार करना पाप है। हम अर्जुन से केवल इसलिये युद्ध नहीं कर सकते, क्योंकि एक रथ चलाने वाले सूत के हाथों में धनुष आ गया है और अब उसकी इच्छा जिस-तिस से जूझने की होती रहती है। उसका मस्तिष्क भ्रष्ट हो गया है। उस विक्षिप्त के रोग का उपचार किसी वैद्य से होना चाहिए। वह युद्ध की आवश्यकता और अनावश्यकता का चिन्तन करने योग्य नहीं है।" वे दुर्योधन की ओर घूमे, "हम में से किसी को भी अकेले जाकर अर्जुन से भिड़ने की आवश्यकता नहीं है।...यदि लड़ना ही है तो उपयुक्त व्यूह की रचना कर सब मिल कर युद्ध करें। यदि हम छह महारथी मिल कर युद्ध करें तो कदाचित हम अर्जुन से युवराज को बचा सकें।"

दुर्योधन को कुछ सन्तोष हुआ। कृपाचार्य ने सारे विरोध के पश्चात् भी युद्ध के पक्ष में अपना मत दे दिया था। नहीं तो कर्ण की बात से रुष्ट

हो, वे युद्ध का विरोध भी कर सकते थे; और युद्धक्षेत्र छोड़ कर जा भी सकते थे।

"कर्ण! न तो अभी हमने मत्स्यों की गौवों को जीता है, न हम मत्स्यों की सीमाओं से बाहर निकले हैं, न हम हस्तिनापुर की सीमाओं में सुरक्षित पहुँच गये हैं, तो तुम इतनी बकवाद क्यों कर रहे हो। सैकड़ों युद्ध जीत कर विश्व भर से अपनी शक्ति का लोहा मनवा कर भी कोई वीर इस प्रकार प्रलाप नहीं करता, जिस प्रकार तुम कर रहे हो। तुम्हें आत्मप्रशंसा का रोग हो गया है। मातुल ने ठीक ही कहा है, किसी अच्छे आयुर्वेदाचार्य से तुम्हारे मस्तिष्क का उपचार होना चाहिए।" अश्वत्थामा ने घूम कर दुर्योधन की ओर देखा, "और युवराज, तुम सुनते रहे हो कि तुम्हारा परमप्रिय मित्र क्या कह रहा है। उसमें शलीनता, विनय और शिष्टाचार नहीं है, जो तुम में है। तुम्हें तो देखना चाहिए कि वह तुम्हारे गुरु का अपमान कर रहा है। तुम उसे रोकते नहीं हो और वह तुम्हारा अवलम्ब पा कर सबके सिर पर नाचना अपना अधिकार मानता जा रहा है। द्यूत में किसी का राज्य जीतना न तो वस्तुतः राज्य जीतना है, न किसी को उससे सन्तोष होता है। ऐसा सन्तोष तो तुम जैसे मूर्ख को ही हो सकता है। युवराज तुमने अथवा तुम्हारे इस मित्र ने पाण्डवों में से किसी एक भाई को भी कभी द्वन्द्व युद्ध में जीता है? इन्द्रप्रस्थ का राज्य तुमने पाण्डवों को युद्ध में पराजित कर जीता है? तुम लोगों ने निर्दोष द्रुपदपुत्री कृष्णा को जिस प्रकार रजस्वला और एकवस्त्रा होने पर भी केशों से घसीट कर सभा के सम्मुख प्रस्तुत कर दिया था, उसका प्रतिशोध लेने पार्थ अर्जुन आ रहा है। तुम लड़ लो उससे, या तुम्हारा यह अहंकारी मित्र लड़ ले। जिसने द्यूत खेला था, तुम्हारा वह मातुल लड़ ले। हम तो मत्स्यों से युद्ध करने आये हैं, मत्स्यों से ही युद्ध करेंगे। अर्जुन से मैं तो युद्ध नहीं करूँगा।"

दुर्योधन ने सब कुछ शान्त भाव से सुन लिया। अश्वत्थामा द्वारा स्वयं को मूर्ख कहा जाना भी सहन कर लिया। वह जानता था कि कर्ण ने जो कुछ कहा था, उसको सुन कर अश्वत्थामा की विस्फोटक प्रतिक्रिया हो सकती है। वही हुआ था। अब यदि कर्ण ने पुनः कुछ कहा तो बात और भी बिगड़ सकती है। सम्भव है कि अर्जुन से लड़ने के स्थान पर ये लोग परस्पर ही लड़ पड़ें। दुर्योधन को इस समय अश्वत्थामा को रुष्ट करना बहुत महँगा पड़ेगा। अश्वत्थामा को रुष्ट करने का अर्थ है, आचार्य द्रोण तथा कृपाचार्य को भी रुष्ट करना। अर्जुन की उन तीनों से तो कोई शत्रुता है नहीं। कहीं ये लोग एकजुट हो कर उसके विरुद्ध अपना एक पक्ष न बना लें। उसका इतने दिनों तक द्रोण और उसके परिवार को पालना व्यर्थ ही न हो जाये।

दुर्योधन का एक मन हो रहा था कि वह तत्काल आचार्य से क्षमा माँग ले। उनके सन्तोष के लिये कर्ण को डाँटने का नाटक भी कर दे।...किन्तु उसका अपना मन ही एक अन्य प्रस्ताव रख रहा था।...वह देखे तो सही कि ऐसे किसी संकट के काल में आचार्य की दुर्योधन के प्रति कितनी निष्ठा है; और अर्जुन का उनके प्रति कितना प्रेम है।...

भीष्म बहुत देर से आत्मलीन से अपने रथ में बैठे थे।...उनको स्वयं ही लगने लगा था कि उनकी अवस्था इतनी हो गयी थी कि उनमें अब युद्ध के लिये उत्साह नहीं जागता था। इस समय भी, जब वे एक प्रकार से युद्ध क्षेत्र में खड़े, शत्रु के आक्रमण की प्रतीक्षा कर रहे थे, उन्हें युद्ध सम्बन्धी किसी प्रकार के उत्साह अथवा आवेश का अनुभव नहीं हो रहा था।...जब कीचक के वध का समाचार मिला था, तो उनके मन में भी आया था कि सम्भवतः वह भीम का ही काम हो।...किन्तु एक और विचार भी था उनके मन में। वह मत्स्यराज विराट का कोई षडयन्त्र भी तो हो सकता था। कीचक का कोई अन्य शक्तिशाली शत्रु भी तो हो सकता था।...दुर्योधन का क्या था। उसके मन में तो एक ही चिन्ता थी कि पाण्डव अपना अज्ञातवास सफलता पूर्वक पूरा कर लौट आयेंगे, तो उसे उनका राज्य लौटाना पड़ेगा। उसे एक प्रकार का ज्वर चढ़ा हुआ था, जिसमें चारों ओर पाण्डव ही पाण्डव दिखायी देते थे।...

भीष्म ने इस घटना और उसके विषय में सोचा अवश्य था किन्तु उनमें किसी प्रकार की सक्रियता नहीं आयी थी।...उसका कोई कारण भी नहीं था।... किन्तु जब उन्हें ज्ञात हुआ कि त्रिगर्तों को भेजने के पश्चात् दुर्योधन स्वयं भी मत्स्यों के गोष्ठों पर आक्रमण करने जा रहा है, तो वे निष्क्रिय नहीं रह सके। ...दुर्योधन नहीं सोचता था, किन्तु उसके मन में यह बात थी कि यदि भीम ने ही कीचक का वध किया है; और पाण्डव विराटनगर में छिपे हुए हैं, तो त्रिगर्तों और कौरवों के आक्रमण के कारण पाण्डव विराट की सहायता के लिये अवश्य आयेंगे।...दुर्योधन तो यह मानता था कि यदि पाण्डव सम्मुख आ जायेंगे, तो वह और उसका मित्र कर्ण उन सबका वध कर देंगे।...और यदि ऐसा नहीं हो सका तो वह उनको पकड़ लेगा कि वे अपने अज्ञातवास में पहचान लिये गये हैं।...पर जो बात उसकी कल्पना में भी नहीं आती थी, वह भीष्म को सोने नहीं देती थी।...यह सुनने के लिये कि उनके पौत्रों ने युद्ध में एक-दूसरे का वध कर दिया है, भीष्म हस्तिनापुर में अपने प्रासाद में बैठे नहीं रह सकते थे।...यह भी तो सम्भव था कि कीचक को मारने वाला कोई और हो, जिसकी शक्ति का अनुमान दुर्योधन को नहीं था; और पाण्डवों के प्रति अपने द्वेष के कारण वह

और कुछ जानना भी नहीं चाहता था। ऐसी स्थिति में दुर्योधन की रक्षा कौन करेगा? कर्ण समर-भूमि में तभी तक टिक सकता था, जब तक उसकी विजय हो रही हो। उसके प्राणों पर संकट आया और वह भागा। घोष-यात्रा के अवसर पर भी उसने दुर्योधन के प्राणों की चिन्ता नहीं की थी।...

यह तो बहुत अच्छा हुआ कि दुर्योधन ने उनसे भी साथ चलने का आग्रह किया; अन्यथा उन्हें किसी अन्य व्याज से, साथ आने का प्रबन्ध करना ही पड़ता।...हस्तिनापुर से तो यह मूर्ख सबको साथ ले कर चला था; किन्तु यहाँ आकर विभाजित सेना के मध्य खड़ा है और समझ नहीं पा रहा कि उसने कर्ण को अनुशासित नहीं किया तो बहुत सम्भव है कि इसी क्षेत्र में अश्वत्थामा और कर्ण का द्वैरथ युद्ध हो।...ऐसी स्थिति में यदि कहीं कर्ण ने अश्वत्थामा को कोई हानि पहुँचाई, तो द्रोण और कृपाचार्य कर्ण का ही नहीं, दुर्योधन का भी वध कर सकते हैं।...यह दुर्योधन इतना मूर्ख क्यों है? यह समझता नहीं कि योद्धा को अपने घातक शस्त्रों से सावधान रहना पड़ता है। असावधानी के कारण उसके अपने ही शस्त्र उसके प्राण ले सकते हैं।...दुर्योधन को अपने इन शक्तिशाली शस्त्रों के प्रति अपने व्यवहार में सावधान रहना होगा।...

और तब भीष्म ने सारी चर्चा अपने हाथ में ले ली, "यह आपसी भेद का समय नहीं है। शत्रु किसी सेना का नाश उतनी शीघ्रता से नहीं कर सकता, जितनी शीघ्रता से उसका अपना विभाजन कर सकता है।"

"आचार्य ने अर्जुन की प्रशंसा अपनी सेना में भेद उत्पन्न करने के लिये नहीं की थी।" अश्वत्थामा वैसे ही तड़प कर बोला, "शिष्य भी सन्तान के समान ही प्रिय होता है; और अर्जुन जैसे शिष्य पर किस गुरु को गर्व नहीं होगा। आचार्य ने उसकी प्रशंसा कर दी तो किसी को यह अधिकाार नहीं मिल जाता कि वह उनका इस प्रकार अपमान करे। पूज्य-पूजन अपराध नहीं है।"

"तुम सत्य कह रहे हो गुरुपुत्र! मैं तुमसे सहमत हूँ।" भीष्म बोले, "मैं कृपाचार्य से भी सहमत हूँ कि अनावश्यक युद्ध संसार का क्रूरतम और सर्वाधिक जघन्य अपराध है। आचार्य द्रोण का कथन भी पूर्णतः सत्य है कि अर्जुन अकेला ही हम सबसे युद्ध कर सकता है।..."

"पितामह! युद्ध की आवश्यकता ही क्या है?" दुर्योधन बोला, "अर्जुन के सम्मुख आते ही उनकी प्रतिज्ञा भंग हो जायेगी। अज्ञातवास में पहचाने जाने के कारण उन्हें फिर से वनवास करना होगा। बस हम सब मिल कर उसे पकड़ भर लें।..."

"मूर्ख हो तुम!" भीष्म ने उसे डाँट दिया, "उनके अज्ञातवास की अवधि समाप्त हो चुकी है। एक प्रकार से उससे भी पाँच मास ऊपर हो गये हैं।"

"ऐसा होता तो वे पाँच मास पहले ही प्रकट हो चुके होते।" दुर्योधन बोला।

"हो तो जाते; किन्तु इतनी बात तो वे भी समझते ही हैं कि तुम अधिमास का बहाना ले कर उन्हें पुनः वन में भेजने का प्रयत्न करोगे।" भीष्म कुछ थम कर बोले, "मैं भी नहीं चाहता कि तुम लोगों में युद्ध हो; और मैं जानता हूँ कि अर्जुन युद्ध-लोलुप नहीं है। मेरी बात मानो, तुम उनका राज्य उन्हें दे कर युद्ध के बिना ही संधि कर लो।"

"राज्य तो मैं किसी भी स्थिति में नहीं लौटाऊँगा पितामह! वे एक नहीं छत्तीस अज्ञातवास पूरे कर लें।" दुर्योधन को भीष्म के प्रस्ताव पर विचार करने की कोई आवश्यकता ही नहीं लगी।

लगा, भीष्म दुर्योधन को जोर का थप्पड़ मार देंगे। उनका चेहरा तमतमा गया था और आँखें रक्तिम हो उठीं थीं।...किन्तु वे अपना क्रोध पी गये।

"तो फिर युद्ध के अतिरिक्त कोई उपाय नहीं है।" भीष्म बोले, "किन्तु युद्ध विभाजित सेना से नहीं हो सकता।"

"आचार्य मुझे क्षमा करें।" दुर्योधन ने तत्काल पाला बदल लिया, "वह कर्ण की मूर्खता थी कि उसने आचार्य की आलोचना की।" दुर्योधन ने कर्ण की ओर देखा और झुक कर द्रोण के चरण पकड़ लिये, "गुरुदेव! अपने इस मूर्ख शिष्य को क्षमा करें।"

दुर्योधन की इच्छा को समझ कर कर्ण ने भी हाथ जोड़ दिये, "आचार्य क्षमा करें। मैंने अपने आवेश में जो कुछ कह दिया, उस पर मैंने विशेष विचार नहीं किया था। मैं अपने किए पर लज्जित हूँ।"

द्रोण का मन विशेष उल्लसित नहीं था, किन्तु उस पर से एक भारी बोझ हट गया। बोले, "तो फिर हम सब मिल कर ऐसे व्यूह की रचना करें, जिससे अर्जुन किसी भी प्रकार राजा दुर्योधन के निकट न पहुँच सके। राजा की रक्षा सबसे अधिक महत्त्वपूर्ण काम है।"

भीष्म ने देखा : द्रोण भी प्रायः वही सोच रहे थे, जो उनके मन में था। वे दुर्योधन को अर्जुन के हाथों मरने नहीं देंगे।...और दुर्योधन तो अर्जुन को मार सकता ही नहीं है।

"तो तुम ऐसा करो दुर्योधन! एक चौथाई सेना अपने साथ ले कर तत्काल हस्तिनापुर लौट जाओ। एक चौथाई सेना के साथ मत्स्यों का गोधन दक्षिण दिशा से हस्तिनापुर भेज दो। आधी सेना के साथ हम लोग यहाँ अर्जुन को रोकने का प्रयत्न करेंगे।" भीष्म ने दूसरा प्रस्ताव रखा।

दुर्योधन ने कर्ण की ओर देखा : कर्ण के चेहरे पर किसी प्रकार की कोई प्रतिक्रिया नहीं थी। द्रोण, कृप तथा अश्वत्थामा प्रस्ताव से सहमते लगे।...तो क्या करे दुर्योधन? समरभूमि छोड़ कर जाने की उसकी इच्छा नहीं थी। वह अर्जुन का वध अपने हाथों से न भी कर सके तो वह उसे अपने नेत्रों से मरते देखना चाहता था।...पर भीष्म के प्रस्ताव से सहमत होने वालों का अभिप्राय उसकी समझ में आ रहा था। वे लोग स्वयं को अर्जुन से उसकी रक्षा करने में असमर्थ मान रहे थे।...और आचार्य तथा उनके पुत्र का क्या भरोसा है। किसी के विरुद्ध भी मन में गाँठ बाँध लेंगे, तो उसे द्रुपद के समान अपना शत्रु मान लेंगे। यदि उन्होंने कहीं अर्जुन के विरुद्ध मन से युद्ध न किया तो? अश्वत्थामा कह ही चुका है कि वह अर्जुन से युद्ध नहीं करेगा।...ऐसे में तो मत्स्यों की लूटी हुई गौओं के भी हाथ से निकल जाने की आशंका थी।

"तुम सुरक्षित हस्तिनापुर पहुँचो मित्र! इस अर्जुन को तो मैं देख लूँगा।" कर्ण ने धीरे से कहा।

दुर्योधन सहमत हो गया। उसका मन निरन्तर चिल्ला रहा था...इस अश्वत्थामा का कोई भरोसा नहीं है। वह अपने पिता के अपमान के कारण कर्ण से रुष्ट था। कर्ण से रुष्ट होने के कारण वह उसके मित्र दुर्योधन से भी प्रसन्न नहीं था। वह उसे मूर्ख कह ही चुका था।....वह अपने प्रतिशोध में पशु हो सकता है। वह उनका साथ छोड़ सकता है; और वह जिधर होगा, उसके पिता और मातुल भी उसी ओर होंगे।

दुर्योधन और अपहरित गोधन को सेना के साथ हस्तिनापुर की ओर भेज कर भीष्म बोले, "हम बज्रगर्भ, व्रीहिमुख तथा अर्धचक्रान्त मण्डल व्यूहों की रचना करेंगे। आचार्य मध्य मे रहें। सेना के साथ वाम भाग की रक्षा अश्वत्थामा करे। दक्षिण पक्ष की रक्षा कृपाचार्य करें। कर्ण सेना के सम्मुख होगा और मैं पृष्ठ भाग में रह कर सेना की रक्षा करूँगा।"

कर्ण समझ नहीं पाया कि वह प्रसन्न है अथवा खिन्न। वह प्रसन्न था कि वह अर्जुन से युद्ध करने वाली सेना के अग्रिम भाग में था। युद्ध का सबसे अधिक अवसर उसी को मिलेगा।...पर वह एक प्रकार की अनाम सी खिन्नता का अनुभव भी कर रहा था।...इस भीष्म ने सबसे अधिक संकट का स्थान उसे ही दिया था। मरे तो वह मरे। द्रोण को मध्य में खड़ा कर सुरक्षित कर दिया था, स्वयं तो सारी सेना के पीछे छिप कर खड़ा हो गया था। कर्ण ने द्रोण का अपमान करने के लिये कहा था कि दुर्योधन द्रोण को सेना के पिछले भाग में

रखे, ताकि वह शत्रु से मिल न सके, कोई महत्त्वपूर्ण निर्णय न कर सके; किन्तु भीष्म ने तो स्वयं अपनी इच्छा से सेना के पीछे रहने का निर्णय किया था। इसलिये कि वह स्वयं सुरक्षित रहे, अथवा इसलिये कि वह अर्जुन से युद्ध करने से बच जाये, उसे अर्जुन का वध न करना पड़े? वह अपनी रक्षा कर रहा था अथवा अर्जुन की?? इस समय दुर्योधन भी यहाँ नहीं था कि कोई भीष्म का विरोध कर सकता।...ये दोनों ही वृद्ध अत्यन्त षड्यन्त्रकारी हैं। इन दोनों का ही कोई भरोसा नहीं है...

58

अर्जुन ने उत्तर को संकेत किया, "रुक जाओ राजकुमार!"

उत्तर ने रथ रोक दिया। अर्जुन ने अनुभव किया कि उत्तर वैसे चाहे भीरु रहा हो...और भीरु भी क्यों, इतने सारे कौरव महारथियों को देख कर तो बड़े-बड़ों के छक्के छूट जाते...उत्तर की तो अभी अवस्था और युद्ध का अनुभव ही क्या था...किन्तु उसका रथ संचालन पर्याप्त दक्षतापूर्ण था।

सामने कौरव सेना व्यूहबद्ध खड़ी थी।...अर्जुन ने अपनी दृष्टि घुमाई... पितामह भी थे, आचार्य द्रोण और कृपाचार्य भी दिखाई दे रहे थे। अश्वत्थामा और कर्ण भी अपने रथों में सन्नद्ध बैठे थे।...किन्तु न तो वहाँ दुर्योधन था और न ही गोष्ठ से चुराया हुआ गोधन। गौवें कहाँ गईं? क्या इन लोगों ने गौवों को दुर्योधन के साथ पहले ही हस्तिनापुर भेज दिया है। विराटनगरी की चुनौती को स्वीकार करने का भी साहस नहीं हुआ।

"राजकुमार!" अर्जुन ने कहा, "यहाँ न तुम्हारा गोधन है और न दूसरों का धन लूटने वाला वह दस्यु दुर्योधन। यहाँ व्यर्थ युद्ध की आवश्यकता नहीं है। वहीं चलो, जहाँ गोधन है और दुर्योधन है।"

उत्तर ने उसकी ओर देखा, "किधर गया होगा?"

"दक्षिण मार्ग से गया होगा।" अर्जुन ने कहा।

उत्तर ने तत्काल अपने अश्वों को मोड़ लिया; और बिना तनिक भी विलम्ब किए, रथ को पूरे वेग से दौड़ा दिया।

कर्ण ने देखा कि अर्जुन आया, खड़ा उन लोगों को देखता रहा और फिर उल्टे पैरों भाग गया है। उसकी इच्छा हुई कि वह अर्जुन का पीछा करे। उसे पकड़े। उसे रथ से घसीट कर भूमि पर गिरा दे और उसके कंठ पर अपना पैर रख कर पूछे, "यही है तेरी वीरता?"

पर वह व्यूहबद्ध सेना के एक अंग के रूप में खड़ा था, वह अपनी इच्छा से अपना स्थान छोड़ कर उसके पीछे नहीं भाग सकता था। सेना के नायक भीष्म थे; और वे अपने स्थान पर शिला के समान बैठे थे।

"आपका यह वीर पौत्र तो भाग गया पितामह!" उसने चिल्ला कर कहा।

भीष्म कुछ सोच रहे थे। कर्ण की बात से खीझ उठे, "वह भाग नहीं गया अंगराज! हमें मूर्ख बना गया है। हम उसे रोकने के लिये व्यूह बाँधे खड़े रह गये और वह हम से उलझे बिना ही दुर्योधन के पीछे चला गया है। हम सब यहाँ सजे खड़े रहेंगे। तुम अपनी वीरता पर प्रसन्न होते रहोगे और वह वहाँ दुर्योधन को दबोच लेगा।"

भीष्म के बाग्वाणों ने कर्ण के अहंकार के व्यामोह को छेद डाला।...यह वृद्ध सत्य ही कह रहा है, वे लोग यहाँ खड़े रह जायेंगे और वहाँ अर्जुन दुर्योधन की हत्या कर देगा।...उसने दृष्टि घुमाई, तो उसे लगा कि सारी कौरव सेना पर दुर्योधन की मृत्यु का सन्नाटा छा गया है।

"अर्जुन का पीछा करो।" भीष्म ने आदेश दिया, "वह किसी भी प्रकार दुर्योधन तक न पहुँच पाये।"

अर्जुन को मत्स्यों की गौवों को खोजने में अधिक समय नहीं लगा। निश्चित रूप से गौवों की वैसी गति नहीं हो सकती थी, जैसी अश्वों की थी। उसने देखा कि दुर्योधन के सैनिक असंयत रूप से गौवों को दौड़ाने का प्रयत्न कर रहे हैं। उनके व्यवहार से स्पष्ट था कि वे स्वयं ही बहुत भयभीत थे और शीघ्रातिशीघ्र यहाँ से निकल जाना चाहते थे।...

"इनके साथ तो कोई रक्षक ही नहीं है राजकुमार!" अर्जुन ने कहा।

"सैनिक हैं तो।" उत्तर बोला, "मेरा विचार है, कई वाहिनियाँ होंगी।"

"वाहिनियाँ तो हैं।" अर्जुन ने कहा, "किन्तु भयभीत और अपने प्राणों को बचाने को आतुर सैनिक तो इन गौवों को हस्तिनापुर पहुँचाने से रहे। दुर्योधन ने एक भी महारथी योद्धा इनके साथ नहीं भेजा है।"

अर्जुन ने किसी भटके मेघखंड द्वारा बरसाई गयी बूँदों के समान, कौरव सैनिकों पर बाणों की एक बौछार कर दी।

सैनिकों में तत्काल घबराहट और भय के लक्षण दिखाई दिये। वे जानते थे कि अर्जुन के भय से उन्हें शीघ्रातिशीघ्र हस्तिनापुर भेजा जा रहा है।...बाणों की इस आकस्मिक बौछार और अपने सामने खड़े रथ को देख कर उन्हें कोई संदेह नहीं रह गया कि जिससे डर कर दुर्योधन भी भाग रहा था, वह अर्जुन

उनका वध करने आ गया है।...उनका सारा अनुशासन टूट गया।...कोलाहल से घबरा कर गौवें भी भागने लगीं और सैनिक भी।...

"पार्थ गौवें तो भाग रही हैं।" उत्तर बोला।

"उपकी चिन्ता मत करो।" अर्जुन बोला, "वे भाग कर अपने गोष्ठों की ओर ही जायेंगी। हमें तो उन सैनिकों को देखना है, जो गौवों को उनके गोष्ठों की ओर जाने से रोकेंगे।"

अगले कुछ ही क्षणों में स्पष्ट हो गया कि सैनिकों को गौवों से कहीं अधिक अपने प्राणों की चिन्ता थी उनमें से कोई भी अर्जुन से युद्ध करने का इच्छुक नहीं था। उन्होंने गौवों को रोकने का प्रयत्न नहीं किया। अपने प्राणों की रक्षा के लिये वे भाग कर सघन वन में छुप गये।

"अब?" उत्तर ने पूछा।

"गौवों को तो तुम गोष्ठ में पहुँचा हुआ ही समझो।" अर्जुन ने कहा, "अब हमें उस दस्यु दुर्योधन को खोजना है।"

रथ-चक्रों के चिह्न आगे का मार्ग दिखा रहे थे। उत्तर ने अपने अश्व उसी ओर बढ़ा दिये।

"मुझे लगता है उत्तर! कि पितामह को गौवों के हरण में भी कोई रुचि नहीं रही होगी।" अर्जुन ने कहा, "अन्यथा वे गौवों के साथ कोई योद्धा तो भेजते ही।"

"यदि उनको गौवों में रुचि नहीं थी तो वे यहाँ करने क्या आये थे।" उत्तर ने कहा।

अर्जुन समझ रहा था कि यह प्रश्न नहीं था। उत्तर ने अपनी शैली में उससे अपनी असहमति प्रकट की थी।

"यह सब समझने के लिये तो पहले पितामह के मन को समझना होगा।" अर्जुन ने हल्के से हँस कर विषय को टाल दिया।

उन्हें अपने आगे-आगे कुछ दूरी पर कुछ रथ तथा अश्वारोहियों की वाहिनियाँ दिखाई देने लगी थीं; और अपने पीछे आते हुए सैनिकों तथा रथों की ध्वनि भी सुनाई पड़ने लगी थी।

"राजकुमार! मुझे लगता है हम ठीक दिशा में जा रहे हैं। हमारे आगे-आगे यह सेना दुर्योधन की ही होनी चाहिए..."

"और पीछे?" उत्तर ने पूछा।

"हमारे पीछे वे ही आ रहे हैं, जिन्हें हम युद्धभूमि में व्यूहबद्ध खड़े छोड़ आये थे।" अर्जुन ने कहा, "लगता है कि उनकी समझ में आ गया है कि हमारी

व्यर्थ के युद्ध में कोई रुचि नहीं है। हमारा लक्ष्य कौन है, यह भी वे समझ गये होंगे। इसलिये दुर्योधन की रक्षा के लिये आ रहे हैं।"

अर्जुन का अनुमान सत्य निकला। सामने भागने वाला दुर्योधन ही था।

अर्जुन के बाणों की बौछार से दुर्योधन रुक गया। अब वह और अर्जुन आमने-सामने थे।

अर्जुन ने संकेत किया, "सारी सेना की अनदेखी कर रथ सीधे दुर्योधन पर चढ़ा दो, चाहे रथ से रथ टकरा जाये।"

"रथ टूट भी सकता है पार्थ! अश्वों के प्राण भी जा सकते हैं।" उत्तर ने अपनी आशंका प्रकट की।

"नहीं! ऐसा नहीं होगा। उसका सारथि भय के कारण अपना रथ हटा लेगा।" अर्जुन ने उत्तर दिया, "और यदि वैसा कुछ हो गया तो हम उनका रथ छीन लेंगे।"

उत्तर ने अपना रथ इस प्रकार दौड़ा दिया, जैसे उसके सम्मुख खुला मार्ग हो। और उस पर किसी का कोई अस्तित्व न हो।

सहसा पीछे से आने वाले अनेक रथ उसके निकट से होते हुए आगे निकल गये और अर्जुन ने देखा कि सबके आगे कर्ण। वह अपने युवराज की रक्षा के लिये सबसे अधिक व्याकुल था। वह जानता था कि अर्जुन के बाणों से दुर्योधन अपनी रक्षा नहीं कर पायेगा।...अर्जुन कर्ण पर झपटा कि बीच में कर्ण के रक्षक संग्रामजित, शत्रुसह, और जय आ गये।

उनको हटाये बिना कर्ण तक नहीं पहुँचा जा सकता था और कर्ण को हटाये बिना दुर्योधन पर आक्रमण करना सम्भव नहीं था। अर्जुन के मन में उन लोगों से युद्ध करने की कोई इच्छा नहीं थी; किन्तु वे लोग उसके मार्ग में आ रहे थे। उसने अपना गांडीव उनकी ओर मोड़ दिया। तब तक कहीं से भागता दौड़ता विकर्ण बीच में आ गया।...वह दुर्योधन का भाई था, इसलिये उसे अर्जुन के हाथों मरना ही था; किन्तु उस क्षण में भी अर्जुन भूल नहीं सका कि यह वह व्यक्ति था जिसने द्यूत सभा में पांचाली के अपमान का विरोध किया था।... अर्जुन का मन नहीं चाहता कि विकर्ण अभी यहीं मर जाये। यह तो कोई ऐसा युद्ध भी नहीं था। वे लोग मत्स्यों की गौवें चुराने आये थे; और अर्जुन उनको लौटा ले जाना चाहता था। ऐसे में विकर्ण का मरना क्या आवश्यक था।...पर वह उसके सम्मुख खड़ा चुनौती दे रहा था...अर्जुन के बाणों का एक झोंका चला और विकर्ण के रथ के अश्व भूमि पर लोट गये, सारथि अपने आसन पर ही सो गया और विकर्ण का कवच टूट गया। उसके शरीर से अनेक स्थानों पर से रक्त बहने लगा था। विकर्ण के सम्मुख प्राण बचाने के लिये पलायन कर जाने के सिवाय और कोई मार्ग ही शेष नहीं था।

अर्जुन ने गांडीव को दूसरी ओर मोड़ा...

राजकुमार उत्तर का मुख आश्चर्य से खुल गया : गांडीव धनुष था कि महाकाल का संदेश!...विकर्ण भाग चुका था। शत्रुंतप मारा गया। कर्ण का भाई संग्रामजित भी खेत रहा था।...

उत्तर उनमें से किसी को भी नहीं पहचानता था। उसके लिये तो सारे ही मात्र एक कौरव योद्धा थे।...किन्तु अर्जुन उसे गिरने वालों के नाम ऐसे बताता जा रहा था, जैसे कोई मरने वालों की संख्या बता रहा हो...

अब अर्जुन के सामने कर्ण था। कर्ण ने देखा था कि उसकी रक्षा करते करते, उसका भाई संग्रामजित मारा गया था। उसके क्रोध ने उसके मन में छिपे अर्जुन के भय को धूमिल कर दिया था।...

"अर्जुन!" वह चिल्ला कर बोला, "तू जो यह स्त्री का वेश बना कर आया है, उसका कारण तो मुझे मालूम नहीं है, किन्तु इसके कारण में तुम पर प्रहार न करूँ, यह सम्भव नहीं। तू ने मेरे भाई को मारा है, अब उसके शुल्क के रूप में अपने प्राण दे।"

अर्जुन ने देखा कि तब तक भीष्म, द्रोण, कृपाचार्य तथा अश्वत्थामा भी आ पहुँचे थे। वे लोग किसी योजना के अंग स्वरूप संयोजित रूप में अपने रथ बढ़ा रहे थे; किन्तु कर्ण ने उनकी चिन्ता न कर अपना रथ अकेले ही बढ़ा लिया था। यह उसके आवेश के कारण भी हो सकता था और उसके इन्कार के कारण भी। इसी प्रयत्न में कर्ण अकेला पड़ गया था। भीष्म, द्रोण तथा कृपाचार्य जिस तटस्थ-भाव से खड़े थे, उससे यही अनुमान लगाया जा सकता था कि वे दुर्योधन की रक्षा के लिये, उस पर आक्रमण करने वाले के मार्ग में तो खड़े थे; किन्तु कर्ण के इस अकेले जूझने के प्रयत्न में वे उसकी सहायता करने के लिये आगे बढ़ते दिखाई नहीं पड़ रहे थे।

क्षण भर भी नष्ट करना उचित नहीं था। अर्जुन का धनुष खिंचा और जैसे वह मण्डलाकार ही हो गया। उसमें से बाण छूटते ही जा रहे थे। कर्ण ने भी बाण वर्षा आरम्भ कर दी थी; किन्तु वे बाण उद्भ्रान्त से हो गये लगते थे। अर्जुन के बाणों की झड़ी ने उसके अश्व मार दिये थे। सारथि मूर्छित कर दिया था। रथ और चक्र रक्षक अंग भंग के कारण सीधे खड़े नहीं हो पा रहे थे। कर्ण का शरीर बाणों से जैसे बिंध गया था। उसका टूटा कवच अपने ही रक्त के रंग से लाल हो गया था।...वह कूद कर टूटे रथ से नीचे आया और सेना के पीछे कहीं छिपे दुर्योधन की ओर भाग गया। उसके लिये वही एक शरणस्थली बची थी।

"राजकुमार! अब हमारे सामने पितामह भीष्म, आचार्य द्रोण तथा कृपाचार्य हैं। इन्हें पहचान लो।" अर्जुन ने कहा, "पितामह को देख रहे हो न! ये राजलक्ष्मी से सम्पन्न हो कर भी दुर्योधन के अधीन ही रहे हैं। यह बात मेरे मन को सन्तृप्त करती रहती है।" अर्जुन ने उत्तर पर एक त्वरित दृष्टि डाली, "वैसे हम उनके निकट सबसे अन्त में चलेंगे। मैं जानता हूँ, वे मेरे मार्ग में विघ्नकारक नहीं होंगे।"

अर्जुन ने अपना शंख उठा लिया और उच्च स्वर में कहा, "मैं तृतीय पाण्डव कुन्तीपुत्र अर्जुन अपने पितामह तथा आचार्यों को इस युद्धभूमि में प्रणाम करता हूँ।"

उसने शंख को पूरी शक्ति से फूँका। उत्तर को लगा कि इस शंखनाद से उसके कान ही बहरे हो जायेंगे। उसने कुछ कहने के लिये पीछे देखा कि अर्जुन के धनुष पर चढ़े एक विचित्र और अपरिचित शस्त्र को देख कर चकित स्वर में बोला, "यह क्या है पार्थ?"

"अब तुम कुछ दिव्यास्त्रों की शक्ति देखो राजकुमार!" अर्जुन ने उत्तर दिया।

उनका रथ कृपाचार्य के सम्मुख पहुँचा ही था कि अर्जुन ने अपना अस्त्र छोड़ दिया।

कृपाचार्य अपने धनुष से बाण छोड़ रहे थे। उनमें से कुछ बाणों ने अर्जुन को क्षत भी पहुँचाए थे, किन्तु अर्जुन पर आक्रमण का कुछ विचित्र ही प्रभाव हुआ। कृपाचार्य के रथ के अश्व बाणों की वर्षा से ऐसे उछल कि रथ का सन्तुलन पूर्णतः नष्ट हो गया। कृपाचार्य अपने धनुष को सँभालते ही रहे और वे अपने स्थान से गिर कर भूमि पर आ रहे। अब वे रथविहीन हो कर खुले क्षेत्र में गांडीवधारी अर्जुन के सामने खड़े थे।

उनके सैनिक वेग से दौड़ते हुए आये और रथविहीन कृपाचार्य को रणभूमि से हटा कर ले गये। अर्जुन ने उनके इस काम में कोई बाधा नहीं डाली।

अर्जुन का रथ आचार्य द्रोण के रथ की परिक्रमा कर, उनके सम्मुख खड़ा हो गया। अर्जुन ने हाथ जोड़ कर प्रणाम किया, आचार्य मुझ पर क्रोध न करें। मैं तो आप पर तभी प्रहार करूँगा, जब आप मुझ पर प्रहार कर लेंगे।

द्रोण ने अपना धनुष सँभाल लिया। उनके बाण चले और लगा कि निमिष भर में ही जैसे अर्जुन, उसका सारथि, तथा अश्व सब ही आहत हो गये।...अर्जुन मुस्कुराया, "राजकुमार घबराओ नहीं। आचार्य ने अनुमति दे दी है। अब मैं भी अपने गुरु को अपने शस्त्र कौशल का प्रमाण दे सकता हूँ।"

अर्जुन ने अपने दिव्यास्त्र प्रकट करने आरम्भ किए। क्रमशः उसका वेग बढ़ता चला गया और द्रोण मन्द पड़ते रहे। वे विस्मयविमुग्ध हो कर, अपने शिष्य का विकास देख रहे थे। यह बालक वर्षों पूर्व उनके चरणों में बैठ कर धनुर्वेद का ज्ञान प्राप्त करने आया था। यह वह पौधा था, जिसे उन्होंने रोपा और सींचा था। उसके पश्चात् वह उनसे दूर चला गया था। आज एक लम्बे अन्तराल के पश्चात् वह उनके सम्मुख खड़ा जैसे इतने दिनों की अपनी अनुपस्थिति का विवरण प्रस्तुत कर रहा था। अपना कितना विकास किया था उसने। वे देख रहे थे...अर्जुन का कभी न चूकने वाला स्वभाव, शस्त्रास्त्रों की अदभुद शिक्षा, उसकी स्फूर्ति, दूर तक बाण मारने की शक्ति। उसके पास ज्ञान भी था, प्रशिक्षण भी था, अभ्यास भी था, उत्साह भी था और क्षमता तथा शक्ति भी थी।...आचार्य के रोम-रोम से जैसे उसके लिये आशीर्वाद प्रस्तफुटित हो रहे थे।

दोनों ओर से शस्त्रास्त्र चल रहे थे।...अर्जुन दिखा रहा था, देखिए आचार्य! मैं यह भी कर सकता हूँ।...और उसे लग रहा था, आचार्य भी जैसे उसके साथ क्रीड़ा कर रहे हों।...यदि मैं इस शस्त्र का प्रयोग करूँगा तो क्या करोगे अर्जुन? यदि इस प्रकार का आघात करूँगा, तो तुम अपनी रक्षा कैसे करोगे? रथ की गति यह हो जाये तो रथी का कोण क्या होगा?...

आचार्य प्रश्न के रूप में जैसे एब बाण चलाते थे और योग्य शिष्य के रूप में उत्तर में अर्जुन बाणों की झड़ी लगा देता था।

अश्वत्थामा देख रहा था कि अर्जुन घातक प्रहार चाहे नहीं कर रहा था; किन्तु उसके वृद्ध पिता क्रमशः शिथिल होते जा रहे थे। यदि युद्ध इसी गति और क्रम से चलता गया, तो आचार्य के शरीर का सारा रक्त बह जायेगा। उन्हें व्यावहारिक युद्ध का विशेष अनुभव नहीं था। दुर्योधन के इस युद्ध के लक्ष्य से भी वे सहमत नहीं थे; और उन्हें युद्ध भी करना पड़ रहा था, अपने प्रियतम शिष्य से। कैसे लड़ सकेंगे आचार्य!

अश्वत्थामा जैसे रथों की वाहिनी ही ले कर बीच में घुस आया और उसने अर्जुन को चारों ओर से घेर लिया। उसे अपने पिता को वहाँ से हटने का अवसर उपलब्ध कराना था, तो कुछ समय के लिये अर्जुन को किसी भी प्रकार, अक्षम करना ही होगा। अन्यथा आचार्य का बचना कठिन था। पता नहीं वे युद्ध कर नहीं पा रहे थे, अथवा वे अर्जुन से युद्ध करना नहीं चाहते थे।...

अश्वत्थामा का विचार था कि अर्जुन आचार्य को उनकी इस दुर्बल स्थिति में जाने नहीं देगा। प्रतिपक्षी को एक बार भूमि पर गिरा कर कौन फिर उसे उठने देता है। यदि इस समय आचार्य यहाँ से निकल गये तो पुनः पर्याप्त सबल हो कर लौटेंगे। ...किन्तु उसे यह देख कर आश्चर्य हुआ कि अर्जुन ने

आचार्य को घेरने, अथवा और कठिन परिस्थितियों में डालने का कोई प्रयत्न नहीं किया। उसने जैसे हँस कर अश्वत्थामा का स्वागत किया और अपने गांडीव को उसकी ओर मोड़ लिया।

अश्वत्थामा ने पार्थ पर प्रबल प्रहार किया। दसों बाण उसके वक्ष पर दे मारे। वह चाहता था कि एक बार अर्जुन इतना शिथिल हो जाये कि आचार्य संग्रामभूमि से बाहर निकल जायें। अर्जुन अश्वत्थामा की इच्छा को समझ रहा था; और साथ ही उस नीति की दुर्बलता को भी समझ रहा था। उसने अपने प्रहार की गति को शिथिल कर दिया था। वह बाण कम चला रहा था और रथ के अश्वों को अधिक नचाने का संकेत करता जा रहा था। थोड़ी ही देर में दोनों योद्धाओं की नीति का प्रभाव सामने आ गया।...आचार्य अपनी घायल अवस्था में युद्धभूमि से हट गये थे; किन्तु अश्वत्थामा के बाण समाप्त हो गये थे।...उसने पहले इस ओर ध्यान नहीं दिया था कि वह इस प्रकार के लम्बे सघन युद्ध के लिये उपयुक्त संख्या में बाण नहीं लाया था।...

आचार्य को तो उसने सुरक्षित स्थान पर पहुँचाने में सफलता पा ली थी; किन्तु अब अपना युद्ध चलाये रखने के लिये उसके पास बाण नहीं बचे थे...

कर्ण फिर से अपना रथ शस्त्रों से भर कर लौट आया था। उसमें इतना धैर्य नहीं था कि वह अश्वत्थामा और अर्जुन के युद्ध का परिणाम देख लेता। उसे लगा कि यही क्षण अर्जुन से भिड़ जाने के लिये उपयुक्त है। यदि वह और अश्वत्थामा, अर्जुन को घेर लेंगे, तो कदाचित् वह अर्जुन का अन्त ही होगा। ...उसने आचार्य के लिये अपशब्द कहे थे, तो अश्वत्थामा इतना क्रुद्ध हो गया था। अर्जुन ने तो आचार्य को क्षत-विक्षत कर दिया है। अश्वत्थामा उसके प्रति अवश्य ही क्षोभ से भरा हुआ होगा।...कर्ण अपना रथ दौड़ाता हुआ, अर्जुन के सामने आ खड़ा हुआ।

अर्जुन उसे देख कर हँसा, "अभी थोड़ी देर पहले तू मेरे सामने से पीठ दिखा कर भाग गया था; इसलिये अब तक जीवित है। तुझे सूचना मिल गयी कि नहीं कि तेरा छोटा भाई मारा गया है। तेरे सिवाय और कौन ऐसा पुरुष होगा, जो अपने भाई को मरवा कर और युद्धक्षेत्र छोड़ कर पलायन करके भी, भद्र समाज में खड़ा हो कर अपनी वीरता का बखान करे।"

अर्जुन ने देखा कि अश्वत्थामा के सैनिक समरभूमि में गिरे हुए बाण एकत्रित कर, उसे दे रहे हैं। उसने अश्वत्थामा की ओर से मुँह फेर कर कर्ण से युद्ध करना आरम्भ किया। कर्ण नये उत्साह से लड़ने आया था। उसने प्रबल वेग से धावा बोला; किन्तु गांडीव की मार को सहना उसके लिये सम्भव नहीं हो रहा था। अर्जुन ने इस बार उस पर बाणों की बौछार नहीं की थी।

उसने लक्ष्य ताक कर मारने की नीति बनाई थी और परिणाम सामने था। कर्ण के रथ के अश्वो ने घुटने टेक दिये। कर्ण अपना रथ बदलने की सोच ही रहा था कि अर्जुन के तीखे बाण वज्र के समान उसके वक्ष में लगे। उसका कवच छिन्न-भिन्न हो गया और बाण उसके वक्ष में घुस गया। कर्ण को मूर्छा आ गयी।...उसके सैनिकों ने उसे तत्काल घेर लिया और उसे हटा ले गये।...

अर्जुन और उत्तर ने एक-दूसरे की ओर देखा और प्रसन्नता में जोर से हँस पड़े।

उत्तर की हँसी अधिक देर तक उसका साथ नहीं दे सकी। उसके शरीर पर जितने घाव लग चुके थे, उनका प्रभाव तो होना ही था। वह धीरे से बोला, "युद्ध और कितनी देर चलेगा पार्थ?"

"क्यों क्या बात है? तुम्हें भय लग रहा है?"

"नहीं! गांडीवधारी अर्जुन के संरक्षण में भय कैसा; किन्तु अब मैं अधिक देर तक आपके घोड़ों को सँभाल नहीं पाऊँगा। मेरे प्राणों में भयंकर व्यथा है और मन अत्यन्त व्याकुल हो रहा है। युद्ध में चलने वाले इन दिव्यास्त्रों के कारण दिशाएँ भागती सी प्रतीत हो रही हैं। लगता है कि इस वसा, रुधिर तथा मेद की गंध से मैं मूर्छित ही हो जाऊँगा।"

"चिन्ता मत करो राजकुमार! तुम मूर्च्छित नहीं होओ। सम्भवतः तुमने पहले कभी इतने सैनिक तथा ऐसा युद्ध नहीं देखा है।" अर्जुन ने कहा, "तुम शायद जानते नहीं कि तुमने कितना अदभुद काम किया है। इन महारथियों के सम्मुख अपने रथ को टिकाये रखना साधारण सारथि का काम नहीं है। थोड़ा धैर्य और रखो। अब तुम पितामह के सम्मुख चलो।"

कर्ण की सहायता करने के लिये दुःशासन, बढ़ कर आगे आ गया था; किन्तु उससे युद्ध करने के लिये अर्जुन को रुकने की आवश्यकता प्रतीत नहीं हुई। वह अर्जुन के बाणों की एक बौछार भी नहीं झेल सका। उसे घायल होता देख, विकर्ण, दुःसह तथा विविंशति सम्मुख आ गये।

भीष्म देख रहे थे कि दुर्योधन के ये भाई अपनी अनुभवहीनता में अर्जुन के सम्मुख आ गये थे। अर्जुन ने दया कर उन्हें छोड़ ही नहीं दिया, अथवा वे स्वयं ही भाग न गये होते तो वे मारे जायेंगे। उन्होंने अपने सारथि को संकेत किया और अगले ही क्षण वे अर्जुन के सम्मुख खड़े थे।

अर्जुन को रुकना पड़ा। उसने देखा भीष्म कुछ व्याकुल थे। वे सहज भाव से युद्ध नहीं कर रहे थे। कदाचित् इसलिये कि उन्होंने युद्ध आरम्भ ही

दिव्यास्त्रों से किया था। उनके प्रहार झेलने के लिये अर्जुन को भी दिव्यास्त्रों का प्रयोग करना पड़ा।

दिव्यास्त्र बहुत देर तक नहीं चले। एक बार फिर से बाणों का युद्ध आरम्भ हो गया था। भीष्म ने अर्जुन पर बहुत सारे प्रहार किये और उसकी गति सर्वथा अवरुद्ध कर दी थी; किन्तु यह तो अर्जुन भी समझ रहा था कि पितामह ने उस पर एक भी घातक प्रहार नहीं किया था। उसकी भी कोई इच्छा नहीं थी कि वह पितामह को पीड़ा पहुँचाए।...किन्तु यह युद्ध था। यदि विपक्षी योद्धा पर प्रहार न किया जाये तो विपक्षी प्रहार कर सकता है। यदि अर्जुन भीष्म को अक्षम नहीं करेगा तो कौरव सेना अक्षम नहीं होगी।...

अर्जुन ने अगले ही तीक्ष्ण बाण ने भीष्म के धनुष की प्रत्यंचा काट डाली। भीष्म के नयनों में उसके लिये प्रशंसा का भाव जागा। वह उनके निकट होता तो कदाचित वे उसकी पीठ थपथपा देते।

अर्जुन ने भीष्म के वक्ष पर बाण छोड़े। उनका कवच कटा नहीं किन्तु उसका प्रहार दुर्निवार था। भीष्म को लगा कि कदाचित वे मूर्च्छित हो जायेंगे। वे रथ का कूबर पकड़ कर निश्चेष्ट बैठे रह गये।

सारथि ने देखा : पितामह कदाचित अचेत हो गये थे। कौरव सेना का सेनापति ही अचेत हो जायेगा तो युद्ध कैसे होगा? वह तत्काल अपना रथ वहाँ से हटा ले गया।

अर्जुन ने फिर एक बार भयंकर शंखनाद किया।

दुर्योधन ने देखा कि अर्जुन उनके व्यूह के बाहर खड़ा था। अब वह उसकी इच्छा पर था कि वह पुनः कौरवों के साथ जूझे अथवा लौट कर चला जाये। उसने मत्स्यों का गोधन तो लौटा ही लिया था।...दुर्योधन ने जैसे कोई भयंकर दुःस्वप्न देखा था...उसकी सेना के सम्मुख से, अनेक-अनेक महारथियों के सम्मुख अर्जुन जीवित सुरक्षित लौटा जा रहा था।...कौन रोकेगा उसे? कौन??...उसकी दृष्टि पितामह पर पड़ी। वे पुनः लौट आये थे और सचेत थे।...

"पितामह!" दुर्योधन ने चीत्कार किया, "पितामह! उसे रोकिये। उसे मारिये।"

भीष्म के मुख से जैसे धिक्कार फूटा, "जब तुम्हारे सामने था अर्जुन तो क्यों नहीं पकड़ लिया उसे? अर्जुन कभी निर्दय व्यवहार नहीं करता। वह पापाचार में प्रवृत्त नहीं होता। वह बड़े-से-बड़े लोभ के लिये भी धर्म को नहीं छोड़ता। अवसर मिलने पर भी उसने युद्ध में हमारे प्राण नहीं लिये। अच्छा है कि अब तुम सुरक्षित हस्तिनापुर लौट जाओ। अर्जुन भी गौओं को जीत कर लौट जाये। ध्यान रखो, अब मोह में कहीं तुम्हारा स्वार्थ ही नष्ट न हो जाये। सबको वही कार्य करना चाहिए जिसमें उनका कल्याण हो।..."

दुर्योधन ने अपना माथा पीट लिया : पितामह ने प्रकारान्तर से युद्ध करना अस्वीकार कर दिया था। द्रोणाचार्य, कृपाचार्य तथा अश्वत्थामा पर उसे पहले ही विश्वास नहीं हो रहा था।...अर्जुन इस समय अपने पूर्ण उत्कर्ष पर था। उससे युद्ध का यह उपयुक्त अवसर नहीं था।

कौरव सेना को हस्तिनापुर लौट चलने का आदेश दे दिया गया था।...और दुर्योधन सोच रहा था...पता नहीं, सुशर्मा को भी कुछ हाथ लगा या नहीं।...

अर्जुन का रथ पितामह और आचार्यों के रथों की ओर बढ़ा। उसने उनकी परिक्रमा कर उनको प्रणाम किया और विराट नगर की ओर लौट चला।

"राजकुमार! समरभूमि में से कौरव महारथियों के दुकूल उठा लो और नगर की ओर लौट चलो।"

59

अर्जुन ने अपने सारे शस्त्र शमी वृक्ष पर उसी प्रकार छिपा कर रख दिये, जैसे वे पहले थे और स्वयं बृहन्नला का वही रूप धारण कर लिया जिसमें वह विराट नगर से चला था।

उत्तर को आश्चर्य हुआ, "यह आप क्या कर रहे हैं धनंजय? युद्ध में कौरवों के सम्मुख अपना नाम पुकार कर घोषणा कर चुके तो आपको विराटनगर में बृहन्नला के रूप में रहने की क्या अनिवार्यता है?"

"राजकुमार! यदि तुम्हारे पिता को इस प्रकार अकस्मात् पता चलेगा कि पाँचों पाण्डव प्रच्छन्न रूप में उनके निकट वास कर रहे हैं, तो कहीं भय से उनके प्राण ही न निकल जायें।" अर्जुन ने रथ में सारथि का स्थान ग्रहण किया और हँस कर बोला, "वैसे यह निर्णय कि हमें कब और कहाँ प्रकट होना है, धर्मराज के हाथ में है। मैं उनकी आज्ञा के बिना, अपनी इच्छानुसार कहीं भी स्वयं को प्रकट नहीं कर सकता।"

"तो फिर आपने युद्ध में स्वयं को इस प्रकार कौरवों के सम्मुख प्रकट क्यों कर दिया?" उत्तर ने पूछा।

"मैं न भी बताता, तो मेरे गांडीव से, मेरी युद्ध शैली से, मेरी क्षमताओं से कौरव मुझे पहचान ही लेते।" अर्जुन ने कहा, "दूसरे यह कि जितनी देर में बृहन्नला के रूप में लड़ता और वे मुझे पहचान न पाते, उतनी देर तक उनके मन में अर्जुन का भय नहीं जागता, जो उन्हें हतोत्साहित करने के लिये आवश्यक था। इसलिये युद्ध की नीति के रूप में, आरम्भ में ही, मैंने अपना परिचय दे दिया।" अर्जुन ने उत्तर की ओर देखा, "दुर्योधन के साथ होने मात्र

से पितामह भीष्म, आचार्य द्रोण तथा कृपाचार्य अर्जुन के शत्रु नहीं हो जाते। यदि वे मुझे नहीं पहचानते तो अपना शत्रु मान मुझसे युद्ध करते। पहचान लेने के पश्चात् उन्होंने मेरे साथ वैसा ही युद्ध किया, जैसा अर्जुन के साथ करना चाहते थे।"

"तो मेरे पिता को वास्तविकता बताने में क्या आपत्ति है आपको?..."

"यह रहस्य मेरा ही तो नहीं है राजकुमार! मैं प्रकट हो जाऊँगा तो मेरे भाइयों को भी प्रकट होना पड़ेगा; और इसके लिये धर्मराज की आज्ञा आवश्यक है।..."

"आपका कथन उचित ही है।" उत्तर बोला, "किन्तु जो पराक्रम आपने किया है, कौन विश्वास करेगा कि वह सब कुछ नृत्य-गान करने वाले एक साधारण षंडक ने किया है।"

अर्जुन उन्मुक्त मन से हँसा, "नहीं! युद्ध में वह पराक्रम षंडक बृहन्नला ने नहीं, मत्स्यराज के वीर पुत्र राजकुमार उत्तर ने किया है। विराटनगर में तुम अपने पिता से यही कहोगे कि उन कौरव महारथियों को तुमने ही मार भगाया है।"

इस बार उत्तर भी हँसा, "आपने इस युद्ध से पहले विराटनगर में मेरा वह रूप देखा ही था। जब तक मैंने आपको नहीं जाना था तब तक मैं कह सकता था कि मैंने अकेले ही छह-छह कौरव महारथियों को मार कर भगा दिया है।...पर अब आपको जान लेने के पश्चात्, आपका पराक्रम देख लेने के पश्चात मैं ऐसी कोई बात नहीं कह सकता। मैं कहने को कह भी दूँ, तो जानता हूँ कि मेरी बात कोई नहीं मानेगा। देर सवेर सारी बातें प्रकट तो होंगी ही। तब मिथ्यावादी के रूप में मेरा अपमान होगा, उसको सहन करना मेरे लिये कठिन होगा।..." उत्तर ने रुक कर अर्जुन की ओर देखा, "आपसे सत्य कहता हूँ धनंजय! आपके इस रूप को देख कर और युद्ध के इस अनुभव से समृद्ध हो कर मेरा मन भी कुछ बदल गया है। मुझे लगने लगा है कि जो क्षमता मुझमें है, मैं उसी के यश से सन्तोष क्यों न कर लूँ। वह भी तो कम नहीं है। मैं ईश्वर के प्रति कृतज्ञ रहूँ कि उसने मुझे कुछ दिया है। जो यश मेरा नहीं है, उसके लोभ में मिथ्या वचन और मिथ्या आचरण से अपनी आत्मा को कुलुषित क्यों करूँ।" वह हल्के से हँसा, "इतने बड़े पराक्रम का श्रेय मैं लूँ तो फिर जब त्रिगर्त आयेंगे, तब उनसे कौन युद्ध करेगा। पिताजी तो मुझे ही भेज देंगे कि जाओ पुत्र! अपने शत्रुओं को निपटा आओ।...नहीं धनंजय! यह असम्भव है।"

"तो ठीक है, जो उचित समझो, वही करो; किन्तु मैं। अभी प्रकट होना नहीं चाहता।" अर्जुन ने कहा।

रथ चल पड़ा। कुछ देर तो अर्जुन का ध्यान अश्वों और रथ में ही लगा

रहा फिर उत्तर ने पूछा, "तुम्हारे गोष्ठ पर चिकित्सक हैं क्या? शल्य चिकित्सक? जो हमारे घावों का उपचार कर सकें?"

"हाँ। वैद्य भी हैं, शल्यचिकित्सक भी।" उत्तर ने कहा।

"तो हम पहले गोष्ठ पर ही चल रहे हैं। मुझे तुम्हारे घावों की बहुत चिन्ता है। चिकित्सा में विलम्ब हुआ तो भारी क्षति हो सकती है।" अर्जुन ने कहा, "गोष्ठ में जाकर यह भी ज्ञात हो जायेगा कि तुम्हारी गौवें वहाँ पहुँच गयी हैं कि नहीं। अपने गोपों को अथवा किसी दूत को मत्स्यराज के पास भेज देना, ताकि उन्हें तुम्हारा समाचार मिल जाये और तुम्हारी ओर से निश्चिन्त हो सकें।"

"हमारे घोड़े भी बहुत थके हुये हैं। उन्हें भी थोड़ा विश्राम चाहिए।" उत्तर ने कहा।

"हाँ! वहीं अश्वों को नहला धुला देंगे, कुछ खिला पिला देंगे और विश्राम करा देंगे। हम सन्ध्या समय विराटनगर की ओर चलेंगे।"

नगरद्वार पर उनके स्वागत का पूरा प्रबन्ध था। द्वार और राजपथ पुष्पों और दीपों से सुसज्जित थे। नगर के प्रमुख लोग उनका स्वागत करने के लिये वहाँ विद्यमान थे। स्वागत करने वालों का नेतृत्व राजकुमारी उत्तरा कर रही थी।

उत्तरा ने अपने भाई और गुरु के शरीर पर इस प्रकार बँधी पट्टियाँ देखीं, तो उनका चेहरा कुछ उतर गया।

"बहुत घाव लगे हैं भैया?"

उत्तर हँसा, "तू तो पगली है। हम लोग युद्ध में गये थे। कौरव सेनाओं का नेतृत्व उनके छह-दह महारथी कर रहे थे। हमारे साथ कौन था? बृहन्नला के साथ मैं; और मेरे साथ बृहन्नला। इतनी भी सुविधा नहीं थी कि यदि हमारे घोड़े क्षत-विक्षत हो जायें अथवा मारे जायें तो हम उन्हें बदल ही लें। ऐसे में शरीर पर युद्ध के कुछ चिह्न ले कर हम सुरक्षित लौट आये हैं तो क्या उदास होने की बात है?"

उत्तरा प्रयत्नपूर्वक मुस्कराई और उसने दोनों की आरती उतारी।

"महाराज नगर में लौट आये हैं?" बृहन्नला ने पूछा।

"हाँ गुरुदेवजी! महाराज सकुशल हैं। वे त्रिगर्तों से अपना गोधन लौटा लाये हैं; और व्याकुलता पूर्वक आप लोगों की प्रतीक्षा कर रहे हैं।" उत्तरा ने कहा।

बृहन्नला ने रथ में से उठा कर कुछ वस्त्र उत्तरा की ओर बढ़ाये, "यह लो राजकुमारी! तुम्हारी और तुम्हारी सखियों की पुत्तलिकाओं के लिये।"

"क्या है यह?" उत्तरा ने पूछा।

"कौरव महारथियों के अंगवस्त्र और दुकूल।" बृहन्नला मुस्कराई, "वे समरभूमि में छोड़ गये और हम उठा लाये।"

"आपने उस भयंकर युद्ध में भी उसे स्मरण रखा गुरुदेवि!" उत्तरा उल्लसित स्वर में बोली, "हमने तो वह क्रीड़ावश ही कहा था।"

"अपनी योग्यतम शिष्या की इच्छा को पूर्ण करना भी मेरा धर्म था।"

नगरद्वार पर वे लोग अधिक देर तक नहीं रुके। बृहन्नला को विश्राम की आवश्यकता थी; और उससे भी अधिक उत्तर को। राजकुमारी उत्तरा उन्हें अपने रथ में सुविधा पूर्वक राजप्रासाद तक ले आयी और सभा भवन के द्वार पर छोड़ कर स्वयं अन्तःपुर में चली गयी।

द्वारपाल ने भीतर राजा को सूचना दी और तत्काल अनुमति ले कर बाहर आ गया, "आप जायें राजकुमार! बृहन्नला के लिये आदेश है कि वे थोड़ी देर बाहर ही प्रतीक्षा करें।"

बृहन्नला को आश्चर्य हुआ। अब तक का जो घटनाक्रम रहा था, उसे जानने के पश्चात् राजा बृहन्नला के साथ ऐसा व्यवहार नहीं कर सकते थे। उत्तर को भी यह कुछ अपमानजनक लगा। वह राजा के सम्मुख अकेला जाने मे संकुचित हो रहा था; किन्तु बृहन्नला ने उसे भीतर भेज दिया, "सम्भवतः तुम्हारे पिता पहले तुम से एकान्त में मिल कर कोई महत्त्वपूर्ण बात करना चाहते हैं।"

उत्तर भीतर चला गया, तो बृहन्नला ने द्वारपाल से पूछा, "भीतर कौन-कौन है?"

"महाराज हैं। ब्राह्मण कंक हैं और वह सैरन्ध्री हैं, मालिनी।" द्वारपाल ने बताया, "मैंने महाराज को बताया कि आप दोनों आये हैं, तो उन्होंने कहा, भेज दो। पर न जाने क्यों कंक ने कहा कि पहले केवल राजकुमार को भेजो। बृहन्नला को बाद में भेजना।"

ओह!...बृहन्नला ने सोचा...अवश्य ही कोई विशेष कारण होगा; अन्यथा युधिष्ठिर द्वारपाल को ऐसा आदेश क्यों देते।...राजा ने बृहन्नला की कोई अवमानना नहीं की थी।

"वह सैरन्ध्री वहाँ क्या कर रही है?" बृहन्नला ने पूछा, "उसका काम तो रानी का श्रृंगार करना है।"

"जाने क्या कर रही है।" द्वारपाल बोला, "पहले तो बड़ी अवगुंठनवती बनी घूमती थी। अब उसे किसी का कोई भय ही नहीं रह गया है। वहाँ उस कंक के पास बैठी थी। आजकल महारानी तो उससे अपना कोई काम करवाती नहीं। कोई उससे कुछ पूछता तो है जो नहीं कि वह क्या कर रही है, और क्यों कर रही है। कंक से उसका क्या सम्बन्ध है कि हर समय उस ब्राह्मण के निकट बैठी रहती है।"

"कोई क्यों नहीं पूछता?" बृहन्नला ने पूछा।

"सबको अपने प्राण प्यारे हैं भाई। जाने वह किससे रुष्ट हो जाये और उसका रक्षक वह गन्धर्व उसके प्राण ले ले।" द्वारपाल बोला, "मुझे तो भय है कि इस बार वह अदृश्य गन्धर्व कहीं इस ब्राह्मण कंक का ही वध न कर दे।"

बृहन्नला को उस चर्चा में रस आने लगा था।

"कैसी स्त्री है यह सैरन्ध्री?"

"तुम नहीं जानती हो कि कैसी है।" द्वारपाल बोला, "कीचक तो पहले भी विराटनगर में था और असंख्य स्त्रियाँ भी थीं; पर ऐसा रक्तपात तो कभी नहीं हुआ। अब यह जाने कैसी स्त्री है कि जिस ओर क्रोध से देख लेती है, उधर ही आग लग जाती है।"

"अरे तो इसमें न तो भय की कोई बात है, न रोष की।" बृहन्नला ने कहा, "कीचक अत्याचारी था। वह अपने अत्याचारों के कारण मारा गया। यदि सैरन्ध्री ने उस अत्याचार का विरोध किया तो क्या बुरा किया। कीचक ने उस बेचारी को कम सताया था। तुम्हें उससे कोई सहानुभूति नहीं है?"

"सहानुभूति? हमें तो उससे भय लगता है भाई। सच्ची बात तो यही है।" द्वारपाल बोला, "वह तो विराटनगर का आतंक है। महाराज को देखो, त्रिगर्तों को पराजित कर आये हैं। उस सुशर्मा को मार-पीट कर अपना गोधन लौटा लाये हैं; किन्तु सैरन्ध्री को कुछ कहने का साहस नहीं है उनमें। न रानी ही उसे कुछ कहती है। परम स्वतन्त्र हो गयी है सैरन्ध्री! स्वतन्त्र क्या, वह तो उच्छृंखल हो गयी है। उस ब्राह्मण की भी बुद्धि भ्रष्ट हो गयी है। उसे कुछ कहता ही नहीं। अरे वह तो सैरन्ध्री है। उसका तो काम है घर-घर डोलना। भगवान ने रूप-रंग भी वैसा ही दे दिया है। पर कंक तो सच्चरित्र ब्राह्मण है, विद्वान है, धर्मात्मा है। वह तो स्वयं को सँभाले।...पर सुन्दरी नारी का जादू...।"

उत्तर ने राजसभा में प्रवेश किया। मत्स्यराज द्यूत सामग्री के साथ बैठे थे। लगता था, उन्होंने माधवी का भी सेवन किया था। वे अत्यन्त उल्लसित मनःस्थिति में थे।...वहीं सामने कंक भी बैठे थे। पर राजा और कंक जैसे पृथक्-पृथक् असंपृक्त बैठे थे। कंक की नाक से रक्त बह रहा था और सैरन्ध्री एक पात्र में जल ले कर, उनकी सहायता करने का प्रयत्न कर रही थी। राजा न उस ओर देख रहे थे, न उस दृश्य से तनिक भी प्रभावित थे।

उत्तर ने अपने पिता को प्रणाम किया और कंक की ओर भी शीश नवाया। वह इतना प्रत्यक्ष सम्मान नहीं था कि राजा को अखरता; किन्तु कंक की उपेक्षा का अपराधी वह नहीं हुआ।

"महाराज! आर्य कंक को यह क्या हुआ है। लगता है, उन्हें घाव लगा है। यह कैसे हो गया? यह युद्ध का घाव तो नहीं है।"

"मैंने मारा है इसे। इस पांसे से।" राजा ने एक पांसा उठा कर दिखाया, "मुझे तुम्हारी इस अलौकिक विजय की सूचना मिली। मैं बहुत प्रसन्न था। उससे भी अधिक, जितना मैं त्रिगर्तों को पराजित करके हुआ था। मैंने माधवी पी और द्यूतक्रीड़ा के लिये इसे आमन्त्रित किया। मैं इतना प्रसन्न था कि प्रसन्नता मुझसे सँभाली नहीं जा रही थी। मैं तो समझता था कि कीचक के न होने से हम सदा पीड़ित और पराजित ही रहेंगे; किन्तु हम विजयी हुए। मैंने उस सुशर्मा को पराजित किया और तुम कौरवों को जीत आये। कितना प्रसन्न था मैं। मैंने माधवी का सेवन किया..."

उत्तर देख रहा था कि राजा से माधवी सँभाली नहीं जा रही थी। अधिकांशतः तो राजा नहीं, माधवी ही बोल रही थी।...लगता था, उसी उन्मत्तता की स्थिति में उन्होंने कंक को पासा फेंक कर दे मारा था।

"आपका युद्ध कैसा रहा पिता जी!"

"युद्ध ठीक था।" विराट बोले, "सब लोगों ने अच्छी प्रकार युद्ध किया। शतानीक अच्छा सेनापति है। शंखी भी अच्छा योद्धा है। यह कंक है तो ब्राह्मण, पर युद्ध तो यह भी एक वीर क्षत्रिय के समान ही करता है। इसने कहा था कि उनको भी साथ ले चलो। उनको..."

"किन को?" उत्तर ने पूछा।

"अरे उनको! बल्लव को। उस तंतिपाल को। ग्रंथिक को। वे सब भी असाधारण योद्धा हैं। मैं तो जानता ही नहीं था कि मेरी प्रजा में ऐसे अच्छे योद्धा हैं। वीर राजा की प्रजा को वीर ही होना चाहिए। हमने दिन में तो त्रिगर्तों को बहुत मारा; पर रात्रि को जब विश्राम करना था, त्रिगर्त फिर लड़ने आ गये। वे चन्द्रमा के प्रकाश में भी लड़ते ही रहे। हम थक गये थे। सेना भी शिथिल हो गयी थी। उसी में उन्होंने मुझे पकड़ लिया। मैं पकड़ा गया। राजा बंदी हो गया तो सेना को भागना ही था। सैनिक भाग गये। तब इस कंक ने उस बल्लव को भेजा। बल्लव ने सुशर्मा को बहुत मारा। उसे बाँध लिया और ला कर इस कंक के चरणों में डाल दिया। अरे राजा मैं हूँ। मेरे चरणों में नहीं डाला। इसके चरणों में डाल दिया, जैसे राजा यह हो। मैं तो तभी इसको मारता, पर मैंने सोचा कहीं बल्लव मुझे ही न मार दे। इसलिये छोड़ दिया।...और कंक को देखो। इसने उस सुशर्मा को मुक्त कर दिया। उसे मुझे समर्पित नहीं किया। मुक्त कर दिया। क्यों कर दिया मुक्त। वह इसका बंदी था? वह मेरा बंदी था। क्यों छोड़ा इसने? मैंने नहीं पूछा। सोचा बल्लव

रुष्ट न हो। बल्लव इसका बहुत आदर करता है। और यह सैरन्ध्री भी सदा इसकी सेवा में लगी रहती है। कौन है यह उसे छोड़ने वाला? क्यों छोड़ दिया इसने उस सुशर्मा को?..."

उत्तर बहुत कुछ समझ रहा था। उसके पिता इतना बड़ा युद्ध जीत गये थे; किन्तु उनकी वह विजय कुण्ठित हो कर रह गयी थी।

"महाराज! आपने आर्य कंक को आहत कर अच्छा नहीं किया।" उत्तर ने विनीत भाव से कहा, "एक ऐसे सात्विक ब्राह्मण के अपमान से तो हमारा सारा परिवार नष्ट हो जायेगा।"

"परिवार नष्ट हो जायेगा? क्यों, परिवार क्यों नष्ट हो जायेगा?"

"आपने आर्य कंक का अपमान क्यों किया?"

"मुझे तुम्हारी विजय का समाचार मिला। मैं बहुत प्रसन्न हुआ। होना ही था। किसी का पुत्र छह-छह कौरव महारथियों को अकेला ही पराजित कर दे तो वह प्रसन्न नहीं होगा क्या? होगा। मैं तुम्हारी प्रशंसा करता था तो यह कंक उस हिजड़े बृहन्नला की प्रशंसा करने लगता था। यह कहता था कि जो विजय हुई है, वह बृहन्नला के कारण हुई है, तुम्हारे कारण नहीं। मैं कब तक सहन करता। मैंने इससे कहा भी; किन्तु यह नहीं माना। तो फिर मैंने पांसा उठाकर दे मारा।" विराट ने उत्तर की ओर देखा, "मैंने कुछ अनुचित किया पुत्र? इस अपराध के लिये तो मैं इसे कारागार में भी डाल सकता था।"

"आपने बहुत अनुचित किया महाराज! आप न आर्य कंक के प्रभाव को जानते हैं, न इनकी शक्ति को। आपको चाहिए कि आप इनसे क्षमा माँगे।" उत्तर बोला, "अन्यथा आप बहुत बड़े अनर्थ के भागी होंगे।"

कंक और सैरन्ध्री ने भी राजकुमार की बात सुनी। उन्होंने एक-दूसरे की ओर देखा : तो उत्तर उनका परिचय जान गया है।

विराट ने किसी प्रकार की आनाकानी नहीं की। वे उठकर कंक के निकट आये, "आप मुझे क्षमा करें आर्य कंक! मुझसे भूल हो गयी है। मैंने अनजाने ही आपका अपमान कर दिया है। आप जानते ही हैं कि मैं क्यों स्वयं को संयत नहीं रख सका। आप मुझे क्षमा कर दें।"

"आप चिन्ता न करें महाराज!" कंक ने कहा, "मैंने क्षमा का व्रत ले रखा है। आपके प्रति मेरे मन में तनिक भी क्रोध नहीं है। आप निश्चिंत रहें, आप का कोई अहित नहीं होगा।"

कंक की नाक से रक्त बहना बंद हो चुका था। उन्होंने संकेत किया कि अब बृहन्नला को भी भीतर बुलाया जा सकता है।

बृहन्नला ने भीतर आकर राजा को प्रणाम किया; और फिर उतने ही सम्मान से कंक को भी प्रणाम किया।

राजा ने उसकी ओर देखा, 'तुमने भी बहुत पट्टियाँ बाँध रखी हैं। हाँ! कुछ बाण तो तुम पर भी गिरे ही होंगे। इसका अर्थ है कि तुम योद्धा हो या न हो, युद्धक्षेत्र में जा सकती हो। अच्छा तुम्हें भी कल पुरस्कार दिया जायेगा।"

राजा ने न तो बृहन्नला के उत्तर की प्रतीक्षा की ओर न उसकी और ध्यान ही दिया। वे तो अपने वीर पुत्र को मुग्ध हो कर देख रहे थे, "तुम जैसा वीर पुत्र पाकर मैं धन्य हुआ पुत्र! मैंने वस्तुतः कभी भी तुम्हारा उचित महत्त्व नहीं आँका। तुम्हें इतना वीर कभी नहीं समझा। अच्छा बताओ कि तुमने उन कौरव महारथियों से कैसे लोहा लिया? कैसे उन्हें पराजित किया? भीष्म को, द्रोण को, कृपाचार्य को, कर्ण को, दुर्योधन को, अश्वत्थामा को? कैसे अपनी गौवें लौटाईं?"

उत्तर ने देखा, राजा का मस्तिष्क माधवी के प्रभाव से मुक्त हो रहा था। वे कुछ सहज हो गये लगते थे। अब कदाचित् वे यथार्थ को सुन कर ग्रहण कर सकें।

"महाराज! मैं अपने अहंकार में बृहन्नला को साथ ले कर, अकेला ही कौरवों से लड़ने चला तो गया था; किन्तु कौरव सेना और कौरव महारथियों को देख कर मेरे प्राण ही निकल गये। मैंने बृहन्नला से कहा कि वह रथ लौटा ले। मुझे तो बस अपने प्राणों की रक्षा करनी है। मैं रथ से कूद गया; और भयभीत हो कर वन की ओर भागने लगा था। उसी समय एक देव पुरुष वहाँ प्रकट हुआ। उसने मुझे सान्त्वना दी। मुझे समझाया। मुझे लौटा कर वापस लाया। मुझे रथ में बैठाया और स्वयं युद्ध किया। युद्ध उसी ने किया। कौरवों को पराजित उसी ने किया। गोधन उसी ने लौटाया। मैं तो बस रथ में बैठा भर रहा।"

कंक और सैरन्ध्री ने बृहन्नला की ओर देखा। बृहन्नला के अधरों पर एक मंद सी मुस्कान थी।

"वह देवपुरुष कहाँ है? मुझे उससे मिलवाओ पुत्र! मैं उसे कुछ पुरस्कार देना चाहता हूँ।"

"वह देवपुरुष तो अन्तर्धान हो गया महाराज!" उत्तर बोला, "यह सत्य है कि उस देवपुरुष ने छह कौरव महारथियों को पराजित किया, किन्तु आर्य कंक और बल्लव ने भी तो कम वीरता का कार्य नहीं किया। ये न होते, तो सम्भवतः आप सुशर्मा के कारागार में होते। तो आपने आर्य कंक को क्या पुरस्कार दिया?"

राजा का मस्तक झुक गया। वे कुछ देर चुपचाप बैठे रहे। फिर उन्होंने धीरे से सिर उठाया। उत्तर ने बृहन्नला की ओर देखा और कहा, "मुझसे भूल

हुई। पर क्या उस देवपुरुष से मैं कभी नहीं मिल सकूँगा?"

"नहीं महाराज! मेरा अनुमान है कि वह दो एक दिनों में आपके दर्शनों के लिये आयेगा।" बृहन्नला ने कहा।

मत्स्यराज को बृहन्नला का इस प्रकार बीच में बोलना अच्छा नहीं लगा; किन्तु उन्होंने उससे कुछ कहा नहीं। उत्तर से बोले, "चलो पुत्र! अपनी माता और अपने भाई बहनों से मिल लो। वे सब भी तुमसे मिलने को व्याकुल होंगे।"

कंक, बृहन्नला और सैरन्ध्री को वहीं छोड़ कर राजा उत्तर को लेकर चले गये।

"वहाँ युद्ध में क्या हुआ?" अर्जुन ने पूछा।

"मत्स्य लोग वीरतापूर्वक लड़े; किन्तु सुशर्मा और उसके रथियों की सेना अत्यन्त दुर्घर्ष थी। वे लोग मत्स्यों के वश के तो थे नहीं।" युधिष्ठिर ने बताया, "पर तुम जानते हो कि भीम सेना के आगे हो तो प्रत्येक सैनिक ही भीम बन जाता है। नकुल और सहदेव भी दुर्योधन के मित्र से अपना प्रतिशोध लेना चाहते थे, इसलिये उन लोगों ने भी कोई कसर नहीं छोड़ी। सन्ध्या तक तो मत्स्यों की अधिक क्षति नहीं हुई किन्तु; रात्रि-युद्ध में हम लोग कुछ चूक गये। मत्स्यराज अधिक दुस्साहसी हो गये और अपनी रक्षा की विशेष चिन्ता किये बिना सुशर्मा से भिड़ गये। सुशर्मा ने अवसर पाया तो मत्स्यराज को बाँध लिया। उसके पश्चात् उसकी युद्ध में विशेष रुचि नहीं रह गयी थी। वह मत्स्यराज को ले कर अपने राज्य की ओर निकल जाना चाहता था। तभी मैंने भीम को उसके पीछे भेजा। भीम ने सुशर्मा को न केवल जा पकड़ा, वरन मत्स्यराज को छुड़ा लिया; और सुशर्मा को बहुत पीटा। फिर वह उसे ले कर मेरे पास आया और मैंने यह सोचकर कि उसे उसके अपराध का पर्याप्त दण्ड मिल चुका है, यह कह कर मुक्त कर दिया कि वह जहाँ भी जाये, स्वयं को मत्स्यराज का दास बताये।" युधिष्ठिर निमिष भर रुके, "वहाँ तो मत्स्यराज कुछ बोले नहीं; किन्तु आज के उनके प्रलाप से लगता है कि उन्हें इस बात का बहुत कष्ट है कि सुशर्मा उन्हें न सौंप कर, मुझे ही क्यों सौंपा गया; और मैंने उसे मुक्त क्यों कर दिया। फिर भी वे प्रसन्न थे कि उनका गोधन लौटा लाया गया है और त्रिगर्तों की करारी हार हुई है। राजधानी में लौटते ही उन्हें सूचना मिली कि उत्तर गोष्ठ पर कौरवों का आक्रमण हुआ था और राजकुमार उत्तर अकेला ही, बृहन्नला को सारथि बनाकर उनसे युद्ध करने निकला है। अपने पुत्र की वीरता के विषय में वे कुछ-न-कुछ तो जानते ही होंगे। उन्होंने मान लिया कि उनका वह पुत्र तो अब तक जीवित भी नहीं होगा। सुशर्मा को जय करने की सारी प्रसन्नता हवा हो गयी थी कि तुम लोगों द्वारा भेजे गये दूत ने आ कर समाचार दिया कि कौरवों को पराजित कर राजकुमार उत्तर अपनी गौवों के साथ लौट

रहा है। तब क्या था। वे अपनी प्रसन्नता को सँभाल नहीं पाये। इस आशातीत विजय को सँभालना किसी के लिये भी कठिन होता। पहले तो उन्होंने नगर को सुसज्जित करने तथा उत्तर के स्वागत इत्यादि के आदेश दिये। फिर थोड़ी माधवी पी ली और द्यूत के पांसे ले कर बैठ गये। मैंने उन्हें समझाया भी कि द्यूत तो वैसे ही कोई अच्छी चीज नहीं है और आप इस मानसिक स्थिति में द्यूत खेलना चाहते हैं। किन्तु वे माने नहीं। तुम्हारी विजय की सूचना से पहले भी जब उन्होंने उत्तर के विषय में चिन्ता की बात की तो भी मैंने समझाया कि बृहन्नला उसकी सारथि है। तो उत्तर को कुछ नहीं होगा। अब द्यूतक्रीड़ा के मध्य फिर उसकी विजय की चर्चा करने लगे, तो भी मैंने बृहन्नला की प्रंशसा कर दी। बृहन्नला की इस प्रशंसा के कारण वे मुझसे रुष्ट हो गये। उनका सुख जैसे कुण्ठित हो गया।"

"पर यदि उनको उससे कष्ट होता था तो आपको मेरी प्रशंसा करने की क्या आवश्यकता थी?" अर्जुन ने कहा।

"वैसे तो कोई विशेष आवश्यकता नहीं थी।" युधिष्ठिर बोले, "किन्तु यदि मैं उनके इस सुख को कुण्ठित न करता तो जाने उनका सुख क्या अनर्थ कर डालता। उनका अहंकार भी आकाश की ऊँचाइयाँ छूने लगा था और प्रतिशोध का भाव भी क्रूर होने लगा था। वैसे भी अब हमें प्रकट तो होना ही है।..."

"कब प्रकट होना है?" द्रौपदी ने पूछा, "मैं भी सैरन्ध्री बनी रह कर प्रसन्न नहीं हूँ।"

"मैंने भी उत्तर को बड़ी कठिनाई से समझाया है। वह तो इसी क्षण हम सबको प्रकट करने पर तुला हुआ था।"

"मेरा विचार है कि मत्स्यराज को अपना विजय पर्व मना लेने दो; फिर हम अपना परिचय उनको दे देंगे।" युधिष्ठिर उठ खड़े हुए, "आओ चलें। सब कुछ होने पर भी अभी हम राजा के सेवक ही हैं। राजा की अनुपस्थिति में सभा भवन में इस प्रकार बैठे रहने पर कहीं राजा का द्वारपाल ही आपत्ति न करे।"

वे बाहर निकले तो द्वारपाल ने उन्हें कुछ घूर कर देखा। उसे सुनाते हुए सैरन्ध्री ने बृहन्नला से कहा, "तुम मुझे मेरे निवास तक पहुँचा दोगी?"

"जाओ बृहन्नले! सैरन्ध्री को उसके निवास तक पहुँचा दो।" कंक ने कहा।

युधिष्ठिर अपने भवन की ओर चले गये और अर्जुन तथा द्रौपदी नृत्यशाला के मार्ग पर चल पड़े। एकान्त होते ही अर्जुन ने कहा, "मध्यम कहाँ है?"

"अपनी निद्रा पूरी कर रहे हैं मध्यम पाण्डव।" द्रौपदी ने कहा, "उन्हें युद्ध में रात्रि को जागना पड़ा था।"

"ओह हाँ!" अर्जुन ने हँस कर कहा, "तुम कैसी हो सखि! तुम्हारे गन्धर्व का तो बहुत आतंक है विराटनगर पर।"

"मैं यह जानने को उत्सुक हूँ कि कौरवों के साथ उस युद्ध में क्या हुआ?"

"जो हुआ, उसकी सूचना तो तुम्हें मिल चुकी है।" अर्जुन ने कहा, "हम विजयी हुए, क्योंकि हम अपनी गौवों को लौटा लाए; और कौरव विजयी हुए, क्योंकि वे अपने युवराज को जीवित और सुरक्षित बचा कर हस्तिनापुर लौट सके।"

द्रौपदी दो-चार पग चुपचाप चली और फिर बोली, "हमने वनवास सम्बन्धी अपनी सारी प्रतिज्ञाएँ पूरी कर दी हैं। फिर भी मेरे मन में यह दृढ़बद्ध धारणा है कि दुर्योधन हमारा राज्य नहीं लौटायेगा। यदि यह असम्भव भी सम्भव हो जाये। वह हमारा राज्य लौटा भी दे तो मेरी खुली वेणी की प्रतिज्ञा पूरी नहीं होती। इसलिये युद्ध तो होगा ही।"

"तो?"

"संयोग ही है कि तुम आज ही उनसे युद्ध करके आये हो और वह भी अकेले। तुम उन्हें पराजित करके आये हो।" द्रौपदी बोली, "क्या मैं मान लूँ कि तुम अकेले ही, इन छह कौरव महारथियों को पराजित कर सकते हो? आगामी युद्ध में तुम उन्हें इसी प्रकार पराजित कर लोगे?"

"मुझे अपनी युद्ध-क्षमता पर पूर्ण विश्वास है; किन्तु यह मान लेने का मेरे पास कोई कारण नहीं है कि मैं पितामह तथा आचार्य से अधिक शक्तिशाली हो गया हूँ।" अर्जुन ने कहा।

"तो फिर पाण्डव दुर्योधन को पराजित करने का स्वप्न कैसे देख सकते हैं?"

वे लोग नृत्यशाला में पहुँच गये थे। द्रौपदी के लिये यह वह स्थान था, जहाँ भीम ने कीचक को मारा था; और अर्जुन के लिये यह स्थान अपनी शिष्याओं के साथ नृत्य तथा संगीत के अभ्यास का था।

"यहाँ बैठें?" अर्जुन ने पूछा।

"तुम्हें विश्राम की आवश्यकता नहीं है?"

"तुम साथ हो तो विश्राम ही विश्राम है।"

वे नृत्य मण्डप में चन्द्रमा के प्रकाश में बैठ गये।

"तुम यह क्यों सोचती हो कि दुर्योधन को जीतने के लिये, हमें अपने पितामह और गुरु को भी पराजित करना होगा?" अर्जुन ने पूछा।

"क्योंकि वे लोग हस्तिनापुर राज्य के अंग हैं और युद्ध की स्थिति में वे हस्तिनापुर की सेनाओं का नेतृत्व करेंगे। दुर्योधन उनकी आड़ में होगा और वे लोग दुर्योधन की रक्षा कर रहे होंगे।" द्रौपदी बोली।

"मैं मानता हूँ कि वे मध्यस्थ हैं और मध्यस्थ ही रहेंगे। वे युद्ध में दुर्योधन की ओर से क्यों लड़ेंगे?"

"मैं अभी उस विवाद में पड़ना नहीं चाहती।" द्रौपदी बोली, "किन्तु यदि वे दुर्योधन के पक्ष से युद्ध करने आये, तो क्या तुम उन दोनों को पराजित कर सकते हो?"

"निश्चित रूप से कुछ कहना कठिन है।" अर्जुन बोला।

"तो फिर आज तुम उनको कैसे पराजित कर सके, जब उनके साथ कृपाचार्य भी थे, दुर्योधन भी था, कर्ण भी था।...और भी अनेक लोग थे।" द्रौपदी बोली, "क्या वे लोग दिव्यास्त्र नहीं लाए थे? उनकी सामरिक तैयारी पूरी नहीं थी? वे लोग तुमसे युद्ध करने की तैयारी से नहीं आये थे? अथवा वे तुमसे युद्ध करना नहीं चाहते थे?..."

"बड़ा कठिन है इन प्रश्नों का उत्तर।" अर्जुन बोला, "मेरे मन में एक बात है कि मेरा उनसे सामना भी हुआ। हमने एक-दूसरे पर बाण भी चलाये। एक-दूसरे को आहत भी किया। किन्तु मुझे लगता है कि वे मुझे नष्ट करने का प्रयत्न नहीं कर रहे थे, वे केवल मुझसे दुर्योधन की रक्षा कर रहे थे।"

"और तुम?"

"मैं उनको पराजित करने अथवा उनका वध करने का कोई प्रयत्न नहीं कर रहा था। मैं तो मात्र उन्हें मार्ग से हटा कर दुर्योधन तक पहुँचने का प्रयत्न कर रहा था।"

"यदि ऐसा न हो। यदि युद्ध में एक-दूसरे का वध अनिवार्य हो। तो क्या तुम पितामह का वध कर सकते हो? आचार्य का शिरोच्छेदन कर सकते हो?" द्रौपदी ने पूछा।

अर्जुन पूरी खुली आँखों से उसकी ओर देखता रहा। फिर बोला, "तुम ऐसी बातें पूछ भी कैसे सकती हो? मैं पितामह का वध कैसे कर सकता हूँ। मैं राज्य के लिये अपने पितामह और अपने गुरु से युद्ध करने की सोच भी नहीं सकता।"

"तो तुमने उनसे युद्ध कैसे किया?"

"कहा न! न मैं उनका वध करने की सोच रहा था; न उन्होंने मेरा वध करने का कोई प्रयत्न किया।"

द्रौपदी ने अर्जुन के नेत्रों में असह्य पीड़ा देखी। वह और कुछ पूछ नहीं सकी।

60

सन्ध्या समय जब मत्स्यराज अपने परिवार के साथ भोजन के लिये बैठे तो उनकी दृष्टि से यह बात छिपी नहीं रह सकी कि आज प्रायः सब कुछ बदला

हुआ था। आज बल्लव के स्थान पर चतुरसेन उपस्थित हुआ था। अभ्यासवश मत्स्यराज के मन में आया भी कि वे चतुरसेन से कहें कि वह जाकर बल्लव को बुला लाये। एक युद्ध में भाग लेने का अर्थ यह नहीं होता कि वह कोई योद्धा हो गया है। जब राजपरिवार भोजन कर रहा हो तो बल्लव को यहाँ उपस्थित होना चाहिए।...पर उन्होंने पिछले एक दिन और एक रात में बल्लव का जो रूप देखा था, उसको वे भूल नहीं पा रहे थे। उन्होंने माधवी की झोंक में कंक का कल का रूप भुला दिया था तो उनके अपने पुत्र ने ही उन्हें बाध्य किया था कि वे कंक से क्षमा माँगें। अब यदि वे बल्लव का योद्धा रूप भुला कर उसे अपनी पाकशाला के अध्यक्ष के रूप में आदेश देते हैं, तो जाने कौन उन्हें फिर से क्षमा माँगने पर बाध्य कर दे।...वैसे कोई और उन्हें बाध्य न भी करे, तो भी वे यह भूल नहीं सकते कि बल्लव ने त्रिगर्तों के राजा सुशर्मा को किस प्रकार पीटा था। उन्हें आश्चर्य था कि वह उसकी हत्या करने का प्रयत्न नहीं कर रहा था, बस उसे पीट कर अधिक से अधिक मानसिक और शारीरिक कष्ट देने का प्रयत्न कर रहा था, जैसे उससे किसी बात का कोई प्रतिशोध ले रहा हो।...जो सुशर्मा, विराटराज के लिये, किसी आतंक से कम नहीं था, वहीं सुशर्मा कितना अवश था, बल्लव के सामने। कंक ने सुशर्मा को मुक्त तो कर दिया था; किन्तु उसे यह आदेश दे कर छोड़ा था कि वह जहाँ जाए, स्वयं को मत्स्यराज का दास बनाए।...उसी योद्धा बल्लव को वे अपना रसोइया कैसे मान सकते हैं।...यदि बल्लव मान जाये तो वे उसे अपना सेनापति नियुक्त करना चाहेंगे।...

और जिस कंक को वे मात्र अपना द्यूत-सहचर मानते थे, वह भी कैसा योद्धा निकला।...वही क्यों, कंक ने ग्रंथिक और तंतिपाल के लिये कहा था। वे भी योद्धा निकले। जैसे वे लोग उनके गोपालक और अश्वपालक न हो कर पाण्डवों के योद्धा रहे हों...

विराटराज की चिन्तन-प्रक्रिया थम गयी।...

पाण्डवों के योद्धा ही क्यों, क्या वे स्वयं पाण्डव नहीं हो सकते? सम्भव है कि बल्लव, स्वयं भीम हो। पाण्डवों में उसी का आकार ऐसा दीर्घाकार था।...तो कंक? कंक, स्वयं युधिष्ठिर तो नहीं?...पर युधिष्ठिर को तो द्यूत-विद्या का ज्ञान ही नहीं था; और कंक द्यूत का विद्वान है। नहीं! कंक युधिष्ठिर नहीं हो सकता।...और यदि वह है भी, तो उनके अन्य भाई कहाँ हैं? पाण्डव एक-दूसरे से पृथक् हो कर तो रह ही नहीं सकते।...तंतिपाल और ग्रंथिक? कहीं वे नकुल और सहदेव तो नहीं? योद्धा तो वे भी बहुत अच्छे हैं।...

विराट ने द्रौपदी के स्वयंवर में द्रौपदी और पाण्डवों—भीम और अर्जुन—को

देखा था। अर्जुन ने स्वयंवर की प्रतिज्ञा पूरी की थी और उसके पश्चात भीम की सहायता से सारे राजाओं से युद्ध किया था। पर तब वे लोग तपस्वी ब्राह्मणों के वेश में थे। और तब उनकी अवस्था क्या थी। कितने वर्ष हो गये उस घटना को। उसके पश्चात् उन्होंने पाण्डवों को युधिष्ठिर के राजसूय यज्ञ के समय देखा था। तब वे पहचान पाये थे किसी को? तब भी उन्हें लगा था कि अर्जुन को तो उन्होंने पहले कभी देखा ही नहीं था।...वैसे भी उस समय उनके वैभव के दिन थे। सारे जम्बूद्वीप के राजा पंक्तिबद्ध हो कर उन्हें कर देने की प्रतीक्षा कर रहे थे। विराट तो उनको निकट से देख भी नहीं पाये थे। आज इतने वर्षों के पश्चात वे उन्हें कहाँ पहचान पायेंगे। उन्होंने न तो उन्हें निकट से ध्यानपूर्वक देखा था, न अब उनका वही रूप था; और न ही विराट की अपनी स्मरण शक्ति ऐसी रह गयी थी कि वे इतने वर्ष पूर्व देखे गये व्यक्तियों को इस प्रकार पहचान लें।...पर यदि वे यह मान लें कि कंक वस्तुतः युधिष्ठिर ही है, तो बल्लव को भीम होना चाहिए। तंतिपाल और ग्रंथिक को नकुल और सहदेव होना चाहिए।...तो फिर अर्जुन और पांचाली कृष्णा कहाँ हैं? उन्हें कहीं और भेज दिया है क्या?...पर क्यों, सैरन्ध्री पांचाली नहीं हो सकती क्या? वैसा रूप और किसका होगा?...पर नहीं! यदि सैरन्ध्री ही पांचाली होती, तो कोई भी एक पाण्डव उसे अपनी पत्नी के रूप में अपने साथ ही रखता। वह कंक के साथ उसकी पत्नी के रूप में सम्मान जनक रूप में रह सकती थी।...क्या आवश्यकता थी उसे इस प्रकार सैरन्ध्री बन कर कीचक जैसे पापी का जोखिम आमन्त्रित करने की? और फिर पांचाली क्या इस प्रकार किसी रानी का केश-प्रसाधन करती? वह अपने किसी एक पति की अवगुंठनवती पत्नी बन कर उसके घर में सुख से रहती। सैरन्ध्री तो सच मुच कोई विपत्ति की मारी हुई अभागी स्त्री है, जिसको कीचक और उसके भाइयों के हाथों, इतना कष्ट सहना पड़ा है।...

सहसा विराट अपने पुत्र की ओर मुड़े, "उत्तर! तुमने राजसभा में मुझसे कहा था कि मैं कंक का प्रभाव नहीं जानता। मैंने भी युद्ध में उसका रण कौशल देखा है। मुझे लगता है कि वह कोई असाधारण पुरुष है। वह वह नहीं है, जो बन कर वह रह रहा है। तुम बता सकते हो कि वह कौन है?"

उत्तर के चेहरे के भावों से स्पष्ट था कि वह धर्मसंकट में पड़ गया है। वह कुछ देर मौन रहा और फिर धीरे से बोला, "आप यदि मुझसे अभी यह न पूछें और थोड़ा धैर्य रखें, तो हम सबका कल्याण होगा।"

"उत्तर! मैं तुम्हारा पिता हूँ और इस देश का राजा भी। तुम कुछ अपरिचित लोगों का रहस्य मुझसे छिपा रहे हो?" विराट के स्वर में उपालम्भ के साथ कुछ खीझ भी थी।

"पिताजी!" उत्तर के स्वर में बाध्यता भी थी और एक प्रकार का स्नेहपूर्ण आग्रह भी, "अपने प्रति मेरी निष्ठा में किसी प्रकार का कोई सन्देह न करें। बस यह समझें कि जिस देवपुरुष ने कौरवों से युद्ध कर मेरे प्राण और आपके धन तथा सम्मान की रक्षा की है, मैं कृतज्ञतावश उसके आग्रह की रक्षा कर रहा हूँ। दो-दिन की बात है, आपको सब कुछ स्वतः ही ज्ञात हो जायेगा। हाँ! इतना मैं आपको बता देता हूँ कि कंक वह नहीं हैं, जिस वेश में वे रह रहे हैं।"

"तुम मेरे धैर्य की परीक्षा लेना चाहते हो?"

"नहीं! मैं चाहता हूँ कि आप मुझे कृतघ्न होने को बाध्य न करें।"

राजा ने और कुछ नहीं पूछा।

रानी ने चतुरसेन को बुलाया, "चतुरसेन! बल्लव को तुमने पाकशाला में नियुक्त किया था?"

"नहीं महारानी! नियुक्त तो महाराज ने ही किया था।" चतुरसेन बोला, "हाँ! उसका आग्रह मैंने किया था।"

"वह कौन है?" सुदेष्णा ने पूछा।

चतुरसेन स्तब्ध रह गया।

"बोलते क्यों नहीं?"

"मैं नाम का ही चतुरसेन हूँ महारानी! वैसे मैं कोई चतुराई नहीं कर रहा हूँ।" वह बहुत दीन स्वर में बोला, "मैं तो अभी तक यही समझता हूँ कि वह एक अच्छा रसोइया है। मैंने तो यहीं सुना कि कुछ लोग विराटनगर में छद्‌म वेश में भी रह रहे हैं।"

राजा ने रानी की ओर उस दृष्टि से देखा, जो कह रही थी कि इस प्रकार के प्रयत्नों का कोई लाभ नहीं है।...वे थोड़ा-सा खा कर उठ गये।

विराट अपने कक्ष में आये तो उनका मन और अधीर हो उठा था। केवल उत्तर जानता था कि कंक कौन है। कदाचित् वह यह भी जानता हो कि बल्लव कौन है।...पर वह बताएगा नहीं और राजा उसे इस काम के लिये बाध्य भी नहीं कर सकते। वह कुछ अनुचित भी नहीं कह रहा। वस्तुतः राजा को भी उस देवपुरुष के प्रति कृतज्ञ होना चाहिए, जिसने अपने रणकौशल से उनके पुत्र के प्राण बचाए और उनके राज्य की भी रक्षा की। उसकी इच्छा का सम्मान उन्हें भी करना चाहिए था।...पर यह कंक है कौन?

राजा की समझ में कुछ नहीं आ रहा था। वे जितना सोचते जाते थे, उतना ही उलझते जाते थे। किसी क्षण उन्हें लगने लगता था कि कंक ही युधिष्ठिर है, बल्लव भीम है, तंततिपाल और ग्रंथिक, नकुल और सहदेव हैं,

सैरन्ध्री पांचाली कृष्णा है...और अगले ही क्षण लगता था कि ऐसा नहीं हो सकता था।...युधिष्ठिर को द्यूत का ज्ञान नहीं था। भीम रसोई में होता तो सारा भोजन वही खा जाता; और किसी को तो मिलता नहीं। पांचाली कृष्णा किसी की सेवा नहीं कर सकती थी।...और अर्जुन तो यहाँ था ही नहीं।...

सहसा उनका ध्यान बृहन्नला की ओर चला गया। वह भी तो रणभूमि में गयी थी। एक षडक युद्धभूमि में जाये, एक योद्धा का सारथ्य करे, शरीर पर घाव खाये...क्या यह सब विचित्र नहीं था? उसने छह-छह कौरव महारथियों के साथ युद्ध करने वाले देवपुरुष का सारथ्य किया था। कहीं वही अर्जुन तो नहीं?...और राजा के अपने ही मन ने उसका विरोध किया...अर्जुन, और बृहन्नला के रूप में? राजा की अपनी युवती दासियों ने उसकी परीक्षा की थी। उन्होंने प्रमाणित किया था कि वह पुरुष नहीं है। वह नपुंसक है। राजकुमारी उत्तरा और उसकी सखियाँ वर्ष भर उसके सम्पर्क में रही हैं। उसके वेश में कोई भी छद्म होता तो वह इतने समय तक अनुद्घाटित नहीं रह सकता था।...नहीं! न अर्जुन बृहन्नला बन कर रह सकता है और न बृहन्न्ला, वस्तुतः अर्जुन हो सकती है।...

राजा अपने मस्तिष्क में होने वाले तर्क-युद्ध से थक गये थे।...उन्होंने तर्क करना छोड़ दिया। वे अब समझौता करने की स्थिति में आ गये थे।... अच्छा नहीं हैं वे पाण्डव। तो क्या हो गया; और यदि वे पाण्डव हैं, तो क्या हो गया? उन्होंने पाण्डवों का पालन ही तो किया था। किसी का पालन करना कोई अपराध तो नहीं है।...पर अगले ही क्षण उनका मन एक नये पक्ष पर मुड़ गया...इसे पालन करना कहते हैं? उन्होंने धर्मराज युधिष्ठिर को अपशब्द कहे। पांसा फेंक कर उन्हें मारा। उनकी नासिका से रक्त बहाया। उन्हें अपना साधारण कर्मचारी समझा। धिक्कार! भीम से भोजन पकाने का काम करवाया। वह सेवक के समान उनसे पूछता रहा, उन्हें परोसता रहा और वे खाते रहे।...

यह सब तो फिर भी क्षम्य था। वे सब उनके सेवक के रूप में रह रहे थे और उनकी सेवा कर रहे थे; किन्तु यदि सैरन्ध्री ही स्वयं पांचाली कृष्णा है, तो उसके प्रति तो निश्चित अत्याचार हुआ है। उनके अपने मन में भी उसके प्रति लोभ जागा था। रानी ने उसे उसकी इच्छा के विरुद्ध कीचक के घर भेजा था। स्वयं राजा की उपस्थिति में कीचक ने उसका अपमान किया था और राजा ने उसकी रक्षा नहीं की थी।...और अन्त में राजा ने उपकीचकों को यह अनुमति दी थी कि वे सैरन्ध्री को जीवित ही जला दें।...क्या पाण्डव उन्हें क्षमा कर सकेंगे? क्या द्रौपदी यह सब भुला देगी??...पर कंक, बल्लव, ग्रंथिक, तंतिपाल तथा बृहन्नला—सब ने ही तो उनके लिये अपने प्राणों को जोखिम में डाला

था। उनकी सहायता की थी। उनकी रक्षा की थी। उनके राज्य, उनके धन और उनके परिवार को सुरक्षित रखने में उनका ही सामर्थ्य तो था।...तो वे निश्चित रूप से पाण्डव नहीं हो सकते।...पर यदि वे पाण्डव नहीं थे, तो कौन थे वे?

राजा की समझ में कुछ नहीं आ रहा था।

"दासी!" उन्होंने पुकारा।

"महाराज!" दासी हाथ जोड़ खड़ी थी।

"माधवी लाओ।"

"महाराज को निद्रा नहीं आ रही?"

"हाँ।" राजा बोले, "प्रश्न मत करो। माधवी लाओ। इस समय और कोई मेरी सहायता नहीं कर सकता।"

...यदि वे पाण्डव ही हुए तो? वे पाण्डव हुए तो भीम उन्हें जीवित ही नहीं छोड़ेगा। वही होगा सैरन्ध्री का रक्षक गन्धर्व। उसी ने कीचक की वह दुर्गत की होगी। वह विराट को भी उसी प्रकार रौंद कर मांस का लौंदा-सा बना देगा। भीम ने छोड़ भी दिया, तो अर्जुन उन्हें नहीं छोड़ेगा। क्या करेंगे वे? करना क्या है, अर्जुन से उत्तरा का विवाह कर देंगे। कीचक की पुत्री भीम को ब्याह देंगे। कुछ तो करना ही होगा...

पर वे पाण्डव थे, तो उनसे असन्तुष्ट तो नहीं थे। वे तो उनकी ओर से युद्ध कर उनकी रक्षा कर रहे थे। पता नहीं वे प्रसन्न थे कि अप्रसन्न। राजा की तो समझ में ही कुछ नहीं आ रहा था।...

"दासी! माधवी...।"

विराटनगर में दो दिन उत्सव-ही-उत्सव होते रहे। नगर को सजाया गया। निर्धनों को दान दिया गया। प्रजा के मनोरंजन के लिये नृत्य गान और संगीत हुआ। मल्लों ने राजा से पुरस्कार पाये। कलाविदों को राजा ने उपहार दिये।... और स्वयं राजा अपने एकान्त में माधवी पीते रहे। उनके मन को शान्ति नहीं थी। उन्हें अपने किसी प्रश्न का उत्तर नहीं मिल रहा था। वे नहीं जानते थे कि अगले कुछ दिनों में उनके साथ क्या घटित होने वाला है।...उनकी दृष्टि निरन्तर उत्तर पर लगी हुई थी। राजकुमार तनिक भी चिन्तित दिखाई नहीं पड़ता था। इससे वे एक प्रकार से निश्चिंत होने का प्रयत्न भी करते थे, किन्तु चिन्ता थी कि उनका साथ ही नहीं छोड़ रही थी।

माधवी के प्रभाव में वे अनेक प्रकार की योजनाएँ भी बनाते रहते थे। यदि उस देवपुरुष ने आ कर उनसे कुछ माँगा तो वे क्या करेंगे।...सैरन्ध्री का रक्षक वह गन्धर्व प्रकट हो गया तो वे क्या करेंगे।...कंक युधिष्ठिर ही निकला तो वे क्या करेंगे।...पर इस दो दिन के विजयोत्सव में किसी ओर से कोई बाधा

नहीं पड़ी। न राजा की ओर से, न उनके मित्रों अथवा शत्रुओं की ओर से।

तीसरे दिन राजा प्रातः राजसभा में आये तो देख कर चकित रह गये कि कंक अपने सर्वश्रेष्ठ वस्त्रों में उल्लसित मुद्रा में राजाओं के लिये नियत स्वर्ण आसन पर बैठे हुए थे। उनके पीछे, और उन के साथ, मानो उनकी रक्षा करते हुए से बैठे थे—बल्लव, तंतिपाल तथा ग्रंथिक।...उनके साथ एक और व्यक्ति भी था, जो भीम के समान दीर्घाकार तो नहीं था; किन्तु पर्याप्त बलिष्ठ दिखायी पड़ता था। विराट ने उसे ध्यान से देखा : हाँ! वह बृहन्नला ही था, किन्तु आज वह पुरुष के रूप में था। साथ ही सैरन्ध्री भी बैठी थी। विराट को लगा, रहस्योद्घाटन का समय आ गया था। आज वे सारे के सारे ही अपना छद्म छोड़ कर बैठे थे। कदाचित्, वे अपनी वास्तविकता प्रकट करने वाले थे।...

"कंक! मैंने तुम्हें पांसा फेंकने वाला सभासद बनाया था; किन्तु आज तुम मेरे कर्मचारियों में नहीं, राजाओं के लिये नियत आसन पर बैठे हो? लगता है, तुमने आज राजाओं के स्थान पर बैठने की योग्यता अर्जित कर ली है।"

उत्तर कंक ने नहीं, पुरुष वेश वाले बृहन्नला ने दिया, "राजन! ये साधारण राजाओं की बात ही क्या, इन्द्र के आधे सिंहासन पर बैठने के अधिकारी हैं।" फिर जैसे उसने उनका परिचय देते हुए कहा, "ये मूर्तिमान धर्म हैं। पराक्रमी पुरुषों में श्रेष्ठ हैं। इस संसार में सर्वाधिक बुद्धिमान और तपस्या के आश्रय हैं। ये पाण्डवों में अतिरथी वीर हैं। बलवान, धैर्यवान, चतुर, सत्यवादी और जितेन्द्रिय हैं। ये ही कुरुवंश में सर्वश्रेष्ठ धर्मराज युधिष्ठिर हैं।"

सारी सभा जैसे स्तब्ध रह गयी। सभासदों के नेत्र आश्चर्य से कुछ अधिक खुल गये।

विराट स्वयं अपनी स्थिति समझ नहीं पा रहे थे। वे पिछले तीन दिनों से इसी क्षण की प्रतीक्षा कर रहे थे। वे पिछले तीन दिनों से इसी क्षण का साक्षात्कार करने से आतंकित थे। वे समझ नहीं पा रहे थे कि वे प्रसन्न थे अथवा भयभीत थे। वे प्रसन्नतावश विह्वल थे, अथवा त्रासवश उनकी टाँगें काँप रही थीं।...

उन्होंने स्वयं को सम्भाला, "आप का स्वागत है धर्मराज! यदि आप युधिष्ठिर हैं, तो आपके भाई भीम, अर्जुन, नकुल और सहदेव कहाँ हैं? आपकी पटरानी पांचाली कृष्णा कहाँ है? द्यूत में हारने के पश्चात् से आप लोगों के विषय में मेरे पास कोई सूचना ही नहीं थी।"

अर्जुन ने अपने सारे भाइयों तथा द्रौपदी का परिचय कराया।

विराट कहना चाहते थे कि यह सब उनके लिये कितना आकस्मिक था और कितना सम्भावित भी। पिछले तीन दिनों से वे यही तो सोच रहे थे कि कहीं वे लोग पाण्डव ही तो नहीं हैं। उन्हें कितनी प्रसन्नता है कि पाण्डव उनके इतने निकट थे...

"पिताजी!" उत्तर बोला, "मैंने आपसे जिस देवपुरुष की चर्चा की थी, जिन्होंने छह कौरव-महारथियों को अकेले ही पराजित किया था, वे ये ही हैं, कुन्तीपुत्र अर्जुन! ये न होते, तो आज न मैं होता, न आपका गोधन लौटता और राज्य के विषय में तो मैं कुछ कह ही नहीं सकता।"

राजा के मन में पिछले तीन दिनों की सारी ऊहापोह कौंध गयी।

विराट अपने हाथ जोड़ कर युधिष्ठिर के सम्मुख खड़े हो गये, "मेरा सौभाग्य है कि आप लोग वन से सुरक्षित लौट आये हैं और आपने एक वर्ष का अज्ञातवास भी सफलता पूर्वक पूर्ण कर लिया है। आप लोग मेरे घर में रहे, यह भी मेरा सौभाग्य है। आपके विषय में न जानने के कारण मुझसे तथा मेरे परिवार वालों से जो कोई भूल हुई हो, उसे उदारता पूर्वक क्षमा करें और मेरा राज्य, मेरा कोष तथा मेरी सेना को स्वीकार करें। अब यह सब कुछ आपका है।"

युधिष्ठिर मुस्कुराये, "महाराज! हम आपके कृतज्ञ हैं कि आपने एक वर्ष तक हमारा पालन किया। अब हम आपके राज्य का अपहरण कैसे कर सकते हैं। हमें आपका नहीं अपना राज्य, इन्द्रप्रस्थ का राज्य, दुर्योधन से प्राप्त करना है। आप उसमें हमारी सहायता करें।"

विराट के मन की जैसे सारी आशंकायें छँट गयीं।...युधिष्ठिर उनसे रुष्ट नहीं थे। वैसे चाहे कंक के ही रूप में ही सही, युधिष्ठिर ने कहा था कि उन्होंने अक्रोध का व्रत लिया है। वे क्रोध नहीं करते। तो वे बिराट पर भी क्रोध नहीं करेंगे।...यही अवसर था, जब वे उनका स्वागत कर सकते थे। उनको प्रसन्न कर सकते थे। उनका मन जीत सकते थे और उनके साथ अपना स्थायी सम्बन्ध स्थापित कर सकते थे।

"धर्मराज!" विराट बोले, "आपके चरित्र के विषय में मैंने बहुत कुछ सुना है। अब आपकी महानता प्रत्यक्ष देख रहा हूँ। मुझ पर एक कृपा और करें। मेरा एक अनुरोध स्वीकार करें।"

"कहिए महाराज! क्या इच्छा है आपकी?"

"मेरी इच्छा है कि आपके भाई धनंजय, मेरी पुत्री उत्तरा को अपनी पत्नी के रूप में ग्रहण करें।" विराट बोले, "उन्होंने एक वर्ष तक उसे नृत्य और संगीत की शिक्षा दी है। वे उसके गुणों को जानते हैं। वह उनकी प्रिय शिष्या है। उत्तरा के मन में भी उनके लिये अत्यधिक श्रद्धा है।"

युधिष्ठिर की दृष्टि द्रौपदी पर जा टिकी : उसे निश्चित रूप से यह प्रस्ताव प्रिय नहीं लगा था। उन्हें स्मरण था कि सुभद्रा को लेकर अर्जुन जब इन्द्रप्रस्थ लौटा था, तब भी द्रौपदी ने अपना विरोध जताया ही था।...

उनकी दृष्टि अर्जुन की ओर घूमी। उसके चेहरे पर अप्रसन्नता का कोई

लक्षण नहीं था; किन्तु वहाँ किसी कामना की पूर्ति का उल्लास भी नहीं था।

उनके कुछ पूछने से पूर्व ही अर्जुन बोला, "विराटराज! मैं आपकी पुत्री और अपनी प्रिय शिष्य उत्तरा को अपनी पुत्रवधू के रूप में ग्रहण करने का इच्छुक हूँ। आप शायद जानते हों कि मेरा ज्येष्ठ पुत्र अभिमन्यु सुभद्रा का पुत्र और श्रीकृष्ण का भागिनेय है।"

"वैसे तो मुझे इस सम्बन्ध में भी कोई आपत्ति नहीं है; किन्तु मैं जानना चाहता हूँ कि आप उसे अपनी पत्नी के रूप में क्यों ग्रहण करना नहीं चाहते?" विराट ने कहा, "क्या आप उसे इस योग्य नहीं पाते?"

"महाराज! अब मेरी अवस्था विवाह योग्य नहीं है। मेरी मानसिकता भी ऐसी नहीं है। ये सब मेरी अयोग्यताएँ हैं, उत्तरा की नहीं।" अर्जुन ने कहा, "मैंने वर्ष भर उत्तरा को अपनी शिष्या के रूप में देखा है। उसके प्रति मेरे मन में वात्सल्य का भाव है। यदि मैं उसे अपनी पुत्रवधू के रूप में स्वीकार करता हूँ, तो यह उसके तथा मेरे—दोनों के चरित्रों की शुद्धता का प्रमाण है। यदि मैं उसे अपनी पत्नी के रूप में स्वीकार करता हूँ, तो यह शंका सदा ही उठेगी कि उस वर्ष भर में भी हमारे सम्बन्ध पिता-पुत्री के से नहीं थे।"

और किसी ने देखा हो या न देखा हो, किन्तु युधिष्ठिर ने देखा कि द्रौपदी के चेहरे पर से सारी काली घटायें छँट गईं और वहाँ प्रफुल्लता छा गयी।

"मेरा विचार है कि धनंजय का निर्णय सर्वमान्य है।" युधिष्ठिर बोले, "मैं अर्जुन के बड़े भाई के रूप में, और इस परिवार के मुखिया के रूप में यह सम्बन्ध स्वीकार करता हूँ।"

आज वे पाँचों भाई और द्रौपदी प्रकट रूप से युधिष्ठिर के भवन में एकत्र हुए थे। विराट की तो बहुत इच्छा थी कि वे लोग उनके प्रासाद में निवास करें, किन्तु युधिष्ठिर उसके लिये सहमत नहीं हुए थे।

"अब?" भीम ने पूछा, "हस्तिनापुर चलना है अथवा अपने यहाँ होने की सूचना भिजवानी है?"

"सूचना किसे भिजवाएँगे—पितामह को? महाराज धृतराष्ट्र को अथवा सीधे दुर्योधन को???" नकुल ने पूछा।

"मत्स्यराज विराट का आग्रह है कि हम अभी हस्तिनापुर न जायें। वे हमें अपने नगर उप्लव्य में निवास करने का निमन्त्रण दे रहे हैं।" अर्जुन ने कहा, "वे चाहते हैं कि हम उसे अपना अस्थायी निवास मान लें। अपने सारे सम्बन्धियों को वहीं आमन्त्रित करें और वहीं अभिमन्यु और उत्तरा का विवाह हो।"

"मैं तो युद्ध की बात सोच रहा था।" भीम बोला, "और यहाँ विवाह की

चर्चा हो रही है। तुम्हें अभिमन्यु के विवाह की इतनी शीघ्रता क्या है। वह अभी सोलह वर्षों का ही तो हुआ है। गृहस्थ आश्रम में प्रवेश के लिये वह अभी कम-से-कम नौ वर्ष प्रतीक्षा कर सकता है।"

अर्जुन हँस पड़ा, "मुझे कोई शीघ्रता नहीं है मध्यम! यह आग्रह तो विराटराज का है। वे नहीं चाहते हैं कि इस विवाह में कोई विलम्ब हो। सम्भवतः वे समझते हैं कि हम लोग अपने संघर्ष में उलझ गये तो विवाह टलता जायेगा।"

"मेरा भी मन हो रहा है कि एक पुत्र का विवाह कर ही लूँ।" द्रौपदी बोली, "देखूँ तो सही कैसा लगता है सास बनना और नन्ही-सी प्यारी बहू को अपने घर लाना।"

सबने युधिष्ठिर की ओर देखा।

"भीम युद्ध की बात सोच रहा है। पांचाली भी अपने प्रतिशोध की प्रतीक्षा कर रही है; किन्तु पुत्रवधू को भी अपने घर ले आना चाहती है।" युधिष्ठिर बोले, "हम जानते हैं कि हम हस्तिनापुर जायें, ताकि अपना राज्य प्राप्त कर सकें और महाराज विराट चाहते हैं कि हम उपप्लव्य में रहकर विवाह करें।... अब हमें देखना है कि हम इन सब इच्छाओं और योजनाओं को कैसे संयोजित कर सकते हैं।"

"मुझे लगता है कि कुछ बातें तो सब में समान हैं।" सहदेव ने कहा, "सबसे पहले तो हमें सबको—अपने सम्बन्धियों, मित्रों तथा शत्रुओं को सूचना देनी है कि हमने अपना वनवास और अज्ञातवास सफलतापूर्वक पूरा कर लिया है। हमें अपना राज्य प्राप्त करने के लिये सबसे सम्पर्क करना है। हमें युद्ध में मित्र सेनाओं को एकत्रित करने के लिये सबसे सम्पर्क करना है। हमें विवाह में आमन्त्रित करने के लिये सबसे सम्पर्क करना है।

"अर्थात सबसे पहले तो हमें सबसे सम्पर्क करना है, तो वह विवाह के निमन्त्रण के व्याज से ही हो।" युधिष्ठिर बोले, "हम उपप्लव्य नगर में अपना शिविर स्थापित करते हैं। वहीं से सबको अभिमन्यु के विवाह का निमन्त्रण भेजते हैं। विवाह के अवसर पर हमारे सारे सम्बन्धी और मित्र एकत्रित होंगे और तब यह परामर्श और विचार-विमर्श भी हो सकता है कि हम बात कहाँ से आरम्भ करें—अपना राज्य माँगने से? प्रतिशोध में??अथवा युद्ध से???"

"देखिए, युद्ध तो होगा ही।" भीम बोला, "यह तो सम्भव ही नहीं है कि आप हस्तिनापुर पहुँच कर कहें कि हमने द्यूत की सारी प्रतिज्ञाएँ पूर्ण कर दी हैं और दुर्योधन आपको आपका राज्य लौटा दे। हम इन्द्रप्रस्थ में स्थापित हो जायें और तब अपनी सेना सजा कर दुर्योधन और दुःशासन से अपना प्रतिशोध लेने जायें। युद्ध के बिना दुर्योधन आपको राज्य लौटायेगा ही नहीं।"

"ऐसी स्थिति में हमें पहले शक्ति संचय करनी चाहिए।" नकुल बोला, "और उसके लिये विवाह के बहाने सबको एकत्रित कर लेना सबसे सरल विधि है।"

"इसका अर्थ है कि बारात के बहाने सेना एकत्रित होगी और बहू को घर लाएँगे तो रणलक्ष्मी भी साथ ही आयेगी।" द्रौपदी बोली।

"आभास तो कुछ ऐसा ही हो रहा है।" सहदेव बोला।

"अर्जुन! विराटराज का उप्लव्य में निवास का प्रस्ताव स्वीकार करो।" युधिष्ठिर बोले, "भीम! विवाह का निमन्त्रण प्रेषित करो—द्वारका, कांपिल्य, काशी, चेदि...सब स्थानों पर।"

"मध्यम! स्मरण रहे यह निमन्त्रण युद्ध का उद्‌घोष है।" द्रौपदी ने कहा, "इसलिये उसी शैली में जाये कि प्रत्येक बराती एक-एक अक्षौहिणी सेना लेकर आये।"

"हस्तिनापुर के विषय में क्या सोचा है?" अर्जुन ने पूछा, "माँ को सूचित नहीं करना है क्या? और विदुर काका??? पितामह और आचार्य???"

सबने युधिष्ठिर की ओर देखा।

"माँ विवाह में नहीं आयेंगी।" युधिष्ठिर बोले।

"क्यों? पौत्र के विवाह में नहीं आयेंगी।"

"मैं अपनी माँ को जानता हूँ।" युधिष्ठिर बोले, "वे तो हस्तिनापुर से तब ही हिलेंगी, जब या तो हम इन्द्रप्रस्थ के सिंहासन पर बैठ कर उन्हें लाने के लिये राजकीय रथ भेजें अथवा युद्ध में दुर्योधन को पराजित कर, विजयी के समान हस्तिनापुर जाकर स्वयं उनको अपने रथ में बैठा कर लाएँ।"

"तो यह माँ की प्रच्छन्न तपस्या है?" सहदेव ने पूछा।

"तपस्या कह लो अथवा हठ कह लो?" युधिष्ठिर ने कहा।

"माँ की हठ उचित ही है।" द्रौपदी बोली, "वे ऐसा न करतीं तो आप अपना राज्य लौटाने की चर्चा भी न करते। आप अपनी माँ को जानते हैं तो वे भी तो अपने पुत्र की प्रकृति से परिचित हैं।"

"माँ मुझे सिंहासन पर बैठाने की इच्छुक हैं, तो फिर मार्ग की कोई भी बाधा क्या कर सकती है।" युधिष्ठिर हँसे, "उठो अर्जुन! विराटराज को अपनी योजनाओं से अवगत करा आओ। इस बार उप्लव्य से ही पाण्डवों के जीवित ही नहीं विजयी होने का भी उद्‌घोष हो। धर्म स्थापना की घोषणा हो।"

❑❑